KB271084

배달말꽃

갈래와 속살

김 수 업 지음

지식산업사

배달말꽃 -갈래와 속살

초판 1쇄 발행 2002. 10. 15
초판 2쇄 발행 2008. 7. 18

지은이 김수업
펴낸이 김경희
펴낸곳 (주)지식산업사
　　　　본사 • 경기도 파주시 교하읍 문발리 520-12
　　　　　　전화 (031)955-4226~7 팩스 (031)955-4228
　　　　서울사무소 • 서울시 종로구 통의동 35-18
　　　　　　전화 (02)734-1978(대) 팩스 (02)720-7900
　　　　홈페이지 www.jisik.co.kr
　　　　등록번호 1-363
　　　　등록날짜 1969. 5. 8

책값　28,000원

ⓒ 김수업, 2002
ISBN 89-423-4030-X 93810

이 책을 읽고 지은이에게 문의하고자 하는 이는
지식산업사 전자우편으로 연락 바랍니다.

  우리 말꽃을 배우고 가르치는 일로 먹고살면서, 우리 말꽃의 바탕과 얼개를 붙들지 않을 수 없어 《배달문학의 길잡이》(금화출판사, 1978)를 펴냈다. 그러다 우리 말꽃의 모습과 속살을 밝히는 일이 나날이 쌓여 새롭게 드러나는 바람에 15년 만에 다시 《배달문학의 갈래와 흐름》(현암사, 1992)을 펴냈다. 그리고 다시 10년 세월을 지나니 우리 말꽃의 속내를 밝히는 걸음이 더욱 빨라져 아주 새로운 구석들이 많이 드러났다. 그래서 어쩔 수 없이 또 다시 이런 책을 펴내야 했다. 그러고 보니 나는 어리석게도 우리 말꽃의 바탕과 얼개에 매달려 한 삶을 보낸 셈이다.

  그러는 동안 한결같이 마음을 사로잡은 바람은 깨끗한 우리 말로 우리 말꽃을 드러내는 것이었다. 글자를 우리 한글로 쓰는 것만 아니라, 말을 우리 배달말로 쓰고 싶었다. 그것이 내게는 힘겨운 짓인 줄 알면서도 그런 마음을 버릴 수 없었다. 이탈리아의 단테(1265~1321)가 성 프란체스코에게서 눈을 뜬 뒤로 《토박이말 드높이기》를 써서 돌리고는 라틴말을 버리고 이탈리아말로 《신곡》을 지어 세상을 바꾼 일이나, 프랑스의 몽테뉴(1533~1592)가 그리스와 라틴 고전에서 얻은 앎과 깨달음을 파리 시장바닥에서 쓰는 토박이말에 담아내려고 하면서 책이름조차 《에세》(1580~1588), 곧 '시험한다'고 했던 일들을 마냥 부러워했던 것이다.

  사실, 우리네 학문은 역사가 깊지만 참다운 우리 말로 이루어지지 않았다. 학문을 처음 시작하면서 중국 글말에 기대어 일천 수백 년 동안을 중국 글말로만 학문을 했기 때문이다. 고구려의 태학(372년 세움)과 신라의 국학(682년 세움) 같은 데서 학문을 시작하고, 고려의 국자감과 경사 육학을 거쳐 조선의 성균관·사학, 향교·서원, 서재로 이어졌다 하겠으나 모조리 중국 글말인 한문으로만 학문을 했다. 20세기에 와서 비로소 우리 말로 학문을 한답시고 벌써 백년 세월이 흘렀지만, 아직도 학문하는 사람들은 우리 한글조차 온전히 쓰지 않는 것을 자랑으로 여긴다. 글자를 한글로 쓰는 사람들은 요즘 꽤 늘어났지만, 우리 겨레의 말을 제대로 가려 올바른 글말을 쓰려는 학자는 아직도 찾아보기 어렵다.

그러나 '말은 생각의 집'이기 때문에 참다운 우리 말에 담아야 참된 우리 생각일 수 있다. 참다운 우리 말로 우리 생각을 담아내야 우리 삶을 밝히는 학문이 된다. 학문을 참된 우리 말로 이루어낼 때 비로소 우리의 생각이 살아나고, 우리네 삶이 바로 일어설 수 있다. 낯설고 눈에 얼마쯤 껄끄러울 줄 알면서도 구태여 우리 토박이말을 끌어다 쓰는 까닭이 거기 있다. 마무리니 들머리니, 갈래니 가락이니, 걸음이니 도막이니, 속살이니 짜임새니, 이야기니 노래니 놀이니, 이런 낱말은 이미 학문하는 사람들의 글에도 제법 오르내린다. 앞장서는 사람이 있어야 생각을 바꾸는 사람이 생겨나고, 생각을 바꾸는 사람이 생겨나야 세상이 바뀔 수 있다는 생각에서 큰마음을 먹고 마침내 '문학'도 '말꽃'으로 바꾸어 써보기로 한다.

보다시피 책은 네 대목으로 나누어져 있다. 첫대목에서는 우리네 말꽃을 알아보는 바탕을 새롭게 가다듬으려고 했다. 우리 말꽃의 이름을 뭐라고 불러야 마땅할 것인가 하는 데서부터, 속살이 어떠한지를 살펴서 그것들을 어떻게 갈래지어 볼 것인가를 밝히려 했다. 그리고 뒤쪽 세 대목에서는 셋으로 갈라진 갈래에 따라 하나씩 그것들의 속살을 세월의 흐름에 따라 살피려 했다. 그러니까 첫대목은 뒤에 따르는 세 대목에 들어가는 들머리라 해야겠고, 알맹이는 뒤쪽 세 대목에 들어 있다고 보아야 옳다.

책의 얼개는 그렇다 치더라도, 담긴 속살이 아직은 성글고 어수선하다. 쓰는 낱말들이 낯설고 글월이 서툴러 그렇기도 하지만, 갈래를 세우는 말미와 잣대가 흔들리고, 풀이하는 솜씨가 어설프고 모자라서 더욱 그렇다. 제 힘에 버거운 일을 겁도 없이 벌여서 그럴 수밖에 없다는 사실을 깊이 깨달았다. 문학을 버리고 말꽃이라 하듯이, 우리 겨레의 말꽃을 여러 가지에서 새롭게 들여다보려고 했는데, 그것들은 하나같이 내 힘에는 겨운 일이었다. 말꽃을 삶에서 떨어지지 않은 것으로 보려는 일, 말꽃의 갈래를 삶의 흐름에 따라 지으려는 일, 입말꽃을 말꽃의 바탕으로 보면서 전자말꽃도 싸잡으려는 일, 무엇보다도 남다른 우리 겨레의 삶과 힘을 말꽃으로 드러내려는 일들이 내 힘에는 너무나 버거웠다.

사실이 그러하니 마땅히 책을 내놓지 말아야 옳았다. 하지만 나로서는 힘껏 해도 이게 고작일 뿐이기도 하고, 어설픈 채로 내놓으면 오히려 여러 분들의 분발을 쉽게 이끌어낼 수 있다는 생각에서 부끄러움을 무릅쓰기로 했다. 허술하고 모자란 구석들이 많은 걸 보면 거리낌없는 나무람과 가르침을 쉽게 주실 뿐 아니라, 그것을 바로잡아 메우고 채워볼 마음을 여러 분들이 일으킬 수 있으리라는 속셈이었다. 새로운 사람들이 나서서 우리 겨레의 말꽃을 올바르고 참되게 밝혀주는 날이 앞당겨지리라는 바람을 간직한 것이다. 제 분수를 모르고 주제넘은 생각에 사로잡혀 설익은 책을 이렇게 내놓았으니, 읽으시는 분들이 서슴없이 꾸짖고 바른 길로 이끌어주시기를 바란다.

끝으로, 들쭉날쭉 거칠고 성글면서 짧지도 않은 글을 꼼꼼히 읽어 보고 여러 가지 좋은 지적을 해준 입말교육모임과 이야기말꽃모임의 여러 분들에게는 고마운 마음을 잊지 못할 것이다. 그리고, 유달리 더운 올해 한여름에 책을 만드느라 땀흘리며 정성을 다해 주신 지식산업사 김경희 사장님과 손수 일하신 여러 분들에게도 고마운 마음을 누를 수 없다.

2002년 광복절에
지은이 김수업

차 례

책을 펴내면서 / 3

하나 뜻매김과 갈래짓기 _ 9

가. 뜻매김 ·· 10

1. 문학과 말꽃 ··· 10

2. 배달말꽃 ·· 17

가) 배달말로 이루어진 말꽃 ······················· 20

나) 입말·글말·전자말을 싸잡는 말꽃 ·········· 28

나. 갈래짓기 ·· 34

1. 갈래짓기란? ·· 34

2. 배달말꽃 갈래짓기 ·· 36

가) 우리 것을 우리 눈으로 ························· 38

나) 말꽃을 보는 눈 ···································· 42

다) 갈래를 보는 눈 ···································· 45

라) 갈래가 생겨난 바탕 ······························ 47

마) 갈래가 벌어진 길 ·································· 54

바) 배달말꽃 갈래의 얼개 ··························· 59

둘 첫째갈래 : 놀이말꽃 _ 63

가. 굿놀이말꽃 ·· 66

1. 서낭굿놀이말꽃 ··· 69

가) 두루서낭굿놀이말꽃 ······························ 71

나) 끼리서낭굿놀이말꽃 ······························ 98

2. 조상굿놀이말꽃 ··· 109

나. 삶놀이말꽃 ··· 119

　　1. 일놀이말꽃 ··· 120

　　2. 놀음놀이말꽃 ··· 124

　　　　가) 입말놀음놀이말꽃 ······································ 126

　　　　나) 글말놀음놀이말꽃 ······································ 149

　　　　다) 전자말놀음놀이말꽃 ·································· 176

셋 　둘째갈래 : 노래말꽃_ 187

가. 굿노래말꽃 ··· 191

　　1. 서낭굿노래말꽃 ··· 192

　　　　가) 두루서낭굿노래말꽃 ·································· 192

　　　　나) 끼리서낭굿노래말꽃 ·································· 216

　　2. 조상굿노래말꽃 ··· 244

나. 삶노래말꽃 ··· 250

　　1. 일노래말꽃 ··· 253

　　　　가) 여느일노래말꽃 ·· 253

　　　　나) 큰일노래말꽃 ·· 268

　　2. 놀음노래말꽃 ··· 273

　　　　가) 입말놀음노래말꽃 ······································ 273

　　　　나) 글말놀음노래말꽃 ······································ 338

　　　　다) 전자말놀음노래말꽃 ·································· 404

넷　셋째갈래 : 이야기말꽃_ 413

가. 굿이야기말꽃 ··· 416

　1. 서낭굿이야기말꽃 ··· 419

　　가) 두루서낭굿이야기말꽃 ·· 419

　　나) 끼리서낭굿이야기말꽃 ·· 443

　2. 조상굿이야기말꽃 ··· 468

나. 삶이야기말꽃 ··· 487

　1. 일이야기말꽃 ··· 487

　　가) 겪은일이야기말꽃 ·· 488

　　나) 느낀일이야기말꽃 ·· 508

　2. 놀음이야기말꽃 ··· 532

　　가) 입말놀음이야기말꽃 ··· 532

　　나) 글말놀음이야기말꽃 ··· 557

　　다) 전자말놀음이야기말꽃 ·· 593

찾아보기 / 601

하나

뜻매김과 갈래짓기

가. 뜻매김

  1. 문학과 말꽃

  2. 배달말꽃

나. 갈래짓기

  1. 갈래짓기란?

  2. 배달말꽃 갈래짓기

가. 뜻매김

1. 문학과 말꽃

문학이란 무엇인가 하는 물음을 두고는 중국의 공자(기원전 551~478)나 그리스의 아리스토텔레스(기원전 384~322) 같은 이들을 비롯하여 헤아릴 수 없이 많은 사람들이 이야기를 했다. 그래서 이제는 그것을 '말로 이루어지는 예술'이라고 뜻매김하는 데에 아무도 다른 뜻을 지닐 수 없을 만큼 되었다. 문학이 '예술'의 한 갈래라는 것, '말'을 감으로 하여 이루어낸다는 것, 이렇게 두 가지 바탕을 문학의 본질로 잡는 것에 뜻이 모였다는 말이다.

그런데 말이란 일찍이 '입말'뿐이었으나 사람의 슬기가 불어나면서 입말을 좁은 공간과 짧은 시간에서 벗어나게 하는 '글자'를 만들어 '글말'이 나타났다. 이로써 입말이 글말의 도움으로 공간과 시간을 뛰어넘어 사라지지 않고 쌓일 수 있게 되어서 사람들의 삶은 크게 달라졌다. 그런데 20세기에 와서 사람들은 전자를 부려 쓰면서 입말을 소리째로 붙들어 시간과 공간에서 벗어나게 하는 '전자말'[1]을 쓰기에 이르렀다. 전자말은 입말과 글말을 아우르고 그것들의 모자람을 없애면서 또다시 사람들의 삶을 놀라운 세상으로 이끌어가고 있다.

이런 사정들을 깨닫자 '문학'이라는 말이 마땅치 않다는 소리가 높아질 수밖에 없었다. 서양에서 보더라도 '리터러처'는 그리스와 로마에 뿌리박혀 글말의 문명을 가

---

1) '전자말'은 아직 널리 쓰이지 않아 낯설다. 그러나 요즘은 영미 쪽에서 들어오는 책에도 '일렉트런 랭귀지'라고 해서 꽤 널리 쓰이는 말이 되었다. 앞으로 조금 더 읽어 나가면 알아들을 만큼 속살이 드러날 것이다.

꾸어온 '글자(레터)'에 말미암은 말이기 때문이고, 동양에서 보더라도 '문학'은 중국에 뿌리를 둔 글말 문명을 우러러보면서 '글자[문]'에 말미암은 말이기 때문이다. 그래서 서양의 이론가들도 차라리 말의 예술이라는 독일말 '보르트쿤스트'라든지 러시아말 '슬로베스노스트'가 훨씬 마땅하다고 했다.2) 이처럼 곰곰이 따지면 '문학'이라는 말은 참으로 못마땅하다. 글자나 글말을 바탕으로 삼는다는 것뿐만 아니라, 학문이나 학술과는 닿지도 않는데 '학'이라 했으니 더욱 그렇다.3) 그러니 마땅한 우리 말이 마련되어 있을 턱이 없다.4) 어쩔 수 없이 못마땅한 말을 참으며 쓰다가 요즘 와서 '말꽃'이라는 말을 새로 만들어 쓰면 어떨까 하는 마음이 일어났다.

'나리꽃'이니 '제비꽃'이니 하듯이 푸나무의 생식기관을 본디 '꽃'이라 부른다. 꽃이라는 생식기관으로 암수가 어우러져서 비로소 새로운 목숨의 씨앗이 생겨난다. 꽃은 목숨의 씨앗을 생기게 하는 샘이며 집이다. 그런데 우리 겨레는 '꽃비'니 '꽃물'이니 '꽃댕기'니 또는 '눈꽃'이니 '불꽃'이니 '자랑꽃'이니 '웃음꽃'이니 하면서 목숨의 샘처럼 종요로운 것에다 '꽃'으로 이름을 붙여 쓴다. 여럿이 모여 이야기를 주고받으며 기쁨과 즐거움을 마음껏 나누면 '이야기꽃'이 피었다고 한다. 그러니 '말로 이루어지는 예술'을 '말로 이루어 놓은 꽃', '말 가운데 가장 종요로운 꽃'이라는 뜻으로 '말꽃'이라 부르면 어떨까. 두어 해를 입말로만 써보다가 마침내 힘을 얻어 이렇게 글말로도 쓰기로 마음을 먹었다.5)

말꽃을 '말의 예술'이라고 매우 짧은 두 낱말로 뜻매김해 놓으면, 그 가운데 한 낱말인 '말'은 우리가 앞에서 이야기한 것으로 넉넉하다 하더라도, 남은 '예술'은 그냥

---

2) Rene Wellek and Austin Warren, *Theory of Literature*, Harcourt, Brace & World, 1949.(이경수 역, 《문학의 이론》, 문예출판사, 1987)

3) 널리 알려진 바와 같이, '문학'이라는 말이 맨 처음 《논어》에 쓰였고, 거기서는 그야말로 '글말을 배워서 아는 일'이라는 뜻이었다.

4) 학문을 하고 정치를 하며 겨레와 나라를 이끌고 다스린다는 사람들이 일찍이 우리 말로써 학문과 정치를 하지 않았기 때문이다. 4세기 고구려에 태학을 세우고, 7세기 신라에 국학을 세워서 학문과 정치를 잘 하자고 하던 그날부터 우리 말은 내버리고 중국 글말에만 매달리는 역사로 들어섰다. 그 역사는 조선왕조가 무너지는 20세기 초엽까지 1,500년 가까이 줄곧 이어지면서 깊고 넓어지기만 했다. 그런 탓에 아직도 학문을 한다는 사람들은 거의가 우리 말로는 학문을 해볼 마음을 먹지 않는다. 어떻게 하든지 한자말이나 서양말로 해야 더 좋은 학문을 하리라는 최면에 빠져 있는 사람들이 많다.

5) 부산의 이상석은 '말꽃'이 '문학'보다야 훨씬 좋지만 어쩐지 곱고 아름다운 것만 떠올릴까봐 걱정스럽다고 했다. 참으로 마땅한 걱정이다. 하지만 나로서는 달리 더 마땅한 말을 찾을 수가 없다. 그리고, 사실 따지고 보면 꽃도 꽃 나름이다. 험상궂게 생겨서 징그러운 꽃들도 없지 않고, 벌레나 벌들까지 잡아먹는 무서운 꽃들도 여러 가지 있다. 그러므로 '말꽃'에서 꽃을 곱고 아름다운 겉모습으로만 받아들이지 말고, 목숨을 잇게 하는 생식기관으로 삶의 열매를 맺는 것으로 깊은 속내까지 받아들일 수 있었으면 하고 바라마지 않는다.

지나치기 어렵다. 물론 여기가 '예술'을 놓고 긴 이야기를 할 자리는 아니지만, '예술인 것'과 '예술 아닌 것'의 차이쯤은 이야기하지 않을 수 없겠다. '말을 자료로 하여 삶을 표현하는 예술'을 말꽃이라고 할 때 '말을 자료로 하여 삶을 표현'한 것도 엄청나게 갖가지일 수 있다. 그리고 거기에는 '예술 아닌 것'이 얼마든지 있어서 우선 발등의 불이다. 어떤 것은 예술이며 어떤 것은 예술이 아닌가? 이 물음을 어느 만큼 풀어 놓지 않으면 말꽃을 이야기하는 일이 자주 헝클어지게 마련이다. 그런데 '예술인 것'과 '예술 아닌 것'을 '뜻겹침을 일으키는 짜임새'라는 잣대로 가려볼 수 있을 듯하다. '뜻겹침'을 일으키는 '짜임새'를 갖추었으면 마땅한 예술이고, 뜻겹침과 짜임새 둘을 모두 갖추지 못하면 아예 예술일 수 없으며, 둘 가운데 어느 하나를 갖추지 못하면 예술이기 어렵다는 뜻이다.

그런데 '뜻겹침'은 무엇이며, '짜임새'는 또 무엇인가? 우선 짜임새를 생각해 보자. 그것은 눈에 보이거나 귀에 들리거나 손에 만져지거나 해서 사람의 감각에 붙잡히는 하나의 틀거리를 말한다. 그것은 사람이 감각으로 붙잡을 수 없는 느낌, 생각, 마음 같은 것들을 담아서 붙잡을 수 있게 해주는 그릇이라고 말할 수 있다. 느낌이니 생각이니 마음이니 하는 것들이 뼈와 살을 받아 틀거리를 갖춘 모습으로 나타나면 '짜임새'다. 모습으로 나타나는 짜임새는 여러 도막과 조각들이 모여서 하나의 틀거리를 이룬다. 그런 층위와 부분들 사이에 질서가 있어서 서로가 서로에게 맞물려 있기 때문에 그 어느 부분에라도 어떤 힘을 받으면 그것은 곧바로 전체의 모습에 영향을 미쳐 애초의 것이 아닌 또 다른 것으로 바뀌고 마는 그런 짜임새다.

이런 것을 요즘 우리는 일본 한자말로 유기적 조직체, 곧 유기체라고 한다. 이러한 유기체 안에 들어 있는 질서의 힘을 통일성이라고 부르기도 하는데, 아리스토텔레스가 처음과 중간과 끝이 있는 것이라고 했을 때 바로 이것을 말했던 것이다. 처음과 중간과 끝이 있어서 하나의 짜임새를 갖추어야 하는 것이기에 도막이거나 조각이어서는 안 된다. 가장 나무랄 데 없는 형식이란 쓸모 있는 것은 빠짐없이 갖추어 있고 쓸모 없는 것은 하나도 끼어들지 않은 짜임새를 말한다. 그러면 비로소 느낌이니 생각이니 마음이니 하는 것들이 그런 짜임새에 담겨 뚜렷하게 드러나는 것이다.

그러면 또 '뜻겹침'이란 무엇인가? 그것은 실제로 있는 그것에서 끝나지 않고 그것이면서 또 다른 무엇으로 뜻이 겹쳐 드러나는 것을 말한다. 자연의 삼라만상은 그 하나하나가 모두 신비하고 오묘하지만 그것들이 결코 다른 어떤 것을 겹쳐 드러내지는 않는다. 그것들은 어디까지나 스스로 실물로서 존재할 뿐이다. 그러나 사람이 그것들을 본떠 하나의 짜임새로 새롭게 만들면 그것은 신비스럽게도 자연으로만 머물지 않고 새로운 뜻을 겹쳐 드러낼 수 있다. 마당에 피어 있는 장미 송이는 그 빛깔과 모양새와 꽃이파리와 꽃술이 들여다볼수록 기막히고 아름답다. 그러나 그것은 언제 어떻게 보아도 장미꽃 송이일 뿐 새로운 무슨 뜻을 드러내지는 않는다. 그런데 화가가 그것을 그림으로 그리면 어느 사이엔지 그것은 장미꽃의 아름다움뿐만 아니라 새로운 느낌이나 마음을 드러낼 수 있다. 이를테면 고운 여자에게 감추어진 사랑이나 질투 같은 뜻을 드러내어 자연의 장미와는 다른 무엇으로 우리를 이끌어준다.(물론 그것이 참다운 예술로서 살아 있는 짜임새를 갖추었을 때를 두고 하는 말이다) 이렇게 본디의 장미가 지닌 자연의 아름다움에다 또 다른 질투나 사랑 같은 삶의 뜻을 겹쳐서 드러내는 노릇을 뜻겹침이라 한다.

예술의 열쇠인 뜻겹침은 사람이 벌이는 예술의 첫걸음인 소꿉장난으로도 쉽게 알아볼 수 있다. 소꿉장난이란 말 그대로 아이들이 모여서 벌이는 장난이다. 영이와 순이와 경수와 민철이가 사금파리와 나뭇가지와 풀잎 같은 것들을 가지고 이야기를 주고받으며 놀고 있다. 그것이 실제의 자연이며 현실이다. 그러나 소꿉장난의 속내를 들여다보면 그것은 아이들과 사금파리와 풀잎만이 아니다. 그것은 아버지와 어머니와 아들과 딸이 살림살이를 갖춘 집안에서 끼니 밥상을 차리며 오순도순 가족의 사랑과 아픔을 누리고 있는 어른들의 삶이다. 아이들이 어른들로 겹쳐지고, 사금파리와 나뭇가지가 살림살이로 겹쳐지고, 장난이 가족의 삶으로 겹쳐져 있다. 이런 뜻겹침이 일어나기 때문에 소꿉장난은 한갓 장난에 그치지 않고 예술의 뿌리인 놀이로 손꼽히는 것이다.

그런데, 말꽃의 자료인 말은 다른 예술의 자료와는 달리 그 스스로 이미 실물이 아니라 상징이며 표현이다. 말이란 애초에 한 가지 제 뜻에서 또 다른 뜻으로 뜻의 자리를 옮길 수 있는 뜻겹침의 덩이다. 언어학자들이 말의 뜻에서 겉뜻과 속뜻을 가려내고, 예술 · 친교 · 표현의 몫을 찾아내는 것들은 모두 이 때문이다. 그런데 말이 뜻겹침의 몫을 다한다는 사실은 낱말의 뜻에 이미 그렇게 담겨 있다고만 해서는 풀이로서 모자란다. 일상 생활 안에서 낱말들이 어우러져 쓰일 때도 말은 너무나 자주 뜻겹침의 몫을 다하고 있다. 낱말 속에 감추어져 있는 속뜻(내포, 함축)을 잘 얽어서 월로 쓰면 낱말 하나로서는 나타나지 않던 뜻겹침의 세계가 더욱 깊고 넓게 드러난다. 이래서 말에 담긴 새로운 뜻의 세계를 맛보는 재미를 일상의 말살이에서도 얼마든지 누릴 수 있다. 말은 예술가가 색다른 짜임새로 만들어 놓지 않아도 이미 '뜻겹침의 몫'을 다하고 있어서 다른 예술의 자료와 사뭇 다르다.

'아따, 그놈 참 밉상이네!' 첫아기를 안고 찾아온 신혼부부 앞에서 그들의 자랑인 아기를 안으며 이렇게 말하는데도 아기의 부모는 이 말의 겉뜻으로 마음이 상하지 않는다. 오히려 그것이 '참으로 사랑을 받을 만하게 생긴 모습'이라는 뜻겹침임을 알아듣고 싱글벙글하게 마련이다. '오늘은 종일토록 파리만 날렸네요!' 이 말을 듣고 아무도 그가 달려드는 파리를 날려 보내느라고 하루 종일 성가신 수고를 한 사람으로는 생각하지 않는다. '파리를 날린다'는 것이 또 다른 뜻겹침을 하고 있어서 말하는 이나 듣는 이가 그것을 어김없이 알고 있다. '종일토록 찾아오는 손님이 없어 허탕을 친' 그 일에 안타까움을 느끼며 위안을 찾으려고 생각할 뿐이다. 말이란 애초에 이런 뜻겹침의 성질을 지니고 있기 때문에 누구나 일상 안에서 말의 즐거움을 누린다. 우리는 이런 뜻겹침의 몫을 흔히 한자말로 '문학적'이라고들 하는데, 말꽃의 바탕이 거기 감추어져 있다는 뜻이다.

일상 쓰는 말에 감추어진 뜻겹침을 아주 빛나게 쓰는 것이 '속담'과 '수수께끼'다. 이것들은 말을 온전히 뜻겹침의 몫으로 쓴다는 뜻에서 말꽃에 가깝다. '발 없는 말이 천리 간다'는 속담은 아주 교묘하게 짜인 뜻겹침의 덩어리다. '발 없는 말'이라는 세 낱말의 쓰임은 일상에 흔히 쓰이는 말법에 어긋난다. '말'과 '발'은 그 소리가 매우 비슷하지만 뜻은 아주 동떨어져서 '말'에다 '발'을 끌어 붙이는 것은 아주 뜻밖의 얽음이다. '발 없는 말', 다시 말하면 '발이 없는 말' 또는 '발을 가지지 않은 말'이라는 것은 너무 당연해서 하나마나한 소리에 지나지 않는다. 그러나 나타나는 결과는 아주 엉뚱하다. '말이란 발이 없으니 걸을 수가 없고 따라서 앉은뱅이처럼 붙박혀 있어야 한다' 이런 뜻이다. 이것은 바로 다음에 이어지는 '천리 간다'와 맺어지면서 다시 놀라운 뜻을 마련해낸다. 여기서도 '천리'가 뜻겹침의 말임은 두말할 나위도 없거니와, 발이 없으므로 한 치도 움직이지 않아야 할 말이 단박에 천리까지 가버림으로써 놀라움을 주는 것이다. 이 속담을 듣고 말에 발이 있고 없음을 가리려 한다든지, 천리를 가는지 백리를 가는지 밝히려고 한다면 그것은 말에 담긴 뜻겹침의 몫을 전혀 모르는 바보짓이다. '머리 풀고 하늘로 올라가는 것이 무엇이냐?' 하는 수수께끼를 듣고서도 '머리 풀고'라는 말의 겉뜻에 얽매여 답을 찾으려고 해서는 허탕을 친다. 수수께끼 놀이는 말이 감추고 있는 뜻겹침의 세계를 더듬어 찾는 훈련이라 할 수 있다.

이처럼 속담과 수수께끼는 말이 갖는 뜻겹침의 몫을 부풀려서 쓰는 말씨이기 때문에 말꽃에 가깝다. '말꽃에 가깝다' 하는 말은 '말꽃이다' 하는 말과는 다르다. 속담이나 수수께끼를 바로 말꽃으로 보는 사람들도 많지만, 그것은 속담과 수수께끼에 담긴 말꽃의 성질을 너무 크게 보는 것이다. 그것이 바람직한 말꽃이려면 마땅히 지녀야 할 짜임새를 제대로 갖추어야 한다. 수수께끼에는 짜임새라 할 수 있는 싹이 없지 않으나 속담은 어절 또는 월일 수밖에 없어서 짜임새를 갖추었다고 보기 어렵다. 하나의 주제를 드러낸다고 할 수 있으나 주제라는 것은 낱말이나 어구나 어절이면 이미 담아낼 수 있다. 속담은 물론이고 수수께끼도 처음과 중간과 끝을 갖춘 짜임새를 갖추었다고 보기 어렵고, 짜임새의 움이나 싹에 지나지 않는다고 보아야 마땅하다.

속담이나 수수께끼가 말꽃이 아닌 것은 코치의 지도에 따라 투수와 타자가 공을 던지고 치는 연습이 야구가 아닌 것과 비슷하다. 투수가 공을 던지는 것과 타자가 공을 때리는 것이 야구에서 가장 긴요한 것이기는 하지만, 공격하고 수비하는 양편이 진용을 갖추고 심판들이 제자리를 맡은 가운데 상대방의 투수가 차례에 따라 나서는 적수의 타자에게 공을 던지고 그것을 치고 달리고 할 때 비로소 야구라는 경기가 된다. 말꽃은 뜻겹침하는 말로써 이루어지지만 모든 뜻겹침의 말이 그대로 말꽃일 수는 없고, 그 말이 제대로 짜임새를 갖추어 더 큰 뜻겹침으로 삶을 드러내야 하는 것이다.

사오정과 그의 친구가 길에서 만났다. 사오정이 손에 낚싯대를 들고 있었으므로
친 구 : 니 지금 낚시 가나?
사오정 : 아-니, 나 지금 낚시 가는데……
친 구 : 아아, 나는 니가 지금 낚시 간다고!

이런 우스개 이야기는 아주 짧지만 빈틈없는 짜임새를 갖춘 말꽃이다. 처음과 가운데와 끝이 뚜렷하고, 이것들이 하나의 짜임새로서 뜻겹침의 세계를 모자람 없이 드러낸다. 이럴 때 사오정과 그의 친구가 주고받는 말 마디들은 모두 커다란 짜임새를 뒷받침하는 몫에 머문다. 그리고 그런 모든 도막들이 모여서 마침내 '주고받는 말들은 모조리 비껴가고, 도무지 참다운 대화가 이루어지지 않는 세상의 메마른 삶'이라는 속뜻(주제)이 뜻겹침으로 뚜렷이 드러난다.

소용돌이치는 마음속 세계의 소리를 짜임새 있는 형식으로 드러내어 예술을 만들고, 그렇게 만들어낸 짜임새로부터 뜻겹침을 알아차림으로써 기쁨과 깨달음을 얻어내는 사람의 정신이란 참으로 놀랍다. 그런 말미를 샅샅이 설명하기에는 아직 인간의 능력이 미숙하지만, 우리는 훌륭하게 마련한 예술의 짜임새가 신비스러운 뜻겹침의 몫을 다한다는 사실만은 또렷하게 알고 있다. 그리고 예술의 한 갈래인 말꽃도 한결같이 뜻겹침의 몫으로 그것을 듣거나 읽는 사람들에게 기쁨과 깨달음을 준다는 사실 또한 잘 알고 있다.

생사의 길은
여기에 있으며, 부처님께 의지하고
나는 간다는 말도
말하지 않고 가시나이까.

어느 가을 이른 바람에
여기 저기에 떨어지는 나뭇잎처럼
같은 줄기에서 갈라 태어나
가는 곳조차 모르겠구려.

아! 미타찰이기에 만나러온 나는
도를 닦아 (다시 만날 날을) 기다리고자 하나이다.6)

이것은 8세기 중엽 월명사라는 신라의 스님이 사사로이 제 누이의 넋에게 바치는 노래, 곧 〈죽은 누이 제사 노래〉다. 그러나 누구나 이것을 나 자신과는 상관없는 노래라고 여길 수 없다. 이 노래를 듣고 있으면 사람들은 사랑하는 사람들이 죽음으로 갈라져야 할 때의 기막힌 아픔을 느끼지 않을 수 없는 까닭이다. 가을날 부는 바람에 이리저리 흩날리며 떨어지는 나뭇잎처럼, 자신과 사랑하던 사람도 죽음을 맞아 떨어져 가야 한다는 사실을 깨달으면서 삶을 되돌아보게 된다. 그러면서도 그 죽음을 뛰어넘고 한결 더 높은 세계에서 만날 것에 희망을 걸면서 다시는 헤어지지 않을 그 만남을 바라며 바른 길을 닦아야겠다는 다짐을 스스로 하게 된다. 이러한 깨달음에 이르면 마음 깊은 곳으로부터 솟아오는 샘물같이 맑은 기쁨을 느끼고, 사람의 죽음이나 죽음 때문에 맞이하는 이별 같은 것조차 고맙게 받아들일 수 있는 참 기쁨에 다다르기도 한다.

이처럼 뜻겹침의 몫이 오묘하게 이루어져 보고 듣는 사람에게 저마다 다른 속뜻을 드러내 보이고, 때와 곳이 바뀌어 삶의 모습이 달라지면 또 다시 새로운 뜻겹침이 나타나, 언제까지나 사람들을 사로잡을 수 있으면 그것을 '고전'이라 일컫는다. 뜻겹침이라 하더라도 드러나는 속뜻이 딱딱하게 굳어버리면 그 목숨은 오래가지 못하고, 아예 뜻겹침의 몫을 드러내지 못하면 그것은 예술이라 할 수 없다. 그러니까 말을 써서 사람의 삶을 밝혀냈다 하더라도 그것이 뜻겹침의 몫을 다하지 못하면 말꽃이라 할 수 없는 것이다.

---

6) 유창균, 《향가비해》, 형설출판사, 1994, 708쪽.

2. 배달말꽃

안타까운 일이지만 나는 우리 겨레의 말꽃을 모두 싸잡아 뭐라고 불러야 할지 몰라 망설인다. 사람들은 아무렇지도 않다는 듯이 '국문학' 또는 '한국문학'이라 하지만 나로서는 그렇게 부를 수가 없다. 국문학은 '나라 문학'이라는 말이니 임자가 드러나지 않아서 우리 배달겨레의 말꽃을 뜻하기 어렵고, 한국문학은 오늘 우리 나라인 '대한민국의 문학'이라는 말이니 나라를 뛰어넘어 겨레의 말꽃을 모두 뜻하지 못하는 말이다. 게다가 오늘도 우리 겨레는 두 나라로 갈라져 살면서 말꽃을 서로 달리 부르고 있다. 남쪽 대한민국에서는 '한국문학'이라 부르지만, 북쪽 조선인민공화국에서는 '조선문학'이라 부른다. 같은 우리 겨레의 말꽃을 두고 서로 자기 나라의 이름에 붙여 '한국문학'이니 '조선문학'이니 하는 것이 나로서는 몹시 안타깝고 못마땅하다.

사실 남쪽은 나라 이름을 대한민국, 곧 '한국'이라 하고 북쪽은 나라 이름을 조선인민공화국, 곧 '조선'이라 하는데, 이렇게 이름한 말미도 우리 말꽃의 이름을 따지는 자리에서는 짚어보아야 한다. 남쪽에서 나라 이름을 대한민국으로 잡은 것은 1948년 정부 수립에 즈음한 국회였다고 보아야겠지만, 사실은 1919년 상해에 세웠던 임시정부에서 만들어 쓰기 비롯했다. 임시정부에서 이 이름을 쓴 것은 1897년에 조선이 왕국에서 제국으로 바뀔 때 나라 이름을 대한제국으로 했던 데서 말미암는다. 임시정부의 지도자들은 고종이 황제가 되어 그 나라를 대한제국이라 했으니 이제 '황제의 나라'가 아니라 '백성의 나라'가 되었다는 뜻에서 '제' 자를 '민' 자로 바꾸어 대한민국이라 했다. 그런데 고종이 제국의 이름을 '대한'이라고 한 데에도 물론 까닭이 있다. 그것은 우리 겨레의 한 옛날 역사에 '한'이라는 나라가 있었기 때문이다. 마한, 변한, 진한이라 하여 반도의 남녘에 있었던 삼한이 바로 그것이다. 그러니까 고종이 조선국이라 부르던 이름을 대한제국으로 바꾼 것은 결국 나라의 뿌리를 남녘에다 가두어서 스스로 움츠림을 부른 셈이 되었다.[7]

한편 북녘에서 나라 이름을 조선인민공화국으로 한 것도 1948년 저들의 정부 수

---

7) 이때 고종이 자주정신을 천명하고자 왕국을 제국으로 바꾸면서 나라 이름을 '조선제국'이라 하지 않고 '대한제국'이라 한 까닭은 '옛 것을 개혁하여 새 것을 도모한다(革舊而圖新)'는 명분 아래 황제의 자리에 오를 때는 이전의 나라이름을 그대로 쓸 수 없다는 논리에 따른 것으로 보인다.(박광용, 〈우리 나라 이름에 담긴 역사계승 의식—한, 조선, 고려관〉, 《역사비평》 1993년 여름호, 27~28쪽) 그러면서 '한' 곧 '삼한'의 뜻을 지나치게 확장하여 받아들였던 것으로 보이는데, 이처럼 '삼한'을 지나치게 확장하는 관점은 요즘 우리 나라 역사학자들에게까지 이어지고 있다.(김한규, 〈우리 나라의 이름—'동국' 과 '해동' 및 '삼한'의 개념〉, 《이기백선생고희기념 한국사학논총 하》, 일조각, 1994)

립에 즈음한 것이다. 그러나 저들이 나라 이름을 조선으로 잡은 데에도 물론 그럴 만한 까닭이 있다. 가까이는 태조 이성계로부터 고종 이명복에게 이어진 근세 왕조의 나라 이름을 이어받은 것으로 볼 수 있지만, 그보다도 한 옛날 우리 겨레의 역사에 조선이라는 나라가 있었던 까닭에 받아 쓴 이름이다. 멀리 단군조선, 기자조선, 위만조선 같은 이른바 고조선이 바로 그런 나라들이다. 그런데 이들 고조선은 모두 우리 땅의 북녘에 자리잡았던 나라들이기에 저들로서는 아주 마땅한 이름을 붙든 셈이다.

이래서 우리 겨레의 말꽃을 남쪽에서는 한국문학이라 부르고 북쪽에서는 조선문학이라 부르고 있지만, 이들은 마땅히 바로잡아야 한다. 두말 하면 숨가쁜 소리지만 굳이 까닭을 이야기하자면 두 가지를 꼽을 수 있다. 첫째는, 무엇보다도 말꽃은 본질에서 겨레의 것이지 나라의 것이 아니기 때문이다. 남쪽 대한민국에서 다루는 말꽃도 한국이라는 나라의 말꽃이 아니라 기나긴 역사와 어우러져 내려온 우리 배달겨레의 말꽃이요, 북쪽 조선인민공화국에서 다루는 말꽃도 조선이라는 나라의 말꽃이 아니라 우리 배달겨레의 말꽃이다. 남쪽에서나 북쪽에서나 우리가 말꽃을 다룰 때는 조선이다 고려다 신라다 백제다 고구려다 하는 나라를 마음에 둘 수 없고, 나라들이 일어서고 무너지고 하는 것을 뛰어넘어 영원히 사라지지 않는 겨레를 마음에 둔다. 그것은 말꽃이 겨레를 이루게 하는 본질의 속살인 말을 자료로 삼아 만들어지는 것이기에 그럴 수밖에 없다. 따라서 그것을 이름하여 부를 때도 나라의 이름을 매김하여 한국문학이니 조선문학이니 할 수는 없는 노릇이고, 마땅히 우리 겨레의 이름을 앞에다 매김하고 불러야 옳다. 굳이 나라 이름을 붙여 고구려말꽃, 고려말꽃, 조선말꽃, 이렇게 할 수도 있지만, 그러면 그것은 끊임없이 이어지는 겨레의 말꽃을 뜻하는 것이 아니라 도막난 시간 안에 머무는 나라의 말꽃을 뜻할 뿐이다.

둘째는, 정치 또는 문화 현실의 문제도 무시할 수 없어서 그렇다. 남쪽에서는 한국문학이라 하고 북쪽에서는 조선문학이라 하는 버릇을 줄곧 굳히면 겨레가 하나 되는 날이 왔을 때 쓸데없는 논란에 부딪힐 것이다. 같은 겨레의 말꽃을 두고 서로 다른 이름으로 부르는 것이 두 나라로 갈라진 형편에서는 그럴 수도 있다 하겠으나, 언젠가 우리가 바라는 통일이 이루어지면 그것이 괜한 시비거리로 떠오를 수밖에 없다. 그러면 정치하는 사람들이 나라 이름을 새로 짓느라고 다투듯이 말꽃의 이름도 새로 짓자면서 서로 다투는 웃지 못할 일이 벌어질 터이다. 그럴 수는 없는 일이니 지금이라도 말꽃의 본질에 맞추어 겨레 이름으로 부르자는 것이다.

말꽃의 본질에도 들어맞고 삶의 현실에도 부딪힘이 없도록 겨레의 이름에다 매김하여 '배달말꽃'이라 하면 나무랄 데가 없을 듯하다. 그런데, 우리 겨레는 왜 예로부터 스스로를 '배달겨레'라고 부른 것일까 하는 물음은 여기서 막을 수 없다. 일찍부터 여러 사람들이 궁금하게 여기고 밝히려 하였으나 알다시피 뿌리가 너무 깊어서 또렷이 밝히기는 어려운 물음이다. 대체로는 고조선을 세우고 다스린 단군에 말미암는다고 보지만, 우리 겨레의 옛 역사는 아직 어둠에 싸여 있어서 이런 말미가 얼마나 참된지를 밝히기 어렵다.

다만, 고고학에서 찾아낸 유물에 따른 연구로 수십만(50, 60만) 년 동안 우리 겨레가 한반도와 그 북녘의 동북아시아 벌판에서 무리지어 살아왔으며, 적어도 석기시대와 청동기시대를 거치면서 하나의 겨레를 이루었다는 사실이 밝혀졌다. 기원전 2000, 3000년대에 들어와서는 한결 뚜렷한 믿음과 정치조직으로 몇 개의 커다란 동아리를 이루었으며, 그 가운데서도 압록강과 대동강 유역을 중심으로 요동반도에 걸쳐 일어난 고조선은 오래도록 힘과 문명을 주변에 떨친 나라였다는 사실이 뚜렷이 드러났다. 이 고조선을 처음 일으킨 이와 그를 이어받아 다스린 임금들을 한자로 '단군'이라 적었는데, 이는 우리 토박이말 '배달임금'을 뜻한다는 것이다.[8] '단'은 오늘날에도 '박달나무'로 풀이하는데, '박달'과 '배달'이 같은 뿌리에서 자라난 말이라는 것이고, 그것은 곧 '밝다'는 그림씨에서 말미암은 말이었다고 짐작한다. 우리 겨레가 '밝음'을 좋아하고, 그들이 믿던 '하늘'과 하늘에서 가장 뚜렷한 '해(태양)'를 우러르던 뜻이 담긴 말이라고 본다. 이 '배달임금'의 나라가 오래도록 힘을 떨치고 문화를 자랑하면서 이 땅에 사는 사람들이 스스로 그분의 자손이라 여기고, 그것이 겨레를 묶는 끈이 되어 스스로 배달겨레라 이름했다는 것이다.

그러나 고조선이 무너지고 겨레가 여러 나라로 갈라진 때[열국시대][9]에 들어서자 열국의 지배층 사람들은 다투어 중국의 글자를 빌려 새로운 문화를 받아들이고자 했다. 먼저 고구려에서 중국(전진)을 본받아 '태학'을 세워(372) 중국 문화를 가르치고 불교를 받아들이면서, 상류층 안에 중국 문화를 우러르는 풍조가 자라나고, 우리네

---

8) 《계림유사》(1103?)에 "檀 倍達 國 那羅 君 壬儉"이라 해놓았다. '단은 배달, 국은 나라, 군은 임금'이라고 한 것이다. 이로 보아서도 고려 때 이미 '단군'이라는 한자말과 '배달임금'이라는 배달말을 겹으로 썼으리라 짐작할 수 있다.

9) 우리 겨레의 먼 옛날 역사는 기록이 모자란 탓에 아직 제대로 알려지지 않았고 논란이 시끄럽다. 그 사이 이루어진 연구 성과를 아우르면, 고조선이 무너지던 기원전 1~2세기로부터 고구려·백제·신라만 남았던 6세기 중엽까지를 열국시대(列國時代)라고 부르는 것이 바람직하다. 열국시대는 몇십 개로 갈라진 나라들이 서로 다투면서 고구려와 백제와 신라에게로 싸잡혀 들어간 때를 말하는데, 가야가 신라에게 싸잡혀 들어간 때는 금관가야가 무너진 532년에서 대가야의 저항이 끝난 562년 사이다. 그러면 사실 고구려·백제·신라만 오롯이 남았던 삼국시대란 백제가 무너진 660년까지니, 길게 잡으면 128년이고 짧게 잡으면 98년에 지나지 않는다.

삶과 문화를 업신여기려는 사람들이 하나둘씩 늘어났다. 마침내 당나라를 끌어들여 고구려와 백제를 무너뜨린 신라에서는 당나라를 본뜬 '국학'을 세워(682) 지배층 사람들을 교육하고 중국에 유학한 사람들이 세상을 이끄는 세월이 되었다. 이들은 중국의 중화사상을 우러르며 다투어 받아들이고, 스스로를 '시골[향]'이라고 하면서도[10] 부끄러워할 줄 몰랐다. 이런 풍조는 고려와 조선의 지배계층으로 내려올수록 더욱 거세지면서 스스로를 '작은 중국[소중화]'이라 내세우며 뽐내는 지경에까지 이르렀다. 배달겨레로서 지녔던 지난날의 떳떳한 마음들을 잃어버린 것이다.

그런 세월이 천 년을 넘었으나 여느 백성들은 겨레의 얼을 버리지 않고 배달이라는 말을 지키며 끈질기게 써왔다. 다만, 백성들은 그런 말을 글자로 적어 남길 수 없었기 때문에 요즘 들어 학문으로 찾아 간추릴 길이 없을 뿐이다. 게다가 지난 한 세기에 걸쳐 우리는 선조들이 지켜온 삶을 제대로 이어받을 수 없는 역사의 소용돌이를 만난 탓에 겨레의 얼이 담긴 배달이라는 말도 잊어버렸다. 그뿐 아니라 광복하고 반세기 동안에는 조국분단의 아픔 가운데서 미국 문화에 휩쓸려 버렸기에 다시 우리네 삶을 이어받기 어려웠다. 그래서 이제는 배달이라는 말을 쓰지 않은 지가 한 세기를 훨씬 넘어 우리에게 더없이 낯선 말이 되고 말았다.[11]

그러나 아득한 예로부터 이 땅에 살아온 우리 겨레를 부르는 이름으로 배달겨레보다 더 올바르고 좋은 말은 없다. '한민족'이니 '조선족'이니 하는 한자말들을 쓰지만 그것은 참으로 마땅하지도 올바르지도 못한 말이다. 그래서 우리 겨레의 말꽃은 저절로 배달말꽃이라 부를 수밖에 다른 길이 없다고 본다.

가) 배달말로 이루어진 말꽃

'배달말꽃'은 말할 나위도 없이 '배달말로 이루어진 말꽃'이다.[12] 그렇게 말하면

---

10) 요즘에도 쓰이는 '향찰(우리 글자)', '향가(우리 노래)' 같은 말들이 이때부터 쓰인 것이다.

11) 이렇게 낯설어진 말을 굳이 끌어다 쓰는 바람에 속좁은 사람, 고리타분한 사람으로 손가락질을 받는다. 그러나 머지않아 이런 토박이말을 자랑스럽게 여기고 사랑하는 사람들이 불어나리라는 바람을 버리지 못한다. 우리 겨레의 토박이말을 고리타분하게 여기는가 자랑스럽게 여기는가 하는 갈림은 우리 겨레의 정신건강 상태에 달렸다고 생각한다. 지난 일천 수백 년 동안 중국의 것은 무엇이나 좋고 우리 것은 무엇이나 시시하다고 여기며 살던 시절에 자라난 정신, 최근 100년 사이 서양의 것은 뭐라도 근사하고 우리 것은 모조리 꾀죄죄하다고 여기며 살다가 얻은 정신을 얼마만큼 고쳐 놓느냐에 따라 달라질 것으로 믿는다.

12) 이것은 너무도 쉬운 상식이지만 우리에게는 더러 헷갈림이 있는 듯하다. 우리는 흔히 한국문학, 중국문학, 일본문학이라는 말을 쓰면서, 그 뜻을 마치 한국이라는 나라의 문학, 중국이라는 나라의 문학, 일본이라는 나라의 문학으로 여기는 듯하다. 그러나 그것은 한국말 문학, 중국말 문학, 일본말 문학이라 해야 또렷하고, 나라의 문학이 아니라 겨레의 문학이라는 뜻으로 써야 올바르다. '잉글리쉬

더 풀어 보일 것도 없지만 '배달말'이라는 낱말에 담긴 속살을 좀더 따져보지 않을 수 없다. 배달말의 뜻을 제대로 가늠하고 있는 사람들이 적은 우리네 실정 때문이기도 하고, 배달말꽃이란 바로 배달말의 속살을 그대로 담고 거기에 뿌리내려 있어서 그렇다.

배달말은 우리 겨레가 지난날에 썼고, 오늘날 쓰고 있으며, 앞으로 먼 뒷날까지 쓸 말을 뜻한다. 한 마디로 배달말은 우리 겨레의 말이다. 요즘 우리는 흔히 한국어 또는 한국말이라 하지만 그런 말로는 '겨레의 말'이라는 뜻을 제대로 드러내지 못한다. 그것은 '나라의 말'을 뜻하기 때문이다.[13] 나라가 어떻게 바뀌든 언제나 한결같아 바뀔 수 없는 배달겨레가 쓰는 말이 배달말이다.

배달말은 한반도 안에서 남북으로 두 나라를 이루며 갈라져 사는 7천만 겨레들이 쓰는 말을 본바탕으로 한다. 그러나 그것만이 모두는 아니다. 중화인민공화국의 국민으로 만주 전역에서 조선족 자치주를 만들어 살아가는 동포들이 중국어와 함께 쓰고 있는 배달말을 비롯하여, 일본, 시베리아,[14] 미국 같은 여러 나라에서 우리 동포들이 그런 나라의 말과 더불어 쓰고 있는 배달말도 싸잡는다. 물론 만주와 일본과 시베리아와 미국 따위 해외에 사는 교포들이 쓰고 있는 배달말은 언제까지나 살아 남을지 알 수 없고, 요즘도 살아 있는 삶의 말이기보다는 아끼고 지키는 유물 같은 말이라 해야 옳을지도 모르겠다. 만주와 일본과 시베리아와 미국의 교포들은 그 수효가 만만찮고, 배달말을 쓰면서 버리지 않으려고 애를 쓰기 때문에 쉽게 사라지지 않을 것으로 보이지만, 차차 그들 나라의 공용어에 밀려 언젠가는 사라질 수밖에 없다. 그렇다 하더라도, 오늘날 우리의 배달말은 한반도 안에서 쓰는 것뿐만 아니라 온 세계로 나가서 사는 겨레들이 거기서 쓰는 배달말도 싸잡아야 한다.

우리 겨레의 배달말은 기나긴 세월 동안 입말로 흘러오면서 이루어졌다. 입말을 온전한 글말로 붙들 수 있게 된 것은 알다시피 15세기에 와서 한글을 만든 다음부터

리터러처'는 영국의 문학이 아니라 영어의 문학이고, '레떼라뚜라 이딸리아나'는 이탈리아의 문학이 아니라 이탈리아말의 문학이라는 상식을 생각하면 쉽게 알 만한 일이다.

13) 아득한 옛날 수많은 나라로 갈라졌다가 고조선이 서고, 고조선이 무너진 뒤에 열국시대를 거치고는 다섯 나라, 네 나라, 세 나라(삼국시대), 두 나라(남북국시대)가 되었다가, 만주 땅을 빼앗기고 반도에 갇히면서 한 나라(고려시대, 조선시대)가 되었다. 그리고 마침내 나라를 일본에게 빼앗겼다가 겨우 되찾았으나 다시 두 나라로 갈라져 남쪽 반 동강만을 '한국'이라 부른다. 한국어 또는 한국말은 이런 한국의 나라말에 지나지 않는 것이다.

14) 공산주의 체제가 무너진 뒤로 소련은 연방공화국이 무너져 여러 나라로 다시 갈라졌다. 따라서 우리 겨레도 지금 그런 여러 나라에 흩어져 살게 되었는데, 나라 이름을 낱낱이 들기 번거로워 땅 이름인 시베리아라고 했다.

22

다. 그러니까 태초부터 15세기에 이르는 기나긴 세월 동안 배달말의 모습이 어떠했는지 우리는 똑똑히 모른다. 5, 6세기 어름부터 중국 글자[한자]를 빌려서 우리 배달말을 적으려 애쓴 흔적들이 적지 않으나 그것으로 그때의 배달말 모습을 알 수는 없다. 그 가운데 ‘향찰’이 글자 그대로[15] 배달말을 가장 가까이 다잡아 적을 수 있었으나 그것으로 적힌 배달말이 이제는 짤막한 노래 스물여섯 마리뿐인지라 말의 모습을 헤아리기에는 턱없이 모자란다.

　　이런 사정으로 우리 배달말이 애초에 어떻게 싹이 터서 자라나 15세기까지 온 것인지 그 길을 제대로 알 수는 아직 없다. 다만 오늘날 배달말의 소리와 낱말과 글월 짜임 같은 말법을 살피건대, 그것이 우랄산맥에 뿌리를 두고 서남과 동쪽으로 퍼진 여러 겨레의 말들과 서로 비슷하다는 사실이 밝혀졌다. 무엇보다도, 우리 배달말은 우랄산맥 동쪽으로 몽고와 만주를 거쳐 한반도로 들어와 일본으로 이어지는 지역에 퍼진 말들과 서로 매우 비슷하여 이들을 하나의 가까운 겨레로 묶을 수 있다고 한다. 그러나 정작 만주 벌판과 한반도에 자리잡은 ‘배달겨레’의 배달말은 언제 어떻게 이루어지고, 어떤 길을 따라 바뀌어 왔는지를 제대로 밝히지는 못하고 있다. 여러 가지 형편과 고고학의 발견에 힘입어 고대국가(고조선)로 일어서던 기원전 20세기 어름에서 그 고조선이 허물어지는 기원 즈음에 이르는 2000년 사이에 ‘고대의 배달말’이 이루어진 것이 아닌가 하는 추측을 할 수 있을 뿐이다.[16]

　　그 뒤로 갈라진 여러 나라들 사이의 갈등과 교섭을 거쳐 배달말은 더욱 갈고 닦이면서 한편으로는 상류층에서 불러들인 중국말의 영향을 갈수록 많이 받은 듯하다. 고조선이 무너진 뒤로 여러 작은 나라들로 갈라진 우리 겨레는 거의 1천 년에 걸쳐 끊임없는 다툼과 싸움을 하면서 새로운 길을 걸었는데, 결국 6세기 중엽에 세 나라(고구려, 백제, 신라)로 뭉친 다음 7세기 중엽에는 두 나라(신라, 발해)로 되었다가 10세기에 와서 한 나라(고려)로 되었다. 이 1천 년 동안 우리 겨레는 지루하게 동족끼리 싸우는 세월을 보냈는데, 그 사이 만주의 드넓은 땅을 빼앗기고 말았을 뿐만 아니라 배달말에도 엄청난 아픔을 안겼다. 상류의 지배층에서 다투어 중국 글말[한문]을 배워 쓰는 바람에 여느 백성들이 쓰는 배달말과는 깊은 골이 패이고, 상층사회로부터 중

---

15) ‘향찰’이라는 말은 글자 그대로 ‘우리 글자’라는 뜻임을 눈여겨보아야 한다. 그런 말을 언제부터 썼는지 밝히기는 어렵지만, 지금 나타난 것으로는 최행귀(10세기 사람)가 균여대사의 〈보현십종원왕가〉(신라노래, 곧 향가)를 한문으로 뒤치면서 쓴 글(967년)이 처음이다. 그 글의 앞뒤 문맥으로 보아도 ‘향찰’이란 우리 ‘신라 글자’라는 뜻임에 틀림없다.
16) 물론 이런 추측은 아직도 논란 가운데 놓였고 뚜렷한 자료를 바탕 삼아 합의에 이른 것은 아니다. 따라서 앞으로 힘써 밝혀야 할 과제로 남아 있는 추측에 지나지 않는다.

국에서 들어온 낱말과 말씨가 엄청나게 번져 나가면서 배달말을 짓밟았기 때문이다. 이러한 1천 년 동안을 '중대의 배달말'이라 하여 하나의 시대로 나눌 수 있을 듯하다.

긴 세월에 걸쳐 동족끼리 벌이던 싸움은 10세기에 와서 만주 땅을 잃어버린 채 마무리되면서 고려가 반도 안에만 갇힌 통일을 이루었다. 이로부터 조선이 무너지는 19세기 말엽까지 또 다른 1천 년 동안 우리 겨레는 어처구니없이 쪼그라든 삶을 살았다. 기원 이전에 떨치던 힘을 다시 되찾지 못했을 뿐만 아니라 삼국시대나 남북국시대에 지녔던 힘조차 되살리지 못하고 한반도 안에만 갇혀서 이웃 나라의 침략에 갈수록 크게 시달리는 슬픈 세월을 살았다. 상류층에서 한문을 숭상하는 열기와 중국을 부러워하는 사상은 갈수록 높아져 갔으므로, 중국말이 밀고 들어오는 흐름도 갈수록 거세졌다. 이런 1천 년 사이 우리 배달말을 쓰는 사람들의 땅넓이와 삶은 크게 바뀌지 않은 채 이어와 오늘에 이르렀으므로, 오늘날 우리가 쓰고 있는 배달말의 모습을 굳히는 시기는 바로 이때였다. 이때의 배달말을 '근대의 배달말'이라 할 수 있을 것이다.

이 근대의 배달말에 이르러 우리는 무엇보다도 입말을 제대로 적을 수 있는 글자, 곧 '한글'을 만들었다. 비로소 우리 겨레의 입말을 그대로 글말로 붙들어 적을 수 있는 참다운 글자를 만들어낸 기적을 이룩한 것이다. 한글은 비록 왕조사회의 체제 안에서 지배계층의 탄압에 눌려 제 힘을 곧바로 드러내지 못했으나, 그런 어려움 가운데서도 줄기차게 가난한 백성들에게로 번져 나가면서 그들의 눈을 뜨게 하여 겨레에게 밝은 빛을 던져주었다. 그래서 마침내 우리가 사는 20세기에 와서는 지난날 겨레를 물과 기름처럼 위아래로 갈라놓았던 한자와 한문의 벽을 말끔히 헐어버리고, 온 겨레가 입말과 글말에서 두루 하나로 묶일 수 있게 해주었다.

20세기는 우리 배달말에서 하나의 새로운 세상이다. 겨레가 생긴 뒤로 온 겨레가 다 함께 입말과 더불어 글말로서도 막힘이 없이 하나로 살아가게 된 첫세상이기 때문이다. 고대의 배달말 시기에는 입말로써 온 겨레가 막힘 없이 하나의 동아리를 이루었으나, 글말이 없었기에 짧은 시간과 좁은 공간 밖으로는 정보를 주고받을 수가 없어 진보가 더딜 수밖에 없었다. 중대의 배달말 시기에는 중국 글말을 쓰는 상류층은 저들끼리 정보와 경험을 주고받으며 체제를 굳히고, 입말로 살아야 하는 백성들은 그것을 넘어다보지 못하여 답답하게 살아갈 수밖에 없었다. 근대의 배달말 시기에는 한문의 담장이 더욱 높아지면서 수많은 백성들이 갈수록 문화에서 밀려나고 실의와 좌절에 빠져들었다. 그러나 한글을 만들어내는 기적을 만나는 바람에 한문의 장벽을 언젠가는 무너뜨리고 겨레가 하나될 글말의 바탕을 마련하였다. 이제 20세기가 되자 한문은 밀려나고, 누구나 막힘 없이 입말을 주고받을 수 있고, 쉬운 글말로 정보와 경험을 쌓아서 주고받으며 지닌 힘을 남김없이 떨칠 수 있는 시대를 맞이했다. 이런 20세기의 배달말을 '현대의 배달말'이라 부를 수 있다.

우리는 현대의 배달말에 와서 겨레 생기고는 처음으로 이것을 연구하며 갈고 닦는 일을 시작했다. 이때 비로소 입말과 글말을 갖추어서 온전하게 된 배달말을 온 겨레에게 가르치기 시작했다. 더 올바르게, 더 쉽게, 더 똑똑하게, 더 아름답게 쓰면서 값진 삶을 살아가도록 가르치는 국어교육을 시작한 것이다. 그리하여 앞으로는 누구나 자신의 삶을 입말로 나누면서 넉넉하게 사는 것은 말할 나위도 없고, 글말로 고스란히 적어서 시간과 공간을 뛰어넘어 주고받으면서 빛나는 문화를 이룩할 수 있게 되었다. 뿐만 아니라 이제까지 보지 못한 전자말을 부려쓰는 때를 맞이하여 새로운 삶을 살아보게 되었다. 전자말을 부려서 입말과 글말을 싸잡아 더욱 넓은 공간과 긴 시간을 뛰어넘으며 주고받는 말살이를 하게 된 것이다. 이런 모든 일들은 우리 겨레의 역사에서 처음 맞이하는 일들로서, 이제는 지난 2천 년 동안 내리막길로 굴러 내린 역사를 되돌려 오르막으로 밀어올리며 살아가는 시대가 열린 것이다.

배달말꽃은, 그러니까, 이제까지 살펴본 그런 여러 단계의 배달말로 이루어낸 말꽃이다. 공간으로 보아 오늘날 한반도 안에 사는 사람들과 온 세계로 나가서 사는 교민과 교포들이 쓰는 배달말의 말꽃, 시간으로 보아 지난날 고대와 중대와 근대를 거쳐 오늘날 현대까지 이어진 배달말의 말꽃을 모두 싸잡는다. 말할 나위도 없지만, 그런 공간과 시간 안에서 배달말이 아닌 다른 말로 이룩한 문학은 배달말꽃일 수 없다. 중대와 근대에 중국 글말로 이룩한 한문문학도 배달말꽃에 싸잡힐 수 없고, 현대에 와서 한때 일본 글말로 이룩한 일문문학도 물론 배달말꽃일 수 없다.

'한문문학'이란 우리 나라에서 우리 겨레들이 '한문을 자료로 삼아 만들어낸 말꽃'을 말한다. 그런데 '한문'이란 다 알다시피 '중국의 옛 글말'이니까 한문문학은 '중국 글말의 말꽃'임에 틀림없다. 그런데 배달말꽃을 다루려고 하면 늘 이것 때문에 말썽이 일어난다. '중국 글말'의 말꽃이지만 우리 나라에서 우리 겨레들이 우리 삶을 드러내는 것으로 썼기 때문이다. '우리 나라에서 우리 겨레들이 만든 말꽃'이면서 '중국의 옛 글말인 한문을 자료로 삼은 말꽃'이라는 두 가지 사실이 서로 어긋나기 때문이다. 그런데, '우리 나라에서 우리 겨레가 만들어낸 말꽃'이니 그것은 우리 말로써 만들어낸 배달말꽃과 함께 섞어서 연구하고 논의해야 마땅하다는 쪽으로 대세가 기울어져 버렸다. 그리고 그런 주장에 따라 배달말꽃과 한문문학을 나누지 않고 하나로 다루는 연구 논문과 책들을 수없이 썼고 또 쓰고 있다. 게다가 우리네 학교교육에서도 줄곧 그러한 주장을 받아들여서 그런 연구에서 얻어낸 바를 참되다고 가르쳤다. 따라서 이제 이러한 대세에 쐐기를 끼우는 일조차 아주 어려운 지경에 이르렀다. 그러나, 이런 주장과 대세가 이치에 마땅한가를 다시 묻지 않을 수 없다. 언제나 깨어 있는 마음과 눈으로 올바른 이치를 새롭게 찾아야 하는 것이 학문의 길이기 때문이다.

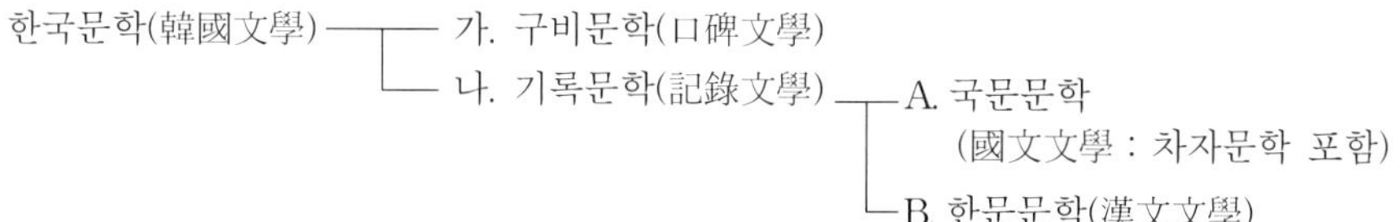

이 그림표[17]는 한국문학(우리 겨레의 말꽃이라는 뜻이다) 안에 한문문학을 싸잡아야 한다고 주장하는 우리 학자들의 한결같은 뜻을 잘 드러낸다. 우리 겨레의 말꽃 유산에는 입말꽃과 글말꽃이 있는데, 그 글말꽃 안에 한글로 쓰인 말꽃과 한문으로 쓰인 말꽃이 싸잡힌다는 논리다. 따라서 한문문학은 우리의 글말꽃이라는 주장이다. 얼핏보면 그럴싸하여 많은 사람들이 받아들인다.

그러나, 여기에는 커다란 잘못이 있다. 우선 말꽃을 '입말꽃'과 '글말꽃'으로 갈래지을 때는 그것들이 같은 '말'로 이루어진 것이라야 한다. '입말이다' '글말이다' 하는 것은 하나의 '말'을 두고 입에서 나와 귀로 들어가는 소리의 말 그대로인지, 그 소리의 말을 글자로 적어 눈으로 들어가도록 마련한 말인지에 따라 갈래지는 것이다. 라틴말이면 라틴말, 프랑스말이면 프랑스말, 중국말이면 중국말에서 저마다 소리로 오가는 입말과 글자로 오가는 글말로 나누어진다. 그러니까 말꽃도 하나의 말을 자료로 삼은 말꽃을 두고 그것이 입말로 이루어지는 말꽃인지 글말로 이루어지는 말꽃인지에 따라 입말꽃도 되고 글말꽃도 된다. 그래서 라틴말의 입말꽃과 글말꽃, 프랑스말의 입말꽃과 글말꽃, 중국말의 입말꽃과 글말꽃, 이렇게 나뉘는 것이다. 이를테면, 다 같은 이탈리아 사람들이지만 저들은 역사의 흐름 안에서 서로 다른 두 가지 말을 썼고, 그것으로 말꽃을 이루었으므로 아래와 같이 갈래를 짓게 마련이다.

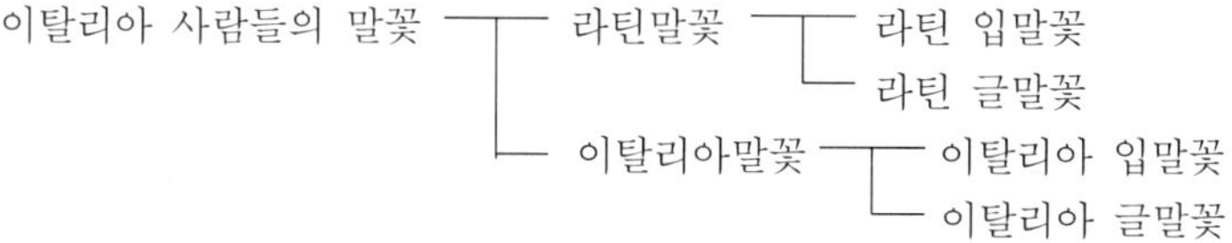

---

17) 김흥규, 〈한국문학의 범위〉, 《한국문학연구입문》, 지식산업사, 1982, 15쪽 ; 김흥규, 《한국문학의 이해》, 민음사, 1986, 22쪽.

이탈리아 사람들은 일찍이 토박이 에트루리아말을 입말로 썼지만 로마를 일으킨 라틴 겨레가 라틴말을 공용어로 쓰게 하는 바람에 두 가지 말을 쓰게 되었다. 그러니까 처음에는 두 가지 입말(하층 백성들은 이탈리아말, 상층 귀족들은 라틴말)에다가 한 가지 글말(상층 귀족들의 라틴 글말)을 썼다. 그러나 그런 세월이 길어지면서 백성들의 입말도 글말로 쓰기 비롯하여 결국 이탈리아 글말도 나타나서 두 가지 입말과 두 가지 글말을 쓰게 되었다. 그러다가 13세기에 들어오면 백성들의 삶에 눈을 뜬 사람들이 이탈리아말을 살려 써야 한다는 생각으로 라틴말을 버리는 시대로 들어섰다. 프란체스코 성인의 영향으로 단테, 페트라르카, 보카치오 같은 천재들이 앞장서 라틴말을 버리고 이탈리아말로 만드는 글말꽃의 길을 열었다. 이래서 앞에 보인 그림표와 같은 갈래의 말꽃을 갖게 된 것이다. 그러나 이런 사태를 다음과 같이 갈래지으면 이탈리아 사람들은 당장 고개를 절레절레 흔들 것이다.

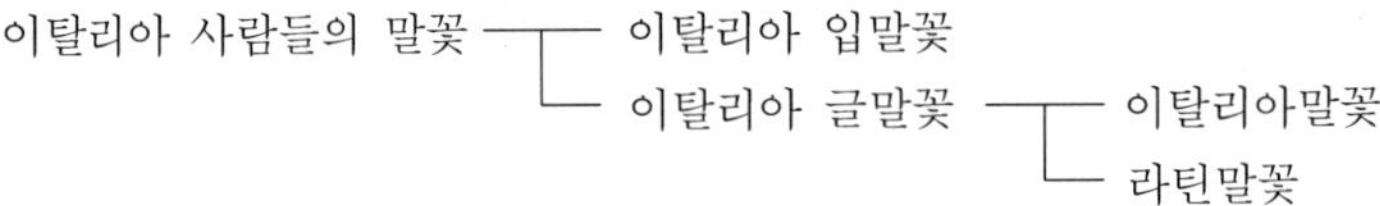

라틴말로 적힌 말꽃 유산이 엄청나게 많지만 그것을 이탈리아말로 적힌 말꽃과 나란히 이탈리아의 글말꽃 유산으로 여기지 않는다. 라틴말꽃에 쓰인 말이 이탈리아말이 아니라 라틴말이기에 그럴 수밖에 없다. 이런 이치는 조금만 생각해보면 누구나 알 만한 것이고 또 너무나도 마땅한 것이다. 그러므로 우리 겨레의 말꽃 유산을 자료인 말에 따라서 그림표로 나타내어 본다면 마땅히 다음과 같이 해야 올바르다.

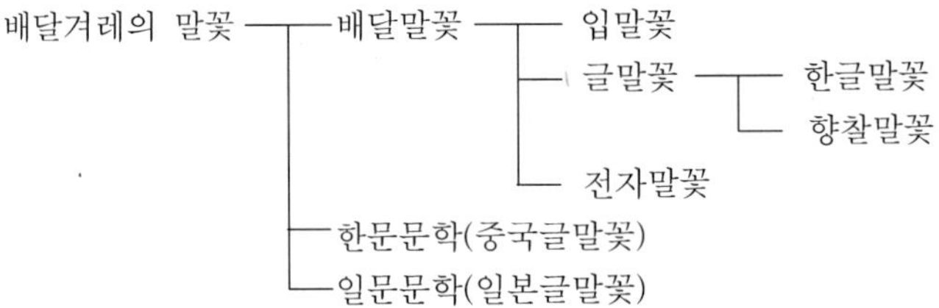

말하자면, 우리 겨레가 만든 말꽃에는 아득한 태초로부터 배달말을 자료로 삼아 이룩한 배달말꽃이 있고, 한때[18] 중국의 글말을 빌려 이룩한 한문문학이 있고, 또 짧

---

18) 실제로 우리 겨레가 중국 한문으로 글말꽃을 즐긴 시간은 아무래도 천 년을 넘는 기나긴 세월인지

은 세월이지만 일본의 글말로 쓴 일문문학도 있는 것이다. 그리고 배달말로 된 배달말꽃에는 입말꽃과 글말꽃과 전자말꽃이 있는데, 글말꽃 안에는 중국 글자를 고쳐 만든 향찰로 적은 향찰말꽃과 우리가 배달말을 온전하게 적을 수 있도록 만든 한글로 표현한 한글말꽃이 있다는 말이다.

말꽃이란 표현 자료인 말이 다르면 형식이 달라지기 때문에, 우리네 입말과 글말로 이루어진 배달말꽃과 중국의 글말로 이루어진 한문문학과 일본의 글말로 이루어진 일문문학은 서로 다른 갈래의 말꽃일 수밖에 없다. 그래서 이 셋을 똑똑히 갈라 놓고 따로 연구하고 논의하는 것이 이치에도 마땅하고 사실에도 어우러지고 공리로도 바람직하다. 우리나라에서 우리 겨레들이 만들었다 하더라도 일본 글말을 표현 자료로 삼아 만든 일문문학을 배달말꽃과 더불어 함께 다루기 어려운 것과 마찬가지로 중국 글말로 표현한 한문문학도 배달말꽃과 싸잡아 다루기 어려운 것이다.[19] 한 걸음 더 나아가면, 앞으로 우리 나라에서 우리 겨레가 또 다른 외국말인 영어나 불어나 독어나 중국의 백화로 말꽃을 만든다고(아직 눈에 뜨일 정도는 아니지만 지금도 실제로 그런 말꽃이 나타나고 있다) 할 때, 그것이 우리 배달말꽃에 싸잡혀질 수 없는 것과도 마찬가지다.

이런 논리를 한문문학이나 일문문학을 우리네 유산에서 내다버리자는 뜻으로 받아들이면 잘못이다. 더구나 한문문학은 일찍이 우리 겨레가 쉽게 쓸 글자를 지니지 못하였을 때 온갖 어려움을 견디며 삶을 담아낸 유산이다. 비록 얼마 되지 않던 상류층 사람들만 즐긴 것이기는 하지만, 거기에는 우리 선조들이 겪은 삶의 알맹이들이 담겨 있어서 값지게 다루어야 마땅하다. 더구나 천 년이라는 긴 세월에 걸쳐 이루어져서 뿌리가 깊고 분량도 적지 않다. 내다버리기는커녕 더욱 알뜰하게 연구하여 새로운 우리 겨레의 문화를 가꾸는 밑거름이 되도록 힘써야 마땅하다.[20]

라 '한때'라는 말이 어울리지 않는다. 그런데도 굳이 '한때'라고 하는 것은 우리 겨레가 이 땅에서 동아리를 이루어 살아오고 또 살아갈 그 영원한 시간에 견주면 '천 년'도 정말 '한때'에 지나지 않기 때문이다.

19) 실제로 우리 나라에서 우리 겨레들이 일본 글말로 만든 '일문문학'이 적지 않은데 이제까지 아무도 그것을 거들떠보지 않았다. 처음으로 그것을 문학사에서 건드린 조동일도 "일본어로 쓴 작품은 일본문학에 속하므로 우리 문학사에서 다룰 필요가 없다. 처음부터 일본어만 사용한 작가는 등장시키지 않아도 그만이다"(조동일, 《한국문학통사 5》, 지식산업사, 1994, 25쪽) 하고 넘어갔다. 중국 글말로 쓴 한문문학은 우리 말로 된 배달말꽃과 더불어 떳떳하게 다루면서 일본 글말로 쓴 일문문학은 거들떠보지 않아서는 논리에 어긋난다. 물론 하나는 역사가 오래되고 하나는 시간이 짧다든지, 하나는 좋아서 받아들인 것이고 하나는 우격다짐에 눌려서 했다든지 하는 차별이 있어서 한결같이 다룰 것은 아니다. 그러나, 그런 속내는 다루는 가운데서 따져볼 일들이고, 그런 차이 때문에 하나는 다루고 하나는 다루지 않는다면 그것은 온전한 논리라 하기 어렵다.

그러므로 오히려 바탕과 자료, 짜임새와 모습이 서로 다른 배달말꽃과 한통속으로 뒤섞어 놓을 수 없다. 한문문학은 그 안에 담긴 삶이 우리 겨레의 것이라 하더라도 겉으로 나타난 모습, 곧 예술로서의 말씨와 짜임새는 온전히 중국 말꽃의 그것이다. 한문문학 안에 나타나는 여러 가지 작은 갈래들(시, 부, 사, 율, 서, 전, 기, 록, 서, 발, 논, 책 따위)은 중국 말꽃의 갈래들과 조금도 다를 바가 없다. 따라서 한문문학의 작은 갈래들이란 배달말꽃의 갈래들과는 아주 달라서 결코 어우러질 수가 없다. 그것은 말꽃의 자료인 말이 지닌 말본과 말씨와 규칙이 서로 다르기 때문에 저절로 그럴 수밖에 없다.

물론 배달말꽃과 한문문학을 하나로 싸잡아서 연구하고 논의할 수가 아주 없는 것은 아니다. '말로써 만들어내는 말꽃의 짜임새[형식]와 속살[내용]'을 다루자는 것이 아니고, 우리 겨레의 '문화'라든지, '생활'이라든지, '사상'이라든지 하는 더욱 넓은 뜻의 삶을 다룰 때는 얼마든지 한문문학을 배달말꽃과 함께 싸잡아서 살피고 다룰 수가 있다. 우리 겨레의 문화사, 생활사, 사상사 같은 데서는 마땅히 그것들을 함께 다루어야 한다. 그러나 우리는 여기서 우리 겨레의 문화나 사상이나 생활을 다루려는 것이 아니라, '말꽃'을 다루려는 것이기에 그것들을 뒤섞을 수가 없다.

나) 입말·글말·전자말을 싸잡는 말꽃

그런데 배달말은 문명의 흐름에 발맞추어 입말에서 글말을 더불고, 다시 전자말을 더불게 되었다. 땅 위의 어디에서나 사람들은 기나긴 세월에 걸쳐 입에서 '소리'로 만들어내는 입말만 쓰면서 살았다. 그러다가 소리가 곧장 사라져버리는 것을 안타깝게 여겨 오래 애태운 끝에 마침내 '글자'를 만들어 글말도 더불어 쓰면서 살았다. 게다가 이제는 '전자'를 부려쓰면서 전자말로 소리와 글자를 아우르는 데까지 이르렀다. 말의 감이 이렇게 늘어나면서 바뀌니까 말을 감으로 삼는 말꽃도 바뀌지 않을 수 없게 되었다.

사람들이 입말을 쓰면서 살아온 세월은 아무도 부러지게 알 수 없지만, 짐승에서 사람으로 넘어오던 그 첫걸음에서 비롯한다고 생각한다. 말하자면, 사람은 입말을 쓴다는 그것으로 다른 짐승들과는 다르게 뛰어난 삶으로 넘어오게 되었고, 그러므로 사

---

20) 이제는 우리도 여러 대학에서 한문학과를 차려 놓았다. 때늦은 일이지만 이제 한문문학이 배달말꽃과는 본디 다른 것임을 제대로 알고 올바로 연구하는 길을 열어나갈 말미를 마련한 셈이다. 서유럽의 여러 나라에 제 겨레말과 라틴말을 다루는 학과가 대학마다 따로 있듯이, 우리도 한문학과에서 한문문학만을 따로 다루게 된 것은 바람직한 일이다.

람들이 입말을 쓴 세월은 가장 적게 잡아도 300만 년은 넘는다고 할 수 있다. 삼백만 년을 넘게 사람들이 입말을 쓰며 살아왔다면 입말꽃을 사람들이 즐긴 세월도 삼백만 년을 넘은 것이다. 앞으로도 사람들은 영원히 입말을 쓰면서 살아갈 수밖에 없다면 입말꽃도 그렇게 즐기며 살아갈 수밖에 없을 것이다. 이렇게 우리가 흔히 '말'이라고 하면 바로 그것을 '입말'로 알아듣게 되듯이, '말꽃'이라고 할 때도 마땅히 '입말꽃'을 바탕으로 삼지 않을 수 없다.

그러나 이처럼 뻔한 사실을 우리는 그 사이 제대로 챙기지 못하고 지냈다. 사실 사람들이 글자를 만들어 거기다 말을 실어 주고받는 글말을 쓴[21] 것은 아주 요즘의 일이다.[22] 이 땅덩이 위에는 아직도 글말살이를 하지 못한 채 입말만으로 살아가는 겨레들이 적지 않으니, 글말은 아직도 모든 겨레에게 온전히 두루 쓰이지 못한다. 그런데도 '말꽃'을 학문으로 다루는 사람들은 처음부터 '입말꽃'을 제쳐두고 '글말꽃'에만 매달려 있었다.[23] 글말로 적힌 것만 말꽃으로 여기도록 하는 서양말 '리터러처'나 동양말 '문학'이 그런 사정을 잘 드러내준다. 그러다가 20세기에 들어와서야 비로소 입말꽃을 말꽃으로 보고 학문으로 다루는 사람들이 나타나고, 중엽을 넘어서면서 마침내 입말꽃과 글말꽃을 다 같이 싸잡아야 말꽃을 온전하게 다룰 수 있다는 생각이 두루 퍼지면서 오늘에 이르렀다. 그러나 아직도 입말꽃이 제 몫을 찾고 제 자리를 잡았다고 보기는 어려운 실정이다. '말'이라고 하면 '입말'을 떠올리듯이 '말꽃'이라고 하면 '입말꽃'을 떠올릴 수 있어야 제대로 몫을 찾고 자리를 잡은 것이지만, 아직은 거기에서 까마득히 먼 자리에 우리가 서 있다.

---

21) 입말은 사람들이 조물주에게서 얻은 선물이다. 사람으로 태어나면서 이미 지니고 있는 목청으로 저절로 내는 것이 입말이라는 뜻이다. 그러나 글말은 그것과 달리 사람들이 손수 만들어서 쓰는 것이다. 제 머리로 생각하고 고민하며 다듬어서 만들어낸 글자에다가 입말을 담아서 글말을 만들어낸 것이다.

22) 사람들이 입말을 쓴 역사가 300만 년에 이른다고 볼 때 제대로 된 글말을 쓴 역사란 기껏 3, 4천 년에 지나지 못하는 셈이니 지극히 최근이라 하지 않을 수 없다.

23) 거기에는 그럴 수밖에 없는 까닭이 물론 있다. 우선, 말꽃을 '학문'으로 다룰 수 있는 사회(겨레), 이를테면 서유럽과 인도와 중국 같은 곳에는 일찍이 글말꽃이 학문의 자료로서 넉넉했기 때문이다. 글말꽃의 자료가 넉넉한 사회에서 그런 자료로 말미암아 말꽃을 학문으로 다루는 일을 비롯했기 때문에 처음부터 입말꽃이 말꽃의 학문에 끼어들 자리가 없었다. 다음으로, 말꽃을 학문으로 다루는 사람들은 누구나 글말꽃에 낯익은 사람들이었기 때문이다. 어려서 글말을 배우고, 글말꽃을 읽고 쓰면서, 글말로 학문을 하는 사람들이 말꽃을 논리로 다루었다. 따라서 가난하고 보잘것없는 사람들이 입말로 주고받는 입말꽃에 눈을 돌리기 어려웠다. 그러나 무엇보다도 중요한 까닭은 학문이라는 일이 글말로 잡혀 있는 자료가 아니면 이루어지기 어려운 성질을 지녔기 때문이다. 학문이란 손에 잡히거나 눈에 보이는 자료를 붙들고 씨름하는 일이기에 입말처럼 잡히지 않는 자료를 다루기는 몹시 어렵다. 그래서 학문의 방법이 꽤 발달했다는 요즘에도 입말꽃은 글자로 붙들어 적어 놓고서야 제대로 다룰 수 있다. 이런 사실들이 얽혀서 여태까지 학문이 입말꽃을 다루지 못한 것으로 보인다.

우리 배달겨레도 다른 겨레들과 다름없이 길고 긴 세월에 걸쳐 입말만으로 살아왔다. 일찍부터 곧장 사라져버리는 입말의 아쉬움을 기워 보려고 여러 가지로 애쓰면서24) 갖가지 기호와 글자를 마련해 써 보았을 듯한 흔적들이 없지 않으나,25) 이런 것들로 적힌 글말이 이렇다 하게 남아 있지 않은 것으로 보아 그런 것들이 글말 노릇을 했다고 보기는 어렵다. 그래서 솔직하게 말하자면 우리 겨레는 까마득한 옛날부터 한글을 만들어낸 15세기까지는 입말에만 매달려 살아왔다고 할 수밖에 없다. 기원 어름에 중국 글자를 빌려 와서 글말을 하는 사람들이 상류층에 나타났으나 그것은 겨레 모두를 생각하면 무시해도 그만일 그런 정도에 지나지 못했다.26) 그러다가 15세기에 와서 입말을 누구나 쉽게 또 고스란히 적을 수 있는 글자를 우리 손으로 만들어 내었다.

한글을 만들기는 했으나 그 뒤로도 오랫동안 우리의 말꽃은 글말꽃보다도 입말꽃이 크게 자리잡고 있었다. 입말꽃을 밀어내고 글말꽃이 우리 배달말꽃의 안방을 차지하게 된 것은 참으로 때늦은 일로서, 우리가 살고 있는 20세기에 들어온 뒤부터라고 보아야 한다. 그런데도 20세기 중엽에 와서는 말꽃이라고 하면 곧바로 글말꽃을 떠올릴 만큼 우리 배달말꽃의 자리에서 글말꽃이 차지한 자리가 넓어졌다. 그러나 20세기 후반이라 하더라도 입말꽃이 실제로 차지하고 있는 자리는 우리가 생각하는 것보다 훨씬 넓다. 몸으로 일을 해서 삶을 꾸리는 사람들, 농사를 짓거나 고기를 잡거나 물건을 만들거나 시장바닥에서 물건을 팔아서 살아가는 사람들은 아직도 글말꽃이 아니라 입말꽃으로 그들의 삶을 드러내고 드높인다는 사실을 우리가 눈여겨보지 못하고 있을 뿐이다. 갑작스럽게 공장산업이 일어나고 돈 받고 파는 예술이 흘러 넘치고 전자매체들이 휩쓸면서 입말꽃의 터전은 무섭게 허물어지는 것이 오늘날의 현실

---

24) 그런 자취는 이른바 '암각화'라고 하여 바위에 새겨 놓은 그림에서도 찾을 수 있다. 그림인지 글자인지 분간하기 어려운 것들이 뒤섞인 자취로 이미 알려진 것만 열다섯 군데나 있다. 굳이 꼽아보면, 경북에 영주 가흥동, 안동 수곡리, 포항 인비리와 칠포리, 경주 상신리와 석장동, 영천 보성리, 고령 양전동과 안화리 이렇게 아홉 곳이 있고, 경남에 울산 천전리와 대곡리 반구대, 함안 도항리, 남해 양아리 이렇게 네 곳이 있고, 전북에 남원 대곡리와 전남에 여수 오림동 이렇게 각 한 곳이 있다.

25) '나무에다 글자를 새겨 뜻을 주고받더라(각목위신)'는 중국 사람들의 기록을 비롯해서, 옛날에 두루 쓰인 글자가 있었다는 신경준(1712~1781)의 《훈민정음운해》, 환단시대에도 글자를 썼다는 이맥의 《태백일사》, 삼세 단군 가륵의 시대에 만들었다는 가림토 글자를 보여주고 있는 이암의 《단군세기》에다, 옛 글자 열한 가지를 들어보이는 권덕규(1890~1950)의 《조선어문경위》(1923) 같은 것들이 있다.

26) 선교사로 와서 무너지는 조선을 도우려고 애쓰고 일제 침략에 맞서 싸워준 헐버트(1863~1949)는 19세기 끝에도 우리 겨레 가운데 한문을 마음대로 읽고 쓸 수 있는 사람은 백에 둘을 넘지 않는다고 했다.(*The History of Korea*)

이기는 하다. 그렇다고 하여 입말꽃이 사라진 것은 결코 아니다. 입말꽃이란 입말 그 것이 영원히 사라질 수 없는 것이기에 따라서 사라질 수 없는 것이다. 우리 배달말꽃 의 입말꽃도 마땅히 그처럼 영원히 살아갈 것으로 보아야 올바르다.[27]

글말이 없던 시절의 사람들은 그들의 입말꽃을 어쩔 수 없이 기억의 창고에 새 겨 보관해 두는 수밖에 없었다. 그래서 그들은 오직 뛰어난 기억의 힘에 기대어 말꽃 을 보전하고 전달하고 교육하였다. 따라서 글말을 쓰지 못하던 사람들은 요즘 우리가 상상할 수 없을 만큼 놀라운 기억의 힘을 부리며 살았다. 애초에는 입말꽃도 뛰어난 상상의 힘과 예술의 재능을 갖춘 누군가가 만들어내어서 생겨난 것이겠지만, 곧장 놀 라운 기억의 힘을 지닌 사람들에게 갈무리되고 퍼져나가고 가르쳐지고 거듭 만들어 지면서 어느 사이엔가 동아리의 것으로 바뀌어 갔다. 애초에 누가 만들어냈는지를 귀 신도 밝힐 수 없는 것이 되었다는 말이다. 따라서 입말꽃은 어느 때 어떤 사람을 뛰어 넘어 기나긴 세월에 걸친 동아리 모든 사람의 마음을 담은 겨레말꽃으로 되는 것이 었다. 그러므로 입말꽃은 겨레의 얼을 제대로 알아보는 데에 더 없이 귀중한 감으로 여겨지기도 한다.

그러나 입말꽃을 학문으로 다루자면 어떤 모양으로든지 글말로 적어 붙들어 놓 아야 한다. 그런데 우리는 입말꽃을 쉽게 적을 수 있는 한글을 훌륭하게 만들어 놓고 도 수백 년 동안 제대로 쓰지 않고 버려둔 채 오랜 세월을 흘려 보냈다. 그러다가 임 진왜란과 병자호란이라는 큰 소용돌이를 지난 다음 백성들의 정신이 깨어나면서 입 말꽃을 눈여겨보는 사람들이 생겨나고, 18세기에 들어선 다음에는 입말꽃을 글말로 붙들어 적는 사람들이 부쩍 늘었다.[28] 그러나 그것도 겨레가 함께 즐기던 입말꽃 모 두를 생각하면 참으로 보잘것없는 것에 지나지 않고, 20세기에 들어와 비로소 입말꽃 을 기록하는 일이 소중하다는 사실을 깨달은 사람들이 적잖이 나타났으나 일제 침략 아래서는 뜻을 이루기 어려웠다. 일제를 물리치고 전쟁의 상처를 쓰다듬은 다음 20세 기 후반에 와서야 입말꽃의 값어치를 새롭게 깨닫게 되었다. 이제 수많은 개인들뿐

---

27) 몸으로 일하여 먹고살지 않는 도시의 요즘 젊은이들 사이에도 입말꽃은 살아 있다. 1970년대 이래 로 도시 젊은이들 사이에 줄기차게 번져 나간 '참새 시리즈', '최불암 시리즈', '만득이 시리즈', '사오정 시리즈' 같은 이야기는 그런 입말꽃의 한 가지 보기에 지나지 않는다. 1990년대에 들어와서 도시 아 파트 단지 가까이 자리잡은 여고 학생들 사이에서 번지기 비롯한 '귀신이야기'는 마침내 〈여고괴 담〉이라는 영화로 만들어져 인기를 끌기도 했다.

28) 《청구영언》이니 《해동가요》니 하는 노래책들은 입말로 전하던 노래말꽃을 글말로 붙들어 만든 책 이고, 《흥부전》이니 《임진록》이니 하는 소설책들은 입말로 내려오던 이야기말꽃을 글말로 붙들어 이루어진 것이다.

32

아니라 정부기관에서도 발벗고 나서서 전국에 널려 있던 입말꽃을 찾아 모아 여러 책[29)]으로 펴내었다. 우리 겨레의 입말꽃이 얼마나 넉넉하고 풍성한지 알아보게 만든 것이다.

글말의 배달말꽃은 '배달말로써 이루어진 말꽃'이면서 그대로 '글자로 적혀 있어서' 입말의 그것처럼 사라져버리지 않고 쌓여서 언제까지나 건네지는 것을 말한다. 거기에는 입말꽃으로 오래도록 흘러오던 것을 붙들어 적은 것[30)]과 애초부터 글자로 적어 글말로써 만든 것이 싸잡힌다. 888년에 엮었다는 《삼대목》에 적혔다가 13세기 말엽의 《삼국유사》에 다시 적힌 열네 마리의 신라노래 가운데 어떤 것, 16, 17세기에 엮은 《악학궤범》과 《시용향악보》와 《가사》[31)]에 적힌 고려 시절의 노래들, 18세기 중엽 뒤에 엮은 여러 노래책(가집)들에 적힌 노래 가운데 많은 것들은 모두 입말꽃으로 흘러오다가 적힌 것들이다. 17, 18세기에 들어와서 글말꽃으로 나타난 〈장화와 홍련〉, 〈흥부와 놀부〉, 〈심청이〉, 〈토끼와 자라〉 같은 이야기들도 모두 오래도록 입말꽃으로 흘러오다가 적힌 것들이다.

애초부터 글말로 짓고 적은 배달말꽃은 알다시피 15세기 중엽에 한글을 만든 뒤에 와서야 비로소 생겨날 수 있었다. 그러나 왕조사회였던 조선시대에는 그것이 너무나 더디게 자랐고, 20세기 전반에는 일제 침략자들이 짓밟는 바람에 고초를 겪었고, 광복한 20세기 중반에 들어서야 제대로 기를 펴고 배달말꽃의 주인처럼 자리를 차지하게 되었다. 그러니까 우리네 글말꽃이 마음껏 기를 편 세월은 기껏 반세기를 겨우 넘은 셈이다. 그런데도 이제 많은 사람들이 '말꽃'이라고 하면 곧 글말꽃인 것으로 알아듣는 지경에 이른 것은 글말꽃만 말꽃으로 여기던 중국과 서양의 이론을 빌려서 기댄 학자들과 그들의 주장을 그대로 가르친 학교교육 탓일 뿐 우리의 실상은 아니다.

---

29) 한국정신문화연구원, 《한국구비문학대계》 1~82, 1980~1988.

30) 입말꽃을 고스란히 붙들어 적기만 했다면 그것은 입말꽃일 뿐이다. 그러나 붙들어 적으면서 적는 이가 나름대로 고치고 다듬어서 새롭게 가다듬었다면 그것은 글말꽃이 될 수도 있다. 입말꽃이 적혀서 계속 입말꽃으로 남는 것인가, 글말꽃으로 탈바꿈하는 것인가 하는 가늠은 쉽지 않아 늘 말썽을 일으킬 수 있다.

31) 흔히 《악장가사》라고 알려진 책 안에 들어 있는 한 부분이다. 《악장가사》라는 이 책은 똑같은 내용이면서도 《속악가사》와 《아속가사》라는 이름의 이본들이 있다. 이들은 애초에 책을 펴내면서 붙인 이름이 아니다. 누군가가 궁중에서 쓰이는 악의 가사를 여러 노래책에서 모아 책으로 묶으면서 붙인 이름들이다. 《속악가사》는 17세기 후반에, 《아속가사》는 17세기 말엽 이후에, 《악장가사》는 19세기 초엽에 엮어진 책들임이 드러났다. 이들 세 책에는 다같이 '가사 상'이라는 묶음이 중심을 이루고 있는데, 여기에 고려노래들이 들어 있다. 그러니까 애초에는 《가사》라는 노래책이 있었고, 거기에 실렸던 앞쪽 부분(상)만을 이들 책에 끊어 넣은 것임이 틀림없어 보인다.(김수업, 〈악장가사와 가사(상)〉, 《배달말》 13, 배달말학회, 1988)

우리네 글말꽃을 이야기하는 자리에서 빼놓을 수 없는 것이 있으니 곧 '향찰'로 적힌 말꽃이다. 알다시피 중국 글자를 들여와 쓰면서 그것으로 우리 입말을 적으려고 무진 애를 쓰다가 8세기 어름부터 제법 그럴듯하게 적을 수 있는 향찰, 곧 '우리 글자'를 만들어낸 것이다.32) 이 글자가 우리 배달말을 고스란히 적기에는 너무 모자랐기 때문에 몇몇 지식인들에게만 겨우 쓰이고, 그나마 일상의 입말을 그대로 살려서 길게 적을 수는 없었기에 이야기말꽃이라든지 놀이말꽃을 전혀 적어내지 못했지만, 신라 말엽과 고려 초기에는 바로 그 글자로 적은 우리네 노래가 글말꽃으로 적잖이 살아 남을 수 있었다. 무엇보다도 신라 진성여왕이 시켜서 온 나라의 입말노래를 찾아 엮었다는 《삼대목》을 비롯하여, 《삼국유사》에 실린 열네 마리의 신라노래, 균여대사가 지은 〈보현십종원왕가〉 열한 마리, 예종 임금이 지은 〈두 장군 기리는 노래〉 같은 것은 그런 사실을 드러내는 보기로 손꼽을 수 있다.

그런데 20세기에 다가들면서 사람들은 전자를 부려쓰는 길을 열어서 새로운 전자말을 만들어 쓰기에 이르렀다. 처음은 '글자'를 전자파로 바꾸어 멀리 보내는 전신에서, '소리'를 키우는 확성기를 비롯하여, 그것을 멀리 보내는 전화기, 붙들어 저장하고 되살리는 축음기와 녹음기가 나타났다. 그래서 입말은 바야흐로 글자로 바뀌지 않고도 시간과 공간을 뛰어넘어 얼마든지 쌓아두고 되풀이하여 주고받을 수 있게 되었다. 곧이어 그것을 한꺼번에 수많은 사람들에게로 보내는 라디오 방송이 나타나고, 사진을 찍어 그림과 함께 주고받는 영화와 비디오와 텔레비전이 나타났다. 게다가 다시 컴퓨터가 나타나고 통신위성까지 나타나면서 입말과 글말을 함께 전자로 붙들고 되풀이하여 주고받을 수 있는 전자말 시대를 활짝 열었다.33) 그뿐 아니라 컴퓨터의 누리그물(인터넷)에는 이른바 사이버라는 또 하나의 텅빈 세상이 나타나 엄청난 상상의 세계를 만들어내는 말꽃을 새롭게 태어나게 했다. 컴퓨터의 텅빈 세상에서 이루어지는 새로운 전자말꽃이 앞으로 어떻게 자랄 것인지는 아직 아무도 제대로 내다볼

---

32) 우리 겨레가 중국 한자를 빌려서 우리 말을 적으려고 애쓴 나머지 마침내 향찰을 만들어 쓰기까지의 자취는 류렬의 연구로 속속들이 알 수 있다.(류렬, 《세나라시기의 리두에 대한 연구》, 과학백과사전출판사, 1983)

33) 전자말이라는 낱말은 아직 낯설고 널리 쓰이지 못하여 뜻넓이에 헷갈림이 더러 있는 듯하다. 일본 사람들이 영어를 뒤쳐 만들어 쓰는 '매체언어', '통신언어', '사이버언어' 같은 낱말을 마구 들여다 쓰면서 더욱 그렇다. 그러나, 나는 전자말을 일찍이 월터 옹(Walter J. Ong)이 말의 셋째 단계를 '전파 단계'라고 하여 쓴 것과 같이 넓은 뜻으로 쓰고자 한다.(월터 J. 옹·이영걸 역, 《언어의 현존》, 탐구당, 1985, 25~105쪽) 전자를 부려서 '말'의 모습이 새로워진 것들, 곧 전신, 전화, 확성, 녹음, 영화, 비디오, 방송, 텔레비전, 컴퓨터, 인터넷을 비롯하여 앞으로 더욱 놀랍게 발전할 것들까지 모두 싸잡아 쓰고자 한다. 그러니까 '매체언어', '통신언어', '사이버언어' 같은 낱말에 담긴 뜻은 전자말에 싸잡히는 여러 구석들을 저마다 달리 비추어 쓰는 말들이다.

수 없다. 그러나, 벌써 우리 배달말로도 그런 전자말꽃을 많은 사람들이 만들어 즐기는 것은 틀림없는 현실이다.

그러니까 우리 배달말꽃에는 아득한 옛날부터 즐겼으며 앞으로도 영원히 즐길 입말꽃을 바탕으로 하여 '향찰'로 적어 만든 글말꽃과 '한글'로 적어 만든 글말꽃이 있고, 새로운 모습의 갖가지 전자말꽃이 바야흐로 생겨나고 있는 셈이다. 향찰로 적어 만들었거나, 한글로 적어 만들었거나, 입말로 흘러오던 것을 향찰 또는 한글로 붙들어 적었거나, 컴퓨터의 텅빈 세상에서 입말과 글말을 아울러 만들고 즐기거나, 아니면 어떤 글자로도 적히지 못하고 입말로서 사라져버렸거나, 이 모든 것들은 한결같이 우리 배달말로 이루어졌기에 배달말꽃이다. 배달말이 입말을 바탕으로 하여 그 위에 글말이 생겨나고 다시 전자말이 나타났듯이, 배달말꽃 또한 입말꽃을 바탕으로 하고 그 위에 글말꽃이 생겨났고 또 다시 전자말꽃이 나타난 것임은 두말할 나위도 없다. 그러니 이들 셋을 모두 싸잡아서 배달말꽃으로 보는 것은 더없이 마땅한 일이다.[34]

나. 갈래짓기

1. 갈래짓기란?

우주 안의 온갖 것들은 너무나도 신비스럽게 마련되어 있어서 사람의 힘으로는 도무지 그것들의 참모습과 서로 얽혀 있는 속내를 온전히 알아볼 수 없다. 그것들 사이에는 마땅한 질서가 있고 뚜렷한 차이가 있다는 것을 어렴풋이 느끼지만 참모습과 속살을 밝혀서 제대로 알고 붙잡지는 못한다. 우주와 세계 안에 마련되어 있는 수없이 많은 온갖 것들의 신비로운 상태와 그것을 알아보려는 사람들의 능력 사이에는 어찌해 볼 수 없는 거리가 있기 때문이다.

이를테면, 땅덩이 위에 있는 갖가지 것들을 두고 사람들은 그것을 흔히 '목숨 있는 것[생물]'과 '목숨 없는 것[무생물]'으로 나누고, 그런 나뉨은 나무랄 데 없는 것으로 여긴다. 그러나 조금만 더 곰곰이 들여다보면 그렇게 간단할 듯한 그것조차 전혀 그

---

34) 그러나 모든 갈래의 배달말꽃이 입말꽃과 글말꽃과 전자말꽃을 두루 가지런히 싸잡고 있는 것이 아님은 말할 나위조차 없다. 어떤 갈래는 입말꽃밖에 없고, 어떤 갈래는 입말꽃과 글말꽃 두 가지만 있고, 어떤 갈래는 입말꽃과 글말꽃과 전자말꽃을 두루 싸잡고 있다. 그래서, 입말꽃과 글말꽃과 전자말꽃을 두루 싸잡고 있는 갈래는 아직 놀음말꽃뿐이다.

렇지 않다. 목숨이 있다고 볼 수도 있고 목숨이 없다고 볼 수도 있는 것들을 실제로 얼마든지 만날 수 있기 때문이다. 푸나무와 짐승, 암컷과 수컷, 산과 언덕, 호수와 바다, 밤과 낮, 가을과 겨울, 어른과 아이…… . 이런 모든 것들이 얼핏보면 서로 아주 다른 것처럼 보인다. 제 뜻대로 옮겨 다니지 못하고 늘 그 자리에 붙박혀 살아야 하는 것은 푸나무고, 마음대로 자유롭게 옮겨 다니며 살 수 있는 것은 짐승이니, 그것들은 본질에서 서로 다르다고 본다. 새끼를 배고 낳는 쪽은 암컷이고, 새끼를 배게 하는 쪽은 수컷이니, 그것들도 서로 아주 다르다고 생각하기 일쑤다. 그러나 조금만 깊이 따지고 들어가 보면 이런 것들조차 거의 갈라볼 수가 없다는 사실에 부닥친다. 이리저리 옮겨 다니는 푸나무도 있고, 한 자리에 붙어만 사는 짐승이 적잖을 뿐 아니라, 암컷도 아니고 수컷도 아닌 놈도 있고, 암컷이면서 수컷이기도 한 놈들이 자연 안에는 실제로 많기 때문이다. 그래서 뚜렷이 다른 것은 존재 그 자체라기보다 사람들이 만들어 쓰는 말, 말로써 붙이는 이름일 따름이라는 사실을 깨닫기에 이른다.

우주 자연 안의 대상만 그런 것이 아니라, 사람들이 만들어내는 온갖 물건이나 정신활동에서 얻어진 모든 결과들도 마찬가지다. 그것들 모두도 한결같이 얼른 보면 제각기 아주 다르면서도 또한 자세히 살피면 서로 어슷비슷하다. 집은 자동차와 아주 다른 물건이고 전혀 달리 쓰인다고 생각하지만, 그러나 집과 다름없는 자동차도 많고 자동차와 비슷한 집들도 적지 않다. 말꽃은 역사와 아주 다른 것이라고 아리스토텔레스 뒤로 모든 사람들이 그렇게 말하고 있지만, 그 또한 자세히 들여다보면 말꽃과 다름없는 역사가 얼마든지 있고 역사와 닮은 말꽃도 수없이 많다. 사람들이 만들어낸 물건이나 정신활동의 결과들도 말처럼 그렇게 뚜렷이 갈라 세울 수 있는 것이 아니라는 말이다.

그러나 사람들은 그런 모든 대상들을 있는 그대로 알아보고 싶은 욕망을 본능 안에 지녔다. 뭐가 뭔지 알 수 없는 채로 아는 듯 모르는 듯한 그대로 그냥 두고서는 견디지 못하는 것이 사람이다. 사람은 저를 둘러싸고 있는 모든 사물과 현상을 알고 있으면 마음이 놓이고 즐겁지만, 둘러싸고 있는 세계를 모르면 마음이 놓이지 않고 두렵다. 밤이 되면 집안에 들어와 쉬고 낮이면 밖으로 나와 돌아다니는 삶의 습성은 바로 그런 본성에서 말미암았다고 볼 수 있다. 어둡고 껌껌한 밤이면 둘러싸고 있는 세계가 어떤지를 알 수 없기 때문에 무섭고 두려워 나다닐 수 없지만, 동이 트고 날이 새면 세계가 모습을 드러내어 어떤지를 알 수 있기 때문에 마음을 놓고 돌아다니는 것이다. 이래서 사람은 정신의 눈이 뜨이는 나이에 이르면 둘러싸고 있는 세계를 알아보려고 쉴 새 없이 애쓰고 죽는 날까지 그런 애씀을 늦추지 않는다. 그러니까, 알아야겠다는 욕망의 끝없음과 그것을 만족시킬 수 있는 능력의 끝 있음 사이에서 몸부림하며 헤매는 것이 바로 사람이다.

학문이란 바로 이렇게 애쓰는 노릇을 뜻하는 말에 지나지 않는 것이고, 요즘 세상에서 사람들이 가장 소중하게 여기는 지식, 정보 같은 것도 모두 이렇게 애쓴 보람으로 얻은 열매를 뜻한다. 그러나 이런 지식과 정보가 쌓일수록 사람의 인식 능력이 보잘것없어 알 수 있는 것이 더없이 적다는 사실을 깨닫는다. 그리고 그런 깨달음 속에서 사람들이 마지못해 찾아낸 하나의 그럴 듯한 방편이 바로 '갈래짓기'다. 복잡하게 얽히고 미묘하게 설킨 현상 그것으로는 도무지 종잡을 수가 없으니까 비슷한 것들끼리 모아서 다른 것들과 가르고, 거기서 드러나는 같고 다름에 따라 갈래를 짓고 보면 그것들을 속내까지 알 수 있을 듯해진다. 그래서 사람들이 해온 학문활동이란 갈래짓기에서 출발한다 해도 지나치지 않고, 모든 학문의 바탕 또한 갈래짓기 공부라 해도 틀린 말이 아닐 만큼 되었다.

2. 배달말꽃 갈래짓기

말꽃을 학문으로 살피려면 먼저 갈래짓기부터 가닥을 잡아야 했기 때문에 우리 말꽃을 학문으로 다루던 학자들도 맨 먼저 갈래짓기에 힘을 쏟았다. 그 사이 가닥을 잡은 갈래짓기를 간추리면 대충 세 가지로 묶을 수 있다. 우선, 이병기(1892~1968)는 우리 말꽃을 '시가'와 '산문'의 둘로 크게 갈래지었다.[35] 그리고 시가는 잡가, 향가, 시조, 별곡체, 가사, 악장, 극가라는 작은 갈래들을 싸잡고, 산문은 설화, 소설, 내간, 일기, 기행, 잡문 같은 작은 갈래를 싸잡는다고 보았다. 이렇게 갈래짓는 잣대는 말에 가락(운율, 리듬)이 있느냐 없느냐 하는 것이니까, 말꽃의 감인 말의 속살을 들여다보고 갈래지은 셈이다. 김기동(1927~)[36]과 김준영(1920~)[37] 같은 이들이 이런 갈래짓기를 따랐다.

다음, 이능우(1920~)는 우리 말꽃을 '시'와 '소설'과 '수필' 셋으로 크게 갈래지었고,[38] 장덕순(1921~199?)은 '서정적 양식'과 '서사적 양식'과 '극적 양식'의 셋으로 나누었는데,[39] 김윤식(1936~)은 '서정 양식'과 '서사 양식'과 '극 양식' 셋으로 나누었

---

35) 이병기, 《국문학개론》, 일지사, 1965.
36) 김기동, 《국문학개론》, 정연사, 1969.
37) 김준영, 《국문학개론》, 형설출판사, 1976.
38) 이능우, 《입문을 위한 국문학개론》, 이문당, 1955.

다.[40] 이들 세 사람이 모두 우리 말꽃을 크게 세 갈래로 나누었다는 데서 한결같으나, 장덕순과 김윤식은 서양 사람들이 그리스 때부터 마련해 쓰던 잣대를 거의 그대로 끌어온 것이지만, 이능우는 서양 잣대를 제대로 가져오지 않고 셋째 갈래를 세우는 데서는 저들과 크게 달라졌다.[41]

끝으로, 조윤제(1904~1978)는 우리 말꽃을 '시가'와 '가사'와 '소설'과 '희곡'의 넷으로 갈래지었고,[42] 조동일(1939~)은 '서정'과 '교술'과 '서사'와 '희곡'이라는 넷으로 갈래지었다.[43] 이렇게 갈래짓는 잣대도 물론 서양 것에 기대어 마련한 것이지만, 우리 말꽃의 실상에 맞추려고 애태운 나머지 '가사'니 '교술'이니 하는 갈래들을 세워서 눈길을 끌었다.

이래서 보다시피 두 갈래, 세 갈래, 네 갈래로 엇갈려 있지만, 학자들이 잣대와 말미를 찾아 헤맨 속내를 들여다보면 모두들 여간 애쓴 것이 아니다. 거기서도 애를 가장 많이 쓴 사람은 조동일인데, 그는 20년을 넘게 그 일에서 손을 떼지 않았다.[44] 그래서 그의 갈래짓기는 아주 튼튼한 잣대와 짜임새 있는 말미를 찾아 세웠고, 따라서 숱한 사람들이 그의 뒤를 따르는 것이 요즘 우리네 형편이다. 그러나 이것으로 우리 말꽃의 갈래짓기가 온전하게 이루어졌다고 보기는 어렵다. 무엇보다도, 이제까지 이루어진 우리 말꽃의 갈래짓기는 입말꽃을 거의 돌보지 않고 글말꽃에만 매달려 마련한 것들인 까닭이다.

그런데, 1980년대에 들어 우리의 입말꽃을 두루 싸잡아 갈래짓기를 하느라 안간힘을 쓴 적이 있었다. 한국정신문화연구원이 생기면서 10년 세월을 바쳐 온 나라 곳곳에서 입말꽃을 찾아 모아서 《한국구비문학대계》를 여든두 책으로 펴내면서[45] 그랬다. 거진 5년 세월에 걸쳐 수많은 학자들이 모여 머리를 짜서 갈래짓기에 매달린

---

39) 장덕순, 《국문학개론》, 신구문화사, 1960.

40) 김윤식, 《한국근대문학의 이해》, 일지사, 1973.

41) 서양 사람들을 따르면 셋째 갈래는 마땅히 '희곡'이라야 하는데, 이능우는 '수필'을 내세웠다.

42) 조윤제, 《국문학개론》, 동국문화사, 1955.

43) 조동일, 《한국문학의 갈래 이론》, 집문당, 1992.

44) 그가 우리 말꽃을 갈래짓는 일에 눈을 돌려 맨 먼저 내놓은 논문 〈판소리의 장르 규정〉(계명대 국어국문학회, 《어문논집》 1)이 1966년에 나왔고, 그 일을 마무리하여 《한국문학의 갈래 이론》(집문당)이라는 책을 펴낸 것이 1992년이니, 그 사이 흘러간 시간을 산술로 셈해 보면 스무 해를 훨씬 넘는다.

45) 1978년부터 준비해서 15년쯤 걸릴 것으로 잡고, 첫 5개년의 조사를 1979년에 시작하여 1984년에 마무리했다. 설화 15,107마리, 민요 6,187마리, 무가 376마리, 기타 21마리를 모조리 갈래짓기하여, 1988년에 여든두 책을 모두 펴내었다.(조동일, 〈《한국구비문학대계》 자료 수집과 설화 분류의 기본 원리〉, 《한국구비문학대계 별책부록(1)》, 한국정신문화연구원, 1989, 1~7쪽) 그러나 처음 15년쯤 걸릴 것으로 내다보고 했던 계획은 이것으로 그쳐버리고 아깝게도 더는 이루어지지 않았다.

나머지, 설화는 처음 두 갈래에서, 다음 네 갈래로, 다시 여덟 갈래로, 이어 열여섯 갈래로, 또다시 서른두 갈래까지 이분법에 맞추어 갈래짓기를 했다.[46] 그리고 마지막 서른두 갈래에서는 이분법을 버리고, 싸잡힌 말꽃의 실상을 꼼꼼히 들여다보면서 거기 맞추어 다시 여러 갈래씩 갈래짓기를 해내었다.[47] 민요는 처음 두 갈래에서, 다음은 한 쪽 갈래에서만 다시 세 갈래로, 거기서는 저마다 여섯 갈래, 세 갈래, 다섯 갈래로, 그리고 또다시 거기서 적게는 두 갈래에서 많게는 서른 갈래까지 갈래짓기를 해내었다.[48] 무가는 처음 두 갈래에서, 다음 네 갈래와 두 갈래로, 다시 적게는 세 갈래에서 많게는 열한 갈래까지 갈래짓기를 해내었다.[49] 수풀 속과도 같은 입말꽃의 세상에 들어가서 수없이 많은 말꽃들을 갈래짓기 하느라고 값진 땀을 흘렸다.

이런 경험은 우리에게 많은 것을 가르쳐주었지만 갈래짓기 해놓은 길을 나로서는 따라갈 수가 없다. 우선, 이것은 글말꽃을 돌보지 않고 입말꽃만을 가지고 갈래짓기를 해서 우리 겨레의 배달말꽃을 두루 싸잡아 갈래짓기 하려는 데에는 쓸모가 적다. 그뿐 아니라, 입말꽃을 가지고도 함께 싸잡아 갈래짓기를 하지 않고, 설화와 민요와 무가라는 세 갈래를 먼저 마련해 놓고, 그것들을 저마다 따로 속살을 살펴 갈래짓기를 했기 때문에 나에게는 더욱 쓸모가 적어졌다. 차라리 이런 일들을 겪고서 이제야 제대로 갈래짓기를 해볼 만한 때가 왔다고 보는 것이 옳겠다. 일제 침략과 조국 분단이라는 깊은 상처를 간신히 아물게 하는 즈음에 이르렀고, 지난 십여 년 사이에 우리 배달말꽃의 세계가 자못 깊고도 넓다는 사실을 제법 밝혀냈기 때문이기도 하다.

가) 우리 것을 우리 눈으로

알다시피, 학문이란 널려 있는 사실들을 꿰어내는 논리를 찾는 일이다. 그런데 이런 일은 누구 한 사람이 갑자기 할 수 없고, 어떤 동아리나 사회라 하더라도 맨땅에서 하루아침에 찾아 세울 수는 없다. 남들이 세운 논리를 빌리고 앞사람들이 마련한 이론을 디딤돌로 삼아 고치고 기워나가면서 가다듬을 수밖에 없는 노릇이다. 이것은

---

46) 위의 글, 12~18쪽.

47) 이복규, 〈이기고 지기·알고 모르기의 분류체계〉, 《한국구비문학대계 별책부록(1)》, 19~29쪽 ; 김대숙, 〈속이고 속기·바르고 그르기의 분류체계〉, 《한국구비문학대계 별책부록(1)》, 30~38쪽 ; 강진옥, 〈움직이고 멈추기·오고 가기의 분류체계〉, 《한국구비문학대계 별책부록(1)》, 39~48쪽 ; 박순임, 〈잘되고 못되기·잇고 자르기의 분류체계〉, 《한국구비문학대계 별책부록(1)》, 49~58쪽.

48) 박경수, 〈《한국구비문학대계》 수록 민요의 기능별 분류체계〉, 《한국구비문학대계 별책부록(3)》, 한국정신문화연구원, 1992, 3~110쪽.

49) 서대석, 〈《한국구비문학대계》 수록 무가의 분류체계〉, 《한국구비문학대계 별책부록(3)》, 439~473쪽.

아무도 거스를 수 없는 진리며 상식이다. 그런데 이제까지 말꽃을 갈래짓는 이론을 보면 서유럽에서 이천 수백 년에 걸쳐 가다듬어온 것이 홀로 세상을 주름잡고 있다. 중국과 인도에서 찾아 세운 이론이 만만치 않았으나 서양 것에 밀려 뒷전으로 물러난 지 오래다. 그래서 앞에서 살핀 우리 나라 학자들의 갈래짓기도 모두들 서양 논리에 기댄 것이었다.

그러나 남의 논리를 빌리고 앞사람이 밝힌 길을 따라가는 것으로 그만 넉넉하다고 여길 수는 없다. 그들은 그들의 것으로 논리를 찾고, 그들이 가고자 하는 길을 찾아서 밝혀 두었을 뿐이기 때문이다. 그것들이 우리의 논리를 세우고 우리의 길을 밝히는 일에 도움이 될 수는 있어도 바로 우리의 논리와 길일 수는 없다. 그러므로 우리는 우리 나름의 논리와 길을 스스로 찾아야 한다. 우리의 것으로 논리를 세우고, 우리가 가고자 하는 길을 따로 찾아야 마땅하다. 남들이 세운 논리와 남들이 찾아 놓은 길은 우리가 넘겨다보면서 도움을 받아야 할 거울이고 등불에 지나지 않는다.

그래서 우리의 배달말꽃을 제대로 꿰어내려는 일에서 이미 조동일 같은 이가 이기론과 음양론을 끌어들이고자 했다.[50) 서양의 논리에서 벗어나야 한다는 뜻을 몸소 실천해 보인 것이다. 그러나 알다시피 음양론이란 보편성과 추상도가 너무 높은 이원론에 지나지 않아서 우리 말꽃의 속살을 밝히는 데 크게 도움을 받기 어렵다. 이기론도 몇몇 상류 지식인들이 한때 매달렸던 이념철학에 지나지 않아 오래도록 수많은 우리 겨레가 더불어 즐긴 말꽃 모두를 밝히는 데에는 쓸모가 적다. 그런 쪽보다는 오히려 기나긴 세월에 걸친 백성들의 삶과 살아온 길을 더듬는 일에 눈을 돌리는 것이 바람직하지 않을까 싶다. 왕조가 뒤집어지고, 지배계층이 바뀌고, 종교가 새로 들어오고, 사상과 철학이 달라지고, 세상이 소용돌이를 쳐도 늘 크게 흔들리지 않고 그날이 그날같이 살아온 백성들의 삶을 곰곰이 들여다보아야 하겠다. 이른바 민속학과 인류학이 하려는 바를 눈여겨보아야 우리 겨레 말꽃의 바탕과 뿌리를 제대로 가늠할 수 있을 듯하다.

그럴 적에 우리는 겨레의 바탕이며 뿌리인 백성의 삶을 떠받쳐온 무교[51)로 눈을 돌리지 않을 수 없다. 이미 알려진 바[52)와 같이 무교는 우리 겨레가 아득한 옛날부터

---

50) 조동일, 《한국소설의 이론》, 지식산업사, 1977, 7~136쪽.

51) 무교라 해도 모자라고 무속이라 해도 모자라서 그냥 '무', 또는 '무신앙'이라 하는 것이 좋겠다는 고민(조흥윤, 〈巫신앙과 한국인의 삶〉, 《巫와 민족문화》, 민족문화사, 1990, 22~42쪽)을 함께 느끼면서도, 그것이 '신앙'이며 '종교 현상'이라는 사실을 담는다면 도교, 불교, 유교와 더불어 쓰기 좋도록 '무교'라 해도 괜찮지 않을까 한다.

52) 유동식, 《한국무교의 역사와 구조》, 연세대학교출판부, 1975 ; 조흥윤, 《한국의 무》, 정음사, 1983.

삶의 만사를 '하늘 임금[천제]'이 다스린다고 믿었던 신앙 그것이다. 신라가 삼국통일을 이룰 수 있었던 원화와 화랑의 힘도 본디 거기서 자라났고, 유학과 도교와 불교의 가르침이 두루 싸잡혀 있어서 최치원이 '깊고 그윽한 길[현묘지도]'이라고 불렀던 그것53)의 바탕이다. 그런데 우리네 무교는 참으로 오랫동안 억울하게 짓밟혔다. 일찍이 불교가 엄청난 이론과 세계관으로 고구려·신라·백제·가야의 왕실로 밀고 들어와서 무교를 앞장서 밀어내고 자리를 빼앗았다.54) 그러나 불교는 무교의 뿌리를 뽑아버리려고 하지는 않고 쓰다듬어서 싸안으려고 했다.55) 그런데, 잇달아 밀어닥친 유학의 박해는 훨씬 거세었다. 유학으로 무장한 조선왕조의 사대부들은 눈에 보이는 것에만 바탕한 철학의 논리로 불교와 무교를 함께 내몰았거니와, 무엇보다도 이미 내몰려 있던 무교에게는 '음사'라는 이름을 씌워 아주 모질게 짓밟았다.56) 지방에 내려간 수령들이 무교의 뿌리를 뽑으려고 애쓴 자취는 곳곳에 기록과 이야기로 수없이 내려오고 있다. 게다가 무교에게 마지막 쇠도리깨질을 해댄 것은 일제와 기독교다.57) 일제는 저들의 천황과 신도를 강요하느라, 기독교는 우상 숭배를 배척하느라 무교에게 '미신'이라는 이름을 붙여 한시바삐 뿌리를 뽑아야 한다며 짓밟았다.58)

그래서 이제 무교는 아주 볼품 없이 찌그러졌고 목숨이 거의 끊어진 듯이 보인다. 그러나 그것은 겉모습일 따름이고 우리 겨레의 핏줄에 녹아 있는 무교의 속살은

---

53) "집에 들어오면 효도하고 밖에 나가면 충성하라는 것은 노나라 공자의 뜻과 같고, 살기는 아무 일도 없다는 듯이 하고 가르치기는 말 없이 행동으로 하라는 것은 주나라 노자의 뜻과 같고, 나쁜 것은 무엇이나 하지 말고 착한 일은 무엇이나 하라는 가르침은 천축의 싣달다의 뜻과 같다" 하면서 한 마디로 '서로 어우러져 더불어 사는 것(접화군생)'이 우리의 길인 '풍류'라고 했다.(《삼국사기》 권4, 신라본기 제4, 진흥왕 37년)

54) 불교가 무교를 어떻게 밀어내고 자리를 빼앗았는가 하는 문제는 '무교와 불교가 하나됨(무불습합)'이라는 말로 연구가 더러 이루어졌다(김택규, 〈신라와 고대일본의 신불습합에 대하여〉, 《한일고대문화교섭사》, 1974 ; 김택규, 〈신라상대의 토착신앙과 종교습합〉, 《신라문화제학술발표논문집 5, 신라종교의 신연구》, 1984 ; 박경신, 〈무가의 역사〉, 《한국민속사입문》, 지식산업사, 1996) 그러나 긴 세월에 걸친 밀어내기와 빼앗기를 아직 제대로 밝혀낸 것은 물론 아니다.

55) 오늘도 절간마다 대웅전 뒤꼍 높은 자리에 삼신각이니 삼성각이니 산신각이니 하는 이름으로 무교의 서낭을 모신 집이 사라지지 않고 있어서 그런 사실을 눈으로 볼 수 있다.

56) 조흥윤, 〈조선왕조 초기의 무〉, 《무와 민족문화》, 민족문화사, 1990.

57) 최길성, 〈무속에서 본 서양문화의 충격과 수용〉, 《전통문화와 서양문화》 2, 성균관대학교출판부, 1987 ; 조흥윤, 〈서양종교와 한국종교의 만남〉, 위의 책.

58) 요즘 우리 무교의 흐름을, 1. 외래종교 유입 이전 시기(고대~4세기), 2. 불교 유입기에서 성리학 유입 이전 시기(5~13세기), 3. 성리학 유입기에서 서양종교 유입 이전 시기(14~19세기), 4. 서양종교 유입기 이후(19세기 말엽 개항기~현재), 이렇게 나누어 보려는 시도(박경신, 앞의 글, 189~207쪽 ; 〈한국 무가의 역사적 전개〉, 《구비문학연구》 5, 한국구비문학회, 1998)가 있다. 이런 눈으로 흐름을 들여다보면 무교가 밖에서 들어온 종교와 철학에 얼마나 끊임없이 시달렸는지를 알아보기 훨씬 쉬울 듯하다.

겉모습처럼 쉽게 끊어지거나 무너지지 않을지도 모른다. 오히려 도교와 불교와 기독교 안에 들어가 그것들을 무교의 정신으로 젓 담아 놓고 있는 것은 아닌지 모른다. 종교 그것을 바로 젓 담지는 못한다 하더라도 그런 종교를 믿고 산다는 사람들의 얼과 삶은 핏줄에 녹아 있는 무교로 말미암아 적잖이 젓 담가졌다는 사실을 일상의 체험으로 더러 느낄 수 있다. 무엇보다도 조선왕조가 뿌리째 흔들리던 때 일어난 신흥종교들, 최제우(1824~1864)의 천도교(1860)를 비롯하여, 김항(1826~1898)의 정역(1885), 강일순(1871~1909)의 증산교(1901), 나철(1863~1916)의 대종교 중광(1909), 박중빈(1891~1943)의 원불교(1916)에는 그 바탕과 뿌리에 끈질긴 무교의 거센 숨결이 흐르고 있지 않은가 싶다.

　그러니, 겨레의 삶에서 피어난 말꽃을 살피자면 무교를 건성으로 보아 넘길 수 없다.[59] 무교의 속살을 들여다볼 수 있어야 겨레 삶의 속내를 알아볼 수 있고,[60] 겨레 삶의 속내를 알아보아야 겨레 말꽃의 속살을 살펴볼 수 있을 듯하다. 무엇보다도 우리 말꽃의 뿌리인 신화를 제대로 들여다보려면 무교의 속살을 들여다보지 않을 수 없다.[61] 아직도 우리 말꽃의 뿌리인 신화를 나라 세운 사람의 이야기[건국신화]로만 생각하기도 하고, 무교의 굿에 싸잡힌 본풀이를 신화로 보면서도 건국신화와는 아예 다르게 보기도 하고, 무교의 본풀이와 건국신화를 같이 보면서도 무교의 본풀이가 건국신화에서 넘어왔다고 보는 사람들이 없지 않다. 그러나, 이제까지 밝혀낸 사실만으로도 무교의 본풀이가 우리 신화의 본디 뿌리며, 나라 세운 사람의 이야기(건국신화)는 그런 본풀이에서 자라난 것임을 어지간히 알아볼 수 있게 되었다.[62]

---

59) 일찍이 이능화(1868~1945)는 이렇게 말했다. "조선 고대에 서낭을 믿던 연원이나, 조선 민족의 신앙 사상이나, 나아가 조선 사회의 변천 상태를 연구하려는 사람은 어쩔 수 없이 무속에 눈길을 돌려 살펴보아야 한다.(研究朝鮮古代神敎淵源 朝鮮民族信仰思想 及朝鮮社會變遷狀態者 不可不於巫俗著眼觀察也)" : 이능화, 《조선무속고》, 한국문화인류학회, 1968, 1쪽.

60) 유동식은 무교를 다음과 같이 올바르게 뜻매김했다. "한국의 무교란 이미 사라져버린 고대종교도 아니요 미개민족의 단순한 원시종교도 아니다. 그것은 한 고대종교가 한국의 문화사와 함께 살아온 것이며, 고등종교를 받아들인 현대 한국의 문화사회 속에서도 민간신앙의 형태로 살아남아 있는 종교현상이다. 따라서 한국 무교란 고대 한국인의 신앙과 그 역사적 흐름, 그리고 현재 무속으로 알려져 있는 민간신앙현상 전체를 포함한 포괄적 개념이다."(유동식, 《한국 무교의 역사와 구조》, 연세대학교출판부, 1975, 25쪽)

61) 슈미트는 신화의 갈래를 우주기원신화 → 인류기원신화 → 문화기원신화로 벌어진 것으로 본다. 그런데 우리의 무교신화에는 신화에서도 가장 먼저 생겼다는 우주기원신화, 곧 창세신화가 자못 넉넉했다는 사실이 드러났다. "한국에 창세신화는 분명히 살아 있다. 지금도 제주도에 가면 창세신화를 언제고 들을 수 있다. 그러나 창세신화의 자취는 새까맣게 모르고 있으니 안타까운 노릇이 아닐 수 없다. 그것은 두 가지 편견 때문이다. 하나는 무당들의 노래를 신화로 인정하지 않으려는 고답적인 자세로 인한 편견이다. 다른 하나는 우리에게 《성경》의 '창세기'나 그리스·로마 신화와 같은 창세신화가 없다는 허위의식 때문이다."(김헌선, 《한국의 창세신화》, 길벗, 1994, 17쪽)

이렇게 우리의 것을 그 뿌리께로부터 우리의 눈으로 다시 들여다보아야 하겠다. 말꽃도 그것을 키워준 터전의 뿌리인 무교에서 다시 살펴보는 일이 다급하다. 이제 우리도 우리의 말꽃을 가지고 거기에 자리잡은 논리를 올바로 찾아내야 하겠기 때문이다. 그것으로 우리 겨레의 삶과 얼을 밝혀내는 이론을 마련하는 일에 더욱 부지런히 매달려야 마땅하다.

나) 말꽃을 보는 눈

배달말꽃의 갈래짓기를 새로 해야 하는 까닭은 무엇보다도 말꽃을 보는 눈이 요즘 들어 크게 달라졌기 때문이다. 말꽃이 무엇이며 배달말꽃이 무엇인지를 지난날과 다른 눈으로 보게 되었으므로 갈래짓기를 새로 따져보아야 한다. '다른 눈으로 보게 되었다'고 하기보다 '더욱 깊고 넓은 눈으로 보게 되었다'고 해야 옳은 말이다. 어떻게 더욱 깊고 넓은 눈으로 보게 되었다는 것인지를 서너 가지만 들어서 이야기해 보자.

1) 말꽃은 삶의 문화다

세상 온갖 것은 이웃한 여러 가지 다른 것들과 어우러져 있으며 말꽃도 마찬가지다. 말꽃은 우선 그것이 춤, 소리, 그림, 나아가 온갖 놀이와 어우러져 있다. 말꽃이란 애초에 말꽃만으로 싹트고 자라난 것이 아니라 여러 다른 예술들과 어우러지고 싸잡혀진 채로 싹트고 자라났다. 애초에 여러 예술 갈래와 함께 어우러져 있던 말꽃이 세월에 따라 다른 예술에서 조금씩 떨어져 나와 홀로 서게 되었다. 그러나 아직도 말꽃은 온전히 홀로 서기를 이루어낸 것이 아니라 홀로 서기를 해나가는 역사를 걸어가고 있을 따름이다. 사실, 말꽃이 다른 예술에서 떨어져 나와 홀로 서기를 하도록 부추긴 것은 무엇보다도 글말이다. 말꽃이 글말로 적혀 글말꽃이 되면 어쩔 수 없이 다른 예술과 어우러져 머물 수 없게 된다. 글말은 살아 있는 움직임이나 소리를 담아낼 수 없기 때문이다. 그러나 알다시피 말꽃에는 살아 있는 소리나 움직임을 담아내는 입말꽃이 가운데에 자리를 잡고 싸잡혀 있다. 입말꽃이 한가운데에 자리를 잡고

---

62) 이런 사실을 짚어 놓은 말을 두 가지만 보이겠다. "무가자료의 문헌정착은 고대까지 거슬러올라간다. 《삼국유사》, 《삼국사기》 등에 기록된 국조신화는 본래 무속신화로 형성되어 국가적 제전에서 전승되다가, 후대에 연사를 기록하는 사람들에게 의하여 한문으로 번역되어 기록된 자료라고 본다." (서대석, 〈한국무가의 연구〉, 《한국민속연구사》, 지식산업사, 1994, 176쪽) "무속신화의 본풀이 양식이 건국영웅들에게 적용되어 왕조의 내력을 설명하게 되면 건국신화들이 생성되는 것이다. 그러므로 우리 건국신화의 기원은 무조 또는 무신을 풀이하는 무속신화의 본풀이 구조에서 찾을 수 있다."(임재해, 《민족신화와 건국영웅들》, 천재교육, 1995, 397쪽)

있는 까닭에 말꽃은 영영 다른 예술에서 떨어져 홀로 서기를 할 수 없는 것이다. 넓은 예술 문화의 세계 안에 싸잡혀 어우러져야 하는 것이 말꽃의 운명인 셈이다.

그리고 말꽃은 춤이나 소리나 그림 같은 예술들보다 훨씬 진하게 삶의 뜻을 드러낸다. 춤을 만드는 몸짓이나, 음악을 만드는 소리나, 그림을 만드는 물감은 본디 이렇다 할 뜻을 지닌 것들이 아니다. 몸짓이나 소리나 물감이 어렴풋한 느낌을 불러일으키기는 하지만, 그것이 삶의 무슨 뜻을 지니고 있지는 않는다. 몸짓이 떨리면 기쁘다는 느낌, 소리가 낮으면 서글픈 느낌, 물감이 푸르면 서늘한 느낌을 불러일으키기는 하지만, 그런 것들이 삶 안에 담긴 어떤 뜻을 말해 주는 법은 없다. 그런데 말꽃은 이들과 달리 처음부터 삶의 뜻을 진하게 드러낸다. 말꽃을 만드는 말이 애초에 뜻을 지니고 있기 때문이다. 어쩌면 말이란 뜻을 드러내려고 생겨난 것인지도 모른다. 그런데 뜻이란 어디서 오는가? 뜻은 바로 삶에서 온다. 삶에서 겪은 그 모든 것들은 뜻이 되어 머리에 쌓이고, 그것이 핏줄로 내림이 되어 동아리 안에 커다란 뜻의 바다를 이룬다. 이래서 말꽃은 다른 예술들보다 한결 진하게 삶의 뜻을 드러내어 문화로 자리잡는다.

그런데, 이제까지 우리는 우리 말꽃의 갈래를 살피면서 이런 문화의 사정을 눈여겨보지 못했다. 여러 문화 현상들과 어우러져 말꽃이 뿌리내려 있다는 사실을 깊이 생각하지 않고, 이미 거기서 떨어져 나와 말꽃으로만 홀로 서 있는 글말의 작품만을 가지고 갈래짓는 데에 매여 있었다. 어찌 보면 말꽃을 애초부터 문화현상과는 동떨어져서 홀로 말로써만 싹트고 자라난 것으로 잘못 알았는지도 모른다. 문화현상이라는 커다란 나무에서 싹터 자란 가지 가운데 하나가 말꽃이며, 작품이란 그런 가지에서 꽃피어 맺은 열매들인데도, 그것을 갈래지으려 하면서 가지와 줄기와 나아가 뿌리에는 눈을 돌리지 못했다.

2) 말꽃은 의사 소통이다

그리고, 사람들이 '말꽃이란 무엇인가' 하는 물음을 두고 매달았던 눈길의 자리가 세월에 따라 바뀌었다. 처음에는 말꽃이 '어떻게 만들어지는가' 하는 데에 눈길을 매달았다. 그래서 오래도록 사람들은 말꽃을 '만들어진 무엇[작품]'으로 보고, 누가, 왜, 어떻게 만들었나 하는 데에 마음을 쏟았다. 무엇보다도 '지은이[작가]' 쪽에 마음을 두고 말꽃을 알아보고자 했다. 프랑스의 텐느(1828∼1893)가 말꽃이란 '인종(종족)'과 '환경(사회)'과 '시대(역사)'라는 세 가지에 따라 마련된다고 했던 것은 이런 눈길을 마무리하여 내놓은 대답이었다.

그러다가, 20세기를 들어서면서 눈길은 '만들어져 있는 것[작품]'으로 옮겨갔다. 누가[인종], 어디서[환경], 언제[시대] '만들었느냐' 하는 것보다 '생김이 어떠하며[짜임새]', '무엇이 들었느냐[속뜻]' 하는 쪽으로 눈길을 돌린 것이다. 말꽃이란 '말로 이루어진 예술품'이라는 생각이 크게 일어나서, 누가, 어디서, 언제 만들었든 그게 무슨 대수냐고 했다. '말로 이루어진 것'이니 말씨와 짜임새를 꼼꼼히 살펴보아야 말꽃이 무엇인지를 제대로 안다고 했다. 신비평이라는 것에서 비롯하여 오늘날의 구조주의니 기호학이니 하는 것에 이르기까지 그런 눈길을 넓혀온 것이다.

한편, 1920년대를 넘어서자 사회주의 혁명과 이론이 세계의 절반을 거의 휩쓸면서 말꽃이란 사람과 세상을 바꾸는 수단이라는 생각이 일어났다. 그것은 말꽃을 '누가' 만들었으며 '생김새'가 어떠한가 이런 쪽보다 말꽃이 '읽는이'에게 무엇을 하는가 하는 물음으로 눈길을 돌린 것이다. 그래서 말꽃을 '어떻게 읽을 것인가' 또는 '어떻게 읽고 있는가' 하는 물음에 마음을 쏟았다. 말꽃은 읽거나 들어야 하는 것이고, 읽거나 듣지 않으면 누가 만들었건 어떻게 되어 있건 무슨 쓸모가 있느냐 하는 것이다. 1960년대에 들어 독자이론이니 수용이론이니 하는 이름으로 온 세계로 퍼지면서 우리에게도 낯익은 눈길이 되었다.

이래서 이제 우리는 말꽃이란 '만드는 사람[생산자]'과 '만들어진 예술품[작품]'과 '받아들이는 사람[수용자]'을 모두 싸잡아야 한다는 사실을 알게 되었다. 이런 앎은 1933년에 독일의 뷜러가 밝힌 말의 세모꼴[63]이라든지, 1958년에 미국의 야콥슨이 내놓은 말의 여섯 요소[64] 같은 언어학의 이론에 크게 힘입은 것이다. '말'이 말하는 사람의 머리 안에서 나와, 한순간 소리에 실린 뜻으로 공중에 떠 있고, 듣는 사람의 귀로 해서 머리로 들어가는 의사소통이듯이 '말꽃'도 그런 세 걸음의 길을 거쳐가는 의사소통이라는 것이다. 언어학이 말을 이렇게 밝혀내는 것과 발맞추어, 말꽃도 작가와 작품과 독자 사이에 벌어지는 삶의 움직임이라는 것을 똑똑히 알게 되었다.

3) 말꽃은 세 가지 말로 이루어진다

말꽃을 이루는 감은 말할 나위도 없이 말이다. 그런데 말에는 세 가지가 있다. 입

---

63) '말의 세모꼴'이란, 말을 '보내는 사람(표현)'과 '받는 사람(수용)'과 '말해지는 것(지시)'이 세모꼴의 꼭지점에 자리잡은 모습으로 보아야 한다는 것이다.

64) 여섯 가지 요소란, 말을 '주는이'와 '받는이'를 양쪽에 마주하여 그 사이에 '겉뜻'과 '속뜻', '만남'과 '기호'가 오간다고 보는 것이다. 그리고 이것들은 '드러냄'과 '받음'과 '예술'과 '지시'와 '사귐'과 '말의 말'이라는 몫을 한다고 밝혔다.

말과 글말과 전자말이 그것이다. 그러니 저절로 말꽃은 입말로 이루어지는 입말꽃, 글말로 이루어지는 글말꽃, 전자말로 이루어지는 전자말꽃이 싸잡아지게 마련이다. 바로 앞의 가-2.-나)에서 이미 이것을 이야기한 바 있으므로 여기서 다시 되풀이하지 않아도 좋겠다. 다만 이것으로 말꽃을 바라보는 눈이 달라지게 되었다는 사실만 마음에 새기면 그만이다.

다) 갈래를 보는 눈

　말꽃을 삶에서 드러나는 문화현상으로 보고, 말꽃에 끼어드는 여러 요인들을 고루 싸잡고, 아득한 세월에 걸쳐 말꽃의 가운데 자리를 차지해온 입말꽃을 바탕으로 삼아, 우리 말꽃 안에 담긴 논리를 찾으려 애쓰면서, 우리 배달말꽃을 새롭게 갈래지어 보고자 한다. 그러자면 말꽃을 새롭게 보는 것과 더불어 갈래를 보는 눈도 새로 가다듬을 필요가 있다. 그럴 수 있도록 갈래라는 것이 지닌 속내를 두어 가지 짚어두지 않을 수 없다.

　알다시피 이 우주 안에 있는 모든 것은 물질이거나 정신이거나 끊임없이 바뀌며 달라진다. 뉴턴(1642~1727)이 내세웠던 지난날의 세계관 안에서는 우주가 짜임새 있는 기계처럼 바뀌지 않는 틀(체계) 안에서 늘 한결같이 움직이는 것으로 알았다. 그러나 아인슈타인(1879~1955)을 비롯하여 테이아르(1881~1955) 같은 사람들이 밝혀낸 바에 따르면 우주 안에 모든 것들은 시간과 공간에 따라 끊임없이 움직이며 바뀌고 달라진다. 우주라고 부르는 저 끝없는 시·공간 그것 자체가 끊임없이 자라나고 있다는 사실조차 밝혀졌다. 말꽃도 거기서 벗어날 수 없는 것임은 두말할 나위도 없기에 시간의 흐름 안에 끊임없이 자라면서 복잡하게 갈라진다는 사실을 받아들여 갈래짓는 말미를 찾을 수밖에 없다.

　그러니까 말꽃이란 요지부동하는 논리 안에 가만히 갇혀 있을 수 없고 늘 살아 움직이는 실체다. 시간과 공간이 달라지는 바에 따라 끊임없이 움직이며 달라지는 정신의 산물이 말꽃이다. 말꽃의 갈래 또한 마찬가지다. 끊임없이 벌어지는 말꽃 행위와 생겨나는 작품들로 말미암아 갈래의 속살이 바뀌고 달라진다. 그것은 곧 말꽃의 갈래가 쉬지 않고 자란다는 뜻일 뿐만 아니라 새로운 갈래가 벌어져 생겨난다는 뜻이기도 하다. 그렇다고 갈래가 온통 바뀐다거나 새로운 틀이 마련된다는 뜻은 아니다. 다만 살아 움직인다는 뜻이다.

　우리 앞에 놓인 말꽃의 세계는 사실 어마어마한 작품들의 무리며 무지무지한 활동들의 뒤엉킴이다. 헤아릴 수 없이 많은 작품들과 가늠할 수 없이 일어나는 활동들이 말꽃 세계를 이루고 있다. 그러면서도 그렇게 수많은 작품과 활동들은 하나하나 남다른 모습과 속살을 지니고 있어서 똑같은 것은 하나도 없다. 말하자면 모든 작품과 활동은 고유하고 독창적이라 다른 작품과 한 묶음으로 싸잡히기를 거부한다. 이렇게 볼 적에는 한 작품과 한 활동이 그대로 하나의 갈래다.

그러나 또 달리 보면, 그렇게 수많은 작품과 활동들은 모두들 비슷비슷하여 서로 떨어질 수 없는 하나다. 그 어떤 작품과 활동도 이웃한 다른 것들과 동떨어질 수 없이 서로 얽혔고 닮았다. 이를테면 우리 배달말꽃에 싸잡히는 작품과 활동들은 그 어느 것이나 배달말로 이루어진 예술품이라는 것에서 하나일 뿐이다. 그 어떤 작품과 활동을 앞에 놓고 보아도 그것은 배달말로 이루어진 세계요 구조물이요 집합체다. 더 밀고 나가면 이 세상에 있는 모든 말꽃 작품과 활동은 사람의 말로 이루어진 예술품이라는 점에서 하나의 무리로 묶이고 만다.

모두를 하나의 갈래로 보거나 낱낱을 다른 갈래로 보는 이들 두 끝에서는 갈래가 아무런 쓸모도 없다. 그런 두 끝 사이에서만 갈래라는 것과 갈래짓는 일에 쓸모가 생긴다. 쓸모가 있어서 그것을 찾으려고 할 적에 무엇보다도 바탕이 되어야 할 것은 바로 앞에서 이야기한 말꽃의 속성이다. 말꽃이란 작품마다 새롭고 남다른 세계이면서 그들 모두가 한 무리를 이룰 수 있을 만큼 같고 하나다. 이런 속성을 바탕으로 삼고 말꽃의 갈래를 찾으면, 갈래의 단계 곧 차원이 여럿이어야 한다는 이치를 쉽게 만날 수 있다. 나뉘지 않고 하나인 '모두'에서 낱낱으로 흩어진 온갖 '작품(활동)'들 사이에는 수많은 단계와 차원이 있을 수 있기 때문이다. 이렇게 '작품마다 갈래다' 하는 데서부터 '모든 작품은 하나다' 하는 마지막까지 수많은 층위로 갈래를 세워볼 수 있다. 이것은 이치일 뿐 아니라 사실이지만, 그런 두 쪽 끝 사이에 있을 수 있는 갈래를 어떻게 세워 잡는가 하는 문제는 겨냥하는 과녁에 따라 달라질 것이다.

일찍이 프랑스 사람들은 말꽃의 갈래라는 것을 넘나들면 안 되는 것으로 생각했던 적이 있었다.[65] 그러나 이제는 아무도 말꽃의 갈래라는 것을 두부 모 자르듯이 그렇게 자를 수 있다고 여기지 않는다. 말꽃을 갈래짓는 것은 본질에 따라 논리를 세우는 것이지만, 실제로 말꽃 작품과 활동에는 논리를 뛰어넘는 예외와 변종이 수없이 많다는 사실을 받아들이지 않을 수 없게 되었다. 그러나 이런 사실 때문에 갈래짓기라는 일이 부질없는 노릇이라고 넘겨짚어서는 안 된다. 갈래가 얽히고 설켜 있다는

---

65) 이른바 고전주의 시대에 줄곧 그런 생각들이 자라나 보왈로(1636~1711)에게서 정점을 이루었으나 곧바로 영국에서 이미 커다란 성공을 얻은 셰익스피어(1564~1616)의 작품들 때문에 반격을 받았으며 낭만주의로 넘어오면서 무너졌다.

것과 갈래짓기를 한다는 것은 서로 다른 차원에서 벌어지는 일이기에 하나만 붙들어야 할 까닭이 없다. 오히려 갈래라는 것이 얽히고 설켜서 넘나들 수 있다는 사실을 받아들이면서 갈래짓기를 할수록 말꽃을 깊이 들여다보는 데에 쓸모가 커진다. 왜 넘나들며 어떻게 얽히고 설켜 서로 넘나드는지를 따져보면 거기서 말꽃의 속살을 더욱 뚜렷하게 만날 수 있기 때문이다.

그뿐 아니라, 갈래의 얽힘과 넘나듦이라는 현상을 작품의 예외와 변종 때문에 일어나는 것으로만 보아서도 안 된다. 그보다는 오히려 말꽃이라는 현상과 존재의 속성에서 말미암는 것으로 보아야 한다. 앞에서 이야기한 것처럼 말꽃이라는 현상과 존재가 무리를 이루어 있는 까닭에 갈래짓기를 해도 얽히고 넘나드는 것을 막을 수 없다는 말이다. 사실 말꽃뿐만 아니라 우주 안에 있는 모든 존재는 무리를 이루고 있는데, 그런 무리 한가운데는 무리의 속성을 가장 뚜렷이 지닌 개체가 자리잡게 마련이다. 그리고 무리의 가장자리로 나올수록 속성이 흐릿해지면서 이웃한 무리의 속성을 아울러 지닌 것들이 자리잡고 있다. 무리의 가장자리에 자리잡은 것들은 이웃한 무리와 쉽게 만나고, 지닌 속성을 서로 주고받으면서, 더 큰 무리로 어우러질 수 있는 말미를 마련하는 것이다.

그러니까 말꽃을 커다란 하나의 갈래로 보면, 그 한가운데 가장 말꽃다운 갈래가 자리잡고 가장자리로 나올수록 말꽃 아닌 이웃 예술들과 손잡고 있는 갈래들이 에워싸고 있는 것이다. 이를테면 ‘소설’은 말꽃에서 한가운데 자리잡은 갈래라면 ‘연극(희곡)’은 말꽃에서 그보다 가장자리에 자리잡은 갈래다. 소설은 거의 ‘말’로서만 이루어지는 말꽃이지만 희곡은 말 아닌 다른 여러 이웃 예술들과 손잡고 어우러져야 비로소 그 속살과 빛깔이 살아나는 말꽃이기 때문이다.

라) 갈래가 생겨난 바탕

갈래를 보는 눈을 이야기할 때 이미 짐작했겠지만, 말꽃의 갈래란 억지로 만드는 것이 아니라 말꽃의 오랜 역사와 더불어 저절로 자라나 자리잡고 있는 것이다. 말꽃이 생겨나던 그날부터 그것들은 스스로 무리를 지어 갈래로 나뉘어 있었고, 세월이 지나면서 말꽃 현상이 자라는 데 따라 무리도 잇달아 불어나고 갈래도 자꾸 늘어나면서 자라고 있다. 우리는 다만 그렇게 저절로 무리를 이루어 있는 말꽃의 갈래를 제대로 찾아내고자 할 따름이다.

이미 있는 무리며 갈래지만 그것을 제대로 밝혀내는 일은 쉽지 않다. 사람의 감각과 지각 능력이 현상을 따라잡지 못하기 때문이다. 그러나 일찍이 자연과학의 분류학이나 집합론 같은 데서 갈래짓기 해온 경험을 거울삼아 도움받을 수는 있다. 알다시피 그쪽에서 갈래짓기를 할 때 가장 눈여겨 찾는 것은 무리의 속성이다. 이쪽 무리에는 있고 저쪽 무리에는 없는 속성을 찾으면 그것이 갈래짓기의 길을 비춰준다는 것이다.

말꽃이라는 하나의 큰 무리 안에 싸잡혀 있는 더 작은 무리를 어떤 속성으로 갈라 세울 수 있을까? 우선, 말꽃이 생겨난 바탕을 하나의 속성으로 헤아릴 수 있을 듯하다. 말꽃이란 예술이 왜 생겨났을까? 어떻게 생겨났을까? 이런 투로 생겨난 바탕을 생각하면 속성을 가늠해볼 수 있겠다는 말이다. 그래서 말꽃이 생겨난 바탕을 두 가지 잣대로 갈라서 생각하면 저절로 갈래가 나타나지 않을까 싶다. 하나는 말꽃이란 ‘무엇을 하는 것인가’ 하는 잣대고, 다른 하나는 말꽃이란 ‘어떻게 하는 것인가’ 하는 잣대다.

1) 무엇을 하는 것인가

한 마디로 말꽃이란 삶을 드러내고 받아들이는 ‘노릇’을 하는 것이다. 이것은 오랫동안 수많은 사람들이 밝혀온 터이라 더 따질 것이 없다. 그렇지만 드러내고 받아들이는 그 노릇에 담긴 삶이 ‘무엇’인가 하는 물음은 만만치 않다. 그것을 나(자아)와 세상(세계) 사이에 겯고트는 노릇으로 본 것은 아주 마땅한 눈이다.[66] 삶이란 어떻든 나와 세상이 겯고트는 노릇이 아닐 수 없기 때문이다. 그러나 나로서는 삶의 논리보다 삶의 속살을 제대로 들여다보고 싶다. 왜냐하면 삶의 속살이야말로 말꽃의 무리를 이루는 속성을 훨씬 뚜렷하게 드러내주기 때문이다. 말꽃에 담기는 삶의 속살이 다르면 말꽃의 속성이 달라져서 무리가 갈래질 수밖에 없다.

그런데 문제는 말꽃에 담기는 삶의 속살이 무엇인가 하는 것이다. 아니, 삶의 속살이 무엇인가 하는 물음보다는 삶의 속살을 무엇으로 갈라볼 수 있는가 하는 물음이 더욱 마땅하겠다. 참으로 만만치 않은 물음이다. 그러나 단순한 상식으로 돌아가보면, 사람의 삶이란 아주 다른 두 세상으로 나뉘어 있는 것이 아닐까? 한 마디로, 이승의 삶과 저승의 삶으로 나뉘어 있는 것이 아닐까? 태어나서 죽을 때까지 목숨을 지니고 사는 이승의 삶과 이승으로 태어나기 이전과 죽어서 다시 ‘돌아가’ 살아야 하는 저승의 삶을 싸잡아야 온전한 삶이 아닐까?

하기는 이런 두 세상의 삶을 받아들일 수 없다는 사람도 있을지 모르겠다. 태어

---

66) 알다시피 조동일의 갈래 이론은 여기에 터잡고 있다.

났다는 사실은 어머니의 난자와 아버지의 정자가 만나는 이승에서 비롯하였을 뿐이고, 죽는다는 사실은 염통이 멎고 숨이 끊어지면 몸뚱이가 썩어서 이승의 자연으로 돌아가는 것으로 끝낼 뿐이라고 여기는 사람도 있다. 삶이란 그런 태어남과 죽음 사이에 있는 이승의 것일 뿐 거기에 덧보태야 할 또 다른 무엇이 있다는 생각은 모두 헛된 착각에 지나지 않는다고 보는 것이다.

그러나 사람이 살아온 아득한 길을 되돌아보면 사람은 태어나서 죽는 그 동안에만 머무르고 있지 못하는 존재임을 얼마든지 알아볼 수 있다. 종교다 신앙이다 하는 가르침들이 생겨나기도 훨씬 이전에 사람들은 오히려 더욱 간절하게 눈에 보이지 않는 세상에 마음을 빼앗기고 살았다는 사실이 온갖 학문의 그물에 걸려 나타났다. 태어나서 죽는 동안은 대수롭지 않게 지나가면서 태어나지 않았던 거기와 죽어서 가야 할 거기에 오히려 더 크게 마음을 쓰면서 살았다는 사실을 곳곳에서 확인할 수 있다. 그래서 사람의 삶이란 이승과 저승, 현실과 영원, 자연과 초자연, 눈에 보이는 것과 눈에 보이지 않는 것, 얼과 넋, 이런 두 가지 다른 세상으로 이루어졌다고 보지 않을 수 없다. 사람이 태어나서 먹고 입고, 놀고 일하고, 사랑하고 싸우고, 만나고 헤어지고, 죽는 데까지 겪는 수많은 일들이 삶의 한 세상이라면, 죽을 때까지 한 번도 겪은 적이 없으나 죽은 다음에는 반드시 어디에선가 겪어야 할 것으로 여기는 삶이 또 다른 하나의 세상이 아닐 수 없다. 죽음, 넋, 저승, 영원, 눈에 보이지 않는 이런 것들에서 벌이는 삶은 실제로 겪어볼 수 없는 것임에 틀림없으나 그렇다고 떨쳐버릴 수도 없는 삶이다. 떨쳐버리지 못하여 언제나 마음속으로 생각하고 꿈꾸고 기다리며(?) 살아가는 것이다.

그런데 삶, 얼, 이승, 현실, 자연, 눈에 보이는 것들과 더불어 벌이는 삶은 사람들만의 노릇일 수 있다 하더라도, 죽음, 넋, 저승, 영원, 초자연, 눈에 보이지 않는 것들과 더불어 벌이는 삶은 사람들만의 노릇일 수 없다. 사람들만의 노릇이기는커녕 사람들로서는 아예 어찌해 볼 수조차 없는 막막하고 두려운 무엇일 수밖에 없다. 살아서 살아볼 수 있는 삶은 사람들이 스스로 이끄는 세상이라 할 수 있지만, 살아서는 살아볼 수 없는 삶은 사람들이 스스로는 이끌 수 없는 세상이다. 이승 너머 저승의 삶, 자연 너머 초자연의 삶은 사람이 스스로 이끌 수 없어 막막하고 두렵기 때문에 그쪽 세상의 임자에게 기대지 않을 수 없다. 그쪽 세상의 임자를 서낭[67]이라 부르며 우리 겨

---

67) 사실, 서낭이 어디서 어떻게 생긴 말이며, 뜻넓이가 어떠한지를 우리는 아직 똑똑히 모른다. 산신을 뜻하는 '산왕'에서 왔다, 천신을 뜻하는 '상왕'에서 왔다, 중국에서 들어온 '성황'에서 왔다 하는 주장들은 보다시피 모두 중국에서 건너온 한자말을 뿌리로 보려는 것이다. 그러나 여러 가지 쓰임새를

레는 일찍부터 그분에게 기대어 막막하고 두려운 그쪽 세상의 삶을 맡기면서 살아왔던 것으로 보인다.

그래서 우리는 삶을 사람들이 스스로 이끌며 사람들끼리 벌이는 삶과 서낭의 이끎을 기대고 서낭과 더불어 벌이는 삶의 두 가지로 나누어볼 수 있다. 삶을 그렇게 두 가지로 나눌 수 있다면 그것들을 어떻게 불러야 마땅할까? 그런데, 서낭과 더불어 벌이는 삶을 우리 겨레는 일찍부터 '굿'[68]이라 불렀다. 저승의 삶이 두려워 기대고 싶을 적에만 아니라 이승의 삶 안에서도 사람의 힘으로는 어찌해 볼 수 없는 고비에 맞닥뜨리면 우리 겨레는 서낭을 찾아 그분의 힘으로 고비를 넘기고자 했다. 무당의 힘을 빌려 서낭을 모셔다가 고비를 넘길 수 있는 길을 찾고 힘을 얻느라 굿을 했던 것이다. 그러니 서낭의 이끎을 기대고 서낭과 더불어 벌이는 삶을 '굿'이라 해보자. 그러면 남는 것은 사람들이 스스로 이끌고 사람들끼리 벌이는 삶이다. 이것을 '굿'과 나란히 맞설 수 있는 이름으로 부르려면 무엇이 좋을까? 아무리 해도 마땅한 말을 찾을 수 없어서, 그냥 '삶'이라 해보는 수밖에 없었다. 그러면 사람의 삶에 싸잡힌 두 세상을 '굿'과 '삶'이라 부를 수 있을 듯하다.[69]

두루 살피건대 중국에서 한자를 들여오기 훨씬 앞서 아득한 옛날부터 우리 선조들이 사람의 삶 안에 들어온 하느님의 힘(신격)을 '서낭'이라 불렀던 것으로 보이지만, 뜻넓이를 두고는 여러 의견들이 엇갈린다.(김태곤, 〈서낭당 신앙〉, 《한국민간신앙연구》, 집문당, 1983 ; 조흥윤, 〈잡귀잡신 연구〉, 《종교신학연구》 1, 서강대학교 종교신학연구소, 1988 ; 장정룡, 〈강원도 서낭신앙의 유형적 연구〉, 《한국민속학》 22, 민속학회, 1989 ; 이종철 외, 《서낭당》, 대원사, 1994) 그러나, 서낭이란 눈에 보이는 만물 너머에 있는 존재를 뜻하고, 유한하고 변화하는 우주 만물 너머에 무한하고 불변하는 존재가 있어 만물을 섭리하고 주관한다고 믿을 때 인정할 수 있는 존재다. 이런 초월 존재를 우리 겨레는 흔히 '하늘(천)' 또는 '하느님(천제, 상제)'이라 했으나, 그분의 뜻과 능력을 받아서 사람에게로 내려와 잠시 또는 오래 함께 살아가는 그분의 작은 힘을 '서낭·서낭님'이라 부른 것으로 본다.

68) '굿'이란 사람이 서낭과 만나서 서로를 주고받는 믿음의 노릇(제의, rite)이다. 물론 본디 무교에서 마련하여 쓰던 말이고, 아직도 거의 무교에서만 써오는 말이다. 그러나 이 책에서는 모든 종교에서 벌이는 믿음의 노릇[제의]을 모두 이렇게 부르고자 한다. 무교뿐만 아니라 모든 종교에서는 무당(사제)이 거룩한 자리[제단]에서 서낭[신]과 사람[신도]을 만나 어우러지게 하는 노릇[제의]을 벌이게 마련이고, 그것들은 본디 속살에서 서로 다를 바가 없다. 다만 그 이름을 무교에서는 '굿', 도교에서는 '초례', 불교에서는 '법회', 천주교에서는 '미사', 개신교에서는 '예배', 이렇게 서로 다르게 부를 따름이다. 보다시피 '굿'은 우리 토박이말이지만 다른 것들은 모두 남의 말을 그대로 빌려와 쓴 것이다. 그리고 이것들을 하나로 싸잡아 말할 적에는 '굿'이라는 우리 말을 쓰지 않고, 제의 또는 종교 의례 같은 일본식 한자말을 쓰기 일쑤다. 그러나 이제 우리 겨레가 써온 토박이말로 떳떳하게 부르는 것이 마땅하다고 보아, 모든 종교의 제의를 통틀어 우리 말 '굿'으로 부르고자 한다.

69) 삶을 '굿'과 '삶'으로 나누는 것은 아무래도 마뜩찮다. 굿이나 삶이란 말의 뜻넓이가 너무도 넓어서 굿이 삶을 싸잡을 수도 있고, 삶이 굿을 싸잡을 수도 있기 때문이기도 하지만, '삶' 안에 다시 '삶'과 '굿'을 싸잡는다니 논리가 맞지 않는다. 그러나, 요즘에도 굿이란 말이 아주 넓은 뜻으로 '굿판'이니 '마을굿'이니 '풍물굿'이니 '가을굿'이니 하면서 두루 쓰인다. 사람들이 모여서 노래하고 춤추고 즐겁게 뛰놀며 함께 어우러지는 모둠 놀이를 모두 싸잡아 '굿'이라 부르니 그것이 '삶'과 어떻게 다른지 가늠하기조차 어렵다. 이렇게 어떤 현상이나 세계가 서로 넘나들고 얽히며 설키는 것으로 보는 이것

그러나 사람의 삶이란 본디부터 '굿'과 '삶'으로 갈라져 있었던 것으로 보기는 어렵다. 오히려 애초에는 굿이 모든 삶을 뒤덮거나 감싸고 있었을 듯하다. 애초에는 사람들이 세상만사를 서낭의 힘에 달렸다고 믿어 모든 삶을 굿 안에서 살았던 것으로 보인다. 그러다가 세월이 지나면서 먹고살아야 한다는 현실이 서낭에게만 달린 것이 아니라 스스로의 힘에 달렸다는 사실을 조금씩 깨닫게 되었던 것이다. 그래서 갈수록 눈앞에 벌어지는 삶이 눈에 보이지 않는 삶으로부터 떨어져 나오는 역사를 걸었다. 그런 세월이 흘러갈수록 눈에 보이지 않는 삶은 눈에 보이는 삶으로부터 밀려나고, 그래서 오늘 우리네 삶에서는 굿이 아주 사라졌다고 생각할 수도 있을 지경에 이르렀다. 이승과 현실과 자연만에 매달려 살아가면서 감각에 붙들리는 것만 있다고 생각하는 세상이 바로 오늘 우리네 삶의 환경이 되었다.

하지만 따지고 보면 그런 것만도 아니다. 세상 사람들은 예나 다름없이 아직도 영원을 믿고 영생을 바라면서 갖가지 종교를 붙들고 신앙생활을 하기 때문이다. 오늘날 여러 종교에서 믿음을 지니고 살아가는 사람들은 이름과 모습은 서로 다르지만 속내는 모두 한결같은 굿을 끊임없이 벌인다. 그런 굿을 벌이며 사는 사람들이 뜻밖에도 많은 것을 보면,[70] 굿이라는 노릇의 이름과 모습은 달라져도 사람의 삶에 굿이 차지하는 자리는 크게 달라지지 않은 듯하다. 종교를 믿느니 차라리 주먹을 믿겠다는 무신론자가 우리 가운데 없는 것은 아니지만, 그런 사람들이 살아가는 자취를 속속들이 들여다보면 그들 또한 눈에 보이지 않는 큰 힘에서 자유롭지 못하다는 사실을 쉽게 알 수 있다. 종교를 믿지 않는다는 사람들에게서도 날받이를 하고 방위를 가리고 부적을 지니는 따위, 이른바 속신이라는 것들에 얽매어 살아가는 사람들이 적지 않기 때문이다. 사람은 누구나 눈에 보이지 않는 세계를 아랑곳하지 않을 수 없는 존재임을 알아볼 만하다.

사람의 삶이 눈앞에 보이는 자연 안에서 사람들끼리 부대끼며 사는 '삶'과 눈에 보이지 않는 또 다른 세상의 힘에 기대어 사는 '굿'으로 갈라질 수 있다면, 말꽃은 저절로 저들 두 가지를 담아내지 않을 수 없다. 그래서 사람이 살아 숨쉬는 동안에 눈으로 보고 몸소 겪는 일들을 담아내는 말꽃을 '삶의 말꽃'이라 하고, 사람이 죽어 저승

이야말로 우리 겨레의 본디 정신 바탕인지도 모르겠다. 그래서 서낭과 함께 어우러지는 삶을 '굿'이라 하고, 사람들끼리만 어우러지는 삶을 '삶'이라 하여 둘을 나누어 보기로 한다. 삶 안에서 '굿'과 맞설 낱말을 따로 찾을 수 없기 때문이다.

70) 여러 종교 교단들이 내놓는 신도 통계를 보태면 우리 한국에는 믿음을 지니지 않은 사람이 거의 없는 것으로 드러난다.

으로 가야만 만날 수 있는 그런 존재와 더불어 벌이는 일들을 담아내는 말꽃을 '굿의 말꽃'이라 할 수 있을 듯하다. 굿의 말꽃에 담긴 삶이란 어쩌면 말꽃으로 말미암아 비로소 살아보는 삶이고, 그래서 오히려 더없이 값지고 아름다운 삶의 세계일 수도 있다. 어쩌면 모든 예술활동이란 눈에 보이는 것을 가지고 눈에 보이지 않는 것으로 건너가려는 몸부림이라 할 수도 있는 것이기에, 꿈꾸며 그려보는 삶의 말꽃이라 할 굿의 말꽃이 더욱 말꽃다울 수 있다는 말이다.

2) 어떻게 하는 것인가

말꽃이라는 노릇은 어떻게 하는 것인가? 그것은 한 마디로 말을 주고받는 것으로 한다. 말꽃은 말하기 · 쓰기와 듣기 · 읽기라는 노릇밖에 다른 어떤 것일 수 없다. 그러므로 말꽃은 일상에서 말을 주고받는 것과 떨어질 수도 없고, 뿌리로 보아 다를 것도 없다. 그러나 말꽃은 일상에서 주고받는 말과는 다른 길을 찾는 데서 말미암는다. 말꽃은 삶의 속살을 더욱 깊고 넓게 드러내고 싶어서, 더욱 재미있고 절실하게 드러내고 싶어서, 일상의 말과 다른 쓰임새의 길을 찾는다. 알다시피 그런 쓰임을 앞에서 우리는 '뜻겹침'이라고 했다.

그런데 깊고 넓은 삶의 속살을 더욱 재미있고 절실하게 드러내려는 마음에서 말꽃이 찾아나선 뜻겹침의 말하기를 들여다보면, 거기에는 세 가지 '어떻게'가 있다. 첫째는 일상의 삶을 벗어버리고 꿈꾸던 삶의 세계로 들어가 일상과는 다른 존재로 탈바꿈하여 말을 주고받는 것이다. 그것을 우리 겨레는 일찍이 '놀이'라고 불렀다. 둘째는 일상의 삶과 꿈꾸던 삶을 넘나들면서 마음의 느낌을 가락 있는 말에 얹어 간절하게 건네주는 것이다. 그것을 우리 겨레는 일찍이 '노래'라 했다. 셋째는 일상의 삶에 머물면서 있었던 것과 있어야 할 것을 풀이해 드러내는 것이다. 우리 겨레는 이것을 '이야기'라 불렀다. 자기 자신을 벗어버리고 꿈꾸던 존재로 바뀌어 들어가서 말을 주고받는 놀이거나, 자기 자신을 버리기도 하고 지키기도 하면서 느낌을 말의 가락에 얹어 호소하는 노래거나, 자신을 굳건히 지키면서 있었던 것과 있어야 할 것을 풀이하는 이야기거나, 이런 세 가지는 사람들이 참으로 신비롭게 찾아서 써온 말 주고받기의 '어떻게'들이다.[71]

---

71) 이것은 일찍이 아리스토텔레스(기원전 384~322)가 갈래지었던 것과 비슷한 점이 없지 않다. 그는 예술이 모방의 '매재'와 '대상'과 '양식'에 따라 갈래진다고 했는데, 말꽃에서 매재란 바로 '말'이고, 대상이란 행동하는 '인간'이기에 우리가 문제삼지 않아도 좋은 것들이다. 그래서 마침내 말꽃이란 모방의 양식에 따라 갈래지어진다고 볼 수밖에 없는데, 아리스토텔레스가 모방의 양식이라고 말한 속살

놀이로 말하기에서는 혼자서 하지 않고 둘이나 그보다 더 많은 사람들이 서로 주고받는다. 게다가 그 사람들과 그 자리가 일상의 현실과 아주 다른 꿈속 같은 또 하나의 세계로 바뀐다. 그런 두 가지 기본을 바탕으로 하여 말하는 모습이 틀에 박히지 않고 여러 가지로 나타날 수 있다. 더러는 무리를 지어 소란스럽게 떠들 수도 있고, 가끔은 혼자서 길게 털어놓기만 할 수도 있지만, 그렇다고 해서 주거니 받거니 하는 교환이 없을 수는 결코 없다. 혼자가 아니라 '여럿'이서, 주기만 하는 것이 아니라 '주거니 받거니' 하는 교환의 말하기가 놀이로 말하기의 가장 두드러진 모습이다.

그런데 주거니 받거니 하는 그 자리에서는 일상의 현실과 동떨어진 놀이만의 원리가 모든 것을 다스린다. 일상을 벗어버리고 다른 세계의 원리 안에 들어가서 논다는 뜻을 드러내려고 탈을 쓰기도 하고, 옷을 갈아입기도 하고, 분장으로 모습을 바꾸기도 한다. 사건들도 일상처럼 무질서와 혼란, 우연과 돌연 같이 내다볼 수 없이 벌어지는 것들은 사라지고, 놀라운 질서와 합리가 만들어내는 평등과 사랑의 원리에 따라 합의된 약속 안에서만 벌어진다. 이러한 놀이로서 말하고 듣는 말꽃을 '놀이말꽃'이라 부르자.

이야기로 말하기에서는 듣는 사람들에게 말하는 사람이 혼자서 풀이하여 건넨다. 게다가 그 사람들과 그 자리는 바로 일상세계와 조금도 다르지 않다. 이런 두 가지를 기본으로 삼는 이야기로 말하기는 놀이말꽃과는 속성이 사뭇 다르다. 이야기 속에는 여러 사람들이 들어 있고, 이야기 밖에도 여러 사람들이 모여 이야기판을 만들 수 있지만, 이야기의 말하기는 혼자서 풀이하는 말로서 이루어질 뿐이다. 이야기 속에 들어 있는 사람들은 노릇을 벌이면서 말을 주거니 받거니 할 수도 있지만, 그들은 놀이에서처럼 실제로 나타나는 것이 아니라 말하는 사람의 말 안에서만 나타날 따름이다.

이야기로 말하기에서는 말하는 사람이 일상의 현실 안에 있는 자신을 조금도 떠나지 않는다. 처음부터 끝까지 일상 현실 안의 '나'에 붙박이로 남아서 자신과 이야기가 따로 떨어져 있다는 사실을 뚜렷이 드러낸다. 놀이로 말하는 사람들이 모두 놀이 세계 안에 들어가 있는 것과는 달리, 이야기로 말하는 사람은 이야기 안에 들어가지 않는다. 그는 이야기 바깥에 머물면서 이야기와 자신은 아무런 상관이 없고 다만 그

은 그대로 말하기의 '어떻게'라 할 수 있다. 일찍이 최재서(1908~1964)도 지적한 바 있는데, 그는 아리스토텔레스가 내세운 갈래짓기의 원리를 빌려서 말꽃의 갈래란 '전달의 방법'에 따라 결정된다면서 다음과 같이 말했다. "서정시는 일인칭의 전달이며, 극은 이인칭의 전달이며(대화자는 서로 이인칭을 요구한다), 서사시는 삼인칭의 전달이다."(최재서, 《증보 문학원론》, 춘조사, 1963, 392~397쪽)

것을 보았거나 들었을 뿐이라고 한다. 그것은 시치미를 떼는 것일 수도 있지만 어쨌거나 그런 태도를 굳이 지닌다. 놀이의 말하기가 탈바꿈한 사람들이 일인칭으로 말하는 것과는 달리 이야기의 말하기는 말하는 사람이 본디 삼인칭으로 말하는 것이다. 이러한 이야기로서 말하고 듣는 말꽃을 '이야기말꽃'이라 부르자.

노래로 말하기에서는 놀이말꽃과 이야기말꽃의 말 모습을 절반씩 아우른다. 우선, 말하는 사람이 이야기말꽃에서처럼 혼자일 수도 있고 놀이말꽃에서처럼 여럿일 수도 있다. 게다가, 말하는 방식도 놀이말꽃과 같이 몫을 나누어서 주거니 받거니 할 수도 있고, 이야기말꽃과 같이 혼자서 풀어 놓기만 할 수도 있다. 그러니까 노래의 말은 혼자 말할 수도 있고 여럿이 말할 수도 있고, 주거니 받거니 할 수도 있고 혼자서 풀어 놓을 수도 있고, 노래 안에 들어가서 말하기도 하고 노래 바깥에 머물면서 말하기도 한다. 놀이로 말하기와 이야기로 말하기를 모두 아우른 것이 노래로 말하기다.

그러나 노래로 말하기가 놀이의 말과 이야기의 말을 뒤섞어 놓은 것은 아니다. 우선 노래에서 말하는 사람이 노래 안에 들어갈 때 그는 놀이에서 하듯이 일상의 자신을 벗어버리지 않는다. 자기를 바꾸거나 떠나지 않고 일상에 있는 그대로 노래 안에 들어가서 말하기 때문에 놀이와 아주 다르다. 노래로 말하는 사람이 노래 바깥에 머물 때도 그는 이야기에서 하듯이 자신이 노래와 상관없다는 태도를 지니지 않는다. 자기와는 아무 상관도 없이 그저 보고 들었을 뿐이라는 태도가 아니라 스스로 겪고 살았다는 태도를 떳떳하게 드러낸다. 그러니까 노래로 말하는 사람은 노래 안으로 들어가거나 노래 바깥에 나오거나 '나'를 떳떳하게 내세우면서 삶을 털어놓고 느낌을 마음껏 드러낸다. 옛사람들이 '거짓말 아닌 이야기 없고, 참말 아닌 노래 없다' 이렇게 말해온 것은 바로 여기에 말미암는다. 이렇게 노래로서 말하고 듣는 것을 '노래말꽃'이라 부르자.

마) 갈래가 벌어진 길

이래서 말꽃은 담고 있는 '무엇'에 따라 '삶의 말꽃'과 '굿의 말꽃'으로 갈래지고, 하고 있는 '어떻게'에 따라 '놀이말꽃'과 '노래말꽃'과 '이야기말꽃'으로 갈래질 수 있다. 이것은 앞뒤가 없어서 차례를 서로 섞바꾸어도 그만이다. '굿의 말꽃'이나 '삶의 말꽃'에서 놀이말꽃과 노래말꽃과 이야기말꽃으로 가를 수도 있고, '놀이말꽃'이나 '노래말꽃'이나 '이야기말꽃'에서 굿의 말꽃과 삶의 말꽃으로 가를 수도 있다는 말이다.

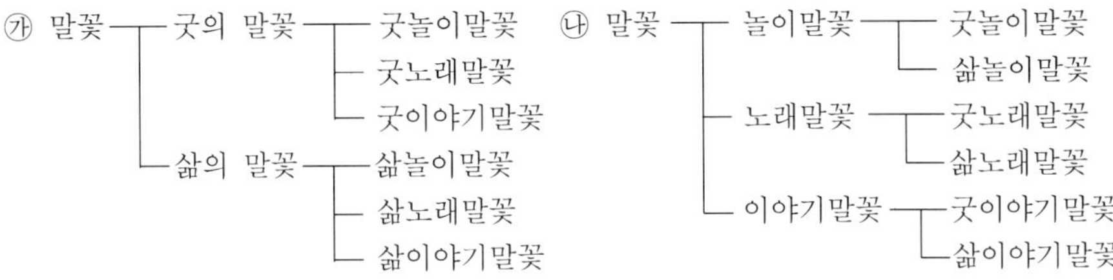

이렇게 두 가지 틀을 만들 수 있으나, 실제로 말꽃을 다룰 적에는 하나를 골라잡는 수밖에 없으므로 ㉯를 따르고자 한다. 왜냐하면, 아리스토텔레스가 밝히고 최재서가 풀이한 바를 이미 살폈거니와, '모방의 양식(전달의 방식)' 곧 '어떻게' 말하는가야말로 말꽃의 갈래를 드러내는 가장 또렷한 속성이기 때문이다. 그러나 앞에서 이미 말해둔 바와 같이 이런 모습으로 갈래지는 무리가 애초부터 그렇게 드러나 있었던 것이 아니라 세월이 지나면서 자라나고 마침내 드러났다는 사실을 잊지 말아야 한다. 그러므로 처음에는 눈에 띄지 않게 속으로 감추어져 있다가 차차 무리가 커지면서 두드러지게 드러난 그 길을 더듬으면 갈래의 속살을 좀더 알뜰히 짐작할 수 있을 것이다.

1) 갈래 없이 하나 : 놀이말꽃

배달말꽃의 갈래를 뿌리께로 눈을 돌려 생각해보면 애초에는 갈래가 나타나지 않고 하나였다. 세계 모든 겨레의 예술이 그렇듯이[72] 우리의 배달말꽃도 아득한 옛날에는 다른 예술들과 하나로 어우러져 도무지 갈래지을 수 없는 상태로 싸잡혀 있었다. 배달말꽃도 움이 돋고 떡잎을 피우며 새싹으로 자라던 시절에는 소리(음악)와 춤(무용)과 놀이(연희)에 싸잡혀 어우러져 있었다.[73] 그리고 그런 상태로 움이 돋아 자라면서 여러 예술들과 어우러져 있던 때의 말꽃은 '놀이'[74]라는 말로 싸잡아 불렀던

---

72) 하우저(1892~ ?)는 구석기시대까지 인류의 모든 예술은 생활 방편인 작업과 뗄 수 없는 하나였다고 한다. 구석기시대의 예술 표현은 삶에 실제로 힘을 발휘하는 마술이었다는 것이다. 신석기시대에 들어와서 인간은 눈에 보이는 현실세계와 눈에 보이지 않는 초현실세계를 의식하면서 마술을 종교와 예술로 발전시켰다는 것이다. 그리고 시간이 지나면서 예술 활동은 마술사와 사제들이 맡은 종교 예술과 전문가와 여성들이 맡은 세속 예술로 갈라져 나갔다고 한다.(하우저, 《문학과 예술의 사회사 — 고대·중세편》, 창작과비평사, 1976, 9~31쪽)

73) 이런 상태의 배달말꽃이 부여의 '영고'니 예의 '무천'이니 하는 원시종합예술 행위 안에 싸잡혀 있었으리라는 사실은 일찍부터 선학들이 입을 모아 지적한 바 있다.(조윤제, 《한국문학사》, 탐구당, 1968, 8~10쪽 ; 이병기, 《국문학전사》, 신구문화사, 1957, 18~20쪽 ; 김사엽, 《국문학사》, 정음사, 1956, 112~115쪽)

74) 사람의 삶이란 겨레를 따질 것 없이 모두 밤이면 쉬고 낮이면 움직이는 것으로 이루어진다. 그리고

56

것[75])으로 보인다.[76)]

놀이는 몸을 움직여서 기쁨, 즐거움, 재미 같은 느낌을 맛보려 하는 것이다. 따라서 이런저런 도구를 쓰거나 마땅한 상대(들)와 어울리는 것이 아주 바탕이다. 이런 놀이가 얼마나 오래되었을까 생각하면, 우선 아기들이 '놀이'하는 모습이나 짐승의 새끼들이 '장난'치는 것을 떠올릴 수 있다. 어린애들은 기거나 앉거나 걷거나, 그렇게 스스로 몸을 가눌 수 있을 만큼 자라면 우선 놀이부터 시작한다. 어른들이 그때를 놓칠세라 '잼·잼' '조막·조막', '도리·도리' '짝·짜꿍' 같은 놀이를 기꺼이 가르치고 어울리는 것은 물론이다. 이들이 자라서 집밖 골목으로 나가 다른 아이들과 어울려 이른바 사회생활을 시작하면 '소꿉놀이'를 비롯하여 눈에 띄게 어렵고 복잡한 놀이를 즐긴다. 그리고 어른이 되어 '일'을 하지 않을 수 없는 나이가 될 때까지 어린이들의 삶은 거의 놀이로 가득 차게 마련이다. 짐승들도 집짐승은 말할 나위도 없고 묏짐승과 들짐승까지도 스스로 몸을 가눌 수 있을 만큼 자라면 온통 장난치기에 파묻혀 산다. 어미가 새끼들의 이런 장난을 거들고 북돋우는 것 또한 말할 나위가 없다.

이렇게 놀이는 사람의 삶에 깊디깊은 뿌리를 내리고 있는 것이다. 놀이에서 맛볼 수 있는 짜릿함과 편안함 같은 재미를 사람은 아무도 모른 체할 수 없다.[77)] 예술이란 바로 이런 재미에 끌려 사람들이 이루어 놓은 놀이의 결과물에 지나지 않는다.[78)] 그러니 예술 안에 싸잡힐 수밖에 없는 말꽃이 놀이에 싸잡혀 거기서 움트고 자랐다는 사실은 쉽게 받아들일 수 있는 일이다. 이래서 놀이는 당연히 말꽃보다 말꽃 아닌 것을 더 많이 싸잡고 있다. 놀이에서는 말꽃의 감인 말보다 몸짓과 소리 같은 다른 예술

낮의 움직임은 먹고살려는 움직임인 '일(작업)'과 거기서 벗어나려는 움직임인 '놀이(연희)'의 둘로 나누어진다. 이런 애초의 놀이는 종교 행위인 굿(제의, 리튜얼)과 세속 행위인 놀음(유희, 플레이)을 함께 싸잡고 있었다. 이 글에서 쓰는 '놀이'도 물론 이처럼 굿과 놀음을 싸잡아 아주 넓은 뜻을 지닌 것이다.

75) 배달말꽃의 갈래를 우리 겨레의 말꽃 실상에 맞추어 제대로 찾아보려고 할 적에 우리 겨레가 써온 말을 눈여겨 살피고 알맞은 말을 찾아 쓰는 일은 아주 요긴하다. 아득히 오랜 세월에 걸쳐 우리 겨레가 본능과 직관에 따라 써온 그런 토박이말들에는 어떤 이론이나 논리도 따를 수 없는 마땅함이 도사리고 있기 때문이다.

76) 이것은 이미 상식이 된 진실이다. 지난 백 년 동안 사람과 예술을 연구한 수많은 사람들이 한 목소리로 말하는 이른바 '원시종합예술'이 바로 그런 것이다. 사람들이 스스로를 자연과 구별하지 않았으며, 따라서 사람과 짐승이 다르지 않았고, 삶이 종교와 예술로 나뉘지 않았으며, 예술과 마술이 하나이던 시절(하우저, 앞의 책, 9~17쪽)에 즐기던 예술을 오늘 우리는 '놀이'라 부를 수 있다.

77) 이런 쪽은 프랑스의 사회학자 로제 카이와(1913~1978)가 쓴 《놀이와 인간》(이상률 옮김, 문예출판사, 1994)에 잘 밝혀 놓았다.

78) 이런 사실은 일찍이 네덜란드의 역사학자 호이징하(1872~1943)의 《놀이하는 인간》(권영빈 옮김, 홍성사, 1981)에 잘 밝혀 놓았다.

의 것들이 훨씬 더 많은 자리를 차지하기 때문이다. 이런 여러 요소들이 가락에 크게 기대면서 갖가지 갈고 닦인 예술들로 자라났다. 가락(운율, 리듬·라임)이란 우주의 본질이므로 살아 있는 모든 목숨을 즐겁게 하는 힘의 원천이다.[79] 즐거움의 원천인 가락을 몸짓으로 드러내면 춤의 예술로 자라나고, 소리로 드러내면 음악 예술로 자라난다.

그러나 놀이에는 말도 싸잡혀 있다. 짐승들이 장난치기를 하면서 내지르고 주고받는 소리들, 아이들이 놀이를 하면서 주고받으며 떠드는 목소리들, 이런 '소리'들이 놀이와 어우러져 있는 말꽃의 싹이다. 그런 소리가 뜻을 담은 것으로 자라면 그것이 곧 '말'이고, 그런 말이 뜻겹침을 지니고 짜임새를 갖추면서 '말꽃'으로 자라난다. 이것이 다름 아닌 '놀이말꽃'이다.

2) 둘로 갈라짐 : 놀이말꽃 → 이야기말꽃

놀이 안에 온갖 예술요소들과 어우러져 있던 놀이말꽃은 언제부터인가 두 갈래로 나누어졌다. 그것은 놀이에서 '이야기'가 떨어져 나오면서 벌어진 일이다. 놀이 안에 어우러져 있던 놀이말꽃의 이야기가 놀이와 더불어 어우러지기 어려운 지경에 이르러 떨어져 나와 홀로 서기를 했다. 이야기는 수많은 사람들이 어우러져, 갖가지 도구로 소리를 내고, 온 몸으로 춤을 추며, 큰 소리로 노래를 부르기도 하는 놀이 가운데 어울리기 거북한 성질을 속에 지녔다. 이야기는 줄거리를 지닌 사건들이 시간에 따라 이어지는 것을 한 사람이 풀어내고 다른 사람들이 그것을 듣는 것인지라 놀이처럼 여럿이 주고받으며 시끄럽게 야단을 떠는 것들과 어우러지기 어렵다. 이야기가 이야기일 수 있으려면 한 사람이 이야기하고, 이야기 소리를 들을 만한 정도로 많지 않은 사람들이 모여야 하고, 그럴 만하게 조용한 곳이 있어야 한다. 있었던 일이나 있어야 할 일을 풀어내 들려주고, 그것을 들으면서 반응할 수 있는 자리가 갖추어져야 이야기가 이루어질 수 있다. 이런 자리를 놀이 안에서 마련할 수는 없는 노릇이기에 이야기는 일찍이 놀이에서 떨어져 나올 수밖에 없었다.

어쩌면 이야기는 애초부터 놀이에 싸잡히지 않고 놀이와 나란히 붙어서 움이 돋았는지도 모른다. 말꽃이라는 하나의 씨앗에서 놀이와 이야기라는 두 가지의 갈래가 나란히 움터 나왔을 수도 있다는 말이다. 그만큼 이야기란 놀이와 동떨어지고 닮은 구석이 적다. 놀이처럼 다른 예술요소들과는 어울리려 하지 않고, 오직 말로서만 남

---

79) 수잔 랭거(곽우종 역), 《예술이란 무엇인가》, 문예출판사, 1977, 7~82쪽.

아 있고 싶어하기 때문이다. 몸짓의 도움도 반갑지 않고, 가락에 기대는 것도 크게 달 갑지 않은 것이 이야기의 속성이다. 그러나 아직도 놀이에 싸잡혀 어우러지는 이야기 가 아주 없지는 않다. 그런 이야기들을 우리는 굿 안에서 무당이 풀어내는 서낭의 본 풀이로 쉽게 만날 수 있는데, 요란하고 시끄러운 소용돌이에 어우러지려고 어쩔 수 없이 가락에 실린 노래의 모습을 지니고 있다. 그러니까 놀이와 어우러져 있는 이야 기는 이야기의 속살을 노래의 모습에 담아 지닐 수밖에 없었다는 사실을 짐작할 수 있다. 어쨌거나 이렇게 놀이말꽃에서 먼저 떨어져 나온 갈래가 '이야기말꽃'이다.

3) 셋으로 갈라짐 : 놀이말꽃 → 노래말꽃 → 이야기말꽃

놀이와 이야기라는 두 갈래로 나누어진 말꽃은 언제부터인가 다시 세 갈래로 갈 라졌다. 그것은 놀이에서 '노래'가 떨어져 나오면서 벌어진 일이다. 노래가 놀이에서 떨어져 나온 역사는 이야기가 갈래지어 나온 것에 견주면 아주 뒤늦은 것임에 틀림 없다. 노래가 놀이와 얼마나 오래도록 함께 어우러져 있었던가는 그 이름에서도 짐작 할 수 있다. 놀이나 노래가 모두 '놀다' 하는 움직씨에서 말미암아 생겨난 말이라는 것이 말의 모습에 그대로 남아 있기 때문이다.[80]

노래도 이야기처럼 놀이가 싸잡고 있는 여러 가지 예술 요소들을 벗어나고 싶어 서 놀이와 헤어져 나왔다. 이야기가 놀이에서 떨어져 나간 뒤로, 다시 세월이 지나면 서 여러 예술들과 어우러져 놀이로 남아 있기가 거북스러워진 말이 뒤늦게 놀이에서 떨어져 나온 것이 노래다. 말로써만 삶을 드러내는 말꽃이 되고 싶어서 놀이와 헤어 져 다시 떨어져 나온 말하기가 노래말꽃이다. 그러나 그것은 이야기가 놀이에서 떨어 져 나온 것과는 적잖이 다르다. 무엇보다도 노래는 이야기가 떠나간 만큼 그렇게 놀 이에서 멀리 떠나가지 않는다. 이야기와는 달리 노래는 말과 어우러질 수 있는 가락 을 떼어버리려고 하지 않는다. 노래는 '가락'을 그대로 지니고 싶었던 까닭에 놀이의 말에 담긴 가락이 떨어져 나가지 않을 만한 곳에 자리를 잡고 머문 셈이다. 놀이말꽃 에서 떨어져 나와 홀로 서려는 것에서는 이야기말꽃을 닮으면서도, 말의 가락을 굳이 버리지 않으려는 것에서는 놀이말꽃에 가까운 것이 '노래말꽃'이라 하겠다.

---

80) '노래'라는 낱말의 속내는 '놀+애'고, '놀이'라는 낱말의 속내는 '놀+이'다. 두 낱말이 다같이 '놀다' 라는 움직씨에 뿌리를 둔 말임을 알 수 있다. 그런데 '놀+애'의 '애'는 수단이나 도구라는 뜻을 나타 내는 이름씨로서 그 움직씨를 매김씨로 바꾸고 제가 임자로 올라선다. '막다'에서 '마개', '덮다'에서 '덮개', '베다'에서 '베개', '지다'에서 '지게'로 바뀌는 것들이 모두 그런 사정을 드러내 보인다. 그러니 까 '노래'란 낱말의 본디 뜻은 '놀이를 하는 데 쓰이는 것'으로서 스스로 놀이에서 떨어져 나온 것임 을 드러내고 있다.

바) 배달말꽃 갈래의 얼개

이렇게 세 갈래로 나누어지는 세월은 그러니까 말꽃이 다른 예술의 요소들로부
터 떨어져 나온 역사와 맞먹는다. 함께 어우러져 있던 온갖 예술요소들을 뿌리치고
말꽃만의 세계를 마련해 나온 역사에서 '이야기말꽃', '노래말꽃', '놀이말꽃'의 갈래를
만날 수 있다. 그런 역사를 알아보기 쉽도록 그림표로 나타내면 이렇게 된다.

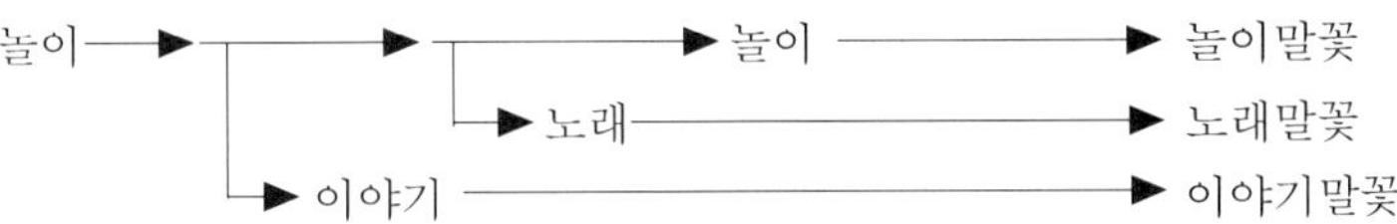

이들 세 갈래는 맨 처음 여러 가지 싸잡혀 있던 '놀이'의 요소들과 맺는 관계에
서 한결같을 수 없다. 이야기말꽃은 그런 놀이 요소들에서 일찍이 떨어져 나와 멀리
달라졌기 때문에 말꽃만의 속살에 더없이 충실하다. 놀이말꽃은 그런 놀이 요소들에
싸잡혀 있거나 가장 가까워서 말꽃만의 속살로 보면 아주 어설프다. 노래말꽃은 이
들 두 갈래의 가운데쯤에 자리잡고 있어서 말꽃답기도 하고 어설프기도 하다. 말을
바꾸면, 놀이말꽃이란 말꽃 아닌 다른 예술들과 가장 많이 어우러져 있어서 아주 너
저분한 말꽃이라 할 수 있고,[81] 거꾸로 이야기말꽃은 다른 예술들과 멀리 떨어져 말
꽃으로서 가장 깨끗한 말꽃인 셈이고, 노래말꽃은 그 안에 놀이의 본질을 얼마간만
지니고 있어서 놀이말꽃보다는 한결 깨끗하지만 이야기말꽃에 견주면 너저분한 말
꽃이다.

이들 배달말꽃의 갈래는 세월이 흐르면서 한 걸음씩 더 자라나고 더욱 잘게 벌
어졌다. 이미 말꽃으로 드러내는 삶을 굿과 삶으로 갈라서 놀이말꽃은 굿놀이말꽃과
삶놀이말꽃, 노래말꽃은 굿노래말꽃과 삶노래말꽃, 이야기말꽃은 굿이야기말꽃과 삶
이야기말꽃으로 벌어진 것으로 보았다. 그러면 굿과 삶은 다시 어떻게 벌어졌을까?

무당의 굿을 들여다보면 여러 갈래로 벌어져서 마땅하게 갈래짓는 일이 만만치
않다. 그러나 우리 겨레의 역사 안에서 우선 '서낭굿'과 '조상굿'이라는 두 갈래로 나

---

81) 아리스토텔레스의 말을 빌리자면 놀이는 모든 매재, 곧 가락(리듬)과 소리(튠)와 말을 두루 싸잡고
  이루어지는 예술이라 할 수 있다. 그러나 그리스의 서정시, 비극, 희극이 이들 세 가지 매재를 더불고
  이루어지던 것과는 몹시 다르다. 그것은 '말'이 차지하는 몫이 달라서 그렇다. 그리스의 저런 갈래들
  에서는 '말'이 다른 두 매재를 부리는 처지이지만, 우리네 놀이에서 '말'은 소리에 싸잡히고, 소리는
  가락에 싸잡혀서 말의 처지가 훨씬 밀려나 있기 때문이다.

누어 보는 것이 어떨까 한다. 서낭굿이란 말 그대로 서낭을 모시고 벌이는 '본디의 굿' 그것이다. 이것은 온 세상 사람들이 언제나 어디서나 바치던 굿이다. 그런데 우리 겨레는 본디는 서낭이 아니고 사람이었으나 뛰어난 힘을 지니고 빼어난 삶을 살면 죽은 다음에 서낭으로 자리잡는다고 믿었다. 그리고 그렇게 서낭으로 자리잡으면 본디의 서낭에게 하듯이 굿을 벌여 살아 있는 사람과 더불어 어우러질 수 있다고 믿었다. 그런 믿음은 서낭으로 자리잡은 그의 후손들에게 더욱 두터울 수밖에 없다. 후손은 자기의 조상이면 누구나 서낭이 되어 자신들의 삶을 도울 수 있다고 믿기까지 했던 듯하다. 이렇게 해서 우리 겨레에게는 본디 서낭에게 바치는 서낭굿과 조상이 돌아가서 서낭으로 자리잡은 분에게 바치는 조상굿으로 갈래진다고 하겠다.

사람들이 살아가는 이승의 삶은 어떻게 갈래질까? 사람은 낮과 밤으로 번갈아 되풀이되는 자연의 시간에 맞추어 쉬고 움직이면서 살아간다. 어두운 밤이면 잠자리에 들어 쉬다가 날이 밝으면 잠자리를 박차고 나와 움직이는 것이 삶이다. 쉬었으니까 움직이고 움직였으니까 쉬는 것이 목숨 있는 모든 것들의 삶이듯이, 사람도 자연과 더불어 쉼과 움직임으로 삶을 채워간다. 이들 둘은 서로 떨어질 수 없는 것인지라, 잘 쉬면 잘 움직일 수 있고 잘 움직이면 잘 쉴 수 있다. 따라서 그 값어치의 높낮이는 한결같다.

그런데 말꽃의 속살은 삶의 움직임으로 거의 채워진다. 그리고 삶의 움직임은 다시 '일'과 '놀음'으로 갈라진다. 일은 목숨을 살리고 지키려는 움직임이고, 놀음은 목숨을 가꾸고 드높이려는 움직임이라 할 수 있다. 일은 목숨을 살리며 지키려고 먹고, 입고, 자는 것을 마련하려는 움직임이다. 그러니까 살아남으려면 사람은 누구나 일을 해야 한다. 놀음은 목숨을 가꾸며 드높이려고 기쁨, 즐거움, 자유, 정의를 맛보려는 움직임이다. 놀음은 살려면 누구나 해야 하는 일처럼 사람을 얽매거나 강요하지 않는다. 하고 싶으면 하고 하기 싫으면 하지 않을 수 있는 자유를 주고, 무자비한 인생의 원칙을 떠나 더없이 정의로운 천국의 원칙을 누리게 해준다. 힘겹고 고달픈 일에서 지친 몸과 마음을 어루만져 달래주고, 기쁨과 즐거움을 맛보게 하면서 삶의 보람을 드높여주는 것이 놀음이다. 그래서 배달말꽃 갈래의 얼개는 말꽃으로 담아내는 삶의 속살에 따라 다음 그림표와 같이 생각할 수 있다.

그러나 거듭 말하거니와 배달말꽃의 갈래는 세월과 더불어 저마다 작은 갈래로 벌어지면서 오늘에 이르렀고, 앞으로도 쉬지 않고 벌어져 나갈 것이다. 그러나 그렇게 갈라져 나가는 갈래를 따라 계속 설명을 하자면 너무 지루할 뿐만 아니라 또 그래야 할 까닭도 없다. 갈래는 잇달아 벌어지고, 벌어지는 갈래를 끝까지 따라가면 마침내 모든 작품(활동) 하나씩에 닿고서야 그칠 수 있다. 거기 닿으면 드디어 갈래라는 것은 아무런 뜻도 없어지게 된다. 그러니 우리 말꽃의 텃밭이 그런 대로 드러날 만한 이쯤에서 갈래의 얼개를 보이고 넘어가야겠다. 거기 담긴 속살들은 다음으로 넘어가서 차례대로 들여다볼 수 있을 터이다.

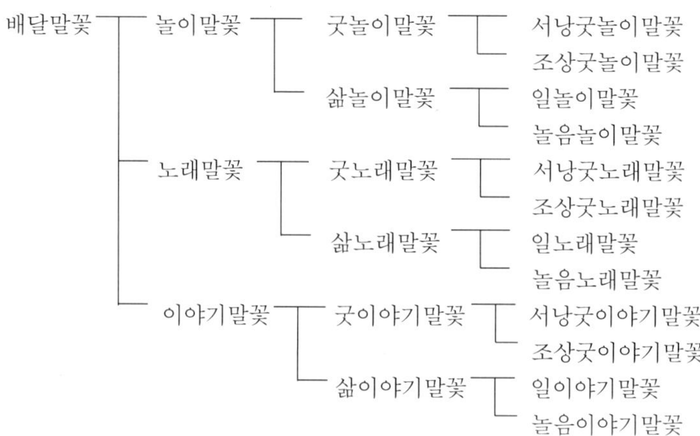

둘

첫째갈래 : 놀이말꽃

가. 굿놀이말꽃

1. 서낭굿놀이말꽃

2. 조상굿놀이말꽃

나. 삶놀이말꽃

1. 일놀이말꽃

2. 놀음놀이말꽃

　　사람을 일찍이 다른 짐승들과 다르다는 뜻에서 '슬기로운 사람(호모 사피언스)'이니 '만드는 사람(호모 파베르)'이니 했다. 생각하고 판단하는 슬기의 힘이나 손수 물건을 만들 수 있는 힘으로 다른 어떤 존재들보다도 뛰어나게 살아가는 것이 사람이라고 여긴 것이다. 그러나 세월이 지나면서 사람만이 그처럼 지혜로운 것도 아니고, 사람만이 물건을 만들 수 있는 존재도 아니라는 사실이 드러나자 이제는 '놀이하는 사람(호모 루덴스)'이라는 말로써 사람이라는 존재의 두드러진 속살을 드러내려는 사람들이 있다. 물론 놀이도 사람만이 하는 것이라고 볼 수는 없겠으나, '슬기롭다는 것'과 '만든다는 것'과 더불어 '놀이한다는 것'도 사람이라는 존재의 본질로 손꼽힐 만한 것이라는 뜻에서 터무니없는 말은 아니다.

　　놀이는 목숨을 드높이는 데 필요한 것, 곧 기쁨과 즐거움을 맛보려는 움직임이다. 놀이에서는 본래 목숨을 지키는 데 쓰일 재물이 생기지 않는 것이고, 생기거나 생기지 않거나 그런 것에 마음이 아예 없는 것이다. 오늘날 세상에는 놀이로 돈을 버는 수가 많이 있지만 그런 놀이는 이미 놀이가 아니라 일이라 해야 옳을는지 모른다. 놀이는 살려면 누구나 해야 하는 일처럼 사람을 얽매지 않고, 하고 싶으면 하고 하기 싫으면 하지 않을 수 있는 '자유'를 준다. 그러므로 놀이는 일처럼 고달프지 않다. 놀이는 세상에서 벌어지는 인생살이처럼 무자비하지 않고, 예측할 수 없는 불의와 비리를 남몰래 저지르지 않는다. 놀이는 '인생의 원칙'을 떠나고 '천국의 원칙'이라 할 만한 또 다른 세상으로 들어가서 이루어진다. 거기서는 여느 삶에서는 맛볼 수 없는 온전한 '정의'를 맛볼 수 있게 한다. 이런 자유와 정의야말로 사람들이 바라는 기쁨과 즐거움의 샘이 되어, 일에서 얻은 고달픔을 씻어주고 삶의 보람을 드높여주는 것이다.

놀이가 사람을 자유스럽게 풀어주고 기쁨과 즐거움을 맛보게 해주는 여기에 모든 예술 활동의 본질이 자리잡고 있는 듯하다. 예술 활동이란 따지고 보면 놀이를 두고 이르는 것에 지나지 않는 말이라 할 수 있다. 놀이가 맛보여주는 기쁨과 즐거움에 사로잡혀 사람들은 그 놀이를 갈고 닦고 가다듬으며 매달렸다. 그렇게 가다듬어진 놀이들은 목숨보다도 더욱 아끼고 싶은 값어치를 지닌 것으로 보였다. 목숨이 고달프고 끝이 있는 것과는 달리 가다듬어진 놀이에서 얻는 값어치는 아름답고 끝이 없다고 여기게 되었다. 놀이에서 얻는 기쁨과 즐거움과 아름다움의 값어치는 괴롭고 고달픈 삶을 한결 드높게 끌어올려 주는 것임을 깨닫게 되었다.

이런 놀이에 싸잡혀서 자란 온갖 예술 활동은 애초에 전혀 갈래지지 않은 상태로 오래도록 흘러온 것으로 보인다. 여러 가지 속살과 온갖 요소들을 싸잡은 하나의 놀이로서 흘러오던 이른바 '종합 예술'은 세월이 흐름에 따라 차차 갈래가 지면서 나뉘어 서로 떨어지게 되었는데, 말꽃도 거기서 떨어져 나와 홀로 서게 된 예술의 하나임은 말할 나위도 없다. 그리고 말꽃 안에서는 '놀이말꽃'이 말 그대로 노래말꽃이나 이야기말꽃보다 훨씬 놀이로서의 예술에 더 깊이 뿌리 박힌 갈래라는 사실도 이미 알았다. 그래서 아직도 놀이말꽃은 노래말꽃이나 이야기말꽃처럼 온전하게 '말의 꽃'으로만 떨어져 나오지 않은 채, 갖가지 놀이에 얽매여 그 놀이와 어우러진 상태에서만 제 모습을 드러낼 수 있는 것이다. 놀이말꽃이란 그만큼 말꽃답지 못하고 말꽃으로서 온전하지 못할 수밖에 없는 본질을 지닌 갈래라고 볼 수도 있다.

우리 배달겨레의 지난날 삶에도 놀이말꽃이 다른 겨레들과 마찬가지로 자못 넉넉했을 것임은 두말할 나위도 없다. 그러나 놀이와 말꽃을 자세하게 글자로 적어 둔 바가 적은 탓으로 지금 그 모두를 살피기가 몹시 어렵게 되었다. 놀이가 삶에서 가장 소중한 자리를 차지하고 넉넉하게 살아 있던 먼 옛날에는 글자가 없었고, 중국 한자를 빌려 삶을 적던 때에 와서는 적을 수 있던 상류층 사람들이 놀이의 값어치를 제대로 알지 못하여 외면하였고, 놀이를 몸으로 즐기며 값지게 여기던 백성들은 어려운 중국 글을 배워 적을 처지가 아니었다. 이래서 결국 놀이말꽃은 글로 적혀 남은 자취가 너무나도 가난할 수밖에 없었다.

사실대로 말하자면, 우리 배달겨레의 놀이말꽃은 노래말꽃이나 이야기말꽃보다도 훨씬 늦은 20세기에 들어와서야 비로소 글말꽃으로 모습을 드러낼 수 있었다. 그때까지는 줄곧 온갖 비바람에 시달리면서 입말꽃의 모습으로만 흘러올 수밖에 없어서, 예로부터 풍요롭게 살아 있기는 했을지라도 오늘날 우리가 더듬어보고 연구할 수 있는 자료로는 그 모습을 제대로 드러내지 못했다. 그러자니 너무 많은 놀이말꽃들이 세월의 어둠 속으로 사라져버렸고, 끈질긴 목숨으로 겨우겨우 살아 남은 부스러기들이 오늘 가난한 모습으로 글말로 적혔을 뿐이다. 그래서 놀이말꽃 속에서 살아온 작은 갈래들은 어떤 것들이 어떻게 흘러왔는지를 제대로 밝혀 이야기하기가 여간 어렵지 않다. 그러나 요즘 들어 수많은 사람들이 우리 겨레의 놀이문화에 마음을 쏟으며 찾고 연구하는 덕분에 하루가 다르게 여러 가지 놀랄 만한 사실들이 밝혀지고 있다.[1] 그런 연구에 힘입어 우리의 놀이말꽃을 더듬어보기로 하겠으나, 많은 것들이 머지않아 다시 고쳐질 수밖에 없는 실험과 제안에 지나지 않는다. 나날이 새로워지는 연구로 하루 빨리 고쳐질 수 있기를 바랄 따름이다.

가. 굿놀이말꽃

굿놀이란 사람들이 서낭과 함께 어우러져 즐기는 굿에 싸잡힌 놀이를 뜻하고, 굿에 곁들여 벌이는 놀이까지 뜻한다. 사람들은 어느 겨레든지 애초에 세상 만물과 인생 만사를 서낭이 마련하시는 것으로 알고 살았다. 깜깜하던 밤이 가고 해가 솟는 새날이 돌아오는 것이나, 아름답던 꽃이며 짙푸르던 잎들이 떨어지고 얼어붙는 겨울철이 다가오는 것이나, 이런 모두를 서낭의 조화로 알고 살았다. 사람이 태어나고 죽는 것도, 누구는 넉넉하게 사는데 누구는 가난하게 사는 것도, 어떤 사람은 건강하게 사는데 어떤 사람은 병들어 고생하며 사는 것도 모두 서낭의 뜻에 달린 것으로 알고 살았다.

이래서 아득한 시절에 사람들의 놀이는 거의가 굿이라 할 수 있었고, 서낭과 함께 어우러져 서낭을 즐겁고 기쁘게 해드리려는 굿은 모두가 놀이로 이루어졌다. 이런 굿은 물론 서낭께 믿음을 걸고 사는 사람들의 거룩한 신앙의식이지 기쁨과 즐거움을 맛보자는 놀이일 수 있느냐는 물음이 생길 수 있다. 그러나 믿음을 걸고 신앙으로 바

---

1) 1970년대에 들어올 때까지만 해도 말꽃 연구와 역사학에서 이런 일을 조금씩 건드릴 뿐이었다. 그러던 것이 1970년대에 들어선 뒤로는 신학, 종교학, 미학, 미술학, 음악학, 무용학, 민속학, 인류학, 사회학 같은 여러 학문들이 우리 겨레의 지난날 문화를 밝히는 일에 관심을 쏟으며 일어났다. 일제의 침략과 조국의 분단과 서양의 종속으로 빚어진 겨레 문화의 깊은 상처를 스스로 다스려야 한다는 깨달음이 학문하는 사람들 사이에 솟아나는 것으로 보아도 좋겠다.

치는 굿과 기쁨이나 즐거움을 얻으려는 놀이가 속살과 뿌리에서 다를 수 없다는 사실은 이미 널리 알려졌다.[2] 따라서 여느 때에는 가까이할 수 없는 서낭을 무당(사제)의 능력으로 거룩한 놀이 마당에 모셔와서 사람들과 더불어 놀이하게 하는 굿을 놀이로 보는 것은 무리가 아니다. 서낭과 무당과 사람들이 '거룩한 마당(제단)'에 어우러져 기쁨과 즐거움을 만들어내는 굿판은 그대로 놀이판이다. 사람들이 서낭을 모셔다가 기쁨과 즐거움을 맛보게 해드리고, 저들이 겪는 삶의 아픔과 고달픔을 보여드리면서 도움을 빌고, 어우러져 하나가 되면서 거룩한 경험을 맛보게 하는 굿이야말로 사람들이 만들어낼 수 있는 가장 간절하고 거룩한 놀이가 아닐 수 없다.

그러니까 굿놀이는 모든 놀이의 뿌리라고 해야 마땅하다. 따라서 그것은 모든 예술의 뿌리며 또한 말꽃의 뿌리라고 하지 않을 수 없다. 애초에는 세상 어디에서나 사람들이 굿놀이를 벌여 삶을 드러내었다. 저들의 삶이 다다를 수 없는 초월자의 뜻 안에 달려 있다고 믿었기 때문에 굿놀이를 벌여 스스로 겪을 수밖에 없는 삶의 고달픔과 괴로움을 드러내 보이고 그분의 도움을 얻고자 했다. 사람들은 마음속에 맺혔던 끈을 풀고 속으로 감추었던 슬픔을 드러내 그분에게 보이면서 삶의 구석구석을 씻어냄으로써 저들의 삶이 한결 드높아질 수 있었다. 굿놀이를 거치면서 사람들은 서낭이 자신들을 도와주는 주인임을 몸소 뚜렷이 깨닫기 때문에 삶이 아무리 괴롭고 고달프더라도 그분께 기대면 모든 아픔과 어려움을 이길 수 있다는 믿음을 굳히며 살았던 것이다.

그러나 안타깝게도 우리네 굿놀이의 제 모습을 올바로 알아볼 수 있는 기록이나 자료가 턱없이 모자란다.[3] 알다시피 그것은 우리네 굿놀이를 지배층 사람들이 오랜 세월에 걸쳐 업신여겼기 때문이다. 나라를 세우고 다스리는 상류층 사람들이 언제부터인가 남의 문화를 다투어 끌어들이는 일을 자랑으로 여기면서 우리네 옛 문화를 업신여겨 내몰고자 했다. 새로운 문화를 내세우면 그것에 낯선 백성들은 무서움을 타게 마련이므로 지배계층의 권위를 드높이기가 쉬웠기 때문이다. 그런 식으로 들여와

---

2) 멀치아 일리아데(이동하 역), 《성과 속 : 종교의 본질》, 학민사, 1983 ; 일리아데(박규태 옮김), 《상징 · 신성 · 예술》, 서광사, 1991.

3) 우리 겨레가 믿음을 걸고 살아온 신앙은 무교, 선교, 불교, 유교, 기독교 같은 세계 종교를 비롯하여 천도교, 증산교, 대종교, 원불교 같은 신흥 종교까지 참으로 많지만, 그들의 신앙의식을 굿놀이로 바라보며 모습과 속살을 밝혀낸 연구는 더없이 가난하다. 이들 가운데 외래 종교들의 신앙의식은 놀이라고 하기에는 너무 동떨어지게 엄숙한 틀로 갖추어져 있고, 놀이로 신앙의식을 바치던 전통종교들은 자료를 남기지 않은 채 사라져버려서 그럴 수밖에 없었다고 본다. 가장 넉넉한 자료를 지닐 만한 것이 불교인 셈이지만 고려 500년 내내 온 나라가 떠들썩하게 벌이던 팔관회와 연등회 같은 굿놀이조차도 놀이하는 모습들을 제대로 남기지 않은 채 사라지고 말았다.

서 군림한 것으로 꼽을 만한 것이 불교와 유교다. 인도에서 일어나 중국을 거쳐 우리에게 들어온 불교는 고려가 무너지던 때까지 1천 년에 걸쳐 상류층을 사로잡고 우리네 지난날의 굿문화를 밀어내면서 끌어안았다.[4] 유교도 일찍이 들어왔으나 고려가 힘이 빠지던 때에 와서야 지식인들을 사로잡아 마침내 조선왕조의 버팀목으로 자리 잡으면서 불교·도교까지 싸잡아 지난날 굿의 문화를 쓸어내었다.[5] 불교에 눌려 천 년, 유교에 쫓겨 500년을 지나면서 내몰린 우리네 굿놀이는 조선이 무너지던 때에 들어온 기독교로부터 다시 '그릇된 믿음(미신)'으로 오해받으며 뿌리뽑혔다. 그것은 때마침 침략해 들어오던 일제가 우리 겨레의 얼을 짓밟고자 한 계략과 맞물려 한결 무섭게 기세를 떨쳤다.

　이런 까닭에 굿놀이말꽃이 우리 글말로 적혀 남은 것으로 가장 오래된 것은 고려 궁중에서 쓰이던 놀이[6]들이다. 조선왕조에서는 고려 궁중에서 쓰이던 놀이를 저들의 세계관에 맞추어 가다듬느라 《악학궤범》, 《시용향악보》 같은 책을 펴내었는데, 거기에 그런 것들의 부스러기가 실려 있다. 그리고 굿놀이말꽃을 제대로 글말로 적어 붙든 것은 20세기에 들어온 다음부터다. 중국 글말을 공용으로 쓰던 왕조시대가 무너지고, 일제가 침략하여 멍에 씌우던 시대도 끝나고, 온 겨레가 위아래 없이 하나 되어 누구든지 손쉽게 한글로 삶의 구석구석을 적을 수 있게 되면서부터다. 이래서 입말꽃을 마음껏 적을 수 있게 된 우리들 시대에 와서야 비로소 굿놀이말꽃도 글말로 적혀서 제 모습을 드러내게 되었다. 일제와 남북전쟁이 남긴 상처가 얼마간 아문

---

4) 일연 스님이 지은 《삼국유사》는 기이편을 빼고 나면 그대로 불교문화가 우리네 전통문화, 곧 굿의 문화를 어떻게 파고들었던가를 보여주는 자료라 할 수 있다. 불교가 우리 땅에 어떻게 들어왔으며[홍법편], 눈에 보이는 불교의 절과 탑을 어떻게 세웠으며[탑상편], 눈에 보이지 않는 불교의 속뜻을 어떻게 알아 나갔으며[의해편], 마침내 이 땅의 모든 초월자들을 어떻게 내리누르고 힘을 떨쳤으며[신주편], 이 땅의 전통문화와 어떻게 어우러져 하나가 되었으며[감통편], 무르익은 불교의 스님들이 어떻게 자취를 감추고 능력을 보였으며[피은편], 드디어 이 땅의 보잘것없는 사람들까지 불교의 가르침에 힘입어 어떻게 착하게 되었던가[효선편]를 책의 차례로 삼은 사실로도 그런 속셈을 쉽게 가늠할 수 있다.

5) 굿을 '음란한 제사(음사)'라고 못박은 채로 얼마나 힘써 뿌리뽑으려 했던가 하는 자취는 《조선왕조실록》만을 들춰도 수없이 찾을 수 있고, 풍속을 바로잡은 지방관으로 손꼽히는 분들의 업적만을 살펴도 얼마든지 찾을 수 있다.

6) 여기서 쓴 '놀이'라는 말은 말꽃의 갈래를 뜻하는 것이 아니다. 말꽃의 갈래로 '놀이말꽃' '노래말꽃' '이야기말꽃' 하는 놀이가 아니라 옛날 우리 선조 지식인들이 한자로 '악'이라고 쓴 것을 뜻한다. 이를 테면 9세기 사람 최치원(857~?)이 저자 거리에 벌어진 놀이판을 구경하고 본 바를 한시로 읊으면서 이름을 〈향악잡영〉이라 하고, 15세기에 궁중에서 일어나는 온갖 놀이(연희)를 새로 가다듬어 책을 내면서 성현(1439~1504) 같은 이들이 그 이름을 《악학궤범》이라고 했다. 이때 '향악'이니 '악학'이니 하는 '악'은 요즘으로 말하면 음악과 말꽃과 무용과 연극을 두루 싸잡는 뜻으로 썼던 것이다. 요즘 우리가 쓰는 '놀이'라는 말이 이것을 잘 싸잡을 수 있는 낱말이기에 그렇게 쓴 것이다.

1970년대에 들어와서 뜻 있는 분들이 우리네 굿놀이에 눈을 돌려 부지런히 조사하고 연구한 결과였다.[7] 그 사이에 버려둔 채 돌보지 않았던 우리네 굿을 종교학,[8] 민속학,[9] 국문학[10]에서 조금씩 서로 다른 눈길에서지만 새롭게 눈여겨보아야 한다는 사실을 깨달았던 것이다.

1. 서낭굿놀이말꽃

우리 배달겨레는 애초에 우주 만물과 세상만사를 다스리시는 서낭, 곧 하느님을 받들어 굿놀이를 크고 거룩하게 바쳤다. 그런 기록이 중국 쪽 역사책에 더러 남아 있다. 중국 글말로 적은 것이라 속내가 제대로 드러나는 것은 아니지만, '하늘께 제사했다(제천)'[11]거나 '하늘서낭께 제사했다(제천신)'[12]고 했으니 '하느님'을 서낭으로 받들었다는 사실은 뚜렷하다. 그리고 우주 만물과 세상만사를 다스리시는 하느님을 받들었다면 그분은 둘일 수 없고(유일신), 남의 다스림을 받을 수 없고(최고신), 맞서 겨룰 존재가 없는(절대신), 가장 드높은 서낭일 수밖에 없다.

그러나 오늘날 남은 우리네 서낭굿에서는 이처럼 가장 높고 오직 한 분인 서낭을 찾아보기 어렵다. 오늘 우리네 서낭굿에서는 거리[13]마다 서로 다른 서낭을 받들고

---

7) 조사하고 연구한 사람들을 모두 꼽아볼 수는 없으나, 앞장서 조사하여 자료집을 내거나 연구하여 단행본을 낸 몇 분들만 적어보겠다. 진성기(《남국의 무가》, 제주민속박물관, 1960), 장주근(《한국의 신화》, 성문각, 1961), 김태곤(《한국무속가집 1》, 원광대학교 민속학연구소, 1971), 최정여·서대석(《동해안무가》, 형설출판사, 1974), 현용준(《제주도신화》, 서문당, 1976) 같은 것은 자료집이고, 진성기(《남국의 신화》, 아림출판사, 1965), 김태곤(《황천무가연구》, 창우사, 1966), 장병길(《한국고유신앙연구》, 서울대학교 동아문화연구소, 1970), 유동식(《한국고유신앙연구》, 연세대학교출판부, 1975), 김열규(《한국신화와 무속연구》, 일조각, 1977) 같은 것은 연구 저서들이다.

8) 종교학 쪽에서는 우리네 굿을 종교라는 사실에 맞추어 '무교'라 부르는 것이 보통이다.(유동식, 《한국무교의 역사와 구조》, 연세대학교출판부, 1975)

9) 민속학에서는 우리네 굿을 삶의 모습이라는 쪽에 맞추어 흔히 '무속(巫俗)'이라고 부른다.(김태곤, 《한국무속연구》, 집문당, 1981)

10) 국문학 쪽에서는 우리네 굿을 그 안에 담긴 노래에 맞추어 보면서 '무가'로만 받아들이고, 그렇게만 부르려고 한다.(서대석, 《한국무가의 연구》, 문학사상사, 1980)

11) 부여, 고구려, 동예에서 그렇게 했다고 적혔다.

12) 마한에서 그렇게 했다고 한다.

13) 우리 무교의 굿은 여러 도막의 굿을 잇달아 엮어서 바친다. 그런 굿의 도막을 '거리'라 부르는데 학자들은 일본 한자말 '제차'를 빌려다 쓰기 일쑤다. 거리는 하나의 굿으로 온전하여, 거리마다 한 분의 서낭을 모시고 굿을 벌여 끝맺음을 한다. 그리고, 다시 새로운 거리로 넘어가서 새로운 서낭을 모시고 굿을 벌인다. 여러 날 동안 벌이는 큰굿에서는 무당들도 여럿이기 때문에 거리가 바뀔 적에 무당도 따라 바뀌게 마련이다. 거리가 바뀌면 서낭은 반드시 바뀌지만, 무당도 반드시 바뀌는 것은 아니다. 굿의 '거리'는 탈춤이나 꼭두각시놀음의 '마당'과 비슷한 짜임새라 할 수 있다.

모시는데, 그들 서낭은 모두 고만고만한 힘을 지니고 세상일에서 어느 한 몫만 맡아 다스릴 따름이다. 성주거리에는 성주서낭(성조신), 칠성거리에는 칠성서낭(칠성신), 제석거리에는 제석서낭(제석신), 장자거리에는 장자서낭(장자신), 말명거리에는 조상서낭(조상신), 별상거리에는 손님서낭(마마신), 대감거리에는 대감서낭(대감신), 호구거리에는 호구서낭(처녀신), 군웅거리에는 장수서낭(장수신), 창부거리에는 광대서낭(광대신), 이렇게 거리마다 몫이 다른 서낭을 모시고 바치는 것이 무교의 서낭굿이다. 이래서 오늘 우리네 굿을 들여다보고 있으면 우리 겨레가 애초부터 가장 높고 오직 한 분인 서낭을 모신 적이 없지 않았을까 하는 생각에 빠질 수도 있다.[14]

그러니까 지금 우리는 우리 겨레가 서낭굿놀이에서 모시고 받들던 서낭의 성격을 제대로 알아보기 어렵게 된 것이다. 애초에 우주 만물을 마련하고 세상만사를 다스리는 가장 높고 오직 한 분인 하느님을 서낭으로 모셨다는 기록과, 요즘 와서 겨우 인생살이의 한 조각 몫을 맡아 다스릴 뿐인 서낭을 모시고 바치는 굿을 보면서 그것들이 세월을 거치면서 그렇게 달라진 속내를 헤아리기가 어렵기 때문이다. 그러나 애초에 더없이 높고 거룩한 하느님을 서낭으로 받들다가 지배층에서 남의 종교와 사상을 받아들여 떠받드는 바람에 그렇게 되었다는 주장[15]은 귀담아 들을 만하다. 정치와 사회를 이끌던 지배층 사람들이 남의 종교인 불교와 도교, 남의 사상인 유교를 받아들여 떠받들면서 우리네 전통신앙을 밀어내고 짓밟는 바람에 서낭의 자리도 차차 떨어져 내리고 마침내 오늘 같은 지경에 이르렀다는 것이다. 그렇다고 하면, 오래 또 모질게 짓밟히면서 서낭의 자리가 떨어져 내려왔지만 본디 우리 겨레의 무교에서 받들던 서낭은 오직 한 분뿐이고 더없이 높고 다함 없이 거룩한 하느님이었음을 알겠다.[16]

서낭굿을 어떻게 갈래지을 것인가를 두고는 사람에 따라 주장들이 다르다. 무당형과 단골형과 심방형과 명두형의 네 갈래로 나누기도 하고,[17] 마을굿과 개인굿과 신굿의 세 갈래로 나누기도 하고,[18] 그저 나라굿·신령기자굿·천신굿·진오기굿·용신굿·성주받이굿·마마배송굿·병굿·도당굿·풍농굿·천존굿·여탐굿 따위로 나누기도 한다.[19] 보는 사람들의 가늠과 대중이 달라서 갈래가 달라지는 셈인데, 굿

---

14) 황루시, 《팔도 굿》, 대원사, 1989, 113~116쪽 ; 김태곤, 《한국의 무속》, 대원사, 1991, 54~69쪽.

15) 유동식, 《한국 무교의 역사와 구조》, 연세대학교출판부, 1975 ; 조흥윤, 《한국의 무》, 정음사, 1983.

16) 박일영, 〈종교간의 갈등과 대화―무속과 그리스도교를 중심으로〉, 《종교신학연구》 2, 서강대학교 종교신학연구소, 1989, 106~109쪽.

17) 김태곤, 《한국무속연구》, 집문당, 1981, 141~147쪽.

18) 황루시, 《팔도 굿》, 대원사, 1989, 102~104쪽.

을 벌이는 지방의 특성에다 대중을 놓기도 하고, 굿을 벌이는 사람들의 말미에다 가늠을 대기도 하면서, 크게 묶기도 하고 작게 묶기도 해서 이렇게 되었다. 그만큼 서낭굿의 갈래도 가늠하는 잣대에 따라 여러 가지일 수 있다는 뜻이겠다.

여기서는 서낭굿을 벌이는 사람에다 가늠을 놓고 갈래지어 살피기로 한다. 그러면 같은 서낭에게 믿음을 두고 더불어 살아가는 사람들 무리의 성격에 따라 서낭굿을 크게 둘로 갈래지을 수 있다. 먼저, 두루서낭굿이다. 동아리를 이루고 살아가는 사람이면 누구나 빠짐없이 같은 서낭에게 하나의 믿음을 걸고 두루두루 더불어 벌이는 굿이다. 지난날 무교는 우리 겨레에게서 언제 어떻게 비롯하였는지를 까마득히 모를 만큼 아주 오래되어 누구나 두루두루 믿었던 신앙이었다. 그런 시절 무교의 굿을 두루서낭굿이라 한다. 다음은 끼리서낭굿이다. 동아리를 이루어 살아가는 사람들 모두가 두루 믿는 것이 아니라, 동아리 안에서 어떤 사람들만 무리를 이루어 그들끼리 그 서낭을 믿고 벌이는 서낭굿이다. 우리 겨레가 끼리끼리 모여 남다른 서낭을 믿게 된 말미는 물론 다른 겨레의 서낭을 받아들이면서 비롯하였다. 다른 겨레의 서낭을 받아들이면서 그렇게 받아들인 서낭을 믿는 사람들끼리 무리가 이루어져 끼리서낭굿이 생겨나고, 지난날 겨레 사람들이 모두 믿던 두루서낭도 믿는 사람들을 빼앗겨 이제는 남아서 믿는 사람들끼리만 무리를 이루는 끼리서낭이 되었다.

가) 두루서낭굿놀이말꽃

우리 겨레는 일찍이 동아리를 이루어 서낭을 모시고 살았다. 마을마다 서낭이 하늘과 땅으로 오르내리는 나무(더러 '우주의 나무'라고 하는 당나무와 솟대)가 있고, 서낭을 모시고 그분과 함께 무당도 머무는 곳(신전이라고 할 당집)이 있고, 그런 나무와 집을 싸잡아서 서낭이 노니시는 산(성지라고 할 당산)이 있어서 거룩한 것으로 받들며 살았다. 이런 성지의 짜임을 한자로 나타낸 것으로 말하자면, 가장 가운데 당나무나 솟대는 '대목'이라 적고, 그것을 감싸고 지키며 아우르는 곳은 '소도'라 적고, 다시 그것들을 싸잡아 서낭이 노니는 곳을 '별읍'이라 적었다.[20] 그러니까 두루서낭굿의 뿌리는 이런 자리를 모시고 살아가는 마을이었다.

그러나 지난날 마을서낭굿놀이의 모습과 속살을 알려주는 기록, 더구나 거기서 즐긴 말꽃을 적은 기록은 이제 와서 찾아보기 어렵다. 다만 《삼국사기》〈악지〉에 몇

---

19) 조흥윤, 《무와 민족문화》, 민족문화사, 1990, 236쪽.

20) 김택규, 〈신라상대의 토착신앙과 종교습합〉, 《신라문화제학술발표회논문집 5, 신라종교의 신연구》, 1984.

몇 '고을놀이(군악)'라는 것들의 이름이 실렸다. 일상군놀이라는 '내지', 압량군놀이라는 '백실', 하서군놀이라는 '덕사내', 도동벌군놀이라는 '석남사내', 북외군놀이라는 '사중' 같은 것들이 그것이다. 여기서 말하는 '고을놀이'의 속살을 섣불리 짚어보기 어렵지만 '악'이라는 한자의 쓰임으로 보아 '놀이[희]'와 '소리[악]'와 '노래[가]'와 '춤[무]'이 어우러지는 굿놀이로 보아도 어긋나지 않을 것이다.

그런데 오늘날에도 마을서낭굿놀이의 자취가 여기저기 남아서 연구들을 부지런히 하고 있다. 오늘까지 남은 마을서낭굿놀이는 노는 때를 못박아 놓고 있는 동제라고들 하는 당굿[21]과 정한 때가 없이 큰 일이 있거나 있을 조짐이 보일 때에 벌이는 별신굿[22]의 두 갈래로 나누어진다. 당굿과 별신굿으로 나누지만, 마을 사람들이 삶을 섭리하고 다스리는 서낭을 모시고 기쁘고 즐거운 삶을 살도록 보살펴 주십사는 뜻을 비는 굿의 속살에서 다를 바가 없다. 다만, 당굿은 으레 때가 되면 벌이는 것이라 좀 더 예사스러우나[23] 별신굿은 눈앞에 무슨 까닭이 있어 벌이는 터이라 처음부터 별스런 마음으로 벌여서[24] 마음 씀씀이와 크기가 다를 뿐이다.

당굿은 한 해를 돌림으로 하여 삶의 철에 맞추어 벌인다. 농사를 삶의 바탕으로 한 까닭에 씨뿌리기[25]와 가을걷이[26]에 맞추거나, 한 해가 새롭게 비롯하는 설날[27]에

---

21) 당굿 또는 동제라 흔히 부르지만 곳에 따라 부르는 이름이 갖가지다. 중부 지역 위쪽으로는 대개 대동굿, 부군당굿, 도당굿 따위로 부르고, 제주도에서는 영등굿, 마불림굿, 신과세굿이라고 부른다. 사천 가산의 천룡제라든지 창녕 영산의 문오장굿처럼 마을굿에서 모시는 초월자의 이름을 바로 부르는 수도 있고, 강릉에서처럼 별신굿이 정기적인 마을굿으로 못 박혀 별신굿이라 불리는 수도 있다. '당굿'이란 말은 애초에 '서낭당굿'이었으나 초월자인 서낭에 대한 믿음이 가셔지면서 눈에 보이는 당집이나 당나무에만 매어 그저 당굿이라 하게 된 듯하다.

22) 별신굿은 이제 강원도와 경상도의 바닷가, 그러니까 동해안과 남해안에 남아 있고, 내륙에서는 오직 안동의 하회와 부여의 은산에 서로 아주 다른 모습으로 남아 있어서 유명하다.

23) 당굿은 마을을 지키고 다스리는 골매기 서낭에게 바치는 굿으로 해마다 한 차례씩 꼬박꼬박 정한 때에 벌인다. 새해가 시작하는 설이 아니면 가을걷이를 마친 시월에 벌이는데 이것은 먼 옛날의 '영고' '무천' 같은 나라굿에 뿌리가 닿는 아주 오래된 풍습임에 틀림없다. '동제' 또는 '당제'라고도 하지만 그것은 굿이 유교의 힘에 눌려 제사 형식을 받아들이면서 붙여진 이름이다.

24) 요즘은 제주도를 빼면 당굿이 거의 사라진 탓에 별신굿만 겨우 남아 마을굿의 명맥을 이으면서 몇 해를 돌림으로 정례화하는 모습을 보이기도 한다. 내륙으로 부여의 〈은산별신굿〉이나 안동의 〈하회 별신굿〉, 바닷가로는 〈동해안 별신굿〉이나 〈남해안 별신굿〉이 그런 것으로서 모두 나라에서 무형문화재로 지정받아 도움을 입고 있다. 어쨌거나 굿을 바치던 서낭에 대한 믿음이 사라지니까 예술로서 가치가 높은 별신굿만 겨우 살아남을 수 있는 것으로 보인다.

25) 마한에서는 '천군제'를 5월달 씨뿌리기를 끝낸 뒤에 벌였다고 했다.

26) 고구려의 '동맹'이나 동예의 '무천'이나 마한의 '천군제'를 모두 시월 상달 가을걷이를 마친 다음에 벌였다고 했다. 온갖 열매와 곡식을 주신 서낭님께 굿을 올리기에 알맞은 때이기에 그랬다. 그러나 그런 믿음이 사라진 요즘에는 아무데서도 시월에 당굿을 올리지 않는 듯하다. 다만 조상님께 올리는 묘사 또는 시제라는 것을 이때에 바치니 이것은 가을걷이가 조상님네의 덕택이라는 생각이 깔린 것이라 하겠다.

맞추는 것이 바탕이다. 이런 풍습은 뿌리깊어서 오늘까지도 그런 자취를 남기고 있으니, 중부 위쪽으로는 거의 오월 수릿날에 당굿을 벌이고[28] 중부 아래쪽으로는 거의가 음력 설날에 당굿을 벌인다.[29] 그러나 바다를 삶의 터전으로 삼는 사람들, 누구보다도 제주도 사람들에게는 바람과 물을 다스리는 서낭 곧 영등할망이 두려운 까닭에 그가 깨어나는 2월 초하루에서 보름 사이에 당굿을 많이 벌이고 있다.

말할 나위도 없이 마을서낭굿놀이는 하나의 커다란 놀이다. 그런 놀이의 짜임과 속살은 잘게 보면 마을마다 자기네만의 남다른 모습을 갖추고 있지만 크게 보면 어디에서나 비슷한 짜임새로 이루어진다. 어디서나 벗어나지 않고 한결같은 바탕 짜임새는 서낭을 굿판으로 모셔오는 맞이굿(청배희), 굿판에 내려오신 서낭을 모시고 마을 사람들이 함께 어우러져 기쁨과 즐거움을 서로 나누는 놀음굿(오신희), 마지막으로 서낭을 본디 계시던 곳으로 보내드리는 배웅굿(송신희), 이렇게 세 도막으로 이루어지는 것이다. 이들 세 도막을 모두 마치는 데에 걸리는 시간과 정성은 그때 마을의 사정에 따라 크게 달라지지만 옛날 중국 사람들이 적은 바와 같이 '술마시고 노래하며 춤추면서' '여러 날에 걸쳤던' 것임이 틀림없다.[30] 일제가 짓밟고 겨레끼리 싸우면서 몹시 부수었지만 새마을운동과 '잘 살아보세'라는 구호가 농어촌을 온전히 들쑤셔 놓기까지는 설이면 보름 동안 벌어지던 마을굿의 모습이 온 나라에 적잖이 남아 있었다.

우선, 맞이굿은 당집과 당나무가 있는 당산에서 열었다. 섣달 그믐날 저녁부터 당집에다 제사 차비를 하였다가 설날 동트는 새벽에 제관들을 더불어 제주[31]가 제사

---

27) 요즘까지 남아 있는 당굿은 거의가 새해를 맞는 설날에 하는 것으로 나타난다. 먼 옛날에도 부여의 '영고'를 은나라 달력으로 정월에 벌인다고 하고 고구려의 '동맹'이며 동예의 '무천'을 시월에 벌인다고 했는데, 푸나무가 한 삶을 끝내는 듯한 모습으로 바뀌면서 새로운 삶의 준비로 들어가는 그때를 옛 사람들은 새해가 시작하는 설날로 여겼을는지 모른다. 옛날 이스라엘 사람들이 해가 떨어지는 저녁부터 새날로 여기던 사고방식과 비슷한 생각일 수 있다.

28) 이때는 옛날 씨뿌리기를 마치고 놀이하던 철이며, '강릉단오제' 같은 것이 이제껏 남은 보기의 하나다. 황해도에서는 탈놀음을 사월 초파일에 놀았다는 사실(김일출, 《조선민속탈놀이연구》, 과학원출판사, 1958)도 애초에는 씨뿌리기 뒤에 하던 것이었으나 불교문화가 힘을 얻은 뒤에 초파일로 끌려갔을 것임이 틀림없다.

29) 설이 동지에서 옮겨진 것은 물론 달력이 바뀐 탓이겠지만 음력 설에 맞추어 당굿을 벌이는 곳은 너무 많아서 보기를 들 나위조차 없다. 요즘 들어 당굿(동제)을 정월 보름에 하는 곳이 많으나 그것은 설놀이를 보름 동안 줄곧 벌일 수 없게 된 사정 때문이다. 마을굿이 보름 동안 이어지던 때에도 굿의 절정은 언제나 보름날이었기 때문에 놀이가 줄어진 오늘날 동제를 보름에 지내는 것이 자연스럽게 받아들여지는 듯하다.

30) 지금 남아 있는 보기로 가장 길게 벌이는 것을 들자면 강릉단오제 같은 것인데, 이는 거진 달포에 걸쳐 벌인다. 준비하고 마무리하는 일을 빼고 굿이 벌어지는 것만으로도 한 달은 넘게 걸린다.

31) 제관은 마을에서 궂은 일에 걸리지 않은 이들을 골라 맡기지만 제주는 시월 묘사 끝에 마을회의를

를 올렸다.[32] 날이 새어 설날 아침이 되면 부모님께 먼저 절을 올리고, 집안끼리 조상 제사를 모신 다음, 초사흘까지는 마을 어른들을 찾아 세배를 마쳤다. 그리고 초나흘 아침 일찍 다시 제관과 풍물패가 당산으로 가서 당집에 모신 서낭대에게 풍물을 울리며 인사를 드리고, 서낭대를 마을로 모셔오면 맞이굿은 끝난다.

마을로 내려온 서낭은 보름까지 집집으로 돌면서 온 마을 사람들과 어우러져 지신밟기를 하는데 이것은 줄곧 마을굿이다. 당산에서 그 해 제주의 집[33]으로 가는 골목길에서 비롯하여 온 마을의 집돌금[34]이 끝날 때까지 옛 그리스의 디오니소스 축제 때에 벌어지던 그 행렬(코모스)[35]과 아주 비슷한 길놀이가 그대로 벌어졌다. 서낭대 뒤에 제주가 따르고 그 뒤로 흥겨운 풍물과 우스꽝스러운 잡색[36]이 이어지면서 차례차례 집으로 들어가 지신을 밟았다. 이때 잡색들은 따라다니는 아이들과 늘어선 어른들에게 연신 농담과 장난으로 어우러진다. 집집마다 벌이는 지신밟기는 먼저 대문에서 '문굿'을 한 다음 마당에 들어가 서낭대를 세우고 술을 바치며 풍물을 친다. 이어서 '성주풀이' '마루고사' '조왕굿(부엌)' '장독굿(장독대)' '용왕굿(우물)' '천륭굿(뒤안)' '두지굿(고방)' '마구굿(외양간)' '뒷간굿(변소)' '방앗간굿'을 차례로 바친다. 이러는 동

열고 가려서 뽑는다. 뽑힌 제주는 일상을 조심하지만 동지부터는 부정타는 일이 없도록 각별히 근신한다.

32) 잔을 올리고 축문을 읽고 절을 하는 유교식 제사를 드렸지만 옛날에는 틀림없이 무당이 제주가 되어 서낭 내림굿을 했을 터이다. 당산이니 당나무니 당집이니 하는 것들이 모두 여기가 서낭을 모시던 거룩한 공간이었음을 드러내고 있기 때문이다. 이렇게 보면 아직도 서낭대의 신내림으로 뽑힌 당산주가 죽을 때까지 동제의 주관자로 군림하고 있는 안동 하회마을의 전통(임재해, 《민속마을 하회여행》, 밀알, 1994, 174~178쪽)은 아주 끈질기게 그런 사정을 간직한 것이라 하겠다.

33) 지신밟기의 차례에서 맨 처음은 언제나 그 해 제주로 뽑힌 사람의 집이다. 그러나 그 다음부터는 아예 높낮이가 없이 고을안 맨 첫집에서부터 차례로 한 집도 빼지 않고 지신밟기를 해 나온다. 열흘 동안에 마을 모든 집을 마쳐야 하므로 하루에 몇 집씩 할 것인지는 저절로 정해지게 되어 있다.

34) 풍물패와 마당놀이패(잡색)가 마을의 모든 집을 이 집에서 저 집으로 돌아다니며 지신밟기를 하는 것을 '집돌금' 또는 '집돌이'라고 했다.

35) "아테나이에 있어서는 디오뉴소스 제전 때(아테나이의 제전은 봄에 행하여졌다), 이전부터 행하여지던 민중의 제례 행렬이 465년에 국가적 행사로 제정되고, 그 행렬이 '코모스'라 불려지고, 그것이 신당으로 행진할 때 부르는 노래를 '코모이디아'라고 불렀다. 이때 민중은 가장을 하고 피리를 불며, 선두에는 만물생성의 상징으로서의 남근 형태의 제작물을 높이 들고, 남근 찬가를 부르면서 행진하였다. 남근을 메고 가는 남자들은 물론 이 위력 있는 상징물에 관하여 음설 농담도 불사하였을 것이다. 그들은 또 행진 도중, 제전과 '트라고이디아'를 구경하려 모여든 민중을 상대로 하여, 그 앞에 나가, 아테나이 시민에게 이해관계가 있는 시사문제에도 언급하여 야유 혹은 욕설을 퍼붓기도 하였다. 이 점에 아테나이 회극의 맹아가 존재한다."(아리스토텔레스 / 손명현 역주, 《시학》, 박영사, 1960, 49쪽)

36) '테포시', '중', '양반(사대부·팔대부)', '할미', '각시', 이런 사람(성격)들이 성격에 맞추어 분장을 하고 (탈을 쓰기도 한다) 나와서 풍물패의 바라지에 따라 어우러져 춤추며 놀이를 벌인다. 흔히 '잡색놀이' 라고도 하는 이 '마당놀이'가 짜임새 있는 탈놀이로 자랐으리라는 짐작은 얼마든지 할 수 있다고 본다.(조동일, 《한국가면극의 미학》, 한국일보사, 1975)

안에도 잡색은 따라다니며 놀이를 벌이는데, 각시를 사이에 두고 양반과 중이 다툼을 벌이는 놀이를 펼치는 한편, 양반이나 선비는 집주인을 윽박질러 먹거리와 쌀을 푸짐하게 내놓도록 하고, 포수는 헛총을 놓아 닭이나 돼지 새끼를 잡아 뒤풀잇감으로 삼기도 한다. 놀음굿은 이처럼 열흘에 걸쳐 집집마다 거듭 되풀이하면서 서낭과 사람과 짐승과 집안 구석구석이 더불어 넉넉하고 푸짐하게 벌어진다.

보름날 낮에는 마을 앞 논에다 달집을 짓고, 달이 뜨는 대로 달집을 태우면서[37] 보름 동안의 굿놀이를 마무리하는 파지굿을 치고 나면[38] 풍물이 서낭대를 다시 당집으로 모셔다 드리고 거기서 배웅굿을 마친다. 이로써 한 해 동안 마을 사람들의 삶이 서낭과 더불어 기쁘고 즐겁게 이루어지기를 비는 보름 동안의 마을서낭굿놀이도 마무리하는 것이다. 이렇게 우리네 설은 한 해의 첫 달님이 가뭇도 없던 그믐밤부터 달이 가득히 차오르는 보름밤까지 이어진 커다란 마을서낭굿놀이였다. 그리고 그 마을서낭굿은 잘 짜여진 하나의 놀이로서 거기에는 온갖 놀이말꽃이 싸잡혀 있었다. 보름 동안 걸친 놀이에 뛰어들었던 사람들 사이에는 온갖 놀이말이 풍성하게 오고 갔을 뿐 아니라, 굿판에서는 서낭과 무당과 사람들 사이에 겯고트는 놀이말꽃이 흐드러지게 오고갔다.

남쪽 지역에서는 설에 마을서낭굿을 바쳤지만 중부 지역을 넘어서면 흔히 수릿날(단오)에 바쳤다. 날씨 때문에 그럴 수도 있겠으나 서낭의 성격에 따라 다를 수도 있어서 그런 까닭은 지금 와서 쉽사리 밝히기 어렵다. 남쪽에서도 수릿날에 마을서낭굿을 크게 바치던 곳이 있으니 경남 영산의 문호장굿을 꼽을 수 있다.[39] 수릿날에 맞추어 벌이는 마을서낭굿이라 요즘에도 흔히 단오굿이라 부르기도 하고, 문호장 서낭에게 바치는 까닭에 문호장굿 또는 호장굿이라 부르기도 한다. 마을 사람들의 말에

---

37) 달집에서 연기가 이웃 마을보다 먼저 올라와야 가뭄 때 물싸움에서 우선권을 갖게 되는 까닭에 해가 지기에 앞서 마른 짚단을 가진 젊은이들이 달불을 나르려고 당산 꼭대기로부터 달집까지 적당한 거리로 연달아 선다. 당산 꼭대기에 선 사람이 떠오르는 달을 보자마자 짚단에 불을 당겨 릴레이식으로 달려 내려와서 달집에 붙인다.

38) '파지굿'은 보름에 걸쳐 이어진 설굿을 마친다는 뜻의 '파제굿'이다. 이 파지굿에는 마당놀이가 확대되어 많은 사람들이 끼여들게 마련이다. 가까운 진주나 가산 같은 곳에서는 이 파지굿 끝에 오광대 탈놀음을 놀았다. 보름에 걸쳐 이어진 설의 마을굿을 오광대 탈놀음으로 마무리했던 것이다. 그리고 더러는 줄다리기, 돌싸움, 고싸움 같은 놀이로써 한 해 동안 같은 들판에서 다투며 농사하는 이웃 마을 사람들과 어우러져 거창한 놀이를 벌이기도 했다. 그러나 이제 이런 놀이들은 이미 서낭을 잊어버리고 마을굿에서 떨어져 나간 지 오래되었으므로 굿놀이에서 다루기 어렵고 뒤의 삶놀이에서 다루어야 마땅하게 되었다.

39) 김수업, 〈현대 사회 속의 전통적 민속 놀이〉, 《현대 사회 속의 전통적 민속 문화》, 경상대학교 부설 경남문화연구소(연구보고서), 1999, 121~173쪽.

따르면 지난날에는 음력 5월 초하루에서 초닷새 수릿날까지 온 마을 사람들이 함께 어우러져 거룩하게 이 굿을 바치고, 초엿새에 배웅굿을 바쳤다고 한다.[40) 가까운 이웃 고을까지 이름난 무당 십여 명을 불러오고 날랜 말도 네 마리를 준비해서, 굿을 치르기 스무날 앞인 4월 보름께부터 온 마을 사람들이 몸가짐과 마음가짐을 깨끗이 하면서 굿 치르는 날을 기다렸다고 한다.

문호장굿이 언제 비롯되었는지를 뚜렷이 알 수는 없다. 마을 사람들은 문호장의 죽음을 이야기하면서 거의 모두 300여 년 전 일이라고 말하고,[41) 영산에서 펴내는 책들에서도 그와 비슷하게 적고 있다.[42) 그러나 사실이 그리리라고 믿기는 어렵다.[43) 문호장굿은 아주 특이한 마을서낭굿놀이로 무교 신앙과 매우 깊이 맺어져 있어서 그 뿌리가 생각보다 훨씬 더 깊을는지도 모르는 일이기 때문이다.[44) 문호장굿은 영산 마을의 중심과 주변 세 곳에서 마을을 에워싸고 있는 당집을 축으로 굿판을 벌인다. 두룽각시왕신당이 마을 가운데 자리잡고,[45) 문호장 할배당(상봉당)이 마을 뒤쪽 산성골

---

40) 지난날 온전하게 펼쳐지던 문오장굿의 모습은 이경복의 보고(이경복, 〈굿놀이〉, 고려대학교 민족문화연구소, 《한국민속대관 5》, 1982, 147~149쪽)에서도 아주 자세하게 드러나 있다.

41) 앞에서 말한 이경복의 보고에서도 '약 삼백여 년 전'이라고 했다.

42) 김태한의 《영산사적지》(세종출판사, 1991, 95~106쪽)에는 임진왜란 직후로 거의 400년이 넘었다 하고, 영산사적보존회의 《영산향토지》(우성문화사, 1995, 321쪽)에서는 370년 전이라 못박아 놓았으며, 김형권의 《영산의 민속문화》(삼일민속문화향상회, 1998, 57쪽)에서는 약 360년 전이라 했다.

43) 김태한은 문호장의 이야기를 역사 사실에서 비롯한 것으로 확신하면서, 그것이 영산 고을의 역사와 '호장'이 몰락한 역사에 비추어 임진왜란 직후일 것이라고 단정한다. 문오장이야기의 속살을 살피건대, 그것이 영산 지방의 토착세력이었던 '호장'과 중앙 정부에서 파견한 '관찰사' 사이에 빚어진 갈등이라는 역사 사실에서 말미암았다는 추측은 일리가 있다.(김태한, 앞의 책) 그러나 그 갈등이 임진왜란 뒤에 빚어진 것이라고만 보아야 하는가 하는 의문은 남는다. 문오장이 예전에 이미 있었을 영산의 마을 서낭을 덮어 누르면서 강력한 새 수호신으로 자리잡은 사정을 두루 생각하면 오히려 조선 초기 또는 그보다 더 위로 올라가야 하지 않을까 싶기도 하다.

44) 그러나 문호장이 애초부터 영산의 마을 서낭은 아니었고, 언젠가 뒷날에 새로 나타나서 앞날에 있던 마을 서낭과 어우러지거나 포개졌다는 흔적이 없지 않다. 우선 하나는, 문호장 서낭을 모시는 당집이 넷인데, 네 곳 모두 문호장이 나타나기 앞서 이미 서낭을 모시던 당집이었다는 조짐들이 있기 때문이다. 우선 지금의 상봉당은 애초에 영산 마을 서낭당이었는데 영축산성 위에 있던 문호장 당집이 부서지고 나서 문호장 서낭을 여기다 모셨다고 한다.(단오포교당의 조소상, 상봉당을 관리하는 박소임, 영명사 주지 지종스님 같은 분들이 모두 그렇게 증언했다. 그러나 쇠머리대기 기능보유자이신 김형권 같은 분들은 그런 일이 없었다고 증언하여 좀더 꼼꼼하게 살펴서 분별해야 하겠다) 게다가 두룽각시왕신당은 본래 영산 관아 곁에 붙어 있던 관청 신당이었다고 한다.(영산단오포교장을 지키는 조소상이 자신하며 증언한 것이다) 그리고 또 다른 하나는, 지금도 교리(校里) 동사에는 서낭대 둘을 모시고 있는데, 하나는 교리의 마을 서낭이고 다른 하나는 할배 곧 문호장 서낭이라고 한다.(이 사실에는 아무도 다른 말을 하지 않았다) 이런 사정들에 비추어 보면 삼시랑애기당이나 남산믹이지성국당도 애초 오래된 본연의 서낭을 모시던 당집이었는데, 문호장에 대한 신앙이 일어나면서 문호장 서낭을 아울러 모시게 되었을는지 모른다는 느낌을 받는다.

45) 지금 보아서는 영산의 중심이라 하기 어려운 형편이지만 지난날에는 틀림없이 중심 자리였을 것이다. 영산 현청의 바로 동쪽 곁에 자리잡았던 사실을 지금 남은 동헌과 책실 따위 유적으로도 넉넉히

중턱에,[46] 삼시랑애기당이 마을 서쪽 삼시랑등 아래에, 남산믹이지성국당이 서남쪽 대밭(죽전, 현재 죽사리) 마을의 남산믹이 언덕에 자리잡고 있다. 상봉당이 산성 위에 자리잡고 영축산을 지킨다고 보면 마을 북쪽과 동쪽은 영축산이 에워싸고 있으니 걱정이 없고, 들판으로 열려 있는 서남쪽이 걱정이라 남쪽에 남산믹이지성국당과 서쪽에 삼시랑애기당이 갈라서서 마을을 지키고 있는 형국임을 쉽게 짐작할 수 있다.

그런데 굿은 이들 네 당집을 바탕 디딤으로 삼아 벌어지지만, 빼놓을 수 없는 굿판 하나가 더 있으니 바로 고을 관아(현청)에 차리는 굿청이다. 어떻게 보면 굿은 바로 이 관아의 굿청을 중심으로 벌어지는 것인 듯도 하다. 여기서 비롯하여 여기로 돌아오는 차례로 문호장굿이 짜이기 때문이다.[47]

굿은 원님을 비롯하여 육방 관속은 말할 나위 없고 마을 사람들이 모두 함께 준비하고 즐긴다. 무엇보다도, 호장(戶長), 수리(首吏 또는 首奴), 안(암)무이,[48] 이렇게 세 사람이[49] 중심으로 이끌고, 적어도 열 사람이 넘는 남녀 무당들이 이들을 돕는다.

그리고 이들 뒤에서는 온 마을 사람들이 함께 힘을 모아 굿을 뒷바라지한다. 나름대로 굿판에 쓰일 먹거리를 마련하고, 굿에 쓰이는 온갖 기구와 물품을 이리저리 나르고, 굿판마다 벌어지는 잔치마당에서 음식을 나누어 먹이고, 굿을 이끄는 사람들이 지치지 않게 깨죽을 쑤어 먹이기도 하면서, 굿판마다 따라다니며 구경하고 춤추며 어우러졌다. 그뿐 아니라 굿판과는 달리 마을 남정네들은 씨름도 하고, 마을 처녀들은 그네도 뛰면서 수릿날을 마음껏 즐겼으며, 멀고 가까운 여러 마을과 고을에서도 수많은 사람들이 구경하려고 몰려오기도 했다고 한다.

문호장굿은 5월 초하루에 시작하지만 준비는 4월 보름부터 비롯한다. 4월 보름에

짐작할 수 있다.

46) 현재는 산성골 중턱에 들어서 있는 영명사 절 아래에 있으나 애초에는 영축산성 마루에 있었다고 한다. 쇠머리대기 기능보유자이신 김형권 같은 분은 그렇지 않다고 주장하지만 문호장굿에 30년을 넘게 관여해 오고 있는 조소상(71)과 박소임(63) 같은 분들은 한결같이 틀림없이 그렇다고 주장한다.

47) 굿이 날마다 관아의 굿청에서 비롯하고 다시 굿청으로 돌아와 끝난다는 것은 굿을 바치는 본 임자가 겉으로 나타난 바와 같이 호장, 수리, 암무이라기보다는 영산 현청 관아이며, 거기 주인인 현감(원님)이라는 사실을 드러내는 것으로 보인다. 그것은 지금도 입으로 흘러 내려오고 있는 문호장이야기의 내용과도 들어맞는 것이다.

48) '안무이', '암무이'라는 말을 시원하게 풀이하는 사람이 영산에는 없었다. 그저 문호장굿을 이끄는 '여자 무당'이라 할 뿐 어째서 '안(암)무이'라 부르는지 아는 사람을 찾을 수 없었다. 어쩌면 이것이 신라 적에 나라굿을 바치던 나라무당의 이름으로 보이는 '아노(남해왕의 누이)', '아누(남해왕의 아내)', '아니(탈해왕의 아내)'에서(서대석, 〈처용가의 무속적 고찰〉, 《한국무가의 연구》, 문학사상사, 1980, 292쪽) 말미암은 말은 아닐까 하는 생각이 들기도 한다.

49) 호장과 수리는 삼색 꽃이 달린 패랭이를 쓰고 바지저고리에 철릭을 입는 남자고, 안무이는 자줏빛 감대를 머리에 얹고 치마저고리 위에 배자를 입은 여자다.

호장계 총회를 열어서 굿을 이끌어갈 호장, 수리, 안무이를 뽑는다. 이들 세 사람은 4월 스무닷새부터 집앞에 황토와 금줄을 쳐서 정결례에 들어가는데, 특히 원두막 모양의 신당을 집안에 차려 놓고 날마다 목욕 재계하면서 치성을 드렸다고 한다.

5월 초하루, 날이 밝으면, 문호장 서낭대를 당집에서 관아의 굿청으로 모시고, 집에서 저마다 마련한 음식들을 굿청으로 가져다 놓고 징을 울리면, 온 마을 사람들이 징소리를 듣고 모두 나름대로 치성을 올린다. 그 사이에 호장 집에서 마련한 음식은 상봉당에, 수리 집에서 마련한 음식은 말재죽골에,50) 안무이 집에서 장만한 음식은 두룽각시왕신당에 차려 놓는다. 그럴 만한 시간이 지나면 서낭대를 앞세운 풍물패들, 호장과 수리와 암무이를 따르는 여러 무당들, 육방 관속들, 그리고 마을 사람들, 이렇게 차례로 늘어서서 풍물을 울리며 상봉당으로 올라간다. 당집에서 풍물을 울리는 가운데 호장과 수리와 암무이가 절을 네 번씩 하는 제사를 먼저 드리고, 암무이가 중심이 되어 모든 사람들이 어우러지는 마당굿을 벌인다. 굿이 끝나면 내려와 말재죽골에서 굿판을 벌이는데, 이 굿에서는 호장 서낭을 비롯하여 팔도 산신 서낭을 모두 불러 섬기는 서낭 섬김을 바친다. 이어서 나랏님으로부터 원님에 이르기까지 온갖 벼슬아치들의 안녕과 평안을 빌고, 목청 좋은 무당이 여러 사설의 노래를 부른다. 굿이 끝나면, 다시 마을로 내려와 두룽각시왕신당에서 또 한판의 마당굿을 벌이고, 가까이 있는 관아의 굿청으로 돌아와 마지막 마당굿을 벌인다. 이때는 원님을 비롯하여 육방 관속들이 모두 나와 서낭께 절을 올리고, 밤이 깊어 막음굿을 올리면서 첫날 굿을 끝낸다.

5월 초이틀에는 앞으로 벌어질 굿을 준비하면서 하루를 쉬고, 밤에는 호장, 수리, 암무이, 세 사람이 집으로 가지 않고 두룽각시왕신당에서 함께 잔다.

5월 초사흘 새벽에 호장 집에서 마련한 음식을 남산믹이지성국당에다 차려 놓고 와서, 수리 집에서 준비한 음식을 삼시랑애기당에다 차려 놓고 간단한 제사를 드리고 가망굿을 친다. 굿이 끝나면, 준비해 두었던 네 마리의 말에다 한지에 짚단을 묶어서 만든 문호장의 가마, 호장, 수리, 암무이, 이렇게 넷을 차례로 태운다. 그러고는 풍물을 그치고 구경꾼들도 숨을 죽인 가운데51) 네 마리의 말을 앞세워 남산믹이지성국당으로 건너간다. 그러나 대밭 마을(죽전) 가까이 들판에 가면 길가 보리밭에 숨어 있던

---

50) 마을에서 상봉당으로 올라가는 중간쯤인 산성 성문 앞에 있는 문호장의 유적지다. 말 발자국 골짜기라는 뜻이다.

51) 문호장의 본부인인 삼시랑애기당 몰래 작은 마나님인 남산믹이지성국당으로 먼저 가는 것이므로 가만히 간다는 것이다.

사람들이 갑자기 나타나서 회초리로 말 엉덩이를 때려 말들이 놀라 달아나게 하고, 이때 안장도 없이 타고 가던 호장과 수리와 안무이는 말 위에서 유명한 호장춤을 춘다. 당집에 닿으면 곧바로 제사를 지내고, 잇달아 마당굿을 벌인다. 돌아올 때도 풍물을 죽이고 채찍을 맞으며 달려오다가, 삼시랑애기당 가까이 와서는 짐짓 풍물을 크게 울리고 떠들썩하게 들어와서 역시 제사를 모시고 마당굿을 벌인다. 마당굿이 끝나면 무당들이 편을 갈라 처첩싸움놀음을 벌인다. 큰 마누라 편과 작은 마누라 편으로 갈라진 무당들이 서로 욕설을 퍼부으며 싸우다가, 갑자기 큰 마누라 쪽 무당 하나가 머리를 풀고 입에 거품을 물고 부들부들 떨다가 기절을 한다. 이러면 구경꾼들도 합세하여 작은 마누라 쪽을 나무라고 욕설을 퍼붓다가 마침내 작은 마누라 쪽 무당 하나를 끌어내서는 큰 마누라 쪽 무당 앞에 꿇어앉히고, 쥐어박고, 올라타고, 온갖 곤욕을 안긴다. 이것이 큰 마누라인 삼시랑애기당 서낭을 위로하는 것이다. 처첩싸움놀음이 끝나면 관아 굿청으로 돌아가는데, 중도에서 원님과 육방 관속들의 집에 들러 간단한 안택굿을 해주기도 했다. 굿청으로 돌아와 밤중에 벌이는 가망굿으로 이날 굿이 끝나면, 호장과 수리와 암무이는 다시 두룽각시왕신당에서 자는데, 세 사람이 한 베개를 베고 한 이불을 덮고 암무이를 가운데 눕히고 잔다.[52]

5월 초나흘에는 초사흘과 똑같은 굿을 되풀이하는데, 다만 저녁에 굿청에서 성주풀이굿을 바치는 것만 다르다.

5월 초닷새 수릿날에는 문호장굿의 절정과 마무리가 펼쳐진다. 날이 밝으면 새로 장만한 음식을 갖추어 평복 차림을 한 호장과 수리와 암무이가 문호장 당집(상봉당)에 올라가 제사를 모신다. 제사 끝에는 세 사람이 미꾸라지를 손에 집어 당나무에 던져서 그것이 나뭇잎에 붙으면 저들의 정성을 호장 서낭이 흡족하게 응감하셨다고 믿는다. 그리고 아침나절에는 어제처럼 남산믹이지성국당과 삼시랑애기당을 오가며 제사와 마당굿을 벌이고, 저녁나절에는 문호장굿의 절정이며 마무리인 열네바퀴돌이를 한다. 이 놀이는 마을에서 가장 번화한 거리인 두룽각시왕신당에서 서낭당골 사이 1킬로미터가 훨씬 넘는 거리를 문호장 가마를 태운 말(신마)을 앞세우고 호장, 수리, 암무이, 세 사람이 말을 타고 호장춤을 추며 도는 것이다. 이때 구경하는 마을 사람들은 회초리를 소매 속에다 감추고 있다가 말의 엉덩이를 때려서 말이 놀라 달아나게 하고, 놀라 달아나는 말 위에서 세 사람은 팔을 벌려 춤을 추는 것이다. 신기에 가까

---

52) 이렇게 암무이를 가운데 눕히고 한 베개를 베고 한 이불을 덮고 자게 하는 것은 호장과 수리의 정성을 시험하는 것이라 한다.

운 이들의 호장춤을 보면서 마을 사람들은 문호장의 신령스러운 힘의 가호를 확인하고 기쁨의 소용돌이에 빠져 즐거운 환호를 지르는 것이다. 열네바퀴돌이가 모두 끝나면 문호장굿도 마치는데, 호장의 옷은 남산믹이지성국당에, 수리와 암무이의 옷은 두룽각시왕신당에 보내고, 세 사람은 드디어 자기 집으로 돌아간다.

5월 초엿새에는 느지막하게 영축산 숙댕이에서 문호장의 혼백을 보내는 배웅굿을 벌이고, 그 끝에 한바탕 놀이판을 뒷풀이처럼 벌인다. 산에서 내려오면 호장, 수리, 암무이, 세 사람은 자기 집의 신당에서 굿을 무사히 마친 일에 감사하는 제사를 드린 다음 신당을 불태운다. 이렇게 문호장굿의 절차가 모두 끝나는 것이다.

이렇던 문호장굿을 요즘에는 겨우 20, 30명 가량씩 세 곳에 따로 모여 한나절 정도에 끝내고 만다. 문호장 서낭을 모신 상봉당[53]은 영명사의 도움을 받아서 어떤 분이 중심으로 모시고, 큰 할매를 모신 삼시랑애기당과 따님을 모신 두룽각시왕신당은 영산 단오 포교당을 지키는 한 분이 중심이 되어 제사를 드리고, 작은 할매를 모신 죽사리의 남산믹이지성국당은 죽사리 단오계원들이 해마다 두 사람씩 돌려가며 제사를 드린다. 따라서 굿의 짜임새나 속살에서 이제는 굿이라 할 것도 없는 지경이고, 문호장굿이 이제는 영산 마을 여느 사람들의 관심에서 벗어나 버린 것이 아닌가 싶을 지경이다.[54]

문호장굿이 이렇게 상처를 받기 비롯한 것은 아주 오래 전, 그러니까 일제가 침략해 오던 초창기였던 것으로 보인다.[55] 문호장굿이 크게 상처를 입었을 것으로 보이는 두 가지 사건이 그때에 벌어졌기 때문이다. 하나는 영축산성 위에 있던 문호장의 당집이 허물어지고 당나무가 베어진 사건이고, 다른 하나는 문호장 본처의 당집이라는 삼시랑애기당이 불타버린 사건이다. 앞의 사건을 두고 서로 엇갈리는 증언이 있다는 점은 이미 말했거니와, 당나무를 베었다는 사실[56]과 그로 말미암아 여러 사람들이

---

53) 지금은 창녕군의 도움으로 당집을 새로 지어서 부인(삼시랑애기)과 첩실(남산믹이지성국)과 따님(두룽각시)의 신주도 함께 모시고 있다.

54) 문호장굿을 영산 사람들의 삶을 좌우하는 서낭굿으로 여기지 않게 되었다는 말이다. 그런 신앙 행위와는 달리 전통 문화 예술의 하나로서는 요즘 새로 살려내려는 노력을 기울이고 있다. 1995년에 창녕군에서 상봉당을 새로 개축한 뒤로는 군수가 몸소 단오굿에 참예하여 헌작을 하고, 삼일민속문화제에도 문호장굿을 다시 놀도록 하고, 경남민속경연대회에다 창녕군 작품으로 문호장굿을 내보내기도 했다.

55) 시기에 대한 증언도 박소임·조소상 같은 분들은 80년쯤 지났다고 말하고, 김형권 같은 분은 일제 말엽인 1940년대일 것이라고 말했다. 그러나 증언에 곁들여진 여러 주변 사정들을 두루 싸잡으면 일제 말엽보다는 일제 초엽 쪽일 가능성이 큰 것으로 보인다.

56) 당나무를 벤 까닭은 서로 엇갈리게 말했다. 일제가 나무 기름을 짜느라고 베게 했다(김형권)는 주장, 일제가 우리 전통 신앙을 없애려고 그랬다(조소상)는 주장, 영산 청년회에서 야학을 세우는 자금

갑자기 죽는 참화[57]가 있었다는 사실에는 다른 말들이 없었다. 그리고 뒤의 사건을 두고서는 엇갈리는 증언이 애초에 없었다.[58] 불탄 다음에 당집 있던 삼시랑등의 임자인 하씨들이 땅을 내놓지 않으려고 해서 지금 있는 당집은 본디 있던 자리에서 밑으로 훨씬 내려오게 되었다는 사실도 증언이 한결같았다.

그러나 광복을 하기까지 일제 침략 시절에는 문호장굿이 수그러들지 않았다고 한다.[59] 일제가 침략하여 다스리던 때에는 영산 사람들이 문호장에 기대는 마음을 굳게 지니고, 탄압에 맞서려는 정신에서 문호장 서낭이 수호신으로 살아 있었다는 말이기도 하다. 그래서 일제가 탄압하고 훼손하면 할수록 오히려 영산 사람들은 안으로 단단히 그것을 지키려고 애쓴 것이 아니었던가 싶다. 그러나 일제가 물러나고 그런 민족의 의지가 사라지자 그 동안에 상처 입은 문호장굿이 갑자기 무너진 듯하다. 한국전쟁과 새마을운동이 이런 전통놀이를 무너뜨리는 일에 부채질을 한 사실은 새삼 말할 나위도 없다. 무엇보다도 호장굿 같은 마을서낭굿 전통을 모조리 미신 행위로 몰아버리고, 굿의 사제인 무당을 세상을 어지럽히는 무리로 치부해 버린 것이다. 그래서 예전처럼 문호장굿을 치를 수 없는 까닭으로 그럴 만한 무당이 없다는 사실을 입을 모아 꼽고 있다.[60]

문호장굿이 해마다 때맞추어 바치던 마을서낭굿놀음이었다면 〈하회별신굿탈놀음〉은 글자 그대로 마을에 유다른 조짐이 있어서 특별히 벌이는 마을서낭굿놀음이다. 〈하회별신굿탈놀음〉은 경북 안동군 풍천면 하회리에 내려오는 탈놀음으로, 국가 중요무형문화재 제69호로 지정되어 있다.[61] 내려오는 말로는 고려 중엽부터 탈놀음

을 마련하느라 산성 당산을 도천 신씨 문중에 팔았는데 신씨들이 당집과 당나무를 치워달라고 해서 베었다(박소임)는 주장들이 엇갈리고 있었다. 그러나 이런 증언들도 어쩌면 겉으로 드러난 사실을 이야기할 뿐이고 당나무를 베고 당집을 부수게 한 진짜 까닭은 더 깊은 곳에 일제의 숨은 손길이 있는지 모르겠다는 느낌이 많이 든다.

57) 다만 그런 참화를 바라보는 눈은 서로 달랐다. 문호장 신앙을 지닌 쪽에서는 문호장의 당집과 당나무를 벤 탓으로 문호장의 징벌을 받았다는 것이고, 문호장 신앙을 지니지 않은 쪽에서는 늙은 나무 속에서 피어오른 유독 가스를 마셔서 그랬을 것이라 했다.

58) 다만 그 사건이 일어난 때가 언제였는지를 두고는 서로 달리 말했다. 시기를 알 수 없다(박소임), 산성 위의 당집이 허물어지던 것과 비슷한 때였다(조소상), 일제 말엽임에 틀림없다(김형권)는 증언들이었다.

59) 그때 문호장굿의 실상을 속속들이 기억하고 있는 사람들은 만날 수 없었다. 그냥 겉에서 바라본 기억들을 더듬는 증언들로는 한결같이 광복하던 때까지 문호장굿은 옛 모습을 지키고 있었던 것으로 나타났다.

60) 문호장굿이 오늘같이 부서진 까닭들 가운데서 가장 알맹이는 무엇이겠느냐는 물음에 한결같이 무당이 없는 것(김태한, 김형권)과 무속 신앙이 사라진 것(조소상, 박소임)이라고 이야기했다.

61) 고려 중엽에 만든 것으로 밝혀진 '탈'들은 국보 제121호로 지정되어 국립중앙박물관에 갈무리되어 있다.

을 하게 되었다고 하지만, 그보다 더 멀리 올라가 마을이 처음 열리던 때부터 했던 것인지도 모를 일이다. 내려오는 이야기는 턱이 없는 '이매탈'에 얽힌 것으로 허도령과 그를 사랑하던 무진생 각시의 슬픈 죽음을 풀이하는 것이다. 그것은 지금의 탈이 고려 적 것으로 알려져서 고려 중엽이라 하지만, 뜻밖의 죽음을 맞은 도령과 아가씨가 하회 마을의 서낭으로 자리잡은 사실로 보면, 이야기는 마을서낭의 본풀이로 볼 수도 있어서 훨씬 더 멀리 올라갈 듯도 하다.[62]

〈하회별신굿탈놀음〉은 말 그대로 커다란 별신굿 안에 싸잡혀 있다. 마을의 대제관인 산주(山主)가 다달이 초하루와 보름에 서낭당에 올라가 기도를 드리다가 서낭님의 뜻이 내리면 별신굿을 벌여야 한다. 서낭님의 뜻을 마지막으로 확인하는 기도는 섣달 보름날 기도이기 일쑤고, 마을에서 별신굿을 벌이기로 뜻이 모이면, 마을의 양반들과 임원들에게 두루 알리고 준비에 들어간다. 섣달 스무아흐렛날 마을 대표들이 동사에 모여 부정이 없는 각성받이 가운데서 탈광대를 지명하면, 그들은 산주와 함께 별신굿이 끝나는 정월 보름까지 동사에 머물면서 별신굿을 준비하고 진행한다. 이날부터 동사에는 금줄을 치고 황토를 뿌려서 거룩한 곳으로 바꾸고, 따라서 산주나 광대들이나 설날 차례조차 참례할 수 없다. 조상에게 바치는 차례보다 훨씬 더 높은 서낭께 바치는 별신굿의 제관들이기 때문에 그럴 수 있다.

별신굿은 정월 초이튿날[63] 아침에 내림대를 든 산주와 서낭대를 멘 광대들이 풍물을 잡히며 화산 중턱에 있는 서낭당(상당)에 가서 서낭 내림을 받아서 비롯한다. 내림대가 흔들리고 당방울이 울리면서 서낭이 내리면, 내림대의 방울을 서낭대에 옮겨 달고 각시광대를 무동 태워서 산을 내려오는데, 행렬은 국신당과 삼신당에 들려 참례를 한다.[64] 이윽고 행렬이 동사에 닿으면 서낭대를 세워둔 마당에서 탈놀음을 벌인다. 탈놀음을 마치면 집돌이를 하는데, 먼저 산주 집에 가서 놀고 양진당과 충효당을 거쳐 마을의 대갓집들을 두루 돌면서 지신밟기를 한다. 집돌이는 열나흗날까지 이어지는데 날마다 일찍이 서낭대에 밥상을 올리고, 해가 뜰 무렵에 삼신당에 가서 아뢰고, 하루 종일 집돌이를 하다가, 해가 질 무렵이면 다시 삼신당에 가서 아뢴 다음 동사로 돌아와서 저녁을 먹는다. 이렇게 되풀이하는 집돌이 가운데서도 마당의 크기, 집안의 사정, 주인의 요구 같은 환경에 따라 탈놀음을 몇 마당씩 놀기도 하면서 열나

---

62) 임재해, 《민속마을 하회여행》, 밀알, 1994.
63) '섣달 그믐날'이라는 보고가 많지만 어느 것이 참된지는 알기 어렵다.
64) 지난 날에는 마을 들머리를 지키던 큰고개 서낭과 작은고개 서낭에게도 제사를 올렸다고 한다.(위의 책, 176쪽)

흔날까지 집돌이를 모두 끝낸다. 별신굿을 마무리하는 보름날에는 아침을 먹고 산주와 광대들과 제관들이 탈을 담은 섬을 짊어진 청광대를 따라 서낭당으로 올라가서 당제를 지낸다. 잔을 바치고 절을 하고 축원을 드리고 소지를 올린다. 산주가 온 동네 사람들의 소지를 올리는 동안 유사는 국신당으로 가서 제사를 지내고[65] 광대들은 탈을 벗은 채로 서낭당을 돌면서 풍물을 친다. 소지올리기가 끝나면 무동탄 각시광대의 춤과 걸립으로부터 마무리 탈놀음을 벌인다. 보름 동안 벌인 지신밟기와 탈놀음을 디딤돌로 삼아서 가장 신명나는 놀이판이 어우러져 서낭을 즐겁게 하기에 넉넉하다. 하루종일 별신굿에 참여한 모든 무당과 광대들이 먹고 마시고 놀기를 되풀이하다가 해질 무렵이면 마치고, 탈과 당방울은 섬에 담아 청광대가 짊어지고 동사로 내려가고, 서낭대는 당집 뒤꼍 처마 밑에 가로 걸어두고, 광대들은 모두 집으로 돌아간다. 다만, 양반광대와 각시광대와 청광대만 남아 구경꾼들이 없는 어둠 속에서 혼례마당을 놀고, 다시 병풍을 두른 가운데서 신방마당이라는 성행위굿을 벌인다. 이로써 커다란 별신굿은 모두 마친 셈이지만, 이어서 마을 앞 냇가에 나와 벌이는 헛천거리굿, 곧 배송굿까지 마쳐야 진실로 모든 별신굿이 끝난다.

탈놀음만 따로 떼어 놓고 보면 대략 여덟 마당으로 짜였다. 맨 처음은 서낭당에서부터 무동을 타고 내려온 각시가 노는 각시마당, 둘째로는 신령한 귓것(귀물)인 주지 암수 한 쌍이 싸움을 벌이는 주지마당, 셋째는 백정이 도끼를 휘두르며 소를 잡아서 소불알을 팔며 노는 백정마당, 넷째는 쪽박을 찬 할미가 베를 짜며 신세 한탄을 하다가 영감과 청어 먹는 싸움을 벌이는 할미마당, 다섯째는 부네라는 여인이 오줌 누는 것을 보게 된 중이 부네에게 빠지는 중마당, 여섯째는 초랭이와 이매의 부추김으로 양반과 선비가 부네를 두고 싸움을 벌이는 양반선비마당, 일곱째와 여덟째는 마을서낭님인 각시를 시집보내는 혼례마당과 신방마당이다. 보다시피 앞쪽 두 마당과 뒤쪽 두 마당은 굿놀이라 할 수 있고, 가운데 네 마당은 삶놀이라 할 수 있다. 물론 놀이로서 재미를 맛보려는 뜻은 삶놀이들에서 두드러지고, 그런 가운데서도 가장 많은 사람이 나와서 재미가 넘치게 얽히는 대목은 양반선비마당이다. 양반선비마당에서 몇 군데 말꽃을 살펴보자.

(양반 · 선비가 절을 하려고 앉을 때 초랭이는 양반 머리 위에 엉덩이를 돌려대고 선비에게 양반인 양 인사말을 건넨다.)

---

65) 삼신당에는 제사를 드리지 않는다.

초랭이 : 니 왔니껴?

양　반 : 예끼, 이놈! (양반은 부채로 초랭이 엉덩이를 때리며 호통한다.)

선　비 : 저놈 초랭이가 버릇이 없구만요.

양　반 : 암만 갈체도 안 디는 걸 별 도리가 있나.

선　비 : 니 주제에 그래도 이마에 대쪽을 붙이고 사림에 출입하나?

양　반 : 그럼 내가 양반이 아니고 뭐로? 날보다 더한 양반이 있나?

(잠깐 쫓기는 듯 물러났던 초랭이가 양반과 선비의 대화를 기웃거리며 듣고서 다시 끼여
든다.)

초랭이 : 지도 인사, 나도 인사, 인사하기 마찬가지인데 무슨 상관이 있나?

(인사하는 과정에서 초랭이에 의해 벌어졌던 양반·선비의 싸움은 이 정도로 마무리되는
듯하다.)66)

　　싸움은 이렇게 인사하는 것으로 시작한다. 양반과 선비 같이 지체 높은 사람들은
인사를 몹시 까다롭게 여기지만 초랭이 같은 아랫사람들에게는 그런 격식이 대수롭
지 않다. 게다가 종놈 버릇 하나 가르치지 못하는 양반의 정체가 드러났는데도, 양반
은 "날보다 더한 양반이 있나?" 하고 선비와의 싸움에 불을 지핀다.

(이번에는 부네가 나서서 두 사람 사이를 왔다갔다하며 어깨를 주물러 주면서 양반·선
비와 제각기 어울린다. 초랭이도 끼여들어서 양반의 어깨를 주무르는 듯하다가 무릎으로
어깨를 짓누르기도 하며 노골적인 공격을 한다. 양반에게 부네와 선비가 어울린 모습을
보게 하거나, 반대로 선비에게 부네와 양반이 어울린 모습을 보도록 하여 두 사람의 질투
심을 부추기어 서로 싸우도록 한다. 부네가 선비와 줄곧 어울리는 것을 보고 화가 난 양
반이 먼저 선비에게 대든다.)

양　반 : 자네가 감히 내 앞에서 이럴 수가 있는가?

선　비 : 그대는 진정 나한테 이럴 수가 있는가?

양　반 : 아니 그렇다면 자네 지체가 나만하단 말인가?

선　비 : 그러면 자네 지체가 나보다 낫단 말인가?

양　반 : 암! 낫고 말고.

선　비 : 뭣이 나아? 말해봐.

양　반 : 나는 사대부의 자손인데……

선　비 : 뭣이 사대부? 나는 팔대부의 자손일세.

양　반 : 팔대부는 또 뭐야?

선　비 : 팔대부는 사대부의 갑절이지.

---

66) 임재해, 《하회탈 하회탈춤》, 지식산업사, 1999, 124~125쪽.

양　반 : 우리 할아버지는 문하시중이거든.
선　비 : 아, 문하시중! 그까짓 것, 우리 아버지는 바로 문상시대인데.
양　반 : 문상시대? 그건 또 뭔가?
선　비 : 문하보다 문상이 높고, 시중보다 시대가 더 크다.
양　반 : 그것 참 별꼴 다 보겠네.
선　비 : 지체만 높으면 제일인가?
양　반 : 그러면 또 뭣이 있단 말인가?
선　비 : 첫째 학식이 있어야지. 나는 사서삼경을 다 읽었네.
양　반 : 뭣이, 사서삼경? 나는 팔서육경을 다 읽었네.
선　비 : 도대체 팔서육경이 어데 있으며, 대관절 육경은 뭐야?
초랭이 : 나도 아는 육경, 그것도 몰라요? 팔만대장경, 중의 바래경, 봉사 안경, 약국의 길
　　　　 경, 처녀의 월경, 머슴 새경!
양　반 : (초랭이를 가리키며) 이것도 아는 육경을 소위 선비라는 자가 몰라?
선　비 : (혀를 차면서) 우리 피장파장이니, 그러지 말고 부네나 불러봅시다.
(양반·선비·부네·초랭이가 함께 어울려 춤을 춘다.)[67]

　양반과 선비의 지체 싸움은 벌어질수록 두 쪽 모두에게 부끄러운 허위와 무식만
드러난다. 그러면서 결국 헛된 지체란 아무런 뜻도 없는 것임이 밝혀진다. 마침내 종
놈인 초랭이나 아무 남자와도 어울리는 부네나 지체로 먹고사는 양반과 선비나 모두
다 같은 사람으로 다를 것이 없다는 뜻을 보라는 듯이 함께 어우러져 한바탕 춤을 신
명나게 춘다.

양　반 : 아니 이놈아! 한참 신나게 노는데 알은 뭔 알이로?
백　정 : 알도 모르니껴?
초랭이 : (초랭이가 톡 튀어나오며) 헤헤헤, 달걀, 눈알, 새알, 대감 통불알 말이시더.
백　정 : 맞다 맞아. 불알이야 불알!
선　비 : 이놈 불알이라니?
백　정 : 소불알도 모르니껴?
양　반 : 이놈, 쌍스럽게 소불알이 뭐로 우랑, 우랑이니라. 안 살 테니 썩 물러가거라.
백　정 : 샌님, 소 불알 먹으마 양기에 억시기 좋으이데이.
선　비 : 뭐라꼬. 양기에 좋다고! 음, 그라마 내가 사지.
양　반 : (멀찍이 섰다가 초랭이에게 다가서며) 허허! 야가 아까 날보고 먼저 사라고 캤으
　　　　 이께네 이건 내 불알일세. (양반이 초랭이가 든 소불알을 잡는다.)

---

67) 위의 책, 127~128쪽.

선　비 : 무슨 소리? 내가 먼저 산다고 했으니 이건 내 불알일세! (선비도 소불알을 잡는
다. 결국 양반과 선비, 백정이 서로 소불알을 잡고 당기는 꼴이 된다.)
백　정 : 아이쿠, 내 불알 터지니더! (셋이서 서로 당기다가 마침내 뒤로 넘어지면서 소불
알이 땅바닥에 떨어져서 뒹군다.)
할　미 : (이 광경을 지켜보던 할미가 소불알을 주워 들고서 혀를 찬다.) 쯧쯧쯧, 소불알
하나 가지고 양반은 지 불알이라 카고, 선비도 지 불알이라 카고, 백정놈도 지 불
알이라 카이, 대관절 이 불알은 뉘 불알이로? 내 육십 평생 살았다마는 소불알
하나 가지고 싸우는 꼬라지는 처음 봤다, 처음 봤어, 이놈들아!68)

소불알을 들고 나온 백정이 양반 코앞에 소불알을 들이대며 “샌님 알 사소!” 하
고 외치면서 이런 일이 벌어졌다. 짜증을 내다가 ‘우랑’이라는 한자말로 위세를 부리
던 양반과 양기에 좋다는 소리를 듣고는 덤벼드는 선비의 거짓된 속내를 초랭이·백
정·할미 같은 보잘것없는 사람들의 꾸밈없는 모습으로 남김없이 까밝혀서 보인다.
소불알을 잡고서 서로 “내 불알일세” 하고 소리치는 양반과 선비는 물론 “내 불알 터
지니더” 하는 백정까지 모두 싸잡아 “대관절 이 불알은 뉘 불알이로?” 하면서 할미가
묻는다. 불알이란 생명의 씨앗을 담은 그릇이다. 그것을 서로 차지하겠다고 싸움질
하는 사내들을 보면서 “처음 봤다, 처음 봤어, 이놈들아!” 하는 할미의 호통이 더없이
날카롭다.

마을굿 탈놀음으로서의 모습을 가장 제대로 보여주는 하회별신굿탈놀음을 잠시
들여다보았다. 그러나 여기서 들여다본 것은 요즘 하회에 가서 눈으로 볼 수 있는 그
것과는 다르다. 여기 보인 것은 마지막 광대인 이창희의 증언과 수많은 학자들의 연
구로 밝혀진 1920년대 이전의 모습에 지나지 않는다. 이제는 집돌이를 싸잡은 별신굿
을 보기는 아주 어렵게 되었다. 마을 사람들이 굿의 힘을 믿지 않게 되었고, 따라서
별신굿을 벌이지 않기 때문이다. 보존회에서 하회별신굿탈놀음을 지키고, 가르치고,
되풀이도 하지만 집돌이는 하지 않는다. 서낭당에서 신내림을 받아다가 맨 먼저 동사
마당에서 탈놀음을 벌이는 것이 고작이다. 마을굿은 갈수록 사라지고, 탈놀음만 구경
거리로 남아 있다는 말이다.

사실 여기 보인 이런 탈놀음의 말꽃은 마을서낭굿놀이의 말꽃에서 아주 적은 한
조각일 뿐이다. 보다시피 마을서낭굿 안에는 탈놀음만 아니라 보름에 걸쳐 여러 굿과
놀음이 뒤섞여 있었기 때문이다. 게다가 노래나 이야기의 굿말꽃에 견주어도 굿놀이

---

68) 위의 책, 145~146쪽.

말꽃이 더욱 적은 까닭은 놀이를 놀이 그대로 적지 못한 탓도 없지 않겠으나[69] 서낭과 잡신, 서낭과 사람, 사람과 사람 사이에서 빚어지던 애초의 생생한 놀이 모습이 뒤로 오면서 무뎌져서 이야기나 노래의 모습으로 바뀐 탓도 있는 듯하다. 서낭을 모시고 풍물과 잡색 놀이로 집안의 신령들[70]과 즐기는 지신밟기에서도 서낭과 잡색, 잡색과 잡색, 잡색과 사람들 사이에 주고받는 놀이말이 없지 않았으나 글말로 적힌 것은 오직 주재자(상쇠)가 집안 신령들을 어루는 얼마간의 노랫말꽃들이 있을 뿐이다.

그런데 요즘 우리 민속학에도 현장의 모습을 고스란히 살펴야 한다는 깨달음이 일어났다.[71] 현장론이라고 부르는 이 깨달음 덕분으로 마을굿의 모습도 있었던 그대로 글말로 적혀 나타나고,[72] 이런 조사 자료로 말미암아 굿놀이말꽃도 옛날보다 훨씬 뚜렷하게 제 모습을 드러내었다. 동해안별신굿의 놀이말꽃을 조금만 보기로 한다.

    ㉠ [무녀는 이번에는 제물대로 가서 술잔에 있는 술을 제물대 옆에다 뿌리고는 술병과 잔을 들고 본부석으로 다시 간다. 제주에게 먼저 술을 권하면서 축원을 한다. 이때 잽이는 장고로 바라지를 계속한다. (소요시간 : 1분 55초.)]

    ㉡ 무녀(창으로) : 이이이이~야 / 일산진 대동안에 만동네 제주집을 맡아서 / 말수 없고 실수 없고 고이가까 점제 하옵시고 / 오늘날~이이~

    ㉢ 어촌계장(말로.) : (술을 받아마시고 있는 제주를 향하여) 입으로 잘넘어 가네 / 입은 알아 줘야돼

    ㉣ 무녀(창으로) : 이정성으로 드리시는데~ / 만대유전 백대천성 만사대길하고 백사거 여일하야 / 오동나무 상상봉에 봉학 같이 점제하오시고~

---

69) 요즘 같지 않아 조금 들이게만 해도 놀이하는 현장을 촬영하고 채록할 장비가 없었다. 따라서 놀이하는 사람에게 입으로 천천히 말하도록 부탁하고 그것을 받아적기 일쑤였으므로 자연히 이야기가 아니면 노래 모습으로 되기가 십상이었다.

70) 집 안에는 여러 신령들이 삶의 공간을 나누어 맡고 있다고 믿었다. 집안 모두를 '성주'가 다스리지만, 대문은 '문신'이, 마당은 '터주'가, 부엌은 '조왕'이, 장독은 '철륭'이, 우물은 '용왕'이, 뒷간은 '측신'이, 마굿간은 '마대장군'이 지켜주는 까닭에 집안이 평안할 수 있는 것이라고 믿었다. 한 해에 한 번씩 마을을 지키는 서낭님을 모시고 마을 사람들이 어우러져 '지신'으로 불리는 집안의 모든 신령들을 불러내어 밟아주면 안녕은 더욱 보장된다고 믿었던 것이다.

71) 그런 깨달음이 절로 나타난 것은 물론 아니고 미국 민속학에서 보고 배운 것이다. 어쨌거나 그런 깨달음을 일으킨 노력들을 꼽아 보면 대충 다음과 같은 것들이 있다. 조동일, 《인물전설의 의미와 기능》, 영남대학교 민족문화연구소, 1979 ; 임돈희, 〈연희 중신으로 본 민속〉, 《월간조선》 1981년 12월호 ; 최정무, 〈연행 중심의 민담학과 그 역사적 배경〉, 《민담학개론》, 일조각, 1982 ; 김선풍, 〈미국민속학계의 동향과 방법론〉, 《관대신문》 1983. 3. 17 ; 임재해, 〈민속연구의 현장론적 방법〉, 《정신문화연구》 1984년 봄, 한국정신문화연구원 ; 임재해, 《설화작품의 현장론적 분석》, 지식산업사, 1991.

72) 일찍이 현용준의 《제주도무속자료사전》(신구문화사, 1980) 같은 데서 제주도에 있는 여러 굿들의 실상을 꽤 소상하게 담았다. 그러나 요즘 들어 박경신이 내놓은 《동해안 별신굿 무가 (1~5)》(국학자료원, 1993) 같은 것은 훨씬 더 현장의 모습을 환하게 담으려 애를 썼다.

    ⓜ [무녀는 어촌계장 이장 총무 등 마을임원들에게 술을 한 잔씩 권한다.]

    ⓑ 제주(말로) : (술을 따르고 있는 무녀를 향하여) 저 계장 하고 여계는 두 잔씩 주고 /
        뭐를 주나커머 / 그 아들 놓으라고 축원해주라

    ⓢ [관중 가운데 어느 할머니가 제주의 말에 소리 내어 웃는다.]

    ⓞ 무녀(말로) : 곱배기 할라하머

    ⓩ 제주(말로) : 곱탕이다

    ⓒ 무녀(창으로) : 명복으로 태와 수복으로 고리 태와야~ / 남의 눈에 꽃이 되고 / 말씀
        소리 향내나고 웃음소리 연화 삼아 / 그도 밑에는 오늘날 / 장사를 할지라도~ / 재수
        왕기 대통하고

    ⓚ 무녀(말로) : 여봅소 / 골매기 서황님 모세놓고 / 세준님네 주는 술이라꼬 / 아이고 넙
        죽넙죽 잘받아 자신다 / 내가.

    ⓣ [무녀는 소리 내어 웃는다]73)

보는 바와 같이, 이 굿놀이에는 여러 인물이 어우러져 겨고트면서 놀이를 벌이고 있다. 우선 ㉠, ⓜ, ⓢ, ⓣ은 살피는 이의 말, ㉡, ㉣, ⓒ은 무당(사제)인 무녀의 말, ⓞ, ⓚ은 사람인 무녀의 말, ㉢, ⓑ, ⓩ은 굿을 마련한 당골의 말이다. 그 밖에 장고로 바라지를 하는 잽이와 다른 구경꾼들도 있다는 사실을 살피는 이의 설명(㉠과 ⓢ)으로 알 수 있다. 무엇보다도 무녀는 서낭과 당골 사이에서 그들을 이어주는 무당의 성격74)과 당골을 비롯한 사람들과 어우러져 놀이하는 사람의 성격75)으로 뚜렷하게 갈라져 있어서 눈여겨볼 만하다.

그러나 이들은 모두 이 굿놀이의 참된 주인공이라 할 수 없다. 이 굿놀이를 떠받치고 있으면서 굿놀이일 수 있게 하는 인물(성격)은 모습을 드러내지 않은 채 그들과 함께 있는 서낭이다. ⓚ에서 무녀가 굿을 벌인 당골 '마을 임원'들에게 술을 권하여 먹이고는 이렇게 말한다.

여봅소 / 골매기 서황님 모세놓고 / 세준님네 주는 술이라꼬 / 아이고 넙죽넙죽 잘받아
자신다 / 내가……

'골매기 서황님 모세놓고'와 '세준님네 주는 술이라꼬' 하는 이 두 대목에서 우리

---

73) 박경신, 위의 책(1), 223~226쪽.

74) 무당은 '노래(창)'로 말한다. 이처럼 무당이 노래로 하는 말은 '찬양'과 '축원'과 '공수'로 갈라진다. 찬
    양은 사제로서 서낭의 거룩함과 두려움을 풀이하는 것이고, 축원은 사람(당골)의 바람을 서낭에게
    올리는 것이고, 공수는 서낭의 말씀을 사람에게 내리는 것이다.

75) 사람인 무녀는 '말'로써 말한다.

는 굿놀이의 진정한 주인이 누군가를 알 수 있다. 무녀 자신이 술을 권하고 있으면서 '세준님네 주는 술이라꼬' 했다. 술을 주는 참 주인은 눈에 보이지 않는 '세준님네'[76]라는 것이다. 이 굿이 '세존거리'니까 무녀는 세준님의 '집사'[77]에 지나지 않고 굿거리의 임자는 세준님네임이 틀림없다. 그리고 이 굿판에는 '골매기 서황님'[78]을 모셔 놓았다고 했다. 스물네 거리로 짜인 이 별신굿이 거리마다 고유한 서낭을 모시고 굿을 벌이지만 그것들 모두는 결국 골매기 서낭을 즐겁게 하는 것으로 모인다고 볼 수 있으니 그렇게 말하는 것은 마땅하다. 따라서 이 굿판은 구경꾼과 신도, 잽이와 무당이 벌이는 것으로 보이지만, 정작은 눈에 보이지 않는 골매기 서낭을 모셔 놓고 세준님이 주관하는 것이라고 여기고 있는 것임을 알겠다. 눈에 보이지 않는 서낭과 눈에 보이는 사람들과 그 사이를 마음대로 넘나드는 무당이 함께 어우러져 벌이는 굿놀이의 모습이 제법 잘 드러나 있다.

　청동기시대에 이르면 삶의 동아리는 어디에서나 커다란 나라로 발돋움한다. 이렇게 동아리가 나라로 자라면 두루서낭굿도 마을서낭굿에서 나라서낭굿으로 탈바꿈하게 마련이었다. 그리고 나라서낭굿의 크기와 모습과 속살은 역사와 사회가 달라지고 바뀌는 것에 따라 끊임없이 바뀌면서 여러 갈래로 자랐을 터이다. 그러나 우리는 그런 갖가지 속내를 알아볼 만한 기록 자료를 거의 갖지 못했다. 다만 중국 쪽의 기록에 기대어 나라서낭굿놀이의 모습을 실마리나마 잡아볼 수 있을 따름이다. 널리 알려진 바와 같이 부여에서는 동짓달(은정월)에 영고[79]라는 나라서낭굿놀이를 벌였다. 온 나라 사람들이 많이 모여(국중대회), 여러 날에 걸쳐(연일), 술을 마시며(음주),[80] 노래

---

76) 세존은 '석가세존'이 줄어진 말이다. 제석이라고도 하는데 생산, 재수, 수복을 관리하여 이승의 삶을 다스리는 큰 서낭님이다. 불교가 들어와 떨치던 천 년 사이에 애초 이름을 빼앗기고 이 이름을 얻어 쓰게 된 것이 아닌가 싶다.

77) 본래 주인 옆에 있으면서 그 집 일을 맡아보는 사람을 가리키는 말이지만, 동해안 세습무들은 굿거리를 맡아보는 무녀를 그렇게 부른다. 무당은 사제로서 서낭의 심부름꾼이라고 볼 수 있으므로 그렇게 부르는 것이다.

78) '골매기'는 '골막이'로서 곧 '고을+막이'다. 고을을 지키며 온갖 액을 막아주는 서낭이라는 뜻이다. 별신굿이든 당굿이든 마을굿에서 모시는 서낭의 으뜸은 '골매기 서낭님'일 수밖에 없다.

79) 은나라 달력으로 정월이면 하느님께 제사를 드리는데 온 나라 사람들이 모두 모여 여러 날에 걸쳐 술마시고 노래하며 춤춘다. 이를 영고라 부른다.(以殷正月 祭天 國中大會 連日飲酒歌舞名曰迎鼓)

80) '술을 마신다'는 말의 뜻을 오늘날에는 제대로 알아듣기 어렵게 되었다. '술'이란 본디 동서양을 막론하고 서낭을 체험하게 해주는 '거룩한 음료'였지만 오늘날에는 그저 기분을 좋게 하는 음료일 뿐이기 때문이다. 본디 옛 사람들은 술을 마시면 일어나는 마음의 황홀함을 무당이 서낭을 모시면 맛보는 황홀함과 같은 것으로 알았다. 술 안에 서낭님이 들어와 있고, 그런 술을 마셔서 서낭님이 내 몸 안으로 들어오신 까닭에 마음이 황홀하다고 여긴 것이다. 그래서 술을 거룩한 음료로 여기고, 술을 마신다는 것을 서낭과 하나 되는 '거룩한 일'이라고 생각했다.

하고 춤추었다(가무). 고구려에서도 가을걷이를 마친 시월에 동맹[81]이라는 나라서낭굿놀이를 벌였다 하고, 동예에서도 같은 때에 무천[82]이라는 나라서낭굿놀이를 벌였다고 한다. 만주와 반도 북쪽에 자리잡았던 이들 세 나라에서는 비슷한 때에 비슷한 모습으로 하늘서낭에게 나라서낭굿놀이를 바쳤다는 사실을 짐작할 수 있다. 싹이 나고 움이 트던 첫봄으로부터 천지 안에 온통 살아 숨쉬는 것들에서 넘쳐 오르던 힘이 온갖 열매와 곡식을 여물게 하고는 차차로 잦아드는 가을을 거쳐 마침내 죽음처럼 고요히 엎드리는 때에 이 모든 일을 섭리하신 하늘서낭께 나라서낭굿놀이를 바친 것이다. 한 해를 돌림으로 되풀이하는 삶의 끝이며 처음인 때에 맞추어 지난 삶을 고마워하고 다가올 삶을 부탁하는 것임을 쉽게 알 수 있다.

반도의 남쪽 나라들이라고 그런 굿놀이를 바치지 않았을 리는 없다. 마한의 천군제[83]는 그때 남쪽 나라들에 두루 있었을 나라서낭굿놀이의 한 보기에 지나지 않을 것이다. 북쪽과는 달리 마한에서는 해마다 한 해에 두 차례씩 그런 나라서낭굿놀이를 벌였다고 했다. 일찍부터 농사를 짓고 살았을 남쪽인지라, 봄에 씨앗을 뿌려 놓고 나서도 나라서낭굿놀이를 바치고, 가을에 열매를 거두는 가을걷이를 끝낸 다음에도 나라서낭굿놀이를 벌였다는 것이다. 굿놀이를 벌이는 모습은 북쪽 나라들과 다를 바가 없이 수많은 사람들이 무리를 지어서[군취], 노래하고 춤추고 술 마시며[가무음주], 밤낮으로 쉬지 않았다[주야무휴]고 했다.

기록이 좀더 꼼꼼해서 굿놀이하는 속살까지 한결 또렷하게 볼 수 있다. 우선 무엇보다도 굿놀이를 맡아 이끄는 사람이 따로 있었다는 사실이 눈에 뜨인다. 그리고 그 사람을 '하늘임금[천군]'이라고 불렀다는 것도 눈여겨볼 만하다.[84] 또 한편 이런 나라서낭굿놀이를 한 곳에서만 바치는 것이 아니라, 마한 안에 싸잡혀 있던 여러 작은

---

81) 시월이면 하느님께 제사를 올리려고 온 나라 사람들이 크게 모이는데 이름을 동맹이라 한다.(以十月 祭天 國中大會 名曰東盟)

82) 해마다 시월달에 하느님께 제사를 올리면 밤낮으로 술마시고 노래하며 춤추는데, 이를 무천이라 부른다.(常用十月 祭天 晝夜飮酒歌舞 名之儛天)

83) 해마다 5월에 씨뿌리기를 마치고 귀신에게 제사를 드리면 수많은 사람들이 함께 모여 노래하고 춤추고 술마시면서 밤낮을 쉬지 않는다. 그 춤은 수십 명이 함께 일어나 서로 따르면서 땅을 밟으며 앉았다 섰다 하는데 손과 발이 서로 맞아서 가락이 탁무와 비슷한 데가 있다. 시월에 가을걷이를 마치고 또 그렇게 하면서 귀신을 믿기 때문에 큰 고을마다 한 사람씩 하느님께 제사드리는 임자를 세우는데 그 사람을 천군이라 부른다.(常以五月下種訖 祭鬼神 群聚歌舞飮酒 晝夜無休 其舞 數十人 俱起相隨 踏地低昂 手足相應 節奏有似鐸舞 十月農功畢 亦復如之 信鬼神 國邑各立一人 主祭天神 名之天君)

84) 글에서는 '하늘서낭(천신)'에게 바치는 제사를 맡아 이끌기 때문에 '하느님(천군)'이라 부른다고 했지만, 놀이판에서 그는 틀림없이 '하늘서낭'의 모습으로 나타났을 것이다. 짐승 가죽을 뒤집어쓰거나 탈을 만들어 덮어쓰는 것은 흔히 볼 수 있는 수법이다.

나라들에서도 한결같이 바쳤으며, 그들 굿놀이마다 맡아 이끄는 사람을 '하늘임금'이라 불렀다.[85] 그리고 무엇보다도 수십 사람들이 무리를 지어 춤을 추는데, 땅을 밟고 뛰었다가 앉았다가 하면서 손과 발을 맞추는 솜씨가 가지런했다고 하니, 마한의 나라서낭굿놀이가 잘 가다듬어진 '놀이'였다는 사실이 똑똑히 보인다. 그만큼 정성을 들여 갈고 닦은 준비를 거쳐 마련한 나라서낭굿놀이가 아니었던가 싶다.

그러나 우리 겨레가 글로 적어 남긴 기록에서는 아주 먼 옛날의 이런 나라서낭굿놀이 모습을 찾아보기 어렵다. 굳이 미루어 짐작해 본다면, 고조선에서도 환인이며 환웅 같은 분들을 하늘서낭으로 받들어 모시고 나라서낭굿을 바치지 않았을까 싶고,[86] 신라가 일어나기 앞서 진한 6촌에서도 3월 초하루에 알천 언덕 위에 모여서 저들의 하늘서낭에게 나라서낭굿을 바친 듯하고,[87] 가야가 일어나기 앞서 김해 땅에서도 구간들이 3월 삼짇날이면 구지봉에 모여서 저들 나름의 나라서낭굿을 벌였던 것으로 보인다.[88] 그러나 이런 것들은 짐작에 지나지 않고 나라서낭굿을 벌이던 속살과 모습을 알아볼 만한 기록은 남아 전하는 것이 없다.

삼국시대의 나라서낭굿놀이는 《삼국사기》에 정리해 놓은 것과 《삼국유사》에 적힌 보기가 없지 않다. 《삼국사기》에는 신라에 '팔석', '선농', '중농', '후농', '풍백', '우사', '영성'에 바치는 굿놀이(제)와 삼산에 바치는 '대사'와 오악, 사진, 사해, 사독에 바치는 '중사'와 그 밖의 명산과 대천에 바치던 '소사'들이 있었으며, 성문, 부정, 일월, 오성, 기우, 대도, 압구, 벽기를 위하여 바치는 서낭굿이 있었다고 했다.[89] 고구려와 백제의 서낭굿놀이는 더욱 밝혀진 것이 없지만, 고구려에서도 하늘과 산천에 굿놀이를 바치고 귀신과 사직과 영성에 즐겨 굿놀이를 바쳤고,[90] 백제에서도 하늘과 땅에

---

85) 나라 고을에서 저마다 한 사람을 세워 하늘서낭 제사를 맡게 하는데 그의 이름이 천군이다.(國邑 各立一人 主祭天神 名之天君)

86) '신단수'니 '신시'니 하는 나무며 곳이 바로 하늘서낭을 모시고 나라굿을 벌이던 자취를 말하는 것이 아닌가 싶다. 신단수는 곧 당나무요, 신시는 곧 당집이라고 생각해 볼 수 있을 것이다.

87) 육촌의 어른들이 날샘(나정) 가에서 혁거세 알을 얻던 전한 지절 원년 삼월 초하루에 그들은 저마다 딸린 사람들을 거느리고 알내(알천) 언덕 위에 모두 모여서 훌륭한 사람을 세워 임금으로 삼고 나라를 세우자는 의논을 하고 있었다고 한다. 그런데 저들이 거기 모인 일이 해마다 있던 관례인지 그때 오직 한 번 있었던 일인지는 밝혀 놓지 않았다. 그러나 앞뒤 사정과 문맥으로 살피면 저들이 해마다 거기서 저들 나름으로 나라굿놀음을 벌였던 것으로 보아야 옳지 않을까 싶다.

88) 《삼국유사》에 적힌 대로 하면 후한 건무 18년에 오직 한 번 구지봉에 모여서 땅을 파며 노래하고 춤춘 끝에 황금알을 찾은 것으로 되어 있지만, 그것은 수로왕의 출현에다만 눈길을 못박은 까닭에 이루어진 표현일 듯하다. 앞뒤 사정을 두루 짚어서 문맥을 맞추면 오히려 그쪽 지역의 아홉 부족 어른들인 구간이 해마다 삼월 삼짇날이면 구지봉에 올라 저들 나름의 나라굿놀이를 벌였던 것이 아니었던가 싶다.

89) 《삼국사기》 권31, 잡지 제1, 제사.

굿놀이를 바쳤다는 사실을 중국 쪽 기록에 기대어 적어 놓고 있다.[91] 그러나 이런 나라서낭굿놀이들을 벌이던 차례와 짜임새라든지, 거기 담겼던 속살은 적혀 있지 않아서 알 수가 없다. 그러니 어떻게 놀이말꽃을 이야기할 수 있겠는가.

《삼국유사》는 알다시피 불교가 떨치던 시절에 스님의 눈으로 적은 것이라 실상이 불교 쪽으로 기울어졌지만 속살을 드러낸 신라 쪽 나라서낭굿놀이의 보기가 실려 있다. 〈융천사의 혜성노래〉,[92] 〈월명사의 두솔노래〉,[93] 〈처용랑과 망해사〉[94] 같은 기록들이 그것이다. 거열, 실처, 보동, 이렇게 세 화랑의 무리가 함께 금강산에서 수련을 하려고 계획했는데, 혜성이 나타나 심대성을 침범하므로[95] 수련을 그만두고 융천사가 노래를 지어 부르니 일본 병정이 돌아가고 나라가 평안하게 되었다 한다. 이를 기념하여 진평왕 19년에는 이들 세 화랑을 기리는 절(삼랑사)을 세운 것[96]으로 보면 이때 그저 융천사가 노래만 불렀다고 볼 수는 없다. 외적을 물리치고 나라를 평안케 해 달라는 뜻을 담아 예사롭지 않은 나라서낭굿놀이를 바쳤다고 보는 것이 마땅하다. 경덕왕 19년 4월에 두 해가 나타나는 변괴가 일어나 열흘 동안이나 사라지지 않으므로 임금이 월명사를 모셔다가 굿을 벌이고 나니 변괴가 곧바로 사라졌다는 기록도 마찬가지다. 일연은 그것을 굳이 불교에다 끌어 붙이려 했지만, 월명사가 "나는 나라무당[97]인지라 우리 노래밖에 모른다"고 한 말부터 벌써 불교의식일 수 없음을 드러낸 것이 아닌가 싶고, 임금이 몸소 청양루까지 나와서 나라서낭굿놀이를 벌인 것으로 보아야 앞뒤 문맥에 어울린다. 헌강왕이 동해 바닷가에 나갔다가 안개와 구름에 막혀 돌아오는 길을 잃고 벌였던 굿도 틀림없는 나라서낭굿이었을 것으로 보인다. 일연 스님은 처용과 망해사라는 절집에만 눈길을 두었기에 나라서낭굿의 모습을 놓친 듯하다. 그러나 앞뒤 사정을 살피고 본문을 깊이 들여다보면 그때 거기서 벌였던 '좋은 일[승사]'이며 '덕택을 기리고 춤을 드리고 음악을 아뢰었다[찬덕 헌무 주악]'는 것은 곧 크고 색다른 나라서낭굿놀이를 벌였다는 것으로 읽을 수 있다.[98] 신라 후기에 나타난

---

90) 위와 같음.
91) 위와 같음.
92) 《삼국유사》 권5, 감통 제7, 융천사 혜성가 진평왕대.
93) 《삼국유사》 권5, 감통 제7, 월명사 두솔가.
94) 《삼국유사》 권2, 기이 제2, 처용랑 망해사.
95) 나라에 변고가 생겼다는 표현으로, 일본 군사가 신라를 침략했던 것으로 보아야 한다는 사실을 여러 사람들이 밝혔다.
96) 《삼국사기》 권4, 신라본기 제4, 진평왕.
97) '국선'을 곧장 '나라 무당'이라고 하는 데는 논란할 구석이 많지만 그때 신라 사회의 실상을 들여다보면 얼마든지 그렇게 볼 수도 있는 것이다.
98) 임재해, 〈'처용' 담론에 나타난 사회적 모순과 굿문화의 변혁성〉, 《배달말》 24, 배달말학회, 1999,

이들 나라서낭굿놀이들은 보다시피 모두 나라에 갑작스러운 변괴가 일어나서 벌였다
는 점에서 나라별신굿놀이라 불러야 제격일 듯도 하다.

고려시대에는 신라의 나라서낭굿놀이를 거의 이어받았을 것으로 보이면서 기록
이 많아진 만큼[99] 나라서낭굿놀이의 모습도 한결 뚜렷하게 드러난다. 신라와 마찬가
지로 고려에서도 나라서낭굿을 크기에 따라 대사·중사·소사로 뜨레를 지어[100] 바
쳤다. 하느님[상제]과 다섯 하늘서낭[오방제]에게 바치는 '원구', 땅서낭에게 바치는
'방택', 땅서낭과 곡식서낭에게 바치는 '사직'에는 큰굿을 바치고, 농사서낭[선농]에게
바치는 '적전'과 누에서낭[선잠]에게 바치는 '선잠'에는 가운데굿[중사]을 바치고, 바람
서낭[풍사]·비서낭[우사]·번개서낭[뇌신]·별서낭[영성]과 말서낭[마조]과 추위서낭
[사한] 따위에게는 작은굿[소사]을 바쳤다고 한다.[101] 그러나 이들 기록은 조선왕조에
들어와서 고려 사람들과는 사뭇 다른 생각으로 세상을 보던 사람들이 적어 남긴 것
이기에 본디 모습을 얼마나 제대로 담았는지 알 수가 없다. 모든 서낭굿놀이의 모습
이 계급과 질서를 으뜸으로 여기던 조선왕조 지배층의 철학에 따라 간추려진 것일
수 있기 때문이다.

고려 때에 가장 널리 알려진 나라서낭굿놀이로는 '팔관'과 '연등'을 꼽을 수 있
다.[102] 이들 나라서낭굿놀이는 이름부터 불교의 냄새가 물씬 풍긴다.[103] 그리고 겉으
로 드러나는 굿놀이의 모습도 부처님을 즐겁게 해드리는 쪽으로 기울어져 있었던 듯
하다.[104] 그러나 속살을 들여다보면 예로부터 내려오던 겨레의 신앙에 뿌리박혀 있었
다는 사실을 금방 알아볼 수 있다. 이를테면, 〈훈요십조〉에서 팔관을 하늘서낭[천령],

189~238쪽.

99) 《고려사》와 《고려사절요》만 하더라도 삼국시대 기록과는 견줄 바가 아니다.

100) '뜨레'라는 말은 아직 사전에 오르지 못한 토박이말이다. 한자말 '구분'과 가장 비슷한 뜻이지만, '푼
수'라든지 '몫'이라든지 '지위'라든지 하는 속살에 맞추어 구분하는 것을 뜻한다. '뜨레'라는 이름씨뿐
만 아니라 '뜨레짓다'는 움직씨로도 많이 쓰였다.

101) 《고려사》 권59, 지 권13, 예 1 길례대사 ; 《고려사》 권62, 지 권16, 예 4 길례중사 ; 《고려사》 권63, 지
권17, 예 5 길례소사.

102) 태조 왕건이 남기고 죽은 〈훈요십조〉에 "내가 가장 바라는 바는 연등과 팔관에 있다(朕所至願 在於
燃燈八關)"고 한 것이라든지, 몽고가 침략하여 도읍을 강화섬으로 옮겼을 때에도 이를 그치지 않았
던 사실을 보면 고려 왕실에서 이를 얼마나 애써 지켰던 것인지 짐작할 수 있다.

103) '팔관회'란 집안에 살면서 부처님 가르침을 지키는 사람(재가신도)들이 하루 밤낮 동안 받아 지켜야
하는 여덟 가지 계율(팔관, 팔계, 팔재계)에서 온 이름이고, '연등회'란 부처님이 태어나신 초파일에
그 모습에다 여러 가지 꽃으로 장식하고 향수를 뿌리며 등불을 밝혀 축하하는 불교의식에서 온 이름
일 뿐 아니라 〈훈요십조〉에서 '연등은 부처님을 섬기는 것(燃燈所以事佛)'이라고 뜻매김을 해놓았다.

104) 이를테면, 팔관회는 개경과 서경에서만 벌이고 연등회는 왕도뿐만 아니라 시골 마을까지 나라 곳곳
에서 벌이는 것이 달랐으나 그때마다 임금이 법왕사에 가서 부처님께 절하는 것을 관례로 삼았던
사실에서 그런 모습을 쉽게 찾을 수 있다.

뫼서낭[오악·명산], 땅서낭[대천·용신] 같은 전통 서낭께 바치는 것으로 말했다.105) 또 이를 개경에서는 동짓달에 열고 서경에서는 시월에 열어서 지난날 하늘서낭께 나라서낭굿놀이를 바치던 때와 조금도 다름이 없다. 그리고 연등도 이름부터 비슷한 바람서낭의 굿놀이에 맞추어106) 2월 초하루나 보름에 열었던 것에서도 그런 자취를 읽을 수 있다.107)

알다시피 이들 두 가지 나라서낭굿놀이가 고려에 와서 처음 비롯한 것은 아니다. 벌써 신라 진흥왕 13년(572) 10월에 이레나 '팔관연회'를 크게 열었다는 기록이 있다.108) 전쟁에 나가 죽은 병사들을 위한 것이었다니 넋굿이었음을 알겠으나, 외사에서 열었다는 것으로 보면 이미 불교의 끼리서낭굿과 손잡았음도 알겠다. 이런 자취는 다시 선덕왕 14년(645) 황룡사에 구층탑을 세우고 열었다는 팔관회109)로 이어지고, 898년에는 궁예도 송악에 도읍하고 동짓달에 팔관회를 처음으로 마련했다110)는 기록이 있다. 이런 흐름을 따라서 고려를 세운 왕건이 첫해의 동짓달부터 팔관회를 열어서 해마다 빠지지 않도록 했던 것이다.111) 연등회는 고려에 와서 태조 왕건이 〈훈요십조〉에서 팔관회와 나란히 일컫기 전에는 이렇다 할 기록을 찾아보기 어렵다. 다만 신라 경문왕 6년(866) 정월 보름에 황룡사에 납시어 '등불을 구경하고' 신하들에게 잔치를 베풀었다고 한 기록이 있을 뿐이다. 그러나 기록이 없다는 사실을 곧 그런 굿놀이가 없었다는 사실로 여기면 잘못이고, 차라리 글로 적을 수 있는 지식인의 눈에 띄지 않았다고 보아야 사실에 맞다. 예로부터 내려오던 바람서낭굿 '영등'이 불교의 끼리서낭굿 '연등'으로 탈바꿈하자 비로소 기록에 나타나게 되었다는 말이다.

팔관회와 연등회라는 이름으로 고려에 와서 더욱 가다듬어졌을 나라서낭굿놀이

---

105) 팔관은 하늘의 신령님과 다섯 큰뫼(오악)와 이름난 산(명산)과 큰 냇물(대천)과 미리서낭(용신)을 섬기는 것이다.(八關 所以事 天靈 及 五嶽 名山 大川 龍神也) :《고려사》 세가 권2, 태조 2, 26년 하4월.
106) 예로부터 우리 겨레는 바람서낭[風神]을 '영등할매', '영등할망'으로 불렀고, 2월 초하루 또는 2월 보름에 이 서낭이 깨어난다고 하여 이날 '용왕먹이기', '바람올리기', '영등굿' 같은 이름의 굿을 벌였던 것이다.
107) 기록에 나타난 대로라면 고려 때에는 정월 보름에 상원(上元) 연등회와 4월 초파일에 석가탄신을 기리는 4월 연등회가 있었다. 그리고 2월(초하루 또는 보름) 연등회도 있었는데, 물론 이것이 단연 중심이었다. 그것은 연등회가 예로부터 내려오던 바람(영등)서낭굿을 이어받은 때문일 것으로 보이고, 오늘까지 백성들 삶 속에 내려오고 있는 힘도 그런 까닭에 말미암은 것이다.
108)《삼국사기》 권4, 신라본기 제4, 진흥왕 33년 동10월 20일.
109)《삼국유사》 권3, 탑상 제4(황룡사 구층탑).
110)《삼국사기》 권50, 열전 제10(궁예). '팔관회를 처음 마련했다(始作八關會)'고 한 것으로 보면 궁예의 태봉국에서도 해마다 팔관회를 베풀지 않았을까 싶다.
111) 동짓달에 처음 팔관회를 열고 의봉루에 납시어 구경하고 해마다 열게 했다.(十一月 始設八關會 御 儀鳳樓觀之 歲以爲常) :《고려사》 세가 권1, 태조 1.

의 속살은 얼마간 드러나 있다. 작은 차별이 없지 않으나 굿놀이라는 쪽에서 볼 때에는 다를 바가 별로 없는 이들 두 굿놀이는 소회일과 대회일로 나누어 벌어졌다. 궁중에서는 채붕 장막을 높이 치고 사방에 등불을 찬란하게 밝힌 다음 술과 음식을 넉넉하게 베풀었다. 풍악을 울리는 가운데 춤추고 노래하고 온갖 놀이[백희]를 벌여 임금과 태자를 비롯한 왕실이며, 공후백 추밀을 비롯하여 문무 4품 이하까지 함께 즐기면서 하늘과 땅의 서낭들과 부처와 조상이 더불어 즐기기를 빌었다. 서낭님과 부처님과 조상님들을 한껏 즐겁게 하는 것이 곧 왕실과 나라를 태평하게 하는 길이라 믿었으므로 있는 힘을 다해서 벌였던 것임을 짐작하고도 남는다.112)

이들 팔관회와 연등회에는 반드시 갖가지 굿놀이들이 곁들여졌을 터이지만, 또렷하게 모습이 드러나는 굿놀이의 기록을 찾아보기는 어렵다. 다만, 허수아비놀이[가상희] 곧 〈두 장수 놀이〉는 꼽아볼 만하다. 이 놀이는 고려 건국 초부터 태조 왕건의 뜻에 따라 비롯하여,113) 적어도 예종 15년(1120)까지는 팔관회 굿판에서 놀았다.114) 두 장군의 허수아비를 만들어 놀이를 벌이는데, 장군들이 살아 있을 때처럼 빛나는 모습을 하고 말을 타고 마당을 뛰놀게 했던 모양이다. 이런 놀이라면 반드시 놀이말꽃이 있었겠지만 적혀서 내려올 수가 없어 사라지고 말았다.

고려에는 팔관·연등과 더불어 전통 선교에 뿌리내렸을 듯한 '선랑'이라는 나라서낭굿놀이도 있었던 모양이지만115) 자취도 없이 잊혀졌다. 그러나 '섣달 큰굿(계동대나)' 같은 것에서는 예로부터 내려온 나라서낭굿놀이의 자취를 느낄 수 있다. 책에

---

112) 《고려사》 권69, 지 권23, 예 11, 가례잡의, 상원연등회의 ; 《고려사》 권69, 지 권23, 예 11, 중동팔관회의.(안계현, 〈팔관회〉, 《동국사학》 4, 1956 ; 안계현, 〈연등회〉, 《백성욱기념불교학논문집》, 1969)

113) 태조는 팔관회를 한결같이 베풀어 여러 신하들과 즐거움을 나누었는데, 싸움에서 죽은 공신들이 한 자리에 없는 것을 슬퍼하던 나머지, 신숭겸과 김락의 허수아비를 만들어 조복을 입히고 반열 윗쪽에 앉히게 했다. 함께 즐기면서 술과 먹거리를 내리게 하면 술이 문득 없어지고 허수아비가 산 사람처럼 일어나 춤추었다. 이로부터 놀이마당에는 언제나 이처럼 함께 자리하게 되었다.(太祖常設八關會 與群臣交歡 慨念戰死功臣不在 命有司結草造 公與金樂像 服以朝服 隨坐班列上 樂與共之 命賜酒食 酒輒焦乾 假像起舞 猶生之時 自此排置樂庭 以爲常式也) : 《평산신씨계보》, 시조장절공행적.

114) 경자(1120)년 가을에 서경에 납시어 팔관회를 열었다. 허수아비 둘이 있어 머리에 비녀를 얹고 몸에 붉은 옷을 입고 금으로 수놓은 홀을 들고 말을 타고 춤을 추며 마당을 빙빙 돌았다. 임금이 저게 뭐냐고 물으니 좌우에서 이르기를 "이는 신성대왕과 어우러지는 것으로 삼한시대공신 대장군 신숭겸과 김락입니다" 하면서 자초지종을 아뢰었다.(歲庚子秋 省西都 設八關會 有假像二 戴簪服紫 執笏紆金 騎馬踴躍 周巡於庭 上寄而問之 左右曰 此神聖大王一合 三韓時代功臣 大將軍 申崇謙 金樂也 仍奏本末) : 위와 같음.

115) 또 땅을 가볍게 끊어서 적국에 주기보다는 차라리 지난날 임금들이 해오던 연등, 팔관, 선랑 같은 일을 다시 일으키고, 남의 땅에서 하는 이상한 법을 따르지 말아야 나라를 지키고 태평을 이루지 않을 것입니까.(且 與其輕割土地 棄之敵國 曷若復行 先王 燃燈 八關 仙郎 等事 不爲 他方異法 以保國家 致大平乎) : 《고려사》 권94, 열전 권7, 서희.

96

적힌 대로[116] 보아서는 중국 굿을 본뜬 것처럼 되어 있으나 그것은 껍데기일 따름이거나 글로 적은 사람들 눈에 비친 것에 지나지 않고, 속내는 예로부터 내려오던 서낭굿이 아니었을까 싶다. 네 사람이 깃발을 들고, 네 사람이 피리를 불고, 열두 사람이 북을 치는, 스무 사람의 바라지에 따라 무당이 굿을 하며 나아가면, 황금 눈알이 넷인 탈을 쓰고 검은 곰 가죽옷에 붉은 치마를 입은 방상씨가 두 손에 창과 방패를 들었다 놓을 때마다 가죽옷에 탈을 쓴 소리꾼(창수)에 맞추어 여섯씩 넉 줄로 스물넷이 늘어선 어릿광대(진자)들이 붉은 바지저고리에 탈을 쓰고 두 무리를 지어 소리를 지르며 나아가는 것이다. 지르는 소리는 물론 방상씨가 온갖 귀신들을 얼마나 잘 잡아먹는가를 알리는 말로서 잡귀들이 두려워 쫓겨가도록 하는 것이다. 붉은 모자에 두루마기를 입고 채찍을 쥔 집사자 열둘까지 모두 여든두 사람이 굿을 벌이는 셈인데, 방상씨와 소리꾼과 어릿광대 두 무리가 모두 탈을 썼으니 탈쓴 사람이 무려 쉰이나 되는 탈놀음이었다.

조선왕조라 하여 나라서낭굿놀이가 없었던 것은 아니다. 땅서낭[지저], 곡식서낭[사직]에게는 2월과 8월에 큰굿을, 하늘서낭[천신], 바람·구름·번개·비서낭[풍운뢰우], 뫼·가람서낭[산천], 성황에게는 2월과 8월에 가운데굿을, 사람서낭[인신], 농사서낭[선농], 누에서낭[선잠]에게는 3월에 가운데굿을 바쳤다. 그 밖에도 가뭄을 막느라고 4월에는 비서낭[우사]에게, 전쟁을 막느라고 봄(경칩)과 가을(상강)에 전쟁서낭[독]에게 가운데굿을 바쳤다는 사실은 《악학궤범》[117]에 자세히 적혔다.[118]

그러나 여기 보이는 조선의 나라서낭굿놀이들은 거의가 놀이라 할 만한 것들을 줄이거나 빼고, 잽이들의 바라지에 점잖은 춤과 노래로만 이루어졌다. 게다가 노래도 거의 중국식 한시로 바뀌었다. 예로부터 내려온 우리네 나라서낭굿놀이라 할 만한 굿놀이[구나]를 섣달 그믐날 하루 동안 궁중 안뜰[내정]에서 벌였으나 그 속살을 기록하여 남기지 않았다. 글로 적어 남기던 지배계층 사람들 눈에는 그런 서낭굿놀이가 이미 쓸모 없는 것으로 보였기 때문일 터이다. 다만 그 굿놀이를 마친 다음에 이어지는 놀이(정재) 하나를 사뭇 자세하게 소개하고 있는데,[119] 그것은 신라에서 고려를 거쳐

---

116) 《고려사》 권64, 지 권18, 예 6, 계동대나의.
117) 《악학궤범》은 조선이 선 다음 고려로부터 궁중에 쓰이던 모든 연희를 저들의 건국이념에 따라 부지런히 가다듬은 끝에 처음으로 내놓은 공식자료다. 책의 들머리에서 성현이 앞뒤 사정을 낱낱이 밝혀 놓았으므로(〈악학궤범서〉) 이 책을 조선이 서고 꼭 100년을 넘긴 1493년에 펴냈다는 사실을 비롯하여 여러 속살을 환히 알아볼 수 있다.
118) 《악학궤범》 권2, 속악진설도설, 시용아부제악·시용속부제악.
119) 《악학궤범》 권5, 시용향악정재도의 대목에 실린 〈학연화대처용무합설〉이 바로 그것이다.

내려온 우리네 토박이 무당굿인 〈처용굿〉에다 도교에서 내려온 〈학춤〉과 불교에서 따온 〈연화대놀이〉를 한데 묶은 것이다. 그러나 이것 또한 조선이 서고 100년이나 지나면서 새로운 왕조의 철학에 맞추어 마련한 굿놀이 모습이다. 따라서 우리네 놀이라는 뜻으로 '향악 정재'라 했지만 정작 '놀이'는 간데없고 악기의 바라지를 받으며 노래하고 춤추는 것으로만 이루어졌다. 조선왕조가 나아가고자 하던 성리 철학에서 보면 야단스럽고 시끄러운 놀이보다는 조용하고 짜임새 있는 음악과 노래와 춤으로 바꾸어야 했던 까닭이 아닐까 싶다. 이 밖에도 《시용향악보》120)에는 아예 '굿노래'라는 뜻의 〈나례가〉를 비롯하여 나라서낭굿놀이에서 부르던 것임에 틀림없을 듯한 노래가 열 마리121)나 실려 있다. 그러나 굿놀이를 보이자는 것이 아니라 노래의 악보를 보이려는 책이기에 노래의 첫머리와 그 소리 가락을 알 수 있을 뿐 굿이나 놀이의 모습을 찾아볼 수는 없다.

이제까지 두루서낭굿놀이를 거칠게 훑어보았거니와 우선 눈에 띄는 것은 서낭의 속살이 뒤로 내려올수록 보잘것없이 작아지고 격이 떨어졌다는 사실이다. 아주 먼 옛날에는 서낭이 세상만사를 마련하고 다스리는 '하느님[천신]' 한 분이라 여겼는데, 이른바 삼국시대에 와서는 신라나 고구려나 백제에서 바치던 나라굿의 서낭들이 여럿으로 불어났다. 우주 만물과 세상만사를 한 분 하느님이 마련하고 다스리는 것이 아니라 바람은 바람서낭[풍백]이, 비는 비서낭[우사]이, 농사는 농사서낭[선농]이, 땅은 땅서낭[지신]이, 물은 물서낭[용신]이, 뫼는 뫼서낭[산신]이 따로 맡는 것으로 여기게 되었다는 말이다. 게다가 인생살이 어천 만사를 하나씩 맡아 다스리는 별서낭[영성]까지 믿어서 걷잡을 수 없이 많은 서낭들에게 휘둘리는 삶으로 바뀌었음을 알 수 있다. 이렇게 달라진 까닭은 물론 나라를 다스리던 상류층 사람들이 중국의 문화를 우러르며 받아들인 데 있었다고 하겠다.

그리고 안타까운 것은 이처럼 온갖 두루서낭굿놀이가 벌어졌으나 이들 굿놀이에

---

120) 《시용향악보》는 글자 그대로 '당시에 쓰이던(시용)' '우리 놀이(향악)'를 담은 '악보(정간보)'다. 누가, 언제, 어떻게 만들었는지를 알 만한 기록이 아예 없어서 온갖 짐작들을 하고 있는데, 학자들은 거의 이 책을 《악학궤범》이 만들어진 뒤에, 그러니까 빨라야 연산 임금 때에나 만들어진 것으로 본다. 그러나 거기 적힌 한글의 쓰임을 보면 그보다 앞설 수도 있을 듯하다. 그뿐 아니라 책의 첫장에는 이 악보와 짝을 이루도록 '노래책(가사책)'을 따로 만들었다는 사실을 적어 놓았으니 조선 왕실에서 언젠가 당시에 쓰이던 우리 놀이의 '악보'와 '가사'를 나누어 책으로 엮었고, 《시용향악보》는 그 한 짝이라는 말이다. 그런데 《악학궤범》 안에도 따로 악보가 있었다는 사실을 말하는 대목이 있어 눈길을 끈다. '악공들이 보허자령을 켜고 나서 박자를 치면 파랗고 흰 두 마리 학이 악보에 맞추어 나아가고 물러나며 춤추다가 연꽃을 쫀다(樂奏步虛子令 擊拍 靑白鶴 如譜 進退而舞 啄蓮花)'는 설명이 그것이다. 《악학궤범》에 앞서 《시용향악보》나 또는 그와 비슷한 악보가 있었을 듯하다는 말이다.

121) 나례가, 성황반, 내당, 대왕반, 잡처용, 삼성대왕, 군마대왕, 대국, 구천, 별대왕이 그것이다.

서 주고받은 말, 곧 놀이말꽃은 모두 자취마저 없이 사라지고 말았다는 사실이다. 말을 적을 수 있는 글자가 일찍이 없었던 탓임은 두말할 나위조차 없다. 말을 그대로 적을 수 있는 글자가 없으면 눈앞에서 풍요로운 예술과 문화가 아무리 아름답게 꽃피어도 뒷날로 이어지도록 마련할 길이 없다. 기나긴 세월에 걸쳐 조상들이 즐겼을 그런 두루서낭굿놀이말꽃을 오늘 우리가 하나도 다시 만날 수 없다는 사실 앞에서, 말을 고스란히 적을 수 있는 한글을 만들어낸 일의 값어치를 새삼 깨닫게 된다.

나) 끼리서낭굿놀이말꽃

끼리서낭굿놀이말꽃이란 하나의 믿음을 함께 지니고 사는 사람들끼리 저들이 믿는 서낭께 굿을 바치며 놀이를 벌이며 주고받는 말꽃을 뜻한다. 먼저 손꼽아야 할 믿음의 동아리는 우리 겨레에게서 비롯한 천도교, 증산교, 대종교, 원불교, 통일교, 이런 신흥종교들이며, 도교,[122] 불교, 유교, 천주교, 기독교 같이 밖에서 들어온 종교들도 있다. 이런 종교들은 모두 저들의 끼리서낭굿[제의]이 있고, 그 안에 놀이가 들어 있으며, 그런 놀이에는 말꽃이 어우러져 있다.

그러나 여기서 잠시 무교의 사정을 이야기하지 않을 수 없다. 앞에서 보았듯이 무교는 본디 우리 겨레가 두루 믿던 신앙이었으나 언제부터인가 보잘것없는 사람만 저희끼리 믿는 신앙으로 내려앉았기 때문이다. 불교, 도교, 유교 같은 다른 겨레의 신앙을 받아들이면서 상류층 사람들이 먼저 무교를 버렸고, 세월이 흐를수록 보잘것없는 사람들만 믿는 종교로 떨어졌다. 그런데 그런 무교의 모습은 아직 제대로 밝혀지지 않았다.[123] 종교를 이루자면 갖추어야 하는 여러 요소들 가운데 '서낭의 가르침을 담은 말씀[경전]'을 빼고는 두루 갖추었다는 사실이 어지간히 드러났지만,[124] 그것들이 믿음의 동아리를 이루도록 얼마나 틀이 잡힌 것이었는지는 아직 제대로 드러나지

---

122) 도교는 중국에서 비롯하여 발전하고 이웃 나라로 퍼졌으며, 우리 나라에는 고구려가 끝나갈 무렵(643, 보장왕 2)에 들어온 것으로 널리 알려졌다. 그러나 그것은 노자와 장자 같은 중국 사람들이 도교의 본질을 글로 적은 뒤로 중국에서 종교로서의 제도를 갖추어 되돌아 들어온 것일 뿐이고, 본디 도교의 뿌리는 우리 겨레에게서 비롯했다는 주장들이 우리 학자들에게서 적잖이 나왔다.(이능화, 《조선도교사》, 보상문화사, 1977, 29~52쪽 ; 송항룡, 〈한국 고대의 도교사상〉, 한국도교사상연구회, 《도교와 한국사상》, 범양사출판부, 1987, 11~60쪽 ; 차주환, 〈한국도교의 종교사상〉, 한국도교사상연구회, 《도교와 한국문화》, 아세아문화사, 1988, 465~478쪽)

123) 남부(영·호남과 제주) 지방에 내려오는 이른바 세습무들은 '당골' 조직을 갖고 있어서 끼리 동아리의 자취를 찾을 수 있다. 사제인 무당을 중심으로 '장내'(최길성, 〈무계전승고—전남 당골을 중심으로〉, 민속학회, 《무속신앙》, 교문사, 1989, 131~140쪽) 또는 '단골판'(김태곤, 《한국무속연구》, 집문당, 1981, 260~278쪽)이라는 지역 동아리를 이루어 있었던 자취가 남아 있기 때문이다.

124) 조흥윤, 《한국의 무》, 정음사, 1983.

않았다. 다만, 사제인 무당의 무리가 뚜렷한 하나의 틀을 이루고 있었다는 사실이 확인되었을 따름이다.[125] 이를테면, 중부 위쪽에서는 서낭내림[강신]을 끈으로 하여 신어머니를 머리로 하고 신딸과 신아들로서 묶어지는 굿패와 남부 지역에서는 사제의 핏줄을 끈으로 하여 단골판을 관리하는 굿패가 뚜렷이 있다. 그뿐 아니라, 그보다 훨씬 짜임새를 갖춘 뒷날의 사회조직으로 보이는 서낭의 집이라는 이른바 신청도 일찍이 무교에 믿음의 조직이 있었으리라는 짐작을 할 수 있게 한다.

그러나 따지고 보면 무교는 끼리라는 것이 있을 수 없었다고 보아야 옳을지 모른다. 앞에서 말한 바와 같이 끼리란, 같은 서낭을 믿는 사람들의 동아리를 뜻하는데, 우리 겨레에게 무교란 본디 모든 사람들이 두루 믿고 사는 두루 신앙이었기 때문이다. 말하자면 겨레 동아리가 그대로 끼리 동아리였다는 말이다. 그래서 온 마을 사람들이 모두 함께 바치는 마을서낭굿이 그대로 끼리서낭굿이었고, 온 나라 사람들이 모두 더불어 바치는 나라서낭굿도 그대로 끼리서낭굿이었다. 그러니까 우리가 여기서 무교의 끼리서낭굿을 따로 세우는 것은 불교니 도교니 기독교니 하는 외래의 종교가 들어와서 무교가 두루성을 잃어버린 다음을 이야기하는 셈이다. 본디 무교의 끼리서낭굿은 서낭과 사람과 무당이 만나서 굿을 벌이는 자리가 한 곳에 못박혀 머물지 못하여 끼리 동아리가 뿌리내려 자라기 어려웠다. 서낭을 모시고 무당이 머물면서 신도들을 맞이하여 굿을 벌였을 법한 자리(당집)가 곳곳에 자취를 남기고 있지만, 그것을 무교의 끼리 동아리로만 자리하던 그루터기라고 장담하기는 어렵다.

하지만 무교가 겨레의 두루 믿음에서 밀려나 믿는 사람들이 얼마 되지 않은 다음에도 큰굿들 안에서는 반드시 놀이를 벌였다. 더욱이 여러 날에 걸쳐 벌이는 큰굿들에서는 거리와 거리 사이에 놀음놀이가 반드시 끼여든다. 서낭과 더불어 맺는 굿의 지나친 긴장을 풀어주고, 무당과 신도들이 쉬면서 마음을 새롭게 가다듬고, 무엇보다도 놀이가 주는 즐거움으로 굿판에 생기를 불어넣을 수 있기 때문에 커다란 굿놀이에는 놀음놀이까지 끼여들게 마련이다. 제주도의 큰굿에서 베풀어지는 〈전상놀이(삼공맞이)〉와 〈세경놀이〉를 비롯하여 당굿과 집굿에서 두루 베풀어져 널리 알려진 〈영감놀이〉와 〈칠성새남〉 같은 것들은 모두 무당이 벌이는 끼리서낭굿놀이라 할 수 있을 듯하다.[126] 동해안 별신굿에만도 자그마치 다섯 개의 제법 짜임새 있는

---

125) 김태곤, 〈무의 사회조직〉, 앞의 책, 450~460쪽.

126) '전상놀이'와 '세경놀이'가 들어 있는 제주도의 큰굿을 차례만 보이면 1. 초감제, 2. 초신맞이, 3. 초상계, 4. 추물공연, 5. 석살림, 6. 보세감상, 7. 관세우, 8. 불도맞이, 9. 일월맞이, 10. 초공본풀이, 11. 초공맞이, 12. 이공본풀이, 13. 이공맞이, 14. 삼공본풀이, 15. 젯상계, 16. 시왕맞이, 17. 세경본풀이, 18. 요왕맞이

놀음놀이가 싸잡혀 있다.[127] 평안도와 황해도 지방에 두루 퍼져 있었으나 이제는 경기도 양주에서만 명맥을 잇고 있는 〈소놀이굿〉도 마을 사람들이 벌이던 끼리서낭굿놀이라 할 만하다.[128] 이런 무교의 끼리서낭굿놀이들은 놀이의 짜임새를 훤히 알고 있는 무당과 잽이가 이끌어가게 마련이지만, 신도들을 끌어들여 주인공으로 삼는 수도 있다. 굿이라면 아무래도 구경꾼으로 남아 있을 수밖에 없는 마을 사람들을 과감하게 굿판 안으로 끌어들여 무당굿에다 대동놀이의 성격을 담으려 한 것으로 보인다. 하지만 굿이 신앙보다 놀이 쪽에다 무게를 두려고 하면 어쩔 수 없이 놀이에 재주를 타고난 무당과 잽이끼리 도맡게 마련이다.

　　이러한 무당굿놀이에서 눈여겨볼 만한 것은 거기 싸잡혀 있는 탈놀음이다. 동해안 별신굿 안에서 노는 '탈굿'이라든지[129] 남해안 별신굿 가운데 들어 있는 '광대놀음'이라든지[130] 제주도 영등굿에 싸잡혀 있는 '영감놀이' 같은 것은[131] 미리 준비한 탈을

---

19. 제오상제, '20. 삼공맞이', 21. 양궁숙임, '22. 세경놀이', 23. 문전본풀이, 24. 본향ᄃ리, 25. 각도비념, 26.. 영게돌려세움, 27. 군웅만판, 28. 말놀이, 29. 도진, 30. 가수리, 31. 뒷맞이. 이렇게 짜여졌다. 그리고 '영감놀이'와 '칠성새남'이 싸잡혀 있는 작은굿의 차례는 1. 귀양풀이, 2. 성주풀이, 3. 거무영천대전상, '4.영감놀이', '5. 칠성새남', 6. 문전비념, 7. 철갈이, 8. 멩감, 9. 산신맹감, 10. 칠성제, 11. 불돗제, 12. 할망비념 13. 마누라베송, 14. 구삼싱냄, 15. 넉들임, 16. 푸다시, 17. 두린굿, 18. 불찍굿, 이렇다.(현용준,《제주도무속자료사전》, 신구문화사, 1980)

127) 손님거리 끝에 노는 '손님네 말치레 놀이', 내삼황세존거리 끝에 노는 '중도둑잡이 놀이', 맹인거리 끝에 노는 '맹인놀이', 우천왕거리 끝에 노는 '도리강관 원님놀이', 월래거리 끝에 노는 '뱃놀이'가 그것이다.

128) 지금은 마치 집굿인 양 올리지만 전체 짜임으로 보아 마을굿이었음에 틀림없다. 그 차례만 보이면, 1. 먼저 당산에서 치성을 드리고, 2. 마을에 와서 서낭기를 꽂아 놓고 '행주물림'을 하고, 3. 부정거리, 4. 불사맞이, 5. 본향거리, 6. 초가망거리, 7. 조상거리, 8. 대감놀이, 9. 성주받이, 10. 상산거리, 11. 별상거리, 12. 신장거리, 13. 산대감거리, 14. 제석거리, '15. 소놀이굿', 16. 호구거리, 17. 성주거리, 18. 산거리, 19. 창부거리, 20. 뒷전거리로 이루어졌다.

129) 1977년 11월 20일, 경북 영덕군 병곡면 백석마을에서 벌어진 별신굿 가운데 '탈굿'을 놀았다.(고려대학교 민족문화연구소,《한국민속대관 5》, 1982, 169쪽) 그때 별신굿의 차례는 1. 부정거리, 2. 일월맞이굿, 3. 골매기청좌굿, 4. 당맞이굿, 5. 성주굿(제당), 6. 마당밟기, 7. 화해굿, 8. 세존굿, 9. 조상굿, 10. 성주굿(각호), 11. 천왕굿, 12. 놋동이(군웅)굿, 13. 심청굿, 14. 손님굿, 15. 계면굿, 16. 걸립굿, 17. 용왕굿, 18. 탈굿, 19. 거리굿으로 짜였다. '18. 탈굿'은 대체로 네 마당으로 나눌 수 있는 탈놀음인데, 첫째로 '투전놀음', 둘째로 '양반놀음', 셋째로 '할미놀음', 넷째로 '범놀음'으로 부를 만하다. 제법 짜임새 있는 놀음놀이의 모습을 띠고 있다고 하겠다.

130) 1997년에 김선풍이 보고한 자료(김선풍,《남해안 별신굿》, 박이정, 1997, 203~217쪽)에 따르면 남해안 별신굿의 차례는 1. 들맞이당산굿, 2. 굿장모집 부정굿, 3. 일월맞이, 4. 골맥이굿, 5. 부정굿, 6. 가망굿·제석굿, 7. 용왕굿, 8. 서낭굿, 9. 지동굿, 10. 손님풀이, 11. 고금역대, 12. 황천문답, 13. 축문, 14. 환생탄일, 15. 시왕탄일, 16. 대신풀이, 17. 군웅굿, 18. 시석, 19. 띠뱃놀이로 짜였다. 거기서 탈놀음은 '11. 고금역대'가 끝난 뒤에 노는데 '해미(할미)광대놀음'과 '판놀음'과 '중광대놀음'으로 나누어진다고 했다. 그 가운데 '판놀음'이란 지신밟기에서 하는 마당놀음(잡색놀음) 그대로다.

131) 제주도 영등굿은 바람의 서낭이며 물의 서낭인 영등할미에게 바치는 마을 큰 굿이다. '영감놀이'는 굿의 마지막에 벌어지는데 도깨비 모습을 한 영감 곧 영등할미를 즐겁게 하여 떠나 보내는 놀이다.

쓰고 무당과 잽이들만 논다는 점에서 한결 전문적으로 가다듬어진 서낭굿놀음놀이라 하겠다. 마치 굿과는 아무 상관도 없다는 듯이 재미만을 바라고 짜임새 있는 놀음판을 벌이는 것처럼 보인다.132) 남해안 별신굿에서 노는 〈중광대놀이〉의 놀이말꽃을 잠깐 보기로 하자.

[중광대는 중으로 꾸미고, 소모는 붉은 치마와 파란 저고리를 입는다. 한 쪽에 서서 기다리다가 판놀음 굿거리가 나오면 중광대가 등장한다. 이 때에 중타령 소리가 굿거리장단과 같이 어울어진다.]

〈중타령〉

중 하나 나려온다 / 중 하나 나려온다 // 저 중이 어디 중인고 / 몽은사 화주승이라 // 저 중의 거동을 보아라 / 저 중의 차림을 보아라 // 굴갓 쓰고 누덕 누덕 / 헌 베 장삼 입고 // 백팔 염주 목에 걸고 / 단주 손목 걸고 // 용두 새긴 육환장 / 채고리 길게 달아 // 처절철철 철철 흐늘흐늘 / 거리고 나려온다 // 중이라 하는 것은 / 절에서도 염불 속가에서도 염불 // 염불을 많이 하면 / 극락세계 간다드라 // 나무아미타불 나무아미타불 / 나무아미타불 아 어어아 // 상래소수 공덕혜요 / 회양심처 어어실원만 // 원왕생 원왕생 / 제불중천 제감연 // 나무아미타불 관세음보살 / 염불하고 나려온다 // 염불하며 나려올적 / 어떠한 소리가 들린다 // 이 중이 눈이 번쩍 / 이 소리 어떤 소리 // 저 고을 별신굿 소리 / 올치 하면서 성금성금 나려온다 //

중광대 : (훨훨 춤추다가 마당 한가운데서 큰 대(大)자로 코를 드르렁거리며 잠자는 시늉을 한다.)

구경꾼 : (중광대에게 다가가서) 존님네 존님네.(중광대를 깨운다. 그러면 중광대는 벌떡 일어나서)

중광대 : 별신굿하는 소리를 듣고 오다가 그만 깜박 잠이 들었네.(고인수 앞으로 다가간다.)

중광대 : (중광대 앞으로 다가서며) 요법사.

고인수 : 왜 그라노.

중광대 : 내가 몽은사 절에 있다가 장 담글 콩사러 나왔다가 별신굿 한다기에 굿하는 소리를 듣고 혹시 싶어 와보았습니다.

고인수 : 중놈이 절에서 염불이나 하고 착실하게 부처님 옆에 정신들여 앉아 있지 않고 소위 중놈이 남관(아무데서나 오입함)에 제기차고 석상에 오입하고 그런 나쁜 짓을 해가지고 되겠느냐?

---

132) 남해안 별신굿을 정리한 자료에서도 내놓고 '사람들이 피곤하여 굿판의 분위기가 처져 있으면 판의 흥을 돋우기 위해 논다'든지 '한밤중의 졸음도 쫓고 판의 흥을 돋우기 위해 노는 것'이라고 말한다. (김선풍, 《남해안 별신굿》, 박이정, 1997, 203~204쪽) 그러나 곰곰이 들여다보면 그들 놀이는 굿을 굿보다도 더욱 굿답게 하는 몫을 감당하고 있다는 사실을 깨달을 수 있다. 제의를 예술로 바꾼 것일 뿐이기 때문이다.

중광대 : 우리 몽은사 절에는 스님 백팔십명이나 되는데 일년 동안 장 담그는 데 콩이 석 섬 서말 세되가 들어가고 쌀이 일곱섬 일곱말 일곱되가 들어가는데, 금년에 장 담글 콩 사러 나왔다가 소모를 찾습니다. 지난번 절에서 소모를 잃어버렸는데, 법사님들 혹시 소모가 왔는지 못봤습니까?

고인수 : 우리는 못봤다. 그런데 소모가 우찌 생겼노? (이때 소모는 마당에 나와 관중들 사이에 숨어 버린다.)

중광대 : 밑에는 빨간 치마를 입고 위에는 포릇한 저고리를 입고 입에는 빨갛게 칠을 하고 얼굴에는 분바르고 참 이쁘게 생겼습니다. 그런 사람 못봤습니까?

고인수 : 못봤다.

중광대 : (중모리 장단, 패기조로) 일럴로 어이할꼬, 일럴로 어이할꼬. 장장이 다 댕기고 골골이 짬짬이 다 찾아도 우리 소모를 어디 가서 만나볼꼬. 일럴로 어이할꼬.

소　모 : (관중들 사이로 이리 빼죽 저리 빼죽 오락가락한다.)

중광대 : (손뼉을 치며) 아이고 참, 보니깨 저기 있구나. (소모를 찾아간다.)

소　모 : (관중들 사이에 숨어버린다.)

중광대 : (관중들에게 소모인 줄 알고 관중 여자를 안아버린다. 이 과정을 여러 번 반복하며 ‘우리 소모 여기 있네. 어~ 아니네’ 하고 관중 여자들을 여러번 실수한다. 그리고 ‘시주나 한번’ 하고 ‘나무아미타불’ 목탁을 치면 관중 여자는 돈을 준다.)

중광대 : (소모를 놓치고) 금방 여기 번개불만큼 뵈이더니만 다시 오도 안하고 가도 안하고 (중얼거리며) 어데 가서 찾을꼬. (이리 찾고 저리 찾고 허둥댄다. 다시 고인수에게 가서) 참 이거로 찾아야 될 낀데, 법사님 우짜면 이거로 찾을 수 있습니까?

고인수 : 니가 그 소모를 찾을려면 저 동석에 가서 물어봐라.

중광대 : (동석에 가서) 저 우리 동장님네, 동네 유지님네. 혹시 이게 치마를 빨간히 입고 우게는 포롬한 저고리 입고 입술에는 빨간 칠로 하고 이쁘게 한 우리 소모를 못봤습니까? 봤으면 얘기나 해 주이소.

동　석 : 우리는 못봤다.

중광대 : 어데로 가면 찾을 수가 있습니까?

동　석 : 저기 있는 동민들에게 알아 봐라.

중광대 : (구경꾼들에게) 우리 소모 못봤소?

구경꾼 : 아무데나 찾아봐라.

중광대 : (찾다 지쳐서) 이 일을 어이할꼬. 소모를 못 찾아가면 큰일인데 어디 가서 소모를 찾아 회포를 풀꼬. (마당 안을 한 바퀴 빙 돈다.)

소　모 : (마당 어귀에 슬그머니 나타난다.)

중광대 : (소모를 발견하고 쫓아간다.)

소　모 : (이리 저리 숨고 도망다닌다.)

중광대 : (잡을려면 안잡히고 이리 뒹굴고 저리 뒹군다.)

소　모 : (잡을려고 하면 도망치고 하다 잡힌다.)

중광대 : (소모를 잡아 안아버린다. 그리고 요모조모 얼굴을 살핀 후에) 아이구, 내가 닐로

찾을라고 온 천지 장장이 다 댕기고, 골골이 짬짬이 꼼탁꼼탁 다 댕겼는데 닐로
못 찾고, 지금 00별신 한다고 소문 듣고 산 넘고 물 건너서 사람 많이 모이는 곳
이면 혹시 너가 있는가 싶어 찾아왔는데, 아까 그래 잠깐 뵈이더니마는 니가 숨
었다 나왔다 하며 그처럼 내를 애를 먹였드노?

소　모 : 내가 잠깐 갔다 안 왔습니꺼? (손바닥을 들고 중광대와 마주친다. 수언 수작을
　　　　한다.)

중광대 : 내가 닐로 찾아온다고 몸살도 나고 지금 육천 뼈마디가 다 쑤신다. 그러니 다리
　　　　좀 주물러주라.

소　모 : (다리를 주물러 준다.)

중광대 : 아이구, 이제사 살 것 같다.

소　모 : 몸이 좀 편합니까?

중광대 : 그래 그래. 그 전에 니 하고 있을 때, 옛날 그 잔디밭에서 아무도 없을 때, 니하고
　　　　내하고 하던 그거 지금 안 해볼래, 한번 해보자.

소　모 : (말이 없다.)

중광대 : 뭐로 그래 산노. 한번 해 보자. 응? 해 보자. 응?

소　모 : 그럼 그리하입시다. (중광대와 앉아서 수벽치기를 한다. 수벽치기를 하다가 양손
　　　　으로 중광대를 힘껏 밀어버리고 일어나 관중 사이에 숨어 버린다.)

중광대 : (뒤로 벌렁 넘어졌다가 일어나서) 소모는 어디 갔노? 어디 갔노? (찾다가 고인수
　　　　앞으로 와서.) 금방 우리 소모 여기 있었는데. 소모 있는 것을 못봤습니까?

고인수 : 우리는 못 봤다.

중광대 : 그래요? 그라몬 어디 가면 내가 찾을 수 있습니까?

고인수 : 어디 가면 찾아가. 방금 여기 있었는데 니 맘대로 찾어봐라.

중광대 : (이리 묻고 저리 묻고 하다 동석에 가서) 우리 소모 어디 가면 찾겠습니까? 방금
　　　　못봤습니까?

동　석 : 소모를 엊그제 우리가 가만히 보니께 동네 이장이 데리고 갔던 모양인데, 그 뒤
　　　　에 아직 안 왔드나?

중광대 : 아직 안 왔습니다.

동　석 : 그라모, 소모를 찾아 주면은 니는 소모를 우찌 할래?

중광대 : 소모를 찾아주면 내가 여기서 소모를 만나보고 한바탕 놀고 소원이나 이루고 갈
　　　　랍니다.

동　석 : 내가 가만히 행색을 보니 절에 중놈이람서, 이 동네 들어와 가지고 좋은 뿐은 하
　　　　나도 안 뵈어주고 동네 사람 많이 모인 데서 각시 데리고 짝짝쿵이나 하고 음침
　　　　한 행동을 하니, 니 나쁜 버릇을 고쳐야 되겠다. (소모, 슬그머니 나타난다.)

고인수 : 저 쪽에 있네.

중광대 : 좋다. 산수갑산을 갈갑세, 냅중에 죽을 때 죽드라도 소원이나 이루어 보자. (소모
　　　　에게 달려가서 수언수작을 하고 논다.) 내가 평상시 다리도 아프고 하니 지금 좀
　　　　누워야 되겠다. 내 무릎팍 좀 주물러 주라. (중광대가 눕는다.)

소　모 : (다리도 주무르고 머리 이도 잡아주고)

중광대 : 아이구, 시원하다. 우째 이리 좋은 일이.

소　모 : 옛날에 절에 있을 때 내가 이도 잡아 주어서 이도 한 마리 없고 깨끗하더니만, 내가 없으니게 어찌해 가지고 개판댕이로 돌아댕기다가 머슴방에 잤는가 어디 가서 잤는가 이 투성이고 몸에 썩는 냄새가 맡을 수가 없고, 기가 찬다.

중광대 : (코를 골며 쓰러져 잠이 든다.)

소　모 : (중광대 잠자는 것을 확인하고 살짝 빠져나가 버린다.)

중광대 : (자다가 일어나 소모가 없는 것을 알고 동석에 가서) 소모가 어디로 갔습니까?

동　석 : 어디로 갔는지 모르겠다. 니가 이래가지고 되겠느냐? 지금 오늘 동석에 별신한다고 우리가 이래 정성인데, 닐로 갖다가 지금 통영군수가 잡아 추달을 할려고 하는데 니가 우짤끼고.

중광대 : 통영군수는 내가 옛날에 핵교 다닐 때 동창이요. 내가 절에 들어가기 전에 죽마고우니 옛 정을 생각해서 그까짓쯤이야 용서 안 해주겠나? 문제 없다.

동　석 : 그라모 통영 경찰서장이 너를 잡아 들인다 해도 니가 감히 어기겠느냐?

중광대 : 경찰서장은 옛날에 낚시질이나 하고 놀 때 술도 같이 먹고 나하고 같이 먹은 게 얼마며 기히하게 놀던 친군데 그게 날로 잡아 드려 매를 때린다고, 택도 아니다.

동　석 : 그러면 면장이 니를 잡아 들인다고 해도 그랬단 말인가? 그 사람하고 너하고는 아무 관계가 없을 낀데.

중광대 : 하하하, 관계 있다. 그 사람은 내와 처남 남매간이다.

동　석 : 그러면 동석에서 너를 잡아 족칠라고 한다. 우짤래?

중광대 : 아이구 하는 수 없습니다. 할 수 없이 매를 맞지요.

동　석 : (중광대를 매를 때리기 위해 헌 가마때기 멍석모리를 해서 때린다.)

중광대 : (매를 맞고 난 다음 패기조로 한탄가) 내가 절에 파묻혀 있을 때는 불경만 정신을 쏟았는데 소모를 찾아서 세상에 나오고 보니 금전(돈.) 세상이요. 모든 것이 제도가 되어 까딱 잘못하면 전부 잡아다 매를 때릴려고 허고, 이렇게 세상이 되어 가고 있으니 내 오로지 이 세상 일을 모르고 절에만 박혀 어리석은 일만한 내 처신이 참으로 부끄럽고 한스럽다. (한탄가를 부르며 퇴장한다.)[133]

　　뿌리깊은 무교의 끼리서낭굿에는 이승 사람들 때문에 바치는 산사람굿과 저승 사람들 때문에 바치는 죽은이굿, 이렇게 두 갈래로 나누어볼 수 있다. 산사람굿에서 가장 흔한 것은 살림살이에 복을 내려달라고 바치는 재수굿[134]이고, 식구 가운데 누

---

133) 위의 책, 209~214쪽.

134) 이 굿의 이름은 곳에 따라 여러 가지로 불리는데, 서울과 중부 지방에서는 철에 따라 정월에 천신맞이굿, 봄에 꽃맞이굿이나 잎맞이굿, 가을에 신곡맞이나 단풍맞이라 부른다. 경상도에서는 재수굿과 더불어 안택굿, 전라도에서는 도신, 황해도에서는 철물이굿이라고도 한다.

구라도 질병에 걸려 고생하는 사람이 있을 때에 벌이는 병굿이 있는데,135) 병굿 안에 는 무병에 걸린 사람이 있을 때에 벌이는 내림굿이 또한 색다르다.136) 저승으로 돌아 간 사람 때문에 바치는 죽은이굿은 죽은 사람의 넋을 위하여 벌이는 것이기에 넋굿 이라기도 하지만, 서낭의 이름에 기대어 흔히 오구굿137)이라 한다.

재수굿138)에서는 〈마부놀음〉, 〈무감서기〉, 〈소놀이굿〉을 놀음놀이로 곁들이며, 오구굿에서는 〈중잡이놀음〉을 곁들인다. 한 걸음 더 나아가면, 오구굿의 오구물림에 서 벌이는 '천근맞이'와 '넋건지기'를 비롯하여 이어지는 '씻김거리', '고풀이', '길닦음', '노래거리' 같은 것도 모두들 짜임새 있는 서낭굿놀이로 이루어졌다. 이들 거리에서는 무당의 지시에 따라 신도들은 말할 것도 없고 구경하고 있는 마을 사람들까지 굿 안 에 함께 어우러지지 않을 수 없게 되어 있다. 죽은 이를 생시에 알았던 사람이라면 누구나 그의 넋이 저승의 복락을 누리도록 돕는 일에 무심할 수 없기 때문이다. 이렇 게 많은 사람들이 함께 어우러져 굿이 이끄는 틀 안에 정성껏 마음을 담아 끼리서낭 굿놀이를 벌이며 말꽃을 주고받는 것이다.

요즘 무교의 끼리서낭굿놀이는 집에서 무당을 불러다 벌이게 마련이므로 마을굿 이나 나라굿처럼 여러 가지 놀이가 곁들여지기는 어렵다. 그러나 좁게 닫힌 곳에서 벌이는 것이 아니라 꽤 넓게 열린 곳에서 벌이므로139) 생각보다는 많은 사람들이 어 우러질 수 있다. 굿을 올리는 무당과 굿을 벌인 신도의 식구들뿐만 아니라 마을 사람 들 누구나 함께 어울려 거들고, 뒷바라지하고, 구경하게 마련인 까닭에 굿판은 언제 나 놀이판과 비슷하다. 굿의 짜임과 속살은 굿판의 사정과 굿하는 까닭에 따라 달라

---

135) 보잘것없는 잡귀 잡신이 침범해서 질병이 들었을 때에는 푸닥거리 또는 객구 물림으로 넉넉하지만 조상을 잘못 모셨거나 힘센 귀신이 침노하여 병이 들었으면 병굿을 해야 한다.

136) 내림굿은 물론 강신무만 하는 것이고 세습무는 하지 않는 굿이다. 내림굿을 하면 짚인 신을 가려 서 온전하면 신령으로 자리잡아 무당이 되게 하고, 온전하지 못하면 신을 떼어내고 무병에서 해방 시킨다.

137) 오구굿도 곳에 따라 이름이 여러 가지다. 경상도에서는 오구굿이라 하지만, 경기도와 황해도에서는 진오귀굿, 평안도에서는 수왕굿 또는 다리굿, 함경도에서는 망묵굿, 전라도에서는 씻김굿, 제주도에 서는 시왕맞이굿이라 부른다.

138) '재수굿'이란 말은 좁은 뜻과 넓은 뜻의 두 가지로 쓰인다. 좁은 뜻으로는 글자 그대로 재물을 풍부 하게 만들어 달라고 올리는 굿을 뜻하고, 넓은 뜻으로는 이승의 삶을 기쁘고 즐겁게 살도록 해 달라 고 올리는 온갖 굿을 통틀어 뜻한다. 살림을 가멸지게 해 달라는 굿은 물론이고, 집안이 두루 화평하 도록 해 달라는 굿, 자손이 번창하고 오래 살게 해 달라는 굿, 질병을 몰아내고 건강하도록 해 달라는 굿을 모두 싸잡아서도 '재수굿'이라고 한다. 여기서는 말할 나위도 없이 넓은 뜻으로 쓰는 것이다.

139) 집안에서 벌이는 굿이라면 거의 안방과 마루와 마당을 모두 써야 한다. 그리고 그럴 때에 중심 굿판 은 언제나 넓게 열린 마당이 되게 마련이다. 넋을 도우려고 바치는 오구굿은 가끔 집밖에서 벌이기 도 하는데 이때에는 굿판이 훨씬 자유롭게 넓혀진다.

지게 마련이지만, 틀은 언제나 맞이굿(청신희), 놀음굿(오신희), 배웅굿(송신희)의 세 마디로 이루어진다. 그러니 거리마다 하나의 놀이로 짜임새를 갖추어 굿판이 벌어지는 셈이지만, 여기서 다시 그런 굿놀이의 모습을 깊이 들여다보는 것은 뜻이 없겠다. 흔히 열두 거리로 짜이는[140] 재수굿과 오구굿의 일반적인 차례를 보이는 것으로 그치고 넘어가기로 하겠다.

〈재수굿〉
1) 부정거리 : 부정(잡귀잡신)을 몰아내고 서낭님을 모시는 굿이다.
2) 가망거리 : 무조신을 모시고 벌이는 굿이다.
3) 말명거리 : 조상신을 모시고 벌이는 굿이다.
4) 상산거리 : 최영장군을 모시고 벌이는 굿이다.
5) 별상거리 : 손님신(마마신)을 모시고 벌이는 굿이다('마부놀음'이 따른다.).
6) 대감거리 : 온갖 대감신을 모시고 벌이는 굿이다('무감서기'를 벌인다.).
7) 제석거리 : 제석신을 모시고 벌이는 굿이다('소놀이굿'이 따른다.).
8) 호구거리 : 호구신(처녀신 또는 궁녀신)을 모시고 벌이는 굿이다.
9) 성주거리 : 성주신(가택신)을 모시고 벌이는 굿이다.
10) 군웅거리 : 장수신을 모시고 벌이는 굿이다.
11) 창부거리 : 광대신을 모시고 벌이는 굿이다(당골·구경꾼까지 더불어 춤판을 벌인다.).
12) 뒷전거리 : 서낭님을 본디 자리로 보내드리면서 마무리하는 굿이다.

〈오구굿〉
1) 안당거리 : 집안 당신을 모두 불러 모시는 굿이다.
2) 성주거리 : 성주신을 모시고 벌이는 굿이다.
3) 칠성거리 : 칠성신을 모시고 벌이는 굿이다.
4) 제석거리 : 제석신을 모시고 벌이는 굿이다('중잡이놀음'이 따른다.).
5) 장자거리 : 장자신을 모시고 벌이는 굿이다.
6) 오구물림 : 오구신(바리데기)을 모시고 벌이는 굿이다('천근맞이'와 '넋건지기'가 있다).
7) 씻김거리 : 죽은 이의 넋이 저승으로 무사히 건너갈 수 있도록 깨끗이 씻는 굿이다.
8) 고풀이 : 죽은 이의 넋이 이승 인연(한)에 맺혀 있는 고를 풀어내는 굿이다.

---

140) 조흥윤은 우리 굿의 짜임을 열두 거리로 틀을 지워 보는 것은 조선조 말엽에 쓰인 《무당내력》에 말미암는 것이지만, 옛 굿의 실상에서 보아 크게 뜻이 없다고 한다. 그가 조사한 바로는 ㉮ 주당 물림, ㉯ 부정, ㉰ 청배, ㉱ 진작, ① 불사거리(천궁맞이, 천존굿), ② 산바레기(본향맞이), ③ 조상거리, ④ 본향가망거리, ⑤ 전안거리, ⑥ 산상(마누라)거리, ⑦ 별상거리, ⑧ 신장거리, ⑨ 대감거리, ⑩ 제석거리, ⑪ 성주거리, ⑫ 창부거리, ⑬ 뒷전(거리), 이렇게 앞의 ㉮~㉱는 준비과장, ①~⑫는 본과장으로서 거리과장, ⑬은 종결과장이라고 했다.(조흥윤, 〈잡귀잡신 연구〉, 《종교신학연구》 1, 서강대학교 종교신학연구소, 1988, 83쪽)

9) 길닦음 : 죽은 이의 넋이 저승으로 잘 들어가도록 가야 할 길을 닦아주는 굿이다.

10) 노래거리 : 넋이 저승에서 누릴 복락을 기뻐하며 꽃노래, 뱃노래, 등노래를 부른다.

11) 하직거리 : 넋이 이승을 마지막으로 떠나가면서 하직하는 굿이다.

12) 종천맥이 : 넋이 저승으로 온전히 건너간 사실을 확인하며 마무리하는 굿이다.

그러나 요즘에는 무교가 이렇다 할 믿음의 힘을 지니지 못하여 끼리서낭의 터전도 사라지는 듯하다. 굿놀이 또한 사람들에게 옛날 같은 믿음으로 감동을 불러일으키기 어렵게 되었다. 굿놀이를 사랑하여 좇아다니는 사람들조차도 그것이 지닌 예술 또는 문화의 값어치를 아까워할 따름이지 끼리서낭굿놀이로 바라보는 것은 아니다. 그러자니 굿놀이도 스스로 믿음의 자리를 내어 놓고 예술에만 매달려 새로운 모습으로 탈바꿈하기 일쑤다. 지난날 엄숙하고 진지한 믿음에 뿌리박혀 이루어졌을 서낭굿놀이와는 동떨어지게 달라져 가는 것이다.

그 밖의 다른 종교들에는 끼리서낭굿놀이가 있는가 없는가? 있다면 놀이말꽃은 어떠한가? 끼리서낭굿(제의)이 없는 종교는 물론 없다. 그러나 끼리서낭굿이라고 거기에 놀이라 할 만한 연행을 반드시 곁들이는 것은 아니기에 종교마다 끼리서낭굿놀이가 있다고 보기도 어렵겠다. 굳건한 믿음을 지니고 서낭과 더불어 어우러지며 즐기는 끼리서낭굿(제례)이 모든 종교 안에 있게 마련이지만, 그것을 끼리서낭굿놀이라 할 수 있느냐 없느냐 하는 가늠도 여간 어려운 것이 아니다.

불교에서는 재,[141] 불공,[142] 법회, 연등, 법석(야단법석), 도량, 공덕 같은 이름으로 끼리서낭굿이라 할 만한 일들을 자주 벌인다. 호국불교로 자리잡은 삼국시대와 고려시대에는 이들 불교의 끼리서낭굿을 놀라울 만큼 크게 벌인 자취를 수많은 기록에서 찾아볼 수 있다. 이를테면,《삼국유사》권5에 실린 〈김현감호〉에 보이는 탑돌이 '복회'[143]라든지,《금오신화》의 〈만복사저포기〉에 보이는 '연등 기복'[144]이라든지, 세종

---

141) 불교의 끼리서낭굿에서 첫손꼽을 재에는 석가여래의 태어나심을 기리는 사월 초파일의 불탄재, 세상을 떠나 먼저 돌아가신 부모의 넋을 도우려 칠월 보름 중원일의 우란분재, 물과 땅에 두루 널려 있는 불쌍한 넋을 도우려고 못박아 정해 놓지 않고 벌이는 수륙재 같은 것들이 있다.(사재동,《불교계 국문소설의 연구》, 중앙문화사, 1994, 150~167쪽)

142) 우리 겨레가 가장 많이 바친 불공으로는 아들을 낳게 해달라고 드리는 기자불공, 삶을 즐기려면 있어야 할 온갖 복을 비는 기복불공, 죽은 이가 저승에서 영복을 누리게 해달라는 추천불공 같은 것을 꼽을 수 있다.(위의 책, 167~181쪽)

143) 신라 풍속에는 해마다 2월이 되면 초여드레에서 보름까지 서울의 남녀들이 다투어 흥륜사의 전탑을 돌며 복회를 열었다.(新羅俗 每當仲春 初八至十五日 都人士女 競遶興輪寺之殿塔 爲福會):《삼국유사》권5 김현감호.

144) 남원에 양생이라는 사람이 있었는데 일찍이 어버이를 여의고 장가도 들지 못해서 혼자 만복사의 동쪽에 살고 있었다. 고을 풍속에 만복사에 등불을 켜면 복을 비는 남녀들이 몰려들어 저마다 소원을

이 내불당을 낙성하여 벌인 '경찬회'[145]가 그런 보기다. '고을의 남자와 여자들이 다투어' 탑돌이를 하면서 복회를 열었다 하고, '남자와 여자들이 함께 모여' 복을 빌면서 저마다 소망을 바친다 하고, '여러 벼슬아치들이 수많은 중들과 뒤섞여 밤낮 없이 온몸에 땀을 흘리며 춤을 추어도 싫증내는 빛이 없었다' 했다. 수많은 남자와 여자들이 더불어 모여 즐긴 것이다. 이렇게 수많은 사람들이 함께 어우러져 벌이던 법회[끼리서낭굿]에서는 반드시 놀이를 벌이기도 했으니 이를 '공덕놀이[공덕유]'라는 이름으로 불렀다. 그러나 이런 놀이들에서 어떤 놀이말꽃을 주고받았는지 알려진 바가 없고, 놀이와 놀이말꽃이 있었다 하더라도 우리 말로 하기보다는 한문이나 범어로 하지 않았을까 싶다.

예로부터 그랬지만[146] 고려에 와서 도교와 불교는 더욱 가까워진 듯하다. 인종 9년(1131) 서경에 임원궁성을 쌓고 궁궐 안에 팔성당을 지어 여덟 성상을 모셨는데, 으뜸이 '호국백두악 태백선인'으로 도교의 서낭이었다. 그리고 넷은 석가모니를 비롯한 불보살이었고, 나머지 셋은 도교의 서낭들이었다. 절간에서나 궁정 안에서 벌이던 여러 도량들도 도교와 불교를 아울러 이루어지기 일쑤였다.[147] 그뿐 아니라 고려에서는 오로지 도교의 끼리서낭굿으로 바친 '초제' 또는 '초례'를 적잖이 드렸다. 궁궐 바깥으로 사람을 보내서 드리기도 했지만 궁궐 안에서 임금이 몸소 지낸 초례가 현종(11세기 초엽) 뒤로 끊어지지 않고 잇달았다. 복원궁, 소격전, 구요당, 대청관 같은 도교의 절간에서 지내기도 하지만, 강안전, 회경전, 문덕전 같은 대궐 안 궁전에서 지내기도 하고, 아예 수많은 사람들이 모일 수 있도록 구정, 궐정, 내정 같은 궁궐의 마당에서 지내는 것이었다. 그러나 이런 도교의 초례에 어떤 굿놀이가 곁들여졌는지 알려진 바가 없다. 다만 한문으로 쓰인 제문 또는 축원문이라 할 '청사'들만 《동문선》과 여러 문집에 적잖이 남아 있을 뿐이다.[148]

빌었다.(南原 有梁生者 早喪父母 未有妻室 獨居萬福寺之東……州俗 燃燈於萬福寺 祈福士女駢集 各呈其志) : 김시습, 《금오신화》, 만복사저포기.

145) 새 노래를 지어 기악에 실었는데 악기도 모조리 새로 만들라고 하고 악공 쉰 사람과 춤추는 아이 열 사람을 미리 연습시켜 부처님께 바치게 했다. 부처님께 바치는 음악의 종경과 범패와 악기 소리가 대전까지 들리고 정본 민신 이사철 박연 김수온이 여러 중들과 섞여 밤낮 없이 춤추며 빙빙 도는데 온 몸에 땀을 흘리면서도 싫증내는 빛이 조금도 없었다.(爲制新曲 被之管絃 樂器皆令新造 以工人 五十 舞童十人 預習之 用以供佛 爲之音聲供養 鐘磬 梵唄 絲竹 聲聞大內 鄭本 閔伸 李思哲 朴堧 金守溫 雜於群僧 踊躍周匝 不撤晝夜 汗出渾身 略無倦色) : 《세종실록》 세종 30년 12월, 정사.

146) 신라에 도교의 모꼬지인 팔관회를 시작한 것도 고구려에서 귀순한 불교 스님 혜량(6세기 중엽)의 제안에 따른 것이었다.

147) 이규보가 지은 '강안전 태세도량문' 같은 데는 그런 자취가 뚜렷하다.(이능화, 《조선도교사》, 보성문화사, 1977, 92~93쪽)

　　그리스도교에서는 끼리서낭굿(미사, 예배)을 아주 잘 짜여진 틀로 가다듬어서 바친다. 무엇보다도 서낭(하느님), 무당(신부, 목사), 단골(신도)이 뚜렷하게 드러나면서 함께 어우러져 서로의 몫을 다할 수 있도록 마련해서 바친다. 사제의 도움으로 신도들의 바람이 기도라는 이름으로 하느님께 올려지고, 사제의 입을 빌려 하느님의 말씀이 기쁜 소식으로 내려지고, 내려오신 하느님의 말씀을 사제가 풀이(강론, 설교)하여 삶의 지렛대가 되도록 이끌어주는 것이 뼈대다. 그러는 사이에 그런 굿을 더욱 거룩하게 드높이고 마음을 하나로 묶을 수 있도록 노래부르며 몸짓한다. 게다가 천주교에서는 서낭(그리스도)의 죽음과 부활을 되풀이하는 대목(성찬 전례)을 덧붙인다. 그것은 눈에 보이는 밀떡과 포도주가 살아 있는 서낭으로 탈바꿈하여 사제의 손을 빌려 사람들의 몸 안으로 들어오는 것을 실현한다. 그것은 아주 알아듣기 어려운 끼리서낭굿의 속살로서 믿음의 알맹이가 걸린 놀이 그것이다. 그리고 이들 그리스도교에서는 이런 끼리서낭굿을 모든 신자들에게 주일마다 거룩하게 바치지 않으면 안 되는 것으로 가르친다. 물론 믿음이 굳은 사람들은 여느 날에도 거듭 바칠 수 있다.

　　그리스도교에서는 끼리서낭굿놀이라 할 만한 것들도 즐긴다. 무엇보다도, 성탄절과 부활절이라는 가장 큰 축제의 날에 끼리서낭굿놀이를 즐기는데, 얼마나 크게 하느냐 하는 것은 성당이나 예배당의 크기와 형편에 따라 한결같지 않다. 물론 유다른 축제날이라도 여느 때에 하는 끼리서낭굿을 먼저 마친 다음에 뒷풀이와 비슷한 모습으로 금을 그어서 놀음놀이를 마련한다. 가끔은 넓은 지역의 모든 성당이나 예배당을 묶어서 하기도 하고, 심지어는 온 나라 신도들이 넓은 곳에 수천 수만 명씩 모여서 끼리서낭굿놀이를 벌이기도 한다. 이들 놀이는 노래하고, 춤추고, 놀음놀이하는 것들을 두루 아우르기 일쑤인데, 놀음놀이는 하느님의 말씀을 연극으로 꾸며서 바치는 것을 으뜸으로 삼는다.

2. 조상굿놀이말꽃

　　조상굿놀이는 이승에 살다가 돌아가신 조상의 넋을 서낭으로 모시고[149] 벌이는 굿놀이라 할 수 있다.[150] 우리 겨레는 조상의 넋을 서낭으로 여기며 받들어 모시는

---

148) 김승혜, 〈《동문선》초례청사에 대한 종교학적 고찰〉, 《도교와 한국사상》, 아세아문화사, 1987, 107~
　　134쪽 ; 최창록, 〈한국 도교문학의 성립과 전개〉, 《국문학과 도교》, 태학사, 1998, 361~412쪽.
149) 돌아가신 조상의 넋을 서낭으로 모시고 한자말로 '조상신'이라 한다.
150) 조상의 넋을 모시고 바치는 굿을 요즘에는 '굿'이라고 하지 않고 '제' 또는 '제례'라는 한자말로 부르

풍속이 남다르다고 한다. 그러면서 그럴 말미가 중국 송나라 주자(1130~1200)의 성리학을 나라 다스리는 바탕으로 삼고, 그의 《가례》를 삶의 길로서 받아들인 조선왕조 시대에 와서 그런 풍속이 크게 자랐다고 보는 사람들이 많다.[151] 그것은 얼마간 사실이겠지만, 우리 겨레가 죽은 조상을 서낭으로 모시고 받드는 일이 반드시 조선에 와서 비롯한 것은 아니다. 사람이 죽으면 몸은 땅에 묻혀 썩어 자연으로 돌아가고 얼은 넋이 되어 영원히 살아 있다는 믿음을 우리 겨레는 아주 뿌리깊이 간직하고 살았던 듯하다. 이런 믿음이 무당굿에서 가장 큰 자리를 차지하여 오늘까지 살아 있기 때문이다.[152]

그래서 죽은 사람들의 넋과 살아 있는 사람들의 삶이 따로 떨어질 수 없다고 보는 우리 겨레에게 일찍부터 죽은 조상을 서낭으로 모시고 받드는 굿놀이가 있었을 것으로 미루어볼 수 있다. 그런 사실은 조선왕조에 와서 크게 떨친 주자의 《가례》보다 훨씬 앞서 나라조상을 서낭으로 모시고 받들며 살아왔기 때문이다. 나라조상뿐 아니라 집안조상까지도 서낭처럼 받들어 모시는 풍속이야말로 조선왕조에 들어서 갑자기 일어난 것으로 보인다. 따라서 조상굿놀이는 나라조상굿놀이와 집안조상굿놀이의 두 가지로 갈래질 수 있지만, 따지고 보면 나라조상이란 곧 집안조상에서 자라난 것으로 볼 수 있어 뿌리에서는 하나라 하겠다.

죽은 선조들의 넋을 기리고 받드는 노릇은 겨레마다 있었다. 우리 겨레라고 하여 그러지 않았을 까닭은 없다. 그러나 그런 노릇이 모두 굿놀이라 부를 만한 것으로 벌어졌을지 이제 와서 장담하기는 어렵다. 적어도 글로 적혀 나타나는 바로만 말한다면, 우리 겨레가 조상의 넋을 서낭으로 모시고 굿놀이를 바친 자취는 나라조상에서 뚜렷하다. 그리고 그런 나라조상굿은 단군조선[153]에서 비롯한다. 《고기》에서 따온 《삼국유사》에 따르면 단군은 일천구백여덟 해를 다스리다가 마침내 처음 도읍했던 아사달에 들어가 산신이 되었다. 이로부터 단군을 산신으로 받들고 마땅한 섬김을 베푸는 일이 고조선 안에서 전통을 이루었을 듯하지만, 고조선이 무너진 다음에

지만 그것은 주자학을 나라의 기둥으로 삼았던 조선왕조에 와서 바뀐 것으로 보인다. 그리고 이름이 우리 토박이말에서 중국 한자말로 바뀌었다 하더라도 그것이 담고 있는 속살은 달라질 것이 없었던 것으로 보여서 우리 말을 도로 찾아 '굿'이라 해도 괜찮다고 생각한다.

151) 변태섭, 〈한국고대의 계세사상과 조상숭배신앙(상·하)〉, 《역사교육》 3·4, 역사교육연구회, 1968 ; 이광규, 〈친족집단과 조상숭배〉, 《한국문화인류학》 9, 한국문화인류학회, 1977 ; 장철수, 〈제례〉, 《한국민속대관 1》, 고려대학교 민족문화연구소, 1980 ; 임돈희, 《조상제례》, 대원사, 1990.

152) 무당굿에서 씻김굿이니 오구굿이니 진오귀굿이니 하는 넋굿에는 그런 세계관이 뚜렷이 담겨 있다.

153) 일연이 '고조선' 또는 '왕검조선'이라 부른 시대에는 속살이 아주 달랐을 세 가지 조선이 싸잡혀진 것이 아닐까 한다. 그들 이름을 '환인조선', '환웅조선', '단군조선'으로 부를 수 있지 않을까 싶다.

일어난 나라들에서도 단군을 모시고 섬겼으며 조상굿을 바쳤을지 알 수는 없다.

다만, 고구려·신라·백제·가야 같은 나라들에서는 나라를 세우자마자 저마다 나라조상의 서낭을 모시는 일에 힘썼던 사실이 역사 기록에 뚜렷하다. 먼저 고구려를 보면, 처음부터 하늘에 제사하는 커다란 나라굿 모임이 있었던 듯하다.[154] 그것은 우선 하늘서낭[천제] 또는 그의 아들 해모수 서낭에게 바치는 것이었다. 그런데, 제3대 대무신왕 3년 봄에는 시조묘(동명왕묘)를 첫 도읍지였던 졸본에다 세웠다.[155] 이로부터 고구려에서 가장 크게 모신 나라굿은 시월에 수신에게 바치는 동맹, 봄에 유화 부인에게 바치는 부여신묘 제사와 시조 주몽에게 바치는 고등신묘 제사, 이렇게 봄·가을의 세 가지였다.[156] 가을에 바치던 동맹은 물론 서낭굿이지만, 봄에 바치던 두 가지는 모두 나라조상굿임이 틀림없다.

신라에서는 제2대 남해왕 3년 봄 정월에 벌써 시조 혁거세묘(시조묘)를 세웠다.[157] 네 철마다 제사(조상굿)를 올렸는데, 처음에는 사제(무당)가 남해왕 자신이었다.[158] 그러나 이때부터 누이 아노에게 제사를 받드는 무당(주제)을 맡겼다고 한다.[159] 그리고 제21대 소지왕은 시조 혁거세가 태어난 나을(奈乙)에다 시조신궁을 지어서[160] 나라조상굿을 한결 드높였다. 게다가 제36대 혜공왕은 김씨의 시조인 미추왕

---

154) 제2대 유리왕 19년과 21년의 기록에 나타나는 희생제물(제천지생) 도야지(시) 사건을 보면, 나라에서 하늘에 바치는 제물(돼지)을 얼마나 소중하게 관리하였던가를 알 수 있고, 따라서 이때에는 그 제천의식이 고구려의 국가 주요 행사였음을 짐작할 수 있다.(《삼국사기》 권13, 고구려본기 제1, 유리왕) 그리고 시월에 바치던 이 제천의식이 바로 나라 동쪽의 큰 동굴(대혈)에 있던 초월신(수신)을 모시고 국중대회로서 열리던 동맹임이 틀림없을 것이다.(《삼국사기》 권32, 잡지 제1, 제사)

155) 제2대 유리왕 때에는 국초의 어려움에 시달리느라 그럴 겨를이 없었다. 《삼국사기》에 나타난 유리왕대의 주요 사건들만 보더라도 다음과 같다. ① 등극 전에 온조 계통과 갈등, ② 3년에 두 왕비의 갈등, ③ 11년에 선비와 전쟁, ④ 14년에 부여의 침략, ⑤ 22년에 도읍 옮김(졸본 → 국내), ⑥ 27년에 황룡국과 갈등, ⑦ 28년 왕자 해명의 죽음 사건, ⑧ 28년 부여왕 대소의 도전, ⑨ 32년 부여의 침략.(《삼국사기》 권14, 고구려본기 제2)

156) 서낭을 모신 집이 두 곳에 있는데 하나는 부여신이라 하여 나무로 여인상을 깎아 모셨고, 둘은 고등신이라 하여 부여신의 아들인 시조라 한다. 관청의 집에도 나란히 모시고 사람을 보내어 지키게 하는데, 모두 하백의 딸과 주몽이라 한다.(有神廟二所 一曰夫餘神 刻木作婦人像 二曰高登神 云是始祖夫餘神之子 竝置官司 遣人守護 蓋河伯女朱蒙云) :《삼국사기》 권32, 잡지 제1, 제사.

157) 《삼국사기》 권1, 신라본기 제1, 남해왕.

158) 남해왕은 알다시피 남해차차웅이라 불렀다. 그런데 '차차웅'이란 '자충'이라고도 하여 무당을 뜻하는 그때의 신라말이었다. 세상 사람들은 무당이 귀신을 받들고 제사를 모시기 때문에 두려워해서 마침내 높은 분을 '자충', 곧 '중'이라 부르게 되었다 한다.(《삼국사기》 권1, 신라본기 제1, 남해차차웅) 이로 보면 남해왕은 무당이면서 임금이었음을 알겠다.(박경신, 〈무가의 역사〉, 《한국민속사입문》, 지식산업사, 1996, 194쪽)

159) 《삼국사기》 권32, 잡지 제1, 제사.

160) 김부식은 《삼국사기》에서 시조신궁 지은 때를 헷갈리게 적어 놓았다. 〈본기〉에서는 소지왕(제21대) 9년에 지었다 해놓고, 〈잡지〉에 가서는 지증왕(제22대)이 지었다고 했기 때문이다. 그러나 〈본기〉에

을 비롯한 다섯 분의 오묘까지 나라조상굿을 넓혔다.[161]

　백제에서는 나라를 세운 온조왕이 스스로 원년 여름 5월에 아버지 동명왕묘를 세우고,[162] 17년 봄에는 어머니(국모)를 모신 묘당도 세워 제사했다[163] 한다. 가야에서도 수로왕이 세상을 떠나자 무덤 가에 수릉왕묘를 지었다.[164] 그리고는 한 해에 다섯 차례씩이나 나라조상굿을 바쳤다[165]고 한다. 굿을 올리던 철과 날이 다른 삼국들과 유달라서 눈에 띈다.

　이들 나라에서 한결같이 나라 세운 조상(건국조)의 넋을 받들어 모시고 나라조상굿을 힘써 벌인 것에는 물론 커다란 까닭이 있었을 터이다. 백성들 앞에서 이런 굿놀이를 벌여 그분의 넋을 거룩하게 드높이면 왕실의 위엄도 높아지고 백성들의 마음도 모아질 수 있었기 때문이라는 짐작을 쉽게 할 만하다. 나라조상굿이 열국시대[166]에 들어서면서 크게 일어난 사실도 그런 짐작을 뒷받침한다. 고조선이 무너지자 한 겨레가 갑자기 여러 나라로 갈라져 다투면서 일어서는 까닭에 저마다 자기 나라의 백성

　　이미 소지왕 9년 2월에 시조신궁을 짓고, 17년 정월에 제사를 드렸다고 했으며, 지증왕 대목에 가보면 신궁 세운 기록은 없이 3년 3월에 신궁에서 제사를 올렸다는 기록만 있다. 이런 것들을 미루어보면 〈잡지〉에 지증왕이 신궁을 세웠다는 것은 잘못이 아닌가 싶다.

161) 《삼국사기》 권32, 잡지 제1, 제사.

162) 원년 여름 5월에 동명왕 사당을 세움.(元年 夏五月 立東明王廟) : 《삼국사기》 권23, 백제본기 제1, 시조 : 그러나 이것이 과연 동명왕의 사당이었을지는 의문이 없지 않다. 온조는 주몽의 아들이 아니라 주몽의 고구려 건국에 큰 도움을 주었던 과부 소서노의 아들로서 그의 아버지는 우태라는 기록도 있기 때문이다.(위와 같은 곳의 註記) 그리고 《책부원구》에는 백제에서 "국성에 시조 구태묘를 세우고 한 해 네 번씩 제사한다(立其始祖仇台廟於國城 歲四祠之)"는 기록도 있다. 부여에서 찾아온 주몽의 아들 유리에게 고구려를 내어주고 남쪽으로 떠나와 새 나라를 세운 온조의 뿌리는 주몽이 아닐 가능성도 없지 않고, 그렇다면 그가 자신의 아버지(우태 또는 구태)를 시조신으로 모실 수도 있었을 듯하다.

163) 17년 여름 4월 사당을 세워 국모에게 제사를 지내다.(十七年 夏四月 立廟 以祀國母) : 《삼국사기》 권23, 백제본기 제1, 시조

164) 마침내 대궐 동북쪽 평지에 높이 한 길, 둘레 300걸음 되는 빈궁(殯宮)을 지어 장사지내고 이름을 '수릉왕묘'라 하였다.(遂於 闕之艮方 平地 造立殯宮 高一丈 周三百步而葬之 號首陵王廟也 : 《삼국유사》 권2, 기이 제2, 가락국기.

165) "그의 아들 거등왕에서 구대 손자 구형왕까지 이 집에서 받들었는데, 반드시 해마다 정월에 사흘날과 이렛날, 오월에 닷샛날, 팔월에 닷샛날과 보름날이면 넉넉하고 깨끗한 음식을 차려 바치기를 서로 이어 그치지 않았다(自嗣子巨登王 至九代孫仇衡之享是廟 須以每歲 孟春三之日 七之日 仲夏五之日 仲秋初五之日 十五之日 豊潔之奠 相繼不絶 : 《삼국유사》 권2, 기이 제2, 가락국기)" 했으니 해마다 다섯 차례씩이나 나라조상굿을 바친 것으로 보인다.

166) 고조선이 무너지면서 발해만 북쪽의 땅을 중국 한나라에 빼앗기고 동쪽으로 밀려온 사람들이 다시 새로운 나라들을 세우면서 여럿으로 갈라져 다투던 시대를 말한다. 다투면서 차차 뭉쳐지는 세월을 따라 다섯 나라, 네 나라, 세 나라, 두 나라를 거쳐 마침내 고려에 와서 한 나라가 되었다. 여기서 세 나라 때를 '삼국시대', 두 나라 때를 '남북국시대'라 부른다면 위만조선으로부터 삼국시대에 이를 때까지를 '열국시대'라 불러야 마땅하다는 것이다.(윤내현, 《한국고대사신론》, 일지사, 1986, 284~304쪽)

들을 단단히 묶는 일이 다급했기 때문이다.[167]

　따라서 이런 굿들은 나라에서 가장 큰 일로 여겼을 것임에 틀림없다. 지난날 눈에 보이지 않는 하늘서낭께 바치던 백성들의 마음을 이제 나라조상 쪽으로 끌어오려고 왕실에서는 온갖 애를 썼을 터이다. 나라조상이 하늘서낭의 핏줄을 이었다거나 하늘서낭의 뜻에 따라 나라를 세웠다는 이야기들이 모두 그런 왕실의 바람을 담은 것이라는 사실은 두말할 나위도 없다. 그렇다면 이들 굿에서 벌어진 놀이 또한 할 수 있는 데까지 가장 거룩하고 아름답게 마련하지 않을 수 없었을 것이다. 지난날 하늘서낭을 모시고 온 나라 백성들이 밤낮으로 춤과 노래로 바치던 그런 놀이를 더욱 가다듬었을 것으로 보아야 마땅하지 않을까 싶다.

　고려로 내려오면 나라조상굿을 훨씬 더 힘들여 바쳤던 것으로 보인다.[168] 무엇보다도 고려에 와서 나라조상굿을 시조에게만 바치는 것이 아니라 모든 임금에게로 늘려서 바쳤다. 중국에서 본을 받아 고려에서도 태묘를 세우고[169] 태조를 비롯하여 소목에 맞추어 죽은 임금들을 차례로 모시고 이들 나라조상에 바치는 굿을 하느님(상제)과 하늘서낭(오방제)에게 바치는 '원구' 굿과 함께 가장 큰굿으로 정성을 들였다. 해마다 첫봄(맹춘, 정월), 첫여름(맹하, 사월), 첫가을(맹추, 칠월), 첫겨울(맹동, 시월)에 바치는 철굿(시향)과 섣달에 바치는 그믐굿(납향), 이렇게 다섯 차례 바치는 것을 기본으로 삼고,[170] 세 해 만에 한 차례씩 첫겨울(맹동) 굿과 다섯 해 만에 한 차례씩 첫여름(맹하) 굿을 별신굿처럼 유달리 큰굿(체겹향)으로 바쳤다.[171]

　이레 전부터 소와 돼지를 잡고 일 맡은 사람들(집사관)이 재계를 지키며 준비하여, 사흘 전에는 묘당에다 굿에 쓰일 온갖 기물과 시설들을 갖추었다. 이틀 전에는 묘당을 깨끗이 쓸고 닦은 다음에 음악을 연주하면서 제물을 바치고, 하루 전에는 임금을 비롯하여 문무 구품관에 이르기까지 굿에 모일 사람들 자리를 마련하고 온갖 제물도 제자리에 올려야 한다. 굿날에는 날이 밝기 전(미명) 4각부터 잽이와 춤꾼들까지 모든 사람들이 뜰에 와서 제자리를 잡으면, 미명 1각에 임금이 화려한 차림으로 시위

---

167) 김수업, 《우리 신화의 상상력, 상상력의 자리 찾기》, 경상대학교 인문학연구소, 1999.
168) 고려에서 나라조상에게 바친 굿(제사)의 모습과 속살이 어떠했는지는 《고려사》(권60, 지 권14, 예 태묘 ; 권61, 지 권15, 예 태묘)에 자못 밝게 드러나 있다. 그러나 여기 적힌 것은 고려에서 조선으로 넘어오던 후기의 것일 듯하여서 고려 500년 동안에 벌어진 나라조상굿의 실상으로 보기는 어렵다.
169) 성종 8년 4월 을축일에 태묘를 짓기 시작해서 세 해 반 만인 11년 12월에 낙성했다.(《고려사》 권3, 세가 권3, 성종)
170) 《고려사》 권61, 지 권15, 예 3, 태묘.
171) 《고려사》 권60, 지 권14, 예 2, 길례대사, 태묘.

를 받으며 들어오고 곧 이어 굿을 벌이는 것이다.

글로 적힌 대로라면[172] 고려의 태묘굿에서는 놀이라 할 만한 것은 별로 없고 풍악을 바라지받아 춤이 곁들여질 따름이다. 신주들을 제자리에 모셔다 놓는 데서부터 임금이 손 씻는 자리[관세위]에 오르고 내리는 동안 〈정안지곡〉을 울리고, 제기를 드릴 적에 〈풍안지곡〉을 울리고, 태조 신주로부터 차례로 신주 앞에 첫잔을 올릴 적에는 임금마다 따로 마련해 놓은 풍악[173]을 울리고, 둘째 잔과 셋째 잔을 올릴 적에는 모두 〈무안지곡〉과 저마다 따로 마련해 놓은 풍악을 울린다. 서낭을 맞을 때[영신]에는 〈흥안지곡〉, 서낭을 보낼 때[송신]에는 〈영안지곡〉, 음식을 물릴 적에는 〈공안지곡〉, 음복을 할 적에는 〈희안지곡〉을 울린다고 했다.[174] 춤은 〈문무〉와 〈무무〉, 〈문덕지무〉와 〈무공지무〉 같은 것을 번갈아 추었다.

이런 풍악과 춤들의 속살이 어떠했는지 알기는 어려우나 예종이 송나라에서 보낸 〈대성아악〉을 받은(예종 11년, 1116년) 뒤로는 중국 풍악을 쓰는 쪽으로 기울어진 것이 틀림없다.[175] 그러나 하루아침에 그런 중국 풍악만으로 나라굿을 벌인다는 것이 쉽지 않은 까닭에, 적지 않은 곡절을 거치면서 명종 18년(1188)에 오면 태묘에 바치던 나라조상굿의 풍악으로 첫잔 올릴 때[초헌]까지는 〈대성악〉을 바치고, 둘째 잔[아헌]과 마지막 잔[종헌]에서는 우리 소리[향음]와 우리 춤[향무]을 섞어 바치는 것으로 정리를 했던 듯하다.[176] 그리고 이런 관례는 고려가 무너질 때까지 이어져서 《고려사》 〈예지〉에다 둘째 잔에서 마지막 잔을 거쳐 서낭을 보낼 적[송신]까지 '우리 풍악도 번갈아 울린다[향악교주]'고 적게 되었던 것[177]이 아닌가 싶다.

어쨌거나 고려에 오면 나라조상굿을 더욱 힘써 벌였으나 갈수록 중국식을 본뜨

---

172) 알다시피 《고려사》는 조선이 들어서고 반 세기를 넘기던 시절에 적힌 것이라 많은 일들을 조선 지배층 사람들의 생각에 맞추어 적었다는 사실이 거듭 확인되었다. 따라서 고려의 나라조상굿놀이도 여기 적힌 것을 실상이라고 보기는 어렵고, 잘 봐준다 하더라도 태묘를 세우고 중국식 제사를 따르려고 애쓰던 성종(981~997 재위) 뒤의 일로 보는 것이 마땅할 듯하다.

173) 태조에게는 '태정'이라는 풍악(태정지곡), 혜종에게는 '소성'이라는 풍악(소성지곡), 현종에게는 '흥경'이라는 풍악(흥경지곡), 이런 식으로 모든 임금에게 따로 풍악을 마련해 놓았다.

174) 《고려사》 권70, 지 권24, 악 1, 등가헌가악 질주절도.

175) 예종은 11년 6월에 회경전에서 재추와 비서들과 더불어 〈대성악〉을 구경하고, 이어 10월에 건덕전에서 다시 구경하였다. 그리고 바로 10월 태묘 제사에 〈대성악〉을 바쳤다.(《고려사》 권70, 지 권24, 악 1, 헌가악 독주절도)

176) 3월 을유에 평장사 최세보를 보내서 일을 보게 했다. 여름 제사에는 〈대성악〉을 쓰는데, 잔을 올릴 적에는 약작으로 하고, 둘째 잔과 마지막 잔에도 함께 쓴다. 우척의 춤에는 우리 소리와 우리 춤도 보태서 한다.(三月 乙酉 平章事 崔世輔 攝事 行夏禘 用大晟樂 酌獻以籩翟 亞終獻並用 干戚之舞 加以鄕音鄕舞) : 《고려사》 권70, 지 권24, 악 1.

177) 《고려사》 권61, 지 권15, 예 3, 태묘.

는 쪽으로 기울어져 굿놀이보다 풍악과 춤에 기대었던 것으로 보인다. 그러나 광종
(949~975 다스림)이 아버지 태조의 원당으로 대봉은사를 세운 사실[178]은 고려 왕실이
바치던 나라조상굿의 또 다른 한 모습을 떠올리게 한다.《고려사》에 따르면 태조 왕
건이 돌아가신 때에 맞추어 임금들이 거진 해마다 봉은사에 갔다 하고,[179] 또 2월 연
등 때에는 임금이 봉은사에 가서 태조의 진등을 뵙고 저녁에는 진전에 향불을 올렸
다고 한다.[180] 태조가 돌아가신 날에 맞추어 임금이 봉은사에 가서 재를 올리고, 정월
보름에 상원 연등회[181]를 태조의 원당인 봉은사에서 열었던 것은 틀림없이 나라조상
굿놀이였다고 본다. 거기에는 물론 여러 가지 놀이(백희, 잡희, 기회, 기악)가 흥겹게
곁들여졌다.

　고려의 나라조상굿놀이에서 빼놓을 수 없는 하나는 고조선의 나라조상이었던 단
군을 다시 되살려 겨레조상으로 받들게 되었다는 사실이다. 그 일에 앞장선 사람은
일연이었다.[182] 그가 쓴《삼국유사》는 안정복이 말한 대로 불교가 들어와 뿌리내린
사정을 보이려 한 것이지만,[183] 입말이나 글말에서 두루 모은 우리 겨레의 신비한 사
적을 '기이'라는 이름 아래 맨 앞에 실었다. 그리고 그런 사적들 맨 처음에다 단군이
야기('고조선')를 자리잡게 했으니, 우리 겨레의 모든 역사는 단군에서 비롯한다는 뜻
을 드러내고자 한 까닭이다. 게다가〈왕력〉에서는 고구려의 동명왕을 단군의 아들이
라고 끌어다 놓기까지[184] 했다. 일연과 같은 때에 이승휴도 꼭 같은 마음에서 단군을
내세웠다. 일연과는 아주 다른 정신과 방법으로 겨레의 역사를 한문 노래로 적었으
나, 단군을 우리 겨레의 시조로 내세우는 점에서는 일연과 다름이 없었다. 일연이 단

---

178)《고려사》권2, 세가 권2, 광종 2년.

179) 덕종 원년 6월에 봉은사에서 태조를 위한 재를 올리고 임금이 참여하는 것(《고려사》권5, 세가 권5,
　　 덕종 원년 6월 신축)에서 비롯하여 문종, 선종을 거쳐 숙종 뒤로는 관례가 되어 고려가 무너질 때까
　　 지 부지런히 이어졌다.

180) 정종 4년 2월 계미에 시작하여 잇달아 해마다 하게 되고(二月 癸未 燃燈 王如 奉恩寺 謁太祖眞燈
　　 夕必親行香眞殿 以爲常), 고려가 무너질 때까지 이어졌다.

181) 상원 연등이라 하지만 봉은사에서 정월 보름에 연등회를 벌인 임금은 의종과 명종뿐이고, 다른 임
　　 금들은 거의 모두 2월 초하루 또는 보름에 연등회를 열었다. 연등회를 막연한 나라굿으로 보느냐 바
　　 람서낭에게 바치는 나라굿으로 보느냐 하는 것에 혼란이 있었던 것이 아닌가 싶다.

182) 1145년에 나온《삼국사기》에서 김부식은 알다시피 신라의 혁거세왕을 내세우려는 의도를 분명히
　　 했으며, 반 세기 뒤인 1194년에 나온 이규보의《동명왕편》은 글자 그대로 고구려의 주몽왕을 내세우
　　 려고 했다. 이 두 기록은 당시 고려의 지배사회에 줄기차게 맞서 흐르던 두 주체의식의 반영임은 널
　　 리 알려진 바와 같다.

183) 안정복,《동사강목》, 조선고서간행회, 1915.

184) 첫째 동명왕 갑신에 나라를 세워 열아홉 해를 다스리다. 성은 고씨고 이름은 주몽 또는 추몽이며
　　 단군의 아들이다.(第一 東明王 甲申立 理十九年 姓高 名朱蒙 一作鄒蒙 壇君之子):《삼국유사》왕력
　　 제1.

116

군을 내세울 때에는 꽤 조심스럽게 에두르는 편이었지만, 이승휴는 오히려 펴놓고 단군을 못박아 내세우며 설명했다.185)

알다시피 일연과 이승휴가 다 같이 단군을 되살리려 한 데에는 그럴 만한 까닭이 있었다. 몽고(원)의 침략에서 받은 충격 때문이었다. 무섭게 일어나는 몽고의 힘에 시달리면서 겨레의 얼을 곧추세우는 일이 다급해지자 단군을 찾아 내세우게 되었던 것이다. 불교의 부처님, 도교의 옥황상제님, 무교의 여러 서낭님, 심지어 역신을 몰아내는 처용의 도움을 받아 침략자를 물리치려고 애썼으나 이겨내기 힘들었다. 온 백성의 힘을 다잡아 모으려고 고려의 나라조상에게 바치는 굿놀이에도 힘썼으나 제대로 구심점 노릇을 다하지 못했던 것이다. 이래서 마침내 삼국의 전통을 두루 이어받은 고려로서 삼국 가운데 어느 하나만으로는 만족한 결속을 이루어내기 어려우므로 고구려, 백제, 신라를 뛰어넘어 온 겨레가 받들어 모실 수 있는 조상으로 단군을 되찾아 내었던 것이다.186) 몽고와 맞서 싸우던 시절에 고려 왕실이 숨어들었던 강화도에는 참성단이니 삼랑성이니 하면서 그런 자취가 아직도 곳곳에 남아 있다.

그래서 단군을 고려 백성의 시조로 여기게 하려고 애쓴 흔적을 두 사람의 기록에서 쉽게 눈치챌 수 있다. 일연은 환웅이 처음 내려왔다는 태백산을 고려 땅 안에 있는 묘향산이라고 했다든지,187) 단군의 첫 도읍지를 평양성이라고 했다든지,188) 또 단군의 도읍지며 뒷날 그가 산신이 되어 들어갔다는 백악산 아사달을 개성 동쪽에 있는 백악궁이라고 한 것189)들이 모두 그런 보기다. 이승휴도 그 아사달을 황해도 구월산이라고 못박고 거기에 사당이 아직 있다190)고까지 했다. 이렇게 하여 겨레의 조상으로 되살아난 단군은 조선왕조에 넘어와서도 그대로 이어 받들어졌다.191)

---

185) 처음 누가 나라를 열고 바람과 구름을 열었던가 하느님의 손자로 이름이 단군이었네 – 이러므로 시라 고례 남북옥저 동북부여 예와 맥 모두 단군의 자손이다.(初誰開國啓風雲 釋帝之孫名檀君 – 故尸羅 高禮 南北沃猪 東北扶餘 穢與貊 皆檀君之壽也 :《제왕운기》권하, 동국군왕개국년대 병서의 첫머리) 거기서 큰 나라는 어느 것인가 먼저 부여와 비류를 일컫고 다음은 시라와 고례, 남북옥저, 예와 맥이 따랐다. 이들 모든 임금이 누구의 후손인지 묻는다면 또한 단군을 이어 받은 핏줄이로다.(於中 何者是大國 先以扶餘沸流稱 次有尸羅與高禮 南北沃猪穢貊膺 此諸君長問誰後 世系亦自檀君承 :《제왕운기》권하, 한사군 급 열국기)

186) 김수업,《우리 신화와 상상력, 상상력의 자리찾기》, 경상대학교 인문학연구소, 1999, 39~74쪽.

187) 환웅이 무리 삼천을 거느리고 태백산 태백은 곧 지금의 묘향산 꼭대기에 내려왔다.(雄率徒三千降於太伯山頂卽太伯今妙香山)

188) 평양성, 요즘 서경에 도읍하다.(都平壤城今西京)

189) 아사달에 경전에 무엽산이라 한 것도 백악인데 백주지역에 있어서 그렇고 개성 동쪽 지금 백악궁이 그것이다 나라를 세웠다.(立都阿斯達經云無葉山亦云白岳在白州地或云在開城東今白岳宮是)

190) 아사달에 들어가 산신이 되었다. 요즘은 구월산 또는 궁홀산 또는 삼위산이다. 사당이 아직 있다. (入阿斯達爲山神今九月山也 一名弓忽 又名三危 祠堂猶在)

조선조에 와서 나라조상굿(〈종묘제례〉)을 바치던 모습은 기록192)에 자세히 적혀서 뚜렷이 볼 수 있다. 나라에서 바치던 그 어떤 굿놀이보다 가장 정성들여 거룩하게 바쳤다는 사실은 의심할 나위가 없다.193) 500년 동안 나라 안에 온갖 일들이 많았으나 병자호란 뒤 10년을 빼고는 왕조가 끝나는 그때까지 해마다 빠짐없이 바쳤으며, 조상굿놀이를 바칠 수 없는 형편에서는 어떤 놀이도 궁중에서 바치지 않았다.194) 그러나 그 속살이 너무도 주자학의 질서의식에 사로잡혀 점잖은 음악(아악)과 노래(악장)와 춤(문무·무무)으로만 이루어져서 굿놀이라 하기 어렵게 되었다. 중국 것을 본받아야 한다는 생각에 깊이 빠져 그런 굿놀이의 큰 짜임새에서 작은 표현까지를 모조리 중국의 《주례》와 《송사》에 기대려 했다.195) 그리고 고려 때에 받아온 〈대성악〉을 아악이라 부르면서 나라조상굿에서는 이것만 쓰게 했다. 따라서 거기 쓰인 말꽃도 오직 노래말꽃뿐인데, 그나마 중국의 악장 모습을 그대로 따르는 한문 노래뿐이었다.

나라조상을 서낭으로 모시고 받드는 것과 마찬가지로 그 뿌리였을 집안조상도 서낭으로 모시고 받들면서 살아왔을 듯하다. 그러나 그것을 굿놀이로 마련하던 자취는 이제 찾아보기 어렵다. 다만 그런 사실을 미루어 짐작할 수 있는 정성과 열의만 오늘날에도 사라지지 않은 조상제사 안에서 만날 수 있을 뿐이다. 아직도 우리는 조상제사를 지극 정성으로 바치는데, 제사의 종류도 시기와 성격에 따라 갖가지다.

우리 조상들은 크게 네 단계로 나뉘어서 후손으로부터 대접을 받는다. 곧 첫 단계는 환갑에서 사망까지로, 살아 있지만 죽은 것(비활동적인 면에서)이나 다름없는 '산 조상'의 단계이다. 둘째 단계는 사망에서 탈상까지, 죽었지만 '살아 있는 노인' 대접을 받는 상청 시기의 단계이다. 다음은 상청 기간이 끝나고 자손 집의 사당에 모셔져서 1년에 네 번 대접을 받는 제사 기간이다. 마지막은 1년에 한 번씩 묘에서 자손들과 만나는 시제 기간이

---

191) 《세종실록지리지》 ; 권람, 〈응제시주〉.

192) 역대 왕들의 《실록》, 《경국대전》, 《악학궤범》, 《악장등록》, 《증보문헌비고》 같은 책들을 꼽을 수 있다.

193) 조선에서도 신라, 고려에서와 마찬가지로 나라굿을 큰 제사(대사), 가운데 제사(중사), 작은 제사(소사)로 나누었는데, 물론 나라조상굿(종묘제례)이 큰 제사에서도 첫손꼽히는 것이었다. 다 같이 큰 제사(대사)에 들지만 나라서낭인 사직에는 2월과 8월과 섣달, 이렇게 한 해에 세 번 바치는데, 나라조상인 종묘에는 본전에 정월과 4월과 7월과 10월과 섣달, 이렇게 한 해에 다섯 번이나 바치고, 게다가 영녕전에도 정월과 7월로 한 해에 두 번씩 바치게 했다.(《경국대전》 권3, 제례) 조상굿을 얼마나 무겁게 다루었는가를 넉넉히 알 수 있다.

194) 《인조실록》 권46, 23년 9월 을해.

195) 이런 사정은 조선에 들어와서 온갖 힘을 쏟아 여러 가지 나라굿들을 가다듬은 결과로 마련한 책, 곧 《악학궤범》을 살펴보면 누구라도 쉽게 확인할 수 있다.

그것이다. 따라서 우리 조상은 죽었지만 자손의 기억과 생활 속에 영원히 살아 있다.[196]

여기서 말하는 첫단계는 참뜻으로 제사라 할 수 없으니 뺀다 하더라도, 둘째와 셋째와 넷째 단계는 모두 여태까지 많은 집안에서 바치고 있는 제사다. 이들 단계마다 바치는 제사의 속살과 모습이 달라지는 것은 말할 나위도 없다. 이렇게 달라지는 제사의 모습에 따라 제사의 이름도 달라질 수밖에 없는데, 얼마나 갖가지 제사들이 있는지 다시 간추려 놓은 자료를 끌어와 보기로 한다.

> 우리나라에서 행해지는 제례도 종류가 아주 다양하다. 곧 사당제를 비롯하여 청명, 한식, 중추절, 중양절 같은 명절 때 지내는 천신례가 있다. 또 계절마다 가운데 달인 이월, 오월, 팔월, 동짓달에 지내는 사시제, 구월에 올리는 미제 같이 매우 많다.
>
> 그러나 대체로 우리에게 잘 알려진 제례로는 우선 집안 종손의 사대조 이내 조상을 위한 기제사가 있다. 그리고 설날과 추석에 지내는 차례와 기제사를 지내지 않는 종손의 오대 이상의 조상을 위한 묘제 또는 시제가 가장 잘 알려져 있다. 이밖에 명문 대가에서 지내는 불천위 제사와 성씨 시조를 위한 제례가 있다.[197]

이처럼 마음과 힘을 다해 바치는 제사가 매우 정성스럽지만 이런 제례의 모습은 거의가 주자의 《가례》에 맞추어 조선왕조 500년 사이에 틀이 잡힌 것이다. 그리고 이런 주자식 제사에서는 조상굿놀이라 할 만한 구석을 찾아보기 어렵다. 따라서 굿놀이 말꽃을 찾기는 더욱 어렵고, 다만 제문이나 축문이 조상제사에 바치는 말꽃이라 할 수 있지만 그것은 한결같이 중국 틀에 맞춘 한문일 뿐이다. 서민들은 더러 마음을 담은 성고를 하지만 그것을 말꽃이라 하기는 어렵다.

따라서 우리는 이런 주자의 틀에 매이기에 앞서 지난날 우리 겨레다운 조상굿놀이의 모습을 찾아 밝히는 일에 눈을 돌리지 않을 수 없다. 그러나 아직은 그런 일에 눈을 돌려 깊이 살핀 사람들이 없다. 다만 어렴풋하게나마 지난날의 조상굿놀이를 더듬을 만한 실마리는 있을 것으로 생각하는데, 우선 《고려사》에 실린 조준(1346~1405)의 열전에 다음과 같은 대목이 있어서 눈길을 끈다.

> 우리 겨레가 가묘를 모시던 법이 오래되었으나 허물어지고 없어졌습니다. 요즘 서울에서 군현에 이르기까지 집이 있는 사람은 반드시 서낭의 사당을 세우고 '위호'라 부르는데,

---

196) 임돈희, 《조상 제례》, 대원사, 1990, 14쪽.
197) 위의 책, 22쪽.

이것은 옛날 가묘의 법이 남아 있는 자취입니다.[198]

여기서 말하는 '위호'는 조선왕조에 와서 주자 《가례》에 따라 양반 집안에 모시던 '가묘' 또는 '사당'과는 다르다. 어쩌면 요즘까지도 전국의 민속 조사에서 쉽게 드러나는 '조상단지', '신주단지', '부리(르, 루)단지', '몸오가리', '시조(주)단지' 같은 민속신앙의 자취[199]가 바로 저 위호에 말미암은 것은 아닐까 한다. 그러나 이제는 이런 조상의 넋 또는 조상의 서낭을 집안에 모시던 자취밖에 그와 더불어 굿놀이를 바치던 흔적은 찾을 수가 없게 되었다.

그러나 우리 겨레가 애초부터 조상의 넋을 서낭으로 모시고 바치던 굿놀이가 없었을 것으로 속단할 수는 없다. 왜냐하면 조상의 넋을 서낭으로 모시고 벌이는 무당굿이 남아 있기 때문이다. 알다시피 우리네 무당의 굿놀이는 재수굿(삶굿)이거나 오구굿(넋굿)이거나 간에 여러 거리로 짜이는데, 그들 거리에는 반드시 조상을 서낭으로 받드는 '조상거리' 곧 '말명거리'가 끼여 있게 마련이다. 말하자면 조상의 넋을 신령으로 모시고 받들었을 뿐 아니라, 조상의 넋을 신령으로 삼은 굿놀이가 무당의 굿놀이에 뚜렷하게 남아 있다는 말이다. 그러니까 무당굿의 '조상(말명)거리' 굿놀이가 어쩌면 우리 겨레가 아득한 옛날부터 집안조상에게 바치던 굿놀이의 뿌리일 수 있지 않을까 하는 것이다. 거기서 받드는 서낭님을 '조상단지'라는 신단에다 모시고, 그것을 언제부터인가 '위호(衛護)'라 불렀는데, 마침내 조선조에 와서 주자 《가례》의 형식에 갇혀서 시들어진 것이 아닐까 생각한다. 그러나 이것은 아직 한갓 추측일 뿐인지라 앞으로 밝혀져야 할 일로 남아 있다.

나. 삶놀이말꽃

삶놀이말꽃은 다시 일놀이말꽃과 놀음놀이말꽃으로 갈래진다. 일에 어우러지는 일놀이에 일놀이말꽃이 있고, 놀음에 어우러지는 놀음놀이에는 놀음놀이말꽃이 있다. 놀이하는 까닭이 놀이 그것에 있지 않고 다른 무엇에 있다는 면에서 일놀이는 굿놀이와 마찬가지로 놀이다운 놀이가 아니라 할 수도 있다. 바꾸어 말하자면, 일놀이

---

198) 吾東方 家廟之法 久而廢弛 今也 國都至于郡縣 凡有家者 必立神祠 謂之衛護 是家廟之遺法也.(《고려사》 권118, 열전 권31, 조준)
199) 장주근, 〈가신 신앙〉, 《한국민속대관 3》, 고려대학교 민족문화연구소, 1982, 67~83쪽.

는 놀이가 일을 돕는 것이라 놀이답지 못하고, 놀음놀이는 놀이가 놀음을 돕는 것이라 더없이 놀이답다는 말이다. 따라서 아무런 다른 까닭도 없이 그냥 놀고 싶어서 놀고, 노는 것에 기쁨과 즐거움이 있으니까 노는 것이야말로 놀음놀이다.

백성들의 삶 안에서 자란 일놀이와 놀음놀이는 말할 나위도 없이 일터와 놀이터에서 쉽게 찾아볼 수 있었다. 일놀이는 산과 들, 논과 밭, 그리고 바다의 온갖 일터에서 벌어졌다. 또 마을과 집안에서 벌이는 갖가지 잔치자리에서도 벌어졌다. 한편 놀음놀이는 일터에서 한 걸음 떨어지는 놀이판에서 벌어지게 마련이다. 여느 사람에게 가장 쉽게 눈에 띄는 것은 명절의 놀이판이지만 예로부터 놀이를 팔아서 먹고 살아가는 놀이꾼들의 놀이판도 있다. 우리 겨레는 일제가 침략하여 삶이 더없이 찌부러졌던 시절까지도 다달이 명절이 있어 누구나 온갖 놀이들을 즐기며 살았다. 정월에는 보름 동안에 걸친 설, 2월에는 연등(영등, 바람), 3월에는 삼짇날, 4월에는 초파일, 5월에는 수릿날, 6월에는 유두, 7월에는 칠석과 백중, 8월에는 한가위, 9월에는 중양, 10월에는 상달, 동짓달에는 동지, 섣달에는 그믐, 이렇게 다달이 놀이판을 벌이며 명절을 즐겼다. 이같은 명절에는 어른 아이, 남자 여자를 가리지 않고 놀음놀이에 어우러질 수 있었다.

1. 일놀이말꽃

옷 짓고(의), 먹이 찾고(식), 집 짓는(주) 일에서 비롯하여 살아가면서 거쳐야 하는 고비마다 온갖 놀이들을 꾸미며 살아가는 것이 사람이다. 이런 일들은 하나같이 힘들고 고달프기 때문에, 힘들고 고달픈 일의 무게를 줄이거나 벗어나고자 놀이를 벌인다면 그것을 일놀이라 부를 수 있다. 그러나 따지고 보면 일과 놀이는 서로 어긋나서 함께 더부르기 어렵다. 일은 놀이가 아니고 놀이는 일이 아니기 때문에 일하면서 놀거나 놀면서 일할 수는 없는 노릇이다. 따라서 일놀이라는 말은 따지고 보면 말이 안 되는 말이라 할 수도 있다.

그런데 사실은 꼭 그런 것도 아니다. 세상에는 놀이면서 일인 것도 있고, 일이면서 놀이인 것도 없지 않다. 사람의 삶이 깊어지면서 일과 놀이를 따로 나누고 아주 다른 것으로 여기게 되었지만, 애초에는 일과 놀이가 모두 살려는 움직임으로 하나였을지도 모른다. 이를테면, 1930년대까지만 해도 우리 고향 마을에는 정월 보름날이면 내 건너 옵실 마을 사람들과 돌싸움(석전)을 크게 벌였다. 두 마을은 뒤로 산을 짊어지고 냇물을 내려다보며 서로 마주하여 자리잡고 있다. 내를 사이에 두고 두 마을 앞에는 꽤 넓은 들판이 펼쳐 있는데, 이 들판에서 두 마을 사람들은 농사를 지으며 어울려 살아간다. 그러자니 두 마을 사람들 사이에는 농사를 짓는 일에 다툼과 도움을 끊임없이 되풀이하지 않을 수 없게 마련이다. 돌싸움은 그런 다툼과 도움으로 날이 새고 지는 농사에서 주도권을 미리 가리는 일이었다. 돌싸움에서 이기는 마을은 한 해 내내 농사로 빚어지는 온갖 다툼에서 이기는 것이고, 돌싸움에서 지는 마을은 한 해 내내 농사로 벌어지는 다툼에서 지기로 하는 것이다. 그러니 그 돌싸움은 결코 그저 놀이가 아니었다. 목숨이 걸려 있는 농사일의 성패를 좌우하는 엄숙한 일이었던 셈이다.

20세기 초엽까지 벌이던 이런 돌싸움[200]은 농사판에서 빚어지는 경쟁과 갈등을 슬기롭게 풀어가는 길을 찾는 농사일놀이였다. 그러나 먼 옛날로 거슬러 올라가면 돌싸움은 훨씬 더 여러 모로 절실한 일놀이였던 것으로 보인다. 그것은 바로 자기네 동아리를 바깥 침략자들로부터 지키며 살아남는 싸움의 연습이었다. 목숨이 달린 하나의 들판을 사이에 두고 살아가는 지역 공동체가 다른 지역 사람들로부터 스스로를 지켜내는 힘을 그런 방법으로 키우고 또 드러내 보일 수 있었던 것이다. 더 먼 옛날로 올라가면 돌싸움에서 겨냥하는 침략자가 이웃 고을 사람들이 아니라 짐승들이었을 수도 있다. 자기 동아리를 위협하는 자연 속의 짐승들, 자신들의 먹이가 되어 주어야 할 동물들과 싸우는 훈련을 쌓느라고 돌싸움을 벌였을지도 모른다. 이렇게 대보름에 놀이로만 벌이던 돌싸움이, 알고 보면 살아가려고 어쩔 수 없이 벌이는 일이었다는 뜻이다.

편을 갈라서 다투거나 싸워 이기고 지는 바를 가리고자 하는 편싸움놀이[201]는 거의가 애초에는 이처럼 살아남으려는 몸부림에서 비롯한 것이라고 볼 수 있다. 살아남으려면 싸워서 이겨야 한다는 경험이 거듭되면서 그런 삶의 수단을 놀이로 바꾸어 훈련하는 슬기를 사람들이 발휘했다는 말이다. 그뿐 아니다. 이런 편싸움놀이는 거의가 암수로 편을 갈라 겨루는데, 그것은 애초에 싸움이 아니라 신성한 짝짓기였다. 암컷과 수컷이 짝짓기를 하면 반드시 새로운 생명이 태어나는 것이므로 이런 편싸움놀

---

200) 역사 기록에 나타나는 돌싸움은 일찍이 고구려에서 비롯하여(《수서》 권81, 고구려), 고려(《고려사》 권134, 신우)를 거쳐 조선(《태조실록》, 《세종실록》, 《동국여지승람》 기타)에 이르기까지 찾아볼 수 있다. 우리 겨레가 돌싸움을 그만큼 오래도록 끊임없이 벌여온 사실은 요즘 민속학의 조사에서도 얼마든지 드러나고 있다.

201) 밀양 무안의 〈용호놀이〉, 창녕 영산의 〈쇠머리대기〉, 춘천 · 가평 · 안동의 〈차전놀이〉, 남원의 〈용마놀이〉 같은 것이 널리 알려져 있고, 온 나라 곳곳에서 벌이던 '줄다리기'와 '고싸움' 같은 것들도 모두 편싸움놀이라 할 수 있다.

122

이는 곧 자연을 흘레시켜 가멸진 열매를 맺게 하려는 뜻에서 벌이는 지극한 삶의 일
놀이라는 것이다. 설에 벌이는 지신밟기의 마당놀음에 나타나는 퇴포시(도포수)를 비
롯하여, 여러 탈놀음에 나타나는 짐승놀이[202]들도 부정을 쫓는 굿의 뜻과 더불어 사
냥에서 짐승을 많이 잡을 수 있도록 비는 뜻을 지닌 것으로 보는 까닭이 거기 있다.

이런 것들보다 한걸음 더 나아가면, 실제의 일을 놀이삼아 하는 일놀이, 그러니
까 일인지 놀이인지 가늠하기 어렵게 벌어지는 일놀이들도 없지 않다. 가까운 경남
지역에서 보기를 찾는다 하더라도, 이를테면, 영산의 구계 〈목도놀이〉는 무거운 돌
을 목도로 옮겨 나르는 일을 놀이삼아 하는 것이고, 의령의 치실 〈망깨다지기〉는 둑
을 쌓거나 집터를 닦을 때 망깨로 다지는 일을 놀이삼아 하는 것이다. 화왕산과 영취
산 아래 자리잡은 영산은 아득한 옛날부터 그런 산들 위에 산성을 쌓아 외적과 싸우
며 살아왔을 것으로 보이고, 〈목도놀이〉는 그런 삶의 역사에서 말미암았을 듯하다.
그리고 의령은 낙동강과 남강 사이에 자리잡고 있어서 예로부터 큰물에 시달릴 수밖
에 없었을 것이며, 〈망깨다지기〉는 큰물에 휩쓸렸다가 터진 둑들을 다시 쌓느라 거
의 해마다 되풀이하던 삶에서 말미암았을 것으로 보인다. 그러니까 이런 것들은 실
제로 일이었지만 괴로움을 즐거움으로 바꾸고 싶은 마음들이 어느새 놀이로 탈바꿈
시킨 것이다. 이들이 땅 위에서 하는 일을 놀이삼아 벌이는 것임에 견주어, 부산 수영
의 〈좌수영 어방 놀이〉는 바다 위에서 고기잡이하는 일을 놀이삼아 벌이는 일놀이
의 한 보기다.

그 밖에도 사람은 태어나서 죽을 때까지 갖가지 고비[203]를 넘기며 살아간다. 한
고비를 넘기면 새로운 세계를 맞이하고, 다시 한 고비를 넘기면 또 다른 세계에 들어
가는, 모험과 도전을 되풀이하며 완성(죽음)으로 나아가는 것이 삶의 길인 셈이다. 그
런데 우리 겨레는 이런 삶의 고비들도 모두 값진 일로 여겨서 '큰일'이라 부르면서 놀
이와 더불어 지나가려고 했다.[204] 이렇게 겪으며 넘어가던 큰일들을 갈래지어 본다면
기쁜 일과 슬픈 일로 나누어질 수 있으니, 거기 더부는 놀이는 기쁜 일 놀이와 슬픈

---

202) 북청의 〈사자놀이〉를 비롯하여, 봉산·강령 따위 해서 지방의 '탈춤', 고성·통영의 '오광대', 동래·
　　수영의 '들놀음'과 안동의 '별신굿 탈놀음'에 두루 나타난다.
203) 이런 고비마다 사람들은 색다른 굿을 벌여서 그 뜻을 매김하며 넘어간다. 이를 민속학에서는 서양
　　말로 '이니시에이션 라이트'라고도 하고, 일본식 한자말로 '입사제의' 또는 '통과제의'라고도 한다.
204) 이들 놀이는 바로 삶, 그것이기에 삶을 위한 일놀이라 하기 어렵다 할 수도 있겠다. 그러나 이것들
　　은 어느 것이나 삶의 특별한 시간을 놀이로 건너는 것이니 삶놀이임에 틀림없고, 또한 이것들은 결
　　코 놀음놀이일 수 없으니 일놀이에 싸잡힐 수밖에 없다. 무엇보다도 예로부터 우리 겨레는 이런 일
　　들을 여느 일보다 더 무겁게 여겨 '큰일'이라 불렀으니 일이라 하지 않을 수 없다.

일 놀이로 나눌 수 있을 것이다.

흔히 '잔치'라는 이름으로 부르는 돌잔치, 생일잔치, 관례잔치, 혼례잔치, 회혼잔치, 환갑잔치, 고희잔치 같은 데서 벌이는 놀이는 모두 기쁜 일놀이들이다. 그 가운데서도 남녀가 만나 새로운 가정을 이루고, 두 가문의 문화가 결합하고, 새로운 생명을 태어나게 하는 혼례는 육례를 갖추어 복잡한 절차로 짜여진 커다란 잔치놀이였다. 무엇보다도 지난날 혼례205)의 절정인 초례(또는 대례)206)는 전안례207)와 교배례208)와 합근례209)라는 이름의 세 도막으로 이루어지는 하나의 짜임새 있는 놀이(연극)였다. 결혼잔치에 반드시 뒤따르던 '댕기풀이'210)를 비롯하여 '동상례'211)와 '도둑잡기(신랑다루기)'212)는 훨씬 더 자유로운 놀이들이었다.

한편, 산 사람이 마지막으로 맞이하는 '죽음'의 고비에서 벌이는 놀이는 슬픈 일놀이의 대표로 손꼽아야겠다. 죽음을 맞이하는 '상례'에서 주검을 돌려보내는 '장례'까지도 놀이로 보아야 할 잔치들이 따른다. 장례 때에 벌이는 '다시래기'213)와 '산다

---

205) 지난날 혼례는 육례라 하여 의혼·문명·납길·납징·청기·친영을 거치게 하고, 사례라 하여 의혼·납채·납폐·친영을 거치며 까다롭고 조심스러운 마디가 많았다. 그러나 다른 것들은 모두 곁따르는 일이고, 가장 알맹이는 두 사람의 남녀가 부부로 맺어지는 잔치 자리, 곧 초례 또는 대례라 부르는 그것이다.

206) 큰일 가운데서도 가장 큰일로 여기는 혼례(대례)가 도교의 서낭굿인 초례로 치러진다는 사실은 눈여겨보아야 할 일이다. 그만큼 우리 겨레의 삶에는 도교의 뿌리가 깊이 내려 있다는 뜻이다.

207) 신랑이 모시고 간 기러기를 신부집에 드리면 신부집에서는 예의를 갖추어 기러기를 받아 모시는 예절이다. 도교에서는 북극성이 남녀의 혼사와 부부 금슬을 맡은 서낭이기 때문에 기러기를 날려보내서 북극성 서낭에게 혼사를 알리고 부부의 일생을 맡기는 뜻으로 전안례를 드린다. 혼례의 제대라 할 수 있는 상에는 요즘도 암수 한 쌍의 닭을 올려놓는데, 닭은 바로 기러기를 대신한 것이다.

208) 신랑과 신부가 절을 주고받는 예절이다. 절이란 남남끼리 존경과 관심을 나타내는 인사다. 그러므로 한 몸으로 묶인 부부 사이에서는 인사를 하지 않는다. 그러니까 초례청에서 신부와 신랑이 절을 주고받는 것은 남남 사이를 청산한다는 뜻을 지닌다고 하겠다.

209) 신부와 신랑이 둘로 쪼갠 표주박 바가지로 번갈아 술을 주고받아 마시는 예절이다. 서로 바가지를 바꾸어 술을 주고받은 다음에 바가지를 하나로 보태어 본디 표주박처럼 묶으면 신랑과 신부가 한 몸을 이루었다는 뜻이다.

210) '댕기풀이'는 총각이 장가를 들기로 확정하고 벗들을 불러 베푸는 잔치다. 총각 시절에는 머리를 땋아 댕기를 들였지만 장가를 들자면 땋았던 댕기를 풀어서 상투를 틀어야 하기 때문에 댕기 푸는 절차를 잔치로서 넘어가는 것이다.

211) '동상례'는 초례를 마치고 신랑이 신부집의 큰상을 받아 물린 다음에 처가 집안의 젊은이들에게 베푸는 잔치다. 이때 신부 집안의 젊은이들은 여러 가지 방법으로 신랑의 사람됨과 식견을 시험하는 놀이를 벌인다.

212) '도둑잡기'는 첫날밤을 지낸 다음날 신랑을 처녀 훔친 도둑으로 몰아 벌이는 놀이다. 처가 집안 젊은이들이 신랑의 발목을 무명베 줄로 묶어 온 집안을 돌면서 숨겨둔 처녀를 찾아내라고 조른다. 사이사이 신랑의 애원에 못 이겨 장모가 내놓는 음식으로 잔치를 벌이면서 처음 만난 처가의 여러 사람들과 친해지고 사람들 앞에서 신랑과 신부의 애정을 드러내게 하는 놀이다.

213) 전남 진도 지역에서 이렇게 부르는데 신안 일대에서는 '밤달애', 경북 지역에서는 '대돋움'이나 '빈상여놀이', 충북 지역에서는 '잿떨이'나 '맷떨이', 충남 지역에서는 '상여 흘르기', 경남 지역에서는 '상부

124

위'[214] 같은 것들도 상식을 뒤집으면서 삶과 죽음의 고비에 담긴 속살을 깊이 드러내게 하는 뛰어난 놀이들이다. 이들 삶의 고비마다 겪어내야 할 속뜻이 다르므로 그 뜻을 꿰뚫어 드러내는 놀이를 치름으로써 새로운 단계의 삶을 더욱 보람차게 살았던 것이다.

이처럼 우리 겨레의 삶 안에 큰일놀이가 많았으나 이제는 너무 많이 잃어버렸다. 뿐만 아니라 요즘 들어 많은 이들이 애를 써서 찾고 연구하지만 거의가 민속학의 눈으로 하는 까닭에 말꽃 쪽의 열매는 거의 없다. 큰일놀이는 적잖이 찾아 밝히고 연구하였으나 큰일놀이말꽃에는 제대로 눈을 돌리지 못했다는 말이다. 알다시피 앞에서 이야기한 이런 큰일놀이들이 이루어질 때에는 '말'이 가장 으뜸 몫을 하면서 놀이판에 가득히 흐드러지게 마련이었지만, 아직은 그런 말, 곧 말꽃에 눈을 돌려 찾아 적고, 살펴 밝히고, 따져 연구하는 일이 이루어지지 못한 채로 있다. 이는 서둘러 이루어내야 할 우리의 커다란 숙제다.

2. 놀음놀이말꽃

놀음놀이란 아무 까닭도 없이 그저 놀고 싶어서 노는 놀이다. 아무리 누가 말려도 놀지 않고는 배길 수 없는 그만큼 어쩔 수 없는 놀이다. 놀고 싶고 어쩔 수 없는 까닭을 굳이 찾자면 기쁨과 즐거움 같은 재미를 맛보는 것이라고 할 수는 있겠다. 이런 놀음놀이의 속살을 쉽게 드러내는 것으로 아이들이 골목에 모여 앉아 노는 소꿉놀이를 꼽을 수 있다. 아무도 가르쳐준 사람이 없지만, 아이들은 언제나 어디서나 저들끼리 잠차져서 시간 가는 줄도 모르고 소꿉놀이를 한다. 이렇다 할 꾸밈(분장)은 없지만 아버지, 어머니, 아들, 딸 따위로 몫을 나누어 맡고, 사금파리나 풀잎 같은 뭔가를 가져와 도움을 받아서 아이들은 기쁘고 즐거운 놀이에 빠진다. 현실의 삶에 붙들린 스스로를 떠나 서로 나누어 맡은 새로운 나에게 가서 현실에서는 이룰 수 없는 삶의 재미를 놀이로써 맛보는 것이다. 소꿉놀이는 그 전체가 현실이 아니라 예술이고, 거기서 주고받는 말은 어설프지만 말꽃이다. 아버지의 말, 어머니의 말, 아들의 말, 딸의 말이 그 아이들로 하여금 아버지가 되게 하고, 어머니가 되게 하고, 오빠가 되게

놀림' 또는 '생이 어름'이라 부른다.(임재해, 〈장례 관련 놀이의 반의례적 성격과 성의 생명상징〉, 《민속놀이와 민중의식》, 집문당, 1996)
214) 추자도에서 벌이는 장례놀이다. 충남 지역의 '가래장 지우기'나 경북과 충북 지역의 '진사 모시기'와 서로 비슷하다.(위의 글)

하고, 누이가 되게 한다. 이래서 소꿉놀이는 놀음놀이말꽃의 바탕이며 뿌리임이 틀림없다. 놀음놀이라는 것이 사람이라는 존재에게 얼마나 뿌리께의 예술이며 말꽃인지를 확인시켜주는 안성맞춤의 보기다.

이처럼 놀음놀이야말로 참다운 놀이의 진국이며 놀이다운 놀이의 알짜배기다. 놀이가 다른 무엇에 얽매이지 않고 온전히 놀이로만 있기 때문이다. 이런 놀음놀이도 뿌리를 찾아 올라가면 애초에는 굿놀이라든지 일놀이 같은 것에 싸잡혀 있던 것이 적지 않다. 세월이 지나면서 세상이 바뀌는 것에 발맞추어 굿과 일에서 떨어져 나온 것일 따름이다. 하지만 그런 것이라 하더라도 놀이가 주는 놀이만의 기쁨과 즐거움이 두드러져 놀음놀이만으로 온전히 나선 지는 아득히 오래되어 세월을 가늠하기 어렵다. 본디부터 놀음놀이로 태어나 자랐거나, 굿이나 일에서 떨어져 나와 놀음놀이로 탈바꿈했거나, 언제부터인지 또렷이 짚을 수는 없지만, 놀음놀이를 아예 일삼아 하는 사람들도 나타났다. 놀음놀이에 남다른 재주를 타고난 사람들은 그냥 여느 사람처럼 그것을 간직한 채 일상 삶에 파묻혀 살아가기 어렵다. 어떻게든 그 재주를 드러내고 펼쳐 보이고자 몸부림하게 마련이므로, 그것으로 먹고 살아갈 길마저 뚫고야 만다. 그 길이 바로 놀음놀이를 눈부시게 갈고 닦아서 사람들에게 보여 기쁨과 즐거움을 맛보게 하는 것이다. 사람들에게 기쁨과 즐거움을 맛보일 수 있으면 그것은 곧 값을 받고 팔 수도 있다는 뜻이다. 이래서 타고난 사람들은 놀음놀이를 사람들에게 팔아서 살아갈 수 있는 길을 마련하고, 그로 말미암아 놀음놀이는 다른 갈래의 놀이와는 달리 눈부시게 갈고 닦이게 마련이다. 그래서 많은 사람들이 이런 놀음놀이만을 예술의 놀이로 여기고, 이런 놀음놀이말꽃만을 놀이말꽃(희곡, 드라마)으로 여기기에 이르렀다.215)

이처럼 참다운 놀이의 진국이며 놀이다운 놀이의 알짜배기인 놀음놀이말꽃은 기나긴 세월에 걸쳐 이어져 왔다. 앞으로 세상이 아무리 바뀌어도 사라지지 않을 것이다. 따라서 이것은 세월의 흐름에 맞추어 달라져온 말의 모습으로 갈래지어 입말놀음놀이말꽃, 글말놀음놀이말꽃, 전자말놀음놀이말꽃으로 살펴보는 것이 바람직하겠다. 그것이 놀음놀이말꽃의 참 모습을 올바로 들여다볼 수 있게 하는 길이 아닌가 한다.216)

---

215) 그러나 이런 놀음놀이만 놀이예술로 여기고 이들 놀음놀이말꽃만 놀이말꽃(희곡, 드라마)으로 여기는 것은 바람직하지 않다. 예술과 말꽃을 너무 좁은 뜻으로 가두는 것이기 때문이다. 예술은 온갖 것으로 얽히고 설킨 삶의 문화와 더불어 바라보아야 하고, 말꽃은 삶을 드러내는 갖가지 예술들과 어우러지는 바탕 위에서 바라보아야 온전하기 때문이다.

가) 입말놀음놀이말꽃

1) 백성의 입말놀음놀이말꽃

여느 백성들이 일하는 틈틈이 만들어내는 놀음놀이는 본디 소박한 것일 수밖에 없다. 그러나 일터에 엎드려서 일에 파묻혀 살아가지만 하늘이 내린 예술의 재능을 지닌 사람들이 없지 않아 그들의 놀음놀이도 자못 사람의 마음을 움직일 수 있다. 더구나 해마다 돌아오는 삶의 고비에 따라 줄곧 거듭되는 것이기에 세월이 쌓이면서 수련의 수준도 무시할 수 없는 지경에 이르게 마련이다. 이런 놀음놀이는 실제로 아주 갖가지지만, 무엇보다 가장 바탕이 되는 것은 풍물놀이다. 풍물놀이는 그것만으로도 얼마든지 놀음놀이로 즐거움을 맛보게 하면서, 여러 사람들이 어우러지는 놀음놀이는 무엇이나 풍물이 바라지를 해서 이루어지기 때문이다.

그러나 여느 백성들이 즐기는 입말놀음놀이에는 여러 사람이 함께 어우러지지 않고 한두 사람씩 차례로 벌이는 것들도 없지 않아서, 이런 놀음놀이에서는 풍물의 바라지를 받을 까닭도 없다. 이를테면, 여자들이 즐기던 널뛰기나 그네타기 같은 것이라든지, 남자들이 즐기던 연날리기나 제기차기 같은 것에는 풍물이 곁들여지지 않았다. 그리고 이런 백성놀음놀이는 거의 말꽃이 없는 놀이에 지나지 않는다. 말이 놀이를 이끌어가서 말꽃이 모습을 드러내는 것으로 지신밟기의 잡색놀음과 거기서 탈바꿈했을 것으로 보이는 탈놀음을 손꼽을 수 있다.

(가) 마을 잡색놀이와 탈놀음

지신밟기는 전국에서 두루 벌어졌으나 중부 이남에서 더욱 풍부하고, 무엇보다도 경남과 전남 지역에 가장 많이 벌어졌다. 지신밟기의 본디 뿌리는 서낭굿놀이에서 자라난 것임이 틀림없지만, 서낭굿의 영험을 시들하게 여기는 근래에 와서도 놀음놀이로서 줄기차게 살아 있었다. 지난날 서낭굿일 적의 짜임은 거의 당산굿에서 용왕(샘)굿을 거쳐 집돌금으로 이어지는데, 요즘 들어서 굿은 바래지고 집돌금(집돌이, 걸궁)만 지신밟기로 여기면서 놀음놀이로 바뀌었다. 지신밟기에서는 무엇보다도 〈잡색놀이〉가 뚜렷한 놀음놀이다. 지신밟기에 두루 나타나는 〈잡색놀이〉는 일찍이 탈놀음의 뿌리로 눈길을 끌었으나[217] 아직 새롭게 밝히려는 노력이 이어지고 있다.[218] 잡

---

216) 이런 사정은 앞으로 노래말꽃과 이야기말꽃을 살필 적에도 마찬가지다.

색은 지역마다 조금씩 서로 다르지만 양반(사대부, 팔대부), 중(대사, 조리중), 각시(할미), 포수(도포수, 퇴포시), 이렇게 꾸밈새를 갖춘[219] 네 사람을 기본으로 한다. 각시(할미)를 앞에 두고 중이 보이는 신앙의 갈등, 각시를 사이에 두고 양반과 포수가 벌이는 신분의 갈등, 양반과 포수가 각시를 상대로 벌이는 남녀의 갈등이 놀이를 만드는 본디의 바탕이다.

이들 잡색은 지난날 서낭당에서부터 지신밟기가 이루어지는 모든 곳으로 풍물패를 따라다니면서 시도 때도 없이 놀음놀이를 벌이던 것이다. 그러나 놀음놀이는 잡색들끼리만 벌이는 것이 아니라 구경꾼으로 따라다니는 마을 사람들과도 벌이고, 게다가 지신밟기를 베푸는 집의 식구들과도 벌인다. 이때는 무엇보다도 '양반'이 주인을 윽박질러 음식을 넉넉히 차리게 하거나, 걸립을 두둑이 내도록 만들고, '포수'가 총으로 닭이나 돼지 새끼 같은 가축을 쏘아 잡는 시늉을 하여 뒤풀잇감으로 삼기도 한다.[220] 이런 〈잡색놀이〉는 말할 나위도 없이 온갖 재담을 주고받으면서 벌어지는 까닭에 싱그러운 입말의 놀이말꽃이 살아 숨쉬는 현장이다. 요즘 들어서 풍물과 지신밟기에 싸잡힌 잡색놀이에 눈을 돌린 조사와 연구가 깊어지면서, 놀이말꽃을 글말로 붙들어 적은 자료도 나타나게 되었다.

할 미 : (큰놈 작은놈 이놈저놈하며 자식들을 불러 세워놓고) 장수의 목이 떨어졌으니 어
　　　　떻게 해서 살릴 것이냐?
참 봉 : 여러분들 내 말 좀 들어보소. 전설에 의하면 장성 백양사에서 수도를 마치고 내
　　　　려온 도사가 있다네.
할 미 : (잡색들을 불러 모아 놓고 도사님께 점을 쳐보자고 한다.)
조리중 : 내가 정문하면 산다.(그러는 동안 잡색 몇몇이 둘러앉아서 투전을 하면서 싸운
　　　　다.)
각 시 : (북을 머리에 이고 와서 정문하는 과정을 연출한다.)
상 쇠 : (양반을 불러서) 저놈들은 낯바닥이 어찌 저렇게도 찌그러졌느냐?
양 반 : 홍작삼 너 이놈, 너 어째서 낯바닥이 붉으냐?

---

217) 조동일, 〈농악대의 양반광대를 통해 본 연극사의 몇 가지 문제〉, 《동산신태식박사송수기념논총》, 계명대학교, 1969.

218) 김익두, 〈한국풍물굿 잡색놀음의 공연적·연극적 성격〉, 《비교민속학》 14, 비교민속학회, 1997.

219) 이들 잡색의 꾸밈새는 탈을 쓰는 것이 본디의 모습이었을 듯하지만(아직도 일부 지역에서는 탈을 쓴다), 이제는 모두 퇴화하여 옷과 소도구로 분장을 하고 탈은 쓰지 않은 채 얼굴에 화장만 하는 것이 예사다.

220) 요즘 들어 지신밟기가 지닌 신앙의 힘이 떨어지자 아예 놀음놀이만으로 풍물의 판굿을 벌이고, 거기서 잡색놀이를 베푸는 수도 많지만, 그런 잡색놀이는 그냥 시늉만 내는 것으로 바뀌고 있다.

홍작삼 : 나는 어려서부터 술을 많이 먹어서 얼굴이 붉다.

양　반 : 너는 술을 많이 쳐먹어서 주독이 난 모양이구나. (창부 좌우창을 불러놓고.) 너희
　　　　는 왜 코가 좌우로, 반대로 틀어졌느냐?

창부들 : 우리는 벼슬을 얻은 코다.

좌창부 : 내가 좌로 돌면, 굿판이 행진을 못한다.

우창부 : 내가 우측으로 돌면, 동네어른의 승낙을 받았으니 굿판이 동네에 들어갈 수 있
　　　　다는 뜻이다.

양　반 : 참봉, 너는 낯바닥이 한 쪽은 붉고 한 쪽은 희구나.

참　봉 : 나는 나라에서 참봉 벼슬을 주어서, 공짜 술을 많이 얻어먹어서, 한 쪽부터 붉어
　　　　진다.

할　미 : (막뚱이 비리쇠를 데리고 영감을 부르면서) 막뚱이가 장가를 보내달라고 하니 어
　　　　찌하면 좋겠소?

양　반 : 이놈, 너는 코가 커서 장가를 가지 못한다.

비리쇠 : 나는 코만 크지 않고 코도 크고 그것도 크고 하니 장가갈 수 있소. (그때 장수
　　　　곧 대포수가 살아난다.)

할　미 : (장수를 보듬고 잡색들을 부르는데) 큰놈 작은놈 일곱째 아홉째 열째 이놈들아,
　　　　장수가 살아났으니 우리 즐겁게 한 번 놀아보자.

양　반 : 네 이년, 밤이면 나가 자고, 낮이면 낮잠 자고, 이 대포수놈 하고 좋아했구나.

대포수 : 양반 네 이놈, 내 할몸이지 네 할몸이냐? (양반과 둘이 멱살잡고 싸움을 하는데,
　　　　잡색들이 달려들어 싸움을 말리느라 야단법석이다. 대포수는 한풀이로 육자배기
　　　　를 부른다.) 사람이 살면은 몇백년이나 살더란 말이냐. 죽음에 들어 노소가 있느
　　　　냐. 살아 생전에 각기 맘대로 놀아나 볼거나. 고나해……

상　쇠 : 좌우에 모으신 손님들! 적군과 아군이 통일되었으니 다같이 진도아리랑으로 즐
　　　　겁게 한바탕 놀아보세.221)

　　이러한 잡색놀음에 싸잡혀 있던 탈놀음이 오랜 세월의 흐름을 거치고 달라지는
세상과 삶을 따라 놀이패 탈놀음으로 조금씩 탈바꿈해 갔다. 탈바꿈한 깊이와 넓이는
탈놀음이 뿌리내린 지역의 환경에 따라 저마다 다를 수밖에 없고, 그렇게 흘러간 세
월도 헤아리기 어려울 만큼 길고 길다. 그래서 여전히 뿌리내린 그곳에서 마을굿에
싸잡힌 그대로 크게 탈바꿈하지 못한 것으로부터 뿌리내린 데를 알 수 없을 지경으
로 마을굿의 자취를 아주 벗어버리고 탈놀음만 남은 것까지 갖가지다.222) 이렇게 탈

---

221) 전남 영광의 〈영광풍물 잡색놀이〉(이두현, 《한국 무속과 연희》, 서울대학교출판부, 1996).

222) 조동일은 이것들을 크게 묶어 '농촌탈춤'과 '도시탈춤'이라는 이름으로 가르고(조동일, 《탈춤의 역사
　　와 원리》, 홍성사, 1979), 정상박은 경남 지역에 내려오는 오광대를 깊이 들여다보고 '토박이오광대
　　(토착오광대)'와 '떠돌이오광대(예인오광대)'라는 두 갈래로 나누어진다고 했다(정상박, 《오광대와 들

바꿈한 탈놀음들이 하나의 뿌리에서 자라난 자취를 이름에 담고 꽤 넓은 지역 안에 두루 퍼져 있기도 하다. 서울 근처에 흩어져 있는 '산대놀이', 황해도 여러 곳에 흩어져 있는 '탈춤', 낙동강 서쪽 남해안으로 퍼진 '오광대', 낙동강 동쪽 끝자락에 퍼진 '들놀음'이 그런 것들이다. 그런데 여기서도 서울 근방과 황해도에 흩어져 있는 것들끼리 부르는 이름이 '탈춤'과 '산대놀이'로 다르지만, 놀이하는 모습은 서로 많이 비슷하고, 낙동강 서쪽과 동쪽에 흩어진 것들끼리 이름은 '오광대'와 '들놀음'으로 다르지만, 놀이하는 모습은 또 많이 닮았다. 그래서 결국 이들 탈놀음은 남녘의 낙동강 언저리에 흩어진 것들과 북녘의 서울과 황해도에 흩어진 것들로 크게 갈라진다고 볼 수 있다. 그러면서 대체로 낙동강 언저리의 것들은 마을굿의 자취가 한결 많이 남아 있고, 서울과 개성 근처에 흩어진 것들은 마을굿 자취를 훨씬 많이 씻어버렸다.

　　이처럼 낙동강 언저리와 서울에서 평양 사이라는 지역에 탈놀음이 두루 퍼져 있다는 사실은 우연일 수 없다. 쉽게 짚히는 까닭이라면 그 두 지역이 전국 어느 곳보다 많은 사람들이 모여 살고, 따라서 먹고살기가 좋았던 것이 아닌가 싶다. 서울과 평양 사이에는 우선 고구려(평양), 고려(개성), 조선(서울)에 걸쳐 오랜 세월 동안 나라의 서울이 자리잡고 있던 곳이다.[223] 그뿐 아니라 우리 겨레가 일찍부터 줄곧 문물을 주고받으며 살았던 북서쪽 대륙의 여러 나라들로 오가는 사람들이 끊이지 않았던 한길이기도 하다. 한편 낙동강 언저리는 거기와 거꾸로 남동쪽 바다 바깥 여러 나라들로 오가는 사람들이 끊이지 않았던 물길의 고장이었다. 일제가 들어서 신작로를 닦고 철도를 깔기 이전에 우리는 먼 옛날부터 사람과 물건을 옮겨 나르는 길을 거의 물길에 따랐다. 그런데 알다시피 낙동강은 우리 나라 안으로 가장 멀리 뻗어 들어갈 수 있고 제주와 대마도와 일본을 거쳐 남방 여러 나라로 나갈 수 있는 물길의 큰 줄기다. 이래서 사람이 많이 모이는 곳에 재물이 있고 문화가 일어나는 것은, 예나 이제나 다를 것이 없는 이치에 따라, 이런 두 지역에 놀이꾼들의 탈놀음이 자랄 수 있었던 것이다.

(나) 놀이패 탈놀음(덧뵈기, 가면극)

　　뿌리는 마을굿 탈놀음과 하나일지라도 일찍이 떨어져 나와 아주 놀음놀이로 탈바꿈한 것으로 놀이패 탈놀음이 있다. 농사를 짓고 고기잡이를 하다가 한 해에 한 차

놀음 연구》, 집문당, 1986). 이런 결론들은 모두 탈놀음이 본디 농촌에 토박이 마을굿에서 비롯하여 세월을 따라 도시의 떠돌이 놀음놀이로 바뀌어온 흐름을 드러내는 것이라 할 수 있다.

223) 고구려가 힘을 떨치던 427년에 장수왕이 평양으로 서울을 옮겼으니, 그로부터 고려와 조선을 거쳐 오늘까지 1,500년을 넘게 그쪽이 우리 겨레의 문화 중심이었던 셈이다.

130

레나 여러 해 만에 한 차례씩 노는 것과는 달리, 놀이를 팔아서 먹고 살아가는 쟁이들이 나날이 갈고 닦는 솜씨로 벌이는 〈덧뵈기〉가 바로 그것이다. 여기에서는 하회별신굿탈놀음에 보이던 서낭당 제사(서낭님을 모시기)니 집돌이 지신밟기(서낭님을 즐겨주기)니 헛천거리굿(서낭님 보내기)이니 하는 굿의 자취를 찾을 수 없다. 놀이만을 위한 놀이판에서 풍물의 바라지로 오롯하게 벌어지는 탈놀음이다.

탈놀음이 언제부터 마을굿에서 떨어져 나와 쟁이들에게 넘어가서 덧뵈기가 되었을지 알기는 어렵다. 그 사이 어떻게 흘러와 오늘에 이르렀는지 그 자취조차 더듬기 어렵다. 글말로 적혀 말꽃으로 이야기할 수 있게 된 것이 20세기에 들어온 뒤 아주 요즘의 일이기 때문이다. 그러나 9세기 말엽의 신라에도 이미 놀이패 탈놀음이 있었다는 사실을 최치원의 한시 〈다섯 놀이(오기)〉224)에서 찾아볼 수 있다.

> 〈탈〉 황금 탈을 쓴 사람이 누군 줄을 모르겠네 / 구슬 채찍 손에 쥐고 귀신을 쫓아낸다 / 달아나고 거닐으며 아름다운 춤을 추니 / 마치도 붉은 봉황 익은 봄을 즐기는 듯225)

9세기 말엽에 놀음놀이를 팔아서 살던 놀이패가 탈놀음을 벌인 사실을 이렇게 알 수 있지만, 그런 놀이패가 언제부터 있었으며 그 뒤 어떻게 이어져 내려왔는지 알아볼 만한 자료가 없다. 기록들이 모두 임금을 중심으로 나라를 다스리던 높은 사람들의 삶만을 적었고, 놀이패와 같이 힘없고 보잘것없는 사람들의 삶은 거들떠보지 않았기 때문이다.

그러나 가뭄에 콩나듯 하지만 놀이패의 놀음놀이가 끊임없이 이어졌다는 짐작을 할 만한 자취가 아주 없지는 않다. 이를테면, 고려 적에는 《고려사절요》에 송도 거리에서 놀이패의 놀음놀이가 대엿새 이어지고, 사람들이 다투어 구경했다는 기록이 있고,226) 《고려사》에도 염흥방(?~1388)과 이성림(?~1391)이 말을 타고 집으로 돌아오다가 길거리에서 사람들이 길을 메운 가운데 놀이패가 벌이는 놀음놀이[우희]를 구경했다는 기록이 있다.227) 그리고 이규보(1168~1241)의 한시 〈꼭두각시놀음을 보고 지음[관롱환유작]〉 같은 것에도 그런 자취를 찾을 수 있다. 조선으로 넘어와서도 성현(1439~1504)이 놀이패의 놀음놀이를 보고 지은 〈놀이를 구경하고[관극시]〉가 있고,

---

224) 《삼국사기》 권32, 악지 제1에 "최치원의 한시에 향악잡영이라는 것 다섯 마리가 있으니 이제 여기에 싣는다(崔致遠 詩有 鄕樂雜詠 五首 今錄于此)"고 하면서 이름과 더불어 한시를 적어 놓았다.
225) 大面, 黃金面色是其人 / 手抱珠鞭役鬼神 / 疾步徐趨呈雅舞 / 宛如丹鳳舞堯春.
226) 《고려사절요》 권11, 의종 17년(1163) 2월.
227) 《고려사》 권126, 열전 권39, 염흥방.

유몽인(1559~1623)의 《어우야담》에도 귀석이라는 놀이꾼(광대)의 놀음놀이 이야기와 함께 부부 놀이꾼(우인)이 한강 얼음 위에서 탈놀음을 벌이다가 아내가 탈을 쓴 채 얼음에 빠져 죽는 이야기가 실려 있다.

임진·병자란을 지나면 우리 삶에 눈을 돌리는 선비들이 늘어나면서 불쌍한 놀이패들의 삶을 건드리는 기록도 늘어난다. 유득공(1749~?)의 《경도잡지》, 이덕무(1741~1793)의 《사소절》, 정약용(1762~1836)의 《목민심서》에 그런 자취들이 보인다. 강이천(1769~1801)은 남대문 밖에서 놀이패들이 놀음놀이하는 것을 구경하고 〈남성에서 놀이를 보고[남성관희자]〉라는 한시를 지었다. 무엇보다도 이 즈음에 널리 퍼진 판소리 소설 〈흥부전〉에는 놀부가 탄 박에서 사당패, 초란이패, 풍각쟁이패 같은 놀이패들이 꾸역꾸역 몰려나왔다는 대목이 있는 것으로 보면, 조선 후기에는 놀이패들의 삶이 여느 백성들에게 깊이 박혀 있었음이 틀림없다.

이렇게 뿌리깊은 놀이패의 삶은 세월이 흐를수록 기막히도록 짓밟히고 팽가져지기만 했으나, 타고난 끼를 누를 수는 없는 노릇이기 때문에 사라지지는 않았다. 그러다가 왕조가 무너지면서 사람 대접을 받을 수 있는 세상이 열렸으나, 침략한 일제의 모진 박해로 1930년대에 와서는 자취조차 사라지고 말았다. 그러나 이 즈음부터 우리네 지난날의 삶을 새롭게 밝히려는 사람들이 갈수록 불어나면서, 흩어진 놀이꾼들의 입으로 내려오는 말들을 좇아서 적잖은 것들을 밝혀내었다. 경기 지역을 중심으로 떠돌던 사당패(여사당패), 걸립패, 남사당패를 비롯하여, 영남 지역을 중심으로 떠돌던 대광대패, 솟대쟁이패, 중매구패 같은 놀이패가 드러났다. 이들이 가장 버림받았을 시절에는 경기도 안성의 청룡사, 경상도 남해의 화방사 같은 절간에서 목숨을 부지하도록 도움을 주었다는 사실도 밝혀졌다.

이들 놀이패는 물론 탈놀음만으로 판을 벌일 수 없다. 놀이패들이 놀이판에서 벌이는 놀음놀이는 서로 얼마씩 다를 수밖에 없지만, 남사당패에서 놀았던 〈풍물〉, 〈버나(대접돌리기)〉, 〈살판(땅재주)〉, 〈얼른(마술)〉, 〈덧뵈기(탈놀음)〉, 〈덜미(꼭두각시놀음)〉 같은 여섯 가지가 줄기를 이루는 놀이였다. 무엇보다도 놀이판에서 으뜸으로 꼽히던 놀음놀이는 탈놀음이었던 것으로 보인다. 신라 적에 최치원이 보았던 놀이판에서부터 1930년대에 사라지던 놀이판에 이르기까지, 탈놀음 없이 벌어진 놀이판은 보이지 않기 때문이다. 그뿐 아니라 조선 후기에 오면 놀이꾼을 싸잡아 부르게 된 '광대'라는 말이 고려 때까지만 해도 '탈놀음꾼'을 뜻했다는 사실[228]에서도 탈놀음이 놀이패

---

228) 《고려사》 권124, 열전 제37, 전영보.

들의 놀음놀이에서 차지한 자리를 짐작할 만하다.

놀이패 탈놀음은 유별나게 마련한 자리가 아니라도 많은 사람이 모일 수 있는 넓은 마당 같은 곳이면 어디서나 놀았다. 서양의 연극이 무대와 객석을 뚜렷이 가르는 것과는 달리, 우리네 탈놀음은 놀이하는 마당이나 구경하는 자리가 다 같은 평지다. 흔히 마당 한 켠에다 놀이꾼들이 탈을 바꾸어 쓰고 옷을 갈아입을 수 있도록 탈막(개복청)이라는 포장집을 마련하고, 그 문 앞쪽으로 마땅한 마당을 놀이판으로 삼고, 탈막 맞은편 한 쪽에 풍물잽이(악사)들이 자리잡는다.229) 구경꾼들은 놀이판을 거의 원형으로 둘러싸고 앉거나 서서 구경을 하는데, 놀이를 팔아먹고 살려고 벌이던 탈놀음에서는 놀이판 가에다가 다락을 만들어 거기에 올라앉아서 음식을 사 먹으며 구경을 할 수 있게도 했다. 해거름이 지면 횃불을 밝히고 새벽까지 앞놀이에서 탈놀이를 거쳐 뒷풀이까지 이어지는 것이다. 종이, 박, 나무 같은 여러 가지 재료로 만들어진 탈은 인물의 성격을 영락없이 드러내고 있지만, 대개는 스스로 움직이지 않는다. 그러나 놀이꾼의 움직임과 춤사위에 따라 횃불에 비추어지는 모습이 갖가지로 바뀌고, 보는 이의 눈 자리에 따라서도 아주 야릇한 모습을 만들어내게 마련이다.

놀이꾼들은 잽이의 바라지에 맞추어 춤을 추고, 바라지를 그치게 하고 난 다음에 말을 주고받으면서 여러 가지 짓거리로 놀이를 벌이는데, 어떤 짓거리라도 춤에 가깝다. 그러나 역시 속살을 뚜렷이 드러내고 사건을 만들며 구경꾼의 마음을 사로잡아 가는 힘은 주고받는 말에서 나온다고 하겠다. 따라서 말은 악기 바라지와 움직이는 춤사위로 시끄러워진 마당을 일단 끊어서 고요하게 만든 다음에 주고받는데, 말과 노래를 섞는 것이 예사다. 그리고 놀이꾼이 구경꾼이나 잽이에게 말을 걸거나 또는 구경꾼이 때때로 놀이꾼에게 말을 걸면서 놀이에 끼어들어 놀이의 세계와 현실의 세계가 넘나들고 놀이판 전체가 어우러지게 하는 점도 눈여겨볼 만하다. 그리고 한편으로는 마당(과장)에 따라 말은 없이 짓거리와 춤만으로 놀이를 이어가는 수도 적지 않다.

남사당패의 〈덧뵈기〉는 모두 네 마당으로 짜였다. 1. 마당씻이, 2. 옴탈잡이, 3. 샌님잡이, 4. 먹중잡이가 그것이다. 보다시피 '옴탈(외세 침략)'과 '샌님(신분 모순)'과 '먹중(신앙 모순)'을 잡아버리자는 뜻을 드러내는 탈놀음임을 쉽게 알아볼 만하다. 넷째 마당 〈먹중잡이〉를 들어서 모습을 짐작해 보기로 하자.

---

229) 놀이패 탈놀음에서는 잽이들이 앉게 마련이고, 마을굿 탈놀음에서는 잽이들이 서게 마련이다. 요즘 탈놀음에서도 잽이들이 서고 앉는 것으로 그것의 뿌리가 어느 쪽에 가까운지 짐작할 수 있다.

(셋째 마당에서 놀던 피조리춤이 계속되는 가운데 먹중이 부채로 얼굴을 가리고 서서히 나오면 타령장단으로 바뀌며, 먹중이 두 피조리를 데리고 한동안 춤을 춘다. 다시 염불가락으로 바뀌고 춤이 무르익어 갈 무렵, 취발이 뛰어 나오면 먹중과 피조리들은 멈칫한다.)

취발이 : 어라 어라 어라 네기럴꺼! 안감내 똥독에 벌러덩 나자빠질꺼 늙은 놈 집안에 젊은 놈 없어도 못살고 젊은 놈 집안에 늙은 놈 없어도 못살고 늙은 놈이 집안을 웃식 떠났더니 저희끼리 말 잡아 먹고 북메고, 소 잡아 먹구 장구 메고, 안성 가서 새쇠 갈아다가 후르륵 삣쪽 걸걸거리구 잘 노는구나. 늙은 놈이 홍제원을 으썩 넘었더니 이렇다는 기생이 양쪽 무르팍에 앉아서 한 잔 잡수 쪼로록 두 잔 잡수 쪼로록 이리 석잔 쪼로록 먹었더니, 얼굴이 지지벌거니까 당산 솔개미가 고깃덩어리인 줄 알고 이리로 가도 휠휠 저리로 가도 휠휠 절수 절수 절수!

(먹중과 피조리들은 시종 취발이의 눈치만 보는 가운데 제 홍에 겨운 취발이 덩덕궁이 장단에 춤을 한 상 추고는)

취발이 : 얼 럴럴럴 네기랄꺼! 아 여보게 어이 춤을 추다 보니 안암산이 컴컴한 게 뭐냐?

(잽이 중에서)

잽　　이 : 여보게 안암산이 컴컴한 거 모르나?

취발이 : 나 몰라.

잽　　이 : 저 서울 새절서 중이 속가에 내려와서 계집 하나도 무엇한데 둘씩 데리고 농탕친다네.

취발이 : 홍! 그놈이 내 형식을 몰랐구나!

잽　　이 : 자네 형식이 무언고?

취발이 : 내 형식이 무어냐구, 여기 저기 싸다니며 한 푼 두 푼 모아다가 갑자거리 취발내고 내새복에 치부하고 중놈 급살탕국 멕이는 취발이라 이른다.

잽　　이 : 변변하구나.

취발이 : 똑똑하지. (먹중을 보며) 내 저놈을 한 번 얼러 보것다.

잽　　이 : 어디 한 번 얼러 보게.

취발이 : 아나 이놈 중아! 거리 노중이냐 칠월 백중이냐 허공 공중이냐. 중이라 하는 건 산중에서 불도나 외우고 부처님이나 위이는 것이지 속가에 내려와서 계집 하나도 무엇한데 둘씩 데리고 농탕쳐 이놈!

(취발이 먹중에게 대들면 먹중도 따라 덤빈다.)

취발이 : 오호 이 종놈 덤빈다.

(취발이 먹중을 피하며)

취발이 : 아 여보게.

잽　　이 : 어.

취발이 : 저놈이 속가에 내려와서 계집년 둘씩이나 데리고 농탕칠 때는 멋이 잔뜩 들었겠지, 그러니 저 중놈을 춤으로 한 번 녹이것다. 무슨 춤으로 녹이느냐 하면, 달아 달아 밝은 달아 절수 절수 절수!

(취발이 먹중과 덩덕궁이 장단으로 대무타가 안되겠다는 듯이)

취발이 : 얼 렬렬렬 네기렬꺼! 이 중놈이 나보다 춤을 십배나 잘 추는구나, 장단 밧싹 몰
　　　　아넣고 한 상 부셔 보는데, 절수 절수 절수 절수!
(먹중이 취발이의 춤에 이기지 못하여 취발이의 코를 때리고 퇴장하면)
취발이 : 쉬! 아 여보게 춤을 추다가 내 코를 탁 치고 가는 자 누군가?
잽　이 : 자네 누군지 모르나. 중이 네 춤을 이기지 못하여 코를 때리고 도망쳤네.
취발이 : 뭐 코를 때리고 도망가 이이쿠! 내 코! 허연 코피가 굴관지복을 하고 네고 네고
　　　　나오는구나.
잽　이 : 여보게 맞은 지가 언젠데 이제서 코가 아파.
취발이 : 아 그렇지 어쩐지 좀 싱겁더라. 아 여보게 그러나 저러나 중놈은 나한테 쫓겨났
　　　　네만 중놈이 데리고 놀던 계집이 안 보인다.
잽　이 : 어허 뒤로 홱!
(취발이 홱 돌아서면 나란히 섰던 피조리 갈라져 피한다. 한 피조리 앞에 다가서며)
취발이 : 그러면 그렇지 잘 생겼구나 잘 생겼다. 네가 요리 잘 생겼으면 널 난 네 에미는
　　　　얼마나 더 이쁘겠느냐. 내가 네 잘 생긴 근본을 일러 줄 것이니 들어봐라…….
　　　　어흠 어흠! 이마는 됫박 이마요, 눈썹은 세붓으로 그린 듯하고, 눈은 비오는 날
　　　　지팡이 구멍 같고, 코는 마늘쪽 거꾸로 붙인 듯하고, 입은 당사실로 조르르 엮은
　　　　듯하고, 목고개는 실개지 모가지, 절구통 배지, 새다리 정갱이, 마당발, 한 배에
　　　　새끼 열다섯 마리씩 낳겠다.
잽　이 : 여보게 그건 다 뭘 하게.
취발이 : 그건 다 뭘 하느냐구? 요거는 갖다가 이 장에도 팔고 저 장에도 팔고 남는 것은
　　　　다 취발이 자식이다. 엑헤! 중놈이 데리고 놀 때는 둘이더니 한 년은 못 보겠다.
잽　이 : 뒤로 홱!
취발이 : 히야! 요것은 더 이쁘구나, 너 이만큼 오너라. 너희 둘을 보니 중놈이 안달나게도
　　　　되었구나. 너 이마직 오너라, 네 이년들 대전별감 무하별감 금분 아쟁이가 수북
　　　　한데 하필 중놈이 맛이더냐!
(한 피조리를 톡 때리자 샐쭉 돌아선다.)
취발이 : 요게 삐졌구나, 야 야 돌아서라. (돌아선다.) 네가 미워서 그런 게 아니다. 그러나
　　　　저러나 중놈은 나한테 쫓겨났고, 너희들만 남았으니 춤이나 한 상 추자. (잽이에
　　　　게.) 중놈이 농탕치던 계집들 데리고 춤이나 한 상 추고 들어가겠다.
잽　이 : 좋은 말씀!
(굿거리 장단이 울리며 세 사람 대무하다가 취발이 피조리 둘을 얼싸 안고 퇴장하면, 모
든 잽이와 탈꾼들이 순서 없이 몰려나와서 어울려 춤춘다.)230)

눈여겨볼 것은 심각한 속뜻을 드러내면서도 놀이를 이끄는 놀이말에 쓰이는 말

---

230) 심우성, 《한국의 민속극》, 창작과비평사, 1975, 288~290쪽.

씨와 놀이꾼들의 짓거리는 심각하기는커녕 오히려 엉뚱하고 우스꽝스러운 표현으로 메워진다는 사실이다. 심각하고 눈물겹도록 슬픈 속뜻을 드러내고자 하면서도 겉으로는 익살과 우스개로 덮고 있는 것이다. 이렇게 하여 이들 탈놀음은 대수롭지 않은 한판의 우스개인 양 여겨져 지배계층의 매서운 눈초리로부터 살아남을 수 있었는지도 모른다. 그러나 일제는 그런 탈놀음이 지닌 현실풍자와 비판의 힘을 과소평가하지 않고 애써 탄압하였다. 교묘한 여러 가지 악법들로 사람들이 모이는 것을 막고, 탈놀음이 연희 예술로서 볼 때 유치하고 야만스럽다는 엉터리 이론들을 흘려 스스로 버리도록 하면서 맥을 끊으려 애썼다. 그래서 실제로 전국에 흩어져 떠돌며 놀았던 놀이패들의 탈놀음도 1930년대에는 자취가 사라지고 말았던 것이다.

(다) 놀이패 꼭두각시놀음(덜미, 인형극)

꼭두각시놀음은 나무로 사람의 모습[인형]을 만들어 놀리면서 말을 대신 주고받는 놀음놀이다. 그러므로 이 놀이는 기술을 잘 익힌 쟁이들이 아니면 멋있게 놀기는 어렵다. 20세기에 와서 놀이말이 글로 적히고 연구가 이루어진 이 놀이는 지난날 여러 곳으로 떠돌아다니면서 천대와 멸시 속에서 살았던 놀이패들이 놀리던 것이다.

'꼭두각시'의 '꼭두'는 본래 '꼭둑'으로써 그 말은 오래전에 들어왔다고 보는데, 중국에서 인형을 '곡독'이라 하고 또 일본에서는 '구구츠'라고 하는 것으로 보아 그것이 중국에서 우리 나라를 거쳐 일본으로 건너가면서 같은 이름이 따라다닌 것으로 보는 사람들이 많다. 꼭두각시놀음의 꼭두(인형)는 대개 나무로 만들어 색칠을 하고 옷을 입힌 것이며, 크기는 30센티미터에서 1미터쯤이 보통이다. 놀이판은 적당히 넓고 평평한 빈터가 있으면 그만이다. 가로 세로 3미터 정도의 네 모서리에 기둥을 세우고 흰 포장으로 포장막(덜미포장)을 만든다. 포장막 가운데 시렁에 대잡이(꼭두를 놀리는 사람)와 대잡이손(도우는 사람)이 앉아서 꼭두를 흰 포장 위로 올리고 놀리면[231] 무대(포장막) 좌우로 갈라 앉은 구경꾼들이 볼 수 있다. 그러므로 놀이가 이루어질 때에는 흰 포장 위로 꼭두만 보일 뿐, 그것을 놀리는 사람이 구경꾼들에게 모습을 드러내지는 않는다. 그들은 포장 속에 숨어서 꼭두를 놀리고, 말을 주고받으며, 노래를 부르는 것이다. 놀이는 밤에 이루어지므로 무대 양옆에 횃불이나 관솔불을 밝혀서 꼭두(인형)의 모습이 돋보이게 한다.

---

231) 서양이나 일본의 인형극에서는 놀리는 사람이 높은 곳에 올라앉아 줄로 매단 인형을 아래로 내려뜨리고 놀리는데, 우리는 놀리는 사람이 밑에 앉아 꼭두를 위로 치켜올려서 놀리니 아주 다르다.

 무대 앞쪽 빈 자리에 잽이(악사)와 산받이(받는 소리꾼)가 적당히 자리잡고 앉아서 바라지를 하며 놀이를 돕는다. 무엇보다 산받이는 관중석 쪽에 자리잡아 마을 사람들처럼 꼭두에게 말을 걸거나 대답함으로써 놀이를 흥미롭게 돕고, 놀이 마당이 구경꾼에게 열리게 하는 구실을 맡는다. 놀이에 나오는 인형은 여럿이지만 꼭두각시를 비롯하여 '박첨지'와 그의 조카 '홍동지'가 중심이기 때문에 이 놀음을 더러 '박첨지놀음' 또는 '홍동지놀음'이라 부르기도 한다.

 꼭두각시놀음의 놀이말도 1930년대에 와서야 처음으로 글로 적혔으므로 그 놀이의 짜임새와 속뜻이 본래 어떠했으며 어떻게 달라져 왔는지 정확히 알 길이 없다. 다만 그때 적힌 자료로 놀이가 몇 개의 도막(마당, 과장, 막)으로 나뉘어 짜이지만, 그 도막들은 아주 느슨하게 이어지는 것임을 알 수 있다. 도막들은 따로 떨어져도 좋을 만큼 색다른 이야기를 보이면서, 전체를 꿰뚫는 속살은 일은 하지 않고 나쁜 짓으로 백성의 삶을 괴롭히는 지배계층의 삶을 비꼬는 것이다. 이들에게 짓밟히면서도 꿋꿋하게 살아가는 여느 백성들의 착한 삶을 자랑스러워하는 것이 모든 도막에 두루 흐르는 놀이의 속살이라 할 수 있다. 김재철(1907~1933)이 1930년 어름에 글로 적어 남긴 이 놀이의 놀이말을 처음과 마지막에서 두 마당씩만 보기로 한다.232)

〈나오는 사람들〉
박 첨 지 ― 구장
홍 동 지 ― 그의 조카
소박첨지 ― 그의 아우
소 무 당 ― 그의 조카딸
최 영 로 ― 그의 사돈
표 생 원 ― 해남 양반
꼭둑각시 ― 그의 아내
돌모리집 ― 그의 첩
상좌, 잡탈중, 동방삭, 평양감사, 관속, 강계포수, 촌사람(새면의 악사)
그 밖에 이심이, 개, 꿩, 매 등이 있다.

 새면 소리 요란한데 잡탈중이 와서 춤을 추고 다음에 관 쓴 광대가 나와서 '세사는 금삼척이요, 생애는 주일배' 따위의 노래를 한참 동안 부른다.

---

232) 이 놀이말은 김재철이 쓴 《조선연극사》(학예사, 1939) 끝에 실려 있다. 그리고 이 놀이말을 적을 때의 소식은 책 141쪽에 이렇게 적혀 있다. "나는 저 재작년 겨울에 이삼십년 동안 인형극 조종에 종사하던 박영하, 전광식 두 노인을 괴롭게 하여서 꼭두각시극 각본을 속기한 일이 있었다."

제1막 곡예장

박첨지 : 떼루 떼루떼루 떼루(새면에서 꽹매기를 꽹 친다. 박이 놀래어) 이게 무슨 소리냐.

촌사람(새면) : 여보, 영감.

박첨지 : 어-

새   면 : 웬 영감이 아닌 밤중에 요란히 구느냐.

박첨지 : 날더러 웬 영감이랬느냐?

새   면 : 그랬소.

박첨지 : 나는 살기는 웃녘에 산다.

새   면 : 웃녘에 살면 웃녘이 어디란 말이요.

박첨지 : 살면 살고 말면 말았지 이렇다는 양반으로서.

새   면 : 그래서.

박첨지 : 서울 아니고야 살 데 있느냐.

새   면 : 서울이면 장안이 다 영감의 집이란 말이요?

박첨지 : 나 사는 곳을 저저히 이를 터이니 들어 보아라.

새   면 : 자세히 일러 보시오.

박첨지 : 서울로 일러도 일간통, 이골목, 삼청동, 사직골, 오궁터, 육조앞, 칠관악, 팔각제,
        구리개, 십자가, 광명주리, 만리재, 아래벽동, 웃벽동 다 젖혀놓고 가운데 벽동 사
        시는 박사과라면 세상이 다 알고 장안 안에서는 뜨르르하시다.

새   면 : 그래 무엇하러 나왔어?

박첨지 : 날더러 왜 나왔느냐고?

새   면 : 그래서.

박첨지 : 내가 나오기는 있던 형세 패가하고 연로 다빈하여 집에 들어 앉았을 길이 없어
        서 강산 유람차로 나왔다가 날이 저물어 주막을 찾어 주인에게 저녁 한 상 시켜
        먹고 긴 장죽 물고 가래침 곤두리고 가만히 누웠노라니 어디서 별안간 뚱뚱뚱뚱
        하길래 밖에를 나와 보니 어른은 두런두런 어린 아이는 도란도란 짓걸덤벙 하기
        로 '너희들 무엇을 이리 짓걸대느냐'고 물으니 '이 동리에 남녀 사당이 놀음 놀기
        로 구경하려고 합니다' 어린애들은 이리 대답하나 젊은 사람들은 '심한 집 늙은
        이 길가다 잠이나 일찍 잘 것이지 닷곱에도 참예 서홉에도 참예가 무엇인가' 하
        기로 나도 현선 백결에 늙었으나 노염이 더럭 나서 '이놈들 신로 심불로라 하였
        거든 늙은이는 눈과 귀가 없느냐'고 호령 반 꾸짖었더니 다 물러져 가더라.

새   면 : 욕을 했으면 무엇이라고 훈계를 했었나?

박첨지 : 양반이 지식있게 꾸짖었겠지 상없이 말했겠느냐?

새   면 : 그래서.

박첨지 : '네 에미 궁둥이와 네 애비 궁둥이와 마주 대면 양장구 똥구멍이 될 놈아' 이렇게
        꾸짖었네.

새   면 : 예끼 심한 잡늙은이, 그리고 어떻게 했어?

박첨지 : 꾸짖고 보니 새면 소리는 심명을 돋구기로 차차 찾어오니 이곳을 당도했네. 많

　　　　　　이 모인 사람 중에 넘성지웃 넘어다 보니 어여쁜 미동과 미색이 긴 장단 군복에
　　　　　　남존대 띠를 띠고 오락가락 춤추는 양을 보니 내가 길가던 늙은이일망정 어깨가
　　　　　　으쓱하기로 늙은 체모에 말못할 말이나 주머니 귀퉁이를 들여다보니 쓰던 돈이
　　　　　　조금 남았기로.
새　　면 : 그래서.
(박은 아무 말 없이 눈을 감는다. 밑에서 치는 꽹매기 소리에 놀래어)
박첨지 : 어-.
새　　면 : 애 박첨지, 그간 이야기하다가 잠을 자나 꿈을 꾸나?
박첨지 : 어- 이것 보게, 늙으면 죽어야 마땅해. 놀음판에 나왔다가 후기가 없어서 자연
　　　　　실수 되었네.
새　　면 : 그러나 저러나 주머니 돈은 얼마를 가지고 나왔나?
박첨지 : 얼마얼마 얼마얼마(타령조), 날더러 얼마를 가지고 나왔느냐고?
새　　면 : 그래서.
박첨지 : 잔뜩 칠푼이더라.
새　　면 : 칠푼을 가지고 어디어디 썼단 말이요?
박첨지 : 비록 늙었을망정 비면이 썼겠느냐. 돈 쓴 데를 말할터이니 자세히 들어 보아라.
　　　　　사당 아이는 손목잡고 돌이고 주기와, 어여쁜 미색은 좋고 좋은 상평통보를 입
　　　　　에 물고 주기와, 거사 불러 거사전 주고, 모개비 불러 행하해 주고 나서 한 쪽이
　　　　　무끈하기로 주머니 구석을 들여다보니 칠 푼 가지고 행하해 준 본전이 삼칠은
　　　　　이십일에 두 냥 한 돈이 남았더라.
새　　면 : 예끼 심한 잡늙은이, 본전은 칠푼인데 행하해 주고도 두 냥 한 돈이 남았다니 행
　　　　　하해 주러 나온 게 아니라 여러 손님 주머니를 떨지 않았는가?
박첨지 : 애 이놈아, 네 그게 무슨 소리냐? 늙은이를 말 시키고 술을 대접 못할망정 고왕
　　　　　금래로 법이 있어서 이곳에도 번화한 곳이라 관리가 있거든 늙은 박가를 포도청
　　　　　에다가 넣고 싶어서 무죄한 사람한테 그게 무슨 말이냐?
새　　면 : 그러면 어째서 칠 푼 가지고 실컷 썼는데 두 냥 한 돈이 남았단 말이요?
박첨지 : 네가 늘고 주는 목을 모르는구나.
새　　면 : 늘고 줄다니요?
박첨지 : 세상 만물이 번성하여질제, 나는 짐승은 알을 낳고 기는 짐승은 새끼를 치는줄
　　　　　을 모르느냐?이 잡놈들아, 내 돈도 그렇게 번성했다는 말이다.
새　　면 : 내가 잡것이 아니라 박노인이 늙은 심한 잡것이요. 그러나, 무엇을 하려고 나와
　　　　　우뚝 섰소?
박첨지 : 날더러 말이냐?
새　　면 : 그래서.
박첨지 : 몸은 늙었을망정 마음에 신명이 나서 어깨가 으쓱으쓱 하니 춤 한 번 추자고 나
　　　　　오셨다.
새　　면 : 그러면 한식 추어보시오.

박첨지 : 장단을 때려라, 떵떵떵떵. (새면의 장단에 맞추어 박은 춤을 춘다.) 어으 어으 여
　　　　　보게.
새　면 : 왜 그러나.
박첨지 : 나는 이렇게 한식 추었으니 뒷절에 소무당녀들이 쌍쌍이 짝을 지어 나물을 캐다
　　　　　가 이 장단 소리를 듣고 춤추러 나온다네.
새　면 : 나오라고 하게.
박첨지 : 그러면 나는 육모초 들어가네.

제2막 뒷절
(상좌 두 사람이 나와서 바위 위에 앉았는데, 산 위에는 소무당녀들-박첨지의 질녀-이 나
물을 캐고 있다. 상좌들이 그것을 보고 반하여 두어 수작 한 뒤에 네 사람이 풍악 소리에
맞추어 신명이 나서 춤을 춘다. 그 때에 박첨지가 미색 논다는 말을 듣고 나왔다가 상좌
들이 소무당을 데리고 춤추는 것을 보고 대경 실색하여 상좌를 꾸짖는다.)
박첨지 : 이 중놈아, 네가 분명히 중이면 산간에서 불도나 할 것이지 속가에 내려와 미색
　　　　　을 데리고 노류장화가 될 말이냐? 아마도 내가 생각하니 네가 중이라고 칭하였
　　　　　으나 미색 데리고 춤추는 것을 보니 거리 노중만 못하다. 이놈 저리 가거라. (춤
　　　　　을 한참 추다가) 어으 어으 여봐라 어떠만 싶으냐? (웃으며) 나도 늙은 것이 잡
　　　　　것이로군. 늙은 나는 들어가네.(다시 소무당을 자세히 보니 자기의 질녀인 고로
　　　　　기가 막혀서) 늙은 놈이 주착없이 질녀 있는 데서 춤을 추었고나. 그러나 이왕
　　　　　같이 춤춘 바에 어찌할 수 없다. 이 괘씸한 중놈을 처치하여야 할 터인데 늙은
　　　　　내가 기운이 있어야지. 아마도 생질 조카 홍동지를 내보내야겠다.
(이때 상좌들이 소무당녀 때문에 싸움반 춤반으로 야단법석하니 박은 노염이 나서 홍동
지—딘둥이—를 부른다.) 여봐라, 딘둥아 딘둥아.
(홍동지 등장하고 박첨지 퇴장)
박첨지 : (안에서) 여봐라, 내가 밖에를 나가니 상좌중놈이 내 딸을 데리고 춤을 추는데
　　　　　늙은 나는 기운이 없어서 그대로 왔으니 네가 나가서 모두 주릿대를 앵겨라.
(상좌들이 각각 소무당 하나씩을 데리고 양편에 갈라 섰고 홍동지는 그 중간에서 왔다 갔
다 한다.)
홍동지 : 어디요?
박첨지 : 저 켠으로.
홍동지 : (그리 가며) 이리요?
박첨지 : 그래.
(홍동지는 급히 가서 보느라고 상좌 머리와 자기 머리와 부딪쳤다.)
홍동지 : 여봐라, 들거라. 보니 거리 노중이냐? 보리 만중이냐? 칠월 백중이냐? 네가 무슨
　　　　　중이냐? 염불엔 마음이 없고 잿밥에 마음이 있어 미색만 데리고 춤만 추는구나.
　　　　　나도 한식 놀아 보자. (다섯이 춤) 장단을 자주 쳐라.
(장단이 빠르며 그에 따라 홍은 춤을 빨리 추다가 머리로 상좌와 소무당을 때려서 쫓아

보내고 저도 이어서 퇴장)

-제3막에서 제6막까지 줄임-

제7막 평양감사 재상
(평양감사의 모친 상여가 나온다.)
평양감사 : 꼴곡꼴곡 꼴곡꼴곡 아이고 좋아, 콩나물 안방 차지 내 차지.
(양산도 따위 노래를 부른다.)
소박첨지 : (구경하다가) 이게 뉘놈의 상여냐? 초상 상제놈이 소리가 알는 것이냐? (그때
　　　　　 상두꾼이 발병이 나서 못 가고 상여를 내려놓았다.)
평양감사 : 여봐라, 박가야, (박첨지가 나온다.) 말들어라. 상여가 나가다가 상두꾼이 발병
　　　　　 이 났으니 인부를 사 대라.
박첨지 : 인부가 졸지에 없아오니 소인의 조카놈이 궂은 일 잘보고 괴덜머리쩍고 기운이
　　　　 역사요 이상야릇한 놈이오니 그 놈으로 천거하옵니다.
평양감사 : 이놈 더디다, 빨리 대령하여라.
박첨지 : 네-. (홍을 부른다.) 여봐라 딘둥아, 이번에 감사또 연반시 상두꾼이 발탈이 났으
　　　　 니 하룻 밥 삼시야 사시야 먹고 잔 칠푼 줄 것이니 상여꾼 품팔러 안 갈려느냐?
홍동지 : 왜 그래쌌오?
박첨지 : 지금 한 말 못 들었느냐? 만일 지체하면 주릿대 학춤 고드래뼈 튕겨지면 호소할
　　　　 곳 바이 없으니 지체말고 빨리 나오너라.
홍동지 : 아자씨 말씀이 정말이요?
박첨지 : 그짓말 하겠느냐?
홍동지 : 빨가벗어도 좋소?
박첨지 : 관계없다.
홍동지 : 어디 가서 보기나 합시다. (홍이 가만히 가서 상제도 보고 상여를 냄새맡더니)
　　　　 카- 이게 뭐요?
박첨지 : 왜 그래느냐?
홍동지 : 아 오뉴월 강생이 썩는 냄새가 나는구려.
박첨지 : 이눔아 그게 무슨 말이냐, 감사또 아시면 서운치 않으시겠느냐?
홍동지 : 사또가 섭섭하시면 큰 개 썩는 냄새가 난다 합시다.
평양감사 : 꼴곡 꼴곡 꼴곡. (왔다 갔다 한다.)
홍동지 : 상제님, 문안드리오.
평양감사 : 이놈 상여도 대부인 상여인데, 문 안이고 문 밖이고 웬 놈이 빨가벗고 덤벙거
　　　　　 리느냐!
홍동지 : 네밀 붙을, 벌거벗었더라도 상여만 잘 메면 됐지, 무슨 잔말.
평양감사 : 네가 상여를 모시러 왔다니 듣기는 반갑다마는 발가벗고 무슨 상여를 멘단 말
　　　　　 이냐? 괘씸한 놈 잡아내라. (평양감사가 화를 내어 박첨지를 잡아들여서 태장을
　　　　　 한다.)

박첨지 : 늙은 박가가 인부까지 극력 주선하여 사댔는데, 무슨 죄로 형장 태장이 웬일이
　　　　　요!
평양감사 : 이놈, 이 상여가 존중한 상여요, 또는 내행이어든 어디서 발가벗은 놈을 인부
　　　　　라고 데려왔으니 그런 상두꾼은 어디다 쓰느냐?
박첨지 : 그 상두꾼은 소인의 조카놈으로 다른 상두꾼 없어도 잘 메고 갑니다.
평양감사 : 네 말이 분명 그렇다 하니 이번 행차에는 그대로 써 주마, 빨리 모셔라.
홍동지 : 상제님 질머진 것은 뭐요?
평양감사 : 나 말이냐?
홍동지 : 그렇소.
평양감사 : 나 질머진 것은 산에 올라가 분상제 지내려고 잔득 칠푼 주고 강생이 한 마리
　　　　　사 질머졌다.
홍동지 : 자고로 방귀에 혹달린 놈은 보았어도 강생이 분상제 지낸다는 놈은 처음일세.
　　　　　그러나 저러나 연장을 차려 메어 볼까. 이렇게 메어도 좋소?
박첨지 : 이놈아, 외삼촌을 주리 홍똥을 내고 무엇이 나빠서 상여를 어깨로 메지 빼꿈아
　　　　　래로 메는 놈이 어디 있느냐?
홍동지 : 네 그렇소. 바로 메 봅시다. (상여를 어깨에 메고 몸을 흔들며 신명을 낸다.) 너화
　　　　　너화 너화 넘차, 너골이 너화 넘차.
평양감사 : 꼴각 꼴각 꼴각, 연반군은 북망산이 멀다더니 대문 밖이 북망산이라.
홍동지 : 너화 넘차.
박첨지 : 너화 넘차.
홍동지 : 너화 넘차.

제8막 절짓기
박첨지 : 여보게, 이때는 어느 때인가? 태고적 시절일세. 명산대천에 절을 왜 짓겠나. 이번
　　　　　감사대부인 장사 후에 백일불공하기 위하여 삼하적 고찰을 이루키네. 어 화상에
　　　　　절을 짓네. 나는 들어가네.
(중 둘이 나와 재배한다.)
중 : (노래) 어 화상에 절을 짓네. 어 화상에 절을 짓네.
(절을 다 세운 후에 화상 둘이 법당 문을 열고 합장 배례하여 염불한다.)
(노래) 어화상에 절을 짓네. 어 화상에 절을 짓네. 이 절에다 시주를 하면 소원성취 하오리
　　　　다. 나무아미타불 관세음보살.
　　　　어 화상에 절을 헌다.
(절을 다시 뜯어 들인다.)

　이런 놀음놀이는 왕조 시절 가장 낮은 신분에 시달린 떠돌이 놀이패가 놀던 것
이려니와 그것을 보고 즐긴 사람들도 가난한 백성들이었으므로 말씨는 어디까지나
살아 움직이는 그들의 입말 그대로다. 뿐만 아니라 내용도 백성들의 삶을 어디까지나

내세우고, 땀흘려 일하지 않고 거들먹거리며 살아가는 사람들은 여지없이 비꼬고 놀린다. 불도를 닦아 중생을 건진답시는 스님은 소무에게 빠져서 어울려 놀다가 박첨지와 홍동지에게 들켜 창피를 당하고(제2막), 삼신산 불사약을 먹고 팔만대장경을 외고 세상에 나온 도사 동방삭은 새면의 풍악소리와 꾐에 빠져 대번에 그 고상한 공부를 다 잊어버리고 저도 모르는 사이에 춤추고 노래부르며 노닥거린다(제4막). 뿐만 아니라, 고을 백성들을 잘 다스리는 것이 본분인 평양감사는 도임하자마자 꿩사냥에 열을 올리고(제6막), 죽은 자기 어머니를 위하여 절이나 짓고(제8막) 하기 때문에 그 어머니의 장례 때에 박첨지와 홍동지로부터 기막힌 조롱을 당하고 만다(제7막). 그리고, 해남의 양반인 표생원은 본마누라와 작은집 사이에 끼여 낭패를 당하고 박첨지의 놀림을 받다가 드디어 패가망신하고 만다(제5막).

이렇게 안다는 사람들(스님, 도사)과 높다는 사람들(평양감사, 양반)이 그릇되었음을 비꼬며 놀리는 것은 가난하고 짓밟히며 사는 백성들의 부르짖음이며 숨구멍이다. 이것이 그들에게는 잠시나마 답답한 현실을 뛰어넘게 하고 삶의 아픔들을 어루만져주는 최소한의 위안이며 탈출구였을 것이다. 이 밖에도 지난날 즐겼던 인형극으로 〈망석중놀이〉, 〈장난감인형놀이〉, 〈발탈〉, 〈그림자인형놀이〉 따위가 있었고, 지금도 그것을 보존하여 소개하기도 하나 말꽃으로 볼 놀이말이 제대로 남아 있지 않아서 따로 다룰 만한 것이 없다.

(라) 창극과 마당놀이

창극과 마당놀이를 입말놀음놀이말꽃으로 볼 수 있는가. 창극이나 마당놀이는 글말로 적힌 다음에 거기 맞추어 즐기는 놀음놀이가 아닌가. 마땅하고 옳은 말이다. 그만큼 창극과 마당놀이는 글말과 입말의 두 가지 말에 두루 걸쳐 있는 갈래임이 틀림없다. 그러나 이들 두 가지 놀음놀이말꽃을 글말로만 즐기는 사람은 없다. 앞에 살핀 놀음놀이말꽃들처럼 아예 글말 없이 벌인 것인데, 연구하는 사람들이 연구에 쓰려고 글말로 붙들어 적은 것과는 달리 이들 두 가지는 먼저 글말로 적힌다. 그러므로 글말놀음놀이말꽃이 아닐까 하는 물음이 일어나게 마련이다. 하지만 먼저 글말로 적은 그것은 놀음놀이를 벌이려고 마련한 디딤돌에 지나지 않는 것이고, 글말 그대로를 즐기려는 것은 아니다. 놀음놀이로 즐기는 것은 입말이기 때문에 입말놀음놀이말꽃으로 보고자 한다.233)

---

233) 그러나 이들 갈래를 입말꽃으로 보아야 할지 글말꽃으로 보아야 할지는 쉽게 가늠하기 어렵다. 그

창극과 마당놀이는 서로 다른 갈래다. 창극은 20세기에 들어오면서 새로 시작하여 남북전쟁 뒤에 영화에 밀려 이미 사라졌다고 볼 수밖에 없는 그런 갈래고, 마당놀이는 1960년대에 들어와 새로 비롯하여 최근에 차차 관심을 모으며 활기를 띠어 이제 시작하는 갈래다. 놀이하는 무대라든지, 몸짓하는 모습이라든지, 말을 주고받는 방법에서도 커다란 차이를 드러낸다. 창극은 서양 연극에 가까운 무대, 몸짓, 짜임을 바탕으로 하면서 주고받는 말을 우리에게 뿌리가 깊은 판소리로 하지만, 마당놀이는 무대, 몸짓, 짜임이 모두 우리네 탈놀음에 바탕을 두면서 탈을 쓰지 않고 주고받는 말에다 판소리 비슷한 노래도 곁들인다.

이렇게 모습이 서로 다른 갈래지만 함께 다룰 수 없는 것은 아니라고 본다. 무엇보다도 생겨난 말미가 비슷하다. 지난날의 전통놀이를 어떻게 하면 새로운 시대와 사회에 걸맞는 것으로 바꾸어 살려낼 수 있을까 하는 뜻을 바탕으로 생겨났기 때문이다. 그뿐 아니라 놀이에 쓰이는 놀이말꽃(재담, 대사)의 모습과 본질이 매우 닮았다. 말꽃의 뿌리는 판소리와 탈놀음에 닿아 있어서 서로 다르다 하겠지만, 창극이나 마당놀이나 여러 사람들이 나와서 주고받을 뿐 아니라 더러는 말로써 하고 더러는 노래로써 한다는 표현방식에서 서로 비슷하다.

창극의 뿌리는 판소리에 있다. 판소리는 애초에 놀이가 아니라 소리(음악)였다. 소리로 이야기하는 것이었다. 그것이 20세기로 들어서는 즈음에 와서 놀이에 가깝도록 바뀌어 창극이라는 놀이(극)가 되었다. 우선 한 사람이 노래부르던 판소리를 여러 노래꾼들이 몫을 나누어 맡고, 서양식 연극의 몸짓을 많이 받아들여서, 서양식 무대에 올려 노래놀이(창악연극)로 넘어왔다. 허물어져 가던 왕실의 도움을 받아 지난날 우리 판소리의 명창들이 모여서 만든 협률사(1902~1906)가 〈춘향전〉과 〈심청가〉를 1903년과 1904년에 창극으로 만들어 발표하면서 비롯하였다.

그때 창극(〈춘향전〉과 〈심청가〉)이 공연된 모습은 그대로 남아 있지 않다. 그러나 혼자서 노래하고 몸짓을 하던 판소리를 여러 사람들이 몫을 나누어 맡고, 거기 따른 서양식 무대장치와 어울리는 몸짓이 있었다는 사실은 널리 알려진 바다. 지난날 판소리에 담겼던 놀이의 성격을 한껏 늘려서 새로운 놀음놀이로 탈바꿈시켰다는 것은 틀림이 없다. 거기에는 지난날을 버리고 새로운 탈바꿈을 받아들이느라 지나친 조급함이 있었던 것으로 보이기도 하고, 친일 개화주의자들이 어설프게 전통 예술을 개

것은 글말로 적힌 그것을 말꽃으로 보아야 하는가 살아서 입말로 주고받는 그것을 말꽃으로 보아야 하는가 하는 잣대의 문제이기에 하나로 잘라 말하기 어렵기 때문이다.

혁하겠다는 자만에 싸여 대중 교화에 이용하겠다는 정치적 계산조차 있었던 듯하다. 그러나 몸소 놀이를 맡았던 사람들은 밀려드는 외세에 나라의 운명이 바람 앞의 등불 같은 때를 맞아 겨레의 민중 예술을 새롭게 탈바꿈시켜서 시대의 어려움에 맞서 보겠다는 순수한 의욕을 지녔던 것으로도 보인다.

몇몇 판소리 작품을 창극으로 만들어 호응을 얻게 되자, 곧바로 눈앞의 사실에서 소재를 잡은 〈최병도타령〉(1908, 공연 당시에는 제목을 〈은세계〉로 바꾸었다)을 원각사(1908~1909)에서 공연하였다. 아주 드러내 놓고 친일 부역의 뜻을 담은 작품이지만, 세상 돌아가는 사정에 어두운 대중들로부터 상당한 호응을 얻었던 듯하다. 그러나 겨레의 전통에 뿌리박힌 창극이 새로운 연희물로 자라나 백성들과 어우러지는 것을 침략자들이 달가워할 리가 없었다. 따라서 이렇게 걸음마를 하던 창극이 어느 만큼 열매를 거둘 만한 여유도 없이 창극 단체는 일제의 강제에 의하여 해산되고(1909), 저들의 노골적인 계획에 따라 이른바 신파극이라는 일본 연극을 옮겨 심는 흐름이 거세게 일어났다.

그 뒤로 지방에 흩어져 떠돌던 소리꾼들은 송만갑(1866~1939), 이동백(1867~1950), 김연수(1907~1974), 박록주(1905~1979) 같은 이들을 중심으로 1933년에 '조선성악연구회'를 만들어 다시 창극 운동에 힘을 쏟았다. 이들은 지난날 부르던 판소리뿐만 아니라, 〈유충렬전〉과 〈장화홍련전〉 같은 옛 소설을 비롯하여, 〈마의태자〉, 〈황진이〉 같은 역사 인물의 이야기들과, 〈재봉춘〉, 〈빈부〉처럼 새로운 소설 작품들도 창극으로 공연하는 열성을 보였다.

그러나 이들이 스스로 '국극'이라는 이름을 새로 지어 부르면서 창극 운동에 열을 올렸으나 눈앞의 대중 흥행에 맞추느라 줄곧 눈물 짜는 흥미 수준에서 벗어나지 못했다. 나날이 부닥치는 삶을 뚫어지게 들여다보고 살아있는 놀이말꽃을 만들어내지 못해서 새로운 놀이 갈래로 자라나기 어려웠다. 광복 뒤에도 이들로부터 이어진 '여성국극단'이 많이 생겨 1950년대까지 지난날의 작품들만 되풀이 공연하면서 전국의 극장을 떠돌기도 하였으나 창조적인 발전을 이루지는 못한 채 밀려드는 서양 영화에 관중들을 빼앗기고 사라질 수밖에 없었다.

마당놀이의 뿌리는 탈놀음에 닿아 있다. 창극(국극)이 사라진 1960년대에 비롯하여서 1980년대에 들어 상당한 발전과 호응을 얻기 시작했다. 마당놀이는 판소리로 불려지던 소설들을 놀이말(대본)로 끌어다 쓰기도 하고, 주고받는 말법 또한 판소리의 창과 아니리를 본뜨기도 한다. 그러나 여러 사람들이 평지에서 놀이를 펼치고, 구경꾼들과 쉽게 어울릴 수도 있도록 열어 놓고, 몸짓을 잽이의 바라지에 맞추는 춤에 크게 기대며, 무엇보다도 마당을 이어가는 모습이 탈놀음과 매우 비슷하다. 뿐만 아니라 웃기려는 몸짓을 하면서 현실을 꼬집고 넌지시 비꼬는 말씨를 부리는 놀이 모습은 탈놀음을 많이 닮았다. 그래서, 마당놀이는 탈놀음을 바탕으로 하여 탈을 벗어버림으로써 현대화하고, 줄거리 없이 느슨하게 이어지던 마당(과장)의 짜임새를 하나의 줄거리 있는 구성으로 바꾸고, 무대의 조건들을 할 수 있는 대로 활용함으로써 새롭게 탈바꿈한 놀이라고 보는 것이 마땅하다. 그런 가운데서도 주고받는 말만은 판소리의 그것을 이어받아 '소리'와 '아니리'로써 이루어지게 했다.

마당놀이를 처음에는 주로 판소리 다섯 마당[오가][234]으로 놀았으나, 차차 오늘의 정치와 사회 현실을 담아내려는 쪽으로도 이야기할 수 있는 고전들, 이를테면 〈배비장전〉, 〈이춘풍전〉 같은 작품을 조금씩 손질해서 썼다. 그러다가 마침내 1980년대에 들어와서는 마당놀이를 하자는 놀이말꽃을 힘써 새롭게 만들어내는 사람들이 나타났다. 따라서 마당놀이에 힘을 쏟으며 전통의 놀음놀이에다 새로운 삶을 담아내려는 놀이패들도 곳곳에서 생겨났다. 이것은 마당놀이가 새로운 놀음놀이의 갈래로 자라날 수 있으리라는 기대를 갖게 하는 징조로서 눈여겨볼 만한 일이다. 20세기 초에 전통 놀음놀이인 판소리를 창극으로 탈바꿈시켜 되살려내겠다던 노릇이 결국 실패하고 만 까닭의 하나가 좋은 놀이말꽃을 만들어내지 못한 데 있었는데, 마당놀이는 그런 길을 다시 밟지 않을 것으로 보인다. 이제부터 마당놀이가 뿌리깊은 전통과 새로운 시대의 삶을 하나로 아우르는 말꽃(대본)을 잇달아 만들어내면서 새로운 놀음놀이의 갈래로 사랑을 받으며 자라날 수 있을 듯하다.

2) 벼슬아치의 입말놀음놀이말꽃

아무도 애써 가르치거나 배우지 않는데도 백성들은 삶 안에서 저절로 놀이를 즐기고 놀이말꽃을 만들어 즐겼다. 그렇다면 백성을 다스리는 사람들은 어떠했을까? 맨 처음에는 다스리는 사람들도 백성들과 어우러져 함께 놀이를 즐기고 놀이말꽃도 만들었을 것이다. 그렇다면 세월이 흐르면서 다스리는 사람들은 백성들보다 훨씬 더 좋은 놀이와 놀이말꽃을 만들어 즐기지 않았을까. 그것은 온 세상 어디서나 볼 수 있는 일이니 우리 겨레라고 다를 까닭이 없을 터이다. 그러나 우리는 안타깝게도 기나긴 세월 동안 겨레를 다스리던 사람들이 어떤 놀이와 놀이말꽃을 즐겼는지 모른다.

---

234) 신재효가 글말로 적어서 모습을 드러낸 여섯 마당 가운데 〈변강쇠가〉를 빼고 나머지 다섯 마당이다. 곧 〈흥부가〉, 〈심청가〉, 〈춘향가〉, 〈토별가〉, 〈적벽가〉를 말한다.

지난날 기록이라는 것은 거의가 다스리는 사람들의 삶을 담고 있으나 놀랍게도 놀이와 놀이말꽃이 어떠했는지를 알아보기는 어렵기 때문이다.

　지난날 우리 겨레를 다스리던 사람들의 삶을 보여주는 기록으로 가장 오래된 것이 《삼국사기》와 《삼국유사》다. 그리고 거기에는 놀이를 벌였을 법한 자취들이 적잖이 들어 있다. 그러나 정작 그런 자취에서 바로 놀이와 놀이말꽃의 모습을 찾으려면 아무것도 찾을 수가 없다. 이를테면, 《삼국사기》에는 세 나라의 놀이가 싸잡혀 있을 법한 대목이 간추려져 있는데,235) 거기에서도 놀이의 모습은 찾아볼 수 없다. 신라 사람들이 좋아하며 즐겨 지었다는 악을 열여덟 마리나 꼽으면서,236) 무슨 악기를 몇이나 쓰고 노래하고 춤추는 모습이 어떠했는지는 알 수 없다고 했다. 그런데 다만 《고기》에 있었다면서 일곱 가지의 춤237)에 쓰인 속내를 보이고 있는데, 그들 일곱은 모두 바라지와 춤과 노래로만 이루어진 것으로 되어 있다. 바라지는 피리[가] 또는 거문고[금]를 혼자나 둘이서 하고, 춤도 한 사람이나 두 사람이 추고, 노래는 두 사람이나 세 사람이 부르고, 감독하는 사람[감]이 적게는 세 사람, 많게는 여섯 사람이나 있었다고 되어 있다. 그러니 아무데서도 놀이하는 자취를 찾아볼 수는 없다.

　그러나 과연 이런 기록들처럼 신라·고구려·백제 같은 나라를 다스리던 사람들은 춤과 노래만 즐기고 놀이는 즐기지 않았을까. 그럴 수는 없었을 것이다. 그러면 어째서 기록에는 나타나지 않는 것일까. 기록을 남긴 사람의 머릿속 생각 때문일 것이다. 12세기 중엽 고려 사람 김부식의 머릿속에 자리잡은 생각에는 다스리는 사람들이 놀이를 즐기지 않아야 하는 것이었다는 말이다. 그의 머릿속을 채우고 있는 유학의 가르침으로는 나라를 다스리는 사람들이 놀이를 즐겨서는 안 되는 것이다. 그래서 〈신열악〉도 〈신열무〉로, 〈사내악〉도 〈사내무〉로, 〈미지악〉도 〈미지무〉로 이름을 바꾸면서 놀이가 싸잡힐 자리를 없애 나간 듯하다. 어쨌거나 우리는 먼 옛날 우리 겨레를 다스린 사람들이 즐기던 놀이와 놀이말꽃을 알아볼 수가 없다.

　그러나 고려를 다스린 사람들은 그렇지 않았다고 기록되어 있다. 오히려 고려

---

235) 《삼국사기》 권32, 잡지 제1, 악이 바로 그 대목이다. 그리고 여기서 쓰인 '악'이란 글자에는 반드시 바라지[악]와 노래[가]와 춤[무]과 놀이[희]가 함께 싸잡히는 것이었다. 최치원의 〈향악잡영〉 다섯 마리가 거의 놀이임에 틀림없는 것들인 데서도 그런 쓰임을 알 수 있다.

236) 〈회악〉(유리왕 때 지음), 〈신열악〉(유리왕 때), 〈돌아악〉(탈해왕 때), 〈지아악〉(파사왕 때), 〈사내악〉(내해왕 때), 〈가무〉(내밀왕 때), 〈우식악〉(눌지왕 때), 〈대악〉(자비왕 때), 〈간인〉(지대로왕 때), 〈미지악〉(법흥왕 때), 〈도령가〉(진흥왕 때), 〈날현인〉(진평왕 때), 〈사내기물악〉, 〈내지〉, 〈백실〉, 〈덕사내〉, 〈석남사내〉, 〈사중〉이 그것들이다.

237) 〈가무〉, 〈하신열무〉, 〈사내무〉, 〈한기무〉, 〈상신열무〉, 〈소경무〉, 〈미지무〉가 그것들이다.

를 다스린 사람들은 놀음놀이를 지나치게 즐겼다고 말하고 있다. 《고려사》나 《고려사절요》에 기록된 고려 궁궐 안의 모습만 보더라도 온갖 놀음놀이들이 자주 벌어졌음을 알 수 있다. 〈귀희〉,[238] 〈나희〉,[239] 〈무격희〉,[240] 〈처용희〉[241] 따위는 틀림없이 굿놀이였을 것 같으나, 〈채붕백희〉,[242] 〈기악백희〉,[243] 〈가무잡희〉,[244] 〈여악잡희〉,[245] 〈하공진희〉,[246] 〈도이장희〉,[247] 〈당인희〉,[248] 〈송인희〉,[249] 〈주유희〉,[250] 〈창우희〉,[251] 〈가면인잡희〉[252] 따위는 모두가 삶놀이, 거기서도 놀음놀이였음이 틀림없겠다.

이들 놀음놀이도 놀이하는 모습을 알아볼 길은 없고, 따라서 놀이말꽃이라고 할 만한 말의 예술에 얼마나 이끌렸을지도 알 길이 없다. 천만 요행히 위에 보인 것들 가운데 굿놀이에서 자란 〈처용놀이(처용희)〉, 놀음놀이로 비롯한 〈두장군놀이(도이장희)〉 같은 것은 거기 딸린 노래가 남아 있다. 이들 노래로 미루어보지 않더라도 사라져버린 수많은 놀음놀이들에는 반드시 놀이말꽃이 있어서 이루어졌을 터이다. 하지만 말꽃을 그대로 적을 글자가 없었으니 어찌 글말놀음노래말꽃을 바랄 수 있을 것인가.

조선은 지배계층에서 예술보다는 실용을 앞세우고 놀이보다는 글읽기를 숭상하는 쪽으로 지도 이념을 세움으로써 왕실과 상류사회의 놀이가 지난날보다 훨씬 시들었다. 그러나 궁중에서는 굿놀이(제례악)와 일놀이(하례악)가 없을 수 없었고, 놀음놀이(연향악) 또한 적지 않았다. 고려 때부터 궁중의 굿놀이를 맡던 나례도감과 삶놀이를 맡던 산대도감이 온갖 놀이꾼들을 관리하면서 인조 때까지 살아 있었다.[253] 놀이

238) 귀신 놀이.
239) 귀신 쫓는 놀이.
240) 무당 놀이.
241) 처용 놀이.
242) 비단 장막을 치고 벌이는 온갖 놀이.
243) 재주 놀음을 더부르는 온갖 놀이.
244) 노래하고 춤추며 벌이는 갖가지 놀이.
245) 여인네들이 벌이는 갖가지 놀이.
246) 스스로 거란의 볼모가 되어 나라와 임금(현종)을 지킨 하공진의 용기와 충성을 되새기는 놀이.
247) 스스로 목숨을 바쳐 임금(태조)을 살린 신숭겸과 김락의 용기와 충성을 되새기는 놀이.
248) 당나라 사람 놀이.
249) 송나라 사람 놀이.
250) 난쟁이 놀이.
251) 남녀 놀이꾼들이 벌이는 놀이.
252) 탈을 쓰고 벌이는 갖가지 놀이.
253) 인조 때에 와서 이들 관청을 없애는 바람에 궁중 바깥으로 흩어진 놀이꾼들이 비참한 천인 신분으로 살아남느라 겪은 고초는 말로 이루 다할 수 없을 것이다. 조선 후기에 전국을 떠돌며 놀이를 팔아

꾼뿐만 아니라 놀이에 쓰이는 온갖 것들, 소리[악]와 노래[가]와 춤[무]을 비롯하여 거기 드는 악기와 장비와 의상 같은 것은 물론 학문과 이론까지 관장하는 관청이 왕조가 무너질 때까지 있었던[254] 사실을 보아도 알 만하다.

예로부터 궁중에 뿌리를 내리고 자라난 놀음놀이는 쉽사리 지방의 관청으로도 흘러 내려왔다. 지방의 관청에서도 굿놀이(제례악)와 일놀이(의례악)와 놀음놀이(연향악)가 없을 수 없었기 때문이다. 조선시대에만 하더라도 지방의 각급 관청에서 갖가지 놀이를 벌인 자취는 글이나 그림 따위로 얼마든지 확인할 수 있다. 그런 가운데 가장 뒤늦게 지방 관청의 놀음놀이를 정리한 자료로서 손꼽을 만한 것이 있다. 1872년(고종 9)에 정현석(1817~1898?)이 지은 《교방가요》가 그것이다.[255] 거기에는 19세기 말엽 진주목을 비롯한 지방 관아의 교방에서 갖추었던 소리[악]와 노래[가]와 춤[무]이 낱낱이 담겨 있는데, 이로 미루어 보건대 그때 지방의 관아들에도 '교방'을 두고 적지 않은 놀이꾼을 평소에 길렀던 것으로 보인다.[256] 그리고 〈항장무〉, 〈황창무〉, 〈처용가무〉 같은 춤을 실어 놓았는데 이름은 춤이라 했으나 속살은 놀음놀이라 할 만한 것들이다. 〈승무〉라는 것도 춤이라 했지만 풀이를 보면 탈놀음에서 흔히 볼 수 있는 '중놀음'일 것으로 보인다.

그러니까 우리 겨레는 중앙 집권의 왕조국가로 백성을 다스린 옛날부터 관청에서도 여러 가지 놀음놀이를 즐겼을 것임에 틀림없다. 따라서 재능을 타고난 사람을 찾아 모으고 가르치는 일을 나라의 관청으로 세워 줄곧 힘써 왔던 사실은 고려와 조선의 역사 기록에서 얼마든지 찾아볼 수 있다. 그렇다면 그런 놀음놀이에는 저절로 놀음놀이말꽃이 곁들여지게 마련이었을 것임은 두말할 나위조차 없다. 그런데도 우리는 지금 그런 놀음놀이말꽃의 자취조차 쉽게 찾을 수가 없다.

살아온 '남사당패'를 비롯한 떠돌이 놀이패들은 모두 참으로 눈물겨운 삶을 살았다.

254) 그 관청의 이름은 '장악원'으로 400년 동안(성종~고종) 있었다. 그 앞에는 건국 초기에 고려에서 쓰던 대로 '아악서'와 '전악서'로만 있다가 새로 '관습도감'과 '악학'이 생겨났는데, 세조 때에 이들을 '장악서'와 '악학도감'으로 묶었다가 다시 '장악서'로 묶고, 성종 때에 와서 그 이름을 '장악원'으로 고친 것이다. 그리고 고종 때에 와서 제도를 바꾸면서 1897년(고종 32)에 '교방사'로 되어 왕조가 무너졌다.(송방송, 〈장악원의 역사적 연구〉, 《악장등록연구》, 영남대학교 민족문화연구소, 1980, 7~134쪽)

255) 정병욱, 〈교방가보〉, 《한국고전시가론》, 신구문화사, 1977, 399~413쪽 ; 김명순, 〈정현석의 시가 한역 양상 연구〉, 《동방한문학》 19, 2000, 257~287쪽.

256) 정현석이 진주 목사로 와서(1867년, 고종 4년) 의기사를 중건하고(1868년, 고종 5년) 같은 해에 스스로 〈의암별제가무〉를 마련하였는데, 거기에는 노래하는 사람 여덟, 춤추는 사람 열둘, 당상잽이(당상악공) 다섯, 당하잽이(당하악공) 여섯, 이렇게 모두 서른한 사람의 쟁이가 굿놀이를 벌인다.

나) 글말놀음놀이말꽃

놀음놀이가 글말에 적힌 것은 많지 않다. 중국의 수나라와 당나라 궁중에서 쓰이던 '고구려 놀이[고려기]'라든지 일본의 궁중에서 쓰이던 '고구려 놀이[고려악]' 따위를 보더라도 우리의 놀음놀이가 옛날에 일찍부터 매우 뛰어나서 중국이나 일본으로 흘러 들어가 크게 자리를 차지한 자취를 짐작할 수는 있다. 그러나 그런 놀음놀이들을 글말로 적어서 즐겼을 것으로 보기는 어렵다. 우리말, 그것도 놀이하는 말을 제대로 적을 수 있는 글자가 없었기 때문이다. 향찰을 만들어서 노래말꽃을 붙들어 적을 수는 있었지만 그것으로 놀이말꽃을 적기는 어려웠을 것이 틀림없다.

알다시피, 9세기 말엽에 최치원이 한시를 지어 남긴 '다섯 놀이[오기]'가 있어서 놀음놀이의 모습을 어렴풋이나마 더듬어볼 수 있다.

〈금환〉 몸을 돌리고 허벅지를 두드리며 금빛 방울을 놀리네 / 달이 돌고 별이 뜨니 눈이 휘둥굴해질 수밖에 / 아무리 타고난 사람인들 이에서 더 나을까 / 고래가 바다에서 물결을 잠재우듯 하는구나

〈월전〉 어깨는 올라가고 모가지는 들어가고 머리칼은 높이섰네 / 팔뚝 걷은 여러 선비 술잔 들고 다투는데 / 노래 소리가 들리자 사람마다 모두 웃고 / 초저녁에 세운 깃발 새벽까지 펄럭이네

〈대면〉 황금 탈을 쓴 사람이 누군 줄을 모르겠네 / 구슬 채찍 손에 쥐고 귀신을 쫓아낸다 / 달아나고 거닐으며 아름다운 춤을 추니 / 마치도 붉은 봉황 익은 봄을 즐기는 듯

〈속독〉 헝클어진 머리에 시퍼런 얼굴이라 사람이 아니로다 / 떼를 지어 뜰에 내려 난새 춤을 배우는구나 / 북소리는 두둥둥 바람은 살랑살랑 / 남북으로 뛰고 달려 그칠 줄을 모르네

〈산예〉 먼 데서 사막을 넘어 만리까지 오느라고 / 털은 모두 떨어지고 티끌먼지 입었구나 / 머리 흔들고 꼬리 두드리며 어질게도 길들였다 / 사나운 기운 어찌하고 온갖 재주 부리는가257)

---

257) 金丸, 廻身掉臂弄金丸 / 月轉星浮滿眼看 / 縱有宜僚那勝此 / 定知鯨海息波瀾
月顚, 肩高項縮髮崔嵬 / 攘臂群儒鬪酒盃 / 聽得歌聲人盡笑 / 夜頭旗幟曉頭催
大面, 黃金面色是其人 / 手抱珠鞭役鬼神 / 疾步徐趨呈雅舞 / 宛如丹鳳舞堯春
束毒, 蓬頭藍面異人間 / 押隊來庭學舞鸞 / 打鼓冬冬風瑟瑟 / 南奔北躍也無端
狻猊, 遠涉流沙萬里來 / 毛衣破盡着塵埃 / 搖頭掉尾馴仁德 / 雄氣寧同百獸才

　최치원이 언제, 어디서 구경을 하고 이런 한시를 지었는지 알 수 없거니와 이것은 우리의 놀음놀이말꽃이 아니다. 신라 서울 경주 어디에서 놀이패가 놀이판을 벌이고 밤새워 놀음놀이를 벌였던 사실이 있었음을 알려줄 뿐이다. 그리고 최치원이 이것을 '향악' 곧 '우리 놀이'라고 불렀다는 사실은 눈여겨볼 만하다.[258] 애초에는 멀리 서쪽에서 사막을 건너온 놀이였음이 틀림없을 듯한 것 〈산예〉도 이때에 신라 사람들은 우리의 놀이로 알았던 듯하다.

　이래서 말 그대로 우리의 놀음놀이말꽃을 글말로 적어서 즐기게 된 것은 거의 모든 사람들이 한글을 부려쓸 수 있게 된 20세기에서 비롯한다. 20세기에 들어와서 왕조가 무너져 모든 사람이 글말을 누릴 수 있게 되었고, 쉬운 한글이 있어서 마음만 먹으면 누구나 글말을 부릴 수 있게 되어서 놀음놀이도 글말에 적혀서 즐겨지는 때를 만났다. 이런 흐름은 일제 침략자들의 식민정책으로 적잖은 어려움을 겪기도 했으나, 커다란 세월의 흐름을 막을 수 없어 눈에 띄게 자라났다. '연극(희곡)', '영화(시나리오)'와 '방송극(극본)'이 그렇게 자라난 글말놀음놀이말꽃들로 자리잡은 갈래들이다.

(1) 연극(희곡)

　연극이란 20세기에 들어와서 일본과 서양으로부터 들여온 놀음놀이를 말한다. 이제까지 살폈던 우리네 놀음놀이와 연극이 크게 다른 것은 놀이말꽃의 자리와 무게다. 이미 살핀 바와 같이 우리네 놀음놀이에서는 놀이가 먼저 있고 거기에 놀이말이 뒤따르는 쪽이었으나, 이제 서양의 연극은 놀이말이 먼저 있고 거기에 놀이가 뒤따른다. 서양의 연극은 일찍이 희랍에서 놀이의 실제와 이론 두 쪽으로 튼튼한 마련을 받아 오래도록 저들 사회의 변천과 더불어 바뀌어왔다. 그런데 우리에게는 19세기 말엽에 처음으로 알려져서 1910년대에 비로소 선을 보였다.

　서양에서도 연극은 애초에 바깥 마당에서 놀았다. 거기서 차차 지붕은 없이 관중석만 빙 둘러 계단을 이루는 이른바 원형극장에서 오랜 세월을 걸쳐 놀았다. 중세에는 다시 거리나 광장에서 자주 놀다가 근대로 넘어오면서 극장이라는 실내에서만 놀

---

258) 중국에 유학 가서 이름을 날리며 살다가 신라로 되돌아와서야 새삼 이런 놀이가 값지게 보였던 듯하다. 그가 신라로 되돌아온 까닭이 외국인 신라 사람으로 좌절을 느껴서인지 제 겨레와 나라의 삶이 값지다는 사실을 깨달아서인지 알 수 없다. 그러나 남을 부러워하며 따라가 보아야 나에게 남는 것은 허무뿐이라는 깨우침은 있었을 듯하다. 그런 마음이 생긴 다음이기에 이런 놀이가 우리네 예술로 사랑스럽게 보였을 것이다.

게 되어 오늘에 이르렀다. 극장의 구조도 적잖은 변화를 거쳤지만 근대극 운동을 거치면서 온전히 실내로 들어와 무대는 한쪽 가로 자리잡고 구경하는 사람들은 그 맞은편으로 떨어져서 마주보게 되었다.

연극은 꾸밈새를 갖춘 둘 이상(혼자서 하는 연극도 있으나 그것도 역시 두 사람 이상의 몫을 혼자서 하는 것이다)의 사람들이 무대에 나와서 몸짓과 더불어 말을 주고받는 놀이로써 삶을 드러낸다. 그러나 그것은 무대에 나타나지 않고 숨어 있는 지은이가 만들어낸 삶으로서, 맞서는 두 힘을 세우고 그 힘의 갈등으로 빚어지는 문제를 일으키고 풀어가면서 일어나는 사건으로 삶의 속내를 밝혀보려고 한다. 갈등을 일으키며 맞선 두 힘을 몇 사람의 배우들이 나누어 맡고, 그들의 모습으로 꾸밈새를 갖추어 놀이를 만들어 나가는 것이다. 얽히고 맺힌 사건을 풀어내는 종점까지 이끌어가자면 줄거리를 여러 도막(장면)으로 나누어 처리하게 마련이다. 줄거리가 지나치게 길 때에는 무대 전체를 완전히 바꾸어야 할 필요가 생기게 되어 무대와 구경꾼 사이에 막을 내리고 바꾼 다음 이어가는 기술이 마련되었다. 막을 쳐서 무대를 바꾸는 일 없이 한 무대에서 끝나는 연극을 단막극이라 하고, 무대를 바꾸어야 하는 긴 연극에는 대체로 3막, 4막, 5막짜리가 있고 이들을 장막극이라 부른다.

이러한 서양 연극은 우리 겨레의 놀음놀이와는 짜임이나 속살이 매우 다른 것이므로 그것이 우리에게 낯익은 것으로 뿌리내리는 데에는 적잖은 시간과 시련을 바쳐야 하는가 보다. 보기에 따라서는 아직도 연극은 우리 겨레의 예술로서 충분히 뿌리내리지 못하고 있는 것이 아닌가 싶을 정도다. 연극을 하느라고 일부러 애를 쓰는 동호인과 단체들이 온 나라 곳곳에서 의욕에 찬 공연을 자주 하지만, 아직도 그것이 구경꾼들의 호응을 받아 충분히 보상받는 것 같지는 않다. 게다가 그런 전문인들의 노력도 여느 백성들의 요구나 소망에 떠밀려 저절로 생겨난 것이라기보다는 개인의 취미나 선각자로서 지닌 각오에 말미암은 것이라 대중들의 심정과는 거리가 있게 느껴지기도 한다.

따라서 연극의 바탕인 희곡 또한 우리의 삶을 표현하는 말꽃의 갈래로 탐스럽지 못하다. 창작도 아직은 넉넉하지 못하고 누구에게나 낯익게 다가드는 갈래로 살아있다고 보기도 어렵다. 배달말꽃으로 희곡을 짓기 시작한 것은 1920년대인데, 그것은 현대시나 현대소설과 비슷한 때다. 그러나 이처럼 비슷한 때에 출발했지만 시와 소설에 견주어 희곡은 가난하다. 시와 소설은 이제 우리 것으로 뿌리내리고 생명력 있게 자라면서 겨레의 삶과 더불어 살아가지만 희곡은 아직도 제대로 우리 사회에 뿌리를 내리지 못하고 있는 듯하다.

연극(따라서 희곡)이 아직도 이처럼 우리의 삶을 위한 문화로 충분히 뿌리내리지 못하고 있는 것에는 우리가 새겨볼 만한 까닭이 있다. 우선 그것이 지난날의 전통 놀이로부터 너무나 떨어져서 접맥이 어려웠다는 점을 들 수 있겠다. 이 말은 이 갈래를 처음 시작하던 사람들이 그 점을 놓치고 전통놀이와의 접맥에 힘쓰지 않았다는 것을 원망하는 뜻이기도 하고, 지난날의 전통놀이(탈놀음이나 꼭두각시놀음 따위)가 우리 겨레에게 깊고도 넓은 호응을 받아 사람들이 그 영향권에서 멀리 벗어날 수 없도록 묶어둘 힘을 지니지 못했다는 뜻이기도 하다. 이를테면 소설은 지난날의 소설이 온 겨레의 깊고도 넓은 호응을 받고 자라온 전통의 힘을 지니고 있었던 까닭에 새로운 서양 소설을 쓴다면서 '신소설'이니 '현대소설'이니 하였으나 그것이 결국 지난날 소설의 전통 안에 머무르게 되어 결코 새삼스럽게 다른 갈래가 될 수 없었다. 그러나 우리의 지난날 놀이(말꽃)는 적어도 조선조에 들어와서 너무도 쭈그러졌다. 겨레 전체의 삶에 이야기나 노래가 차지한 자리를 놀이는 차지하지 못했기에 오늘의 연극도 서양 것 안에서만 따로 맴돌게 되었다는 말이다.

연극이 다른 갈래와 다르게 우리의 삶 안에 쉽사리 뿌리내리지 못하고 있는 까닭은 그런 조건들만이 아니라 이 갈래가 지니고 있는 본디 속살에서도 생각해 볼 수 있다. 그것은 놀이(말꽃)라는 것이 사람들의 일상 삶 그 자체와 철저히 하나 되어 있다는 사실이다. 모든 말꽃 활동이 한결같이 삶의 일부이지만 거기서도 놀이(말꽃)야말로 육신을 움직이는 몸짓으로 삶을 바로 드러내는 노릇이기 때문에 삶이 바뀌지 않고서 놀이(말꽃)만 따로 바뀔 수는 없다. 그러므로 우리 겨레의 삶이 빈틈없는 논리나 합리를 따른다기보다는 오히려 너그럽고 푸근한 감성과 우연으로 이루어지는데, 놀이만 필연에 따르는 전개와 빈틈없는 짜임새에 맞추는 서양 연극으로 쉽게 바뀔 수가 없다는 말이다.

게다가 연극이란 여러 가지 요소들(그림, 건축, 음악, 의상, 분장, 말꽃 따위)을 함께 어울러야 이루어진다. 그 모든 것들이 함께 손발을 맞추어야 하고, 그 모든 것을 골고루 갖추고 더불어 연습을 쌓아야 연극이라는 놀음놀이를 벌일 수 있다. 그러므로 적잖은 돈과 시간이 들고, 손맞잡이 사람들의 마음을 모아야 한다는 점도 현실로서 우리 연극의 발전을 어렵게 만든다. 따라서 이러한 연극놀이에 싸잡힐 수밖에 없는 희곡 갈래가 아직도 우리 배달말꽃의 한 가족으로 자리잡은 터수가 부실한 상태에 머무르고 있는 것이다.

온 겨레의 삶에서 싹이 나고 백성들이 창조하는 힘에서 자란 것은 아니더라도 연극이 움트기 비롯한 것은 역시 1920년대부터였다. 그러나 여기까지 오는 데도 적잖은 곡절과 아픔을 거쳤다. 일제가 침략의 도구로 놀음놀이에다 맨 먼저 눈을 돌린 것은 판소리였다. 그래서 협률사를 열게 하여 판소리를 '창극'으로 탈바꿈하는 일을 이끌어내고, 원각사에서 거리낌없이 드러내 놓고 창극 〈최병도타령(은세계)〉을 공연하는 데까지 이르렀다. 그러나 나라를 완전히 빼앗은 다음에는 우리네 전통에 뿌리박힌 놀음놀이(창극)보다는 일본의 놀음놀이를 바로 가져와 퍼뜨리는 쪽으로 힘을 돌렸다. 창극 공연마저도 서슴없이 막으면서 일본의 이른바 신파극을 억지로 퍼뜨리고자 했다.

신파극이란 일본에서 1890년대 후반부터 서양 연극을 본떠 시작한 것이다. 그것을 저들은 메이지유신이라는 정치, 군사, 사회, 가정 문제 따위를 교화하는 수단으로 활용하였다. 줄거리는 대강 정해 놓고 배우들이 즉석에서 대사를 꾸려가며 과장된 몸짓과 부자연스러운 목소리로 흥미를 얻어내려고 한다. 풍속을 개량한다는 목적을 내세우면서 일본식의 잔학하고 무자비한 사건들을 엮으며, 통속적인 눈물과 저속하기 그지없는 유흥의 내용들을 되풀이한다. 갈등이 겉으로 드러나서 관중이 끼여들 여유가 없으며 가르치는 듯한 풀이로서 뻔한 길로 사건을 몰고 가는 것이 신파극이다. 일제가 이런 신파극을 퍼뜨리려고 얼마나 서둘렀던가는 총독이 들어선 1910년보다 앞서 서울에 세운 일본인 극장이 본정좌, 가무기좌 따위로 일곱 개나 되었던 사실로 짐작할 수 있다. 물론 그 뒤로도 무섭게 늘어났다.

서울의 일본인 극장에서 신발지기를 하면서 신파극을 많이 구경한 임성구(1887~1921)는 김치경의 후원을 얻어 혁신단이라는 극단을 만들었다. 그리고, 1911년 초겨울에 일본인 극장 어성좌에서 일본 신파극 〈뱀의 집념〉을 〈불효천벌〉로 번안하여 공연하였다. 이 첫출발은 흥행에 실패했으나 김치경으로부터 극장 대관료 스무 곱절의 거금을 후원받고 있던 임성구는 이듬해(1912)에 다시 일본 신파극 〈피스톨 강도 청수정길〉을 입내내어 〈육혈포강도〉를 공연하여 큰 성공(?)을 거두었다. 이때는 일제 앞잡이 신문 《매일신보》가 요란한 광고를 내면서 협력했다. 그 해에 일본 유학을 한 윤백남(1888~1954)과 이기세(1889~1945)는 배운 데 없는 임성구의 신파극을 못마땅히 여기고 저마다 '문수성'과 '유일단'이라는 극단을 만들어 진짜 신파극을 보여주겠다고 했다. 그 밖에도 여섯 개의 극단이 생겨나 상연한 작품이 무려 쉰 마리가 넘었다.

이처럼 신파극이 인기 좋게 뻗어나갔으나 글로 적힌 희곡 없이도 공연될 수 있었으므로 창작 희곡은 눈에 띄지 않았다. 그런데 1912년에 윤백남과 함께 극단 '문수성'을 만들었던 조중환(1863~1944)이 〈병자삼인〉이라는 우스개 신파극 희곡을 만들어 자신이 기자로 있던 《매일신보》에 연재(1912.11.17~25)하였다. 그러고는 희곡 발

표가 아주 뜸했는데, 1915년 5월 미국 샌프란시스코에서 교포들이 펴낸 《신한민보》
에 〈세계에서 제일 큰 연극〉이라는 희곡이 연재되고, 또 1917년 8월 30일부터 열세
번에 걸쳐 〈동포〉라는 작품을 동해수부라는 이가 발표했다. 이렇게 신파극에 말미암
은 희곡이 나타나 1917년부터는 국내에서도 공연과는 관련 없는 희곡들이 더러 나타
났으나 이렇다 할 작품은 없었다.

제1장
여교사 이옥자 본저.

무대에는 이옥자의 집 방안이요, 그 부엌에는 밥짓는 제구와 소반 그릇 등물이 널려 있는
데, 부엌에서는 이옥자의 남편 되는 정필수가 불도 들이지 아니하는 아궁이에서 밥을 짓
느라고 부채질을 하고 있다.

정 : 아아참, 세상도 괴악하고. 강원도 시골 구석에서 국으로 가만히 있어서, 농사나 하고
　　들어 엎드려 있었으면 좋을 것을 이게 무슨 팔자란 말이오. 서울을 올라올 제, 우리
　　내외가 손목을 마주 잡고 와서 무슨 큰 수나 생길 줄 알고, 물을 쥐어 먹어 가면서
　　내외가 학교에를 다니다가 막 이월에 졸업이라고 하여서 어떤 학교의 교사 시험을
　　치르었더니, 운수가 불행하느라고 마누라는 급제를 하여서 교사가 되고, 나는 낙제
　　를 하여서 그 학교 하인이 되었으니 이런 꼴골이 어데 있나. 학교에만 가면 우리 마
　　누라까지 나더러 하인 하인 부르면서 말 갈 데 소 갈 데 함부로 심부름을 시키고,
　　하도 고단하여 할 수 없이 집에서 앓고 있을 때는 이렇게 밥이나 짓고 있으니, 이런
　　망할 놈의 팔자가 어데 있나. 계집을 이렇게 상전같이 섬기는 놈은 나밖에 없을 걸.

하며 중얼거리고 앉아 있는데 쌀집 주인 여편네 업동어머니가 달음질하며 문을 열고 들
어오며

업 : 아이고 무얼 하시오. 서방님이 부엌에서 밥을 다 지시네.

하며 들어오는데, 정필수는 창피하고 부끄러워 어찌할 줄을 모르다가 시침을 뚝 떼이며,

정 : 응, 업동어멈인가. 오늘은 우리 마누라란 사람이 학교에 가서 입때까지 아니 오네그
　　려. 그래서 할 수 없이 지금 내가 밥짓는 연습을 하고 있는 중일세. 그러나 자네 집
　　쌀은 왜 그렇게 문내가 나나, 응.
업 : 그럴 리가 있나요. 언제든지 댁에 가져오는 쌀은 상상미로 가져 오는 데요.
정 : 아, 이게 상상미야. 좀 이 쌀 내음새를 맡아 보게.

하며 솥뚜껑을 열어다가 업동어미의 코에 콱 대니, 업동모는 내음새를 맡아보고,

업 : 아이고머니, 서방님도 이것은 쌀이 언짢아서 그러합니까, 쌀을 잘 일지를 못해서 그
　　러하지요. 그게 것내올시다. 문내가 아니라.

정 : 옳지, 그래서 날마다 우리 마누라가 나더러 밥 잘 못 짓는다고 편잔을 주었구면.

업 : 아, 그러면 진지는 서방님이 노상 지으십니까.

정 : 아니, 날마다 내가 밥을 짓는 것이 아니라, 혹간 가다가 심심하면 운동 겸하여서 하
    는 것이지.

업 : 아이, 댁 아씨는 남편 양반도 잘은 얻으셨지, 어쩌면 심을 그렇게 덜어 주실까.

정 : 천만에, 나는 잘 얻지도 못하였어. 마누라라고 밤낮 서방을 나무라기만 하니까 아주
    귀치 않아 못 견디겠어.

업 : 아, 그것은 서방님이 너무 순하시니까 그렇지요. 가끔가끔 좀 사나이 행티를 하시구려.

정 : 응, 내 사정을 누가 알겠나. 제법 서방인 체하고 무슨 말을 하였다가는 첫째 코 아래
    구녕에 들어갈 것이 있어야지.

업 : 네? 무엇이야요, 코 아래 구녕에 들어갈 것이 없어요? 정말 그러하시면 우리 쌀값은
    언제 받나요. 쌀값을 아니 주시구 오래 가면, 우리도 코 아래 구녕에 뫼실 쌀을 못
    드리겠는데요……

정 : 그게 무슨 소린가. 그래서야 쓸 수가 있나. 자연 우리 마누라가 학교 교사를 나니게
    된 이후로는 의복에도 돈이요, 친구 추축하는 데도 돈이요, 집안일을 내버려두고 저
    는 쏘단기면서 나더러는 일상 밥이나 지으라고 하고, 혹시 잘못하면 꾸지람은 하고,
    나도 정말 못견디겠네. 이 불쌍한 내 사정도 좀 생각하여 주어서 이번 월급날까지만
    좀 참아주게.

업 : 공연히, 그런 실없는 말씀 마세요. 댁에서는 내외분이 다 학교 교사를 단기시면서
    두 분이 다 월급을 타시면서 그러셔요. 남의 돈을 갚지 아니하실 작정이신 게지.

정 : 아니야. 그럴 리가 있나. 진정 말일세마는 나는 아직 교사 지위까지를 가지 못하였단
    말이야.

업 : 네에 그럼, 서방님은 날마다 학교에 아니 가시오. 요전에 말씀이 내외분이 교사하는
    시험을 치렀다고, 교사가 되면 월급을 탈 터이니 쌀값은 그 때 주마 하고 하시지 아
    니하였소.

정 : 응, 옳지. 말을 그렇게 하였지만 저간에 내가 그렇지 못한 연고가 있어서 교사를 하
    지 않았어.

업 : 그러면, 교사 시험을 보시다 떨어지신 게구려.

정 : 그…… 그저, 그렇다면 그렇고, 저렇다면 저렇고…….

-줄임-

업 : 내가 언제 댁에 심부름하러 왔소. 외상값 받으러 왔지. 그러나 과히 힘드는 일이 아
    니니까 말은 이루고 가오리다. 서방님의 신세야 참 부럽기도 하오.

정 : 그렇지 어찌하나, 제 팔자를 그렇게 타고난걸.

업 : 압다, 속은 퍽이나 유하십니다. 그렇기나 하기에 새기고 살겠지만…….

업동모는 무대 하수로 들어간 후, 정필수는 업동모하고 이야기하기 때문에, 밥을 눌려붙
인 모양으로 마누라에게 꾸지람을 듣겠다고 허둥지둥 하는데, 하나밋지로부터 정필수의

156

아내 고등여자학교 교사 이옥자(21, 2세)가 검은 치마에 히사시가미259)하고 책보를 들고 학교로부터 오는 대문을 열고 들어오더니,

옥 : 아이고 밥탄 내야. (코로 내음새를 맡아가며)
정 : 에구 인제 오십니까, 누룽지를 좋아하시기에, 조금 밥을 눌렸지요.
옥 : 밥을 눌리면 밥이 준다고 해도 그렇게 정신을 못 차려. 에참 말도 안 듣지.
정 : 그저…… 잠깐……. (머리를 쓱쓱 긁으며)
옥 : 그저…… 잠깐이 다 무엇이야, 어디 이 구두나 벗겨 주어요. 어서.
정 : 네에.
옥 : 네에 네만 하지 말고 어서 신을 벗겨 주어야지.260)

기미년(1919) 독립의거 뒤로도 신파극은 잇달았다. 이기세와 윤백남 같은 이들이 신파극을 바로잡아 보겠다고 애를 썼는데, 이기세는 1919년에 '조선문예단'이라는 극단을 만들었다가 1921년에는 '예술협회'라는 것을 다시 만들고, 윤백남은 1922년에 '민중극단'을 만들었다. 우선 극단들의 이름을 보아도 '문예'니 '예술'이니 '민중'이니 하는 말을 넣어서 그들이 무엇을 내세웠던가를 짐작할 수 있게 한다. 그러나 그 이름에 어울리는 연극이 공연되었던 것도 아니고, 독립의거 뒤에 항일의 정신이 더욱 높아지면서 일본 신파극이 새로운 눈길을 끌기는 어려워졌다. 다만 이들은 예술을 내세운 나머지 줄거리만을 꾸려서 공연하지는 않고 확실한 대본을 만들고자 했으므로 희곡이 생겨나고, 따라서 극작가도 나타나게 되었다. 김영보가 1922년에 다섯 마리의 희곡을 모아 최초의 희곡집이라 할 《황야에서》를 펴낸 것은 그런 사정에 힘입은 것이었다.

1920년대에 들어오면 시나 소설과 마찬가지로 연극 쪽에도 그 동안 일제가 우리 문화를 끊으려고 저지른 장난에 대해 반성하면서 서양의 것을 바로 받아들이고자 하는 바람이 불어왔다. 말하자면 신파극을 벗어내고 현대 연극을 제대로 해 보자는 사람들이 나타난 것이다. 일본에 유학하여 서양 연극을 배우던 학생들이 1920년 봄에 '극예술협회(1920~1926)'를 만들어 신파극을 벗어나 참다운 연극을 만들자는 토론회를 매주 열었다. 그리고, 1921년 여름에는 조명희(1894~1938)의 〈김영일의 사〉, 김우진(1897~1926)이 뒤친 〈찬란한 문〉, 홍난파의 소설을 각색한 〈최후의 악

---

259) 여기 보이는 하수(下手), 하나밋지(花道), 히사시가미(箱髮) 따위는 모두 일본말이다. '하수'는 아래 쪽이란 뜻으로 연극 무대에서 배우가 물러나는 쪽이고, '하나밋지'는 연극무대에서 배우가 나타나는 쪽 길이고, '히사시가미'는 일본 여자들이 양장할 때 하던 머리 매무새다.
260) 조중환, 〈병자삼인〉의 첫머리(양승국, 〈희곡의 이해〉,《연극과 인간》, 2000, 410~413쪽).

수〉를 가지고 전국을 돌며 공연을 하였다. 이들 가운데서 김우진은 어려서부터 말꽃에 재능을 보이며 공부도 부지런히 하고, 극작가로서도 단단하게 공부하여 짧은 생애였으나 〈이영녀〉(1925), 〈산돼지〉(1926) 같이 좋은 작품을 남기기도 했다.

　　신파극을 이기자면 먼저 배우를 길러야 한다고 본 현철(1891~1965)은 1920년에 예술학원, 1924년에는 조선배우학교를 세워 연기뿐만 아니라 여러 면으로 연극교육과 공연실습을 했으며, 참다운 연극으로 민중을 교화하도록 민족의 연극을 일으켜야 한다는 논설을 여러 차례 발표하였다. 또한 초대 주미공사를 지낸 박정양의 아들 박승희(1901~1964)는 일생을 연극에 바쳤다. 1922년 동경에서 만든 문예모임인 '토월회'가 1923년 두 차례의 귀국 공연을 마치고 흐지부지해지자 1924년 정월에 스스로 회장을 맡으면서 전문 극단으로 개편하였다. 1931년 말까지 공연을 위한 극본을 이백여 편이나 마련하면서 값진 희곡을 사실주의 수법으로 공연하는 근대극을 정착시키겠다고 부지런히 활동했다. 그리고 1932년부터 1940년까지는 '태양극장'을 운영하였다. 그러나 현철은 나중에 스스로 '아무 것도 이루지 못했노라' 하는 탄식을 하고, 박승희도 만년에 '정신과 육체를 줄기차게 짜내었으나 나의 일생사업인 연극은 아무 성공 없이 흐지부지 흘러가고 말았다' 하면서 한탄하였다. 사람들의 생각과 생활방식은 바뀌지 않은 채로 놀이(연극)만 남들이 하는 것에 본받아 바꾸어보려고 하니 뜻대로 이루어질 수가 없었던 것이다.

　　그러나 이 즈음에 여러 문인들이 겨레 대중의 실력을 쌓고 의식을 계발하여 국권 회복을 이루어야 한다는 시대 조류 아래 연극이 민중의 계몽과 교화에 매우 효과적임을 깨닫게 되었다. 그리고 시와 소설과 더불어 말꽃의 세 갈래에는 희곡도 반드시 들어가야 한다고 배운 탓에 독자의 호응이나 공연이 어떻게 되든 상관없이 희곡 창작을 게을리하지 않았다. 시인으로 잘 알려진 홍사용(1900~1947)도 일곱 마리의 희곡을 썼는데 그 가운데 〈할미꽃〉(1928)과 다른 네 마리가 알려졌고, 시인 김동환(1901~?)도 〈바지저고리〉(1927) 같은 희곡을 남겼다. 이 즈음 누구보다도 희곡을 부지런히 쓴 사람은 김정진(1886~1936)과 김영팔(1902~1950)이었다. 김정진은 한 노동자 가정의 비참을 다룬 〈기적 불 때〉(1924)와 거들먹거리는 부자의 거짓됨을 밝혀내는 풍자 희곡 〈십오분 간〉(1924)을 비롯한 여덟 마리의 희곡을 발표하였고, 김영팔은 옛 삶을 버리고 새로운 가족 윤리를 찾자는 〈미쳐 가는 처녀〉(1924)와 식민지 사회의 모순과 억압에 맞서는 자세를 다룬 〈부음〉(訃音,1927)과 그 밖에 여남은 마리의 희곡을 발표하였다.

　　1920년대에 박승희의 '토월회'가 이룬 연극 공연 활동과 김정진과 김영팔이 애쓴

158

희곡 창작 활동을 싸잡아 1930년대에 와서 한층 잘 이어받은 사람이 유치진(1905~
1974)이다. 그는 1931년 7월에 '해외문학파'가 중심이 되어 만든 '극예술연구회'의 주
동자로서 극본을 담당하고 연출도 맡았다. 희곡 〈토막〉(1931)을 창작하여 공연함으
로써 비참한 현실을 다루어 토월회보다 한 걸음 더 나아갔음을 보여주었다. 그리고
1935년 〈소〉를 창작할 때까지 그는 '억압받은 현실 속에서 울부짖는 우리의 생활상'
을 그리려 애썼다. 그러나 이 작품이 일제의 검열에 걸리고 자신이 구속된 뒤로는 좌
절하여 그런 의욕을 버리고 알맹이 없는 구경거리를 만들기 시작했다.

　　제1막
　　시(時)　가을
　　무대　　명서의 가정

외양간이 누추하고 음습한 토막집의 내부-. 온돌방과 그에 접한 부엌. 방과 부엌 사이에
는 벽도 없이 그냥 통하였다. 천장과 벽이 시커멓게 탄 것은 부엌 연기 때문이다. 온돌방
의 후면에는 뒷골방에 통하는 방문이 있다. 좌편에 입구, 우편에 문도 없는 창 하나. 창으
로 가을 석양의 여원 광선이 흘러 들어올 뿐, 대체로 토막 내는 어두컴컴하다.

우편 방에 구부려 앉았는 육십 노인은 금녀의 부, 명서. 편지 한 장을 쓰느라고 벌써 삼
일 동안이나 들고 앉았는 것으로 짐작하여도 그의 학식의 정도를 알 수 있다. 오랫동안의
병으로 정신조차 매우 흐릿하다. 그가 가진 침울한 성질은 선천적으로 타고난 것이나 그
의 생활의 궁핍과 다년의 병고가 그에 영향함도 적지 않다.
좌편 부엌에 곱사 금녀는 타념(他念) 없이 가마니를 짜고 있다. 피녀(彼女)의 멍하니 크다
란 눈에는 일종의 공포심과 예지의 빛을 감췄다.
가마니 짜는 둔한 기계 소리에 막이 열리면-

명서 : (편지 쓰느라고 다른 정신 없이)

　　사이.

명서의 처 : (소리만) 후어! 후어! 저놈의 닭들 봐라! 에구 속상해!

명서의 처, 좌편 입구에서 등장. 호미와 바구니를 든 것을 보면 그가 들에서 일하고 오는
것이 분명하다. 나이에 비하면 아직 기력이 좋아서 능히 자기의 노동을 분담하는 것이다.

명서의 처 : (들어오면서) 에구 세상이 약으니까 닭들까지 약아서 사람 소리를 겁을 내야
　　　　　지. (금녀에게) 얘야 집에 있으면서 닭이나 좀 쫓으려무나.
금　녀 : 집에 있으면 누가 노우. 어머니도 참. 밭이나 다 메고 왔소?
명서의 처 : (몸을 털면서) 아랫밭은 다 메고 왔다……. (남편을 보고) 당신은 여태 들고
　　　　　앉았수. 오늘도 끝을 못 내구. 아이구 편지 한 장에 며칠이 걸린단 말이오.
명　서 : …….

명서의 처 : 그렇게 천정만 쳐다보고 눈만 까무락거리면 무엇이 나오우? 얼른 쓰세요. 일
　　　　　본 가는 삼조가 방금 올 텐데- 금녀야 내 없는 동안에 삼조가 왔다 가지 않했지?
금　　녀 : 아뇨 아직 안 왔어요.
명서의 처 : 아까 들에서 누가 그러는데 벌써 보퉁이를 들고 나가드란다…… (부에게.) 금
　　　　　년 안에는 꼭 나오라죠. 그리 썼어요? 그리고 나올 때에는 돈 좀 가지고 나오고-.
　　　　　돈이 있어야 우리가 좀 허리를 펴죠…….
명　　서 : 왜 이 수선이야 정신 시끄럽게!
명서의 처 : 얼른 쓰세요. 삼조가 곧 온답니다.
명　　서 : 편지란 것은 그리 쉽게 하루 이틀에 되는 것이 아니야.
명서의 처 : 대관절 이 편지 들고 앉진 재가 오늘까지 며칠인 줄 아우? 오늘이 사흘째예
　　　　　요. 사흘이면 언청이라도 하늘에 올라가겠소.
금　　녀 : 어머니 뉘가 오나 봐! 개가 짖어요.

삼조 빙긋빙긋 기쁜 듯이 등장. 시골 청년. 보퉁이를 들고 색난 양복에 지까다비를 신었다.

삼　　조 : 안녕하시우.
명서의 처 : 아이구 훌륭하다. 양복에다 삽포(帽子.)를 쓰고 그렇게 차리고 오니까 개도
　　　　　몰라 보고 짖는 거지.
삼　　조 : 저는 일본 갑니다.
명서의 처 : 아이 이것 보세요. 내 말이 그른가! 시방 떠나니?
삼　　조 : 그럼요 방금 떠나는 길이예요. 명수에게 부칠 게 있다고요?
명서의 처 : 동장에게나 맡겼으면 벌써 되었을 걸 돼지 꼬리 같은 글씨를 부비대다가 그
　　　　　만 좋은 인편을 놓쳐 버리지.
삼　　조 : 아직 다 안 쓰셨구먼요.
명　　서 : 거진 다 되어가는데ー.
명서의 처 : 그 ‘거진’이 또 며칠을 끌 ‘거진’이예요.
금　　녀 : 그럼 입으로나 전하시죠. 어머니.
명서의 처 : 그러는 수밖에 없다. 삼조야 좀 올라오렴.
삼　　조 : (초조하게) 바빠요.
명서의 처 : 바빠도 이리 좀 걸터앉기나 해라. 우리집 형편을 네가 좀 소상히 듣고 가서
　　　　　잘 전해 주어야겠다.…… 사람이란 별 것이 아니구나. 너도 그렇게 꾸미니까 훌륭
　　　　　한 면주사 같구먼은.
삼　　조 : 면주사? 그야 뭘 일본 가서 곤니찌아 곤방아나 좀 배우고 굿츄(靴.) 신을 줄이나
　　　　　알면 그까짓 면주사쯤이야 부러울 것 없겠지요.

일동 힘없는 웃음.

-줄임-

삼조가 막 나가려할 쯤에 그와 교대로 경선이 뛰어 들어온다. 들어와서 초조하게 숨을 데

만 찾는다. 그는 코찡찡이다. 그의 빵보란 별명은 그 때문이다.

명서의 처 : 빵보 영감 또 마누라에게 매맞었나베.

경   선 : (입구 문을 안으로 걸면서 태연하게) 내가? 안뇨. 그런 게 아니라-.

명   서 : 왜 남의 집 문은 걸어.

경   선 : 이거? 아니야 이건 개가 들어올까봐 그래. 아주머니 개가 짖어도 문은 열어 주지
　　　　　　말아요. 예! 갯바람에 진저리증 난다! (가마니를 뒤에 숨는다.)

경선의 처 : (소리만) 여보, 어딜 숨어 버렸어! 병신 같으니 여보!

경선은 그 처의 소리를 듣고 콩낱만하게 옴추러든다.

명서의 처 : 밖에 저 소리가 개소리란 말이죠?

경선의 처 : (문을 떨걱거리며) 금녀어머니. 우리집 영감인지 대감인지 여기 언 숨었수?

경   선 : (숨을 죽이고 숨어 앉아서 없다고 말해 달라고 애원)

경선의 처 : 아니 문은 왜 잠겄수. 좀 열어 봐요.

명서의 처 : (서연스럽게) 여긴 없다 대체 대낮에 뭐 할려고 영감은 찾아?

경선의 처 : 에그 속상해! 집이 날러간다는 이 난리판에 어딜 숨어 버렸어. 아이 지지리도
　　　　　　못났지.

경   선 : (낮은 소리로) 금녀야 갔나 좀 보아.

금   녀 : (문을 열어 보고) 없어요. 가셨나 봐요.

경   선 : (문 밖을 살펴보더니 없는 줄을 알고 비로소 안심하여 대담한 소리로) 우리집 말괄
　　　　　　양이 거기 있나 없나 (답이 없으니) 제-기 어디 갔어. 영감은 여기에다 모셔 두고.

명서의 처 : 저것 봐! 가고 없으니까 괜-히 헛기를 내서.

명   서 : 사람이 왜 그리 못났어. 계집에게 쥐여서 그 무슨 꼬락서니야!

명서의 처 : 바로 고양이 앞에 쥐지요.

경   선 : 아니야 모르는 소리야. 내가 눈을 부릅대고 한번 이년! 하고 으름장을 놓으면 그
　　　　　　야 꼼짝달싹 못하고 파리손을 살살 부비지마는 의관된 도리에 감히 나는 그리 안
　　　　　　하는 거야.

명서의 처 : 아따, 의관도 흔키도 하이…… 당신은 감히 그리 못하지 뭘요.

명   서 : 이불 밑에서나 활개를 쳐보지.

경   선 : 아-니 농담이 아니라 정말이야. 오늘은 제-기 무슨 집달리가 왔다나.

명   서 : 집달리라니?

경   선 : 아니 의관의 집에는 흔히 그런 머릿골 아픈 손님이 찾아오는 거야.

명   서 : 농담은 아니겠지?

경   선 : 들어봐 물론 농담이겠지- 그러면서 날더러 그 손님이 사립에 들어서자마자 딱
　　　　　　막아서서 ‘나으리 한 번만 더 용서해 줍시사’고 울며불며 애걸하라는 거야. 애초
　　　　　　에는 내가 유순하게 ‘이년 그리 못한다! 의관의 몸으로 죽어도 그럴 수가 없다!’
　　　　　　이렇게 달래 주었지. 사람이 순히 나오니까 이년이 건방지게 말대꾸를 하겠구나.
　　　　　　내 성미에 그저 둘 수가 있나. 어림없지. 나는 단번에 그년의 머리채를 댕경 훌처

잡고 이렇게 냅다 질러 주었다. (사람 오는 기척에 귀를 기울이더니 놀래며) 이 크! 또 오나베! (가마니를 한 장 들고 얼핏 그 뒤에 몸을 감추어 버린다.)[261]

그런데 유치진은 1938년 일제가 '극예술연구회'를 해산하자, '극연좌'를 만들었다가 1941년에는 '현대극장'이라는 극단을 만들어 연극과 희곡 창작에 열을 올렸으나 결국 〈흑룡강〉, 〈북진대〉, 〈대추나무〉 같은 작품을 써서 일제에 아부하고 침략을 찬양하는 일에 열심인 사람이 되고 말았다. 일제가 내세운 이른바 '국민 연극'의 길을 따라 1940년에 결성된 '조선연극협회'의 이사가 되었으며, 그 협회 아래의 한 모임인 '극작가동호회'의 회장을 맡았다. 그리고, 일제가 시켜서 '조선연극문화협회'(조선연극협회를 1942년 7월에 일제가 키워서 다시 짠 것임)가 주최한 제1회 연극경연대회(1942. 9~11)에서 〈대추나무〉로 작품상을 받았다.

1930년대는 유치진말고도 이광래(1908~1968), 김영수(1911~1975), 함세덕(1915~1950) 같은 이들이 이른바 순수극을, 송영(1903~), 박영호, 이서향, 주영섭 같은 이들이 이른바 좌경극을, 박진, 이서구, 임선규, 김춘광 같은 이들이 개량 신파극을 나름대로의 신념을 갖고 열심히 밀고나갔다. 그러나 순수극은 서양 연극 입내에만 매여 있은 탓으로, 좌경극은 일제가 따라다니며 탄압한 탓으로, 개량 신파는 참된 삶을 던져두고 값싼 눈물에만 호소한 탓으로 어느 것 하나 겨레의 삶과 잘 어울리는 성과를 올리지는 못했다. 무엇보다도 많은 사람이 힘을 모으고 한목에 수많은 사람들에게 전달되는 특성 때문에 일제가 유다른 촉각으로 연극에 간섭한 나머지 1940년대에 들어서는 모두들 일제의 올가미에 걸려 친일 행각을 벌이고 말았다. 광복한 뒤에 겨레로부터 연극(희곡)이 더욱 따돌려지는 신세가 되고 만 까닭이 거기에도 있었다.

그런 가운데서도 우리가 기억할 만한 일은, 연극이 제대로 자라나기를 바라면서 여러 소설가들이 창작 희곡을 꽤 열심히 만들었다는 점이다. 이무영(1908~1960)이 〈모는 자 쫓기는 자〉(1932)라는 촌극을 발표한 뒤로 열 마리가 넘는 독특한 풍자극을 발표했다. 처음에는 신흥극장이라는 극단을 만들어 극작가로 출발했다가 뒤에 소설가가 된 김송(1909~)은 두 권의 희곡집까지 내면서 스물네 마리에 이르는 희곡을 만들었다. 그러나 김송의 희곡은 무대에서 공연하기 어려운 것들이 많았다. 공연을 별로 염두에 두지 않으면서 '제재가 마침 소설로는 불편한 점이 있기로' 희곡의 형식을 택했다면서 채만식(1902~1950)도 〈가죽 버선〉(1927)을 비롯하여 스물여

---

261) 유치진, 〈토막〉의 첫머리(위의 책, 321~325쪽).

덟 마리나 되는 희곡 작품을 남겼다. 그의 희곡은 단 한편도 제때에 공연된 바는 없지만 그가 소설에서 줄기차게 다루던 식민지 교육의 모순이며 고리대금업과 도박 따위 잘못된 자본 이동 현상 같은 것을 주제로 삼아 식민지 시대에 겨레가 겪는 가난의 길을 보이려 했다. 〈간도행〉(1931), 〈부촌〉(1932), 〈인테리와 빈대떡〉(1934) 같은 촌극들을 비롯하여, 3막으로 이어지면서 몇 대에 걸친 수난과 항거의 역사를 들려주는 〈제향날〉(1937), 소지주였던 박진사 일가가 이래저래 몰락하는 모습을 보여주는 〈당랑의 전설〉(1939)과 같은 작품도 있다.

제3막
(희랍신화시대)
원시인 5, 6인
푸로메슈-스

제1장
무대 : 배경은 빙원(氷原.)과 눈 쌓인 원산(遠山). 무대에는 눈 덮힌 빙판. 무대가 밝아지면 중앙에 남녀의 성별이 나지 않게 김생의 털가죽으로 몸을 가린 원시인 5, 6인이 한 무더기가 되어 떨고 있고 손에 횃불을 들은 푸로메슈-스, 상수로 서서히 등장.

원시인들 : (푸로메슈-스와 불을 보고 겁을 내어 뒤로 물씬물씬 몰려간다.)
푸로메슈-스 : 무서워하지 마라. 나는 너희를 구하려 왔느니라. 이 불을 너희를 줄 테니 이것을 받아 가지라.
원시인1 : 그건 무엇이오?
푸로메슈-스 : 이것은 불이라고 하는 것이다. 이것이 있으면 춥지 아니하고 음식을 이것에다가 익혀 먹으면 보드랍고도 맛이 있고, 이것을 켜 놓으면 밤에도 모든 것이 보이고, 또 이것으로 쇠를 녹여서는 여러 가지 연장을 만들어 사냥을 할 수 있고, 너희를 침노하는 사나운 짐승들을 대적해서 이길 수가 있는 것이다. 그리해서 너희는 겨레가 크게 번성할 것이요 좋은 세상을 이룰 수가 있는 것이다.
원시인2 : 대체 그게 무엇이길래 그렇게 좋드람? 어데? (가까이 와서 불을 덥썩 만지다가 질겁하고 물러선다.) 아이구 어얏? (성을 내어) 그런 독하고 무서운 것을 주면서 우리를 속일려고! (동류를 돌아보고) 손을 대니까 머 끊어지게 아픈 걸, 그래.
푸로메슈-스 : 아니다. 그렇게 너무 가까이 대니까 데어서 뜨거운 것이다. 자- 이것을 받아 가거라. 그러나 이것은 물을 끼얹으면 죽는 법이다. 마른 나뭇가지를 모아 놓고 거기다 옮겨라. 그리고 어찌해서 영영 꺼져 버리거든 산에 가서 쇳덩이와 돌멩이를 구해서 그것을 마주 부딪치면 거기서 조그마한 불이 일어나느니라. 그 놈을 마른 풀잎에다가 받아서 불을 장만해라. 자- 받아 가거라.

원시인 한 사람이 나서서 횃불을 받는다. 푸로메슈-스, 횃불을 주고 상수로 퇴장.

무대 급히 암전. 다시 밝아지면 도루 전경.

상 인 : 그래서.

영 오 : 멀 거짓뿌렁! 성냥이 있는데 왜 불이 없어.

상 인 : 아, 그 녀석이! 너 할머니한테 여쭈어 보아라. 옛날에 성냥이 있었는가.

최 씨 : 없구말구. 내가 젊었을 때만 해도 황(黃.) 개피허구 부싯돌뿐이었드란다. 그러고
네 말이 근리한 말인가 부다. 옛날에는 밤에 화로에 불을 담아두었다가 그 이튿
날이면 그놈으로 불을 이루더니라. 그걸 불씨라고 하지. 어느 집에서는 불씨가
삼 대째 내려오느니 사 대째 내려오느니 하고, 그러고 그 화로는 그 집 맏며느리
가 꼬옥 맡아 두더니라. 그렇게 맡았다가 이튿날 새벽에 불을 이루는데, 혹시 불
씨를 죽였으면 집안이 망할 징조라고 큰일이 나지. 도루 쫓겨가기가 십상이었지.

상 인 : 거봐, 이 녀석아. 내가 거짓말을 했니?

영 오 : 그럼 자-. (밤 벗긴 것을 준다.)

상 인 : 옳-지. (받아 먹고) 그런데 말이다. 그 뒤에 하늘에서 하느님이 가만히 내려다보
니까 아 인버러지들이 불을 가지고 있겠지! 아 그래서 하느님이 그만 노-발 대발
역정이 나서 어떤 놈이 내 거룩한 불을 훔쳐다가 저놈들 인버러지를 주었단 말
이냐고 인제 저것들이 불을 가지고 온갖 짓을 다해설랑은 내 턱을 치받으려들
테니 이럴 수가 있단 말이냐고.

영 오 : 하하하하. 하느님 턱을 치받어.

상 인 : 그렇지. 너, 비행기 봤지? 그 비행기가 인제 조금만 더 높이 뜨게 되면 정말 하나
님 턱을 치받는다. 그런데 그 비행기라는 것도 따지고 따지면 사람이 불을 쓰는
데서 나온 것이거든.

영 오 : 그래, 그러고 하나님이 그렇게 노해서 어쨌수?

상 인 : 응, 그래서 푸로메슈-스가 붙잡히고 말았지. 붙잡혀서는 어쨌냐? 하면,

무대 급히 암전. 다시 밝아지면 제3막 제2장.

제2장

무대 : 배경은 멀리 연산(連山.)의 산봉우리들. 무대에서는 그들 연산 중에 제일 높은 봉
을 보이는 바우 하나. 무대가 밝아지면 한쪽 눈이 상하고, 한편 귀가 떨어진 푸로메슈-스
가 굵은 쇠사슬로 팔과 다리를 바위에 비끄러매고 앉아 있다.

푸로메슈-스 : (눈을 치뜨고 하늘을 올려다보면서) 의를 행한 보과(報果.)품! 희를 이룬 보
과품은 영겁의 고초! 죽지 아니하고 영겁토록 받는 고초! 사나운 수리가 살을 쪼
아먹고 까막까치는 눈을 파먹고 귀를 떼어먹고 그러고도 끊이지 아니하는 극형!

천둥소리 으러렁거리고 번개를 친다. 폭우가 내린다. 폭우가 그치고 강풍이 분다. 강풍이
그치고 눈이 내린다.

푸로메슈-스 : (눈이 내릴 때에) 응, 그래도 나는 의(義.)를 이루었노라. 뉘우치지 아니하
노라.

무대 급히 암전. 다시 밝아지면 도루 전경.

최　씨 : 아이! (혀를 끌끌 찬다.) 불쌍하다.

상　인 : 하하하하, 불쌍해요?

최　씨 : 그럼 불쌍하잖니! 언제까지고 그렇게 묶여 앉아 고생을 한 테니!

상　인 : 그런데 얼마 전에 누가 가서 풀러 놓아 주었답니다. 할머니

최　씨 : 아이, 잘했다. 아무렴, 놓아주어야지.

상　인 : 하하하하. (일어서서 마당으로 내려선다.)

영　오 : 언니 어데 가우?

상　인 : 나 누구 좀 만나고 오마.

영　오 : 나도 같아 가?

상　인 : 너는 못 오는 데다.

최　씨 : 일찍 들어와서 저녁 먹어라.

상　인 : 네. (채면께로 걸어간다.)

최　씨 : (우두커니 바라보다가) 저것이 뒤태는 여승 제 애비야!

영　오 : 외삼춘?

최　씨 : 그래. 돌아서서 저렇게 걸어 나가는 걸 보면 그저 하릴없이 제 애빈걸! 뒷데숙이
　　　　가 볼록 나온 것이며 어깨통이 떡 벌어진 것이며 걸음걸이며.(한숨)

상　인 : (한 번 돌려다 보고 채면 밖으로 퇴장.)

최　씨 : (방백) 어여 하루바삐 공부를 다 하고 와서 장가나 들고 자식이나 낳고 그래서
　　　　편안히 살어가게 해라. 믿느니 믿느니 그것뿐이다. (한숨)

영　오 : 할머니 할머니.

최　씨 : 오-냐.

영　오 : 그런데 말이유. 우리 선생님도 그러시고 또 우리 반 동무아이도 그러는데 언니가
　　　　사회주의가 무엇인지 사회주의 한다고 그리겠지?

최　씨 : 무엇? 사우주? 그건 무슨 말이라든?

영　오 : 나도 모르겠어. 그냥, 이애 영오야! 느이 외갓집 상인이 형은 동경 가서 사회주의
　　　　한다지? 그래.

최　씨 : 응. 그럼, 아마 돈없이 고학한다는 말인가 부구나. 그렇다면야 어떻니? 그렇게 고
　　　　학을 해서라도 공부만 착실히 잘해서 장하게 되어 가지고 잘사면 그만이지. (밤
　　　　담겨 있는 그릇을 들여다보고) 많이도 깠다. (마지막 까든 밤을 물에다가 담방 담
　　　　그면서) 내가 옛날 '노구할미' 뿐이다. 노구할미가 상전이 벽해되는 것을 보고는
　　　　입에 물었던 대추씨 하나를 뱉어 놓고 벽해가 상전이 되는 것을 보고는 또 대추
　　　　씨 하나를 뱉어 놓고 연해 그런 것이 대추씨가 모여서 큰 산이 되었다더니 나도
　　　　이야기를 하는 동안 밤을 이렇게 많이 까놓았구나! (바깥을 우두커니 내어다보면
　　　　서) 구름도 허연 게 탐스럽게도 흩어진다.

-조용히 막262)

광복이 되자 연극계도 예외 없이 좌우 대립이라는 정치적 혼란에 휩쓸렸다. '조선문학건설본부' 아래의 '연극건설본부'는 송영이 위원장이 되어 좌익극작가들이 모두 모였다. 게다가 나웅 같은 과격파들은 '프로레타리아연극동맹'을 만들어 기세를 올렸다. 그러나 우익에서는 이광래가 중심이 된 극단 민족예술무대와 지난날 동경학생예술좌의 동료들이 모인 극단 '전선' 정도가 고작이었다. 그러나 남북이 갈라서고 남한의 정치적 판도가 제 모습을 드러내자 침묵을 지키고 있던 유치진이 나서서 이해랑, 김동원과 더불어 우익의 전열을 가다듬어 '극예술협회'를 결성하자 좌우의 대결이 만만찮게 되었다. 이러한 소용돌이에서 뉘우침 없는 작가들이 지난날의 죄과를 씻거나 감추기라도 하려는 듯이 많은 작품을 발표하였으나 하나같이 덜된 흥분과 감정의 용솟음뿐이라 이야기할 만한 것이 없다.

남북 전쟁을 겪으면서 통일 조국의 희망은 꺾이고 작가들도 남과 북으로 뚜렷이 나뉘자 남쪽에는 유치진, 김영수, 김진수, 이광래 같은 이들과 북쪽에서 내려온 오영진(1916~1974) 정도가 남았으나 전쟁에서 받은 충격에다 일제 때의 친일 부역 행위가 정신의 멍에가 되어 제대로 활약할 수 없었다. 기껏 좌우 대립과 남북 전쟁에서 말미암은 흑백 논리에 따라 반공 이념이나 만들어내는 일에 매달렸을 뿐이었다. 그러나 1950년대 후반에 들어오면서 차범석, 하유상, 임희재, 이근삼 같은 사람들이 나타나 새로운 길을 열고자 했는데 이들은 전란의 상처와 가난이라는 삶의 현실을 갖가지 눈으로 밝혀냄으로써 1970년대까지 우리 희곡의 역사에 중요한 한몫을 해냈다.

제5막

무대 : 전막과 같음. 전막부터 이틀 후 저녁 때. 포탄 터지는 소리며 기총 소사 소리가 한바탕 요란스럽게 퍼붓는 가운데……막이 오른다.

길 한복판에서 양씨와 최씨가 서로 옷소매를 걷어붙이며 다투고 있다. 두 사람을 에워싸듯 이웃아낙 갑, 을, 귀덕, 그밖에 몇 사람이 둘러서서 싸움 구경을 하고 있다.

최 씨 : (삿대질을 하며) 어느 년이 그런 소문을 퍼뜨렸는지 대라니까!

양 씨 : 아니, 뉘 앞에서 삿대질이야!

최 씨 : 삿대질좀 어때? 글쎄 내 딸이 애길 뱄다는 소문을 퍼뜨린 년을 대면 되잖아!

양 씨 : (거만하게) 못 댄다면 못 대! 몇 번 말해야 알아듣겠어?

최 씨 : 정말 못하겠어? (하며 위협한다.)

양 씨 : (빳빳이 대구하며) 그래, 못하겠으니 어쩔 테야? 응! 산손님에게 가서 꼬아바칠

---

262) 채만식, 〈제향날〉의 마지막(위의 책, 172~176쪽).

테야? 세상이 뒤바뀌었으니까 내 목을 베라고 해 보시지! 흥 (하며 비웃는다.)

최 씨 : 옳지! 말 한 번 잘했다. 이제 국군이 들어왔다고 보복을 한 셈이군! 마음대로 하
　　　　래두! (악에 받쳐서) 그렇지만 경을 치기는 매일반이지! 이 마을서 산 사람들에
　　　　게 협력 안한 년이 있으면 나와 보라지! 어차피 망할 바엔 나도 다 걸고 넘어질
　　　　테니까! (옆 사람들이 불안하게 동요되자 한층 신바람이 나서) 산사람들에게 양
　　　　식을 안 대준 사람이 있어? 야경을 안한 사람이 있느냐 말이야! 응, 게다가 이장
　　　　이랍시고 충성을 바친 년은 누구지?

양 씨 : 환장했나 보군!

최 씨 : 복도깨비가 복은 못 줘도 화는 준단 말이야! 자, 어서 그 년 이름을 대!

이웃아낙 갑 : (사이에 들며) 무슨 소리들이야! 지나간 일 캐내면 가물치가 용 될라고……
　　　　쯧쯧…… 요즘 세상에 털어서 먼지 안 나는 사람이 있어? 우리가 언제 제 주견
　　　　대로 살아왔던가? 안 그래? (모두들 동의의 빛을 나타낸다.) 왜정 시대는 어떻게
　　　　해방 후는 어떻고…… 누가 누구 잘못을 캘 필요도 없어…… 그래 봐야 제 낯에
　　　　다가 침 뱉기지…… 그러니 그만들 덮어 둬요!

최 씨 : 내 딸이 새파란 과부된 것도 머리가 희게 생겼는데 난데없이 애기를 뱄다니 생사
　　　　람 잡을 일이 아니유? 글쎄!

이웃아낙 을 : 딸자식 가진 사람은 으레 빈총 맞기가 일쑤라우. 지금 그 얘기도 공연히 누
　　　　가 지어낸 얘기겠지…… 글쎄 이 과부 마을에서 애기를 뱄다면 누가 믿겠수? 홋
　　　　호.

최 씨 : 그러니까 그 말을 지어낸 년이 누군가 대면 될 텐데 저렇게 빳빳이 버티잖아요!

양 씨 : 나보고 물을 게 아니라 자네 딸한테 물어보면 되잖아? 흥!

최 씨 : 뭐라구?

양 씨 : (참았던 화를 내며) 그렇게 딸이 귀엽고 예쁘면 본인 보고 물어 보란 말이야. 한
　　　　지붕 밑에서 살면서 딸 몸이 어떤지 눈치도 못 채? 응? 자네는 애기도 안 낳아
　　　　봤어?

양씨의 말이 너무나 자신 있고 조리가 있었던지 최씨는 잠시 말문이 막혀서 어리둥절해
진다.

이웃아낙 갑 : 제발 그만들 덮어 둬요. 내일 모레면 할미 소리 들을 나이에 그까짓 헛소문
　　　　을 가지고 싸울 게 뭐람.

최 씨 : (양씨에게 다시 도전하며) 내 딸에게 물어 봐서 헛소문이면 어떡하지?

양 씨 : 내 머리를 땋아 신을 만들지!

최 씨 : (다짐을 받으며) 정말이지! 가만히 있어! (하며 가려고 하자 이웃아낙 을이 말린
　　　　다.)

이웃아낙 을 : 꼭 어린애들 같군! 그런 시간 있으면 나물이나 캐요! 과부끼리 사노라면 으
　　　　레 헛소문이 나는 법이래도!

최씨 끝까지 결판을 짓고야 말걸! 이런 억울함을 당하고도 그대로 있어요? 기가 막혀서

원…….

이 때 한길 좌편에서 국군 사병 두 사람이 완전무장을 하고 등장한다. 모두들 불안에 떨며 한 귀퉁이로 몰려 서서 주시한다.

-줄임-

이때 좌편 한길에 양씨, 점례, 사병A, B 그리고 귀덕이 쫄랑거리며 따라온다. 사병의 한 사람은 석유통을 들었다.

이웃아낙 을 : 귀덕 어머니가 돌아오는구먼!

모두들 반가와서 몰려온다. 그러나 양씨와 점례의 얼굴엔 갖가가 저마다의 근심이 가득 찼다.

이웃아낙 갑 : 또 무슨 일이야?
양   씨 : (시무룩해지며) 그런 법이 어디 있어? 저 대밭이라고!
이웃아낙 을 : 아니, 대밭이라니?
양   씨 : 글세 저 뒷산에 있는 우리 대밭에 불을 지르겠으니 그리 알라는 거야…….
쌀례네 : 그건 또 왜요?
사병 A : 여러 아주머니들도 잘 아시겠지만 앞으로 대대적으로 공비를 소탕하기 위해서
         는 공비들이 숨을 수 없게 해야 합니다. 그리고 비행기에서 내려다볼 때 환히 보
         일 수 있어야만이……. (군중들은 그 참뜻을 알았다는 듯 수긍을 한다.)
양   씨 : 그렇지만 저 대밭만은 안 돼요…… 우리 조상 대대로 지켜 내려온 대밭을 내 눈
         앞에서 불사르다니 그게 될 말이오? 차라리 나를 죽이고 나서 해요!
사병 B : (딱하다는 듯) 몇 차례 설명하면 알겠소? 쳇! 자 가세! (두 사병이 우편 헛간 쪽으
         로 가려고 하자 사병A에게 점례가 길을 가로막는다.)
점   례 : 가까이 가서는 안 돼요!
사병 A : 당신은 또 뭐야?
점   례 : (빌면서) 그 대밭만은 태우지 말아요! 그럴 잃어 버리면 우린 다 죽어요…… 우
         리 식구를 살리려거든 대밭을 살려 주세요.

점례의 절실한 태도에 모두들 절박감을 느낀다.

사병 A : 군대는 명령에 따라 움직이는 겁니다. 개인적인 사정으로 군 전체의 뜻을 움직
         이게 할 순 없으니까요. 저리 비키시오!
점   례 : 제발! 소원이에요1 (하며 매달리자 양씨는 사병B에게 매달린다.)
양   씨 : 여보세요! 당신네 집에선 제사도 조상도 모르오? 제발 우리 사정 좀 봐 줘요! 내
         아들이 팔아서 장사하겠다고 조를 때도 내가 싫다고 우긴 대밭이에요! 그런데 이
         렇게…… 제발…….
사병 B : (홱 뿌리치며) 어서 가! (하며 급히 뛰어가자 사병A도 급히 뒤를 따른다.)
점   례 : (미친 듯이) 안 돼요! 거기 들어가면 안 돼요!

양 　씨 : 아이고! 우리 집이 망한다! 우리 집이……. (하며 덤비자 옆에서들 말린다.)

잠시 후 총소리가 연달아 일어나자 대나무에 불붙는 소리와 함께 연기가 퍼져 나온다. 점례와 양씨는 넋나간 사람처럼 말없이 뒷걸음쳐 나간다. 거기엔 절망이라기보다 공허감이 더 깊다.

쌀례네 : 정말 아까운 대밭이었는데…….
이웃아낙 을 : 이제 얼마 안 있으면 죽순이 한창인데…… 아깝지…….
이웃아낙 갑 : 어이구…… 우리 살림은 하나씩 하나씩 없어지기만 하지, 느는 것은 나이
　　　　　　　　뿐이니.

하늘엔 불꽃이 모란보다 더 곱게 물들어간다. 여기저기서 사람들이 모인다. 훨훨 타오르는 불길 앞에서 그저 혀를 차고 있는 허탈한 얼굴들.

점 　례 : (갑자기 일어서며) 선생님! 선생님! 안 돼요!

하며 뛰어가려 하자 몇 사람이 붙들고 말린다.

쌀례네 : 참어! 점례! 정신을 차리라니까!
점 　례 : 나도 같이 타 죽을 테야! 대밭으로 보내 줘!
양 　씨 : (이제 지칠 대로 지쳐서) 아이구! 이 자식아! 이럴 줄 알았으면 차라리 그 때 네
　　　　　　　말대로 팔아나 버릴 것을!

이때 '저 놈 잡아라-' '누구야' 하며 외치는 군인들의 목소리 그와 함께 총소리가 연달아 일어난다. 모두들 겁에 질려서 오른편으로 몰려간다. 점례는 그 자리에 서 있다.

쌀례네 : 무슨 소리야!
이웃아낙 을 : 누가 있었나 부지?

이때 방에서 김노인이 나온다.

김노인 : 오늘은 귀가 신통히도 잘 들리는구나……. 무슨 사냥이냐. 멧돼지 고기에 소주는 제맛이다만…….

이때 사병A와 B가 총에 맞아 의식을 잃은 규복을 질질 끌고 나온다. 군중들 사이에 새로운 파동이 퍼진다. 규복을 무대 한복판에 눕힌 다음 사병은 군중을 휘 둘러본다.

사병 A : 이 사람이 누구요?

아무도 대답이 없다.

사병 B : 이 마을 사람이 아니오?
이웃아낙 갑 : 우리 동네에서 사내 냄새가 없어진 지는 벌써 이태나 된걸요.

사병 두 사람은 이상하다는 듯이 고래를 갸우뚱거리며 뭐라고 소곤거린다.

이웃아낙 을 : 정말 귀신 곡할 일이지? 그 대밭 속에 사내가 숨어 있다니?
이웃아낙 갑 : 혹시 산에서 내려온 사람 아닐까?

사병 A가 급히 한길 쪽으로 퇴장한다.

사병 B : 대밭에다 움을 파고 오랫동안 살아 온 흔적이 있던데 아무도 모른단 말이오?

서로가 고개를 좌우로 젓는다. 점례는 멍하니 내려다보고만 있다.

양　씨 : 우리 대밭에 사내가? (점례에게) 너도 못 봤지?
점　례 : (고개만 저을 뿐 대답이 없다.)
쌀례네 : 이상한 일이지…… (하다 말고 양씨에게 눈짓을 하자 그것이 무슨 전염병처럼
　　　　퍼져 최씨에게로 집중된다. 아까부터 반신반의의 상태에 있던 최씨가 자기에게
　　　　시선이 집중되고 있음을 의식하자 화를 내다.)
최　씨 : 왜 나만 보고 있어? 옳지 내 딸이 이 사내하고 정을 통했단 말이지? 좋아! 그럼
　　　　내가 데리고 나와서 담판을 지을 테니!

하며 사월을 부르며 자기 집으로 간다. 이 때 가까이 와서 시체를 들여다본 김노인이 무
릎을 탁 치며 소리를 지른다.

김노인 : 이 놈은 바로 새로 들어온 머슴이구먼!
일　동 : (약속이나 하듯) 머슴?
양　씨 : (큰 소리로) 아버님 아는 사람이에요?
김노인 : 응…… 우리 집 머슴 아니냐?
양　씨 : 노망했어! 노망! 우리가 머슴 부릴 팔자예요?

일동은 크게 웃는다. 이 때 최씨의 비명 소리가 들리며 밖을 내다본다.

최　씨 : 사람 살려요! 우리 딸이…… 우리 딸이!
쌀례네 : 사월이가?

군중은 우 하니 그쪽으로 몰려간다. 최씨의 통곡 소리가 높아가고 애기 우는 소리도 간간
이 들린다.

이웃아낙 갑 : 양잿물을 먹었어? 저런…….

점례는 말없이 규복의 시체 옆에 다가와서 손발을 반듯이 제자리에 놓는다.

사병 B : 손을 대지 말아요!
점　례 : (거의 무표정하게) 내가 손을 댄다고 시체가 되살아나서 말을 하진 않을 거예요.
　　　　모든 것은 재로 돌아가 버렸으니까……. (하며 서서히 일어선다.)

하늘이 피보다 더 붉게 타오르자 규복의 얼굴에도 반영이 되어 한결 처참하게 보인다.
멀리서 까치 우는 소리.
마루 끝에 앉아 있던 김노인이 또 밥을 재촉한다.
최씨의 곡성이 높아간다.   —막263)

1960년대는 학생혁명으로 시작하고 연이어 군사 쿠데타를 겪으면서 지난날의 가치가 여지없이 무너지고, 일제가 짓밟고 동족끼리 싸운 전란에서 얻은 상처가 차차 아물면서 경제 부흥을 맞이하여 비로소 우리의 연극(희곡)이 1930년대의 성과를 넘어서는 단계에 이르렀다. 1950년대에 나타난 사람들이 더욱 부지런히 자기 길을 닦아가는 한편에는 오태석을 비롯하여 신명순, 이재현 같은 사람들이 새로 나타나 옛 버릇에 매이지 않는 몸짓으로 우리 희곡의 새로운 틀을 마련해 보려고 애썼다. 말하자면 이제 지난 40여 년 동안 애써 온 사실주의를 어느 정도 자리잡게 하면서 신구 세대의 자리바꿈을 이룩하고 새로운 연극의 갖가지 실험까지 시도해 보게 된 것이다.

1970년대와 1980년대는 겉으로 보아 유신과 신군부라는 군사 독재의 시대였으나, 속으로는 겨레의 백성들이 오랜만에 지닌 힘을 떨치면서 새로운 역사를 만들기 비롯한 때였다. 일제와 남북 전쟁을 거치고 4·19 학생 혁명을 벌이면서 깨어난 백성의 의식은 이즈음에 와서 지난날의 어두웠던 역사를 바로잡고 새로운 세상을 열어야 한다는 각성과 자신감을 갖게 되었다. 그리하여 자유민주주의와 민족자주, 자립경제와 조국통일 같은 눈앞에 가로놓인 삶의 환경들을 부릅뜬 눈으로 바라보게 되었다. 이런 흐름들이 사회 곳곳을 파고들어 마침내 '민주화운동'이라는 이름으로 커다란 파도가 되어 세상을 뒤흔들기에 이르렀다. 연극이 이런 변화를 민감하게 받아들이는 것은 당연하다. 그 동안 국가 안보를 내세운 법의 통제를 철저하게 받았던 연극 활동도 1960년대를 지난 뒤로 여러 가지 변화들을 그대로 받아들이면서 새로이 '우리 것'을 찾고 드러내는 일에 눈을 뜨게 되었다. 희곡을 창작하는 사람들이 1970년대 말에 이미 100명을 넘었고, 1960년대까지 반 세기 동안에 만들어진 작품수에 맞먹는 희곡 작품이 1970년대의 10년 사이에 나타났다. 그뿐만 아니라, 여러 실험 소극장 운동이며 민중극 운동에다 수많은 탈놀음(탈춤)과 마당놀이 같은 전통 놀음놀이와 폭넓게 손잡기를 했다. 서양 연극에 접붙어 자라온 우리네 연극활동이 비로소 '우리 것'에 대한 고민을 하고 새로운 눈을 뜨려 한 것이다.

---

263) 차범석, 〈산불〉(1962)의 마지막 대목(위의 책, 434~444쪽).

노래말꽃과 이야기말꽃의 갈래들이 좀더 자연스럽게 전통 유산과 외래문물을 아울러 자라나갔던 것과는 달리 놀이말꽃에서는 이처럼 거진 100년에 가까운 진통과 시련의 시간을 지나왔다. 이제 1980년대를 넘어와서야 겨우 끊어졌던 그 핏줄을 이으려는 몸부림을 하고 있는 셈이다. 놀이말꽃이란 그만큼 삶의 뿌리와 깊이 닿아 있고서야 목숨이 살아남는 예술임을 확인할 수 있겠다. 그러는 사이에 서양에서 들어온 연극도 이제 우리의 삶을 깊고 넓게 담아내는 솜씨를 갈고 닦았다. 온 나라 곳곳에 연극하는 모임들이 생겨나고, 여러 곳에서 '연극제'라는 이름으로 갖가지 새로운 몸부림들을 보여주고 있다.

(2) 영화(시나리오)와 방송극(극본)

영화와 방송극(드라마)264)도 글말놀음놀이말꽃이냐 하고 물을 수 있다. 알다시피, 영화에서 살아 있는 말꽃은 전자말꽃이고, 방송극에서도 살아 있는 말꽃은 전자말꽃이기 때문이다. 그러니까 영화와 방송극은 마땅히 전자말놀음놀이말꽃으로 보아야 한다는 이치가 나선다. 그러나 이들은 이미 글말꽃으로 널리 알려지고 뿌리를 내렸다. 영화를 만드는 데는 시나리오라는 글말꽃으로 먼저 바탕을 마련하고, 라디오와 텔레비전 방송극을 만드는 데도 극본이라 부르는 글말꽃을 바탕으로 삼는다. 말하자면 먼저 글말꽃으로 바탕을 마련하고 그것을 놀음놀이로 나타내면서 전자말꽃으로 탈바꿈하는 것이다. 그래서 이들도 연극과 마찬가지로 글말놀음놀이말꽃으로 보는 것은 이미 길이 나 있어서 자연스럽다고 보았다.265)

그리고, '영화와 방송극'이라고 하여 이들을 하나의 갈래로 묶으려면 먼저 이들의 속살을 살펴서 그럴 말미를 잡아야 하겠다. 그뿐 아니라, 방송극에서도 라디오 방송극과 텔레비전 방송극을 들여다볼 필요가 있다. 텔레비전 방송극은 수많은 장면들의 연속인 사진을 만들어 눈으로 보며 즐기는 시각 예술이지만, 라디오 방송극은 목소리 배우(성우)들이 주고받는 말과 음악과 효과음들을 귀로 들으며 즐기는 청각예술이라 서로 적잖이 다르다. 따라서 그 바탕이 될 말꽃에서도 시각 영상을 장면 중심으로 만들어 이어가야 할 텔레비전 방송극의 기법과 청각 영상을 시간의 흐름에 따라 연결

---

264) 누구나 알다시피 '드라마'는 서양에서 들어온 말이다. 희랍에서 비롯하여 아주 오래도록 '놀이말꽃'을 뜻하는 말로 쓰였다. 그러나 우리에게 와서는 서양에서 쓰인 뜻과는 달리 갖가지로 쓰이다가 요즘 와서는 아주 텔레비전과 라디오에 실려 나오는 연속극만 뜻하는 것으로 굳어지고 있다.

265) 어쩌면 이런 논리는 이제까지 글말을 잣대로 삼아 말꽃을 바라보던 눈에 얽매인 가늠인지도 모르겠다. 세월이 흘러 입말과 전자말의 값어치를 제대로 가늠하는 때가 오면 바로잡혀야 할지도 모를 일이다.

할 수 있는 라디오 방송극의 기법이 다를 수밖에 없다. 라디오 방송극은 목소리를 표현 수단으로 하는 목소리 배우들의 말이 갖가지 장면 환경을 묘사하는 효과음과 분위기를 만들어내는 효과음악에 힘입어 놀이를 만든다. 그리고 즐기는 사람들은 라디오를 통하여 흘러나오는 소리들(성우들의 대화, 효과음, 음악)을 귀로 듣고 맛보면서 즐긴다. 그러나 텔레비전 방송극은 연극이나 영화와 같이 동작과 표정을 표현수단으로 하는 배우들이 장면 중심으로 연출자의 지시에 따라 연기하면서 사진을 찍는다. 그리고 그것들을 줄거리에 따라 다시 엮어서 텔레비전 방송으로 내보낸다. 그러면 즐기는 사람들은 화면에 나타나는 그림과 몸짓을 눈으로 바라보고 말과 효과음들을 귀로 들으면서 즐긴다.

그러니까 텔레비전 방송극은 배우의 행동과 표정은 보이지 않고 소리만 내보내는 라디오 방송극과는 사뭇 다르다. 그래서 놀이 자체로서 볼 때에 이것은 청각놀이며 저것은 시각놀이다. 그러나 그들 라디오나 텔레비전의 방송극 놀이를 있게 하는 말꽃, 곧 극본에는 그 갈래를 따로 세워야 할 만한 차이가 없다. 물론 연출에 따른 지시를 나타내는 말씨와 지시하는 방법에 얼마간 차이가 나기도 하고, 사건을 펼치는 데에 따르는 제약에도 기술에서 오는 차이가 있을 수 있지만, 그런 것들이 말꽃의 갈래를 갈라야 할 만큼 대수롭지는 않다. 그래서 말꽃을 바탕으로 볼 적에 이들을 다른 갈래로 보아야 할 까닭은 없을 듯하다.

다음은 영화다. 영화는 생겨난 말미와 자라난 역사에서 방송극과 사뭇 다른 예술이다. 영화와 라디오 방송극과 텔레비전 방송극은 생겨난 말미와 자라난 역사에서 셋이 모두 서로 다른 길을 걸었다. 그리고 놀이를 벌이는 놀이판에서도 영화는 두 가지 방송극과 다르다. 영화는 극장이라는 특별한 장소에서 놀이판이 벌어지는 것이 원칙이지만, 방송극은 라디오와 텔레비전 수상기가 놓인 집안에서 놀이를 즐긴다. 그러나 이런 차이는 놀이, 무엇보다도 놀이말꽃의 갈래를 달리 보아야 할 속살은 아니다. 놀이말꽃의 속살인 말, 말을 주고받는 모습에서는 영화나 다른 두 가지 방송극이나 다를 것이 없다. 라디오 극본은 텔레비전 극본과 비슷하고 텔레비전 극본은 영화의 시나리오와 흡사하기 때문에 이 셋을 모두 묶어 하나의 갈래로 보는 것에 별다른 무리가 없다. 그리고 이 셋은 다 같이 놀이하는 배우가 직접 나타나 관중들에게 마주칠 수 없다. 우선 기계의 힘을 빌려 만들고 기계의 도움으로 맛보고 즐길 수 있다는 점에서나, 놀이가 또렷한 마당(막)으로 나누어지지 않고 매우 자유스럽게 줄곧 이어진다는 점에서도 서로 비슷하다.

무엇보다도 이들 갈래가 서로 비슷한 점은 전자말의 힘으로 무섭게 퍼져나간다

는 것이다. 영화는 필름을 얼마든지 복사하여 수많은 영화관에서 동시에 상영하고 그
것이 상업 행위와 결부되어 좋은 영화라면 지구상의 모든 사람들에게 전달될 수 있
다. 방송극은 영화에 견주어도 훨씬 더 큰 힘으로 퍼져 나간다. 영화가 영화관이라는
갇힌 곳에서만 즐길 수 있는 놀이인 것과는 달리 이것은 라디오와 텔레비전의 수신
(상)기가 있는 곳이면 때와 곳을 무한으로 벗어날 수 있다. 방송의 출력이 문제가 되
는 때도 있었으나 이미 그런 문제를 뛰어넘었을 뿐만 아니라 과학은 앞으로 이 매체
의 파급력을 잇따라 넓혀 모든 제한들을 없애 나갈 것임에 틀림없다. 이러한 전달 파
급의 효과는 다른 어느 갈래에서도 엄두를 낼 수 없는 것으로서 더없이 큰 매력이 아
닐 수 없다.

그리고 이러한 전달 효과뿐만 아니라 창작자로서의 표현에서도 과학과 기술의
도움으로 갖가지 제약들을 벗어나고 있다. 연극이 무대라는 공간에 철저하게 제약되
어 표현하는 것에 견주어 영화와 방송극은 거의 제한 없이 공간의 자유를 누리며 표
현한다. 자유롭게 얼마든지 움직이는 영상(시각적, 청각적)의 힘으로 다른 어떤 예술
보다도 복잡한 감각 효과를 만들어낼 수 있다. 이들 갈래는 그림과 소리로 눈과 귀를
아우르는 의사소통을 이루고, 장면의 전환, 시점의 변화, 시공간의 운용 따위에서 거
의 무제한의 자유를 누리며 표현할 수 있다. 이들 갈래는 이러한 기법의 자유뿐만 아
니라 주제의 영역이나 소재의 접근 범위에서도 거의 무한한 잠재성을 지니고 있다.
극도로 서정적인 것에서부터 철저히 서사적인 데 이르는 어떤 영역도 포함할 수 있
으며, 그 깊이에서도 피상적인 현실성이나 감각적인 것으로부터 고상한 지성과 철학
적인 것까지도 포착할 수 있다. 유연하고 섬세하며 연약하거나 아름다운 것에서부터
가장 야수적이고 폭력적인 감정에 이르는 모든 것들을 표현할 수도 있다.

그리하여 이들 갈래는 모든 사람들이 문화 예술의 주인으로 더불어 어우러지는
시대에 대중문화의 으뜸으로 우뚝 서게 되었다. 그뿐 아니라 영화는 만드는 데 엄청
난 돈이 들기 때문에 구경꾼의 마음을 끌 수 있도록 대중의 비위에 맞추어야 하고,
방송극은 구경꾼이 제한 없는 온갖 사람들이기 때문에 또한 대중의 바람에 맞추지
않을 수 없다. 따라서 시나리오와 방송극본은 희곡처럼 진지한 철학이나 순수한 예술
성에만 얽매여 있기보다는 대중들이 바라는 것이 무엇인지를 알아서, 상식과 통속에
더 큰 관심을 두지 않을 수 없게 된다. 이 때문에 대중의 관심에 무감각한 우리 나라
의 학자들이 이 갈래에 대한 학술(국문학) 조명을 제대로 이루어내지 못하고 있는 실
정이지만, 그것도 머지않아 시대의 요구 앞에서 부서지지 않을 수 없을 것이다.

우리네 영화는 맨 먼저 '연쇄 활동 사진극(연쇄극)'이라는 이름으로 연극 사이에

영화의 도막을 끼우는 것에서 비롯하였다. 그로부터 무성영화를 거쳐 발성영화로 발전하여 왔다. 무성영화까지는 배우가 주고받는 말이 말꽃으로 마련되지 않고 얼개만 있는 각본을 가지고 사진을 찍었다. 그것을 상영할 때에는 변사로 하여금 보는 이들을 사로잡는 풀이를 하게 하였으므로 시나리오가 대수롭지 않았다. 변사도 시나리오나 각본에 따라 해설하기보다 자신의 재능과 창의를 펼쳐서 흥미를 일으킬 수 있도록 재간을 피워 인기를 끌려고 하였다. 무성영화 시기의 기억할 만한 작품으로는 유명한 나운규(1902~1937)의 〈아리랑〉(1926)을 비롯하여 〈풍운아〉(1926), 〈들쥐〉(1927), 〈사랑을 찾아서〉(1928)와 이규환의 〈임자없는 나룻배〉(1932) 같은 것들이 있었다.

　무성영화 시기라고 하여 시나리오가 전혀 없었던 것은 아니어서 1929년《조선지광》9월호에 김유영이 〈염〉을 '시나리오'라는 이름으로 발표했다. 그보다 앞서도 시나리오라고는 하지 않고 '영화소설'이라는 이름으로 일찍이 심훈(1901~1936)이 〈탈출〉(1926)을 발표하고, 이종명이 〈유랑〉(1927)을 발표하였는데, 이 〈유랑〉은 이듬해에 김영팔이 대본을 만들고 김유영이 감독을 맡아 영화로 만들기도 했다. 1935년에 이명우가 각색, 감독, 촬영을 맡아 만든 〈춘향전〉이 나타남으로써 발성영화의 시대가 열렸다.

　발성영화 시대에 들어오면서 안종화의 〈은하에 흐르는 정열〉(1935)이라든지 안석영의 〈연가〉(1937)를 비롯하여 잇달아 시나리오 작품들이 나타났다. 그러나 전통유산이 없는 가운데 갖가지 민족사의 수난을 함께 겪으면서 수입영화와 힘겨운 경쟁까지 하느라 우리네 영화 예술은 수많은 어려움에 시달렸다. 1970년대를 지나면서 '우리의 것'에 눈을 뜨는 사람들이 늘어나는 것과 더불어 1980년대 후반에 와서는 좋은 영화들이 많이 나타나서 사람들의 관심을 끌었다. 그런 성장은 절로 세계무대로 나가서 이름난 영화제의 커다란 상을 받는 일이 자주 벌어지게 만들었다. 이런 흐름에 힘을 입어 시나리오를 만드는 일에도 새로운 기운이 일어나서 우리네 영화 예술도 놀음놀이의 중심에 자리잡는 듯하다.

　우리 방송은 1925년 김제, 군산, 안동, 원산을 비롯하여 전국 곳곳에 일본인들의 라디오 방송(무선전신) 시설이 설치되면서 싹이 텄다. 거기서 온갖 곡절을 거친 다음 1927년 2월 서울에 경성방송국을 개국하여 온 나라를 두루 싸잡았다. 그러나 그것은 일본말 방송이었을 뿐이다. 그러다가 일본말로 방송하는 것이 식민통치에 효과를 거두지 못한다는 침략자들의 반성과 우리 말 방송을 바라는 겨레의 바람이 맞아떨어져 1933년 4월부터 이른바 이중방송을 시작했다. 그러나 이렇게 겨우 싹이 텄던 우리 말 방송은 일제가 마지막 발악을 하던 1940년에 와서 잘릴 수밖에 없었다. 광복을 맞이하면서 다시 시작한 방송은 정치와 사회의 온갖 곡절과 파란의 소용돌이 속을 헤치며 오늘에 이르고 있다. 귀로 듣기만 하는 라디오 방송의 이러한 흐름에 곁들여 1962년부터는 텔레비전이 들어와 눈으로 보면서 귀로 듣는 방송이 생겨났고, 그 텔레비전 방송은 1981년부터 여러 빛깔로 그림을 내보내면서 오늘에 이르고 있다.

1933년 4월에 우리 말 방송을 시작하자 곧바로 유치진의 〈룸펜 인텔리〉라는 방송극이 5월 23일부터 27일까지 매일 저녁에 전체 다섯 차례의 연속극으로 방송되었다. 이로부터 박진이 이끌던 '라디오 플레이 미팅'이니 이석훈의 '라디오 드라마 연구회'니 하여 나름대로 방송 극본, 소설의 각본, 외국 작품의 번역 따위를 부지런히 방송극으로 내보내고, 맹만식과 복혜숙 같은 성우들이 인기를 얻기도 했으나, 일제의 철저한 검열과 감시에 얽매여 이렇다 할 작품을 만들거나 방송할 수는 없었다.

광복 뒤로 좌·우익이 맞선 혼란기를 거쳐 조국이 남과 북으로 갈라지고 두 정부가 서자 일제 때의 경성방송국은 남쪽 대한민국의, 평양방송국은 북쪽 조선인민공화국의 국영 방송으로 탈바꿈했다. 그리고 곧 이어 동족끼리 싸우는 남북전쟁을 치르고 나라를 두 도막으로 못박으면서 남북의 방송도 그 상태로 자리잡았다. 저마다 국민을 단합시키고 이념으로 맞서려는 도구로 방송을 활용했기 때문에 국민들이 상대 쪽의 방송을 듣는 것은 엄두도 내지 못하도록 막혀버렸다. 따라서 방송세계에서도 남북 사이에는 넘을 수 없는 장벽이 쌓이기만 했다.

1950년대의 남쪽 방송극은 대체로 전란에서 입은 삶의 황폐를 어루만지고 새로운 의욕과 용기를 불어넣으려는 생활극과, 남북 대결의 정신을 고취시키는 것으로 사회의 안정을 꾀하려는 반공극이 주류를 이루었다. 그리고 그런 목적에 이바지할 수 있는 역사극이 가끔 나타나는 정도였다. 그러나 제한 없는 다수 대중을 싸잡아 그 대상으로 삼아야 하는 방송의 고유한 특성에서나 엄청난 파급효과를 의식하여 지나치게 간섭하려는 정부의 통제로 말미암아 삶의 진실을 표현해내는 작품들을 제대로 생산하지 못했다. 역사극들은 거의 정권 옹호를 돕는 내용을 담으려는 데만 마음을 쓰고, 생활극은 철학 없는 일상의 애환을 되풀이하는 늪에서 벗어나지 못했으며, 반공극은 너무나 단순하고 딱딱한 이념으로 상대방을 비난하는 데에만 열을 올리는 것이었다.

이와 같은 현상은 1960년대 뒤에도 근본에서 바뀌지 못하고 늘 이어져 왔는데, 1980년대 중반부터 사회 전반의 자유화와 민주화라는 물결에 힘입어 변화를 위한 몸부림이 잇따르고 있다. 그런 틈바구니에서 역사와 현실을 한결 자유스러운 시각에서 작품으로 만들려는 의욕이 가끔 나타나지만 여전히 방송의 영향력을 의식하여 통제의 고삐를 놓지 못하는 정부와 갈등을 벌이느라 눈에 띌 만한 성과에 이르지는 못하였다. 그러나 지난날의 역사를 더욱 열린 시각으로 바라보고, 고통스러운 현실의 본질을 한결 깊이 있게 밝혀 보려는 노력들이 1980년대 뒤의 방송극에 두드러지게 나타나서 머지않아 새로운 면모가 뚜렷해지리라는 희망을 가질 만하게 바뀌고 있는 것은 사실이다.

다) 전자말놀음놀이말꽃

전자말놀음놀이말꽃은 전자말로써 놀음놀이를 만들어 기쁨과 즐거움을 맛보는 말꽃을 뜻한다. 그러므로 제대로 말한다면, 전자말놀음놀이말꽃이란 전자매체를 부려서 만들어내는 모든 놀음놀이말꽃을 싸잡아야 한다. 비디오나 시디롬에 담아 놓고 언제든지 보며 즐길 수 있는 영화와 연극과 만화를 비롯하여, 심지어는 필름에 담아 놓고 극장에서 되풀이하여 보며 즐기는 영화는 물론이고 라디오와 텔레비전으로 방영하는 모든 방송극도 전자말놀음놀이말꽃에 싸잡아야 마땅할 것이다. 그러나 영화와 방송극은 이미 글말꽃으로 꽤 긴 역사를 쌓았고, 시나리오와 극본이라는 글말꽃을 바탕으로 자리잡은 것으로 보았다. 그러므로 우리가 새로운 갈래로 전자말꽃을 이야기할 적에는 거의 1990년대부터 놀랍게 나타난 컴퓨터의 인터넷에서 이루어지는 말꽃만을 이야기하게 마련이다.

그런데, 인터넷 세상에서 이루어지는 전자말꽃은 나이가 어리다는 것말고도 영화나 방송극과는 아주 다른 속살을 지니고 있다. 그것은 말꽃을 만드는 사람과 누리는 사람이 따로 갈라져 있지 않다는 점이다. 모든 글말꽃이 그렇듯이 영화나 방송극도 만드는 사람과 누리는 사람이 서로 갈라져 있다. 만드는 사람이 만들어 놓으면 누리는 사람은 그냥 손맺고 앉아서 즐길 수밖에 없다. 그러나 이제 전자말꽃은 만드는 사람과 누리는 사람이 서로 주고받으며 더불어 즐긴다. 만드는 사람이 곧 누리는 사람이 되고, 누리는 사람이 곧 만드는 사람이 된다. 이것은 알다시피 본디 입말꽃들이 그랬던 모습으로 되돌아간 셈이다. 여기서도 전자말꽃이야말로 입말꽃과 글말꽃을 서로 아우르며 생겨난 것이라 할 만하다.

그러나 이 전자말꽃은 이제 막 움이 트는 새싹에 지나지 않는다. 아직은 첫걸음이라 어수선한 모습을 그대로 드러내고 있다. 앞으로 새로운 말꽃으로 놀랍게 자라리라는 짐작은 누구나 하지만, 참으로 그것이 어떤 모습으로 얼마나 자랄지는 아무도 제대로 내다보기 어려울 지경이다. 심지어는 이것을 말꽃으로 볼 수 있을 것인가 하는 물음도 아직은 곳곳에서 일어나고 있는 실정이다. 그런 사정을 그대로 받아들이면서, 우리도 꽤 널리 즐기고 있는 갈래들을 몇 가지만 보기로 한다.

(1) 살아 숨쉬는 그림[266]

만화는 이야기를 그림에 담아서 즐기는 이야기말꽃이지만, '살아 숨쉬는 그림'은 만화의 이야기에 전자기술로 움직임을 불어 넣은 놀이말꽃이라 하겠다. 그림이 살아 있는 것처럼 보이게 하려면 잇따르는 여러 움직임의 그림들이 빠르게 넘어가도록 해야 한다. 이것은 영화를 만드는 것과 다를 바가 없다. 이렇게 만든 작품은 극장이나 방송국으로 보내서 수많은 사람들이 즐기게 한다.

살아 숨쉬는 그림은 유리 같은 종이에 배경과 사람을 따로 그려서 함께 겹쳐놓고 사진으로 찍어서 보여주는 방식(셀 애니메이션), 여러 가지 재료로 만든 인형이나 모형을 조금씩 움직이면서 사진을 찍는 방식(스톱모션 애니메이션), 컴퓨터 그래픽으로 그리는 방식(컴퓨터 그래픽 애니메이션)으로 나날이 발전하고 있다. 그러나 아직 우리 나라에서는 이렇다 할 놀음놀이말꽃의 작품으로 손꼽을 만한 것이 나오지는 않았다. 만들어내는 기술이 모자라서가 아니라 뜻깊으면서도 놀라움을 주는 이야기를 만들어내지 못하기 때문이다. 사람들의 마음을 사로잡을 수 있는 이야기를 만드는 창의와 상상의 힘을 아직 제대로 부려내지 못하기 때문이다.

우리 나라에서 맨 처음 선보인 살아 숨쉬는 그림은 텔레비전의 럭키치약 광고였다고 한다. 이어서 진로소주 광고(1960년 3월)를 거쳐 여러 광고들이 나타났다. 그러다가 1967년에 〈홍길동〉이 나타나 많은 사람들에게 사랑을 받고 '대종상'을 받기도 하면서 우리의 살아 숨쉬는 그림으로 손꼽히는 작품이 되었다. 그로부터 살아 숨쉬는 그림을 극장에서 보게 만든 작품들이 잇달아 나왔고, 〈로보트 태권 브이〉 같은 작품이 엮음(시리즈)으로 인기를 끌기도 했다. 그러나 1980년대 중반에 와서 흐지부지 사라지고는 1980년대 후반에 국영방송(케이비에스)의 〈떠돌이 까치〉와 문화방송(엠비시)의 〈달려라 호돌이〉가 나타나면서 살아 숨쉬는 그림이 텔레비전으로 넘어가는 듯 했다. 그러나 그것 또한 큰 인기를 끌지 못하고, 다시 1990년대 중반에 들어 극장에서 보는 것으로 되살아났다. 컴퓨터 그래픽으로 만들어서 관중을 45만 명이나 끌어모았다는 1995년 〈블루시걸〉이 그 즈음에 극장에서 보는 것으로 되살아났다. 이런 고비들을 넘으면서 우리 나라는 살아 숨쉬는 그림을 만드는 일에서 온 세계에 손꼽히는

---

266) 애니메이션이라는 것을 우리말로 뒤쳤다. 우리 나라의 애니메이션에 관한 참고자료는 다음에서 볼 수 있다. http://user. chollian. net/~taco/latest. html, http://prettyj. com. ne. kr, http://my. dreamwiz. com/ leejet/aniindex. htm

자리까지 올라갔다. 거의 미국이나 일본과 손잡고 만드는 것이기는 하지만 세계의 살아 숨쉬는 그림 절반을 우리 손으로 만들어내고 있는 것이 현실이다.

그러나 살아 숨쉬는 그림을 스스로 즐기는 것은 아주 딴판이다. 우리는 어릴 적부터 텔레비전에서 뛰어난 작품들을 수없이 보면서 자란 탓인지, 우리 손으로 만든 작품을 여간해서는 높이 쳐주지 않는다. 인기를 모았던 연재 만화를 영화로 만든 〈붉은 매〉, 인기 있는 농구를 소재로 한 〈헝그리 베스트 파이브〉, 일본 감독이 솜씨를 부려서 만든 〈돌아온 홍길동 95〉, 원작의 인기를 업고 우리 나라의 기술 수준을 자랑하려던 〈아마겟돈〉, 어린이를 사로잡아 보겠다고 나선 〈난중일기〉와 〈의적 임꺽정〉, 이런 작품들이 한결같이 손뼉을 받지 못하고 말았다. 다만, 꼼꼼하게 기획하고 차분하게 이야기를 이끌어 나간 〈둘리의 얼음별 대모험〉이 1996년 여름에 나와 홀로 남다른 성공을 거두었을 뿐이다.

이런 사정은 마침내 극장들이 우리 나라의 살아 숨쉬는 그림을 돌아보지 않게 만들고 말았다. 이것은 좋은 작품을 만들어 내놓아도 구경꾼들이 만나볼 수 있는 자리가 사라지게 되었다는 뜻이기도 하다. 이처럼 나쁜 사정을 뚫고 나가려는 생각에서 요즘 찾아내어 인기를 모으고 있는 기술이 바로 컴퓨터 그래픽이다. 컴퓨터로 그림을 그리는 이 기술은 온 세계를 통틀어도 아주 새로운 것이고, 우리 나라의 기술이 미국이나 일본과 더불어 가장 앞장서 있기 때문에 앞날은 어둡지 않은 편이다.

(2) 플래시 무비267)

플래시란 '벡터 이미지 방식'이라는 새로운 기술을 쓰는 컴퓨터 프로그램이다. 이제까지 쓰던 '비트맵 방식'보다 훨씬 새로운 기술로서, 파일 용량이 매우 적고, 배우기 크게 어렵지 않고, 화려한 애니메이션을 할 수 있으며, 인터넷의 특성도 마음대로 지원하고, 음성 자료와 잘 어우러질 수 있고, 그림이 깨끗하며, 움직임을 나타내는 데도 뛰어나다. 벌써 플래시로 홈페이지도 많이 만들고 있다. 플래시 무비, 플래시 카드, 플래시 광고, 플래시 심리조사 같은 여러 가지에 두루 쓰인다.

이러한 플래시로써 짧은 이야기를 넣어 영화처럼 만든 것을 플래시 무비라 한다. 플래시 영화, 플래시 만화, 플래시 동화, 이렇게 여러 갈래로 나누어질 수도 있다. 요즘 가장 인기 있는 플래시 무비로 〈엽기토끼〉, 〈졸라맨〉, 〈홀맨〉, 〈우비소년〉 따위

---

267) 플래시 무비를 우리 말로 뒤치지 못했다. http://my.dreamwiz.com/chanwoonara, http://www. flashclub.co.kr

가 있다. 개인의 홈페이지에 손수 만든 짤막한 플래시 영화를 올려놓기도 하고, 요즘은 전자카드에도 플래시 기법으로 만든 간단한 영상을 담기도 한다. 이런 플래시 무비의 속살은 얼마든지 갖가지일 수 있어서 앞으로 어떻게 발전해 나갈지 아직은 내다보기 어렵다. 〈졸라맨〉을 조금만 보기로 한다.

졸라맨268)

-나 졸라맨! 정의와 의리로 뭉친 사내가 있었다.

곳곳에서 일어나는 사건사고와 구멍난 민생치안에 더 이상 방관할 수 없었던 그는 연구실에서 100일간 마늘을 먹으며(삼겹살도) 험난한 이 세상을 수호하기 위한 '졸라맨 변신 세트'를 만들어 낸다. 위급한 상황이 닥치면 얼른 슈퍼 액션 메가 히어로 졸라맨으로 변신해 악을 물리치는 사랑과 정의의 수호자 졸라맨! 기차게 멋진 친구 졸라맨! 권선징악의 교훈이 있으며 스토리 전개면에서 숨막히는 초스피드 정통 메가 액션을 느낄 수 있는 어드벤처 무비다

이   름 : 졸라맨(Zolaman.)
생년월일 : 2000년 3월
나   이 : 10대 후반에서 20대 초반으로 추정
버   릇 : 궁시렁거리기, 오도방정 떨기
특   기 : 쌍절곤 돌리기, 빠른 발차기
좌 우 명 : 진정한 사랑과 정의의 수호
취   미 : 거리 순찰
특기사항 : 최근 졸라걸 뻔녀 등장으로 흐뭇해 함

2탄 1부 대본

강   도 : 꼬, 꼼짝마! 도, 돈내놔! 돈내놔! 돈!

은행원 : 까아아아!!!!!

강   도 : 에이흐(쿵)

가판대에서 신문을 까보는 졸라맨

졸라맨 : 캬~ 강도 잡기 참 쉽네~

가판원 : 어이 돈내고 사서 봐!

길에서 10원을 발견하고 환장한다.

졸라맨 : 어? 어렵써~ 자자자자자작 우르르 하~ 끝내주게 재수좋아 이걸루 뭐하지? 저금해야지~ 땡그랑 한푼, 땡그랑 두푼, 즐거운 마음으로 저금을 하자~. 착한 졸라맨, 아껴쓰고 절약.

---

268) http://www. dkunny.com

(3) 전자놀이(게임)

전자놀이(게임)는 흔히 '전자 오락 게임'이라고 부른다. '전자(컴퓨터)의 기술'과 '놀이(오락)'라는 두 가지가 손잡고 만들어내는 새로운 전자말놀음놀이다. 그 세계는 이미 엄청난 속살로 놀랍게 자라나고 있거니와, 앞으로 얼마나 더 넓고 깊게 퍼져나 갈 것인지 가늠하기 어렵다. 이것은 벌써 하나의 산업으로서 사람들의 마음을 사로 잡고 있다. 돈을 벌어들이는 힘은 물론이고, 사람의 정서와 감정을 휘어잡는 힘에서 도 무한한 가능성을 지닌 산업으로 떠오르고 있다. 얼마든지 만들어내고, 얼마든지 팔 수 있고, 무엇이든지 담아내고, 어떤 길로도 쓰일 수 있는 놀음놀잇감이다. 학생 의 학습에도, 교사의 교육에도, 영화에도, 만화에도, 방송에도, 광고에도, 나아가 일 상 생활에도 얼마든지 쓰일 수 있는 기술이기도 하다. 그런 것들 가운데서 우선 '머 드놀이', 그리고 거기 싸잡혀 들어가기도 하는 '역할놀이(롤 플레잉)'를 들어 잠시 보 기로 한다.

머드(MUD)놀이는 인터넷 통신 그물로 여러 사람이 함께 벌이는 놀음놀이의 한 가지다. 모험놀이(어드벤처), 역할놀이(롤 플레잉), 가상놀이(시뮬레이션 게임) 같은 것 들이 거기 싸잡힌다. 놀이를 하려는 사람은 머드놀이를 마련하고 있는 인터넷(서버 컴퓨터)에 들어가서 하나의 역할을 맡고는, 3차원으로 복잡하게 얽힌 가상세계에서 자신의 몫을 맡아야 한다. 그 가운데는 끊임없이 이어지는 모험놀이도 있고, 교육으 로 하는 목적놀이도 있으며, 단순히 친목을 도모하자는 놀음놀이도 있다.

머드놀이에는 크게 두 가지가 있다. 글말 머드놀이와 그림 머드놀이가 그것이다. 글말 머드놀이는 화면에 나타나는 글말 출력을 이용한 머드놀이이다. 수없이 많은 작 품들이 나와 있지만, 〈단군의 땅〉이나 〈쥬라기 공원〉 같은 것들이 글말 머드놀이로 널리 알려진 것이다. 그리고 그림 머드놀이는 글말 머드놀이를 더욱 발전시킨 것으 로, 그래픽이라는 그림 기술을 끌어들여서 한결 재미를 높인 것이다. 그림 머드놀이 로는 온 세계에서 가장 이름났다 할 수 있는 〈울티마 온라인〉에서부터, 〈바람의 나 라〉, 〈어둠의 전설〉, 〈리니지〉, 〈영웅문〉 같은 작품들이 많다

머드놀이는 인터넷 그물 위에서 이루어지는 역할놀이의 하나인 셈이다. 놀이하 는 사람이 직접 놀이말꽃(시나리오)에 따라 만들어지는 가상세계의 주인공이 되어서 차례대로 줄거리를 풀어 나가는 놀이다. 따라서 이런 역할놀이의 생명은 잘 마련된 놀이말꽃(시나리오)에 있다고 할 수 있다. 개인 컴퓨터의 머드놀이는 아름다운 그림 (그래픽)과 신명나는 소리(사운드)를 마음껏 부려서 가상세계를 실제와 같이 느끼도 록 만드는 데 초점을 두고 있다. 한편, 머드놀이는 그런 그림과 소리의 재미보다도 여

러 사람이 함께 참여하여 즐긴다는 점이 두드러진 장점이다.

글말을 바탕으로 삼은 머드놀이를 많은 사람이 좋아하는 까닭은 여러 사람들이 함께 놀이를 즐기면서 모두가 주인공이 되어 가상세계를 탐험한다는 것에 있다. 이런 머드놀이야말로 지난날의 단순한 전자놀이와는 견줄 수 없이 또 다른 차원의 재미를 느끼게 해준다. 수많은 사람들이 더불어 함께 즐길 수 있기 때문에 머드놀이는 인터넷이라는 놀라운 그물 누리로 온 세계에 퍼져 나가 지구 가족이 함께 즐길 수 있다.

역할놀이는 놀이하는 사람들이 저마다 '몫(캐릭터)'을 맡아 이야기를 만들어 나가는 놀음놀이다. 여기에는 '우두머리(마스터)'라 불리는 심판이 있어서 이야기에서 무엇을 어떻게 꾸려 나갈 것인지를 결정한다. 우두머리는 무대가 되는 세계를 마련해 놓아야 하고, 스스로도 하나의 몫을 맡아서 놀이에 참여한다.

역할놀이는 말을 주고받으며 해나가기 때문에, 말판 같은 것은 쓰이지 않는다. 우두머리는 놀이하는 사람들에게 상황을 설명하고, 저마다의 몫이 보고 듣는 것에 대한 정보를 제공한다. 놀이꾼들은 저마다 자기 몫의 처지에서 주어진 상황에 반응한다. 우두머리는 이런 행동의 결과를 묘사한다. 역할놀이는 이런 과정을 반복하면서 이루어진다. 상황에 따라서, 우두머리는 책에 있는 규칙을 참고로 하여(또는 아예 멋대로) 어떤 일이 일어나는지 결정한다.

역할놀이의 목표 가운데 하나는 모든 놀이꾼들이 몫의 처지를 제대로 알고, 거기 맞추어 행동하는 것이다. 역할놀이의 놀이꾼들은 중세의 기사, 뒷골목의 탐정, 산 속의 도사와 같이 온갖 역할을 맡을 수 있다. 같은 상황에서도 이들은 서로 다르게 반응할 수 있는데, 역할놀이는 바로 그런 점에서 재미를 맛본다. 따라서, 역할놀이는 놀이꾼들에게 협동심을 길러주고 시야를 넓혀준다. 그러나 반드시 교육적이라는 말은 아니다. 그보다는 오히려 이제까지 있던 여러 놀이문화 가운데서 가장 창의적인 활동의 하나라 해야 할 것이다.

역할놀이가 이제까지 있었던 다른 놀음놀이와 다른 점은 바로 이것이다. 음악이나 미술, 영화나 연극, 소설이나 시, 만화나 애니메이션에서, 사람들은 앉아서 구경할 뿐 스스로 참여하지 않는다. 이른바 기계문명의 문화가 거의 이렇게 먹여주는 것이었다. 그러나 역할놀이에서는 구경꾼이 창조 과정에 끼여든다. 우두머리가 으뜸 이야기꾼으로 자리잡고 있지만, 주요 등장인물을 창의적으로 만드는 일은 놀이꾼들의 몫이다. 놀이꾼들은 몫을 통해서 바라는 이야기를 만들어 나갈 수 있다. 따라서, 다른 문화가 거의 수많은 구경꾼을 노리고 대량생산을 꾀하지만, 역할놀이의 놀이말꽃 하나하나는 그에 참여한 사람들이 스스로 만들어낸 수제품이다. 뼈대가 되는 것은 우두머리가 마련해 놓은 것이지만, 그것을 갈고 닦아 살을 붙이고 피를 돌게 하는 것은 놀이꾼 모두의 몫이다.

또한 서로 경쟁할 까닭이 없다는 것도 역할놀이의 색다름 가운데 하나다. 거의 모든 상황에서 놀이꾼들은 더불어 성공하거나 더불어 실패한다. 따라서 경쟁보다는 협동이 더욱 긴요해지는 것이다. 그리고, 현실세계에서와 마찬가지로, 좋은 놀이꾼에게 돌아오는 가장 값진 소득은 성격(캐릭터)의 성장이다. 놀이꾼이 성격을 잘 표현하면 할수록 그 성격의 능력도 발전하는데, 이것이야말로 놀이꾼이 얻어 맛보는 보람이다. 역할놀이의 또 다른 장점은, 놀이꾼들이 끝내지 않는 한 놀이는 끝나지 않는다는 점이다. 이야깃거리만 있고, 질리지만 않는다면, 역할놀이는 언제까지라도 잇달아 할 수 있다. 물론 질리면, 다른 성격을 찾아 붙잡고 다른 무대에서 놀이하면 그만이다. 그런가 하면, 하루 만에 짜임새를 모두 갖춘 이야기를 끝내고 만족해서 집으로 돌아갈 수도 있다. 이런 유연성이 역할놀이의 커다란 장점들이다.

놀이가 끝나면, 우두머리와 놀이꾼들의 기억 속에는 하나의 이야기가 남는다. 놀이꾼들이 맡았던 성격들이 서로 어떻게 만나서, 어떤 일에 좌절했고, 결국 어떤 일을 이루었는가 하는, 스스로 참여했기 때문에 더욱 마음이 가는 이야기가 잊혀지지 않는 것이다. 작품 〈무림 이야기〉를 보기로 삼아 잠시 들여다보자.

무림 이야기[269]

1) 무대와 놀이

이 놀이의 시대 배경은 원나라 말기로 대략 무력 800년경, 수많은 무림의 여러 계파가 몰락하고 새로운 세력이 강호에 나타나던 시기다. 줄거리는 제일세가라는 한 가문의 몰락에서부터 시작된다. 한 가문이 어느 날 밤 순식간에 사라지고 이 가문에서 오직 하나 홀로 남은 사람이 주인공이다. 수많은 사건을 통해 몰락한 가문의 재건을 위한 기인 이사들을 만나고 기연을 얻어 가문의 원수를 갚은 다음 당신이 진정한 무림의 지존이 되어 가는 과정을 담은 이야기를 엮어가는 무협의 역할놀이라 할 수 있다. 그러나 차례가 높아지면 다른 능력치도 따라서 올라가는 다른 무협 역할 놀이와는 달리 모든 성격이 성장하고 수련하는 과정이 실제의 무림 세계와 같이 시행착오와 고된 수행과정을 통해서만 이루어질 수 있다. 또한 무림 세계를 두루 돌며 이름을 드날리면서 추종 세력을 모아서 방파를 세울 수 있으며, 방파를 운영하기 위해 영역을 넓혀 가는 과정에서 다른 방파와 대립·갈등 또는 협조도 가능하여, 진정한 네트워크 놀이의 재미를 느낄 수 있도록 기획되었다.

---

269) 중국 도교를 바탕으로 비롯하는 갖가지 무협소설이 우리 나라에서도 널리 판을 친 지 오래되었다. 이런 역할놀이도 그런 무협소설을 본받아 만들어낸 이야기에 지나지 않는다(http://www. dreamfactory. co. kr/frmstoryline. htm).

2) 이야기 뼈대(시나리오)

〈들머리〉

가랑비가 촉촉히 내리는 어느 새벽, 처절한 비명소리를 뒤로 한 채 생사를 건 탈출을 하고 있는 이들이 있었다. 두 사람의 사내와 갓 세 살을 넘긴 듯한 아이. 한 사내는 중년의 건장한 모습이나 전신이 온통 피에 물들어 있었고, 다른 사내는 심한 내상을 입은 듯 손에 든 칼날에서 선혈이 쉬지 않고 흘러내리고 있었다. 두 사람의 이름은 일주와 소룡, 정체 모를 그림자들의 침입을 받아 하루아침에 멸문지화를 당한 제일세가의 8대 호법들로서, 적들의 눈길을 피해 소가주를 모시고 낙양의 백부에게로 피신을 하고 있다.

그때 갑자기 날아온 암기가 일주의 등을 파고 들고, 그들의 앞을 흑백쌍괴가 막아선다. 소룡을 향해 소가주를 모시고 도망가라 외치며 일주는 두 강적과 승산 없는 전투를 시작하며, 쓰러지는 일주의 비명을 뒤로 한 채 소룡은 또다시 소가주를 안고 정신없이 탈주를 계속한다. 그 이후로도 숱한 죽을 고비를 넘기며 도주하여 마침내 낙양성의 관도를 지나 낙양 입구를 나타내는 커다란 돌사자상 앞에 다다르자, 소룡은 소가주를 내려놓고 피를 토하며 죽고 만다. 이 죽음 직전에 또 다른 삶을 맞이하게 된 아이가 바로 이 놀이에서 '당신'이 되는 것이다. 무력 790년 2월의 일이다.

〈제1장 머나먼 무의 길〉

첫째 마당 : 낙양성과 성 주변, 북망산, 하남성

……그로부터 13년의 세월이 흘렀다. 왕대협이라는 독지가의 손에서 자라난 '당신'의 어두운 과거는 긴 세월이 흐르는 동안 어느덧 기억의 저편 너머로 사라져 버린다. 당신을 맡아 기른 왕대협은 어느덧 혈기왕성한 나이에 이른 당신에게 이제 무림에의 출도를 명한다. 자신의 출생의 비밀은 전혀 알지 못하는 당신은 낙양성 안과 근처의 각종 짐승들의 사냥 혹은 무림인들과의 교유를 통해 조금씩 무림인으로서의 실력과 경험을 쌓게 된다. 석상과 무림인들, 장군상 따위를 물리치며 북망산에 숨겨진 왕릉 지하 석실에 있는 무림인의 시체에서 삼색수련을 얻어 복용하는 것이 당신이 하게 되는 최초의 본격적 사건이라 할 수 있을 것이다. 그 뒤 북망산 장군묘에 들어가 강시들을 물리치고 목말라하는 영환 도사에게 물을 갖다 주어 초혼단을 얻기도 하고, 낙양 일대에 악명이 높은 산적 두목 양철심의 머리를 베어와 관가의 포교로부터 포상을 받기도 한다. 또 낙양성의 성곽 보수를 위해 필요한 바윗돌을 숭산의 법왕사 절터로부터 가져와 타인들의 칭송을 듣게 된다. 한편, 당신은 법왕사 절터를 찾아가던 길에 신음하며 누워있는 무림인 옥면자를 만나게 된다. 습격을 당한 그의 상처를 보고 그것이 현마장이란 무공에 의해서임을 알게 된 당신은 심마니로부터 그의 상처를 치유할 수 있다는 주엽초란 약초에 대해 듣게 된다. 숭산 태실봉 남동쪽에서 주엽초를 지키고 있다는 금관쌍두사를 물리치고 또 그 뱀의 보혈을 빨아먹어 약간의 내공 증진을 얻은 당신은 주엽초를 획득하여 무림인의 상처를 치유해주게 된다. 이렇듯 기초적인 사건들을 해결해 나가면서 당신의 심연에 자리잡고 있던 본능적인 무사의 기질이 되살아나고 무림의 세계와 강호에 대한 동경은 커져만 간다.

둘째 마당 : 소림사, 화산, 무당산 -줄임-

셋째 마당 : 도화림, 황산, 구화산 -줄임-
넷째 마당 : 운강석굴, 등격리사막, 삼위산, 항산 -줄임-

〈제2장 뿌리를 찾아서〉
다섯째 마당 : 오대산, 기련산, 오룡성전

  갖가지의 수련과 모험을 해 나가며 어느 덧 당신은 무림의 고수 반열에 오르게 되고 타인으로부터 경외의 시선을 받게 되는데, 그러던 가운데 자신의 출생의 비밀과 연관이 되는 최초의 사건을 만나게 된다. 항산 용문객잔에서 우연히 항산 모옥에 있는 소녀와 그 아버지의 얘기를 전해들은 당신은 암살 당한 소녀의 아버지의 살인자를 찾아 조사를 해 나가게 된다. 살해당한 마부의 이마에 있는 상처가 혈접이란 암기에 의한 것임과 그녀의 아버지 곽일기는 옥모란이란 암기에 의한 것이라는 단서를 가지고 여러 군데를 수소문해 본 결과, 그것들이 혈광무백의 독문암기라는 것을 알게 된 당신은 인피면구를 쓰고 혈무곡에 있는 혈광호위를 속여 혈무대전에 잠입한 후, 혈광무백을 죽이는 데 성공한다. 살인자를 찾아 대신 복수를 해준 당신에게 소녀는 감사의 표시로 옛날 일주라는 사람이 주었다는 태청패를 건네준다. 이 때는 깨닫지 못하나, 이 태청패야말로 멸문 당한 제일세가의 신물인 것이다. 강호를 주유하던 당신은 기련산의 폐가 다락방에서 흐느끼고 있는 여인 양소유를 만나게 되는데, 그녀는 놀랍게도 태청패를 알아보며 그것이 제일세가의 표지임과 함께 하루아침에 멸문 당하고 만 제일세가의 비사를 말해준다. 그 얘기를 들으면서 당신은 기억 저편에 묻혀 있던 눈밭 위의 혈투를 어렴풋이 떠올리지만 그 이상은 기억해 내기 어려움을 느낀다. 더 자세한 내용을 알기 위해 녹림혈채 본관에 거처하는 혈림녹주를 만난 당신은 흑풍회의 호법 흑백쌍괴가 제일세가에서 소장하고 있던 절세기보를 탐낸 나머지 제일세가를 멸문시켰다는 정보를 얻게 된다. 흑풍회의 잔당이 아직 기련산에 있을 것이며 그에게는 현상금이 붙어 있다는 말을 들은 당신은 기련산에 올라가 그의 목을 베어 오지만, 무고한 사람을 잘못 베어온 죄로 천금마옥에 감금당하고 만다. 천금마옥에 갇혀 있던 열 명의 개세마두들, 소위 천금십흉을 차례로 물리쳐 간수로부터 인정받은 당신은 특별히 사면을 받게 된다. 섣부른 행동은 결국 수련의 부족에서 왔다고 판단한 당신은 오룡성전에 들어가 더욱더 몸과 마음을 수련하기 시작한다. 그러면서도 자신의 출생내력에 대한 의문과 태청패의 비밀에 대한 의혹은 구름처럼 커져만 감을 어쩔 수 없다.

여섯째 마당 : 벽력신전, 동정호 -줄임-
일곱째 마당 : 아미산, 석가장, 공동산 -줄임-

〈제3장 미지의 세계로〉
여덟째 마당 : 마령곡, 해남바다, 오지산 -줄임-
아홉째 마당 : 용의 무덤, 운남 밀림지대 -줄임-

열째 마당 : 함곡관, 지하유계, 천상계

  이제 더 이상 오를 곳을 찾지 못한 당신은 인계를 떠나고자 먼 옛날 노자가 사라졌던 함곡관을 향한다. 그 곳엔 윤대인이라는 사람이 대를 이어 누군가를 기다리고 있었으니,

먼 옛날 노자가 이 곳을 지나가며 이천 년의 세월이 흐른 다음 그의 후인이 이 곳을 찾으리라 예언하였기 때문에 그를 기다리고 있었다는 것이다. 그의 조상들이 이천 년에 걸쳐 만들어 놓은 오행연환진과 음양무극진을 깬 당신에게 그는 누릿누릿해진 진본 도경을 주는데, 그것이야말로 상하로 나누어진 도덕경의 상편이다. 낙양성의 장의사가 바로 세상에 도덕경을 전파한 윤회의 후손이자 윤대인의 또다른 핏줄임을 알게 된 당신은 낙양의 장의사로부터 진본 덕경을 받아 두 권의 책을 합쳐 마침내 태초부터 함곡관에 존재하였다는 혼원영겁진에 들어갈 수 있는 무공 어기충소를 깨우치게 된다. 혼원영겁진마저 깨고 어기충소로 날아가게 되는 곳은 바로 지하유계였다, 지하유계의 4관문(지옥관·아귀관·축생관·수라관)을 통과한 다음 호위인 비학천룡의 안내로 당신은 마침내 도솔천의 여동빈과 만나 천상선계에 입문하게 된다. 정신이 삶에 대한 집착에서 자유로워질 때 자신의 육체도 비로소 진정한 자유를 얻을 수 있는 것이란 여동빈의 조언을 통해 비로소 모든 집착을 털어 버리게 된 당신은 신선으로 유유자적한 생활을 보내고 있는 노자와 같이 우화등선의 길을 걷게 된다.

오늘날 이런 전자놀이는 영화와 손을 잡고 더욱 눈부시게 새로워지고 있다. 영화를 보면서 '게임(전자놀이) 같다' 한다든지, 전자놀이를 하면서 '영화 같다' 하는 느낌과 감동을 맛보는 날이 다가온 것이다.

이런 흐름은 전자놀이가 엄청난 사람들을 사로잡는 것에 눈을 돌린 영화 쪽에서 비롯했다. 그래서 〈슈퍼 마리오〉, 〈스트리트 파이터〉, 〈레지던트 이블〉 같은 전자놀이를 영화로 만들어 재미를 보았다. 그러자 머지않아 영화를 전자놀이로 만들어내는 일도 뒤따랐다. 〈인디애나 존스〉, 〈메달 오브 아너〉, 〈해리 포터〉 같은 전자놀이들이 모두 영화를 뒤집은 것이다. 이른바 컴퓨터 그래픽이라는 기술이 새로워지면서 하루가 다르게 영화와 전자놀이의 담벼락을 허물어뜨린다. 얼마 전에 선보인 영화 〈파이널 판타지〉는 전자놀이로 이름난 스퀘어사가 만들어서 커다란 성공을 거두었는데, 영화와 전자놀이가 제대로 어우러진 작품으로 손꼽힌다.

결국, 전자놀이와 영화가 서로 어우러져서 새로운 놀음놀이로 태어난다는 것은 전자말 시대에 나타난 예술의 특징 가운데 하나다. 하나의 자료로 온갖 물건을 만들어내는 것과 같이 한 가지 원천으로 수많은 쓰임새를 만들어내는 것이다. 이른바 '한 샘물 여러 쓰임(원 소스 멀티 유즈)'의 흐름이 전자말놀음놀이에서 열려 나가고 있는데, 이것은 갈래를 뒤흔들고 담장을 무너뜨리며 새로운 문명을 일으켜 세우는 첫걸음일 것이다. 아직은 미국이 그런 흐름을 이끌고 있지만, 머지않아 우리 나라에서도 영화와 전자놀이의 만남은 쉽게 이루어질 것이다.

셋

둘째갈래 : 노래말꽃

가. 굿노래말꽃

1. 서낭굿노래말꽃

2. 조상굿노래말꽃

나. 삶노래말꽃

1. 일노래말꽃

2. 놀음노래말꽃

    노래를 '놀 수 있도록 도움을 주는 무엇'이라고 하면 요즘 우리가 쓰는 뜻넓이와는 사뭇 다르다. 요즘 우리가 '놀 수 있도록 도움을 주는 것'이라면 우선 어린이들의 장난감을 비롯하여 공이나 뜀틀 같은 운동기구라든지 장기나 바둑 같은 온갖 물건을 떠올리게 되고, 지난날 놀이에 쓰이던 그네, 팽이 따위라든지 북, 피리 같은 풍물 도구를 생각하게 된다. 그런데 따지고 보면 노래가 이런 물건들처럼 놀이에 쓰이는 도구라는 것은 옳은 듯하다. 사람들이 팽이나 피리 같은 물건을 놀이에 쓰게 된 것은 이것들을 다룰 만큼 문명이 쌓인 뒤의 일이었다. 그만한 문명에 이르기까지는 제 목청에서 나는 말과 소리로 놀이를 돕는 것이 가장 손쉬운 길이었다. 그래서 노래는 말과 더불어 아득한 옛날부터 놀이에 딸려 그것을 돕는 몫을 하면서 오래도록 함께 어울렸던 것이다.

    놀이를 돕는 노래는 말할 것도 없이 말로 이루어진다. 놀이에도 말이 적잖은 몫을 하지만 놀이를 이루는 뼈대는 어디까지나 움직임(짓)이었다. 그러나 노래는 그 뼈대가 말이다. 소리와 뜻으로 이루어진 말을 '늘리고 키우면' 노래가 된다고 했거니와,[1] 거기서도 '뜻'을 키우고 늘리는 쪽을 노래라 했다. '소리' 쪽을 늘리고 키우면 그것을 노래와는 달리 '소리'라고 하는 것이 지난날 우리네 말법이었다.[2] 노래가 놀이를

---

[1] 옛날 중국 사람들이 '시는 말에 뜻을 세우는 것이고, 노래는 말을 길게 빼는 것[시언지 가영언]'이라고 한 말이 《상서》〈순전편〉에 적혀 있는 것도 그런 뜻을 드러내고 있다.

[2] 요즘 우리가 '가수'라 부르는 사람을 지난날에는 '소리꾼'이라 불렀다. 요즘 같으면 흔히 '노래 한 곡

도울 수 있었던 뭇의 알맹이는 소리가 아니라 뜻이었다는 사실은 곰곰이 씹어볼 만하다.

노래가 놀이에 도움을 주면서 놀이로부터 받지 않을 수 없었던 요소가 가락이다. 가락이란 움직이는 것에 담긴 속살의 알맹이기에[3] 움직임을 바탕삼아 이루어지는 놀이의 속살도 가락으로 이루어질 수밖에 없다. 따라서 노래가 애초에 말이지만 가락을 속살로 하는 놀이와 어우러져 놀이를 도우면서 놀이의 속살인 가락에서 벗어날 수 없다. 이렇게 노래가 놀이와 어우러져 가락을 드러내고자 하면 저절로 소리 쪽을 크게 살리지 않을 수 없을 것이다. 뜻은 가락을 싣기 어렵지만 소리는 그대로 가락을 실어 나를 수 있는 것이기 때문이다. 이제 노래말꽃이 놀이에서 떨어져 나와 다른 갈래가 된 지 오래되었지만 노랫말 속에 배어든 놀이의 가락은 가셔질 줄 모른다. 오히려 이제는 가락이 노래말꽃을 이루는 속살의 본질로 자리잡기에 이르렀다. 노래말꽃을 다른 갈래의 말꽃과 구별하는 가장 뚜렷한 말미로 가락을 꼽을 만큼 된 것이다. 쓰인 말에 가락이 실렸으면 노래말꽃으로 보아야 하고, 쓰인 말에 가락이 실리지 않았으면 노래말꽃이 아니라는 생각을 하기에 이르렀다는 말이다.[4]

우리 배달겨레는 예나 이제나 노래를 즐기며 사는 사람들임이 틀림없다. 일찍이 중국 사람들이 글로 적은 데서도 우리 겨레의 삶을 '노래하고 춤춘다'는 말로 드러내려 했다.[5] 청동기를 쓰면서 나라를 이루어 살고, 철기를 만들어 무서운 힘을 떨치며 말을 타고 활을 쏘며 거침없이 사방의 이웃 나라들을 휘두르던 때에는 우리 겨레가 얼마나 많은 노래들을 불렀을까? 일찍이 하늘을 믿으며 땅 위의 모든 것을 다스리는 하느님께 바치던 제사에서 부르던 노래는 또한 얼마나 많았을까? 그뿐 아니라 실제로 유적 유물로서나 기록으로 삶의 자취를 뚜렷이 남긴 역사시대, 이를테면 고조선시대, 열국시대, 삼국시대, 남북국시대, 고려시대, 조선시대까지 4천 년에 걸쳐 얼마나

조 불러라' 할 자리에도 지난날에는 '소리 한 마디 해라' 하고 말했다. 말의 뜻 쪽을 '노래'라 하고 말의 소리 쪽을 '소리'라 하여 따로 갈라서 아주 다르게 쓴 셈이다.

3) 움직이는 것은 무엇이나 가락을 지니게 마련이다. 크게는 우주 안의 은하계들도 가락을 갖고 움직이며, 작게는 원자 안의 원소들도 가락에 맞추어 움직인다. 이런 우주 안의 움직임들은 어떤 것이라도 아주 빈틈없는 가락에 따라 움직이고 있어서 놀랍거니와, 사람과 더불어 삼라만상이 사는 땅덩이도 우주 안의 한 개 물체에 지나지 않으므로 빈틈없는 우주의 가락에 맞추어 움직일 수밖에 없다. 환히 밝은 낮이 지나면 캄캄하게 어두운 밤이 오고 추운 겨울이 지나면 더운 여름이 오듯이 시간도 가락을 이루어 흐르고, 달도 차면 이울고 꽃도 피면 지고 사람이나 짐승도 늙으면 죽고 다시 나듯이 공간도 가락에 맞추어 바뀐다.

4) 앞의 '하나–나–2'에서 본 바와 같이 이병기 같은 이들이 우리 배달말꽃을 '시가'와 '산문'으로 갈래 지었던 것은 바로 이런 생각에 말미암은 것이다.

5) 앞의 '둘·첫째갈래 : 놀이말꽃'의 밑풀이 80)~82)를 보시오.

많은 노래를 우리 조상들이 불렀을 것인가?

그러나 오늘 우리는 그런 노래말꽃을 거의 모두 잊어버리고 말았다. 글자가 없어서 그것을 적어 놓을 수 없었기 때문에 입말꽃으로서만 흘러오다가 사라져버렸기 때문이다. 그래도 놀이말꽃이나 이야기말꽃에 견주면 노래말꽃은 한결 나은 편이다. 한글을 만들기에 앞서 일찍이 9세기 뒤로 신라와 고려의 노래가 제법 여러 마리 글말로 적혀 남았기 때문이다. 그것은 두말할 나위도 없이 8, 9, 10세기 신라 사람들이 중국 글자를 우리 말에 맞추어 쓰는 길6)을 마련하여 그것으로 노래책을 펴낸 바7) 있었기 때문이다. 비록 그 책을 일찍이 잃어버렸지만 거기 실렸음이 틀림없는 신라노래 열네 마리가 13세기 일연 스님의 손에 붙들려 《삼국유사》에 실려 있다. 고려노래도 바로 그 '우리 글자(향찰)'에 적혀 남은 것들이 있고, 한글을 만든 조선에 들어와 적힌 것들도 제법 있어서 놀이말꽃이나 이야기말꽃보다는 사정이 나은 편이다. 그렇더라도 너무 많은 노래말꽃을 세월의 어둠 속으로 날려버리고 아슬아슬하게 목숨을 건진 것들만 가난한 모습으로 우리 앞에 남아 있을 뿐임을 마음에 새기고 들어가야 마땅하다.

노래말꽃도 일찍이 굿노래말꽃과 삶노래말꽃의 두 갈래로 갈라진다는 사실은 이미 갈래짓기에서 살핀 바 있다. 사람이 만드는 온갖 몸짓이 눈에 보이지 않는 삼라만상의 임자에게 바치는 굿일 뿐이었다가 기나긴 세월을 지나고서 살아남으려고 자연과 싸우고 먹이를 얻으려는 삶의 몸짓으로 갈라졌기 때문이다. 그러나 사실 굿노래는 거의 모든 자료를 요즘에 와서야 찾아내고 밝혀냈다. 게다가 찾고 밝혔다는 사실도 아직은 진실에 얼마나 닿은 것인지 분간하기 어려운 것들이 많다. 그러므로 여기서 다루고 이야기하는 것들도 거의가 시험이고 제안이라고 보아야 정직하다. 그만큼 다루기가 까다롭고 조심스럽다는 말이다. 삶노래라 하여도 다를 것이 없다. 찾아낸 자료도 자료지만, 그런 것들을 노래말꽃으로 볼 수 있느냐 하는 데서부터 생각들이 달라 시끄러운 논쟁이 벌어질 수 있다. 그만큼 우리 겨레의 노래말꽃을 바라보는 일도 이제야 겨우 첫걸음을 떼어 놓은 것에 지나지 못한다는 말이다.

---

6) 중국 글자로 우리 겨레의 말을 적는 것을 최행귀(10세기 사람)는 '향찰'이라 했는데, 곧 '우리 글자'라는 뜻이다. 중국 글자를 빌리기는 했지만 우리 겨레의 말을 제법 온전히 적을 수 있었기에 그렇게 불렀을 것이다. 그러나 그보다 앞선 신라 사람들도 그렇게 불렀던 것인지 최행귀가 처음으로 그렇게 부른 것인지는 알 수가 없다.

7) 888년에 신라 왕실에서 펴낸 《삼대목》을 말한다. "임금은 일찍이 각간 위홍과 사귀며 이때부터 늘 안으로 불러 들여 일을 보았다. 그리고 대구화상과 함께 향가를 가려 모으게 했는데 이름을 삼대목이라 했다.(王素與角干魏弘通 至是常入內用事 仍命與大矩和尙 修集鄕歌 謂之三代目云)" : 《삼국사기》 권11, 신라본기 제11, 진성왕 2년 춘2월.

가. 굿노래말꽃

굿노래말꽃은 사람들이 서낭(신)을 모셔다가 함께 어우러져 즐기며 벌이는 굿판에서 부르는 노래말꽃이다. 사람들이 서낭을 모셔다가 그분에게 기쁨과 즐거움을 맛보도록 해 드리고, 사람들이 서낭에게 저들이 겪는 삶의 아픔과 고달픔을 알려드리면서 도움을 빌고, 서낭이 사람들의 아픔과 괴로움을 불쌍히 여겨 어루만져 낫게 해주고, 이렇게 사람과 서낭이 어우러져 하나가 되는 거룩한 경험을 맛보는 마당이 굿판이다. 이런 굿판의 굿에서 사람과 서낭이 주고받는 노래말꽃이 굿노래말꽃이다.

굿노래말꽃은 굿의 이런 속살에 따라 크게 세 가지로 나누어볼 수 있다. 하나는 서낭에게 기쁨과 즐거움을 맛보도록 해 드리는 노래말꽃이다. 서낭의 모습과 마음과 얼이 얼마나 거룩하며, 그분의 힘이 얼마나 높고 뛰어난가를 노래하여 서낭이 기뻐하고 즐거워하도록 하려는 것이다. 그러니까 서낭을 찬양하고 찬미하는 노래말꽃이다. 이런 찬양노래는 무당이 바친다. 무당이 스스로 제 목소리를 숨기지 않은 채 노래한다. 다음은 굿을 벌인 사람이 서낭에게 제 삶의 고달픔과 괴로움을 보여드려서 서낭의 마음을 움직이고 도움을 받으려는 노래말꽃이다. 제 삶의 구비구비를 펼쳐 보이면서 고달프고 괴로운 고비의 사연과 말미를 속속들이 알리고 도움을 내려달라고 소원을 비는 것이다. 사람의 바람을 서낭에게 빌어 올리며 축원하는 노래말꽃이다. 이런 축원노래는 굿을 벌인 사람이 무당의 입을 빌려서 바친다. 말하자면 무당이 저를 버리고 굿을 벌인 사람의 처지로 탈바꿈하여 노래한다. 마지막은 서낭이 사람의 축원을 받아들여서 그에게 괴로움과 고달픔을 풀어주는 노래말꽃이다. 사람에게 그런 고달픔과 괴로움이 일어난 까닭은 삶을 그릇되게 살았기 때문이라는 사실을 깨우쳐주고, 그런 삶의 잘못을 꾸짖으며 돌아서기를 재촉한다. 사람이 새롭게 돌아서서 올바른 삶으로 나아가겠다는 약속을 드리면 서낭은 기쁨과 즐거움의 길을 가르쳐주고 복을 내려주는 것이다. 이런 서낭의 말씀을 굿에서는 공수라 하므로 이것은 공수노래다. 이런 공수노래도 서낭이 바로 할 수는 없으므로 무당이 서낭의 자리로 탈바꿈해서 서낭이 되어 노래한다.

그러니까 굿노래의 속내를 이렇게 세 갈래로 갈라보면 이것이 놀이와 얼마나 가까이 있는가를 알 수 있다. 보다시피 찬양노래거나 축원노래거나 공수노래거나 드러나는 사실로만 보면 모두 다 무당이 혼자서 노래한다. 그러나 속살을 헤집고 들여다보면 무당이 무당으로서 제 생각과 느낌을 제 목소리로 노래하는 것은 오직 찬양노래뿐이다. 이것만이 홀로 참다운 노래말꽃이다. 나머지 두 가지는 모두 무당이 스스로의 자리를 떠나서 사람 또는 서낭의 몸으로 탈바꿈해서 저들의 생각과 느낌을 저들의 목소리로 노래한다. 제 스스로를 떠나서 다른 존재로 탈바꿈하는 이것이야말로 놀이의 본질이니,[8] 이들 두 가지 노래말꽃은 아직 놀이에서 온전히 떠나지 못한 것이라 하지 않을 수 없다.

이런 굿노래말꽃은 보다시피 초월자인 서낭을 가운데 모시고, 놀이에서 온전히 떠나지도 못한 채로 노래하고 있으니, 그것만으로도 모든 노래말꽃의 뿌리라는 사실을 알 만하다. 그리고 이런 굿노래말꽃은 앞(둘, 놀이말꽃)에서 살핀 굿놀이에 싸잡히고 어우러져 있었기에 바탕과 뿌리는 거기서 살핀 바와 다를 것이 없다. 따라서 이미 굿놀이를 서낭굿놀이와 조상굿놀이로 나누었으므로[9] 굿노래말꽃 또한 서낭굿노래말꽃과 조상굿노래말꽃으로 갈라보지 않을 수 없다.

1. 서낭굿노래말꽃

서낭굿은 다시 두루서낭굿(보편제의)과 끼리서낭굿(교회제의)으로 갈라졌다.[10] 따라서 서낭굿노래말꽃도 마땅히 그런 갈래에 맞추어 살필 수밖에 없겠다. 그런데, 그런 서낭굿노래말꽃은 지난날로 올라갈수록 넉넉하였을 것이 틀림없다. 먼 옛날로 올라갈수록 굿판을 벌이는 사람들이 굿의 임자인 서낭을 깊은 신앙 안에서 굳게 믿었기 때문이다.

가) 두루서낭굿노래말꽃

알다시피 두루서낭굿은 마을서낭굿과 나라서낭굿으로 크게 갈라진다.[11] 그런데 오늘날 남아 있는 마을서낭굿노래말꽃은 지난날 선조들이 실제로 노래하던 것에 견주면 참으로 보잘것없는 자취에 지나지 못할 것이다. 겨우 20세기 중반을 지난 다음에 와서야 정신을 차려 찾아 모은 자료들뿐이기 때문이다. 그러나 이렇게 자취나마 더듬어 볼 수 있다는 것도 다행스러운 일이거니와, 오늘의 마을서낭굿을 보면 당굿이

---

8) 앞의 '하나-나-2'를 보시오.
9) 우리 겨레가 굿을 바치며 받들던 서낭님이 하느님에서 조상님으로 바뀌면서 어떻게 굿판을 벌였던 가는 앞(둘-가-1)에서 이야기한 바다.
10) 앞의 '둘-가-1'에서 살폈다.
11) 앞의 '둘-가-1-가)'를 보시오.

거나 별신굿이거나 모두 거진 스물네 거리를 넘게 벌이고 있어서 만만치 않은 크기를 자랑한다. 이처럼 긴 시간에 걸쳐 벌이는 수많은 거리에는 거리마다 서낭을 찬양하는 노래말꽃과 서낭께 축원을 올리는 노래말꽃과 서낭의 공수를 받아 내리는 노래말꽃이 싸잡혀 있게 마련이다. 따라서 여기서는 그런 마을서낭굿 안에서 아무 거리나 하나 잡아 찬양과 축원과 공수의 노래말꽃을 한 도막씩만 끌어와 보기로 하겠다. 당굿이든 별신굿이든 빠지지 않는 '제석거리'를 보기로 잡아보자.12)

> 그적에야 / 서천국에서 / 황도사가
> 서인님에 / 본을 받아 / 이 세상에 / 포덕을 할 때
> 깊은 산에 / 절을 짓고 / 옅은 산에 / 암자를 지어
> 높은 산에 / 대찰을 짓고 / 서역 세천 / 삼불 제석이
> 이 세상에 / 인간 창생 / 제도를 할 때
> 죽은 사람 / 명을 주고 / 살은 사람 / 수명 주어
> 사해 팔방 / 출세 시켜 / 가가 호수 / 명복을 줄 때
> 서 말 서 되 / 명리 쌀에 / 소지 삼장 / 석 자 세 치
> 팔보시에 / 분향 재배 / 보비 나서 / 신신 마단
> 불공이여 / 대찰마다 / 기도 법이라 / 집집마다
> 도신 열락 / 법이 나서 / 무녀 복술 / 보살이 나니
> 억만년에 / 지금까지 / 이 설법이 / 되었니라13)

보는 바와 같이 삼불제석14) 서낭님이 이 세상을 다스리면서 얼마나 훌륭한 은혜를 넉넉하게 베풀었는가를 노래하고 있다. 바로 이 대목 앞까지 삼불제석 서낭 곧 삼태자 서낭이 얼마나 위대한 신분으로 태어나 능력을 시험받은 뒤에 세상을 다스리는 서낭으로 자리잡게 되었는가 하는 긴 본풀이가 있었다. 그런 본풀이 끝에 바로 이어 이런 모양으로 그분의 힘을 기리는 찬양노래를 부르는 것이다.

> 그적에야
> 오늘 날에야 / 차 가중에 / 이 도신을 / 디리실 때

---

12) 자료는 평양에서 월남한 정운학(그때 쉰다섯 살)이 노래한 〈삼태자풀이〉를 적은 것이다.(임석재·장주근, 《관서지방무가》, 문화재관리국, 1966)
13) 김헌선, 《한국의 창세신화》, 길벗, 1994, 344~345쪽.
14) 이는 물론 불교 신앙에서 모시는 부처님이다. 그러나 우리네 굿에서 모시던 무교의 서낭님이 부처님 아닌 것은 말할 나위도 없는 일이지만 불교가 들어와서 1,500년을 지나면서 부처님을 끌어들여 이런 뒤섞임이 일어났다.

삼일 열락 / 이 도신을 / 디릴 적에 / 석가 세인
세준 서인 / 미력 존불 / 삼불 불사 / 삼 제석과
세역 서턴이 / 강림들 하야 / 이 법당에
이 도신을 / 받으시고 / 소원 성취 / 돌려 줄 때
나라 책임 / 관문 출입 / 하는 가문엔
이 나라이 / 태평을 하야 / 관문 승진 / 시켜 주고
가가 호수 / 인간들은 / 명과 복을 / 도와 주고
　-줄임-
오늘날에야 / 차 가중에 / 이 정성을 / 디릴 적에
세역 세천 / 서인님과 / 삼불 제석 / 화해 동심 / 하옵시와
인간에다 / 명복을 주고 / 소원 성취 / 돌려 주소15)

이것이 축원노래말꽃이다. '이 나라이 태평을 하야 관문 승진 시켜 주고 / 가가
호수 인간들은 명과 복을 도와 주고', '인간에다 명복을 주고 소원 성취 돌려 주소.'
이처럼 사람들의 거리낌없는 바람이 무당의 입을 빌려 서낭 앞에 올려지는 것이다.
　이런 축원노래에 이어 곧바로 서낭의 공수가 내린다. 보기로 삼은 자료에서는 풍
성한 공수노래를 받으면서 〈삼태자풀이〉가 끝나는 것으로 되어 있다.

만신련네 / 대신에 가문에 / 서유 서천 / 주장이 되야
불일 녹과 / 예일 녹과 / 사해 팔방에 / 웨인 녹을 / 점지하자
　-줄임-
차 가중에 / 시솔 남녀 / 하루걸이 / 명과 복을 / 도와나 주고
당상 학발 / 늙은 부모 / 소년 향락 / 도와 주고
슬하 자손들 / 만세영에 / 수명을 줄 때
자손없는 / 가문에는 / 자손 생남 / 생겨 주고
명긴 생자 / 점지하고 / 자손 출세 / 하는 가문에
벼슬 녹을 / 높혜 주고 / 선진국이 / 되게 하자
옛날에두 / 입으신 덕은 / 교교 만만 / 많사옵지만
묵은 신사 / 철머리 신사로 / 새라 새복을 / 점지하고
동방삭에 / 명을 주고 / 강태공에 / 나를 주고
석숭에다 / 복을 주어 / 낮이면은 / 물이 맑고
밤이면은 / 불이 밝아 / 수화 등천 / 도와나 주고
구년 지수 / 말른 듯이 / 동남풍이 / 부는 듯이

---

15) 김헌선, 앞의 책, 346~347쪽.

일취월장 / 도와 주고 / 순지 건곤 / 요지 일월로 / 도와 줄 때
대한 칠년 / 왕 가물에 / 빗발 같이 / 도와나 주고
 -줄임-
제관 만신 / 축원 대로 / 소원 성취 / 도와 주어
이 삼년에 / 안과를 하고 / 저 삼년이 / 태평을 할 때
십년에다 / 왕운을 주고 / 이십년에 / 재운 주고
삼십년에 / 대운 주어 / 오십년에 / 식식 달아
감을 때를 / 베게 주고 / 선한 때를 / 입혜 주어
부귀 공명 / 소원 성취를 / 도와 주자.16)

온 천하 세상에서 '주장'이 되시는 서낭으로부터 '사해 팔방의 온갖 복록을 점지'
하여 '부귀 공명 소원 성취를 도와 주자' 하는 다짐을 받았으니 무엇을 더 바랄 것인
가! 공수노래말꽃은 이처럼 사람들의 삶에서 받은 아픔을 어루만지고 잃었던 힘을 불
러 일으켜주는 구실을 하는 것이었다.

일찍이 글말로 적힌 마을서낭굿노래말꽃은 없지만, 《삼국사기》17)에는 마을서낭
굿노래가 싸잡혀 있었을 몇몇 '고을놀이(군악)'들이 실려 있다. 일상군의 〈내지〉, 압
량군의 〈백실〉, 하서군의 〈덕사내〉, 도동벌군의 〈석남사내〉, 북외군의 〈사중〉 같은
'고을놀이'는 속살이 마을서낭굿놀이였을 것이다. 따라서 거기에는 반드시 마을서낭
굿노래말꽃들도 함께 싸잡혀 있었을 터이다. 김부식도 이런 노래들은 모두 마을 사람
들이 만들어 즐기던 것이라고 하면서도 바라지로 켜던 악기를 몇 가지나 썼는지, 노
래부르고 춤추던 사람들의 모습은 어떠했는지, 이런 것들은 뒤로 전하지 않아서 모른
다고 했다.18)

이런 마을서낭굿의 모습을 상상하면서 요즘 들어 옛날의 마을서낭굿에 닿아 있
는 것으로 밝혀진 지신밟기19)를 생각해볼 만하다. 거기서는 집안 구석구석을 지키는
땅서낭(지신)들을 하나하나 불러내어 밟아주는데, 그때마다 상쇠잡이가 앞소리로 노
래를 바치면 풍물로 받아서 바라지를 한다. 이런 지신밟기노래말꽃은 그대로 마을서
낭굿노래말꽃으로 보아도 틀림없다. 제법 일찍이 글로 적힌 동래 지방의 지신밟기 노

---

16) 위의 책, 347~351쪽.
17) 《삼국사기》 권32, 잡지 제1, 악.
18) 이들은 모두 시골 사람들이 기쁨을 즐기려고 지은 것이다. 그러나 바라지하는 악기의 수라든지 노
  래하고 춤추는 모습은 뒷날로 전해지지 못했다.(此皆鄕人喜樂之所由作也, 而聲器之數 歌舞之容 不傳
  於後世) : 앞과 같은 곳.
19) 이미 앞의 '둘-가-1-가)-2)'에서 다루었다.

래 한 도막을 보이겠다. 지신밟기 가운데 '성주굿' 대목에서 바치던 노래말꽃이다.

어-헐사 지신아 지신 지신 눌리자 / 이집 짓든 대목은 어느 대목이 지엇노 / 각성 받이 중에서 그중에 한 대목 지엇지 / 강남서 나온 제비 솔씨 한 대 물어다가 / 조선 천지 헛텃드니 한 장목이 되엿구나 / 앞 집에 김대목아 뒷 집에 박대목아 / 설흔 세 가지 연장 망태 둘러 메고 / 서울 앞산 조남산 서울 뒷산 삼각산 / 전라도 지리산서 나무 한 개 작발하니 / 까막까치 집을 지여어 그 나무 부정하다 / 또 한 개를 작발하니 / 날새들 새집을 지여어 그 나무도 부정하다 / 황해도 구월산서 나무 한 개 작발하야 / 굽은 나무 굽다듬고 자진 나무 잣다듬어 / 이 집을 지엇고나 / 사모에 풍경 달아 핑경 소리 요란하다 / 이집 짓던 삼년 만에 / 아들이 나면 효자가 나고 / 딸이 나면 열녀가 낫소 / 잡귀잡신 물알로 만복은 이집으로 (경남 동래)[20]

이런 마을서낭굿노래말꽃들은 지난날 고을마다 마을마다 마을서낭굿이 벌어질 적마다 수없이 불렀던 것이다. 그러나 글말로 적혀서 남아 있지 못하여 오늘 우리의 말꽃으로 이어받을 수 없을 뿐이다.

나라서낭굿노래말꽃은 나라서낭굿놀이와 떨어질 수 없다. 부여에서 동짓달(은정월)에 벌이던 나라서낭굿 영고에서는 온 나라 사람들이 많이 모여(국중대회), 여러 날에 걸쳐(연일), 술을 마시며(음주), 노래하고 춤추었다(가무)고 했다. 같은 북쪽 나라 고구려에서 벌이던 나라서낭굿 동맹과 동예에서 벌이던 나라서낭굿 무천에서도 마찬가지였다. 남쪽 마한에서 바치던 나라서낭굿 천군제에서도 놀이와 더불어 노래를 불렀다. 수많은 사람들이 무리를 지어(군취), 노래하며 춤추고 술 마시면서(가무음주), 밤낮으로 쉬지 않았다(주야무휴)고 한다.

그러나 그렇게 많았을 나라서낭굿노래말꽃들을 우리는 하나도 말꽃으로 물려받지 못했다. 입말로만 노래불렀을 뿐 글자로 적어 붙들지 못했기 때문이다. 글자로 적혀서 오늘 우리에게까지 내려온 나라서낭굿노래말꽃으로는 다음 노래가 가장 오래되었다.

거북아 거북아
머리를 보여라
보이지 않으면
구워서 먹겠다[21]

---

20) 무라야마 지준 편(박전열 역), 《조선의 향토오락》, 집문당, 1992, 296~297쪽.

《가락국기》[22] 안에 실린 이른바 〈임금맞이노래〉다. 이것은 백성을 이끄는 아홉 사람의 우두머리(구간)를 비롯하여 200, 300을 헤아리는 사람들이 구지봉 산마루에 모여 땅을 파면서 불렀다는 노래말꽃이다. 사람들이 모이고 춤을 추면서 땅을 파고 노래를 불렀으나 스스로 하려고 해서 한 일이 아니라 한다. 모습을 드러내지 않고 목소리로만 있는 분(서낭)이 시키는 대로 이끌려 한 일이라 했다. 시키는 대로 춤을 추고 노래를 부르면서 땅을 팠더니 하늘에서 붉은 끈이 내려와 땅에 닿고 거기에 황금빛 알 여섯을 담은 금빛 상자가 붉은 보자기에 싸여 있었다고 한다. 그들 알에서 아이가 태어나 여섯 가야의 임금이 되었고, 그 첫임금을 '수로'라 불렀다.

예사롭지 않은 힘에 이끌려, 수많은 사람들이 모이고, 눈에 보이지 않는 분의 목소리가 시키는 대로, 사람들이 '노래하고 춤추며' 땅을 팠다. 눈에 보이지 않는 분의 힘과 목소리가 있고, 그런 힘과 목소리를 알아 듣는 사람이 있고, 그런 사람을 따르는 사람들이 모이고, 이들이 함께 어우러져 노래하고 춤추었으니 그것은 그대로 굿이다. 이런 굿을 거쳐서 임금을 맞이하고 나라를 새롭게 세웠으니 그것은 나라서낭굿일 수밖에 없다. 노래말꽃은 비록 중국 글말로 적혀서 제 모습을 알기 어렵게 되었지만 애초 우리 겨레의 서낭굿에서 부르던 소박한 축원과 공수의 노래였으리라는 짐작은 할 만하다.

알다시피 입말로 흘러오는 굿노래말꽃이 무당의 입에서 쉽게 되풀이하는 말미는 머리 안에 담아둘 수 있는 가락과 소리의 틀 때문이다.[23] 그래서 700년이 지난 신라 성덕왕 시절(702~736)까지 동해 바닷가 마을에 흘러 내려올[24] 수도 있었던 것일까. 강릉 태수로 가는 순정공의 일행이 길을 가다가 임해정에서 점심을 먹는데 갑자기 바다에서 용이 나타나 수로부인을 잡아갔다고 한다.[25] 남편은 어쩔 줄 몰라 기절을 하고 넘어지는데, 노인 한 사람[26]이 나타나 수많은 사람들이 바닷가에 모여 막대로 언덕을 두드리며 노래를 부르라고 했다. 그것이 이른바 〈바다노래(해가)〉인데, 적힌

---

21) 입말 그대로 적을 글자가 없었기에 한자로 다음과 같이 적혀 있다. "龜何龜何 / 首其現也 / 若不現也 / 燔灼而喫也". 우리 입말로 되돌려 뒤쳐보면 이렇게 된다.

22) 일연 스님의 《삼국유사》(권2, 기이 제2)에 실렸다. 고려 문종(1047~1083) 때인 태강(요나라 도종의 연호, 1075~1084) 시절에 금관주(그때 김해의 이름) 지사의 문인이 지은 것을 일연 스님이 간추려서 《삼국유사》에 실었다고 했다.

23) 월터 J. 옹 지음/이기우·임명진 옮김, 《구술문화와 문자문화》, 문예출판사, 1995, 92~107쪽.

24) 《삼국유사》 권2, 기이 제2, 수로부인.

25) 무엇인가 잘못되었다는 뜻을 그렇게 '표현'했을 것이다. 점심 먹은 것이 잘못되어 급체로 '기절'하여 얼이 나갔을 수도 있고, 바닷가를 걷다가 발을 헛디뎌 육신이 바닷물에 빠졌을 수도 있고, 정치 목적을 지닌 사람들이 습격해서 부인을 납치해 갔을지도 모른다.

26) 남자 무당, 곧 화랑(화랭이)쯤으로 볼 수 있을 듯하다.

노래말꽃은 또한 중국 노래 모습이지만 우리 말로 뒤쳐보면 그 뼈대가 곧 가야의 수로임금 맞이굿 노래말꽃과 아주 비슷하다.[27] '거북'을 불러 '수로'를 내놓으라고 윽박지르는 것이 그대로 닮았고, '수많은 사람들이 노래하면서 막대로 언덕을 두드린다'는 것도 '2, 3백을 헤아리는 사람들이 노래하고 춤추면서 땅을 판다'는 것과 아주 비슷하다. 애초 가야의 나라서낭굿노래말꽃이던 것이 세월이 지나면서 널리 퍼져 백성들 삶 안으로 내려간 자취가 아닐까 하는 짐작을 해볼 만하다.

이런 나라서낭굿노래말꽃들이 신라 때에는 가락(율격)과 짜임새(구조)에 말미암는 모습에서 하나의 갈래를 이루었다.[28] '이 해 백성의 삶이 즐겁고 평안하여 처음으로 다살노래(두솔가)를 지었는데, 이것이 가악[29]의 처음이다'[30] 하거나 '처음으로 다살노래(두솔가)를 지었다'[31] 했을 적의 '다살노래'는 나라서낭굿노래의 갈래로 보인다. 《삼국유사》에서는 그것을 임금(유리왕)이 지은 듯이 말하고 있으나 《삼국사기》에서는 누가 지었는지 밝히지 않았다. 그러나 두 군데에서 모두 '처음으로 지었다', '이것이 처음이다' 했으니, 신라에서 '처음 지었다'는 뜻과 그로부터 '거듭 지었다'는 뜻이 담겨 있다. 그래서, 그것(두솔가)은 신라의 왕실에서 쓰려고 마련한 노래이며, 거듭 지어서 무리를 이루게 된 갈래의 이름이라고 보지 않을 수 없다.

'다살노래(두솔가)'[32]에서 '두솔'이라는 글자는 신라말의 소리를 적은 것이겠으나 딱히 무슨 말인지 모른다. '덧소리'(신령을 제사하는 노래),[33] '돗노래'(텃노래, 국도가),[34] '도살풀이'(무당의 살풀이),[35] '다술노래(치리가)',[36] '두릿노래(환강가)',[37] '도리

---

27) "龜乎龜乎出水路 / 掠人婦女罪何極 / 汝若傍逆不出獻 / 入網捕掠燔之喫". 이렇게 한문 시 모습으로 적혔으나 우리말로 뒤치면 이런 모습이다. "거북아 거북아 수로를 내어라 / 남의 아낙 빼앗는 죄가 얼마나 크냐 / 너 정말 건방지게 내놓지 않으면 / 그물로 잡아서 구워 먹겠다".

28) 김수업, 〈신라노래의 이름과 갈래에 대하여〉, 《배달말》 1, 배달말학회, 1975, 39~69쪽.

29) '악'은 온갖 악기를 켜는 잽이들의 바라지를 바탕으로 하여 여러 사람의 춤과 놀이와 노래가 어우러져 벌이는 연회를 뜻한다. 그런데 여기서는 '가악'이라고 했으니 두솔가라는 '노래'를 무겁게 여기면서 적은 것이겠다.

30) 이 해 백성의 살림이 편안하여 처음으로 다살노래를 만들었다. 이것이 가악의 처음이다(是年 民俗 歡康 始製兜率歌 此歌樂之始也). : 《삼국사기》 권1, 신라본기 제1, 유리 니사금 5년.

31) 다살노래를 처음 지었다(始作兜率歌). : 《삼국유사》 권1, 기이 제1, 제3 노례왕.

32) 나는 지난날(〈신라노래의 이름과 갈래에 대하여〉, 《배달말》 1, 배달말학회, 1975 ; 《배달문학의 길잡이》, 금화출판사, 1978) 이것을 민요라는 성격에 치우쳐 '두레노래'라고 불렀다. 그러나 이제 생각이 바뀌어 나라의 태평을 비는 '다스림'의 노래로 보려는 조지훈을 따라 '다살노래'라 부르기로 한다.

33) 최남선, 《조선상식문답(속편)》, 경향신문사, 1947.

34) 양주동, 《고가연구》, 일조각, 1968.

35) 이혜구, 《한국음악연구》, 경향신문사, 1957.

36) 조지훈, 〈신라가요고〉, 《국문학》 6, 고려대 국문학과, 20쪽 ; 유창균, 앞의 책, 690~691쪽.

37) 정병욱, 〈도솔가〉, 《한국고전시가론》, 신구문화사, 1977, 65~77쪽.

노래'(신사악무),38) '돌살노래'(환생가),39) 이렇게 수많은 의견들이 있다. 조지훈이 겉뜻은 '두레소리(집단가, 회악)'며 속뜻은 '다살노래(치리가, 안민가)'라 하는 말이 가장 그럴 듯하다고 보아, '다살노래'로 읽기로 한다. 나라서낭굿노래라는 것이 그런 두 가지 뜻을 두루 싸잡아야 이루어질 수 있는 것이기도 하다.

그렇다면 이런 노래의 모습은 어떠했을까? 이 물음을 시원히 풀어줄 만한 기록은 찾을 수 없다. 그런데 《삼국유사》에는 〈다살노래〉(두솔가)가 한 마리 실려 있다. 그리고 거기에는 이 물음을 푸는 한 가닥 실마리가 있다.

① 경덕왕 19년 4월 초하루에 두 해가 함께 떠서 열흘 동안이나 사라지지 않았다.

② 일관이 아뢰기를 연승40)을 얻어 산화공덕41)을 지으면 재앙을 물리치리라 했다. 이에 조원전42)에 깨끗한 제단을 만들고 청양루에 나가서 연승을 기다렸다.

③ 이때 월명사가 천맥 남쪽 길을 지나가므로 임금이 사람을 보내 불러서 제단을 열고 기도문을 지으라 했다. 월명사가 아뢰기를 저는 화랑의 무리로 다만 우리 노래만 알고 범패는 모른다고 했다. 임금이 이르기를 이미 연승으로 뽑혔으니 우리 노래라도 좋다 하자 월명사가 두솔가를 지어바쳤다.

④ 노랫말은 −줄임−

⑤ 풀이하면 −줄임−

⑥ 요즘 사람들이 이것을 산화가라 하지만 잘못이고 마땅히 두솔가라 해야 한다. 산화가는 따로 있으나 글이 길어서 싣지 않는다.

⑦ 굿을 마치자 해의 변괴가 곧 사라졌다. 임금이 고마워서 좋은 차 한 봉지와 수정 염주 일백 여덟 개를 내려주었다.43)

①에서 '두 해가 함께 떴다' 하는 말은 나라에 커다란 변괴가 생겼다는 뜻이다. ②는 일관(무당)의 뜻에 따라 조원전에 제단을 마련하고 나라서낭굿을 벌이기로 했다는 것이다. ③은 월명사가 나라서낭굿을 맡는 사제가 되고 나라서낭굿노래말꽃을 지

---

38) 이두현, 〈신라고악재고〉, 《신라가야문화》 1, 청구대학 신라가야문화연구소, 1966, 46쪽.

39) 김종우, 《향가문학연구》, 이우출판사, 1983.

40) 인연이 닿는 중.

41) 불교에서 바치는 부처님께 바치는 굿이다. 그러나 다음 월에 '조원전'에 '제단'을 마련했다는 말들을 두루 맞추어보면 이는 불교의 교회서낭굿일 수 없는데, 일연이 불교 쪽으로 끌어들인 것으로 볼 수 있다.(유창균, 앞의 책, 691~694쪽)

42) 신라 왕궁의 정전이다. '조원'이라는 이름은 당나라에서 도교의 으뜸인 노자를 모신 '조원각'에서 본뜬 것이다. 부처를 모신 절에서 굿을 벌이는 것이 아니라 도교의 이름을 딴 왕궁 정전 앞에 제단을 새로 마련하여 벌인다. 이로써도 이것이 나라서낭굿판임을 짐작할 수 있다.(유창균, 앞의 책, 692쪽)

43) 《삼국유사》 권5, 감통 제7, 월명사 두솔가.

200

었다는 것이다. ④는 월명사가 우리 말로 지은 노래말꽃이다. ⑤는 일연이 한문으로 뒤친 노래말꽃이다. ⑥은 노래 이름을 일연이 바로잡아 놓았다. ⑦은 나라서낭굿에 따른 뒷이야기다.

보다시피 이 노래는 유리왕 때에 처음 나타난 나라서낭굿노래, 곧 〈다살노래〉와 같은 갈래임을 쉽게 알 만하다. 우선 나라에 '두 해가 함께 뜬 변괴'가 일어나서 임금이 벌인 '공덕'이었으며, 그것을 이끈 월명사가 범패는 모르고 신라노래만 아는 화랑(국선)44)의 무리였다. 게다가 일연 스님도 이 노래의 이름에 유별난 관심을 나타내고 있어서 눈길을 끈다. 곧 일연은 "요즘 사람들은 이 노래를 〈산화가〉라고 하지만 그것은 잘못이다. 마땅히 〈두솔가〉라고 해야 한다"고 했다.45) 일연이 무슨 까닭으로 굳이 이것을 바로잡았을까? 이미 많은 사람들이 〈산화가〉라 부르고 있었으며 노랫말에 담긴 뜻으로 보면 〈산화가〉가 마땅한데도, 일연이 구태여 "잘못이다" 하는 까닭은 뭘까? 노래의 뜻으로 볼 때 〈산화가〉가 마땅하지만 굳이 그럴 수 없다면, 그 까닭은 노래의 뜻이 아니라 모습이나 갈래에서 찾을 수밖에 없다. 모습이나 갈래에 담긴 까닭이 뭘까? 임금이 나라의 변고를 없애고자 벌이는 나라서낭굿에서 부른 노래이기에 갈래로 보아 〈다살노래〉라고 해야 한다는 것이 아니었을까? 나라서낭굿에서는 예로부터 내려오는 나라서낭굿노래의 틀에 맞는 노래를 불러야 하고, 〈두솔가〉는 바로 그런 갈래에 맞추어 부른 노래이기에 〈산화가〉라고 할 수 없다는 말이 아니었을까 한다.

今日此矣散花唱良	오늘 이디 산화브르라	오늘 이곳에 모든 화랑을 부르는 바라
巴寶白乎隱花良汝隱	돌보술본 고라 너흰	(나라의) 은총을 입고 있는 화랑 너희들은
直等隱心音矣命叱使以惡只	고둔 □수미 명ㅅ 브리아기	한결같이 굳은 마음으로 목숨을 바쳐
彌勒座主陪立羅良46)	미륵 좌주 모리라라47)	여기에 미륵좌주를 뫼셔 받들 것이로다.48)

나라에 임금 노릇을 하려는 사람(해)이 하나 더 나타나 위태롭게 되었기에 이를

---

44) 경상도 지역에서 요즘도 남자 무당을 '화랭이'라고 부르는 것은 신라 때 화랑과 무당이 하나였던 전통에서 비롯한다. 일찍이 이능화도 이수광의 《지봉유설》, 정약용의 《아언각비》, 이규경의 〈무격변증설〉을 끌어와서 신라의 '화랑'이 뒷날로 오면서 남자 무당을 뜻하게 되었다고 했다.(이능화, 《조선무속고》, 한국문화인류학회, 1968, 2쪽)
45) "今俗 謂此爲散花歌 誤矣 宜云兜率歌".(《삼국유사》 권5, 감통 제7, 월명사 두솔가)
46) 《삼국유사》 권5, 감통 제7, 월명사 두솔가.
47) 유창균, 앞의 책, 680쪽.
48) 위와 같음.

바로잡으려는 나라서낭굿을 벌였다. 나라의 은총을 입고 있는 화랑들이 마땅히 모두 모여 목숨을 바치더라도 임금을 위하여 미륵좌주를 모셔 받들어야 한다는 노래를 불러 바쳤다. 이는 굿 안에서 무당(사제)인 월명사가 서낭의 공수를 그대로 내림 받아 부른 것이 아닐까 싶다.

노래의 모습은 보다시피 세 걸음(3음보) 넉 줄(4행)의 한 도막으로 짜였다. 이른바 사구체라 불리는 것이다.《삼국유사》에는 이런 모습의 노래로 〈서동노래[서동요]〉, 〈공덕노래[풍요]〉, 〈꽃바침노래[헌화가]〉를 더 찾아볼 수 있다. 이들 노래에 담긴 속뜻과 생겨난 말미는 서로 다르지만 가락과 짜임새의 모습은 모두 한결같다. 유리왕 때로부터 나라서낭굿을 벌일 적이면 이런 가락(세 걸음)과 짜임새(넉 줄)의 노래를 거듭 만들어 즐겼기 때문에 세월이 흐르면서 이런 모습을 본뜬 노래가 백성들 사이로 퍼져 나간 듯하다. 이것은 〈서동노래〉와 〈공덕노래〉를 '가'라 하지 않고 '요'라 한 데서도 알 수 있다. 이들 노래가 한 사람이 지은 것이 아니라 이름 없는 백성들 사이에 널리 퍼져 있었다는 뜻이다. 그렇다면, 이름 없는 백성들이 두루 즐기던 노래의 가락과 짜임새가 나라에서 서낭굿을 벌이며 부른 노래의 가락과 짜임새와 한결같다는 말이 된다. 이로써 어쩌면 옛날부터 내려오던 백성의 노래[49]를 빌려서 유리왕 때에 나라서낭굿에 쓰는 노래(가악)로 만들었을지도 모른다. 어느 쪽이든 다살노래는 나라서낭굿노래말꽃으로 하나의 갈래를 이루고, 백성들 사이로도 널리 퍼져 나가서 5세기 말엽(493년 즈음)의 〈서동노래〉, 7세기 중엽(635년 즈음)의 〈공덕노래〉, 8세기 초엽(737년 이전)의 〈꽃바침노래〉를 거쳐 마침내 8세기 중엽(760)까지 와서 월명사의 〈다살노래[두솔가]〉로 나타난 것이다.

그러나 6세기 즈음에 들어오면 나라서낭굿노래말꽃은 새로운 모습으로 탈바꿈한 듯하다. 진평왕(579~631 다스림) 시절에 벌였던 나라서낭굿[50]에서 불렀던 노래 한 마리가 남아 있는데, 모습이 아주 달라졌다. 〈혜성노래[혜성가]〉가 바로 그것이다.

舊理東尸汀叱	녀리 설 믈서릿
乾達婆矣遊烏隱城叱肹良望良古	건달파의 놀온 자시흘랑 ᄇ라고
倭理叱軍置來叱多	와릿 군도 옷다
烽燒邪隱邊也藪耶	홰 ᄉ란 ᄀ시라소라

---

49) 이 백성의 노래가 굿노래였을지 삶노래였을지 가늠할 수는 없다. 이때에는 이미 삶노래가 굿노래에서 떨어져 나온 지도 오래되었으므로 여러 가지 삶노래들이 자라나 있었을 터이기 때문이다.

50) 이런 나라굿은 뒤에 오는 〈안민가〉와 더불어 나라에 무슨 변괴가 생겨서 벌인 것이기에 요즘 말로 나라별신굿이라 해야 마땅할 듯하다.

三花矣岳音見賜烏尸聞古	삼화의 오롬 보시올 듣고
月置八切爾數於將來尸波矣	둘두 불긋이 혈오럴 결의
道尸掃尸星利望良古	길 쓸 벼리 브라고
彗星也白反也人是有叱多	혜성이라 술ㅂ니라 사롬이 잇다
後句 達阿羅浮去伊叱等邪	아라! 달 아라 떠가잇드라
此也友物此所音叱彗叱只有叱故[51]	이라 버므리숌 술ㅅ기 이슬고[52]

"거열, 실처(또는 돌처), 보동이라는 세 사람의 화랑이 무리를 이끌고 금강산(풍악) 유람을 가기로 했는데, 혜성이 나타나 심대성을 침범하므로[53] 화랑의 무리들이 걱정스러워 유람 가는 일을 그만두려 했다. 이때 융천사가 이 노래를 지어 불렀더니 별에 나타난 변괴가 곧바로 사라지고 일본 군사들도 저희나라로 돌아가서 도리어 복되고 경사스럽게 되었다. 임금이 크게 기뻐하면서 화랑들을 금강산에 유람하도록 보냈다" 하는 이야기가 딸려 있다.[54]

글로 적힌 대로만 보아서는 융천사라는 분이 그저 노래를 지어 부른 것처럼 보이지만, 글 속에 감추어진 사실은 그렇게 단순하지 않았던 듯하다. 이미 일본 군사가 들어와 있는 데다, 또 무슨 변고가 겹쳐서 세 화랑의 무리가 금강산 가는 일[55]을 그만두어야 할 만큼 다급했던 것이다. 밖으로 일본 군사의 침입에다 안으로 임금을 괴롭히는 변고(혜성)가 겹쳤기에 세 화랑의 금강산 수련을 중단하고, 융천사에게 나라서낭굿을 벌이게 했다고 본다. 맨 입으로 융천사가 노래를 불렀다기보다는 나라서낭굿판을 벌이고 굿을 이끄는 무당(사제)으로 융천사가 뽑혀서[56] 그가 나라서낭굿노래 말꽃을 지어 불렀다고 보아야 사정이 제대로 드러나는 것이다.

임금은 무당을 불러 굿판을 벌이는 한편으로 세 화랑은 무리를 거느리고 일본 군사와 싸워 물리쳤을는지 모른다. 일본 군사를 물리쳤기 때문에 혜성이 심대성을 침

---

51) 《삼국유사》 권5, 감통 제7, 융천사 혜성가 진평왕대.
52) 유창균, 앞의 책, 735쪽.
53) 혜성이 심성을 침범한다는 것은 나라에 큰 재앙이 일어날 조짐이라고 여겼다.
54) 《삼국유사》 권5, 감통 제7, 융천사 혜성가 진평왕대.
55) '금강산 가는 일(유풍악)'도 그저 바람을 쐬러 가는 것일 수는 없다. "말씀과 의리로 서로를 갈고 닦으며 노래와 놀이로 더불어 즐기면서 자연과 어우러져 노닐어 굽힐 줄 몰랐다(相磨以道義 相悅以歌 樂 遊娛山水 無遠不屆)"는 말(정약용, 《아언각비》)처럼 특별한 수련과 연마를 계획하고 가는 걸음이었을 것이다.
56) 그가 무당인 것은 '융천사' 또는 '융천하대사'라 부르는 데서도 알 수 있다. 그 이름이 '하늘과 어우러지게 하는 분' 또는 '하늘 아래 모든 것과 어우러지게 하는 분'이라는 뜻이니 바로 무당을 풀이한 셈이다.

범하는 왕실의 근심도 사라질 수 있었을까? 어쩌면 왕실 안의 근심이란 일본 군사를 끌어들여 어떤 일을 꾸미려던 세력에 말미암은 것이었을 수도 있다. 세 화랑의 무리가 일본 군사를 물리치자 저들과 손잡고 꾀하려던 왕실 안의 불안도 절로 사라지게 되었으므로 임금은 기뻐하며 금강산 유람을 가도록 베풀었던 것일까?

> 일찍이 동쪽 물갓 / 호국의 신을 모신 진산을 바로보고 / 왜군이 또 오는가보다(하는구나) / 횃불을 밝히는 갓이로구려 / 셋 화랑의 풍악 구경 가신다는 것을 듣고 / 달도 밝게 비춰주려하는 결에 / 길 쓸 별을 바라보고 / 혜성이로다 하고 여쭙는 사람이 있다 / 아! 산 밑으로 떠나갔도다 / 여기에! 더 이상 머물게 될 재액이 있겠는가.[57]

자연의 조짐을 보고 두려워하는 사람들의 마음을 가라앉히려는 나라서낭굿의 노래말꽃으로서 모자람이 없다. 서낭이 내려 자연의 조짐을 제대로 밝혀주어서 두려움을 즐거움으로 바꾸게 하는 노래다. 공수노래로 보아 틀림없을 듯하다. 그런데 보다시피 노래말꽃의 모습이 다살노래 갈래와 다르다. 가락에서 달라진 모습을 찾기는 어려우나 짜임새는 크게 달라졌다. 넉 줄 짜임이었던 다살노래가 우선 곱절로 늘어나고, 게다가 다시 느낌말로 시작하는 두 줄이 덧붙었다. 싸잡아 모두 열 줄로 늘어났으니, 이른바 십구체라 부르는 세 도막 짜임으로 달라진 것이다.[58] 이렇게 새로운 모습의 나라서낭굿노래가 딱히 언제 비롯했을지 알기는 어렵다. 하지만 이런 모습의 나라서낭굿노래말꽃은 이 노래에서 비롯한다는 기록도 있으니,[59] 멀리 올라가지는 않을 것이다.[60]

이처럼 탈바꿈한 나라서낭굿노래말꽃으로 8세기 중엽의 것도 있다. 경덕왕(742~765 다스림) 때에 충담사가 불렀다는 〈백성 다스리는 노래[안민가]〉가 그것이다.

---

57) 유창균, 앞의 책, 735~736쪽.

58) 이런 세 도막 짜임의 노래말꽃 모습은 불교의 끼리서낭굿노래말꽃에서 비롯한 것으로 보인다. 뒤에 끼리서낭굿노래말꽃에서 다시 두룰 것이다.

59) "혜성가는 진평왕 40년(618)에 천하를 아우르는 큰 스승이 지었다. 혜성가는 재앙을 그치게 하는 노래로서 향가의 처음이 이것에서 비롯한다.(彗星歌 眞平王四十年 融天下大師作 彗星歌以弭灾 鄕歌之始自此)" : 최영년, 《해동죽지》 상편 신라, 1925. "향가가 이것에서 비롯한다(鄕歌之始自此)"는 말은 새로운 신라노래의 한 갈래가 여기서 비롯했다는 뜻으로 받아들여야 마땅하다. 그리고 뒤로 와서는 이런 갈래를 마치 신라노래 모두인 양 여겼던 것으로 볼 수도 있겠다.

60) 새나노래 갈래를 5세기 말엽에 와서 새나들(사뇌야)에다 나라조상서낭을 모시는 집(시조신궁)을 짓고 크게 조상굿을 벌이던 데서 비롯하는 것으로 본다. 뒤에 조상굿노래말꽃을 다루면서 다시 이야기할 것이다.

君隱父也	군은 아비라
臣隱愛賜尸母史也	신은 고비실 어시라
民焉狂尸恨阿孩古爲賜尸知	민은 얼혼 아히 l 고 호실뎌
民是愛尸知古如	민이 고빌 알고다
窟理叱大肹生以支所音物生	고릿 다홀 내기숌 물생
此肹喰惡支治良羅	이홀 먹아기 다스라라
此地肹捨遣只於是去於丁爲尸知	이 짜홀 버리곡 어둘이 가오뎌 홀뎌
國惡支持以支知古如	나라기 디니기 알고다
後句君如臣多支民隱如爲內尸等隱	아라 군다비 신다기 민은 다비 호놀든
國惡太平恨音叱如[61]	나락 태평 호놈짜[62]

경덕왕 24년(765) 3월 삼일(삼짇날)에 임금이 벌인 나라서낭굿에서 충담사가 부른 노래말꽃이다. 임금은 귀정문 다락 위에 올라 굿판을 이끌 스님(영복승)을 찾았는데 마침 삼화령의 미륵세존에게 차를 드리고 오던 충담사가 뽑혔다. 뽑고 보니 바로 그가 뛰어난 노래말꽃으로 널리 알려져 있던 〈기파랑 기리는 새나노래[찬기파랑사뇌가]〉를 지은 스님임을 알고 임금은 아주 좋아했다. 그 즈음 임금은 삼산과 오악의 산신[63]이 자주 궁궐 뜰에 내려오는 바람에, 괴로움을 받다 못해 나라서낭굿을 벌인 것이다.[64] 나라를 지키는 이들 산신이 궁궐까지 내려온다는 것은 나라에 크게 나쁜 일이 일어날 것을 알리는 조짐이기에 그것을 막으려고 나라서낭굿판을 벌인 것이 틀림없다.

무엇보다 눈에 띄는 것은 이 굿에 따른 앞뒤 사정들이 바로 5년 전 월명사가 〈다살노래〉를 부르며 벌였던 굿과, 170년 전에 융천사가 〈혜성노래〉를 부르며 벌였던 굿과 뭔가 닿아 있다는 점이다. 나라에 예사롭지 않은 변고가 있어서 나라서낭굿을 벌이고, 임금이 몸소 나서서 굿무당으로 마땅한 스님을 찾아 맞이하고, 뽑힌 스님은 우리 노래를 잘하는 분이라는 사실이 모두 한결같다. 게다가 무당으로 뽑힌 스님들이 모두 화랑에 깊이 뿌리 박힌 사람들이다. 융천사는 세 화랑의 무리가 금강산 수련을 가려던 일에 관련하여 굿을 벌이고, 월명사는 '화랑의 무리에 소속한 사람이라 우리 노래밖에는 모른다'고 말하고, 충담사는 '세 화랑을 섬기는 미륵세존[65]에게 남몰래 차

---

61) 《삼국유사》 권2, 기이 제2, 경덕왕 충담사 표훈대덕.
62) 유창균, 앞의 책, 309쪽.
63) 삼산과 오악의 서낭은 신라를 지켜준다고 믿었다. 그래서 신라 왕실에서는 해마다 삼산에는 큰 제사(대사)를, 오악에는 버금 제사(중사)를 바쳐서 나라를 잘 지켜달라고 빌었다.
64) 《삼국유사》 권2, 기이 제2, 경덕왕 충담사 표훈대덕.

를 바쳤다'고 했다.

신라 후기로 넘어오면서 국학을 나오거나 당나라 유학을 하고 돌아온 지식인들이 정치를 맡자, 지난날 삼국통일을 이룬 화랑의 세력은 갑자기 밀려나는 처지가 되었다. 그런 사정에서 이들 나라서낭굿을 맡는 무당들이 화랑과 닿아 있다는 사실은 그냥 지나치기 어려운 일이다. 이때 벌어진 나라의 변고들이 국학을 나오거나 당나라 유학을 해서 새로운 집권세력으로 올라선 사람들과 현실에서 밀려난 전통세력 사이의 다툼에서 빚어진 것들이 아니었을까? 임금은 이런 두 세력의 갈등에서 갈 길을 가늠하느라 괴로움을 겪었던 것이고, 마침내 나라서낭굿으로 전통세력을 어루만지면서 갈등을 풀어가고자 한 것은 아니었을까?

거기 쓰인 노래가 남아 있지는 않으나 이 밖에도 신라에서는 여러 가지 나라서낭굿을 자주 벌였다. 별신굿을 빼고 당굿으로만 치더라도 우선 선농·중농·후농·풍백·우사·영성에 바치는 육제의 굿, 그리고 삼산에 바치던 대사의 굿, 오악과 사진과 사해와 사독과 그 밖에 바치던 중사의 굿, 그리고 전국의 이름 있는 뫼와 큰 시내에 바치던 소사의 굿이 있었다. 그 밖에도 왕성인 경주의 네 대문에 바치던 사성문제를 비롯하여 숱한 나라굿을 벌였던 것인데,66) 이런 나라서낭굿들이 노래 없이 어떻게 이루어졌겠는가?

고구려와 백제와 가야와 발해 같은 나라에서도 나라서낭굿을 많이 벌였겠으나, 알다시피 한 마리의 노래말꽃도 향찰 같은 것으로나마 적혀 있는 것이 없다. 그리고 이미 신라 후기에도 나라서낭굿이 불교 쪽으로 많이 기울어진 사실을 보았거니와,67) 고려로 넘어오면 나라서낭굿은 훨씬 더 많이 불당과 도관 쪽으로 옮겨진 듯하다.68) 나라를 다스리는 왕실과 지배층에서는 밖에서 불러들인 종교를 받들어 나라서낭굿을 그쪽으로 옮겼던 것이다. 그러나, 조선에 와서 한글 덕택에 모습을 드러낸 고려의 나라서낭굿노래말꽃 한 마리를 다루지 않을 수 없다. 일찍이 고려 때에 팔관회와 같은 나라서낭굿에서 불렀을 것으로 보이는 〈딩돌노래[정석가]〉가 그것이다.

---

65) '남산 삼화령 미륵세존'에게 차를 끓여 바친다고 했는데, '삼화령' 곧 '세 화랑의 고개'라는 이름에서 '혜성의 변괴'와 '일본 군사'를 몰아낸 거열랑, 실처랑, 보동랑을 떠올리게 된다. 어쩌면 그들 세 화랑의 승리를 기리는 뜻에서 고개 이름을 그렇게 부르고, 미륵세존을 모신 성지로 가꾸었던 것이 아닐까 하는 생각을 하게 만든다.

66) 《삼국사기》 권32, 잡지 제1, 제사.

67) 비록 화랑에 뿌리를 두고 있다고는 하지만 엄연한 불교 스님들이 나라서낭굿을 맡아서 벌이는 보기를 앞에서 보았다.

68) 고려 왕실에서 예로부터 내려온 나라서낭굿을 불교와 도교 쪽에다 많이 맡긴 일은 팔관회, 연등회, 선랑, 초례 같은 것으로 이미 앞의 '둘-가-1'에서 이야기한 바 있다.

딩아돌하 당금에 계샹이다 / 딩아돌하 당금에 계샹이다 / 션왕셩디예 노니ᄋ와 지이다

삭삭기 셰몰애 별혜나는 / 삭삭기 셰몰애 별혜나는 / 구은밤 닷되를 심고이다
그바미 우미도다 삭나거시아 / 그바미 우미도다 삭나거시아 / 유덕ᄒ신님믈 여희ᄋ와 지이다

옥으로 련ㅅ고즐 사교이다 / 옥으로 련ㅅ고즐 사교이다 / 바회우희 졉듀 ᄒ요이다
그고지 삼동이 퓌거시아 / 그고지 삼동이 퓌거시아 / 유덕ᄒ신님 여희ᄋ와 지이다

므쇠로 텰릭을 몰아나는 / 므쇠로 텰릭을 몰아나는 / 텰ᄉ로 주롬 바고이다
그오시 다헐어 시아 / 그오시 다헐어 시아 / 유덕ᄒ신님 여희ᄋ와 지이다

므쇠로 한쇼를 디어다가 / 므쇠로 한쇼를 디어다가 / 텰슈산애 노호이다
그ᄉ, 텰초를 머거아 / 그ᄉ, 텰초를 머거아 / 유덕ᄒ신님 여희ᄋ와 지이다

구스리 바회예 디신ᄃᆞᆯ / 구스리 바회예 디신ᄃᆞᆯ / 긴힛ᄃᆞᆫ 그츠리 잇가
즈믄ᄒᆡ롤 외오곰 녀신ᄃᆞᆯ / 즈믄ᄒᆡ롤 외오곰 녀신ᄃᆞᆯ / 신잇ᄃᆞᆫ 그츠리 잇가[69]

보다시피 한결같은 가락과 짜임새의 여섯 도막으로 이루어진 노래다. 한결같다
고 했지만, 첫도막은 다른 도막의 절반뿐이어서 유다르다.[70] 게다가 '딩아돌하'라는
첫머리의 말에서 노래의 이름을 붙인 것으로[71] 보아도 이 첫도막이 남다르다. 그러고
보면 마지막 도막도 색다르다. 모든 도막이 '여희ᄋ와지이다'로서 '~지이다'라는 '바
람의 말'로 끝내는 것과는 달리 마지막 도막은 '그츠리잇가'로서 '~잇가'라는 '물음의
말'로 끝내었기 때문이다. 그뿐 아니라 다른 도막들은 앞줄의 끝이 '심고이다', 'ᄒ요이
다', '바고이다', '노호이다' 같이 '~이다' 하는 서술형이지만 마지막 도막은 홀로 '그츠
리잇가'로서 '~잇가'하는 의문형인 것도 다르다. 이래서 이 노래는 첫도막, 가운데 네
도막, 마지막 도막, 이렇게 세 가지 서로 다른 것들이 하나로 묶여 있음을 알겠다. 거
기서도 노래의 모습에서 닮은 구석을 거의 찾아볼 수 없어 가장 동떨어지는 것은 마
지막 도막임도 드러났다.[72]

---

69) 《악장가사》, 문화재관리국(장서각) 영인본, 1969, 가사 상.
70) 앞쪽 한 줄이 잘려 나간 셈이다. 왜냐하면, 이어지는 도막들의 뒤쪽 줄이 모두 '~지이다'로 끝나서
    첫도막의 끝과 같기 때문이다.
71) 한자로 〈정석가〉라고 적은 이름에서 '정'과 '석'은 다름 아닌 '딩'과 '돌'을 향찰식으로 적은 것으로
    본다. '정'은 '딩'을 소리로 적고, '석'은 '돌'을 뜻으로 적은 것이라, 우리 말로 본디 이름을 되살리자면
    〈딩돌노래〉가 된다.
72) 〈딩돌노래〉가 서로 색다른 세 도막의 노래말꽃이 뒤섞여 묶인 채로 짜였다는 사실은 앞으로 고려의
    궁중에서 즐긴 놀이노래말꽃을 다루면서 좀더 꼼꼼히 살펴볼 것이다.

그러면, 한자로 '정석'이라 적고 우리 말로 '딩돌'이라고 한 이것이 무엇인가? 이 것은 노래말꽃으로 들어가는 문의 열쇠와 같다. 그래서 학자들은 ㉮ 쇠(금)와 돌(석) 로 만든 악기 이름이다,[73] ㉯ 사람의 이름이다,[74] ㉰ 악기 소리를 본뜬 것이다,[75] ㉱ 서낭을 뜻한다,[76] 이렇게 여러 주장을 내놓았다. 그런데, 노래말꽃의 다른 대목들과 어울려 뜻을 드러나게 하자면 ㉱로 보는 수밖에 없다. 다른 것으로는 노래말꽃의 속 뜻을 읽어내기 어려운 때문이다. '딩아'는 '디아(디리야)'로서 '디(디리)'가 목숨을 다스 리는 서낭[77]이며, '돌하'는 '돌'이 몽고말 '뎅게리'에 뿌리를 둔 말로 '하느님(천신)' 또 는 '임금(천자)'을 뜻하는 서낭이라 한다.[78] 목숨을 다스리고 천하를 다스리는 이들 서 낭을 받들며 바치던 신라 때의 나라서낭굿노래로 '지아악'과 '돌아악'이라 적힌 것들 이[79] 바로 '딩아악'과 '돌하악'이라고 본다.[80] 그렇게 보면 노래말꽃의 속살이 다음과 같이 제법 드러난다.

딩아 서낭님 돌하 서낭님 여기오늘 계셔주십시오 / 딩아 서낭님 돌하 서낭님 여기오늘 계 셔주십시오 / 착한 임금[81]의 거룩한 때를 만났으니 함께 살아가십시다

서걱서걱 거칠은 모래 벼랑에 / 서걱서걱 거칠은 모래 벼랑에 / 구은 밤 닷 되를 심었습니다 그 밤이 움이 돋아 싹이 나거든 / 그 밤이 움이 돋아 싹이 나거든 / 고마우신 서낭님과 헤어지게 하십시오

옥으로 연꽃을 새겼습니다 / 옥으로 연꽃을 새겼습니다 / 바위 위에다 접을 붙였습니다 그 꽃이 세 차례 피어나거든 / 그 꽃이 세 차례 피어나거든 / 고마우신 서낭님과 헤어지게 하십시오

---

73) 양주동,《여요전주》, 을유문화사, 1947 ; 이상보,〈정석가연구〉,《한국어문학》 1, 1963 ; 박성의,《한 국문학연구사》, 예그린출판사, 1978.

74) 김태준,《고려가사》, 학예사, 1939 ; 김형규,《고가요주석》, 일조각, 1984 ; 박병채,《고려가요의 어석 연구》, 이우출판사, 1980.

75) 전규태,《고려가요》, 정음사, 1968 ; 정병욱,〈악기의 구음으로 본 별곡의 연구〉,《관악어문연구》 2, 1977 ; 조종업,〈정석에 대하여〉,《한국어문학》 11, 1973.

76) 지헌영,《향가여요신석》, 정음사, 1947 ; 이명구,〈딩아돌하 당금에 계상이다〉,《문학사상》 102, 198 1 ; 윤철중,〈정석가연구〉,《상명여사대논문집》 10, 1982.

77) 장수천신, 생명신, 산령신의 삼신으로서, 신라에서는 기랑, 기파랑, 지도로, 지리로 적혔던 것이라 한 다.(지헌영, 앞의 책)

78) 이명구, 앞의 글.

79) 돌아노래는 탈해왕 때에 지었다. 지아노래는 파사왕 때에 지었다(突兒樂 脫解王時作也 枝兒樂 婆 娑王時作也).:《삼국사기》 권32, 잡지 제1, 악.

80) 윤철중, 앞의 글.

81)《악장가사》에는 '선왕'이라 적혀서 '앞선 임금'이라야 해야겠으나 '선왕'을 '착한 임금'인 선왕으로 보 아야 뜻이 더욱 잘 드러난다.

무쇠로 갑옷을 지어서는 / 무쇠로 갑옷을 지어서는 / 철사로 주름을 박았습니다
그 옷이 다 헐어지거든 / 그 옷이 다 헐어지거든 / 고마우신 서낭님과 헤어지게 하십시오

무쇠로 황소를 만들어다가 / 무쇠로 황소를 만들어다가 / 쇠나무 산에 풀어놓았습니다
그 소가 쇠풀을 뜯어먹으면 / 그 소가 쇠풀을 뜯어먹으면 / 고마우신 서낭님과 헤어지게
하십시오

구슬이 바위에 떨어진다고 / 구슬이 바위에 떨어진다고 / 끈이야 끊어질 수 있습니까
천 년을 헤어져 살아간다고 / 천 년을 헤어져 살아간다고 / 믿음이야 끊어질 수 있습니까

보다시피 신라 때의 나라서낭굿에서 부르던 노래말꽃에 견주면 모습이 크게 달라졌다. 무엇보다도 여러 도막을 겹쳐서 길이가 몹시 길어졌다. 한 도막 안에서도 같은 말을 거듭 되풀이하여 일부러 길이를 늘렸음을 알 만하다. 그러나 '크게 달라졌다' 했지만 뼈대를 간추리면 옛날 모습이 사라진 것은 아니다.

삭삭기 세몰애 별헤나는
구은밤 닷되를 심고이다
그바미 우미도다 삭나거시아
유덕ᄒᆞ신 님믈 여희ᄋᆞ와 지이다

이런 모습은 알다시피 신라 적에 나라서낭굿노래말꽃으로 널리 퍼졌던 '다살노래(두솔가)' 그대로다. 〈딩돌노래〉는 이런 도막을 다섯 차례 겹치고, 맨 앞에다는 절반을 잘라낸 도막으로 들머리를 삼았다. 게다가 도막 안에서 또 두 줄은 거듭 되풀이를 했다. 그래서 노래말꽃의 길이가 신라 적 노래에 견주면 훨씬 길어졌다. 무슨 까닭으로 노래말꽃을 이처럼 늘렸을까? 여러 까닭들이 얽혔을 터이지만, 무엇보다도 '굿' 쪽을 벗어나 '놀음' 쪽으로 넘어왔기 때문이었을 듯하다. 고려 500년을 지나면서 궁중의 놀음놀이에 끌려들어오고, 더구나 조선으로 넘어와 굿과 놀이를 다시 가다듬는 세월을 거치면서 '굿'의 엄숙하고 거룩한 맛을 버렸기 때문이었을 것이다.

조선으로 넘어오면 나라를 주자학의 철학에 맞추어 다스리느라 애쓰면서 나라서낭굿들도 모두 그 철학 쪽으로 바꾸었다. 그렇게 바꾸는 일을 온전하게 끝내고 간추려 만든 책이 다름 아닌 《악학궤범》인데, 거기에는 모든 나라서낭굿들을 유교식 제사로 바꾸어 놓았다. 우선 제사를 크게 둘로 갈라서 왕실의 조상들에게 바치는 종묘 제사는 '속악'으로 바치고, 그 밖의 하늘서낭(천신)과 땅서낭(지신)과 사람서낭(인신)에게 바치는 제사는 '아악'으로 바치게 했다. 속악으로 바치는 종묘 제사도 조상의 업

적에 따라 등급을 서로 또렷이 다르도록 가르고, 아악으로 바치는 것도 풍운뇌우에게 바치는 천신제,[82] 사직에게 바치는 지저제, 선농과 선잠과 우사와 문선왕에게 바치는 인신제들도 모두 가려서 주자 철학의 질서에 어그러지지 못하게 했다. 이런 주자식 나라서낭굿에서는 아악으로 드리는 제사야 말할 나위도 없고, 속악으로 드리는 종묘 제사까지도 노래말꽃은 모두 악장이라 부르는 한시만 썼다. 다만 문소전 제사의 종헌에 쓰인 〈정동방곡〉[83]과 군신에게 드리는 둑제에 쓰인 〈납씨가〉[84]는 정도전(?~1398)이 한시의 모습(가락과 짜임)을 버리고 우리 말로 새롭게 마련해 보려고 했다. 그러나 보다시피 한시에다 토나 씨끝을 겨우 달아서 우리 말이라 하기 어려운 것들이다. 조선을 세운 사람들의 얼이 얼마나 중국으로 빠져나갔는지 알아볼 만하다.

그러나 그런 유교식 제사만으로는 지난날 나라서낭굿에 기대던 우리네 신앙심을 온전히 덮을 수 없었기에 섣달 그믐날이면 나례라고 하는 커다란 무당굿을 궁중에서 벌였다.[85] 그런데, 그런 나례굿이라면 거리마다 무당의 찬미와 축원과 공수의 노래가 많았겠으나 하나도 적혀 남은 말꽃이 없다. 다만 나례 끝에 〈학연화대처용무합설〉이라고 한 커다란 놀음놀이(정재)가 벌어지고 그 안에 여러 마리의 노래말꽃이 적혀 있다. 이 놀이는 이름 그대로 도교에서 온 학춤과 불교에서 온 연화대와 우리 서낭굿에서 온 처용춤을 아울러 새로 만든 것이다. 먼저, 다섯 처용이 처용춤을 두 차례 거룩하게 춘 다음에 푸르고 흰 두 마리 두루미가 학춤을 추고는 부리로 연꽃을 쪼면 연꽃이 벌어지고 꽃 속에서 나온 두 계집아이가 연못으로 내려가서 춤을 춘다. 이 놀이에서는 여자 기생들[86]이 여러 가지 노래를 부르는데, 〈처용노래〉를 두 차례

---

82) 천신에게는 중국의 황제만 제사를 바칠 수 있다고 해서, 바람과 구름과 번개와 비(풍운뇌우)에게 바치는 제사라 하고 그 등급도 버금 제사(중사)로 했다.

83) 〈정동방곡〉도 중국 한시의 모습을 그대로 쓴 것은 아니지만 말씨로 보아서는 우리 말 노래라 하기도 어렵다. 다만 말씨의 가락이 중국 한시의 그것을 따르려 하지 않고 나름대로 새롭게 만들어 보려고 애쓴 자취를 뚜렷이 보인다. 노랫말을 그대로 보이면 이렇다. "繫東方 阻海陲 彼狡童 竊天機 ᄒ니이다 偉 東王德盛 / 肆狂謀 興戎師 禍之極 靖者誰 어니오 偉 東王德盛 / 天相德 回義旗 罪其黜 逆其夷 ᄒ샷다 偉 東王德盛 / 皇乃懌 覃天施 軍以國 俾我知 ᄒ샷다 偉 東王德盛 / 於民社 有攸歸 千萬歲 傳無期 ᄒ쇼셔 偉 東王德盛".(《악학궤범》 제2권, 속악진설도설, 시용속부제악)

84) 〈납씨가〉의 노랫말도 그대로 보이겠는데, 오언 율시라는 중국 한시에다가 우리 말로 토를 단 것에 지나지 않는다고 할 수밖에 없다. 그 때 우리 지식인들이 노래를 짓는다고 할 적이면 이처럼 한시의 모습에서 벗어나기 어려울 지경이 되었음을 짐작할 수 있겠다. "納氏 恃雄强ᄒ야 入寇 東北方ᄒ더니 縱傲 誇以力ᄒ니 鋒銳라 不可當이로다 / 我后ㅣ 倍勇氣ᄒ샤 挺身 衝心膂ᄒ샤 一射애 斃偏裨ᄒ시고 再射애 及魁戎ᄒ시다 / 裏槍 不可救ㅣ라 追奔 星火馳ᄒ더니 風聲이 固可畏어늘 鶴淚도 亦堪疑로다 / 卓矣 莫敢當ᄒ니 東方이 永無虞ㅣ로다 / 功成이 在此擧ᄒ시니 垂之 千萬秋ㅣ샷다".(앞의 것과 같은 곳)

85) 《악학궤범》 제5권, 시용향악정재도설, 학연화대처용무합설.

86) 요즘 말로 하자면 '여성 합창대'라야 옳다.

부르고, 〈봉황음〉,87) 〈삼진작〉,88) 〈정읍〉,89) 〈북전〉,90) 〈영산회상〉, 〈미타찬〉, 〈본
사찬〉, 〈관음찬〉 같은 노래를 한 차례씩 부른다. 〈처용노래〉를 빼고 앞의 네 마리는
임금을 찬양하는 노래고, 뒤의 네 마리는 부처님을 찬양하는 노래다. 부처님이 서낭
으로 자리잡은 사실은 그렇다 하더라도 임금님을 찬양하는 노래를 굿노래로 부른다
는 것은 지난날의 서낭님을 밀어내고 나랏님을 높여 받들게 되었다는 세태를 잘 드
러낸다.

그런 점에서 〈처용노래〉는 색다른 노래말꽃이다. 이 노래는 애초 신라 헌강왕
(875~885 다스림) 시절에 처용이 굿판에서 부른 노래였다. 처용이 울산 바닷가에서
나라 무당으로 불려왔던 사실을 생각하면 그런 굿판이 머지않아 나라서낭굿으로 높
여졌으리라 짐작할 수 있다. 《고려사》에서 〈처용〉을 신라 노래로 보지 않고 고려 노
래라 한 것이라든지,91) 이색(1328~1396)의 〈구나행〉이라는 한시92)에 처용굿이 나타
나 있는 모습93)을 보아서 고려 시절에도 처용놀음은 나라서낭굿이 아니었을까 싶다.
기록에 나타난 대로만 보면 고려 때에는 고종 23년(1236), 충혜왕 복위 4년(1343), 우왕
12년(1386) 같은 때에 궁 안에서 처용놀음을 거듭 베푼 것으로 되어 있지만, 여러 사정
을 두루 살펴보면 아마도 몽고의 침략으로 나라가 위태롭게 되자 처용의 힘으로 물
리치고자 해서 나라서낭굿으로 베풀었을 듯하다.

그런데 고려 때까지의 처용굿은 처용이 혼자서 노래하고 춤추었던 것으로 보인
다. 처용이 탈을 쓰게 된 것도 고려 말에 와서 임금이 몸소 처용으로 춤을 추면서 비
롯한 듯하다.94) 그러다가 조선으로 넘어와 섣달 그믐에 벌이는 나라의 큰굿으로 다시

---

87) 〈봉황음〉은 세종 때에 윤회(1380~1436)가 조선 태조의 건국을 찬양하여 지은 노래다. 《세종실록》
  (권146)에도 노래와 더불어 악보가 실려 있다.
88) 〈삼진작〉이란 따지자면 고려 때에 비롯한 우리 노래의 가락 이름이다. '진작'이란 가락은 빠르기에
  따라 하나에서 넷까지 있는데, '일진작'이 가장 느리고 '사진작'이 가장 빠르다.(《대동운부군옥》) 그러
  니까 '삼진작'은 꽤 빠른 진작인 셈이다. 《고려사》〈악지〉에서는 노래의 이름을 〈정과정〉이라 했다.
89) 고려 궁중에서 북춤(무고)을 추며 부르던 노래다. 〈정읍사〉라 하였다.
90) 고려 궁중에서 부르던 〈북전가〉가 너무 음란하다고 하여 임원준 같은 이들에게 고쳐 짓도록 해서
  만든 노래다.(《성종실록》 권240, 21년 5월 임신) 흔히는 〈후정화〉라 한다(《동가선》)
91) 《고려사》〈악지〉는 고려의 연희(악)를 아악과 당악과 속악으로 나누었다. 그리고 신라와 백제와 고
  구려의 연희를 물려받아 함께 썼으므로 '속악' 끝에 '삼국 속악'이라 하여 그것들을 따로 묶어 놓았다.
  그런데 '처용'을 신라 속악 안에 넣지 않고, 그냥 고려 속악 가운데 넣어 놓았다.(《고려사》 권71, 지
  권25, 악 2)
92) 〈구나행〉이라는 이름은 '구나를 노래하다'는 뜻이고, '구나'란 '나라에서 사악한 잡귀 잡신을 물리치
  려고 벌이는 굿'이라는 뜻이다.
93) "신라의 처용이 칠보를 두르고 / 꽃 가지 머리를 누르니 꽃내음 가득하다 / 긴 소매로 낮게 돌며
  태평을 춤추는데 / 술취한 얼굴 벌건 게 여태 깰 줄 모르네.(新羅處容帶七寶 花枝壓頭香露零 低回長
  袖舞太平 醉臉爛赤猶未醒)": 이색, 《목은집》 권21.

가다듬으면서 처용을 다섯으로 늘린 것이다.95) 이렇게 처용굿이 고려 후기에 나라서
낭굿으로 다시 떠오르고, 조선으로 넘어오면서 굿의 크기와 모습에 커다란 탈바꿈이
일어났다는 말이다. '세종이 가사를 고쳐 지어 조정의 정악으로 삼았다'는 성현의
말96)을 믿을 만하다고 보면, 《악학궤범》에 실려 있는 다음 노래는 그대로 조선의 나
라서낭굿노래말꽃이라 해도 좋을 것이다.97)

(前腔) 新羅盛代 昭盛代 天下大平 羅侯德 處容아바
　　　　以是人生애 相不語ᄒ시란ᄃᆡ / 以是人生애 相不語ᄒ시란ᄃᆡ
(附葉) 三災八難이 一時消滅 ᄒ샷다
(中葉) 어와 아븨 즈ᅀᅵ여 處容아븨 즈ᅀᅵ여
(附葉) 滿頭揷花 계오샤 기울어신 머리예
(小葉) 아으 壽命長願ᄒ샤 넙거신 니마해

(後腔) 山象이슷 깅어신 눈섭에 / 愛人相見ᄒ샤 오ᅀᆞ러신 누네
(附葉) 風入盈庭ᄒ샤 우글어신 귀예
(中葉) 紅桃花ᄀᆞ티 붉거신 모야해
(附葉) 五香 마ᄐ샤 웅긔어신 고해
(小葉) 아으 千金 머그샤 어위어신 이베

(大葉) 白玉琉璃ᄀᆞ티 희여신 닛바래 / 人讚福盛ᄒ샤 미나거신 ᄐᆞᆨ애
　　　　七寶 계우샤 숙거신 엇게예 / 吉慶 계우샤 늘의어신 ᄉᆞ맷길헤
(附葉) 셜믜 모도와 有德ᄒ신 가ᄉᆞ매
(中葉) 福智俱足ᄒ샤 브르거신 ᄇᆡ예 / 紅鞓 계우샤 굽거신 허리예
(附葉) 同樂大平ᄒ샤 길어신 허튀예
(小葉) 아으 界面 도ᄅᆞ샤 넙거신 바래

---

94) 12년 정월 우왕이 이인임의 집에 있었는데 인임의 아내가 큰 술잔을 올리며 '오늘이 마침 삼원 날이
　　니 삼가 축수를 올립니다' 했다. 우왕도 술잔을 올리면서 놀리듯이 '나로 말하면 한쪽으로는 손자가
　　되고 한쪽으로는 계집종의 사위가 되는데 이제 마주하여 술을 마시니 실례가 아닌지 모르겠습니다'
　　하고는 이에 처용의 탈을 쓰고 놀이를 하면서 즐거워했다.(十二年 正月 禑在李仁任第 仁任妻 進大爵
　　曰 今日三元 謹上壽 禑進爵 仍戱曰 吾一則爲孫 一則爲婢壻 今乃對飮 得無失禮也 乃冒處容假面 作
　　戱以悅之) :《고려사》 열전 제49, 신우.
95) 《악학궤범》 엮는 일을 맡았던 성현(1439~1504)의 기록에 따르면 처용을 다섯으로 늘린 것은 세종
　　임금이 아니었던가 싶다. "처용의 놀이는……처음에는 한 사람이 검은 베 모자를 쓰고 춤추었는데 그
　　뒤에 오방 처용이 나타났다. 세종이 거기 맞추어 노랫말을 고치고 이름을 봉황음이라 하니 마침내
　　조정 정악이 되었다.(處容之戱……初使一人 黑布紗帽而舞 其後有五方處容 世宗以其曲折 改撰歌詞
　　名曰鳳凰吟 遂爲朝廷正樂)" : 성현, 《용재총화》 권1.
96) "세종이 그런 곡절로 노랫말을 새로 짓고 이름을 봉황음이라 하여 조정의 정악으로 삼았다.(世宗以
　　其曲折 改撰歌詞 名曰鳳凰吟 遂爲朝廷正樂)" : 성현, 《용재총화》 권1.
97) 김수업, 〈처용의 모습과 노래〉, 《배달말》 24, 배달말학회, 1999, 155~187쪽.

212

(前腔) 누고 지서 셰니오 / 누고 지서 셰니오 / 바늘도 실도 어삐 / 바늘도 실도 어삐
(附葉) 處容아비롤 누고 지서 셰니오
(中葉) 마아만 마아만 ᄒᆞ니여
(附葉) 十二諸國이 모다 지서 셰온
(小葉) 아으 處容아비롤 마아만 ᄒᆞ니여

(後腔) 머자 외야자 綠李야 / 샐리나 내신고흘 미야라
(附葉) 아니옷 미시면 나리어다 머즌말
(中葉) 東京 ᄇᆞᆰᄀᆞᆫ ᄃᆞ래 새도록 노니다가
(附葉) 드러 내 자리롤 보니 / 가ᄅᆞ리 네히로새라
(小葉) 아으 둘흔 내해어니와 둘흔 뉘해어니오

(大葉) 이런 저긔 處容아비옷 보시면 / 熱病神이ᅀᅡ 膾ㅅ가시로다
      千金을 주리여 處容아바 / 七寶를 주리여 處容아바
(附葉) 千金七寶도 말오 熱病神를 날 자바 주쇼셔
(中葉) 山이여 미히여 千里外예
(附葉) 處容아비롤 어여러거져
(小葉) 아으 熱病大神의 發願이샷다98)

신라 때 처용이 불렀다던 노래가 마지막 한 도막은 없어진 채 '머즌말'로서 들어
와 있다. 그리고 처용은 열병신을 몰아내는 힘을 지닌 서낭으로서 무당이 굿판에 모
셔와야 하는 대상으로 자리잡았다. 무당의 찬미와 축원노래가 있고, 서낭인 처용의
공수노래가 있는 것은 말할 나위도 없고, 졸개를 앞세우고 혼비백산하여 쫓겨가는 열
병신의 노래도 싸잡혀 있다. 굿판에서 벌어지는 놀이가 노래 안에 그대로 뚜렷하게
드러나 있는 셈이다. 노래말꽃으로서 짜임새와 속살을 드러낼 수 있도록 대목에다 기
호를 붙여 놓고 다시 살펴보자.

가-1-ㄱ) : (전강) 신라 성대 소성대 천하 대평 라후덕 처용 아바,
               이시인생애 상불어 ᄒᆞ시란더/ 이시인생애 상불어 ᄒᆞ시란더
          (부엽) 삼재 팔난이 일시 소멸ᄒᆞ샷다
      ㄴ) : (중엽) 어와 아븨 즈싀여 처용 아븨 즈싀여
          (부엽) 만두 삽화 겨오샤 기울어신 머리예
          (소엽) 아으 수명 장원ᄒᆞ샤 넙거신 니마해

---

98)《악학궤범》 권5. 시용향악정재도설, 학연화대처용무합설.

가-2   (후강) 산상이슷 깃어신 눈섭에 애인 상견ᄒ샤 오ᄉ울어신 누네
            (부엽) 풍입 영정ᄒ샤 우굴어신 귀예
            (중엽) 홍도화 ᄀ티 븕거신 모야해
            (부엽) 오향 마ᄐ샤 웅긔어신 고해
            (소엽) 아으 천금 머그샤 어위어신 이베

가-3   (대엽) 백옥 유리 ᄀ티 히어신 닛바래 인찬 복셩ᄒ샤 미나거신 특애
                    칠보 겨우샤 숙거신 엇개예 길경 겨우샤 늘의어신 ᄉ맷길헤
            (부엽) 설믜 모도와 유덕ᄒ신 가ᄉ매
            (중엽) 복지 구족ᄒ샤 브르거신 비예 홍정 겨우샤 굽거신 허리예
            (부엽) 동락 대평ᄒ샤 길어신 허튀예
            (소엽) 아으 계면 도ᄅ샤 넙거신 바래

나-1-ㄷ) : (전강) 누고 지어 세니오 누고 지어 세니오
              바늘도 실도 업시/ 바늘도 실도 업시
         (부엽) 처용 아비를 누고 지어 세니오
    ㄹ) : (중엽) 마아만 마아만 ᄒ니여
         (부엽) 십이 제국이 모다 지어 세온
         (소엽) 아으 처용 아비롤 마아만 ᄒ니여

나-2-ㅁ) : (후강) 머자 외야자 록리야 ᄲ리나 내 신 고홀 미야라
         (부엽) 아니옷 미시면 나리어다 머즌말
    ㅂ) : (중엽) 동경 ᄇᆞᆰ곤 ᄃ래 새도록 노니다가
         (부엽) 드러 내 자리롤 보니 가ᄅ리 네히로새라
         (소엽) 아으 둘흔 내해어니와 둘흔 뉘해어니오

나-3-ㅅ) : (대엽) 이런 저긔 처용 아비 옷 보시면 열병신이사 회ᄉ가시로다
    ㅇ) : 천금을 주리여 처용 아바 칠보를 주리어 처용 아바
    ㅈ) : (부엽) 천금 칠보도 말오 열병신을 날 자바 주쇼셔
    ㅊ) : (중엽) 산이여 믹이여 천리 외예
         (부엽) 처용 아비롤 어여러거져
    ㅋ) : (소엽) 아으 열병 대신의 발원이샷다

보는 바와 같이, 이 노래는 '가'와 '나'의 두 도막으로 절반씩 나누어지고, 그것들은 다시 아주 잘 다듬어진 1, 2, 3의 세 도막씩 나누어졌다. 그리고 그들 세 도막들은 '전강-부엽-중엽-부엽-소엽', '후강-부엽-중엽-부엽-소엽', '대엽-부엽-중엽-부엽-소엽'이라는 소리(음악)의 짜임새에 따라 한결같이 덩이져 있다. 음악으로 매우 잘 간추려진 짜임인데, 이것이 과연 고려시대에 이미 갖추어져 있었던 것일까 하는 물음은

마땅히 나올 만하다.[99]

이제 노래말꽃만 들여다보면, ㄱ)에서 ㅋ)에 이르는 열한 도막들로 이루어졌다. 이것들은 저마다 '처용'과 '열병신'과 열병신의 졸개들인 '멎, 외얏, 록리'와 그리고 '무당(으뜸 무당, 첫째 무당, 둘째 무당)이 굿놀음의 흐름에 맞추어 주고받으며 노래부르도록 마련되었다. 이 굿노래의 짜임은 물론 '처용'과 '열병신(과 그의 졸개들)' 사이의 싸움으로 이루어져 있으나, 그 싸움을 이끄는 주동은 말할 나위도 없이 '무당들(으뜸, 첫째, 둘째 무당)'이다.

ㄱ)은 첫째 무당(들)의 노래다. 모든 무당굿에서와 마찬가지로 이 대목은 굿의 들머리로서 서낭을 맞이하는 노래다. 이 맞이굿에서 모시고자 하는 서낭은 물론 처용이니까 그(처용)의 위엄과 권위와 능력을 드높여 그 신령을 기쁘게 해주고자 하는 '찬양노래'다. 첫째 무당이 춤을 추면서 몸소 이 노래를 부를 수도 있을 것이고, 그 무당이 춤을 추는 동안에 무대 한 편의 노래패에서 이 노래를 불러줄 수도 있을 터이다.

ㄴ)은 둘째 무당(들)의 노래다. 힘을 떨쳐 악귀(열병신)를 몰아내줄 서낭(처용)의 위엄에 찬 모습을 그려내는 대목이다. 여느 굿에서라면 이야기로서 풀어낼 '본풀이'로서, 처용을 흥분시키고 그의 권위와 능력을 높이 드러내어 사람들의 신심을 굳건히 다잡는 대목이다. 이 대목도 둘째 무당이 춤추면서 몸소 노래할 수도 있고, 그들은 처용과 더불어 춤을 추고 있는 동안 다른 한쪽에서 노래패가 대신 불러줄 수도 있을 것이다. 여기까지로 처용의 치장은 완전히 갖추어져서 바야흐로 권능을 떨치기에 부족함이 없게 되었다.

ㄷ)은 다시 첫째 무당(들)의 노래 대목이고, ㄹ)은 다시 둘째 무당(들)의 노래다. 첫째 무당과 둘째 무당이 번갈아가면서 처용의 위엄과 능력이 움직일 수 없는 것임을 다시 확인하고 있다. 처용의 위엄에 찬 모습은 온 천하(12제국)가 다 같이 지어 세웠으며, 그것은 결코 사람이 억지로 만든 것이 아니라(바늘도 실도 없이) 참으로 자연스러운 마땅함에서 이루어졌다는 것이다.

여기까지 이어지는 무당(들)의 춤과 노래를 받으면서 처용은 점점 더 격렬한 춤을 추게 되고 무서워지고 난폭해질 것이다. 온 세상의 그 무엇도 처용을 만만히 보지 못할 것이라는 둘째 무당의 선언이 떨어짐으로써 처용의 흥분과 위엄은 절정에 다다르게 될 것이다. 이쯤 되면, 아무리 끈질긴 악귀라 하더라도 더 배겨내기는 어려워진다. 과연 이 대목에서 '열병신'은 그의 졸개들을 데리고 줄행랑을 놓으려고 서두르기

---

99) 김수업, 앞의 글.

시작하는 것이다.

ㅁ)은 그런 열병신의 다급해진 노래다. 졸개들에게 멀리멀리 달아날 수 있도록 신들메를 단단히 매어 달라고 당부하고 있다. 이렇게 허겁지겁 한 쪽에서는 열병신이 뺑소니를 준비하고 있는데, 이제 처용은 바로 저 무서운 '머즌말'을 내리려고 한다.

ㅂ)은 바로 처용이 내리는 '머즌말'이다. 열병신으로서는 듣기만 하여도 얼이 빠져버리고 마는 그 노래, 신라 때 〈처용노래〉를 부르면서 독이 오를 대로 오른 처용이 나타나는 것이다. 이 처용의 머즌말에서 우리는 처용의 성격이 신라와는 많이 달라져 있다는 사실을 지나칠 수 없다. 곧, 신라 처용노래의 마지막에 있었던 '본디 내 것이지만 빼앗는 것을 어찌 하겠는가' 하던 체념과 관용의 말이 사라진 것이다. 신라의 처용은 어디까지나 참아 견디고 용서해 줌으로써 악귀를 감동시켜 스스로 물러나게 했던 터이다. 그러나, 조선의 처용은 그렇지 않다. 그런 체념과 인내의 말은 빼버리고, 한결같은 권위와 위엄으로써 열병신을 쫓아내는 무서운 성격으로 바뀐 것이다.

ㅅ)은 다시 첫째 무당 또는 노래패의 노래다. 만약이라도 아직까지 열병신이 달아나지 않고 머뭇거리고 있다가 처용의 눈에 띄기라도 하는 날에는 당장에 횟거리가 되게 하겠다는 상황을 말함으로써 열병신이 빨리 달아나기를 넌지시 재촉한다.

ㅇ)은 이제 으뜸 무당(큰무당)의 독창이다. 그는 홀로 춤추면서 지금 한창 독이 올라 날뛰고 있는 처용에게 천금이나 칠보를 줄 터이니 그것으로 분을 삭이고 마음을 가라앉히겠느냐고 짐짓 꼬여 본다. 물론 처용이 그 꼬임에 순순히 따르기를 바라거나 그것을 기대하고 하는 수작은 아니다.

ㅈ)은 으뜸 무당의 제의에 단호히 대답하는 처용의 노래다. 천금이나 칠보도 소용없고 열병신을 잡아먹어야겠다는 각오를 분명히 밝히고 있다. 이때까지 아직 달아나지 못하고 요행을 바라며 숨어 있던 열병신이 이제는 더 피할 수 없다는 사실을 깨닫게 되는 순간이다.

ㅊ)은 열병신과 그 졸개들의 체념에 찬 탄식이다. 그들은 이 노래를 부르면서 온전히 달아날 수 있기를 기원하는 셈이다.

ㅋ)에서 둘째 무당 또는 노래패가 그들의 발원을 다시 한 번 확인함으로써 그 달아남을 기정 사실로 만들어 버리고, 무당들과 처용이 한데 어우러져 승리의 춤을 함께 춤으로써 이 굿노래는 모두 끝난다. 열병신과 그의 졸개들인 악귀 또는 불순세력으로 빚어졌던 아픔과 불안과 혼란은 이로써 말끔히 씻겨지고, 새로운 평온과 질서와 기쁨이 찾아오는 것이다.

세종 때에 이처럼 새로 다듬어 만들기 이전의 고려 처용굿에서도 굿노래를 불렀을 것이다. 그것도 처용이 스스로 역신을 몰아내던 신라의 〈처용노래〉와 같을 수는 없을 터이다. 무당이 굿판을 벌여 서낭으로 자리잡은 처용을 모셔다가 역신을 몰아내야 하기 때문이다. 이런 굿노래말꽃은 오늘날 여느 굿에서 무당이 부르는 찬미와 축원과 공수의 노래말꽃과 조금도 다를 것이 없어야 한다. 이러한 모습의 처용굿에서 부르던 노래말꽃은 찾아볼 수 없지만, 후렴으로 쓰인 말 같은 것에서 고려의 처용굿 느낌을 떠올릴 만한 것을 《시용향악보》에서 찾아볼 수 있다.[100]

中門 안해 셔겨신 雙處容아바
大王이 殿座를 ᄒ시란디
太宗 大王이 殿座 外門 바ᄭ
둥덩 다리러 로마
太宗(大王이 殿座)를 ᄒ시란디
아으 寶錢 七寶지여 살언건만
다롱 다로리 대링 디러리
아으 디렁 디러리 다로리

태종 대왕이 전좌(등극)를 하시려 하니 중문 안에 서 계신 '쌍처용 아비'가 외문 바깥을 지켜주십사 하는 노래인 듯하다. 보다시피 여기서는 대궐의 중문 안에 짝을 지은 두 처용이 마주서서 밖에서 들어오는 악귀를 막아주고 있다. 태종 대왕이 전좌하시고 보전 칠보를 지어 복되게 살자면 외문 바깥에서 넘보는 악귀를 쌍처용 아비가 잘 막아주셔야 하는 것이다. 그러나 조선 궁궐 안에서 섣달 그믐에 바치던 나라서낭굿판의 놀이(정재)가 되어 버린 처용굿은 서낭굿으로서는 목숨을 잃고 차차 놀음놀이로 바뀌어 갔고, 백성들 사이에서도 처용굿은 여러 가지 모양의 놀음놀이에 휩쓸려 들어간 듯하다.

나) 끼리서낭굿노래말꽃

우리 겨레에게 교회로서 가장 뿌리깊은 것은 말할 나위도 없이 무교겠지만 무교가 어떤 모습의 교회를 이루었던 것인지는 잘 모른다.[101] 교회 동아리를 이루자면 갖

---

100) 이름을 〈잡처용〉이라 했으니, 세종 때에 노랫말을 고쳐 지은 정악과 다른 것으로 고려 왕실에서 쓰던 것이라는 뜻인가 싶기도 하고, 아예 궁 안으로 들어오지 못하고 백성들의 집안굿에서 무당이 불러오던 노래를 조선에 와서 찾아 적은 것인가 싶기도 하지만, 어느 쪽인지 가늠하기는 어렵다. 그리고 노래말꽃의 속살은 물론 조선의 태종 시절을 지난 노래라 할 수밖에 없다.(임재해, 〈시용향악보 소재 무가류시가 연구〉, 《영남어문학》 9, 1982)

추어야 하는 여러 요소들 가운데 '서낭의 가르침을 담은 말씀(경전)'을 빼고는 두루 갖추었다는 사실이 드러났지만,[102] 그것들이 교회라는 동아리를 이루도록 얼마나 틀이 잡힌 것이었는지 제대로 모른다. 그런 형편이니 무교의 끼리서낭굿노래말꽃이라 할 만한 것도 찾아보기 어렵다.

그런데, 널리 알려진 〈처용노래〉는 무교의 끼리서낭굿노래말꽃으로 꼽을 수 있지 않을까 싶다. 처용노래를 처음 지어 부른 헌강왕(875~886) 시절에는 이미 무교가 모든 사람들의 믿음[보편 신앙]이 아니라 일부 사람들의 믿음[교회 신앙]으로 밀려났기 때문이다. 신라의 지배층 사람들을 불교 쪽에 거의 빼앗기고 무교는 하층 사람들의 교회 신앙으로 내려앉았던 것으로 보이기 때문이다.[103] 《삼국유사》에 실린 처용의 이야기를 다시 살펴보자.

1) ㉮ 이때 임금(헌강왕)이 개운포에 납셨다가 돌아오면서 낮에 바닷가에서 쉬었는데 갑자기 구름과 안개가 자욱해져서 길을 잃게 되었다. ㉯ 놀라서 신하들에게 물었더니 일관이 아뢰기를 '이는 동해의 미리(용)가 하는 짓이라 좋은 일을 해주시면 풀릴 것입니다.' 했다. ㉰ 이에 유사에게 일러서 가까운 곳에 미리를 위한 절을 짓게 하고 임금이 영을 내리니까 구름과 안개가 걷혀서 그곳 이름을 개운포라 하게 되었다. ㉱ 동해 미리가 기뻐서 아들 일곱을 거느리고 임금 앞에 나타나 은덕을 찬양하며 춤을 바치고 악을 베풀었다.

2) ㉮ 그 아들 하나가 임금을 따라 서울에 와서 정사를 도왔는데 이름이 처용이다. ㉯ 임금이 아름다운 여인을 아내로 삼게 하고 머물러 있게 하려고 급간 벼슬까지 주었다. ㉰ 그 아내가 매우 아름다워서 역신이 흠모하다가 사람 모습을 하고 밤에 그집에 들어와서 몰래 함께 잤다. ㉱ 처용이 바깥에 있다가 집에 와서 잠자리에 두 사람이 있는 것을 보고는 노래를 부르고 춤을 추면서 물러나왔다. ㉲ 노래는 -줄임- ㉳ 이때 역신이 제모습을 드러내고 처용 앞에 꿇어서 말하기를 '내가 그대의 아내를 탐내다가 이제 침범했는데 그대가 성을 내지 않으니 감동하여 우러르게 되었습니다. 이제부터는 그대의 모습을 그린 그림만 보아도 그 지게(문)에 들어가지 않기로 약속합니다.' 했다. ㉴ 이로 말미암아 나라 사람들이 처용의 모습을 지게에다 그려 붙여서 삿됨을 쫓고 기쁨을 맞이했다.

3) ㉮ 임금이 돌아와서 영취산 동쪽 등성이 좋은 곳에다 절을 세웠다. ㉯ 이름을 망해사 또는 신방사라 했는데 미리를 위하여 세운 것이다.[104]

---

101) 앞의 '둘-가-1-나'를 보시오.

102) 조흥윤, 《한국의 무》, 정음사, 1983.

103) 이때(헌강왕 4, 878)는 법흥왕(514~540)이 불교를 공인한 때(528)로부터 350년을 지났고, 고구려의 중 묵호자가 일선군에 와서 포교한 때(눌지왕, 417~458)로부터는 이미 450년을 지난 시절이었다.

104) 《삼국유사》 권2, 기이 제2, 처용랑 망해사.(할 수 있는 대로 한문을 알뜰하게 뒤쳤다)

1)은 개운포에서 벌어진 일이다. 개운포에 나갔던 헌강왕이 동해의 미리가 일으
킨 변괴를 만나 길을 잃었다가 다시 되찾은 이야기다. 동해 미리가 변괴로써 임금을
괴롭히다가 절을 지어주겠다는 약속을 받고는 기뻐서 임금을 기리며 춤과 노래를 베
풀었다 한다.[105] 2)는 서울(경주)에서 벌어진 일이다. 동해 미리의 아들 처용이 서울에
서 아내를 얻고 급간 벼슬까지 하는데 아내에게 역신이 침범하여 춤과 노래로써 역
신을 몰아낸 이야기다. 그래서 온 나라 사람들이 그의 모습을 그려 지게에다 붙여 역
신을 쫓게 되었다고 한다. 3)은 임금이 1)에서 한 약속을 지켜 절을 세운 이야기다.
영취산 동쪽 등성이 좋은 자리에 미리를 위한 절을 앉혔는데 이름을 망해사 또는 신
방사라 했다 한다.[106]

이 이야기를 무교와 불교가 더불어 어우러져 가는 모습으로 읽어내는 것은 자연
스럽다.[107] 그러나 한편으로는 이 이야기에서 무교가 불교에게 빼앗긴 자리를 되찾으
려고 몸부림한 자취를 찾아낼 수도 있을 듯하다. 무교가 불교에게 자리를 빼앗기면서
벌인 다툼은 이미 지나간 300, 400년 동안 수없이 많았을 터이지만[108] 아마도 처용이
벌인 이것이 마지막 발버둥이었던 것으로 보인다. 이때에는 처용 무리만이 아니라 곳
곳에서 무당들이 일어나 임금과 잇달아 다툼을 벌였다.[109] 이것은 물론 세상이 그릇
되었음을 깨우치려는 뜻이었겠지만, 그 '세상의 그릇됨'이라는 것을 정치와 사회의 현
실로만 볼 것[110]이 아니라 그보다 더욱 뿌리깊은 '믿음의 잘못'으로 볼 수도 있다. '전
통 깊은 우리의 무교를 밀어내 버리고 불교에만 믿음을 쏟으면서 나라를 망치고 있
다' 하는 것이 무교의 반격이었다. 아직도 온전히 뿌리뽑히지 않고 적잖은 힘을 지니

---

105) 여기서 말하는 '동해 미리'를 "동해에서 호법룡 구실을 하는 용신 신앙의 무당 집단"이라고 보는 견
　　해(임재해, 〈'처용' 담론에 나타난 사회적 모순과 굿문화의 변혁성〉, 《배달말》 24, 배달말학회, 1999,
　　209쪽)는 참으로 마땅하다.
106) '신방사'라는 절 이름에서 '신방'은 '신의 성방'이라고도 하는 것으로서 경기도나 동해안 무당이 스스
　　로를 '신방'이라 하고 제주도에서도 무당을 '심방'이라 하는 것과 같다고 보고, 그래서 망해사(신방사)
　　는 부처를 모시는 절이 아니라 동해 미리를 모시는 무교의 신당에 더 가까웠을 것이라는 견해(김헌
　　선, 〈무가의 역사〉, 《한국민속사입문》, 지식산업사, 1996, 196~197쪽)는 아주 마땅하다.
107) 김헌선은 "무·불습합 과정"으로 읽어내고(김헌선, 앞의 글), 임재해는 "동해 용신신앙 집단이 새로
　　운 불교문화와 접목하고자 하는 문화적 욕구"의 해소 과정으로 읽어내었다(임재해, 앞의 글).
108) 불교가 신라에 들어와서 공인을 받기까지는 100년이란 세월이 걸렸다. 그 동안 일선군 모례의 집을
　　중심으로 조용한 포교가 묵호자와 아도와 아도의 제자들로 이어졌고, 묵호자는 눌지왕의 딸로 해서
　　임금의 두터운 인사를 받기도 했다. 그랬지만 정작 법흥왕이 불교를 공인하려 들자 전통세력의 반대
　　는 거세었다. 마침내 이차돈의 순교로 비싼 값을 치르고야 이루어졌다.(《삼국사기》 권4, 신라본기
　　제4, 법흥) 그만큼 전통신앙과 불교의 싸움은 처음부터 만만찮았던 것이다.
109) 개운포에서 나타난 처용의 무리를 비롯하여, 포석정에서 남산신, 금강령에서 북악신, 동례전에서 지
　　신이 나타나서 헌강왕에게 다투었다.(《삼국유사》 권2, 기이 제2, 처용랑 망해사)
110) 임재해, 앞의 글.

고 있던 곳곳의 무당들111)이 헌강왕을 맞아 들고일어난 것이다. 그럴 수 있었던 말미는 물론 헌강왕이 무교에 남다른 사람이었기 때문일 터이다.112) 그래서 개운포에서는 무교의 당집(망해사)을 불교의 절간처럼 크게 세우고 처용은 서울에 올라가 급간 벼슬을 받는 성과를 얻었다.113) 그러나 이런 성과들은 헌강왕 시절의 한때였을 뿐이고, 신라가 허물어져 내리는 것과 발맞추어 무교도 두루서낭굿의 자리에서는 영영 밀려나고 말았던 것으로 보인다.

東京明期月良	東京 볼기 둘이라
夜入伊遊行如可	밤 들이 놀니다가
入良沙寢矣見昆	들아사 잘디 보곤
脚烏伊四是良羅	갈오이 넉이라라
二肹隱吾下於叱古	두블흔 내해엇고
二肹隱誰支下焉古	두블흔 누기해언고
本矣吾下是如馬於隱	본디 내하이다마ㄹ론
奪叱良乙何如爲理古114)	아슬랑을 엇뎨 ᄒ리고115)

●"서라벌 밝은 달 아래 / 밤이 깊도록 놀다가"

첫 마디는 귓것(역신)에게 처용이 자신의 신분을 밝히는 대목이다.116) 처용이 스스로를 신라 서울 서라벌에서 밤이 깊도록 굿을 해야 하는117) 신령한 나라무당이라는 점을 은근히 내비치는 말이다.118) 자신이 영험 있는 나라무당이기 때문에 굿을 청하는 데가 많으니 귓것은 알아서 처신하라는 뜻이다.

---

111) 아직도 마을이나 고을에서는 무당이 신앙의 사제로서뿐만 아니라 세속의 우두머리로서도 힘을 지니고 있었다.

112) 헌강왕은 무교를 아꼈을 뿐만 아니라 스스로 무당이었다. 포석정에 남산신이 나타나 임금 앞에 춤을 추었을 적에 옆에 있던 신하들은 아무도 남산신의 춤을 볼 수 없었지만 헌강왕은 홀로 그것을 보고 스스로 남산신과 더불어 춤을 추었다.(《삼국유사》, 앞과 같은 곳) 이것은 헌강왕이 무당이었다는 사실을 바로 말하는 것이다.(임재해, 앞의 글)

113) 포석정에 나타난 남산신은 그 모습을 나무에 새겨 뒷 사람에게 보이도록 하고, 금강령의 북악신은 옥도령이 되고, 동례전의 지신은 지백급간이 되도록 드높여졌다.(《삼국유사》 같은 곳)

114) 《삼국유사》 앞의 곳.

115) 유창균, 앞의 책, 493쪽.

116) 박경신의 〈한국 무속사에서 본 처용과 처용가〉에 힘입었다.

117) 무당들은 지금도 굿을 맡아 하는 것을 '한 거리 논다'고 말한다.

118) 최정여, 〈처용 전후 구나의의 양상〉, 《신라민속의 신연구》(신라문화재학술발표회논문집 4), 신라문화선양회, 1983, 145쪽.

• "들어와 잠자리를 살펴보니 / 다리가 넷이로구나"

둘째 마디는 처용이 귓것의 정체를 환히 알아보았다는 사실을 밝히는 말이다. 처용이 여느 사람이었거나 영험 없는 무당이었으면 귓것의 다리를 알아볼 수는 없었을 터이다. 그러나 처용은 아내의 두 다리말고 또 다른 두 다리가 있음을 알아보았고, 그런 사실을 귓것에게 밝히는 것이다. 꾀를 부리거나 피하려고 하지 말라는 뜻이 담긴 셈이다.

• "다리 둘은 나의 것인데 / 다리 둘은 누구의 것인고"

셋째 마디는 정체를 알아보았으니 꾀를 부리려 들지 말고 스스로를 밝히라는 요구라 하겠다. 다리만 내놓지 말고 온 몸을 드러내어 정체를 밝히고 물러나라는 뜻이다. 이만큼 자신의 능력과 영험을 귓것에게 알려 놓았다.

• "본디 내 것이지만 / 빼앗겼으니 어찌하겠는가"

이것은 귓것이 전혀 뜻하지 못했던 말이다. 속으로 떨고 있었을 귓것에게서 슬쩍 물러서 주겠다는 것이다. 마지막까지 밀어붙이지 않고 슬쩍 물러서 달래는 이것은 요즘 굿과는 사뭇 다르다. 그래서 《악학궤범》의 〈처용노래〉에서도 받아들이지 않은 대목이다. 하지만 이것이 우리네 무교의 끼리서낭굿에서 귓것을 물리치는 한 전통이었을지도 모른다.[119]

이래서 귓것은 처용 앞에 나타나 무릎을 꿇고 '내가 그대의 아내에게 빠져 이제 침범하였는데 그대가 성을 내지 않아 감동하고 존경하게 되었다. 이제부터는 그대의 모습을 그린 것만 보아도 그 집에는 들어가지 않는다고 맹세하겠다'고 말했다.[120] 힘으로 밀어붙여 내쫓기보다 더 큰 효력을 얻은 것이다. 이래서 나라 안의 사람들이 처용의 모습을 그려 문에 붙여서 나쁜 것을 물리치고 좋은 것을 맞이하고자 하는[121] 풍속이 생긴 것이고, 세월이 흐르면서 귓것을 몰아내는 서낭이 되어 겨레의 삶 속에 커다란 자리를 차지하게 되었다. 여느 백성들 집에서도 대문이나 방문 위에 그림 모습으로 붙여서 귓것이 들어오지 못하게 지켜주고, 왕실을 비롯한 관청 집에도 대문이나 중문에 서서 귓것의 침입을 막아주는 지킴이 서낭이 되었다.[122]

---

119) 김수업, 〈진주오광대의 오문둥놀음〉, 《배달말》 23, 배달말학회, 1998.

120) "時神現形 跪於前曰 吾羨公之妻 今犯之矣 公不見怒 感而美之 誓今已後 見畵公之形容 不入其門矣".(《삼국유사》 앞의 곳)

121) "이로 말미암아 나라 사람들이 처용의 모습을 문에 붙여 나쁜 것을 쫓고 좋은 것을 맞으려 했다.(因此 國人門帖處容之形 以僻邪進慶)" : 《삼국유사》 같은 곳.

122) 《시용향악보》의 〈잡처용〉 들머리에 '中門 안해 셔겨신 雙處容 아바' 하는 대목을 보아도 '중문 안에' 양쪽으로 '쌍처용'이 '서 계셨'음을 알 수 있다.

그 밖에 무교의 끼리서낭굿에서 부르던 노래들은 앞(마을서낭굿노래)에서 살핀 바와 같은 '찬양노래', '축원노래', '공수노래'와 다를 것이 없어서 따로 이야기할 것이 없다. 다만 고려 때의 끼리서낭굿노래였을 듯한 자취가 조선에 와서 한글을 만든 뒤에 적힌 것이 있어서 짚어두기로 한다.

瘴 ᄀᆞ실가 三城大王 / 일 ᄋᆞ실가 三城大王 / 瘴이라 難이라 쇼세란더 / 瘴難을 져차 쇼서 / 다롱다리 三城大王 / 다롱다리 三城大王 / 네라와 괴쇼셔[123]

무당의 굿말이 애초 알아듣기 어려운 것이기도 하지만 '쇼세란더'라든지 '네라와' 같은 낱말의 뜻을 뚜렷이 잡을 수 없어서 이 노래의 속살을 제대로 알기는 어렵다. 그러나 간질이나 중풍 같이 느닷없이 일어나는 질병[장]이라든지 삶에서 부딪치는 온갖 어려움[난] 따위를 몰아내고자 삼성대왕 서낭에게 굿(대왕거리)을 바치면서 부르던 축원노래가 아닐까 하는 짐작을 할 수는 있다.

瘴 씻으실까 삼성대왕 / 일(難) 없애실까 삼성대왕 / 장이라 난이라 어수선한데 / 장난을 쫓으소서 / 다롱다리 삼성대왕 / 다롱다리 삼성대왕 / 내려와 (저희를) 도우소서

《시용향악보》에는 이와 비슷한 굿노래가 여럿 실렸는데,[124] '질병'과 '어려움'이란 말이 말 그대로 몸을 해치는 질병과 마음을 괴롭히는 어려움에서 곧바로 비유의 뜻으로 넘어갈 수 있다. 백성들의 삶을 해치고 괴롭히는 갖가지 불의와 부정과 압박의 뜻을 건드리면서 이들 굿노래는 바로 새로운 세상을 간절히 바라고 기다리는 소망의 노래가 되었으리라는 말이다. 이들 고려 때의 끼리서낭굿노래가 조선 왕실로 넘어와서도 그대로 불렸다는 사실은 본디의 뜻과 비유의 뜻을 넘나드는 말꽃의 성질에서 재미있는 모습이라 할 만하다.

다음으로 뿌리깊은 교회는 불교다. 우리 겨레가 불교를 받아들인 때는 아주 일찍이 가락국 수로왕이 인도 아유타의 공주를 아내로 맞이하면서 비롯했다는 이야기가 널리 내려오지만[125] 뚜렷한 기록이 없다. 기록에 나타난 바로는 372년(소수림왕 2)에

---

123) 〈삼성대왕〉, 《시용향악보》.
124) 노래 이름들을 적어 보면 다음과 같다. 〈나례가〉, 〈성황반〉, 〈내당〉, 〈대왕반〉, 〈잡처용〉, 〈군마대왕〉, 〈대국〉.
125) 경남 지방에는 동쪽 김해에서 서쪽 하동까지 장유화상에 얽힌 이야기가 적지 않다. 아유타에서 허황옥과 더불어 그의 남동생 장유화상도 함께 와서 가야에 불법을 포교하였다는 것이다. 김해와 창원 사이에는 장유화상이 처음 절을 세웠다는 장유 마을(지금 고속도로 장유휴게소가 있음)이 있고, 하

222

중국(전진)의 왕(부견)이 고구려에 불상과 경문과 함께 스님(순도)을 보내왔다는 것[126]을 처음으로 친다. 이 뒤로 고구려와 백제와 신라, 이런 차례로 불교는 우리 나라 구석구석까지 퍼져 나간 자취가 수많은 기록과 유적으로 뚜렷하게 남았다. 그런 불교는 알다시피 인도에서 이미 교회의 요소들을 두루 갖춘 다음에 우리 나라까지 들어왔기에 일찍부터 끼리서낭굿노래말꽃이 넉넉했을 것이다. 남아 있는 범패와 게송이라 부르는 것들에는 끼리서낭굿노래말꽃이라 할 만한 노래들이 아주 많다. 그러나 그것들을 모두 한문으로 적고 한문으로 노래 불러서 배달말꽃의 노래가 아니다.

우리 배달말로 이루어진 불교의 끼리서낭굿노래말꽃도 수없이 많았겠지만 글로 적혀서 남은 것은 거의 없다. 나라에서 펴낸 노래책 《삼대목》(888)을 잃어버리고, 먼 뒷날 《삼국유사》(1293?)에 실려 겨우 남은 두어 마리가 고작이다. 꼽아보자면, 문무왕(661~681) 때의 〈왕생을 바라는 노래[원왕생가]〉[127], 경덕왕(742~765) 시절의 〈죽은 누이 제사 노래[제망매가]〉[128]가 그것들이다. 같은 경덕왕 시절의 〈천수대비 기도 노래[도천수대비가]〉[129]도 불교의 끼리서낭굿노래가 아닐까 싶다.

月下伊底亦	돌하 이 어느제	달님이여! 이 언제쯤
西方念丁去賜里遣　西方	외오뎌 가시리고	극락 왕생[130]을 염하려 가시겠나이까
無量壽佛前乃	無量壽佛前애	무량수불[131] 전에
惱叱古音多可支白遣賜立	뉘옷곰 함지기 숣고시리	발원의 말씀을 한없이 사뢰고자 하나이다
誓音深史隱尊衣希仰支	다딤 기프신 尊의긔 울월기	맹서 깊으신 존께 우러러
兩手集刀花乎白良	두블 손 모도 고조 술ㅂ라	두손 모아 곧추세워 사뢰도다
願往生願往生	願往生 願往生	원왕생[132] 원왕생
慕人有如白遣賜立	그릴 이 잇다 숣고시리	그리는 사람이 있다고 사뢰고자 하나이다
阿邪此身遣也置遣	아라, 이몸 ㅂ려 두고	아! 이몸을 버려 두고
四十八大願成遣賜去　四十八大願 일우고시리		사십팔대원[133]을 이루고자 하나이다.[134]

동에는 장유화상이 수로왕의 일곱 아들을 성불시켰다는 칠불사가 지금도 있다.
126) 《삼국사기》 권18, 고구려본기 제6, 소수림왕 2년 하6월.
127) 《삼국유사》 권5, 감통 제7, 광덕 엄장.
128) 《삼국유사》 권5, 감통 제7, 월명사 두솔가.
129) 《삼국유사》 권3, 탑상 제4, 분황사천수대비 맹아득안.
130) 극락에 가서 영원히 살다.
131) 아미타불.
132) (극락에) 가서 살기를 바라다.
133) 아미타불이 법장비구였을 적에 세자재왕 부처님 앞에서 세운 마흔여덟 가지 서원.
134) 유창균, 앞의 책, 641~642쪽.

노래말꽃의 뜻은 아미타불(무량수불)의 도움을 받아 극락(서방) 정토에 가서 영원히 살기를 바란다는 것이다. 노래 이름을 〈왕생을 바라는 노래〉라고 한 것은 노래에 나오는 '원왕생'이라는 말을 끌어다 양주동(1903~1976)이 처음 붙였다.135) 《삼국유사》에는 광덕과 엄장이라는 두 벗의 이야기 끝에 이 노래말꽃을 실어 놓았으나 노래의 이름은 없다.

이야기는 대략 이렇다. 광덕은 분황사 서쪽 마을에서 짚신 장수를 하며 아내와 함께 살고, 엄장은 남악에 암자를 엮어 농사를 지으며 혼자 살았다. 서로 벗으로 사귀면서 먼저 극락으로 가는 사람은 반드시 알려주기로 했다. 어느 날 해거름에 엄장이 방에 있는데, '나는 이제 서방으로 가네, 자네도 잘 있다가 곧 뒤따라오게' 하는 소리가 들렸다. 밖에 나와보니 구름 밖에서 음악소리가 들리고 밝은 빛이 땅에 뻗치었다. 이튿날 광덕의 집으로 가보았더니 과연 광덕이 죽어 부인과 함께 장사를 지냈다. 일을 마치고 엄장이 부인에게 '남편이 돌아갔으니 나와 함께 살자'고 했더니 '좋다'고 했다. 마침내 한집에 살면서 밤에 자다가 정을 통하려 하자 부인이 '그대가 극락에 가려는 것은 나무에서 물고기를 잡으려는 것과 같소' 하며 나무랐다. 엄장이 놀라 '광덕도 그렇게 살았는데 나는 왜 그러지 못하오' 하였더니 부인이 '남편은 십 년을 함께 살았으나 하루 저녁도 한자리에 들지 않았으니 어찌 몸을 건드려 더럽힐 수 있겠소. 밤마다 단정히 앉아 아미타불을 염하고 때로 달빛이 집안에 들면 빛을 타고 올라 가부좌를 틀고 앉아 정성을 다했으니 어찌 극락을 가지 않겠소. 그대는 지옥은 모르지만 극락으로 갈 수는 없겠소' 했다. 엄장이 부끄러워 집을 나와서는 원효대사에게 가서 부지런히 삽관법을 닦아서 극락으로 갔다. 그 부인은 분황사의 계집종으로 열아홉 번째로 태어난 보살136)이었다. 일찍이 노래가 있었으니…….137)

노래말꽃의 지은이가 누구인지 쉽게 드러나지 않는다. 광덕,138) 광덕의 아내,139) 원효,140) 모름,141) 자장법사거나 원효대사,142) 전문 불교 승려,143) 이렇게 엇갈려 있다.

---

135) 양주동, 〈향가의 해독—특히 원왕생가에 대하여〉, 《청구학총》 19.
136) 곧 아미타불을 왼쪽에서 받드는 관세음보살이다. 아미타불은 왼쪽에서 자비를 갖춘 관세음보살이, 바른쪽에서 지혜를 갖춘 세지보살이 받든다. 이들 세 분을 싸잡아 미타삼성, 미타삼존, 그냥 줄여서 삼존이라 부른다.
137) 앞의 밑풀이 104)와 같은 곳.
138) 김동욱, 〈신라 정토교의 전개와 원왕생가〉, 《한국가요의 연구》, 을유문화사, 1961.
139) 양주동, 《고가연구》, 1942 ; 홍기문, 《향가해석》, 1956.
140) 김사엽, 〈원효대사와 원왕생가〉, 《조선학보》 27, 조선학회(일본), 1963.
141) 사재동, 〈청원〉, 《대전상고》(개교10주년 특집호), 1964, 31쪽.
142) 유창균, 앞의 책, 646쪽.
143) 성기옥, 〈'원왕생가'의 생성 배경〉, 《고전시가론》, 새문사, 1984.

224

이런 헷갈림은 띄어쓰기 없이 잇달아 쓰는 한문 표기 때문이다.[144] 그러나 아무래도 지은이를 한 사람으로 못박으려는 생각이 잘못인 듯하다. "일찍이 노래가 있었으니 [상유가운]" 하는 말은 그 앞에 '광덕[덕]'을 놓으나 '광덕의 아내[일덕]'를 놓으나 그들을 지은이로 보기는 어렵게 한다. '있다[유]'는 글자에는 '좋아한다'는 뜻도 있으니 광덕이든 광덕의 아내든 이 노래를 좋아했다는 뜻으로 읽으면 모자람이 없다. 짚신을 삼아 먹고살면서도 불교에 믿음이 깊었던 광덕의 부부는 늘 이 노래를 부르면서 극락의 삶을 그리워했다는 말이다. 따라서 이 노래는 신라가 삼국통일을 한 다음 불교로써 나라를 이끌어가려고 힘쓰던 때에 나타난 불교의 교회서낭굿노래[145]로 보는 것이 옳을 듯하다. 관세음보살과 아미타불이라는 불교에서 손꼽히는 서낭에게 바치는 끼리서낭굿노래말꽂을 광덕의 부부가 평소에 좋아했던 것으로 볼 수 있다.

生死路隱	生死 길은	생사의 길은
此矣有阿米次肹伊遣	이더 잇아며 즈흘이고	여기에 있으며, (부처님께) 의지하고
吾隱去內如辭叱都	나는 가누다 말ㅅ도	나는 간다는 말도
毛如云遣去內尼叱古	모둘 니르고 가누닛고	말하지 않고 가시나이까
於內秋察早隱風未	어느 ㄱ술 이른 ㅂㄹ미	어느 가을 이른 바람에
此矣彼矣浮良落尸葉如	이더 뎌더 ㅂ라딜 닙둧	여기 저기에 떨어지는 나뭇잎처럼
一等隱枝良出古	ㅎ둔 가라 나고	같은 줄기에서 갈라 태어나서
去奴隱處毛冬乎丁	가논 곧 모둘온뎌	가는 곳조차 모르겠구려
阿也彌陀刹良逢乎吾	아라 彌陀刹이라 맞본 나	아! 미타찰[146]이기에 만나려온 나는
道修良待是古如	道 다스라 기드리고다	도를 닦아 (다시 만날 날을) 기다 리고자 하나이다.[147]

---

144) 지은이를 가늠하게 하는 대목은 이것이다. 본문은 "其婦乃芬皇寺之婢盖十九應身之一德嘗有歌云"이다. 이것을 띄어 읽는 것은 ① 其婦乃芬皇寺之婢 / 盖十九應身之一 / 德嘗有歌云(그 부인은 분황사의 계집종이지만 / 속살은 관세음보살이었다 / 광덕에게는 일찍이 노래가 있었는데……)도 있고, ② 其婦乃芬皇寺之婢 / 盖十九應身之一德 / 嘗有歌云(그 부인은 분황사의 계집종이지만 / 속살은 관세음보살이었다 / 일찍이 노래가 있었는데……)도 있다. 그래서 ①로 읽으면 '광덕'이, ②로 읽으면 '광덕의 아내'가 지은이로 보인다. 그러나 ②에서도 문장이 둘째 도막에서 완전히 끝나고 마지막 대목은 따로 떨어진다고 보면, 지은이를 알 수 없게 된다. 그러면 문무왕 시대의 신라 불교 사상과 분황사를 살펴서 원효대사 또는 자장법사, 전문적인 불교 승려를 생각해볼 수 있는 것이다.
145) 시대와 여러 사정을 두루 살피면 지은이를 원효대사로 보는 것이 가장 이치에 가깝지만(김사엽, 앞의 글), 뚜렷한 증거가 없으니 그와 비슷한 전문 불교 승려쯤으로 보고 더 뚜렷한 증거를 기다리자(성기옥, 앞의 글)는 것이다.
146) 아미타불의 사찰. 곧 아미타불이 계시는 곳.
147) 유창균, 앞의 책, 707~708쪽.

　　노래말꽃의 뜻은 누이가 죽었다는 소식을 듣고, 남매로서 만났다가 헤어지는 인생의 참뜻을 불교의 가르침에 따라 되새겨보는 것이다. 이 노래는 앞에서 살핀 노래보다 거의 100년이나 뒤에 나타났다. 그만큼 불교의 믿음이 퍼져 나갔을 때라 그런지 노래말꽃이 훨씬 쉬우면서도 삶의 속살에 닿아 있다는 느낌을 받는다. 노래말꽃의 지은이는 《삼국유사》에 월명사로 밝혀 놓았다. 월명사는 능준대사의 제자로 사천왕사에 살았는데[148] 피리를 잘 불었다. 달밤이면 절간 문 앞 큰길을 거닐며 피리를 부는데, 그러면 달도 가던 길을 멈추었기 때문에 사람들이 그 길을 월명리라 하고 이 분의 이름도 월명사로 불렀다 한다.

　　이 노래는 누이가 죽었다는 소식을 듣고 월명사가 누이를 위하여 재를 올리면서 부른 것이라 하니 틀림없는 불교의 끼리서낭굿노래말꽃이다. 재를 올리며 이 노래를 부르자 갑자기 회오리바람이 일어나더니 종잇돈을 휘날려서 서쪽으로 사라지게 했다고 한다.

　　이런 사실에 말미암아 일연 스님은 "신라 사람들은 노래(향가)를 대단히 숭상해서 한문으로 지은 시나 송은 견줄 수도 없었다. 그렇기 때문에 이따금 하늘과 땅과 귀신을 감동시킨 일도 드물지 않았다" 하면서 이 노래를 부를 적에 일어났다는 일을 다음과 같은 한시를 지어 예찬해 놓았다.

風送飛錢資逝妹	바람에 날리는 종이돈은 돌아간 누이의 노자돈 되고
笛搖明月住姮娥	피리는 항아[149]가 머무는 달까지 밝게 흔드는구나
莫言兜率連天遠	도솔은 잇달은 하늘이라 멀다고 말하지 말라
萬德花迎一曲歌[150]	부처님 온갖 미덕의 꽃이 노래 한 마리를 맞이한다.

　　앞의 두 마리만큼 뚜렷하지는 않을지 모르지만 아래에 보이는 〈천수대비 기도 노래[도천수대비가]〉도 불교의 끼리서낭굿노래말꽃이 아닐까 싶다.

膝肹古召旀	무룹홀 고조며	무릎을 바로 세우며
二尸掌音毛乎支內良	두블 손바담 모호기느라	두 손바당을 모우도다

---

148) 여기서 일연은 월명사를 능준대사의 제자로서 사천왕사에 살았다고 했는데, 바로 앞에서는 월명사가 화랑의 무리(국선지도)로서 범패조차 모르는 사람이라(《삼국유사》 권5, 감통 제7, 월명사 두솔가)고 했다. 어쩌면 경덕왕 19년(760)에는 월명사가 아직 불교로 개종하지 않은 시절이었다가 뒷날 불교로 개종하여 사천왕사에 살면서 누이의 죽음을 맞아 재를 올렸던 것인가 보다.

149) 달나라에 산다는 선녀.

150) 《삼국유사》 권5, 감통 제7, 월명사 두솔가.

千手觀音叱前良中	千手觀音ㅅ 아라긔	천수관음151) 앞에
祈以支白屋尸置內乎多	비로기 솗올 두ᄂᆞ오다	빌어 사뢰올 말씀을 지니나이다
千隱手叱千隱目肹	즈믄 손잇 즈믄 눈흘	즈믄 손에 즈믄 눈을
一等下叱放一等肹除惡支	ᄒᆞ든핫 노하 ᄒᆞ든홀 덜아기	하나만 놓고 하나는 덜어
二于萬隱吾羅	두블우 먼 내라	둘 다 없는 내라
一等沙隱賜以古只內乎叱等邪	ᄒᆞ든사 넌즈시 고기ᄂᆞ옷ᄃᆞ라	하나쯤 넌지시 괴여주실 것인지여
阿邪也吾良知支賜尸等焉	아라라 내라 기디기 주실ᄃᆞᆫ	나같은 사람이라도 끼쳐주실 것이면
放冬矣用屋尸慈悲也根古	어드리 쓰올 慈悲라ᄒᆞᆫ고	어찌 그것을 씀에 자비롭다 이르지 않겠는가152)

　　노래말꽃의 뜻은 천수천안관음이 지닌 눈을 하나만 나에게 끼쳐주면 두 눈이 다 없는 내가 날마다 눈으로 세상을 바라보면서 자비롭다고 이르지 않겠느냐면서 매달리는 것이다. 무릎을 꿇고 두 손을 모아 천수관음 앞에 빌어 사뢸 말씀이 있다 하고, 즈믄 손과 즈믄 눈에서 하나만 덜어내 두 눈이 모두 없는 나에게 사랑으로 주십사 한다. 나같이 보잘것없는 사람이라도 그런 사랑을 끼쳐주시면 어찌 그것을 쓰면서 자비로움을 말하지 않겠느냐고 한다. 부처님에게 깊은 믿음을 지닌 사람이 스스로 부딪친 삶의 어려움을 그 분의 힘으로 이겨나가고자 매달려 비는 노래다.

　　《삼국유사》에 따르면, 한기리에 사는 여인 희명153)의 아기가 다섯 살에 갑자기 눈이 멀었다고 한다. 그래서 하루는 엄마가 아기를 안고 분황사에 찾아가 좌전 북쪽 벽에 그려 놓은 천수대비 앞에서 아기더러 노래를 지어 빌게 하였더니 마침내 눈이 밝아졌다 한다. 말 그대로라면 이 노래말꽃의 지은이는 희명의 아기인 셈이다. 다섯 살에 눈이 멀었다 하고, 엄마가 안고 분황사에 갔다 하니, 대여섯 살 먹은 아기가 지었다는 말이다. 반드시 그럴 수 없다고는 못하지만, 그대로 믿기는 어려운 노릇이다. 희명 모자의 믿음과 천수관음의 자비와 신라 노래의 힘이 기적을 일으킬 수 있었으리라고는 보지만 노래말꽃의 지은이를 희명의 아기로 보기는 어려울 듯하다.

　　그보다는 이와 비슷한 노래가 이 즈음 신라 불교의 끼리서낭굿노래말꽃으로 더러 퍼져 있지 않았을까 하는 생각이 든다. '앞을 보지 못하던 사람이 눈을 떠서 앞을

---

151) 천수천안관세음보살을 줄여 부르는 것임. 손과 눈을 일천 개씩 지녀서 일체 중생을 제도하는 곳에 두루 쓰이게 한다.

152) 유창균, 앞의 책, 574~575쪽.

153) 희명이라는 이름이 바로 '밝기를 바란다'는 뜻이다.

보게 되었다' 하는 것은 신앙에서 얻는 보편의 은혜이기 때문이다.[154] 불교에서 깨달음을 얻는다는 것도 바로 그것을 뜻하고, 그리스도교에서 성령의 힘으로 거듭난다는 것도 바로 그것을 뜻한다. 눈이 밝기를 바라는[희명] 사람은 믿음이 깊은 사람이고, 그런 사람은 믿음에 응답하는 서낭의 힘을 입어 반드시 눈을 뜨게 되는 것이다. 그래서 일연 스님도 이것을 기리는 한시를 다음과 같이 지어 붙였다.

竹馬葱笙戱陌塵	막대로 말을 타고 파로 피리를 불며 골목에서 뛰놀다가
一朝雙碧失瞳人	하루 아침에 밝은 두 눈을 잃어버린 사람이 되었으니
不因大士廻慈眼	거룩한 분께서 자비의 눈을 되돌려주지 않으신다면
虛度楊花幾社春[155]	버들꽃 날리는 봄날을 얼마나 헛되이 보내야 하는가

그리고 또, 10세기에 균여(923~973) 스님이 지은 〈원왕가〉[156] 열한 마리는 불교의 끼리서낭굿노래말꽃으로 가장 먼저 손꼽아야 할 것이다. 《화엄경》에 담긴 〈보현행원품소〉의 속살을 우리네 노래로 풀어지었다. 열 가지 행원을 한 마리씩 노래하고, 마지막에 묶어 마무리(총결)를 하느라고 열한 마리가 되었다. 부처를 예배하고 공경하겠다는 〈예경제불가〉, 부처의 공덕을 칭찬하겠다는 〈칭찬여래가〉, 부처를 널리 공양하겠다는 〈광수공덕가〉, 모든 업장을 참회하겠다는 〈참회업장가〉, 모든 공덕을 기쁘게 따르겠다는 〈수희공덕가〉, 부처께 법륜 굴리기를 청하겠다는 〈청전법륜가〉, 부처께 세상에 머물기를 청하겠다는 〈청불주세가〉, 부처를 늘 따라 배우겠다는 〈상수불학가〉, 한결같이 중생을 따르겠다는 〈항순중생가〉, 중생에게 내 공덕 모두를 돌리겠다는 〈보개회향가〉, 끝까지 보현행원을 수행하겠다는·〈총결무진가〉가 그것이다. 갈데없는 불교의 끼리서낭굿노래말꽃이다.

心未筆留	마음미 筆루
慕呂白乎隱佛體前衣	그리 술본 佛體 알픠
拜內乎隱身萬隱	저느온 身 萬은
法界毛叱所只至去良	法界 마스드록 니르거라
塵塵馬洛佛體叱刹亦	塵塵마락 부텨ㅅ 刹에

---

154) 알다시피 우리 겨레가 가장 오래 즐겨온 이야기로 보이는 '심청'도 바로 이 주제를 다루고 있다.
155) 《삼국유사》 권3, 탑상 제4, 분황사천수대비 맹아득안.
156) 이 노래말꽃의 이름은 〈보현십종원왕가〉, 〈보현십원가〉, 〈원생가〉, 〈원왕가〉로 불렸으나 양희철의 의견(《고려향가연구》, 새문사, 1988, 9쪽)에 따라 '원왕가'를 쓴다.

刹刹每如邀里白乎隱
法界滿賜隱佛體
世盡良禮爲白齊

難曰身語意業无疲厭
此良夫作沙毛叱等耶157)

刹刹마다 뫼리 슬본
法界 츠샨 부텨
九世 다ᄋ 禮ᄒ숣져

아으 身語意業 無疲厭
이에 부짊 ᄉᄆᄉᄃ야158)

이것은 첫노래 〈예경제불가〉다. 이미 불교교리에 따른 한자말이 많이 쓰여서 배우지 못한 백성들이 알아듣기 어려울 지경에 이르렀다. 그러나 요즘 말로 고쳐보면 10세기 후반 불교의 교회서낭굿에서 바라던 삶의 길을 짐작해볼 만하다. "마음의 붓으로 / 그려오던 부처님 앞에 / 절을 올리는 수많은 사람들은 / 부처님 가르침이 다할 때까지 이를 것입니다. / 절마다 맞이한 부처님, / 가르침 가득 차신 부처님 / 아홉 세상 다할 때까지 절을 올리고 싶습니다. / 아아! 몸과 말과 뜻의 일 지치지 말아 / 이에서 언제나 이루고자 합니다." 마음속으로만 그리던 부처님을 절에다 모시고 눈으로 뵈오며 절을 올리는 기쁨을 세상 다할 때까지 잃고 싶지 않다는 노래로서 믿는 이들의 소망이 가득하다.

生界盡尸等隱
吾衣願盡尸日置仁伊而也
衆生叱邊衣于音毛
際毛冬留願海伊過

此如趣可伊羅行根
鄕乎仁所留善陵道也
伊波普賢行願
又都佛體叱事伊置耶

阿耶普賢叱心音阿于波
伊留叱餘音良他事捨齊159)

生界 다올든
내원 다올 날도 잇(仁)이마리여
衆生 씨(邊衣)움마(毛)
ᄀ 모돌 願海이과(過)

이다이 가(趣可) 이라 녀곤(行根)
아윈 디로 善陵道여
이봐(伊波) 普賢行願
ᄯ(又都) 부텻 일이도야

아야 普賢ㅅ 마ᄉᆷ 아우봐(阿于波)
이롯 나마 他事捨져(齊)160)

마지막 노래 〈총결무진가〉다. "삶의 세상 다한다면 / 나의 바람 다할 날도 있을

---

157) 혁연정, 《대화엄수좌원통양중대사균여전》, 제칠 가행화세분.
158) 양희철, 《고려향가연구》, 새문사, 1988, 123쪽.
159) 혁연정, 앞의 책, 같은 곳.
160) 양희철, 앞의 책, 176~177쪽.

것이로다. / 중생의 끝을 깨움만큼 / 끝에 닿도록 바람의 바다를 가리로다. / 이처럼 올바로 나아가는 것은 / 바른 곳으로 가는 높디높은 공덕의 길이로다. / 이바 나의 보현 행원도 / 또 부처님의 일이로다. / 아아! 보현의 마음을 좇아 / 이것밖에 다른 일은 버리고자 하나이다.” 부처님 몸을 받은 중생으로서 오직 하나 보현 보살의 마음을 따라 소망의 바다를 끝까지 가려는 염원에 삶의 모든 것을 내맡기고 싶어하는 불교의 믿음이 드러나 있다.

보다시피 이들 불교의 끼리서낭굿노래말꽃은 신라가 삼국통일을 이루고 새로운 국가체제를 다잡아가는 것과 걸음을 같이한다. 신앙으로는 지난날의 무교에서 새로운 불교로, 문화로는 지난날의 고유 전통 문화에서 중국 당나라의 수입문화로 탈바꿈하는 것이었다. 지배계층의 성격이 지난날의 왕족 중심에서 새로운 6두품 중심으로 넘어오는 것은 물론이다. 당나라를 그대로 본떠 국학을 세우고, 거기서 새로운 사람들에게 새로운 세계관을 심었다. 행정체제와 조직을 당나라처럼 바꾸고, 조직과 사람과 땅의 이름도 모조리 당나라를 본떠 바꾸었다. 이렇게 바뀌는 세상과 더불어 새롭게 일어나는 불교의 신심들이 끼리서낭굿노래말꽃으로 피어난 것이다.

이쯤에서 신라 적의 불교 끼리서낭굿노래말꽃의 모습도 살펴 놓고 넘어가는 것이 마땅하겠다. 먼저 불교와 상관없는 지난날의 노래말꽃들의 모습을 이미 살펴본 대로 다시 되짚어보자.

㉮ 거북아 거북아 / 머리를 보여라 / 보이지 않으면 / 구워서 먹겠다[161]

㉯ 오늘 이더 散花브르라 / 돌보술본 고라 너휜 / 고돈 ᄆᆞ스미 命ㅅ 브리아기 / 彌勒 座主 모리라라[162]

㉰ 東京 볼기 ᄃᆞ이라 / 밤 들이 놀니다가 / 들아사 잘더 보곤 / 갈오이 넉이라라 두블흔 내해엇고 / 두블흔 누기해언고 / 본더 내하이다마ᄅᆞ론 / 아슬랑을 엇뎨 ᄒᆞ리고[163]

알다시피 ㉮는 가야(기원 무렵) 구간의 백성들이 무리를 지어 부른 임금맞이노래

---

161) “龜何龜何 / 首其現也 / 若不現也 / 燔灼而喫也”.(《삼국유사》 권2, 기이 제2, 가락국기)

162) “今日此矣散花唱良 / 巴寶白乎隱花良汝隱 / 直等隱心音矣命叱使以惡只 / 彌勒座主陪立羅良”.(《삼국유사》 권5, 감통 제7, 월명사 두솔가)

163) “東京明期月良 / 夜入伊遊行如可 / 入良沙寢矣見昆 / 脚烏伊四是良羅 // 二肹隱吾下於叱古 / 二肹隱誰支下焉古 / 本矣吾下是如馬於隱 / 奪叱良乙何如爲理古”.(《삼국유사》 권2, 기이 제2, 처용랑 망해사)

230

말꽃이고, ㉯는 경덕왕(8세기 중엽)이 조원전에 제단을 쌓고 굿을 바치면서 월명사에게 짓도록 한 두루서낭굿노래말꽃이고, ㉰는 헌강왕 때(9세기 중엽)에 처용이 무교의 굿을 바치면서 스스로 부른 끼리서낭굿노래말꽃이다. 그런데 보다시피 ㉮는 두 걸음(2음보) 가락에 넉 줄(4행) 짜임새의 모습이고, ㉯는 세 걸음(3음보) 가락에 넉 줄(4행) 짜임새의 모습이고, ㉰는 ㉯와 같은 모습을 곱절로 늘린 것임을 알겠다. 가야 노래의 가락은 두 걸음짜리인데 신라 노래의 가락은 세 걸음짜리라 서로 다르다.164) 그런데 짜임새는 어느 것이나 모두 넉 줄씩이다. ㉮와 ㉯는 넉 줄로서 끝나고, ㉰는 넉 줄로 도막을 짓고 거듭해서 여덟 줄(팔행)로 늘렸다.165) 그런데 앞에서 살핀 불교의 끼리서낭굿노래말꽃들은 이런 모습과는 짜임에서 크게 달라졌다. 다시 조금만 되짚어보자.

> 돌하 이 어느제 / 西方 외오뎌 가시리고 / 無量壽 佛 前애 / 뉘웃곰 함지기 솗고시리 //
> 다딤 기프신 尊의긔 울월기 / 두블 손 모도 고조 술ㅂ라 / 願往生 願往生 / 그릴 이 잇다 솗고시리 //
> 아라, 이몸 ㅂ려 두고 / 四十八大願 일우고시리166)

보다시피 넉 줄 도막을 거듭하여 여덟 줄로 늘린 데까지는 달라진 것이 없다. 그런데 게다가 두 줄을 또 덧붙였다. 노래에서 두 줄만으로 끝나는 모습은 일찍이 없었다. 뿐만 아니라 덧붙인 두 줄의 맨 앞에는 지난날 어디서도 볼 수 없던 '느낌말(차사)'을 내세워서 무게를 싣는다. 이런 짜임새는 우리 겨레의 노래에서 아주 낯선 것이다. 이렇게 되니까 언제나 짝수 줄과 짝수 도막으로 이루어져서 양쪽이 가지런하게 균형을 이루던 지난날의 노래 모습과는 크게 달라졌다. 이제는 세 도막을 이루기 때문에 홀수 도막의 짜임새로 바뀌어 균형이 깨진 셈이다.167) 그리고 새로 덧붙은 마지막 셋째 도막은 느낌말 때문에 가락도 낯설고, 뒤따라야 할 두 줄도 빠져서 허전하고 낯설

---

164) 이런 차이는 가야와 신라 사람들의 느낌이 달라서 그럴 수도 있지만, 오히려 가야의 노래는 땅을 파면서 부른 노래이기 때문에 땅 파는 움직임에 맞추느라고 그런 것일 수도 있다. 가락의 차이는 노래 속살이 달라서 생기는 것으로 보인다는 말이다.

165) 이런 넉 줄 도막의 짜임새는 12세기 초엽에 고려의 예종이 평양에 가서 팔관회를 구경하다가 불렀다는 〈두 장수 노래(도이장가)〉에까지 이어진다.

166) "月下伊底亦 / 西方念丁去賜里遣 / 無量壽佛前乃 / 惱叱古音多可支白遣賜立 // 誓音深史隱尊衣希 仰支 / 兩手集刀花乎白良 / 願往生 願往生 / 慕人有如白遣賜立 // 阿邪此身遣也置遣 / 四十八大願成 遣賜去".(《삼국유사》 권5, 감통 제7, 광덕 엄장)

167) 균여대사의 우리 말 노래말꽃을 중국의 한시로 뒤친 최행귀가 신라노래의 모습을 한 마디로 '삼구육 명'이라고 했을 적에 '삼구'가 바로 이것을 뜻하는 것으로 본다.(유창균, 〈한국시가형식의 기조〉, 《국어학논고》, 계명대출판부, 1984) 그러니까 이런 '삼구'의 짜임새는 불교의 교회서낭굿노래말꽃으로 말미암아 비롯했다고 하겠다.

게 되었다. 이런 짜임새의 모습을 일연이 '느낌말새나(차사사뇌)'라 불렀던 것으로[168] 보이거니와, 이런 모습이 생겨난 까닭은 아무래도 불교 스님들이 새로운 세상을 생각하고 느끼는 데서 말미암지 않았을까 한다. 이런 바뀜은 우리 겨레의 노래말꽃 흐름에서 아주 커다란 사건으로 손꼽히지 않을 수 없는 일이다.

노래말꽃은 잊혀졌지만 고려로 넘어온 11세기 초엽(1021년)에 현화사 낙성식에 참여하였던 임금과 신하들이 지었던 〈경찬새나노래〉라는 것[169]도 불교의 끼리서낭굿노래말꽃이었을 듯하다. 11세기 즈음의 고려 사람들이 이런 노래를 얼마나 즐겼는지 알 수 없지만 현화사비에 적힌 바로는 꽤 즐긴 것으로 보인다. 우선, 임금(현종)이 짓고 이어 신하들에게 짓도록 하였더니 열한 사람이 지어바쳤다 한다.[170] 절의 낙성을 기리는 끼리서낭굿에서 임금이 짓고, 열한 신하가 곧장 따라 지었다니, 고려 적에 불교가 얼마나 깊숙이 삶에 파고들어 있었는지 알 만하다. 그리고, 그 노래를 나무판에 글로 새겨서 법당 바깥에 걸어두게 해서, 이미 익혀서 노래를 아는 사람들은 그 아름다운 운치를 즐기게 하고, 뜻을 모르는 사람들은 아름다운 소리로 노래부르게 했다 한다.[171] 아직도 이런 끼리서낭굿노래가 사람들에게 낯설지 않았다고 보아도 좋을 듯하다.

고려 후기에 오면 나옹화상 혜근(1320~1376)이 지었다는 노래 몇 마리가 있는데, 이 또한 불교의 끼리서낭굿노래로 보아야 하지 않을까 싶다. 향찰로 적힌 〈승원가〉를 비롯하여 〈서왕가〉, 〈심우가〉, 〈낙도가〉가 그것들이다. 뒤에 적힌 세 마리는 입말로 내려오다가 뒷날 한글이 만들어져서 적힐 수 있었는데, 1704년(숙종 30)에 펴낸 《염불보권문》 부록에 적힌 것이 현재로서는 가장 옛 것이다. 그러니 그런 노래들을 정말 나옹화상이 지었을까 하는 물음도 일어나지만, 담긴 속살이나 말씨가 〈승원가〉를 많이 닮아서 나옹화상이 짓지 않았다고 우길 만한 까닭도 없다. 어쨌거나 이런 노래들은 모두 절에서 신도들에게 부처님의 가르침을 알고 살게 하려고 만들어 널리 읽히려던 책[보권문]에 실려 내려온 것이기에 불교의 끼리서낭굿노래로 볼 수 있을 듯하다.

〈승원가〉는 네 걸음잡이 이백두 줄에다 마지막에는 두 걸음잡이 한 줄로 끝맺음을 한 짜임인데, 처음과 가운데와 끝에서 조금씩만 보기로 하겠다.

---

168) 김수업, 〈신라노래의 이름과 갈래에 대하여〉, 《배달말》 1, 배달말학회, 1975.

169) 개성군 영남면 현화리의 현화사 절터에서 찾은 〈고려국영취산대자은현화사비음기〉(《조선금석총람》, 조선총독부, 1919, 250~251쪽)에 그런 사정이 자세히 적혔다.

170) "聖上乃御製依鄕風體歌 遂宣許臣下獻慶讚詞腦歌者 亦有十一人."

171) "幷令板寫 釘于法堂之外 庶使遊觀者 各隨所習 俱知○旨之淸致 令尊訪者 只仰所懸 莫識高吟之趣 俾以嘉聲 聲通遍致乎 達理周旋而已."

232

主人公 主人公我 世事貪着 其萬何古　　　주인공 주인공아 세사탐착 그만하고
慚愧心乙 而臥多西 一層念佛 何等何堯　　참괴심을 이와다서 일층염불 어떠하요

可枝可枝 鳥金生耳 七寶池香 樹間厓　　　가지가지 새즘생이 칠보지향 나무새애
一以飛那 切以可古 切以飛那 一以來耳　　일이날나 절이가고 절이날나 일이오니
去面來面 鳴隱聲厓 聲以馬當 說法以堯　　가면오면 우는소래 소리마당 설법이요
淸風以 蕭蕭何面 七寶行樹 撓動何古　　　청풍이 소소하면 칠보행수 요동하고
彦經當經 出隱聲厓 百年風流 泣而是古　　은경당경 나는소래 백년풍류 울니시고
聞而隱 聲哀馬當 念佛說法 兺以奴多　　　들니는 소래마당 염불설법 뿐이로다

極樂世界 好歎言乙 僧俗男女 多知去乙　　극락세계 좋단말을 승속남녀 다알건을
於西於西 底極樂厓 速耳速耳 受耳可自　　어서어서 저극락애 속이속이 수이가자
南無阿彌 陀佛成佛　　　　　　　　　　　나무아미 타불성불[172]

　　이런 노래는 마땅히 조선으로 이어졌을 터인데, 서산대사 휴정(1520~1604)이 지었다는 〈회심곡〉도 앞의 《염불보권문》에 실려 있다. 삶이란 본디 허무한 것인 데다 세상이 허물어졌으니 마음을 돌려 부처님 가르침으로 돌아가자는 〈회심곡〉은 〈별회심곡〉, 〈속회심곡〉, 〈특별회심곡〉 같은 이름으로 널리 퍼져 나가서 마침내는 〈상여소리〉에까지 싸잡혀 들어갔다.

　　그러나 조선시대 불교의 끼리서낭굿노래말꽃으로는 뭐니뭐니해도 거룩한 세종 임금이 스스로 지었다는[173] 〈월인천강지곡〉[174]을 꼽아야 한다. 알다시피 〈월인천강지곡〉은 〈용비어천가〉와 더불어 한글을 만들고 처음으로 우리 글말로 지은 두 마리의 보배로운 노래말꽃이다. 〈용비어천가〉는 정인지, 권제, 안지 세 사람이 1445년(세종 27)에 우선 한시로 지었으나 다시 한글로 뒤쳐서 마침내 1447년(세종 29) 2월에 모

---

172) 김종우, 〈나옹과 그의 가사에 대한 연구〉, 《논문집》 17, 부산대학교, 1974.(뒤침은 쓴이가 몇 군데 손질을 했다)

173) 〈월인천강지곡〉의 지은이에 대하여는 오직 세조(1455~1468 다스림)가 엮은 《어제월인석보서》에 다음과 같은 기록이 있을 뿐이다. "……乃進ᄒᆞᅀᆞᆸ거늘 賜覽ᄒᆞ시고 輒製讚頌ᄒᆞ야 名曰 月印千江之曲이라ᄒᆞ시니……". 《석보상절》을 지어서 한글로 뒤쳐 올리니 임금이 읽어보시고 문득 찬송을 지어 이름을 〈월인천강지곡〉이라 했다는 것이다. 그러나 학자들은 여러 사정을 두루 살펴 세종 임금이 손수 지었다는 말은 믿을 수 없고, 다만 모든 일의 책임자인 그분에게 이름을 돌린 것으로 본다. 그래서 실제로 지은 사람을 김수온(1409~1481)으로 꼽기도 하고(박병채, 〈월인천강지곡의 편찬 경위에 대하여〉, 《논주 월인천강지곡》, 정음사, 1974), 김수온의 언니인 혜각존자 신미를 비롯한 여러 스님들로 보아야 마땅하다는 주장도 있다(사재동, 〈월인청강지곡의 불교서사시적 국면〉, 《한국문학연구입문》, 지식산업사, 1982).

174) 달[월]이 온 세상의 냇물[천강]에 비치는[인] 노래[곡]라는 뜻이니, 곧 부처님 가르치신 진리가 온 세상에 두루 빛을 밝힌다는 말이다.

두 마쳤다. 그리고 그 해 10월에는 책으로 펴냈으며, 이런 사실은 여러 기록에 훤히 드러나 있다. 그러나 〈월인천강지곡〉은 누가, 언제, 어떻게 지었는지 그런 속내를 알 길이 없다. '유학을 드높이고 불교를 억누른다[숭유억불]'는 사대부들의 등쌀에 불교의 끼리서낭굿노래말꽃이 활개 펴고 태어날 수 없었던 사실을 짐작할 만하다. 사대부들은 그랬지만 왕실은 달라서 소헌왕후(1395~1446)의 죽음[175]을 빌미로 잡고 세종 임금은 오래도록 나라서낭 또는 교회서낭으로 자리잡아온 부처님 받드는 일들을 끈질기게 벌였다. 바로 소헌왕후가 돌아가고 이틀째 되던 3월 스무엿새 날에 세종은 자녀들이 불경을 만들겠다고 하자 허락했다.[176] 이로부터 이레에 걸친 전경대회를 열기도 하고, 금과 은으로 불경을 쓰게도 하고, 법회를 열기도 하다가 마침내 그 해 섣달 초이틀에는 김수온에게 〈석가보〉를 보태고 가다듬으라고 시켰다.[177] 그뿐 아니라, 내불당을 짓고, 불상을 만들고, 손수 한문으로 부처님을 찬양하는 신성 칠곡과 구악장을 짓고, 마침내 내불당 짓는 일이 끝나는 것을 기리느라고 사흘 동안 굉장한 경찬회를 열기도 했다.[178] 이런 틈바구니에서 가까스로 태어난 〈월인천강지곡〉이지만 끼리서낭굿노래말꽃으로서 나라조상굿노래말꽃이라 할 수 있는 〈용비어천가〉와 서로 멋진 짝을 이루어 더없이 보배롭다.

그러나 우리는 〈월일천강지곡〉의 온전한 모습을 제대로 모른다. 나타나 있는 일부의 《석보상절》에 끼여 있는 낙장에서, 그리고 나타나 있는 일부의 《월인석보》에서 군데군데 모습을 알 수 있었을 뿐이다. 그러다가 일백아흔네 도막째 노래까지 실린 《월인천강지곡 상》이 1962년에 나타나서 한결 온전한 모습에 다가서기는 했다. 그러나 아직도 감추어져 있는 《월인천강지곡 중》과 《월인천강지곡 하》가 나타날 때를 기다리는 수밖에 없다.

끼其 읗一
외巍 외巍 ·셕釋 가迦 ·뿛佛 무無 ·량量 무無 변邊 공功 ·득德 ·을 ·겁劫 ·겁劫 ·에 어 ·느 :다 술 ·봉 ·리[179]

---

175) 소헌왕후는 1446년(세종 28) 3월 10일에 병이 나서 꼭 보름 만인 3월 24일에 돌아갔다. 병난 사흘째인 12일부터 동궁을 비롯한 자녀들이 불교 기도에 들어갔다. 13일은 중 마흔아홉이 법악을 울리며 밤이 깊도록 기도하고, 14일은 종묘 사직, 명산 대천, 도관, 불우에 모조리 기도하고, 15일은 80인의 중들이 팔뚝에 향을 태우는 세자와 왕자들과 함께 밤을 새워 기도하였으나 끝내 살려낼 수 없었다. (《세종실록》 권111)

176) "今中宮卽世 兒子輩 爲成佛經 予許之 議于政府 皆曰可".(앞의 책, 3월 26일조)

177) "命副司直 金守溫 增修 釋迦譜".(앞의 책, 12월 2일 을미조)

178) 최정여, 〈세종조 망비 추선의 주변과 석보 및 찬불가 제작〉,《계명논총》 5, 계명대학교, 1968.

그 하나
높고 높은 석가모니 부처님의 헬 수 없고 가이 없는 공덕을 영영 세세에 어찌 모두 말씀
드릴 수 있으리

이것은 뒤따라올 기나긴 노래말꽃의 들머리다. 기원전 623년에 인도의 가비라성
정반왕의 맏아들로 태어난 싯다르타가 태자의 자리를 박차버리고 출가하여 고행 끝
에 깨달아 석가모니 부처님으로 다시 나신 일을 찬양한다. 세상 만물을 구제하신 공
덕이 너무도 많아 헤아릴 수도 없고 너무도 커서 끝간 데를 알 수도 없으니, 영원무궁
토록 말한들 어찌 모두 이야기할 수 있겠느냐고 한다.

끠其 싀二
·셰世 존尊 ㅅ : 일 술·봉 리·니·먼萬 : 리里·외外 ㅅ : 일·이 시·나 눈·에·
보 논·가 너·기 ᅀ·붕 쇼·셔
·셰世 존尊 ㅅ : 말 술·봉 리·니 쳔千·지載·쌍上 ㅅ : 말·이 시·나 귀·예 들·
논·가 너·기 ᅀ·붕 쇼·셔

그 둘
부처님의 일을 말씀드리려 하니 만리 밖의 일이지만 눈에 보는 듯이 여기시옵소서
부처님의 말을 말씀드리려 하니 천년 전의 말씀이지만 귀에 듣는 듯이 여기시옵소서

이것 또한 뒤따라올 기나긴 노래말꽃의 들머리다. 그러나 앞의 '하나'보다는 한결
또렷하게 뒤따르는 노래말꽃의 속내를 드러내 보인다. 앞에서는 부처님의 '공덕'이라
고만 한 바를 여기서는 '일'과 '말'을 '말씀드리려 한다'고 밝혀 놓았다. 그러면서 또한,
인도에서 일어난 일을 여기 만리 밖인 조선에서, 그리고 천 년을 지난 지금에야 이야
기하자니 눈과 귀에 제대로 보이고 들리지 않을지도 모른다는 것이다. 그러나 그분의
일과 말씀이 너무나 크고도 높으시니 눈에 보는 듯이, 귀에 듣는 듯이 여기라고 한
다.180)

끠其 삼三
하阿 승僧 끠祇 쪈前·셰世·겁劫·에 : 님·금·위位 ㄹ ㅂ·리·샤 졍精·샤舍·애

---

179) 500년 전인데도 우리 한글을 먼저 크게 쓰고 중국 한자를 뒤에 작게 달아 썼다.
180) 〈월인천강지곡〉의 들머리 노래말꽃인 이들 '그 하나'와 '그 둘'을 〈용비어천가〉의 들머리 '제1장'과
'제2장'에다 견주어보면 서로 얼마나 빈틈없이 닮았는가를 환히 알아볼 수 있다.

안·잿·더 시·니
:오五·빅百 젼前·셰世 훤怨 쓩讐ㅣ 나·랏:쳔 일 버·ᅀᅳ 정精·샤舍·롤 :디·
나·아 가·니

그 셋
아승기181) 앞 세상 겁182)에 임금의 자리를 내버리시고 마음 닦는 집에 앉아 있더니
오백 년 앞 세상의 원수가 나라의 재물을 훔쳐서 마음 닦으시는 집을 지나쳐 가니

이제부터는 석가모니 부처의 삶을 노래하기 시작했다. 석가모니의 삶은 이미 아
승기 겁 이전 세상에서 비롯하였기에 그때의 이야기를 노래한다. 그때에 한 보살이
임금으로 있다가 나라를 아우에게 맡기고 구담바라문을 만나 도를 닦으려고 찾아갔
다. 임금은 옷을 구담과 바꾸어 입고 걸식을 하며 성밖 감자원에 집을 짓고 혼자 앉아
마음을 닦았다는 것이다. 사람들은 임금을 소구담이라 불렀는데, 때마침 500년 전에
그의 원수였던 사람들이 나라의 재물을 훔쳐 가지고 그가 마음 닦는 집 앞으로 지나
갔다는 것이다.

끠其·읧一·빅百 :궁九·씹十·ᄉ四
·귁國 왕王·이·변變·화化·보 ᅀᅳ·뱌 :됴 훈 무 슴 :내·니 씬臣 :하下·도·쏘
:내·니 이·다
룡龍 왕王·이 금金 강剛 :쳐杵 저·허 :모 딘 무 슴 고·티·니 라羅·챯刹·도·쏘
고·티·이 이·다

그 일백아흔넷
국왕이 (세존의) 변화를 보고 좋은 마음을 내니 신하들도 또 (좋은 마음을) 내었습니다
용왕이 금강저(金剛杵)를 두려워하여 나쁜 마음을 고치니 나찰(羅刹)도 또 (나쁜 마음을)
고쳤습니다

이렇게 석가모니의 일과 말씀을 노래하면서 마침내 일백아흔네 도막에 와서 상
권이 모두 끝났다. 이것만으로도 모두 일백스물다섯 도막인 〈용비어천가〉보다 훨씬
긴 노래임을 알겠다. 만약 상·중·하 세 권을 모두 찾는다면 아마도 오백여든 도막

---

181) 헤아릴 수 없이 많다는 뜻의 범어 asamkhya를 한자로 阿僧祇耶라 적고, 그것을 줄여서 아승기라 한
　　다. 인도의 헤아림 수를 십진법으로 보이면, '일-십-백-천-만-억-조-경-해-자-양-구-간-정-재-극-
　　항하사-아승기-무량수-불가사의' 이렇다. 그러니까 '아승기'는 끝에서 세 번째다.
182) 범어 kalpa의 한자말 '겁파'를 줄인 말. 연·월·일·시 같은 단위로는 헤아릴 수 없이 까마득한 시간
　　을 뜻한다.

은 될 듯하다. 한문이 아니면 글일 수 없다고 여기는 사람들의 숲을 뚫고 올라온 한글로 첫걸음에 이만한 노래말꽃을 뽑아내었다는 것은 참으로 놀라운 일이다. 그러나 석가모니의 삶을 한문으로 적어 놓고(석가보), 이것을 노래말꽃으로 드러내자니까 한자말을 많이 썼다. 그래도 다음과 같은 도막은 한자말을 하나도 쓰지 않고 깨끗한 우리말로만 이루어져서 아름답다.

끠其·흟一·빅百·칧七
모·새·드·르 시·니 즘·게 남·기 굽 거·늘·가지·롤 자·바 나 시·니
ᄀᆞ·롬·애·드·르 시·니·믌·결·이 갈·아·디 거·늘 드 틀·에 소·사·나 시·니

그 일백일곱
(석가모니께서) 못에 들어가시니 큰 나무가 굽거늘 가지를 잡고 (밖으로) 나오시니[183]
(석가모니께서) 강물에 들어가시니 물결이 갈라지거늘 (강바닥의) 먼지에서 솟아 나오시니[184]

이 밖에도 조선시대 불교의 끼리서낭굿노래를 남긴 사람으로 휴정, 지형, 침굉, 동화, 학명, 경허, 기성, 용암 같은 스님들을 들 수 있다.[185] 그 가운데서도 지형이 많은 노래를 남겼는데, 1794년(정조 18)에 지었다 하고 이듬해 목판으로 책을 찍어낸 〈전설인과곡〉은 짜임과 속살과 크기에서 손꼽힐 만하다. 맨 앞에 들머리 노래가 있고, 〈지옥도송〉, 〈방생도송〉, 〈아귀도송〉, 〈인도송〉, 〈천도송〉의 차례로 길게 이루어진 노래다. 게다가 끝에는 〈별창권락곡〉까지 덧붙여 놓았는데, 그 가운데 한 대목을 들어본다.

우치음욕 즐겨ᄒ면 렬상옥의 쩌러져서
쇠니 돗든 제악귀신 몸으로셔 불을 니미 다함 업시 핍박ᄒ고
털가마귀 털악슈들 딕조이며 쯧어니야

---

183) 석가모니께서 제석천에 이루어 놓은 지지못에 들어가 목욕하시고 올라오려 하시는데 손잡을 것이 없더니 못 가에 서있던 가라가 나무가 저절로 굽으려 석가모니께서 그 가지를 붙잡고 나오실 수 있었다는 이야기를 노래로 불렀다.

184) 가섭이 인연의 뿌리가 익어가 이를 제도할 때가 왔음을 알고 니연수를 건너시는데 석가모니의 신통력으로 강물을 양쪽으로 갈라놓으니 강바닥에서 먼지가 일어났다. 가섭이 석가모니가 물에 빠져 죽은 줄 알고 저의 제자들을 데리고 왔다가 이런 모양을 보고 놀라고 감복하였다는 이야기를 노래한 것이다.

185) 김성배, 《한국불교가요의 연구》, 아세아문화사, 1973 ; 이상보, 《한국불교가사전집》, 집문당, 1980.

칼수플의 고통셩이 원근쳐의 악악ᄒ고
아당시비 망언ᄒ면 텰환옥의 쩌러져서
텰환등즙 즈로먹여 고통셩을 길게 하고[186]

지형은 〈참선곡〉, 〈수선곡〉, 〈권선곡〉 같은 착하게 되라는 노래도 지어서 작품이 내려온다. 이렇게 불교의 끼리서낭굿노래는 역사가 깊고 조선왕조 내내 이어진 것으로 보이지만 그것들이 부처님께 올리는 굿(법회)에서 크게 자리잡았던 것으로는 보기 어렵다.

그런데 왕조가 무너지고 어지러운 세상에서 불교를 새롭게 고쳐 원불교로 일으킨 박중빈(1891~1943)은 처음부터 끼리서낭굿노래라 할 만한 노래들을 지었다. 깨달음을 얻고서도 알아들을 사람이 없다는 사실에 답답함을 탄식하는 〈탄식가〉, 깨달음을 널리 펴면 세상이 달라질 수 있을 것이니 기뻐하자는 〈경축가〉는 교회를 일으키는 바로 그때 만든 노래들이다. 그리고 머지않아 교리를 풀이하여 퍼뜨리고자 〈권도가〉도 지었다. 이래서 불교의 끼리서낭굿노래는 20세기로 이어졌는데, 제 모습을 갖춘 것은 뜻밖에도 요즘 들어 새롭게 나타났다.

1970년대에 와서 여러 교파에서 뜻 있는 불자들이 다투어 서양 악보와 음악 원리에 맞추어 불교교리를 담은 노래를 만들고, 그것을 여러 가지 끼리서낭굿(법회)에서 부르는 길을 열었기 때문이다.[187] 찬불가라 부르는 오늘날 불교의 끼리서낭굿노래말꽃은 석가모니가 태어나신 초파일이나 깨우침을 얻은 성도절 같은 날이면 온 나라 곳곳의 절에서 노래로 들을 수 있게 되었다.

둥글고 또한 밝은 빛은 우주를 싸고 / 고르고 다시 넓은 덕은 만물을 길러 / 억만 겁토록 변함 없는 부처님 전에 / 한 마음 함께 기우려서 찬양합시다

저 모든 하늘 가운데서 가장 높고 / 이 넓은 세상 만류 중에 제일 귀하사 / 지혜와 복덕 구족하신 부처님 전에 / 한 마음 함께 기우려서 찬양합시다[188]

한 줄기의 향으로써 한없는 향운 계를 지어서 삼보님께 올리오니 넓으신 자비로써 받으소서
일심 경례 시방 삼세에 항상 계옵신 부처님께 두 손 모아 비옵니다
일다 다함 없는 삼보님 크나크신 자비로써 저희들의 뜨거운 기원을 들으소서

---

186) 조동일, 《한국문학통사 3》(제3판), 지식산업사, 1994, 408쪽.
187) 서창업, 《찬불가》, 춘추각, 1976.
188) 위의 책, 10쪽.

　　석가모니불 석가모니불 석가모니불 석가모니불 나무석가모니불[189]

　　〈찬불가〉와 〈예불가〉라는 이름의 노래말꽃들이다. 이런 불교의 끼리서낭굿노래말꽃은 앞으로 갈수록 눈여겨볼 만한 것으로 자라날 터이고, 이런 노래들이 불교의 끼리서낭굿 모습조차 조금씩 바꾸는 몫을 할 것으로 보인다.

　　다음으로 뿌리깊은 교회는 도교다. '도교'라 하면 중국의 노자와 장자의 경전에서 비롯하여 우리에게 건너온 것으로 보지만, 선도, 선교, 신선사상 같은 이름의 믿음과 삶[190]은 환웅의 신시 또는 단군의 고조선 건국까지 올라가서 우리 겨레가 오래 믿고 살아온 것으로 알려져 있다.[191] 그러나 도교가 교회의 모습을 갖춘 것은 중국 당나라에서 도사(사제)와 천존상(신격)과 도법(경전)을 받아들여 임금과 백성들이 모여 가르침을 듣던[192] 7세기 초엽(624, 고구려 영류왕 7)으로 본다.[193] 잇달아 고구려 왕실에서는 당나라에 청하여 여덟 사람의 도사와 경전(노자 도덕경)을 받아들이고 불교의 절을 비워서 도교의 교회(도관)로 쓰도록 하면서[194] 믿는 사람들(신도)도 늘고, 교회 동아리도 커졌다. 그러나 머지않아 고구려는 무너졌고, 백제에는 이렇다 할 기록이 없다.[195] 다만 신라에서는 일찍이 도교의 정신으로 삶과 세상을 가꾸어온 자취가 적잖이 보인다.[196] 무엇보다도 신라 시조 혁거세와 그의 누이 알영은 선도산에 머물던 선녀(사소)의 아들·딸이라는 이야기가 퍼져 내려올 만큼 그런 정신이 뿌리깊었다.[197]

---

189) '예불가'(서창업, 앞의 책, 31~33쪽).

190) 이런 믿음과 삶을 최치원(857~?)은 '그윽한 길[현묘지도]'이라 하고 '풍류'라 부른다고 했다. 그리고 거기에는 공자의 가르침(유교), 노자의 가르침(도교), 석가의 가르침(불교)이 싸잡혀 있으며, '모든 것들이 함께 더불어 살아나게 하는[접화군생]' 가르침이라고 했다. 또 《선사》에 그런 믿음과 삶의 역사를 잘 밝혀 놓았다고 했다.(최치원, 〈난랑비서〉, 《삼국사기》 권4, 신라본기 제4, 진흥왕 37년)

191) 이능화, 《조선도교사》(이종은 역주), 보상문화사, 1977, 29~52쪽 ; 송항룡, 〈한국 고대의 도교사상〉, 《도교와 한국사상》, 한국도교사상연구회, 범양사출판부, 1987, 11~60쪽 ; 차주환, 〈한국도교의 종교사상〉, 한국도교사상연구회, 《도교와 한국문화》, 아세아문화사, 1988, 465~478쪽.

192) 《삼국사기》 권20, 고구려본기 제8, 영류왕 7년 춘2월.

193) 일연은 이즈음 고구려 사람들이 중국에서 도교의 한 교파인 오두미교를 받아들여 다투어 믿었다고 한다.(《삼국유사》 권3, 홍법 제3, 보장봉노 보덕이암) 오두미교는 중국의 후한 말년 장릉(?~178)이 시작한 것이기에 고구려 사람들이 이를 받아들인 것은 꽤 오래되었을 것으로 본다.(차주환, 〈한국 도교의 공동체관〉, 《도교문화연구》 11, 한국도교문화학회, 1997, 19~22쪽)

194) 《삼국사기》 고구려본기 제9, 보장왕 2년 춘3월.

195) 요즘 찾아내어 사람들을 놀라게 한 금동 용봉 향로에는 도교의 정신이 물씬 풍겨난다. 향로의 맨 위에 새겨진 다섯 사람의 악사들은 그대로 신선의 모습임을 쉽게 짐작할 수 있다.(서정록, 《백제금동대향로》, 학고재, 2001)

196) 차주환, 〈통일신라시대의 도가 및 도교사상〉, 한국도교사상연구회, 《한국도교와 도가사상》, 아세아문화사, 1991.

197) 《삼국유사》 권5, 감통 제7, 선도성모 수희불사 ; 이맥, 《태백일사》 고구려국본기 제6.

하지만 신라에서도 도교가 교회 동아리를 어떻게 이루었던 것인지를 알려주는 기록
은 찾기 어렵다.

고려로 내려오면 왕실을 중심으로 도교를 믿은 교회가 눈에 띄게 기록으로 나타
난다. 태조 7년(921) 송도 안에 세운 구요당을 비롯하여 예종 10년(1115)에 세운 복원
궁은 궁궐 안에서, 지은 때를 또렷이 알 수 없는 신격전과 소격서는 송도 안에서 고려
가 무너질 때까지 도교 신도들이 끼리서낭굿(재초례)을 올리던 커다란 집들이다. 이
밖에도 옥촉정, 성수전, 대청관, 청계배성소 같은 곳들이 고려가 무너질 때까지 왕실
안에 있던 도교의 교회당들이다. 이런 곳에서 이루어진 도교의 끼리서낭굿을 《고려
사》에 적힌 것만 헤아려도 일백여든일곱 차례나 된다.[198] 그런 도교의 끼리서낭굿에
도 노래가 없을 수 없고, 거기 쓰인 노래말꽃을 청사라 불렀다. 지금까지 남아 전하는
도교의 끼리서낭굿노래말꽃(초례청사)가 일백여 마리에 이르지만,[199] 그런 노래들은
하나같이 모두 한문으로 지은 것이라 우리 배달말 노래말꽃이 아니다.[200]

그러나 조선왕조가 무너질 즈음에 오면 뒤흔들리는 세상을 백성들이 바로잡으
려고 여러 가지 종교 운동을 일으켰는데 거기에는 도교에 뿌리가 닿은 것들도 적지
않았다. 최제우(1824~1864)의 동학, 나철(1863~1916)의 대종교, 강일순(1871~1909)의
증산교 같은 종교는 크건 작건 도교에 뿌리가 닿아 있다. 그리고 이런 종교운동은
저들의 깨달음을 노래말꽃에 담아 백성들 사이에 파고들도록 하는 일에 마음을 많
이 썼다. 그 가운데서도 가장 널리 알려지고 뛰어난 것은 동학 교회의 노래말꽃으로
최제우가 손수 지어 《용담유사》에 실은 아홉 마리다. 〈용담가〉, 〈안심가〉, 〈교훈
가〉, 〈몽중노소문답가〉, 〈도수사〉, 〈권학가〉, 〈도덕가〉, 〈흥비가〉, 〈검결〉이 그것
들이다. 이들 가운데서 가장 크게 문제가 되었으며 또 길이가 짧은 칼 노래(〈검
결〉)만 보자.

시호 시호 이내 시호 / 부재래지 시호로다 // 만세 일지 장부로서 / 오만 년지 시호로다
용천검[201] 드는 칼을 / 아니 쓰고 무엇하리 // 무수 장삼 떨쳐 입고 / 이 칼 저 칼 넌즛

---

198) 양은용, 〈고려시대의 도교와 불교〉, 한국도교사상연구회, 《도교와 한국사상》, 범양사출판부, 1987,
　　93~106쪽.
199) 양은용, 〈고려도교의 초례청사 자료〉, 《원광대학교논문집》 20, 1986.
200) 김승혜, 〈《동문선》 초례청사에 대한 종교학적 고찰〉, 한국도교사상연구회, 《도교와 한국사상》, 범
　　양사출판부, 1987.
201) 중국 《진서》 〈장화전〉에 나오는 신비한 칼. 두우성 사이에 늘 붉은 기운이 있었는데 뇌환이 말하기
　　를 '보검의 기운이 하늘을 찌르고 있어서 그렇다'고 했다. 장화가 '보검이 어디 있느냐' 물으니 뇌환이
　　'풍성에 있다' 해서 곧 뇌환을 풍성영에 임명했다. 뇌환이 풍성현에 가서 감옥의 밑을 파고 땅 속으로

들어

호호 망망 넓은 천지 / 일신으로 비껴 서서 // 칼 노래 한 곡조를 / 시호 시호 불러내니
용천검 날랜 칼은 / 일월을 희롱하고 // 게으른 무수 장삼 / 우주에 덮혀 있네
만고 명장 어데 있나 / 장부 당전 무장사라 // 좋을시구 좋을시구 / 이내 신명 좋을시
구[202]

때로다 때로다 나의 때로다 / 다시 오지 못할 때이로다 // 만세에 하나인 대장부로서 / 오
만 년의 때를 만났도다
잘 드는 용천검 칼을 / 아니 쓰고 무엇하겠는가 // 소매 긴 춤옷을 떨쳐 입고 / 이 칼 저
칼을 넌지시 들어
끝도 없고 가도 없이 넓은 세상에 / 외로운 몸으로 비껴 나서서 // 칼 노래 한 곡조를 /
때로다 때로다 불러내니
용천검 날랜 칼은 / 해와 달을 희롱하는데 // 소매 긴 춤옷은 게을러서 / 우주를 뒤덮고만
있네
만고의 명장은 어디 있는가 / 대장부에 맞설 장사는 없구나 // 좋을시구 좋을시구 / 나의
신명 좋을시구

　용천검을 찾아 쥔 사나이가 다시 찾아오지 못할 때를 만나서 '때가 왔다'고 부르
짖는 노래다. 깨달음을 얻은 사람의 기쁨과 희망을 노래하고 있지만, 깨달은 진리를
용천검이라는 '칼'로 드러내니 서슬이 너무 푸르다. 게다가 우주를 뒤덮고만 있는 게
으른 춤옷이 사나이의 뜻을 제대로 따르지 못하는 듯하여 어두운 느낌을 씻을 수 없
기도 하다.
　나철은 1909년에 깨달음을 얻고 대종교 중광[203]을 선포하였으나 이듬해 일제가
총독부를 세워 나라를 온전히 빼앗자 신도들을 이끌고 만주로 넘어가 광복운동을 벌
이며 청산리대첩 같은 성과를 올리는 데에 큰 힘이 되었다. 그래서 일제는 1915년에
대종교를 정면으로 불법으로 몰자 나철은 오히려 국내로 돌아와 고초를 겪다가 이듬
해 교회의 책임을 김헌에게 넘기고 단군의 성지인 황해도 구월산 삼성사에 찾아가
스스로 목숨을 끊었다. 이때 그는 거룩한 겨레를 건지지 못한 죄를 목숨 바쳐 갚으며
형제들의 고통을 대신 지겠다는 노래 〈이세가〉, 배달겨레가 지난날 역사에서 겪었던

넉 자쯤 들어가니 돌로 만든 상자가 빛을 내며 있기에 열어보았더니 칼 두 자루가 있었는데 하나에
는 '용천', 하나에는 '태아'라 새겨져 있었다 한다.
202) 《천도교경전》, 천도교중앙총부, 1970, 116쪽.
203) 단군을 믿는 신앙이 고려가 원나라에 짓밟히면서 끊어져 700년을 지나고 이제 다시 빛을 내게 되었
다는 뜻으로 '중광'이라 했다.

영광과 눈앞에 벌어지는 환난과 앞으로 다가오는 희망을 길게 노래한 〈중광가〉를
남겼다. 증산교에도 《춘산채지가》라는 노래책이 있다. 깨달음을 얻은 '춘산노인'이
후천개벽을 이루어 주인 노릇을 할 만한 지초 같은 사람들을 가려내려고 지은 노래
라는 뜻이다. 〈남조선 뱃노래〉, 〈초당에 봄 꿈〉 같은 노래 여섯 마리가 거기 실려 있
다.204)

그러나 아무래도 끼리서낭굿노래말꽃은 그리스도교를 받아들이면서 두드러지게
나타났다. 한국의 그리스도교는 원나라 시절에 이미 중국에 들어와 있던 천주교에 말
미암아 문헌으로 들어왔다. 그리고, 1610년(광해 2) 명나라에 사신으로 갔던 허균이
천주교의 기도문을 가져왔다든지, 병자호란으로 끌려갔던 소현세자(1612~1645)가 서
양 문물과 함께 천주교 문헌들을 가져온 사실은 널리 알려졌다. 그러나 천주교가 하
나의 종교 동아리를 이루면서 역사 위로 떠오른 것은 18세기 후반 이벽(1754~1786)을
중심으로 한 남인 학자들의 이른바 천진암 강학회에서 비롯한다. 그 강학회의 중심에
섰던 이벽은 1779년 경기도 광주 주어사의 천진암에서 강학회를 끝낸 다음에 〈천주
공경가〉를 지어, 그리스도교 끼리서낭굿노래말꽃의 첫걸음을 떼었다. 이 노래는 양
반 사대부에게 읽히려고 지은 장편 한시 형식의 〈성교요지〉와 짝을 이루어 백성들
에게 천주교를 가르치려는 끼리서낭굿노래말꽃이라 하겠다.

> 어와 세상 벗님네야 이내 말씀 들어보소 / 집안에는 어른 있고 나라에는 임금 있네 / 내몸
> 에는 영혼 있고 하늘에는 천주 있네 / 부모님께 효도하고 임금에는 충성하네 / 삼강오륜
> 지켜가자 천주공경 으뜸일세 / 이내몸은 죽어져도 영혼남아 무궁하리 / 인륜도덕 천주공
> 경 영혼불멸 모르면은 / 살아서는 목석이요 죽어서는 지옥이라 / 천주 있다 알고서도 불
> 사공경 하지마소 / 알고서도 아니하면 죄만 점점 쌓인다네 / 죄짓고서 두려운 자 천주 없
> 다 시비마소 / 아비 없는 자식 봤나 양지 없는 음지 있나 / 임금용안 못뵈었다 나라백성
> 아니런가 / 천당지옥 가보았나 세상사람 시비마소 / 있는 천당 모른 선비 천당 없다 어이
> 아노 / 시비마소 천주공경 믿어보고 깨달으면 / 영원무궁 영광일세205)

천주교의 끼리서낭굿노래말꽃은 이로부터 거의 한 세기를 지나서야 두드러지게
나타났다. 조선 사람으로 두 번째 사제가 되어 순교하지 않고 열두 해 동안 선교와
사목 활동에 몸바친 최양업(1821~1861) 신부에게서 제 모습으로 나타난 것이다. 그가
지은 노래야말로 "교우촌의 신자들이 그들의 공동 모임에서 불렀던 전례의 노래"206)

---

204) 조동일, 《한국문학통사 4》(제3판), 지식산업사, 1994, 32쪽.
205) 이성배, 《유교와 그리스도교》, 분도출판사, 1979, 48~49쪽.

242

이며, "교우촌에서 열리는 공적 집회이거나 주일 공소, 혹은 가족끼리 모여서 조·만
과의 기도를 드릴 때에도 대단히 필요했던 노래 가락이었으며 교우 공동체의 전례의
뜻을 더욱 깊게 하였고 교우들에게 신심을 돋구기 위함인 것"207)이었으니 끼리서낭
굿노래말꽃으로 마땅한 것이다. 이제까지 이들 노래를 실은 노래책 여섯 가지가 나타
났는데, 스물일곱 마리나 되는 노래가 최신부 손수 지었거나 그의 지도로 지은 것들
로 드러났다.208)

> 어화 우리 벗님네아 우리 본힝 차자가세 / 동서 남북 스히 팔방 어느 곳이 본힝인고 / 복
> 디로나 가자ᄒᆞ니 모이셩인 못드렷고 / 디당으로 가자ᄒᆞ니 아담원조 내쳣고나 / 부귀영화
> 엇엇신들 몃희ᄭᆞ지 즐기오며 / 빈궁지화 만타ᄒᆞᆫ들 몃희ᄭᆞ지 금심ᄒᆞ랴 / 이러ᄒᆞ온 풍진세
> 계 안거ᄒᆞᆯ곳 아니로세 / 인간영복 다얼어도 죽어지면 고만이라 / 우쥬간에 빗기서셔 조화
> 묘리 술펴보니 / 톄읍지곡 그아니며 찬류지소 이아니냐 / 아마도 우리락토 텬당밧게 다시
> 업네 / (가운데 사백열석 줄 줄임) / 어화고향 벗님네야 우리고향 가스이다 / 셰속훼방 탄
> 치말고 셰샹톄면 보지말며 / 셰속명리 춰치말고 세간일락 탐치말며 / 삼구롤 힘써치고 칠
> 도롤 굿게막아 / 텬당길흘 ᄇᆞ로츠자 대부모롤 보스이다209)

이것은 최양업 신부가 지은 〈스향가〉의 들머리와 마무리 대목이다. 이 노래는
더러 〈삼세대의〉 또는 〈권선피악가〉로 적히기도 했는데, 이승보다 영원하고 소중한
저승(전세와 내세)의 본디 고향이 있으니 나쁜 일에 빠지지 말고 좋은 일에 힘써 고향
으로 돌아갈 생각을 하며 살자는 뜻에서 그런 이름들이 생겨날 만하다. 그러나 〈삼세
대의〉라는 노래는 다음과 같은 것이 따로 있다.

> 남녀교우 형임네야 이내말슘 드러보소 / 역녀ᄀᆞᆺ흔 이세샹에 초로ᄀᆞᆺ치 슬어지네 / 죽음에
> 는 노소업고 죽는긔한 모로ᄂᆞ니 / 보빈ᄀᆞᆺ흔 이세월을 엇지ᄒᆞ야 허송ᄒᆞᆯ고 / 만물즁의 최귀
> 인이 앞본분이 업단말가 (가운데 이백마흔석 줄 줄임) 옛젹셩인 셩녀들은 스언힝위 술펴
> 보니 / 고신극긔 불고셰속 셩신주지 웃듬삼아 / 삼구흠흔 이세샹에 덕을닥고 공을셰워 /
> 살아잇셔 셩춍이오 죽은후에 영복이라 / 홀본분도 못ᄒᆞ거든 엇지공덕 잇실소야 / 통회뎡
> 긔 ᄒᆞᆫ다ᄒᆞ나 제심으로 못ᄒᆞᄂᆞ이 / 즈긔몬져 흠을쓰고 쥬모젼의 긔구ᄒᆞ소210)

---

206) 김옥희, 《최양업신부와 교우촌》, 학문사, 1983, 102쪽.
207) 위의 책, 103쪽.
208) 위의 책, 109쪽.
209) 위의 책, 211~225쪽.
210) 위의 책, 238~246쪽.

　“교우 공동체의 전례”에서 쓰인 천주교의 끼리서낭굿노래말꽃으로 사제 최양업이 지었다고 보는 노래는 이 밖에도 〈향주삼덕가〉, 〈데셩가〉, 〈칠성사가〉, 〈텬당이라〉, 〈디옥가〉, 〈십계가〉 같은 이름으로 여러 노래들을 싸잡고 있다. 이런 노래는 모두들 천주교에서 반드시 알아야 할 믿음의 바탕을 담고 있어서 신자들이면 누구나 부지런히 불렀을 것으로 보인다.

　그러나 그리스도교의 끼리서낭굿노래말꽃은 19세기 말엽에 개신교 선교사들이 서양음악에 맞추어 들여오면서 다시 새로운 마당으로 들어섰다. 서양음악의 가락에 맞춘 개신교의 찬송가를 처음에는 창가라 불렀으나 머지않아 ‘찬송가’로 이름을 바꾸어 끼리서낭굿노래임을 드러내었다. 1893년 미국 선교사 언더우드가 펴낸 〈찬송가〉로 첫발을 내디뎌 일제 침략기 동안에는 교파마다 저마다의 찬송가책을 펴내어 노래 불렀다. 그러나 광복을 하자 큰 교파 대표들이 모여 다 같은 찬송가로 노래하기로 하고 1949년에 〈합동찬송가〉를 펴내었다. 그러나 이런 뜻깊은 일이 교파와 신자가 늘어나면서 흐트러지기도 하고 다시 모이기도 하면서 오늘에 이르고 있다.

　　하늘 가는 밝은 길이 내 앞에 있으니 / 슬픈 일을 많이 보고 늘 고생하여도 / 하늘 영광 밝음이 어둔 그늘 헤치니 / 예수 공로 의지하여 항상 빛을 보도다

　　내가 걱정하는 일이 세상에 많아서 / 속의 근심 밖의 걱정 늘 시험하여도 / 주가 흘린 보배 피 모든 것을 이기니 / 예수 공로 의지하여 항상 승리하리라

　　내가 천성 바라보고 가까이 왔으니 / 아버지의 영광 집에 가 쉴 맘 있도다 / 나는 부족하여도 영접하실 터이니 / 영광 나라 계신 임금 우리 구주 예수라211)

　이들 그리스도교의 끼리서낭굿노래는 소리가락의 틀을 서양음악에서 빌릴 뿐만 아니라 노랫말도 서양 것을 그대로 뒤치고 소리가락도 그대로 서양 것에 담아서 부르는 것으로 시작했다. 그러나 세월이 흐를수록 노랫말도 우리 손으로 짓고 소리가락도 우리 손으로 만들어 부르는 것이 늘어났다.

　같은 그리스도교인 천주교에서도 ‘성가’라는 이름으로 서양음악의 가락에 맞춘 노래말꽃을 끼리서낭굿노래로 부르는 것은 말할 나위도 없다. 천주교는 교파로 갈라지지 않기 때문에 성가의 역사가 개신교보다 한결 평탄하지만, 서양의 소리가락과 서

---

211) 〈하늘 가는 길〉, 소안련 작사·안신영 작곡(한국찬송가위원회, 《찬송가》, 대한기독교서회, 1967, 488번).

양의 노랫말을 그대로 뒤쳐 쓰는 흐름은 다를 바가 거의 없다. 그래서 뒤로 올수록 우리 손으로 노랫말을 짓고 소리가락을 만드는 일이 많아지는 것 또한 마찬가지다.

> 은혜로운 회개의 때 우리에게 주시어 / 우리 죄를 아파하며 뉘우치게 하시네 / 주 예수여 당신 수난 항상 맘에 품고서 / 내게 주신 고통 지고 당신 뒤를 따르리
>
> 구원자인 예수 그리스도 우리에게 오시어 / 십자가에 죽음으로 우리 죄를 씻었네 / 은혜로운 당신 교회 깨끗하게 하시니 / 형제들을 사랑하며 주님께로 나가리[212]

2. 조상굿노래말꽃

조상굿은 이미 앞[213]에서 살펴보았다. 이제 여기서는 그런 조상굿에서 부른 노래말꽃을 살펴볼 차례다. 우리 겨레는 일찍이 저승으로 돌아간 사람들의 넋과 이승에 살아 있는 사람들의 삶이 따로 떨어질 수 없다고 보았기에, 조상의 넋을 서낭으로 모시고 굿을 벌였으며 거기서 노래를 불렀다. 그러나 노래말꽃이라는 쪽에서 볼 때에는 나라조상굿노래말꽃만 어렴풋이 조금 남아 있을 뿐이고 집안조상굿노래말꽃이라 할 만한 것은 찾아볼 수가 없다.

고구려, 신라, 백제, 가야에서부터 고려와 조선까지 나라조상굿을 아주 크게 벌였던 것으로 보인다.[214] 그리고 거기서 정성을 다하여 가다듬은 온갖 노래들을 불렀을 것임이 틀림없다. 그러나, 이제 와서 그런 노래들을 실제로 찾아볼 수는 거의 없다. 다만 신라에서 5세기 말(소지왕 9년, 487)에 시조(혁거세, 불구내)가 태어난 새나들(사뇌야)에다 시조 신궁을 짓고 여기서 조상굿을 바치면서 〈새나노래[사뇌가〉라는 새로운 모습의 노래를 마련하여 불렀던 것으로 보인다.[215] 〈새나노래〉의 모습을 갖춘 나라조상굿노래말꽃은 글말로 적혀서 남은 것이 한 마리도 없지만, 새나노래 갈래가 신라의 나라조상굿에서 비롯했으리라는 짐작은 해볼 수 있다. 우선 한자로 사뇌, 시뇌, 사내, 사로, 서나, 사라, 이렇게 적힌 땅이름들이 모두 배달말 새나를 뜻하는 것들임이 틀림없다. 그리고 그 뜻은 '새로 나다', '처음으로 생겨나다'는 것이다. 신라의 첫 임금인 불거누[216]가 태어나고 자란 곳, 곧 그의 첫몸을 씻긴 '새샘(동천)'과 그가 태어

---

212) 〈은혜로운 회개의 때〉, 이순금 작사·서병수 작곡(통일성가집편찬위원회, 《가톨릭성가》, 한국천주교중앙협의회, 1985, 124번).

213) '셋-가-2' 대목.

214) 《삼국사기》 권32, 잡지 제1, 제사 ; 《고려사》 ; 《고려사절요》 ; 《조선왕조실록》.

215) 김수업, 〈신라노래의 이름과 갈래에 대하여〉, 《배달말》 1, 배달말학회, 1975.

난 '나을(나정)'을 싸잡아 '새나'라는 땅이름이 생겼음을 짐작하기는 어렵지 않다. 여기를 차차 성스러운 땅으로 여기면서 드디어는 그곳 이름이 사로, 서나, 사라 같은 나라이름으로까지 자라나고, 마침내 6세기 초(503년)에는 온전히 중국식으로 바뀌면서 새김(훈)과 소리(음)를 따서 '신라'가 되었다.[217]

5세기에 들어와 신라는 나라의 힘을 부쩍 키운 나머지, 백성들의 정신을 한데 뭉쳐야 한다는 생각들이 일어나 나라를 세운 시조를 받드는 일을 추켜세웠다. 그리하여 5세기 말엽(487년)에는 드디어 시조가 태어난 마을 곧 새나들에다 시조 신궁을 세웠으며, 임금이 새로 바뀌어 오를 때에는 반드시 거기 나아가 크게 나라조상굿을 지냈다. 이 신궁 제사는 그때 신라에서 가장 큰 나라조상굿이었을 것으로 보인다.《삼국사기》에 따르면 새나들의 신궁 제사는 신라가 망할 때까지 열아홉 사람의 임금들이 열아홉 차례 바쳤는데, 경애왕 원년(924)의 제사가 마지막이다. 그러니까 5세기 말엽에서 비롯하여 10세기까지 이어진 신궁 제사에 쓰인 새나노래가 적잖이 있었을 터이고,《삼대목》같은 책을 왕실에서 마련한 일도 이런 사실과 떨어질 수 없을 것이다. 안타깝게도《삼국유사》에는 단 한 마리의 〈새나노래[사뇌가]〉도 적히지 않았지만, 그렇다고 나라조상굿노래에서 말미암은 새나노래 갈래가 없었다고 볼 일은 아니다.[218] 앞에서 살핀 바와 같이 6세기 말엽의 〈혜성노래〉에서부터 나라서낭굿노래말꽃의 모습이 달라졌는데, 그런 달라짐이 바로 5세기에 시조 신궁에서 비롯한 나라조상굿에서 생겨난 〈새나노래〉 갈래에 말미암았던 것으로 보이기 때문이다.

고려로 내려오면 태묘와 경령전, 그리고 조선으로 내려와 종묘와 영녕전[219]에 바치던 제례에서 부르는 노래가 나라조상굿노래말꽃으로 적잖이 남아 있다. 그러나 앞에서 살핀 바[220]와 같이, 이때에 와서는 나라조상굿을 중국 황실 것의 모습을 본떠 바친 까닭에 노래도 중국 한시뿐이다. 제례의 절차에 따라 임금의 자리와 몸놀림이 바뀔 때마다 음악의 바라지와 춤과 노래가 맞추어 바뀌는 까닭에 한 차례 제례에 바

---

216) '불거누'는 한자로 혁거세 또는 불구내로 적히는데 '누리를 밝히다'는 뜻을 담은 신라 말이라고 생각한다.

217) 오늘날 중부 지역의 무당굿에 '새남굿' 또는 '새남 진오귀굿'이 있는데, 여기 말하는 '새남'이 곧 신라 때의 '새나' 그대로다.

218)《삼국유사》에 나라조상굿노래인 새나노래가 한 마리도 실리지 않은 까닭은 일연 스님이 불교의 힘과 그 흐름을 드러내려고 이 책을 썼기 때문이다. 나라조상굿으로 이루어진 신궁 제사나 거기 바쳐진 나라조상굿노래였던 새나노래는 불교가 들어와 자라난 사실을 드러내려는 일연 스님의 일에 싸잡힐 수가 없었기 때문이다.

219) 고려의 경령전과 조선의 영녕전에는 임금이나 왕비였지만 태묘 또는 종묘 본전에 모실 수 없는 분들을 따로 모신 집이다.

220) 앞의 '셋-가-2'를 보시오.

치는 노래가 여럿이지만, 그것들이 모두 '악장'이라 불리는 중국 한시의 노래를 그대로 본뜬 것들뿐이다. 이를테면 《고려사》〈악지〉에는 태묘의 조상들 방마다 쓰이던 악장 두 가지[221]를 비롯하여, 제례의 절차에 따른 악장도 두 가지[222]를 실어 놓고 있지만,[223] 그것들은 모두 중국 한문으로 된 중국식 악장들이다. 그것을 뒤쳐 우리 말로 고치면 우리 노래일 수 있겠으나, 실제로 제례에서 부르던 노래가 한문 노래였으니 우리의 노래말꽃일 수 없다.

> 하늘의 영부(靈符) 받으사 / 여러 곳을 사랑하여 편안케 하시었도다.
> 덕은 삼무(三無) 그것과 같고 / 공(功)은 백왕을 넘어서셨도다.
> 복조(福祚)가 후손에게까지 뻗어와 / 그 누적한 공덕을 받들게 되었는도다.
> 영세 무궁토록 / 삼가 제사드리는 일 해나가리로다.[224]

이런 것이라면 말할 나위도 없이 우리의 노래말꽃이다. 그러나 실제로 그때 쓰인 노래는 다음과 같은 모습으로 적혀 있다. 말할 나위도 없이 중국 옛노래(고시)의 모습 그대로다.

> 受天靈符 / 寵綏多方 / 德合三無 / 功超百王
> 燕及後昆 / 承茲積累 / 於萬斯年 / 恪修祀事[225]

이러니 어찌 우리 노래라 할 수 있겠는가. 조선에 와서도 나라조상굿노래는 모두 이런 모습이기를 고집했기 때문에 한문문학에서나 다룰 수밖에 없다. 세종 임금은 나라조상굿에 쓰는 노래를 중국 것으로 바치는 것이 못마땅하여 거듭 물음을 던졌으나[226] 사대부들의 굳은 생각을 돌릴 수가 없었다. 그래서 끝내 종묘와 영녕전에 쓰던

---

221) 예종 11년(1116)에 송나라의 '대성아악'을 받고 만든 것과 공민왕 12년(1363)에 홍건적의 난리에서 돌아와 신주를 태묘에 다시 모시고 새로 만든 것.

222) 공민왕 16년(1367)에 휘의공주 혼전 제사에 쓰던 것과 공민왕 20년(1371)에 태묘에 제사 드리며 쓰던 것이다.

223) 《고려사》 권70, 지 권24, 악 1, 태묘 악장.

224) 차주환 역, 《고려사악지》, 을유문화사, 1972, 90쪽.

225) 위와 같음.

226) "우리 나라 사람은 살아서 우리 음악을 익히는데 종묘 제사에서는 먼저 당나라 음악을 바치고 삼헌 때에 와서야 우리 음악을 바친다. 할아버지와 아버지께서 살아 계실 적에 들으시던 것으로 쓰는 것이 어떠하냐.(我國 本習鄕樂 宗廟祭 先奏唐樂 至於三獻之時 乃奏鄕樂 以祖考平日之所聞者 用之何如)" : 《세종실록》 권30, 7년 10월 경진.
　"임금이 좌우에 있는 신하들에게 '아악은 본디 우리네 소리가 아니라 진실로 중국의 소리다. 중국

조상굿노래는 왕조가 무너지던 그날까지 언제나 다음과 같은 중국식 악장의 노랫말
일 뿐이었다.

世德啓我 / 後於昭想 / 形聲肅肅 / 薦明禋綏 / 我賚思成[227]

　　태조 내외분의 넋만을 따로 모신 문소전에서 그나마 종헌 때에 우리 말과 우리
노래 모습이 끼여든 악장을 지어서 바쳤다.[228] 하지만 그것조차 노랫말은 중국 악장
에서 거의 벗어나지 못한 것이었다.

繫東方阻 / 海陲彼狄 / 童竊天機 / ㅎ니이다 / 偉　東王德盛
肆狂謀興 / 戎師禍之 / 極靖者誰 / 어니오 / 偉　東王德盛
天相德回 / 義旗罪其 / 黜逆其夷 / ㅎ샷다 / 偉　東王德盛
皇乃懌覃 / 天施軍以 / 國俾我知 / ㅎ샷다 / 偉　東王德盛
於民社有 / 攸歸千萬 / 世傳無期 /ㅎ쇼셔 / 偉　東王德盛[229]

　　여기서 한 가지 짚어보아야 할 일이 있다. 나라조상굿에 바로 쓰이지는 못했지만
나라조상굿노래말꽃으로 보아야 마땅한 노래를 조선 초기에 만들었던 일이다. 그 노
래가 다름 아닌 〈용비어천가〉[230]다. 여러 악기 소리의 바라지를 받으며 세상 끝날까
지 전하고자 했지만[231] 실제로는 나라조상굿노래로 쓰이지 않고 〈여민락〉이니 〈치
화평〉이니 〈취풍향〉이니 하는 이름으로 잔치에서 놀음노래로만 쓰였다.[232] 그러나
알다시피 노래의 속살은 하늘이 조상들을 갖가지로 도와서 나라를 세우지 않을 수

　　사람들은 평소에 들어서 익혔으니 제사 때에 바치는 것이 마땅하다. 그러나 우리 나라 사람은 살아
　　있을 적에 우리 음악만 들었는데 죽은 뒤에 아악을 바치니 어찌 된 일인가?' 하고 말했다(上謂左右曰
　　雅樂本非我國之聲 實中國之音也 中國之人 平日聞之熟矣 奏之祭祀宜矣 我國之人則 生而聞鄕樂 歿
　　而奏雅樂 何如)" : 《세종실록》 권49, 12년 9월 을유.
227) 《악장가사》, 속악가사 상, 종묘영녕전의 영신.
228) 정도전이 지은 〈정동방곡〉이다.
229) 《악학궤범》 권2, 아악진설도설, 시용속부제악, 문소전.
230) 쉽게 〈용비어천가〉라 하지만 속내를 들여다보면, ㉮ 우리 말로 이루어진 노래말꽃, ㉯ 우리 말 노래
　　를 만들려고 먼저 바탕으로 지은 중국 한시, ㉰ 거기 담긴 사실과 한자의 음운 따위를 풀이한 글, ㉱
　　우리 말 노래말꽃을 바라지에 얹어 노래부르도록 만든 악보, 이렇게 네 가지로 갈라진다. 이들을 모
　　두 싸잡아 〈용비어천가〉라 부른다.
231) "庶繼雅頌之遺音 被之管絃 傳示罔極".(정인지, 《용비어천가서》, 규장각총서 권4)
232) 이런 노래가 잔치에서 놀음노래로 불려졌음을 보여주는 악보들이 《세종실록》 제140~145권에 실려
　　있다.

248

없게 했다는 이야기를 가득히 담아 그분들의 거룩하고 위대함을 드러내고 있기에 나라조상굿노래말꽃일 수밖에 없다. 여섯 조상님이 '미리(용)가 되어 날아올라서 하늘을 다스리게 되었다'는 것이 〈용비어천가〉라는 노래 이름의 뜻이니 그런 이름만으로도 나라조상굿노래말꽃임을 짐작할 수 있게 한다.

알다시피 〈용비어천가〉는 거룩한 세종 임금이 겨레의 말과 말꽃에 끼치신 가장 큰 세 가지 일[233] 가운데 하나다. 게다가 이 노래말꽃은 한글(훈민정음)을 만들어 처음으로 부려 만든 말꽃이기에 더없이 뜻깊은 것이다. 이 노래말꽃을 만들어낸 사정은 무엇보다도 정인지(1396~1478)가 쓴 〈용비어천가서〉[234]와 최항(1409~1474)이 쓴 〈용비어천가발〉[235]이 있어서 뚜렷하다. 그것들에 따르면 훈민정음을 반포하기 한 해 전인 1445년(세종 27, 을축)에 권제(의정부 우찬성)와 정인지(의정부 우참찬)와 안지(공조참판) 셋이서 노래(가)와 한시(시) 일백스물다섯 도막(장)을 지어서 임금(세종)께 드렸다. 임금이 읽어보시고 기뻐하며 〈용비어천가〉라는 이름을 내렸으나, 노래에 실려 있는 일들이 모두 역사책에 실려 있어도 사람들이 찾아보기 어려울 것을 걱정했다. 그래서 최항(집현전 응교), 박팽년(집현전 교리), 강희안(돈녕부 판관), 신숙주(집현전 부교리), 이현로(집현전 부교리), 성삼문(집현전 수찬), 이개(집현전 수찬), 신영손(이조좌랑)에게 꼼꼼한 풀이를 달도록 시켰다. 풀이까지 마무리가 되어서 1447년(세종 29, 정묘) 2월에 누구나 쉽게 볼 수 있도록 해서 모두 열 권으로 엮어 펴냈다. 노래 안에 담긴 속살을 알아보기 쉽도록 몇 도막만 살펴보기로 한다.

海東 六龍[236]이 ᄂᆞᄅᆞ샤 일마다 天福이시니 古聖이 同符ᄒᆞ시니 (제1장)[237]

불휘 기픈 남ᄀᆞᆫ ᄇᆞᄅᆞ매 아니 뮐씨 곶 됴코 여름 하ᄂᆞ니

---

233) 〈훈민정음〉, 〈용비어천가〉, 〈석보상절〉과 〈월인천강지곡〉, 이들 셋이 바로 그것들이다. 〈훈민정음〉은 모든 삶의 바탕을 마련한 것으로서 1443년(세종 25)에 만들었으나 한문으로 풀이를 달아 1446년(세종 28)에 세상에 알렸다. 〈용비어천가〉는 나라조상의 거룩함을 드높이려는 것으로 1445년(세종 27)에 노래와 한시로 만들었으나 자세한 풀이를 달아서 1447년(세종 29)에 세상에 내놓았다. 〈석보상절〉과 〈월인천강지곡〉은 오래도록 나라서낭으로 여겨온 부처님의 거룩함을 지키려는 것으로 대략 1446년(세종 28)에 만들었으나, 더욱 가다듬고 한문으로 썼던 《석보상절》을 한글로 뒤쳐서 1449년(세종 31)에 책으로 펴내었다.
234) 규장각총서 제4.
235) 위와 같음.
236) 세종 임금의 선조 여섯 분을 뜻한다. 목조, 익조, 도조, 환조, 태조, 태종, 이렇게 여섯이다.
237) 노래의 들머리다. 한문으로 다음과 같은 풀이를 붙여 놓았다. "이 도막은 들머리다. 우리 나라 왕업의 일어남이 모두 하늘의 도움에 말미암았으므로 먼저 그것을 들어 노래 짓는 뜻을 밝혔다.(此章總敍 我朝王業之興 皆由天命之佑 先述其所以作歌之意也)"

시미 기픈 므른 ᄀᆞᄆᆞ래 아니 그츨씨 내히 이러 바ᄅᆞ래 가ᄂᆞ니 (제2장)238)

周國 大王이 豳谷에 사ᄅᆞ샤 帝業을 여르시니239)
우리 始祖ㅣ 慶興에 사ᄅᆞ샤 王業을 여르시니240) (제3장)241)

四祖242)ㅣ 便安히 몯 겨샤 현 고둘 올마시뇨 몃 間 ᄃᆞ지븨 사ᄅᆞ시리잇고
九重에 드르샤 太平을 누리싫제 이 ᄠᅳ들 닛디 마ᄅᆞ쇼셔 (제110장)243)

千世 우희 미리 定ᄒᆞ샨 漢水北에 累仁 開國ᄒᆞ샤 卜年이 ᄀᆞᆺ업스시니
聖神이 니ᅀᆞ샤도 敬天 勤民ᄒᆞ샤ᅀᅡ 더욱 구드시리이다
님금하 아ᄅᆞ쇼셔 洛水예 山行가이셔 하나빌 미드니잇가 (제125장)244)

보다시피 안에 담은 속살만큼이나 겉모습들이 갖가지다. 우선 노래의 문을 여는 첫째 도막 들머리(총서)와 마지막 도막 마무리(총결)가 서로 동떨어지게 다른 모습이다. 앞의 것에는 날래고 가벼운 가락을 담아서 짧은 한 짝뿐인데, 뒤의 것은 가락을 찾아보기 어려울 만큼 줄글에 가까우면서 길게 세 짝이나 되게 했다.

그리고, 나라를 세우는 일은 하늘의 도움으로 이루어진 것인지라 여러 사건들이 중국에서 하늘의 뜻을 받들어 일어선 나라들의 그것과 닮았다는 대목들, 곧 제3장에서 제109장까지는 다시 가볍고 가지런한 가락을 담아서 반듯하게 다듬어진 모습을 보인다. 그런 노래들의 모습을 대표해서 제3장을 보인 것이다.

또, 그것들과 맞서는 제110장에서 제124장까지, 나라를 세우기까지 조상들이 겪은 고초를 되새기면서 힘써 나라를 다스리라고 당부하는 노래 도막들은 가락을 느끼

---

238) 이 도막은 나라조상들이 하늘의 도움으로 나라를 세우게 된 내력을 노래하는 대목으로 들어가는 또 하나의 들머리다. 한문으로 다음과 같은 풀이를 달아 놓았으나, 우리 말 노래 그대로 깊은 뜻이 잘 드러나고 또한 아름답다. "이 도막은 나라를 세우는 일이 깊고도 멀리 쌓이고 쌓여서 이루어졌음을 사물에 견주어 노래한다.(此章 托物爲喩以咏 王業累積之深遠也)"
239) 노래의 앞짝은 중국 사실을 이야기한다. 중국 주나라가 서는 데에는 공유가 빈곡에서 나라를 세우고 그의 구세손인 고공단보가 덕을 쌓아 사람들의 추대를 받았다는 것이다.
240) 노래의 뒷짝은 조선의 이야기다. 태조의 고조인 목조가 전주에서 삼척을 거쳐 함경도 덕원에 가서 원나라에 귀화하였다가 다시 경흥에서 민심을 얻어 조선 왕업의 터전을 닦았다는 것이다.
241) 이 도막은 나라조상들이 하늘의 도움을 받아 왕업을 이루어가는 노래의 첫걸음이다. 여기서부터 제109장까지 107도막이 모두 같은 속살을 담고 같은 모습을 하고 있다.
242) 나라를 세운 태조 이전의 네 조상, 곧 목조·익조·도조·환조.
243) 이 도막부터 제124장까지는 임금자리에 오르는 후손들에게 왕업 창건의 어려움을 잊지 말고 나라를 잘 다스리라는 당부를 하는 노래다. 따라서 중국 이야기는 하지 않는다. 이 도막 끝에 한문으로 이렇게 풀이를 달아 놓았다. "이 도막 아래 모두는 당부하는 뜻을 이루라는 노래를 되풀이하여 부른다.(此章以下 皆反覆歌咏 以致規戒之意也)"
244) 노래 전체의 마무리(총결)다. 그러니까 제1장과 맞추어 처음과 끝으로 짝을 이루는 것이다.

기 어려울 만큼 줄글에 가까우면서 반듯하지 않은 세 짝씩으로 이루어졌다. 위에 보인 제110장은 그런 노래들의 모습을 대표로 보인 것이다.

그러니까 〈용비어천가〉는 크게 보아 사실을 노래하는 앞쪽과 당부를 노래하는 뒤쪽으로 갈라지는 셈인데, 그렇게 속살을 달리하는 것에 맞추어 가락과 짜임새라는 겉모습을 애써 다르게 마련했다. 앞쪽의 사실 노래는 가벼운 가락에 가지런한 짜임새를, 뒤쪽 당부 노래는 무거운 줄글 가락에 느슨하게 풀어진 짜임새를 드러낸다. 그러면서 이런 가락과 짜임새란 그 앞날 고려 적에는 쓰인 바가 없는 것, 다시 말하면 나름대로 새롭게 찾아서 만들어낸 것이다.245) 나라를 새로 세우고, 무엇보다도 우리 글자를 새롭게 만들어서, 그런 자부심을 노래에 담으려고 적잖은 힘을 쏟았다는 사실을 짐작할 만하다.

나. 삶노래말꽃

서낭에게 바치는 굿노래와 달리 사람들은 스스로 삶에서 겪는 기쁨과 슬픔, 즐거움과 괴로움을 노래하지 않을 수 없다. 굿에서 내리는 서낭의 도움과 격려와 위로도 사람들의 삶에 더 없는 힘이 되지만, 노래는 노래로서 그냥 그대로 사람들의 기쁨과 즐거움을 키우고 슬픔과 괴로움을 줄여서 삶에 커다란 힘이 되기 때문이다. 삶노래가 굿노래보다 앞섰다고 보기는 어려우나 굿노래와 어우러져 아득한 옛날부터 사람들의 삶과 더불어 살아 있었다. 글자가 없어서 일찍이 적어 남기지 못한 까닭에 입말로만 흘러오다가 세월과 더불어 거의 사라졌을 뿐이다.

그러나 신라가 뒤흔들리는 시절(888, 진성여왕 2년)에 와서 온 나라 안에 백성들이 부르는 노래를 모아 《삼대목(三代目)》을 엮은 적이 있었다.246) 가장 높은 벼슬아치(각간 위홍)와 가장 큰스님(대구화상)이 노래책 엮는 일을 맡았던 것으로 보면, 백성들이 부르는 노래를 얼마나 값지게 여겼으며 책에 실린 노래가 얼마나 많았을지 짐작할 만하다. 그러나 《삼대목》은 언제까지 내려오다가 자취를 감추었는지 알 수 없고, 여태까지 나타나지 않았다. 다만, 일연이 《삼국유사》에 향찰로 적은 신라 노래 열네 마리를 실어 놓았는데, 어쩌면 이 노래들은 《삼대목》에 적혔던 것들이 아닌가

---

245) 김수업, 〈용비어천가의 가락이 지닌 뜻〉, 《백강서수생박사환갑기념 한국시가연구》, 간행위원회, 1981.
246) 《삼국사기》 권11, 신라본기 제11, 진성왕 2년 춘2월.

싶다. 왜냐하면 그 열네 마리 노래는 모두가 《삼대목》을 펴낸 888년 이전에 만들어진
것들이고, 그보다 뒤늦은 노래는 한 마리도 실리지 않았기 때문이다.

고려에 와서는 백성들이 부르는 노래를 모아 책으로 펴내던 신라의 전통을 이어
받지 않았다. 물론 우리 말을 적던 글자(향찰)도 내버리고, 중국 한문을 바로 쓰는 쪽
으로 기울어졌다. 고려 후기에 와서 이제현(1289~1367)과 민사평(1295~1359)이 백성
들의 노래에 눈을 돌려 한시로 뒤쳐 적은 몇 마리가 고작이다. 이제현은 열한 마리를
한시로 적어 놓았는데, 〈소악부〉247)라는 이름으로 《익재난고》 제4권에 실렸다. 민사
평도 여섯 마리를 한시로 적어 놓았는데, 역시 〈소악부〉라는 이름으로 《급암선생시
고》 제3권에 실렸다.

조선은 고려의 삶을 아주 배척하느라 궁중에 쓰는 예악도 애써 뜯어고쳤다. 알다
시피 그 일은 박연(1378~1458)의 도움을 받아 세종이 거의 이루어냈다. 그러면서 세
종은 백성들이 삶 안에서 부르는 노래에 눈을 돌려 해마다 모든 지방의 주·현으로
하여금 그런 삶노래를 적어 바치라고 했던 사실이 실록에 보인다.

> 우리 왕조는 나라를 세운 뒤로 예악을 크게 이루어 조정이나 종묘에 쓰는 아송의 음악
> 을 이미 갖추었습니다. 그러나 홀로 백성들이 부르는 노래의 말을 찾아 적는 법이 없었으
> 니 참으로 옳지 않았습니다. 이제부터 옛 사람들이 노래를 찾아 적던 법을 따라 모든 도
> 의 주와 현으로 하여금 한시 구절이나 우리 말이나 가릴 것 없이 오륜을 바르게 하는 데
> 보탬이 되어 권면할 만한 것뿐 아니라 들판의 남정네와 원망에 싸인 아낙네의 노래로 풍
> 속에 바람직하지 못한 것이라도 두루 찾아 적어서 해마다 올리도록 합시다 하니 임금이
> 따랐다.248)

이처럼 세종 임금이 백성들 노래에 관심을 보이고 온 나라의 지방 관리들에게
적어 올리도록 했지만 글로 적어 올린 노래는 모조리 한문으로 뒤쳐지고 입말 그대
로 제 모습을 지닌 것은 아니다. 그러나 우리 말을 제대로 적을 수 있는 한글을 만든
덕분에 지난날 고려 궁중에서 입말로 부르던 삶노래말꽃을 얼마간이나마 붙들어 적
게 된 일은 참으로 보배로운 것이다. 그리고 한글 덕분에 이제는 글말로 적혀서 삶노

---

247) 악부는 본디 중국 한나라 무제가 굿노래(교사지례)를 맡도록 세운 관청의 이름이었다. 거기서는 온
　　나라 곳곳에서 백성들이 널리 부르는 노래들을 찾아 모아서 궁중의 굿노래로 썼다. 뒤로 오면서 여
　　러 가지 노랫말들을 싸잡아 악부라 부르게도 되었지만, 본디 백성들 노래를 찾아 악부라 하던 거기
　　에 기대어 백성들이 부르는 노래라는 뜻으로 널리 쓰였다. 여기서도 백성들이 부르는 노래라는 뜻으
　　로 썼지만, 중국의 악부와 견주어 보잘것없다는 뜻으로 낮추어 '소악부'라 했다.

248) 《세종실록》 권61, 세종 15년 9월.

래말꽃이 나타나는 세상이 열렸다.

하지만, 삶노래말꽃이 글말에 적혀 두루 나타난 것은 조선왕조가 무너진 뒤의 일이다. 왕조가 무너지려 하자 백성들이 겨레의 운명을 짊어지고 일어서면서 저들의 삶노래에도 눈을 돌린 것이다. 1899년 5월 13일자 《황성신문》 논설에 다음과 같은 민요를 싣고, 그날 저녁 서울 안동 네거리에서 아이들이 부르는 것을 들어보니 깊은 뜻이 있어서 소개한다 하였다. 백성들의 삶노래말꽃이 글말로 떠오르는 말미를 여는 셈이 되었다.

노지 마세 노지 마세 / 우리 동포 노지 마세 / 인생 칠십 만타 해도 / 걱정 근심 다 제하면 / 일할 날이 몃 날인가 / 하여 보세 하여 보세 / 충국 애국 하여 보세 / 이천 만구 만타 해도 / 유의 유식 다 떼노면 / 하여 볼 사람 몃 사람가

그런데, 삶노래는 일노래와 놀음노래로 갈래진다. 일노래는 일하면서 부르는 노래다. 사람은 일을 해야 살아 남을 수 있고, 일을 해야 더욱 좋은 세상을 만들어 갈 수 있다. 그만큼 일은 거룩하고 값진 삶의 알맹이지만 그래서 일은 더욱 힘들고 고달프다. 이처럼 힘들고 고달픈 일에다 노래를 어우러지게 하면 신비스럽게도 힘들고 고달프다는 느낌을 잊을 수 있다. 사람들은 본능과 경험으로 이런 신비를 깨달아 일하며 놀리는 몸의 움직임을 노래에 담긴 가락의 움직임에 실어 기쁨과 즐거움을 맛보며 살았다. 일에 보탬을 주는 노래의 이런 도움은 혼자서 일할 때보다도 여럿이 두레를 이루어 일할 때에 더욱 커진다. 그래서 우리 겨레는 아주 먼 옛날부터 두레로 일을 많이 하고, 두레 일노래도 많이 만들어 불렀다.

일노래가 이처럼 고달픈 일과 어우러져 고달픔을 없애면서 일을 돕고 일에 보탬을 주는 것과는 달리 놀음노래는 노래가 스스로 삶의 값어치를 지니고 드러내는 노래다. 그러나 그런 놀음노래는 겉으로 보기에 아무런 삶의 몫도 하는 것 없이 그저 놀고 있는 것처럼 보일 수 있다.[249] 노래하는 것이 그대로 노는 것과 다를 바 없는

---

249) 그래서 영국의 유명한 시인 세실 루이스(1904~1972)는 《그대에게 주는 시(*Poetry for you*)》라는 책을 '시란 무엇에 쓸모가 있는가?' 하는 물음으로 시작한다. 영국처럼 시로서 세계에 이름난 나라의 요즘 사람들조차 '시 따위는 우습기 짝이 없느니, 시란 달콤하고 사내답지 못하느니, 시로서는 사내가 자립하는 데 아무 소용도 없느니, 밥을 먹을 수가 없느니, 돈벌이가 안 되느니' 하고 있어서 그런 생각들을 따져 놓고 시 이야기를 하자는 것이다. 그가 내놓은 대답이라는 것이, '시는 말에 아름다움과 힘을 불어넣고, 시는 들판의 수선화를 다른 온갖 것들과 더불어 바라보게 하고, 그래서 마침내 시란 이 세상을 알고 또 사랑하는 데에 커다란 도움을 베풀어준다'는 것이다. 시(곧 노래말꽃)가 스스로 값어치를 넉넉히 지니고 있다는 사실을 풀어보려고 애를 쓴 셈이다.

듯이 보이기 때문이다. 그러나 놀음노래는 그것이 바로 삶이다. 답답하게 맺힌 마음을 시원하게 풀어주고, 가슴이 찢어지는 슬픔을 아지랑이처럼 피어오르는 기쁨으로 바꾸어줄 수 있는 것이 놀음노래다. 태어남과 죽음은 무엇이며 헤어짐과 만남은 무엇인지 모른 채 살아가는 사람에게 놀음노래는 그런 것들을 깨우쳐 알도록 만들어주기도 한다. 이처럼 사람의 얼을 드높일 뿐만 아니라 놀음노래는 '하늘이 느끼고 땅이 움직이게[감천동지]' 하는 힘도 지녔다고 생각했다. 그래서 예로부터 놀음노래를 농사짓고 사냥하는 일에 못지않게 값어치가 높은 것으로 여기는 수가 많았다.

1. 일노래말꽃

노래는 놀이나 이야기와 달라 일과 부딪치지 않고 잘 어우러진다. 손발로 일하면서 입으로 노래할 수 있기 때문이다. 그래서 일노래는 일만큼이나 여러 가지로 넉넉하게 자라나 있다. 혼자서 하는 일에는 혼자서 부르는 노래가 있고, 여럿이 하는 일에는 여럿이 부르는 노래가 있다. 여자들이 하는 일에는 여자들 노래가 있고, 남자들이 하는 일에는 남자들 노래가 있고, 남자 여자가 더불어 하는 일에는 남자와 여자가 어우러져 부르는 노래가 있다. 집 안에서 하는 일, 밭에서 하는 일, 논에서 하는 일, 바다에서 하는 일, 산에서 하는 일, 이런 온갖 일에는 거기 어울리는 노래가 있게 마련이다.[250]

따라서 일노래말꽃의 갈래는 하는 일의 속살에 따라서, 노래부르는 사람에 따라서, 노래부르는 형식에 따라서, 여러 가지로 세워볼 수 있다. 그런데 이제까지 우리는 일노래말꽃을 제대로 살피지도 못했으며, 따라서 학문으로 알뜰히 다루지도 않았다. 글자로 적힌 말꽃에만 마음을 빼앗겨 입말에 얹혀 일과 어우러지는 일노래말꽃을 눈여겨보려 하지도 않았다. 그저 놀음노래와 함께 싸잡아 '민요'라 부르면서 눈길을 주었을 뿐이고, 그나마 이도 왕조가 끝나고 20세기로 넘어온 다음에서야 일어난 일이었다. 그래서 우선 일노래말꽃을 여느일노래말꽃과 큰일노래말꽃으로 나누어서 살펴보기로 한다.

가) 여느일노래말꽃

노래말꽃은 없으나 이름이나마 알려진 여느일노래로는 일찍이 유리왕 9년(32)에

---

250) 말할 나위도 없지만, 일노래말꽃은 모조리 입말로만 이루어진다. 입으로만 노래를 하면서 몸으로는 일을 해야 하는 것이 일노래말꽃의 본질이므로 글말이나 전자말로는 일노래말꽃을 즐기기 어렵다.

신라 서울의 여인들을 모아 두레 길쌈을 벌인 자리에서 불렀다고 하는 〈아소노래[회소곡]〉를 꼽을 수 있다. 적힌 대로 보면 〈아소노래〉는 한가위 놀이 마당에서 한 여인이 홀로 부른 것이라 하겠으나,[251] 앞뒤 사정을 두루 살피면 길쌈하며 두루 불렀던 노래가 아니었을까 싶다. 신라 서울의 여인들을 모아 임금의 두 딸을 우두머리로 삼고 두 패로 나눈 다음에 한 달 동안 길쌈 겨루기를 벌여 8월 보름날 판정을 하고 커다란 잔치를 벌이는데, 진 쪽에서 한 아낙이 나와 이 노래를 불렀다고 하기 때문이다. 길쌈 겨루기를 하면서 흔히 부르던 노래를 잔치자리에 나와서 불렀고, 그런 일을 해마다 되풀이한 까닭에 뒷사람들이 글로 적기에 이르렀을 듯하다.

신라 자비왕(458~479) 시절에 거문고를 잘 켜는 백결선생이 불렀다는 〈방아소리[대악]〉[252]도 오래된 여느일노래말꽃의 자취다. 〈방아소리〉는 가난하게 살던 백결선생이 어느 해 섣달 그믐이 되어 집집마다 떡방아 찧는 소리가 나는데도 자기 집에서는 방아 소리를 내지 못하여 아내가 불평을 하자 지었다고 한다. 선생이 거문고를 내려 방아 찧는 소리를 켜면서 아내를 달랬는데, 이것이 널리 알려졌다는 것이다. 이 또한 적힌 대로라면 백결선생이 〈방아소리〉를 지어서 세상에 퍼져 나간 듯하지만, 사리를 생각하면 백성들이 방아를 찧으며 내는 소리와 노래를 백결선생이 거문고 소리에 얹어 가다듬었다고 보아야 마땅하지 않을까 싶다.

그러고 보면, 《삼국유사》에 실려 있는 〈공덕노래[풍요]〉는 가장 먼저 노래말꽃이 글로 적힌 여느일노래말꽃이 아닐까 싶다.

來如 來如 來如	오다 오다 오다
來如 哀反 多羅	오다 셜븐 하라
哀反 多矣 徒良	셜븐 한 의내라
功德 修叱如良 來如[253]	功德 닷가라 오다[254]

《삼국유사》는 이 노래를 영묘사에서 장육불상을 빚을 때(7세기 초엽) 경주의 사내와 아낙들이 다투어 흙을 나르면서 불렀다 한다. 그리고 일연 스님이 《삼국유사》

---

251) "이에 노래하고 춤추며 온갖 놀이를 벌이는데 이를 한가위(가배)라 불렀다. 이때 진 쪽에서 한 여자가 일어나 춤추며 탄식하기를 '아소 아소' 하니 그 소리가 슬프고 아름다워 뒷사람이 그 소리를 노래로 만들어 이름을 '아소노래'라 했다."(《삼국사기》 권1, 신라본기 제1, 유리니사금)

252) 《삼국사기》 권48, 열전 제8, 백결선생.

253) 《삼국유사》 권4, 의해 제5, 양지사석.

254) 유창균, 앞의 책, 624쪽.

를 쓰던 때(13세기 말엽)에도 시골 사람들이 방아를 찧거나 품앗이를 할 적이면 바로 이 노래를 불렀다고 했다.[255] 그렇다면 이것은 적어도 600, 700년 동안 살아 있었다는 말이 되는데, 7세기에 불상을 빚느라 흙을 나르며 부른 노래가 13세기에는 방아를 찧으며 부르게 된 말미가 궁금할 수 있다. 그러나 영묘사에서 불상을 빚을 적에도 날라 온 흙을 으깨고 찧어야 했을 것임을 생각하면 이 노래가 처음부터 진흙 방아를 찧으며 부른 노래였다고 보는 것[256]은 그럴 듯하다.

보다시피 모습은 세 걸음 넉 줄 짜임으로 이루어져서 '다살노래' 갈래의 모습을 갖추고 있다. 다살노래 갈래가 일찍이 나라서낭굿노래로 떠올랐던 사실[257]과 이 노래 이름을 《삼국유사》에서 '여느 백성들 사이에 떠도는 노래'라는 뜻으로 〈풍요〉라 한 사실을 아울러 생각하면 다살노래 갈래의 속살을 얼마간 짚어볼 수 있다. 애초에 여느 백성들이 부르던 노래[풍요]를 유리왕 때 나라서낭굿에 끌어다 쓰면서 다살노래 갈래를 이루었던 것이고, 그 뒤로 나라서낭굿에 쓰는 노래가 '새나노래[사뇌가]'로 바뀐 다음에도 백성들 사이에서는 예와 다름없이 지난날의 모습으로 내려왔던 것이다. 이 〈공덕노래[풍요]〉는 바로 그렇게 남아서 내려오던 것이고, 앞에서 살핀 〈아소노래〉와 〈방아소리〉도 이런 모습의 다살노래 갈래였으리라는 짐작을 할 수 있다.

고려 적으로 내려오면 한문으로 적힌 〈박넝쿨[호목]〉이라는 노래가 그 시절 여느일노래말꽃의 모습을 조금이나마 미루어볼 수는 있게 한다.

瓠之木枝切之一水鐥	박넝쿨 가지 끊어 물 한 대야
陋台木枝切之一水鐥	느티나무 가지 꺽어 물 한 대야
去兮去兮遠而去兮	가세 가세 멀어도 가세
彼山之顚遠而去兮	저 뫼 너머 멀어도 가세
霜之不來	서리 아직 오지 않으니
磨鍊刈麻去兮[258]	낫 갈아 삼 베러 가세

고종 26년(1239) 동짓달 즈음 거리에 흘러 다녔다는 노래다. 양주동(1903~1976)은 백성들이 어려운 삶을 원망하고 저주하느라 부른 노래라고 보았으나,[259] 우선 '낫 갈

---

255) 《삼국유사》 권4, 의해 제5, 양지사석.
256) 이경수, 〈노동요로서의 풍요〉, 《한국의 고전문학》, 청문각, 1995.
257) 《삼국사기》 권1, 신라본기 제1, 유리 니사금 5년.
258) 《증보문헌비고》 권11, 상위고.
259) 양주동, 《여요전주》, 31쪽.

256

아 삼 베러' 가는 시골 사람들의 농사일 하는 삶이 바탕에 깔렸다. 박넝쿨 가지도 끊고, 느티나무 가지도 꺾고, 저 뫼 너머 멀리까지 낫 갈아 삼 베러 가는 일꾼들의 삶을 노래한다는 것이 노래의 바탕을 이룬다. 이처럼 농사일 하는 삶을 그대로 노래한 여느일노래말꽃으로 이제현이 한시로 뒤쳐 적어 놓은 〈사리화〉 같은 것도 있다.

黃雀何方來去飛
一年農事不曾知
鰥翁獨自耕耘了
耗盡田中禾黍爲260)

누른 참새는 어디서 왔다 가는고
한 해 농사 어찌 될지도 모르면서
늙은 홀아비 외로이 갈고 맸는데
밭 가운데 벼와 기장 다 없애다니

고려 때로부터 내려온 여느일노래말꽃이 한글이 마련된 다음에 와서야 제 모습을 그대로 나타내었다. 《시용향악보》에 실린 〈상저가〉야말로 처음으로 제 모습을 드러낸 고려시대의 방아노래다. 물론 그것이 실제로 일하는 사람들이 방아를 찧으며 부르던 여느일노래의 본디 모습을 얼마나 잘 간직하고 있는지를 가늠하기는 어렵다. 하지만, 세 도막 넉 줄 짜임의 자취에서 신라 적에 내려온 '다살노래'의 모습을 느낄 수 있어서 기나긴 세월에 걸쳐 내려온 것으로 보인다.

듥기동 방해나 디히히애
게우즌 바비나 디히히애
아바님 어마님끠 받줍고 히야해
남거시든 내 머리고 히야해 히야해

가난한 살림살이에 허덕이면서도 어버이 받잡는 마음은 가이없어 조선왕조에서 유교 도덕으로 부추기던 효성과는 사뭇 달리 깊고 그윽한 사랑을 느낄 만하다. 그리고, 조선 초기에 세조는 농사꾼이 일하면서 부르는 노래를 좋아했다 한다. 강릉에 갔을 적에는 농사일노래 잘 부르는 사람들을 불러모으게 하여 휘장 안에서 노래를 시키고, 그 가운데 가장 잘 부르는 양양 관노 동구리에게는 아침 저녁을 챙겨 먹이고, 두루막을 내리고, 악공으로 대우하면서 일행을 따르게 했다.261) 또 농사일노래 잘 부르는 아낙이 가난하여 남편과 더불어 거리에서 노래로 빌어먹는다는 말을 듣고는 다달이 식량을 대어주고 노래하는 기생 여덟과 더불어 '아홉 기생[구기]'이라 부르며 궁

---

260) 《익재난고》 권4, 소악부.
261) 《세조실록》 권38, 세조 12년 윤3월 대목.

중 잔치 때면 불러다 노래를 즐겼다.[262] 그리고 농사일노래 잘 부르는 유광우, 장을 진, 막금, 을봉, 거천에게 베 두 필씩을 주게 하고 역말을 태워 집으로 보내게 한 적도 있다.[263] 그러나 이들이 불렀던 여느일노래말꽃은 한 마리도 남아 있지 못하고 모두 사라져버렸다.

아무튼, 여느일노래말꽃들이 제 모습을 제법 드러내기 비롯한 것은 18세기에 와서다. 18세기에 와서 글로 적은 이야기들 가운데 여느일노래말꽃이라 할 만한 것들이 싸잡혀 있다. 〈춘향가〉 안에 나오는 〈농부가〉라든지, 〈흥부가〉에 들어 있는 〈박타령〉 같은 것이 그런 보기들이다.

어려로 상사뒤요 / 천리건곤 태평시에 / 도덕노푼 우리성군 / 강구연월 동요듯던 / 요임금 성덕이라 / 어여로 상사뒤요 -줄임- 이농사를 지어내서 / 우리성군 공세후의 / 나문곡식 작만하야 / 앙사부모 아니하며 / 하육처자 아니할가 / 어여로 상사뒤요[264]

슬근슬근 톱질이야 / 당기어주소 톱질이야 / 가난타고 서러를 마소 / 팔자 글러 가난 사주 글러 가난 / 벌지 못하여 가난 미련하여 가난 / 산소 글러 가난 미천 없어 가난한 걸 한탄 말소 -줄임- 슬근슬근 톱질이야 / 당기어주소 톱질이야 / 우리 집 가난하기 / 삼남에 유명 터니 / 부자득명 만만재물 / 일조에 얻었으니 / 어찌 아니 조흘소냐 / 어이여라 톱질이야[265]

그러나 이런 노래는 참으로 어쩌다 글로 적힌 것일 뿐이고, 우리네 일노래가 두루 모습을 드러낸 것은 광복한 뒤의 일이다. 많은 사람들이 애를 써서 온 나라 안에 흩어져 내려온 일노래말꽃들이 두루 적혔는데, 벼농사를 소중하게 여기며 살아온 우리 겨레인지라 농사일노래말꽃이 가장 많고, 거기서도 〈모심기(모내기)노래〉는 곳곳이 골골이 헤아릴 수도 없이 많다.

외와내자[266] 외와내자 / 이모판을 외와내자 / 들어내자 들어내자 / 이모판을 들어내자 (경남 함안)[267]

---

262) 《세조실록》 권40, 세조 12년 12월 대목.
263) 《세조실록》 권45, 세조 14년 3월 대목.
264) 《완판본 열녀춘향수절가》.
265) 《흥부전》(《조선문학전집》 고전문학편 제1권)
266) 외워내자 또는 에워내자(외우다 또는 에우다=쓸데없는 것을 치워버리다).
267) 김소운, 《조선구전민요집》, 동경 : 제일서점, 1933.

258

절우자 절우자 / 이모판을 절우자268) / 절우자 절우자 / 유지장판을 절우자269)
절우자 절우자 / 갈모꼭지를 절우자270) / 절우자 절우자 / 가시나오래비 절우자271) (경북
의성)272)

해돋았네 해돋았네 / 동해동산에 해돋았네 / 매화일월이 돌아오는대 / 이실털줄 모르는가
(경북 경산)273)

이런 노래말꽃들은 아침 일찍 모판에서 모를 찌면서 부르는 대목이다. 모심기노
래는 하루 종일 모내기를 하면서 새참이나 점심 같은 때에 맞추어 사설을 어우러지
게 바꾼다.

이논뺌이 모를 숭거 / 감실감실 영화로세 / 우리동상 곱게 길러 / 갓을 씨와 영화로세 (경
남 함양)274)

모시야 적삼 속적삼에 / 분통 같은 저젖 보소 / 많이 보면 병날끼고 / 쌀낱만치 보고 가소
(경남 울산)

서울이라 냉기 없어 / 금봉채로 다리 나아 / 그 다리를 건니자면 / 쿵쿵 절사 소리난다
(경북 김천)275)

이런 노랫말은 아침이나 점심을 넉넉히 먹고 모두들 아직 괴로움에 짓눌리지 않
아 신명이 싱싱할 때에 부르는 것들이다.

요내 곁에 모숭구던 / 처자 애기 어데 갔노 / 밀양이라 영남 숲에 / 화초구경 가고 없네
(경남 함양)276)

찔레꽃을 똑따내서 / 임의 보선 잔볼 받세 / 임을 보고 보선 보니 / 임줄 정이 뜻이 없네
(경남 함양)277)

---

268) 들어내자. 없애버리자.
269) 기름에 흠씬 배이게 하자.
270) 겯자. 대, 갈대, 싸릿대, 칡넝쿨, 솔뿌리 따위로 씨와 날을 내어서 짜다.
271) 겨루자.
272) 무라야마 지준(박전열 역), 앞의 책, 집문당, 1992.
273) 고정옥, 《조선민요연구》, 수선사, 1949, 111쪽.
274) 임동권, 《한국민요의 연구》, 이우출판사, 1975, 20번.
275) 위의 책, 111쪽.
276) 위의 책, 1번.

물꼬는 철철 헐어놓고 / 주인 할량 어데 갔노 / 문어전복 손에 들고 / 첩의 방에 놀러갔네
(경북 고령)

이와 같은 사설은 한창 힘겨워 견디기 어려울 때에 부르는 것이다. 그러다가 해
거름이 내리고 배는 고파 저녁밥 생각이 간절할 즈음에, 마지막 힘을 북돋울 때면 다
음과 같은 사설로 노래부른다.

여봐라 농부 말들어 / 너마지기 논배미가 / 반달만치 남았다 / 어서 밧비 심고 가세 (충남
예산)278)

오늘 해가 다 저가니 / 골골마다 연기나네 / 우릿님은 어대가고 / 연기낼 줄 모르는고 (경
남 함양)279)

샛별 같은 밭골에서 / 반달각시 떠나온다 / 네가 무슨 반달이냐 / 초생달이 반달이지 (경
남 하동)

모심기(모내기)노래는 앞소리와 뒷소리를 여럿이 모둠을 이루어 끊임없이 주고
받는 것이 예사지만, 노래를 아주 잘 하는 사람이 있으면 홀로 앞소리를 메기고 다른
이들이 뒷소리를 받기도 하고, 앞소리와 뒷소리를 한 사람씩 끊임없이 돌려가며 부르
기도 하여 노래하는 방식은 더없이 자유스럽다.
　　모내기노래 다음으로는 〈김매기노래〉가 흔하다. 김매기노래도 논매기노래와 밭
매기노래가 다를 수밖에 없는데, 논매기노래는 대개 앞소리꾼이 사설을 엮어 나가면
다른 이들은 후렴만을 따라 부르지만 밭매기노래는 한 사람씩 앞소리와 뒷소리를 이
어받는 돌림노래로 부르는 것이 예사다.

에루야 후후후야 저루하네
바다 같은 논바닥에 / 논매는 사람 다섯이라
에루야 후후후야 저루하네
불상하다 우리농부 / 얼른 매고 놀아보세
에루야 후후후야 저루하네 (경북 봉화)280)

---

277) 고정옥, 앞의 책, 112쪽.
278) 임동권, 《한국민요집 1》, 집문당, 1961, 106번.
279) 고정옥, 앞의 책, 128쪽.
280) 임동권, 《한국민요집 2》, 502번.

불같이 더운 날에 / 뫼같이 짓은 밭에
이골 저골 매어갈 때 / 심지타령 절로 난다 (경남 창녕)281)

앞의 것은 논매기노래고 뒤의 것은 밭매기노래인데, 후렴이 있고 없는 데서 쉽게
모습이 다른 줄을 알 수 있다. 일의 성질에 따라 노래하는 사정이 다르고 거기 맞추어
노래 모습도 다를 수밖에 없다. 곡식걷이 때에도 곡식의 종류에 따라 온갖 노래들을
부르지만 가장 눈에 띄는 것은 역시 〈보리타작노래〉다.

에 해야·어절 시고 / 잘도 한다·응 해야 / 단둘 이만·응 해야 / 하드 라도·응 해야 /
열쯤 이나·응 해야 / 하는 듯이·응 해야 / 하여 주소·응 해야282)

보리타작은 편을 갈라 두 쪽으로 서서 도리깨질을 하는데, 그 가운데 한 사람이
앞소리를 메기고 나머지 사람들은 함께 후렴을 받는다. 도리깨질이 쉴 새 없이 바쁘
게 이어지는 까닭에 메기는 소리도 두 박자, 받는 소리도 두 박자로만 급박하게 나가
며 내리치는 도리깨의 율동과 어우러지게 부른다.
걷이를 해서 들여온 곡식도 여러 가지 일들을 거쳐야 먹을 수 있게 되는데, 껍질
을 벗기는 일과 가루로 만드는 일이 마지막 차례다. 껍질은 방아를 찧어 벗기고 가루
는 맷돌을 돌려 갈지만 이런 일에도 어김없이 노래가 따르는 것은 말할 나위도 없다.

황해도 구월산의 / 강태공의 조작방애 / 산에나리 산진방애 / 들애나리 디들방애 / 골고자
바 연자방애 / 미끌미끌 기장방애 / 원수끝에 보리방애 / 찧기좋은 나락방애 / 등애나무
물방애 / 사박사박 율미방애 / 짜골짜골 녹살방애 / 오동추야 밝은달애 / 황비백미 찧든방
애 / 어나천년 다찧어서 / 태산구경 언제가며 / 사립밖에 자갈밭은 / 때바랭이 속잎나니 /
유월염천 불양지에 / 미같이 치신밭을 / 언제매고 살아갈고 / 뒷도장애 빚인술을 / 어나장
부 맛을보고 / 이방애찧고 이밭매고 / 이비짜는 속을알고 / 어화청청 팔월달아 / 얼런얼런
닥쳐오라 / 어화청청 놀아보세 (경북 칠곡)283)

둘러주소 둘러주소 / 하나둘이 갈아도 / 둘러주소 둘러주소 / 열스물이 가는 듯이 / 둘러
주소 둘러주소 / 먼데 사람 듣기 좋게 / 둘러주소 둘러주소 / 곁에 사람 보기 좋게 / 둘러
주소 둘러주소 / 인삼 녹용 먹은 듯이 / 둘러주소 둘러주소 (경기 개성)284)

---

281) 임동권, 《한국민요집 1》, 212번.
282) 정재호, 〈민요〉, 《한국민속대관 6》, 고려대 민족문화연구소, 1982, 304쪽.
283) 고정옥, 앞의 책, 140~142쪽.

앞에 것은 〈방아노래〉, 뒤에 것은 〈맷돌노래〉다. 방아찧는 괴로움을 수없이 많은 방아의 이름들로 나타냈다. 그렇게도 많은 방아를 언제 다 찧고 태산 구경을 갈 수 있겠느냐고 묻는다. 방아는 본디 남자와 여자가 힘을 모아 찧는 것이지만 더러는 여자가 도맡아 찧기도 하는데 여기서 바로 그렇다. 이처럼 고달프게 방아도 찧어야 하는데, 사립 밖의 자갈밭에 속잎 나는 떼 바랭이도 매어야 하고, 베틀에서 삼베 무명 베도 짜야 하니, 어느 장부가 이런 아낙의 속을 알겠느냐고 하소연한다.

맷돌질은 둘이 마주 앉아 한 손으로 맷돌 손잡이를 함께 잡고 쉴 새 없이 돌리면서 남은 손으로 맷돌 구멍에다 곡식을 퍼 넣는다. 일을 이끄는 사람이 '둘러 주소 둘러 주소' 하는 후렴을 부르며 일을 재촉하고 거드는 사람이 노랫말을 부르며 서로 주고받는다. 방아질이나 맷돌질로 곡식은 마지막 고비를 맞이하고 이제 부엌일을 지나면 마침내 먹는 일만 남았다. 부엌에서 메밀국수를 말면서 부르던 〈메밀노래〉 하나를 보자.

비탈밭에 미물갈아 / 미물갈든 열흘만에 / 앞집뒷집 동모들아 / 미물구경 허러가세 / 잎은 동동 떡잎이요 / 열매동동 깜은열매 / 꽃은동동 배꽃이요 / 대는동동 붉은대요 / 점머슴아 낫갈아라 / 큰머슴아 지게저라 / 꼬구랑낫으로 걸어다가 / 지게목발 얹어다가 / 담밑에다 시웠다가 / 마당에다 갖다놓고 / 도리깨로 비락맞쳐 / 싸리비로 술역돌려 / 칙칼을 나리내어 / 쪽박으로 건져내어 / 방앗간에 비락맞쳐 / 작은하늘 눈이와서 / 국시때로 뭉치내어 / 홍두깨 옷을입혀 / 안반에다 물을발러 / 은장두라 드는칼로 / 어석어석 싸리내어 / 닭알겉은 동솥안에 / 어리설설 쨞아내어 / 말피겉은 전지렁에 / 소피겉은 꼬추가루 / 올라가는 구감사야 / 내리가는 신감사야 / 빛을보고 먹지말고 / 맛을보고 먹고가소 (경북 의성)285)

농사일에는 먹거리를 마련하는 일 언저리에 온갖 일들이 많다. 그런 것들 가운데 남자들이 바깥에서 해야 하는 일에 가축을 먹이고 거름을 장만하느라 풀을 베는 일과 땔감을 마련하느라 나무하는 일을 꼽을 수 있다.

어떤 사람 팔자 좋아 / 고대 광실 높은 집에 / 사모에 병반 높이 달고 / 만석록을 누리건만 / 이런 팔자 어이 하여 / 항상 지게 못 면하고 (경남 산청)286)

---

284) 김소운, 앞의 책, 2210번.
285) 고정옥, 앞의 책, 365~366쪽.
286) 임동권, 앞의 책 1, 25번.

　　이것은 〈풀베기노래〉다. 풀은 들이나 산에서 혼자 베기도 하지만 더러는 두레로 여럿이 어울려 베기도 하는 까닭에 가락이 한결같을 수 있다. 남정들이 산에 올라 나무를 하면서 부르는 〈어사용〉은 색다른 노래다. 이 노래는 나무꾼이 호젓한 산 속에 홀로 파묻혀 부르는 것이기에 앞의 노래들과 달리 소리와 가락과 짜임새가 자유스럽게 흐트러질 수가 있다.

> 남 날 적에 나도 나고 내 날 적에 남도 났건만 / 어떤 사람 팔자 좋아 고대 광실 높이 않아 / 호의 호식하고 팔자 좋게 지내건마는 / 어떤 사람 팔자 좋아 겨울이면 뜨신 방 찾아 / 각자 장판 소로반죽에 이불 담요 피어 놓고 포시라이 놀건마는 / 나는 어이하여 팔자가 기박하여 / 석자 세 치 감발에다 육날이 미틀이에다 / 목발 없는 지게에다 썩은 새끼 지게꼬리에 / 황경피 낮잠에다 지게 꽂아 짊어지고 / 산천을 후어보니 눈은 설산가산한데 / 쳐다보니 만학이요 내려다보니 절벽이라 / 양지짝을 쳐다보니 빠끔한 곳 한 곳 있네 / 올라가 찾아보니 노리 누었던 자리로다 / 지게 꼬리 괴어 놓고 낭글 하자 생각하니 / 손은 시러 생강이요 발은 시러 뻐챘도다 / 나무할 곳 없네 어이어니 내 신세야 / 나의 신세 이리 될 줄 어떤 누구 알았실고 (경북 영양)

　　홀로 부르는 노래인지라 가락도 흐트러지고 짜임새도 마음대로 흐트러진다. 그만큼 느끼는 대로 머리에 떠오르는 대로 거리낌없이 마음껏 털어놓을 수 있는 것이고, 꾸밈없는 마음의 속내를 그대로 드러내는 노래다.

　　먹는 일도 중하지만 입는 일도 못지않으니, 옷을 마련하느라 하는 일노래로 〈목화따기노래〉를 우선 꼽을 수 있다.

> 뒤터에는 목화심어 / 송이송이 따벌적에 / 좋은송이 따로모아 / 부모옷에 많이두고 / 서리맞이 마고따서 / 우리옷에 놓아입자 (경북 군위)[287]

　　목화를 따고 삼을 베어서 옷을 만들자면 수많은 일들을 거쳐야 한다. 딴 목화에서 씨를 빼고 활로 타서 실을 뽑아야 하고, 벤 삼을 가마솥에 삶아서 벗긴 다음 삼아서 실을 뽑아야 한다. 거기서 삼베의 '삼삼기'와 무명베의 '물레질'에는 노래가 많다.

> 진보청송 진삼깔이 / 하게송산 높은진개 / 동래울산 꽃광지리 / 영해영덕 광솔가지 / 우리올배 광솔패고 / 우리아배 광솔놓고 / 우리성님 밤참하고 / 우리어매 나리치고 / 이내나는

---

287) 고정옥, 앞의 책, 356쪽.

비비치어 -줄임- 새복질쌈 질기는년 / 사발옷만 입드란다 (경북 안동)[288]

미수가리 걸머지고 / 산양장을 건너가니 / 산양놈의 인심바라 / 오돈두푼 받으란다 / 오뉴월 짜른밤에 / 단잠을랑 다못자고 / 이삼저삼 삼을적에 / 두무릎이 다썩었네 / 어린아해 젖달란다 / 큰 아해는 밥달란다 / 뒷집금동이 거동보소 / 나를보고 헛웃음치네 (경북 군위)[289]

아낙들이 집안에서 가장 많이 부르던 〈삼삼기노래〉다. 어린 아이 큰 아이 키우면서 두 무릎 다 썩도록 온갖 어려움 헤치며 밤잠 못 자고 새벽 길쌈하였지만 "오돈두푼"밖에 못 받으니 "사발옷만" 입는 신세를 벗어나지 못한다고 했다. 절절한 삶의 고달픔을 되씹는 가운데서도 "나를 보고 헛웃음 치는 뒷집 금동이"가 마음에서 떠나지 못한다.

물레살 팔형제에 / 좌우살작 궁궐동에 / 물레테 두른양은 / 남해선상 큰무지개 / 부테테를 둘렀는양 / 산수산수 노산수에 / 골지기로 누었는듯 / 세제월산 가락소리 / 반짐실고 놀던양은 / 춘삼월 붉은달에 / 떼구름이 노는듯네 (경남 함양)[290]

물레씨가 병이났네 / 괴무리란 요동하고 / 줄로줄로 나린병이 / 청보에 쌀을싸서 / 황각골에 점해다가 / 김천장 길이달아 / 참깨한되 팔아다가 / 그기름 짜가지고 / 참깨국을 바르니까 / 째각하며 돌아가네 (경북 김천)[291]

삼베 길쌈에서 삼삼기에 맞먹는 일이 무명베 길쌈에서는 물레질이다. 그리고 삼삼기에 〈삼삼기노래〉가 있듯이 물레질에 〈물레노래〉가 있게 마련이다. 그러나 물레질은 삼삼기에 견주어 훨씬 여유롭다. 왼손으로는 고치를 쥐고 실을 뽑으면서 바른손으로 물레를 돌리는데, 두 손놀림과 운동이 아주 기막힌 가락에 실려 되풀이되기 때문이다. 그래서 앞의 노래 같이 넉넉한 상상이 일어나는 것이다. 그러나 때때로 물레도 탈이 나서 말썽을 부리기도 하지만, 참기름 한 번 바르면 곧바로 돌아가는 그런 말썽인지라 노래를 부르면서 일할 수 있었다.

베틀놓세 베틀놓세 / 옥란간에 베틀놓세 / 앞다릴랑 도두놓고 / 뒷다릴랑 낮게놓고 / 구름

288) 임동권, 앞의 책 2, 739번.
289) 고정옥, 앞의 책, 357~358쪽.
290) 위의 책, 358~359쪽.
291) 위의 책, 361쪽.

에다 잉아걸고 / 안개속에 꾸리삶아 / 앉을개에 앉은선녀 / 양귀비의 넋이로다[292)]

강릉가서 베를날어 / 천리강릉 건너날어 / 서울같이 널리비껴 / 옥난간에 베를놓니 /우리 나라 금상님이 / 좌어하신 듯하구나 / 부테라 하시는것 / 북두칠성 둘러친듯 / 대초나무 단말코에 / 바디집이라 하시는것 / 백운청산 깊은골에 / 청룡황룡 대황룡이 / 울고나는 소리로다 / 앙금당금 저쳐팔은 / 나무쇠라 후여든다 / 황소같아 굵은북은 / 제비같이 드 나든다 / 잉앳대는 삼형제요 / 둥둥이는 독신이라 / 사모가진 비가리는 / 칼춤이라 웬일 이냐 / 무지개같은 신고리는 / 큰아기발목 다녹인다 / 황경나무 북바디집은 / 큰아기손목 나녹인다 / 칼춤추는 신고리며 / 소리잘하는 용두머리 / 도두마리라 하시는것 / 늙으신네 병환인지 / 앉이실락 누어실락 / 만군사를 헤치는듯 / 이것이다 웬일인가 (강원도)[293)]

길쌈일노래에서 가장 빛나는 것은 역시 〈베짜기노래〉라 하겠다. 베짜기는 홀로 외로운 싸움을 벌이는 일이기에 더없이 고달프다. 그러나 돈이 되고 옷이 되는 베 바닥이 눈앞에서 불어나는 재미로 고달픔을 거뜬히 잊고 〈베틀노래〉를 부르며 힘을 북돋운다. 그래서 스스로 '선녀'도 되고 '양귀비'도 되는 것이다. 그리고 길쌈일노래의 마지막은 아무래도 〈바느질노래〉일 것이다. 바느질로 입성을 마련하는 일이 길쌈의 끝이기 때문이다.

양치손 상품쇠는 / 지어내니 바늘이라 / 삼사월 긴긴해에 / 규중처녀 벗일러니 / 애껴애껴 불리다가 / 네몸이 자끈하니 / 부러졌네 부러졌네 / 단통으로 부러졌네 / 나라님의 곤룡포 도 / 널로하여 지어입고 / 성인군자 유리복도 / 널로하여 지어낸다 / 부러진 흔적이나 / 낙시를 휘어내어 / 청류수에 내달아서 / 잉어를 낚아내어 / 부모봉양 하고지고 [294)]

길쌈일노래가 어찌 여기 보인 것들뿐이겠는가? 목화와 삼에서 비롯하여 온갖 구 비로 손질을 거쳐 베틀에서 무명베와 삼베를 얻은 다음 마침내 바느질로 입성을 마 련할 때까지 구비구비 노래가 함께 어우러지게 마련이었다.

농사짓고 길쌈하는 일과 더불어 집 안팎으로 온갖 공사도 벌어진다. 집을 짓고, 길을 닦고, 둑을 메고, 물건을 나르는 일들이 끊임없이 벌어지는 것이 삶이다. 이런 일들도 저마다 노래로 힘을 모으고 신명을 살려야 너끈히 해나갈 수 있다.

---

292) 정재호, 앞의 책, 308쪽.
293) 《개벽》 42호.
294) 엄필진, 《조선동요집》.

에이야라 체에 / 에이야라 체에 / 망깨를 들고 공채를 들고 / 에이야라 체에 / 힘대로만 땅그다가 / 에이야라 체에 / 저기 가는 저 할멈아 / 에이야라 체에 / 딸이나 있거든 사위나 보소 / 에이야라 체에 (경북 울진)295)

이것은 〈말박기노래〉로 남정들이 집 밖에서 공사를 할 때 흔히 부르던 노래이다. 말뚝은 무거운 망깨를 공중으로 높이 올렸다가 내리뜨리며 박아야 하는 까닭에 여럿이 숨을 맞추어야 하므로 장단이 제일이다. 그래서 〈말박기노래〉296)에서는 앞소리 하는 사람이 홀로 사설을 메기고 나머지 사람들이 숨을 맞추어 후렴을 받으면서 망깨를 내리뜨린다. 말을 박고 망깨를 다지는 일은 흔히 둑이나 성 같은 것을 쌓을 적에 흙을 다지는 공사에서 벌어진다. 그럴 적에는 무거운 돌 같은 것을 옮겨 나르는 일이 반드시 따르게 마련이고, 그때에는 수많은 사람들이 목도를 해야 한다. 무거운 돌덩이에 얽어맨 밧줄을 목도채에다 꿰어 둘 또는 넷씩 짝지어 어깨에 메고 〈목도노래〉에 발을 맞추어 나가야 하는 것이다.

우리꾼아 목도꾼아 / 어기영차 / 이내말을 들어보소 / 어기영차 / 목도소리 잘맞추고 / 어기영차 / 발자국도 잘맞추고 / 어기영차 / 이물건을 운반할 때 / 어기영차 / 앞소리에 잘맞추고 / 어기영차 / 옆에사람 잘못하면 / 어기영차 / 뒤에사람 도와주고 / 어기영차 / 뒤에사람 잘못하면 / 어기영차 / 앞에사람 도와주고 / 어기영차 / 합심하여 잘해보세 / 어기영차 (경남 영산)297)

이런 〈목도소리〉가 영산 지방에 내려오는 것은 뿌리가 아주 오래일 것으로 짐작하게 한다. 알다시피 영산 지역은 삼한 · 가야시대에 이미 작은 나라로 떠올라 역사가 깊은 고을이다. 게다가 가까이 화왕산에는 적어도 삼국시대에 쌓은 산성이 있어 일찍이 전란의 요충이었음을 말해 준다. 이런 산성을 일찍이 쌓아 전란의 요충으로 삼았다면 산꼭대기에 돌을 날라 성을 쌓을 적에는 말할 나위도 없고, 오늘날까지 수없이 많은 전란을 겪을 적마다 허물어진 데를 고쳐 쌓느라 가까운 지역 안에 사는 사람들이 목도 일에 시달렸을 것이다.

농사짓고 고기잡이하는 데 쓰일 여러 기구들을 쇠붙이로 만드는 대장일도 공사로 꼽을 만하다. 대장일은 사실 사람들이 불을 쓰면서 쇠붙이를 다루어 청동기와 철

---

295) 임동권, 앞의 책 2, 617번.
296) 경남의 의령 또는 영산 같은 곳에서는 〈망깨소리〉라 부르기도 한다.
297) 창녕군 영산면 구계리 〈목도소리〉(영산사적보존회, 《영산향토지》, 1995, 154쪽).

기로 넘어가던 문명의 고비를 마련한 것이다. 농장기와 병장기를 만들고 손질하는 대장일이 삶에서 차지하는 무게가 더없이 컸던 것은 말할 나위가 없다.

> 불무딱딱 불어라 / 이쇠가 어디쇤가 / 경상도는 웅벙쇠 / 경기도는 아성쇠 / 전라도는 놋봉쇠 / 황해도는 재령쇠 / 충청도는 뭇봉쇠 / 불무딱딱 불어라 / 석수갑이 올만가 / 서돈칠푼 오릴세 (충남 공주)298)

황토흙 가마 속에다 토탄이나 석탄 같은 불감을 넣고 바람을 불어넣는 기구가 불무다. 손으로 밀고당기거나 발로 밟도록 만들었다. 〈불무노래〉는 그러니까 '불무를 부치면서 부르는 노래'라는 뜻이지만, 사실은 대장질을 하면서 부르는 것이다. 가마 속에서 벌겋게 단 쇳덩어리를 찍어내어 번질번질 닳은 쇠 바탕 위에 놓고 둘이서 마주 두드리며 가락을 맞추어 주고받으며 부르는 노래다.

물에서 하는 고기잡이에 부르는 뱃일노래말꽃도 삼면이 바다로 에워싸인 우리네 환경 때문에 넉넉하게 살아 있었다. 물에 들어가기 앞서 뭍에서 그물 따위 여러 준비를 갖추는 일에서부터 노래와 함께 이루어졌다.

> 어허야 데야 갈방아야 / 이 방아가 뉘 방안고 / 어허야 데야 갈방아야 / 경상도로 내려와서 / 어허야 데야 갈방아야 / 삼천포 마도로 들어왔네 / 어허야 데야 갈방아야 / 전국 도장원 갈방알세 / 어허야 데야 갈방아야 / 얼사 좋다 내 동사야 / 어허야 데야 갈방아야 / 물때가 점점 바빠가네 / 어허야 데야 갈방아야 / 내일이면 행선이다 / 어허야 데야 갈방아야 (경남 삼천포)299)

삼천포 말섬(마도)에서는 음력 6월이 오면 전어잡이가 유명했다. 그런데 전어잡이에 쓰는 그물을 무명으로 짜기 때문에 바닷물에 쉬 삭아서 반드시 갈을 먹여야300) 했다. 하동 장까지 가서 사온 소나무 껍질을 오뉴월 염천 아래 절구통에 넣어 빻는 '갈방아'는 여간 힘든 일이 아니었기에 이런 〈갈방아노래〉가 절실했다.301)

---

298) 고정옥, 앞의 책, 145쪽.
299) 정인진, 《우리 민속의 실상과 의미》, 민속원, 1999, 423쪽.
300) 소나무 껍질을 절구통에 넣고 빻아서 가마솥에 곤 물에다 그물을 적셔내는 것을 '갈 먹인다'고 한다. 그러니까 '갈'은 소나무 껍질을 뜻하는 말이다.
301) 삼천포 말섬에서 전어잡이 때에 부르던 노래로는 그물을 손질하면서 부른 〈갈방아 소리〉에 이어, 전어떼를 둘러싸서 그물을 끌어올리거나 고기를 조를 때에 부르는 〈살 소리〉와 그물에 든 고기를 가래로 퍼 실으면서 부르는 〈가래 소리〉가 있다.(정인진, 앞의 책, 209~257쪽)

그러나 뱃일노래로서 말꽃으로 빛나는 대목은 아무래도 배를 띄워 일터로 나가면서 노를 저으며 부르는 노래라 하겠다. 노를 젓는 일이 힘겹기 때문에 숨을 맞추어야 하므로 들숨과 날숨에 따라 가지런한 후렴을 넣기도 한다.

> 수중에서 생장하야 / 수중으로 댕기기는 / 육지같이 댕기면서 / 해중풍파 다겪다가 / 앗차 실수 하게되면 / 고기밥을 면할소냐 -줄임- 어떤놈은 팔자좋아 / 고대광실 높은집에 / 남녀노비 거느리고 / 호의호식 하는구나 / 우리팔자 기구하야 / 어부몸이 되었구나 -줄임- 부모처자 생이별로 / 이곳저곳 내뻐리고 / 죽을곳을 알면서도 / 할수없이 가는구나 / 어허디야 별수있나 / 우리생업 이것이니 / 이것저것 생각말게 / 천생직업 할수있나 / 빌어먹을 곳이로다 (경남 남해)302)

일제 수탈이 말로 다할 수 없을 적에 적은 노래라 더욱 그렇겠지만 뱃일하는 사람들의 한숨과 체념이 두루 배인 노래다. 운명처럼 하고 있는 뱃일이 얼마나 어렵고 위험한 것인지를 되씹으면서 잘 먹고 잘 입고 좋은 집에서 팔자 좋게 사는 사람들을 떠올리며 절망에 빠진다. 요즘 들어 적힌 앞의 〈갈방아노래〉와 견주어 절망과 체념의 분위기가 얼마나 깊은지 쉽게 느낄 수 있다.

> 어야사리여 / 이살을 놓고 저살을 받아라 / 에야사리요 에야사리요 / 에야사리야 에야사리야 / 이살을 놓고 저살을 받아라 / 에야사리야 에야사리야 / 먹을 사람아 손골라라 / 에야사리요 에야사리요 (경남 통영)303)

고기잡이하는 사람들에게 노를 젓는 일보다 더욱 힘이 드는 일은 그물을 당기는 일이다. 고기가 많이 잡혔을 적에는 그 기쁨이 괴로움을 잊게 하지만, 여러 사람들이 소리를 맞추어 부르는 노래야말로 가장 큰 힘이 되고 위로가 되는 것이다. 앞소리꾼이 세밀하게 일의 사정을 알아서 사설을 만들어 부르면 나머지 사람들이 후렴으로 받으며 힘을 모은다.

> 열 다숫에 물질 배완 / 쑤물 혼술 상급타고 / 왼착 손에 태왁 매고 / 느신 비칭 허리에 차고 / 한강 바당 건느단 보난 / 줌복 구젱이 하영셔도 / 내숨이 바빤 몬흐더라 (제주 남원)304)

---

302) 고정옥, 앞의 책, 136~137쪽.
303) 임동권, 앞의 책 3, 733번.

진도 바당 흔 골로 가믄 이여싸 / 이여싸 이여싸 이여싸나 / 흔 착 손에 빗창 줴곡 / 이여싸 이여싸 / 흔 착 손에 테왁을 줴영 / 이여도 싸나힛 이여싸 / 흔 질 두 질 들어간 보난 / 어기여차 이여도싸나 (제주 구좌)

제주 아낙들이 바다에 나가 물질하며 겪는 삶을 그림이라도 그리듯이 눈에 선하도록 노래하고 있다. 지난날 우리 겨레는 삶의 알맹이인 일, 무엇보다도 노동을 온통 노래와 뒤섞어 이루어내었다는 사실을 오늘에 와서 글로 찾아 적은 자료만으로 넉넉히 짐작하고도 남는다.

나) 큰일노래말꽃

사람이 태어나서 죽을 때까지는 겪어야 하는 고비들이 적지 않다. 한 고비를 넘기면 새로운 세계를 맞이하고, 다시 한 고비를 넘기면 또 다른 세계에 들어가는, 끊임없는 모험과 도전을 넘어가는 고비야말로 삶을 완성으로 끌어올리는 지렛대들이다. 우리 겨레는 이런 삶의 고비들을 '큰일'이라고 부르면서 모두 놀이로 바꾸어 '잔치'를 벌이며 넘어가려 했다. 돌잔치, 생일잔치, 관례잔치, 혼례잔치, 회혼잔치, 환갑잔치, 고희잔치 같은 것은 모두 살아 생전에 겪는 좋은 일[경사]들이지만, 상례와 장례와 제례는 이승을 떠나 돌아가는 사람들에 바치는 잔치로 궂은 일[흉사]들이다. 이런 좋은 일과 궂은 일을 가리지 않고 큰일이면 어느 것이나 노래를 부르면서 기쁨이나 즐거움 또는 슬픔이나 괴로움을 더불어 나누면서 넘어가고자 했다.

사람의 삶에서 겪는 큰일에서 가장 큰일은 뭐니뭐니해도 '태어남'이다. 좋은 일 가운데서도 가장 앞서고 거룩한 고비로 맞이하는 경사가 '출생'이니 노래가 어찌 없을 것인가.

천지 제왕에 일월 제왕 / 나리 제왕 분부리 제왕님네 / 천금같은 자손 생길 적에 / 한 달 두 달 피를 못고 / 슥 달에 입덧 나고 / 늑 달에 사대 삭신 마련하고 / 다섯 달에 반짐 젖줄 물고 / 여섯 달에 육삭이며 / 일곱 달 칠삭이며 / 여덟 달 팔색이 / 아홉 달 구색 되야 / 십삭이 고이 되니 / 해복 기미가 있구나 // 명실은 목에 걸고 / 명 가세는 손에 들고 / 금강문 절복 하탈문 열고 / 뼈문 열고 살문 열고 / 연짓문 고인문 순산에 열어 / 순금난 집 자 되어 / 곱게 곱게 길러주시던 은혜 / 탐예를 생각하면 / 머리를 비어 신두 삼고 / 이를 빼어 진을 걸구 / 호포주 초매 죽죽이 바친들 / 아깔 리가 있소리까 -줄임- 그 자손 거나리고 / 양주 부처 백년 해로허고 / 자손 자랑 성세 자랑 / 후분 자랑 팔자 자랑 / 자손으로

---

304) 진성기, 《남국의 민요》, 정음사, 1977, 248번.

울을 삼고 / 시간으로 법을 앉혀 / 백대 전수 만대 유전이 / 여천지 무궁으로 / 장수 장명 시켜 주옵소사[305]

흔히 〈삼신풀이〉로 불리는 이 노래는 이 세상에 태어났다는 사실을 고마워하면서 복된 삶을 삼신(생명을 맡은 서낭)께 비는 치성과 축원의 노래다. 바로 출산 끝이나 삼칠일이나 백일이나 아니면 돌날에도 이런 노래를 바치며 '태어남'의 고마움을 비손으로 드리는 것이었다. 굿노래의 속살을 떨어버리지 않고 적잖이 지닌 것은 갓 태어난 아기가 탈없이 자란다는 사실이 사람의 힘만으로는 어렵다는 체험을 거듭하지 않을 수 없었기 때문이리라.

은자동아 금자동아 / 수명장수 부귀동아 / 칠보 천금 보배동아 / 천지 건곤 일월동아 / 은을 주면 너를 살가 / 금을 주면 너를 살가 / 부모에는 효장동이 / 형제에는 우애동이 / 일가 친척 화목동이 / 동내방내 유신동이 / 태산같이 굳세거라 / 악대[306]같이 실하거라 / 하해같이 깊으거라 / 유명천하 하여보자 (경남 함양)[307]

이런 노래는 여느 때에도 아기를 어르면서 더러 부르지만, 무엇보다도 한 해 잘 자라서 첫돌을 맞아 돌잔치를 벌이면 집안의 어른들이 반드시 불러주던 것이다.

어버이가 아들·딸을 낳아서 온갖 어려움을 두루 넘기느라 애태우며 길러서 마침내 짝을 지우면 그 기쁨이 고비에 다다른다. 게다가 딸을 길러 남의 집으로 시집을 보내려면 아깝고 아쉬운 마음도 헤아리기 어렵다. 기쁨과 아쉬움이 뒤섞이는 딸의 혼인잔치를 마련하자면 적잖은 세월에 걸쳐 준비를 하는데, 잔칫날이 코앞에 다가오면 어머니가 딸에게 불러주는 노래로 다음과 같은 것도 있다.

딸아 딸아 연지 딸아 / 고이 고이 키와 가주[308] / 남우 집에 가거들랑 / 일가 친척 오시거든 / 말에 말씀 조심하고 / 지사 영부[309] 들거들랑 / 미돌클[310] 조심하고 / 꽁우닭[311]을

---

305) 김태곤, 《한국무가집 1》, 원광대학교 민속학연구소, 1971, 141~143쪽.
306) 악대소의 준말. 불친소라고도 하는데, 불알을 까버린 황소를 뜻한다. 이런 황소는 훨씬 튼튼하게 자라서 뼈도 굵고 살도 찌고 힘도 세다.
307) 김소운, 《조선구전민요집》, 동경 : 제일서점, 1933, 373~374쪽.
308) 키워 가지고.
309) 제사와 영분(과거에 급제하여 조상의 산소를 찾아 인사하는 일).
310) (쌀에 섞인) 미(껍질이 벗겨지지 않은 쌀)와 돌을.
311) 꿩이나 닭.

잡그들랑 / 잔머리[312]를 조심하고 / 시아버지 상딜노명[313] / 처매[314] 꼬리 조심하고 / 도리도리 수박탕깨 / 밥담기를 조심하고 / 중우 벗은 시동상에 / 말에 말삼 조심하고 (경북 영주)[315]

혼인잔치가 모두 끝나고 시집으로 떠나는 날(시집은 혼인 잔치를 마치고 바로 가기도 하고, 한 해를 묵혀서 가기도 한다)이 오면, 가마꾼들이 부르는 노래도 있다. 즐거운 흥에 겨워 가마가 탈이 없는지를 살피는 데서부터 가마를 메고 가면서 발을 맞추어 고이고이 메느라고 노래를 부르는 것이다.

육조군 다 들어 섰는가 / 어어이 / 야 뒷대 / 어이 / 오른 대요 / 어이 / 앞 대이 / 어이 / 바닥이 얼른얼른 하는고나 / 쉬 - 곰배 / 에헤이 / 여기는 높으니 / 늘대로 대라 / 여기는 왼쪽 굽으니 / 오른 다리로 실컨 풀어라 / 여기는 오른쪽 굽으니 / 왼다리로 실컨 풀어라 (경남 진양)[316]

딸·아들이 다 자라서 짝을 짓고 어른이 되면 이제부터는 어버이를 모시고 돌보면서 받았던 사랑을 되돌려 갚으며 살아가게 마련이다.

이때저때 어느때뇨 / 춘삼월 호시절에 / 울아붓님 생신때라 / 술이좋아 검청주요 / 이술한잔 잡우시고 / 지상끝에 돌아앉아 / 노래한쌍 지어주소 // 무슨노래 지어죽고 // 꽃노래나 지어주소 (경북 달성)[317]

이대저때 어느때뇨 / 우리부모 생진때다 / 우리부모 생진끈태 / 꽃노래나 짓고가자 / 쫓차가는 장미화는 / 가지가지 금빛이라 / 청루기생 살구꽃은 / 해를지고 휘노랫네 / 무릉도원 복송화는 / 꽃중에도 임금일세 / 도라못간 두견화는 / 촉국산천 생각하나 / 붉고붉은 봉선화는 / 소운구성 춤을추고 / 알송달송 금은화는 / 당상관의 관자되고 / 보기조혼 작약화는 / 미인마다 희롱하고 / 부석사중 선비화는 / 의상대사 집행이고 / 호박꽃 박꽃은 / 사촌형제 휘도랐네 (경북 의성)[318]

---

312) 머리에 난 잔털.
313) (밥)상을 들여 놓으면서.
314) 치마.
315) 김소운, 앞의 책, 258번.
316) 임동권, 앞의 책 1, 311번.
317) 고정옥, 앞의 책, 433~434쪽.
318) 무라야마 지준, 앞의 책, 251쪽.

이런 노래들은 어버이의 생신을 맞이하여 아들·딸들이 부르며 술잔을 올리고 장수를 빌어드리는 〈생신축하노래〉다. 술잔을 돌리면서 노래하고 춤추는 잔치판이 벌어지고 기쁨을 나누는 집안 사람들이 함께 어우러지기 일쑤다.

> 울어머니 날 설 적에 / 죽신 나물 원하드니 / 그 대 커서 왕대 되야 / 왕대 끝에 학이 앉아 / 학은 점점 자라는데 / 울어머니 다 늙었네 (경남 함양)[319]

> 뽕 따다가 누에 쳐서 / 세실 중실 뽑아낼 제 / 세실을랑 가려내어 / 부모 의복 장만하고 / 중실을랑 골라내어 / 우리 몸에 입어보세 (경북 군위)[320]

이런 노래들은 늙으신 어버이를 생각하면서 아무 때라도 부를 수 있는 것이지만, 무엇보다도 환갑잔치나 칠순잔치 같은 좋은 일이 있을 적에 딸·아들들이 부르며 효심을 드러내던 것들이다.

산 사람이 마지막으로 맞이하는 '죽음'의 고비도 우리 겨레는 마치 하나의 잔치처럼 매듭을 지으며 넘어간다. 죽음을 맞이하는 '상례', 주검을 돌려보내는 '장례', 죽음을 되새기는 '제례'까지 모두 잔치로 치르면서 큰일로 여기지만, 노래는 그 절정인 '장례'에서 가장 큰 몫을 한다.

> 이세상에 올찌개는 / 백년이나 살가마니 / 너화홍 너화홍 / 너화넘차 너화홍 //
> 먹고진것 못다먹고 / 어린자손 사랑하야 /　〃
> 천추만세나 지낼라고 / 했드니 너와나와 /　〃
> 청천이 유수해야 / 인생을랑 내였지만 /　〃
> 무정세월 여류하야 / 인생을 늙히는구나 /　〃　(경북 상주)[321]

> 슬프고도 애통하다 / 인생살이 애닲도다 / 애해 애해이야 애화리 넘자 애해홍 //
> 인간 육십 못다 살고 / 칠성판에 몸을 실어 /　〃
> 완악 같은 험한 산골 / 띠잔디를 이불 삼고 /　〃
> 산새 소리 낙을 삼고 / 바람 소리 세월 삼아 /　〃
> 영결 종천 떠나 가니 / 애통하고 절통하다 /　〃
> 대궐 같은 집을 두고 / 정든 땅을 뒤에 두고 /　〃
> 정든 친구 형제 친지 / 부디부디 잘 있거라 /　〃

---

319) 고정옥, 앞의 책, 486쪽.
320) 위의 책, 486~487쪽.
321) 위의 책, 206~207쪽.

　잘 있거라 잘 살아라 / 간다 간다 나는 간다 / 〃 　(경남 영산)322)

　이런 것들은 가장 널리 알려진 〈상여소리〉의 한 도막들이다. 〈상여소리〉는 주검을 무덤으로 모셔가는 동안, 그러니까 집을 떠나는 제사(발인제)를 마치면서부터 무덤 앞에 닿을 때까지 앞소리꾼과 상두꾼들이 주고받으며 부르는 노래다. 노래말꽃의 본말은 앞소리꾼이 스스로 종이나 꽹과리나 작은북으로 바라지를 하면서323) 부르고, 입타령(후렴)은 상두꾼들이 함께 받아서 부른다.

　산천조종은 곤륜산이요 / 오호 달고 // 수지조종은 황해수라 / 오호 달고
　중놈조종은 이등박문324) / 〃 // 다리조종은 노족다리 / 〃
　우철용은 우백호 / 〃 // 좌철용은 좌백호 / 〃 　(경북 상주)325)

　어허 덜구여 / 덜구 소리 나거들랑 / 어허 덜구여 / 먼데 사람 듣기 좋고
　 〃 / 곁에 사람 보기 좋게 / 〃 / 하나 둘이 하드래도
　 〃 / 열 스물이 하는 듯이 / 〃 / 시물 여덟 상여꾼에
　 〃 / 서른 두명 호상군에 / 〃 / 일등 명창 다 뽑아서
　 〃 / 일심 받아 찧어주소 / 〃 　(경북 영주)326)

　이런 것은 주검을 무덤에 묻은 다음 흙을 쌓아 봉분을 만들 적에 부르는 〈달구소리〉다. 무덤의 한가운데 긴 장대를 꽂아 세워 놓고 흙을 쌓으면서 상두꾼들이 둥글게 돌아가면서 이런 〈달구소리〉에 맞추어 발로 흙을 힘껏 밟고, 망깨를 높이 들었다 놓으며 찧는다. 노래말꽃의 본말은 가운데서 장대를 잡고 도는 앞소리꾼이 부르고, ‘오호 달고’ 또는 ‘어허 덜구여’ 하는 입타령은 발맞추어 돌아가는 상두꾼들이 함께 받아서 부른다.

　일노래말꽃은 이렇게 넉넉하고 푸짐하다. 아득한 옛날로부터 온갖 일들과 어우러지면서 갖가지 노래말꽃이 삶을 떠받치는 노릇을 해내고 있었다. 힘들고 괴로우면

---

322) 영산사적보존회, 《영산향토지》, 1995, 348~349쪽.
323) 노래의 바라지는 앞소리꾼이 스스로 할 수밖에 없는데, 북이나 꽹과리 또는 요령 같은 악기로 바라지를 하게 마련이다.
324) ‘중놈조종은 이등박문’이라는 노랫말은 중년에 와서 지어 넣은 것이겠다. 일본 제국주의 침략자들이 개화를 강요하면서 상투를 밀고 머리를 깎게 해서 조선 사람들이 모두 중과 같은 머리 모습을 하게 했으니 중놈의 우두머리(조종)는 이등박문이라는 이런 뜻으로 한 말이다.
325) 고정옥, 앞의 책, 208~209쪽.
326) 임동권, 앞의 책 2, 593번.

힘들고 괴로운 대로, 수월하고 즐거우면 수월하고 즐거운 대로, 몸으로는 일을 하면서 입으로는 노래를 부르며 일과 노래를 하나로 누렸다. 삶이 아무리 짓누를지라도 노래를 부르며 샘솟는 힘으로 살아온 것이다.

2. 놀음노래말꽃

노래란 기쁨과 즐거움을 누리려는 본능에서 나오는 노릇일진대 놀음노래말꽃이야말로 가장 노래다운 노래말꽃이다. 굿노래는 거룩한 서낭에게 바치거나 서낭과 더불어 어우러지는 것이기에 사람이 느끼는 기쁨과 즐거움은 아무래도 뒷전으로 밀려나게 마련이다. 삶노래에서도 일노래는 일에 도움을 받고 보탬이 되는 쪽으로 쏠려 기쁨이니 즐거움이니 하는 마음은 한발 물러선다. 그러나 놀음노래말꽃은 그 어떤 얽힘이나 거리낌도 없이 오직 기쁨과 즐거움을 드러내고 맛보려는 속셈에서 부르는 노래다. 노래라는 것이 기쁨과 즐거움을 누리려는 마음에서 나온다면 놀음노래말꽃이라야 가장 노른자위일 수밖에 없다. 놀음노래말꽃을 이루어내는 말의 갈래에 따라 입말놀음노래말꽃과 글말놀음노래말꽃과 전자말놀음노래말꽃으로 나누어 살펴보기로 한다.

가) 입말놀음노래말꽃

입말놀음노래말꽃이란 두말할 나위도 없이 입말로 이루어내는 놀음노래말꽃이다. 그러므로 노래부르며 듣고 즐기던 바로 그때에 곧장 사라져버리는 놀음노래말꽃들이다. 그러나 글자를 부려쓰면서 사람들은 사라져버리는 입말놀음노래말꽃들을 적어두어서 오늘 우리도 그런 자취를 더듬어볼 수 있다. 우리 겨레는 처음에 향찰 덕분에, 다음은 한글 덕분에 그럴 수 있게 되었다. 그러나 향찰을 만들어 쓰지 못하던 먼 옛날의 것들도 중국 글말(한문)에 적혀서 어렴풋한 자취나마 더듬어볼 수 있게 한다.

(1) 먼 옛날의 노래

알다시피 우리에게는 일찍 글말이 없었으므로 입말놀음노래말꽃이 남아 있을 수 없었다. 그러나 뜻밖에도 글말을 일찍이 부려쓴 중국 사람들이 우리의 입말놀음노래말꽃을 거두어 적은 것이 있어서 살피지 않을 수 없다. 중국 후한 영제 때 사람 채옹(133~192)의 《금조》라든지, 진나라 혜제(290~306) 때 사람 최표가 엮은 《고금주》에 우리 고조선 아낙네의 슬픈 노래가 한 마리 실려 있다.327) 한문으로 적혀 중국 옛 노

274

래(고시)의 모습이 되어 버렸으나 〈공후인〉이라고 이름을 붙인 이 노래는 뒷날 우리
나라에서도 한치윤(1765~1814)의 《해동역사》를 비롯한 여러 가지 책들에도 두루 옮
겨 실렸다.328)

公無渡河 / 公竟渡河 / 墮河而死 / 當奈公何329)

그대여 물을 건너지 말아요 / 그대는 마침내 건너는구려
물에 빠져서 죽고 말았으니 / 그대여 나는 어쩌면 좋아요

애초에 우리네 입말노래말꽃으로는 어떤 모습이었을지 가늠하기 어렵다. "곽리
자고라는 이가 새벽에 일어나 배를 저으며 손을 씻고 있는데 머리털이 흰 미치광이
같은 사나이가 머리를 푼 채로 항아리를 쥐고 물을 거슬러 강을 건넜다. 아내가 좇아
가며 건너지 말라고 불렀지만 미치지 못하고 사나이는 마침내 물에 빠져 죽었다. 이
에 공후를 켜면서 '그대여 건너지 마오' 하는 노래를 부르니 소리가 더없이 슬펐다.
노래를 마치고는 사나이를 따라 물에 뛰어들어 죽고 말았다. 곽리자고가 집에 돌아와
아내 여옥에게 본 대로 노래부르며 이야기했다. 여옥이 슬픔을 이기지 못하고 공후를
켜면서 그 소리를 본떠 노래부르니 듣고 눈물을 흘리지 않는 사람이 없었다."330) 이
렇게 적힌 것을 그대로 믿는다면, 이 노래말꽃은 먼저 남편을 따라 물에 빠져 죽은
아낙이 입말로 노래불렀다. 그것을 자고가 집에 돌아와 아내 여옥 앞에서 다시 불렀
다. 그리고 또 여옥이 공후를 켜면서 거듭 불러서 이웃 사람들까지 듣고 퍼져 나갔다.
그리고 미루어보면, 마침내 널리 퍼져 나간 여옥의 노래를 중국 사람들까지 듣고 글
말로 적어서 남게 되었다고 보겠다. 그러니 여기 보인 노래말꽃은 나루지기 곽리자고
가 노래를 부르며 들려준 이야기를 아내 여옥이 듣고, 물에 빠져 죽은 저들 가시버시
의 슬픔에 함께 빠져 여옥이 다시 부른 것이다.
　　죽은 사나이와 아내 사이에 있었던 사연의 속살은 알 길 없으나, 스스로 목숨을

---

327) 이것은 진나라 공연의 《금조》, 송나라 곽무천의 《악부시집》 같은 책에도 실려 있다.

328) 권문해(1534~1591)의 《대동운부군옥》, 이수광(1563~1628)의 《지봉유설》, 박지원(1737~1805)의 《열
　　하일기》, 유득공(1749~?)의 《이십일도회고시》, 그리고 《대동야승》과 《가요악부》 같은 책에 두루 실
　　렸다.

329) 한치윤, 《해동역사》 권47, 예문지 6.

330) "子高晨起 刺船而濯 有一白首狂夫 被髮提壺 亂河流而渡 其妻隨而止之 不及 遂墮河水死 於是 援箜
　　篌而鼓之 作公無渡之曲 聲甚悽愴 曲終自投河而死 霍里子高還以其聲 語其妻麗玉 玉傷之 乃引箜篌
　　而寫其聲 聞者莫不墮淚掩泣焉".(최표, 《고금주》)

끊을 수밖에 없었던 사나이의 고달팠던 삶이며 가시버시와 살아가며 겪어야 하는 사랑과 미움의 골 같은 것을 느낄 수는 있다. 뿐만 아니라 남편의 죽음을 붙들지 못한 애달픔을 한 마리 노래에다 실어 놓고는 스스로 죽음으로 뛰어들어 남편과 하나가 되려는 아내의 사랑을 느껴 볼 수도 있다. 물 위와 물 속, 함께 산다는 것과 헤어져 떠난다는 것, 살아 있는 사람의 이승과 죽은 사람의 저승, 이런 것들이 견고트면서 보여주는 안타까운 삶의 모습이 오늘 우리네 가슴조차 아프게 한다.

사랑하며 짝이 되어 살던 남녀가 헤어지는 아픔은 신분이 높거나 낮거나 아내가 당하거나 남편이 당하거나 다를 바가 없을 터이다. 여러 가지 사정이 〈공후인〉과는 사뭇 다르지만 역시 아득한 옛날 부부로 살다가 헤어지는 아픔을 담은 노래가 한시의 모습으로 바뀌어 남아 있다. 김부식의 《삼국사기》에 실린 유리왕의 노래가 그것이다. 〈공후인〉이 백성의 아낙이 부른 노래였음에 견주어 〈황조가〉라는 이 노래는 임금인 사나이가 부른 노래이다.[331]

翩翩黃鳥	나란히 나래치며 나는 꾀꼬리
雌雄相依	암놈 숫놈 사이좋게 의지하는데
念我之獨	외톨이 된 나의 신세 생각하자니
誰其與歸[332]	누구와 더불어 돌아 갈꺼나

기구한 운명을 겪은 고구려의 유리왕이 임금으로서 지켜야 할 법도와 사람으로서 지녀야 할 사랑 사이에서 괴로움을 이기지 못하여 부른 노래다. 중국 옛시의 틀로 바뀐 것이라 제 모습을 가늠하기 어렵지만, 뛰어난 비유로 높은 아름다움을 드러내고 있는 노래말꽃임에 틀림없다. 사랑을 여읜 자신의 모습과 자유롭게 짝지어 노니는 꾀꼬리를 나란히 견주어 아무리 화려한 궁중이라 하더라도 님을 여의고 외로이 돌아가기 어렵다는 심정을 잘 드러내었다. 이들 노래가 한자로 적혔을 뿐만 아니라 중국 옛시의 틀로 탈바꿈하여 뒤쳐졌는데 우리네 노래말꽃으로 볼 수나 있는가 하는 물음을 떨칠 수 없다. 그러나 이로써 우리 겨레의 먼 옛날 노래말꽃을 어렴풋이나마 더듬어 볼 수 있을까 하여 짚어보았다.

그러나, 5세기 말엽 신라에서[333] 생긴 입말놀음노래말꽃 한 마리는 훨씬 뚜렷하

---

331) 이것은 노래부른 이가 임금이었기에 애초에 한문이란 중국 글말로 지어졌을지도 모를 일이다.

332) 《삼국사기》 권13, 고구려본기 제1, 유리명왕 3년.

333) '5세기 말엽'이라는 때와 '신라'라는 곳은 앞으로 이야기를 좀더 해야 알아들을 수 있을 것이다.

276

게 그 모습을 드러내고 있다. 아마도 9세기 말엽 《삼대목》에 실렸다가 일연의 《삼국유사》에 다시 실려서 우리에게로 내려왔을 〈서동노래[서동요]〉가 그것이다.

善化公主主隱	선화공주 님은	선화 공주 님은
他密只嫁良置古	늠 그스기 얼아두고	남 몰래 얼어두고
薯童房乙	막동 집을 (츠작)	막동의 집을 (찾아)
夜矣卯乙抱遣去如334)	밤이 알을 안고가다335)	밤에 알을 안고 가네336)

보다시피 이 노래의 모습은 신라 초기에 나라서낭굿노래말꽃으로 떠올라서 신라 후기에 일노래말꽃으로도 살아 있었던 다살노래 갈래의 모습과 꼭 같다. 그것은 다살노래라는 갈래가 뿌리깊어 널리 퍼져 있었음을 뜻하는 것이다. 그러니까, 신라 초기 이전부터 이미 백성들의 삶 안에 두루 퍼져 있던 갈래가 유리왕 시절에 나라서낭굿 노래로 떠오르면서 다살노래라는 갈래 이름을 얻었다. 그리고, 5세기 말엽에는 놀음 노래로 나타나고(〈서동노래〉), 7세기 초엽에는 일노래(〈공덕노래〉)로도 나타났으니, 그만큼 다살노래 갈래의 뿌리가 깊었기 때문이다.

그러나 〈서동노래〉는 아직도 안개 속에 싸여서 학자들을 괴롭힌다. 안개는 《삼국유사》에다 노래말꽃을 실은 일연에게서 비롯한다. 그는 노래말꽃을 실으며 제목을 '무왕'이라 해놓고, "《고본》에는 무강이라 했으나 잘못이다. 백제에는 무강이 없다." 이런 풀이를 달아 놓았다. 이야기에 나오는 선화의 이름을 '선화(善花)'라 적어 놓고 "또는 선화(善化)"라고도 했다. '서동'을 과부의 아들이라 한 다음에 "《삼국사》에는 법왕의 아들이라 했는데 이 책에서는 과부의 아들이라 했으니 잘 모르겠다" 하는 풀이를 달아 놓기도 했다. 애초의 기록이 이러한 까닭에 의문은 꼬리를 물고 일어났다. 무엇보다도 노래를 지어 불렀다는 사람, 곧 일연이 무왕이라고 해놓은 그 사람이 누구인가에 눈길이 쏠렸다. 그래서 학자들이 내놓은 의견은 ① 일연이 말한 대로 백제의 '무왕'이다,337) ② 백제의 '동성왕'이다,338) ③ 신라의 '원효'다,339) ④ 백제의 '무령왕

---

334) 《삼국유사》 권2, 기이 제2, 무왕.
335) 유창균, 앞의 책, 541쪽.
336) 요즘 말 풀이는 유창균의 것을 쓴이가 조금 손질을 했다.
337) 조윤제(《조선시가사강》, 박문출판사, 1937)를 비롯하여, 김사엽(《개고 국문학사》, 정음사, 1956), 양주동(《고가연구》, 일조각, 1965), 구자균(《국문학론고》, 박영사, 1966), 정병욱(《한국시가발달사》, 고려대 민족문화연구소, 1967), 그 밖에 많은 사람들의 의견이다.
338) 이병도(〈서동설화에 대한 신고찰〉, 《역사학보》 1, 1953)의 의견이다.
339) 김선기(〈쑈뚱노래〉, 《현대문학》 151, 1967)의 의견이다.

'이다,[340] ⑤ 옛 마한 땅에 있었던 '무강왕'이다[341] 하는 것들이다.

그런데 이런 의견들을 따르면, ③을 빼고는 모두 노래부른 임자를 백제 사람으로 보는 셈이다. 그러나 ④에서는 남달리 그 사람은 무령왕으로 보지만, 〈서동노래〉를 지어 부른 사람은 무령왕일 수 없다고 했다. 사재동은 일연의 기록을 순전한 이야기로만 보아야 한다면서 "우선 그것은 작자 미상이라고 볼 수밖에 없는 것"이라고 했다.[342] 서동이야기가 퍼져 있는 백제 쪽에 누군가 한 사람의 지은이가 있겠지만 밝힐 수가 없다는 뜻이다. 그러나 일연의 기록에는 사실[역사]과 이야기[설화]가 뒤얽혀 있으며, 누구 한 사람이 지은 노래가 아닌 듯하다. 493년(신라 소지왕 15, 백제 동성왕 15)에 맺어진 신라와 백제 사이의 나라혼인이라는 역사 사실이 빌미가 되어, 그것을 못마땅하게 여기고 싫어한 신라 백성들 사이에서 저절로 생겨난 노래라고 보아야 옳을 듯하다.[343] 백성들 사이에서 절로 생겨난 노래라는 말은 그것이 입말노래말꽃이라는 뜻이다.[344]

"선화 공주 님은 / 남 몰래 얼어두고 / 막동의 집을 (찾아) / 밤에 알을 안고 가네." 이런 노래말꽃을 줄글로 바꾸어본다면 다음과 같이 풀이할 수 있을 듯하다. "선화 공주님은 (떳떳하게 얼으지 못하여) 남 몰래 얼어 두고, (얼어 둔 사나이) 막동의 집을 (찾아) 밤에서야 (사람의 눈을 피해 백제 땅으로) 아기를 안고 가네." 이것은 선화 공주는 물론이고 공주를 백제로 시집 보내는 신라 왕실을 욕보이고 조롱하는 노래다. 따라서, 그렇게 남몰래 쫓겨난 공주를 며느리로 맞이하는 백제 왕실을 조롱하는 노래이기도 하다. 그러나 무엇보다도 백제에 대하여 우월감에 사로잡힌 신라 백성들이 나라혼인으로 구겨진 저들의 자존심을 지키고 싶은 마음을 담아낸 노래라 하겠다. '거리에서 뛰노는 여러 아이들이 노래불렀다' 하니 백성들 사이에 퍼져 있던 놀음노래말꽃임을 짐작할 수 있다.

이보다 훨씬 뒤늦게도 다살노래 갈래의 모습을 한 놀음노래말꽃 한 마리가 글말에 적혀 있다. 8세기 초엽 성덕여왕 시절(702~737)에 동해 바닷가 어느 곳의 이름 모

---

340) 사재동, 〈서동설화 연구〉, 《장암지헌영선생화갑기념논총》, 호서문화사, 1971 ; 김수업, 〈서동노래의 바탕에 대하여〉, 《어문학》 35, 한국어문학회, 1976.
341) 유창균(《향가비주》, 형설출판사, 1994)의 의견이다.
342) 사재동, 앞의 책, 950쪽.
343) 결국 백제 동성왕의 청혼으로 신라 이찬 비지의 딸과 동성왕의 둘째 아들 무령왕이 서기 493(백제 동성왕 15, 신라 소지왕 15)년에 혼인을 하였는데, 이 나라혼인을 못마땅히 여긴 신라 백성들이 그 혼사의 당사자인 신라 왕실과 백제 왕실을 싸잡아 욕되게 하려는 뜻으로 공주를 비방하는 노래를 부르게 되었다고 보는 것이다.(김수업, 앞의 글)
344) 노래의 이름이 '~가'가 아니라 '~요'인 것이 바로 그런 속살에서 말미암은 것임에 틀림없다.

를 늙은이가 강릉태수의 아내인 수로부인에게 지어 바쳤다는 〈꽃바침노래[헌화가]〉
가 그것이다.

紫布岩乎邊希	지뵈 방고 서리히	검푸른 바위 언저리에
執音乎手母牛放敎遣	줌은 손 암쇼 노히시고	손에 잡았던 암소 놓아두고
吾肹不喩慚肹伊賜等	나홀 모들 허믈ㅎ리실돌	나를 나무라지 아니 하신다면
花肹折叱可獻乎理音如345)	곧홀 것가 바도림다346)	꽃을 꺾어 바치겠습니다347)

일연 스님은 《삼국유사》에다 이 노래말꽃의 사연을 이렇게 적어 놓았다.

　성덕왕 시절에 순정공이 강릉태수를 맡아서 가다가 행차가 바닷가에 이르러 점심을 먹
었다. 그 곁에는 깎아지른 돌 벼랑이 있어 병풍처럼 바다에 닿아 있는데 높이는 천 길이
나 되고 위에는 철쭉꽃이 활짝 피어 있었다. 공의 부인 수로가 그것을 보고 곁에 따르는
사람들에게 "누가 저 꽃을 꺾어 바칠 수 있겠느냐?" 했다. 모시는 사람들은 "사람의 발길
이 닿을 수 없습니다." 하면서 모두 못한다고 했다. 마침 곁에 한 늙은이가 암소를 몰고
지나가다가 부인의 말을 듣고는 그 꽃을 꺾고 또 노래말꽃도 지어서 바쳤다. 그 늙은이는
누구인지 알 수 없다.348)

　소를 몰고 지나가던 이름 모를 늙은이가 지체 높으신 태수의 아내에게 갖고 싶
어한 꽃을 꺾어 드리면서 함께 바친 노래말꽃이라 하면 그만일 수도 있다. 그러나 꽃
이 사람의 발길이 닿을 수 없는 곳에 피어 있어서 젊은이도 꺾을 수 없었는데, 늙은이
가 어떻게 꺾을 수 있었을까 하는 물음이 생기면서 감추어진 속내를 밝히고 싶어진
다. 그래서 학자들은 늙은이가 누구인지 밝히려 애를 태우며, 마음의 소를 모는 스님
(목우선승)이라기도 하고,349) 검정 암소를 끄는 신선이라기도 했다.350) 그러나 아직은
일연 스님이 말한 대로 '누구인지 알 수 없다' 하는 곳에서 벗어나지 못한다. 따라서
노래 안에 감추어져 있을지도 모르는 신라 사람들의 삶과 마음도 제대로 읽어내지
못하고 있다. 바닷가 벼랑 위에 피어 있는 꽃을 꺾어달라는 수로부인, 사람의 발길이

---

345) 《삼국유사》 권2, 기이 제2, 수로부인.
346) 유창균, 앞의 책, 256쪽.
347) 위와 같음.(글쓴이가 조금 손질을 했다)
348) 《삼국유사》 권2, 기이 제2, 수로부인.
349) 김종우, 《향가문학론》.
350) 김선기, 〈곶받틴 노래〉, 《현대문학》 153.

닿을 수 없는 곳에 피어 있는 철쭉꽃, 암소를 몰고 지나가던 초능력의 늙은이, 이런 것들의 속뜻을 올바로 드러낼 수 있어야 노래말꽃에 담긴 속살도 제대로 맛볼 수 있을 것인가.

그러나 따지고 보면 모를 일은, 늙은이가 누구인가 하는 것이라기보다 꽃을 어떻게 꺾었느냐 하는 것이다. 그런데 그것은 우리에게 크게 종요로운 것도 아닌 듯하다. 종요로운 것은 수로부인이 꺾을 수 없는 꽃을 갖고 싶어했다는 것이고, 사람들은 아무도 수로부인의 그런 바람을 채워주지 못했다는 것이고, 암소를 몰고 가던 늙은이가 수로부인의 그런 바람을 채워주었다는 것이다. 무엇으로 채워주었는가? 꽃과 더불어 노래말꽃으로 채워주었다고 했다. 그러나, 꽃은 현실적으로 꺾을 수 없는 것이었으므로 실제로 수로부인의 바람을 채워준 것은 노래말꽃뿐이었을 듯하다. 사람들은 수로부인의 바람을 곧이곧대로 받아들였기 때문에 채워줄 수 없었으나, 늙은이는 수로부인의 바람을 비유로 받아들였기 때문에 노래말꽃으로 그것을 채워줄 수 있었던 것이 아닐까. '자, 여기 꽃을 꺾어 바칩니다' 하는 노래를 불러주었으니, 그것으로 곧 꽃을 꺾어 바친 셈이 되지 않았는가. 이로써 어쩌면 수로부인은 본디 바라던 것보다 훨씬 더 아름다운 꽃을 꺾은 셈이 되지는 않았을까. 늙은이의 입에서 나온 말꽃이 돌벼랑 위에 피어 있는 철쭉꽃보다 한결 아름다운 것일 수 있기 때문이다.

한편, 《삼국유사》에 적힌 글자대로 한다면 늙은이는 노래말꽃을 글말로 지어서 바친 듯하다. "또한 노래말을 지어서 바쳤다" 하는 것이[351] 그런 뜻으로 들리기 때문이다. 그러나 앞뒤 사정을 두루 살피건대 그것을 결코 글말로 적어서 바친 노래말꽃일 수는 없을 듯하다. 강릉태수의 행차라면 글을 쓸 만한 채비쯤은 갖추었을 수도 있겠지만, 8세기 초엽에 암소를 몰고 가던 늙은이가 글말을 부려쓸 수 있었으리라 보기는 어렵다. 무엇보다도 노래말꽃의 모습이 아주 먼 신라 초기부터 백성들 사이에 널리 퍼져 내려온 다살노래의 갈래인 것으로 보아 입말노래로 보는 것이 자연스럽다. 수로부인의 엉뚱한 요구에 어쩔 줄 몰라 쩔쩔매는 아랫사람들을 지켜보면서 슬기로운 늙은이는 누구에게나 귀에 익은 노래 모습을 빌려 마치 수수께끼를 풀 듯이 저들의 곤경을 벗겨준 것이다.

먼 옛날 백제 땅의 입말놀음노래말꽃 한 마리도 여기서 살필 수 있다. 한글 덕분에 15세기 말엽에 와서 《악학궤범》[352]에다 모습을 드러낸 〈정읍노래[정읍사]〉가 바

---

351) "亦作 歌詞 獻之".(《삼국유사》 권2, 기이 제2, 수로부인)
352) 1493년(성종 24)에 성현, 신말평, 유자광 같은 이들이 임금의 뜻을 받들어 궁중에서 쓰이는 모든 연희(놀이와 춤과 노래와 바라지)를 가다듬어 펴낸 책.

280

로 그것이다. 그러니까 이 노래는 입말로 오랜 세월을 흘러오다가 15세기 말엽에서
마침내 글말로 모습을 드러내었다. 따라서 우리가 만나는 이 노래가 어떤 탈바꿈들을
거쳐서 언제쯤에 이런 모습으로 굳어졌는지 알 길이 없다. 우선 노래말꽃의 모습부터
만나보자.

前腔　　둘하 노피곰 도ᄃᆞ샤 어긔야 머리곰 비취오시라 어긔야 어강됴리
小葉　　아으 다롱디리
後腔　　全져재 녀러신고요 어긔야 즌ᄃᆞ를 드ᄃᆞ욜셰라 어긔야 어강됴리
過篇　　어느 이다 노코시라
金善調　어긔야 내 가논 ᄃᆞ 졈그롤셰라 어긔야 어강됴리
小葉　　아으 다롱디리[353]

보다시피 이 모습은 전강, 소엽, 후강, 과편, 김선조 같은 소리가락[음곡]에 맞추
어 적혀 있다. 입말노래로 흘러오다가 궁중에 끌려들어와 〈무고〉라는 이름의 북춤놀
이[354]에 얹히고, 그 놀음놀이[355]에 맞추는 소리가락으로 탈바꿈하여 이런 모습이 되
었다. 그런데 그런 소리가락에 얽매인 것을 풀어서 오로지 말꽃만으로 적어보면 이렇
게 되겠다.

둘하 노피곰 도ᄃᆞ샤 어긔야 머리곰 비취오시라 어긔야 어강됴리 아으 다롱디리
全져재 녀러신고요 어긔야 즌ᄃᆞ를 드ᄃᆞ욜셰라 어긔야 어강됴리
어느 이다 노코시라 어긔야 내 가논 ᄃᆞ 졈그롤셰라 어긔야 어강됴리 아으 다롱디리

이런 모습은 일찍이 우리 노래말꽃에서 찾아볼 수 없던 모습이다. 무엇보다도 뜻

---

353)《악학궤범》권5, 시용향악정재도설, 무고.
354) '무고'라는 북춤놀이는 고려 충렬왕 때에 이혼(1252~1312)이 만들어 궁중의 놀음놀이가 되었다는 기
　　록이 여럿 있다.《고려사》에는 이렇게 적혔다. "'무고'는 시중 이혼이 영해로 귀양살이를 갔을 때 바
　　다 위에 떠 있는 나무를 얻어서 만들었는데, 소리가 굉장하고 춤이 놀라워서 조용히 휘돌 적에는 두
　　마리 나비가 꽃을 맴도는 듯하고 힘차게 춤출 적에는 두 마리 미리가 구슬을 다투는 듯하다. 궁중
　　놀이(악부) 가운데 가장 뛰어나다."(《고려사》권71, 지 권25, 악 2, 무고)
355) 놀음놀이하는 모습은《고려사》에도 적혔지만《악학궤범》에는 더욱 자세하게 적혔다.《고려사》에
　　는 잽이(악관)들이 바라지를 하고, 여러 여인들이 〈정읍사〉를 노래하고, 두 사람의 여인이 북 하나를
　　두드리며 춤추는 놀이를 벌인다고 했다. 그런데《악학궤범》에는 잽이들 열여섯 사람이 바라지를 하
　　고, 여러 여인들이 〈정읍사〉를 노래하고, 여덟 사람의 여인이 북 하나를 가운데 두고 사방으로 둘씩
　　북을 두드리며 춤추는 놀이를 벌인다고 했다. 조선에 와서 춤추는 사람들이 네 곱절로 늘어난 줄을
　　알겠거니와 잽이와 소리꾼들도 그만큼 불어났음에 틀림없다.

은 담지 않고 아름다운 소리만 드러내는 말이 곳곳에 끼여들었다. '어긔야', '어긔야 어강됴리', '아으 다롱디리' 같은 말들이 그것이다.[356) 이런 말은 춤추고 노래하며 놀음놀이를 벌일 적에 감동을 불러일으키는 노릇으로 커다란 몫을 다했을 것이다. 그러니까 이런 '소리의 말'들은 궁중에서 춤추고 노래하며 놀음놀이를 벌이려 하면서 생기고 자라난 것이다. 궁중으로 들어오지 않고 여느 백성들 사이에서 즐겨지던 때의 애초 모습에서는 찾아볼 수 없었던 것이다. 그래서 노래말꽃의 본디 모습을 살피자면 잠시 제쳐놓지 않을 수 없는데, 그러면 이런 모습이 된다.

> 둘하 노피곰 도드샤 / 머리곰 비취오시라
> 全져재 녀러신고요 / 즌디롤 드디욜셰라
> 어느 이다 노코시라 / 내 가논 디 졈그롤셰라

보다시피 이것은 세 도막으로 이루어졌다. 이런 세 도막 짜임새는 불교의 교회서 낭굿노래말꽃인 〈느낌말 새나[차사사뇌]〉에서 처음 만난 것이었다. 그런데 거기에는 반드시 셋째 도막 첫머리에 '아으' 같은 느낌말을 놓았으나 여기에는 그런 느낌말이 없어서 같은 뿌리에서 나온 것으로 보기는 어렵다. 그렇다면, 이런 세 도막 짜임새가 우리들이 일찍이 자취를 찾아볼 수 없었던 백제 쪽 옛날의 노래말꽃 짜임새에서 온 것은 아닐까. 그리고 이런 짜임새가 뒷날에 나타날 시조 갈래의 뿌리로 이어진 것은 아닐까. 좀 엉뚱하지만 이런 생각까지 해볼 수 있다.

〈정읍사〉를 백제 땅의 노래말꽃으로 보는 까닭은 《고려사》에 '삼국 속악'의 '백제' 노래로 못박아 놓았기 때문이다.[357) 거기에는, 군인 나간 남편을 기다리다 못한 아내가 불렀다는 〈선운산〉, 광주 백성들이 삶의 즐거움을 노래했다는 〈무등산〉, 도적에게 붙잡혀 간 아내가 남편이 구하러 오기를 바라며 불렀다는 〈방등산〉, 가난한 집의 아리따운 아낙이 백제 임금의 탐냄을 뿌리치며 죽어도 따르지 않겠다고 불렀다는 〈지리산〉, 이런 노래들과 더불어 〈정읍〉을 백제의 노래로 실어 놓았다. 그리고

---

356) 이런 말들이 고려 적 노래에만 두드러지게 나타나서 학자들이 까닭을 밝히려 여러 주장들을 내놓았다. 악기의 소리를 본떠서 내는 소리라는 정도로 두루 알려져 있으나, 그것이 '신선의 말[선어]로서 도교의 노래로부터 말미암았다는 주장이 가장 그럴듯하다. 오늘날에도 우리 소리에 '구음(口音)'이라 하여 그 자취가 끊어지지 않고 있다.(안동준, 〈고려노래 '선어'와 민간전승 도교음악〉, 《배달말》 29, 배달말학회, 2001)

357) 거기(《고려사》 권71, 지 권25, 악 2, 삼국속악)에는 이런 풀이를 해놓았다. "신라·백제·고구려의 놀이[樂] 고려에서도 마찬가지로 썼다. 악보까지 만들었으므로 여기에 덧붙여 놓겠으나, 노랫말은 모두 우리 말이었다.(新羅百濟高句麗之樂 高麗並用之 編之樂譜 故附著于此 詞皆俚語)"

거기 달아 놓은 풀이358)를 보면 《악학궤범》에 적힌 〈정읍사〉의 노래말꽃과 조금도 어긋나지 않는다.

이래서 우리는 한글 덕택에 어렴풋하지만 옛날 백제 사람들의 삶과 애틋한 가시버시의 사랑을 느껴볼 수 있다. 이것은 적어도 14세기 초엽에는 고려 궁중에 들어와 있었으며,359) 조선 궁중으로 넘어와 15세기 말엽에 글말로 적혀서,360) 조선왕조가 무너질 때까지 〈무고〉의 춤놀이와 더불어 살아 있었다.361)

> 달아 높이 높이 돋아다오, 어긔야
> 멀리 멀리 비추어다오, 어긔야 어강됴리 아으 다롱디리
> 모든 장터를 두루 다니셨을까, 어긔야
> 진흙탕에 빠지셨으면 어찌 하나, 어긔야 어강됴리
> 어느 이에게나 놓고 돌아오시라, 어긔야
> 우리 가는 곳 저물리 있으리까, 어긔야 어강됴리 아으 다롱디리

몇 군데 뜻을 붙들기 어려운 대목이 있지만 대체로는 이런 뜻으로 읽을 수 있다. 돌아올 때가 지났는데도 돌아오지 않는 남편을 기다리며 가장 큰 걱정거리는 밤에 날뛰는 도적의 무리다. 그것을 진흙탕에 더럽혀지는 것으로 빗대어 걱정하면서, 만일 그런 일에 빠졌다면 어떤 사람이든지 재물을 모두 주고 무사히 돌아오라고 빈다. 그런 재물을 빼앗기더라도 몸만 성하게 돌아오면 우리의 삶은 저물어지지 않고 다시 밝아질 수 있다고 한다. 그러나 그런 걱정을 아예 막을 수 있도록 밝은 달이나 좀더 높이높이 떠있으면 좋겠다고 한다. 비록 떠돌이 장사를 하지만 재물보다는 사람이 값지고, 사람에게는 사랑이 있으면 절망은 없다는 뜻을 잘 드러내었다. 게다가 더러운

---

358) "정읍은 전주에 속하는 고을이다. 떠돌이 장수인 고을 사람이 집 나간 지 오래되어 돌아오지 않았다. 아내가 산 위의 바위에 올라가 바라보며 남편이 밤길에 도적이라도 만나 해를 입을까 걱정하면서 진흙탕에 더럽히는 것으로 빗대어 노래를 불렀다. 세상에는 '산 위에 올라 남편을 바라보는 돌'에 얽힌 이야기가 내려온다.(井邑 全州屬縣 縣人爲行商 久不至 其妻登山石以望之 恐其夫夜行犯害 托泥水之汚 以歌之 世傳有登岵望夫石云)": 위와 같은 곳.

359) '무고'를 궁중 춤놀이로 처음 만들었다는 이혼에 맞추어 그쯤으로 보는 것이다.

360) 《악학궤범》을 엮은 해가 1493년(성종 24)이기에 이렇게 말한다.

361) 1908년(융희 2)에 펴낸 《증보문헌비고》에도 "정읍노래 한 마리는 정읍현 사람이 행상을 나가 오래 돌아오지 않자 그 아내가 산 위 돌에 올라가 바라보며 남편이 밤길에 해를 입을까 두려워하여 흙탕물에 더럽혀지는 것에다 빗대어 노래한 것이다"(권246, 부 가곡 류) 하는 기록이 있다. 그뿐 아니라 지방 관아로 흘러나온 춤놀이에도 오늘까지 자취가 남아 있으니, 〈승전무〉라는 이름으로 경상남도 무형문화재 제21호로 내려오는 춤놀이도 다름 아닌 〈무고〉에서 말미암은 것이다. 〈무고〉가 삼도수군통제영으로 흘러온 자취는 춤놀이 첫머리에 '달아 높이 고이 돋을사……' 하는 노래말꽃으로 쉽게 알아볼 수 있다.

일들이 벌어지는 어두운 밤을 싫어하면서 밝은 달을 우러러보는 마음이 애절한 사랑
과 겹쳐 더욱 아름답게 나타났다.

(2) 놀이노래말꽃

입말놀음노래말꽃 가운데 가장 놀음노래말꽃다운 것은 뭐니뭐니해도 놀이노래
말꽃이다. 몸으로는 놀이를 벌이면서 입으로 부르는 노래말꽃을 놀이노래말꽃이라
한다.362) 일상의 삶에 파묻혀 살아가는 사람들일지라도 나날이 매달려야 하는 일을
잠시나마 제쳐두고 거기서 벗어나 즐거움을 누리는 때가 있게 마련이다. 아이들 적에
는 온통 그런 시간뿐이다가 나이가 들수록 일에 빼앗기며 그런 시간이 사라지게 마
련이지만, 그렇다고 그런 시간이 모조리 사라지는 것은 아니다. 그리고 죽을 때까지
얼마라도 그런 시간을 누릴 수 있으면 삶이 한결 즐거울 수 있다.

> 이거리 저거리 각거리 / 견사 만사 다만사 / 조리 김치 장독간 / 총 채비 파리 떡 / 한알
> 때 두알 때 세알 때 / 팔 때 장군 고드래 뽕 / 제비 싹싹 무간주 / 보리짝 납짝 흰기 뚱363)

나라 곳곳에서 어린이들이 놀이하며 부르는 〈다리뽑기노래〉다. 모든 입말꽃이
그런 것과 같이 이 노래도 곳과 때에 따라 노래말꽃이 달라지는 것은 말할 나위도
없다. 서로 마주 앉아 다리를 엇갈리게 쭉 뻗고 손으로 다리를 두드리면서 움직임에
맞추어 노래를 부르다가 노래가 끝나는 데서 걸리는 다리를 뽑아내는 놀이다. 놀이
를 재미나게 하려고 노래를 부르는 것인지, 거꾸로 노래를 신명나게 하자고 놀이를
곁들이는 것인지 가늠하기 어렵다. 그만큼 놀이와 노래가 아주 깊이 어우러져 있다
는 말이다.

> 기러기야 기러기야 / 어디로 가니 한강까지 간다 / 무엇하러 가니 새끼 키우러 간다 / 몇
> 마리 키웠니 두 마리 키웠다 / 너 한 마리 갖고 나 한 마리 갖자 / 너의 초소는 어디니 /
> 작은 시내 넘고 큰 강을 건너서 / 계수나무 있는 곳 할머니는 물길으러 / 복동이는 절구
> 찧으러 / 옥순이는 밥하러 부뚜막 앞에 / 어머니는 꽃구경 가고 아버지는 물놀이 가고
> ―줄임― (경기 수원)364)

---

362) 김경숙, 《한국전래 놀이노래》, 청맥, 1993.
363) 김숙경, 앞의 책, 192쪽.
364) 무라야마 지준, 앞의 책, 94쪽.

이것은 둘이 마주 앉아 손뼉을 마주 치면서 부르는 〈손뼉치기노래〉다. 앞에서 본 〈다리뽑기노래〉와 마찬가지로 가장 간단하게 아무 준비도 없이 즐길 수 있는 놀이노래말꽃이라 하겠다.

> 건너집 김서방 나무하러 갑세 / 배 아파 못 가 / 무슨 배 / 자래 배 / 무슨 자래 / 엄 자래 / 무슨 엄365) / 소 엄 / 무슨 소 / 탁 소 / 무슨 탁 / 비지 탁 / 무슨 비지 / 콩 비지 / 무슨 콩 / 새 콩 / 무슨 새 / 촉 새 / 무슨 촉 / 맨긴 촉 / 무슨 맨긴 / 당 맨긴 / 무슨 당 / 새낭당 (평북 벽동)366)

이런 것은 〈말놀이노래〉의 하나다. 먼저 한 사람이 무슨 일을 하자고 청하는데 받는 쪽에서 핑계를 대며 거절한다. 그러면, 그때부터 거절하는 말을 꼬투리로 잡고 말놀이를 벌인다. 이 노래처럼 묻고 대답하는 놀이뿐 아니라 말끝 소리를 잇거나 말에 담긴 속살을 이어나가는 놀이법도 있다.

> 할머니 들어왔다 / 두부장수 들어왔다 / 색-시 들어왔다 / 모-두 들어왔다 / 할머니 나가라 / 두부장수 나가라 / 색-시 나가라 / 모-두 나가라367)

> 꼬마야 꼬마야 뒤-로 돌아라 / 돌아서 돌아서 땅-을 짚어라 / 짚어서 짚어서 만세를 불러라 / 불러라 불러라 잘- 가거라368)

이런 노래들은 여자아이들이 긴 줄을 돌리게 하고 가락에 맞추어 뛰어넘으면서 부르는 이른바 〈줄넘기노래〉다. 아마도 온 나라 어디서나 가장 쉽게 볼 수 있는 놀이노래말꽃일 듯하고, 그만큼 널리 퍼졌기에 오래 살아 남은 것인지도 모른다.

> 안녕 삼각, 또 와라 사각 / 사각은 두부, 두부는 하얗다 / 하얀 것은 토끼, 토끼는 난다 / 나는 것은 까마귀, 까마귀는 검다 / 검은 것은 굴뚝, 굴뚝은 높다 / 높은 것은 하늘, 하늘은 푸르다 / 푸른 것은 바다, 바다는 깊다 / 깊은 것은 부모의 은혜 (제주)369)

---

365) 어금니.
366) 무라야마 지준, 앞의 책, 451쪽.
367) 김숙경, 앞의 책, 147쪽.
368) 위의 책, 148쪽.
369) 무라야마 지준, 앞의 책, 238쪽.

1930년대에도 어린이들이 줄넘기를 하면서 이런 노래를 불렀는데, 아직도 사라지지 않고 그대로 살아 있으니 놀이나 노래의 끈질긴 힘을 느끼게 한다.

고사리 대사리 끊자 / 나무 대사리 끊자
유자 꽁꽁 재미나 넘자 / 아장 장장 벌이오
　끊자 끊자 고사리 대사리 끊자 / 앞산에 고사리 끊어다가 우리 아빠 반찬하세
　끊자 끊자 고사리 대사리 끊자 / 제-산 고사리 끊어다가 우리 엄마 반찬하세
고사리 대사리 끊자 / 나무 대사리 끊자
유자 꽁꽁 재미나 넘자 / 아장 장장 벌이오[370]

〈고사리꺾기〉라고도 하는 이 노래는 수릿날이나 백중 같은 여름철 밤에 처녀들이 너른 마당에 모여서 부르는 놀이노래말꽃이다. 그냥 둘러앉아 어깨동무를 하고 부르기도 하지만, 손에 손을 잡고 마당을 빙빙 돌면서 고사리 꺾는 시늉을 곁들여 부른다. 앞뒤 소리로 번갈아 부르거나, 앞소리꾼이 메기면 모두가 받아서 부르기도 한다.

수양산 꼬사리 끈어다가 / 우리 아버님 반찬하자 / 끈자 끈자 꼬사리 끈자
삼각산 꼬사리 끈어다가 / 우리 어머님 반찬하자 / 끈자 끈자 꼬사리 끈자
백두산 꼬사리 끈어다가 / 우리 언니 반찬하자 / 끈자 끈자 꼬사리 끈자
태백산 꼬사리 끈어다가 / 우리 형님 반찬하자 / 끈자 끈자 꼬사리 끈자 (전남 화순)[371]

이것은 1930년에 불렀다는 〈고사리꺾기노래〉다. 요즘 노래보다 훨씬 단순하지만 노래의 바탕은 크게 달라지지 않은 것을 알겠다. 달이 휘영청 밝은 정월 대보름이나 7월 백중 또는 8월 한가위에는 아낙네들이 무리를 지어 산 위에 올라 달맞이를 하면서 다음 같은 〈달맞이노래〉를 불렀다.

달아달아 밝은달아 / 이태백이 놀든달아 / 저긔저긔 저달속에 / 계수나무 박혓스니 / 옥독기로 찍어내고 / 금독기로 다듬어서 / 초가삼간 집을짓고 / 양친부모 모셔다가 / 천년만년 살고지고 / 천년만년 살고지고 / 양친부모 모셔다가 / 천년만년 살고지고 (경기 양주)[372]

이런 〈달맞이노래〉는 널리 퍼져서 달밤에 벌어지는 다른 놀이로 옮겨서 부르기

---

370) 김숙경, 앞의 책, 184~185쪽.
371) 무라야마 지준, 앞의 책, 212쪽.
372) 위의 책, 65쪽.

도 한다. 아가씨와 아낙들이 밝은 달밤에 어우러져 즐기는 〈강강술래〉 같은 것에도 비슷한 놀이노래말꽃을 노래했다.

> 달아달아 밝은달아 강강수월래 / 리태백이 노든달아 (후렴) / 저긔저긔 저달속에 (후렴) / 계수나무 박혓스니 (후렴) / 옥독기로 찍어내고 (후렴) / 금독기로 다듬어서 (후렴) / 초가삼간 집을짓고 (후렴) / 량친부모 모셔다가 (후렴) / 천년만년 살고지고 (후렴)(전남 완도)373)

처녀와 아낙들이 달 밝은 밤에 넓은 마당에서 손에 손을 잡고 둥글게 돌면서 강강술래를 할 적에는 몸짓이 절로 춤이 된다. 그러나 노래말꽃이 늘 이렇게 밝기만 한 것은 아니다.

> 뒷동산에 토끼들은 강강수월래 / 포수올가 근심하고 〃 / 우리 나라 부자들은 〃 / 도적올가 근심하고 〃 / 삼대독자 외아들은 〃 / 병이들가 근심하고 〃 / 남자짜리 각시들은 〃 / 시집사리 근심하고 〃 / 우리같은 처녀들은 〃 / 질삼하기만 근심하네 〃 (전남 영광)374)

세상살이가 온통 근심이라 근심 없는 사람이 없고 마침내는 뒷동산에 토끼들까지도 근심으로 산다고 노래한다. 그러나 이것을 삶의 고달픔과 걱정스러움에 시달리다 못해 털어놓는 넋두리로 볼 것은 아니다. 끊어지지 않고 오래 잇달아 춤추며 놀자면 노랫말도 그렇게 잇달아야 하기 때문에 하나를 붙잡고 비슷하게 거듭 되풀이하는 틀에 맞추었을 따름이다. 다음 노래는 '노리개'를 붙잡고 그렇게 노래하는 보기다.

> 강강수월래 우라버니 노리개는 / 〃 간지수재 노리갤네 / 〃 우러머니 노리개는 / 〃 물래꼭지 노리갤네 / 〃 우리형님 노리개는 / 〃 함박박 노리갤네 / 〃 우리옵바 노리개는 / 〃 살부자리 노리갤네 / 〃 우리할머니 노리개는 / 〃 담배곡지 노리갤네 / 〃 우리동생 노리개는 / 〃 꽃감대초 노리갤네 / 〃 작은일군 노리개는 / 〃 지개통발 노리갤네 / 〃 큰일군 노리개는 / 〃 쟁기지게 노리갤네 (전남 해남)375)

이처럼 전라도 쪽에 널리 퍼진 〈강강술래〉에 견줄 만한 것으로 경상도 쪽의 〈기

---

373) 위의 책, 234쪽.
374) 위의 책, 232쪽.
375) 위의 책, 220~221쪽.

와밟기〉를 꼽을 수 있다.

> 어디 어디 골 기완가 / 상좌 상좌 골 기와지 / 몇냥 몇냥을 주었나 / 닷냥 닷냥을 주었지 / 어디 어디 골 기완가 / 전라 전라도 기와지 / 몇냥 몇냥을 주었나 / 열냥 열냥을 주었지 / 어디 어디 골 기완가 / 경상 경상도 기와지 / 몇냥 몇냥을 주었나 / 스무 스무 냥 주었지 -줄임- 376)

> 봅자377) 봅자 기와나 봅자 / 어듸 골의 기왈넌가 / 남성골의 기왈네 / 몃장이나 볼밧는가 / 서룬석장 다볼받네 / 금봉당 허리에다 / 몸채 것고 행낭 짓고 / 물우에다 물무당 짓고 / 물 명주 바지 가래 / 돌 명주 단오 가래 / 허리에 삽작 입으시고 / 청사 홍사 갑사 치마 / 주름은 좁게 잡어 / 마장은 널이 달어 / 일배 일배 접저구리 / 짓은 짓은 좁게 잡어 / 옷고름은 널이 달어 / 글안허도 조흔 얼골이 / 분쌀한지 올닐넌가 (전북 정읍)378)

〈기와밟기〉라는 놀이는 어린이나 아가씨들이 한 줄로 늘어 서 앞사람의 허리를 잡고 윗몸을 굽혀서 길게 다리를 만든다. 맨 뒷사람이 다리 위에 올라가 차례로 밟고 앞으로 나가서 다시 다리를 만들어주어 잇달아 다리를 밟을 수 있게 하거나, 또는 한 사람이 다리 위를 밟고 앞으로 나아가면 밟힌 사람은 빨리 앞으로 달려가서 맨 앞에 다리를 만들어주어 잇달아 다리를 밟고 나아가게 한다. 노래말꽃은 앞뒷소리로 갈라 주고받는데, 앞뒷소리를 두 편으로 가르기도 하고 앞소리꾼은 혼자 메기고 뒷소리를 여럿이 함께 받기도 한다. 안동의 〈놋다리밟기〉는 유래 전설이 있어서 유명하지만 놀이로서는 다를 것이 없다.

> 어녀윤에 청계산에 / 놋다리야 놋다리야 / 이터이는 누터이로 / 나라님의 옥터일세 / 이게 와는 누게와로 / 우리 나라 옥게왈세 / 손이왓네 손이왓네 / 그어데서 손이왓노 / 경상도 서 손이왓네 -줄임- 어데다가 밥담엇도 / 식기굽에 담아주데 / 어듸다가 반찬주도 / 접시 굽에 담아주데 / 어듸다가 김치주도 / 중발굽에 담어주데 / 어듸다가 숙융주도 / 삼칭쟁반 굽쟁반에 / 뚜에엎퍼 갔다주데 / 놋다리야 놋다리야 (경북 안동)379)

처녀들의 놀음놀이로는 뭐니뭐니해도 널뛰기와 그네뛰기가 가장 멋있고 아름답다. 고정옥은 "정월달, 곱게 단장한 부녀·처녀들이 이른 봄바람에 긴 옷고름이나 댕

---

376) 김숙경, 앞의 책, 183쪽.
377) 밟자.
378) 무라야마 지준, 앞의 책, 183쪽.
379) 위의 책, 253쪽.

288

기를 나부끼면서 홍조 띤 얼굴을 아낌없이 담 위 높이 소코라치는 광경은 세계 제일의 아름다운 풍속화였을 것이다" 하면서 널뛰기를 찬미했는데, 다음 것들은 〈널뛰기노래〉의 보기들이다.

허누자 척실루 / 니머리 흔들 / 내다리 삽작 / 허누자 척실루 / 니댕기 팔랑 / 내치마 낭녁 / 허누자 척실루 / 니눈이 휘휘 (함남 함흥)380)

좀묵지 말게 뛰어라 / 칙간밑에 꽃꼽아노코 / 꿍꿍 뛰어라 / 형내집서 콩한내를 / 어더다가 심었드니 / 콩한되가 되엿네 / 한 되를 심엇드니 / 한 말이 되엿내 / 한 말을 심엇드니 / 한 섬이 되엿네 (전남 화순)381)

다시 고정옥은 "태연한 포오즈, 바람을 머금고 부풀어오른 치마폭, 나부끼는 저 고리 고름·댕기, 우아한 하지의 곡선…… 신록 속을 흘러내리는 오월의 일광. 그러나 노래로는 이런 시적 정경을 충분히 그려낸 것이 없음이 섭섭하다" 하면서 그네뛰기의 아름다움을 묘사했는데, 다음은 〈그네뛰기노래〉의 하나다.

배가가네 배가가네 / 이독술네 배가가네 / 어드메로 배가가나 / 영평바다로 배가가네 / 무엇하러 배가가나 / 돈실려고 배가가네 (황해 안악)382)

보다시피 놀이노래말꽃은 어린이나 아가씨들이 많이 즐긴다. 어른들보다는 어린이나 처녀들이 놀이에 바칠 시간을 많이 누릴 수 있기 때문일 것이다. 그러나 어른들이라고 놀이노래말꽃을 아주 잊고 사는 것은 아니다.

훗방산이 산밑에 가고 / 석동문이 막돌아 간다 / 옻이야 삿치야 / 오금의 떡이야 / 동-자 가사리 / 박실 박실 한다 (부산 동래)383)

이런 노래는 옻놀이를 하면서 부르는 〈옻놀이노래〉로 명절 같은 때에 집안의 남자 여자 어른들이 함께 어우러져 편 옻을 놀면서 뛰고 춤추며 많이 불렀다.

380) 고정옥, 앞의 책, 255쪽.
381) 무라야마 지준, 앞의 책, 211쪽.
382) 고정옥, 앞의 책, 256쪽.
383) 임동권, 앞의 책 1, 1990번.

청천하늘엔 별도많다 / 쾌지나칭칭노네 / 갱분돌이 떡같으면 / 쾌지나칭칭노네 / 우는애기 다달개고 / 쾌지나칭칭노네 / 한강물이 술같으면 / 쾌지나칭칭노네 / 우리동무 대접하지 / 쾌지나칭칭노네 (경남 울산)[384]

이런 노래는 경상도 지방에 두루 퍼져 있는 남정네들의 풍물놀이에서 부르는 것이다. 풍물에 맞추어 춤을 추면서, 앞소리꾼이 사설을 노래하면 나머지 사람들이 후렴을 받아서 노래한다. 그러니까 경상도 지방의 이 〈쾌지나칭칭나네〉는 풍물놀이가 흥겹게 벌어지는 곳이면 어디서나 부를 수 있다. 농사일을 많이 하는 곳에서는 대략 칠월 백중 어름에 밭농사 곳에서는 '호미씻이'를, 논농사 곳에서는 '써리씻기'를 하고서 흐드러진 풍물놀이를 벌이며 〈쾌지나칭칭나네〉를 부른다. 그리고 고기잡이로 살아가는 바닷가에서도 그물에 고기가 가득 잡혀 배를 채우게 되면 배 위에서 신명나는 풍물놀이를 벌이면서 이 노래를 부르게 마련이다.

칭이나칭칭나네 / 하늘에는 별도총총 / 칭이나칭칭나네 / 쑥대밭에 대도많네 / 칭이나칭칭나네 / 송죽같은 굳은절개 / 칭이나칭칭나네 / 달떠온다 별떠온다 / 칭이나칭칭나네 / 이개맡에 오거들랑 / 칭이나칭칭나네 / 술집주모야 술가지오니라 / 칭이나칭칭나네 / 우리배가 만선일세 / 칭이나칭칭나네 (경남 삼천포)[385]

이제까지 살펴본 놀이노래말꽃은 요즘에도 즐기는 것들이었다. 아이들의 노래를 비롯해서 어른들의 노래까지 요즘에도 어렵지 않게 만날 수 있는 여느 놀이노래말꽃을 살펴보았다. 그런데, 지난날 고려시대 궁중에서 즐기던 놀이노래말꽃 몇 마리가 조선 궁중으로 내려와서 한글 덕분에 적혀 남았다. 조선을 세운 다음 궁중의 굿과 놀이를 새롭게 간추릴 적에 고려 궁중에서 즐기던 입말놀음노래말꽃을 한글로 적어 놓았기 때문이다. 조선왕조는 고려와 다른 세상을 만들고자 하는 마음에서 온 힘을 기울여 궁중에서 쓰는 굿과 놀이를 가다듬고 새롭게 마련하였다.[386] 그런 일은 세종이 크게 일으키고 세조를 거쳐 성종 임금에게 와서 《악학궤범》을 펴내는 것으로 마무리되었다. 그러나 궁중에 쓰는 굿과 놀이[악]란 하루아침에 바꿀 수 없으므로 조선왕조는 고려에서 쓰던 것들을 물려받아 쓰지 않을 수 없었다. 그래서 《악학궤범》은 물론이고, 잇달아 소리가락[악보]과 노래말꽃[가사]을 따로 엮어서 책으로 펴낸 《시용

---

384) 위의 책 1, 877번.
385) 정인진, 앞의 책, 453쪽.
386) 최정여, 《조선 초기 예악의 연구》, 계명대 한국학연구소, 1975.

290

향악보》와 《가사 상》387) 같은 것들388)에 고려 궁중에서 입말로 즐기던 놀음노래말
꽃들이 한글로 적히게 되었다.

호미도 눌히어신 마른는
낟ㄱ티 들리도 어쓰새라
아바님도 어싀어신 마른는
위 덩더둥셩
어마님ㄱ티 괴시리 어뻬라
아소 님하
어마님ㄱ티 괴시리 어뻬라389)

호미도 눌히언 마른는
낟ㄱ티 들리도 업스니이다
아바님도 어이어신 마른는
위 덩더둥셩
어마님ㄱ티 괴시리 업세라
아소 님하
어마님ㄱ티 괴시리 업세라390)

보다시피, 이 노래는 《시용향악보》와 《가사 상》에 실려 있다.391) 이름을 〈사모
곡〉이라 했으니 '어머니를 생각하는 노래'라는 뜻이다. 노래말꽃을 보아도 그런 속뜻
은 쉽사리 드러난다. 호미와 낫을 아버지와 어머니에게 견주었다. 호미도 날이고 낫
도 날이듯이 아버지도 어이392)고 어머니도 어이다. 그러나 호미의 날이 낫의 날처럼
들 수 없듯이 아버지의 어이도 어머니의 어이처럼 사랑할 수 없다는 것이다. 누구에
게나 가장 손쉬운 삶의 연모였을 호미와 낫에다 빗대어서 아버지와 어머니의 사랑을
견주고, 아버지의 사랑보다 어머니의 사랑이 더욱 넓고 깊다는 사실을 노래하는 말꽃
이다.

그런데 《시용향악보》에는 〈사모곡〉이라는 이름 아래에다 '속칭 엇노리'라고 해
놓았다. 엇노리를 '엇노리'의 잘못일 것으로 보는 이들도 있지만,393) 본디 고려 적에
는 〈엇노리〉였던 것을 조선에 와서 〈사모곡〉으로 바뀌었을지도 모른다. 본디 고려
에서는 〈엇노리〉, 곧 '어버이 놀이'를 하면서 부르던 놀음노래였던 것을 조선에 와서
놀이는 버리고 노래만 물려받은 것이 아니었을까 싶다. 그렇다면 본디의 노래말꽃은

---

387) 흔히 《악장가사》라고 하는 책 속에 들어 있는 한 부분이다. 그러니까 《악장가사》는 일찍이 펴낸 《가
사 상》을 중심으로 하고, 뒷날 다른 자료들을 싸잡아서 새로 엮은 책이다. 《속악가사》니 《아속가사》
니 하는 이름으로 나타난 책들도 모두 같은 것이다.(김수업, 〈《악장가사》와 《가사 상》〉, 《배달말》
13, 배달말학회, 1988)
388) 이런 책들은 궁중의 소리꾼들과 잽이들을 가르칠 때에 쓴 교과서였음이 틀림없을 듯하다.
389) 《시용향악보》.
390) 《가사 상》, 《악장가사》.
391) 뒷날 《금합자보》에는 《시용향악보》의 것을 옮겨 실었고, 《악학변고》에는 《가사 상》의 것을 옮겨
실어 놓았다.
392) 어버이.
393) 윤영옥, 〈어버이 노래한 사모곡〉, 《한국의 고시가》, 문창사, 1995, 451~452쪽.

이런 모습의 도막을 여럿 되풀이하는 긴 노래였을지도 모른다.

이 노래말꽃이 고려 때의 것이라는 짐작은 노래의 모습에서 비롯한다. 무엇보다도 '위 덩더둥셩', '아소 님하' 같은 덧말(첨사)[394]이 신라 적에는 없었던 것이고, 조선 시대에도 쓰이지 않았다. '어마님ᄀ티 괴시리 업세라' 같은 대목을 두 차례 거듭 되풀이하는 짜임새의 모습도 고려 적에만 보이는 것이다. 고려 적 노래말꽃에만 보이는 이런 덧말이야말로 이들 노래가 궁중으로 뽑혀 와서 갈고 닦은 궁중 놀이꾼들의 놀이에 싸잡히면서 생겨난 놀이노래말꽃의 자취가 아닐까 한다. 그래서 이런 덧말을 모두 걷어내면 궁중에 들어와서 탈바꿈하기 이전의 본디 모습에 훨씬 가까워질 터이다.

호미도 놀히어신 마ᄅᆞᆫ	호미도 놀히언 마ᄅᆞᆫ
낟ᄀᆞ티 들리도 어쁘새라	낟ᄀᆞ티 들리도 업스니이다
아바님도 어ᅀᅵ어신 마ᄅᆞᆫ	아바님도 어이어신 마ᄅᆞᆫ
어마님ᄀᆞ티 괴시리 어뻬라	어마님ᄀᆞ티 괴시리 업세라

세 걸음 가락에 넉 줄로 도막을 이루는 이런 노래말꽃의 모습은 일찍이 신라의 나라서낭굿노래말꽃인 '다살노래'에서 이미 보던 바다. 그리고 이런 모습은 끊어지지 않고 뒷날로 이어져 내려왔고, 한편에서는 불교의 교회서낭굿노래말꽃에서 적잖은 탈바꿈을 해온 자취도 이미 더듬어보았다. 그런데, 이 노래말꽃을 《고려사》〈악지〉 '삼국 속악'의 '신라' 대목에 실어 놓은 〈목주〉와 같은 것이라고 보는 이들이 많다.[395] 거기에는 이렇게 적혀 있다.

> 목주 효녀가 지었다. 효녀는 효성으로 아버지와 계모를 섬겼다. 아버지가 계모의 고자질에 빠져서 쫓아내려 하자 효녀는 나가지 않고 더욱 부지런히 섬겼다. 어버이는 더욱 성을 내고 다시 쫓아내니 효녀는 어쩔 수 없이 쫓겨났다. 어느 산골에 이르러 바위굴을 찾았는데 할미가 살고 있어서 사정을 털어놓고 함께 살기를 빌었더니 할미가 어려운 처지를 불쌍히 여겨서 허락했다. 효녀는 어버이를 모시듯이 섬기니 할미도 사랑하여 아들에게 시집을 들였다. 가시버시 한 마음으로 부지런히 일하고 아끼며 살아서 부자가 되었다. 옛날 어버이가 몹시 가난해졌다는 소문을 듣고 제 집에 모셔다가 극진히 섬기며 모셨으나 어버이는 오히려 즐거워하지 않았다. 효녀가 이 노래를 지어 스스로를 원망했다.[396]

---

394) 김수업, 〈고려노래 연구(2)〉, 《배달말》 12, 배달말학회, 1987.

395) 맨 처음 이병기가 그렇게 주장하자(이병기, 〈시용향악보의 한 고찰〉, 《한글》 113, 한글학회, 1955), 수많은 사람들이 그것을 뒤따르고 있다.

396) 《고려사》 권71, 지 권25, 악 2, 삼국 속악, 신라, 목주.

목주 효녀가 그처럼 효성을 다해 섬겨도 받아주지 않는 아버지를 원망하는 마음에서 먼저 돌아가신 어머니를 그리워하여 부른 노래말꽃이 〈목주〉라는 것이다. 〈엇노리〉의 노래말꽃에 담긴 속뜻이 '아버지도 어버이지만 어머님처럼 사랑하지는 않는다' 하는 것이니 《고려사》에서 풀이해 놓은 〈목주〉와 아주 비슷하다. 그러니까 〈엇노리〉의 뿌리는 신라 적의 〈목주〉에 닿아 있을지도 모른다. 그렇다면 〈정읍노래〉를 백제 노래로 보듯이 〈엇노리〉 또한 신라 노래로 보아야 마땅할 것이다. 그러나 이미 고려 궁중에 들어와 춤추고 노래하며 벌이던 〈엇노리〉로 탈바꿈한 지 오래된 듯하여 고려의 놀이노래말꽃으로 보지 않을 수 없었다.

德으란 곰비예 받줍고 福으란 림비예 받줍고 德이여 福이라 호늘 나슥라 오소이다 아으 動動다리
正月ㅅ 나릿 므른 아으 어저 녹져 ᄒ논디 누릿 가온디 나곤 몸하 ᄒ올로 녈셔 아으 動動다리
二月ㅅ 보로매 아으 노피현 燈ㅅ블 다호라 萬人 비취실 즈싀샷다 아으 動動다리
三月 나며 開호 아으 滿春돌 욋고지여 ᄂᆡ미 브롤 즈슬 디녀 나샷다 아으 動動다리
四月 아니 니저 아으 오실셔 곳고리 새여 므슴다 錄事니믄 녯나롤 닛고신뎌 아으 動動다리
五月 五日애 아으 수릿날 아춤 藥은 즈믄 힐 長存ᄒ샬 藥이라 받줍노이다 아으 動動다리
六月ㅅ 보로매 아으 별해 ᄇ론 빗 다호라 도라보실 니믈 젹곰 좃니노이다 아으 動動다리
七月ㅅ 보로매 아으 百種 排ᄒ야 두고 니믈 호 디 녀가져 願을 비숩노이다 아으 動動다리
八月ㅅ 보로몬 아으 嘉俳나리마론 니믈 뫼셔 녀곤 오놀낤 嘉俳샷다 아으 動動다리
九月 九日애 아으 藥이라 먹논 黃花고지 안해 드니 새셔 가만ᄒ얘라 아으 動動다리
十月애 아으 져미연 ᄇ롯 다호라 것거 ᄇ리신 後예 디니실 호 부니 업스샷다 아으 動動다리
十一月ㅅ 봉당 자리예 아으 汗衫 두퍼 누워 슬홀 ᄉ라온뎌 고우닐 스싀옴 녈셔 아으 動動다리
十二月ㅅ 분디 남ᄀ로 갓곤 아으 나술 盤잇 져 다호라 니믜 알픽 드러 얼이노니 소니 가재다 므릭욥노이다 아으 動動다리[397]

이것은 〈동동노래[동동사]〉로서 《악학궤범》에 실렸으니 1493년(성종 24)에 적힌 것이다. 아박을 가진 두 여인이 바라지에 따라 춤을 시작하면서 첫도막을 노래하고,[398] 나머지 도막들은 두 여인의 춤에 맞추어 여성 합창대(제기)가 노래하도록 마련한 것이다.[399] 말하자면 놀이노래말꽃이라지만 놀이라 할 만한 것은 찾아보기 어렵

---

397) 《악학궤범》 권5, 시용향악정재도의, 아박.
398) 이때 바라지의 가락이 '동동 느린 가락(동동만기)'이다.

고, 기껏 두 여인의 춤에 곁들이는 노래말꽃일 뿐이니 춤노래말꽃이라 해야 어울린
다. 그러나 고려 적에는 꽤 다른 모습의 놀이를 벌이면서 부르던 놀이노래말꽃이 아
니었을까 한다. 왜냐하면, 《고려사》〈악지〉400)에서는 이것을 또렷하게 '동동의 놀이
[동동지희]'라 해놓았기 때문이다. 보다시피 노래말꽃이 달거리로 짜여 있는데, 어떤
놀이를 어떻게 벌이면서 이런 노래를 불렀을지 이제는 알 길이 없다. 다만 《고려사》
에 써놓은 다음 말에 기대어 달거리 노래말꽃에 어우러지는 여러 가지 놀이를 벌일
수 있었으리라는 짐작을 해보는 것이 고작이다.

> 동동의 놀이는 그 노래말꽃에 우러러 기도하는 말이 많이 들었는데, 거의 신선의 말을 본
> 떠서 한다. 그러나 우리 말로 되어 있어서 적어 실을 수 없다.401)

'우러러 기도하는 말이 많이 들었다'402)느니 또는 '거의 신선의 말을 본떠서 한
다'403)느니 하는 《고려사》의 풀이와 어울리는 대목을 앞에 보인 노래말꽃에서는 찾
아보기 어렵다.404) 그만큼 고려 적의 본디 모습과 여기 《악학궤범》에 적힌 모습 사이
에는 적잖은 탈바꿈이 일어났다는 뜻이다. 그렇지만 보다시피 〈동동노래〉에도 놀이
노래말꽃이기에 들어왔을 덧말이 쓰이기는 했다. '아으'와 '아으 동동다리'가 그것이
다. 이들 덧말을 빼고 남는 본디 노래말꽃만 살피면, 이 또한 신라 적에 다살노래로부
터 내려온 가락과 짜임새를 이어받고 있음을 알겠다.

德으란 곰비예 받줍고
福으란 림비예 받줍고
德이여 福이라 호눌
나ᅀᆞ라 오소 이다

正月ㅅ 나릿 므른
어저 녹져 ᄒᆞ논디
누릿 가온디 나곤
몸하 ᄒᆞ올로 녈셔

---

399) 이때 바라지의 가락은 '동동 중간 가락(동동중기)'이다.
400) 《고려사》 권71, 지 권25, 악 2, 속악, 동동.
401) "動動之戲 其歌詞 多有頌禱之詞 盖效仙語而爲之 然詞俚不載."
402) "多有頌禱之詞."
403) "盖效仙語而爲之."
404) 기껏 첫째 도막만 '우러러 기도하는 말'이라 할 만하다.

四月 아니 니저
오실셔 곳고리 새여
므슴다 錄事 니믄
녯나롤 닛고 신뎌

　　세 걸음 가락(3음보격)과 넉 줄 짜임새(4행연)로 이루어지는 옛날 다살노래의 모습을 쉽게 알아볼 수 있다. 그러면서 한 걸음의 크기가 첫째 도막은 세 음절(석 자)이 많지만 다른 도막에서는 두 음절(두 자)이 적지 않다. 이것은 신라 적의 다살노래 걸음의 크기와 아주 비슷하다. 그만큼 옛날의 모습을 지니고 있다는 말이다. 거기에 다음 노래말꽃을 견주어보자.

西京이 아즐가 西京이 셔울히 마르는 위 두어렁셩 두어렁셩 다링디리
닷곤딘 아즐가 닷곤딘 쇼셩경 고외마른 위 두어렁셩 두어렁셩 다링디리
여히므론 아즐가 여히므론 질삼뵈 ᄇ리시고 위 두어렁셩 두어렁셩 다링디리
괴시란딘 아즐가 괴시란딘 우러곰 좃니노이다 위 두어렁셩 두어렁셩 다링디리
구스리 아즐가 구스리 바회예 디신ᄃᆯ 위 두어렁셩 두어렁셩 다링디리
긴히ᄯᆫ 아즐가 긴히ᄯᆫ 그츠리 잇가나는 위 두어렁셩 두어렁셩 다링디리
즈믄히를 아즐가 즈믄히를 외오곰 녀신ᄃᆯ 위 두어렁셩 두어렁셩 다링디리
信잇ᄃᆫ 아즐가 信잇ᄃᆫ 그츠리 잇가나는 위 두어렁셩 두어렁셩 다링디리
大同江 아즐가 大同江 너븐디 몰라셔 위 두어렁셩 두어렁셩 다링디리
비내여 아즐가 비내여 노혼다 샤공아 위 두어렁셩 두어렁셩 다링디리
네가시 아즐가 네가시 럼난디 몰라셔 위 두어렁셩 두어렁셩 다링디리
널빈예 아즐가 널빈예 연즌다 샤공아 위 두어렁셩 두어렁셩 다링디리
大同江 아즐가 大同江 건넌편 고즐여 위 두어렁셩 두어렁셩 다링디리
비타들면 아즐가 비타들면 것고리 이다나는 위 두어렁셩 두어렁셩 다링디리[405]

　　이 노래말꽃은 〈서경별곡〉이다. 노래말꽃 한 줄의 짜임새가 앞에서 살핀 〈동동노래〉와 아주 비슷하다. 무엇보다도 본말을 비집고 덧말이 자리잡는 곳이 서로 같다. 알아보기 쉽게 나란히 놓아보면 이렇다.

正月ㅅ 나릿 므른 (아으) 어저 녹져 ᄒ논디 누릿 가온디 나곤 몸하 ᄒ올로 녈셔 (아으 動動다리)

---

405) 《가사 상》, 《악장가사》.

닷곤디 (아즐가) 닷곤디 쇼셩경 고외마른 (위 두어렁셩 두어렁셩 다링디리)

본말 4분의 1쯤 되는 앞쪽에 '아으' '아즐가' 같은 짤막한 덧말이 자리잡고, 본말이 끝난 다음에 '아으 동동다리' '위 두어렁셩 두어렁셩 다링디리' 같은 꽤 긴 덧말이 자리잡았는데, 서로 약속이나 한 듯이 같은 자리다. 이것은 이런 짜임새가 고려 적 놀이노래말꽃에서 하나의 틀을 이루었으리라는 짐작을 하도록 한다. 아무래도 놀이를 벌이는 모습에서 서로 닮은 틀이 있어서 빚어진 짜임새가 아닐까 싶지만 밝힐 길은 없다.

그러나 한편으로는 예사롭지 않은 차이도 있다. 무엇보다도 본말과 덧말의 무게가 서로 크게 다르다. 〈동동노래〉는 본말이 무겁게 자리잡은 사이에 덧말은 가볍게 끼여들었으나, 〈서경별곡〉은 본말보다 오히려 덧말이 더욱 무겁게 많은 자리를 차지했다. 〈동동노래〉는 본말 열두 마디에 덧말 세 마디로 한 줄을 이루었으니 본말이 덧말의 네 곱절인 셈이다. 그러나 〈서경별곡〉은 본말 네 마디에 덧말이 다섯 마디로 한 줄을 이루었으니 덧말이 본말보다 한 마디가 더 많다. 게다가 본말 네 마디에서 처음에 쓴 '닷곤디'는 거듭 쓰여서 결국 본말은 세 마디에 지나지 않으니, 덧말이 본말의 곱절이나 되는 셈이다. 이런 차이는 어디서 오는 것일까. 아마도 놀이가 차지하는 무게에서 오는 것일 듯하다. 덧말이 많은 〈서경별곡〉이 덧말이 적은 〈동동노래〉보다 훨씬 많은 놀이로 이루어졌으리라는 말이다. 그러니까 덧말을 없애버린 〈서경별곡〉의 본디 노래말꽃은 이런 모습이다.

西京이 셔울히 마르는
닷곤디 쇼셩경 고외마른
여희므론 질삼뵈 브리시고
괴시란디 우러곰 좃니노이다

구스리 바회예 디신들
긴히쏜 그츠리 잇가나는
즈믄히를 외오곰 녀신들
信잇돈 그츠리 잇가나는

大同江 너븐디 몰라셔
비내여 노혼다 샤공아
네가시 럼난디 몰라셔
널빅예 연즌다 샤공아

> 大同江 건넌편 고즐여
> 비타들면 것고리 이다나는

덧말을 벗고 나서니 이렇게 가벼운데, 이것이 본디 있던 노래말꽃의 모습인가. 그런 것도 아닐 듯하다. 왜냐하면 둘째 도막의 노래말꽃은 이미 우리가 고려의 나라 서낭굿노래말꽃에서 만났던 〈딩돌노래[정석가]〉에서도 보았던 바로 그것이기 때문이다. 나란히 놓아보면 이렇다.

구스리 바회예 디신돌	구스리 바회예 디신돌
긴히똔 그츠리 잇가나는	긴힛돈 그츠리 잇가
즈믄히를 외오곰 녀신돌	즈믄히롤 외오곰 녀신돌
信잇돈 그츠리 잇가나는 (서경별곡)	信잇돈 그츠리 잇가 (딩돌노래)

이것은 무엇을 뜻하는가. 본디 이것만으로 한 마리의 노래였다는 사실을 뜻하는 것이 아닌가. 보다시피 이런 짜임새는 일찍이 신라의 나라서낭굿노래말꽃 갈래인 '다살노래'의 세 걸음 넉 줄 짜임인데,[406] 그처럼 뿌리가 깊이 박혀서 흘러온 한 마리의 노래말꽃이 고려 궁중으로 뽑혀 들어와서 새로운 놀이노래말꽃 안에 싸잡힌 것으로 보인다. 마치 입말의 이야기(설화)에서 말하는 '알갱이(화소, 모티프)'처럼 널리 떠돌아다니다가, 고려 궁중에서 새로운 놀이를 마련할 적에 놀이노래로서 싸잡힌 것으로 볼 수밖에 없다. 그러니까 우리가 보는 〈딩돌노래〉며 〈서경별곡〉이란 그대로 고려 적의 여느 사람들이 즐기던 노래말꽃이 아니라, 놀이노래를 마련하려는 궁중 사람들에게 뽑혀온 여러 노래말꽃들이 엮이고 짜여서 이루어진 궁중의 놀이노래말꽃인 셈이다.

그렇다면 〈서경별곡〉은 서로 다른 세 마리의 노래말꽃이 엮어진 것으로 볼 수 있다. 〈딩돌노래〉에도 나타난 이 '구슬' 도막이 가운데 자리잡고 있으니, 앞쪽의 '서경' 도막과 뒤쪽의 '대동강' 도막이 서로 나누어질 수밖에 없기 때문이다. 그렇게 보면, '서경'과 '대동강'이라는 낱말이 《고려사》〈악지〉[407]에 나란히 실어 놓은 노래 이름 〈서경〉과 〈대동강〉을 떠올리게 한다. 물론 《고려사》에 풀이해 놓은 것[408]과 여

---

406) 셋째 도막은 넉 줄이 아니고 여섯 줄이다. 그러나 곰곰이 들여다보면 앞쪽 넉 줄로 하나의 도막을 이루고, 뒤쪽 두 줄은 노래하는 임자가 다른 사람이라 또 다른 도막임을 알아볼 수 있다. 이런 짜임새는 잠시 뒤에 이와 비슷한 〈쌍화점〉의 모습에서 다시 이야기하게 될 것이다.
407) 《고려사》 권71, 지 권25, 악 2, 속악.

기 모습을 드러낸 노래말꽃이 잘 들어맞지 않지만, 그것은 여기 모습을 드러낸 노래
말꽃이 본디 〈서경〉과 〈대동강〉 노래말꽃의 한 조각일 수도 있어서 꼭 아니라고 잡
아뗄 수도 없을 듯하다. 말하자면 고려에는 일찍이 백성들 사이에 〈구슬노래〉, 〈서
경노래〉, 〈대동강노래〉가 따로 퍼져 있었고, 그것들에서 마음에 드는 조각들만 뽑아
서 궁중으로 들여와서 〈서경별곡〉이라는 새로운 놀이노래말꽃으로 탈바꿈시켰다는
것이다.

　　고려 궁중의 놀이노래말꽃으로 〈쌍화점〉[409]을 살펴보지 않을 수 없다. 〈쌍화
점〉은 짜임새가 한결같은 네 도막의 노래말꽃이 거듭해서 이루어져 있다.

　　ㄱ)-① 쌍화뎜에 쌍화 사라 가고신딘 휘휘아비 내 손모글 주여이다 이 말슴미 이 뎜 밧
　　　　　　　긔 나명들명
　　　　②　다로러 거디러
　　　　③　죠고맛감 삿기광대 네 마리라 호리라
　　　　④　더러둥셩 다리러디러 다리러디러 다로러 거디러 다로러
　　　　⑤　긔 자리예 나도 자라 가리라
　　　　⑥　위 위 다로러 거디러 다로러
　　　　⑦　긔 잔디 ㄱ티 덦거츠니 업다
　　ㄴ)-① 삼장ㅅ애 블혀라 가고신딘 그뎔 샤쥬ㅣ 내 손모글 주여이다 이 말스미 이뎔 밧긔
　　　　　　　나명들명
　　　　②　다로러 거디러
　　　　③　죠고맛감 삿기샹좌ㅣ 네 마리라 호리라
　　　　④　더러둥셩 다리러디러 다리러디러 다로러 거디러 다로러
　　　　⑤　긔 자리예 나도 자라 가리라
　　　　⑥　위 위 다로러 거디러 다로러

---

408) "서경 : 서경은 고조선, 곧 기자가 다스린 땅이다. 백성들이 예의를 익혀서 임금을 우러르고 어른을
　　　받드는 올바름을 알았다. 이 노래를 지어서, 임금과 어른의 어짊과 은혜가 가득함을 말하되, 그것이
　　　푸나무에까지 미쳐 꺾어진 버드나무도 다시 되살아난다고 했다.(西京 : 西京 古朝鮮 卽箕子所封之地
　　　其民習於禮讓 知尊君親上之義 作此歌 言仁恩充暢 以及草木 雖折敗之柳 亦有生意也)"
　　　"대동강 : 주나라 무왕이 은나라 태사 기자에게 조선을 맡겨 여덟 조목의 가르침을 펼쳐 예의 풍속
　　　을 일으켰다. 나라가 태평하고 백성이 기뻐한 나머지 대동강을 황하에 견주고 영명영을 숭산에 견주
　　　어 그 임금을 받들어 빌었다. 이것은 고려에 들어온 다음에 지은 것이다.(大同江 : 周武王 封殷太師箕
　　　子 于朝鮮 施八條之敎 以興禮俗 朝野無事 人民懽悅 以大同江比黃河 永明嶺比嵩山 頌禱其君 此入高
　　　麗以後所作也)"
409) 〈쌍화점〉은 《가사 상》과 《악학변고》에 노래말꽃이 실렸고, 《시용향악보》와 《대악후보》에는 악보
　　　가 실렸는데, 《시용향악보》에는 1490년(성종 21)에 고쳐 지은 한문가사가 덧붙어 있으며, 《대악후
　　　보》에는 우리 말 노래말꽃이 곁들여 실려 있다.

⑦ 긔 잔디 ᄀᆞ티 덦거츠니 업다

ㄷ) - ① 드레우므레 므를 길라 가고신디 우뭇 룡이 내 손모글 주여이다 이 말ᄉᆞ미 이 우
　　 믈 밧긔 나명들명

② 다로러 거디러

③ 죠고맛간 드레바가 네 마리라 호리라

④ 더러듕셩 다리러디러 다리러디러 다로러 거디러 다로러

⑤ 긔 자리예 나도 자라 가리라

⑥ 위 위 다로러 거디러 다로러

⑦ 긔 잔디 ᄀᆞ티 덦거츠니 업다

ㄹ) - ① 술폴지븨 수를 사라 가고신디 그짓 아비 내 손모글 주여이다 이 말ᄉᆞ미 이집 밧
　　 긔 나명들명

② 다로러 거디러

③ 죠고맛간 싀구비가 네 마리라 호리라

④ 더러듕셩 다리러디러 다리러디러 다로러 거디러 다로러

⑤ 긔 자리예 나도 자라 가리라

⑥ 위 위 다로러 거디러 다로러

⑦ 긔 잔디 ᄀᆞ티 덦거츠니 업다[410]

보다시피 네 도막의 짜임새가 아주 한결같고, 도막마다 똑같은 덧말이 꼭 같은
곳에 자리잡고 있다.[411] 덧말만 따로 모아보면 이렇다.

② 다로러 거디러

④ 더러듕셩 다리러디러 다리러디러 다로러 거디러 다로러

⑥ 위 위 다로러 거디러 다로러

덧말은 뜻이 없고 소리로만 느낌을 자아내는 것인데,[412] 아주 색다른 소리로 유
다른 느낌을 자아내고 있다. 무엇보다도 어두운 홀소리 'ㅓ'를 곳곳에 자리잡게 하고,
게다가 닿소리 'ㄷ'과 'ㄱ'을 'ㄹ'과 뒤섞어 놓으니 덜그럭거리는 소리를 만들어낸다.
이처럼 덜그럭거리는 덧말의 소리는 본말이 드러내는 노래의 속살과 기막히게 잘 어
우러진다. 이런 덧말을 걷어내고 본말만 보이면 이렇다.

---

410) 《가사 상》, 《악장가사》.(앞에 붙은 기호와 번호는 물론 글쓴이가 매긴 것이다)

411) 《시용향악보》와 《대악후보》에 실린 악보도 물론 한결같아서 알다시피 아예 한 도막의 악보만을 실
　　 어 놓았다.

412) 이형상(1652~1733)의 《악학변고》(32쪽)에서는 "뜻 없는 소리(유성무사)"라 했다.

ㄱ) - ① 쌍화뎜에 쌍화사라 가고신딘 휘휘아비 내손모글 주여이다 이말슴미 이뎜밧긔 나
　　　　명들명
　　　③ 죠고맛감 삿기광대 네마리라 호리라
　　　⑤ 그 자리예 나도 자라 가리라
　　　⑦ 긔 잔딘 ㄱ티 덦거츠니 업다

ㄴ) - ① 삼장스애 브를혀라 가고신딘 그뎔샤쥬ㅣ 내손모글 주여이다 이말스미 이뎔밧긔
　　　　나명들명
　　　③ 죠고맛감 삿기샹좌ㅣ 네마리라 호리라
　　　⑤ 그 자리예 나도 자라 가리라
　　　⑦ 긔 잔딘 ㄱ티 덦거츠니 업다

ㄷ) - ① 드레우므레 므를길라 가고신딘 우믓룡이 내손모글 주여이다 이말스미 이우믈밧
　　　　긔 나명들명
　　　③ 죠고맛간 드레바가 네마리라 호리라
　　　⑤ 그 자리예 나도 자라 가리라
　　　⑦ 긔 잔딘 ㄱ티 덦거츠니 업다

ㄹ) - ① 술풀지븨 수를사라 가고신딘 그짓아비 내손모글 주여이다 이말스미 이집밧긔 나
　　　　명들명
　　　③ 죠고맛간 싀구비가 네 마리라 호리라
　　　⑤ 그 자리예 나도 자라 가리라
　　　⑦ 긔 잔딘 ㄱ티 덦거츠니 업다

이들 놀이노래말꽃 네 도막은 남몰래 벌이는 사랑의 일을 한 가지씩 바탕으로
삼고 있다. 일이 벌어진 곳을 차례대로 꼽아보면, 쌍화점, 삼장사, 두레우물, 술집이다.
거기서 '내'가 손목을 잡히고, 그로 말미암아 남몰래 사랑을 나눈다. 나의 손목을 쥐고
사랑을 나눈 상대를 차례로 꼽아보면, 휘휘 아비, 그 절 사주, 우물 용, 그 집 아비다.
그런데 남몰래 나눈 사랑이지만 감쪽같을 수는 없어서 삿기 광대, 삿기 샹좌, 두레박,
싀구박에게는 감추어질 수 없었다. 그런데, 아직 어린(죠고맛간) 이 녀석(?)들이 저들
도 그 곳에 자러 가고 싶다고 보챈다.413) 그러자 누군가가 그들을 말리느라고 그 곳은
더없이 '덦거츨다'414)고 일러준다. 알아보기 쉽도록 첫째 도막만으로 노래말꽃의 속

---

413) 그 자리에 자러 가고 싶다고 하는 사람을 이렇게 보지 않고 새로운 사람이 나타난 것으로 볼 수도
　　있다. 그러나 본말만으로 살펴보면 이렇게 보아야 자연스럽다. 잠시 뒤에 꼼꼼히 따져보기로 하겠다.
414) '덦거츨다' 하는 말은 이제 사라져 쓰이지 않아서 속뜻을 제대로 붙들기 어렵다. 그러나 조선 전기
　　까지만 해도 그대로 쓰인 자취가 있으니, "ᄒᆞᆫ갓 덦거츠러 藥草 아니라(則徒爲無穢ᄒᆞ야 非藥草矣이
　　라,《법화경언해》3, 3)"가 그것이다.(박병채,《고려가요의 어석연구》, 이우출판사, 1980, 250쪽) '덤불
　　처럼 수북하고 거칠다' 또는 '지저분하다' 하는 뜻이었음을 짐작해볼 수 있다.

300

살을 풀어보면 이렇다.

① 쌍화점에 쌍화를 사러 갔더니 회회 아비415)가 내 손목을 잡았다. (둘은 남몰래 자리에 들어 사랑을 나누게 되었다.) 이런 소문이 쌍화점 밖으로 나가고 들어오고 하면 (그것은 틀림없이) ③ 조그만 새끼 광대416) 네 말이라고 할 터이다. ⑤ 그런 자리에 나도 자러 가고 싶다. ⑦ 그 자리처럼 덦거츤 것은 없다.

보다시피, 이 노래말꽃은 한 사람이 제 마음 속을 털어놓는 노래가 아니다. 우선 ⑤와 ⑦을 노래하는 사람은 ①과 ③을 노래하는 사람과 서로 다른 사람이다.417) 노래하는 사람이 가장 또렷한 대목은 ①뿐이다. 그는 회회 아비에게 손목을 잡혀서 남몰래 자리에 들어 사랑을 나누는 '나'임을 쉽게 알겠다. 그러나 ③을 노래하는 사람은 ①을 노래하는 '나'일 수도 있고, 나와 함께 사랑을 나눈 '회회 아비' 그 사람일 수도 있을 듯하다. 그러면 ⑤를 노래하는 '나'는 누구인가. 남몰래 나누는 두 사람의 사랑을 부러워하거나 빼앗고자 하는 어떤 사람으로 볼 수도 있지만,418) 그보다는 새끼 광대로 보는 것이 자연스럽다. "새끼 광대 네 말이라 하리라" 하는 말을 받아서 잇달아 나온 말이기 때문이다. 그렇다면 ⑦을 노래하는 사람은 누구인가. 손쉽게 생각하면, 사랑을 나누는 ①의 '나'와 회회 아비 둘 가운데 하나로 볼 수 있다. 그렇게 보면, 이것은 새끼 광대를 구슬러 달래는 뜻으로 읽힌다. 그러나 이것이 노래의 마무리임을 떠올리면, 이것이야말로 새로운 어떤 사람의 노래로 보아야 하지 않을까. 남몰래 사랑을 나누면서 소문이 퍼져 알려질까 걱정하는 '나'와 '회회 아비', 그런 자리에 자러 가고 싶다고 부러워하는 '새끼 광대', 이런 사람들이 만들어내는 일을 바라보면서 한 마디 하지 않고는 배길 수 없는 새로운 어떤 사람이 노래한다고 볼 수 있다.

이처럼 이 노래말꽃은 몇 사람들이 주고받으며 노래하는 놀이노래말꽃임에 틀림없다. 그러면서도, 노래하는 사람을 누구로 보아야 할지 헷갈리는 대목들이 여럿이라 속뜻 또한 어름어름하고 쉽게 드러나지 않는다. 이런 사정은 네 도막에 모두 한결같

---

415) 회회교, 곧 이슬람교를 믿는 사내라는 뜻이니 중동 지역에서 건너온 사람을 부르던 말이다.
416) 어린 광대. '광대'는 탈을 쓰고 놀이하는 사람을 뜻했으니, 중동에서 건너와 쌍화를 만들어 팔던 회회아비의 집에는 탈놀음도 더러 벌였을 듯하고, 놀이판을 벌이지 않을 때에는 광대들이 상점에서 심부름도 했을 것으로 보인다.
417) 려증동은 ①과 ③과 ⑦은 같은 사람(주역)이 노래하고, ⑤만 다른 사람(상대역)이 노래한다고 하면서 이것을 두 사람이 주고받는 노래연극(가극)이라고 보았다.(려증동, 〈쌍화점노래연구〉, 《고려시대의 가요문학》, 새문사, 1982)
418) 려증동을 비롯하여 이 노래를 다룬 거의 모든 사람들이 그렇게 본다.

다. 벌어지는 일의 속살, 곧 손목을 잡혀서 남몰래 사랑을 나누는 일 또한 네 도막이 두루 한결같다. 도막이 저마다 나름대로 값어치를 지니는 것은 일이 벌어지는 곳과 일을 벌이는 사람을 바꾸어 놀이를 벌이는 것일 뿐이다. 쌍화점이라는 곳에서는 나와 회회 아비와 새끼 광대가, 삼장사라는 곳에서는 나와 그 절 사주와 새끼 상좌가, 두레우물이라는 곳에서는 나와 우물 용과 두레박이, 술집이라는 곳에서는 나와 술집 아비와 싀구박이 일을 벌여서 놀이가 이루어진다. 이런 놀이의 모습은, 드러내려는 삶의 속살은 한결같으면서 곳과 사람이 바뀌면서 여러 마당으로 이어지는 탈놀음의 짜임새와 적잖이 닮았다. 그만큼 〈쌍화점〉의 짜임새는 놀이가 지니는 본디 모습에 가깝다는 말이다.

보다시피 놀이노래말꽃은 모두 네 도막으로 이루어졌는데, 앞에서 살핀 〈딩돌노래〉나 〈서경별곡〉과 마찬가지로 이 또한 본디부터 이렇게 마련되어 있지는 않다. 우선 둘째 도막, 곧 삼장사에서 벌어진 일의 노래는 그것만으로 〈삼장〉이라는 한 마리 노래였던 것으로 보인다. 그런 자취는 《고려사》〈악지〉[419]와 〈열전〉[420]이며 《고려사절요》[421]에 거듭 실려서 아주 뚜렷하다.[422] 그뿐 아니라 민사평(1295~1359)의 〈소악부〉[423] 여섯 마리 가운데도 〈삼장〉이라는 노래가 들어 있다.[424] 그러니까 앞서 〈서경별곡〉이 〈서경노래〉, 〈구슬노래〉, 〈대동강노래〉의 셋으로 엮이었듯이, 〈쌍화점〉도 〈쌍화점노래〉, 〈삼장사노래〉, 〈우물노래〉, 〈술집노래〉를 하나로 엮은 것으로 볼 만하다. 말할 나위도 없이 궁중의 놀이노래말꽃으로 만들면서 덧말과 더불어 이런 엮음과 짜임새로 이루어졌을 터이다.

그러나 〈쌍화점〉을 〈서경별곡〉과 같이 백성들 사이에 이미 퍼져 있던 노래말꽃을 찾아 모아서 엮은 것으로 보기는 어렵다. 왜냐하면 《고려사》〈악지〉에서는 바

---

419) 《고려사》 권71, 지 권25, 악 2, 속악, 삼장.

420) 《고려사》 권125, 열전 권38, 간신 1, 오잠.

421) 충렬왕 25년 5월.

422) 이들 세 곳에 실린 노래말꽃은 물론 한자로 적힌 한시다. 그런데 글자 하나도 다르지 않고 아주 한결같다. 《고려사》와 《고려사절요》를 엮은 사람들이 크게 다르지 않았기 때문일 터이다. 노래는 이렇다. "삼장사 안에 등불을 켜러 갔더니, 사주가 있어 내 손을 잡았네. 어쩌다 이 말이 절 밖으로 나가면, 상좌야 이것은 네 말이라 할거야.(三藏寺裏點燈去 有社主兮執吾手 倘此言兮出寺外 謂上座兮是汝言)"

423) 《급암선생집》 권3.

424) 이 노래말꽃도 속살은 다를 것이 없지만 글자는 적잖이 다르다. 노래 모습은 이렇다. "삼장 절간에 등불 켜러 갔더니, 우두머리 중이 내 고운 손을 잡았네. 이 말이 만약 삼문 밖으로 나가면, 이는 반드시 상좌의 쓸데없는 소리 탓일거야.(三藏精廬去點燈 執吾纖手作頭僧 此言若出三門外 上座閑談是必應)"

로 그 〈삼장〉을 충렬왕(1236~1308) 때에 지었다 하고,[425] 《고려사》〈악지〉와 〈열전〉과 《고려사절요》에서는 한결같이 오잠, 김원상, 석천보, 석천경 같은 이들이 남장별대[426]라는 여자놀이패를 만들어 이 놀이노래를 가르쳤다고 했기 때문이다. 이런 기록들에다 민사평의 〈소악부〉까지 싸잡아 두루 살펴보면, 13세기 후반(충렬왕 때)에 〈삼장노래〉가 궁중으로 뽑혀 와서 먼저 놀이노래로 탈바꿈하여 꾐을 받았을 듯하다. 그 놀이노래가 여러 사람들의 꾐을 받자 〈쌍화점노래〉, 〈우물노래〉, 〈술집노래〉가 세월에 따라 하나씩 새롭게 덧보태지지 않았을까. 그렇게 덧보태진 세월이 고려가 무너지기까지 14세기 100년 사이가 아니었을까. 그리고 적어도 조선으로 나라가 바뀌었을 즈음에는 여기 보이는 것과 같은 모습의 노래말꽃이 입말로 살아 있었을 것으로 보인다. 그러면 이제, 맨 먼저 궁중에 뽑혀 왔을 〈삼장노래〉 도막을 놓고 노래말꽃의 가락과 짜임새를 잠시 살펴보기로 하자.

> 삼장스애 브를혀라 가고신된
> 그덜샤쥬ㅣ 내손모글 주여이다
> 이말스미 이덜밧긔 나명들명
> 죠고맛감 삿기샹좌ㅣ 네마리라 호리라
> 긔 자리예 나도 자라 가리라
> 긔 잔딕 그티 덦거츠니 업다

보다시피 여섯 줄로 하나의 도막을 이루었다. 이것은 바로 앞에서 본 〈서경별곡〉의 셋째 도막, 곧 〈대동강노래〉와 같다. 하지만 이런 여섯 줄 짜임은 일찍이 볼 수 없던 것이다. 고려 후반 즈음에 와서 새로 나타난 짜임새가 아닌가 하지만 가만히 들여다보면, 이것은 앞의 넉 줄과 뒤의 두 줄로 갈라진다. 그리고 하나의 도막으로 빈틈없이 한 사람의 노래인 앞의 넉 줄은 멀리 신라 초기의 다살노래에 닿아 있는 바로 그것이다. 문제는 뒤따르는 두 줄이 전통을 따르지 않은 채로 떳떳하게 나타났다는 사실이다. "대동강 건넌편 고즐여 / 비타들면 것고리 이다나는" 하는 〈서경별곡〉의

---

425) 적힌 대로 말하면 바로 이렇다. "오른쪽의 두 노래(〈삼장〉, 〈사룡〉 —글쓴이)는 충렬왕 때에 지었다.(右二歌 忠烈王朝 所作)" 그러나 이들 노래말꽃을 갑자기 누가 '지었다'고 보기는 어렵다. 백성들 사이에 퍼져 있던 노래를 충렬왕 때에 궁중으로 들여와서 가다듬었다는 말일 것이다.

426) 앞에 든 사람들이 충렬왕과 더불어 놀이를 몹시 즐기면서, 궁중에 놀이꾼이 모자란다 하여 온 나라에 사람을 보내 관기 가운데 예쁘고 놀이 잘하는 사람을 뽑고 서울 안에 관청 여종들과 무당 가운데 노래와 춤을 잘하는 사람들을 뽑아 궁중으로 불러 모아서 비단옷을 입히고 말총갓을 씌워서 별도의 패를 만들고, 이를 남장이라 했다고 한다.

마무리와 마찬가지로 "그 자리예 나도 자라 가리라 / 긔 잔디 구티 덦거츠니 업다"
하는 〈쌍화점〉의 마무리가 새롭게 나타난 짜임새라는 말이다.

그뿐 아니라 전통을 이어받았다고 한 앞의 넉 줄 도막에도 전통을 깨뜨린 가락
의 모습이 나타나 있다. 우선, 한 걸음을 이루는 소리의 마디(음절)가 이전보다 눈에
띄게 늘어났다. 지난날에는 두 음절이다가 세 음절로 조금씩 늘어났으나 여기서는 보
다시피 거의 네 음절로 한 걸음을 이루었다. 그리고, 마지막 넷째 줄의 가락이 앞 석
줄의 가락과는 달리 세 걸음 가락이 아니라 네 걸음 가락이다.

삼장ㅅ애 브를혀라 가고신틴
그뎔샤쥬ㅣ 내손모글 주여이다
이말ㅅ미 이뎔밧긔 나명들명
죠고맛감 삿기샹좌ㅣ 네마리라 호리라

"죠고맛감 / 삿기샹좌ㅣ / 네마리라 / 호리라" 이처럼 한 줄이 네 걸음으로 이루
어지는 가락은 우리 노래의 흐름에서 아주 놀라운 탈바꿈이다. 이런 탈바꿈이 언제
어디에서 말미가 생겼으며 어떻게 자라나 자리를 잡았는지 알기는 어렵다. 하지만
적어도 13세기 후반의 〈쌍화점〉에 이렇게 나타난 것만은 숨길 수 없는 사실이다. 그
리고 이런 네 걸음 가락은 〈만전춘별사〉[427]에 오면 훨씬 두드러지게 자리잡고 나타
난다.

ㄱ) - 어름 우희 댓닙 자리 보와 님과 나와 어러 주글 만뎡
　　　어름 우희 댓닙 자리 보와 님과 나와 어러 주글 만뎡
　　　情둔 오놄 범 더듸 새오시라 더듸 새오시라

ㄴ) - 耿耿 孤枕 上애 어느 즈미 오리오
　　　西窓을 여러ᄒ니 桃花ㅣ 發ᄒ두다
　　　桃花ᄂ 시름업서 笑春風 ᄒᄂ다 笑春風 ᄒᄂ다

---

427) 보다시피 〈만전춘〉에다 '별사'라는 작은 글자를 덧붙여 놓았다. 글자 그대로 읽자면 〈만전춘〉 '원사'
　　가 따로 있고, 이것은 뒷날 그것을 새로 고치거나 다시 만든 것이라야 올바르다. 그러나 《세종실록》
　　(24년 2월과 29년 6월), 《성종실록》(19년 4월과 19년 8월), 《악학변고》 같은 곳에 적힌 〈만전춘〉을 두
　　루 살핀 나머지 '별사'라 해놓은 이것이 오히려 본디 노래에 가깝고, '별사' 없는 〈만전춘〉이야말로
　　세종 때 윤회(1380~1436)가 한문으로 다시 만든 것임을 알았다. '들온 돌이 박힌 돌을 뽑는다'는 속담
　　이 이를 두고 하는 말이다. 장사훈의 〈만전춘 형식고〉(《예술원논문집》 2, 예술원, 1963)를 비롯하여
　　수많은 학자들의 논문이 이런 사실을 밝혔다.

304

ㄷ) - 넉시라도 님을호딕 녀닛景 너기다니
　　　넉시라도 님을호딕 녀닛景 너기다니
　　　벼기더시니 뉘러시니잇가 뉘러시니잇가

ㄹ) - 올하 올하 아련 비올하
　　　여흘란 어듸두고 소해 자라 온다
　　　소콧 얼면 여흘도 됴ᄒ니 여흘도 됴ᄒ니

ㅁ) - 南山애 자리보와 玉山을 벼여누어 錦繡山 니블안해 麝香각시를 아나누어
　　　南山애 자리보와 玉山을 벼여누어 錦繡山 니블안해 麝香각시를 아나누어
　　　藥든 가슴을 맛초ᇢ사이다 맛초ᇢ사이다

ㅂ) - 아소 님하 遠代平生애 여힐술 모ᄅᆞᇢ새428)

보다시피 여기에는 네 걸음 가락이 수두룩하다. "경경 / 고침 상애 / 어느 즈미 / 오리오 // 서창을 / 여러ᄒ니 / 도화ㅣ / 발ᄒ두다 // 도화논 / 시름업서 / 소춘풍 / ᄒᄂ다"를 비롯하여 "넉시라도 / 님을호딕 / 녀닛경 / 너기다니" 하는 것이라든지 "남산애 / 자리보와 / 옥산을 / 벼여누어 // 금수산 / 니블안해 / 사향각시를 / 아나누어" 하는 것들이 모두 가지런한 네 걸음 가락이다. 이처럼 가지런하지는 않지만 사실 〈만전춘별사〉 이 노래는 거의 네 걸음 가락으로 이루어져 있다 해도 지나치지 않다. 이래서 〈만전춘별사〉야말로 사람들이 고려 이전의 전통에 머무는 삶에서 벗어나려는 마음이 뚜렷해진 때에 나타난 노래말꽃이 아닌가 한다.

가락뿐이 아니다. 보다시피 짜임새도 이제까지 모습과는 아주 다르다. 이제까지는 넉 줄로 한 도막을 이루는 것이 전통이었으나 여기서는 어떻게든 석 줄로써 한 도막을 이루려고 애를 썼다. ㄴ)과 ㄹ)은 절로 자연스러운 석 줄 짜임새를 이루었으나, ㄱ)과 ㄷ)은 석 줄 짜임새를 맞추려고 첫줄을 되풀이하여 애써 두 줄로 만들었다. ㄱ)과 ㄷ) 같은 홀수 도막이 첫줄을 되풀이하는 것으로 틀을 이루는 바람에 ㅁ)은 거기 맞추느라고 첫줄을 곱절로 늘려서 되풀이하는 데까지 나아갔다. 이처럼 애써 석 줄로써 한 도막을 이루는 짜임새429) 또한 고려 이전의 전통에서 벗어나려는 움직임에서 생겨난 것임에 틀림없을 듯하다.

---

428) 《가사 상》, 《악장가사》.(앞에 기호를 붙이고, 줄을 바꾸고 도막을 나눈 것은 글쓴이가 했다)
429) 앞에서 우리는 백제 시절 노래의 자취를 담은 〈정읍노래〉를 살피면서 석 줄로 도막을 이루는 것을 눈여겨보았다. 〈만전춘별사〉가 석 줄로 도막을 이루는 것과 이것 사이에 어떤 닿음이 있는 것인지 궁금하지 않을 수 없다.

노래말꽃의 가락과 짜임새에서 전통을 벗어나려는 〈만전춘별사〉에서 또 하나 새로운 느낌은 노래를 틀 잡고자 하는 데서도 받는다. 〈만전춘별사〉는 한 마리의 노래말꽃으로 틀 잡으려 한 뜻이 거세게 드러난다. 우선, 도막마다 마지막 셋째 줄의 노랫말을 되풀이한 점이 그렇다. 도막마다 한결같은 되풀이로 끝나게 함으로써 모든 도막들이 한 마리의 노래로 꿰어져 있음을 드러내려 했다. "더듸 새오시라 더듸 새오시라", "소춘풍 ㅎᄂ다 소춘풍 ㅎᄂ다", "뉘러시니잇가 뉘러시니잇가", "여흘도 됴ᄒ니 여흘도 됴ᄒ니", "맛초ᇦ사이다 맛초ᇦ사이다", 이처럼 한결같은 되풀이가 도막들을 하나로 묶어준다. 그리고, 마지막에다 아주 색다른 "아소 님하 원대평생애 여힐술 모ᄅᇦ새" 하는 짤막한 도막을 놓은 것도 그렇다. 거듭한 다섯 도막을 비슷하게 되풀이하다가 마지막에 와서는 전혀 낯선 모습으로 끝맺음으로써 모두를 하나로 묶는 뜻을 두드러지게 했다.

사실, 〈만전춘별사〉는 도막마다 색다른 속살과 모습을 담은 놀이노래말꽃이다. 우선 말씨에서 보아도, ㄱ)과 ㄹ)은 쉽고도 아름다운 우리 말로 이루어져서, 어렵고 딱딱한 한자말이 섞여 쓰인 ㄴ)과 ㅁ)과는 유다르다. 가락을 보아도, ㄴ)과 ㄷ)과 ㅁ)은 네 걸음 가락이 더없이 가지런하지만 ㄱ)과 ㄹ)은 적잖이 어수선한 가락이라 서로 다르다. 짜임새에서도, ㄱ)과 ㄷ)과 ㅁ)은 첫째 줄을 그대로 둘째 줄로 되풀이하였으나 ㄴ)과 ㄹ)은 첫째 줄과 둘째 줄을 따로 마련해서 되풀이하지 않았다. 속살에서도 ㄱ)은 그것대로 하나의 노래말꽃으로 떠돌던 것이었으며,[430] ㄴ)은 중국 당나라 사람의 시[431]를 끌어와 지어낸 것이고, ㄷ)은 12세기(고려 의종 때) 사람 정서가 지어서 '임금 그리는 노래(연주지사)'로 널리 퍼진 〈정과정〉[432]에서 한 조각 따왔다. 이런 사정을 미루어보면, ㄹ)은 반드시 예로부터 백성들 사이에 흘러오던 놀이노래를 끌어온 것일 터이고, ㅁ)은 ㄴ)과 마찬가지로 이 즈음에 새로 지어낸 것일 듯하다.

이처럼 모습과 속살이 모두들 나름대로 남다른 도막들을 엮어서 하나의 놀이노래말꽃으로 만들었다. 그러면서 색다른 모습을 그냥 그대로 두지 못하고 하나의 틀 안에 가다듬고자 여러 모로 애를 쓴 자취가 뚜렷했다. 하나의 질서 안에 가다듬으려

---

430) 조선 세조 때 사람 김수온(1409~1481)의 〈술악부사〉에 이것이 다음과 같은 오언절구 한시로 뒤쳐져 있다. "시월 두꺼운 얼음 위에(十月層氷上) / 대나무 잎 자리로 추위 모여서(寒凝竹葉棲) / 임과 더불어 얼어죽더라도(與君寧凍死) / 새벽 닭 울음소리 막아주시오(遮莫五更鷄)."
431) 8세기 말엽 당나라 시인 최호의 〈옛날 보던 곳에 붙여〉라는 시에 "얼굴은 간 곳을 알 수 없건만(人面不知何處去) / 복사꽃은 예와 같이 봄바람에 웃는구나(桃花依舊笑春風)" 하는 대목이 있다.(윤영옥, 〈이별없이 살고자는 만전춘별사〉,《한국의 고시가》, 문창사, 1995, 435~436쪽)
432) 뒤에 글말노래말꽃에서 다룰 것이다.

했던 자취 또한 이 노래말꽃이 새로운 세상을 간절히 바라던 사람들, 곧 고려 말엽이나 조선 초기 사람들에게서 생겨난 것임을 말해 주는 것이 아닐까 한다. 이를테면, 13세기 말엽 충렬왕 때에 높은 벼슬아치들(오잠, 김원상, 석천보 같은 이들)이 지었다는 〈삼장노래〉의 말꽃과 견주어보면, 이것이 얼마나 우리 전통을 버리고 새로움으로 기울어졌는지 알 만하다.

> ㉮ 三藏寺애 브를 혀라 가고신딘
>   그 뎔 社主ㅣ 내 손모글 주여이다
>   이 말ᄉ미 이 뎔 밧긔 나명 들명
>   죠고맛감 삿기 上座ㅣ 네 마리라 호리라

> ㉯ 耿耿 孤枕 上애 어느 ᄌ미 오리오
>   西窓을 여러ᄒ니 桃花ㅣ 發ᄒ두다
>   桃花ᄂ 시름업서 笑春風ᄒᄂ다 笑春風ᄒᄂ다

㉮에도 한자말이 없는 것은 아니지만 어디까지나 그럴 수밖에 없는 몇 낱의 이름씨에 지나지 않는다. 그러나 ㉯에는 이름씨 낱말은 물론이고, 그림씨("耿耿")를 비롯하여 움직씨들("發", "笑春風")까지 들어왔다. 무엇보다도 움직씨 한자에다 '~ ᄒ다'를 붙여서 우리 말인 것처럼 만들어 쓴 것은 중국 말과 우리 말의 장벽을 헐어버린 짓으로 무서운 일이었다. 그러고 보면 이것은 사실 오언절구라는 중국 시를 그대로 끌어다 놓은 것이라 해야 마땅하다. "경경고침상(耿耿孤枕上) / 서창도화발(西窓桃花發) / 도화소춘풍(桃花笑春風)." 이런 풍조가 세상을 휩쓸던 시절에 나타난 놀이노래 말꽃이 〈만전춘별사〉일진대, 이것은 이미 고려의 노래말꽃이 아닐 듯하다.

(3) 만횡청

가슴에 궁글 둥그러케 뚤고 왼 숫기를 눈 길게 너슷 너슷 쏘와 그 궁게 그 숫기 너코 두 놈이 두 긋 마조 잡아 이리로 훌근 져리로 훌근 훌젹 홀 젹이ᄂ 다 나남즉 남 티도 그는 아모죠록 견듸려니와 아마도 님 외오 살나 ᄒ면 그는 그리 못ᄒ리라[433]

이러한 노래말꽃들은 18세기에 넘어와서 엮어진 노래책들에 적잖이 실려 있다.

---

433) 김천택, 《청구영언》(진본), 549 ; 이형상, 《악학습령》, 991 ; 박을수, 《한국시조대사전》, 아세아문화사, 1991, 48.

이런 노래말꽃들을 학자들은 흔히 '사설시조' 또는 '장(형)시조'라고 부른다. 그러면서 이런 노래말꽃을 예로부터 내려오던 시조가 18세기에 와서 흐트러지고 무너지면서 나타난 튀기라고 한다. 그러나 나는 이것을 구태여 '만횡청'이라고 불러 시조와는 아주 다른 갈래의 노래말꽃으로 보고자 한다.[434] 사설시조니 장시조니 하면 아무래도 이름 때문에 시조라는 갈래의 노래말꽃 안에 드는 것으로 받아들이게 마련이다. 그러나 나는 이러한 노래말꽃을 시조와는 아무런 상관이 없는 전혀 다른 갈래라고 본다.[435] 그래서 이름부터 '~시조'라 부르지 말고, 애초에 붙어 있던 '만횡청'이라는 이름[436]을 되찾아 불러주고자 한다.

사실, 시조라는 말은 애초에 소리(음악)의 곡조 이름에서 비롯하였고,[437] 또 시조거나 만횡청이거나 소리의 곡조로 볼 때에는 다 같이 시조에 드는 것도 사실이다. 18세기에 시조라는 음악의 곡조가 새로이 나타나고, 그것이 박자와 질름의 변화에 따라 여러 가지 소리로 벌어져 나갈 때에 갖가지 곡조의 시조가 생겨났다. 그 가운데서 가장 크게 변화를 주어 노래부르는 시조(의 곡조)를 롱, 편락, 소용, 또는 사설시조라고 이름했다. 그리고 그런 곡조에 얹어서 노래부르는 노래말꽃이 위에 보인 바와 같은 것이었다. 그러니 노래하는 소리의 이름으로 '시조'라 하는 것을 노래에 쓰인 말꽃의 이름으로서도 '시조'라 부르는 것과 같이, 소리의 이름인 사설시조도 그대로 말꽃의 이름인 사설시조로 부를 수 있다고 여기는 것은 자연스러운 듯하다.

그러나 그게 그런 것만은 아니다. 소리로서는 사설시조가 틀림없이 시조의 한 갈래지만 위에 보인 이러한 말꽃은 시조라는 말꽃과는 뿌리부터 다르다. 무엇보다도 여러 학자들은 만횡청의 노래말꽃을 18세기에 들어와 세상이 크게 달라지니까 시조가 흐트러지면서 생겨났다고 말한다. 하지만 실제로 만횡청은 18세기 초엽(1728) 김천택이 《청구영언》을 엮을 적에 이미 수두룩하게 널려 있었기에 그 책에다 200여 마리나

---

434) 김수업, 〈조선 후기에 엮이어진 노래책들의 성격에 대하여〉, 《배달말》 3, 배달말학회, 1978.

435) 물론 이런 노래를 소리(음악)에 얹혀 장단을 맞추며 목청으로 부를 적에 그것이 소리(음악)로서의 시조 갈래에 든다는 사실을 그대로 받아들인다. 그러나 소리(음악)가 아니라 말꽃(문학)일 적에 그것은 시조와 같은 것일 수가 없다. '시조'가 소리(음악)인 시조와 노래(말꽃)인 시조의 두 쪽에 겹쳐 쓰이기 때문에 헷갈릴 수 있지만, 우리는 여기서 노래(말꽃)인 시조를 이야기한다는 점을 뚜렷이 할 일이다.

436) 맨 먼저 이런 노래말꽃을 모아서 글자로 적어 붙든 김천택이 이들을 '만횡청무리(만횡청류)'라고 불렀다.(김천택, 《청구영언》, 1728)

437) 시조라는 낱말이 처음 나타난 것은 신광수(1712~1775)의 《관서악부》에 "일반 시조에 장단을 배열하기는 장안의 이세춘에게서 나왔다(一般時調排長短 來自長安李世春)" 하는 것과 이학규(1770~?)의 《낙하생고》에 "누가 꽃핀 달밤을 서러워하나 시조가 슬픈 마음을 바로잡는데(誰憐花月夜 時調正悽懷)" 하는 것이다. 보다시피 모두 18세기 사람들의 글이고, 또한 모두 노래 소리를 이야기한다.

실어 놓았다. 그래서 김천택은 그것들을 노래책 뒤에 따로 모아 실으면서, "노래말꽃으로는 비록 보잘것없는 것이지만 흘러온 역사가 깊어서 버릴 수가 없었다"[438]고 적어 두었다.

게다가 김천택의 이런 말이 그냥 허투루 한 것이 아님이 드러났다. 앞에 적어 보인 노래말꽃(〈가슴에 궁글 둥그러케〉)을 고려 말에 변안렬(?~1390)이 지었다는 사실이 드러났기 때문이다.[439] 이성계의 군사혁명에 찬동하지 않는 사람들을 불러 들여 잔치를 열고, 이방원(1367~1422)이 그 자리에서 노래를 지어 부르면서 마음을 떠보려 할 때에, 이방원의 〈하여가〉에 대한 정몽주(1337~1392)의 〈단심가〉와 나란히 변안렬도 〈불굴가〉를 불렀는데, 그것이 바로 앞에 보인 이 노래말꽃이다. 그뿐만 아니다.

> 대천바다 한 가온대 중침 세침 빠지거다. 열나믄 사공놈이 굿므딘 사엇대를 굿치지 두러 메여 일시에 소릐치고 귀껴여 내닷 말이 이셔이다. 님아 님아 온 놈이 온 말을 ᄒ여도 님이 짐작ᄒ쇼셔[440]

> 개야미 불개야미 준등 부러진 불개야미 압 발에 정종 나고 뒷발에 종귀 난 불개야미. 광릉 심재 너머 드러 가람의 허리를 ᄀ르 무러 추혀 들고 북해를 건너닷 말이 이셔이다. 님아 님아 온 놈이 온 말을 ᄒ여도 님이 짐작ᄒ쇼셔[441]

이들 두 마리 노래말꽃은 보다시피 담긴 속뜻이 온전히 같은 만횡청이다. 속뜻

---

438) 만횡청 무리는 말씨도 더럽고 속뜻도 보잘것없고 격식도 모자란다. 그러나 흘러온 역사가 오래되어서 갑자기 버릴 수가 없으므로 특별히 아래에다 이름을 붙여두었다.(蔓橫淸類 辭語淫蛙 意旨寒陋 不足爲法 然 其流來也已久 不可以一時廢棄 故 特題于下方)

439) 변안렬을 시조로 모시는 원주 변씨의 족보(《원주변씨세보》, 1800년 간행) 권1 잡록 부분에 "고려를 혁명하려 하면서 태종은 재상들을 초대하여 술을 대접하고는 스스로 노래를 지어 여러 사람의 뜻을 시험하였는데, 포은이 노래하되 '이몸이 죽고 죽어 일백 번 고쳐 죽어 백골이 진토되어 넋이라도 있고 없고 임 향한 일편단심이야 가실 줄이 있으랴' 하니, 부원군(변안렬은 1382년 안동에서 왜구를 무찌르고 우왕으로부터 원천부원군으로 올려졌다)이 노래하기를 '가슴에 궁글 둥시렇게 뚫고 왼 삿기를 눈 길게 너슷너슷 꼬와 그 궁게 그 삿 너코 두 놈이 두 긋 마조 자바 이리로 훌근 져리로 훌적 훌근훌적할 저긔는 나남즉 남대되 그는 아모쪼로나 견듸려니와 아마도 임 외오 살라 하면 그는 그리 못하리라' 하였다. 두 분의 뜻은 참으로 해와 달이 빛을 다툼이라 하겠는데, 포은의 노래는 간절한 슬픔을 다하였고 부원군의 노래는 더욱 곧고 씩씩하여 흔들리지 않을 단단함과 범할 수 없는 늠름함의 기품이 있다(麗祚將革 太宗邀宰執飮 自爲歌試諸公意 圃隱歌曰 此身死復死 復死一百回 白骨化塵土 魂魄縱有無 向君一片心 那有磨滅理 府院君歌曰 穴吾之胸洞如斗 貫以藁索長又長 前索後引磨且蔑 任汝之爲吾不辭 有欲奪吾主 此事吾不屈 二公之志 眞可謂與日月爭光耳 圃老之歌 懇惻切至 府院君之歌則 尤直截剛毅 有確乎不可撓 凛乎不可犯之氣)" 하는 기록이 나타난 것이다.

440) 《악학습령》 951 ; 《청구영언》(진본) 501.

441) 《악학습령》 925 ; 《청구영언》(진본) 551.

은 '님아 님아 온 놈이 온 말을 하여도 님이 짐작하소서' 하는 마지막 대목에 담겨 있고, 이것은 두 노래에 조금도 다름이 없다. 다만, 드러내는 말씨가 다르고 부려쓴 감이 다른데, 이것은 입말의 노래말꽃이 오랜 세월에 걸쳐 흘러오면 얼마든지 그럴 수 있는 것이다. 그런데 《고려사》〈악지〉에는 이것과 조금도 다르지 않은 속뜻의 노래를 〈사룡〉이라는 이름으로 실어 놓았다.[442] 이런 만횡청의 노래말꽃이 이미 고려 적[443]부터 흘러 내려왔음을 드러내는 증거다. 그리고 고응척(1531~1606), 정철(1536~1593), 강복중(1563~1639) 같은 16, 17세기의 사대부들이 지은 만횡청도 더러 확인되었고,[444] 16세기 전반에 있었던 이른바 '이장의 장가사건'[445]에서도 만횡청의 자취를 느낄 수 있다. 이런 사정들이 뚜렷한 마당에 만횡청을 시조가 18세기에 들어와서 흐트러져 생겼다고 보는 것은 받아들일 수 없다. 게다가 김천택이 가려서 《청구영언》에 실어 놓은 이들 만횡청들은 오래도록 입으로 흘러 오면서 깎이고 다듬어진 배달말로 이루어진 것들이다. 결코 노래책을 엮을 그때 하루아침에 지어낸 것일 수 없다. 그런 사실은 아무라도 《청구영언》을 펼쳐 놓고 찾아 읽어보면 쉽게 느낄 수 있는 일이다.

　말하자면 만횡청은 시조가 흐트러진 것이 아니라 시조라는 갈래가 생기기 훨씬

---

442) 사룡 : 뱀이 용의 꼬리를 물고(有蛇含龍尾) / 태산 고개를 넘었다고 들었다(聞過太山岑) / 골백 사람이 한 마디씩 하더라도(萬人各一語) / 짐작은 우리 둘의 마음에 있다(斟酌在兩心).(《고려사》 권71, 지 권25, 악 2, 속악, 사룡)

443) 《고려사》에서는 〈사룡〉을 충렬왕 시절(1275~1308)에 지었다고 했다. 그러나 그것은 궁중으로 뽑아 들여와서 새롭게 만들었다는 뜻이고, 이런 뜻의 노래말꽃은 이미 백성들 사이에 퍼져 있었을 것이다.

444) 이를테면 다음 말꽃들은 만횡청이라 할 만한 것들이다.
　"咸陽宮 쇠롤 노겨 기다흔 호미 티고 萬里城 軍을 내여 面面 監考 定코 海內 陣地롤 다 除草ㅎ야 두고 天地間 굴믄 사람 다 겻거 보랴터니 秋風 吹不盡ㅎ니 일동 말동 ㅎ여라.(고응척, 〈평천하곡〉, 《두곡집》)"
　"흔 盞 먹새근여 또 흔 盞 먹새근여 곳 것거 算 노코 無盡 無盡 먹새근여 이 몸 죽은 後면 지게 우히 거적 덥허 주리혀 미여가나 流蘇 寶帳의 萬人이 우러녜나 어욱새 속새 덥가나모 白楊 속애 가 기곳가면 누론 히 흰 돌 ᄀ는 비 굴근 눈 쇼쇼리 ᄇ람 불 제 뉘 흔 盞 먹쟈 홀고 ᄒ믈며 무덤 우희 진납이 포람 불제야 뉘우춘돌 엇디리.(정철, 〈장진주사〉, 성주본 《송강가사》)"
　"忠孝도 내 못ㅎ고 비록이 주근센둘 暮夜 明月의 杜鵑의 넉시 되여 平生의 爲君父 怨恨을 梨花 一枝예 春帶雨 되여시니 行人도 내 뜻을 아라 駐馬愁를 ㅎㄴ다.(강복중, 〈수월정가〉, 《청계가사》)"

445) "1533년(중종 28, 계사) 삼월에 생원 이준인이 그 어머니의 생일을 맞아 친구 여섯을 불러 술을 먹고 있었는데, 이미 술에 취한 이장이 늦게 와서는 김안로 따위 조정의 삼공 재상과 대간, 시종들의 이름을 들면서 희롱하고 모욕하며 업신여기는 긴 노래(장가)를 불렀다. 그것은 이장의 스승인 이행이 김안로의 간사함을 공격하다가 귀양가 죽었는데, 그 때 조정의 재상이나 대간들이 아무도 이행을 거들어 두둔하지 않은 것에 대하여 취중을 빌어 희롱하였던 것이다. 이것이 문제가 되어 형조에서는 그를 사형하려 하였으나 중종이 감형하여 결국 곤장 백대에다 삼천리 밖에 유배하는 벌을 받았다"(《중종실록》 권74, 계사 3월 대목). 술자리에서 이장이 불렀던 긴 노래(장가)라는 것도 기록들을 두루 살피건대 아무래도 만횡청이 아니었을까 싶다.

310

앞서 백성들의 꾸밈없는 마음을 노래하던 갈래로 흘러왔던 것으로 보인다. 꾸밈없는 하층 백성들이 나날이 쓰는 입말을 스스럼없이 부려서 거침없이 저들의 삶을 드러내던 노래였을 것으로 보인다.446) 시조가 기품 있는 상층 사대부들이 잘 짜여진 글말로 공들여 가다듬은 저들의 삶을 표현하는 것과는 아주 다르다.447) 백성들은 아무런 막힘도 거리낌도 없이 자유스러운 만횡청에다 거칠면서도 활기차게 살아 움직이는 저들의 삶을 담아내었다. 그러면서도 거기에는 현실의 모순에 대한 날카로운 비판과 뜻 겹침이 번득이고, 사대부들로서는 상상할 수도 없이 자유로운 풍자와 해학이 넘실거린다. 갖가지 비유의 표현을 빌리면서도 꾸밈없이 곧이곧대로 사랑과 성을 이야기해서 엄숙하고 은근한 사대부들의 시조와는 사뭇 다르다. 무엇보다도, 만횡청은 김천택이 글말로 붙들기까지 기나긴 세월에 걸쳐 입말노래말꽃으로 살아왔기 때문에 처음부터 글말노래말꽃으로 나타난 시조와는 같은 갈래로 볼 수 없다.

　　이러한 만횡청은 아마도 19세기 말엽까지 노래꾼들에게 굄을 받고 널리 살아 있었던 듯하다. 그러나 20세기에 들어서면서 갑자기 자취를 감추고 말았는데, 그것은 이를 즐기던 노래꾼들이 20세기에 들어 하루아침에 사라졌기 때문이 아닐까 한다. 신분으로 사람의 값어치를 다르게 매겨 놓고 살던 세상에서 가장 낮은 대우를 견디며 살아온 노래꾼들이 신분제도가 무너지자 굴레를 벗어 던지고 사라져버렸다. 아무리 예술을 즐기고 싶은 마음이 용솟음친다 하더라도 너무나 참혹하게 온갖 멸시와 천대를 받으며 살아온 사람들인지라, 이제 신분제도가 무너지고 평등한 인간으로 살아갈 수 있는 세상이 열리자 모두들 지난날의 삶을 버리고 새로운 삶을 찾았다. 이래서 노래꾼이라는 사람들이 사라지는 것과 함께 그들이 맡아 즐기던 만횡청도 자취를 감추게 되었다. 우리네 전통예술이 20세기로 이어져 씩씩하게 자라나지 못하고 심한 병들을 앓고 있는 것은 일제의 침략에 커다란 까닭이 있지만, 지난날 왕조시대에 예술인들이 너무도 비참한 대우를 받았던 사실도 적지 않은 까닭이 된다. 만횡청의 운명은 그런 본보기의 하나로 꼽을 수 있다.

---

446) 이런 노래말꽃의 자취를 요즘 와서는 찾아보기 어렵게 되었다. 그러나 강원도 쪽에 널리 퍼져 내려오는 '아라리'는 만횡청과 적잖이 닮았다. 가장 많이 알려진 〈정선 아라리〉 한 마리를 만횡청과 견주어보기 바란다.
　　"눈이 올려나 비가 올려나 억수 장마 질려나 만수산 검은 구름이 막 모여든다. 명사 십리가 아니라며는 해당화는 왜 피나 모춘 삼월이 아니라며는 두견새는 왜 우나 아우라지 뱃사공아 배 좀 건너주게 싸리골 올동백이 다 떨어진다. 떨어진 동백은 낙엽에나 쌓이지 사시 장철 임그리워 나는 못살겠네."
447) 상류층 사람들도 격식을 차리지 않을 수 있는 술자리 같은 데서는 만횡청을 즐긴 지가 오래되었던 것으로 보인다. 변안렬과 이장이 그런 낌새를 드러낸 셈이다.

㉮ 님이 오마 ᄒ거늘 져녁 밥을 일 지어 먹고, 중문 나서 대문 나가 지방 우희 치ᄃ라 안
자 이수로 가액ᄒ고 오ᄂ가 가ᄂ가 건넌 산 ᄇ라보니 거머횟득 셔 잇거늘 져야 님이로
다. 보션 버서 품에 품고 신 버서 손에 쥐고 곰븨님븨 님븨곰븨 천방지방 지방천방 즌
듸 ᄆ른듸 굴희지 말고 위렁충창 건너가셔 정엣 말 ᄒ려 ᄒ고 겻눈을 흘긋보니 상년
칠월 사흔날 굴가 벅긴 주추리 삼대 술드리도 날 소겨거다. 모쳐라 밤일싀망졍 ᄒᆡ여 낮
이런들 ᄂᆞᆷ 우일번 ᄒᆞ괘라.[448]

㉯ 개를 여라믄이나 기르되 요개 ᄀᆞ치 얄믜오랴. 뮈온 님 오며ᄂᆞᆫ ᄭᅩ리를 홰홰 치며 치ᄶᅱ
락 ᄂᆞ리ᄶᅱ락 반겨셔 내ᄃᆞᆺ고 고온 님 오며ᄂᆞᆫ 뒷발을 버둥버둥 므르락 나으락 캉캉 즛ᄂᆞᆫ
요 도리 암키. 쉰 밥이 그릇그릇 날진들 너 머길 줄이 이시랴.[449]

㉰ 나모도 바회돌도 업슨 뫼헤 매게 ᄶᅩ친 가토리 안과, 대천 바다 한 가온대 일천석 시른
ᄇᆡ에 노도 일코 닷도 일코 뇽총도 근코 돗대도 것고 치도 ᄲᅡ지고 ᄇᆞ람 부러 물결 치고
안개 뒤섯겨 ᄌᆞ자진 날에 갈 길은 천리만리 나믄듸 사면이 거머어득 져믓 천지 적막
가치노을 ᄯᅥᆺᄂᆞᆫ듸 수젹 만난 도사공의 안과, 엊그제 님 여흰 내 안히야 엇다가 ᄀᆞ을 ᄒᆞ
리오.[450]

㉱ 귓도리 져 귓도리 에엿부다 져 귓도리 어인 귓도리.지ᄂᆞᆫ 달 새ᄂᆞᆫ 밤의 긴 소ᄅᆡ 쟈른
소ᄅᆡ 절절이 슬픈 소ᄅᆡ 제 혼자 우러네어 사창 여윈 ᄌᆞᆷ을 술드리도 깨오ᄂᆞᆫ고야. 두어라
제 비록 미물이나 무인 동방에 내 뜻 알리ᄂᆞᆫ 너 ᄲᅮᆫ인가 ᄒᆞ노라.[451]

㉲ 즁놈도 사ᄅᆞᆷ이냥 ᄒᆞ여 자고 가니 그립더고. 즁의 숑낙 나 베옵고 내 쪽도리란 즁놈 베
고 즁놈의 장삼은 나 덥숩고 내 치마란 즁놈 덥고 자다가 ᄭᆡ야 보니 둘희 ᄉᆞ랑이 숑낙
으로 ᄒᆞ나 쪽도리로 ᄒᆞ나. 이튼날 ᄒᆞ던 일 싱각ᄒᆞ니 흥글항글 ᄒᆞ여라.[452]

이런 노래말꽃들은 남녀 사이의 사랑을 노래한다. ㉮는 한창 사랑에 빠진 사람의
노래다. 만나기로 약속한 님을 기다리다 벌어진 일을 털어놓았다. 빼앗긴 마음이 지
난해에 벗겨둔 삼대를 님으로 보았다 한다. 남들이 보았으면 웃음거리가 될 뻔했다지
만, 사랑에 빠진 사람은 정신이 말짱한 남들과 같을 수 없는 노릇이다. ㉯도 한창 사
랑에 빠진 사람의 노래다. 두 사람의 달콤한 사랑에 눈치 없는 암캐가 걸림돌이 되었
다. 사랑을 이루자면 이겨야 할 걸림돌이 있게 마련이지만 그게 집에서 거두어 키워
온 암캐라니, 웃음을 자아내지 않을 수 없다. ㉰는 엊그제 님을 여의어 사랑이 끝나버

448) 《청구영언》(진본) 580 ; 《악학습령》 1096.
449) 《청구영언》(진본) 547 ; 《악학습령》 924.
450) 《청구영언》(진본) 572 ; 《악학습령》 1067.
451) 《청구영언》(진본) 548 ; 《악학습령》 952.
452) 《청구영언》(진본) 552 ; 《악학습령》 1084.

312

린 사람의 노래다. 엊그제 님을 여읜 나의 마음은 매의 발톱에서 벗어날 길 없는 가토리의 마음과 끝없는 저녁 바다 한가운데서 풍파에 휩쓸리는 도사공의 마음과 마찬가지다. 캄캄한 절망뿐이라는 뜻이다. ㉯는 사랑이 깨어져 외로움과 싸우는 사람의 노래다. 절절히 슬픈 소리로 밤을 새워 우는 귀뚜라미 홀로 외로움에 잠 못 드는 사람의 마음을 안다는 것이다. ㉰는 풍속과 계율을 깨뜨리고 나누는 사랑을 맛본 사람의 노래다. 수도하는 중은 사랑의 대상인 '사람'일 수 없다고 여겼으나 사랑을 나누고 보니 "둘의 사랑이 송낙으로 하나 족도리로 하나" 가득하였다. 그리고 그런 사랑은 시간이 흘러도 잊혀지지 않고 마음을 흔들어 놓는다고 했다.

> 창 내고쟈 창을 내고쟈 이내 가슴에 창 내고쟈. 고모 장지 세살 장지 들 장지 열 장지 암돌져귀 수 돌져귀 비목 걸새 크나큰 쟝도리로 뚱닥 바가 이내 가슴에 창내고쟈. 잇다감 하 답답홀 제면 여다더 볼가 ᄒ노라.[453]

> 한숨아 셰 한숨아 네 어늬 틈으로 드러온다. 고모 장즈 셰살 장즈 가로다지 여다지에 암돌져귀 수 돌저귀 비목 걸새 뚝닥 박고 용 거북 즈물쇠로 수기수기 추엿논듸 병풍이라 덜걱 져분 족재라 딕딕글 몬다 네 어늬 틈으로 드러온다. 어인지 너 온 날 밤이면 좀 못 드러 ᄒ노라.[454]

가슴이 답답하고 한숨이 밤잠을 설치게 하는 사람들의 노래다. 괴롭고 서러운 삶을 견디며 살아가야 하는 이름 없는 여느 사람들의 노래다. 앞의 것은 가슴에 창이라도 하나 달면 견디다 못할 때에 이따금 여닫아 보았으면 좋겠다 하고, 뒤의 것은 한숨이 무서워서 들어오지 못하게 가슴의 문을 단단히 잠갔는데도 어느 틈으로 들어왔는지 밤마다 잠 못 든다고 했다. 가슴에 창을 내고 싶은 마음이나 가슴의 문을 잠가두고 싶은 마음이나 힘들고 안타까운 삶을 이겨내려는 바람에서는 하나다. 현실에서는 이루어질 수 없는 바람이지만 이런 노래를 부르면 그래도 마음은 한결 달래지고 가슴은 시원하게 뚫리니 그게 말꽃의 힘이다.

> 싀어머님 며느라기 낫바 벽바흘[455] 구르지 마오. 빗에 바든 며느린가 갑세 쳐온 며느린가 밤나모 서근 등결에 휘초리 나니 ᄀᆞ치 알살픠신 싀아바님 볏뵌 쇠똥 ᄀᆞ치 되죵고신 싀어마님 삼년 겨론 망태에 새 송곳부리 ᄀᆞ치 쑈족ᄒ신 싀누으님 당피 가론 밧틔 돌피 나니

---

453) 《청구영언》(진본) 541 ; 《악학습령》 985.
454) 《청구영언》(진본) 553 ; 《악학습령》 1066.
455) 부엌 바닥을.

ㄱ치 식노란 욋곳 ㄱ튼 피똥 누는 아들 ㅎ나 두고. 건 밧틔 멋곳 ㄱ튼 며ㄴ리를 어듸를 낫바 ㅎ시는고.

뒥들에 동난지이 사오. 져 장스야 긔 황후 긔 무서시라 웨는다 사쟈. 외골 내육 양목이 상천 전행 후행 소아리 팔족 대아리 이족 청장 ㅇ스슥ㅎ는 동난지이 사오. 쟝스야 하 거복이 웨지 말고 게젓이라 ㅎ렴은.

이런 것들은 그냥 여느 일상의 삶을 노래한다. 여느 삶이라 하지만 뭔가 잘못된 삶을 바로잡고자 하는 꾸짖음의 노래다. 앞의 노래는 며느리가 나쁘다고 부엌 바닥을 발로 구르는 시어머니를 꾸짖는다. 시어머니의 가족 하나하나를 보거나 병든 아들을 보거나 며느리는 분에 넘치는데 뭐가 어째서 나쁘다고 하느냐는 것이다. 뒤의 노래는 유식한 소리로 외치고 다니는 게젓 장수를 꾸짖는다. 앞의 노래처럼 한쪽에서 내쳐 꾸짖는 것이 아니라, 게젓 장수와 손님이 두 차례 주고받는 말을 그대로 노래했을 뿐이다. 그러나 장수의 외침을 알아듣지 못하는 손님의 볼멘 소리가 비수 같은 진리로 꾸짖고 있다. 시집 와서 힘없고 불쌍한 며느리를 이치에 닿지 않게 들볶는 시어머니, 게젓을 팔아야 하면서도 손님이 알아듣지도 못할 말로 유식을 떨고 있는 장수, 이들을 어찌 이들로만 보겠는가.

보다시피 이런 노래들은 어느 것도 한번에 개인이 창작한 노래가 아니다. 거창한 이념이나 교훈을 담고 있지만 어디까지나 꾸밈없는 일상과 당면한 현실의 삶을 닳고닳은 토박이말로 풀어낸 노래들이다. 이런 것들은 진실로 뿌리가 깊어 오래도록 흘러온 정통의 만횡청이라 할 만하다. 그러나 만횡청은 18, 19세기에 와서 몰락한 양반과 넉넉한 중인들이 끼여들면서 모습이 적잖이 바뀌었다. 말하자면 사설시조의 곡조가 유행한 18세기 후반부터 곡조에 얹어 부르려는 노래말꽃을 유식한 이들이 많이 창작했다. 이런 만횡청은 오래도록 입말로 흘러와서 적힌 것들과는 달리 애초부터 창작된 글말의 만횡청이기에 성질상 뚜렷이 갈라보아야 한다. 노래말꽃이 답답한 한자어 투성이일 뿐 아니라 담아내는 노래의 속뜻도 여느 백성들의 삶과는 동떨어지기 때문이다.

㉮ 鎭北 名山 萬丈峯이 靑天 削出 金芙蓉이라. 巨壁은 屹立하야 北祖 三角이요 奇岩은 斗起하야 南岸 蠶頭ㅣ로다. 左龍 駱山 右虎 仁王 瑞色은 蟠空 凝象闕이요 淑氣는 鐘英 出人傑이라. 美哉 我東 山河之 固여 聖代 衣冠 大平 文物이 萬萬世之 金湯이로다. 年豊코 國泰 民安커늘 九秋 黃菊 丹楓節에 麟遊를 보려하고 面岳 登臨하야 醉飽 盤桓하오며 感激 君恩하여라.456)

314

㉯ 夏四月 첫 여드렛날에 觀燈ᄒ려 臨高臺ᄒ니 遠近 高低의 夕陽은 빗겻는듸 魚龍燈 鳳
鶴燈과 두루미 남싱이며 鍾磬燈 션燈 북燈이며 슈박燈 마늘燈과 蓮꽃 속에 仙童이요
鸞鳳 우희 天女로다. 비燈 집燈 山臺燈과 影燈 알燈 瓶燈 壁欌燈 가마燈 欄干燈과 獅
子 탄 체과리요 虎狼이 탄 오랑키라 발노 툭툭 구을燈과 七星燈 벌려 잇고 日月燈 붉
앗는듸 東녁에 月上ᄒ고 곳곳지 불을 혀니 於焉 忽焉間에 燦爛도 흔져이고. 이 중에
月明 燈明 天地明ᄒ니 大明 본 듯ᄒ여라.457)

㉰ 天下 名山 五岳之 中의 衡山이 죠토던지. 六觀道士 說法 大乘할제 弟子 僧 靈通才로
龍宮 奉命하니. 石橋上 느즌 봄의 八仙女 戲弄하고 謫下 人間하여 龍門의 높히 올라
出將 入相타가 翠微宮 도라올제 窈窕 絶代를 左右의 버려시니 英陽 蘭陽 兩公主와 賈
春雲 秦彩鳳과 桂蟾月 狄驚鴻 沈梟煙 白凌波로 슬커지 노니다가. 山鐘 一聲이 醉한 꿈
을 다 깨거고나. 녜부터 人間 富貴와 世上 榮華 져근덧인가 하노라.458)

이러한 노래들은 모두들 사설시조가 소리(음악)로서 널리 굄을 받던 18, 19세기에
노래에 재미를 붙여 살던 중인 이상의 지식인들이 그야말로 사설시조의 노랫말로써
지어낸 것들이다. 예로부터 오래도록 입말꽃으로 흘러온 만횡청과는 달리 유식을 뽐
내면서 틀에 맞추어 짜깁기한 글말꽃이다. 껄끄러운 한자말 투성이에다 담아내는 속
살도 눈앞에 벌어지는 삶과는 동떨어진 세상이다. ㉮는 서울의 모습을 그려내고 있으
나 중국 사람들의 글 가운데 두고 쓰는 문자들을 짜깁기하고서, 나라는 태평하고 백
성은 평안하며 임금 은혜에 감격한다고 했다. ㉯는 부처님 오신 날(4월 초파일) 밤에
연등 구경을 노래하고 있으나 달도 밝고 등도 밝고 천지도 밝으니 좋은 세상을 만난
듯하다고 했다. 초여드레 달은 반달도 못 되니 환히 밝은 세상이란 현실일 수 없다.
㉰는 인간의 부귀와 세상의 영화란 덧없이 지나간다는 뜻을 김만중의 〈구운몽〉을
끌어다 붙여 노래했다. 모두들 몸으로 살면서 겪은 이야기는 아니고 책으로 읽고 배
운 이야기들이다. 그러니 앞에서 본 만횡청 같이 삶의 괴로움과 아픔은 찾을 수 없고,
국태민안이며 대명천지며 부귀영화만으로 엉뚱하다. 따라서 이들을 모두 만횡청 안
에 싸잡는다면 만횡청을 우리는 다시 작은 두 갈래로 나누어 보아야 한다.

(4) 단 가

단가는 소리꾼들이 길고도 꾀까다로운 판소리를 부르기에 앞서서 목을 푸느라고

---

456) 《청구영언》(진본) 578 ; 《악학습령》 1074.
457) 김수장(1690~?), 《해동가요》(주씨본) 547 ; 《악학습령》 1094.
458) 《청구영언》(연민본) 102 ; 《시가》(박씨본) 669.

부르는 짤막하고 부르기 쉬운 입말놀음노래말꽃이다. 더러는 '광대 목 푸는 소리' 또는 '허두가'라고도 했다. 한자말로 단가라는 것은 그대로 '짧은 노래'라는 말이니 '긴 노래'인 장가와 맞서 두루 쓰이는 말이었을 뿐 본디 노래말꽃의 어느 갈래를 뜻하는 것은 아니었다.[459] 그러다가 16세기 후반 넘어서는 오늘 우리가 시조라는 노래말꽃을 흔히 단가라 했고, 차차 그런 시조를 소리로서 노래부르는 것도 단가라 했다. 그러나 19세기에 들어서는 시조가 여러 곡조들로 갈라지면서 단가라 하는 사람은 없어지고, 소리꾼이 판소리를 부르기에 앞서 목을 푸느라고 부르는 짤막한 소리와 그 노래말꽃만을 단가라고 하게 된 것이다.

단가는 지난날의 노래와 색다른 소리가락을 지녀서 눈길을 끌 만하다. 우선, 소리가락의 빠르기가 지난날의 것보다 곱절이나 빨라지고, 글자 하나, 곧 한 음절은 한 소리만으로 노래했다. 가곡, 가사, 시조까지도 소리가락을 느리게 내던 것인데 단가는 빠르게 내고, 지난날의 그런 것들은 한 음절을 길게 늘이면서 여러 소리를 내었으나 단가는 한 음절은 한 소리만을 내었다. 그러니까 단가의 소리는 지난날의 노래들과 달리 활기가 넘치고 속뜻이 또렷하게 드러났다. 이것은 단가의 소리가락이 판소리를 생겨나게 했거나 아니면 판소리를 발전시키게 했을 것으로 여기도록 만든다.

어쨌거나 단가는 판소리와 떨어질 수 없는 것으로 보인다. 판소리의 소리꾼들이 목을 푸느라고 단가를 부르는 것일 뿐만 아니라, 판소리 명창들로 말미암아 단가가 사람들의 가슴을 파고드는 갈래로 떠올랐기 때문이다. 순조 때의 명창 송흥록은 〈만학천봉가〉를, 철종 때의 명창 정춘풍은 〈소상팔경〉을, 고종 때의 명창 박기홍은 〈대관강산〉을, 송만갑은 〈진국명산〉을, 정정렬은 〈적벽부〉를, 김창룡은 〈장부한〉을 잘 불렀다. 일본 침략 때에는 김정문이 〈홍문연〉을, 임방울이 〈호남가〉를 잘 불렀다. 그렇다고 하여 단가는 판소리 명창들만 부르는 것은 아니다. 단가를 좋아하는 사람들이 늘어나면서 갖가지 소리꾼들이 단가를 즐기게 된 것이다. 무엇보다도 가야금을 잘하는 명인들이 단가를 가야금 병창으로 많이 불렀다. 박팔괘, 심상건, 강태홍, 한성기, 오태석 같은 가야금 명인들이 단가를 병창으로 불러 사람들의 마음을 끌었다.

단가의 노래말꽃은 산천을 유람하는 풍류, 무상한 인생살이의 허무, 역사에서 뜻

---

459) 이를테면, 이현보(1467~1555)는 예로부터 내려오던 〈어부가〉를 나름대로 손질하여 두 마리 노래로 만들었는데, 하나는 열두 마디를 아홉 마디로 고쳐서 '장가'라 하고, 하나는 열 마디를 다섯 마디로 고쳐서 '단가'라 했다. "한 마리는 열두 마디에서 세 마디를 버리고 아홉 마디의 '장가'를 만들어 읊조릴 수 있게 하고, 한 마리는 열 마디를 줄여서 '단가' 다섯 마디를 만들어 노래부를 수 있게 했다. (一篇 十二章 去三爲九 作長歌 而詠焉 一篇 十章 約作短歌 五闋 爲葉而唱之)" : 이현보, 〈어부가 발〉, 《농암집》.

깊었던 옛 일, 이런 것들을 짧은 가사처럼 노래하는 것들이다. 그러나 노랫말은 뜻밖에도 한자말과 고사성어들을 지나치게 끌어들여서 유식한 체를 한다. 이것은 물론 양반 사대부들이 벌이는 소리판에서 부르면서 듣고 즐기는 저들의 입맛에 맞추느라 그럴 수밖에 없었을 것이다. 그러나 무엇보다도 소리꾼들이 스스로 저들의 삶을 온전히 드러낼 힘이 없었기에 양반 사대부들이 즐기는 노래말꽃들을 끌어와서 그 틈에 조금씩 스스로의 삶을 끼워 넣을 수밖에 없었기 때문이 아니었을까 싶다. 그러면서 저들의 쓰라리고 아픈 삶은 노래말꽃보다도 소리가락에 얹어 드러내는 것이었다. 단가의 소리가락은 판소리보다는 훨씬 부드럽고 부르기 쉽게 짜였다. 그래서 거의 중모리 장단으로 되어 있고, 〈사창화류〉 같은 엇중모리 장단이나 〈고고천변〉 같은 중중모리 장단으로 되어 있는 것도 있다.[460]

이 산 저 산 꽃이 피니 분명코 봄이로구나. 봄을 찾어왔건마는 세상사 쓸쓸허드라. 나도 어제 청춘일러니 오늘 백발 한심허구나. 내 청춘도 날 버리고 속절 없이 가 버렸으니, 왔다 갈 줄 아는 봄을 반겨 헌들 쓸데가 있느냐? 봄은 왔다가 갈려거든 가거라. 네가 가도 여름이 되면 녹음방초 승화시라. 예부터 일러 있고, 여름이 가고 가을이 돌아오면 한로 상풍 요란허여, 제 절개를 꽃피지 않은 황국 단풍도 어떠헌고. 가을이 가고 겨울이 돌아오면, 낙목한천 찬 바람에 백설만 펄펄 휘날려 은세계 되고 보면, 월백 설백 천지백허니 모두가 백발의 벗이로구나. 무정 세월은 덧없이 흘러가고, 이내 청춘도 아차 한번 늙어지면 다시 청춘은 어려워라. 어와, 세상 벗님네들, 이내 한 말 들어 보소. 인간이 모두가 팔십을 산다고 해도, 병든 날과 잠든 날, 걱정 근심 다 지허면 단 사십도 못 산 인생, 아차 한번 죽어지면 북망 산천의 흙이로구나. 사후에 만반진수는 불여생전일배주만도 못하느니라. 세월아, 세월아, 가지 마라. 아까운 청춘들이 다 늙는다. 세월아, 가지 마라. 가는 세월 어쩔그나. 늘어진 계수나무 끝끝어리다가 대랑 매달아놓고 국곡투식허는 놈과 부모 불효허는 놈과 형제 화목 못허는 놈, 차례로 잡어다가 저 세상 먼저 보내 버리고, 나머지 벗님네들 서로 모아 앉어서 "한 잔 더 먹소, 들 먹게" 하면서, 거드렁거리고 놀아 보세.[461]

사창 화류 중의 백마 금편 소년 평생 문전, 칠현금을 알고 즐기느냐, 모르고 즐기느냐? 체언 체법을 날더려 묻거드면 궁천 지리를 대강만 일러. 태평태 승지왕은 요순 밖으 또 있느냐? 아미봉 유안곡은 격양가도 좋다. 경역산 어느 때 양반이 게 뉘신고? 민심 총덕 후으 일장금을 지어 내여, 창오산 벽계변으 절로 자라난 석상 오동, 옥부로 찍어 내여 삼척 재결허니, 궁상각치우난 오음을 차지허고 금목수화토는 사실을 맡아 있다. 제일 행공허니 토음이 궁성이라. 대현은 농농 노룡 우는 소리요, 소현은 영영 청학의 울음이라. 심

---

460) 〈단가란 무엇인가〉, 《판소리 다섯 마당》, 한국브리태니커, 1982, 229쪽.
461) 〈이 산 저 산〉, 위의 책, 241쪽.

방곡, 봉화사는 태평곡의 홍이로다.

아서라, 훨훨 다 버리고 한 곳을 당도허니, 조그만헌 법당 안에 중들이 모도 모아 수륙 재 맞이를 허느라고, 어떠한 대사는 법관 쓰고, 어떤 중은 납관 쓰고, 또 어떤 중 큰북 들 고, 또 어떤 중은 꽝쇠 들어, 다래몽둥 큰 북채를 양손에 갈라 쥐고, 북을 두리둥둥, 목탁 따그락 똑똑, 꽝쇠는 꽈강 꽝, 죽비 촤르르르르 칠 제, 탁좌 앞에 늙은 노승 하나는 가사 책보를 어스러지게 메고, 구붓꾸붓 예불을 허니, 연산 모종이 그 아닌가. 그 절로 들어가 서 재맞이 밥이나 많이 먹고, 흔들 흔들, 헐일을 허며 놀아 보자.462)

진국명산 만장봉이요, 청천삭출금부용과 거벽은 흘립허여, 북주로 삼각이요, 기암은 두 기, 남안 잠두로다. 좌룡 낙산, 우호 인왕, 서색은 반공 응상궐인데 숙기 종영 출인걸이라. 미재라, 동방 산하지고여, 성대 태평 의관 문물 만만세지 금탕이라. 년풍코 국태 민안허여, 구추 황국 단풍지절의 인유이봉무커늘, 면악 등림허여 취포반환하오며 감격군은허오리 라. 남산 송백 울울 창창, 한강 유수난 호호 양양, 주상 전하는 차산수하 같이 성수무강허 사, 산붕수갈토록 천천만만세를 태평으로만 누리소서.

우리도 일민이 되어 강구연월의 격양가를 부르리라. 연광이 반이나 넘거드면 부귀와 공명은 세상 사람들게 모두다 전하고, 가다 아무데나 기산대하처의 명당을 가리어, 오간 팔작으로 황학루만큼 집을 짓고, 유정한 친구 벗님과 좌우로 모두다 늘어앉어, 오음 육률 을 찾어 보세.463)

(5) 잡 가

잡가는 매우 종잡기 어려운 갈래다. 이름부터 '뒤섞인 노래'라는 뜻으로 '잡가'라 했으니 그러리라는 것을 스스로 드러낸다. 이런 잡가를 맨 처음 하나의 갈래로 잡은 기록은 1863년(계해, 철종 14)에 편찬한 것으로 보이는 《남훈틱평가》다. 거기에는 이 백스물네 마리의 시조와 더불어 잡가 세 마리464)와 가사 네 마리465)를 따로 갈래를 세워 실어 놓았다. 그러나 '잡가'라는 노래 갈래의 이름은 그보다 앞서 1844년(헌종 10) 에 지은 한산거사의 〈한양가〉에 나타난다.

우조 계면이며 소용이 편락이며 / 춘면곡 처사가며 어부사 상사별곡 / 황계타령 매화타령 잡가 시조 듯기 좋다.

그러니 19세기 중엽에는 잡가라는 갈래가 시조와 나란히 나타났다는 사실을 알

---

462) 〈사창화류〉, 위의 책, 233쪽.
463) 〈진국명상〉, 위의 책, 236쪽.
464) 〈소춘향가〉, 〈미화가〉, 〈빅구사〉.
465) 〈춘면곡〉, 〈쳐사가〉, 〈상ᄉ별곡〉, 〈어부사〉.

수 있다. 하지만, 그것이 어떤 속살과 모습에서 다른 노래들과 달라 새로운 갈래로 받아들여졌는지를 알기는 어렵다. 그때 널리 부르던 여러 가지 노래들과 얽히고 설키며 자란 것으로 보이기 때문이다. 우선 가사와 깊이 맺어진 것이라 19세기에 널리 알려진 이른바 '열두 잡가(12잡가)'는 '열두 가사(12가사)'와 서로 떨어질 수 없다. 그리고 서울의 유명한 '팔잡가'[466]는 〈춘향가〉, 〈홍보가〉, 〈적벽가〉 같은 판소리들과 깊은 관련이 있다. 그뿐 아니라 잡가는 온 나라에 흩어져 내려온 백성들의 온갖 노래를 끌어들이기도 했는데, 삶노래는 말할 나위도 없거니와 〈성주풀이〉니 〈무당 덕담〉이니 하는 굿노래까지도 싸잡아 들였다.

그러나 잡가는 백성들이 즐기던 일노래말꽃과는 뚜렷이 다르고, 가사나 시조 같이 사대부들이나 사대부와 가까운 사람들이 즐긴 것들과도 다르다. 무엇보다도 잡가는 소리꾼들, 거기서도 가장 보잘것없는 사람들로 여겨졌던 떠돌이 놀이패의 남자 소리꾼들과 삼패 기생 같은 천기들의 여자 소리꾼들로부터 비롯한 것으로 보인다. 그들이 몸 붙여 사는 서울의 거리와 장터 바닥에서 비롯하여 서울, 평양, 진주, 대구 같이 장사꾼들이 몰려드는 곳으로 널리 퍼져 나갔다. 그러면서 즐기는 사람들도 신분이 한결 높았던 중인 소리꾼이나 멋을 지키려던 기생 같은 사람들에게로 올라가기도 하고, 도시 갖장이와 갓장이 같은 장사꾼이며 시골 농사꾼들에게로 내려가기도 하면서 퍼져 나갔다.[467] 이러자니 속살도 위로는 가사와 시조에서 본을 뜨기도 하고, 아래로는 백성들의 일노래를 끌어들이기도 하면서, 소리꾼들 스스로 가장 값지게 여기며 즐기던 판소리까지 빌려 들어 한결 손쉽게 부를 만한 소리로 자연스럽게 많은 사람들과 더불어 자라났다.

손쉽게 부를 만한 소리로 마련한 것인지라 가사나 시조처럼 점잖은 격조를 내세우지도 않고, 판소리처럼 높낮이와 변화의 까다로움을 자랑삼지도 않는다. 차라리 여느 백성들의 일노래 소리에 훨씬 가까운 편이지만, 부르는 사람들이 소리꾼인지라 소리결과 가락이 아름답게 가다듬어질 수밖에 없었다. 아름다운 소리결과 가락으로 사람들의 마음을 끌어 이른바 대중성을 얻으면서 나름대로 눈에 띄는 속살을 담아내기도 했다. 이렇게 잡가가 담아내는 속살에 따라 갈래를 지어보면 애정, 유흥, 현실 생활, 웃음의 넷으로 가를 수 있다고 한다.[468]

---

466) 〈유산가〉, 〈제비가〉, 〈적벽가〉, 〈소춘향가〉, 〈선유가〉, 〈집장가〉, 〈형장가〉, 〈평양가〉, 이들 여덟 가지를 서울의 '팔잡가'라 불렀다.
467) 이노형, 《한국 전통 대중가요의 연구》, 울산대학교출판부, 1994, 34~37쪽.
468) 이노형은 잡가의 갈래를 이렇게 넷으로 잡고 꼼꼼하게 들여다보았다.(위의 책, 132~175쪽)

> 엣다 조쿠나 뒷동산에 로송지에 울고 가난 져 황죠며 / 후원 초당 백화 중에 놀고 가난
> 져 봉접아 / 그립던 님에 소식을 엘화 전하여 주렴마
> 에헤에헤요 엘화 찌여라 방에로구나 / 년당에 노든 학이 날아든다 엘화 춘당대로다
>
> 엣다 조쿠나 강촌이 막막 주루룩 쫠쫠 오난 비난 아황 녀영에 눈물이요 / 반죽에 성긴 가
> 지 점점히 푸르러스니 / 쇼상 야우가 이 안이란 말가
> 에헤에헤요 엘화 찌여라 방헤로구나 / 진국 명산 만장봉에 쳥텬 삭출이 에헤 금부용이로
> 다469)

앞도막은 헤어져 그리운 님에게 소식이나마 보내고 싶다는 뜻이고, 뒷도막은 님
을 그리며 흘리는 눈물을 빗물에 빗대어 노래한다. 남녀가 사랑을 나누는 행위를 방
아 찧는 것으로 빗대어 덧말로 되풀이하면서 그런 사랑을 이루지 못하는 신세의 안
타까움을 본말로 노래하여 느낌을 더욱 높일 수 있었다. 그러나 노랫말이 눈앞에 겪
는 삶과는 동떨어진 한문 투식과 중국 사실로 채워져서 살아 있는 느낌을 일으키기
보다는 두고 하는 소리로 떨어져 버렸다.

> 수락산 폭포수요 둥구재면 말니재요 / 약장재면 누에 머리 룡산 삼개로 에둘럿다
> 에여 산에 김덕션이 수원에 북문지여 / 나라에 공신되여 수셩옥이 와룡 감투 눌너 쓰고 /
> 어주 삼배 마신 후에 압헤는 모홍갑이 뒤에는 권삼득이 / 소동곡이 십만여 겁에 쌍화등
> 세우고 / 어젼 풍악을 꽝당 치면서 장안 대로상으로 가진 실네만 쳥한다.
>
> 바람이 불냐는지 나무 둥둥 반춤 츄며 / 악수 장마 지랴는지 만수 백수 무산에 구름이 평
> 펴졌네
> 에 관동 팔경을 구경가자 / 강능에 경포대 양양에 낙산사 / 울진에 망양뎡 삼척에 쥭셜
> 루 / 고성에 삼일포 통천에 총셕뎡 / 평해에 월숑뎡 간성에 쳥산뎡이란다 / 놀기 조키는
> 남원에 광한루로다470)

앞도막은 둥구재 말리재 룡산 삼개 같은 장터에다 즐거운 놀이판을 벌이고 마음
껏 놀아보자는 것이고, 뒷도막은 바람이 불고 구름이 끼였으나 관동 팔경이나 남원
광한루 같은 명승지를 찾아 실컷 놀아보고 싶다는 뜻이다. 잡가를 만들고 즐기던 놀
이패와 소리꾼들이 자주 경험하는 삶을 한결 가깝게 끌어들였다고 보겠다.

---

469) 〈긴방아 타령〉의 둘째와 셋째 도막.(정재호, 《한국잡가전집 4》, 73쪽)
470) 〈경사거리〉.(정재호, 《한국잡가전집 4》, 72쪽)

져 할미새 우름 운다 / 무곡통 한 섬에 칠푼 오리 해도 오리가 업셔 못 파라먹는 져 방정 맞은 져 할미새 / 경술 대풍 시절에 냥 쌀에 열두 말씩 푸워 쥐워도 굴머 죽게 생긴 져 할미새 / 이리로 가며 팽당당그르르 져리로 가며 팽당당그르르 / 가가 감실 나라든다 초경 이경 삼사오경 사람에 간장을 녹이려고 / 이리로 가며 붓붓 져리로 가며 붓붓 / 이리 한참 나라든다 / 져 비둘기 우름 운다[471]

이 노래는 얼핏 보면 할미새와 비둘기의 모습을 그려낸 듯하다. 그러나 장사치들이 별스레 크게 만든 무곡통 한 섬에 단돈 칠푼오리를 해도 오리가 없어서 못 사먹고,[472] 아무리 풍년이 들어 단돈 한 냥에 쌀을 열두 말씩 퍼주어도 복이 없어 굶어죽게 생긴 할미새는 곧 그처럼 찢어지게 가난한 사람들과 뜻겹침이 된다. 그리고 초경부터 오경까지 밤을 고스란히 새워서 이리 날고 저리 날며 '붓붓' 하며 우는 비둘기는 삶으로 쌓인 근심 걱정에 시달리며 밤잠 못 드는 사람들의 서러움과 뜻겹침이 되어서 잡가로 삶을 달래는 사람들의 현실이 드러난다.

노랑에 대구리 물네줄 상투 / 언제나 길러서 셔방 삼아 볼가
에에헤히에헤야 에헤히에헤야
나난 가갓소 / 이애 가단 말이 웬말이냐 잔말 말고 꼭 삼 년만 참아라 / 삼 년이 래일 모렌 가요 아이고 노소 / 앗다 닥채난 바람에 코 떨어지갓다
두둥개야 내 사랑아

새벽 동자 하라면 박가지 쌈만 붓치고 / 물길러 가면 앵당이 춤만 춘다
에헤히에헤야 에헤히헤야
앗다 이년아 작작 둘너라 앵당이 바람에 코 떨어지고 / 오륙월에 목위장 쓰고 매상 개붓 허서 슝어탕만 드린다
두둥두둥개야 내 사랑아[473]

보다시피 이런 노래에 담긴 삶은 웃음을 자아낼 만하다. 앞도막은 마치 김유정의 단편소설 〈봄 봄〉을 생각나게 한다. 노란 털이 보송보송한 아이를 언제 길러서 서방으로 삼을까 생각하면서도 3년만 기다리면 되겠거니 하는 주인집 딸의 속셈과 하루하루가 지겨워 떠나려는 아이놈의 매몰찬 뿌리침 사이에 벌어지는 갈등이 웃음을 자아낸다. 새벽밥 지어야 하는 것도 잊고 우물가에서 바가지 싸움만 붙이고, 물 길러 가

---

471) 〈새타령〉.(정재호, 《한국잡가전집 2》, 63쪽)
472) 쌀 같은 곡식을 돈으로 사는 것을 '판다'고 했다.
473) 〈사설 난봉가〉.(정재호, 《한국잡가전집 4》, 86쪽)

면서는 엉덩이춤만 추는 시골 처녀들의 삶을 노래로 담아내는 솜씨도 웃음을 자아낼 만하다. 가난하고 고달픈 삶이지만 웃음을 잃지 않고 살아온 백성들의 모습이 살아 있다.

　　모든 놀음노래가 다 그렇지만 잡가도 소리꾼들만 부르라는 법은 없다. 소리꾼들이 부르는 노래를 듣고 마음이 끌린 사람들은 쉽사리 삶의 터전에서 그것을 따라 부르게 마련이다. 게다가 노래말꽃이 본디 백성들 노래에서 끌려 넘어간 것들이 적지 않았으므로 백성들은 한결 편안하게 되받아들일 수 있었다. 이렇게 잡가가 백성들의 삶터로 퍼져 들어가 백성들의 일노래말꽃과 어우러졌기 때문에 잡가의 갈래를 백성들의 삶의 터전에 따라 나눌 수도 있다. 이를테면, 경기잡가·서도잡가·남도잡가가 바로 그것이다.[474]

화란 춘성하고 만화 방창이라 / 씨 좃타 벗님네야 산천 경개를 구경가세 / 죽장 망혜 단표자로 천리 강산을 들어를 가니 / 만산 홍록들은 일년 일도 다시 퓌여 / 춘색을 자랑노라 색색이 붉엇는듸 / 창송 취죽은 울울 창창하고 / 기화 요초 란만중에 / 꼿속에 자든 나븨 자취없이 나라난다 / 유상 앵비난 편편금이요 / 화간 접무난 분분설이라 / 삼춘 가절이 조흘시고 / 도화 만발 점점홍이로구나 / 어주 축수 애산춘이여든 / 무릉 도원이 예 아니냐 / 양류 세지 사사록하니 / 황산 곡리 당춘절에 / 연명 오류가 예 아니냐 / 제비는 물을 차고 기러기 무리져서 / 거지 중천에 노피 떠 두 나래 훨신 펴 / 펄펄 백운간에 노피 떠 / 천리 강산 머나먼 길을 어이 갈고 슬피 운다 / 원산은 첩첩 태산은 쥬춤하야 / 기암은 층층 장송은 낙락 어이 구부러져 / 광풍에 흥을 겨워 우줄우줄 춤을 춘다 / 층암 절벽 상에 폭포수는 콸콸 수정렴 드리운 듯 / 이골 물이 주루루룩 저골 물이 쌀쌀 / 열에 열골 물이 한듸 합수하여 / 천방져 지방져 솟코라지고 펑퍼져 / 넌츌지고 방울져 저 건너 병풍 석으로 / 으르릉 콸콸 흐르는 물결이 은옥 갓치 훗터지니 / 소부 허유 문답하든 / 기산 영수가 예 아니냐 / 주곡 제금은 천고한이요 / 적다 정조는 일년풍이라 / 일출 낙조가 눈 앞에 버려나 / 경개 무궁히 조흘시고[475]

　　이것은 경기잡가 가운데 가장 널리 알려진 〈유산가〉를 모두 보인 것이다. 서울을 중심으로 중부 지방에 퍼져 있는 경기잡가에는, 앞에서 보인 팔잡가말고도 〈달거리〉, 〈앞산타령〉, 〈뒷산타령〉, 〈양산도〉, 〈방아타령〉, 〈흥타령〉, 〈양류가〉, 〈난봉가〉, 〈놀령〉, 〈개고리타령〉, 〈닐늬리야〉, 〈노들강변〉, 〈한강수타령〉, 〈경복궁타

---

474) 잡가를 이렇게 갈래짓는 관례도 꽤 오래되어서 1928년 평양 교방(기성권번)에서 김구희가 엮은 《가곡보감》에도 '서도잡가·남도잡가·경성잡가'로 갈래를 세워 놓았다.

475) 이병기,《국문학개론》, 일지사, 1965, 83쪽.

령〉, 〈창부가〉, 〈도화타령〉, 〈도라지타령〉에다 잡잡가라 부르던 〈아리랑타령〉 같은 것들이 있다.

> 해는 지고 저믄 날에 옥창 앵도가 다 붉엇스니 / 시호 시호는 부재래라 원정 부지가 아니란 말가 / 송백 수양 푸른 가지 높다라케 그네를 매고 / 녹의 홍상 미인들은 오락가락 추천하는듸 / 우리 벗님은 어듸를 가고 단오 시절을 왜 모르는가 / 생각을 하면 긔가 막혀 나 어이 할고
> 불이 붙는다 불이 붙는다 / 의주 통군정 붙는 불은 / 압록강수로 끄련마는 / 선천 정주 가산 박천 얼른 지나 안주 백상루 붙는 불은 / 향산 동구 뚝 떠려져 청천강수로 끄련마는 / 숙천 순안 얼른 지나 평양의 련광정 붙는 불은 / 삼산의 반락 청누벽이요 이수 중분은 능라도라 대동강수로 끄련마는 / 이내 가슴에 붙는 불은 어느 님이 꺼준단말가 / 답답하고 마음 둘 곳 업셔서 나 엇지 사나[476]
>
> 님 죽어 돌아간 이후에 님의 난 곳을 찾어가니 / 님의 화용은 간곳 없고 다만 남은 것은 분묘뿐이로다 / 분묘 앞에 황토 펴고 황토 우에 백유지 깔고 / 차려 간 음식을 좌우로 좌르르 벌여 놓고 / 한 잔 부어 산신 전에 재배하고 / 한 잔 부어 분묘 앞에 놓고 그냥 그 자리에 펄석 주저 앉어 / 천지 애통을 할 뿐이로지 따를 친구 전혀 없네 / 그러므로 날이 장차 저물었다가 주야 공산 저문 날에 혼자 누웠기 무섭지 않느냐 / 혼이라도 따러 오고 넋이라도 따러 오려무나[477]

이런 것들은 서도잡가다. 서도잡가는 함경, 평안, 황해, 3도를 싸잡는다. 이 3도에 내려오는 서도소리는 반음정을 많이 이어써서 슬픈 느낌을 자아내는 이른바 계면조다. 이 밖에 〈수심가〉, 〈양산도〉, 〈영변가〉, 〈산념불〉, 〈배따라기〉, 〈애원성〉, 〈어랑가〉 같은 것들이 널리 알려졌다.

> 산하지로구나. 저 건너 갈미 봉에 비가 묻어서 나려온다. 우장은 허리에 두르고서 지심 매러 갈거나.
> 천 년을 사나 만 년을 살더란 말이냐. 죽음에 들어서 노소가 있나. 살아 생전 맘대로만 놀까나.
> 님 잃고 님 생각하니 주야 장탄에 꿈 몽자요. 생각사로 탄식 탄식하니 벼개 넘어서 눈물루라.
> 누웠으니 잠이 오며 앉았으니 님이 오나. 님도 잠도 아니 오고 요내 심정만 썩는구나. 우

---

476) 〈노들강변창가〉.(김구희, 《가곡보감》)
477) 〈엮음수심가〉.(이병기, 앞의 책, 96~97쪽)

리도 언제나 수궁에 달린 저 달을 따라서 님의 창전에 비칠거나.

진국 명산 만장 봉에 바람이 분다고 제 쓸어지며, 송죽 같은 굳은 절개 매 맞는다고 훼절을 할소냐.478)

후후야 후후우야 후후우야 / 이 지게나 내 등때기나 우리 둘이 도양해야 / 산천 초목을 헤맸구나 후후우야 후후우야 / 삼베 옷을 걸쳐 입고 산천 초목 헤매면서 후후야 후후우야 / 이 등 저 등 넘어 댕기면서 조흔 새목 귀하구나 후후우야 후후우야 / 어떤 사람 팔자 좋아 고대 광실 높은 집에 부귀 공명 누리는데 / 이내 팔자 무삼 죄로 니제나 내나 도양해야 / 이 산천을 헤매는고 후후우야 후후우야 / 배는 고파 등에 붙고 목은 말라 갈석인데 / 어느 개골 물 찾을꼬 후후우야 후후우야 / 가자 가자 집을 가자 갈 때는 빈 지겐데 / 올 때는 이 산천에 남글 한 짐 징과 갖고 / 다리 아파 어이 가며 허리 아파 어이 갈꼬 / 후후우야 후후우야479)

여기 보인 〈육자배기〉와 〈메나리[어사용]〉480)는 남도잡가에서 손꼽히는 노래들이다. 〈육자배기〉는 호남 쪽이 본바탕이었으나 영남에도 널리 퍼져 있고, 〈메나리〉는 거꾸로 영남 쪽이 본바탕이었는데 호남에도 널리 퍼져 있다. 이들 노래가 19세기에 들어와서 처음 생긴 것이 아니라, 오랜 세월에 걸쳐 새로운 소리와 모습을 받아들이면서 흘러 내려오다가 이때에 세력을 얻어 일어난 잡가가 이런 노래까지 싸잡았음이 틀림없다. 이 밖에도 〈새타령〉, 〈산타령〉, 〈베틀노래〉 같은 것들이 널리 알려진 남도잡가들이다.

그러니까 소리로서 잡가는 19세기에 들어서 소리꾼들이 새롭게 마련하여 부른 것인데, 말꽃으로서 잡가는 위로 굿노래나 가사를 비롯하여 온 나라에 백성들이 예로부터 불러온 노래들을 싸잡아들인 것이라 하겠다. 그렇게 해서 잡가는 아름다우면서도 쉬운 소리와 삶에 뿌리내려 귀에 익은 노래말꽃에 힘입어 백성들 사이로 널리 퍼져 나갔다. 나라가 무너져 외적의 침략과 지배에 떨어지지 않고 자연스럽게 현대를

---

478) 〈육자백이〉, 《신구잡가》, 향민사, 1969, 97~98쪽.

479) 〈메나리〉 또는 〈어사용〉, 《한국민요대전 – 경북편》, 문화방송, 1993, 406쪽.

480) 〈메나리〉는 뿌리가 아주 깊은 노래로서 본디 하늘서낭(천신)이 내려와 자리잡은 것으로 여긴 메서낭(산신)에게 바치던 굿노래였다고 한다.(권오경, 〈〈어사용〉의 유형과 사설 구조 연구〉, 경북대 박사학위논문, 1997, 22~42쪽) 그것이 뒤로 내려오면서 세월의 흐름에 따라 속살도 모습도 달라지고 갈래도 갈라졌다. 〈메나리〉는 한문으로 〈산유화(가)〉라 적고 사대부들도 관심을 보였는데, 그 안에는 백제 나라가 무너지던 때의 슬픔을 노래하던 호남 쪽 노래와 조선시대 경북 선산 지방에 시집 살던 아낙(향낭)의 죽음을 노래하던 영남 쪽 노래에 뿌리가 닿은 두 갈래가 있다. 이런 〈메나리〉 가운데서 특히 〈어사용〉이라 부르는 것은 불교의 굿노래인 '범패'를 받아들이면서 그것의 별명인 '어산'에 말미암아 '어산영'에서 비롯했다 한다.(같은 글, 14~16쪽)

맞았으면 온 나라 사람들이 더불어 즐기는 노래로 떠오르며 자랐을 수 있다. 불행한 역사를 만나 전통은 끊어지고 외래 문화의 소용돌이에 휩쓸린 가운데서도 잡가는 소리꾼들은 물론이고 온 나라 백성들 사이에서 끈질기게 살아 있었다.

(6) 대중가요

'대중가요'는 그냥 '가요' 또는 '유행가'라고 부르는 입말놀음노래말꽃의 한 갈래다. 사실 대중가요를 입말노래로 볼 수 있느냐 하는 물음이 일어날 수 있다. 가수라는 소리꾼이 입말로 노래부르고 그것을 듣거나 따라부르면서 즐기는 노래말꽃이기에 입말노래라 할 수도 있겠지만, 그보다 앞서 작사자라 부르는 사람이 노래말꽃(가사)을 글말로 만들어야 하기 때문이다. 그러나 작사자가 글말로 지은 노래말꽃을 그것만으로 즐기는 사람은 없다. 그것은 작곡자가 마련한 소리가락에 얹혀 소리꾼이 입말로 노래불러야 비로소 살아나는 말꽃이다. 대중가요를 입말놀음노래말꽃으로 보는 것에 어려움이 없지 않으나 그렇다고 글말놀음노래말꽃에 넣을 수 없는 까닭이 여기 있다. 그러니 대중가요는 지난날 볼 수 없는 모습으로 나타난 입말놀음노래말꽃이다. 한 사람이 노랫말을 짓고, 또 한 사람이 소리가락을 만들고, 또 한 사람이 노래를 불러야 모습이 나타나는 이런 노래말꽃은 우리 겨레에게 일찍이 없었다. 이런 모습으로 나타나는 대중가요는 소리꾼이 노래부르면 그것을 듣고 즐기는 것[481]보다 전자 기술에 힘입어 만든 소리판을 사서 유성기로 듣거나 라디오를 사서 방송으로 듣고 즐기는 것[482]이 더 제격이다. 이렇게 즐기는 노래말꽃이란 지난날에 볼 수 없던 것이다.

그러나, 대중가요가 흘러온 역사는 따지고 보면 꽤 오랜 뿌리를 지닌 셈이다. 우선 18세기에 들어 소리꾼들이 세월에 맞추어 새롭게 만들어 부르기 비롯한 '시조'를 꼽을 수 있다. 가곡이라 부르던 노래를 훨씬 쉽게 부를 수 있도록 소리가락을 바꾸고,[483] 또 달라지는 세월의 느낌을 담아내는 소리로 바꾸어 나타난 것이 시조였다.[484] 다음으로는 바로 앞에서 다룬 '잡가'를 꼽을 수 있다. 시조보다 훨씬 가까이 백성들에

---

481) 소리꾼이 소리하면 그것을 듣고 즐기며 따라 부르는 것은 지난날 노래말꽃을 즐기던 모습 그대로다.

482) 소리판을 사서 유성기로 듣거나 라디오를 사서 방송으로 듣고 즐기며 따라 부르는 것은 지난날 노래말꽃에서는 할 수 없었던 것으로 아주 새롭다.

483) 다섯 도막(5장)으로 짜인 것을 세 도막(3장)을 짜고, 흔들림이 적고 길게 빼던 소리를 흔들림을 늘려서 자유롭고 빠르게 바꾸었다.

484) 이학규가 〈낙하생고〉에서 "시조의 또 다른 이름은 시절가이니 모두 마을 거리에서 우리 말로 소리를 길게 빼어 노래한다(時調 亦名時節歌 皆閭巷俚語 曼聲歌之)" 하고 말했다. 여기서 말한 '시절가'란 요즘 '대중가요'라 하는 말과 똑같은 뜻을 담은 것이다.

게 파고들 수 있었고, 또 바뀌는 세월의 어려운 삶을 나름대로 담아낸 보잘것없는 사람들의 노래로 잡가가 나타난 것이다. 가곡에서 시조로, 시조에서 잡가로, 갈수록 여느 백성들에게 가까워지는 흐름을 타고 20세기로 넘어와서, 잡가는 몇 가지 새로 나타나는 갈래의 노래들과 다투지 않을 수 없었다. 이런 다툼을 거치면서 마침내 유행가라는 대중가요가 잡가를 비롯하여 다른 것들을 누르고 백성들과 어우러지는 입말놀음노래말꽃으로 오늘까지 안방을 차지하게 되었다.

잡가에서 대중가요로 넘어오는 사이에 다투었던 입말놀음노래말꽃의 갈래는 크게 두 가지로 나눌 수 있다. 하나는 우리 겨레의 지난날 일노래들이 놀음노래로 바뀌어 나타난 것이고, 다른 하나는 일본과 서양의 노래들에서 가져오거나 본뜬 것이다. 먼저, 지난날 우리 겨레의 일노래들이 놀음노래로 바뀌어 나타난 것을 이른바 '근대민요'라 불렀다. 〈아리랑〉을 비롯하여 〈애원성〉, 〈어랑타령[신고산타령]〉, 〈경복궁타령〉, 〈파랑새노래〉 같은 근대민요는 사실 그 싹을 18세기까지 올려 잡기도 할 만큼 뿌리가 지난날의 일노래에 닿아 있다. 그리고 이들 근대민요는 오늘까지도 우리 소리[국악]의 소중한 갈래로서 살아 숨쉬고 있다. 그리고, 일본과 서양의 노래들에서 가져오거나 본뜬 것에는 '창가', '가곡',[485] '동요' 같은 것들이 있다. 창가는 학교와 예배당 안에만 머물면서 오늘에 이르렀다 할 수 있고, 가곡은 '예술가요'라 하여 서양음악에 바탕을 놓은 음악 교과서 안에서 오늘까지 살아 있고, 동요는 애초부터 어린이들에게 못을 박고 나타났기에 오늘까지 그렇게 머물러 있다. 따라서, 울도 담도 없이 여느 백성들과 어우러지기를 다툰 것은 잡가와 대중가요 둘뿐이었던 셈이다. 그리고 그 다툼에서 대중가요는 잡가를 온전히 물리치고 백성들을 사로잡은 갈래로 나타났다.

대중가요는 무슨 힘으로 잡가를 물리칠 수 있었을까. 그것은 우리 겨레의 슬픈 역사를 들여다보아야 대답할 수 있는 물음이다. 일제의 침략으로 조선왕조가 무너지고, 일본의 총독부가 나라를 주무르면서 일본에 있던 온갖 문물이 쏟아져 들어왔다. 대중가요는 그렇게 들어온 일본의 문물 가운데서도 소리판(레코드판)에 소리를 실어 파는 것과 방송국에서 소리를 방송으로 내보내는 것, 이들 둘에 힘입어 잡가를 물리칠 수 있었다.[486] 소리판과 방송이라는 두 힘을 등에 업고 잡가를 누르며 나타난 대중

---

485) 이것은 지난날 시조의 모태 노릇을 하였던 '가곡'과 이름이 꼭 같다. 그러나 물론 이들 사이에는 아무런 관련이 없다.

486) 이들 두 가지는 전자말에 싸잡혀야 마땅할지 모른다. 소리판을 만들고 방송으로 소리를 내보내는 것은 모두 전자 기술에 힘입은 것이기 때문이다. 그러나 대중가요를 전자말노래말꽃으로 볼 수 없는

가요의 첫걸음은 '유행창가'로서 떼어 놓았다.[487] 그것들이 노래말꽃의 모습으로는 1922년에 초판을 낸 《신유행창가》에[488] 처음 나타나고, 소리판으로는 1925년 일본축음기상회에서 내놓은 것이 처음이다.

> 이 풍진 세상을 만낫스니 나의 희망이 무엇이냐 / 부귀와 영화를 누렷스면 희망이 족할가 / 푸른 하눌 붉은 달 아리서 곰곰이 싱각ᄒ니 / 세상 만사가 춘몽 중에 또다시 꿈갓고나
>
> 담소 화락에 엄벙덤벙 주식 잡기에 침범하야 / 전전 스업을 이젓스면 희망이 족할가 / 반공 중에 붉은 달 아리서 갈 길 모르는 저 청년들 / 부픠 스업을 개량토록 인도ᄒ소서
>
> 나의 할 일은 태산 갓고 가는 세월은 살 갓흐니 / 어나 누구가 도와주어 희망이 족할가 / 써오는 달과 지는 희난 급히 덧업시 가지 말나 / 전전 스업에 모든 일을 분변키 어려워
>
> 붉고 붉은 이 세상에 혼돈 천지로 아는 이 몸 / 무슴 연고로 이써까지 꿈속에 살앗노 / 이제브터 원수 몸속에 락망을낭 이저바리고 / 문명 학문을 비호기로 분발ᄒ여라[489]

그러나 실제로 대중가요답게 소리판과 방송으로 온 나라 사람들의 마음을 사로잡은 노래로는 〈사의 찬미〉를 꼽기 일쑤다. 1926년 8월 5일 새벽 일본 시모노세키를 떠나 부산으로 오던 연락선(덕수환) 위에서 애인 김우진[490]과 함께 몸을 던져 세상을 버린 윤심덕(1897~1926)이 부른 노래다. 그들은 일본 대판에 있던 일동레코드회사의 요청으로 소리판에 녹음을 마치고 돌아오는 길이었고, 그 녹음 안에 바로 이 〈사의 찬미〉가 실려 있었다. 말하자면 이 노래는 윤심덕이 세상에 남긴 유서였던 셈이다. 본디는 이 노래를 녹음한다는 예정이 없었는데 윤심덕이 다른 노래들을 녹음하다가 갑자기 졸라서 끼워 넣었다는 사실로[491] 보아도, 그가 미리 죽을 마음을 먹고 유서처

까닭은 이들 두 가지가 그보다 먼저 있는 소리꾼들의 입말노래말꽃에 말미암아야 하는 것이기 때문이다.

487) 이영미, 《한국 대중가요사》, 시공사, 1998, 37~56쪽.

488) 신체시, 신파극, 신소설이라 하듯이 신유행창가라 해서 '신'자를 앞에 놓았다. 〈희망가〉 또는 〈이 풍진 세상을〉이라고도 하는 〈청년경계가〉, 〈장한몽가〉, 〈카추샤〉 같은 노래말꽃 스물세 마리를 실었는데 엮은이는 이상준이다. 지금까지 1922년 초판은 찾아지지 않고 1929년에 덧보태서 펴낸 제3판이 있다.(이영미, 앞의 책, 44~51쪽)

489) 〈청년경계가〉(이영미, 앞의 책, 47쪽).

490) 김우진(1897~1926)은 그때 우리 나라에서 손꼽히던 신극단체 토월회를 핵심에서 이끌던 극작가였다.

491) 그들의 죽음이 《동아일보》에 실려 널리 알려지자 그의 소리판은 불티나듯이 팔리고 곁들여 부유층에서나 즐기던 축음기(유성기)까지 단숨에 대중 사이로 보급되었다고 한다.(박찬호/안동림 옮김,

럼 이 노래를 불렀던 것임을 짐작할 수 있다.

> 광막한 황야에 달니는 인생아 / 너의 가는 곳 그 어대냐 / 쓸쓸한 세상- 험악한 고해에 / 너는 무엇을 차즈려 가느냐 / (후렴) 눈물로 된 이 世上이 / 나 죽으면 고만일까 / 행복찾는 인생들아 / 너 찿는 것 서름
>
> 웃는 꽃과 우는 져 새들이 / 그 운명이 모도사 갓흐니 / 생에 열중한 가련한 인생아 / 너는 칼 우에 춤추는 자로다 / (후렴)
>
> 허영에 빠져 날뛰는 인생아 / 너 속혓슴을 네가 아느냐 / 세상의 것은 너의게 허무니 / 너 죽은 후에 모도다 업도다 / (후렴)[492]

보다시피 노래 제목과 노랫말에 일본 말법이 두드러진 것은 창가나 신체시 같은 것들과 다르지 않다. 노래를 부르는 소리결과 가락을 가다듬는 곡조도 그때 일본에서 널리 퍼진 가요들을 본떴다. 게다가 더없이 슬프고 서러운 마음이 노래의 속살로 가득하다. 세상은 쓸쓸하면서도 험악한 괴로움의 바다이기에 산다는 일이 눈물겨우며 가련하다고 한다. 그런 삶에 열중하는 것은 칼 위에 춤추는 것이며 행복을 찾는 일은 속임을 당하는 것일 뿐이라 한다. 삶을 이렇게 보고 세상을 이처럼 여기는 것은 말할 나위도 없이 침략자 일제의 탄압과 수탈 아래 우리 겨레가 겪던 아픔에 말미암은 것이다. 그런 아픔을 이기지 못하고 서른이라는 꽃다운 나이로 죽음에 희망을 걸고 이런 노래를 유언으로 불렀다. 이것이 우리네 대중가요의 첫걸음이었다는 사실은 이 갈래의 속살과 앞날에 여러 가지를 생각하게 한다.

대중가요가 잡가를 밀어내고 백성들 가운데 자리잡을 수 있게 도운 것은 소리판과 방송이라 했거니와 소리판은 1908년 2월에 명창 이동백(1867~1950)이 부른 판소리 〈적벽가〉를 빅타사에서 만든 것이 처음이다. 이때 이미 우리 나라에 건너온 일본 사람들은 축음기로 소리를 즐기고 있었으며, 장터로 돌아다니며 천막을 치고 입장료를 받으면서 유성기 소리를 들려주는 장사치들도 있었다. 1910년대로 넘어들면서 일본 상인들이 앞장서고 그들과 손잡은 사람들이 돈벌이를 하려고 다투어 소리판과 유성기를 퍼뜨렸다. 일본축음기상회 경성지점을 비롯하여 그렇게 문화를 장삿속으로 다루는 일본인들이 앞을 다투었다. 그리고 방송은 1926년 11월에 재단법인 경성방송국을 설립하고 이듬해 2월 16일부터 정식으로 내보내면서 첫걸음을 떼었다.[493] 방송

《한국 가요사》, 현암사, 1992, 170~175쪽)
492) 위의 책, 171쪽.

에서는 소리판으로 일본 대중가요와 더불어 우리의 대중가요도 부지런히 내보내어 삶의 괴로움과 아픔을 잊고 살아가게 만들었다.

> 강남 달이 밝아서 님이 놀든 곳 / 구름 속에 그의 얼골 가리워젓네 / 물망초 핀 언덕에 외로히 서서 / 물에 뜬 이 한 밤을 홀노 새울가
>
> 멀고 먼 님의 나라 참아 그리워 / 적막한 가람 가에 물새가 우네 / 오늘밤은 쓸쓸히 달은 지노니 / 사랑의 그늘 속에 재워나 주오
>
> 강남에 달이 지면 외로운 신세 / 부평의 입사귀엔 버레가 우네 / 찰아리 이 몸은 잠을 이뤄서 / 임이 절노 오시어서 깨울 때까지[494]

이런 세월에 발맞추어 1927년에 만든 영화 〈낙화유수〉의 주제가로 마련한 이 노래[495]야말로 일본이나 서양을 흉내내지 않고 우리 나라 사람이 만든 첫 대중가요라 할 수 있다. 진주 기생의 아들로 태어난 김서정(본명 영환)이 작사·작곡을 하고, 유명한 영화 〈아리랑〉의 주제가를 불러 관객을 사로잡은 이정숙이 노래했다.[496] 그리고 1929년 4월에는 콜럼비아 조선 레코드사에서 소리판으로 만들어 널리 퍼져 나갔다. 이로부터 김서정이 노래말꽃과 소리가락을 만든 대중가요가 잇달아 인기를 누렸으니, 1930년 2월에 콜럼비아사에서 채동원의 노래로 내고 다시 1931년 12월에 이글사에서 강석연의 노래로 낸 〈세 동무〉, 그해 3월에 콜럼비아사에서 채규엽의 노래로 낸 〈봄 노래 부르자〉와 빅타사에서 김연실의 노래로 낸 〈암로〉, 1932년 5월에 시에론사에서 김연실의 노래로 낸 〈강남 제비〉 같은 노래들을 꼽을 수 있다.

> 황성 녯터에 밤이 되니 월색만 고요해 / 폐허의 스른 회포를 말하여 주노나 / 아- 외로운 저 나그네 홀로 잠 못 일우어 / 구슯흔 버레 소래에 말 업시 눈물지어요
>
> 성은 허무러져 빈 터인데 방초만 풀으러 / 세상의 허무한 것을 말하여 주노나 / 아- 가엽다 이 내 몸은 그 무엇 차즈랴 / 덧업난 꿈의 거리를 헤매여 잇노라

---

493) 일본 본토의 도쿄, 오사카, 나고야에 이어 네 번째로 문을 연 것이었다. 처음에는 우리 말과 일본말을 섞어서 방송하다가 1933년부터 일본말로만 내보내고 우리 말 방송은 제2방송으로 내몰렸다.
494) 박찬호, 앞의 책, 185~186쪽.
495) 영화의 제목에 따라 노래 이름도 〈낙화유수〉라 했던 것인데, 1960년대에 다시 되살아나면서 슬그머니 〈강남 달〉로 이름이 바뀌었다.
496) 무성영화시대였으므로 극장 안에 따로 마련한 장소에서 악사들이 연주하고 가수도 거기서 노래를 불렀다.

나는 가리라 꽂이 업시 이 발시길 닷는 곳 / 산을 넘고 물을 건너 정처가 업시도 / 아―
한업난 이 심사를 가삼속에 품고서 / 이 몸은 흘너서 가노니 녯터야 잘잇거라[497]

　노래말꽃은 왕평이 만들고, 소리가락은 전수린이 마련하고, 노래는 이애리수가
부른 〈황성 옛터〉도 우리 대중가요 역사에서 잊지 못할 작품이다. 1930년 가을 단성
사에서 연극 막간에 무대에 나선 이애리수가 이 노래를 부르자 망국의 슬픔을 뼈저
리게 느낀 관중들이 눈물 흘리며 발을 굴렀다고 한다.[498] 이때부터 무대에서 소리꾼
이 이 노래를 부르면 관중도 함께 불러서 거침없이 온 나라에 퍼졌다. 마침내 1932년
4월에 빅타사에서 이애리수의 노래로 소리판을 찍어내자 대번에 5만 장이 팔려 나갔
다 한다. 사정이 이렇게 되자 일제 총독부가 나서 소리판을 찍어내지 못하게 막고, 극
장에까지 경찰이 들어와 노래하는 가수를 끌어내리는 소동을 벌이는 지경이 되었다.
1933년 5월에는 총독부 경무국이 '레코드 단속 규칙'을 만들어 내놓고 도서과에서 철
저하게 단속하는 길로 들어섰다. 왕평과 전수린이 종로경찰서에서 취조를 받고 유치
장 신세를 졌으며, 대구에서는 보통학교 교사가 이 노래를 가르친 탓에 교단에서 쫓
겨나는 일이 벌어진 것도 이런 사정에 따른 것이었다.
　보다시피 우리 대중가요는 태어나면서부터 일본에서 부르는 저들의 가요와 장사
꾼(레코드회사)들에게 이끌렸다. 그래서 일본 제국주의 침략시대에는 내내 저들 일본
본토의 가요와 서로 넘나들면서 한통속으로 자랐다. 노래말꽃만 달랐을 뿐이고 그 밖
에 소리가락이나 소리결이나 노래하는 모습까지 다를 바 없는 것이 많았다. 노래말꽃
도 서로 뒤쳐서 부르는 것을 예사로 알았고, 마침내 1930년대 말엽으로 오면 우리 말
을 버리고 아예 일본말로 부르는 노래들이 판을 치기도 했다. 우리 대중가요의 이런
흐름과 체질은 광복하고 반 세기를 지난 오늘날까지도 바로잡히지 않은 구석이 많다.
그러나 모든 대중가요가 한결같이 일본 가요에 싸잡히고 기대려고만 한 것은 아니다.
거기서 벗어나 다른 길을 찾고자 하는 사람들이 있었고, 게다가 대중가요에게로 밀고
들어오는 새로운 물결도 없지 않았다. 그런 물결은 크게 보아 둘이었는데, 하나는 서
양, 거기서도 미국에서 흘러오는 것이고, 다른 하나는 우리 겨레가 지난날로부터 불
러온 전통 노래의 흐름이었다.
　우리 대중가요에서 서양 노래의 흐름을 맨 먼저 받아들인 소리꾼은 영화배우로

---

497) 박찬호, 앞의 책, 190쪽.
498) 이때 노래를 부른 가수가 영화 〈아리랑〉에서 여주인공 영희를 맡았던 신일선이라는 주장도 있다.
　　(위의 책, 191~192쪽)

이름을 떨친 복혜숙(1904~1982)으로 알려져 있다. 그는 1930년에 들어 콜럼비아사에서 〈종로 행진곡〉, 〈그대 그림자〉, 〈목장의 노래〉, 〈애의 광〉, 〈축배의 노래〉, 〈여자의 마음〉 같은 노래를 소리판으로 냈다. 이런 노래들은 미국의 팝송이나 프랑스의 샹송이나 남미의 라틴 음악을 두루 본떴지만 그냥 '재즈송'이라는 이름으로 싸잡아 불렀다. 그리고 그는 이런 노래를 그가 방송극에 출연하여 친숙해 있던 경성방송국의 방송으로도 내보내면서 대중에게 퍼뜨렸다.

그러나 이른바 재즈 음악이 우리 나라에 들어온 것은 그보다 앞선다. 1928년 9월 4일 《동아일보》에는 미국의 재즈 밴드 '폴 화이트 맨'의 공연 광고가 실려 있다. 그들은 콜럼비아사에 전속으로 있던 미국 재즈 연주패인데, 〈라 팔로마〉, 〈메리 위도우 왈츠〉 같은 열 가지 노래를 서울에서 선보였다. 경성방송국에서도 '경성 관현악단'을 만들어 서양 대중음악을 방송으로 내보냈다. 또 1934년에는 미국에 건너가 살던 조선 사람 가수 최 리처드의 소리판이 콜럼비아사에서 '세계적 밴드 대왕 최 리처드 걸작반'이라는 선전문과 함께 나왔고, 그가 직접 서울에 건너와 벤조를 켜며 〈조선아 잘 잇거라〉, 〈양산도〉 같은 노래와 더불어 미국의 대중가요(컨트리 송)들을 불러 인기를 끌기도 했다.[499] 우리 대중가요에 서양 노래의 가락을 끌어들인 사람으로 손목인 (1913~1999)을 꼽지 않을 수 없다. 본명이 손득렬인 그는 진주에서 태어나 고복수가 부른 〈타향살이〉와 이난영이 부른 〈목포의 눈물〉같이 인기 높았던 노래를 비롯하여 800이 넘는 대중가요를 작곡했다. 그런 그가 1936~1937년에는 오케사에서 손안드레라는 이름의 가수로 〈메랑코리〉, 〈구겨진 청춘〉, 〈나포리 처녀〉, 〈코로라도의 달〉과 같은 재즈 가락의 노래를 내놓은 것이다. 그뿐 아니라 1938년부터는 손수 피아노를 치면서 오케사 직속인 '시엠시[500] 스윙 재즈 밴드'를 이끌어 이름을 날렸다. 광복한 뒤로는 시엠시 악단을 크게 늘려서 화려한 쇼 무대를 펼치고, 경성방송국에서 새롭게 탈바꿈한 국영방송에 전속 음악 담당자로 일하면서 그런 길을 멈추지 않았다. 이런 흐름이 광복과 더불어 밀려든 미국 바람을 타고 더욱 거세진 것은 두말할 나위가 없다.

한편, 우리 대중가요의 역사에는 지난날의 전통 소리가락을 잇고 되살리려는 흐름도 만만치 않았다. 거기에는 물론 대중가요에 앞서 백성들 사이로 퍼져 나가던 잡가의 영향이 바탕에 크게 깔려 있었다. 그래서 이런 전통 소리가락의 대중가요는 잡

---

499) 위의 책, 222쪽.
500) CMC는 '조선 뮤지컬 클럽'의 첫자를 따온 것이라 한다.

가와 떨어지기 어려운 것들이 적지 않았고, 이름부터 대중가요라기보다 '신민요'라 부
르기 일쑤였다.

> 오동나무 열두 대 속에 신선 선녀가 하강을 하네
> 에- 라 이것이 리별이란다 에- 라 이것이 설음이라오
>
> 산신령 까마귀는 까옥까옥하는데 정든 님 병환은 점점 집허 가네
> 에- 라 이것이 눈물이란다 에- 라 이것이 설음이라오
>
> 홍도 백도 욱어진 곳에 처녀 총각이 넘나드네
> 에- 라 이것이 사랑이란다 에- 라 이것이 설음이라오[501]

1931년 초에 콜롬비아사에서 노래말꽃은 이규송, 소리가락은 강윤석, 노래는 강
석연이 불러서 내놓은 〈오동나무〉다. 신민요로서는 초기의 것이지만 빅타사에서 이
애리수의 노래로 다시 내놓기도 했을 만큼 대중가요의 새로운 맛을 느끼게 했다. 그
러나 말 그대로 신민요다운 것은 1934년 2월 오케사에서 창립 1주년 기념 특별호로
내놓은 〈노들강변〉을 꼽아야 하겠다.

> 노들강변 봄버들 휘휘 늘어진 가지에다가 / 무정 세월 한 허리를 칭칭 동여 매여나 볼가
> 에헤요 봄버들도 못 미드리로다 / 푸르른 저긔 저 물만 흘너 흘너서 가노라
>
> 노들강변 백사장 모래마다 밟은 자죽 / 만고 풍상 비바람에 멧 번이나 지여갓나
> 에헤요 백사장도 못 미드리로다 / 푸르른 저긔 저 물만 흘너 흘너서 가노라
>
> 노들강변 푸른 물 네가 무슨 망녕으로 / 재자 가인 앗가운 몸 멧멧치나 데려갓나
> 에헤요 네가 진정 마음을 돌녀서 / 이 세상 싸인 한이나 두-둥 실구서 가거라[502]

신불출이 노래말꽃을 쓰고, 문호월이 소리가락을 만들고, 박부용이 노래를 불렀
다. 이 노래는 곧바로 소리판과 방송으로 온 나라에 두루 퍼져 나갔고, 〈아리랑〉, 〈도
라지〉, 〈양산도〉, 〈천안 삼거리〉 같은 잡가와 더불어 경기민요 다섯 가운데 하나로
손꼽히면서 오늘까지 잊혀지지 않는 노래가 되었다.
　이런 전통의 소리를 대중가요에 끌어들이는 일에 힘쓴 사람으로 노래말꽃의 김

---

501) 박찬호, 앞의 책, 230쪽.
502) 위의 책, 227쪽.

능인과 소리가락의 문호월을 꼽아야 한다. 문호월은 경북 김천에서 태어나 바이올린 같은 악기를 다루는 재주도 있었지만, 북을 치며 남도잡가 특히 〈육자배기〉를 부르고 즐겼다 한다. 김능인[503]도 같은 김천 사람이며 시와 국악에 조예를 갖추어 오케사의 문예부장으로 있었는데, 둘은 함께 전국을 다니며 백성들의 노래를 찾는 데 힘쓰고, 제주도의 〈오돌또기〉를 악보로 적어 전국에 퍼뜨리기도 했다.[504] 김능인이 노래 말꽃을 쓰고, 문호월이 소리가락을 마련하여, 이난영이 노래 부른 〈고적〉, 〈불사조〉(1933)라든지 〈오대강 타령〉, 〈봄 강〉(1935) 같은 노래들은 모두 초기에 두 사람이 손잡고 전통가락을 대중가요에 끌어들여 성공한 것들이다. 세월이 흐르면서 서로 다른 짝들과 어우러져 노래말꽃을 쓰고 소리가락을 만들면서도 전통의 백성 노래를 끌어들이는 노력을 버리지는 않았다.

　우리 대중가요를 전통소리와 가깝게 끌어온 데에는 이른바 '기녀 가수'들의 몫도 빼놓을 수 없다. 평양 교방[505] 출신인 왕수복을 비롯하여 〈노들강변〉을 부른 박부용, 이은파, 선우일선, 김복희, 미스코리아, 김인숙, 한정옥, 김운선, 황조선, 김연월, 김춘홍, 이화자, 안명국, 조진실, 김소희, 박초월, 조소옥 같은 소리꾼들이 모두 교방 출신으로서 이른바 '민요조의 유행가수'로 활약했다.

　　에-금강산 일만 이천 봉마다 기암이요, 한라산 놉하 놉하 속세를 쩌낫구나.
　　　(후럼) 에헤라 좃쿠나 좃타. 지화자 좃쿠나 좃타. 명승의 이 강산아, 자랑이로구나.

　　에-석굴암 아츰 경은 못 보면 한이 되고, 해운대 저녁 달은 볼사록 유정해라. (후럼)

　　에-챰프의 부전 고원 여름의 낙원이요, 평양은 금수 강산 청춘의 오국이라. (후럼)

　　에-백두산 천지 가엔 선녀의 꿈이 길고, 압록강 여흘에는 쎗목이 경이로다. (후럼)[506]

　이 노래는 1934년 포리도루사로 처음 나타난 선우일선이 1936년 봄에 내놓은 〈조

---

503) 본디 이름은 승응순이다.
504) 박찬호, 앞의 책, 228쪽.
505) 교방은 본디 고려 때 궁중에서 여자 연예인을 교육하고 관리하던 관청이었다. 조선에서는 장악원에 싸잡아 넣었다가 1900년에 와서 궁내부에 교방사를 두었으나 1905년에 다시 없앴다. 이런 전통에 따라 지방의 각급 관아에서도 교방을 두어 연예인(기녀)들을 교육하고 관리했는데, '북 평양 남 진주'라 하여 이 두 곳이 가장 유명했다. 하지만 1910년 왕조가 무너지면서 지방의 교방들까지 하루아침에 모두 사라지자 거기서 연예를 닦은 기녀들이 살아남으려고 '조합'을 만들고 마침내 일본을 본떠 '권번'으로 이름까지 바뀌면서 어려운 삶과 전통 예술을 지켰다.
506) 박찬호, 앞의 책, 237~238쪽.

선 팔경가〉다. 편월이 노래말꽃을 쓰고, 형석기가 소리가락을 만들었다. 이 노래는 1939년에 〈조선 팔경〉으로 이름을 바꾸어 다시 찍어낸 소리판으로도 인기를 불러모으고, 광복한 뒤로도 〈대한 팔경〉으로 이름을 바꾸어 황금심, 최숙자, 박재란, 김세레나 같은 가수들이 거듭 되풀이하여 불렀다. "평안 사람으로 신민요 가수로서 전 조선에 압도적 인기를 한몸에 지닌 방년 십칠 세의 미인, 일본 포리도루 전속"으로 소개받던 선우일선으로 말미암아 포리도루사를 한때 사람들은 '민요 왕국'이라 부르기도 했다. 〈꽃을 잡고〉(김안서 노래말꽃·이면상 소리가락, 1934), 〈숲 사이 물레방아〉(이고범 노래말꽃·김면균 소리가락, 1934), 〈원포 귀범〉(김봉혁 노래말꽃·이면상 소리가락, 1934) 같은 노래는 초기의 작품이고, 〈주릿대 치마〉(임서방 노래말꽃·이재호 소리가락, 1939), 〈압록강 뱃노래〉(유도순 노래말꽃·전기현 소리가락, 1940), 〈첫사랑 푸념〉(천아토 노래말꽃·김교성 소리가락, 1940), 〈바람이 낫네〉(천아토 노래말꽃·김교성 소리가락, 1940) 같은 노래는 태평레코드사로 옮긴 다음에 내놓은 후기의 작품들이다.

> 앞 강물 흘러 흘러 넘치는 물로도 / 떠나는 당신 태운 길을 막을 수 업거든 / 이 내 몸 흘니는 두 줄기 눈물이 / 엇더케 당신을 막으리요

> 구진 비 흐득이니 내 눈물 방울 / 밤 빗츤 적막하다 당신의 슯흠 / 한 만흔 이 밤을 새우지 마오 / 날 새면 리별을 어이하리

> 홍상을 거듬거듬 님 압헤 와서 / 불 빗에 당신 그 얼골 보고 쪼 보면서 / 영화로 오실 날을 비옵는 내 마음 / 대장부 엇더케 미드릿가[507]

이것은 1934년 빅타사를 빌려 나타나고 이듬해 오케사로 옮겨 활동한 이은파가 1935년에 내놓은 그의 대표작 〈앞 강물 흘러 흘러〉다. 김능인이 노래말꽃을 쓰고, 문호월이 소리가락을 만들었다. 이은파는 그때 선우일선과 이화자와 김복희와 더불어 '민요계의 여왕'이라는 이름을 다투던 소리꾼이었다. 〈관서 천리〉(김능인 노래말꽃·문호월 소리가락, 1935), 〈채란새〉(박영호 노래말꽃·손목인 소리가락, 1936), 〈강 건너 천리 길〉(김능인 노래말꽃·손목인 소리가락, 1934), 〈요 핑계 조 핑계〉(박영호 노래말꽃·김송규 소리가락, 1937), 〈덩덕궁 타령〉(김영파 노래말꽃·전기현 소리가락, 1937) 같은 노래들이 널리 알려졌다. 이처럼 여러 교방 출신의 기녀 가수들이 1930년대에 대중가요에 뛰어들었다. 일제가 마지막 발악을 하던 1940년대 초엽까지 그들의 활약

---

507) 위의 책, 242쪽.

334

은 이어지면서 대중가요에다 전통의 소리를 불어넣었다. 그것이 광복 뒤로 이어져 우리네 대중가요를 일본 것에 싸잡힐 수 없게 하고, 서양 것에 휩쓸려 떠내려가지 못하게 붙들어준 터전의 하나가 되었다.

이제까지 우리 대중가요가 싹터 자란 첫마당을 훑어본 셈이다. 그것은 일본 침략자들이 쳐놓은 그물에 묶인 마당이었기에 이른바 뽕짝508) 또는 트로트509)가 통솔하는 시대였다.510) 트로트 또는 뽕짝의 큰 흐름 안에 미국서 바로 건너온 서양 바람과 지난날의 일노래 또는 잡가가 밀어 올린 이른바 신민요가 작은 흐름으로 끼여들었던 셈이다. 이제는 우리 대중가요의 둘째 걸음을 살펴보아야 할 차례다.

둘째 걸음은 물론 광복한 뒤로 20세기 후반 50년에 걸치겠는데, 트로트와 이지리스닝511)과 포크송과 록이라는 네 기둥이 그 마당을 떠받치는 것으로 보기도 한다.512) 그렇다고 보면, 이들 네 기둥은 이름부터 모조리 미국말이다. 우리 대중가요의 둘째 걸음이 얼마나 미국 쪽으로 기울어졌는가를 여기서도 쉽게 알아볼 수 있다. 그러나 소리가락은 그렇게 미국을 따라갔을지라도 말꽃으로만 보면 그런 대로 눈앞의 삶을 담아내면서 사람들의 마음을 끌었다.

돌아오네 돌아오네 고국 산천 찾아서 / 얼마나 그렸던가 무궁화꽃을 / 얼마나 외쳤던가 태극깃발을 / 갈매기야 웃어라 파도야 춤춰라 / 귀국선 뱃머리에 희망은 크다

돌아오네 돌아오네 부모 형제 찾아서 / 얼마나 불렀던가 고향노래를 / 몇 번을 불렀던가 고향노래를 / 칠성별아 빛나라 달빛도 흘러라 / 귀국선 고동소리 건설은 크다513)

이런 것은 광복을 맞아 고국으로 돌아오는 사람들의 기쁨을 노래했다. 그러나 이런 '희망'과 '건설'의 꿈도 잠시뿐, 남북 분단의 슬픔과 전쟁의 쓰라림에 휩싸였다.

아아 산이 막혀 못 오시나요 / 아아 물이 막혀 못 오시나요 / 다 같은 고향 땅을 오고 가는 데 / 남북이 가로막혀 원한 천리길 / 꿈마다 너를 찾아 꿈마다 너를 찾아 삼팔선을 탄한다.514)

---

508) 이렇게 부르면 이것의 뿌리를 일본으로 여기는 것이다.
509) 이렇게 부르면 이것의 뿌리를 서양으로 여기는 것이다.
510) 김영미, 앞의 책, 57~98쪽.
511) 이지리스닝(easy-listening)이란 미국의 백인들에게 가장 쉽게 들리는 저들의 대중 전통 음악을 가리킨다.(이영미, 앞의 책, 140쪽)
512) 위의 책, 187쪽.
513) 〈귀국선〉, 손로원 작사 · 이재호 작곡 · 이인권 노래.(위의 책, 105쪽)

미아리 눈물 고개 님이 넘던 이별 고개 / 화약 연기 앞을 가려 눈 못 뜨고 헤매일 때 / 당신은 철사 줄로 두 손 꽁꽁 묶인 채로 / 뒤돌아보고 또 돌아보고 맨 발로 절며절며 / 끌려가신 이 고개여 한 많은 미아리 고개[515]

겨레의 슬픔과 쓰라림을 노래하는 한편으로 대중가요는 전쟁터에 몰려 들어온 미군과 더불어 미국과 미국문화를 환상의 고향처럼 노래부르고, 미군을 따라 빚어진 삶의 자국들도 노래불렀다.

뷔너스 동상을 얼싸안고 소근대는 별 그림자 / 금문교 푸른 물에 찰랑대며 춤춘다 / 불러라 샌프란시스코야 태평양 로맨스야 / 나는야 꿈을 꾸는 나는야 꿈을 꾸는 아메리칸 아가씨[516]

그 날 밤 극장 앞에서 그 역전 캬바레에서 / 보았다는 그 소문이 들리는 순희 / 석유불 등잔 밑에 밤을 새면서 / 실패 감던 순희가 다홍치마 순희가 / 이름조차 에레나로 달라진 순희 순희 / 오늘 밤도 파티에서 춤을 추더라[517]

그러다가 1960년대로 넘어오면 분위기가 적잖이 달라졌다. 군사쿠데타로 집권한 제3공화국이 애써 만들어내고자 한 밝고 건전한 세상을 대중가요가 여러 모습으로 드러내려고 한 것이다.

돈 없다 괄세 마오 무정한 아가씨 / 캄캄한 쥐구멍도 볕들 날 있소 / 모를 건 사람의 팔자라고 하는데 / 그렇게 쌀쌀할 건 없지 않겠소[518]

빙글빙글 도는 의자 회전 의자에 / 임자가 따로 있나 앉으면 주인인데 / 사람 없어 비워둔 의자는 없더라 / 사랑도 젊음도 마음까지도 / 가는 길이 험하다고 밟아버렸다 / 아아 억울하면 출세하라 출세를 하라[519]

수양버들이 하늘하늘 바람을 타고 하늘하늘 / 물동이 이고 가는 처녀 치마 자락 하늘하늘 / 푸른 호박이 주렁주럴 초가지붕에 주렁주렁 / 일하는 총각 이마에는 땀방울이 주렁주렁 / 우리 마을 살기 좋은 곳 경치 좋고 인심 좋아 / 봄 가을에 오곡이 풍성 주렁주렁

514) 〈가거라 삼팔선〉, 이부풍 작사 · 박시춘 작곡 · 남인수 노래.(위의 책, 106쪽)
515) 〈단장의 미아리 고개〉, 반야월 작사 · 이재호 작곡 · 이해연 노래.(위의 책, 107쪽)
516) 〈샌프란시스코〉, 손로원 작사 · 박시춘 작곡 · 장세정 노래.(위의 책, 127쪽)
517) 〈에레나가 된 순희〉, 손로원 작사 · 한복남 작곡 · 안다성 노래.(위의 책, 135쪽)
518) 〈쥐구멍에도 볕들 날 있다〉, 전우 작사 · 김인배 작곡 · 김상국 노래.(위의 책, 166쪽)
519) 〈회전의자〉, 신봉승 작사 · 하기송 작곡 · 김용만 노래.(위의 책, 166~167쪽)

336

너울너울 무르익어요 / 밤이 깊으면 소곤소곤 저마다 별이 소곤소곤 / 앞집 처녀와 뒷집 총각 냇가에서 소곤소곤520)

이처럼 정권의 부채질과 요구를 고이 따르는 듯해도 말꽃이기에 뜻겹침이 나타나게 마련이므로, 정통성을 얻지 못한 정권은 '백 년에 한 사람 나올까 말까 한 가수'라고 불린 '엘레지의 여왕' 이미자의 〈동백 아가씨〉 같은 노래조차 왜색가요라는 까탈을 붙여 금지곡으로 묶었다. 그래서 1970년대로 넘어오면 정권과 대중매체의 비위를 건드리지 않고 닦아 놓은 길로 편안히 걸어가는 노래들과 저들의 비위를 건드려 잡초가 무성한 뒤안길로 걸어갈 수밖에 없는 노래들이 갈라졌다. 정권과 대중의 비위를 맞추는 일에 마음을 쓰지 않으려는 사람들은 당연히 새로 나타난 젊은이들이었고, 이들이 걸어간 뒤안길 노래를 사람들은 대중가요와 달리 '민중가요'라는 이름을 붙이기도 하였는데, 1990년대에 와서야 되살아나 대중가요로 싸잡혔다고 할 만하다.

나는 돌아가리라 쓸쓸한 바닷가로 / 그 곳에 작은 집을 짓고 돌담 쌓으면 / 영원한 행복이 찾아오리라 / 내 가난한 마음 속에 찾아오리라 / 나는 돌아가리라 내 좋아하는 곳으로 / 아무도 찾아오지 않을 머나먼 곳에 나 돌아가리라521)

끝 끝없는 바람 저 험한 산 위로 나뭇잎 사이 불어오는 / 아 자유의 바람 저 언덕 너머 물결같이 춤추던 님 / 무명 무실 무감한 님 나도 님과 같은 인생을 지녀 볼래 지녀 볼래522)

긴 밤 지새우고 풀잎마다 맺힌 진주보다도 고운 아침이슬처럼 / 내 맘에 설움이 알알이 맺힐 때 아침 동산에 올라 작은 미소를 배운다 / 태양은 묘지 위에 붉게 타오르고 한낮에 찌는 더위는 나의 시련일지라 / 나 이제 가노라 저 거친 광야에 서러움 모두 버리고 나 이제 가노라523)

1980년대로 오면 이제까지 겪은 여러 경험들을 아울러 소화하며 두루 통합하였다.524) 그런 흐름에서 노랫말은 훨씬 복잡해진 사람들의 속마음을 드러내고, 사람마다 지닌 제 빛깔을 내세우는 떳떳함을 노래하고자 했다. 그러자니 노랫말은 저절로

---

520) 〈우리 마을〉, 손석우 작사·작곡·한명숙 노래.(위의 책, 168쪽)
521) 〈가난한 마음〉, 방의경 작사·김광희 작곡·양희은 노래.(위의 책, 207쪽)
522) 〈바람과 나〉, 한대수 작사·작곡·김민기 노래.(위의 책, 212쪽)
523) 〈아침이슬〉, 김민기 작사·작곡·양희은 노래.(위의 책, 223쪽)
524) 그 주인공을 이영미는 조용필이라 한다.(위의 책, 253~260쪽)

이야기투로 길어지고 줄글처럼 느슨해지면서 사람들 가까이로 다가갔다.

> 사랑함에 세심했던 나의 마음이 그렇게도 그대에겐 구속이었소 / 믿지 못해 그런 것이 아니었는데 어쩌다가 헤어지는 이유가 됐소 / 내게 무슨 마음의 병 있는 것처럼 느낄 만큼 알 수 없는 사람이 되어 / 그대 외려 나를 점점 믿지 못하고 왠지 나를 그런 쪽에 가깝게 했소 / 나의 잘못이라면 그대를 위한 내 마음의 전부를 준 것뿐인데 / 죄인처럼 그대 곁에 가지 못하고 남이 아닌 남이 되어 버린 지금에 / 기다릴 수밖에 없는 나의 마음은 퇴색하기 싫어하는 희나리 같소[525]

> 세상을 너무나 모른다고 나보고 그대는 얘기하지 / 조금은 걱정된 눈빛으로 조금은 미안한 웃음으로 / 그래 아마 난 세상을 모르나봐 혼자 이렇게 먼길을 떠났나봐 / 하지만 후횐 없지 울며 웃던 모든 꿈 그것만이 내 세상 / 하지만 후횐 없어 찾아 헤맨 모든 꿈 그것만이 내 세상 그것만이 내 세상[526]

이런 흐름은 1990년대로 들어서면 한결 빠르게 젊은 사람들 사이로 퍼져 나갔다. 이른바 신세대라 부른 이들 젊은이들은 청소년이라 해야 마땅한 10대들을 대중가요의 무대로 끌어들였다. 그리고 이들은 여럿이서 무대에 올라와 거센 몸놀림으로 함께 춤추며 노래하는 미국의 이른바 '댄스뮤직'을 서슴없이 받아들였다. 그러면서 노랫말은 '나'와 '삶'을 들여다보며 참모습을 찾고, 알아보고, 밝혀보려는 것으로 채워져 차라리 걷잡을 수 없는 몸놀림의 춤과는 어울리지 않을 듯한 팽팽함을 드러낸다.

> 난 갑자기 아찔한 어지러움을 느꼈지 거리를 가득 메운 사람들 속에서 / 또 그렇게 겨울은 지나가고 있었지 난 외로움의 거리를 걸었네 / 지난 몇 번의 사랑 그리고 또 몇 번의 눈물 / 아직도 내게 남은 건 지울 수 없는 외로움 / 아이에서 어른이 되기 위해 난 너에게 머물렀던가 / 연인에서 타인이 되기 위해 넌 그렇게 서둘렀던가 / 갑자기 아찔한 어지러움을 느꼈지 거리를 가득 메운 사람들 속에서 / (말로서) 외로움이 당신에게 속삭일 때 이제는 더 이상 피하거나 두려워하지 말자 / 외로움은 누구에게나 죽는 날까지 헤어질 수 없는 친구일 뿐이다[527]

> 이 세상 그 누구도 나를 닮을 순 없네 / 나를 세상에 알릴 거야 / 나 역시 그 누구를 따라 하진 않겠어 / 나의 유일함을 위해 / 내세워요 신께서 주신 당신을 / 과감하게 모든 걸 부숴 버려요 / 실패해요 쓰러지세요 / 당신은 일어날 수가 있으니 / 다음에야 쓰러져 있던

---

525) 〈희나리〉, 추세호 작사 · 작곡 · 구창모 노래.(위의 책, 268~269쪽)
526) 〈그것만이 내 세상〉, 최성원 작사 · 작곡 · 들국화 노래.(위의 책, 283쪽)
527) 〈외로움의 거리〉, 신해철 작사 · 작곡 · 넥스트 노래.(위의 책, 299쪽)

널 볼 수 있어528)

우리들의 어린 시절 이미 지나갔고 어른이란 이름으로 힘든 직장 갖고 생활하면서 이미 뽀얀 얼굴을 갖고 / 그런 걸 갖고 고생이라 말하고 고지식한 생각으로 남을 무시하고 동심을 가진 어른을 이상하다 하고 전자게임 프라모델 만활 싫어하고 / 그게 왜 재미있는지 이해를 못하고 그런 사람을 보며 나는 답답하고 하지만 그 사람 역시 내가 답답하고 얽히고 설키고 꼬이고 막히고 / 어렵게 생각하면 힘든 세상이지만 행복은 그리 먼 게 아니야 작은 기쁨을 느낄 수 있다면 이미 넌 행복한 거야529)

나) 글말놀음노래말꽃

알다시피 우리 겨레의 기나긴 삶에서 온 겨레 사람들이 글말을 마음껏 누릴 수 있게 된 것은 아주 요즘의 일이다. 20세기 중엽에 와서 일제에게 빼앗겼던 나라를 되찾은 뒤로 시골구석까지 초등학교를 세우고, 1960년대를 넘어서면서 그런 시골까지 중학교를 세운 뒤로 온 겨레 백성들이 글말을 마음껏 누릴 수 있게 되었다.530) 그러니까 여느 백성들이 글말놀음노래말꽃을 만들어 즐기는 일은 아직도 걸음마를 배우고 있는 창이라고 해야 옳을지 모르겠다.

그러나, 위에서 백성을 다스리는 사람들은 일찍이 글말을 배워서 부려쓰며 살았다. 한글을 만든 다음에는 말할 나위도 없고, 한글을 만들기 이전에도 중국 글자를 빌려서 우리네 입말을 적어 글말살이를 했다. 중국 사람들이 저들의 입말을 적느라고 만든 중국 글자를 빌려서 우리네 입말을 적는 일이란 엄청나게 어려울 수밖에 없었지만, 몇 백 년에 걸쳐 피땀을 흘린 나머지 8세기 즈음에는 우리 말을 제법 적을 수 있게 되었다. 그래서, 9세기 말엽에는 온 나라에서 노래말꽃을 모아 책(《삼대목》)으로 펴내는 일까지 해내었다. 안타깝게도 《삼대목》은 자취도 없이 사라졌지만, 거기 적혔던 노래말꽃 열네 마리가 400년이나 지난 다음 일연 스님의 《삼국유사》에 실려서 오늘 우리에게까지 내려왔다. 그렇게 살아남은 열네 마리 가운데는 입말노래말꽃들이 있어서 이미 다루었고, 글말노래말꽃도 없지 않으므로 여기서 다루고자 한다.

(1) 새나노래

'새나노래[사뇌가]'는 '다살노래'를 이어받아서 신라의 나라서낭굿에 쓰인 노래말

---

528) 〈수시아(나는 누구인가)〉, 서태지 작사·작곡·서태지와아이들 노래.(위의 책, 300쪽)
529) 〈고우 고우 고우〉, 이현도 작사·작곡·듀스 노래.(위의 책, 304쪽)
530) 겨레가 남북으로 두 동강이 났지만 그런 사정은 남과 북이 크게 다르지 않았다.

꽃의 갈래다. 그러나 본디는 신라 왕실이 새나들에서 나라조상굿(시조신궁제)을 바치면서 '다살노래'를 곱절로 늘려서 생겨난 갈래다. 5세기 말엽에 와서 시작한 나라조상굿에 쓰려고 새롭게 마련한 노래말꽃이 하나의 갈래를 이루어 '새나노래'라 부르게 되었다는 말이다. 그것이 6세기 초엽을 넘어서면서 나라서낭굿에도 쓰이게 되었고, 이미 살핀 바와 같이 진평왕(579~631 다스림) 때의 〈혜성노래[혜성가]〉는 바로 그런 나라서낭굿노래말꽃들 가운데 하나였다.

나라조상굿에 말미암아 비롯한 새나노래 갈래가 나라서낭굿노래로도 쓰이며 널리 퍼져 나가자 마침내 7세기에는 전통을 아끼던 상류층 사람들이 글말놀음노래로도 즐긴 듯하다. 7세기 말엽(효소왕대, 692~702)에 득오실(득오곡)이 지은 〈그리운 죽지랑 노래(모죽지랑가)〉는 그런 보기가 아닐까 한다. 7세기 말엽이면 우리 글자(향찰)의 쓰임이 제법 자리를 잡은 터라 상류층 사람들은531) 더러 이런 노래말꽃을 글말로 적어서 즐길 수 있었던 듯하다.

去隱春皆理米	간 봄 그리며
毛冬居叱沙哭屋尸以憂音	모둘 거슬사 울올로 시름
阿冬音乃叱好支賜烏隱兒史	아둘옴낮 고비기시온 즈시
年數就音墮支行齊	나히 마줌 디기니져
目煙廻於尸七史伊衣	누니 돌올 스시 이익
逢烏支惡知作乎下是	마조기 엇데 일오아리
郎也慕理尸心未行乎尸道尸	랑이야 그릴 ᄆᄉ미 니올 길
蓬次叱巷中宿尸夜音有叱下是532)	달짓 골희 잘 밤 이사리533)

《삼국유사》에는 노래에 얽힌 두 사람(득오실과 죽지랑) 사이를 속속들이 적어 놓았다. 물론 득오실 쪽보다는 죽지랑 쪽에 무게를 두고, 그만큼 높은 분이 보잘것없는 제자 득오실에게 얼마나 놀라운 사랑을 베풀었는가를 자세하게 적어 놓았다. 손위 사

---

531) 노래말꽃을 지은 득오실(득오곡)을 상류층 사람이라 보기는 어려울지 모르겠다. 한갓 낭도요 창고 지기에 지나지 않는 사람이기 때문이다. 그러나 그의 직급이 신라의 열일곱 등급에서 아홉째 등급인 급간에 이르렀고, 육부 귀족의 하나로 네 임금(진덕, 태종, 문무, 신문)에 걸쳐 가장 높은 벼슬(총재) 자리에 있던 죽지랑과 남다른 친교를 가졌던 사람이었으니 상류층이라 보아도 잘못은 아닐 듯하다.

532) 《삼국유사》 권2, 기이 제2, 효소왕대 죽지랑.

533) 유창균, 앞의 책, 89쪽. 이것을 요즘 말로 적으면 대강 이렇다. "지나간 봄을 원망하며 / 거스르지 못하고 울음 우는 시름이여. / 남몰래 사랑 받으신 그 거룩한 모습이 / 나이 다하여 돌아가셨구려 / 눈 알이 도는 사이, 아! / 만남을 어찌 다시 이루오리까. / 랑이여, 오직 그리는 마음에 나가는 길 / 새집(草家) 마을에 잘 밤이 있으리까."

람의 이런 사랑이 손아래 사람으로 하여금 이만한 노래를 만들어내도록 하는 힘이 되었던 것이다.

이들의 만남은 대수롭지 않았다. 득오실이 죽지랑의 무리에 이름을 올려 날마다 빠지지 않고 나가 부지런히 배우면서 이루어졌다. 그러다가 한 가지 일이 벌어졌다. 갑자기 득오실이 모량리를 다스리는 당전에게 부산성의 창고지기로 뽑혀 스승인 죽지랑에게 알리지도 못하고 낭도로서 배우러 나갈 수 없게 되었다. 열흘이나 지나서야 이런 사정을 알게 된 죽지랑은 공무에 불려 나간 제자를 위로해야 한다면서 떡과 술을 마련하여 낭도 일백서른일곱을 모두 데리고 찾아갔다. 그런데 창고지기로 뽑혀간 득오실이 당전의 개인 밭에서 부역을 하고 있었고, 죽지랑은 거기까지 찾아가서 떡과 술로 위로한 다음, 당전에게 득오실의 휴가를 청하여 데려가고자 했다. 그러나 당전은 끝내 허락하지 않았다. 이런 소문을 듣고 마침 밀양군의 세금을 거두어 들이던 간진이라는 이가 득오실과 죽지랑을 도우려고 조세 서른 섬을 부산성 당전에게 보내어 휴가를 보내달라고 청했다. 그래도 듣지 않자 이번에는 사지였던 진절이라는 이가 타던 말과 말안장을 주었더니 그제서야 휴가를 허락했다. 이런 일의 앞뒤 사정을 조정의 화랑도 책임자가 듣고는 당전을 잡아들이려 하자 달아나고 없어서 그의 맏아들을 잡아들여 더러운 때를 씻어내야 한다면서 한겨울에 연못에 집어넣고 씻겼더니 얼어 죽었다. 마침내 임금이 이런 사실을 알고는 모량리 사람은 벼슬자리에서 모조리 쫓아내고 다시는 벼슬자리에 나가지 못하게 했으며, 중이 된 사람은 절에 들어서지 못하게 했다. 원측법사는 성덕이 높은 스님이었으나 모량리 사람이라 승직을 받지 못했다. 한편, 간진의 자손에게는 상을 내렸다.[534]

이처럼 온 나라가 들썩일 만큼 보잘것없는 자신을 사랑해준 죽지랑이 세상을 떠났다면 득오실은 무엇으로 그런 사랑을 갚을 수 있었겠는가. 기위 갚을 수 없이 깊고 넓은 사랑을 되돌아보면서 그분의 모습을 간절히 그리워하는 일이 고작이었을 듯도 하다. 그리고 그처럼 그리운 마음을 이렇게 한 마리의 노래말꽃으로 적어보는 수밖에 없었을 터이다.

그런데 보다시피 득오실이 부른 노래말꽃의 갈래는 뿌리깊은 넉 줄 도막의 다살 노래를 그냥 곱절로 늘려 여덟 줄 도막으로 만든 여느 새나노래다. 사실 이런 모습의 여느 새나노래는 나라조상굿노래말꽃으로 쓰였을 터이지만 글말로 적혀 남지는 못했다. 글말을 부려쓰던 사람들은 여느 새나노래 갈래보다는 불교를 받아들인 왕실과 스

---

534) 《삼국유사》 권2, 기이 제2, 효소왕대 죽지랑.(글쓴이가 속살을 간추렸다)

님들이 새로운 모습으로 마련한 '느낌말새나노래[차사사뇌가]'를 훨씬 좋아했다. 불교의 서낭굿노래말꽃은 모조리 그런 모습이었음을 이미 살폈거니와 글말놀음노래말꽃에도 그런 모습의 노래가 많다.

物叱好支栢史
秋察尸不冬爾屋支墮米
汝於多支行齊敎因隱
仰頓隱面矣改衣賜乎隱冬矣也
月羅理影支古理因淵之叱
行尸浪阿叱沙矣以支如支
兒史沙叱望阿乃
世理都之叱逸烏隱第也
後句亡[535]

빗 고비기 자시
ᄀᆞ술 안둘 이오기 디며
너 어다기 니져 ᄒᆞ시논
울월이든 낯이 가식시온 디라
ᄃᆞ라리 그르머기 고린 못잇
닐 믈결앗 몰기 머믈기다기
즈시삿 ᄇᆞ라나
누리도 이저기잇 ᄇᆞ리온뎌라
(後句 잊음)[536]

이것은 효성왕(737~742 다스림) 시절에 신충이 임금을 원망하여 지었다는 〈원망노래[원가]〉다. 《삼국유사》에는 노래에 얽힌 이야기를 이렇게 적어 놓았다.

"효성왕이 태자였을 적에 어진 선비 신충과 궁전 뜰 잣나무 아래에서 바둑을 둔 일이 있었다. 하루는 이르기를 '뒷날 내가 그대를 잊어버리면 저 잣나무를 두고 맹세한다' 해서, 신충이 일어나 절을 올렸다. 몇 달을 지나 임금자리에 올라 공신에게 상을 주었는데 신충은 잊어버리고 불러 쓰지 않았다. 신충이 원망하며 노래를 지어 잣나무에 붙였더니, 나무가 갑자기 누렇게 말랐다. 임금이 괴이하게 여겨 살펴보게 하였더니, 노래를 찾아와서 바쳤다. 크게 놀라 이르기를 '나라 일이 복잡하여 가까운 사람을 잊어버릴 뻔했구나' 하면서 불러서 벼슬을 내렸더니 잣나무가 다시 살아났다."[537]

일연 스님은 이런 말에 덧붙여 신충이 죽을 때까지의 이야기를 적어 놓았는데, 그가 중이 되어 단속사를 고쳐 거기서 살며 임금의 복을 빌다가 죽었다고 했다. 그러나 이런 이야기에는 다른 기록들과 맞추어 따져보면 잘못이 많다는 사실이 드러났다.[538] 그런 잘못들을 빌미로 삼아 이 노래말꽃조차 신충이 벼슬길에 오르기 앞서 지

---

535) 《삼국유사》 권5, 피은 제8, 신충괘관.

536) 유창균, 앞의 책, 779쪽. 이것을 요즘 말로 적으면 대강 이렇다. "빛깔 사랑스러운 잣이 / 가을에도 시들지 않거니와 / 너 어디로 가려느냐 하신 말씀은 / 우러러 뵈온 얼굴이 벌써 변하신 것이구려 / 달빛의 그림자가 괸 못에는 / 흐르는 물결에 모래가 머물음과 같이 / 님의 모습이야 멀리서 바라보기는 하나 / 세상도 이제는 나를 버렸는가보다 / 끝 도막 잃어버림."

537) 《삼국유사》 권5, 피은 제8, 신충괘관.

538) 양주동, 《조선고가연구》, 610쪽 ; 이기백, 《신라정치사회사연구》, 220쪽.

었다기보다 뒷날 벼슬길에서 물러나서 지은 것으로 보아야 한다는 주장도 있다.[539] 그러나 그런 역사 사실의 자잔한 일들은 노래말꽃을 살피는 우리에게 크게 마음 쓰일 일은 아니다. 우리에게는 8세기 중엽에 왕실 주변의 상층 지식인들이 이런 새나노래를 글말로 즐겼다는 사실이 중요하다. 그리고 그때만 해도 이런 노래말꽃의 힘이 사람의 마음뿐만 아니라 자연 안에도 미쳐서 푸나무를 죽였다가 되살리기도 했다는 것이다.

《삼국유사》에는 이 즈음 8세기에 지은 글말놀음노래말꽃을 두 마리 더 갈무리해 두었다. 충담사가 지었다는 〈기파랑을 기리는 새나노래[찬기파랑사뇌가]〉와 중 영재가 지었다는 〈도둑 만난 노래[우적가]〉가 그것들이다.

咽烏爾處米	목며울 이즈며
露曉邪隱月羅理	나담 사란 드라리
白雲音逐于浮去隱安支下	힌 구룸 조추 뼈간 므스기하
沙是八陵隱汀理也中	몰개 ㅂ론 믈서리여긔
耆郎矣皃史是史藪邪	글ㅁ른의 즈시 이시소라
逸烏川理叱磧惡希	일오 나릿 즈갈아히
郎也持以支如賜烏隱	ㅁ른야 디니기 ㄱ튼시온
心未際叱肹逐內良齊	ㅁ스미 ㄱ술홀 좇ㄴ라져
阿耶栢史叱枝次高支好	아라! 자싯 가지 그기 고비
雪是毛冬乃乎尸花判也[540]	눈이 모돌ㄴ올 화판이라[541]

이 노래말꽃을 지은 충담사는 이미 나라서낭굿노래말꽃을 다룰 적에 살핀 〈백성 다스리는 노래[안민가]〉를 지은 바로 그 사람이다. 《삼국유사》에는 경덕왕이 귀정문 다락 위에서 나라서낭굿을 바칠 사제(영승)를 기다리다가 남산 삼화령 미륵세존에게 차를 바치고 오던 충담사를 만나자 두 사람이 이런 말을 주고받았다고 했다. 임금이 이르기를, "내가 일찍이 스님의 〈기파랑 기리는 새나노래〉가 뜻이 매우 높다고 들었는데, 그 말이 맞습니까?" 하니까 대답하기를, "그렇습니다" 했다는 것이다. 이것으

---

539) 이기백, 위의 책, 224쪽.

540) 《삼국유사》 권2, 기이 제2, 경덕왕 충담사 표훈대덕.

541) 유창균, 앞의 책, 407쪽. 이것을 요즘 말로 적으면 대강 이렇다. "슬픔을 지우며 / 나타나 밝게 비친 달이 / 흰 구름을 따라 멀리 떠난 것은 무슨 까닭인가. / 모래가 넓게 펼쳐진 물가에 / 기랑의 모습이 거기에 있도다. / 깨끗하게 인 냇물의 자갈에 / 랑이여! 그대의 지님과 같으신 / 마음의 가운데를 따라가고자 하노라. / 아! 잣나무의 가지가 너무도 높고 사랑스러움은 / 눈조차 내리지 못할 그대의 매서움이구려."

로 이 노래말꽃은 이미 그때 빼어난 노래로 널리 알려져 임금 귀에까지 들어갔음을 알 만하다. 오늘 우리도 '기파' 또는 '기랑'이라는 화랑의 높고 맑은 사람됨을 달과 구름과 냇물 같은 자연의 상징물로 비유하면서 늘 푸르고 굳은 잣나무 모습으로 그려 낸 솜씨가 뛰어난 줄을 알아보기 어렵지 않다.

그러나, 노래에 얽힌 일은 이것밖에 알려진 것이 없어서 거기 담긴 속뜻을 시원하게 맛볼 수는 없다. 무엇보다도 '기파랑'이 누구인지 궁금하지 않을 수 없다. 그래서, 어떤 이는 인격이 높은 화랑장이라 하고,[542] 어떤 이는 불전 설화에 나오는 양의며 생명신이라 하고,[543] 어떤 이는 시중 김기라고도 하고,[544] 어떤 이는 표훈대덕이라고도 하고,[545] 어떤 이는 미륵세존과 맺어진 화랑이라고도 하고,[546] 어떤 이는 해론 같은 충신이라고도 했다.[547] 그러나 이 모두는 장담할 수 없는 추측에 지나지 않는다. 다만, 틀림없는 것은 충담사가 그(기파랑)를 무너져 내리는 세상을 바로잡을 만한 분으로 기리고 있다는 사실이다. 그만큼 빼어난 얼과 힘을 지녔던 화랑이 실제로 있었고, 그런 사람이 다시 나타나기를 간절히 기다렸다는 사실이다. 오늘 우리들은 그가 누구인지 모르게 되었지만 충담사 시절의 사람들은 누구나 잘 알던 사람이었을 것이다.

<table>
<tr><td>自矣心米</td><td>저의 ᄆᅀᆞ미</td></tr>
<tr><td>皃史毛達只將來呑隱日</td><td>즈시 모딜기려든 날</td></tr>
<tr><td>遠鳥逸□□過出知遣</td><td>멀오 숨우라 넘나디고</td></tr>
<tr><td>今呑藪未去遣省如</td><td>이저기ᄃᆞᆫ 두미 가고소다</td></tr>
<tr><td>但非乎隱焉破□主</td><td>다ᄆᆞᆫ 외오 숨은 파계주</td></tr>
<tr><td>次弗□史內於都還於尸朗也</td><td>저블 즈시 ᄂᆞ오도 도럴라라</td></tr>
<tr><td>此兵物叱沙過乎</td><td>이 잠가슬사 넘온</td></tr>
<tr><td>好尸曰沙也內乎呑尼</td><td>됴홀 날 사라ᄂᆞ오ᄃᆞ니</td></tr>
<tr><td>阿耶唯只伊吾之叱恨隱㵛陵隱</td><td>아라! 아기 이몸잇 슬ᄒᆞᆫ 이드른은</td></tr>
<tr><td>安支尙宅都乎隱以多[548]</td><td>안기 큰 짓 살오니다[549]</td></tr>
</table>

---

542) 양주동, 〈신라가요의 문학적 우수성〉, 《국학연구논고》, 을유문화사, 1962.
543) 지헌영, 《향가의 연구》, 정음사, 1984.
544) 김선기, 〈찌이빠 노래〉, 《현대문학》 147, 1967.
545) 김종우, 〈찬기파랑사뇌가시고〉, 《동아》 2, 동아대학교, 1962.
546) 김승찬, 《한국상고문학연구》, 제일문화사, 1978, 119~120쪽.
547) 유창균, 앞의 책, 413~422쪽.
548) 《삼국유사》 권5, 피은 제8, 영재 우적.
549) 유창균, 앞의 책, 811쪽. 이것을 요즘 말로 적으면 대강 이렇다. "제 마음의 모습이 / 사납게 거칠어지

《삼국유사》에는 이렇게 적어 놓았다. "중 영재는 성격이 부드럽고 물욕에 얽매이지 않았으며 신라 노래를 잘 했다. 늘그막에 남악에 숨어들려고 대현령에 이르러 예순 나마 되는 도둑을 만났다. 그들이 해치려고 했는데 영재는 칼날을 보고도 무서워하지 않고 태연히 맞이했다. 도둑이 이상히 여겨 이름을 물었더니 영재라고 했다. 도둑은 일찍이 그의 이름을 들었으므로 노래를 부르라고 했다. 노랫말에 이르기를 (노래는 줄임), 도둑이 노래의 뜻에 마음이 움직여 비단 두 필을 주었더니, 영재는 웃고 사양하며 '재물을 주고받는 것이 지옥 가는 근본임을 알기에 깊은 산골로 숨어들어 평생을 보내려 하는데 어찌 이것을 받겠느냐' 하고는 땅에 던져 버렸다. 도둑이 또 이 말에 감동하여 모두 칼을 풀고 창을 던져 머리를 깎고 영재의 무리가 되어 함께 지리산에 숨어 다시는 세상에 나오지 않았다. 그때 영재의 나이는 거의 아흔이었고, 원성대왕 시절에 살았다."550)

보다시피 《삼국유사》에서는 영재라는 중에게서 솟아나는 부처님의 힘을 이야기하고자 한다. 그래서, 노래말꽃과 영재라는 사람은 부처님의 힘을 드러내는 도구에 지나지 않는다. 한 사람의 중과 한 마리의 노래를 빌려 나타난 부처님의 가르침이 예순도 넘는 도둑을 착한 사람으로 바꾸었다는 사실을 이야기하고 있다. 그러니 노래말꽃의 속살도 부처님의 가르침으로 알아듣고자 하는 것은 더없이 마땅하다. 그래서, 올바른 깨달음(정각)의 심경을 읊었다,551) 정토희구의 뜻을 읊었다,552) 무상설법을 노래했다,553) 성·수 일여의 증도가다554) 하는 주장들이 줄을 이었다. 그런데 예순 나마나 되는 도둑은 과연 누구인가 하는 쪽으로 눈을 돌려 정치 싸움에서 밀려나 체제를 뒤집으려는 사람들로 보기도 했다.555) 배가 고파 재물을 빼앗고자 하는 도둑이라면 애초에 늙은 중 하나를 붙들 까닭도 없었을 터이고, 그런 하찮은 도둑이라면 영재라는 중이 신라 노래를 잘한다는 사실을 알고 있기도 어려울 것이다.

《삼국유사》에 실린 신라 노래 열네 마리 가운데서는 이 노래가 맨 마지막 것이다. 영재가 원성왕(785~798 다스림) 시절에 살았다니 이 노래는 8세기 말엽에 지어진

려고 하는 날에 / 멀리 숨어살려고 넘어가 / 이제는 막 두메에 가는 바로다 / 다만 잘못 숨어사는 파계주 / 무서운 얼굴이 염귀라도 돌아갈 만하도다 / 이 재물들은 지나친 것 / 좋은 세상 바라고 살아감이 어떨까 / 아! 오직 이 사람의 회한의 선근(善根)은 / 큰 집에 사는 데 있는 것이 아니었노라."

550) 《삼국유사》 권5, 피은 제8, 영재 우적.
551) 지헌영, 〈영재우적에 대하여〉, 《향가의 연구》, 정음사, 1984.
552) 김동욱, 〈향가와 불교문화〉, 《한국사상》 3, 1960, 115쪽.
553) 김운학, 《신라불교문학연구》, 현암사, 1976.
554) 김종우, 《향가문학연구》, 이우출판사, 1975, 107쪽.
555) 박노준, 〈우적가에 나타나는 도적의 본체〉, 《어문논집》 16, 고려대 국어국문학회, 1975.

셈이다. 이로부터 신라가 무너질 때까지는 거의 150년 세월이 더 남았으나 그 동안에 지은 노래말꽃은 한 마리도《삼국유사》에 실리지 않았다. 5세기 말엽의 〈서동노래〉로부터 8세기 말엽의 〈도둑 만난 노래〉까지 300년 사이에 즐긴 열네 마리의 노래말꽃이 실렸는데, 그 뒤로 150년 동안에 즐긴 노래는 한 마리도 실리지 않았으니 그 까닭이 뭘까. 아무래도 가늠을 잡을 수가 없다. 그러나 5세기 말엽에서 8세기 말엽 사이에 신라 사람들이 즐긴 열네 마리의 노래말꽃을《삼국유사》에 실을 수 있었던 것은 틀림없이《삼대목》덕분이 아니었을까 한다. 888년(진성 2)에 엮은《삼대목》에 적힌 노래말꽃들 가운데서 일연 스님이 뜻하는 '불교 지키기'에 알맞은 것들만 뽑혀서 살아남았으리라는 말이다.

　　아무튼 신라 사람들이 놀음노래로 즐긴 글말의 새나노래는 이로써 다시 더 볼 수 없게 되었다. 그런데, 신라가 무너지고도 200년이나 지난 12세기의 고려에 와서 새삼스럽게 새나노래의 자취를 만날 수 있다. 예종이 1120년(예종 15) 가을에 서경(평양)에 가서 팔관회를 열었는데, 그 굿판에서 신숭겸과 김락 두 장수의 허수아비놀이(가상희)를 구경하고[556] 크게 느낀 바가 있어 지었다는 노래말꽃이 그것이다.

主乙完乎白乎	님을 오술오술본	임금을 온전하게 하오신
心聞際天乙及昆	ᄆᆞᅀᆞᆷ은 ᄀᆞᆺ 하ᄂᆞᆯ 미츠곤	마음은 하늘 끝까지 미치거니
魂是去賜矣	넉시 가샤ᄃᆡ	넋은 가시었으되
中三烏賜敎職麻	ᄆᆞᅀᆞᆷ 삼오샤 내리신 벼슬 말씀	마음에 새기시어 내려주신 벼슬의 말씀
又欲望彌阿里刺	ᄯᅩ ᄒᆞ고져 ᄇᆞ람 아리라	또 하려므나 하는 바람을 알 것이라
及彼可二功臣良矣	다못 뎌곳 두볼 공신아ᅵ	더불어 저곳에 있는 두 분 공신의
乃直隱跡烏	곧 나ᄃᆞᆫ 자초	곧 나타난 그 자취
隱現乎賜丁[557]	고ᅀᆞ기 나토샬뎌[558]	고스란히 나타나셨구나[559]

---

556) "경자(1120)년 가을에 서경에 납시어 팔관회를 열었다. 허수아비 둘이 있어 머리에 비녀를 얹고 몸에 붉은 옷을 입고 금으로 수놓은 홀을 들고 말을 타고 춤을 추며 마당을 빙빙 돌았다. 임금이 저게 뭐냐고 물으니 좌우에서 이르기를 '이는 신성대왕과 어우러지는 것으로 삼한시대공신 대장군 신숭겸과 김락입니다' 하면서 자초지종을 아뢰었다."(《평산신씨계보》시조장절공행적)

557)《평산신씨계보》,〈시조장절공행적〉.(이 자료는 최근 김동소 교수가 찾아서 소개한 것이고, 일찍이 양주동이 소개한《평산신씨성보》,〈태사개국장절공행장〉과 크게 다를 바 없다)

558) 유창균, 앞의 책, 1103~1104쪽.(글쓴이가 '공신'의 한자를 한글로 바꾸었다)

559) 위의 책, 1103~1104쪽.(글쓴이가 한자를 한글로 바꾸고 몇 자 손질했다)

　　기록에서는 이것을 '짧은 노래 두 도막(단가 이장)'이라 했다. 태조 왕건을 온전하게 하려고 목숨을 바쳐준 두 장수의 넋을 기리며 빛나는 벼슬을 내려준 일을 되새기는 것이 첫도막의 뜻이다. 이제는 두 분 공신이 태조와 더불어 저곳 하늘에서 지난날 바라던 삼한 통일의 대업을 즐거워할 것이며 그런 모습이 오늘 이 자리에 고스란히 나타났다는 사실을 깨우치려는 것이 둘째 도막의 뜻이다. 두 공신에게 바치는 넋굿을 구경하면서, 오늘도 이런 충성으로 나라와 임금을 지킬 공신이 나타나기를 바라는 노래를 불렀던 셈이다.

　　보다시피 이 노래말꽃의 모습은 뿌리깊은 신라 적의 '다살노래' 그것과 적잖이 닮았다. 가락은 세 걸음 잡이로 거의 달라지지 않았고, 짜임새도 넉 줄로서 그대로다. 그런데 그것을 두 도막으로 거듭해서 두 마리처럼 해놓았다. 그러나 알다시피 이것을 이으면 그대로 신라 적의 '새나노래' 모습이다. 그리고 그렇게 이어진 여덟 줄은 뜻으로 보아서나 말법으로 보아서나 둘로 나누지 않아도 나쁠 것이 없다. 그만큼 신라 적의 다살노래와 새나노래 갈래는 12세기까지 그 흐름이 끊어지지 않았던 것이다.

　　느낌말 새나노래의 갈래에 뿌리가 닿은 것으로 보이는 노래말꽃이 이보다 반 세기쯤 뒤늦게도 나타나 전하고 있다. 정서(1101~1167)가 지었다는 〈정과정〉이 그것이다. 이것도 틀림없이 애초에는 신라 글자(향찰)로 적혔을 터이지만, 우리가 볼 수 있는 것은 300년이나 지난 다음에 한글로 적혀서 《악학궤범》에 실려 있는 것이다. 그러니 오늘 우리가 보는 노래말꽃을 그대로 12세기에 정서가 지은 바로 그것이라 할 수는 없다. 그리고 300년이라는 기나긴 세월 동안 살아남을 수 있었던 것은 그것이 이른바 '임금을 받들어 사랑하는 노래[충군연주지사]'로서 고려 왕실의 굄을 받았기 때문이다. 그런 사실은 조선 궁중까지 내려와서 세종 때에 지은 《고려사》〈악지〉에도 적혀 있고,560) 다시 성종 때에 지은 《악학궤범》에까지 적혀 있는 것으로 알 수 있다.

　　前腔내 님을 그리ᅀᆞ와 우니다니
　　中腔山 졉동새난 이슷ᄒᆞ요이다
　　後腔아니시며 거츠르신돌 아으

---

560) 거기에 이렇게 적혀 있다. "정과정은 내시랑중 정서가 지은 것이다. 정서는 스스로 호를 과정이라 했는데, 뿌리깊은 외척으로서 인종의 굄을 받았다. 의종이 임금자리에 오를 적에 고향인 동래로 쫓아내면서 말하기를, 오늘 쫓아내는 것은 조정의 의논 때문이니 머지않아 반드시 불러들일 것이라 했다. 정서가 동래에 와서 오래 있어도 임금의 부름이 없자 거문고를 뜯으며 노래를 불렀는데 노래말이 아주 슬펐다. 이제현이 한시를 지어 풀었으니, 임금을 생각하며 눈물로 옷을 적시지 않는 날이 없어 마치도 봄철 산 속의 소쩍새와 같네. 사람들아 그러냐 안 그러냐 묻지들 마라 다만 지는 달과 새벽 별만은 알고 있다."(《고려사》 권71, 지 권25, 악 2, 속악, 정과정)

附葉殘月曉星이 아르시리이다
大葉넉시라도 님은 혼디 녀져라 아으
附葉벼기더시니 뉘러시니잇가
二葉過도 허믈도 千萬 업소이다
三葉몰힛마리신뎌
四葉술읏븐뎌 아으
附葉니미 나롤 호마 니즈시니잇가
五葉아소님하 도람 드르샤 괴오쇼셔561)

《악학궤범》에서는 섣달 그믐날 하루 종일 큰굿(나례)을 하고 나서, 〈학연화대처용무합설〉이라는 놀음(정재)을 벌일 적에 부르는 노래로 자리잡혀 있다. 다섯 처용이 춤을 추는 가운데 바라지 가락이 〈삼진작〉을 울리면 여인이 노래를 부른다. 이것은 조선이 들고 100년이나 지난 1493년의 모습이고, 고려 궁중에서는 어떤 자리에서 어떤 모습으로 노래를 불렀는지 모른다. 그러니 300년 전에 정서가 처음 지은 노래말꽃의 실상이 어떠했다고 말하기는 참으로 어렵다. 그러나 《악학궤범》에 적힌 노래말꽃에서 바라지 가락의 표시를 지워버리면 짜임새가 옛날 신라 적부터 널리 퍼져 있던 느낌말새나노래를 닮았다는 사실을 쉽게 알 수 있다.

    내 님을 그리 와 우니다니
    山 접동새난 이슷호요이다
    아니시며 거츠르신둘 아으
    殘月曉星이 아르시리이다
    넉시라도 님은 혼디 녀져라 아으
    벼기더시니 뉘러시니잇가
    過도 허믈도 千萬 업소이다
    몰힛마리신뎌 술읏븐뎌 아으
    니미 나롤 호마 니즈시니잇가
    아소님하 도람 드르샤 괴오쇼셔

보다시피, 세 차례나 쓰인 '아으'며 '아소님하'562) 같은 덧말이 고려 궁중에 쓰이던 노래의 자취를 드러낸다. 그러나 열 줄로 이루어진 노래말꽃을 넉 줄, 넉 줄, 두

---

561) 《악학궤범》 권5, 시용향악정재도의, 학연화대처용무합설.
562) '아소님하'라는 느낌말을 노래말꽃의 끝 줄 머리에 놓아 마무리로 삼는 것은 고려 적에 하나의 틀이
    었던 듯, 〈사모곡〉, 〈이상곡〉, 〈만전춘별사〉에도 그대로 나타난다.

348

줄의 세 도막으로 나눌 수 있는 짜임새는 지난날의 느낌말새나노래와 아주 닮았다. 다만, 아홉째 줄 머리에 있어야 할 느낌말이 열째 줄 머리로 옮겨진 것이 달라진 모습일 따름이다. 그러나 새나노래의 자취는 이것을 끝으로 하여 더는 찾아볼 수 없게 되었다.

(2) 경기체노래

이것은 옛사람들이 '한림별곡류'라고 부르던 것인데,[563] 고려 고종(1213~1259 다스림) 때에 한림의 유생들[한림제유]이 어울려 지은 〈한림별곡〉이라는 노래에서 비롯한 갈래다. 요즘 학자들은 이 갈래를 '별곡체가'라 부르기도 하고 '경기체가'라 부르기도 하는데, 그것은 모두 그럴 만한 까닭들이 있으나 여기서는 뒤의 것을 따라 부르기로 한다. 이 갈래의 노래들은 후렴에 '~경 긔 엇더하니잇고' 하는 말을 빠뜨리지 않기 때문에 그것을 갈래의 커다란 특징으로 보고 그들 '경'과 '기'를 따서 '경기체노래'라는 이름을 붙인 것이다.

이 갈래는 고려 고종 때(13세기 초)에 처음 생겨나서 대략 조선 선조 때(16세기 말, 임진왜란 바로 전)에 자취를 감추었으니 400년 동안 살아 있었던 셈이다. 그리고 이 갈래의 노래를 즐겼던 사람들은 정치나 경제 또는 도덕, 이런 쪽에서 언제나 집권 상류층이었다. 그러니까 이 갈래는 흔히 이른바 '신흥사대부'라고들 하는 조선 건국의 중심 세력들로부터 나와서, 그들의 이상과 이념이 힘을 쓰던 동안에, 그것을 자랑스럽게 여기고 지키려는 사람들이 즐기던 것이다.[564] 고려 중기에 이른바 무신란이라 부르는 소란을 거치고 지배계층 사람들이 크게 바뀌면서 새로 나타난 사대부 계층들, 옛날 신라 때로부터 뿌리를 내리고 있는 전통 귀족이 아니라 본래는 보잘것없던 지방 출신들로서 무단정권이 만들고자 하는 새로운 체제에 한몫을 하게 된 사람들이 만들어낸 것이다.[565] 그러고는 내내 이들이 조선조를 세운 다음 그 혁명을 기리고 자랑하며 보존하자는 노래들을 이 갈래로써 부지런히 지어 즐겨 왔던 것이다. 새로운 집권세력을 따라 협력하는 승려들이 이 갈래로 찬불가를 지었던 것이나, 흔들리고 허물어지려는 유교의 이념을 다시금 곧추세우자고 부르짖는 16세기 중엽의 도덕가들이

---

563) 이황이 스스로 지은 〈도산십이곡〉에 붙인 발문에서 그렇게 불렀다.
564) 지금 내려오는 노래말꽃의 지은이를 살펴도 환히 알 수 있는 일이지만, 《태종실록》, 《세종실록》, 《용재총화》, 《경국대전》 같은 데를 보아도, 임금과 신하들이 더불어 즐기고, 궁중의 놀음놀이에서도 즐기고, 벼슬아치들을 즐겁게 해주는 기녀들이 익히고, 과거 시험에 오른 이들이 벌이는 잔치에서도 즐기던 것임을 알 수 있다.(윤영옥, 《한국의 고시가》, 문창사, 1995, 327쪽)
565) 이명구, 《고려가요의 연구》, 신아사, 1973.

모두 자신들의 삶에 자부심을 느끼고 그것을 지키려는 사람들의 노래들이었다. 조선 왕조를 세운 이른바 신흥사대부 계층의 이념을 옹호하려는 일부의 상류층이 그들의 삶을 자랑스럽게 여기며 지키려는 마음으로 짓고 즐기던 노래라는 것이 이 갈래 노래말꽃의 두드러진 속내라는 말이다.

그러나 사실 이 갈래를 배달말꽃에 넣을 수 있나 하는 생각이 들 수 있다. 왜냐하면 온통 중국 글자로 적었을 뿐 아니라, 노랫말이 거의 중국서 들어온 한자말이기 때문이다. 말꽃을 글자 그대로 말의 꽃[예술]이라 한다면 노랫말이 우리 겨레의 배달말로 이루어져야 배달말꽃일 수 있는 것은 말할 나위도 없다. 그런데 경기체노래들은 처음 나타날 때부터 우리 말을 내버리고 비롯했다. 우리 말보다는 중국 한자말을 좋아하고, 우리네 삶보다는 중국 사람의 삶을 우러러보면서 만들고 즐긴 갈래다. 첫작품으로 알려진 〈한림별곡〉 여덟 도막에서 처음 두 도막만 보아도 그런 사실을 단박 알 수 있다.

元淳文 仁老詩 公老四六　　　　　　　　唐漢書 莊老子 韓柳文集
李正言 陳翰林 雙韻走筆　　　　　　　　李杜集 蘭臺集 白樂天集
冲基對策 光鈞經義 良鏡詩賦　　　　　　毛詩尙書 周易春秋 周戴禮記
위 試場ㅅ景 긔엇더ㅎ니잇고　　　　　　위 註조쳐 내외욄景 긔엇더ㅎ니잇고
[葉] 琴學士의 玉笋門生 琴學士의 玉笋門生　[엽] 太平廣記 四百餘卷 太平廣記 四百餘卷
위 날조차 몃부니잇고　　　　　　　　　위 歷覽ㅅ景 긔엇더ㅎ니잇고566)

이렇게 한자말로 거의 이루어졌기 때문에 처음부터 글말로써 나타나고, 《고려사》 같은 데도 노랫말까지 실어 놓을 수 있었다.567) 이런 것을 배달말꽃이라 할 수 있느냐 하는 물음은 이것을 우리 말로 뒤쳐서 노래하려고 했던 속살을 들여다보면 더욱 거세지지 않을까 싶다.

유원순의 한문과 이인노의 한시와 이공노의 사륙변려문

---

566) 《악장가사》, 《가사 상》, 《한림별곡》.
567) 거기 실린 첫 두 도막만 옮겨 놓아보면 이렇다.(《고려사》 권71, 지 권25, 악 2, 속악, 한림별곡)
　　元淳文兪元淳 仁老詩李仁老 公老四六李公老　　　　唐漢書莊老子韓柳文集
　　李正言李奎報 陳翰林陳澕 雙韻走筆　　　　　　李杜集蘭臺集白樂天集
　　冲基對策劉冲基 光鈞經義閔光鈞 良鏡詩賦金良鏡　　毛詩尙書周易春秋周戴禮記
　　　偉試場景何如　　　　　　　　　　　　云云俚語
　　琴學士琴儀 玉笋門生云云俚語凡歌詞中以俚語不載者倣此　太平廣記四百餘卷偉歷覽景何如

이규보와 진화가 다툼을 벌인 운자에 맞추어 한시 빨리 짓기
유충기의 대책과 민광균의 경의와 김양경의 시부
아, 이들이 함께 과거 시험을 치는 모습은 그 어떠하겠습니까
　금의에게 배워서 잘난 사람들 금의에게 배워서 잘난 사람들
　아, 나까지 치면 몇 사람이겠습니까

당나라와 한나라의 역사책과 노자와 장자며 한유와 유종열의 문집
이백의 문집과 두보의 문집과 난대의 문집과 백낙천의 문집
시경과 서경과 주역과 춘추며 주나라의 예기
풀이까지 내가 모조리 외우는 모습은 그 어떠하겠습니까
　태평광기라는 중국 이야기책 사백여권 태평광기라는 중국 이야기책 사백여권
　아, 두루두루 읽어보는 모습은 그 어떠하겠습니까

　첫째 도막에서는 그때 고려에서 중국의 한문[문], 한시[시], 틀글[사류], 시 빨리
짓기[주필], 논설문[대책], 경전 해석[경의], 노래글[시부]에 가장 뛰어나다는 사람들을
모아서 과거시험을 치게 하면 얼마나 보기가 좋겠느냐고 한다. 그리고 그렇게 뛰어난
사람들이 나와 더불어 모조리 금의에게서 배운 사람들이니 얼마나 자랑스러우냐고
한다. 둘째 도막에서는 중국에서 고대로부터 가장 훌륭하다고 이름난 역사책과 문학
책과 철학 책을 속속들이 풀이해둔 것까지 내가 모조리 외우는 모습이 얼마나 보기
좋으냐고 한다. 그리고 중국의 온갖 이야기들을 모아서 엮은 책《태평광기》400여 권
을 빠짐없이 읽어보면 얼마나 보기 좋으냐고 한다. 이렇게 중국의 글말에 적힌 중국
사람들의 삶과 얼을 속속들이 배우는 것을 더없는 자랑과 보람으로 여기는 것이다.
　이런 속내는 경기체노래를 하나의 갈래가 되도록 만든 안축(1287~1348)의 〈관
동별곡〉과 〈죽계별곡〉에 가면 더욱 심해진다. 〈관동별곡〉은 아홉 도막, 〈죽계별
곡〉은 다섯 도막으로 이루어졌지만 어느 것이나 맨 첫도막만 보이겠으니 짐작해보
기 바란다.

海千重 山萬疊 關東別境　　　　　竹嶺南 永嘉北 小白山前
碧油幢 紅蓮幕 兵馬營主　　　　　千載興亡 一樣風流 順政城裏
玉帶傾盖 墨槊紅旗 鳴沙路　　　　他代無隱 翠華峯 天子藏胎
爲 巡察景 幾何如　　　　　　　　爲 釀作中興景 幾何如
　　朔方民物 慕義起風　　　　　　　　清風杜閣 兩國頭啣
　　爲 王化中興景 幾何如568)　　　　　爲山水高景 幾何如569)

겨레의 말을 씻은 듯이 내버리고, 겨레가 살아온 강산조차 중국 안경을 끼고 바라보는 데까지 왔다. 이런 것들을 배달말꽃으로 볼 수 있느냐 하는 물음은 누가 보아도 마땅하다.

그러나 이런 것을 굳이 배달말꽃에 싸잡아 다루는 데는 구차하지만 까닭이 있다. 그래도 이것이 중국 노래에는 없는 가락과 짜임새로 이루어졌기 때문이다. 말하자면 이 즈음 이미 상류층 사람들이 너나없이 매달려 배우려고 안간힘을 쓰던 중국의 노래들, 이른바 시며 부며 사며 사륙이며 하던 그런 중국 노래와는 다른 가락과 짜임새로 이루어졌기 때문이다. 그리고 그런 가락과 짜임새가 우리 겨레가 예로부터 즐기던 것에 닿아 있는 것이기 때문이다. 이 갈래 노래의 가락은 고려의 다른 노래말꽃들과 비슷하게 세 걸음잡이(3음보격)를 바탕으로 삼는다.

<pre>
眞卿書 / 飛白書 / 行書草書 //   3 / 3 / 4 // (세 걸음)
篆榴書 / 科料書 / 虞書南書 //   3 / 3 / 4 // (〃)
羊鬚筆 / 鼠鬚筆 / 빗기드러 //   3 / 3 / 4 // (〃)
</pre>

이것은 〈한림별곡〉의 셋째 도막이거니와, 이러한 틀이 이들 갈래에 가장 두루 나타나는 모습이다. '3 / 3 / 4'라는 세 걸음 가락은 우리가 이미 앞에서 살펴보았던 고려의 입말놀음노래말꽃에서 두루 만나던 가락이다. 한 걸음의 크기도 세 음절짜리와 네 음절짜리가 섞여 있어서 매우 뚜렷한 전통 안에 자리잡고 있다.570) 그런데, 〈한림별곡〉은 이런 전통의 가락만으로 머무르지 않고 나름대로 새로운 가락을 만들어내려고 애를 썼는데, 그래서 찾아낸 것이 네 걸음 가락이다.

<pre>
위 / 딕논景 / 幾엇더 / ᄒ니잇고 //   (위) / 3 / 3 / 4 // (네 걸음)
吳生劉生 / 兩先生의 / 吳生劉生 / 兩先生의 //   4 / 4 / 4 / 4 // (〃)
위 / 走筆ㅅ景 / 幾엇더 / ᄒ니잇고 //   (위) / 3 / 3 / 4 // (〃)
</pre>

보다시피 아직은 네 걸음(사음보) 가락이 제대로 자리잡지 못했다. '위'를 한 걸음으로 잡는다든지, 두 걸음을 거듭해서 네 걸음으로 만들었다든지 해서 서투른 네 걸

---

568) 안축, 《근재집》 권2, 보유, 관동별곡.
569) 안축, 《근재집》 권2, 보유, 죽계별곡.
570) 김수업, 〈고려노래 연구(1) : 가락에 대하여〉, 《배달말》 4, 배달말학회, 1979 ; 김수업, 〈고려노래 연구(2) : 짜임새에 대하여〉, 《배달말》 12, 배달말학회, 1987.

352

음이다. 이러한 가락 모습, 곧 세 걸음잡이 바탕 위에 네 걸음잡이가 생겨나는 가락은 그대로 〈만전춘별사〉와 같은 노래말꽃들에도 이미 나타나 있었다. 그래서 앞으로 다가올 조선시대에 나타날 새로운 갈래의 노래들로 이어지는 가락이기도 하다.

겨레의 말은 거의 내버렸으나 겨레의 가락과 짜임새를 지녔기에 겨우 배달말꽃의 자리에 오른 경기체노래지만 고려 후기에 힘을 얻은 지배층, 이른바 신흥 사대부들에게는 적잖은 끔을 받았다. 그래서 13세기 초에서 16세기 말까지 거의 400년 동안에 사대부들이 즐기다 남은 작품이 이제까지 학계에 알려진 것으로 스물다섯 마리쯤 된다. 거기서도 조선 건국 초기인 15세기에 많이 몰려 있다가[571] 16세기 말엽에 오면서 자취를 감추었다. 15세기의 것을 보면, 예조에서 지은 것으로 〈가성덕〉(1429), 〈축성수〉(1429), 〈연형제곡〉(1432), 〈배천곡〉(1492) 같은 것들이 있고, 권근의 〈상대별곡〉, 변계량의 〈화산별곡〉, 류영의 〈구월산별곡〉, 정극인의 〈불우헌곡〉, 박성건의 〈금성별곡〉, 지은이를 모르는 〈오륜가〉 같은 것들이 새 나라 조선을 세운 사람들이 내세운 유교의 교훈을 속살로 담고 있다. 그리고 기화의 〈미타찬〉, 〈안양찬〉, 〈미타경찬〉이라든지 의상의 〈서방가〉, 지언의 〈기우목동가〉 같은 것들은 불교 교훈을 노래한 것이다.

그러나, 16세기에 들어서면 궁중에서나 사대부들이나 이 갈래의 노래를 별로 짓지 않아서 갑자기 시들어졌다. 기묘사화로 남해에 귀양을 왔던 김구(1488~1534)가 거기서 겪은 일들을 노래한 〈화전별곡〉을 짓고, 유교 교화에 남다른 힘을 쏟았던 주세붕(1495~1554)이 혼자서 〈도동곡〉, 〈엄연곡〉, 〈태평곡〉, 〈육현곡〉 같은 네 마리를 지었으나 이미 그 짜임새에서 많이 흐트러져 있었다. 그러고는 마침내 16세기 말엽에와서 권호문(1532~1587)의 〈독락팔곡〉을 마지막으로 영영 사라져버렸다.

太平聖代 田野逸民 太平聖代 田野逸民 / 耕雲麓 釣烟江이 이밧긔 일이업다
窮通이 在天ᄒ니 貧賤을 시름ᄒ랴 / 玉堂 金馬야 내의願이 아니로다
泉石이 壽域이요 草屋이 春臺라 / 於斯臥 於斯眠 俯仰宇宙 觀物品ᄒ야
居居然 浩浩然 開襟獨釣 岸責長嘯 / 景 긔 엇더ᄒ니잇고

이것이 여덟 도막으로 이루어진 〈독락팔곡〉의 첫도막인데, 경기체노래의 애초 모습이 거의 사라져버렸음을 쉽게 알아볼 수 있다. 가락과 짜임이 이른바 '가사'의 모습에 가까워졌으나, 아직도 '경긔엇더ᄒ니잇고'를 잊지 않고 있어서 경기체노래에 뿌

---

571) 열다섯 마리가 15세기 작품이다.

리가 닿았음을 짐작하게 한다. 이 갈래가 비록 겨레의 상류층 일부 사람들만 즐기고, 보배로운 겨레의 말을 내버리고 한자말을 우러르는 잘못을 저질렀지만, 이런 두 가지 구차한 까닭으로 우리 배달말꽃 안에 싸잡아 다루지 않을 수는 없다고 생각한다.

　이들 경기체노래를 두고 학자들은 그 갈래를 제대로 잡기 어려워 아직도 논란을 계속하고 있는 실정이다. 시가 갈래라고 하는 주장과 교술 갈래라고 하는 주장과 중간 · 혼합 갈래라고 보자는 의견들이 서로 엇갈려 있다. 이런 논란들은 이것을 시가라는 말과 서정이라는 일본식 한자말에다 맞추려 하고, 게다가 남들이 저들 겨레의 말꽃으로 마련한 갈래에다가 맞추려 하니까 생기는 것이다. 우리 겨레가 예로부터 써온 대로 '노래' 갈래를 세우면 아무런 시비거리도 없이 자연스럽게 거기 싸잡혀 들어간다는 사실을 덧붙여 두어야겠다.

(3) 가 사

'가사'는 우리 배달겨레의 글말놀음노래말꽃에서 가장 널리 알려지고, 오래 살아 있었던 갈래다. 사실 가사는 아마도 500년을 넘게 살아 있었던 갈래로 보인다. 그 사이 세상과 사람이 엄청나게 달라져 갔는데도 이 갈래는 그 모든 것들을 받아들이면서 살아 남았다. 그것은 이 갈래가 지닌 바탕이 그만큼 너그럽고 푼더분하다는 것을 뜻한다. 오래 살아 있으면서 온갖 속살들을 모두 받아들이는 너그러움을 지니고 있기 때문에 이 갈래를 한 마디 말로 뜻매김하기 어려운 것이다.

　속살을 드러내는 모습도 마찬가지다. 다른 갈래의 노래들처럼 까다로운 짜임새를 고집하지도 않고, 내세울 만하게 마련해 둔 틀도 없이, 길이조차도 길고 싶으면 길고 짧고 싶으면 짧을 수 있는 그런 갈래다. 짓고 즐기는 사람들을 보아도 마찬가지다. 애초에는 상류층의 지식인(양반 사대부)들이 시작하여 즐기던 갈래였으나 시간이 지나면서 차차로 여느 백성이나 아낙네들까지 짓고 즐긴 갈래다. 이처럼 여러 모로 너그럽고 푼더분한 갈래이기에 어떻게 뜻매김해야 할 것인가 하는 문제를 놓고 학자들끼리 논란이 시끄러웠다.

　그러나, 뚜렷한 것은 이 갈래가 노래말꽃이라는 사실이다. 자기의 느낌이나 생각을 달리 바꾸어 꾸미지 않고 제 말로써 제 입으로 털어놓을 뿐 아니라 말을 가락에 실어 그 힘에 기대고 나아가서는 악기의 바라지까지 받으면서 노래부르는 그런 노래말꽃이다. 놀라운 너그러움을 지닌 갈래이기에 속살이 몹시 복잡하여 오롯이 느낌을 펴는 것뿐만 아니라 사건을 풀어 나가는 것도 있고, 놀이처럼 말을 주고받는 것도 있고, 나아가서는 사실을 벌여 놓고 풀어내는 것들도 있다. 그러나, 우리 겨레는 그러한 속살을 두루 담아서 노래불러 왔던 것이고, 가사는 그러한 노래말꽃의 갈래일 따름이다. 그렇지만 이 갈래가 500년 세월을 지나면서 적잖은 탈바꿈을 거쳤기 때문에 하나로 싸잡아 이야기하기가 매우 어렵다. 그래서, 이것을 세월의 흐름에 따라 몇 걸음으로 나누어 살펴야 제 모습을 올바로 알아볼 수 있다.

(가) 첫째 걸음 : 생겨나던 가사

이 걸음은 '가사'라는 노래가 싹이 터서 하나의 갈래로 자리잡는 14, 15 두 세기에 걸친다. 지금까지 나타난 자료에 따르면 가사는 고려 말엽인 14세기에 싹이 튼 듯하다. 신돈이 처형된 뒤 공민왕의 왕사가 되었던 고려 말엽의 큰스님 나옹(1320~1376)이 지었다고 하는 노래들이 가사의 모습을 하고 있기 때문이다. 세상의 인생살이란 하루 아침의 티끌이요 한바탕의 꿈이니, 거기에 빠져 얽매이지 말고 영원한 극락왕생에 마음을 두어 마음을 닦고 부처님 가르침으로 나아가라는 노래들이다. 〈서왕가〉, 〈심우가〉, 〈락도가〉, 〈승원가〉 같은 것이 이때에 나옹화상이 지었다는 작품들이다. 이 노래들은 거의 한글로 적혀 있는데, 그것은 물론 세월이 지난 다음 한글에 힘입어 적힌 것이므로 속살과 모습이 바뀌었을 것이다. 그러므로 오늘 전하는 이것들이 가사의 모습을 하고 있고 그것을 14세기의 나옹화상이 지었다 하여 14세기에 반드시 이런 가사 갈래가 생겨났다고 보기는 어렵다. 그러나 그 가운데서 〈승원가〉는 이두로 적힌 자료가 나타났기에 한글이 없던 14세기에 적힐 수도 있었음이 드러났다. 또한 같은 시기인 1371년(공민왕 20) 겨울에 신득청(1332~1392)이 지어 임금에게 바쳤다는 〈역대전리가〉도 이두로 적힌 채로 나타났다. 따라서 이들 여러 자료들로 미루어 볼 때, 14세기에는 오늘 우리가 가사라고 부르는 노래들의 새싹이 돋아났다는 것을 의심하기 어려울 듯하다.

왕조가 바뀌어 조선이 들어선 다음, 15세기 후반에 들어와 이 갈래는 다시 새로운 시대를 맞아 상류 지식인들에게 관심을 끌었던 듯하다. 이때에 와서 이 갈래는 14세기의 노래들과는 달리 개인의 느낌을 담아내었다. 14세기에 지녔던 교훈과 계몽의 태도에서 벗어나 개인의 삶을 드러내고 느낌을 토로하고 심정을 하소하는 태도로 바뀌었다. 정극인(1401~1481)의 〈상춘곡〉과 이인형(1436~1504)의 〈매창월가〉와 조위(1454~1503)의 〈만분가〉 같은 것이 이 시기의 작품들로 밝혀져 있는데, 모두들 노래하는 사람의 느낌과 마음을 제 목소리로 간절하게 토로하고 있다. 노래라는 말꽃이 지니는 비유의 기능이 꽤 두드러지게 생겨나면서 말꽃의 갈래다워진 것이다. 일찍부터 정극인의 〈상춘곡〉을 가사 갈래의 첫작품으로 꼽은 까닭이 거기 있었다.

그러나 이때까지도 가사라는 말꽃이 하나의 갈래로 뚜렷한 모습을 갖추지는 못했던 듯하다. 왜냐하면, 가사라는 갈래의 두드러진 모습은 네 걸음잡이라는 가락인데, 15세기까지는 아직 네걸음잡이라는 가락이 가사에 자리잡지 못했던 것으로 보이기 때문이다. 우리가 이미 앞에서 살핀 바와 같이, 고려의 놀이노래말꽃에 네 걸음 가락이 나타났고, 경기체노래에 또한 네 걸음 가락이 나타났으며, 15세기 중엽의 〈용비어천가〉와 〈월인천강지곡〉에 와서도 네 걸음잡이 가락이 나타났지만 모두 온전하지는 못했다.

그러니까, 14세기에 나옹화상이 지었다는 불교 가사 작품들을 가사라는 갈래의 싹으로 보면서도 오늘날 우리가 보는 그 모습대로 온전한 가사 작품일 것으로 보기는 어렵다. 비록 이두로 적힌 것일지라도 그것조차 적어도 16세기 이후에 가사가 네 걸음잡이 가락으로 꽃피우게 된 뒤에 적혔을 수 있다고 보는 것이다. 정극인의 〈상춘곡〉이 18세기 중엽(정조 10년, 1786)에 와서야 글로 적힌 것임을 받아들이면 더욱 그렇다. 이런 뜻에서 어쩌면 다음과 같은 〈매창월가〉야말로 이 시기(15세기) 가사 갈래의 모습을 제대로 보여주는 보기가 아닌지 모르겠다.

梅窓에 / 둘리 쓰니 / 梅窓의 / 景이로다 //
梅는 / 엇더혼 / 梅고 //
林處士 / 西湖에 / 氷肌 玉과 //
脈脈 / 淸宵에 / 吟詠ᄒ던 / 梅花로다 //
窓은 / 엇더혼 / 窓고 //
陶靖節 / 先生 / 鹿酒 / 葛巾ᄒ고 //
無絃琴 / 집푸며 / 瑟瑟 / 淸風에 //
비기엿던 / 窓이로다 //
달은 / 엇더혼 / 달고 //
李謫仙 / 豪傑이 / 采石 / 江頭에 //
一釣船 / 씌워 두고 / 夜被 錦袍 //
倒着 / 接䍦ᄒ고 / 玉盞에 / 수를 부어 //
靑天을 / 향ᄒ야 / 問ᄒ든 / 달리로다 //
梅도 / 이 梅요 / 窓도 / 이 窓이요 //
달도 / 이 달리시면 / 一杯酒요 //
업시면 / 淸談이니 //
平生에 / 혼 詩를 / 을푸기 / 죠와 ᄒ노라 // (《매헌선생실기》에서)572)

---

572) 이상보, 《한국가사선집》, 집문당, 1979, 56~58쪽.

보다시피 이것도 겨레의 말을 거의 내버리고 중국서 들어온 한자말을 마구 끌어다 쓴 것이 경기체노래 갈래와 다르지 않다. 가사라는 갈래를 만들어내고 즐긴 사람들이 내내 경기체노래를 만들고 즐긴 사람들과 신분이 다르지 않은 사대부들이기 때문이다. 그리고 아직은 가사라는 노래 갈래의 가장 바탕인 네 걸음잡이 가락도 제대로 갖추지 못한 사정을 알아볼 수 있다. 두 걸음과 세 걸음 줄들이 섞여 있고, 무엇보다도 마지막 마디가 '3 / 5 / 4 / 3'이라는 가락으로 마무리하지도 못하고 있다. 이처럼 온전하지 못한 모습이 바로 가사의 첫째 걸음에 드러난 실상이라고 보겠다.

(나) 둘째 걸음 : 사대부 가사

이 걸음은 가사가 뚜렷이 새로운 모습을 갖추어 하나의 노래 갈래로 꽃피우는 16, 17세기에 걸친다. 조선왕조가 고려를 무너뜨리면서 짊어진 갖가지 짐들을 벗어내고 새로운 이념을 어느 만큼 가다듬은 15세기 후반에 들어오면 사회 전반에는 확실히 지난날과 다른 분위기가 마련되었다. 그리고 조선왕조를 세워낸 사대부 계층은 건국 초기부터 왕실과 거듭 싸우다가 온전하게 이긴 중종반정 뒤에, 그러니까 16세기 초엽에 들어서야 정신의 안정을 얻게 되었다.

이러한 세상 흐름을 바탕으로 삼아서 네 걸음잡이라는 점잖고 무겁고 느긋한 가락이 이들 사대부의 노래말꽃을 피워내는 핏줄로 자리잡은 것이다. 가사는 바로 이러한 문화 풍토와 발맞추며 자라나서 이 16세기에 들어와 잘 익은 모습으로 뚜렷한 노래말꽃의 갈래로 꽃피우게 되었다. 네 걸음잡이의 가락을 온전히 갖추었으면서도 한 걸음의 음절은 아직 들쭉날쭉한 가락 느낌(율동감)이 살아 숨쉬고, 그런 네 걸음잡이 가락이 빈틈없는 속살의 질서에 따라 거듭 되풀이하다가, 마지막에 이르러서는 자못 색다른 '3 / 5 / 4 / 3'의 가락으로 마무리하는 질서를 갖추기에 이른다. 이것이 이 시기에 와서 이루어진 가사의 모습이다.

네 걸음을 한 줄로 하는 가락이면서 '한 걸음의 음절은 아직 들쭉날쭉한 가락느낌이 살아 숨쉬고'라고 말했는데, 그것을 조금 더 구체적으로 설명해 보면 이렇다. 네 걸음은 앞뒤로 두 걸음씩 나뉘는데, 앞 두 걸음에 담긴 음수는 뒤에 두 걸음의 그것보다 적다. 말하자면, '앞쪽 두 걸음의 음절수 < 뒤쪽 두 걸음의 음절수'라는 말이다. 그리고 또 그 앞뒤의 두 걸음들을 서로 견주어보면, 그것들 끼리에도 앞쪽 걸음이 뒤쪽 걸음보다 음절수가 적다. 곧, '앞쪽 걸음 < 뒤쪽 걸음'이라는 말이다. 그러니까 이 단계의 가사에 나타나는 가락은 '(첫째 걸음 < 둘째 걸음) < (셋째 걸음 < 넷째 걸음)'으로 이루어지는 줄이 되풀이한다는 말이다. 그러다가 노래가 끝나는 마지막 줄은 그런 가

락과는 아주 다른 가락으로 마무리를 한다. 마지막 줄은 ‘(첫째 걸음 < 둘째 걸음) > (셋째 걸음 > 넷째 걸음)’으로 이루어지게 하니까573) 노래 안에서 여태까지 되풀이로 흘러오던 가락 느낌과는 아주 색다른 느낌을 불러일으키는 것이다. 이처럼 치밀하고 질서 잡힌 가락은 고려왕조가 허물어져 내리던 14세기나, 혁명으로 새 왕조를 세워 어수선하던 15세기에는 이루어지고 자리잡힐 수 없는 것으로 보인다.

이 걸음에서는 수많은 사대부들이 가사를 지어서 즐겼다. 직접 거문고를 켜면서 노래부르기도 했을 뿐 아니라, 기생들이나 집안의 하인들에게 노래부르게 하고 들으며 즐기기도 했다. 이 단계의 가사는 상류의 사대부들이 담당하였기 때문에 거기 담긴 속살이 상류층 사람들의 삶이며 관심사일 뿐이라는 것도 지극히 당연한 일이다. 사람의 신분을 계급으로 차별하던 시대에는 어떠한 인간사회에서도 마찬가지로 상류 계급의 사람들은 노동과 같은 실제적인 삶에 손을 대지 않고 살았다. 먹고사는 일은 아랫사람들에게 맡기고, 그들 스스로는 훨씬 추상적이고 정신적인 일들에 매달려 살았던 것이다. 그러므로 대체로 상류 계급 사람들의 생각이나 느낌은 현실이기보다는 이론이며, 실제이기보다는 추상인 경향을 보이게 마련이다. 이때 우리 조선사회의 상류층 사대부들도 이런 경향에서 벗어날 수는 없었다.

그래서 이 걸음의 가사는 그것을 즐긴 사대부들의 이념과 추상의 삶을 속살로 담고 있다. 그들이 애써 바라고 찾는 질서가 인간사회에서는 이루어지기 어렵고 오히려 자연 가운데 살아 있다는 사실을 알았을 때에 그들은 ‘자연을 찬미하는 가사’를 지어 노래했다. 세상 사람들의 삶이 자기들의 이념에 멀리 미치지 못한다고 여길 때에 그들은 ‘교훈의 가사’를 지어 퍼뜨리려고 하였으며, 자신의 정치 생명이 위태롭다고 여길 때에 ‘충절과 결백을 호소하는 가사’를 지어 임금의 귀에 들어가기를 바랐다. 그 어느 것이거나 그들로서는 심각하고 절박한 삶의 문제를 노래에다 담았다고 하겠다.

이 걸음에는 앞 걸음과는 견줄 수 없을 만큼 많은 가사가 나타나 지금까지 세상에 알려진 노래만도 지은이 서른에 작품이 예순 마리를 넘는다. 그러니까 실제로 나타난 작품은 이보다 훨씬 많았을 터이고 한 사람이 여러 마리를 짓기도 했는데, 박인로(1561~1642)는 일곱 마리,574) 이황(1501~1570)575)과 정훈576)이 여섯 마리씩, 정철

---

573) ‘<’ 표 세 개 가운데서 두 개의 방향이 바뀐 것을 눈여겨보아야 한다.
574) 노래말꽃의 이름만 보이면, 〈태평사〉, 〈사제곡〉, 〈누항사〉, 〈선상탄〉, 〈독락당〉, 〈영남가〉, 〈노계가〉다.
575) 이황이 지었다는 가사의 이름만 보이면, 〈금보가〉, 〈퇴계가〉, 〈상저가〉, 〈도덕가〉, 〈효우가〉, 〈목동문답가〉다.
576) 정훈이 지었다는 가사는 〈성주중흥가〉, 〈탄궁가〉, 〈오활가〉, 〈용추유영가〉, 〈수남방옹가〉, 〈우희국

358

(1536~1593)[577]과 조우인(1561~1625)[578]은 네 마리씩 가사를 남겼다. 이들 가사들은 그것을 즐긴 사대부들의 정신을 그대로 드러내어 우리 말을 돌보지 않고 온통 한자 말을 끌어들이는 것으로 길을 삼았다. 그런 가운데서도 정철의 〈속미인곡〉은 우리의 고운 배달말을 뛰어나게 부려써서 드디어 가사라는 갈래를 겨레의 노래말꽃이 되게 했다. 이것으로 둘째 단계 가사의 가락과 짜임새를 짐작할 수 있다.

㉮ 뎨 가는 / 뎌 각시 / 본듯도 / 혼뎌이고 // 텬샹 / 백옥경을 / 엇디호야 / 니별호고 //
  힌 다뎌 / 뎌믄 날의 / 눌을 보라 / 가시는고 //
㉯ 어와 / 네여이고 / 이내 亽셜 / 드러 보오 // 내 얼굴 / 이 거동이 / 님 괴얌즉 / 혼가마는//
  엇던디 / 날 보시고 / 네로다 / 녀기실신 // 나도 / 님을 미더 / 군 ᄠᅳ디 / 젼혀 업서 //
  이리야 / 교티야 / 어즈러이 / 호돗썬디 // 반기시는 / 눗비치 / 녜와 엇디 / 드르신고 //
  누어 / 싱각호고 / 니러 안자 / 혜여호니 // 내 몸의 / 지은 죄 / 뫼ᄀᆞ티 / 싸여시니 //
  하늘히라 / 원망호며 / 사롬이라 / 허믈호랴 // 셜워 / 풀텨혜니 / 조물의 / 타시로다 //
㉮ 글란 / 싱각마오 / 미친 일이 / 이셔이다 //
㉯ 님을 / 뫼셔 이셔 / 님의 일을 / 내 알거니 // 믈ᄀᆞ탄 / 얼굴이 / 편호실적 / 멧날일고//
  츈한 / 고열은 / 엇디호야 / 디내시며 // 츄일 / 동텬은 / 뉘라셔 / 뫼셧는고 //
  쥭 조반 / 죠셕 뫼 / 녜와 ᄀᆞ티 / 셰시는가 // 기나 긴 / 밤의 / 줌은 엇디 / 자시는고 //
  님디히 / 쇼식을 / 아므려나 / 아쟈호야 // 오늘도 / 거의로다 / 니일이나 / 사롬 올가 //
  내 ᄆᆞ움 / 둘 ᄃᆡ 업다 / 어드러로 / 가쟛말고 // 잡거니 / 밀거니 / 놉픈 뫼히 / 올라가니//
  구름은 / 크니와 / 안개는 / 므스 일고 // 선쳔이 / 어둡거니 / 일월을 / 엇디 보며 //
  지쳑을 / 모ᄅᆞ거든 / 쳔리를 / ᄇᆞ라보랴 // 출하리 / 믈ᄀᆞ의 가 / 비길히나 / 보랴호니 //
  ᄇᆞ람이야 / 믈결이야 / 어듕졍 / 된뎌이고 // 샤공은 / 어듸 가고 / 븬 빈만 / 걸렷는고//
  강텬의 / 혼자 셔셔 / 디는 힌룰 / 구버보니 // 님다히 / 쇼식이 / 더옥 아득 / 혼뎌이고//
  모쳠 / 춘 자리의 / 밤듕만 / 도라오니 // 반벽 / 쳥등은 / 눌 위호야 / 불갓는고 //
  오르며 / 느리며 / 헤쓰며 / 바자니니 // 뎌근덧 / 녁진호야 / 픗줌을 / 잠간 드니 //
  정성이 / 지극호야 / 움의 / 님을 보니 // 옥ᄀᆞ튼 / 얼구리 / 반이나마 / 늘거셰라 //
  ᄆᆞ움의 / 머근 말숨 / 슬ᄏᆞ장 / 슓쟈호니 // 눈물이 / 바라나니 / 말숨인들 / 어이호며 //
  졍을 / 못다호야 / 목이조차 / 메여호니 // 오뎐된 / 계셩의 / 줌은 엇디 / 씨돗던고 //
  어와 / 허사로다 / 이 님이 / 어듸 간고 // 결의 / 니러 안자 / 창을 열고 / ᄇᆞ라보니 //
  어엿븐 / 그림재 / 날조출 / 뿐이로다 // 출하리 / 싀여디여 / 낙월이나 / 되야이셔 //
  님겨신 / 창 안희 / 번드시 / 비최리라 //
㉮ 각시님 / 둘이야 코니와 / 구존 비나 / 되쇼셔 //[579]

─────────────────

사가〉다.
577) 정철이 지은 가사는 〈성산별곡〉, 〈관동별곡〉, 〈사미인곡〉, 〈속미인곡〉이다.
578) 조우인이 지은 가사는 〈출새곡〉, 〈매호별곡〉, 〈자도사〉, 〈관동속별곡〉이다.

하늘나라[천상] 백옥으로 세운 서울[백옥경]에서 님과 더불어 다시 없는 사랑을 나누다 쫓겨난 각시(㉯)가 해저문 저녁 답에 님을 찾아 헤매다가 그를 알아보는 나그네(㉮)를 만났다. 나그네가 아는 체를 하는 바람에 그에게 님 여읜 사연과 함께 님 그리워 헤매는 제 신세를 하소연한다. 아무리 해도 님을 다시 만나 사랑을 나눌 길이 없으니 차라리 죽어 지는 달이나 되어서 님의 창이나 비추고 싶다고 하며 호소를 끝냈다. 그러자 나그네는 '달은커녕 궂은 비나 되라' 하며 달랜다.

이렇게 두 사람이 말을 주고받는 짜임새로 보거나 님에게 쫓겨나서 괴로움에 겨운 사람의 호소라는 속살로 보거나, 그대로 옛날 중국 초나라의 굴원(기원전 343∼285)이 지은 〈어부사〉를 닮았다. 이래서 김만중(1637∼1692)은 이것을 '우리 나라의 이소[아동지이소]'라고 했던 것이다.

(다) 셋째 걸음 : 백성들 가사

이 걸음은 가사가 상류층 사대부들로부터 아래 여느 백성들에게로 퍼뜨려진 18, 19세기에 걸친다. 물론 상류층의 사대부들도 여전히 가사를 즐기고 있었지만, 이 단계에서는 더욱 퍼져 나가 이름 없이 시골에 묻혀 살던 선비들도 가사를 많이 짓고 즐기게 되었을 뿐만 아니라 중인이나 더 아래로 백성들과 사대부 집의 아낙네들까지도 가사를 짓고 즐기게 되었다. 사회적으로는 천민으로 대우받던 기생이나 광대 같은 놀이꾼들에게도 열두 가사580)가 그들의 노래 과목으로 가르쳐졌고, 따라서 그들 나름대로 가사를 자신들의 삶에 맞추어 고쳐서 이른바 단가(허두가)라든지 잡가라는 갈래로 바꾸어 나가기도 하였다.

이 걸음의 가사는 시대와 담당자가 달라진 만큼 속살이나 모습도 달라졌다. 우선 앞 걸음에서와 같이 추상과 이념의 삶을 노래하지 않는다. 가사의 작자가 비록 양반 사대부들이라 할지라도 임진, 병자의 두 큰 전란을 겪으면서 이미 그와 같은 추상과 이념이 복잡하고 다급한 현실의 삶에 별로 쓸모가 없었다는 사실을 체험으로 깨달았던 터이다. 그래서 이제 그들마저도 구체적인 현실의 삶에 더 큰 관심을 가지게 되었고, 중인 이하의 여느 백성들이나 아낙네들이란 애초에 눈앞의 현실이 아닌 것에는

---

579) 이선본 《송강가사》에서.

580) 이른바 12가사라고도 하는 이것은 〈수양산가〉, 〈양양가〉, 〈처사가〉, 〈권주가〉, 〈매화가〉, 〈백구사〉, 〈죽지사〉, 〈황계사〉, 〈길군악〉, 〈상사별곡〉, 〈춘면곡〉이다. 그 가운데 〈어부사〉와 〈양양가〉는 한시에 토를 달았을 뿐이고 〈수양산가〉, 〈권주가〉, 〈매화가〉, 〈죽지사〉, 〈황계사〉, 〈길군악〉 따위는 가사에서 멀어져 잡가라 할 것들이다.

관심이 없었기 때문에 저절로 이 걸음의 가사는 실제 눈앞의 삶을 내용으로 담게 되었던 것이다.

실제로 겪은 눈앞의 삶에 관심을 쏟고 뜻을 찾으려는 태도에 따라 나라 안팎의 여러 곳을 여행하며 보고들은 바를 노래한 가사 작품들이 많이 나타났다. 국내의 기행을 노래한 작품으로 권섭(1671~1759)의 〈영삼별곡〉과 박순우(1686~1759)의 〈금강별곡〉을 꼽을 수 있다. 그리고 외국을 다녀와서 보고들은 바를 가사로 나타낸 것으로는, 먼저 중국기행으로 박권(1658~1715)의 〈서정별곡〉을 비롯하여 홍순학(1824~?)의 〈연행가〉와 류인목(1839~1900)의 〈북행가〉를 손꼽을 수 있고, 일본기행으로 김인겸(1707~1772)의 〈일동장유가〉가 유명하다. 그리고 기행가사와 비슷한 것으로 유배생활이라는 시련과 고통의 체험을 사실적으로 묘사하고 기록한 가사로서 정조 때(1777~1800) 안조원의 〈만언사〉와 철종 때(1850~1863) 김진형의 〈북천가〉 같은 노래도 있는데, 이들 모두가 사대부들이 지은 것이면서도 앞시대의 그것처럼 이념과 논리에 뜻을 두지 않고 눈앞의 현실을 문제삼고 있는 것이다.

이때의 사대부 계층 사람들은 또 자신들의 삶을 떠받치고 있는 여느 백성들에게 관심을 기울여 저들의 삶에 애정을 지니고 그것을 가사로 노래함으로써 불쌍한 백성들의 삶에 동참하려는 자세를 나타내기도 했다. 물론 이들은 신분으로 사대부임이 틀림없으나 현실로는 그것에 합당한 벼슬과 직책으로부터 밀려나 허물어지고 있었으므로 시대의 아픔을 백성들과 가깝게 나눌 수 있는 처지에 있었다. 1792년(정조 16) 전라감사 정민시가 합강정에 뱃놀이하는 것을 비난하느라 지은이의 이름은 감추어버린 〈합강정가〉를 비롯하여, 19세기 전반의 정치현실이 극도로 문란하고 위정자들의 비리로 백성들의 고통이 극한에 이르렀음을 날카롭게 비판하면서 또한 이름을 감추고 지은 〈향산별곡〉, 〈갑민가〉, 〈거창가〉 같은 것이 그런 작품들이다. 역시 19세기 중엽에 정학유가 지은 〈농가월령가〉 같은 가사들은 모두 사대부가 지었지만 그들의 눈은 이미 가난하고 고통받는 여느 백성들의 삶에 애정을 담고 있었다.

지은이가 아예 사대부 신분을 벗어난 중인이나 평민으로까지 퍼져 나간 가사들도 적잖이 나타났다. 조선왕조의 이념인 유교 관념들을 거부하면서 인간의 본성을 추구하는 〈우부가〉, 〈용부가〉, 〈과부가〉, 〈거사가〉 같은 노래를 비롯하여, 자신들의 삶에 눈뜬 나머지 갖가지 불우에 매인 신세를 발견하고 한탄하는 〈청춘과부곡〉, 〈녹의자탄가〉, 〈노처녀가〉, 〈노인가〉라든지, 사회의 올가미 가운데서도 생명의 원천으로 솟아오르는 사랑과 연정을 거리낌없이 토로하는 〈양신화답가〉, 〈이별곡〉, 〈오섬가〉, 〈규수상사곡〉, 〈도리화가〉, 〈단장사〉 같은 노래들은 사대부가 지을 수는 없는 것들이다. 그들 나름의 삶에 대한 소박한 꿈과 바람이 의식의 넉넉함이라든지, 가족의 단란함이라든지, 농사의 풍요함이라든지 하는 노래로 나타나기도 하였다. 〈치산가〉, 〈명당가〉, 〈농부가〉, 〈용가〉 같이 여러 가지 인간 본연의 모습을 드러내는 백성들의 가사가 수없이 나타났다.

이런 사정 위에서 이른바 '규방가사' 또는 '내방가사'라 부르는 아낙네들의 노래도 나타났다. 이것은 18세기 중엽을 넘어서면서 나타난 것으로 보이지만[581] 아무래도 19세기 후반에 와서 널리 퍼지고 20세기 중엽까지 제법 살아 있었던 듯하다. 그리고 공간으로 보면 집권세력에서 밀려난 남인의 터전이었던 영남 지역에서 비롯하여[582] 이웃 충청과 전라 지역까지 번져 나간 것으로 확인되었다.[583]

> 동지장야 흐지일에 흐고마는 져셰월에 / 쳡쳡이 쏘인일을 흐고혼들 두할숀가 / 납분잠 두 못자고 놀고져워 어이할고 / 상육쳑수 쓰던지고 넉동니기 윳쳘노니 / 여자의 비운노름 그 밧기 두시업다 / 열노름에 흔노름도 임의디로 다못놀고 / 십리츄립 오리츄립 임의디로 어이가리 / 지옥갓흔 이규중에 등잔을 비겨안자 / 인도가위 차즈놋코 즁침셰침 골나닉야 / 시체보고 쳑슈보아 아쥬흐기 어렵더라 / 장단보고 쳑슈보아 졔도범졀 어렵더라[584]

> 인생복득 갱소년은 풍월중이 명작이라 / 삼천갑자 동방삭도 전성후성 초문이요 / 팔백년 수는평조 고문금문 쏘잇는가 / 부운가튼 이시상이 초로가튼 우리인싱 / 물위의 거품이요 창수의 부평이라 / 칠팔십년 술더라도 일중춘몽 꿈이로듯[585]

> 어와세상 사람들아 이닉말삼 들어보소 / 불힝한 이닉몸이 여자몸이 되얏스니 / 리한림의 증손녀요 정학사의 외손여라 / 소학효경 열여전을 십여시이 에와닉고 / 처신범절 힝동거지 침선방직 슈노키도 / 십사세이 통달흐니 누가아니 칭찬흐랴[586]

보는 바와 같이 유식한 한문 문자가 줄줄이 이어지고, '리한림의 증손녀'며 '정학사의 외손녀'라는 자랑이 저절로 나오는 것이다. 그러면서도 여느 백성 아낙들의 노

---

581) 조동일, 《한국문학 통사 3》, 지식산업사, 1994, 375~378쪽. '규방가사의 전형화 변형'.

582) 이재수, 《내방가사연구》, 형설출판사, 1976 ; 권영철, 《규방가사연구》, 이우출판사, 1980 ; 권영철, 《규방가사각론》, 형설출판사, 1986.

583) 박요순, 〈호남지방 여류가사〉, 《국어국문학》 48, 국어국문학회, 1970 ; 사재동, 〈충남지방 내방가사 연구〉, 《어문연구》 8, 어문연구회, 1972 ; 서영숙, 〈서사적 여성가사의 전개방식 연구〉, 충남대 박사논문, 1992.

584) 〈여자탄식가〉, 경북 영천군 임부면 양항동, 정씨 부인.(권영철, 《규방가사》, 효성여자대학교출판부, 1985, 15쪽)

585) 〈백발가〉, 경북 안동군 풍천면 하회동, 류씨 부인.(위의 책, 19쪽)

586) 〈복선화음가〉, 경북 안동 일대에 널리 퍼짐, 이씨 부인.(위의 책, 30쪽)

래말꽃에 용솟음치던 삶의 즐거움과 힘은 간곳 없고 탄식과 불만이 커다란 흐름인 까닭은 무엇일까. 그러나 규방가사라는 이들 백성의 글말노래말꽃이 모조리 이런 탄식과 불만으로 가득한 것은 아니다. 그보다는 오히려 여유 있는 삶에 기대어 흥을 돋우는 자연과 벗하면서 아낙들이 누릴 수 있는 놀이, 이를테면 화전놀이, 꽃놀이, 물놀이 같은 놀이를 하는 가운데 느낌과 생각을 노래하는 것이 본디의 바탕이었다.

어와세상 벗님닉야 이닉말슴 드러보소 / 인싱이 빅년일가 초로갓치 덧엄난이 / 낙양셩 심니외예 놉고나진 저무덤이 / 영웅호걸 면나치며 절대가인 그뉘던고 / 어화 우리부녀 소연힝락 편시츈을 / 이러한 조흔쎠예 안니놀고 무엇하랴 / 쏫노림 못할손가[587]

하눌이 무디ㅎ여 녀신으로 마련ㅎ니 / 아모리 애돌은들 곳쳐다시 되일손가 / 심규의 드러 안자 옥미로 붕위되여 / 녀힝을 묽게닷고 방격을 힘쓰더니 / 동군이 유정ㅎ여 삼수월을 모라오니 / 원근 암애예는 홍금댱을 둘어잇고 / 촌변의 도리화는 가디마다 싞을쯰여 / 사창안 부녀흥을 제혼자 도도는디[588]

광대같은 대구댁은 사냥개를 달맞는가 어이그리 시끄럽다 / 부덕좋은 교동댁은 말소리를 볼작시면 기생사촌 달맞는가 / 춤잘추는 방전댁은 하는이력 볼작시면 거만하게 그지업다 / 토곡댁을 볼작시면 숫나비를 달맞는가 하는짓도 분별업다[589]

앞의 두 마리는 놀음놀이를 하면서도 마음에 일어나는 생각과 느낌을 네 걸음 가락에 실어 조용하게 읊었지만 셋째 노래는 훨씬 떠들썩하게 드러내었다. 놀이에서 거리낌없이 즐거워하는 모습을 고른 가락의 흐름까지 깨뜨리면서 노래하는 것이다.

그리고, 이런 노래말꽃은 처음부터 아낙네들이 손수 만들어 즐긴 것은 아닌 듯하다. 애초에는 사대부집의 남자들이 지어서 아낙들에게 넘겨주어서 읽히고 노래부르게 했던 것으로 보인다. 이런 노래를 흔히 '계녀가' 또는 '계녀교훈가'라 하거니와 양반집에서 딸을 시집보낼 적에 아버지나 오빠가 시집살이를 잘하도록 가르치려는 뜻에서 지어주었던 노래말꽃이다. 남자들이 지어서 넘겨주던 이런 노래말꽃에서 비롯했지만 이것은 머지않아 아낙들의 마음에 느낌을 불러일으키면서 스스로 짓는 사람들이 저절로 나타날 수 있었을 것이다. 그리고 아낙들의 손으로 넘어간 이들 노래말꽃은 전통사회의 뿌리가 완전히 뽑힌 20세기 중엽(6·25 남북전쟁 다음)까지 200년 동

---

587) 〈홍상가〉, 경남 밀양군 초동면 성남리, 황씨 부인.(위의 책, 351쪽)
588) 〈반조화전가〉, 경북 안동, 권씨 부인.(조동일, 《한국문학통사 3》, 지식산업사, 1994, 376~377쪽)
589) 〈평남산화전가〉, 경북 영양 지역, 지은이 모름.(위의 책, 379쪽)

안 삼남 지역의 아낙들 삶 안에 끈질기게 살아 있었던 것으로 보인다.

이 걸음의 가사에 담기는 삶의 속살이 이처럼 앞 걸음의 그것과 달라지는 것에 맞추어 그것의 모습 또한 달라지는 것은 당연한 일이다. 우선 이 걸음의 가사에서는 노래의 마무리를 ‘3 / 5 / 4 / 3’이라는 가락으로 고집하지 않는다. 마무리에서 이러한 가락의 변화로 끝 굴림을 하려면 어지간히 세련된 정신을 지녀야 맛을 알 수 있는 것인데, 이 걸음의 가사 담당자들에게는 그러한 심리의 묘미가 별로 매력 있게 느껴지지 않는 것이다. 그런 형식의 기교보다는 오히려 현실의 삶을 눈에 보듯이 붙들고 그려내는 일에 더 크게 마음이 쓰이기 때문이다. 그래서 처음부터 끝까지 기계처럼 되풀이하는 네 걸음가락으로만 내리달리고 말았다.

그리고 같은 네 걸음 가락이면서도 앞 걸음의 그것에서는 한 걸음 안의 음절수에 변화와 굴곡을 주어 한결 율동미가 있었으나, 이 걸음에 와서 특히 이름 없는 백성들과 아낙네들의 가사에서는 모조리 네 음절에 맞추려는 경향이 두드러진다. 그것은 이제 가사가 노래로서 갖는 아름다움의 중요성이 떨어지고 줄글이 갖는 설명의 정신으로 바뀌었다는 뜻이기도 하다. 그리고 그것은 이 걸음의 가사가 턱없이 길어지는 것과도 서로 통하는 일이다. 삶을 살피고 들여다보는 일, 먼 외국을 다니면서 보고 듣는 일, 여느 사람들은 하기 어려운 체험을 보고하는 일 따위를 속살로 담으면서 보고 듣고 행한 바를 빠짐없이 설명하고 묘사하고 서술하기 때문에 저절로 노래가 길어지고 줄글에 가깝도록 바뀌는 것이다. 이는 이 걸음의 가사를 악기의 반주에 맞추어 노래부를 수 없게 만들기도 하였다. 노래부르기보다는 가락에 맞추어 읊조리게 되고, 노래부른다 하더라도 악기 없이 단순한 읊조림으로만 부르게 하였다. 따라서 이 걸음에서는 백성들의 가사와 아낙네들의 가사가 민요라는 여느 입말노래와 쉽사리 넘나들고 있다는 사실도 흔히 볼 수 있다.

그러나 한편, 앞에서도 잠시 말했듯이 이 걸음에서는 가장 하찮고 낮은 신분이었던 소리꾼(가객)들이 가사를 노래부르기도 하였는데, 이런 가사들은 그 모습이 유다르게 바뀌지 않을 수 없었다. 그들의 소리는 매우 전문적이었으므로 노랫말을 자유스럽게 뜯어고쳐서 소리, 곧 음악을 위한 부속물로 취급하였다. 그래서 네 걸음잡이의 가락도 흐트러지고, 한 걸음 안의 음절수도 들쭉날쭉해졌다.

꼿츤 픠엿다가 제절로 지고 // 잎은 픠엿다가 다 쑥쑥 쩌러져 // 허허훈치ᄂ 광풍에 락엽이 된다
청포도를 좌루룩 흘터 // 밝고 묽은 구곡슈에다가 // 풍긔덩덩실 흐늘거려 쩌ᄂ려 가는

구나590)

이러한 사태는 결국 가사의 모습을 허물어버리고 그 갈래의 목숨을 다하도록 하는 상황으로 몰고간 것이라고도 하겠다. 열두 가사를 비롯하여 열두 잡가591)라든지 허두가 따위가 모두 그런 모습으로 바뀌면서 가사는 무너져 내리는 시대를 맞이하게 되었다.

(라) 넷째 걸음 : 사라지던 가사

가사는 19세기 중엽 뒤로 왕조사회가 급격히 무너져 내리는 것과 때를 맞추어 흐트러지면서 사라지는 길로 들어섰다. 그리고 20세기 중엽에 와서 완전히 자취를 감추고 사라져버렸다. 물론 앞에서 보았듯이 20세기 중엽 뒤에도 아낙네들이 가사를 짓고 즐기고 있었지만 그것은 한낱 관습에 젖은 되풀이에 지나지 않았고, 일제의 침략이 끝나는 1940년대에 가사라는 갈래는 온전히 사라졌다고 보아도 좋을 것이다.

이 걸음에서는 우리 겨레의 전통문화와 유산이 일제 침략자들에게 짓밟혀 깊은 상처를 받고 뿌리뽑혀지고 있었다. 게다가 우리 겨레 사람들 스스로 눈물겨운 현실에서 벗어나 새로운 삶을 이룩하고자 지난날의 가치들을 힘차게 뿌리치고자 하였다. 이러한 시대 상황 아래 지루하게 네 걸음 가락으로 이어지는 가사는 이미 답답한 유물로 여겨지면서 갖가지 탈바꿈을 겪지 않을 수 없었다. 그래서 우선 적당한 길이로 끊어 도막을 나누는 분절이 나타나고, 게다가 덧말(후렴)을 끼워 새로운 느낌을 드러내고자 하다가, 드디어는 네 걸음 가락조차 버리고 세 걸음 가락으로 넘어가려고 힘쓰는 지경에 이르면서 무너져 나갔다. 이미 네 걸음잡이 가락을 버리고 세 걸음잡이로 나가거나 걸음(음보)이 흐트러지고 자유스러운 짜임새를 찾아 나서는 지경에 이르면 그것을 흔히 '창가'니 '신체시'니 하는 이름으로 부르면서 가사와는 사뭇 다른 갈래의 노래말꽃으로 여길 수밖에 없었다. 말하자면, 가사는 이 걸음에 와서 허물어지면서 새로운 갈래의 노래말꽃에게 그 자리를 내어주고 있다는 말이다.

그러면서도 이 걸음의 가사는 제가 맡았던 몫을 다했다고 말하지 않을 수 없겠

---

590) 〈집장가〉에서.

591) '12잡가'는 그 이름으로 보아도 '12가사'에서 영향 받은 것이 아닌가 싶은데 언제 생겨났는지는 확실하지 않고 서울지방의 '사계축 소리꾼'과 '더벅머리 삼패'들이 전한 것이다. 〈유산가〉, 〈적벽가〉, 〈제비가〉, 〈집장가〉, 〈소춘향가〉, 〈형장가〉, 〈선유가〉, 〈평양가〉 같은 것을 8잡가라 하고, 〈달거리〉, 〈방물가〉, 〈출인가〉 따위를 잡잡가라 하여 갈래짓기도 한다.

다. 그것은 곧 이때의 가사가 눈앞에 벌어지는 현실의 문제들을 다른 어떤 갈래의 말꽃들보다도 당당하게 정면으로 드러내면서 마지막 불꽃을 튀기고 있었기 때문이다. 그것은 그대로 이 시기에 우리 겨레가 부딪치고 있었던 현실에 대한 태도를 드러내는 것으로서 두 가지 서로 다른 속살을 지니고 나타났다. 그 하나는 사회의 개혁을 서두르자는 이른바 개화주의의 주장을 드러내는 '개화가사'라는 것이고, 다른 하나는 나라를 지켜서 외세를 물리쳐야 한다는 이른바 수구주의의 주장을 드러내는 '우국가사'라는 것이다. 개화가사는 《독닙신문》을 중심으로 퍼뜨려지고 우국가사는 《대한매일신보》에 거의 실려 나타났는데, 이들 신문이 나오지 못하게 되면서 저절로 사라져 갈 수밖에 없었다.

이 걸음의 가사를 하나만 들어보여서 그것이 어떻게 달라져 나갔던지를 짐작해 보도록 하겠다. 1909년 《대한매일신보》에 실렸던 〈괴뢰세계〉라는 노래말꽃인데 지은이는 이름을 숨겨서 알 수가 없다.

풍광처처 / 한반도가 / 연극장이 / 되엇구나 //
무도하는 / 모양 / 어악소어 / 하는소리 //
외면으로 / 볼작시면 / 한인인 듯 / 하지마는 //
개개괴뢰 / 뿐이로다 //
괴로장에 / 들어가서 / 일일장관 / 하여볼가 //

제일장에 / 들어서니 / 괴뢰대신 / 회의한다 //
후록고투 / 고모자로 / 허허하는 / 한소리에 //
각령부령 / 떨어지면 / 팔도인민 / 죽어나고 //
조약협약 / 하고보면 / 삼천리가 / 떠나간다 //
그괴뢰가 / 장관일세 //

제이장에 / 들어서니 / 괴뢰기자 / 앉았구나 //
한인신문 / 인체하나 / 등뒤에서 / 재리들이 //
오리고리 / 놀리는데 / 붓을들고 / 기록하면 //
원수들은 / 구가하며 / 제나라는 / 장적한다 //
그괴뢰가 / 장관일세 //

제삼장에 / 들어서니 / 괴뢰설객 / 지껄인다 //
호구사설 / 떡벌이고 / 유세연설 / 하노라고 //
조조추추 / 하는모양 / 박첨지와 / 방불한데 //
주장하는 / 그취지는 / 국민정신 / 말살한다 //
그괴뢰가 / 장관일세 //

제사장에 / 들어서니 / 괴뢰회원 / 모였구나 //
좌우팔을 / 벌리고서 / 무슨수나 / 있는 듯이 //
산취하는 / 그모양은 / 오작같이 / 놀아난다 //
조국사상 / 반분업고 / 부외사업 / 웬일인가 //
그괴뢰가 / 장관일세 //

슬프도다 / 괴뢰배야 / 희대상의 / 저광대가 //
제이익을 / 위하여서 / 등신같은 / 너희들을 //
지금놀려 / 먹거니와 / 이익점유 / 다한후에 //
네신세도 / 가련이다 //
조조회오 / 개과하야 / 남의괴뢰 / 되지마라 //

이렇게 사라지던 때의 가사는 오래 견디지 못하였으나 새로 나타난 여러 신문들에 힘입어 적잖이 알려지고, 많은 사람들에게 영향을 줄 수 있어서 지난 어느 때보다도 활발하게 제몫을 다했다고 말할 수도 있다. 《독닙신문》과 《경향신문》에 수십 마리씩 실린 것을 비롯하여, 《대한매일신보》에는 무려 700마리에 가까운 가사가 실렸다. 그 밖에 《데국신문》과 《황성신문》을 비롯하여 여러 잡지들에도 적잖은 가사들이 부서져 내리는 모습을 하고 마지막 불꽃처럼 시대의 파수병 노릇을 다하면서 나타나 있었다.[592]

무엇보다도 이 마지막 걸음의 가사에서 우리가 기억해야 할 것은 나라를 건지려고 목숨을 던지고 일어선 의병들 사이에서 독특한 몫을 다하며 불려졌다는 것이다. 삶의 모든 터전과 가족까지도 버려두고 오직 빼앗긴 나라를 되찾아야 한다는 뜻을 곧추세워 바람과 눈비를 맞으며 침략자들에 달려들어 싸우던 이들 의병들은 거의 가사 갈래만으로써 스스로 채찍질하는 노래들을 부르고 있었다. 강원 춘천 의병장 류홍석(1841~1913)의 〈고병정가사〉 스무남은 마리를 비롯하여, 경북 문경 의병장 신태식(1864~1932)의 〈창의가〉라든지, 안중근(1879~1910)의 〈의거가〉 같은 작품이 널리 알려져 있다. 특히 의병장 류홍석의 며느리며 13도 의군 도총재 류인석(1842~1915)의 질부인 윤희순(1860~1935)이 지은 〈안사람 의병노래〉 같은 여남은 마리 가사는 사대부 가정의 규중 부인으로서 인습의 굴레를 벗어버리고 나라를 건지려고 떨쳐 일어나 몸바치고자 하는 뜨거운 마음을 드러내 아주 돋보이는 것이다. 윤희순이 지은 의병가사 〈애닲은 노래〉를 보기로 들어본다.

---

592) 김학동, 《한국개화시가연구》, 시문학사, 1981 ; 권오만, 《개화기시가연구》, 새문사, 1989 ; 장성진, 〈개화가사의 서술구조와 현실인식〉, 경북대 박사논문, 1991.

애닯도다 애닯도다.
형제간의 싸움이요, 부부간의 싸움이라.
이런 일이 어디 있나.
우리 조선 백성들이, 이렇듯 어두운가.
제 임금을 버리고서, 남의 임금 섬길소냐.
애닯도다 애닯도다, 우리 조선 애닯도다.
자기 처를 버리고서, 남의 처를 사랑하니
분한 마음 풀 수 없어, 내 가슴만 두드리니
내 가슴만 아플소냐, 귀한 목숨 버릴소냐.
너도 나도 의병하세, 의병대를 도와주세.593)

형제며 부부인 겨레 사람들이 '의병'과 '관군'으로 갈라져 싸우는 일을 가슴 두드리며 애닯다고 하는 노래다. 그리고, 관군이 남의 임금을 섬기고, 남의 처를 사랑하는 꼴이라고 애닯아 한다. 그러면서 '의병'을 돕고 '의병'으로 나서자고 부추기는 노래다.

(4) 시 조

이제 '시조'라는 말은 어쨌거나 우리 겨레가 오랫동안 만들고 즐겼으며 정형으로 독특하게 모습을 갖춘 노래말꽃의 한 갈래를 이름하는 것으로 굳어졌다. 그러나 이처럼 시조라는 말이 말꽃으로서의 노래 갈래 이름으로 굳어져 쓰인 것은 1920년대 뒤의 일이다. 1920년대에 들어와서 시대의 요구에 따라 이른바 민족문학으로 시조를 애써 내세우면서 그렇게 되었다. 이전에는 이것을 노래말꽃으로 부를 적에 거의 '단가', 곧 '짧은 노래'라는 막연한 말로 부르기 일쑤였다.

그러나 시조라는 말이 예전에 없던 것을 1920년대에 비로소 만들어 쓴 것은 물론 아니다. 예로부터 시조라는 말은 있었으나, 그것은 말꽃의 노래 갈래를 뜻하지 않았다. 옛날에는 이것이 소리(음악)의 곡조를 뜻하는 것이었는데, 그것도 두 가지 뜻으로 바뀌면서 쓰였다. 애초에는 거문고의 곡조 이름이었다. 《악학궤범》(1493)에는 '악시조'라는 거문고의 곡조를 풀이하고 있다. 대현을 궁음으로 하여 켜는 곡조이다. 그리고 《병와가곡집》의 들머리 음절도에도 17세기 초엽의 양덕수가 정리한 거문고 악보 곧 《양금신보》를 고조라 하고, 18세기의 김성기가 새로 엮은 거문고 악보 곧 《어은유보》를 시조라 부른다고 했다. 둘째로는 지난날 '가곡'이라는 곡조로 노래하던 단가를 18세기에 들어와 부르기 쉬운 곡조로 고쳐서 이를 시조라고 했다. 예로부터 불러

---

593) 《외당선생삼세록》에서.

오던 곡조가 아니라 '새로 유행하게 된 곡조'라는 뜻의 '시절가조'를 줄여서 시조라는 말을 쓰게 된 것이다. 이때는 이를 시절가 또는 시절단가라고도 했는데, 이것은 거문고(기악)의 곡조를 뜻하던 '시조'와는 달리 단가(성악)의 곡조를 뜻하는 말이 되었다.

그런데 거문고 곡조인 시조와 단가 곡조인 시조가 18세기에 와서는 아주 같은 것이었는지, 앞의 것이 뒤의 것에게 어떤 영향을 주었는지, 아니면 처음부터 끝까지 서로 다른 것으로 있다가 사라졌는지 지금 확실히 밝힐 수가 없다. 그러나 그 어느 쪽이든 그 말의 본래 뜻은 '새로운 곡조'임은 짐작할 수 있다. 어떻든 시조라는 말은 본래 거문고의 곡조 이름과 단가 곡조의 이름으로 쓰이던 것이었는데, 이것이 1920년대에 와서 소리(음악)의 곡조가 아닌 그 노래말꽃의 갈래를 뜻하는 이름으로 굳혀진 것이다.

시조는 우리 겨레가 만들어내고 즐긴 여러 노래들 가운데에서 가장 뚜렷한 틀거리를 갖춘 노래다. 가장 뚜렷하다는 말은 가락과 짜임새가 옹골찰 뿐만 아니라 오랫동안 한결같은 모습을 흐트러지지 않게 지녀왔다는 뜻에서 하는 말이다. 시조의 모습이 오래도록 흐트러지지 않고 한결같이 즐겨졌다는 것은 그것이 겨레의 마음을 사로잡고 싫증을 느끼지 않게 하는 어떤 힘을 지녔기 때문이다. 그런데 그 힘이 바로 옹골찬 가락과 짜임새가 이루어내는 틀거리의 모습에서 나오는 것이 아닌가 한다.

시조의 가락은 가사와 마찬가지로 가지런한 네 걸음잡이다. 그리고 걸음을 이루는 음절수도 대체로 가사의 그것과 비슷하다. 그러나 가사가 네 걸음잡이의 줄(행)을 마음대로 거듭 되풀이하는 것과는 달리 시조는 오직 석 줄(3행)로 하나의 도막(장)을 끝낸다. 말하자면 네 걸음잡이의 가락에서 오는 점잖고 무거운 느낌이 석 줄 도막에서 오는 가볍고 산뜻한 느낌에 어우러져 균형과 조화를 이룬다. 신라 적의 다살노래나 새나노래들과 고려 적의 모든 노래들이 대체로 넉 줄씩으로 한 도막을 이루거나 두 줄씩으로 짝이 지는 짝수 짜임새를 지녔던 것에 견주어 볼 때, 시조가 이렇게 석 줄로 도막지는 홀수 짜임새인 것은 어딘가 부족한 듯한 긴장감을 불러일으키면서 독특한 맛을 준다. 그리고 이들 석 줄 사이에는 신라 때의 다살노래나 새나노래와 고려 때의 놀이노래들이 두 줄 또는 넉 줄씩 도막지던 짜임에서는 찾아보지 못했던 어떤 짜임새의 원리가 자리잡고 있는 듯하다.

이를테면, 시조의 첫째 줄과 둘째 줄은 그들끼리 비슷한 차원에서 주고받다가 셋째 줄에서는 앞의 두 줄을 묶어서 마무리지어 새로운 차원으로 끌어 올려 끝맺는 짜임새를 이룬다. 그러니까 셋째 줄은 그 짜임새의 원리에서 중요한 변증법의 통합을 이루어내고 있는데, 그것은 '3/5/4/3'이라는 가락의 파격에 따른 심리의 긴장과 파란을 불러일으키고 있는 끝굴림으로써 매우 또렷하게 마무리하는 효과를 얻고 있다.

이런 홀수 짜임새의 원리는 이미 11세기로서 그 목숨이 사라졌던 '느낌말새나노래'의 그것에 맥락이 닿아 있다는 사실을 여러 사람들이 짚었다. 그것이 넉 줄씩 두 도막에다 느낌말을 앞세운 두 줄짜리 한 도막으로 이루어져서 모두 세 도막이었기 때문이다. 그리고 앞의 두 도막은 시조의 첫째 줄(초장)과 둘째 줄(중장)처럼 서로 비슷한 차원에서 주고받다가 마지막 도막이 그것들을 묶어 아우르는 원리가 시조의 그것과 다를 바 없기 때문이다. 무엇보다도 마지막 도막을 앞장서서 이끄는 '느낌말'이 주는 맛이 시조의 끝 줄(종장) 첫머리의 가락이 주는 심리의 파란과 아주 비슷하다는 것이다. 그래서 시조의 이런 전통으로 말미암아 우리 겨레의 노래말꽃이 짝수 줄 짜임과 홀수 줄 짜임이라는 두 갈래를 이루고 있다고 말할 수도 있게 한다.

이러한 시조는 앞에서 살핀 가사의 둘째 걸음(16, 17세기) 모습과 여러 면에서 닮아 있다. 네 걸음잡이의 가락은 말할 나위도 없거니와, 마지막 끝맺음 마디의 '3 / 5 / 4 / 3' 가락은 아주 꼭 같다. 그러니까 둘째 걸음의 가사는 길이를 석 줄로 줄이면서 끝 줄을 마무리에 살려주면 그대로 시조의 모습이 되는 것이다. 그만큼 가사와 시조는 같은 미의식과 정신으로 생겨난 노래말꽃의 갈래이며, 그래서 마치 오뉘 사이처럼 나란히 조선시대 사대부들에게 꼼을 오래도록 받았던 것이다. 따라서 시조도 가사에 못지않게 역사가 길기 때문에 몇 걸음으로 나누어서 살피는 것이 바람직하다.

(가) 시조가 생겨남

시조라는 노래말꽃의 갈래는 고려 말(14세기) 이전에 이미 생겨나 있었다고 한다. 그러나 이것은 아무래도 사실과는 어긋나는 듯하다. 왜냐하면, 그때에 이미 시조가 있었다고 하는 말미가 너무 허술하기 때문이다. 시조가 14세기 이전에 이미 있었다는 말미는 18세기에 들어와서 엮어진 《청구영언》,594) 《악학습령》,595) 《해동가요》,596) 《고금가곡》597) 같은 노래책(가집)들이다. 이런 노래책들 안에 14세기 이전의 사람들이 지은 것으로 적어둔 시조들이 많이 있기 때문에598) 시조라는 갈래가 14세

---

594) 1728년(영조 4) 즈음에 김천택이 엮은 노래책이다. 같은 이름이면서도 책의 짜임과 실린 노래말꽃의 마리수가 서로 다른 여러 가지가 있다.

595) 1728년(영조 4)에서 1733년(영조 9) 즈음에 이형상이 엮은 노래책이다. 노래말꽃이 1,109마리나 실려 있고, 엮은이가 사대부라 기록이 넉넉하기 때문에 여러 사정들이 잘 드러나 있다.

596) 김천택에게 영향을 받아 1763년(영조 39) 즈음에 김수장이 엮은 노래책이다. 같은 이름이면서도 책의 짜임과 실린 노래말꽃의 마리수가 서로 다른 여러 가지가 있다.

597) 1764년(영조 40) 즈음에 이름을 감추고 송계연월옹이라 한 사람이 엮은 노래책이다.

598) 김천택은 《청구영언》 발문에서 이렇게 말했다. "고려 때로부터 조선에 들어온 다음까지 이름 높은 분들과 큰 선비들 그리고 마을 백성과 여인네들의 노래를 낱낱이 모았다.(自麗季至國朝以來名公碩

기에는 생겨나 있었다고 믿는다. 그러나 18세기에 들어와서 처음으로 엮은 노래책이라면 14세기와는 400년이라는 세월의 골이 가로놓인다. 그 사이에 징검다리 노릇을 해줄 만한 자료들이 나타나지 않으면 그 말을 곧이곧대로 믿기 어렵다.

그래서 징검다리가 될 수 있는 자료를 찾아보면, 김천택의 《청구영언》보다 거의 반 세기를 앞서 송곡이라는 이가 그런 노래책을 엮었던 것으로 보인다.599) 그 밖에는 사대부들의 문집에 실려 있는 시조를 찾아 더듬어야 하는데, 지은이가 또렷하고 제 때에 글말로 적힌 시조를 사대부의 문집에서 찾아보면 그것은 16세기 중엽까지 올라갈 수 있다. 15세기 사람의 시조가 두어 마리 사대부의 문집에 적혀 있지만 그것들은 문집을 엮은 때가 아주 뒷날로 내려가기 때문에 그대로 믿기 어렵다. 틀림없이 16세기에 지은 시조라 하지 않을 수 없는 것들도 그렇게 많지는 않다.600)

어쨌거나 16세기에는 시조라는 노래말꽃이 하나의 갈래로 나타났음이 틀림없다. 그러나 이때 참으로 시조가 처음으로 나타난 것이라고 장담할 수는 없다. 하지만 이보다 앞서 이미 시조라는 노래가 하나의 갈래를 이루어 널리 알려져 있었던 것은 아니었던 듯하다. 왜냐하면, 이황이 〈도산육곡〉 두 마리를 지으면서 애태운 사연이 뚜렷하게 드러나 있기 때문이다. 그는 마음에 느낌이 일어나서 우리 말로 노래를 부르고 싶어도 마땅한 틀이 없어 애를 태웠다고 했다. 그러다가 마침 그때 세상에 널리 알려진 이별의 〈육가〉를 보고 본을 받아서 〈도산육곡〉을 지었다고 했다. 일찍이 시조라는 노래말꽃의 갈래가 자리잡고 흘러왔다면 이황 같은 분이 이렇게 애태우지도 않았을 것이고, 스스로 지은 시조(도산육곡)를 이별의 〈육가〉에서 본떴다고 하지 않았을 터이다.601)

그뿐 아니라 지은이가 또렷한 16세기의 시조로 가장 먼저 나타난 이현보의 〈어부단가〉 다섯 마리 가운데 시조의 모습을 온전하게 갖춘 것은 두 마리뿐이다. 세 마리는 아직 시조로서 갖추어야 하는 가락이 영글지 못한 데가 없지 않다. 여기서 바로

士及閭井閨秀之作一一蒐輯)” 아마도 고려 적의 시조를 입에 담은 것은 이것이 처음이 아닌가 싶다. (김수업, 〈시조의 발생 시기에 대하여〉, 《시조논총》, 일조각, 1978, 4쪽)

599) 김천택이 맨 처음으로 《청구영언》을 엮은 것이 아니라 송곡이 먼저 엮어 놓은 것을 딛고 스스로 보태었을지도 모른다는 말이다.(강전섭, 〈송곡편 《고본청구영언》의 복원문제〉, 《국어국문학》 47, 국어국문학회, 1970)

600) 16세기에 지은 것으로 보지 않을 수 없는 시조를 모아보면 이렇다. 이현보(1467~1555)의 노래 여덟 마리, 박운(1493~1562)의 노래 네 마리, 이황(1501~1570)의 노래 열두 마리, 이숙량(1519~1592)의 노래 여섯 마리, 이준백(1520~1578)의 노래 아홉 마리, 허강(1520~1592)의 노래 일곱 마리, 이런 정도다. 모두 보태어 쉰 마리에도 미치지 못한다.

601) 김수업, 앞의 글, 18~19쪽.

눈으로 짚어보기로 하자.

이듕에 시름 업스니 漁父의 生涯이로다	3 / 5 / 3 / 5
一葉 扁舟를 萬頃波에 띄워두고	2 / 3 / 4 / 4
人世를 다 니졧거니 날 가눈 줄룰 안가	3 / 5 / 5 / 2
靑荷애 바볼 싼고 綠柳에 고기 쎄여	3 / 4 / 3 / 4
蘆荻 花叢애 비믹야 두고	2 / 3 / 3 / 2
一般淸 意味를 어늬 부니 아륵실고	3 / 3 / 4 / 4
山頭에 閒雲이 起ᄒ고 水中에 白鷗이 飛이라	3 / 6 / 3 / 6
無心코 多情ᄒ니 이 두 거시로다	3 / 4 / 2 / 4
一生애 시르믈 닛고 너를 조차 노로리라	3 / 5 / 4 / 4

오른쪽에 가락 읽기를 해놓았거니와, 첫째 줄과 둘째 줄에 쓰여야 하는 고른 가락 '3 / 4 / 3 / 4'를 제대로 지킨 데는 둘째 노래 첫째 줄 오직 하나뿐이다. "이듕에 시름 업스니 漁父의 生涯이로다(3 / 5 / 3 / 5)" 한다든지 "山頭에 閒雲이 起ᄒ고 水中에 白鷗이 飛이라(3 / 6 / 3 / 6)" 하는 것들은 아직 시조의 가락으로 가다듬어지지 않았다. 무엇보다도 시조의 모습에서 가장 두드러지게 드러나는 셋째 줄의 '3 / 5 / 4 / 3' 가락도 어느 것 하나 제대로 갖추지 못했다. 더군다나 둘째 노래는 "一般淸 意味를 어늬 부니 아륵실고(3 / 3 / 4 / 4)" 하여 시조의 마무리 가락을 전혀 살려내지 못했다. 이런 모습에서도 아직 16세기 중엽에 시조라는 갈래가 제자리를 못 잡지 않았나 하는 의문을 지니게 한다.

사실 18세기에 들어 엮어진 노래책들은 사실을 정확히 밝혀서 적으려던 책들이 아니다. 그것은 그런 노래책들을 엮은 바탕, 곧 18세기라는 시대와 그것을 엮은 사람들의 신분과 그들의 마음가짐을 곰곰이 따져보면 쉽게 짐작이 갈 만한 일이다.[602] 그리고, 그 노래책들을 엮은 사람들이 설사 사실을 충실하게 밝혀 적으려고 애썼다 하더라도 문제가 없어지지 않는다. 그런 노래책에 적힌 노래들이 14세기에서 18세기까지 400년이라는 긴 세월 동안을 입에서 입으로만 흘러왔기 때문이다. 결코 짧다고 할 수 없는 400년 세월 동안에 입에서 입으로 흘러온 노래의 모습은 얼마든지 바뀔 수 있기 때문이다. 14세기에 같은 자리에서 불렸다는 이방원, 정몽주, 변안렬의 노래가 18세기에 와서 앞의 두 사람 노래는 가다듬어진 시조로 적히고 변안렬의 노래는 만횡

---

602) 김수업, 〈조선 후기에 엮이어진 노래책들의 성격에 대하여〉, 《배달말》 3, 배달말학회, 1978.

청으로 적혔다. 노래 부르던 그 자리에서 그렇게 서로 다른 갈래로 불렀을까? 물론 그럴 수도 있지만 그렇지 않고 세 사람이 모두 비슷한 모습의 노래를 불렀을 가능성이 더욱 크다고 보아야 할 것이다. 그렇게 다른 모습으로 적힌 것은 400년 동안 흘러오면서 즐겨 부르던 사람들의 계층이 달라지는 바람에 마침내 아주 다른 갈래로 나누어지고 말았다고 보는 것이 사리에 가까울 듯하다.

그뿐 아니라, 말꽃이란 시대와 사회가 만들어낸다고 볼 때에 14세기는 도저히 시조와 같이 가지런한 짜임의 노래가 나타나기 어렵다. 우선, 14세기에는 네 걸음잡이의 가락이 제대로 자리잡히지 않았을 때이다. 고려의 놀이노래들은 물론이고 경기체노래에서도, 심지어 가사에서까지도 14세기에는 네 걸음잡이의 가락을 이루어내지 못하고 있었다. 그런데 시조만 홀로 그런 시절에도 가다듬어진 네 걸음잡이 가락으로 이루어질 수 있겠는가. 게다가 시조는 속으로 변증법적 질서로 긴밀하게 짜여진 석 줄의 옹골찬 짜임새를 지닌 갈래다. 그러나 14세기는 세상이 온통 어수선한 소용돌이로 뒤흔들리던 시절이다. 어떤 말꽃의 갈래든 그것은 시대의 삶을 드러내는 거울인데, 시조처럼 그렇게 균형 있고 질서 잡힌 정형의 노래가 그처럼 어수선하고 소용돌이치면서 무너져 내리던 시대에 새롭게 나타난다는 것은 사리에 어긋난다.

그러면, 시조는 과연 언제 생겨났는가? 이것은 그렇게 어려운 질문이 아니라고 생각한다. 16세기 중엽에는 지은이를 또렷이 알 수 있는 시조들이 제법 나타나 있었기 때문이다. 그리고 시대의 상황을 따져 보더라도 16세기라면 시조와 같은 정형의 틀을 갖춘 노래의 갈래가 생겨날 만한 때다. 이때에 들어서면 비로소 질서와 안정을 이념으로 내세워 새로운 왕조를 세웠던 사대부들의 소망이 잠시나마 이루어지는 듯했기 때문이다. 고려를 잊지 못하여 저항하던 세력들도 모두 사라지고, 논리를 무시하고 마음대로 휘두르려는 임금의 전능도 눌러 놓았기 때문에 잠시나마 사대부들의 질서 이념이 기세를 드높이던 때였다. 그래서 16세기라면 이미 네 걸음 가락을 되풀이하여 이루는 가사를 디딤돌로 삼아 가사보다 한 걸음 더 균형과 질서로 짜여지는 시조를 마련할 수 있는 때가 아니었을까 한다. 결국 시조라는 노래말꽃의 갈래는 16세기 중엽 어름에 와서야 뚜렷이 나타났다고 보아야 하겠다.

그러나 이처럼 옹골찬 모습으로 가다듬어진 시조가 하루아침에 나타날 수는 없다. 고려시대의 노래들 가운데에 이미 네 걸음잡이의 가락이 나타나기 비롯하여 가사에 와서 그것이 버젓한 자리를 잡고 있었고, 또 비록 줄과 줄 사이에 시조와 같은 논리적 질서는 없다 하더라도 석 줄로 이루어진 도막들이 〈만전춘별사〉 같은 고려노래 안에 나타나고 있음을 확인할 수 있었다. 그러므로 온전히 시조로서의 가락과 짜임새를 갖추지는 못한 채로 상당한 기간에 걸쳐 비슷한 모습의 노래가 있었으리라는 짐작은 쉽게 할 수 있다. 그러한 시기를 15세기로 보는 것은 가장 상식에 가까울 것이고, 그렇다면 시조는 조선이 일어선 다음에 움이 트고 싹이 돋은 갈래로 볼 수는 있지 않을까 한다.

(나) 첫째 걸음 : 사대부 시조

16세기 중엽에 와서 온전한 모습을 갖추게 된 시조가 대략 17세기 말경까지는 그 바탕을 크게 바꾸지 않고 있었기 때문에 하나의 걸음으로 묶어서 이야기할 수 있다. 이 걸음에서는 가사와 마찬가지로 시조도 상류층 사대부들의 전유물이었다. 사대부들이 아니고서는 아직 그처럼 쉬운 한글이라도 넉넉히 부릴 수 있는 백성들이 없었던 때이고, 더구나 까다로운 질서 아래 짜여지는 시조를 얽을 수 있는 백성들은 없었다. 다만, 상류층 사대부들의 노리갯감으로 그들에게 딸려서 살아가던 기생들 가운데서 재주 있는 몇몇이 이 시기에 벌써 시조로써 저들의 재능을 드러내 보이고 있었지만 이것은 또한 사대부들이 즐긴 시조에 지나지 않는다.

이 걸음에서 사대부들이 즐긴 시조는 대체로 두 가지 속살을 담고 있다. 하나는 자연 그 자체 또는 자연 속에 묻힌 삶을 찬미하는 것이고, 다른 하나는 백성들을 가르치려는 교훈이다. 이 시기의 사대부들이 시조로써 자연이나 그 자연 속의 삶을 찬미하는 것은 쉽게 이해할 수 있다. 그들은 애초부터 그들의 철학(성리학) 이론에 기대어 사람의 삶을 완전한 질서 위에서 누리려고 했던 것이다. 그러나 조선을 세운 뒤로 거의 한 세기 넘도록 그런 질서를 세우려고 매달렸지만 결국 정치현실과 인간사회 안에서는 완전한 질서를 세울 가망이 거의 없다는 사실을 깨달은 것이다. 그러면서도 그들은 절대질서 안에서 살겠다는 그들의 이상에 무리가 있다고 생각하거나 그것을 포기하고 현실에 타협하면서 안주할 수 없을 뿐 아니라, 여전히 현실과 사회가 더러운 잘못을 고집하고 있기 때문에 그것을 그대로는 용납할 수 없다고 생각한다. 그리하여 그들은 사회와 현실을 '붉은 티끌[홍진]' 세상이라고 부르면서 외면하고, 조물주로부터 지음 받은 그대로의 질서를 지니고 있는 자연을 찬미하면서, 그 자연 속에서의 삶을 기리고 노래 불렀다. 이현보의 〈어부단가〉와 이황의 〈도산육곡〉을 비롯하여 이후백(1520~1592)의 〈소상팔경〉과 이이(1536~1584)의 〈고산구곡가〉와 정훈(1563~1640)의 〈월곡답가〉며 윤선도(1587~1671)의 〈어부사시사〉와 그 밖에도 수많은 시조가 자연의 질서와 자연 속의 삶을 찬미하는 노래말꽃들이다.

374

가.603) 구버는 千尋綠水 도라보니 萬疊靑山
　　十丈 紅塵이 엇미나 マ렷는고
　　江湖애 月白ᄒ거든 더욱 無心 ᄒ애라

　　靑荷애 바블 ᄡ고 綠柳에 고기 ᄢ여
　　蘆荻 花叢애 비믜야 두고
　　一般淸 意味를 어늬 부니 아라실꼬

나.604) 煙霞로 지블 삼고 風月로 버들 사마
　　太平 聖代예 病으로 늘거 가니
　　이 듕에 ᄇ라는 이른 허므리나 업고자

　　靑山는 엇뎨ᄒ야 萬古애 프르르며
　　流水는 엇뎨ᄒ야 晝夜애 긋치 아니는고
　　우리도 그치디 마라 萬古常靑 호리라

다.605) 蒼梧山 聖帝 魂이 구름조차 瀟湘의 ᄂ려
　　夜半의 흘너 드러 竹間雨 되온 뜻은
　　二妃의 千年 淚痕을 시서 볼까 ᄒ노라

　　黃鶴樓 뎌 소리 듯고 姑蘇臺 올라가니
　　寒山寺 ᄎ ᄇ롬의 醉ᄒ 술이 다 ᄭ거다
　　아ᄒ야 酒家 何處오 典衣 沽酒 ᄒ오리라

라.606) 一曲은 어드미오 冠巖에 히 비쵠다
　　平蕪에 니 거드니 遠山이 그림이로다
　　松間에 綠樽을 노코 벗오는 양 보노라

　　九曲은 어ᄃ미오 文山에 歲暮커다
　　奇巖 怪石이 눈 속에 무쳐셰라
　　遊人은 오지 아니ᄒ고 볼 것 업다 ᄒ더라

마.607) 商山의 採芝ᄒ러 브뎌 네히 가리런가
　　좃츠 리 업슨듸 우리 둘히 가사이다
　　世上의 어즈러온 일들 듯도 보도 마사이다

---

603) 〈어부단가〉 다섯 마리에서 둘째와 셋째 노래다.
604) 〈도산육곡〉 열두 마리 가운데서 둘째와 열한째 노래다.
605) 〈소상팔경〉 여덟 마리 가운데서 첫째와 여덟째 노래다.
606) 〈고산구곡가〉 열 마리 가운데서 둘째와 열째 노래다.
607) 〈월곡답가〉 열 마리 가운데 아홉째와 열째 노래다.

　　　方丈山 기슭에셔 神仙님네 만나신가
　　　엇부시 보와든 내 말슴 傳ᄒ쇼셔
　　　山中에 ᄐ시는 靑鶴을 나도 ᄐ다 엇더ᄒ리

　바.608) 압 니에 안기 것고 뒷 뫼에 ᄒᆡ 비췬다
　　　ᄇᆡ 떠라 ᄇᆡ 떠라
　　　밤물은 거의 지고 낫물이 미러 온다
　　　至匊悤 至匊悤 於思臥
　　　江村에 온갖 곳이 먼 빗치 더옥 조ᄒᆡ라

　　　어와 져므러 간다 宴食이 맏당토다
　　　ᄇᆡ 븟텨라 ᄇᆡ 븟텨라
　　　ᄀ느는 눈 ᄲᆞ린 길 블근 곳 훗터딘 디 훙치며 거러 가셔
　　　至匊悤 至匊悤 於思臥
　　　雪月이 西峯의 넘도록 松窓을 비겨 잇쟈

　　보다시피 '가, 나, 다, 라'는 16세기의 노래들이고, '마, 바'는 17세기의 노래들이다. 마지막에 보인 윤선도의 노래말꽃이 그래도 가장 우리 말을 잘 부려썼고, 그 밖의 다섯 사람들은 이미 한자말에 깊이 빠져서 우리 말로는 삶을 드러내지 못하는 지경에 들어가 버렸다. 게다가 '다'와 '마'는 아예 중국 사람이 되어서 중국 땅에 들어가 노래하는 체로 하기에 이르렀다. 그러고 보면 '라'도 여기 보인 노래말꽃에 드러나지는 않았지만 스스로를 중국의 주희(1130~1200)와 같은 사람으로 여기면서 그가 지은 〈무이구곡〉을 그대로 본떠서 이 노래를 지었다. 우리 노래인 시조 갈래로 노래한다는 사대부들이 이런 모양이니 이때 우리 지식인들의 얼이 어떻게 되어 있었던 것인지 쉽게 짐작할 수 있다.

　　이 시기의 사대부들이 시조로써 백성들을 교훈하려고 했던 사실도 우리는 쉽게 이해할 수 있다. 이 또한 그들의 질서에 대한 동경에서 말미암은 것이다. 여느 백성들의 삶이란 그들이 바라는 질서와는 너무나 동떨어져 있다고 판단하고 그 무질서(?)한 삶을 질서 있게 바로잡고자 한 것이다. 그러므로 이 시대 사대부들의 교훈적 시조의 교훈 내용은 한결같이 그들 철학의 실천덕목을 벗어나지 못하고 있다. 정철(1536~1593)의 〈훈민가〉는 그런 작품에서 손꼽힐 것이다. 그 밖에도 주세붕(1495~1554)과 김상용(1561~1637)과 박인로(1561~1642) 같은 이들이 모두 지은 〈오륜가〉를 비롯하

---

608) 〈어부사시사〉 마흔 마리 가운데 첫째와 마지막 노래다.

여 김상용의 〈훈계자손가〉도 꼽을 수 있다.

가.609) 아바님 날 나흥시고 어마님 날 기른시니
　　두 분곳 아니시면 이 몸이 사라실가
　　하늘 그톤 그 업손 은덕을 어디 다혀 갑스오리

　　이고 진 뎌 늘그니 짐 프러 나를 주오
　　나는 졈엇꺼니 돌히라 므거올가
　　늙기도 설웨라커든 지믈조차 지실가

나.610) 사름 사름마다 이 말슴 드러스라
　　이 말슴 아니면 사름이오 사름 아니
　　이 말슴 닛디 말오 비호고야 마로링이다

　　늘그니는 父母 곧고 얼우는 兄 그트니
　　그톤 디 不恭흥면 어디가 다룰고
　　랄로셔 무디어시돈 절흥고야 마로링이다

다.611) 어버이 子息 스이 하눌 삼긴 至親이라
　　부모곳 아니면 이 몸이 이실소냐
　　烏鳥도 反哺를 흥니 父母 孝道흥여라

　　벗을 사괴오디 처음의 삼가흥야
　　날도곤 나은 니로 굴히여 사괴여라
　　終始히 信義를 딕히여 久而敬之흥여라

라.612) 天地間 萬物中에 사름이 最貴흥니
　　最貴흥 바는 五倫이 아니온가
　　사름이 五倫을 모른면 不遠禽獸흥리라

　　벗을 사굄딘딘 有信케 사괴리라
　　信 업시 사괴며 恭敬 업시 지닐소냐
　　一生애 久而敬之을 始終 업게 흥오리라

마.613) 이바 아희들아 내 말 드러 비화스라

---

609) 〈훈민가〉 열여섯 마리 가운데 첫째와 마지막 노래다.
610) 주세붕의 〈오륜가〉 여섯 마리 가운데 첫째와 마지막 노래다.
611) 김상용의 〈오륜가〉 다섯 마리 가운데 첫째와 마지막 노래다.
612) 박인로의 〈오륜가〉 스물다섯 마리 가운데 첫째와 마지막 노래다.
613) 〈훈계자손가〉 아홉 마리 가운데 첫째와 마지막 노래다.

어버이 孝道ᄒ고 어룬을 恭敬ᄒ야
一生의 孝悌를 닷가 어딘 일홈 어더라

일 니러 洗手ᄒ고 父母긔 問安ᄒ고
左右의 뫼와 이셔 恭敬ᄒ야 셤기오디
餘暇의 글 비화 닑어 못 밋츨 듯ᄒ여라

　이 첫째 걸음의 사대부 시조들이 지닌 또 다른 특징의 하나는 시조 한 마리가 네 걸음잡이 석 줄의 한 도막으로 끝나지 않고, 여러 도막들이 이어지는 이른바 연시조라는 사실이다. 어쩌면 애초에 시조라는 노래말꽃의 갈래가 생겨날 적에 그렇게 여러 도막을 이어 짓는 것을 본바탕으로 했는지도 모르겠다. 왜냐하면 이때의 사대부들 시조로 믿을 수 있는 문헌에 적힌 것들은 거의가 여러 도막의 노래들로 이루어졌기 때문이다. 이것은 같은 때에 지은 기생들의 시조가 대개 한 도막으로 끝나는 것과는 퍽 다른데, 기생들은 거의 단순하고 알뜰한 개인의 정서를 노래하기 때문에 짧은 한 도막으로 만족할 수 있지만 사대부들은 심각하고 거창한 그들의 이상(철학)을 노래하려고 하기 때문에 한 도막으로는 만족할 수 없었던 것인지도 모르겠다. 어쨌거나 이 걸음의 사대부들은 여러 도막으로 이어진 시조를 즐겼는데, 결국 시조 한 도막이 지니는 짧으면서 팽팽한 맛을 얻으면서 한편으로는 이미 그들이 즐기고 있던 가사의 여유 있고 너그러운 맛도 더불어 누리려고 했다고 말할 수 있겠다. 따라서 이 시기에 시조는 가사보다 훨씬 많은 사대부들에게 굄을 받았던 듯하다.

(다) 둘째 걸음 : 백성들 시조

　17세기 후반을 넘어서고 나면 우리 겨레 전체의 삶의 모습이 달라지는 만큼 다른 모든 갈래의 말꽃과 마찬가지로 시조도 달라진다. 그리고 이 걸음은 19세기 말까지 이어진다. 우선 이 걸음에 들어오면 시조를 짓고 즐기는 사람들의 신분이 뚜렷이 넓혀진다. 앞 걸음에서 시조를 즐기던 높은 사대부들이 차지하는 자리는 좁아지고, 예사 선비와 여느 백성, 그 가운데서도 노래 부르기를 일로 삼는 소리꾼들이 시조를 즐기게 되었다. 슬기롭고 설미 있는 사대부로서 스스로의 삶을 똑똑하게 꿰뚫어보는 눈을 가진 이들은 이미 그들의 선조들이 지녔던 철학과 이상이 현실에서 이루어지기 어렵다는 것을 깨닫고 있었다. 더 이상 절대 질서를 추구하는 것에 매달릴 수 없었으며 따라서 그것을 노래에 담아 꿈꾸려 하지 않았던 것이다.

　그러므로 이 걸음에 와서는 상류층 사대부들이 지은 자연 찬미라든지 교훈의 시조를 거의 찾아볼 수 없다. 어쩌다가 한두 사람의 이름 있는 사대부들614)이 그런 부류의 시조를 짓는다 하더라도 이미 그런 시조는 앞 걸음의 시조들이 지녔던 늠름한 생명력과 떳떳한 주장을 더부르지 못하는 것이었다. 펼쳐 보고 싶은 이상도 지녔고 이루어 보고 싶은 큰 뜻도 품었지만 현실은 이미 그런 것들을 용납해 줄 수 없다는 것을 알아차린 사대부들이 어쩔 수 없이 힘빠진 좌절의 노래를 부르고 있을 따름이다. 다음과 같은 권섭(1671~1759)의 시조는 그런 상황을 잘 보여주고 있다.

> 靑龍劍 빼처 들고 팔 뽑내며 일어서니
> 百萬 胡兵이 풀 쏠리듯 하겠구나
> 그제야 북 뚱뚱 울리며 按轡徐歸 하고저 (記夢)
>
> 믈 아래 잠겼더니 솟아뜨니 天上일세
> 떼구름 거느리고 변화도 신기할사
> 잠간만 한 줄김 딸아 주면 海內生靈 살올가 (龍)
>
> 홰 위에 발 사리고 앉아 나래를 고쳐 걷고
> 고리눈 기우리고 호기도 있을시고
> 언제면 좋은 바람 만나 풀떡 날아 가려나 (硬)

이 걸음에 들어오면 가사에서 그랬던 것과 마찬가지로 여느 백성들이 시조의 임자로서 역사 위로 떠오른다. 이것은 세상이 달라져서 하층의 백성들도 문화의 주인으로 자라났음을 보여주는 것이지만, 더 바로 말하자면 쉬운 한글이 있었기에 별스런 교육을 받지 못하는 백성들일지라도 이제 그들의 노래를 쉽게 적을 수 있었기 때문이다. 글자로 적어서 남길 수 있다는 것, 이것이 백성들로 하여금 역사 위로 떠오르게 한 힘이다. 글자로 적어서 남겨 두어야 한다는 사실을 이 시대에 와서야 깨달은 백성들과 소리꾼들은 그래서 온갖 어려움을 무릅쓰면서 노래책(가집)들을 다투어 엮었다. 이제까지 나타난 것으로만 보아서는 1728년에 김천택이 엮은 《청구영언》이 맨 처음 책이며, 그 뒤로 이 걸음에 엮어진 노래책이 지금까지 알려진 것만도 여남은 가지를 넘는다.

노래를 짓고 즐길 뿐만 아니라, 한 번 입으로 노래부르고 나면 사라져버리던 노래를 주워 모아 책으로 엮어 그들 스스로 역사의 무대에 올라섰다는 것은 참으로 뜻 깊은 일이라 하겠다. 그리고 이들 노래책들을 엮으면서 적은 글들을 보면, 이때 노래

---

614) 이를테면, 권섭이라든지 이정보 같은 이들이 그렇다.

책들을 엮은 중인 아래의 백성들이 시조를 자신들의 말꽃으로 여기면서 사대부들이 담당하던 한시에 조금도 못지않은 것이라는 자부심을 뚜렷이 지니고 있었음을 알 수 있다. '시는 말에 뜻을 담은 것이요, 노래는 말을 길게 늘이는 것이라[시언지 가영언]'는 경전의 말을 내세워 시조[가]와 한시[시]가 꼭 같은 값어치를 지닌다는 뜻을 드러내고자 책의 이름을 《청구영언》이라 했던 것이다.615)

　　시조가 사대부들의 손에서 중인이나 평민 소리꾼들의 손으로 넘어가자 여러 가지가 달라질 수밖에 없었는데, 그 가운데 몇 가지를 이야기해 보자. 첫째는, 노래의 속살이 자연 찬미와 교훈이라는 것으로부터 눈앞의 현실과 생활로 바뀌었다. 거창한 사회의 책임에서 벗어나 있던 이들 평민들로서는 저들의 신변으로부터 일어나는 자잘한 일상사에 관심을 두는 것이 지극히 자연스러운 일이다. 그러면서도 자신들의 삶과 현실을 노래의 주제로 삼는 일은 곧 그것을 들여다보고 생각하면서 거기에 감추어진 뜻을 밝혀 가는 일이기에 참으로 뜻깊은 것이 아닐 수 없다. 둘째는, 이처럼 자잘한 나날의 삶과 거기서 얻는 느낌을 노래부르자니 앞 걸음과 같이 여러 도막으로써 한 마리를 이루는 이른바 연시조보다는 단 한 도막으로 끝나는 단시조가 두드러지게 되었다. 셋째는, 소리꾼(가객)들이 시조를 즐기는 까닭에 시조라는 갈래가 말꽃으로보다 음악으로 훨씬 크게 자라났다. 앞 걸음에서도 사대부들이 스스로 거문고를 켜면서 시조를 노래부르거나 하인들에게 가르쳐 노래부르게 했지만 늘 말꽃으로서 거기 담긴 뜻에 마음을 썼다. 가끔 기생들이 음악으로 노래부를 때에도 훨씬 기품 있는 곡조인 가곡으로 노래하던 것이다. 그러나 이 걸음의 노래꾼들은 시조를 한결 새롭고 흥미로운 소리로 바꾸어 좀더 많은 사람들에게 다가갈 수 있도록 했다. 시조가 이처럼 말꽃으로 이루는 몫보다 음악으로 얻는 몫을 크게 여기면서 이 걸음의 시조가 말꽃으로 얻어내는 수준이 떨어졌다고 말할 수도 있을 것이다. 시조를 지어낸 마리 수로는 18세기의 이정보(1693~1766), 김수장(1690~?)이나 19세기의 안민영(19세기 후반) 같은 이들이 둘째 걸음의 그 누구보다도 많지만, 말꽃의 수준으로는 견줄 만한 것이 없는 것은 그 때문이라고 하겠다.

　　田園에 나믄 興을 전나귀에 모도 싣고
　　溪山 니근 길로 흥치며 도라와셔
　　아희야 琴書를 다스려라 나믄 히를 보내리라 (김천택, 《진본 청구영언》에서)

---

615) 김수업, 〈조선 후기에 엮이어진 노래책들의 성격에 대하여〉, 《배달말》 3, 배달말학회, 1978.

草菴이 寂廖ᄒ디 벗 업시 혼ᄌ 안ᄌ
平調 한 닙히 白雲이 절로 존다
언의 뉘 이 죠흔 ᄯ을 알 리 잇다 ᄒ리오 (김수장, 《해동가요》에서)

夕陽에 매를 밧고 내 건너 山 넘어 가서
ᄭᅵᆼ 눌리고 매 부른이 黃昏이 거의로다
어듸셔 반가온 방울쏘리 구름 밧긔 들린다 (박문욱, 《청구가요》에서)

뉘라셔 ᄀᆞ마귀를 검고 흉투 ᄒᆞ닷던고
反哺 報恩이 긔아니 아름다온가
ᄉᆞ람이 뎌 시만 못험을 못니 슬허 ᄒᆞ노라 (박효관, 《가곡원류》에서)

雨絲絲 楊柳絲絲 風習習 花爭發을
滿城 桃李는 聖世예 春光이라
우리는 康衢逸民인져 太平歌로 즐기리라 (안민영, 《금옥총부》에서)

이 걸음 시조의 또 다른 약점은 여느 백성들이나 소리꾼들이 시조를 빌려 자신들의 일상 삶을 노래하면서도 그것을 떳떳한 자세로 성실하게 노래하지 못했다는 점이다. 자신들 삶의 참다운 알맹이를 자부심을 가지고 노래하는 것이 아니라 공연히 양반 사대부들의 삶을 부러워하며 흉내내는 일에 힘을 쓰고 있을 뿐이라는 점이다. 그래서 이 시대 시조의 말씨는 한결같이 스스로 나날이 삶에서 쓰는 토박이말이 아니라 사대부들이 즐겨 쓰는 한자말 투성이며, 그 속뜻에서도 지난날 사대부들이 노래했던 자연이며 인생 교훈을 멋없이 되풀이하고 있는 것들이 적지 않다. 그러면서 그들은 마치 스스로 양반 사대부나 된 듯이 착각에 빠져 있는 경우가 많았다. 말꽃이란 거짓된 정서로는 감동을 불러일으키는 생명력으로 살아날 수가 없는 것이기에 거의 생기 없는 껍데기가 되고 말았다.

그런데, 이처럼 이 걸음의 평민들 시조가 생명 없는 빈 소리로 떨어지고 만 까닭은 그들의 성실성 여부에 있다기보다 오히려 시조 그것이 지닌 바탕에 있었던 것이 아닌가 싶기도 하다. 시조는 그 가락과 짜임새가 철저하게 16세기 이전 조선 사대부들의 이상이었던 '질서와 안정'을 고집하기 때문에 변화라든지 혼란을 받아들이지 못하는 속성을 지닌 것이다. 그러므로 더없는 변화와 혼란의 시대인 이 18, 19세기에, 새로운 변화와 개혁을 본능으로 바라고 있었던 이들 평민들의 정신에 이 시조가 알맞은 표현의 그릇으로 노릇을 할 수가 없었던 것이라고 보아야 할 듯하다. 그리하여 변화와 혼란의 조짐이 무르익은 19세기 후반으로 오면 시조의 지은이도 뚜렷이 줄어지

면서 그나마 자신들의 삶을 노래하지도 못하고 뜻없는 모습으로만 겨우 남게 되고
말았다. 이 시대의 가사가 시대 현실을 외면하지 않고 당당히 부딪치며 그것들을 담
아내었던 것과는 아주 다른 모습이다. 가사가 겨레의 수난에 더욱 활발하게 힘을 떨
치며 당대의 삶을 담아내다가 스스로 변모해 간 것과는 달리 시조는 이때 살아있는
말꽃으로서 기를 펴지는 못하고 자취를 감추어 사라지고 말았던 것도 이런 데 말미
암은 것이 아닌가 한다.

(라) 셋째 걸음 : 되살아난 시조

19세기 말에 와서 시조는 시대의 고뇌와 풍파를 담아내지 못한 채로 목숨이 끝나
는 듯하였다.[616] 그런데 20세기 초에 와서 다시 시조를 되살리려는 움직임이 일어났
다. 그것은 맨 먼저 《대한매일신보》가 '사조'라는 자리를 마련하여 외세를 물리치려
는 정신을 시조에다 담으려 꾀한 데서 비롯하였다. 1906년 7월 21일에 〈혈죽가〉 세
마리를 비롯하여 1910년 8월 17일까지 무려 400마리에 가까운 시조가 거기 실렸다.

> 협실의 소슨 디는 츙정공 혈적이라
> 우로를 불식ᄒ고 방중의 풀은 뜻은
> 지금의 위국충심을 진각세계
>
> 츙정의 구든 절기 피을 미자 디가 도여
> 누샹의 홀노 소사 만민을 경동키는
> 인싱의 비여 잡쵸키로 독야쳥쳥
>
> 츙정공 고든 절기 포은선셩 우희로다
> 셕교에 소슨 디도 션죽이라 유젼커든
> 허물며 방중에 ᄂ 디야 일너 무삼[617]

그러나, 거의가 시조 갈래에다 새로운 기운을 불어넣고 살려낸 것으로 보기는 어
려운 것들이었다. 흔히 첫줄 또는 둘째 줄까지 앞 걸음의 시조를 그대로 빌린 다음에
나머지에서 내세우고 싶은 개화나 저항의 뜻을 억지로 담는 것들에 지나지 않았기
때문이다. 게다가 시조 소리[창]에 맞추어 종장 마지막 걸음[음보]을 없애버려 말꽃으

---

616) 물론 이미 만들어져 있는 시조를 노래부르는 일은 말꽃이라기보다 음악으로서 늘 살아 있었다.

617) 《대한매일신보》 제276호(1906. 7. 21.)에 실린 〈혈죽가〉 세 마리다. 을사조약으로 나라의 권리를 일본
에게 빼앗기자 자결한 충정공 민영환 의사의 죽음을 기리는 노래다. 사동에 사는 대구여사가 지은이
라 했다.

로서는 절름발이가 되었다. 그 뒤로도 1907년 3월 《대한유학생회보》에 실린 낙천자의 〈국풍 사수〉를 비롯하여, 《대한학회월보》, 《대한흥학보》, 《시천교월보》, 《조선불교월보》, 《신문계》 같은 잡지에도 이름을 감추거나 거짓 이름을 내세운 사람들이 시조를 지어 발표했다. 무엇보다도 1908년부터 《소년》과 《청춘》에는 최남선(1890~1957)이 스스로 국풍이라고 부르면서 많은 시조를 지어서 새로운 시대와 정신을 깨우치고자 했다.

그러다가 시조를 되살리려는 운동은 1920년대 중반에 와서 새롭게 일어났다. 1920년대에 들어서면서 일제는 이른바 문화정책이라는 것으로 기미독립운동에 대한 무자비한 탄압으로 빚어진 국제 여론에서 벗어나고자 했다. 이때를 틈타 저항정신을 드높이려는 말꽃이 때마침 일어난 사회주의 혁명 투쟁의 말꽃과 더불어 싹트기 시작하였다. 그리고 마침내 카프라는 조직이 일어서면서 많은 사람들이 거기에 뛰어들거나 이끌렸다. 그러나 한쪽에서는 그들의 지나친 투쟁이 말꽃을 내버리지 않을까 염려하고, 그들의 투쟁 이론이 민족의 개성을 무시하는 지경으로까지 나간다면서 반대하였다. 이런 반대세력들은 이른바 '민족문학'을 내세워 이념과 혁명의 말꽃에 맞서고자 했다. 이들 두 세력 사이에 벌어진 다툼은 1920년대 우리 글말꽃의 한 특징을 이루거니와 이런 대립에서 민족문학 쪽에서 가장 자랑스러운 무기로 내놓은 것이 바로 시조였다. 이것이 새롭게 일어난 시조 되살리기 운동이었다.

1913년에 지난날의 방식을 본떠서 옛시조 600여 마리를 골라 곡조별로 나누고 풀이하여 《가곡선》을 내었던 최남선은 그것을 다시 손질하여 1928년에 《시조유취》를 펴내고 '시조'라는 말을 말꽃의 갈래 이름으로 자리잡게 했다. 그리고 일찍부터 열심히 새로운 시조를 지은 그는 1926년에는 서른여섯 마리씩 세 묶음으로 나누어 모두 일백여덟 마리의 시조를 《백팔번뇌》라는 시조집으로 내놓아 시조 되살리기 운동에 앞장섰다. 안확(1881~1946), 이병기(1891~1968), 이광수(1892~1950), 정인보(1893~1950), 이은상(1903~1982) 같은 이들이 1920년대에 부지런히 시조를 지어 같은 운동을 편 사람들이다.

한편 이때에는 시조를 시대에 맞추어 새로운 모습을 바꾸고자 하는 사람들도 나타났다. 널리 알려지지 않고 잊혀졌으나 권구현(1902?~1937)이 1927년에 낸 《흑방의 선물》은 그런 쪽에서 눈길을 끌 만한 것이었다. 그 가운데서 〈단곡 오십편〉이라는 연시조 가운데 몇 마리를 보면서 그것이 담고 있는 정신과 드러나는 형식이 얼마나 탄탄한가를 짐작해볼 수 있다.

2번	5번	10번
님업는게 섧다마오	奴隷에서 機械로	피투성이 이몸을
밥업는게 더섧데다	이몸을 다팔아도	殘忍타만 말을마소
限百年 묘실님이야	한끼가 極難하니	생각을 끈으니
暫時그려 엇드리만	生來가 무삼罪ㄴ가	나도곳 生佛이언만
죽지못해 하는종질	天地야 넓다하되	발붓친 이따이야
압박만이 報酬라오	발붓칠곳 바이업서	逃避할줄이 잇스랴

1930년대에 들어와서는 일제가 저항하는 프로문학 운동을 무자비하게 누르자 저절로 민족문학 쪽도 열기가 식어 시조 되살리기 또한 시들해졌다. 그러나 시조에 눈길을 돌리게 한 1920년대의 계몽 효과가 사라진 것은 아니어서 더욱 널리 많은 사람들이 시조를 사랑하게 되었다. 이병기 같은 이들이 신문에서 시조를 풀이하고 짓기를 가르치기도 했으며, 일본의 '가루다'618)라는 것을 본떠서 놀이를 만들어 시조를 사람들에게 퍼뜨리려 힘썼다. 이 시조놀이가 옛시조를 사람들에게 널리 펴는 데에는 큰 몫을 했으나 일본 것을 그대로 본떴기 때문에 오늘까지 이어지지 못했다. 1930년대 말엽에는 이호우와 김상옥 같이 새로운 사람들이 시조를 짓는 일에 나섰으나, 머지않아 일제 말엽의 어둠이 밀어닥쳐 시조도 침묵할 수밖에 없었다.

1945년 광복과 더불어 문단이 달아오르자 김상옥의 시조집 《초적》(1947)과 이병기의 《가람시조집》(1947), 그리고 조운의 《조운시조집》(1947)이 나란히 나타나 현대시조가 전통을 이어받는 일은 더욱 뚜렷해졌다. 잇달아 이듬해에는 정인보도 《담원시조집》을 펴내어 시조가 정형의 서정시로서 자리잡는 데에 한몫을 했다. 이 시기에는 역시 1930년대 말에 등장한 이호우와 김상옥이 좋은 시조들을 부지런히 지었으나 남북전쟁을 겪은 다음 시조는 소용돌이치는 현실 아래에서 스스로 노래말꽃으로 살아남을 수 있느냐 하는 비판을 받아야 했다. 김동욱의 〈시조부흥에 대한 고찰〉(1955), 정병욱의 〈시조부흥비판〉(1956), 김춘수의 〈시조형태고〉(1958) 같은 연구로 이어진 비판은 격동기를 사는 시조에게 하나의 단련이라는 뜻이 있었다고 하겠다. 이러한 길을 거치면서 1950년대 중엽을 넘어서는 여러 일간신문의 신춘문예 현상 제도에도 시조가 하나의 갈래로 자리잡고, 시조백일장이 온 나라 곳곳에서 자주 벌어져 시조를 되살리고 널리 퍼뜨리는 일에 부채질을 하였다. 1960년대는 시조가 더욱 무럭무럭 자

---

618) 서양말 '카르타(carta)'를 소리대로 빌려온 말이다. 이른바 카드놀이를 이탈리아말로 '카르타 다 지오코(carta da gioco)'라 한다.

라났는데 그것은 1960년에 시조만 다루는 잡지 《시조문학》이 나타나고, 1964년에 만들어진 '한국시조작가협회'가 1965년에는 《정형시》라는 기관지를 내면서 커다란 자극이 되었다고 보겠다. 1960년대에 들어서서 시조는 현대시가 지나치게 어렵다는 소리를 듣고 제멋대로 만든다는 비판을 듣는 것에 힘을 얻어 현대시를 기워내는 몫을 맡아서 무시할 수 없는 자리를 잡았다. 이래서 모든 문학잡지가 시조의 자리를 엄연한 한 갈래로서 마련하게 되었다.

이 걸음의 시조는 무엇보다도 소리(음악)로부터 완전히 떨어져 나왔다. 이제 시조는 음악의 어떠한 도움도 받지 않고 온전한 말꽃으로서, 글자로 적어서 눈으로 보고 읽어서만 맛을 얻는 노래말꽃의 갈래가 된 것이다. 즐기는 사람들의 편에서 본다면 귀로 듣는 노래가 이제는 눈으로 보는 노래로 바뀌었다. 여전히 귀로 들으면서 즐기려는 사람들은 소리로서 시조 창에 매달리게 되는데, 그것은 이제 말꽃이 아니라 전혀 다른 예술 갈래인 음악이며, 그쪽에서는 결코 시조라는 노래말꽃을 지으려고 하지 않게 되었다. 그러므로 새로운 말꽃으로서 시조는 눈으로 보고 즐기는 갈래로서 음악과는 완전히 떨어져 버렸다. 따라서 이 걸음의 시조는 글로 적어 놓았을 때 눈에 들어오는 이른바 시각 형태에도 마음을 쓰게 되었다. 읽어서 소리로 들을 때에는 늘 네 걸음잡이 석 줄 짜임새이지만 그것을 여러 가지 방법으로 줄 끊기를 해보기도 하고, 도막을 나누어 보기도 하고, 나아가서 낱말들이 지니는 이미지를 살려내려고 애를 쓰기도 한다. 이런 사실은 이제 시조가 이른바 현대시라는 갈래와 매우 비슷해졌다는 사실을 말하는 것이지만, 한편으로는 이 걸음의 시조가 지닌 심각한 고민이 도사리고 있는 듯도 하다. 곧, 표현의 자유를 크게 누려서 현대시와 맞먹으려고 하면 시조의 가락과 짜임새를 지나치게 깨뜨려서 시조 갈래 자체가 허물어지고, 시조의 틀을 지키려고 가락과 짜임새를 지나치게 고집하면 표현이 자유스럽지 못하여 복잡한 현대인들의 생각과 느낌을 담을 수 없는 어려움에 떨어지는 것이다. 이런 고민을 넉넉히 이겨내고 시조가 앞으로 더욱 생기 있게 자라나 한 갈래로서의 몫을 다할 것인지, 아니면 이 고민에 부대끼다 못해 드디어 생명을 잃고 말 것인지는 아직 단정하기 어렵다.

이 걸음의 시조에 나타난 또 다른 모습은, 둘째 걸음의 시조가 네 걸음잡이 석 줄의 한 도막으로 한 마리를 이루는 것(이것은 시조라는 소리의 곡조가 한 도막을 단위로 이루어졌기 때문에 더욱 그러하였다)을 벗어나 다시 첫째 걸음의 시조처럼 여러 도막을 이어 한 마리의 노래를 이루는 이른바 연시조가 많아진 것이다. 이것은 이 걸음의 시조나 첫째 걸음의 시조가 다 같이 말꽃으로서 몫을 다하려고 할 때에 네 걸음

석 줄의 한 도막만으로는 아무래도 하나의 주제를 살리기에 모자람이 있기 때문에
저절로 그리 되지 않을 수 없었던 듯하다.

가.619) 아득한 어느 제에 님이 여기 나립신고
　　　 버더난 한 가지에 나도 열림 생각하면
　　　 이 자리 안 찾으리까 멀다 높다 하리까

　　　 끝없이 터진 앞이 바다 저리 닿았다네
　　　 그새에 올망졸망 뫼도 둑도 많건마는
　　　 엎대어 나볏들하다 고개들 놈 없고나

　　　 몇몇번 비바람이 아랫녘에 지냈는고
　　　 언제고 님의 댁엔 맑은 하늘 밝은 해를
　　　 들이나 환하시려면 구름 슬적 거쳐라

나.620) 빼어난 가는 잎새 굳은 듯 보드랍고
　　　 자주빛 굵은 대궁 하얀한 꽃이 벌고
　　　 이슬은 구슬이 되어 마디마디 달렸다

　　　 본래 그 마음은 깨끗함을 즐겨하여
　　　 정한 모래틈에 뿌리를 서려 두고
　　　 미진도 가까이 않고 우로 받아 사느니라

다.621) 꽃이 피네
　　　 한 잎
　　　 한 잎
　　　 한 하늘이
　　　 열리고 있네

　　　 마침내
　　　 남은 한 잎이
　　　 마지막
　　　 떨고 있는 고비

　　　 바람도
　　　 햇볕도

---

619) 최남선, 〈단군굴〉, 1926.
620) 이병기, 〈난초〉, 1939.
621) 이호우, 〈개화〉, 1962.

숨을 죽이네
나도 그만
눈을 감네

어쨌거나 이 걸음에 와서 시조는 우리 겨레의 말꽃에서 손꼽히는 정형의 노래라는 영예를 차지하면서 여러 모로 빛나는 자리를 차지했다. 학자들의 연구도 깊어지고 사람들에게도 깊숙이 파고들었다. 그런 덕분에 파묻혀 있던 수많은 작품들이 햇빛을 보게 되었으며, 여러 가지 시조 작품을 적어 놓은 노래책들을 찾아내었다. 그리하여 1960년대에는 2,400마리의 시조를 실은 《시조문학사전》622)을 펴내었고, 1970년대에는 3,300마리가 넘는 시조를 여러 노래책들에서 낱낱이 견주어 실은 《역대시조전서》623)가 나왔는데, 마침내 1990년대에 들어서자 5,500마리에 이르는 시조를 모아 두 책으로 엮은 《한국시조대사전》624)이 나오기에 이르렀다.

(5) 현대시

'현대시'는 기미년(1919) 독립운동을 거치고 1920년대 초반에 일어난 이른바 신문학운동 시기에 비롯한 글말노래말꽃이다. 그러나 현대시라는 노래말꽃의 갈래가 이때에 와서 뚜렷이 자리잡기까지에는 꽤 긴 세월에 걸친 터전 닦기가 있었다. 그런 터전 닦기의 첫발은 이미 19세기 말엽, 그러니까 왕조사회의 체제가 흔들리면서 신분계급이 무너지고 개화사상이 불어닥치던 시기에 내디뎠다. 앞에서 본 바와 같이 오랜 전통에 뿌리박힌 가사가 분절, 후렴 첨가, 파격 같은 변화를 겪으며 흐트러지던 길로 들어선 것도 현대시가 싹을 틔우는 바탕이었다. 이러한 길은 주로 새로 나타난 《독닙신문》, 《대한매일신보》, 《경향신문》 같은 신문이 열었는데, 애국, 독립, 개화 같은 다급한 문제를 속살로 삼으면서 가사와 시조라는 전통의 틀을 벗고 새로운 모습을 찾으려고 몸부림한 것이었다. 뿐만 아니라 그것은 새로운 학교교육이 일어나던 것과 서구 문화를 싣고 온 기독교의 교회가 들어서던 것과도 깊은 관련이 있다. 이들 학교와 교회를 운영하는 사람들은 이 사업에 큰 기대와 희망을 걸고, 이로써 이 나라의 새로운 시대를 열어가는 원동력이 되게 하겠다는 각오를 지니고 있었다. 학생과 신도들에게 그런 희망을 안고 몸소 살아가도록 힘써 밀어주어야 한다는 믿음을 갖고 그

---

622) 정병욱 편저, 《시조문학사전》, 신구문화사, 1966.
623) 심재완 편저, 《교본 역대시조전서》, 세종문화사, 1972.
624) 박을수 편저, 《한국시조대사전》 상·하, 아세아문화사, 1992.

런 정신과 이상을 노래에 담아 부르게 했다. 따라서 이것들은 대개 학교의 교가나 응원가 또는 교회의 찬송가로 시작했고, 그래서 소리가락도 우리네 전통 소리가 아니라 새로운 서양음악이었다. 이를 흔히 '창가'라고 불렀다.

그러니까 이때의 터전 닦기에서 나타난 노래의 모습은 꽤 갖가지였다. 가사를 허물어뜨리면서 생겨난 여러 변형들, 시조를 뜯어고치려는 의욕으로 만든 단가들, 한글로 한시의 형식을 흉내내어본 이른바 언문풍월 같이 전통에 기댄 것들이 있고, 신식 학교와 기독교 교회를 중심으로 퍼진 서양 외래 양식의 창가가 있었던 셈이다. 그런 가운데서도 1896년 11월의 독립문 정초식에서 불려진 윤치호의 〈애국가〉는 널리 알려진 창가로 그 뒤로 새로운 노래말꽃 갈래의 모색에 많은 자극을 주었다.

성자 신손 / 오백년은 / 우리 황실이요 //
산슈 고려 / 동 반도는 / 우리 본국일세 //
무궁화 / 삼천리 / 화려 강산 //
죠선 사람 / 죠선으로 / 기리 보존하세 //

보는 바와 같이 이 노래는 세 걸음잡이 가락의 줄이 네 개로써 하나의 도막(장, 연)을 이루는 짜임새다. 시조와 가사가 중심이 되어 네 걸음잡이 가락이 지배하던 때에 이러한 세 걸음잡이 가락은 매우 새로운 것이었다. 그리고 넉 줄로 도막을 이루는 것은 민요와 지난날 고려 이전의 노래에 널리 쓰이던 전통에 닿은 것이기에 친근감을 불러일으킬 만하다. 길이가 짧거나 길거나 간에 이러한 세 걸음잡이 넉 줄로 하나의 도막을 이루어 일정한 틀을 지키려 하던 이 창가의 모습도 1900년대 후반에 들어오면 또다시 새로운 탈바꿈이 일어나고 있다.

처…르썩 처…르썩 척 쏴…아
따린다 부순다 문허버린다
泰山같은 높은 뫼 집채 같은 바윗돌이나
요것이 무어야 요게 무어야

나의 큰 힘 아느냐 모르느냐 호통까지 하면서
따린다 부순다 문허버린다
처…르썩 처…르썩 척 튜르릉 콱

二

처...르썩 처...르썩 척 쏴...아
내게는 아모것 두려움 없어
陸上에서 아모런 힘과 權을 부리던 者라도
내 앞에 와서는 꼼작 못하고

아모리 큰 물건도 내게는 행세하지 못하네
내게는 내게는 나의 앞에는
처...르썩 처...르썩 척 튜르릉 콱625)

세 걸음잡이 가락을 바탕으로 하면서도 고른 가락에서 벗어나려는 의도를 뚜렷이 드러내고 있다. 그러면서도 두 도막 사이에는 같은 차례의 줄끼리는 꼭 같게 하여 하나의 틀을 지키려고 애썼다. 속살로는 당시의 여러 가지 노래들과 마찬가지로 새로운 시대에 대한 기대와 의욕에다 앞날을 낙관하는 뜻을 담았다. 가락과 짜임새에서는 한결 힘차게 자유스러운 모습으로 나아가려 하고 있다. 이래서 이것들을 '신체시'라는 이름으로 불러 다른 것들과 구별하려고 하였다. 그러나 역시 변화하려는 뜻을 새로운 가락과 짜임새에 담아내려는 정신에서는 이때에 나타난 다른 많은 노래들과 다를 바가 없었다. 그러나 이것들이 갈래를 따로 세울 만하다고 보기는 어렵기 때문에 이들을 모두 현대시가 나타나면서 겪은 진통의 산물로 받아들이는 것이 마땅하다고 본다. 더구나 이들 신체시라는 것이, 보는 바와 같이 그 작품의 이름에서부터 너무나도 일본의 그것을 흉내낸 것626)이기에 거의가 본뜨고 흉내내는 수준에 머무를 뿐, 새로운 우리 노래말꽃의 갈래로 설 수 있는 것은 아니었다.

이러한 진통과 모색은 나라 바깥 망명지에서도 나타났는데, 미국 샌프란시스코에서 1905년 11월 20일부터 한 달에 두 번씩 펴낸 《공립신보》에서 그런 자취를 살필 수 있다. 이 신문에는 흔히 시사와 논설과 주장을 줄글로 실으면서 거기에 그런 내용을 노래로 지어 곁들이는 방법을 쓴 것이 많다. 그런 노래들도 모두 지난날 가사와

---

625) 최남선, 〈해에게서 소년에게〉 여섯 도막 가운데 첫 두 도막.(《소년》 창간호, 1908)

626) 〈해에게서 소년에게〉라는 이름부터 일본말을 본떴다. 우리 말로 하면 〈바다가 아이에게〉쯤이 되어야 할 것이다. 그런데 사실 1890년대부터 기미년 의거 때까지 이어진 전환기의 우리 말꽃에는 일제가 조선 왕실을 윽박질러 개화를 강요하면서 만들어 쓰게 한 국한문 혼용체, 곧 일본말을 그대로 옮겨 놓고 토와 씨끝만 우리 말로 달아 쓰는 문체가 넘치고 있었다. 이러한 흐름은 기미년을 지나고 적잖이 가셔졌으나 일제가 온갖 애를 써서 일본어를 교육한 때문에 많은 문인들이 1930년대까지도 그런 말씨에서 벗어나지 못했다. 그리고 그 시절 문인들이 남겨 놓은 그런 일본식 튀기 글들이 오늘의 우리 말에까지 적잖이 나쁜 영향을 미치고 있다.

시조 같은 틀에서 자유스럽게 벗어나려는 움직임을 보이고 있다. 1909년 2월 10일부터 《공립신보》에서 주간의 《신한민보》로 바뀌고, '공립협회'도 '국민회'로 바뀌면서 조국의 광복에 더욱 열성을 다했다. 1910년 9월 21일의 《신한민보》에는 1896년 독립문 정초식에서 불렸던 윤치호의 〈애국가〉가 〈국민가〉라는 이름으로 내용이 고쳐져 발표되었다. 그것은 오늘날의 〈애국가〉와 거의 같아서 첫째 도막이 '동해물과 백두산이 말으고 달토록 하나님이 보호하샤 우리 대한 만세'로 되었고, 후렴은 거의 옛 그대로 '무궁화 삼천리 화려강산 대한 사람 대한으로 길이 보전하세'로 되어 있다.

그 뒤로 1910년대에도 줄곧 《소년》, 《청춘》, 《대한흥학보》, 《학지광》, 《신문계》, 《여자계》, 《태서문예신보》, 《유심》, 《학우》 같은 잡지와 신문들이 여러 형식으로 새롭게 모색하는 노래들을 실어 시대의 아픔과 시련을 담아내고 있었으나, 한편으로는 최남선과 이광수를 비롯하여 현상윤, 최승구, 김억, 유암 같은 이들이 고른 가락보다는 개성 있는 자유율을, 집단 공동의 주제보다는 개인의 정서를 표현하고자 하는 시도를 더욱 힘써 밀고 나가려 했다. 이들은 철저하게 작품에 지은이의 이름을 밝힘으로써 모습을 감추려던 지난날의 지은이들과는 매우 다른 태도를 보였다.

> 南國의 바다 가을날은
> 아즉도 따뜻한 엿을 沙汀에 흘니도다
> 저젓다 말넛다 하는 물입술의 자최에
> 납흘납흘 아득이는 흰나뷔
> 봄아지랭이에 게으른 꿈을 보는듯(최승구, 〈조에 접〉에서)

이러한 노래들이 물론 온전히 제 삶을 깊이 살피고 뉘우치면서 스스로 만들었다기보다는 지은이들이 유학해서 알게 된 그때의 일본 시에서 배우고 본뜬 것들이다. 따라서 그려내는 자연과 세상의 모습이 우리네 자연과 세상과는 적잖이 다르고 낯선 것임을 숨길 수 없다. 그러나 새로운 노래말꽃, 새로운 시로써 스스로의 삶을 드러내보고 싶은 마음에서 찾아 얻은 것임은 틀림이 없다.

이런 흉내와 본뜸을 거쳐 나타난 현대시는 노래말꽃이라고는 하지만 우리 겨레의 노래말꽃 가운데에서 처음으로 소리(음악)로부터 온전히 떨어져 나와서 말꽃으로만 자리잡게 되었기에 노래라는 말이 어색할 지경이다. 가다듬은 곡조에 얹히어 노래 불리지도 않고, 저절로 나오는 목소리가락에 얹혀 흥얼거려지는 것도 아니고, 다만 글자로 적혀 눈으로 읽히는 '말꽃'으로 홀로 서는 길로 들어선 것이다.

노래불리지 않는다는 것(음악에서 떨어져 나옴) 말고 현대시가 지난날의 노래말꽃과 달라진 또 하나의 특성은 지은이만 지닌 독창과 개성을 무엇보다도 값진 것으로 여긴다는 점이다. 지난날의 노래말꽃에서는 한 사람의 개성보다는 오히려 여러 사람이 두루 지닌 보편을 더 값진 것으로 보았다. 노래의 속뜻에서나 그 겉모습에서나 사회나 시대 전체가 요구하는 정신을 바탕으로 삼았다. 누구나 익숙한 가락과 짜임새에 맞추어서 모두가 마음쓰고 있는 세계를 속뜻으로 담는 것이 지난날의 노래들이었다. 그러나 이제 현대시는 시의 속뜻에서도 그 사람만이 체험한 세계, 그 사람만이 바라보고 밝혀낸 세상과 삶의 알맹이를 값지게 여기고, 시의 겉모습도 이미 쓰이고 있는 틀에 만족하지 않고 이제까지는 아무도 써보지 않았던 것을 새로 찾아내어 쓰는 것을 귀하게 여긴다. 마련되어 있었던 틀을 벗어버리고 지은이 자기만의 새로운 세계를 찾는 것, 그것을 곧 '자유'라 부른다. 이 자유야말로 현대인이 누리고자 하는 가장 큰 소망이기 때문에 현대시는 그 자유를 시로서 성취하려는 것이다. 따라서 현대시란 곧 사람들이 시 정신의 자유를 찾아가서 얻은바, 곧 자유시를 이름한다고 말할 수 있다.

소리(음악)에 힘입어 귀로 들어서 즐기던 것에서 글자로 적어 눈으로 읽으며 즐기는 현대시, 집단의 공동세계를 버리고 개인의 특수세계를 찾아가는 현대시는 저절로 여느 사람을 더불어 나아가지 못한다. 날카로운 감각으로 말을 고르고, 아름다움을 찾아 가다듬고, 낯선 말씨로 아무도 드러내지 못한 세계를 남달리 드러냄으로써 현대시는 떨어져 나가버린 음악의 자리를 메우려는 것이다. 그러니까, 말이 가진 힘을 알뜰히 캐내어 새롭게 써보려 하고, 예사롭지 않은 쓰임새도 시험해 보아야 하고, 엉뚱하고 괴상하게 말들을 맺어보는 모험도 꾀해 보면서 음악이 맡았던 몫을 대신할 어떤 질서와 가락을 지니려고 애쓰게 된다. 이래서 현대시는 글말말꽃인 시로서 저만의 속내를 만들어가게 되는 한편으로, 어쩔 수 없이 많은 여느 사람들로부터 떨어져 나가는 불행의 길을 걷게 되었다. 시가 어려워지는 것과 독자들의 사랑을 받아야 하는 것 사이에서 언제나 괴로워하지 않을 수 없게 되었다.

이러한 속내를 지닌 우리의 현대시는 기미년 독립운동이 일어난 다음 몇 해 사이에 《창조》(1919), 《폐허》(1920), 《장미촌》(1921), 《백조》(1922) 같은 동인지와, 《개벽》(1920), 《조선문단》(1924) 같은 잡지를 보금자리로 삼았다. 이들 보금자리에 힘입어 지난날의 노래말꽃과는 다른 현대시가 하나의 갈래로서 움직일 수 없는 자리를 잡았다. 지난날의 전통적인 노래말꽃의 유산을 애써 무시하면서 나름대로의 자유로운 세계를 찾아 헤맨 이 시기의 현대시는 거의 어둡고 답답한 현실 앞에서 스스로 아무 힘이 없는 줄을 깨달은 지식인의 괴로움을 털어놓는 것으로 주류를 이루었다.

그러다가 1924년 즈음에 이른바 신경향파와 카프가 나타나서 우리의 현대시는 개인의 체험과 아름다움을 찾는 예술 계열과 현실의 모순에 대한 맞섬과 다툼을 중시하는 사회 계열로 나누어졌다. 이러한 경향은 우리의 현대시를 지난날의 어둡고 답답한 마음의 어루만짐으로부터 새로운 자극과 영역의 확대를 가져다 주었으며, 활발한 토론의 기회를 만들어 주었다. 이상화의 〈빼앗긴 들에도 봄은 오는가〉와 같은 노래는 이런 자극이 남긴 값진 작품이다.

지금은 남의 땅— 빼앗긴 들에도 봄은 오는가?
나는 온 몸에 햇살을 받고
푸른 하늘 푸른 들이 맞붙은 곳으로
가르마 같은 논길을 따라 꿈 속을 가듯 걸어만 간다.
입술을 다문 하늘아 들아.
내 맘에는 내 혼자 온 것 같지를 않구나.
네가 끌었더냐 누가 부르더냐
답답해라 말을 해 다오
바람은 내 귀에 속삭이며
한 자욱도 섯지마라 옷자락을 흔들고.
종다리는 울타리 넘어 아가씨 같이 구름 뒤에서 반갑다 웃네.
고맙게 잘 자란 보리밭아
간 밤 자정이 넘어 나리던 고운 비로
너는 삼단 같은 머리털을 감았구나, 내 머리조차 가뿐하다.
혼자라도 가쁘게 나가자.
마른 논을 안고 도는 착한 도랑이 젖먹이 달래는 노래를 하고 제 혼자 어깨 춤만 추고 가네.
나비 제비야 깝치지 마라, 맨드라미 들마 꽃에도 인사를 해야지.
아주까리 기름을 바른 이가 지심 매든 그 들이라도 보고 싶다.
내 손에 호미를 쥐어 다오.
살찐 젖가슴과 같은 부드러운 이 흙을 발목이 시도록 밟아도 보고 좋은 땀조차 흘리고 싶다.
강 가에 나온 아이와 같이
셈도 모르고 끝도 없이 닷는 내 魂아
무엇을 찾느냐 어디로 가느냐 우서웁다 답을 하려므나.
나는 온 몸에 풋내를 띠고
푸른 웃음 푸른 서름이 어울어진 사이로 다리를 절며 하로를 걷는다. 아마도 봄 신명이 잡혔나보다.
그러나 지금은 들을 빼앗겨 봄조차 빼앗기겠네.627)

그러나 그것이 순수하고 자유스럽게 진행되지 못하여 바라던 열매를 거두지 못하였던 것은 일제 침략자들의 간섭과 탄압 때문이라 하겠다. 한편, 이 시기에 우리의 현대시에는 참으로 위대한 두 시인이 나타났다. 어떠한 유파나 운동에도 속하지 않으면서 하늘이 내린 재능으로 배달말을 부려 뛰어난 노래말꽃을 만들어낸 한용운(1879~1944)과 김정식(1902~1934)이 그 사람들이다. 한용운은 너무나 절실하고 거짓 없이 깊고 그윽한 정신을 바탕으로 하여 시의 겉모습에 얽매이지 않고 금실 같은 배달말을 자아내어 《님의 침묵》(1926)이라는 빛나는 시집을 내놓았다. 김소월로 잘 알려진 김정식은 온 겨레가 누구라도 느끼는 예사로운 마음을 솜씨 좋게 가다듬은 전통 가락에 실어 《진달래 꽃》(1925)이라는 시집을 내놓았다. 한용운이 그윽한 정신의 시인이었다면 김정식은 빼어난 기교의 시인으로서 우리 현대시에 빛나고 아름다운 탑을 세웠다.

알 수 없어요[628]

바람도 없는 공중에 수직의 파문을 내이며 고요히 떨어지는 오동잎은 누구의 발자취입니까.
지리한 장마 끝에 서풍에 몰려가는 무서운 구름의 터진 틈으로 언뜻 언뜻 보이는 푸른 하늘은 누구의 얼굴입니까.
꽃도 없는 깊은 나무에 푸른 이끼를 거쳐서 옛 탑 위의 고요한 하늘을 스치는 알 수 없는 향기는 누구의 입김입니까.
근원을 알지도 못할 곳에서 나서 돌뿌리를 울리고 가늘게 흐르는 적은 시내는 구비구비 누구의 노래입니까.
연꽃 같은 발꿈치로 가이 없는 바다를 밟고 옥같은 손으로 끝없는 하늘을 만지면서 떨어지는 해를 곱게 단장하는 저녁놀은 누구의 시입니까.
타고 남은 재가 다시 기름이 됩니다. 그칠 줄을 모르고 타는 나의 가슴은 누구의 밤을 지키는 약한 등불입니까.

접동새[629]

접동
접동
아우래비 접동

---

627) 이상화, 〈빼앗긴 들에도 봄은 오는가〉, 《개벽》 70, 1929.
628) 한용운, 《님의 침묵》, 한성도서주식회사, 1950.
629) 《배재》 2호, 1923.

진두강 가람가에 살던 누나는
진두강 앞 마을에
와서 웁니다.

옛날, 우리 나라
먼 뒤쪽의
진두강 가람가에 살던 누나는
의붓어미 시샘에 죽었읍니다.

누나라고 불러보랴
오오 불설어워
시샘에 몸이 죽은 우리 누나는
죽어서 접동새가 되었읍니다.

아홉이나 남아 되는 오랍동생을
죽어서도 못잊어 차마 못잊어
야삼경 남 다 자는 밤이 깊으면
이 산 저 산 옮아가며 슬피 웁니다.

1930년대에 들어오면서 우리의 현대시는 더욱 여러 가지로 새로운 모습을 갖추었다. 그것은 1920년대에 얻은 바를 바탕으로 하여 새로운 탈바꿈을 꾀한 젊은 시인들의 실험에서 비롯했다. 이러한 실험정신을 박용철은 "우리는 시를 살로 새기고 피로 쓰듯 쓰고야 만다. 우리의 시는 살과 피의 맺힘이다" 하고 주장하기까지 하였다.

그러나 한편 식민지 현실을 벗어나자는 이념을 내세우며 사회운동을 꾀하려는 사람들을 일제가 1930년대 초부터 내놓고 무자비한 탄압을 함으로써 현실을 비판하는 표현의 길이 막혔기 때문이기도 했다. 그리하여 이때의 현대시는 개인이 겪는 삶이나 정신을 깊이 들여다보고, 우리 말의 힘과 멋을 갈고 닦으며, 자연과 세상의 모습을 그림 그리듯이 그려내는 일에 매달렸다.

그 가운데서 맨 먼저 나타난 것은 《시문학》(1931)으로 모인 사람들이 이른바 '순수시 운동'을 벌인 일이다. 그들은 이러저러한 사회 현실을 떠나 우리 말에 감추어진 아름다움을 끝까지 끌어내 보겠다는 뜻에 매달렸다. 정지용(1903~1950), 김영랑(1903~1950), 박용철(1904~1938), 신석정(1907~1974) 같은 이들이 중심을 이루었으나, 음악 요소를 으뜸으로 살려내어서 듣기에 아름다운 시를 만들어낸 김영랑과 깔끔한 정신으로 배달말의 맷국을 말끔히 씻어내어 유리알처럼 맑은 조각품들을 만들어낸 정지용을 손꼽을 수 있다.

비630)

돌에
그늘이 차고,

따로 몰리는
소소리 바람.

앞 섰거니 하야
꼬리 치날리여 세우고,

종종 다리 깟칠한
山새 걸음거리.

여울 지여
수척한 흰 물살,

갈갈히
손가락 펴고.

멎은 듯
새삼 돋는 비ㅅ낯

붉은 닢 닢
소란히 밟고 간다.

돌담에 소색이는 햇발631)

돌담에 소색이는 햇발같이
풀아래 웃음 짓는 샘물같이
내마음 고요히 고흔 봄길 위에
오늘 하로 하늘을 우러르고 싶다

새악시 볼에 떠오는 부끄럼같이
詩의 가슴을 살프시 젖는 물결같이
보드레한 에메랄드 얇게 흐르는
실비단 하늘을 바라보고 싶다

---

630) 정지용, 《백록담》, 문장사, 1941.
631) 김영랑, 《시문학》 2호, 1930.

한편 이들 시문학파의 순수시 운동에 한계를 느끼고 그를 뛰어넘자는 뜻으로 또 다른 서양의 기법을 받아들여 시험하려는 사람들도 나타났다. 흔히 '모더니즘 운동'이라 부르는 이것은 영·미 쪽의 이미지즘이라는 것에 기댄 김기림(1908~?)과 프랑스 쪽의 초현실주의라는 것에 기댄 이상(1910~1937)을 꼽을 수 있다. 그러나 실제로 말이 만들어내는 이미지를 잘 살려서 읽을 때에 마음속에 일어나는 아름다운 그림을 그리고자 하여 그런 대로 성공한 사람으로 김광균(1913~1993)을 꼽기도 한다.

이들의 새로운 실험과 탐구로써 이때에 우리의 현대시가 우리 말의 아름다움을 한결 깊고 넓게 찾아내었으며, 우리 현대시의 논밭을 그만큼 넓힌 것은 사실이다. 그러나 현대시가 눈앞에 벌어지는 현실과 삶을 버리고 엉뚱하고도 뜻없는 세상에 노니는 것처럼 되었고, 또 마음을 다하여 진실하게 살아가는 삶에서 현대시가 만들어지는 것이 아니라 다만 말을 고르고 다듬는 솜씨로 만들어지는 것처럼 그릇된 생각을 심어주는 잘못을 저지르게도 되었다.

그래서 우리는 이때의 현실을 뚫어지게 마주 보면서 땀흘려 살아가고, 또 그런 삶으로부터 말을 뽑아내어 시를 만들어내고 있는 몇몇의 시인들을 더욱 보배롭게 여기는 것이다. 이를테면, 이육사(1904~1944)와 윤동주(1917~1945)와 유치환(1908~1967) 같은 사람들이 그런 시인들이었다. 이들은 그 어둡고 잔인한 시대와 마주서서 끝까지 우리 말로써 의롭게 살아가는 삶을 노래하여 꺼져가는 겨레의 정신을 지키는 등불이 되었다. 더구나 이육사와 윤동주는 스스로의 마음과 영혼을 다하여 시를 쓰고 그 아름답고 순수한 정신을 삶으로 에누리 없이 살아나간 나머지 마침내 목숨을 겨레의 비극 앞에 제물로 바치기까지 했다.

또 이들처럼 겨레의 역사에 목숨을 제물로 바치지는 못하였으나 아파하는 겨레의 삶의 뿌리를 지키려고, 습속과 전통에 마음을 쏟으며 어둠과 아픔을 몰아내려고 안간힘을 다하던 시인들도 있었다. 신석초(1909~1976)와 백석(1912~?)과 이용악(1914~1971)을 그 대표로 꼽을 수 있겠는데, 신석초가 귀족처럼 가다듬은 어조로 상류층의 전통과 유산을 노래하려 했다면, 백석은 시골 사람들의 정겨운 목소리로 가난하지만 행복하였던 지난날 겨레의 삶을 되살리려고 하였고, 이용악은 뿌리뽑혀진 삶의 터전에 내리덮인 밤의 어둠을 짐짓 풋풋하고 씩씩한 목소리로써 걷어내려고 하였다.

핏발선 감시와 핍박 가운데서도 이처럼 우리 말을 안고 몸부림을 하던 1930년대의 현대시도 1940년대에 들어와서는 침략자들에게 모국어를 온전히 빼앗겨 침묵하거나 아니면 강요에 무릎을 꿇고 부끄러운 변절로 일본말 시를 쓰는 지경에 이르고 말았다. 그러나 머지않아 미친 듯이 날뛰던 일제도 물러나고 광복을 맞이함으로써 우리 말과 우리 글을 되찾은 뒤로는 당연히 현대시의 새로운 시대가 열렸다.

그런데 알다시피 겨레의 비극은 아직 완전히 끝나지는 않아서 조국분단이라는 새로운 괴로움이 앞을 가로막았다. 그런 가운데서도 우리의 현대시는 끊임없이 거듭되는 삶의 현실을 붙안고 노래하기를 게을리하지 않았다. 우선 분단을 굳히고 만 남북전쟁 이전까지의 현대시는 사회문화가 두루 그랬던 것처럼 여지없는 이념 대립으로 두 조각이 나고 말았다. 그것은 광복된 조국의 현실 안에서 당장 현대시가 무엇을 노래하고 어떻게 노래해야 하는가를 묻지 않을 수 없는 역사의 과제에 말미암은 것이지만, 그보다는 1930년대 중반에 카프가 해산되면서 해결하지 못하고 덮어두었던 문제가 어쩔 수 없이 되살아난 것이기도 했다. 말하자면, 이념을 감추고 기교의 시들을 쓰고 있었던 사람들이 다시 본연으로 돌아가거나 침묵으로 기다리던 사람들이 새롭게 이념의 깃발을 들고 나오거나 한 것이다. 그래서 광복 직후의 현대시는 다시 계급문학과 민족문학, 프로시와 순수시라는 해묵은 대결로 활기와 더불어 혼란을 드러내었다.

예술이니 기법이니 하는 것은 뒤로 미룬 채 가두어두었던 봇물을 터뜨리듯이 좌익의 시인들이 먼저 현실의 정치 문제를 시로써 노래했다. 조벽암의 〈환희의 날〉, 권환의 〈노들강〉, 박세영의 〈산천에 묻노라〉, 임화의 〈학병 도라가라〉, 이용악의 〈시골사람의 노래〉, 오장환의 〈붉은 산〉, 박아지의 〈농민가〉를 비롯하여 수많은 작품들이 발표되었다. 1930년대에는 이념에 관심을 두지 않고 순수하게 우리 말을 갈고 닦는 기법에 몰두하여 시를 쓴 김기림이나 정지용 같은 사람들도 이때에는 현실의 삶을 다루는 시를 써야 한다는 주장을 펴면서 이들을 돕고 밀었다. 그리고 여기 보인 시인들은 잇달아 좌익 이념을 바탕으로 현실을 고발하고, 과거를 심판하고, 미래를 희망하면서 뜨거운 열정으로 시를 발표했다. 그러나 흥분과 조급에 휩싸인 나머지 감동을 줄 만한 작품을 제대로 노래부른 것은 없었음이 사실이다.

한편, 우익 시인들은 광복 직후 한동안 머뭇거리고 망설이면서 작품활동을 하지 못했다. 광복 1주년을 넘어서면서 조금씩 다시 작품을 발표하기 시작했는데, 박목월의 〈나그네〉, 조지훈의 〈완화삼〉, 박두진의 〈해〉와 같은 이른바 청록파의 작품들이 이때에 나타났다. 서정주의 〈견우의 노래〉, 김광균의 〈은수저〉, 김광섭의 〈나의 사랑하는 나라〉 같은 작품이 모두 이즈음에 발표되었으나, 이론으로는 좌익의 논리와 열의에 맞서지도 못하는 형편이었다. 조지훈이 1947년에 〈순수시의 지향〉이라는 논설로 외로운 저항을 하는 것이 고작이었다.

   그런 상황 아래서 주목할 만한 시집들이 이 시기에 나왔는데, 이육사의 유고시집인 《육사시집》(1946)과 윤동주의 유고시집 《하늘과 바람과 별과 시》(1948)가 목숨을 조국에 제물로 바친 거룩한 시인들의 넋이 광복한 겨레와 더불어 살아가게 되었다. 이 밖에도 1946년에는 박목월 · 조지훈 · 박두진의 《청록집》(1946), 신석초의 《석초시집》, 김기림의 《바다와 나비》, 오장환의 《병든 서울》, 정지용의 《지용시선》, 박아지의 《심화》, 박세영의 《횃불》, 권용득의 《요람》 같은 시집이 나왔다. 1947년에는 《생명의 서》(유치환), 《기항지》(김광균), 《먼동이 틀 제》(김억), 《한하운시초》(한하운), 《슬픈 목가》(신석정), 《성벽》(오장환), 《찬가》(임화), 《종》(설정식), 《오랑캐꽃》(이용악), 《칠면조》(여상현)가 나왔다. 그리고 남북이 따로 정부를 세운 1948년 뒤에도 현대시는 현실의 혼란과 소용돌이 속을 걸어가는 겨레의 정신을 쉬지 않고 노래했다. 그러나 조국의 분단이 굳어져 가면서 좌우로 이념이 다른 사람들이 저마다 이상을 찾아 남과 북으로 갈라져 모이게 되었다. 따라서 1948년 후반부터 현대시는 대립과 경쟁 속에 살아 있던 갖가지 풍요로운 모습은 차차 사라지고 남북이 서로 단색의 영양실조 현상을 나타내어갔다.

   1950년에 참으로 서글픈 남북 전쟁이 터지고, 3년 동안의 불바다를 거치면서 모든 문화가 그랬듯이 남북은 서로를 미워하며 저들끼리만 뭉치는 길로 끝까지 걸어갔다. 전쟁 동안에 사람들은 살아남으려고 더욱 철저히 남과 북으로 이념을 따라 갈라섰다. 그리고 휴전협정으로 전쟁을 중단한 다음에는 남북이 서로 막혀 반쪽 세계 안에 갇힌 채로 저마다 다른 이념과 체제 아래 삶을 누리면서 서로를 원수로 여기고 미워하는 분단의 괴로움을 맛보며 살았다. 물론 이러는 동안에도 시인들은 쉬지 않고 남북 어디에서나 끊임없이 예언자의 목소리로 괴로운 삶을 노래하고 있었다. 그런 보람으로 20세기를 마무리하는 즈음에 남쪽에서 분단의 장벽을 허물려는 사람들이 꿈틀거리며 일어섰다. 그리고 겨레를 하나로 되묶는 날을 앞당기려고 안간힘을 다하며 길을 열고 있다.

   이런 역사 현실 안에서 우리는 참된 겨레의 현대시를 아직은 제대로 이야기하지 못한다. 북쪽의 현대시를 온전히 싸잡을 수 없기 때문이다. 머지않아 조국통일을 이루는 날이 오면 그때에는 분단시대의 현대시를 제대로 이야기할 수 있을 것이다. 그러므로 여기서는 분단시대 남쪽 겨레들의 현대시에 대해서만 거칠게 살피는 데서 그칠 수밖에 없다. 광복과 더불어 좌 · 우익의 다툼과 혼란, 분단의 군힘과 남북 단독정부의 출발, 한국전쟁으로 이어지는 1950년대의 현대시는 이런 비극의 흐름에서 몸부림하는 시련의 삶을 노래하였다. 바로 총칼을 맞대는 전쟁시가 쓰이고, 잿더미 위에서 타는 저녁 노을빛을 바라보며 죽음과 꽃을 노래하고, 그런 가운데서 우리가 지켜야 하는 인간성과 자유를 부르짖기도 했다. 그리하여 새로운 모더니즘, 전통주의, 생명주의, 이런 깃발을 내건 시들이 나타났다.

1960년대는 무능과 부패에 빠져 독재의 야욕에 허덕이던 자유당 정권을 4·19 학생 의거로 무너뜨리면서 시작되었다. 잇달아 5·16 군사쿠데타로 좌절과 불안을 함께 껴안고 긴장 속에서 지나갔다. 현대시도 그런 사회의 영향으로 갖가지 새로운 실험들이 벌어졌다. 온갖 문예지와 동인지들이 새롭게 태어나면서 현대시의 터전은 더욱 넓혀졌다. 수많은 신인들이 나타나서 풍성한 시집을 펴내고, 시와 독자 사이에 징검다리를 놓으려고 애썼다. 이른바 '난해시'를 어째야 하는지 따지고, 시를 여느 사람들이 즐겨야 한다는 이야기가 시끄럽게 일어났다. 이러한 현대시의 흐름은 1970년대를 거치고 1980년대를 지나면서 더욱 자라났다. 농민의 시와 노동자의 시를 비롯하여 갖가지 현장 생활인들의 시가 한결 살갗에 닿는 삶의 현장을 노래하면서 무시할 수 없는 존재로 독자를 사로잡기에 이르렀다.

현대시의 흐름을 허술한 채로 마무리하면서 현대시의 갈래를 잠시 이야기하고 싶다. 1980년대를 넘어서면서 현대시를 짓고 즐기는 사람들이 나라 곳곳에 수없이 생기면서 갈래를 두고도 온갖 이야기들이 나돌고 있기 때문이다. 사실 현대시도 여러 속살을 담고 있게 마련이다. 개인의 마음과 느낌을 담는 것은 말할 나위도 없고, 자연의 신비스러운 모습을 담기도 하고, 사건을 이루어 겯고 트는 인생살이를 담기도 하고, 다투는 힘으로 빚어내는 놀이를 담는 현대시도 있다. 그 밖에도 얼마든지 더 많은 속살을 담으며 사람이 살아가면서 경험하는 모든 것을 노래부를 수 있다. 이런 현대시를 꿰뚫어 바라보자면 바람직한 갈래를 지어보는 일을 마다할 수 없다. 그러자면 걷잡을 수 없는 속살보다는 뼈대로 간추려지는 모습에 눈길을 돌려야 한다. 모습으로 눈을 돌리면, 수없는 듯하던 모습(형태)들이 몇 가지 갈래 안에 묶일 수 있다. 첫째는, 지난날의 노래말꽃에 가장 가까이 닿아 있는 '고른 가락의 자유시'다.

나 보기가 역겨워
가실 때에는
말없이 고이 보내 드리오리다.

영변에 약산
진달래 꽃
아름 따다 가실 길에 뿌리오리다.

가시는 걸음 걸음
놓인 그 꽃을
사뿐히 즈려 밟고 가시옵소서

나 보기가 역겨워
가실 때에는
죽어도 아니 눈물 흘리오리다.[632]

흰 옷자락 아슴아슴
사라지는 저녁답
썩은 초가 지붕에
하얗게 일어서
가난한 살림살이
자근자근 속삭이며
박꽃 아가씨야
박꽃 아가씨야
짧은 저녁답을
말 없이 울자[633]

이러한 현대시는 그 모습이 매우 자유스럽다. 말하자면, 짜임새가 하나의 틀을
지니고 있지 않아서 이른바 정형일 수 없다. 그러나 노래말꽃을 읽어보면 소리에 한
결같은 가락이 살아난다. 써놓은 글자를 눈으로 볼 때에는 고른 가락이 나타나지 않
은 듯했으나, 그것을 소리내어 읽어보면 가지런한 가락이 느껴진다. 말할 나위도 없
이 노래말꽃의 가락이란 눈으로 보는 글자가 아니라 소리를 내어 읽을 때에 나타나
는 소릿결이다. 그리고 앞에 보인 현대시에는 그런 가락이 가지런히 숨쉬고 있어서
우리는 그것을 느낀다. 그러니까 현대시에도 가지런히 고른 가락을 지닌 시가 많이
있다는 사실을 알 만하다. 앞의 〈진달래꽃〉을 다시 가락에 따라 고쳐 써보면 그것을
훨씬 뚜렷이 느낄 수 있을 것이다.

나보기가 / 역겨워 / 가실때에는 //
말없이 / 고이보내 / 드리오리다 //
영변에 / 약산 / 진달래꽃 //

---

632) 김소월, 〈진달래꽃〉.
633) 박목월, 〈박꽃〉, 《청록집》, 을유문화사, 1946.

> 아름따다 / 가실길에 / 뿌리오리다 //
> 가시는 / 걸음걸음 / 놓인그꽃을 //
> 사뿐히 / 즈려밟고 / 가시옵소서 //
> 나보기가 / 역겨워 / 가실때에는 //
> 죽어도 / 아니눈물 / 흘리오리다 //

가지런한 세 걸음잡이 가락임을 알고 느낄 수 있다. 이러한 가락을 우리는 이미 고려 때 나온 놀이노래말꽃들에서 많이 보았다. 〈박꽃〉도 가락에 따라 고쳐 써 보자.

> 흰 옷자락 / 아슴아슴 / 사라지는 / 저녁답 //
> 썩은 초가 / 지붕에 / 하얗게 / 일어서 //
> 가난한 / 살림살이 / 자근자근 / 속삭이며 //
> 박꽃 / 아가씨야 / 박꽃 / 아가씨야 //
> 짧은 / 저녁답을 / 말 없이/ 울자 //

뒤쪽 두 줄 때문에 아주 고르다고는 하기 어렵지만, 그래도 네 걸음잡이 가락을 느끼기에는 넉넉하다. 몇 군데를 빼면 거의가 한 걸음이 3~4음절씩이라서 흔들림이 제법 가지런하다. 이러한 네 걸음잡이 가락도 우리는 이미 조선의 시조와 가사에서 얼마든지 만났다. 그러니까 이런 현대시의 가락은 지난날 전통의 노래말꽃 가락을 다시 이어받고 있는 것이다. 그러나 그것을 글말노래로 적는 현대시에서는 여러 가지로 줄 끊기(행 구분)를 해서 눈에 들어오는 가락을 살리려 할 따름이다. 이처럼 우리 겨레가 예로부터 써오던 가락을 그대로 쓰거나, 또는 얼마간 고쳐서 쓰는 현대시가 적지 않다. 그러나 그것들이 짜임새까지도 일정한 틀을 지니려고 하지는 않는다. 그래서 정형시가 되지는 않는 것이다. 이런 현대시를 '고른 가락의 자유시'라고 갈래지어 부를 수 있다.

다음으로는, 짜임새에 하나의 틀이 없을 뿐만 아니라 한결같이 고른 가락도 없는 것들이 있다. 그러나, 고른 가락이 아니라고 하여 가락이 아주 없다는 말은 아니다. 한결같이 고른 것은 아니지만 읽을 때에 가락의 움직임을 누구나 느낄 수는 있는 것이다. 지난날의 노래말꽃에서 멀리 떠난 이런 모습의 현대시를 '안 고른 가락의 자유시'라고 부를 수 있다.

나는 나룻배
당신은 행인
당신은 흙발로 나를 짓밟습니다.
나는 당신을 안고 물을 건너 갑니다.
나는 당신을 안으면 깊으나 얕으나 급한 여울이나 건너 갑니다.

만일 당신이 아니 오시면 나는 바람을 쐬고 눈비를 맞으며 밤에서 낮까지 당신을 기다리
고 있습니다.
당신은 물만 건느면 나를 보지도 않고 가십니다 그려.
그러나 당신이 언제든지 오실 줄만은 알아요.
나는 당신을 기다리면서 날마다 날마다 낡어갑니다.

나는 나룻배
당신은 행인634)

거 나를 부르는 것이 누구요.

가랑잎 잎파리 푸르러 나오는 그늘인데,
나 아직 여기 호흡이 남아 있소.

한번도 손들어 보지 못한 나를
손들어 표할 하늘도 없는 나를

어디에 내 한 몸 둘 하늘이 있어
나를 부르는 것이요.

일을 마치고 내 죽는 날 아침에는
서럽지도 않은 가랑잎이 떨어질텐데…….

나를 부르지 마오.635)

  이러한 시들에는 짜임새에 틀이 없을 뿐 아니라 가지런하게 일어나는 가락 같은
것도 느껴볼 수 없다. 그러나 가지런한 가락이 없다고 하여 아무런 가락 느낌(율동감)
도 없는 줄글(산문)이냐 하면 그렇지는 않다. 겉으로 뚜렷이 드러나는 가락의 흔들림
은 없으나 소리내어 읽어보면 줄글과는 사뭇 다른 소리의 가락을 느낄 수 있다. 말본
의 규칙을 고지식하게 지키면서 정확한 뜻을 전달하려는 줄글과는 달리, 아예 없어도

---

634) 한용운, 〈나룻배와 행인〉.
635) 윤동주, 〈무서운 시간〉.

뜻에는 지장이 없는 말들이 들어가 있기도 하고, 말본으로 보아서는 반드시 들어가 있어야 할 요소들이 빠져서 문법의 결함을 지녔다고 할 글월도 많다. 그뿐 아니라 닿소리와 홀소리의 어울림이라든지, 말소리의 결이라든지, 말이 드러내는 빛깔이라든지, 말에서 나는 느낌의 그림자(이미지)라든지, 뜻의 또렷함과 어름어름함이라든지 하는 온갖 것들이 가락을 이루어내고 있다. 이렇게 하여 생겨나는 가락을 '안 고른 가락'이라고 부르고, 이런 가락으로 이루어진 시를 '안 고른 가락의 자유시'라고 갈래지어 부를 수 있다.

끝으로, 현대시에는 '줄글시'라는 갈래도 있다. 이것은 짜임새의 틀은 말할 나위도 없고, 고른 가락이니 안 고른 가락이니 할 만한 가락조차 느껴볼 수 없는 갈래다. 말 그대로 줄글로 이루어진 현대시를 뜻한다. 이런 모습은 지난날의 노래말꽃에서는 아예 찾아볼 수 없었다.

1.

절정에 가까울수록 뻑국채 꽃 키가 점점 소모된다. 한 마루 오르면 허리가 슬어지고 다시 한 마루 우에서 목아지가 없고 나종에는 얼골만 갸웃 내다본다. 화문처럼판박힌다. 바람이 차기가 함경도 끝과 맞서는 데서 뻑국채 키는 아조 없어지고도 팔월 한 철엔 흩어진 성진처럼 란만하다. 산 그림자 어둑어둑하면 그러지 않아도 뻑국채 꽃밭에서 별들이 켜든다. 제자리에서 별이 옮긴다. 나는 여긔서 기진했다.

6.

첫 새끼를 낳노라고 암소가 몹시 혼이 났다. 얼결에 산 길 백리를 돌아 서귀포로 달아났다. 물도 마르기 전에 어미를 여힌 송아지는 움매- 움매- 울었다. 말을 보고도 등산객을 보고도 마고 매여 달렸다. 우리 새끼들도 모색이 다른 어미한틔 맡길 것을 나는 울었다.636)

나는 이 마을에 태어나기가 잘못이다
마을은 맨천 구신이 돼서
나는 무서워 오력을 펼 수 없다
자 방안에는 성주님
나는 성주님이 무서워 토방으로 나오면 토방에는 디운구신 나는 무서워 부엌으로 들어가면 부엌에는 부뜨막에 조앙님 나는 뛰쳐나와 얼른 고방으로 숨어 버리면 고방에는 또 시렁에 데석님 나는 이번에는 굴통 모퉁이로 달아가는데 굴통에는 굴대장군 얼혼이 나서 뒤울안으로 가면 뒤울안에는 곱새녕 아래 털능구신 나는 이제는 할 수 없이 대문을 열고

---

636) 정지용, 〈백록담〉.

나가려는데
대문간에는 근력 세인 수문장
나는 겨우 대문을 빠져나 바깥으로 나와서
밭 마당귀 연자간 앞을 지나가는데 연자간에는 또 연자당구신 나는 고만 디겁을 하여 큰 행길로 나서서
마음 놓고 화리서리 걸어가다 보니
아아 말 마라 내 발뒤축에는 오나가나 묻어 다니는 달걀구신 마을은 온데간데 없이 구신이 돼서 나는 아무데도 갈 수 없다[637]

이러한 시에는 아무런 가락도 없다. 겉으로 드러나는 고른 가락이 없을 뿐 아니라 드러나지 않고 감추어 배어든 가락도 없다. 글월을 떼어 놓고 보아도 말본의 요소들을 잘 갖추고 있어서 온전한 줄글이다. 그러면서도 이것들이 시가 되는 것은 말들이 팽팽히 긴장하고 있기 때문이고, 또 그것이 속뜻을 풀이하지 않고 살갗에 닿도록 드러내고 있기 때문이다. 말하자면, 말들이 비유의 몫을 다하려고 팽팽히 얽혀 있기 때문에 여느 줄글과는 다르다는 말이다. 이렇게 줄글로 이루어진 시를 '줄글시(산문시)'라고 갈래지어 부를 수 있다.

이러한 시를 줄글시라 하는 것은 소리내어 읽어도 가락이 느껴지지 않는다는 뜻이지 글로 적어 놓은 것이 줄글이라는 뜻이 아니다. 글로 적을 때에 줄 끊기(행 구분)나 도막 나누기(연 구분)를 하지 않았다고 줄글시가 되는 것은 아니다. 이를테면 다음과 같은 현대시는 그런 것을 전혀 하지 않아서 얼핏 보아 줄글시처럼 보이겠지만 사실은 줄글시가 아니다.

벌레 먹은 두리기둥 빛 낡은 단청 풍경소리 날러간 추녀 끝에는 산새도 비둘기도 둥주리를 마구 쳤다. 큰 나라 섬기다 거미줄 친 옥좌 위엔 여의주 희롱하는 쌍룡대신에 두 마리 봉황새를 틀어 올렸다. 어느 땐들 봉황이 울었으랴만 푸르른 하늘밑 추석을 밟고 가는 나의 그림자. 패옥 소리도 없었다. 품석 옆에서 정일품 종구품 어느 줄에도 나의 몸둘 곳은 바이 없었다. 눈물이 속된 줄을 모를량이면 봉황새야 구천에 호곡하리라.[638]

이 시는 줄 끊기도 하지 않았고, 도막 나누기도 하지 않아서 눈으로 보기에는 영락없는 줄글시다. 그러나 시의 가락은 눈에 들어오는 글자가 아니라 귀에 들려오는

---

637) 백석, 〈마을은 맨천 구신이 돼서〉.
638) 조지훈, 〈봉황수〉.

말의 소리로 이루어지기 때문에, 이 시도 소리를 내어 읽어보면 매우 뚜렷한 가락을 느낄 수 있다. 읽어서 드러나는 가락에 따라 다시 적어 보면 이렇게 된다.

> 벌레 먹은 / 두리기둥 / 빛 낡은 단청 //
> 풍경 소리 / 날러간 / 추녀 끝에는 //
> 산새도 / 비둘기도 / 둥주리를 / 마구 쳤다. //
> 큰 나라 / 섬기다 / 거미줄 친 / 옥좌 위엔 //
> 여의주 / 희롱하는 / 쌍룡 대신에 //
> 두 마리 / 봉황새를 / 틀어 올렸다. //
> 어느 땐들 /봉황이 / 울었으랴마는 //
> 푸르른 / 하늘 밑 //
> 추석을 / 밟고 가는 / 나의 그림자. //
> 패옥 / 소리도 / 없었다. //
> 눈물이 / 속된 줄을 / 모를량이면 //
> 봉황새야 / 구천에 / 호곡하리라. //

지루한 느낌을 깨뜨리려고 한결같은 가락으로 나가지는 않았다. 한결같음을 깨뜨려서 생기는 엇먹힘으로 지루함을 벗어나고자 한 것이다. 그러나 세 걸음잡이 가락을 큰 흐름으로 삼아서 네 걸음 가락 두 줄과 두 걸음 가락 한 줄을 끼운 것임을 쉽게 알아볼 만하다. 그래서 이 시는 아무리 줄글처럼 적어 놓았다 하더라도 '고른 가락의 자유시'일 수밖에 없다. 노래말꽃의 가락이란 본디 글자로 적어 놓은 모양을 두고 따지는 것이 아니라, 그것을 읽을(말할, 노래할) 때에 드러나는 소리의 결로써 따지는 것임을 새삼 짚어둔다.

다) 전자말놀음노래말꽃

노래말꽃이라는 것이 지난날에는 입말과 글말로만 이루어졌지만, 이제는 전자말이 나타나서 노래말꽃을 이루어낸다. 전자로 만든 기계의 힘으로 새로운 전자말이 나타났고, 그런 전자말로 노래말꽃을 만들어 즐기는 세상이 열렸다. 그러나 전자말노래말꽃은 이제 움이 트고 걸음마를 익히는 즈음에 있어서 아직은 참된 모습을 이야기할 때는 아닌 듯하다. 그러나 아직은 돋아나는 싹에 지나지 않으나 머지않아 커다란 나무로 자라서 노래말꽃의 세계를 뒤덮을지도 모른다. 그래서 나로서는 아직 어설프지만 몇 가지 그런 싹들을 살펴보지 않을 수 없었다.

1) 사슬 시[639]

‘사슬 시’란 컴퓨터 누리그물(인터넷)이라는 세상에서 사슬처럼 잇따라 짓고 즐기는 노래말꽃을 뜻한다. 사슬 시는 거의 짤막한 모습으로 이루어진다. 어떤 것은 한 문장, 또는 몇 낱말로 이루어지기도 한다. 그러나 어떤 구속이나 규칙은 없이 자유로운 가락과 짜임새를 마음대로 부려서 누구나 사슬에 끼여들 수 있다. 사슬에서 이어받는 차례는 언젠가 끝이 있게 마련이지만, 실제로 사슬 시에서는 끝자리가 없는 것이나 다름없다. 이어받아 달리는 사람이 아무리 많아도 좋고, 어떤 사람이 이어받아도 되도록 열려 있고, 어디로 가든지 막히지 않는다. 이렇게 사슬 시는 누리그물 세상에서 수많은 사람들이 더불어 마음껏 즐길 수 있는 전자말놀음노래말꽃이다.

　　　　자리[640]

　　내가 태어나야될
　　그 자리
　　어디인지 모르겠소…….

　　내가 앉아야될
　　그 자리
　　어디인지 모르겠소…….

　　내가 서 있어야될
　　그 자리
　　어디인지 모르겠소…….

　　내가 죽어야될
　　그 자리
　　어디인지 모르겠소…….

　　세상에 태어나면
　　제 밥그릇 타고난다던데…….
　　어디인지 모르겠소…….

---

639) 이른바 ‘릴레이 시’라 하는 것이다. 컴퓨터 누리그물에서는 모조리 미국말을 그대로 쓰고 있어서 ‘영어제국주의’를 부채질하고 있다. 온갖 겨레의 문화가 저마다 제 빛깔을 뽐내어야 넉넉하고 푸짐한 인류 문화의 꽃밭을 가꾸어 누릴 수 있다. 우리가 저런 미국말을 깨끗한 우리 말로 고쳐 쓰도록 힘써야 하는 까닭이 바로 거기에 있다.

640) http://community. shinbiro. com / cug / poem / bbs07 / L36

세상에 나아
내 죽은 육신
어딘지 모르겠소...

이 넓디넓은 세상에
내 있을 자리
어딘지 모르겠소…….

이 넓디넓은 우주 안에
내 있을 자리
있는지 모르겠소…….

내 안에 있는
내 자리
어딘지 조차 찾아 헤매고 있을 뿐이오.

내 존재조차 찾지 못하니
내 자리
어디 있다 안들 무엇하리요.

내 허물 벗은 몸뚱아리
썩으면 그만 인걸
어딘지 알면 무엇하리요……. (여창업)

　　자리 5
내가 서 있어야 할 자린지
비켜서야 할 자린지 알지 못해 서성이고 있습니다.

복잡한 도시에서 분주하게 움직이는 사람들처럼
내 마음도 산만하기만 합니다.

우리는 서로 너무 멀리 떨어져
서로를 힐끔 힐끔 바라만 봅니다.

그의 마음 한구석에 내가 설 자리가 있을지…….
그는 나의 머리를 어지럽게 합니다.

밤마다 방바닥에 양 무릎을 가지런히 모으고
하얀 침대 위에 양 팔을 올려놓고
두손 모아 기도 드립니다.

이제는 그만 나를 한자리에 서게 해주십시오…….

이제는 그만 그와 나를 한자리에 서게 해주십시오…….

두 눈에선 투명한 눈물방울이 두 볼을 타고 흘러내려
손등 위로 하얗게 부서집니다. (j100003)

자리 22

사촌 형은 증조부의 묘가 있는 산을 팔았고
아버지는 자존심을 팔았다.

시간은 아무 대답도 없이
늘
바라볼 뿐이다.

그것이 약인 것처럼 바라만 보다가
웃음 지을 뿐이다.

증조부 누우셨던 자리에
이제는 이 고요가 깨어지고

새 길이 나리라.

세상은 그렇게 돌아가는 거다.

웃음이 비웃음이든 함박웃음이든
피를 가르는 삶이
어찌 우리 한 집뿐이랴.

天下는 共有라
술에 취한 정여립의 호탕한 웃음소리를 듣는다.
칼날 앞에서도 머리를 세우고
하늘을 향해 소리치던 그 얼굴을 본다.

먼 자리
아무도 못 가지는 자리
아무도 건드릴 수 없는 자리
그 자리에 나의 뼈를 묻으리라.

자손들의 평화를 위하여
자손들의 우애를 위하여……

가이사의 것은 가이사에게로
나의 것은 나에게로 (speedten)

이렇게 얼마든지 사슬로 이어 노래하면서 생각의 나래를 마음껏 펼치며 서로의 상상력을 하나로 묶어갈 수 있다. 남의 것을 받아들이고 내 것을 내어 놓으며 누구나 평등하고 자유롭게 어우러져 주고받는 말꽃 세상이 열린 셈이다. 글말꽃 세상에서 뛰어난 몇몇 사람들만 작품을 내어 놓고 수많은 사람들은 그것을 받아들이기만 하던 그런 말꽃과는 아주 다르다. 입말꽃 세상에서 누구나 어우러져 메기고 받거나 돌려 부르던 그런 노래말꽃의 본질이 전자말꽃 세상에서 되살아났다고 할 만하다.

(2) 뛰어 읽는 시[641]

'뛰어 읽는 시'란 컴퓨터 누리그물 세상에서 저마다 온전한 말꽃의 바탕글(텍스트)을 어떤 벼리에 따라 서로 맺어 놓고 마음 내키는 대로 건너뛰어 읽으며 즐기는 시다. 맨 처음 씨앗 노릇을 하는 노래말꽃의 바탕글이 컴퓨터에 떠오르고, 그 바탕글에서 그림이나 밑줄을 친 대목을 누르면 거기 맺어 놓은 다른 바탕글들이 떠오른다. 맺어 놓은 바탕글은 하나가 아니라 마음에 내키는 대로 골라잡을 수 있도록 여럿이다. 골라잡은 하나의 바탕글로 뜀뛰어 들어가서 읽으며 즐기다가 다시 그림이나 밑줄로 표시해 놓은 대목을 눌러서 거기 맺어 놓은 다른 바탕글을 골라 건너뛰어 간다. 이렇게 그물처럼 맺어 놓은 여러 바탕글들을 우연으로 이어서 읽으며 입말이나 글말 세상의 말꽃에서는 맛볼 수 없던 새로운 전자말꽃만의 세상을 누리는 것이다.

'뛰어 읽는 시'는 생각의 가지를 여러 길로 펼치도록 마련한 바탕글을 잇달아서 만들어낸 바탕글의 커다란 무리라 할 수 있다. 따라서 읽는 이들은 글말꽃에서 하듯이 첫줄에서부터 마지막 줄의 마침표까지 지은이가 마련해 놓은 한가지 길로만 읽는 것이 아니다. 맺음을 표시한 대목을 누르고 거기 떠오르는 바탕글을 마음대로 골라 건너뛰어 가서 읽는다. 따라서 뜀뛰기를 고르는 데 따라 읽어 가는 바탕글이 달라지기 때문에 맛보는 말꽃의 세계는 언제나 바뀔 수 있도록 열려 있다. 한번 써놓으면 언제까지나 하나의 작품으로 굳어져 있는 글말꽃과는 달리, 맺음을 고르는 것에 따라 언제나 예측하지 못한 곳으로 건너뛰어 들어간다.

[보기] 풀이 눕는다[642]

첫 씨앗은 김수영의 〈풀〉이다. 첫째 줄 "풀이 눕는다"에 밑줄을 쳐서 맺음의 표시로 삼는다. 이 짧은 대목에, 다섯 사람의 시인이 저마다 시를 맺어 놓아서 다섯 줄기로 펼쳐 나간

---

641) 이른바 '하이퍼 텍스트 시'라는 것이다.
642) http://eos. mct. go. kr/

노래말꽃의 무리가 이루어져 있다. 이렇게 뻗어 나간 다섯 가지에는 또 저마다 다섯 사람의 시인이 쓴 노래말꽃을 맺어서 무리를 이루게 해놓는다. 이제 다섯 줄기에 저마다 다섯씩 가지가 붙었으니, 스물다섯 마리의 노래말꽃이 세 층으로 무리를 이룬 셈이다. 이렇게 바탕글의 맺음이 층을 이루어 거듭 내려가도록 하면 언제나 골라잡을 수 있는 가지가 다섯씩 열려 있고, 층을 거듭할 적마다 다섯 곱절씩 바탕글이 늘어나는 것이다. 마치 커다란 느티나무를 거꾸로 매달아놓은 것과 같은 노래말꽃의 무리가 컴퓨터 누리그물이라는 세상에 감추어져 있고, 읽는이는 그들 줄기와 가지를 따라 건너뛰면서 엉뚱하게 이어지는 노래말꽃의 세상을 누리는 것이다.

3) 전자 소리꾼[643]

'전자 소리꾼'이란 컴퓨터 누리그물의 텅빈 세상에서 노래하는 사람을 말한다. 사람이라 했지만 물론 컴퓨터 안에서 전자 기술에 힘입어 만들어낸 기계의 사람이다. 사람들이 좋아하는 배우나 가수의 얼굴들을 컴퓨터 기술로 끌어와 새로운 모습의 매력 넘치는 사람으로 만들어낸다. 그리고 그로 하여금 노래를 부르게 하는 것이다. 이들이 부르는 노래 또한 갖가지 전자 기술의 힘을 빌려 새로운 방법으로 만들어낸다. 따라서 이들 전자 소리꾼들은 컴퓨터 누리그물의 세상을 떠나서 노래할 수 없기 때문에 이들의 노래는 전자말노래말꽃일 수밖에 없다.

[보기] 아담[644]

'아담'은 우리 나라 전자 소리꾼(가수)으로 맨 먼저 나타난 사람이라 한다. 스무 살 나이의 젊은이로 1999년 2월에 '세상에 없는 사랑'이라는 노래를 비롯하여 열한 마리의 노래를 실은 소리판(음반)을 내놓으면서 이름을 얻었다. 그리고 지금은 소리꾼뿐만 아니라 상업광고 모델로서도 누리그물 세계에서 부지런히 살아가고 있다. 현실에는 없는 누리그물의 텅빈 세상에서만 살아 있지만 아담은 현실의 다른 연예인들과 다를 바 없이 어엿한 배우다. 뒤를 돌보는 매니저도 있고, 옷이나 머리 매무새를 손질하고 가다듬는 사람들까지 있다. 전자 소리꾼 아담을 만든 사람들은 '수많은 동서양 남녀 배우들의 얼굴'에서 조금씩 끌어모아 그래픽으로 만들어낸 모습에다, '알려지지 않은 시험을 거쳐 찾아낸 신인 가수'의 목소리를 어우러지게 해서 만들었다고 한다. 그러니까 아담의 노래는 얼굴이 드러나지 않은 실제의 사람(신인 가수)이 불렀다는 말이다. 그러나 아담이 부른 노래의 목소리 주인이 누구인지는 밝히지 않는다. 그리고 첫 소리판은 사람의 목소리를 빌려왔지만, 그 뒤로는 컴퓨터 전자 기술로 소리까지 만들어서 소리판을 만들어낸다고 한다.

---

643) 이른바 '사이버 가수'라고 하는 것이다.

644) http://www.adamsoft.com/fan/normal/home.html

4) 얼굴 없는 소리꾼[645)]

'얼굴 없는 소리꾼'이란 '엠피쓰리(MP3)'라는 컴퓨터 꼭지(파일)로 누리그물 세상에 노래를 부르는 소리꾼이다. 모습을 드러내지 않고 노래만 내보내기 때문에 '얼굴 없는 소리꾼'이라 부른다. 이들은 현실 세계에서 소리판(음반)을 내지는 않고 스스로 노래를 만들어 '엠피쓰리 꼭지'에 얹어서 누리그물 세상에서만 활동한다. 이러한 얼굴 없는 소리꾼들이 누리그물 세상에서 '가요제'와 같은 행사를 열기도 한다. 현실에서 가수의 역량을 가지고 가수가 되고자 하는 사람들도 누리그물 세상의 가요제에 스스로 만든 엠피쓰리 꼭지를 올려서 누리그물의 투표로 인기를 얻어 누리기도 한다.

요즘 인기를 얻은 소리꾼 조피디도 처음에 엠피쓰리를 누리그물에 올려 이름을 얻었다. 조피디는 먼저 누리그물 세상에 나타나 이름을 얻고 나서 텔레비전을 거쳐 마침내 현실의 소리판(음반)으로 활동했다. 그러나 요즘은 누리그물 세상에서만 얼굴 없는 소리꾼으로 활동하는 젊은이들이 많다. 이를테면 여러 컴퓨터 통신 회사들이 나서서 엠피쓰리 꼭지로 노래를 올려놓으면 사람들이 그것을 내려 받아서 들으며 즐긴다. 이것은 컴퓨터를 쓰는 사람들에게 이제까지 노래말꽃을 즐기던 여러 길들보다 한결 손쉽고 편안하게 누리는 길을 열어주어서 마음을 사로잡는 듯하다.

[보기] 지존 — 과대망상[646)]
과대망상, 왜 그렇게 키 큰 것도 모자라 코 큰 거야? 다른 사람만큼 뭐라도 한번 해봐!! 너도 이제 다 큰 어른이야 그만큼!! 한도 끝도 없이 밑으로 타락하겠어!! 눈만 뜨면 하루 종일 멍청한 짓하고 다녀……(대책 없어!!) 이제까지 흘려 왔던 나의 눈물은……(잊어 버려!!) 이런저런 핑계되고 주저앉지마!! 살다보면 마련이겠지만 너만에 너의 세계 속에 갇혀 있지는 마!! 아무렇지도 않은 듯이 너를 잃고 말겠지!! 자!! 일어 서봐 널 만들어봐!! 난 너에게 다른 삶을 보여주고 싶어!! 짚어!! 땅을 짚어!! 너가 할 수 있는 만큼 너를 지켜!! 내가 사랑했던 여자 한 명 있었어!! 너무 맑고 착한 그녀 내 곁을 떠났어!! 나는 물었어!! 왜 떠나가는지? 나 같은 백수하고는 만날 수 없대... 눈만 뜨면 하루 종일 멍청한 짓하고 다녀……(대책 없어!!) 이제까지 흘려 왔던 나의 눈물은……(잊어 버려!!) 과대망상 과대망상, 너의 모습 찾길 바래!! 과대망상 과대망상, 너의 모습 찾길 바래!! 지금 너의 환상 빨리 깨라. 몽상 너는 지금 아무것도 하고 있지 않지!! 머릿속엔 그저 모든 것이 된 듯 하나 둘씩 생각하며 웃고 있겠지만, 그건 너의 착각. 잠시 착각. 생각만으로 모든 걸 얻을 순

---

645) 이른바 'MP3 가수'라는 것이다.
646) http://www.nmusica.com/

없어!! 한심했던 너를 돌아 봐 돌아 봐!! 망상 속에 빠져 있는 너를 돌아봐!! 눈만 뜨면 하루 종일 멍청한 짓하고 다녀……(대책 없어!!) 이제까지 흘려 왔던 나의 눈물은……(잊어 버려!!) 과대망상 과대망상, 너의 모습 찾길 바래!! 과대망상 과대망상, 너의 모습 찾길 바래!!

넷

셋째갈래 : 이야기말꽃

가. 굿이야기말꽃

1. 서낭굿이야기말꽃

2. 조상굿이야기말꽃

나. 삶이야기말꽃

1. 일이야기말꽃

2. 놀음이야기말꽃

넷 셋째갈래 : 이야기말꽃

이야기도 애초에는 놀이에 싸잡혀 있었으나 노래보다 먼저 놀이에서 떨어져 나왔을 것으로 보인다. 그것은 이야기가 놀이와 더불어 함께 어우러져 있기 어려운 속살을 노래보다 더 많이 지닌 때문일 것이라고 이미 말했다.[1] 이야기가 놀이와 함께 어우러져 있을 적에 그것은 물론 굿이야기였다. 말꽃뿐만 아니라 온갖 예술들을 싸잡고 서낭과 사람이 어우러져 벌이는 굿, 곧 굿놀이 안에 애초의 이야기가 자리잡고 있었다. 이처럼 굿 안에 어우러져 있던 굿이야기는 어쩔 수 없이 놀이의 본질인 가락(운율, 리듬)에 실려 있었다. 가락에 실리지 않고는 놀이인 굿과 하나로 어우러질 수 없기 때문이다. 헬라 겨레[2] 사람들은 이것을 '에픽'이라 불렀는데, 서양 사람들이 모두 그 말을 따라 썼다. 그리고 일본 사람들이 그것을 '서사시'라고 뒤쳐 쓰니까 우리도 그대로 본받아 쓰고 있다.

---

1) '하나-나-2-마)'를 보시오.

2) 지중해 동북쪽에 자리잡은 에게해를 터전으로 서양 문명의 뿌리를 마련한 겨레다. 저들은 우리처럼 하나의 핏줄로 맺어진 겨레라고 보기 어렵다. 에게해를 휘저으며 사방에 사는 사람들끼리 서로 피섞음을 수없이 거쳤기 때문이다. 기원전 2500년 즈음에 크레타 섬에서 먼저 일어나 천년 동안 꽃피운 미노아문명에서 비롯하여, 기원전 2000년 즈음부터 펠로폰네소스 반도의 목에 자리잡은 미케네에서 일어나 천년 동안 꽃피운 미케네문명을 거치고, 기원전 1300년 즈음에 반도 북쪽 에피루스 지방에서 내려온 도리아 사람들이 일으켜서 500년 동안 꽃피운 도리아문명을 거쳐, 기원전 800년 즈음부터 스파르타와 아테네가 앞서 일으켜 500년 동안 꽃피운 도시국가문명까지 이루면서 서양 문명의 튼튼한 뿌리 노릇을 한 겨레다. 호메로스, 아이스퀼로스, 소포클레스, 에우리피데스, 아리스토파네스 같은 시인들, 소크라테스, 플라톤, 아리스토텔레스 같은 철학자, 피타고라스, 히포크라테스, 데모크리토스 같은 과학자들이 헬라문명을 이끌어 나간 사람들로 손꼽힌다.

사실 굿이야기가 떨치던 때는 벌써 오래전에 끝났다고 볼 수 있다. 이야기가 굿에서 떨어져 나온 지가 이미 오래되었기 때문이다. 그러나 불행인지 다행인지 우리네 굿이야기는 끈질긴 목숨으로 살아 남아 요즘까지 우리 앞에서도 자취를 감추지 않고 살아 있다. 그것도 뼈대가 크게 망가지지 않은 굿과 함께 어우러져 있어서 사라진 지난날의 모습을 찾아내는 일조차 어렵지 않을 지경이다. 굿이야기를 가장 온전하게 드러내는 자취는 물론 굿 안에 있지만, 반드시 거기에만 있는 것도 아니다. 굿에서는 이미 떨어져 나와 입말의 이야기로 살아 있는 것들도 많고,3) 이런저런 까닭으로 일찍이 한문을 부려 쓸 줄 알던 지식인들의 눈에 띠어 한문으로 적힌 것들도 없지 않다.4) 이야기가 굿과 더불어 어울리던 몸짓과 소리 따위를 모두 버리고, 마침내 가락까지도 뿌리치고 나면, 온전히 말만의 예술인 말꽃으로 홀로 서게 된다. 이렇게 홀로 서기에 이른 이야기말꽃은 삶을 담는 일에 기울어지게 마련인데, 이것을 삶이야기라고 부르기로 한다.

우리 겨레의 삶이야기는 삶놀이와 삶노래에 견주어 훨씬 넉넉하게 남아 있다. 이야기가 놀이로부터 일찍이 떨어져 나와 홀로 서기도 했을 뿐 아니라, 놀이와 노래보다 훨씬 손쉽게 한문으로 적힐 수 있었기 때문이기도 하다. 놀이와 노래는 살아 있는 말의 모습을 그대로 지니지 않으면 망가져 버리기 때문에 한문으로 적힐 수 없지만, 이야기는 살아 있는 말을 벗어나 줄거리만 적어도 본디 모습을 얼마쯤 알아볼 수 있어서 한문으로 적어도 쓸모가 없지 않다. 이야기의 뼈대를 흔히 사람(인물), 벌어진 일(사건), 말씨(문체), 이렇게 셋을 꼽거니와 앞의 둘은 한문으로 적은 줄거리 안에서도 어지간히 살아 있을 수 있기 때문이다.

게다가 입말을 쉽게 적을 수 있는 한글을 만들자 이야기는 한글에 어우러져 놀이나 노래보다 훨씬 빠르게 자라났다. 입말로만 흘러오던 이야기들이 글말로 적히면서 눈에 띠게 자라고, 마침내 글말로 만드는 소설도 일찍이 나타났다. 글말로 소설을 만들기 비롯한 때를 우리는 17세기 초엽으로 생각한다. 그러니까 글말로 이야기말꽃

---

3) 1970년대 뒤로 나라 안 곳곳에서 조사하고 글로 적은 입말꽃 자료에 두루 나타난다. 무엇보다도 10년 세월에 걸쳐 한국정신문화연구원이 전국을 두루 조사하여 입말꽃을 적어 펴낸 《한국구비문학대계》 안에 수많은 자료들이 담겨 있다.

4) 굿이야기(신화)가 살아 남은 실상을 다음과 같이 정리하는 사람도 있다. "1) 문헌에 정착된 건국시조 신화 / 2) 문헌에 정착된 여산신과 남신의 신화 / 3) 문헌에 정착된 성씨시조 신화 / 4) 구전으로 전해지는 예사 신화 / 5) 구전으로 전해지는 당신 신화 / 6) 무당 노래로 전해지는 일반 신화 / 7) 무당 노래로 전해지는 당신 신화 / 8) 무당 노래로 전해지는 조상 신화."(김헌선, 《한국의 창세신화》, 길벗, 1994, 13~16쪽)

을 만들어내던 세월도 짧지 않은 데다가, 입말로만 흘러오던 삶이야기도 요즘 들어 늦게나마 넉넉하게 붙들어 글로 적었다. 이래저래 우리네 이야기말꽃은 놀이말꽃이나 노래말꽃보다 한결 가멸지고 넉넉하고, 이런 이야기말꽃도 놀이말꽃이나 노래말꽃과 마찬가지로 가지를 벌이며 자라났음은 말할 나위도 없다.

가. 굿이야기말꽃

이야기말꽃의 뿌리로서 굿과 더불어 어우러져 있던 굿이야기말꽃은 무엇보다도 '이야기'다. 서양의 헬라(그리스)말 '미토스'가 담고 있는 바로 그런 뜻이다. 그 말은 '이성의 말' 곧 '로고스'와 맞서는 '상상의 말'로서[5] 지난날 헬라 겨레 사람들에게서 '상상의 말'이란 모두가 서낭과 얽혀 있는 것이었다. 그들의 삶이 모두 서낭과 떨어져서는 이루어질 수 없던 세월에 이 말을 만들어 썼기 때문이다. 그런 뜻에서 애초 그리스 사람들의 미토스란 말은 오늘의 '말꽃'이라는 것과 비슷한 뜻넓이를 지녔던 것이다. 그러므로 오늘 우리는 그것을 모든 상상의 이야기가 아니라 서낭(신)을 두고 하는 굿이야기[6]로만 좁혀서 써야 제대로 어울린다.

굿이야기를 하자면 다시 굿을 잠시 돌아보아야겠다. 굿은 물론 '서낭(신)'이 바탕이지만, 서낭을 '믿는 사람들(신도)'이 또 하나의 바탕이다. 그리고 서낭과 사람들 사이를 맺어주는 '무당(사제)' 또한 빠질 수 없는 바탕이다. 이들 셋을 굿의 솥발이라 할 수 있다. 그러나 굿을 벌이려면 또 다른 것들이 있어야 한다. 우선 무당이 서낭과 사람을 맺어준다고 했지만, 정작 서낭과 사람을 맺어주는 것은 무당이라는 사람이 아니다. 그의 몸으로 만들어내는 몸짓과 입에서 내놓는 말이다. 무당의 몸짓과 말이야말로 서낭과 사람을 맺어주는 참된 끈이다. 그리고 서낭이 내려와 머무는 자리도 있어야 한다. 서낭이 내려와 머무는 좁은 자리는 이른바 '제단'이고, 서낭이 머물며 무당과 사람들과 더불어 굿을 벌이는 좀더 넓은 자리는 '성소'다. 이것들이 굿을 이루는 데에 없을 수 없는 것들이다. 그래서 굿이란 서낭이 내려와 성소 안의 제단에 머물고, 서낭을 만나려 사람들이 모이고, 이들을 맺어주려는 무당이 몸짓과 말로써 벌이는 노릇이

---

5) P. Grimal(김우탁 역), 《그리스 신화》(*La Mythologie Grecque*, 삼성문화문고 55), 삼성문화재단, 1974, 7~8쪽.

6) '서낭을 두고 하는 굿이야기'면 넉넉하고 '서낭을 두고 하는 상상의 이야기'라 할 까닭이 없다. 왜냐하면 '서낭(신)'이라면 이미 사람의 감각을 넘어서 상상으로만 알아볼 수 있기 때문이다.

다. 이런 노릇은 모든 종교에 두루 한결같은 모습으로 벌어진다.

　그런데 굿이야기는 말할 나위도 없이 굿을 이루는 이들 여러 가지 가운데 '무당의 입에서 내놓는 말'에 싸잡혀 있다. 싸잡혀 있다는 말은 그 '말'에 굿이야기 아닌 다른 것도 있다는 뜻이다. 그것이 바로 앞에서 이미 살핀 '굿노래'였다.[7] 굿이야기도 물론 무당이 제 뜻을 서낭에게 바로 말하는 것[찬미], 무당이 사람의 뜻을 서낭에게 대신 말하는 것[축원], 무당이 서낭의 뜻을 사람에게 대신 말하는 것[공수]으로 나누어진다. 이런 세 가지 굿이야기들이 글말로 적히면 이른바 '경전'을 이룬다. 사실, 경전이란 서낭의 가르침을 담은 말이기에 노른자위는 바로 서낭이야기다. 서낭이야기를 가운데 앉히고 서낭의 가르침을 무당이 받아서 글로 적은 것이 경전을 이루게 마련이다. 그것은 무당에게로 내린 서낭의 꾸중과 축복, 계명과 약속을 담기 일쑤다. 그렇게 모든 종교의 경전은 오래도록 입으로 흘러오던 것이었으나 사람들이 글자를 만든 뒤로 글말로 적어서 거룩한 가르침으로 받들게 되었다.[8]

　그러니까, 오늘날에는 종교와 떨어져서 단순한 말꽃이나 역사의 자료로 볼 수밖에 없는 굿이야기가 옛날에는 그대로 살아 있는 종교의 경전이거나 그 뼈대였다. 굿이야기란 모두가 애초에는 '서낭'과 '믿음을 지닌 무리'와 '무당'이 그럴 만한 '곳'에 모여 노래하고 춤추며 믿음의 노릇(제의)을 베풀 적에 말하고 듣던 이야기였다는 말이다. 그리고 그런 굿이야기가 살아 있는 믿음의 이야기로 힘을 떨치던 그때를 우리는 흔히 '신화 시대'라 부른다. 이런 신화 시대의 종교가 세상과 사람이 달라지는 사정에 발맞추어 목숨을 잃지 않고 힘을 떨치며 오늘날까지 자라난 보기는 흔치 않다. 신화 시대에는 살아 있었던 여러 가지 종교들이 역사 시대로 넘어와서는 제대로 살아 남지 못하고 마침내 오늘날에는 한갓 굿이야기, 곧 신화로만 남거나 사라져버렸다는 말이다.

　오늘날 땅 위에는 넉넉한 굿이야기 유산을 물려받은 겨레와 그렇지 못한 겨레가 어울려 살고 있다. 그래서 굿이야기 유산의 넉넉함과 가난함이 곧 그 겨레의 상상하는 힘을 재는 잣대로 여겨지기도 한다. 그러나 따지고 보면 그것은 굿이야기의 가난함과 넉넉함을 보여주는 것이라기보다, 그 겨레가 써온 글말의 사정을 나타내는 것일

---

7) 굿노래를 무당이 제 뜻을 서낭에게 바로 말하는 '찬미노래', 무당이 사람의 뜻을 서낭에게 대신 말하는 '축원노래', 무당이 서낭의 뜻을 사람에게 대신 말하는 '공수노래'로 갈래지웠던 일을 떠올릴 일이다.

8) 그러니까 올바른 종교가 되려면 '서낭'과 믿는 사람들인 '신도'와 무당인 '사제'와 거룩한 곳인 '성소'와 서낭이야기를 알맹이로 한 '경전'이 갖추어 있어야 한다. 이들 다섯 요소가 얼마만큼 잘 갖추어졌는가에 따라 그 종교의 상태와 수준을 가늠할 수 있다.

418

따름이다. 입말을 제대로 적을 수 있는 글자를 일찍이 가져서 글말을 쉽게 부려쓴 겨레는 오늘날 가멸진 굿이야기 유산을 물려받게 되었으나 입말을 제대로 적기 어려운 글자를 썼거나 글자를 아예 갖지 못한 겨레는 굿이야기 유산을 거의 잃어버리고 가난할 수밖에 없다. 신화 시대에 입말로 누리던 굿이야기는 겨레에 따른 빈부의 격차가 없이 한결같았지만 글말로 적을 수 있었던 사정에 따라서 유산이 가멸지기도 하고 가난하기도 하다는 말이다.

　사실 우리 겨레는 매우 깊은 신앙을 지니고 사는 것으로 보인다. 지난날 역사 안에 드러나는 신앙의 자취들은 말할 것도 없고, 오늘날 우리 사회에서 벌어지는 신앙 생활의 모습에서도 그런 느낌을 받는다. 이런 신앙의 기질은 물론 요즘에 생긴 것일 수 없고 그 뿌리가 깊어서 먼 옛날 우리 겨레의 삶을 보여주는 중국 쪽 기록들9)이 그것을 잘 말해주기도 한다.10) 그러나 그처럼 넉넉한 신앙의 행위에 반드시 따랐을 굿이야기 자료를 실제로 풍부하게 물려받지는 못했다. 지난날 누구나 쉽게 글로 적어 남길 수 있는 글자가 없었던 탓임은 두말할 나위가 없다. 하지만 글말로 적은 자료만이 자료가 아니라 입말로 흘러오는 자료도 값진 자료라는 사실을 깨달은 요즘에는 넉넉했던 지난날 굿이야기를 부지런히 찾아내어 글말로 적고 연구하는 사람들이 많아졌다. 이런 사람들에 힘입어 우리는 오늘날 입말로 내려오는 무당굿의 본풀이들이 떳떳한 굿이야기임을 깨달았다. 굿이야기를 '굿에 얽힌 입말'11)이라고 서양 사람들이 뜻매김한 바를 따르더라도 우리의 무당굿 안에 갈무리되어 내려온 본풀이는 다시 없는 굿이야기다.

　굿놀이와 굿노래가 그랬던 것과 마찬가지로 굿이야기도 서낭굿이야기와 조상굿이야기로 나누어진다. 사람의 눈에는 보이지 않으면서 굿이야기의 주인으로 노릇 하

---

9) 이를테면 한나라 사마천의 《사기》, 후한나라 반고의 《한서》, 진나라 진수의 《삼국지》, 진나라 사마표의 《후한서》 같은 역사책들.

10) 은나라 달력 정월에 하늘에다 제사하면 온 나라 사람들이 크게 모여 여러 날을 술 마시고 노래하며 춤추는데 이름을 영고라 한다(以殷正月祭天 國中大會 連日飮酒歌舞 名曰迎鼓) : 부여.
　　시월에 하늘에다 제사하면 온 나라 사람들이 크게 모이는데 이름을 동맹이라 한다(以十月祭天 國中大會 名曰東盟) : 고구려.
　　언제나 시월이면 하늘에다 제사하면서 밤낮으로 술 마시고 노래하며 춤추는데 이름을 무천이라 한다(常用十月祭天 晝夜飮酒歌舞 名之儛天) : 예.
　　언제나 오월에 씨를 뿌린 다음 귀신에게 제사하면 수많은 사람들이 모여 노래하고 춤추며 술을 마시고 밤낮을 쉬지 않는다. 시월에 가을 걷이 마치면 또 그렇게 한다. 귀신을 믿으며 나라와 고을마다 한 사람을 세워 하느님에게 제사를 바치게 하는데 이름을 천군이라 한다(常以五月下種訖 祭鬼神 群聚歌舞飮酒 晝夜無休 十月農功畢 亦復如之 信鬼神 國邑各立一人 主祭天神 名之天君) : 마한.

11) "Oral correlative of Ritual"을 일본 사람들이 "祭儀の口述 相關物"이라고 뒤쳐 쓰니까 우리는 그걸 그대로 받아다 "제의의 구술 상관물"이라고 한다.

는 서낭의 성격에 따라 갈래지은 것이다. 본디부터 사람이 맞설 수 없는 힘을 지닌 서낭이었던 분의 이야기를 서낭굿이야기라 하고, 본디는 사람이었으나 뛰어난 일을 하고 죽은 다음에는 후손들의 우러름을 받으며 거룩한 서낭이 되신 분의 이야기를 조상굿이야기라고 했다.

1. 서낭굿이야기말꽃

서낭굿이야기말꽃은 서낭굿에서 풀어내는 서낭이야기다. 굿거리에 모시는 서낭의 뿌리와 내력을 풀이하는 이야기로 뼈대를 이룬다. 굿거리에서 서낭을 모시는 대목에 이르면 무당은 사람들이 보는 앞에서 그분의 힘과 거룩함을 드높이려는 뜻으로 서낭의 뿌리를 이야기로 풀어낸다. 이래서 서낭굿이야기는 '서낭본풀이'라고 불렸는데, 서낭의 근본이 어디로부터 왔으며 어떻게 하여 서낭 자리에 올랐는지를 이야기하는 말꽃이다.

서낭굿이야기말꽃도 지난날로 올라갈수록 넉넉하였을 것임이 틀림없다. 먼 옛날로 올라갈수록 마을에서도, 나라에서도 서낭을 모시고 그 분과 더불어 살았기 때문이다. 서낭이 계시는 당집과 서낭이 하늘과 땅으로 오르내리는 당나무를 거룩하게 모시고 굿판을 벌이는 사람들이 굿의 임자인 서낭을 굳게 믿었기 때문이다. 그러나 그런 서낭굿이야기말꽃들도 글말로 적히지 못해서 모조리 시간의 어둠 너머로 사라져버리고, 가까스로 남은 것을 20세기에 와서야 부서지고 조각난 채로 글말에 담을 수 있었다.[12] 그런 부스러기와 조각들이나마 두루서낭굿이야기말꽃과 끼리서낭굿이야기말꽃으로 나누어 더듬어보기로 한다.

가) 두루서낭굿이야기말꽃

일찍이 마을 사람들이 너나없이 서낭을 믿고 살면서 서낭굿을 바치던 모습과 속살을 글로 적어 남긴 자취는 없다. 20세기에 와서 그런 자취를 찾고 연구하는 사람들이 나타나고 1970년대를 지나면서 여러 사람들이 애쓴 보람으로 이제 우리는 지난날 우리 겨레가 마을서낭굿을 어떻게 벌였던 것인지 제법 짐작할 수 있게 되었다.[13] 그

---

12) 글말로 적힌 서낭굿이야기들은 거의가 무당의 굿에서 녹음하여 적은 것이라 여느 사람들이 쉽사리 읽고 즐기기는 어렵다. 그래서 여느 사람들도 쉽게 읽을 수 있도록 요즘 말로 손질하고 맞춤법에 따라 적어 펴낸 책이 있다. 거기에는 마흔여덟 마리의 서낭굿이야기들이 실려 있다.(김태곤, 《한국의 무속신화》, 집문당, 1985)

420

런 덕분에 마을서낭굿이야기말꽃도 적잖이 글말로 적었는데, 무당이 바치는 마을서
낭굿 안에 서낭본풀이로 내려오는 것들 밖에도 여느 사람들의 입에서 입으로 내려오
는 것들도 없지 않다. 이들 두 갈래 길은 본디 하나로서, 마을서낭굿 안의 무당 본풀
이가 세월과 함께 그것을 믿는 여느 사람들에게로 퍼져 나갔을 것임은 두말할 나위
조차 없겠다.

  ㉠ 옛날 마을에 한 처녀가 있어 아침에 굴산사 앞에 있는 돌샘에 가 바가지로 물을 뜨니
바가지 물 속에 해가 떠 있었다. 처녀는 처음 이상하게 여겼으나 해가 떠 있는 바가지
물을 그대로 마셔버렸다. 그런 뒤 처녀는 몸에 이상을 느끼고 달이 차서 사내아이를 낳
았다.
  처녀가 아비 없는 아이를 낳은지라 마을 사람들의 지탄과 가족들의 구박이 자심했다.
그래서 산모는 그 아이를 뒷산에 있는 학바위 밑에 버렸다. 학바위는 마치 여러 바위를
포개 놓아 동굴처럼 되어 있었다.
  사내아이를 버린 산모는 밤을 뜬눈으로 새우고 이튿날 아침 일찍 모정을 못이겨 아
기가 있을 학바위로 찾아갔다. 어린아이가 밤새에 얼어 죽었거나 산짐승이 물어갔을
것으로 알고 있었으나 뜻밖에도 어린아이는 잠이 들어 있었으며, 학을 비롯해 산짐승
과 날짐승들도 서로 다투어 아기를 따뜻이 감싸주고 젖을 먹이는 것이었다. 이 광경을
보고 누구도 감탄치 않을 이가 없었으며 모두들 그가 비범한 인물이 되리라 짐작했다.
  아이는 무럭무럭 자랐으나 말을 하지 못했다. 그러다가 일곱 살이 되니 비로소 아버
지가 누구냐고 입을 떼어 묻는 것이 아닌가. 그 외조부는 사실대로 이야기하고 경주에
보내어 공부를 시켰다. 경주에 간 소년은 열심히 공부하여 국사가 되어 돌아왔으며 중
국에까지 그 이름을 떨치게 되었다.
  국사는 학바위에서 지팡이를 던져 꽂힌 곳에 절을 지었으니 심복사라 한다. 국사의
이름을 범일국사라 하는데 이는 해가 떠 있는 바가지 물을 마시고 낳았다는 뜻으로 지
어진 이름이라 한다. 범일국사는 강릉에 살았는데 때마침 임진왜란이 났다. 국사는 대
관령에 올라가 술법을 쓰니 산천초목이 모두 군사로 변하여 왜군이 감히 접근치 못하
고 달아났다. 이렇게 해서 나라에 공이 많고 향토를 지키는 데 공이 큰 국사는 죽어 대
관령 서낭신이 되었다고 한다.[14)]

  ㉡ 옛날 강릉에 정씨가 살고 있었다. 정씨 집에는 나이 찬 딸이 있었다. 하루는 꿈에 대관
령 서낭이 나타나 '내가 이 집에 장가들겠노라' 하고 청했다. 그러나 주인은 사람 아닌
서낭을 사위삼을 수 없다고 거절했다. 어느 날 정씨 집 딸이 노랑저고리에 남치마를 입
고 곱게 단장하고 툇마루에 앉아 있었는데 호랑이가 와서 업고 달아났다. 소녀를 업고

---

13) 마을서낭굿은 앞의 '둘-가-1-가)-2)'에서 이미 살폈다.
14) 최길성, 〈부락신앙〉, 《한국민속대관 3》, 고려대학교 민족문화연구소, 1982, 161쪽.

간 호랑이는 산신이 보낸 사자로서 그 소녀를 모셔오라는 분부를 받고 왔던 것이다.
　대관령 국사서낭은 소녀를 데려다가 아내로 삼았다. 딸을 잃은 정씨 집에서는 큰 난리가 났으며 마을 사람의 말에 의해서 호랑이가 물어간 것을 알았다. 가족들은 대관령 국사 서낭당에 찾아가 보니 소녀는 서낭과 함께 서 있었는데 벌써 죽어 혼은 없고 몸만 비석처럼 서 있었다. 가족들은 화공을 불러 화상을 그려 세우니 소녀의 몸이 비로소 떨어졌다고 한다.
　호랑이가 처녀를 데려다 혼배한 날이 사월 보름이다. 그래서 대관령 국사 서낭을 제사지내고 모셔다가 여서낭당에서 두 분을 함께 제사지내게 되었다.[15)]

　이들 마을서낭굿이야기말꽃은 보다시피 부부로 짝을 지어 모셔진 대관령 서낭 두 분의 본풀이다. 대관령 서낭은 강릉 사람들의 마을서낭으로서 요즘도 해마다 강릉 단오굿을 벌일 적에 받들어 모시는 서낭이지만, 대관령 자락에 흩어진 여러 마을 사람들이 두루 믿음을 걸고 살아서 고을서낭이라 해야 마땅할는지 모른다.
　㉠에서는 바가지 물에 뜬 해를 마신 처녀가 아이를 낳아서 그 아이가 마침내 마을서낭이 되었다. 그 아이는 태어나면서 버려졌지만 산짐승 들짐승들이 돌보아 길렀고, 자라서도 서울(경주)에 올라가 공부를 잘하고 중국에까지 이름을 떨쳤다. 또한 나라에 외적이 쳐들어왔을 적에 신통력으로 외적을 물리쳐서 뛰어난 힘을 드러내 보였다. 죽은 뒤에 대관령 서낭으로 자리잡을 만한 거룩함을 살아 있을 적에 넉넉히 나타낸 것이다. 처음 처녀가 절 앞의 돌샘에서 물을 떠먹었다든지, 아이가 자라서 절을 지었다든지, 스님이 되어 '범일국사'라 불렀다든지 하는 것들은 모두 뒷날 불교의 영향으로 덧입혀진 꾸밈새들임을 짐작할 수 있다.
　㉡에서는 여느 백성의 '나이 찬 딸'이 범에게 물려가서 마침내 ㉠의 국사서낭과 짝을 이루는 서낭이 되었다. 이미 대관령 서낭으로 자리잡고 있던 국사서낭이 범을 심부름꾼으로 보내서 처녀를 업어가서는 혼배를 하고 짝을 이루어 부부서낭이 되었다는 것이다.

　㉠ 아득한 옛날에 이 마을의 한 처녀가 바닷가에 나가서 미역을 따고 있었는데 때마침 한 청년이 배를 저어서 그 앞바다를 지나가고 있었다. 그 청년이 하도 미목이 수려한 미남자였던지라 그만 처녀는 한눈에 반해 버렸다.
　집에 돌아온 처녀는 그날부터 상삿병에 걸려 앓아누웠다가 끝내는 죽어버리고 말았다. 그런데 그 뒤부터는 마을 어부들에게 도무지 고기가 잡히지 않아 큰 걱정을 하게

---

15) 위의 책, 162쪽.

되었다.

　그러던 어느날 한 어부의 꿈에 죽은 처녀가 타나나서 "너희들이 고기가 안 잡혀 걱정일 터인데 많이 잡고 싶거든 이러이렇게 하라" 이르고 사라졌다. 그 어부는 꿈에 처녀가 나타나서 일러준 대로 신(남자의 성기)을 깎아서 바치고 고기잡이를 하러 나갔더니 과연 많이 잡혀서 그 뒤로는 늘 그렇게 했다.

　그 사실을 알게 된 마을 사람들도 다 따라서 그렇게 하였다. 그로부터 이 고장에는 신을 깎아 바치는 해랑당이 생기게 되었다.16)

ⓒ 옛날에 마을에 사는 처녀 하나가 해중에 있는 바위로 김을 뜨러 갔다. 처녀가 김을 뜨는 도중 별안간 돌풍이 일어나 파도가 쳐서 바위를 휩쓸고 있었으나 처녀를 실어다 준 배가 마을로 돌아간 후 다시 바위로 나갈 수가 없었다. 그때 그 처녀는 파도가 휘몰아치는 바위 위에서 살려고 외치며 애를 쓰다 끝내는 파도에 휩쓸려 물에 빠져 죽고 말았다. 처녀가 이렇게 살려고 애를 쓰다 죽은 바위라 하여 이 바위를 애바위라고 부르게 되었는데, 지금도 해당 왼쪽 약 1키로 밖 바다에 있고 수면 밖으로 나직이 나타나 보인다.

　이런 일이 있은 뒤 고기가 도무지 잡히지 않고 바다에 나가면 배가 전복되어 인명 피해를 많이 입게 되었다. 나이 많은 노인의 꿈에 물에 빠져 죽은 처녀가 현몽하여 자기는 처녀로 죽었기 때문에 억울하니 원한을 풀어주기 위해 당신(서낭)으로 모셔줄 것과 제를 올릴 때에는 청춘의 한을 풀 수 있도록 남근(남자의 성기)을 깎아다 바쳐달라고 하였다. 그렇게 해주면 고기도 잘 잡히고 해상 사고도 없을 것이라고 했다. 깨어보니 꿈이었다.

　그 노인은 동네 노인들들과 상의한 끝에 지금의 위치에 신당을 설치하고 남근을 바쳐 제를 지내게 되었다. 그 뒤부터는 고기가 많이 잡혀 부락민이 다시 잘 살 수 있게 되었으며 해상 사고도 없게 되었다.17)

　이들 마을서낭굿이야기말꽃은 동해안(강릉, 삼척) 마을들에 모신 마을서낭의 본풀이다. 마을에 살던 여느 처녀가 바다에 빠져 죽어서 마침내 마을서낭으로 자리잡았다. 그런데 서낭으로 자리잡은 처녀는 사람들에게 남근을 바쳐야 복을 내리겠다고 해서 결국 남근을 서낭과 함께 모셨다. 처녀와 남근이 짝을 이루어 마을서낭으로 모셔진 셈이다. 그러나 생각해 보면 처녀를 마을서낭으로 모신 사람들이 처녀인 서낭을 즐겁게 해야 한다는 신앙심에서 남근을 바치는 굿을 벌였을 듯하다. 그리고 그것이 마침내 처녀서낭과 남근을 짝지워 모시는 것으로 바뀌었을 것으로 짐작할 수 있다.

---

16) 장주근,《한국의 향토신앙》, 을유문고, 1975, 9~10쪽.
17) 김태곤,〈성기신앙연구〉,《한국종교》1, 원광대학교 종교연구소, 1971, 26쪽.

㉠ 오랜 옛날 노부부가 살았는데 무자라 산신께 득남을 기원하여 잉태케 됐다. 그러나 열 달이 지나도 순산치 못해 노심초사인데 어느날 해인사 고승이 방문하여 말하기를 자정 전에 출산하면 충신이 될 것이고 자정 후에 출산케 되면 역적이 될 것이니 죽이라고 당부했다.

그런데 아기가 그만 자정 후에 나왔고, 스님도 아깝다 혀를 차며 가버렸다. 아이는 첫돌이 지나지 않아서 장군 같이 크고 비범하기 짝이 없었다. 한 살이 안 돼서 바다에 헤엄을 치는데 온몸에 비늘이 돋고 늑골에 구멍이 생겨 물밑에서도 하루종일 살았고 멀리 세존도까지 왔다갔다 했다.

그런데 이때 왜구들의 노략질이 심해 스무살이 된 설운장군이 부채로 풍랑을 일으키고 배를 끌어당겨 파선시키며 왜구를 도륙냈다. 왜구들이 욕지도 쪽으로 도망가자 욕지도 천황산에서 국도산 꼭대기와 남해 세존도 꼭대기까지 올라 왜구를 작살냈다. 그리고 왜구들의 식량을 뺏어 가난한 어민들에게 나눠주었으나 조정에서 잘못 알고 반인 반어의 괴물이 백성을 괴롭힌다고 관군을 수없이 보내 체포케 했다.

그러자 설운장군은 국도에 몸을 숨기고 관군을 골탕먹일뿐더러 토벌군의 판관 부인을 납치하여 국도에 감춘 채 아내로 삼아 아이를 잉태케 했다. 부인은 탈출을 꾀해 잠을 자면 며칠씩 자는 장군을 속여 관군에게 기통한 다음 생포케 했다. 관군이 장군의 목을 치나 끊어진 목이 자꾸 붙고 죽지 않아서 판관 부인이 메밀가루를 끊어진 목에 뿌리자 그제사 죽었다.

장군이 죽자 왜구들의 노략질이 또다시 심해져서 섬사람들은 장군의 죽음을 억울케 생각하고 제사지낸다. 십년 전만 해도 장군이 영험해서 신당 뒤에 큰 고기를 잡아 바치면 다음날 뼈만 앙상하게 남았다.[18]

㉡ 옛날 사량도에 홀아비가 예쁜 딸을 두고 살았다. 홀아비의 딸은 자랄수록 절색미녀가 되어 마을 사람들은 천녀 또는 옥녀라고 불렀다. 딸이 너무 예쁜 나머지 옥녀에게 애비가 욕정을 품었다. 딸은 한사코 애비의 간청을 물리쳤으나 애비는 막무가내였다.

그러던 어느날 밤에 마침내 강제로 겁탈하려 들자 옥녀는 아버지에게 사람의 몸으로는 도저히 허용할 수 없으니까 뒷산 바위에 올라가 기다리겠으니 소의 가죽을 뒤집어쓰고 음매음매 소울음 소리를 내며 바위까지 올라오면 소원을 풀어드리겠다고 아버지를 달랬다.

홀애비는 그래 좋다 하고 소가죽을 뒤집어쓰고 뒷산으로 소울음 소리를 내면서 엉금엉금 기어올라가니 행여나 아버지가 정신을 차릴까 하던 옥녀는 이미 떨어져 죽고 붉은 이끼가 나 있었다. 대례도 치르지 못하고 죽은 옥녀의 한을 풀어주고자 이 지방에서는 수백 년 동안 결혼식날 대례를 올리지 않았다. 대례를 행하면 그 결혼은 반드시 파경을 맞는다. 그리고 옥녀가 떨어져 죽었다 해서 옥녀봉이라 하고 옥녀의 초상화가 장군당에 있다.[19]

---

18) 정인진, 《우리 민속의 실상과 의미》, 민속원, 1999, 129~130쪽.

이런 마을서낭굿이야기말꽃은 남해안에 흩어져 있는 섬, 통영군 사량도에 내려오는 마을서낭 본풀이들이다. 설운장군은 잇따른 왜구의 노략과 침략에 시달리던 섬 사람들의 염원에서 비롯하여 받들게 된 서낭이다. 보잘것없는 백성의 집에서 뛰어난 힘을 지닌 아이가 태어나 왜구를 무찌르고 가난한 사람들을 살리는데도 나라에서는 알아주지 않고 마침내 죽이고 말았다는 것이다. 옥녀는 사람의 마음속에 숨어 있는 짐승의 마음, 인륜과 도덕에 어긋나는 폭력에 시달리던 섬사람들의 깨침에서 모시게 된 서낭이다. 옥녀는 가장 가까운 육친, 그 어떤 폭력이라도 막아주어야 마땅한 아버지의 반인륜적 폭력에 죽임을 당했다.

㉠ 경상북도 영천에서 온 이형상 목사가 구좌면 금녕리 괴뇌깃당(뱀굴)의 뱀을 죽인 뒤 돌아와 그날 밤 잠을 자는데 꿈에 백발노인이 나타나, "내일 당장 고향으로 돌아가지 않으면 죽는다" 하는 꿈을 꾸었다.

　　이튿날 이목사는 배 잘 탄다는 김동지와 박동지 두 영감을 데리고 고향으로 돌아갔는데, 이 배가 돌아오는 도중 멀리 수평선 위에 이르자 갑자기 배의 밑바닥이 터져서 물이 들기 시작하였다. 배가 점점 침몰하여 갈 즈음에 김동지와 박동지 영감은 하늘에다 축도드리기를 "우린 아무 죄도 없습니다. 우린 무곡치어당 환상빚에 굶는 백성을 태울랴고 싣경 옵니다" 하고 빌어가니 배의 깃대고고리(깃봉)로 큰 구렁이가 내려와서 그 구멍 터진 밑바닥 구멍을 막았다. 그러자 삽시간에 배는 물 위로 올라왔고, 그래서 무사히 고향의 항구까지 도착하게 되었다.

　　이 때 김동지 부인이 나서서 뱀구렁이에게 "내게 태운 조상이건 나의 치매통에 기여듭서" 하여 치마자락을 벌려 들자 뱀이 그 위로 올라와서 김동지 집으로 가 위하다가 뒤에 바닷가 '두리빌레'라는 곳으로 모셔지는 당서낭이 되었다.[20]

㉡ 남신 ᄇᆞ룸웃도가 홍토나라에 여행 도중 절세미인인 지산국을 만났다. 한눈에 반한 그는 꾀를 써서 그 집에 머물고, 사위들겠다고 청혼을 했다. 허혼이 되어 혼례를 올리고 보니, 신부는 그 미인이 아니라, 그녀의 언니 고산국으로 추녀였다. 실망한 ᄇᆞ룸웃도는 며칠을 지내며 동생인 지산국을 사귀고 끝내는 둘이서 제주도 한라산으로 도망쳐 왔다.

　　이것을 안 언니는 곧 뒤쫓아와서 다툼을 벌였으나 남편의 마음을 돌려놓을 수는 없었다. 할 수 없이 '뽕개질'을 하여 돌멩이가 떨어지는 데로 마을을 차지하여 당서낭이 되고 서로 인연을 끊기로 했다. 고산국은 뽕개질을 하니 돌멩이가 서홍리 흑담에 가 떨어지고, ᄇᆞ룸웃도는 뽕개질을 하니 돌멩이가 서귀포의 문섬에 가 떨어졌다. 이래서 고산국은 서홍리를 차지하게 되고, ᄇᆞ룸웃도와 지산국은 동홍리와 서귀리를 차지하여 가게 되었는데, 갈라설 때 고산국이 선언했다.

19) 위의 책, 142쪽.
20) 진성기, 〈제주도 무신의 내생관〉, 《무속신앙》(민속학회 편), 1989, 246쪽.

　　“너희들의 원수는 이루 다 갚을 수가 없다. 이제는 땅과 물을 갈라라. 너희 지경 사람
은 우리 지경 사람과 혼인도 못한다. 우리 지경의 것은 산의 나무도 다 내 권리이니 손
못댄다. 나도 너희 지경의 것을 탐내지 않겠다.”
　　이렇게 하여 갈라섰기 때문에 양쪽 마을 사이에는 서로 혼인이나 마소의 매매 등 일
체의 교제를 끊게 되었다.21)

　ⓒ 옛날 서울 남대문 밖으로 솟아난 김치백의 아들 삼형제가 불량해서 만주 들은돌까지
쫓겨나게 되었다. 이들 삼형제는 거기서 다시 주민들의 여론에 쫓기어 삼형제가 세 토
막씩으로 잘리어 처형당하게 되었으니 결국 구형제의 생도깨비가 되었다.
　　그래서 이들은 위로 삼형제는 서양 각국으로 들어가고, 중간으로 삼형제는 일본 가
미사마(神)로 들어가고, 또 밑으로 삼형제가 한반도로 넘어오게 되었는데, 이 가운데서
맨 막내가 제주도에까지 들어와 온갖 조화를 다 부린다는 것이다.22)

　　이들 마을서낭굿이야기말꽃은 모두 제주도의 마을서낭 본풀이다. 제주도에는 일
찍이 학자들의 조사로 드러난 서낭당이 300을 넘고, 서낭의 본풀이가 500가지를 넘는
다고 한다.23) 마을서낭굿이 이처럼 많이 남아 있는 제주도의 마을서낭굿이야기말꽃
에서는 내륙에서 보기 어려운 것들도 적지 않다. 무엇보다도 눈에 띄는 것은 ⓒ에서
“서울 남대문 밖으로 솟아난 김치백의 아들 삼형제”라 하였듯이 서낭이 땅에서 솟아
났다는 것이다. 땅에서 솟아난 마을서낭굿이야기24)를 몇 가지만 더 꼽아보기로 한다.

　ⓐ 큰물당에 한집(당신)이 할루산 섯어깨에서 무유알해서 솟아나니 그 할으방이 삼방굴
　　사로 내렸쑤다.25)

　ⓑ 금시상 천지 개벽지후로 한집님이 할로영산 섯어깨로 아홉 성제 솟아나니 신거리 된
　　밧으로 좌정해서……26)

　ⓒ 천제님은 할루영산 지질개 백록담서 솟아날 때 무운동자 유자퀴로 솟아나니, 큰 성님

---

21) 현용준, 《제주도무속자료사전》, 신구문화사, 1980, 738~741쪽.
22) 위의 책, 248쪽.
23) 진성기, 앞의 글, 245쪽.
24) 송당리 서낭(당신), 호근리 서낭(당신), 사계리 서낭(당신), 중문리 서낭(당신), 장달리 서낭(당신),
　　감산리 서낭(당신), 상하예리 서낭(당신), 일과리 서낭(당신), 수산리 서낭(당신), 상하례리 서낭(당
　　신), 세화리 서낭(당신), 이 밖에도 수많은 당집의 서낭들이 모두 고부니므루, 할로영산(한라영산), 백
　　록담, 섯어깨, 백모래밭, 서대문밖, 칠오름, 소못뒌밧 같은 데서 솟아났다고 한다.(현용준, 《무속신화
　　와 문헌신화》, 집문당, 1992, 191~192쪽)
25) 안덕면 사계리 본향당.
26) 중문면 장달리 본향당.

은 신선백관 이내 몸은 천자……[27)

큰물당 하르방은 '할루산 섯어깨에서 무유알해서 솟아나'고(㉠), 장달리 본향당의 한집님 아홉 형제는 '할로영산 섯어깨로 솟아나'고(㉡), 세화리 천자당의 천제님은 '무운동자 유자퀴로 솟아나고(㉢), 이렇게 모두들 땅속에서 솟아났다 한다. 서낭이 땅속에서 솟아났다는 이야기는 서낭들의 본디 터전이 땅속이라는 생각(지신 사상)에 말미암은 것이다. 서낭이 물에서 올라왔다거나 처녀나 과부가 남자 없이 낳은 아이가 서낭이 되었다거나 하는 이야기들도 모두 지신 사상에서 뻗어난 것이다. 물이 땅속에서 솟아나고 바다는 땅 아래에 있기에 땅속과 물속은 둘이 아니라 하나다. 땅이 온갖 푸나무의 생명을 내어놓듯 여인이 홀로 사람의 생명을 낳는다고 여길 수 있었을 터이다. 이런 생각은 농사를 짓는 사람들이면 땅속에서 생명이 솟아나는 자연현상을 보고, 고기잡이하는 사람들이면 물밑에 온갖 물풀과 물고기들이 저절로 생겨나 자라고 살아가는 자연현상을 보면서 배운 것이라 하겠다.

마을서낭굿은 청동기를 들어서 나라가 일어나면서 나라서낭굿으로 자란다. 앞[28)에서 이미 살폈거니와 부여의 영고, 고구려의 동맹, 동예의 무천, 마한의 천군제, 이런 것들이 아득히 먼 옛날 우리 겨레가 세운 맨 첫나라들에서 벌이던 나라서낭굿이었다. 글로 적혀서 우리가 볼 수 있는 기록으로 첫손 꼽히는 것은 아무래도 고조선의 것이다. 고조선에서 나라서낭굿을 어떤 모습으로 벌인 것인지는 기록에 제대로 드러나지 않으나, 환웅이 하늘에서 내려온 뫼(태백산), 그 자리에 서 있던 서낭의 박달나무(신단수), 거기서 사람들을 다스리며 이룩한 서낭의 고을(신시), 이런 것들로 미루어 보면 거기가 바로 나라서낭굿이 벌어진 거룩한 땅이었음을 알 수 있다. 그러나 기록은 여기서 벌이던 나라서낭굿을 서낭굿으로 보기보다는 조상굿 쪽으로 기울어졌기에 여기서는 다루지 못하고 그쪽으로 미루어야겠다.

그밖에 글로 적힌 것으로는 유교의 눈으로 적은 《삼국사기》에 신라의 나라서낭굿들이 즐비하다. 팔석, 선농, 중농, 후농, 풍백, 우사, 영성에 바치는 굿놀이[제]와 삼산에 바치는 대사가 있었고, 오악·사진·사해·사독에 바치는 중사가 있었으며, 그밖의 명산과 대천에 바치던 소사들이 있었고, 성문, 부정, 일월, 오성, 기우, 대도, 압구, 벽기를 위하여 바치는 서낭굿[제]이 있었다.[29)

---

27) 구좌면 세화리 천자당.
28) 둘-가-1 ; 셋-가-1.
29) 《삼국사기》 권32, 잡지 제1, 제사.

고구려에서도 하늘과 산천에 나라서낭굿을 바치고 귀신과 사직과 영성에 즐겨 서낭굿을 올렸다.[30] 백제에서도 하늘과 땅에 나라서낭굿을 바쳤다는 사실을 중국 쪽 기록에 기대어 적어 놓았다.[31] 또 불교신앙의 안경을 끼고 적은 《삼국유사》에는, 신라의 나라서낭굿이 〈융천사의 혜성노래〉,[32] 〈월명사의 두솔노래〉,[33] 〈처용랑과 망해사〉[34] 같은 대목들에 자취를 남기고 있었다. 《가락국기》[35]에도 이른바 〈임금맞이[영대왕]〉라는 가야의 나라서낭굿이야기가 있었다.

이처럼 유교와 불교의 안경을 쓰고 바라보지 않고 지난날 무교의 마을서낭굿이야기가 나라서낭굿이야기로 자라난 모습을 제대로 보여주는 자취는 찾아보기 어렵다. 그러나 오늘날 무교의 무당굿에서 찾아낸 서낭굿이야기말꽃에는 온 겨레가 두루 믿고 받들었을 서낭을 풀이하는 나라서낭굿이야기로 보이는 것들이 없지 않다. 요즘 들어 학자들의 손에서 모습을 드러내면서 깊고 그윽한 속살을 담고 있었음이 밝혀지므로 좀더 꼼꼼히 들여다보면 좋겠다.

1) 세상 마련

알다시피 서낭이야기의 첫마당은 어디서나 세상을 마련하던 이야기라 할 수 있다. 그런데 글로 적힌 우리의 서낭이야기에서는 세상을 마련하는 이야기를 찾아보기 어려웠다. 나라조상이야기들만 글로 적혔기 때문이다. 그러나 20세기에 들어와서 찾아낸 무교의 서낭굿이야기에서는 세상을 마련하는 이야기의 자취들을 적잖이 찾아낼 수 있었다.[36]

(가) 천지개벽 이야기

우리네 서낭굿이야기에서 하늘과 땅이 처음 생기던 이야기를 흔히 '천지개벽'이라고 불렀다. '하늘과 땅이 처음으로 열린다'는 뜻이다. 온 세상 모든 겨레들이 맨 처음 하늘과 땅이 열리는 이야기를 만들었는데, 그것을 크게 보면 창조형과 진화형의 둘로 나누어볼 수 있다. 먼저 어떤 서낭이 있어서 하늘과 땅을 만들어 여는가 아니면

---

30) 위와 같음.

31) 위와 같음.

32) 《삼국유사》 권5, 감통 제7, 융천사 혜성가 진평왕대.

33) 《삼국유사》 권5, 감통 제7, 월명사 두솔가.

34) 《삼국유사》 권2, 기이 제2, 처용랑 망해사.

35) 《삼국유사》 권2, 기이 제2, 가락국기.

36) 김헌선, 《한국의 창세신화》, 길벗, 1994.

하늘과 땅이 혼돈한 가운데서 저절로 열리는가 하는 차이다. 우리네 서낭이야기의 천지개벽은 뒤의 것에 가깝다고 보지만[37] 아직은 좀더 따져보아야 할 여지가 없지 않은 듯하다.

> 천지혼합으로 제일입니다 / 엇떠한 것이 천지혼합입니까 / 하날과 땅이 맛 부튼 것이 혼합이요 / 혼합한 후에 개벽이 제일입니다 / 엇떠한 것이 개벽이뇨 / 하날과 땅이 각각 갈나서 개벽입니다 / 천지개벽이 엇떠케 되었스릿가 / 하날로부터 조이슬이 나리고 / 따으로부터 둘이슬이 소사나와서 / 음양이 상통한직, 천개는 자하고 / 지개는 축하고, 인개는 인하니 / 하날머리는 갑자년 갑자월 갑자일 갑자시에 / 자방으로 열이고 / 따머리는 을축년 을축월 을축일 을축시에 / 측방으로 열이고 / 사람머리는 병방으로 / 병자년 병자월 병자일 병자시에 열이시고 / 동방으로는 이염을 들으고 / 서방으로는 촐리를 치고 / 남북방으로는 나래를 들으고 / 천지개벽이 되었습니다[38]

하늘과 땅이 혼합의 상태로 있다가 자연히 하늘에서 '조이슬'이 내리고 땅에서 '둘이슬'이 솟아나서 음양이 상통하자 천지개벽이 이루어졌다고 한다. 그러면서도 그것을 이루어지게 한 주체가 사람 모습으로 인격화하여 나타나지는 않았다.

> 한을과 짜이 생길 격에 / 미륵님이 탄생한즉, / 한을과 짜이 서로 부터, / 쩌러지지 안이하소아, / 한을은 북개 꼭지차럼 도도라지고, / 짜는 사귀에 구리기둥을 세우고. / 그째는 해도 둘이요, 달도 둘이요. / 달 한나 씌여서 북두칠성 남두칠성 마련하고, / 해 한나 씌여서 큰별을 마련하고[39]

하늘과 땅이 생길 적에 미륵님[40]이 태어나서, 붙어 있는 하늘과 땅을 떨어지게 만들고, 하늘을 솥뚜껑처럼 돋아오르도록 땅의 사방에다 구리 기둥을 세웠다 한다.[41] 이 미륵님이 사람 모습으로 그려진 서낭으로서 뒤로 잇따라 창세작업을 이루어 나가는 것으로도 보인다.[42] 그러나 그가 천지건곤에 앞서 있었던 하느님으로 보이지는 않

---

37) 임재해, 〈한국 신화의 서사 구조와 세계관〉, 《설화문학연구(上)》, 단국대학교출판부, 1998, 65~116쪽.

38) 박봉춘, 〈초감제, 제주 지방〉(아카마쓰·아키바, 《조선무속의 연구》, 조선총독부, 1937).

39) 김쌍돌이, 〈창세가, 함흥 지방〉(손진태, 《조선신가유편》, 향토문화사, 1930).

40) '미륵님'이 불교의 내세불을 뜻하는 이름임이 틀림없으나 속살로 보아 결코 불교의 미륵부처는 아니다. 불교가 들어와서 불교의 힘을 받아 이름이 그렇게 바뀌었으나 서낭의 본질을 드러내는 일은 창세와 더불어 나타난 서낭으로서의 본연을 잃지 않고 있다.

41) 이 대목이 중국의 〈반고신화〉와 비슷하다는 지적이 있다.(김헌선, 앞의 책, 43쪽) 그러나 반고는 하늘을 떠받들기만 하다가 하늘과 땅의 구조가 굳어진 다음에 죽어서 쓰러졌으나(전인초·김선자 옮김, 앞의 책, 154~155쪽) 우리의 미륵님은 창세작업을 직접 계속하고 있어서 아주 다르다.

고, 보는 바와 같이 '하늘과 땅이 생길 적에' 더불어 태어나거나 천지개벽이 있고 나
서 태어나는 서낭43)으로 뚜렷이 드러난다.44)

(나) 사람 생기는 이야기

천지개벽 다음으로 관심을 끄는 서낭이야기는 사람이 생겨나는 이야기다. 사람
이 맨 처음에 어떻게 생겨났다고 우리 무교의 서낭굿이야기에서는 말하는가? 하느님
이 만들었다고 보는가 저절로 마련되었다고 보는가? 입말로 내려온 무교의 서낭굿이
야기말꽃에서는 첫사람이 생겨나는 이야기를 한결 뚜렷하게 보여주고 있다.

사람이라 옛날에 생길 적에 어디서 생겼음니다(까)?
천지 암녹산에 가 황토라는 흙을 모다서 남자를 만들어 노니 여자 어찌 생산될까? 여자르
만들었음니다.
흙기가 사람이 되는대로서, 살 동안에 따에서 만가지 물건을 내서 잡숫고 살아 노이러가
다가, 사우(死後)에 떠나므느 그따에 도로 늘어가 흘글 보태게 되었음니다.45)

보다시피 여기서는 '황토라는 흙을 모다서' 남자와 여자를 '만들었'으며, 남자를
먼저 만들고 다음에 여자를 만들었다 한다.46) 인간은 그 누구로부터 창조되었다는 것
인데, 그 창조주가 누구인지는 드러나지 않았다. 어쩌면 애초에는 엄연했던 창조주가
무속이 내려앉으면서 흐릿해졌을지도 모른다. 황토라는 흙을 자료로 삼았다는 것은
사람이 '없는 것'에서 창조된 것이 아니라 '있던 것'에서 마련되었다는 뜻이겠다. 물론
흙을 자료로 삼아 조물주가 인간을 빚었다는 이 알맹이는 꼭 우리만의 것은 아니다.
중국에서도 여와가 황토로 사람을 빚었다고 하고,47) 중앙아시아나 시베리아 일대에

---

42) 미륵님(이름이 달라질 수는 있다)이 인격을 갖춘 서낭으로 나타나서 세상을 만들어 가는 이야기는
   여러 자료에서 찾아볼 수 있다. 전명수(〈창세가, 강계 지방〉 ; 손진태, 《신가정》 1936년 4월호), 이종
   만(〈시루말, 오산 지방〉 ; 아카마쓰·아키바, 《조선무속의 연구》, 조선총독부, 1937), 정운학(〈삼태자
   풀이, 평양 지방〉 ; 임석재 · 장주근, 《관서지방무가》, 문화재관리국, 1966), 강춘옥(〈셍굿, 함흥 지
   방〉 ; 임석재 · 장주근, 《관북지방무가 — 추가편》, 문교부, 1966), 권순녀(〈순산축원, 울진 지방〉 ; 임
   석재, 〈우리 나라의 천지개벽신화〉, 《민족과 문화》 1, 1988)에서 볼 수 있다.
43) "한을과 따이 생길 적에 / 미륵님이 탄생한즉,"(김쌍돌이, 앞의 자료) ; "텬지건곤이라 / 텬지개벽 후
   (後)에 / 무었이 낫더냐 / 미럭님이 낫슴메다."(전명수, 앞의 자료)
44) 여러 사람들이 미륵님을 세상 만드는 서낭으로 보고 있다. 그러나 그건 자료에 나타나는 사실과 다
   르다. 미륵님보다 더 높은 하느님이 따로 있다는 사실은 다음에 확인할 수 있을 것이다.
45) 강춘옥, 〈셍굿, 함흥지방〉.(임석재 · 장주근, 《관북지방무가 — 추가편》, 문교부, 1966)
46) 남자를 만들고 나서 어떤 과정을 거쳐 여자를 만들게 되었는지 그 사연은 나타나지 않았다. 애초부
   터 없었는지 서낭이야기가 쭈그러지면서 빠져 버렸는지 알 길이 없다.

도 같은 서낭이야기가 널리 퍼져 있으며,[48] 히브리 겨레의 구약성서에서도 그 자취가 뚜렷하기[49] 때문이다. 또 한편 다음과 같은 이야기말꽃도 있다.

> 옛날 옛 시절에, / 미륵님이 한짝 손에 은쟁반 들고, / 한짝 손에 금쟁반 들고, / 한을에 축사하니, / 한을에서 벌기 쩌러저, / 금쟁반에도 다섯이오 / 은쟁반에도 다섯이라. / 그 벌기 질이와서, / 금벌기는 사나희 되고, / 은벌기는 게집으로 마련하고, / 은벌기 금벌기 자리와서, / 부부로 마련하야, / 세상사람이 나엿서라.[50]

미륵님이 '하늘에 축사하'여 사람이 생겨나게 되었다는 것이다. 미륵님의 축사로 하늘에서 '은쟁반'과 '금쟁반'에 '은벌기'와 '금벌기'를 내려주었다고 한다. 세상을 주관하는 '미륵님'이 더 높은 '하늘'에 축사하여 그 하늘이 내려주는 '벌기'를 '쟁반'에 받아 길러서 사람이 되게 했다. 미륵님이 세상을 주관하는 서낭이지만 하늘은 그보다 더 높은 데서 거룩한 일을 하는 서낭으로 보인다. 사람은 세상을 주관하는 미륵님의 축사에 따라 하늘이 내려준 존재라 했으니, 근원이 매우 신령스럽다는 뜻을 넉넉히 드러낸다.

은쟁반과 금쟁반의 속뜻은 뚜렷이 알 수 없다. 그러나 무교의 서낭굿에서 중시하는 명도신경[51]에 빗대기도 한다. 만약 그렇다면 그것은 다름 아닌 해와 달인 셈이고, 은벌레와 금벌레는 그 쟁반, 곧 해와 달의 상징을 계승한 정령을 받은 생명체라는 설명이 이루어질 수 있겠다. 어쨌거나, 미륵님이 지극히 신령스러운 그릇(매개물)으로 하늘에서 내려주는 고귀한 벌기(생명체)를 받았다는 것은 틀림없다. 사람의 나타남을 하늘에 있는 하느님의 의도에서 말미암았다고 보는 셈이다. 그 벌레가 자라나서 금벌레는 사나이가 되고 은벌레는 겨집이 되었다 한다. 〈해와 달이 된 오누이〉 이야기와 거꾸로 엇갈렸으나 그 상징 체계의 상관 관계는 마찬가지다. 그리고 그 사나이와 겨집들은 저마다 다섯씩 마련되었으므로 남녀 한 사람씩 평등하게 짝을 이루어 부부가 되고, 또한 첫사람이 어쩔 수 없이 저지르게 되는 근친상간에 걸려들지 않게 마련했다.

---

47) 전인초·김선자 옮김, 앞의 책, 189쪽.
48) 박시인, 《알타이 서낭이야기》, 삼중당, 1980.
49) 《구약성서》 창세기 2장 7절.
50) 김쌍돌이, 〈창세가, 함흥 지역〉(손진태, 앞의 책).
51) 명도, 명두, 태주라고도 부른다. 구리로 만든 둥근 거울로서 해, 달, 별을 새기고 '일월대명두'라는 글자도 새긴다.

그러나 여기서도 또한 사람을 만든 임자인 높고 큰 서낭은 제대로 드러나지 않았다. 미륵님이 '한을'에다 축사하고 '한을'에서 '벌기'가 떨어졌으니 '한을'이 원천이면서 임자인 줄은 알겠으나, 그 하늘이 인격을 갖춘 모습으로 드러나지도 않았고, 사람으로서 어떤 일을 맡아 처리하는 것도 보이지 않았다. 애초부터 그랬는지 뒤로 오면서 떨어져 나간 것인지는 아직 밝히기 어려운 형편이다.

(다) 물과 불 생긴 이야기

우리네 무교의 서낭굿이야기에는 물과 불의 근본에 관한 이야기가 있어서 특이하다. 물과 불이란 하늘과 땅 같은 자연세계를 만들 적에는 대수로운 것이 아니겠으나 목숨 있는 생명세계, 특히 사람의 삶을 이야기하는 서낭이야기에서는 매우 긴요한 이야깃감이 아닐 수 없다.[52] 그런데 다른 겨레의 서낭이야기에는 불에 관한 이야기가 더러 있기는 하나 물과 불이 서낭이야기의 주제로 함께 나타나는 보기는 거의 없기에[53] 이것이 더욱 눈길을 끈다. 한 가지만 골라[54] 들어보자.

> 풀맷독이 잡아내여, / 스승틀에 올녀놋코, / 슥문 삼치예 째리내여, / 여바라, 풀맷독아, 물의 근본 불의 근본 아느냐. / 풀맷독이 말하기를, / 밤이면 이슬 바다 먹고, / 나지면 햇발 바다 먹고 사는 즘생이 엇지 알나, / 나보다 한 번 더 번지 본 / 풀개고리를 불너 물어보시오. / 풀개고리를 잡아다가, / 슥문 삼치 째리시며, / 물의 근본 불의 근본 아느냐. / 풀개고리 말하기를, / 밤이면 이슬 바다 먹고, / 나지면 햇발 바다 먹고 사는 즘생이 엇지 알나, / 내보다 두 번 세 번 더 번지 본, / 새양쥐를 잡아다 물렁보시오. / 새양쥐를 잡아다가, / 슥문 삼치 째려내여, / 물의 근본 불의 근본 아느냐. / 쥐말이, 나를 무슨 공을 시워주겟슴닛가. / 미럭님 말이, 너를 천하의 두지를 차지하라, / 한즉, 쥐말이, 금덩산 들어가서 / 한짝은 차돌이오, 한짝은 시우쇠요, / 특툭 치니 불이 낫소. / 소하산 들어가니, / 삼취 솔솔 나와 물의 근본 / 미럭님, 수화 근본 알엇스니, / 인간 말 하여 보자[55]

---

52) 사람이 세상에 나타나서 살아가는 인문 현상의 진화에서 물과 불보다 더 긴요한 대상은 없다. 두말할 나위도 없이 물은 곧 생명이다. 강가에만 모여 문명을 이루어 온 문화사는 말할 것도 없고, 샘물이 민속신앙의 대상으로 신성하게 모셔진 사실에서 그것은 얼마든지 확인할 수 있다. 불을 얻고 쓰면서 사람이 다른 동물과는 뚜렷이 다른 삶의 길로 들어섰다는 것도 하나의 상식이다. 인류 문화는 불의 발전과 발맞추어 진보했으니, 식물을 땔감으로 하던 불이 광물을 땔감으로 하는 불로 바뀌었다가 물질의 원소를 인공으로 바꾸어 만들어내는 원자 불로 넘어오면서 사람의 삶은 눈부시게 달라졌다.

53) 김헌선, 앞의 책, 53쪽과 63쪽.

54) 물과 불의 근본을 알리는 서낭이야기로는 다음 네 가지가 알려졌다. 김쌍돌이, 〈창세가〉 ; 전명수, 〈창세가〉 ; 강춘옥, 〈생굿〉 ; 정운학, 〈삼태자풀이〉.

55) 김쌍돌이, 앞의 자료.

이 세상을 다스리는 미륵님이 물과 불의 근본을 찾는 임자다. '풀메뚜기', '풀개구리', '새앙쥐'를 차례로 잡아다가 '스승틀'에 올려놓고 '슥문 삼치' 때려서 물과 불의 근본을 알아낸다. 어째서 하필 풀메뚜기와 풀개구리와 새앙쥐가 심문의 대상이며, 왜 군이 형틀에 올려놓고 때려서 알아낸다는 것인지 그 상징의 속뜻을 쉽게 알아낼 수 없다.[56] 절지류, 양서류, 포유류를 거친 기나긴 세월 동안의 진화과정을 통한 탐색이 반영되었다고도 하지만, 어쩌면 풀메뚜기와 풀개구리와 새앙쥐가 오늘 우리로서는 알 수 없는 뜻을 지녔던 것인지도 모르는 일이다. 매로 때리는 것이 불을 얻을 때에 생기는 충격과 마찰 행위에서 말미암았을 것으로 보기도 하지만, 그것 또한 우리가 잊어버린 먼 옛날의 무슨 상징일지도 모른다.

어쨌거나 물과 불을 얻으려고 미륵님은 무던히 애를 썼다. 풀메뚜기를 다그치고, 풀개구리를 다그치고, 마침내 새앙쥐에게 천하의 뒤주를 차지하게 내맡기고서야 알아내었다. 새앙쥐의 가르침대로 차돌과 시우쇠를 쳐서 불을 얻고, 물은 소하산 깊은 곳의 샘물에서 찾았다고 한다. 이처럼 불의 근본을 생물들의 매개를 거친 다음 돌과 쇠의 충격으로 얻었다는 이야기는 전혀 터무니없는 것이 아니라고 한다.[57]

(라) 해와 달 생긴 이야기

해와 달이 살아 있는 모든 것들에게 미치는 영향이 너무 크기 때문에 서낭굿이야기는 그것들을 이야기하지 않을 수 없다. 그래서 우리 무교의 서낭굿이야기에도 해와 달을 마련하는 이야기는 적지 않다.[58] 그런데 자료들을 가만히 살펴보면 두 가지

---

56) 넘을 수 없는 난관을 벗어나려고 할 때에 신성한 짐승에게 위협하여 서낭의 힘을 빌리는 수단을 얻으려 했던 자취가 주몽 이야기(이규보, 〈동명왕편〉)에도 있다. "동명왕이 서녘에서 사냥할 때 / 눈처럼 하얀 고라니(큰 사슴을 고라니라 한다) 만나서 잡아 / 게 언덕 위에 거꾸로 매달아 놓고 / 스스로 주문을 외어 말하기를 / 하늘이 비류국에 비 내리지 않아 / 그 서울 물바다 만들지 않으면 / 나는 너를 놓아주지 않을 터 / 네가 나를 도와주지 않겠느냐 / 사슴이 몹시도 슬피 울어 / 하느님 귀를 꿰뚫어 오르니 / 소나기가 이레를 퍼부었도다.(東明西狩時 偶獲雪色麃大鹿曰麃 倒懸蟹原上 敢自呪 而謂 天不雨沸流 漂沒其都鄙 我固不汝放 汝可助我憤 鹿鳴聲甚哀 上徹天之耳 霖雨注七日)" 이런 주술이 여기에 빗대어질 수 있으나 그렇더라도 거기 담긴 상징의 뜻을 또렷이 알아듣기는 어렵다.

57) "이 신화소가 전혀 터무니없는 것은 아니다. 우노 홈베르그의 연구(Uno Harva Holmberg, *Finno-Ugric Siberian Mythology, The Mythology of the All Races*, New York, 1964)에 따르면, 시베리아의 퉁구스, 알타이 타타르 일대에 내려오는 불의 기원신화는 우리 민족의 신화소와 매우 흡사하다. 홈베르그는 불의 기원신화를 두 가지로 정리했다. 하나는 하늘에 존재하는 불을 지상에 빛과 함께 가져오는 경우이고, 다른 하나는 돌과 쇠의 충격으로 불꽃을 얻는 경우라 했다. 어느 경우에 해당하든 모두 천둥새, 호저, 개구리 등을 매개물로 삼고 있는 점이 두드러진다."(김헌선, 앞의 책, 64쪽)

58) 우리의 서낭이야기에서 일월 조정의 신화소가 나타나는 자료는 16종이나 된다. 그것을 지역별로 보면, 북부에는 함경도 함흥 2편, 평안도 강계·평양각 1편이고, 중부에는 경기도 오산 1편, 동부에서는 울진 1편이고, 나머지 10편은 모두 남부인 제주도의 것이다.(김헌선, 앞의 책, 179쪽)

서로 다른 체험이 담겨 있는 갈래를 알아볼 수 있어서 재미난다. 하나는 해와 달이 없어서 찾아내는 갈래이고, 다른 하나는 해와 달이 많아서 없애 버리는 갈래다.

> 그적에야 미럭님이 / 할 일 없어 해 달 잡아 / 도롱 소매에다 가두시고 / 수화 잡아 지하궁에 가두시고 / 하늘로서 승천을 했소 / ―줄임― / 그적에야 석가열이 / 이 세상에 세상 배포를 나오실 적에 / 사월이라 초파일 날 / 세상 배포를 나오서낭다 / 캄캄하고 어두워서 / 어퍼디면 자빠디면 / 하늘 녁을 내레 가서 / 채도사를 불너 놓고 묻는 말이 / 여보세요 채도사요 / 해 달 잡아 어디다 뒀나 / 수화 잡아 어디다 뒀나 / 채도사가 하는 말씀 / 미럭님이 하서낭 일을 / 나는 가서 모릅니다 / 석가열이 할 수가 없어 / 매를 들어 채도사를 치는구나 / 채도사가 매에 못이겨 / 개는 직고 하였더라 / 그적에야 도롱소매서 / 해 달 잡아 내어 놓니 / 이 세계가 밝았더라 / 일월일랑 명랑을 하야 / 낮이 되면 해가 뜨고 / 밤이 되면 달이 뜬다[59]

석가열은 미럭님의 세상을 속임수로써 빼앗아 차지했다. 그래서 화가 난 미럭님은 해와 달을 도롱 소매에다 감추고 물과 불은 지하궁에다 가두어 놓고는 승천해 버렸다. 석가열의 세상이 되면서 새로운 혼돈이 빚어진 것이고, 해와 달이 없으니 세상은 캄캄하고 어두워서 사람들이 엎어지고 자빠지는 것이다. 석가열이 어쩔 수 없어 채도사를 잡아다가 매를 쳐서 '도롱 소매'에 가두어 놓았던 해와 달을 찾아내었다는 것인데, 채도사의 상징이 무엇인지는 역시 알 길이 없다. 어쨌거나 석가열이 그 혼돈의 상태를 극복하면서 새로운 세계를 열게 되었고, 이래서 세계는 다시 밝아질 수 있었다.

> 인간에는 헤도 둘 달도 둘이라 / 일광에는 인생이 타죽고 / 월광에는 인생이 실여죽읍니다 하니 / 천근량의 무쇠쌀과 활 둘을 대여주며 / 헤도 한 개 쏘고 달도 한 개 쏘와라 / 부왕의 명영을 밧아서 금세상에 나와온직 / 대벨왕은 압헤 오는 일광은 셍기고 / 뒤에 오는 일광을 쏘와서 / 동해헤당 진도밧처 도다오는 동산새별을 셈기고 / 소별왕은 압헤 오는 월광은 셍기고 / 뒤에 오는 월광을 쏘와서 / 세해바다에 진도밧처어가는 어시렁별을 셈기고 / 천공에는 헤가 하나 나고 / 지하공에는 달이 하나 나서 금세상이 밝아젓소[60]

여기서는 해와 달이 둘씩이라, 낮에는 사람들이 햇빛에 뜨거워 죽고 밤에는 달빛에 차가워 죽는다. '천지왕'에게 호소하여 천근 무게의 무쇠 화살과 활을 받아서, 해

---

59) 정운학, 앞의 자료.
60) 박봉춘, 앞의 자료.

하나는 '대별왕'이 쏘아서 동해 바다에 떠오르는 동산 샛별을 만들고, 달 하나는 '소별왕'이 쏘아서 서해 바다에 넘어가는 어시렁 별을 만들었다. 해와 달을 가다듬어 혼돈을 간추리고 나서야 새로운 세상이 밝아진 것이다.

앞의 자료는 북쪽 평양 지방의 것이고 뒤의 자료는 남쪽 제주도의 것이라는 사실에 마음이 끌린다. 해와 달에 이상과 혼돈이 빚어진 사실은 마찬가지지만 그 속내는 남쪽과 북쪽 이야기가 사뭇 다르다. 평양 쪽은 해와 달이 없어서 찾아야 하니 모자라는 혼돈이고, 제주 쪽은 해와 달이 많아서 없애야 하니 넘치는 혼돈이다. 추운 북방과 더운 남방의 자연조건이 상상의 틀을 그렇게 마련하지 않았을까 싶기도 하다. 혼돈을 벗어나는 길도 서로 아주 다르다. 북쪽에서는 하늘에서 내려온 석가열이 스스로의 힘으로 채도사를 불러 놓고 심문하고 매를 쳐서 찾아냈지만, 남쪽에서는 하늘에 있는 천지왕(부왕)에게 호소하여 그가 내려준 활과 살을 받아서 해와 달을 처리했다. 하나는 제 힘으로 하나는 남의 힘으로, 한쪽은 나서서 한쪽은 물러나서 벗어났다고 하겠다.

> 서가세존님 당녜가 되어노니 / 일월성진도 없슴네다 / 어덕나라이 되었구나 / 인도인생 이러면은 엇디 살니 / 일월성진 구할박겐 / 제양 없다 허여노니 / 서가여래 세존님이 허는 말이 / 일월성서낭 간고즐가 / 모루갓네 허여노니 / 한 사람이 말허기를 / 웃녁케나 최맷둘기 / 최선븨가 안다하니 / 최맷돌기 자바와서 / 일월성서낭 해과 달을 / 간데 안다니 바로 대라 / 결곤 오십도를 때려노니 / 최맷돌기 말을 못하니 / 제가 압세여 가면서 / 따라오라 압셋구나 / 맷둘기 가는데 쪼차가니 / 수미산에 가서 / 놋쟁반에 달을 내고 / 금쟁반에 해를 내여 / 해과 달이 너머 그리워서 / 달두 둘이오 해두 둘이오 어더오니 / 밤이면은 석자 세치 얼어가고 / 나지면은 석자세치 타뎌가니 / 백성이 살 수 없어 / 다시금 생각하니 / 달두 한아 해두 한아 / 절반 갈라노니 / 그때부텀 올슴네다[61]

이 자료는 평북 강계 지방의 것인데 보다시피 앞의 두 자료를 보탠 것처럼 되어 있다. 석가 세존님의 세상이 되니까 일월성진도 없는 어덕나라(어둠의 나라)가 되어 사람이 살 수가 없었다. '한 사람'의 도움말에 따라 '최맷돌기'를 잡아와서 결곤 오십도를 치고는 수미산에 가서 해와 달을 찾아냈다. 예까지는 앞의 평양 자료와 다를 바가 없다. 그러나 찾아낸 해와 달이 둘씩이라 새로운 혼돈이 빚어졌다. 해와 달을 너무 그리워해서 둘씩 얻어오니 낮이면 석 자 세 치나 타가고 밤이면 석 자 세 치나 얼어

---

61) 전명수, 앞의 자료.

갔다. 백성이 살 수 없어 다시금 생각하고는 절반을 갈랐다. 이 대목은 제주 자료와 비슷하다.

그러나 뒷부분에서 둘씩 얻어온 해와 달의 혼돈을 벗어나는 내용이 매우 흐릿하다. 석가여래 세존님이 최맷돌기를 앞세우고 수미산을 찾아가서 놋쟁반과 금쟁반에 해와 달을 얻는 앞쪽 이야기는 매우 뚜렷하게 나타났으나, 해와 달이 둘씩 되자 백성이 살 수 없기 때문에 하나씩 없애는 뒤쪽 이야기는 너무 허술하다. 보다시피 누가 무엇을 했다는 것인지가 제대로 드러나지도 않는다. 누가 어떻게 해서 해와 달을 절반씩 갈라놓았다는 것인지 알 수가 없다. 어쩌면 여기서 이 대목은 본디 것이 아니고 뒤로 오면서 덧붙어진 것이 아닌가 싶기도 하다.

(마) 세상 차지 이야기

서낭이야기라는 것이 하느님에게 뜻이 있는 것이 아니라 사람에게 뜻이 있는 것이기에 세상을 차지하는 내력이 빠질 수 없다. 사람들은 이 세상을 차지하고 다스리는 임자가 누구냐 하는 것에 마음이 쓰이기 때문이다. 그래서 우리네 무교의 서낭굿 이야기에는 세상을 차지하는 이야기가 반드시 끼여 있다. 그리고 그런 세상 차지 이야기는 어느 것이나 비슷한 뼈대를 지니고 있다. 애초에는 착한 서낭이 세상을 차지하고 있었으나 뒤에 착하지 않은 서낭이 새로 나타나서 빼앗아 세상을 다스리게 되었다는 것이다. 새로운 서낭이 나타나 세상을 빼앗으려고 해서 다툼이 생겼으며, 새로 나타난 서낭이 속임수를 써서 세상을 차지하게 되었다는 것이다. 그런 이야기의 뼈대를 대략 다음과 같이 간추릴 수 있다.[62]

(1) 어떤 인물이 세상을 다스리고 있었다.
(2) 이 세상을 탐낸 새로운 인물이 나타났다.
(3) 두 인물은 내기를 해서 판가름하게 되었다.
　　① 첫 번째 내기에서 애초의 인물이 이겼다.
　　② 두 번째 내기에서도 처음의 인물이 이겼다.
　　③ 세 번째 내기에서는 속임수를 써서 새로운 인물이 이겼다.
(4) 새로운 인물이 이 세상을 차지하게 되었다.
(5) 그래서 이 세상에 악(혼돈)이 들어오게 되었다.

---

62) 김헌선, 앞의 책, 142쪽.

이러한 이야기의 뼈대는 여러 가지 속뜻을 담고 있는 듯하다. 무엇보다도 세상을 차지한 서낭이 한 차례 바뀌었다는 것이다. 바뀌었는데 바뀌는 속내가 아름답고 자연스러운 것이 아니라 새로 차지한 서낭이 속임수를 써서 바뀌었다는 것이다. 그리고 바뀐 다음에 세상은 더러움에 싸였다는 것이다. 이런 이야기가 무엇을 말하는 것일까? 다툼과 싸움이라는 정치 역사를 말하는 것일 수도 있고, 자연에서 농경으로 문명이 바뀐 역사를 드러낸다고 볼 수도 있다.[63] 그러나 무엇보다도 눈여겨보아야 할 뜻은 눈앞의 세상은 잘못 다스려지고 있다는 생각이 아닐까 싶다. 그리고 그렇게 잘못된 세상을 마련한 까닭이 세상을 다스리는 서낭의 속임수에 숨어 있다고 생각하는 마음이 아닐까 싶다.

미륵님 세월에는 / 섬두리 말두리 잡숫고, / 인간 세월이 태평하고, / 그랫는데, 석가님이 나와서서, / 이 세월을 아사빽자고 마련하와, / 미럭님의 말숨이, / 아직은 내 세월이지, 너 세월은 못된다. / 석가님의 말숨이, / 미륵님 세월은 다 갓다. / 인제는 내 세월을 만들겟다. / 미륵님 말숨이, / 너 내 세월 앗겟거든, / 너와 나와 내기 시행하자, / 더럽고 축축한 이 석가야, / 그러거든, 동해중에 금병에 금줄 달고, / 석가님은 은병에 은줄 달고, / 미륵님의 말숨이, / 내 병의 줄이 끈어지면 너 세월이 되고, / 너 병의 줄이 끈어지면 너 세월 아직 안이라. / 동해중에서 석가줄이 끈어젓다. / 석가님이 내밀엇소아, / 또 내기 시행 한번 더 하자. / 성천강 여름에 강을 붓치겟느냐. / 미럭님은 동지채를 올니고, / 석가님은 입춘채를 올니소아, / 미럭님은 강이 맛붓고, / 석가님이 젓소아. / 석가님이 또 한번 더 하자, / 너와 나와 한 방에서 누어서, / 모란꼬치 모랑모랑 피여서, / 내 무럽헤 올나오면 내 세월이오, / 너 무럽헤 올나오면 너 세월이라, / 석가는 도적심사를 먹고 반잠 자고, / 미럭님은 찬잠을 잣다. / 미럭님 무럽우에, / 모란꼬치 피여 올낫소아, / 석가가 중둥사리로 꺽거다가, / 저 무럽헤 꼬젓다. / 이러나서, 축축하고 더럽은 이 석가야, / 내 무럽헤 꼬치 피엿슴을, / 너 무럽헤 꺽거 꼬젓서니, / 꼬치 피여 열흘이 못가고, / 심어 십년이 못가리라. / 미럭님이 석가의 너머 성화를 밧기 실허, / 석가에게 세월을 주기로 마련하고, / 축축하고 더러운 석가야, / 너 세월이 될라치면, / 가문마다 기생나고, / 가문마다 과부나고, / 가문마다 무당나고, / 가문마다 역적나고, / 가문마다 백정나고, / 네 세월이 될나치면, / 합들이 치들이 나고, / 너 세월이 될나치면, / 삼천중에 일천거사 나너니라. / 세월이 그런즉 말세가 된다.[64]

애초에 미륵님이 세상을 차지하였을 적에는 "섬두리 말두리 잡숫고 인간 세월이

---

63) 김헌선, 앞의 책, 164~168쪽.
64) 김쌍돌이, 앞의 자료.

태평하고 그랫는데", 석가님이 세상을 차지하고 나서는 "가문마다 기생나고, 가문마다 과부나고, 가문마다 무당나고, 가문마다 역적나고, 가문마다 백정나고" "그런즉 말세가 된다"고 했다. 이래서 현세는 '말세'가 되었다고 보는 것이다. 미륵님 세상에서 석가님 세상으로 넘어간 것은 그러니까 사람들에게 커다란 불행일 수밖에 없다. 그런 불행은 오직 석가님의 욕망에 말미암은 셈인데, 욕망 때문에 내기를 걸고, 내기에서 두 차례나 졌지만 포기하지 않고, 세 번째 내기에서 속임수를 써서, 마침내 욕망을 채워 세상을 차지했다는 것이다. 그래서 세상은 말세로 떨어지고, 사람들은 불행에 빠질 수밖에 없었다는 것이다.

2) 하느님과 신령님

우리네 무교의 서낭굿이야기를 들여다보면 거기에는 여러 서낭들이 어우러져 있다는 사실을 쉽게 알 수 있다. 이를테면, 앞에서 살핀 〈삼태자풀이〉에서만 하더라도 애초에 '천하궁에 본을 둔 '서인님'과 28수에 본을 둔 '서가 여래'와 33천에 본을 둔 '미륵님'이 있었고, 게다가 다시 '삼불제석(삼태자)', '세유세천(서장애기)', '삼신제왕(서인님)' 같은 서낭들이 함께 생겨났다.[65] 그뿐 아니라 앞에서 거듭 살핀 바와 같이 우리네 서낭굿은 여러 거리로 이루어지는데, 그들 거리에서는 저마다 다른 서낭을 모시고 굿을 벌인다. 이래서 우리 겨레는 예로부터 여러 서낭을 섬겼다고 말할 수가 있는 것이다.[66]

그러면 그렇게 수많은 서낭들이 모두 한결같은 높낮이로 위아래가 없는가? 없다고 하는 사람들도 있고,[67] 있다고 하는 사람들도 있다.[68] 그러니 섣불리 가닥을 지워 말하기는 쉽지 않고, 앞으로 자료를 좀더 꼼꼼하게 따지고 살펴보아야 할 일이다. 그러나 이제까지 내가 살피고 얻은 바로는 땅서낭에 뿌리를 박은 남쪽에서는 서낭들 사이에 위아래가 뚜렷이 드러나지 않는 듯하고, 하늘서낭에 뿌리를 박은 북쪽에는 위아래가 뚜렷이 갈라지는 것이 아닌가 싶다. 그래서 온 나라 안에 두루 퍼져 받들려지

---

65) 정운학 구연 〈삼태자풀이〉(김헌선, 앞의 책, 288~351쪽).

66) 현지조사를 바탕으로 알아본 바로는 무당들이 받들고 있는 서낭이 이백일흔세 가지나 되었다고 하는가 하면(김태곤, 《한국무속연구》, 집문당, 1981, 280~285쪽), 제주도에 내려오는 신당 300여 군데를 조사하여 서낭이야기(본풀이)를 살핀 바로는 무려 일만팔천이라는 어마어마한 서낭들이 있었다기도 한다.(진성기, 〈제주도 신당과 당신〉, 민속학회, 《무속신앙》, 교문사, 1989, 262쪽)

67) 임석재, 〈한국무속연구서설〉, 아세아여성문제연구소, 《아세아여성연구》 9, 숙명여자대학교, 1970 ; 황루시, 《팔도 굿》, 대원사, 1989, 115~116쪽.

68) 김태곤, 앞의 책, 287 -289쪽 ; 박일영, 〈종교긴 갈등과 대화 — 무속과 그리스도교를 중심으로〉, 《종교신학연구》 2, 서강대학교 종교신학연구소, 1989, 99~124쪽.

438

는 서낭들을 마구 살펴서는 가닥을 잡기 어렵고, 땅서낭 쪽인지 하늘서낭 쪽인지 그 뿌리를 제대로 가려서 살펴야 실마리가 나타날 것이 아닌가 싶다. 그러나 거듭 이야기해온 바와 같이 우리 겨레의 서낭은 하늘서낭에 뿌리를 내린 북쪽 세력이 땅서낭을 믿던 남쪽을 일찍부터 힘으로 덮어 눌렀다. 그러므로 우리 겨레가 서낭의 위아래를 어떻게 여겼느냐 하는 물음에 단순하게 대답하고자 한다면 하늘서낭 쪽을 잣대로 삼아도 크게 잘못은 아니라고 생각한다.

그러면 다시 〈삼태자풀이〉로 돌아가서 이야기해 보자.[69] 전체 이야기는 〈부정물림〉, 〈세상 배포〉, 〈제석 본풀이〉, 〈제석 빌기〉로 짜였다. 그 가운데서 〈세상 배포〉와 〈제석 본풀이〉 안에 서낭들이 나타나는데, 우선 〈세상 배포〉 첫머리에 서낭 셋을 이렇게 소개하고 있다.

아왕 임금 만세 / 억만 세를 / 살읍 소사 / 대한 국이 / 만만 세라 / 차례 차례로 //
서인님에 / 본은 가서 / 천하궁에 / 본이로다 //
서가 여래 / 본은 가서 / 이십 팔수 / 본이로다 //
미럭님에 / 본은 가서 / 삼이 삼천이 / 본이로다 //[70]

보다시피 '서인님', '서가여래', '미럭님'이 저마다 '천하궁', '이십팔수', '삼이삼천'을 근본으로 차지하고 있는데, 이어서 '미럭님이 다스리는 세상', '미럭님과 석가님의 세상 차지 경쟁', '석가님이 다스리는 세상'을 차례차례 이야기한다. 이것은 하늘(천하궁, 28수, 33천)에 있던 세 서낭 가운데서 석가님이 세상에 내려와 다스리게 된 일을 이야기하는 것이다. 애초에는 미륵님이 먼저 세상에 내려와서 다스렸는데, 뒤에 석가님이 내려와서 내기를 벌여 속임수로 빼앗아 다스리게 되었다는 것이다. 그러니까 세 서낭은 성격이 서로 조금씩 다르다. 서인님은 하늘 천하궁에 가만히 있고, 미럭님은 세상에 내려왔다가 다시 하늘 삼이삼천으로 올라갔고, 석가님은 28수에서 세상으로 내려와서 세상을 다스리고 있다.

이어 〈제석 본풀이〉 대목에서는 한 곳에 있는 '서참봉 집안'[71] 이야기를 한다.

---

69) 거듭 〈삼태자풀이〉를 보기로 삼는 까닭은 입말로 흘러온 서낭이야기들 가운데 좀더 온전하고 옛 모습을 지니고 있는 것으로 보여서다. 김쌍돌이의 〈창세가〉나 전명수의 〈창세가〉 같은 것이 옛 모습을 더 많이 지닌 것으로 보이지만 그것들은 앞뒤가 떨어져 나가서 온전치 못하다.

70) 김헌선, 앞의 책, 290쪽.

71) '서참봉' 집안 이야기는 아주 사람 세상의 삶처럼 그려졌다. 부부가 남매를 낳아 키우고, 남자가 벼슬살이를 하러 가족을 데리고 떠나고, 길쌈을 하고 농사를 지으며, 별당이며 서재며 고방 같은 집간들이 그대로 사람 세상의 삶 그대로다. 그렇다고 이야기 속에 담긴 세상을 이야기 바깥에 있는 현실

서참봉 내외가 남매를 키우며 살다가 벼슬 살러 올라가면서 딸 '서장애기'[72]만 남겨 두었다. 벼슬살이를 하다가 "꿈자리가 뒤숭하여" "사직하고 집으로" 돌아와 보니 서장애기가 잉태하여 앓고 있었다. '서인님'이 내려와서 잉태를 시킨 것이다. 서참봉 내외는 화가 나서 죽이려고 '부자탕'을 먹였으나 죽지 않자 천길 굴함을 파서 가두었다. 그러나 서장애기는 거기서 청학 백학의 도움을 받으며 아들 삼태자를 낳았다. 삼태자는 자란 다음 서인님의 예언을 따라 박넝쿨을 타고 하늘에 올라 아버지를 찾았다. 삼태자가 아버지를 찾아 확인하는 데에는 '일월성신'과 '선관도사'를 거느린 '옥황상제'의 가르침과 이끄심이 있었다. 마침내 옥황상제는 '십이선관'에게 의논하여, 서인님은 '삼신제왕', 서장애기는 '세유세천', 삼태자는 '삼불제석'으로 서낭을 시켜 세상을 다스리는 몫을 맡겼다.

보다시피 이 대목에서 비로소 '서인님'이 있는 하늘 '천하궁'이 드러난다. 거기에는 '십이선관'과 '일월성신'과 '선관도사'를 모두 거느린 '옥황상제'가 서인님과 함께 있었다. 옥황상제가 가장 높고 그 곁에 서인님이 있으며 그 밖에 '십이선관', '선관도사', '일월성신' 같은 서낭들이 함께 '천하궁'을 차지하고 있다. 서인님과 서장애기와 삼태자에게 서낭 몫을 맡기는 일을 옥황상제가 십이선관에게 의논하여 결정하는 것으로도 그들 사이에 자리의 높낮이가 뚜렷한 줄을 넉넉히 알 만하다.

이렇게 〈삼태자풀이〉를 살펴본 나머지 거기에는 자리의 높낮이와 맡은 일의 몫이 서로 다른 여러 서낭들이 어우러져 있다는 사실이 드러났다. 그들을 우선, ㉮ 몸소 사람들 세상과 아무런 인연도 맺지 않는 서낭들,[73] ㉯ 몸소 사람들 세상과 어떤 인연을 맺는 서낭들,[74] ㉰ 사람들 세상으로부터 들어올려져 서낭의 몫을 받은 서낭들,[75] 이렇게 세 모둠으로 묶어볼 수 있다. 그런 모둠들 사이에도 높낮이가 달라서 ㉰보다는 ㉯가 높고, ㉯보다는 ㉮가 높다는 자취들이 여기저기 보인다.[76] 그리고 가장 높은

속의 세상이라고 볼 수 있을까. 이야기는 어디까지나 서낭이야기고, 따라서 이야기 속의 세상도 서낭들의 세상이라고 보아야 마땅하다.

72) 어릴 적 이름은 '당구매기', 곧 '당금애기'였다고 한다.

73) 옥황상제, 십이선관, 선관도사, 일월성신 같은 서낭들이다.

74) 미륵님, 석가님, 서인님 같은 서낭들이다.

75) 서장애기가 받은 '세유세천', 삼태자가 받은 '삼불제석' 같은 서낭들이다.

76) ㉮는 하늘에만 있으니 가장 높다고 볼 수밖에 없다. ㉯와 ㉰는 서낭으로 세상에서 맡은 몫을 다하는데, 몫이 서로 다르니 높낮이를 섣불리 가늠하기 어렵다. 그러나 ㉰보다 ㉯가 높다는 것을 틀림없을 듯한데, 이를테면 〈삼태자풀이〉의 마지막 대목인 〈제석 빌기〉에서 '축원노래'를 보아도 그런 자취가 있다. "오늘 날에야 / 차가중에 / 이 도신을 / 디리실 때 / 삼일 열락 / 이 도신을 / 디릴 적에 / 석가 세인 / 세준 서인 / 미륵 존불 / 삼불 불사 / 삼 제석과 / 세역 서천이 / 강림들 하야 / 이 법당에 / 이 도신을 / 받으시고" 하는데, 석가 세인(석가님)·세준 서인(서인님)·미륵 존불(미륵님)을 차례로

440

모둠인 ㉮ 안에서도 '옥황상제'가 홀로 가장 높은 자리에서 모든 일에 마지막 결정을 하는 분임을 알아볼 수 있다.

그렇다면 이제 여기서 '옥황상제'가 누구인가를 생각해 보지 않을 수 없다. 그 이름은 물론 도교에서 빌려온 것이다. 우리 겨레가 애초부터 부르던 이름은 무엇일까? 무교에서는 세상에 와서 사람들 삶에 몫을 맡아 다스리는 서낭을 흔히 '신령님'이라고 부른다. 그러니 '옥황상제'라는 이 분도 신령님일까? 이런 물음에 해답을 찾으려면 글말로 적힌 서낭이야기들을 살펴보는 것이 좋을 듯하다. 우선 북쪽 고조선과 고구려의 나라조상(국조)이야기를 끌어와 보자.77) 고구려의 나라조상굿이야기에는 하늘에만 있어서 몸소 사람들 세상과는 상관을 하지 않는 '하느님(천제)', 몸소 세상에 내려와서 사람들과 인연을 맺는 하느님의 아들 '해모수', 그리고 '바다서낭(하백)'과 그의 딸(유화), 사람이었다가 뒷날 죽어서 서낭이 된 '주몽', 이런 서낭들이 나타난다. 거기서는 이 '옥황상제'와 같은 자리에 있는 가장 높은 분을 '하느님(천제)'이라 했다. 고조선의 나라조상굿이야기는 하늘에만 있는 '큰 말미(환인)', 몸소 세상에 내려와서 사람들과 인연을 맺는 '큰 남자(환웅)', 그리고 '땅서낭(웅녀)', 사람이었다가 뒷날 죽어서 서낭이 된 '단군', 이런 서낭들로 이루어진다. 거기서는 '옥황상제'와 같은 분을 '큰 말미(환인)'라 불렀다.

보다시피 높이 하늘에 머물면서 세상에 서낭들을 내려보내고 몫을 맡기고 하는 분을 무당들의 서낭굿이야기에서는 '옥황상제'라고 했는데, 글말로 적힌 고조선의 나라조상굿이야기에서는 '큰 말미(환인)'라 하고 고구려의 나라조상굿이야기에서는 '하느님(천제)'이라고도 했다. 글말로 적힌 나라조상굿이야기에 나타난 이름이 한결같지 않다. 그러면 이보다 더 오래된 사실을 적었을 듯한 기록을 살펴보면 어떨까? 너무나 널리 알려진 중국 쪽 기록을 다시 들여다보는 것이 좋을 듯하다.

설달에는 하늘에 제사를 지낸다. 이때에는 사람들이 많이 모여 여러 날을 두고 술 마시고 노래 부르고 춤추고 노는데, 이것을 영고라 한다.78)

해마다 10월이면 하늘에 제사를 올리는데, 이때에는 밤낮으로 술 마시고 노래 부르고 춤

먼저 부르고, 이어 삼 제석(삼불제석)과 세역 서천(세유세천)을 차례로 부른다. 이런 축원에서 부르는 차례를 서낭의 높낮이를 나타내는 것으로 볼 수 있다.

77) 꼼꼼한 살핌은 조금 뒤 '조상굿이야기'에 가서 할 터이다.

78) 《후한서》 동이전 부여국(이민수 역, 《조선전》, 탐구당, 1974, 49쪽) ; 《삼국지》 위지 동이전 부여(같은 책, 78쪽).

추면서 논다. 이것을 무천(舞天)이라고 한다.[79]

보다시피 부여와 예 같은 나라에서는 한 해가 끝나는 때[80]에 맞추어 '하늘'에다 제사를 올렸다 한다. 한 해 동안의 삶을 이끌어주신 분이 '하늘', 곧 '하느님'이라고 믿었던 것이 아닐까.

시월이면 하늘에 제사하기 위하여 사람들이 크게 모이는데, 이것을 이름하여 동맹이라고 한다. 그 나라 동쪽에 큰 굴이 있는데, 이름은 수신이라고 한다. 여기에서도 역시 시월이 되면 귀신을 맞아다가 제사를 드린다.[81]

언제나 5월이 되어 밭갈이가 끝나면 귀신에게 제사 드리고 밤낮으로 술 마시고 놀면서 여럿이 모여 춤추고 노래하는데, 한 사람이 춤을 추면 수십 명씩 따라서 춤을 추는 것이다. 10월이 되어 농사일이 끝나면 또 다시 이와 같이 논다.[82]

보다시피 고구려에서는 '하늘'에도 제사를 드리고, 또 동쪽 큰 굴에 모셔 두었던 '수신'이라는 '귀신'에게도 제사를 드렸다. 그리고 남쪽 마한에서는 5월과 10월에 모두 '귀신'에게만 제사를 드렸다. '귀신'이 무엇을 뜻하는 것인지 뚜렷하지 않으나 '하늘'과는 다른 서낭으로 볼 수밖에 없다. 그런데 남쪽 마한에서는 '하늘'에게는 제사를 드리지 않고 '귀신'에게만 제사를 드리고, 고구려에서는 '하늘'과 '귀신' 두 쪽에다 제사를 드렸다. 한 해 동안 삶을 이끌어주신 분을 남쪽 마한에서는 하늘이 아니라 '귀신'이라고 여기고, 고구려에서는 '하늘'이라 여기지만 '귀신'도 도움을 준다고 믿었던 것으로 볼 수 있겠다.[83]

그러니까 부여, 예, 고구려, 마한, 네 나라에서 모두 10월에 제사를 드렸는데,[84]

---

79) 《후한서》 동이전 예(위의 책, 64쪽) ; 《삼국지》 위지 동이전 예(같은 책, 99쪽).

80) 따온 글에는 부여가 '섣달', 예가 '시월'에 하늘 제사를 올린다고 했는데, 원문에는 부여 것을 '은정월'이라고 했다. 은나라 달력으로 '정월'이나 한나라 뒤의 달력으로 시월이나 비슷한 때로서 풀이 마르고 잎이 지고 열매가 떨어져 땅 위에 넘실거리던 삶의 자취가 쓸쓸하게 사라지는 시절이다. 옛 사람들은 어디서든 이때를 한 해가 끝나고 새로운 해를 시작하는 때로 여겼다.

81) 《후한서》 동이전 고구려(이민수 역, 앞의 책, 54쪽) ; 《삼국지》 동이전 고구려(같은 책, 85~86쪽).

82) 《후한서》 동이전 한(이민수 역, 앞의 책, 66쪽) ; 《삼국지》 동이전 한(같은 책, 107쪽).

83) 재미있는 것은 농사를 지어 살던 마한에서는 5월이든 10월이든 제사를 '하늘'에 드리는 것이 아니라 '귀신'에게 드렸다. 아마도 농사라는 것이 씨앗을 땅에 뿌리면 땅에서 싹이 돋아 곡식이 자라고 열매가 열리고 영글어 그것을 거두는 것이기에 하늘보다는 우선 땅속에 있을 '귀신'을 받들고자 했을 것이다. 이런 생각이 남쪽 사람들로 하여금 땅서낭을 믿게 한 것이라고 볼 수 있다.

84) 마한에서만 5월에도 제사를 드렸다. 남쪽 마한은 농사를 지어서 살았기 때문에 씨뿌리기를 마친 5월에도 제사를 드리지 않을 수 없었을 것이다.

442

북쪽 세 나라에서는 모두 '하늘'에다 제사를 바쳤다. 하늘이 사람의 삶을 다스리는 가장 크고 높은 서낭이라고 여겼기 때문일 터이다. 그들이 받든 '하늘'은 고구려의 나라 조상굿이야기에서 '하느님(천제)'이라 부른 분과 다를 바 없을 듯하고, 고조선의 나라 조상굿이야기에서 '큰 말미(환인)'라 부른 분과도 다르지 않을 듯하다. 그리고 바로 이 분들을 〈삼태자풀이〉에서는 '옥황상제'라는 도교의 이름으로 불렀다고 보아도 크게 틀리지 않을 듯하다.

그렇다면 우리는 우리 겨레가 받드는 수많은 서낭들을 모두 한결같이 높낮이가 없다고 보는 주장을 따르기가 어렵다. 적어도 모든 서낭들 가운데 가장 높고 큰 힘을 지닌 서낭을 한 분 따로 생각했던 것이다. 그것을 '하늘(천)', '하느님(천제)', '큰 말미(환인)', '옥황상제' 같은 여러 가지 이름으로 세월에 따라 달리 불렀을 따름이다. 그래서 우선 우리 겨레가 받드는 서낭은 하느님[85]과 신령님들[86]이라는 두 갈래로 나누어 생각하는 것이 어떨까 한다. 그리고 여러 신령님들 사이에 있는 높낮이를 곰곰이 살피면 우리 겨레가 믿으며 살았던 서낭의 세계를 제대로 알 수 있을 듯하다.

고려에서도 신라와 마찬가지로 큰굿[대사]·가운데굿[중사]·작은굿[소사]으로 뜨레를 지어 바친 것으로 적혀 있다. 하느님(상제)과 다섯 하늘 서낭(오방제)에게 바치는 원구, 땅서낭에게 바치는 방택, 땅서낭[사]과 곡식서낭[직]에게 바치는 사직에는 큰굿[대사]을 바치고, 농사서낭[선농]에게 바치는 적전과 누에서낭(선잠)에게 바치는 선잠에는 가운데굿[중사]을 바치고, 바람서낭[풍사]·비서낭[우사]·번개서낭[뇌신]·별서낭[영성]과 말서낭[마조]과 추위서낭[사한] 따위에게는 작은굿[소사]을 바쳤다고 한다.[87] 그리고 팔관회와 연등회도 있었다.[88]

조선왕조라 하여 나라서낭굿이 없었던 것은 아니다. 땅서낭(지저), 곡식서낭(사직)에게는 이월과 팔월에 큰굿(대사)을, 하늘서낭(천신), 바람·구름·번개·비서낭

---

85) 서낭(초월신) 가운데서도 가장 높은 지위와 권능을 차지하여 상대가 없으므로 유일하고 절대적인 존재, 곧 절대서낭(절대신)을 '하느님'이라고 한다. 고조선처럼 '큰 말미(환인)'라 하거나 유교식으로 '천제'라 하거나 선교식으로 '옥황상제'라 하거나 모두 같지만 가장 오래 또 널리 쓰인 말은 '하느님'인 듯하다.

86) 서낭(초월신)이기는 하지만 그 지위와 권능에서 절대서낭인 하느님 아래에 있으며 서로 비슷한 여러 서낭들 가운데 하나인 존재, 곧 상대서낭(상대신)을 이렇게 부른다. 이들 상대서낭은 전국에 나누어져 있는 마을서낭(동신, 당신)과 집안서낭(가신)은 물론 무교에서 인생의 온갖 직능을 나누어 맡은 직능서낭(직능신)들이 있고 도교에서 비롯한 각종 별서낭(성신)들도 있다.

87) 《고려사》 권59, 지 권13, 예 1, 길례 대사 ; 《고려사》 권62, 지 권16, 예 4, 길례 중사 ; 《고려사》 권63, 지 권17, 예 5, 길례 소사.

88) 태조의 〈훈요십조〉에도 "내가 가장 바라는 바는 연등과 팔관에 있다(朕所至願 在於燃燈八關)" 하고, 몽고가 침략하여 도읍을 강화섬으로 옮겼을 때에도 고려 왕실에서는 이를 그치지 않았다.

(풍운뢰우), 뫼·가람서낭(산천), 성황에게는 2월과 8월에 가운데굿(중사)을, 사람서낭(인신), 농사서낭(선농), 누에서낭(선잠)에게는 3월에 가운데굿(중사)을 바쳤다. 그밖에도 가뭄을 막느라고 4월에는 비서낭(우사)에게, 전쟁을 막느라고 봄(경칩)과 가을(상강)에 전쟁서낭[독]에게 가운데굿[중사]을 바쳤다는 사실은 《악학궤범》에 자세히 적혔다.[89)]

이제까지 한문 기록에 적힌 나라서낭굿을 훑어보았지만 안타깝게도 이들 굿놀이에서 주고받은 이야기, 곧 나라서낭굿이야기말꽃은 찾아보기 어렵다. 말을 적을 수 있는 글자가 일찍이 없었던 탓임은 두말할 나위조차 없다. 그래서 기나긴 세월에 걸쳐 조상들이 즐겼을 그런 나라서낭굿이야기말꽃을 오늘 우리는 하나도 다시 만날 수 없다.

나) 끼리서낭굿이야기말꽃

1) 무교의 끼리서낭굿이야기말꽃

무당의 굿으로 살아남은 서낭굿이야기를 무교의 끼리서낭굿이야기라고 말할 수 있을 것이다. 아득한 옛날에는 이것들이 온 겨레가 너나없이 두루 모여서 춤추고 노래하며 하늘에 제사하던 바로 그 두루서낭굿이야기였다. 그러나 어느 날 불교, 도교, 유교 같은 외래 종교에게 쫓기고 짓밟히면서 저도 모르게 차차 밀려나서 끼리서낭굿으로 내려앉았다. 그러니 이들 무교의 서낭굿이야기는 두루서낭굿에서 끼리서낭굿으로 넘어온 자리를 제대로 알아보기 어렵다. 무당굿 안에 살아 남은 서낭굿이야기를 어디까지는 두루서낭굿이야기며 어디부터는 끼리서낭굿이야기인지를 가늠하기 어렵다는 말이다.

그러나 온 세상에 내리는 바람과 비를 고르게 해달라고 봄과 가을에 모든 사람들이 한데 모여 벌이던 굿은 틀림없이 두루서낭굿이었으나, 한 사람이나 한 집안의 복을 빌거나 죽은 사람의 넋을 달래려고 벌이는 굿은 끼리서낭굿으로 쉽게 볼 수 있지 않을까? 한 사람이나 한 집안의 삶을 맡기며 도움을 얻으려는 서낭굿과 온 세상 사람들의 삶을 온통 맡기며 도움을 받으려는 서낭굿이 본디 떨어질 수 없는 하나였음은 두말할 나위도 없다. 그러나 밖에서 새로운 종교를 받아들여 그쪽으로 믿음을 바꾸는 사람들이 많아지면서 무교는 모든 사람들의 삶을 맡기는 노릇을 내버리지 않

---

89) 《악학궤범》 권2, 속악진설도설, 시용아부제악·시용속부제악.

을 수 없었을 듯하다. 그러면서 차차로 얼마 남지 않은 사람들의 믿음에 기대어 그들의 자잔한 삶을 걸어 놓고 굿을 벌이는 수밖에 없었을 듯하다. 이런 생각을 하면서 산 사람의 복을 비느라 벌이는 서낭굿이야기와 죽은 사람의 넋을 돕느라 벌이는 서낭굿이야기를 무교의 끼리서낭굿이야기로 나누어 잠시 살펴보기로 하겠다.

산 사람의 삶, 곧 이승의 삶을 비느라 벌이는 서낭굿의 으뜸 서낭은 '제석님'이다. 제석서낭이야기의 줄거리를 간추리면 이렇다.

1. 남매를 키우며 살던 부부가 열아홉 된 딸(서장아기)만 남기고 벼슬 살러 올라갔다.
2. 집에 남은 딸은 금기를 깨고 굳게 잠긴 집을 나가 좋은 인물이 세상에 알려졌다.
3. 하늘에서 서인님이 세상 구경을 나왔다가 굳게 잠긴 집으로 들어와 동냥을 청했다.
4. 서인님이 동냥에다 트집을 잡아 해를 넘기고 밤들어 마침내 서장애기와 동침했다.
5. 새날에 서인님은 서장애기의 꿈을 풀어 예언과 예방을 주고는 하늘로 올라갔다.
6. 서장애기가 잉태로 배가 불렀는데 부모가 벼슬을 그만두고 돌아와 사실이 드러났다.
7. 부모가 서장애기를 죽이려 해도 죽지 않아서 천길 굴함을 파서 가두었다.
8. 굴함에서 청·백학의 도움을 받고 금봉채로 옆구리 갈비대를 들어 삼태자를 낳았다.
9. 부모가 서장애기 장사지내려 굴함에 가보니 삼태자를 키우고 있어 집으로 데려왔다.
10. 삼태자가 자라 아버지를 찾으려고 박줄 타고 은하수 건너 하늘 나라로 올라갔다.
11. 옥황상제가 서인님과 삼태자 부자임을 확인하고, 서인님은 삼신제왕, 서장애기는 세유 세천, 삼태자는 삼불제석으로 서낭 직분을 맡겼다.[90]

이 이야기의 공간은 보다시피 위아래로 높낮이가 다르게 갈라져 있다. 네 식구가 사는 세상이 낮은 땅 위에 있고, 옥황상제와 서인님이 사는 세상이 높은 하늘 위에 있다. 이야기 안에서 서인님이 서장애기를 찾아오는 모습을 보면 돌이 많은 석산을 넘고 나무가 많은 청산을 넘고 은하수 같은 난수를 건너오기 때문에 수평 공간을 지나오는 듯이 되어 있으나, 서인님이 떠날 적에는 "외 무지개 / 선을 두루고 / 쌍 무지개 / 다리를 놓아 / 운무중에 / 구름간에 / 하늘 우로 / 승천했소"[91] 한 것으로 보아 하늘 위로 올라간 것이 실상이다. 뿐만 아니라 뒷날 삼태자가 자라서 아버지 서인님을 찾아가는 대목에서도 박 넝쿨을 따라 은하수를 건너 옥황상제 일월성신이 계시는 하늘로 올라가는 것을 뚜렷이 밝히고 있다. 낮은 데로 땅 위의 세상과 높은 데로 하늘 위의 세상, 이렇게 위아래로 두 세상이 뚜렷하게 갈라져 있음에 틀림없다.

---

90) 정운학 구연 〈삼태자풀이〉, 임석재·장주근, 《관서지방무가》, 문화재관리국, 1966.
91) 김헌선, 앞의 책, 325쪽.

죽은 사람의 넋을 돕는 굿의 서낭, 곧 저승 세계의 삶을 돕는 서낭은 오구서낭이다. 오구서낭이야기의 줄거리를 간추리면 이렇다.

1. 부부가 딸만 계속 일곱(아홉)을 낳았다.
2. 부모는 마지막 딸을 버렸다.92)
3. 부모(또는 부친)가 병이 들었다.
4. 병든 부모(부친)는 약물을 먹어야 나을 수 있었다.
5. 집에서 기른 큰 딸들은 약물 길어 오기를 거절했다.
6. 버린 막내 딸을 찾아서 약물을 길어 오게 했다.
7. 버려졌던 막내 딸은 약물 있는 곳93)에 가서 약값으로 많은 고된 일을 했다.
   ① 서너 가지의 어려운 장애를 극복한 다음 약수지기를 만남
   ② 약수지기의 아들 셋(일곱)을 낳아주고 약수(와 약꽃)을 얻음
   ③ 약수지기에게 돌아와서(집으로 돌아오다가) 저승 망자들을 만남
   ④ 아들 삼(칠)형제(와 남편)를 데리고 돌아옴
8. 막내 딸은 약물을 얻어 가지고 와서 죽은 부모(부친)를 살렸다.
9. 부모는 막내 딸에게 서낭 직분을 맡겼다.(딸이 스스로 오구서낭이 되었다.)94)

이 이야기의 공간은 두 쪽으로 뚜렷하게 갈라져 있다. 먼저, 부모가 다스리는 안쪽이 있고, 그와는 아주 다른 바깥쪽이 있다. 바리공주는 안쪽 세상에서 쫓겨나 바깥쪽 세상으로 내던져졌다. 다음은, 바리공주와 부모가 살고 있는 이승이 있고, 큰 강물과 험한 산과 넓은 바다를 건너야 닿는 저승이 있다. 이승은 사람들이 벗어날 수 없는 아픔과 죽음이며 욕망과 갈등으로 어수선하지만 저승은 그런 이승과는 아주 다른 고요와 평화가 죽음처럼 조용하게 가득 차 있어서 뚜렷이 다르다. 안과 밖, 이승과 저승, 이렇게 두 세상으로 갈라져 있지만 이들 두 세상은 높낮이가 다르지 않고 수평으로 가지런하다. 앞의 제석서낭이야기가 아래위로 높낮이가 다른 두 세상으로 갈라진 것과는 사뭇 다르다. 그리고 이처럼 위아래로 나누어진 세상의 서낭이야기와 안팎으로 나누어진 세상의 서낭이야기를 더불어 싸잡고 있는 것이 우리 겨레 서낭이야기의 온

---

92) 버려진 곳은 물론 '또다른 세계'이지만 그것도 수평의 공간으로 마련되었다.
93) '약물 있는 곳'은 물론 이승 세계의 한계를 벗어나고 고통을 없앨 수 있는 열쇠(약물)가 감추어져 있는 초월 상상의 세계다. 그런데 그 자리가 서쪽으로 큰 강물과 험한 산과 넓은 바다를 건너가서야 닿을 수 있는 머나먼 수평공간으로 마련되어 있다.
94) 이 단락 구분은 서대석의 연구(서대석, 〈바리공주 연구〉, 《한국무가의 연구》, 문학사상사, 1980, 215~216쪽)에서 빌려 왔으나, 가장 많은 속살을 담고 있는 일곱 번째 단락(①-④)은 따로 손질을 조금 했다.

전한 모습이다.

제석서낭이야기와 오구서낭이야기말고도 무교에는 끼리서낭굿이야기라 할 만한 것들이 얼마든지 있다. 아이를 잘 낳게 하고, 아들을 낳을 수 있게 하고, 오래오래 살게 하고, 억울한 일을 풀어주고, 나쁜 일을 미리 막아주고, 벌인 일이 잘 이루어지게 하고, 이처럼 어렵고 괴로운 온갖 삶의 고비를 돕는 끼리서낭굿들이 수없이 많고, 그런 굿마다 서낭굿이야기들이 싸잡혀 있기 때문이다. 그런 끼리서낭굿이야기말꽃 가운데 하나만 보기로 한다.

강남의 천자국 옥골 미영산 상봉에 송씨 부군과 장씨 부인이 살았는데, 자식이 없어 근심이었다. 장독대 뒤에 돌단을 쌓고 칠월칠석날 밤에 제사상, 병풍, 돗자리, 밥, 제수, 찬물, 포육을 각각 일곱 그릇씩 차려놓고 정성을 다해 기도하였다. 그랬더니 하늘에서 원성군과 목성군, 계성군, 명성군, 복성군, 연성군이 내려와서 응감하고,
"너희의 정성이 지극하니 우리가 너희에게 인간의 모든 복을 점지해주마."
이렇게 해서 복을 내려주었는데, 뒤늦게 동성군이 제자들에게 글공부시키고 와서 보니 다른 신이 모든 복을 내려준 후라 자기는 내려줄 복이 없었다. 그러자,
"나는 너희들의 눈알이나 빼어가겠다."
면서 떠나니, 송씨와 장씨 부부의 눈이 어두워져, 제사를 드렸다가 도리어 눈만 멀었다고 원망하였다. 그때 대국 천자가 송씨와 장씨들이 역적이라 하여 모조리 멸족시키게 되었는데, 이 두 사람만은 불쌍하게 생각하여 죽이지 않고 살려주어 집에 돌아와 살았다. 어느 날 꿈속에 백발 노인이 나타나서
"너희가 다시 이전처럼 제사를 드리면 귀신들이 다시 와서 복을 주고 눈도 띄워 주리라."
고 한다. 꿈에서 깨어나 제사를 드렸더니 과연 눈이 뜨였으며, 삼 년 후에는 송씨 부군은 정승 벼슬을 하고, 장씨 부인은 딸아이를 낳았다.
아이의 나이 일곱 살 때에 부부 동반으로 유람을 떠나면서, 아이는 하녀에게 맡기었다. 딸아이는 따라가고 싶어서 몰래 그 뒤를 좇았으나 부모는 눈치 채지 못하였다. 그러다가 길을 잃어 미영산 굴에서 울고 있었는데, 중 셋이 산을 넘다가 맨 나중의 중이,
"이 아이를 내가 데려가겠노라."
하고 곽에 넣어서 지고 다니며 동냥을 빌어다 먹였다. 그러던 삼 년 후에는 중이 그 아이를 자기 아내로 삼았는데 곽에 지고 다니다가 송정승 집에 들르게 되었다.
"동냥 좀 주시오. 나무아미타불."
그러자 송정승이,
"이 대사야, 우리집 딸아이를 삼 년 전에 잃어버렸는데 혹 알 수가 있느냐?"
고 물었다. 중은 그 말에
"저는 모르겠습니다."
하면서 얼굴빛이 변하고 서둘러 나가려고 하였다. 송정승은 수상하게 생각하여 그 중을

잡아 묶어놓고 족치니 실토한다. 딸아이를 꺼내보니 이미 아기를 배어 태중이었다. 송정 승은 서러워 탄식하고는 석곽 속에 넣어서 야광주를 입에 물려 바닷물에 띄워 버렸다. 이 래서 석곽은 조선 팔도강산의 바닷가로 떠돌아다니게 되었는데, 어느 날 진도 김선주란 사람이 장사차 중국으로 가다가 이 석곽을 발견하였다. 석곽을 배에 싣고 중국에 갔더니 장사가 매우 잘 되었다. 돈을 많이 벌어 돌아오니 그 소문을 들은 진도 사람들이 모두 석 곽을 신처럼 숭배하였다.

진도 본향신이 이 사실을 질투하여 마구 심술을 부렸다. 할 수 없이 석곽을 도로 바다에 띄웠더니, 제주에 떠내려와 함덕에 도착했다. 잠녀 일곱이 주워서 깨뜨려보니, 큰 뱀 한 마리와 작은 뱀 일곱 마리가 들어 있었다. 잠녀들이 흉측하다며 학대하다가 그만 병이 들 어 고생하였는데, 이 소식을 들은 열세 살 먹은 무당이

"이것은 용왕님이 죄를 주신 것이다. 칠성님께 고사를 지내야 나을 것이다."

고 했다. 그 말대로 칠성님께 고사 지내고 용왕님께 기도 드리니 병이 물러가고 마을이 무사태평하였다.

본향신이 옥황상제 있는 곳에 다녀와서 보니 낯모르는 귀신이 와서 함덕 마을을 차지하 고 있다. 크게 노하여 쫓아내니, 뱀들이 하릴없이 쫓겨나 성으로 들어가 이리저리 기어다 녔다. 송씨네 외딸이 물길러 갔다가 이 뱀들을 보자 깜짝 놀라 집으로 도망치니, 뱀들이 쫓아와서 울안의 앵두나무를 서리서리 감고 있다. 이 사실을 딸이 어머니에게 알리고는 쌀을 깨끗이 씻어 밥을 지어 가지고 뱀들에게 주며 기도 드렸다. 그러자 뱀들이 집 안으 로 들어오는 것이었다. 큰 뱀은 곳간으로, 작은 뱀은 후원으로 모셔 기도를 계속 올렸더 니, 큰 부자가 되었다. 그러자 뱀들이

"이 집 주인은 이만하면 됐으니, 이제 나가서 모든 사람들을 구원하여 주자."

고 했다. 이래서 큰딸은 동원말망, 둘째 딸은 관청할멈, 셋째 딸은 마방할멈, 넷째 딸은 궁 가할멈, 다섯째 딸은 사령할멈, 여섯째 딸은 기생할멈, 일곱째 딸은 과원할멈을 시키고, 어 멈은 복과 명을 주는 전답부군이 되었으니, 이들에게 정성을 드리면 부유하게 된다.[95]

2) 도교의 끼리서낭굿이야기말꽃

알다시피 우리네 도교는 그 뿌리에서 무교와 하나였을지도 모른다. 그만큼 서로 비슷한 구석이 많다. 그러나 그것은 멀리 뿌리를 이야기하는 것이고, 글자 그대로 도 교라는 이름에 맞추자면 그것은 중국의 노자나 장자로부터 삼국의 왕실로 흘러 들어 온 것으로 본다. 이런 도교에서 믿는 끼리서낭은 흔히 옥황상제 또는 상제라 부르는 삼청이다. 그러나 도교에서는 삼청을 믿고 섬겨서 영생을 얻는 것이 아니라 도를 닦 아서 신선이 되어 영생을 누린다. 따라서 옥황상제나 삼청 같은 서낭께 굿을 바치는

---

95) 칠성님과 뱀신＝칠성본풀이.(김태곤, 《한국의 무속신화》, 집문당, 1985, 209~211쪽)

448

서낭굿이야기보다는 신선으로 영생을 누리고 사는 신선이야기가 많다.96) 이들 신선
이야기를 도교의 끼리서낭굿이야기라고 보기는 어려운 점도 있지만,97) 그런 가운데
서도 도교의 서낭이야기라 할 만한 것들이 없지는 않다. 온 나라 곳곳에 두루 퍼져
내려온 〈나무꾼과 선녀〉 이야기98)는 그런 이야기들 가운데서 가장 손꼽을 수 있는
것이다. 거기에는 도교에서 믿는 서낭과 서낭이 사는 하늘 세상을 우리 겨레가 어떻
게 믿고 있었는지 잘 나타나 있다.

전에 옛날에 퍽 께으고(게으르고) 찌간에, 먹으리(머구리, 병신) 총각이 있어 가지고, 즈그
엄마가 밥을 해 주고 받어다 주고 주고 하면 부서 버려. 밥을 먹다 나면,
"나는 죽고 살고 구정물 속에다 손 넣고 밥 받어 주면, 뭘 할라고 찌간에다, 변소다 부서
버리냐?"
"쥐도 먹어야지라우. 쥐도 먹어야지라우."
그러드라요. 그런가 하고는 하두 애가 터져,
"아무개는 뭣을 하고 뭣을 하드라. 너는 갖다 주는 밥만 먹고 쥐나 주고 이러고 있느냐?"
그런께,
"그러면 나 짚 한 다발 을어다 주제. 나무 갈란께."
그래서 반가와서 즈그 엄마가 얻어다 주니께, 산내끼를 벌벌 틀더니만 '나무 간다'고 가드
만. 나무를 가서, 막 인자 못허는 놈이 풀나무를 뜯어 놓으니께, 고란이 하나가 막 잡아
뛰어 오드래요.(조사자: 고란이 하나가 무이래요?) 고란이, 산에 고란이(조사자: 노루 같이
생긴 것?) 산 고라니 있어. 생쥐 같이 생긴 것. 고것이 뛰어 와서는 캭 할라고 했든가, 그
놈을 막 뛰어서, 거시기 사람을 보고는 주저 앉고, 주저 앉고 나무를 뜯어 논 걸로 딱 감추
어 줬드라요. 감춰 준께로 포수들이 넘어 오드래요. 잡을라고 쫓는 판이여, 시방. 고라니는
쬧겨온 판이고. 못 봤다고 덮어 줬더니마는,
"고란이 안 넘어 왔느냐?"
고 그래서,
"나 고란이 못 봤다."
고 그랬더니 지나 가드래요. 그러더니 고란이, 포수들이 얼마나 가버린 내후에 고란이를
열어 준께, 고란이가 아니고 그것이 지복으로 산신령이던가,

96) 글말로 적힌 신선이야기를 찾아보니 《삼국사기》를 비롯한 역사책 다섯 가지에 스물여덟 마리, 한
   문으로 적힌 문헌설화집 스물여덟 가지에 이백서른아홉 마리, 한국정신문화연구원에서 펴낸 《한국
   구비문학대계》 여든두 책에 삼백아흔여덟 마리, 이래서 모두 육백예순다섯 마리가 있더라는 보고가
   있다.(박기룡, 〈한국 선도설화 연구〉, 《국문학과 도교》, 태학사, 1998)
97) 도교에서 바치는 서낭굿인 초례 또는 초제가 워낙 중국에서 들어온 모습에서 벗어나지 않아서 서
   낭굿이야기가 끼여들 만한 자리가 없었던 것으로 보인다.
98) 배원룡은 〈나무꾼과 선녀〉 이야기를 두루 모아서 꼼꼼히 살폈는데, 그가 모은 이야기는 모두 일백
   마흔다섯 마리였다.(배원룡, 《나무꾼과 선녀 설화 연구》, 집문당, 1993)

"내가 좋은 것을 가르쳐 주게. 나를 이렇게 살려 줬으니 나도 그 은혜를 해야 안 쓰것냐."
고 그러닌께로, 그래,
"은혜는 무슨 은혜냐."
고 그런께로,
"저그, 아무날 저기를 내려 가면, 이 밑에 내려 가며는 맑은 샘이 있을꺼니께, 하늘에 선녀들이 서이 목욕하러 내려 올 것이니께, 둘은 올라가게 두고 하나는 꼭 붙잡으드라고, 그러드래요. 마지막 치를 꽉 붙잡고 오라, 그래가꼬, 가만히 앉아서도 묵을 것이니께, 애기 싯(셋) 낳도록은 가자고, 올라 가자도 올라 가지 말라."
고래. 대차, 그 선녀를 시간이 되니께 둘을 올라 가쁘고 그 놈은 못 알라 가쁘러. 그러니께 할 수 없이 총각하고 왔어. 와서 그 총각하고 맥없이 앉아 묵고 그랬는디,
"애기를 신 나면 거기를 가보라고 했는디, 갈라고 하면 가라."
고 했는디, 둘 낳은디, 애기를 둘을 낳는디,
"하이고 천당에를 한번 쪼케 올라 갔다 내려 와야 쓰겠다."
고 하두 그래싸서, 대차 그 시암으로 또 가는 것을 봐줬어. 그랫더만 애기를 딱 찌고 올라 가버려. 샘에서 줄을 타고 그래쁘러가꼬는, 아 인자, 요놈은 좀 떨어진 매가 되어가꼬는, 요래 가지고 있으니까, 어느 때나 된께로 선녀가 왔드래요. 샘에 간께 왔어. 서방님하고 같이 올라갔어. 타고 시간 되니께,
"얼른 줄을 잡으라."
고, 하늘로 올라 갔는디, 각시가 뭐이라고 허고,
"시골 땅 밑에서 와. 하느님이 애기 나가(낳았다고) 반대를 허고 침을 뱉어브러. 그런께로 거시기 뭣 일고는, 담배다 한증기다 첫 번으로 인사를 하라."
고 하드래요.(조사자 : 장죽 같은 거요?)
"하느님 담배대에다 너프시 인사를 하고, 둘째번에는 빗자락, 방 빗자락에다 인사를 허고, 싯째번에는 마당 빗자락에다가 인사를 허고, 니째번에는 정재 빗자락에다 인사를 하라."
고 그러드래요. 그래서는 가서 인사를 했어. 대차 각시가 시키는 대로 인사를 헌께, 하느님이 고개를 까닥까닥 하면서로,
"그도 니가 아는 것은 있구나."
그러고는 하나님이 쪼께, 쬐게 쬐었어. 딸도 쬐게 거시기하게 보고 또 뜻을 볼라고 하느님이,
"괴관을 하나 빗겨(벗겨) 가꼬 오너라."
하느님이 괴관을 하나 벳겨가꼬 오너라.(조사자 : 괴신의 간요?) 괴관이.
"인자 꾕이관을 가 어서 버껴가꼬 오라."
고 해. 어디 가 꾕이 관을 빗길 이유가 있간 잉. 어디 가 고양이가 관을 쓸 이유가 없고, 각시가 또 시겨.
"저 어디를 가면, 검은 구름을 타고 가면 흰 구름이 나오면, 흰 구름을 타고 가면 가. 기와집이 많이 있을 꺼니께, 거기 가면 괴 관을 하나 바칠 것이라."
고 각시가 시켜서, 인자 검은 구름을 태나주고, 흰 구름을 타고, 인자 어디를 간께, 그러 밥 준 쥐가, 변소에다 부수어 준 밥 준 쥐가(청취 불능) 꾕이도 어른도 있고, 졸병도 있고,

담뿍 있더라요. 그래서 간께,

"아이고 성님 오시냐."

고 인사를 하고 야단이드래요.

"아이, 어찌, 문(무슨) 일로 여기를 오시냐고. 어떻게 여기를 오시냐?"

고 쥐들이 인사를 허고 야단이드래요.(조사자 : 반가워가지고요.) 반가와서. 그러니께 무이든 거둬 놓으면, 저 밥 준 모두 은혜여. 그래가꼬 하나, 괴관을 하나 괴추어 왔는디, 괴관을, 각시가,

"괴관을 허여 벗기면 꽉 쥐고, 볼라도 날고 쥐어주면 쥐어 주는 대로 저한테로 가꼬오라."

고 했는디, 아 인자 시켰는디,

"괴관을 하나 괴추어 왔다."

고 헌께, 흠두덕같은 놈이(조사자 : 구할려고요?) 부대가 있어. 쥐가 군인 맹이로 어른이, 대장이,

"저그 괴관 하나 벳겨가꼬 오라."

고 하믄은 단 못벳겨가꼬 줄줄 분지매로 와, 또 시켜도 또 못 벳겨가꼬 와, 몇 번째 시키니까로는 고양이가 잠이 꼬박 들었던가, 대차 마지막 판에 간 놈이 괴관을 하나 벳겨가꼬 왔어. 굉이한테서. 굉이 관을 벳겨서 딱 싸주면서,

"이것을 가꼬 가시라."

고 췄는디, 호랑이 물려갈 놈이 뵉이 없던가(조사자 : 벽이요?), 복이 없던가, 하느님의 자손이 못될라고 했던가, 아이, 오다가,

"대차 뭐를 이러고 주면서 피보지 말고 오라고 하고, 가라고 그러는고?"

딱 쥐고 오다가 요러고 쪼께 본 새에, 그 시녀들이, 선녀들이 줄타고 목욕을 하고 올라가고 내려온 놈들이 시기가 나서,

"어디서 요로고 조케."

탁 훔쳐 가지고 가버렸어. 괴관을 손에서(조사자 : 선녀들이요?) 선녀들이. 훔쳐가꼬 가버려가꼬는, 그 괴관을 못가꼬 와서, 고자, 하느님이 자손 노릇을 못하고 도로 줄을 태워 줘서 내려 왔는디, 도로 또 올라 갔는디, 그렁저렁 사는디, 지그 집을 조케 가고잡다고 항께, 인자 또 내려 왔어.

"아들을 내려 보내면서 시간적으로 줄 올라 오기 전에 얼른 오라."

고 각시가 그랬는디, 자기 어머니가 반가와서, 그래서 인자 즈그 엄마가 지붕은 쑥대밭이 돼야가꼬 있고,

"여기를 왔다가 시상에 입맛을 안 다시고 가, 야. 박속이나 좀 먹고 가거라. 박 쉲운께 박속이나 좀 입맛 다시고 가거라."

그러고 박속 한 점 먹는 새에 올라가버렸어. 줄이 올라븐께 못 올라 가. 그러니께 샘에 가서 자살을 해브렀어. 자살을 해브러. 그래가꼬 닭이 돼, 닭이 돼. 혼령이 닭이 됐어. 우렁에 제상에 오르고 뭔 벼슬이 있는 것이 없어, 뭔 짐승이 벼슬이 닭 같이 달린 짐승이 없어, 앗싸리 닭이 작고도 높아 서로 잡아먹지마는. 그런께 선녀가 알고는, 닭을 닭으로 돼야 주어가꼬,

"시시 때때로 소리나 올라 보내라."

고 하늘로. 그런께, 밤중에 첫 닭 울고, 둘째번 울고, 셋째번 울고, 천당으로 닭소리가 올라가댜. 소리만 벼실이 달려, 벼실이.(조사자 : 아 높은 사람이라고요?) 천상에서 높은 짐승이 하느님 자손이 될라다 못 되가꼬, 벼실을 달려 줬어. 그런께 인자 그 아까 요소리도 하제. '꾀끼요 박교고르르' 그런다는 말이 있어. 닭이 끝터리가 있어. 첫머리 전에 조선닭, 시방 닭은 꼬꼬 해블고 날지만은, 전에 그전에 일반에 먹인 닭은 꼬끼요 아르르 안혀? '박교고르르' 그런다는 소리여. 박속 한 점에 천당을 못 올라 갔다구. 박속 한 점에 천당을 못 올라갔다는 것으로 '꼬끼요 박교고르르' 끝터리가 있어.[99]

보다시피, 이야기에는 세상이 둘이다. 선녀들이 하느님과 함께 사는 하늘세상과 나무꾼이 어머니와 함께 사는 땅세상이 그것이다. 하늘세상의 선녀들은 땅으로 오르내릴 수 있지만 땅세상의 나무꾼은 하늘에 올라갈 수 없다. 그렇다고 하늘세상의 서낭들이 땅세상 사람들의 삶에 감 놓아라 배 놓아라 하지는 않는다. 그저 서로 다른 세상이고 서로 다른 삶을 살아갈 따름이다. 그런데, 땅세상의 마음씨 착한 나무꾼이 어여쁜 하늘세상의 선녀와 짝을 맺고 아이까지 낳으며 살게 되었다. 그러나 끝까지 복되게 살지는 못하고, 선녀가 하늘 나라를 잊지 못하여 아이들을 데리고 하늘로 올라가 버렸다. 나무꾼은 어떻게든 하늘로 따라 올라가서 선녀와 자식을 만나서 살았으나 다시 땅세상의 어머니가 그리워 잠깐 내려왔다가 영영 올라가지 못했다. 안타까움을 이기지 못해서 죽고 다시 수탉으로 태어나 울음소리로서나마 하늘세상의 선녀와 끝없는 사랑을 나눈다는 것이다. 그러나 이렇게 끝나는 이야기는 한 갈래에 지나지 않는다. 온 나라에 퍼져 있는 이야기를 두루 모아서 살피면 이야기의 뼈대는 여섯 가지 갈래로 나누어진다고 한다.[100]

가. 나무꾼이 동물을 구원하고 사슴으로부터 보은의 신탁을 받았다.
　A. 옛날에 가난한 나무꾼 총각이 홀어머니와 함께 살았다.
　B. 나무꾼이 포수를 속여 사슴의 목숨을 구해 주었다.
　C. 구명의 보답으로 선녀와 혼인하는 방법을 일러 주었다.
나. 천상의 선녀가 하강하여 지상의 나무꾼과 결혼하였다.
　D. 나무꾼이 막내 선녀의 날개옷을 숨겼다.
　E. 언니들은 승천하고 막내는 지상에 남았다.

---

99) 오문역(여, 76), 전남 화순군 동북면 독상리, 1984. 7. 25, 《한국구비문학대계》 6-11, 527~532쪽(배원룡, 앞의 책, 270~273쪽).
100) 배원룡, 위의 책, 48~51쪽.

　　F. 나무꾼은 선녀를 아내로 맞이하여 행복하게 살았다.

　다. 나무꾼이 금기를 위반하여 선녀는 자녀를 데리고 승천하였다.

　　G. 사슴은 아이 셋을 낳을 때까지 날개옷을 돌려주지 말라고 하였다.

　　H. 나무꾼은 아이 둘을 낳았을 때 날개옷을 돌려주었다.

　　I. 선녀는 아이들을 데리고 승천하고, 나무꾼은 좌절에 빠졌다.

　라. 사슴의 재신탁으로 나무꾼이 두레박을 타고 승천하였다.

　　J. 나무꾼은 사슴의 보은에 힘입어 두레박을 타고 승천하여 처자와 만나 행복하게 살았다.

　마. 나무꾼은 천상에서 여러 가지 시련을 극복하고 처자와 함께 행복하게 살았다.

　　K. 나무꾼은 천상에서 여러 가지 시련을 당하였다.

　　L. 선녀와 쥐의 도움으로 과제를 성취하고 행복하게 살았다.

　바. 나무꾼은 지상에 두고 온 가족이 그리워 선녀가 준 천마를 타고 하강하였다가 금기를 어겨 죽거나 수탉으로 환생하였다.

　　M. 나무꾼은 지상의 가족이 그리워 병이 날 지경이 되어 선녀에게 도움을 청하였다.

　　(M'. 나무꾼 가족은 천상 존재들로부터 구박을 받거나 옥황상제로부터 지상 하강 명령을 받았다.)

　　N. 나무꾼은 천마를 타고 하강하여 어머니를 만났다.

　　(N'. 나무꾼은 가족을 거느리고 지상으로 하강하여 행복하게 살았다.)

　　O. 선녀는 나무꾼에게 금기를 부여하였다.

　　P. 나무꾼이 금기를 어겼다.

　　Q. 말은 승천하고 나무꾼은 죽거나 수탉으로 환생하였다.

　사. 선녀는 나무꾼의 시신을 하늘로 옮겨 장사지냈다.

　　R. 선녀는 아들을 시켜 나무꾼의 시신을 천상으로 옮겨 장사지냈다.

　'가, 나, 다'까지는 모든 이야기에 한결같은 뼈대다.[101] 여기에 '라'까지만 덧붙어진 것들도 있고,[102] '마'까지 덧붙어진 것들도 있고,[103] '바'까지 덧붙어진 것들도 있고,[104] '사'까지 덧붙어진 것들도 있다.[105] 그리고 '바'에서도 'M'-N''로 바뀐 것들도 있다.[106] 하늘세상과 땅세상, 하늘세상의 선녀와 땅세상의 사람 사이에 벌어질 수 있는 일을 우리 겨레가 얼마나 여러 가지로 생각하고 있는가를 드러내는 것이다.

　이런 이야기는 도교의 서낭이야기라 하더라도 여느 백성들의 마음에 자리잡고

---

101) 여기서 이야기가 끝나는 것을 배원룡은 '선녀 승천형'이라고 했다.
102) 이것은 '나무꾼 승천형'이라 했다.
103) 이것은 '나무꾼 천상 시련 극복형'이라 했다.
104) 이것은 '나무꾼 지상 회귀형'이라 했다.
105) 이것은 '나무꾼 시신 승천형'이라 했다.
106) 이것은 '나무꾼 선녀 동반 하강형'이라 했다.

있는 믿음을 드러내는 것으로 지식인들의 도교 서낭이야기와는 다를 수 있다. 다음은
지식인들이 한문으로 적어 놓은 도교의 서낭굿이야기라 할 만한 것들이다.

> 한 처음에는 위아래나 동서남북에 어둠이 나타난 적이 없었고, 예로부터 이제까지 오
> 직 한 밝음뿐이었다. 높은 하늘에는 오직 세 서낭(삼신)이 계셨으나 곧 한 분이신 하느님
> (상제)이라. 몸은 곧 한 하느님으로 따로 서낭이 아니지만 하시는 일은 세 가지 서낭이다.
> 세 서낭은 만물을 끌어내고 온 세상을 다스릴 끝없는 슬기와 능력을 지녔으나 모습을 드
> 러내지 않는다. 가장 높고 높은 하늘에 앉아 있으나 천만억 온 땅에 두루 계시고, 쉼 없이
> 환한 빛을 뿜으시며 신령한 조화를 이루시고 기쁨과 즐거움을 내리신다.[107]

이맥은 이것을 표훈[108]의 〈천사〉에서 끌어왔다고 했다. 하늘 서낭이 어떤 분인
지를 밝혀주는 것이다. 표훈이 큰스님이면서 무당이었던 사실[109]을 생각하면, 여기
담긴 사상은 우리 겨레에게 뿌리깊이 박힌 무교의 것으로 볼 수 있다.

> 위대한 한 분 서낭은 가장 높은 한 자리에 계시면서 하늘과 땅을 만드시고 온 세상을
> 다스리시며 만물을 지어내신다. 끝없이 넓고 커서 싸잡히지 않는 것이 없고, 한없이 밝고
> 맑아 새어 흘리는 것이 없도다. 위대한 한 분 서낭은 가장 높은 한 자리에 계시면서 하늘
> 궁궐을 쓰시는데 온갖 착함이 열리고 온갖 덕이 샘솟는다. 무리진 신령들이 모시고 시중
> 드니 큰 즐거움 큰 밝음이 가득한 서낭의 고장이로다.
> 높으신 하느님이 하늘 궁궐에서 삼천 무리를 거느리고 우리 거룩한 할아버지로 내려오
> 셨다가 뜻을 온전히 이루시고 하늘에 올라 서낭님 고향으로 돌아가셨다. 아, 너희 무리들
> 아! 하늘 법을 따르고 온갖 착함을 북돋우고 온갖 악을 없애며 본성을 사무치고 할 일을
> 이루어야 하늘에 들어갈 수 있다. 하늘의 법이 한결같아 들어가는 문은 둘이 아니다. 너희
> 가 오직 깨끗하고 성실하며 한결같은 마음이라야 하늘에 들어갈 수 있다.[110]

---

107) "大始 上下四方 曾未見暗黑 古往今來 只一光明矣 自上界却有三神 即一上帝 主體即爲一神 非各有
　　神也 作用即三神也 三神有 引出萬物 統治全世界之 無量智能 不見其形體 而坐於最上上之天 所居千
　　萬億土 恒時大放光明 大發神妙 大降吉祥."(이맥, 《태백일사》 삼신오제본기 제1)
108) 표훈은 의상대사의 제자였던 이른바 표훈대덕이 아닌가 싶다. 하늘을 자유롭게 오르내리며 하느님
　　의 뜻을 알던 사람이었으나, 경덕왕의 요구를 뿌리치지 못하고 하느님의 뜻을 꺾은 탓으로 다시는
　　하늘에 오르내리지 못했다 한다.(《삼국유사》 권2, 기이 제2, 경덕왕 충담사 표훈대덕)
109) 사람이면서 하늘을 마음대로 오르내리고, 사람과 하느님 사이에서 양쪽의 뜻을 중개하는 사람은 무
　　당일 수밖에 없다. 우리 겨레가 일찍부터 믿어온 무교의 서낭인 하느님의 뜻을 받아오는 무당인데,
　　그때 신라 불교의 큰스님이었던 의상대사의 제자로 손꼽혔다는 사실은 눈길을 끌 만하다.
110) "惟皇一神 在最上一位 創天地 主全世界 造無量物 蕩蕩洋洋 無物不包 昭昭靈靈 纖塵弗漏 惟皇一神
　　在最上一位 用御天宮 啓萬善 源萬德 群靈護侍 大吉祥 大光明 處曰神鄉 惟皇天帝 降自天宮 率三千
　　團部 爲我皇祖 乃至功完 而朝天 歸神鄉 咨爾有衆 惟則天範 扶萬善 滅萬惡 性通功 完乃朝天 天範惟
　　一 弗貳闕門 爾惟純誠 一爾心 乃朝天."(북애, 《규원사화》, 단군기)

하늘서낭의 속살뿐만 아니라 그 분이 계시는 하늘궁궐이 어떠하며, 그 분이 땅에 내려왔다가 올라가신 일과 뒷사람들이 하늘나라에 들어갈 수 있는 길이 어떠한지를 이야기하고 있다. 이런 하늘서낭 이야기는 한반도는 물론 제주도에까지 두루 퍼져서 과연 우리 겨레가 모두 믿고 살아온 사상을 담아낸 이야기라고 할 만하다.

3) 불교의 끼리서낭굿이야기말꽃

끼리서낭굿이야기말꽃이 가장 넉넉한 종교는 아무래도 불교가 아닐까 싶다. 불교가 싹이 나고 자란 인도를 한 때는 사람들이 온 세상 이야기의 본고장으로 여겼을 만큼 그쪽에는 온갖 이야기들이 많기도 하다. 그런 뿌리에 말미암은 까닭인지 불교는 우리 땅에 들어와서도 처음부터 놀랄 만큼 수많은 이야기들을 꽃피우면서 퍼져 나간 듯하다.111) 그런 자취를 가장 오랜 옛날의 우리네 말꽃을 알아보려면 맨 처음 펴보아야 하는 《삼국유사》에서 쉽게 찾아볼 수 있다. 실상 《삼국유사》라는 책은 불교의 끼리서낭굿이야기말꽃을 거두어 놓으려고 지은 것이라 해도 지나친 말이 아니다.

《삼국유사》는 불교가 우리 땅에 들어와서 사람들의 마음속으로 자리잡아 들어간 자취를 차례대로 엮어 놓은 책이라 할 수 있다.112) 맨 처음에는 불교의 가르침이 이 땅에 들어와 일어나는 이야기[흥법], 둘째는 초기에 절을 짓고 탑을 세워 불법을 일으키던 이야기[탑상], 셋째는 불교가 자리를 잡고 스님들이 불교의 가르침을 깊이 깨쳐 나가던 이야기[의해], 넷째는 불법을 깊이 깨친 스님들이 세상의 온갖 신령들을 눌러 이기는 이야기[신주], 다섯째는 불법이 신라 온 나라 만물에게로 먹혀 들어간 이야기[감통], 여섯째는 깨달음 높은 스님들이 모습을 자연 속에 감추고 자취 없이 불법을 드러내는 이야기[피은], 마지막은 불법이 하찮은 사람들에게도 두루 퍼져 누구나 착하고 어진 삶을 살아가는 이야기[효선], 이렇게 일곱 묶음으로 나누어 그런 자취를 엮어 놓았다.113) 말하자면 고려 사람들이 고려의 뿌리로 여기는 신라가 어떻게 '불법

---

111) 불교의 끼리서낭굿이야기가 유달리 넉넉한 데에는 따로 생각해야 할 까닭이 있다. 다름 아니라 불교의 사제인 중들이 모두 글말을 마음대로 부려쓸 수 있었다는 사실이 그것이다. 중국 글말인 한문뿐만 아니라 인도의 글말까지 부려쓸 여유가 있었기 때문에 끼리서낭굿이야기며 끼리서낭굿노래가 글자에 적잖이 적혀 살아 남을 수 있었던 것이다.

112) 읽는 분들이 헷갈릴까 걱정스러워 한 마디 하고 넘어가야겠다. 《삼국유사》는 중국 글말로 적혔는데 거기 실린 이야기들을 어떻게 배달말꽃으로 볼 수 있느냐 하는 물음이 일어날 수 있다. 마땅한 물음이다. 그리고, 그것들은 결코 적힌 그대로 배달말꽃일 수 없다. 그런데도 억지로나마 배달말꽃으로 이야기할 수 있는 것은 '이야기말꽃' 갈래가 지닌 속내 때문이다. 이야기말꽃은 '사람들'이 겪고트면서 만들어내는 '사건들'로 이루어지기 때문에 '줄거리'만으로도 살아 있는 말꽃의 본디 모습을 어지간히 짐작하며 이야기할 수 있다. 게다가 《삼국유사》는 일연 스님이 지은 것이지만, 거기 실린 이야기들은 모두 예로부터 입말꽃으로 내려오던 것을 붙들어 적었을 뿐이기에 더욱 그렇다.

의 나라[불국]'로 만들어졌던가를 드러내 보이고자 했던 것이다.[114]

우금리에 사는 가난한 여자 보개에게 장춘이라는 아들이 있었다. 바다 장사꾼을 따라
다녔는데 오래 동안 소식이 없었다. 그래서 어미(보개)가 민장사(민장 각간이 집을 바쳐
서 절이 되었다)의 관음보살 앞에 나아가 이레 동안 기도를 드렸더니 갑자기 아들 장춘이
돌아왔다. 어떻게 된 일이냐고 물으니까 이렇게 말했다. "바다 가운데서 회오리바람을 만
나 배는 부서지고 함께 탔던 사람들은 모두 죽었는데, 나만 혼자 널판자를 탔더니 그것이
중국 오나라에 닿았습니다. 오나라 사람들이 거두어 들에서 밭을 가는 머슴이 되었는데,
이상한 중이 고향에서 온 듯이 간곡하게 위로하며 나를 데리고 떠났습니다. 앞에 깊은 냇
물이 나타나니까 중이 나를 끼고 뛰어 건넜는데, 어질어질하는 사이에 고향 말소리와 아
울러 울음 우는 소리가 들리기에 살펴보니 이미 여기에 와 있었습니다." 해질 무렵에 오
나라를 떠나서 술시(밤 여덟 · 아홉 시쯤)에 여기 닿았다는 것이다. 이날이 바로 천보 사
년 을유(745, 경덕왕 4) 사월 초파일이었다. 경덕왕이 소문을 듣고 절에다 밭을 시주하고
또 돈과 예물도 바쳤다.[115]

이것은 수많은 이야기들 가운데 짤막한 것 하나를 고른 것이다. 보다시피, 민장
사라는 절에 모셔진 관세음보살의 힘이 어떠한가를 알려주려는 이야기다. 부처님의
힘을 믿고 그 분께 매달리면 사람으로서는 이루어낼 수 없는 일을 얼마든지 이룰 수
있다는 믿음의 이야기다. 《삼국유사》에는 이런 이야기들로 가득하거니와 이야기말
꽃의 맛을 잘 살린 이야기를 하나만 더 보기로 한다.

옛날 서라벌이 서울이었을 적에 세달사의 논밭(장사)이 명주 날리군에 있었는데 큰절
에서 중 조신을 책임자로 거기 보냈다. 조신이 거기 가서 태수 김흔의 딸을 좋아해 깊이
빠졌다. 여러 차례 낙산사 부처님 앞에 가서 그 여자와 잘 되게 해달라고 남몰래 빌었다.
몇 해가 지나 그 여자가 시집을 가버리자 조신이 또 법당 앞에 가서 부처님이 이루어주시
지 않은 것을 원망하며 해가 질 때까지 서럽게 울었다. 느낌과 생각에 지쳐 문득 잠이 깜
박 들었는데, 갑자기 꿈에 김씨 처자가 소리 없이 문으로 들어왔다. 반갑게 웃으면서 이렇

---

113) 물론 책에는 이보다 앞에 '괴이한 이야기를 적음[기이]'이라는 대목을 둘이나 실었다. 그것은 말할
　　 나위도 없이 불교를 '허탄하다' 하면서 물리치려는 신진 유학자들에게 보여주려는 뜻을 담은 것이다.
　　 인간세상에는 논리와 이성으로 알아들을 수 없는 일들이 예로부터 수없이 있었음을 똑똑히 알아야
　　 한다는 뜻이다. 그래서 뒤따라 실어 놓은 불교 이야기들에게 힘을 태워 주려는 것이다.
114) 《삼국유사》가 이런 책이라는 사실을 일찍이 안정복(1712~1791)이 《동사강목》에서 짚은 바 있으나,
　　 그 뒤로 여러 사람들이 한사코 《삼국사기》를 보완하려고 지은 역사책이라고 해서 알맹이를 벗어나
　　 게 되었다.
115) 《삼국유사》 권3, 탑상 제4, 민장사.

게 말했다. "저는 일찍이 그대의 낯을 알아보고 마음으로 사랑하여 잠시도 잊지 못했습니다. 그러나 어버이의 명령 때문에 억지로 시집을 갔습니다. 이제 함께 부부가 되고 싶어 왔습니다." 조신이 너무 기뻐 함께 고향으로 돌아와 마흔 해를 너머 살고 아이를 다섯이나 얻었다. 그러나 집은 네 벽뿐이고 끼니조차 대기 어려웠다. 마침내 얼빠진 사람이 되어 서로 손을 잡고 입에 풀칠을 하려 사방으로 헤맸다. 이러기를 십 년을 지나니 들판을 헤매느라 몸에는 누더기를 걸쳐 몸조차 가릴 수 없었다. 마침 명주 해현령을 넘다가 열다섯 살짜리 맏아들이 굶어 죽어 울부짖으며 길가에 묻었다. 남은 네 아이들을 데리고 우곡현에 닿아서 길가에 띠집을 엮고 살았다. 부부는 늙고 병들어 배가 고파도 일어날 수가 없자 열 살짜리 딸아이가 돌아다니며 얻어서 먹였는데, 마을 개에게 물려서 아픔을 부르짖으며 앞에 와서 누웠다. 부모는 한숨만 쉬면서 눈물을 흘리다가 아내가 눈물을 씻으며 갑자기 이렇게 말했다. "저가 당신을 처음 만났을 적에는 얼굴도 곱고 나이도 꽃답고 옷도 넉넉하고 깨끗했습니다. 맛좋은 것이 하나라도 생기면 나누어 먹고 옷감이 몇 자만 생겨도 함께 나누어 입으며 쉰 해를 보내는 사이 금슬도 이를 데 없었고 사랑도 깊고 두터웠습니다. 그러나 요즘에는 시들고 병드는 것이 갈수록 깊어지며 주리고 추운 것도 갈수록 더해집니다. 곁방 한 칸 간장 한 종지도 사람들은 주려고 않으니 수많은 집에서 겪는 부끄러움은 언덕과 뫼처럼 무겁습니다. 아이들의 추위와 배고픔도 어쩌지 못하니 어느 겨를에 부부의 사랑과 즐거움이 있겠습니까. 붉은 얼굴과 예쁜 웃음은 풀잎의 이슬이요 지란 같은 약속도 회오리바람에 날리는 버들꽃입니다. 당신은 나 때문에 괴로웠고 나는 당신 때문에 걱정이었으니, 지난날의 즐거움이란 곰곰이 생각하면 모두 걱정과 아픔으로 오르는 섬돌이었습니다. 당신이나 나나 어쩌다가 이런 벼랑까지 왔습니까. 새들이 무리와 함께 있으며 굶어 죽는 것보다 짝 잃은 난새가 거울을 쪼며 짝을 부르는 것이 낫지 않겠습니까. 추우면 버리고 더우면 찾는 것은 인정으로 못할 짓입니다만, 하는 것과 그치는 것은 사람의 몫이 아니요 헤어짐과 만남도 운수에 따른다고 했으니 바라건대 우리도 이 말처럼 합시다." 조신이 듣고 크게 기뻐하여 서로 아이 둘씩 갈라서 맡고 헤어지려 하는데 여자가 이렇게 말했다. "저는 고향으로 가겠으니 당신은 남쪽으로 가시오." 마침 손을 놓으며 길을 떠나려 하는데 꿈을 깨었다. 남은 등불이 어스름하고 밤이 장차 깊었다. 날이 새어서 살펴보니 수염과 머리가 온통 희었는데, 얼빠진 사람처럼 세상에 뜻이 없고 애써 사는 것이 싫어졌다. 괴로움 가운데 오래 사는 것에 실증이 나고 탐내던 마음이 얼음 녹듯이 사라졌다. 이에 부처님 보기가 부끄러워 뉘우치는 마음을 이길 수 없었다. 해현령에 돌아가 묻었던 아이의 무덤을 파보았더니 그것은 돌미륵이었다. 잘 씻어서 가까이 있는 절에다 모셔놓고, 서울로 돌아와서 명주의 논밭을 관리하던 일을 벗어버렸다. 재산을 기울여 정토사를 세우고, 부지런히 불법을 닦더니 뒷날 어떻게 되었는지 모른다.116)

이것은 물론 낙산사 부처님(낙산대비)의 신령스러운 힘을 알리는 이야기다. 아름

---

116) 《삼국유사》 권3, 탑상 제4, 낙산 이대성 관음 정취 조신.

다운 여인을 얻게 해달라고 매달려 떼를 쓰는 조신에게 참된 삶의 길이 무엇인가를 올바로 깨닫게 해주었다는 이야기다. 그러나 한편, 정토사를 세우고 부지런히 불법을 닦은 조신의 전기라고도 할 수 있는 이야기다.[117] 부처님 앞에서 꿈을 꾸고 삶의 길을 깨달아 절을 세우고 보람찬 삶을 살았던 한 스님의 이야기이기도 하다는 말이다. 이렇게 불교의 끼리서낭굿이야기말꽃에는 서낭(부처)을 바로 이야기하는 것[118]과 함께 부처를 남달리 믿고 마음을 닦아 스스로 서낭(부처)이 되어 간 사람의 이야기, 곧 전기라 할 만한 것들도 적지 않다. 일찍이 신라 성덕왕 때(702~737) 사람 김대문이 지은 《고승전》을 비롯하여,[119] 고려 고종 2년(1215)에 각훈이 임금(의종)의 명으로 엮어 바친 《해동고승전》 같은 것들이 그것이다. 한편, 이만큼 널리 알려진 고승들의 전기뿐 아니라 소리 없이 살면서 사람들의 마음을 사로잡은 불교 신앙인들의 이야기도 적지 않았을 것이다. 《삼국유사》에만 해도 그런 사람들의 이야기가 수두룩하거니와, 그처럼 이름난 책에 적히지 않는 불자의 이야기로 이른바 〈부설전〉은 불교를 믿는 사람들 사이에 널리 알려진 것이다.[120]

그러나, 참으로 불교의 끼리서낭굿이야기말꽃이라고 할 만한 것은 고려 말엽에 나타났다. 고려 충숙왕 15년(1328)에 이루어진 《석가여래십지수행기》야말로 참다운 불교의 끼리서낭굿이야기말꽃이다. 바로 불교의 서낭인 석가여래 부처님의 삶을 열 마리의 이야기[121]로 마련한 것이기 때문이다. 석가모니의 삶은 물론 인도와 중국에서

---

117) 일연 스님도 "이 전을 읽고서 책을 덮고 거슬러 헤아려 보니(讀此傳 掩卷而追繹之)"라 한 것으로 보면 이것을 '전'으로 보았고, 어쩌면 아예 어느 곳에 〈조신전〉으로 있던 것을 끌어왔을지도 모른다.

118) 불교의 끼리서낭굿이야기에는 절을 세운 이야기(사찰연기설화)들이 많은데, 따지고 보면 이것들은 모두 서낭(부처)을 바로 이야기하는 갈래에 든다. 이야기의 속내를 들여다보면 절을 사람의 힘으로 지은 것이 아니라 결국은 터를 잡는 데서부터 눈에 보이지 않는 서낭(부처)의 힘이 절을 지었다는 이야기들이기 때문이다.

119) 《삼국사기》 권46, 열전 제6, 김대문.

120) 〈부설전〉은 일찍이 김태준이 《조선소설사》(학예사, 1939, 42쪽)에서 〈부운거사전〉으로 이름 글자 하나를 잘못 적은 채 다룬 바 있었다. 그보다 앞서 이능화의 《조선불교통사 하편》(신문관, 1918, 210~215쪽)에도 한문으로 적힌 전기가 실렸으며, 불교시보사의 《포교총서》 제7집(1932)에도 김태흡의 〈부설거사〉가 실렸다. 또 한국불교거사림에서 내는 《거사불교》 1·2집에도 이무애의 〈부설거사와 묘화〉가 실렸고, 정마명의 《한국불교사화》(통문관, 1965)에도 〈부설거사의 축첩성도〉가 실렸다. 마침내 1967년(불기 2531)에는 월명암에서 인쇄하여 펴내었고(〈부설전〉, 문우당인쇄소), 1972년에는 황패강이 전북 부안군 산내면 중계리에 있는 월명암에 찾아가서 갈무리해 있던 한문 필사본 〈부설전〉을 눈으로 보고 학계에 소개했다.(황패강, 〈부설전 연구〉, 《신라불교설화연구》, 일지사, 1975, 364~396쪽)

121) 열 마리 이야기의 이름이라도 들어보면 이렇다. ① 제일지 선색록왕이야기(선색록왕담) / ② 제이지 인욕태자이야기(인욕태자담) / ③ 제삼지 보시국왕이야기(포시국왕담) / ④ 제사지 사신태자이야기(사신태자담) / ⑤ 제오지 인욕선인이야기(인욕선인담) / ⑥ 제육지 선우태자이야기(선우태자담) / ⑦ 제칠지 금우태자이야기(금우태자전) / ⑧ 제팔지 선혜동자이야기(선혜동자전) / ⑨ 제구지 보시태자이야기(포시태자전) / ⑩ 제십지 실달태자이야기(실달태자전). 이들 열 마리 가운데서 ②, ⑥, ⑦, ⑧,

경전으로 자리잡은 지 이미 오래되었고, 중국 한문으로 뒤쳐진 경전이 우리 나라에 들어온 지도 오래되었다. 그러나 경전은 경건하고 딱딱하여 쉽사리 다가가기 어려우므로 이야기로 바꾸어 사람들에게로 다가가려고 한 것이다. 그리고 이것은 100년 남짓 지난 다음(세종 30, 1448) 마침내 만들어진 우리 말 한글로 뒤쳐져서 참된 배달말꽃의 모습122)을 갖추어 사람들에게 나타났다.123) 게다가 또, 한글을 만든 다음 조선 왕실은 곧바로 석가모니의 삶을 나름대로 새롭게 가다듬어 한글의 우리 말에다 담아냈다. 그것이 저 이름 높은 《석보상절》(세종 29, 1447)이고, 《월인석보》(세조 5, 1459)다. 이들은 그대로 모두가 불교의 끼리서낭굿이야기말꽃으로서 우리 겨레의 배달말꽃에 탐스러운 열매로 손꼽힐 만하다. 그런데 그처럼 커다란 끼리서낭굿이야기말꽃 안에는 짜임새와 속뜻을 제대로 갖춘 작은 이야기말꽃들이 여러 마리 들어앉아 있다.124)

　이렇게 참다운 불교의 끼리서낭굿이야기말꽃 안에 담겨서 퍼진 작은 이야기말꽃들은 17세기에 들어와 여느 소설들과 어우러져 세상 사람들에게 더욱 깊숙이 다가갔다. 이때 소설을 읽는 사람들이 불어나면서 불교의 끼리서낭굿이야기라는 본디 모습을 벗어버리고 여느 소설로 탈바꿈하여 참된 우리의 배달말꽃으로 자리잡은 것이다. 〈안락국태자전〉은 〈안락국전〉으로, 〈목련전〉은 〈나복전〉으로, 〈선우태자전〉은 〈적성의전〉으로, 〈금우태자전〉은 〈금송아지전〉으로 탈바꿈해 갔다. 이들 네 마리의 모습을 온전히 볼 겨를은 없으니 대강 뼈대만 간추려 줄거리를 가늠해 보기로 하겠다.

　〈안락국태자전〉
　① 원앙부인이 서천국 사라수대왕의 첫째 왕비가 되었다.

---

　⑨, ⑩, 이렇게 여섯 마리는 한문으로 적힌 불교소설로 보아야 한다는 주장도 있다.(사재동, 〈불교계 서사문학의 연구〉, 《어문연구》 12, 1983 ; 최호석, 〈석가여래십지수행기의 소설사적 전개〉, 고려대 석사논문, 1993)

122) '참된 배달말꽃의 모습'이라고 했으나, 사실 이건 지나친 말이다. 왜냐하면 이것들은 본디 인도에서 인도 말로 만들어진 말꽃이고, 그것이 중국 글말로 한 차례 뒤쳐졌다가 다시 우리 글말로 뒤쳐진 것이기 때문이다. 그래서 겉모습은 배달말꽃이 되었지만 속살은 이미 인도에서 마련한 그대로에 지나지 않고, 우리가 새로 만들어낸 것은 아니다. 이러한 사정은 다른 겨레에게서 이루어진 것을 받아들인 종교, 이를테면 그리스도교에서도 마찬가지일 것이다.

123) 이렇게 한글로 뒤쳐진 열 마리 이야기 가운데서 〈금우태자전〉, 〈선혜동자전〉, 〈보시태자전〉, 이렇게 세 마리를 사재동은 "소설 수준의 전형적 작품"이라고 말한다.(사재동, 《불교계 국문소설의 연구》, 중앙문화사, 1994, 39쪽)

124) 이런 이야기들 가운데서 사재동은 〈안락국태자전〉, 〈목련전〉, 〈선우태자전〉, 〈사리불항마기〉, 〈인욕태자전〉, 〈록모부인전〉, 〈아육왕전〉, 이렇게 일곱 마리를 "소설 수준의 전형적 작품"으로 꼽는다.(사재동, 위의 책, 같은 곳)

② 범마라국 광유성인이 대왕의 출가를 요청한다.

③ 부인이 만삭의 몸으로 대왕과 함께 출가의 길을 떠나 고난에 부딛힌다.

④ 부인은 자현장자에게 종으로 팔려 대왕과 황생게로써 이별한다.

⑤ 부인은 장자의 박해를 받는 가운데서 안락국을 낳는다.

⑥ 안락국이 자라서 광유성인 아래 수도하는 부왕을 왕생게로써 찾는다.

⑦ 안락국과 부왕이 상봉하는 동안에 부인은 장자의 칼에 맞아 죽는다.

⑧ 안락국이 다시 돌아와 부인의 시신을 모아 놓고 왕생 극락을 비원한다.

⑨ 부인은 대왕과 안락국과 함께 서방 극락 세계로 왕생한다.125)

〈목련전〉

① 왕사성의 장자인 부상의 아들로 나복이 태어나 자란다.

② 나복이 아버지의 시묘를 마치고 유산을 어머니(청제부인)와 나누어 금지국으로 장사
를 떠난다.

③ 청제부인이 여러 나쁜 일을 저지르는 동안에 나복은 장사에 성공하고 돌아와 어머니
를 모시고 지낸다.

④ 청제부인이 죄의 값으로 급사하니 나복이 시묘를 마치고 출가한다.

⑤ 나복이 불제자 가운데서 제일가는 목련존자가 된다.

⑥ 목련이 그 어머니를 찾아 칠대지옥을 두루 돌았으나 만나지 못한다.

⑦ 목련이 마지막 아비지옥에서 어머니를 상봉하고 비통하여 울부짖는다.

⑧ 목련이 여래의 법력을 빌어 어머니를 아비지옥으로부터 인간 세상으로 환생시킨다.

⑨ 목련이 그 어머니로 하여금 여래의 설법을 듣고 도리천궁에 나아가 쾌락을 누리게 한
다.126)

〈선우태자전〉

① 파라날국왕과 첫째부인이 기도하여 선우태자를 낳고, 둘째부인이 악우왕자를 낳는다.

② 선우태자가 성장하여 민중의 생활고를 부왕에게 호소하여 국고를 풀어 재보를 보시한
다.

③ 선우태자는 국고가 비어 보시를 중단하고 용왕의 마니보주를 얻기 위하여 바다로 떠
난다.

④ 선우태자는 도사의 지시대로 용왕을 찾아가 보주를 얻어 온다.

⑤ 선우태자는 도중에 동생(악우)을 만나 보주를 맡기고 잠자다가 악우에게 눈을 찔리고
보주를 빼앗긴다.

⑥ 선우태자는 고통과 기갈로 방황하다가 이사발국에 들어가 걸인으로 행세한다.

⑦ 선우태자는 이사발국 왕녀를 만나 국왕의 천대를 무릅쓰고 부부가 된다.

⑧ 선우태자는 부부의 서원으로 두 눈을 뜨고 파라날국 태자인 것이 밝혀진다.

---

125) 위의 책, 45쪽.
126) 위의 책, 58~59쪽.

⑨ 선우태자는 그제야 국빈·부마로 후대를 받고 태자의 위의를 차려 환국한다.

⑩ 선우태자는 옥에 갇힌 악우를 달래서 그 보주를 찾아서 부모의 눈을 뜨게 한다.

⑪ 선우태자는 보주의 영험을 빌어서 일체 중생들에게 태평 극락을 누리게 한다.[127]

〈금우태자전〉

① 파리국왕의 셋째부인 보만이 태자를 낳는다.

② 첫째·둘째 부인이 산파를 시켜 태자를 고양이 새끼와 바꿔 죽이려 하나 죽지 않고 암소에게 먹힌다.

③ 보만부인은 두 부인의 모해로 방앗간에서 맷돌질하는 형벌을 받는다.

④ 암소에게서 금송아지가 태어나 왕의 각별한 사랑을 받고 인가장군이 된다.

⑤ 금송아지가 보만부인을 찾아가 모자간임을 알고 위로하며 돕는다.

⑥ 두 부인이 병을 핑계로 의원을 매수하여 금송아지의 간을 약으로 바치게 한다.

⑦ 금송아지는 죽음 직전에 백정의 도움으로 풀려나 동쪽 땅으로 떠난다.

⑧ 금송아지는 한 노인을 만나 고려국으로 인도되어 그 나라 공주와 인연을 맺는다.

⑨ 금송아지는 고려왕의 노여움을 사서 죽을 고비를 넘기고 공주와 함께 고려국에서 내쫓긴다.

⑩ 금송아지는 공주와 함께 방랑하다가 선인의 선도를 얻어먹고 태자의 본신으로 돌아와 금륜국왕이 된다.

⑪ 금륜국왕이 군마를 거느리고 파리국의 부왕을 찾아가 어머니 보만부인을 구출하여 먼 눈을 뜨게 한다.

⑫ 금륜국왕은 두 부인을 용서하고 백정의 은혜를 갚은 뒤에 어머니를 모시고 본국에 돌아와 극락을 누리다가 신선이 된다.[128]

이들은 15세기, 그러니까 한글을 만들던 즈음에 왕실이 앞장서서 만들어낸 불교의 끼리서낭굿이야기말꽃이다. 불교의 으뜸 서낭인 석가모니의 삶을 그대로 그려낸 이야기말꽃들이며, 따라서 불경의 알맹이라 하겠다. 그런데 이들은 한글로 적힌 것인지라 날이 갈수록 많은 사람들에게 읽힐 수 있었고, 그런 까닭에 이런 이야기는 더욱 간추려지기도 하고 또 더욱 깊게 늘려지기도 했을 것이다. 그런 자취가 바로 《석가여 래응화시현팔상성경명힝녹》이다.[129] 줄여서 《팔상명힝녹》이라 부르는 이것은 조선 후기에 손꼽힐 불교의 끼리서낭굿이야기말꽃으로[130] 15세기의 그것들보다 한결 이야

---

127) 위의 책, 69쪽.

128) 위의 책, 73쪽.

129) 사재동, 〈팔상명힝녹의 연구〉, 《인문과학연구논문집》 8-2, 충남대 인문과학연구소, 1981 ; 박광수, 〈팔상명힝녹의 서사문학적 전개〉, 《한국서사문학사의 연구》, 중앙문화사, 1995.

130) 이제까지 드러난 《팔상명힝녹》은 붓글씨로 적힌 것 열다섯 가지가 있는데, 1851년(함풍 원년)의 것이 가장 먼저고 1936년의 것이 가장 늦다. 그런 사이에 활자로 인쇄한 것도 세 가지가 있으나 나무판

기말꽃답게 간추려지고 또 늘려서 가다듬어졌다. 석가모니의 삶을 여덟 가지 모습[팔상], 곧 도솔천에서 떠나오는 모습[두솔래의상], 룸비니 동산에서 태어나는 모습[남비강생상], 네 문으로 거리에 나가 생로병사를 깨닫는 모습[사문유관상], 가비라 궁성을 넘어 집을 버리고 떠나는 모습[유성출가상], 눈덮인 산에서 도를 닦는 모습[설산수도상], 보리수 아래에 앉아서 악마들을 꿇리는 모습(수하항마상), 길을 깨닫고 녹야원에서 첫 가르침을 펴는 모습[녹원전법상], 사라 쌍수 아래서 열반에 들어가는 모습[쌍림열반상]으로 나누어 풀어나가는 이야기말꽃이다. 《석가여래십지수행기》나 《석보상절》이 그랬던 것과 같이 《팔상명힝녹》 또한 그것이 그대로 커다랗게 엮은 하나의 이야기말꽃이고, 그 안에 또 수많은 이야기말꽃들을 싸잡아 담고 있는 것이다. 싸잡혀 있는 작은 이야기말꽃들을 헤아리면 일백마흔일곱 마리나 된다.[131]

    이처럼 석가모니의 삶과 죽음을 이야기하는 것 밖에도 불교의 끼리서낭굿이야기말꽃으로 손꼽아야 할 것들은 적지 않다. 그런 가운데서도 일찍이 불교소설로 널리 알려진 〈왕랑반혼전〉[132]을 꼽지 않을 수 없다. 〈왕랑반혼전〉은 그것이 실린 《권념요록》[133]부터 그 뿌리를 제대로 몰라 갖가지 의견들이 나오고 있다. 그런 가운데서도 보우(1515~1565)가 〈왕랑반혼전〉을 지었으리라는 주장이 나와[134] 한때 떠들썩했으나, 다시 고려 충렬왕 30년(1304)에 펴낸 《불설아미타경》 끝에 〈왕랑반혼전〉이 실렸으며, 그것은 《궁원집》에서 가져왔음이 드러나면서 가라앉았다.[135] 그러니까 이제까지 밝혀진 것으로 보아 〈왕랑반혼전〉은 아직 실물이 나타나지 않은 고려 후기의 《궁원집》에 실려 있다가, 1304년에 《불설아미타경》에 옮겨 실렸으며, 조선으로 넘어 와서 한글을 만나 우리 말로 뒤쳐진 다음 《권념요록》에 실려서 널리 퍼졌다고 볼 수 있다. 이야기의 뼈대만 간추리면 이렇다.

    ① 왕랑에게 죽은 아내 송씨가 나타나 염라국의 무서운 소식을 몰래 알리고 염불하기를

　　이나 홁판으로 찍은 것은 나타나지 않았다.(박광수, 앞의 글, 1804쪽)

131) 위의 글, 1805쪽.

132) 일찍이 김태준이 《조선소설사》(학예사, 1939)에서 소개한 뒤로 수많은 사람들이 불교소설로 보면서 실상을 살폈다.

133) 이름 그대로 여느 사람들에게 염불을 부지런히 하라고 권유하느라 만든 책인데, 보기가 될 만한 이야기 열한 마리를 묶은 것으로 1637년(인조 15)에 구례 화엄사에서 찍어낸 것이 가장 오래되었다. 열한 마리 가운데서 〈왕랑반혼전〉 하나만 빼고, 나머지 열 마리는 모두 중국의 불경책에 실린 이야기들이다.

134) 황패강, 〈나암 보우와 왕랑반혼전〉, 《한국서사문학연구》, 단국대학교출판부, 1972.

135) 고익진 엮음, 《한국불교전서》 제7책, 동국대학교출판부, 1986, 611쪽.

　권한다.

② 송씨가 부부의 염불을 비방한 죄로 염라국에 잡혀 가 지옥고를 받게 된 내력을 말해준다.

③ 왕랑은 지성으로 염불하여 사나운 염라국 사자들을 감동시킨다.

④ 왕랑은 사자들의 찬탄을 받으며 염왕 앞에 호송된다.

⑤ 염왕은 왕랑의 염불 소식을 듣고 오히려 크게 환영한다.

⑥ 시왕(十王)이 왕랑에게 절하며 그 죄업을 용서하고 부부의 환생을 확약한다.

⑦ 염왕과 최판관이 왕랑 부부의 환생 방법을 구체적으로 결정한다.

⑧ 왕랑은 본디 제 몸으로, 송씨는 공주로 환생한다.

⑨ 공주가 왕에게 모든 사연을 말하고 왕랑과 재회한다.

⑩ 왕랑과 공주는 영귀한 천수를 누리다가 극락 왕생한다.136)

이들 불교의 끼리서낭굿이야기말꽃은 부처님의 가르침에 믿음을 걸고 사는 수많은 사람들에게는 더없이 정성어린 마음으로 받아들여진다. 글말로 적어 책으로 펴내어 널리 읽는 것은 말할 나위도 없고, 한 자 한 자 베껴 쓰면서 속뜻을 마음에 새기며 공덕을 쌓는 일도 흔하다. 절에서 여러 가지 서낭굿을 벌일 적이면 반드시 있어야 하는 설법이며 강창은 입말로 이것들을 거듭 누리는 자리다. 그 밖에도 신심 깊고 입담 좋은 사람들의 입으로 쉼없이 퍼져 나가는 것은 말할 나위조차 없다.137)

4) 그리스도교의 끼리서낭굿이야기말꽃

불교의 서낭굿이야기말꽃이 불경 안에 싸잡혀 있는 것과 마찬가지로 그리스도교의 서낭굿이야기말꽃도 성서(성경) 안에 고스란히 들어 있다. 그러므로 그리스도교의 서낭굿이야기말꽃이 우리에게 나타난 것은 그리스도교가 우리에게 들어온 발자취와 떨어질 수 없다. 우선 그런 발자취를 따라 그리스도교의 서낭굿이야기말꽃이 담긴 성서가 어떻게 우리 말로 뒤쳐져 나타났는지를 잠깐 더듬어 보기로 한다.138)

그리스도교의 성서는 먼저 18세기 말엽에 천주교에서 몇몇 대목들을 뒤치는 것으로 비롯하여, 19세기 말과 20세기 초엽에 개신교에서 송두리째 뒤쳐내고, 마침내 1960년대 후반에 들어 천주교와 개신교가 손을 잡고 여러 어려움을 이기며 함께 뒤쳐내었다. 천주교에서는 1790년대에 중국에서 들여온 《성경직해》이며 《성년광익》 같

---

136) 사재동,《불교계 국문소설의 연구》, 중앙문화사, 1994, 334쪽.

137) 위의 책, 106~202쪽.

138) 이원순, 〈성서국역사논고〉,《민족문화》 3, 민족문화추진회, 1977 ; 민영진, 〈성서의 한글역본〉,《성서백과대사전》 6, 성서교재간행사, 1980 ; 〈성서국역〉,《한국 가톨릭대사전》, 한국교회사연구소, 1985, 638쪽.

은 책을 뒤치고, 그것들을 묶어서 《성경직해광익》을 만들었다. 그러나 이것들은 성서에서 몇몇 대목들을 골라 놓은 것이었고, 온전한 성서는 1911년에 펴낸 네 가지 복음서 《사사성경》이 처음이다. 그 뒤로 1922년에 《종도행전》이 나오고, 1959년부터 1963년까지 《구약성서》를 열세 책으로 나누어 펴냈다. 그리고 천주교 전래 200주년 기념 성서라는 이름으로 1977년에는 《구약성서》를, 1991년에는 《신약성서》를 펴내었다.

한편, 개신교에서는 서양 선교사들이 들어오기에 앞서 성서를 우리 말로 뒤치는 일을 벌였다. 만주에서 선교를 하던 로스 목사와 이응찬, 백홍준 같은 이들이 1882년에 《누가복음》을, 1887년에 《예수성교전서》를 펴냈다. 그리고 일본에 있던 이수정은 1883년에 《현토한한신약성서》를 펴냈다. 이런 마련에 힘입어 1882년 한미조약 뒤에 미국 선교사들은 우리 말로 된 《마가복음》을 손에 쥐고 이 땅에 들어왔다. 그렇게 들어온 선교사들은 1887년에 성서번역위원회와 성서위원회를 만들어, 1900년에는 《신약전서》를, 1911년에는 《구약전서》를 펴내고, 곧바로 이들을 묶어서 《성경전서》로 펴냈다. 그리고 이것은 1956년에 좀더 쉬운 말로 손질하여 《성경전서 개역 한글판》으로 두루 퍼져 있다.

그리스도교의 서낭굿이야기말꽃이 담긴 성서가 우리 말로 태어나는 역사의 흐름에서 놓칠 수 없는 것은 《공동번역 성서》다. 이것은 1968년 초에 천주교와 개신교의 대표들로 공동위원회를 만들고, 세계성서공회연합회와 로마교황청에서 합의한 길잡이 원칙 가이딩 프린시플에 따라 성서를 원전으로부터 새롭게 뒤치기로 뜻을 모아서 이루어졌다. 그로부터 수많은 어려움을 이겨내며 꼬박 일곱 해에 걸친 피땀을 바쳐 1977년 부활절에 구약과 신약을 싸잡은 《공동번역 성서》가 나타났다. 그러나 개신교 쪽에서는 보수신학자들을 중심으로 공동번역성서비판회를 만들어 비난하였고, 천주교와 일반 학계에서도 비판들이 없지 않았다. 하지만, 《공동번역 성서》는 20세기 중엽의 우리 말 모습을 가장 빼어나게 담아낸 경전으로서 배달말의 역사에 길이 빛날 것이다. 거기에는 개신교의 문익환(1918~1994) 목사와 천주교의 최민순(1912~1975) 신부 같이 우리 말의 속살을 누구보다도 속속들이 깨닫고 있던 분들의 피땀이 배여서 그럴 수 있었다.

사실, 그리스도교의 성서는 구약과 신약을 가릴 것 없이 모두가 서낭굿이야기말꽃들이라 해도 지나치지 않는다. 《구약성서》맨 앞에 자리잡고 있는 〈창세기〉는 말할 나위도 없거니와 《신약성서》맨 뒤에 자리잡고 있는 〈요한묵시록〉도 더할 나위 없는 서낭굿이야기말꽃이다.[139)]

한 처음에 하느님께서 하늘과 땅을 지어 내셨다. 땅은 아직 모양을 갖추지 않고 아무 것도 생기지 않았는데, 어둠이 깊은 물 위에 뒤덮여 있었고 그 물 위에 하느님의 기운이 휘돌고 있었다. 하느님께서 "빛이 생겨라!" 하시자 빛이 생겨났다. 그 빛이 하느님 보시기에 좋았다. 하느님께서는 빛과 어둠을 나누시고 빛을 낮이라, 어둠을 밤이라 부르셨다. 이렇게 첫날이 밤, 낮 하루가 지났다.

하느님께서 "물 한가운데 창공이 생겨 물과 물 사이가 갈라져라!" 하시자 그대로 되었다. 하느님께서는 이렇게 창공을 만들어 창공 아래 있는 물과 창공 위에 있는 물을 갈라 놓으셨다. 하느님께서 그 창공을 하늘이라 부르셨다. 이렇게 이튿날도 밤, 낮 하루가 지났다.

하느님께서 "하늘 아래 있는 물이 한 곳으로 모여, 마른 땅이 드러나거라!" 하시자 그대로 되었다. 하느님께서 마른 땅을 뭍이라, 물이 모인 곳을 바다라 부르셨다. 하느님께서 보시니 참 좋았다. 하느님께서 "땅에서 푸른 움이 돋아나거라! 땅 위에 낟알을 내는 풀과 씨 있는 온갖 과일나무가 돋아나거라!" 하시자 그대로 되었다. 이리하여 땅에는 푸른 움이 돋아났다. 낟알을 내는 온갖 풀과 씨 있는 온갖 과일나무가 돋아났다. 하느님께서 보시니 참 좋았다. 이렇게 사흗날도 밤, 낮 하루가 지났다.

하느님께서 "하늘 창공에 빛나는 것들이 생겨 밤과 낮을 갈라 놓고 절기와 나날과 해를 나타내는 표가 되어라! 또 하늘 창공에서 땅을 환히 비추어라!" 하시자 그대로 되었다. 하느님께서는 이렇게 만드신 두 큰 빛 가운데서 더 큰 빛을 낮을 다스리게 하시고 작은 빛은 밤을 다스리게 하셨다. 또 별들도 만드셨다. 하느님께서는 이 빛나는 것들을 하늘 창공에 걸어 놓고 땅을 비추게 하셨다. 이리하여 밝음과 어둠을 갈라 놓으시고 낮과 밤을 다스리게 하셨다. 하느님께서 보시니 참 좋았다. 이렇게 나흗날도 밤, 낮 하루가 지났다. 하느님께서 "바다에는 고기가 생겨 우글거리고 땅 위 하늘 창공 아래에는 새들이 생겨 날아 다녀라!" 하시자 그대로 되었다. 이리하여 하느님께서는 큰 물고기와 물 속에서 우글거리는 온갖 고기와 날아 다니는 온갖 새들을 지어 내셨다. 하느님께서 보시니 참 좋았다. 하느님께서 이것들에게 복을 내려 주시며 말씀하셨다. "새끼를 많이 낳아 바닷물 속에 가득히 번성하여라. 새도 땅 위에 번성하여라!" 이렇게 닷샛날도 밤, 낮 하루가 지났다.

하느님께서 "땅은 온갖 동물을 내어라! 온갖 집짐승과 길짐승과 들짐승을 내어라!" 하시자 그대로 되었다. 하느님께서는 이렇게 온갖 들짐승과 집짐승과 땅 위를 기어 다니는 길짐승을 만드셨다. 하느님께서 보시니 참 좋았다. 하느님께서는 "우리 모습을 닮은 사람을 만들자! 그래서 바다의 고기와 공중의 새, 또 집짐승과 모든 들짐승과 땅 위를 기어 다니는 모든 길짐승을 다스리게 하자!" 하시고, 당신의 모습대로 사람을 지어 내셨다. 하느님의 모습대로 사람을 지어 내시되 남자와 여자로 지어 내시고 하느님께서는 그들에게 복을 내려 주시며 말씀하셨다. "자식을 낳고 번성하여 온 땅에 퍼져서 땅을 정복하여라. 바다의 고기와 공중의 새와 땅 위를 돌아 다니는 모든 짐승을 부려라!" 하느님께서 다시,

---

139) 이것들을 참다운 배달말꽃의 끼리서낭굿이야기말꽃으로 보기 어렵다는 것은 앞에서 불교의 끼리서 낭굿이야기말꽃을 다룰 적에 이미 말한 바와 같다.

"이제 내가 너희에게 온 땅 위에서 낟알을 내는 풀과 씨가 든 과일나무를 준다. 너희는 이것을 양식으로 삼아라. 모든 들짐승과 공중의 모든 새와 땅 위를 기어 다니는 모든 생물에게도 온갖 푸른 풀을 먹이로 준다." 하시자 그대로 되었다. 이렇게 만드신 모든 것을 하느님께서 보시니 참 좋았다. 엿샛날도 밤, 낮 하루가 지났다.

이리하여 하늘과 땅과 그 가운데 있는 모든 것이 다 이루어졌다. 하느님께서는 엿샛날까지 하시던 일을 다 마치시고, 이렛날에는 모든 일에서 손을 떼고 쉬셨다. 이렇게 하느님께서는 모든 것을 새로 지으시고 이렛날에는 쉬시고 이 날을 거룩한 날로 정하시어 복을 주셨다.[140]

그 천사는 또 수정같이 빛나는 생명수의 강을 나에게 보여 주었습니다. 그 강은 하느님과 어린 양의 옥좌로부터 나와 그 도성의 넓은 거리 한가운데를 흐르고 있었습니다. 강 양쪽에는 열두 가지 열매를 맺는 생명나무가 있어서 달마다 열매를 맺고 그 나뭇잎은 만국 백성을 치료하는 약이 됩니다. 이제 그 도성에는 저주받을 일이 하나도 없을 것입니다. 하느님과 어린 양의 옥좌가 그 도성 안에 있고 그분의 종들이 그분을 섬기며 그 얼굴을 뵈올 것입니다. 그리고 그들의 이마에는 하느님의 이름이 새겨져 있을 것입니다. 이제 그 도성에는 밤이 없어서 등불이나 햇빛이 필요없습니다. 주 하느님께서 그들에게 빛을 주실 것이기 때문입니다. 그들은 영원무궁토록 다스릴 것입니다.

그 천사가 또 나에게 "이 말씀은 확실하고 참된 말씀이다. 예언자들에게 영감을 주시는 주 하느님께서 당신의 종들에게 곧 이루어져야 할 일들을 보여 주시려고 당신의 천사를 보내셨다." 하고 말했습니다. 그러자 주님께서 "자, 내가 곧 가겠다. 이 책에 기록된 예언의 말씀을 지키는 사람은 행복하다." 하고 말씀하셨습니다.[141]

이렇게 그리스도교의 신·구약성서 모두가 하나의 커다란 서낭굿이야기말꽃이지만 그들 속내를 들여다보면 거기에는 수없이 많은 이야기말꽃들로 가득 채워져 있다. 서양 사람들이 지난 2천년 동안 만들어낸 헤아릴 수 없이 많은 온갖 예술품들은 거의가 바로 이 성서의 서낭굿이야기말꽃에서 소재를 따온 것들이다. 성서 안에 있는 작은 이야기말꽃들을 그림으로, 음악으로, 춤으로, 연극으로, 영화로 다시 새롭게 드러내고자 한 것들이었다. 《구약성서》와 《신약성서》에서 이야기말꽃 하나씩만 구경해 보기로 한다.

이튿날 아침 다윗은 일찍 일어나 양떼를 양지기에게 맡기고 아버지 이새가 일러 준 대로 채비를 갖추어 길을 떠났다. 그가 진지에 다다랐을 때 마침 이스라엘군은 대열을 지어 함성을 올리고 있었다. 이스라엘과 불레셋은 서로 전열을 지어 마주 보고 있었다. 다윗은

---

140) 창세기 1:1~2:3(《공동번역 성서》, 대한성서공회, 1986, 1~2쪽).
141) 요한묵시록 22:1-7(위의 책, 1579+328+504쪽).

가지고 온 보따리를 보급 장교에게 맡기고 대열로 달려 가 형들에게 문안하였다.

그가 형들과 말을 나누고 있을 때 골리앗이라고 하는 갓 출신 불레셋 장수가 불레셋 대열에서 나와 전과 같은 말로 싸움을 걸어 왔다. 다윗도 그 말을 들었다. 이스라엘 전군은 그를 보자 그만 겁에 질려 도망을 쳤다. "자네도 저걸 보았겠지. 또 나타나 이스라엘에게 욕지거리를 퍼붓고 있네. 우리 왕께서는 저자를 죽이는 사람에게 후한 상을 내리실 뿐만 아니라 부마를 삼고 그 집안 식구들에게는 모든 징발을 면제해 주신다더군." 이스라엘 군인들이 귀띔해 주는 말을 듣고, 다윗이 옆에 서 있는 사람들에게 물었다. "저 불레셋 사람을 죽여 우리의 치욕을 씻어 주는 사람은 어떻게 해 준다구요? 저 불레셋의 오랑캐 녀석이 도대체 누구기에 살아 계시는 하느님께서 거느리시는 이 군대에게 욕지거리를 하는 겁니까?" 군인들은 골리앗을 죽이면 이러이러하게 해 준다고 같은 말을 일러 주었다. 다윗이 이렇게 다른 사람들과 이야기하는 것을 큰 형 엘리압이 엿듣고 화를 내며 소리쳤다. "네가 무엇을 하겠다고 여기 내려 왔느냐? 들판에 있는 몇 마리 안 되는 양새끼는 누구한테 맡겼지? 이 건방진 못된 녀석, 네가 싸움 구경하러 온 걸 모를 줄 아느냐?" 다윗은 "그저 물어 본 것뿐인데 내가 지금 무엇을 했다고 그러십니까?" 하고는 형을 떠나 다른 사람한테 가서 같은 말을 물어 보았다. 대답은 전과 같았다. 다윗이 한 말이 퍼져서 사울의 귀에까지 들어 갔다. 그래서 사울이 그를 불러들이자 다윗이 사울에게 말하였다. "저자 때문에 상심하지 마십시오. 소인이 나가 저 불레셋 놈과 싸우겠습니다." 그러나 사울은 다윗을 말리며 말했다. "네가 나가 저 불레셋 놈과 싸우다니, 어림도 없는 일이다. 그는 어렸을 때부터 싸움으로 몸을 단련해 온 자인데, 너는 아직 나이 어린 소년이 아니냐?"

그러나 다윗은 굽히지 않았다. "소인은 아버지의 양을 쳐 왔습니다. 사자나 곰이 나타나 양새끼를 한 마리라도 물어 가면 소인은 한사코 뒤쫓아 가서 그놈을 쳐 그 아가리에서 양새끼를 빼내곤 했습니다. 그놈이 돌아 서서 덤벼들면 턱수염을 휘어 잡고 때려 죽였습니다. 소인은 이렇게 사자도 죽이고 곰도 죽였습니다. 저 불레셋의 오랑캐놈도 그렇게 해치우겠습니다. 살아 계시는 하느님께서 거느리시는 이 군대에게 욕지거리를 퍼붓는 자를 어찌 그냥 내버려 두겠습니까?" 계속해서 다윗이 말하였다. "사자와 곰으로부터 소인을 살려 내신 야훼께서 저 불레셋 놈에게서도 소인을 살려 내실 것입니다." 그제야 사울이 다윗에게 허락을 내렸다. "그러면 나가거라. 야훼께서 너와 함께 하시기를 빈다."

사울은 자기 군복을 다윗에게 입힌 다음, 머리에는 놋투구를 씌워주고 몸에는 갑옷을 입혔다. 그리고 자기 칼을 다윗의 군복에 채워 주었다. 그러나 다윗은 이런 것을 입어 본 일이 없었으므로 몸을 제대로 움직일 수가 없었다. 그래서 다윗은 사울에게 "이런 것을 입어 본 적이 없습니다. 이래 가지고는 몸을 제대로 움직일 수가 없습니다." 하고는 그것을 모두 벗어 버렸다. 그리고 다윗은 자기의 막대기를 집어 들고 개울 가에서 자갈 다섯 개를 골라 목동 주머니에 넣은 다음 돌팔매 끈을 가지고 그 불레셋 장수 쪽으로 걸어 갔다. 불레셋 장수도 방패당번을 앞세우고 한 걸음 한 걸음 다윗에게 다가 왔다. 불레셋 장수는 다윗을 건너다 보고 볼이 붉은 잘 생긴 어린 아이라는 것을 알고는 우습게 여겨, "막대기는 왜 가지고 나왔느냐? 내가 개란 말이냐?" 하고는 자기 신의 이름을 부르며 다윗을 저주하였다. 그리고 불레셋 장수는 다윗에게 을러메었다. "어서 나오너라. 네 살점을 하늘의 새와 들짐승의 밥으로 만들어 주마." 그러나 다윗은 불레셋 장수에게 이렇게 응수하였다. "네가 칼을 차고 창과 표창을 잡고 나왔다만, 나는 만군의 야훼의 이름을 믿고 나왔다. 오늘 야훼께서 너를 내 손아귀에 넣어 주셨다. 나야말로 네몸을 쳐서 목을 떨어뜨리고 네 시체와 불레셋 전군의 시체를 하늘의 새와 들짐승의 밥으로 만들어 주리라. 그리하여 이 스라엘이 모시는 하느님이 어떤 분이신지 천하에 알리리라. 여기 모인 모든 사람은 이제 야훼께서는 칼이나 창 따위를 써서 구원하시는 것이 아니라는 사실을 알게 되리라. 야훼 께서 몸소 싸우시어 네놈들을 우리 손에 넘겨 주실 것이다."

불레셋 장수가 한 걸음 한 걸음 다가 오자, 다윗은 재빨리 대열에서 벗어나 뛰쳐 나가 다가 주머니에서 돌 하나를 꺼내어 팔매질을 하여 그 불레셋 장수의 이마를 맞혔다. 돌이 이마에 박히자 그는 땅바닥에 쓰러졌다. 이리하여 다윗은 칼도 없이 팔매돌 하나로 불레 셋 장수를 누르고 쳐죽였다. 다윗은 달려 가서 그 불레셋 장수를 밟고 서서 그의 칼집에 서 칼을 빼어 목을 잘랐다. 불레셋군은 저희 장수가 죽는 것을 보고 도망치기 시작하였 다.[142]

예수의 이름이 널리 알려져 마침내 그 소문이 헤로데왕의 귀에 들어갔다. 어떤 사람들 은 "그에게서 그런 기적의 힘이 나타나는 것을 보면 죽은 세례자 요한이 다시 살아난 것 이 틀림없다"고 말하는가 하면 더러는 엘리야라고도 하고, 또 더러는 옛 예언자들과 같은 예언자라고도 하였다. 그러나 예수의 소문을 들은 헤로데왕은 "바로 요한이다. 내가 목을 벤 요한이 다시 살아난 것이다." 하고 말하였다. 이 헤로데는 일찍이 사람을 시켜 요한을 잡아 결박하여 옥에 가둔 일이 있었다. 그것은 헤로데가 동생 필립보의 아내 헤로디아와 결혼하였다고 해서 요한이 헤로데에게 "동생의 아내를 데리고 사는 것은 옳지 않습니다." 하고 누차 간하였기 때문이었다. 그래서 헤로디아는 요한에게 원한을 품고 그를 죽이려고 하였으나 뜻을 이루지 못하였다. 그것은 헤로데가 요한을 의롭고 거룩한 사람으로 알고 그를 두려워하여 보호해 주었을 뿐만 아니라 그가 간할 때마다 속으로는 몹시 괴로워하 면서도 그것을 기꺼이 들어 왔기 때문이다. 그런데 마침 헤로디아에게 좋은 기회가 왔다. 헤로데왕이 생일을 맞아 고관들과 무관들과 갈릴래아의 요인들을 청하여 잔치를 베풀었 는데 그 자리에 헤로디아의 딸이 나와서 춤을 추어 헤로데와 그의 손님들을 매우 기쁘게 해 주었다. 그러자 왕은 그 소녀에게 "네 소원을 말해 보아라. 무엇이든지 들어 주마." 하 고는 "네가 청하는 것이면 무엇이든지 주겠다. 내 왕국의 반이라도 주겠다." 하고 맹세하 였던 것이다. 소녀가 나가서 제 어미에게 "무엇을 청할까요?" 하고 의논하자 그 어미는 "세례자 요한의 머리를 달라고 하여라." 하고 시켰다. 그러자 소녀는 급히 왕에게 돌아 와 "지금 곧 세례자 요한의 머리를 쟁반에 담아서 가져다 주십시오." 하고 청하였다. 왕은 마 음이 몹시 괴로웠지만 이미 맹세한 바도 있고 또 손님들이 보는 앞이어서 그 청을 거절할 수가 없었다. 그래서 왕은 곧 경비병 하나를 보내며 요한의 목을 베어 오라고 명령하였다. 경비병이 감옥으로 가서 요한의 목을 베어 쟁반에 담아다가 소녀에게 건네자 소녀는 다

---

142) 사무엘 상 17:20-51(위의 책, 448~449쪽).

시 그것을 제 어미에게 갖다 주었다. 그 뒤 소식을 들은 요한의 제자들이 와서 그 시체를 거두어다가 장사를 지냈다.143)

이러한 그리스도교의 끼리서낭굿이야기말꽃들도 예수님의 가르침에 믿음을 걸고 살아가는 수많은 사람들에게는 다시없는 마음으로 받아들여진다. 성서를 손에서 떼지 않고 외울 때까지 읽으며 사는 사람들도 수없이 많고, 한 자 한 자 베껴 쓰면서 속뜻을 새김질하는 사람들도 적지 않다. 예배당과 성당에서 서낭굿(예배와 미사)을 벌일 적이면 반드시 이것을 받들어 읽고, 사제는 그것을 풀이하는 설교와 강론을 펼치게 하고, 사람들은 거기 담긴 속뜻을 되새기며 마음에 담는 일을 알맹이로 삼는다. 개신교에서는 예배를 곧 '말씀의 잔치'라 할 만큼 서낭굿이야기말꽃으로 잔치를 벌이거니와 성찬예식을 더욱 크게 여기는 천주교에서도 '말씀의 전례'를 더없는 마음으로 바친다.144)

2. 조상굿이야기말꽃

조상굿이야기는 이승에 살다가 돌아가신 조상의 넋을 서낭으로 모시고 벌이는 굿에서 바치던 이야기라 할 수 있다. 사람이 죽으면 몸은 땅에 묻혀 썩어 자연으로 돌아가고 얼은 넋이 되어 영원히 살아 있다는 믿음을 우리 겨레는 아주 뿌리깊이 간직하고 살았던 것이고, 이런 믿음은 오늘날의 무당굿에도 큰 자리를 차지하고 있다. 그래서 죽은 사람들의 넋과 살아 있는 사람들의 삶이 따로 떨어질 수 없다고 보는 우리 겨레에게 일찍부터 죽은 조상을 서낭으로 모시고 받드는 굿이야기가 있었을 터이다. 그러나 글로 적힌 것은 나라조상굿이야기말꽃145)은 제법 남아 있으나 집안조상굿이야기말꽃은 찾아보기 어렵다.

나라조상굿이야기말꽃은 흔히 '건국신화'라고 부르는 것이다. 그것은 애초에 나

---

143) 마르코 6:14-29(위의 책, 1579+328+74쪽).

144) 이제까지 끼리서낭굿이야기말꽃을 무교, 도교, 불교, 그리스도교를 따로따로 살펴보았다. 그러나 사실 우리 겨레에게는 이들 밖에도 끼리서낭을 믿는 종교들이 수없이 많다. 그리고 그런 종교들마다 나름대로 끼리서낭굿이야기말꽃이 있게 마련이다. 하지만, 그들 모든 끼리서낭굿이야기말꽃을 살필 겨를이 없어 이렇게 넘어가지 않을 수 없다.

145) 역사에 실제로 살았던 사람의 이야기지만 '맨 첫 사람[시조]'이라는 남다름 때문에 생겨난 이야기다. 따져서 말하자면 이것은 굿이야기(신화, 미스 ; 서낭에 관한 이야기)라기보다 삶이야기(전설, 레전드 ; 현상에 관한 이야기)라 해야 마땅하다. 그러나 이들 이야기를 굿이야기의 한 갈래로 볼 수도 있게 하는 까닭은 역사 안에 실제로 살았던 그 사람이 죽어서 서낭이 되었다고 믿고 거기에다 믿음의 굿(제의)을 바쳤기 때문이다.

라조상(건국시조)에게 바치던 굿에서 비롯한 이야기인지라 나라조상굿이야기라 부르고, 그것이 말꽃으로 모습을 갖추었으면 마땅히 나라조상굿이야기말꽃이라 해야겠다. 나라조상굿을 두고는 앞에서 놀이와 노래에서도 살펴보았으나 아무래도 이야기가 그것들보다 넉넉하게 남아 있다. 고조선을 비롯하여 부여와 고구려 같은 북쪽 나라들뿐만 아니라 백제와 신라와 가야 같은 남쪽 나라들의 조상굿이야기들도 얼마간 남아 있기 때문이다.

고조선에서도 과연 단군을 나라조상서낭으로 모시고 받들었을까 하는 물음을 지닐 만하다. 사실로서 확인할 길은 아직 없지만, 단군보다는 오히려 환웅이나 환인을 믿고 받들지 않았을까 싶기 때문이다. 중국 쪽 기록에 보이는 고대 여러 부족들의 이른바 제천의식에 비추어서도 그렇고, 《삼국유사》〈고조선〉대목의 문맥으로 보아서도 그런 생각을 할 만하다. 고조선시대에도 언제부터인가 단군을 나라조상서낭으로 받들었다 하더라도 그보다 앞서 환웅과 웅녀, 나아가 환인을 나라조상서낭으로 모셨을 것으로 보아야 사리에 어울린다. 어쨌거나 고조선의 나라조상굿에서 바치던 굿이야기의 뼈대는 다음과 같다.

옛날에 환인의 둘째 아들 환웅이 언제나 하늘 아래 세상에 마음을 두고 사람 세상으로 내려가고 싶어했다. 아버지가 아들의 뜻을 알고 삼위 태백을 내려다보니 사람들을 널리 복되게 할 만하였다. 이에 하늘 도장(천부인) 세 가지를 주어 내려가서 세상 사람을 다스리게 했다. 환웅이 무리 삼천을 이끌고 태백산 꼭대기 신단수 아래에 내려와 여기를 서낭마을(신시)라 이르니 이분이 환웅천왕이다.

그는 바람서낭(풍백), 비서낭(우사), 구름서낭(운사)를 거느리고, 곡식, 목숨, 질병, 형벌, 선악 같은 사람 세상의 삼백예순이 넘는 일들을 맡아 다스리며 가르쳤다. 그때 한 곰과 범이 같은 굴에 살면서 늘 환웅서낭에게 사람이 되게 해달라고 빌었다. 어느 날 환웅이 신령스러운 쑥 한 자래와 마늘 스무 낱을 주고는 "너희가 이것을 먹고 백 날 동안 햇빛을 보지 않으면 사람이 될 수 있다"고 했다. 곰과 범이 이것을 받아서 먹고 지키기를 세 이레에 이르자 곰은 여자 몸이 되었는데, 범은 지키지를 못하여 사람이 되지 못했다. 웅녀는 그와 혼인해 주는 남자가 없으므로 늘 신단수 아래에서 아이를 배게 해 달라고 빌었다. 이에 환웅이 잠시 몸을 바꾸어 결혼하고 아들을 낳으니 이름을 단군왕검이라 했다.

단군이 당나라 고왕 즉위 쉰 해 되던 경인년에 평양에 나라를 세우고 비로소 조선이라 했다. 뒤에 서울을 백악산 아사달에 옮기었는데, 거기를 궁홀산 또는 금미달이라고도 하고, 나라 다스리기를 일천오백 년이나 했다. 주나라 무왕이 즉위하여 기묘년에 기자에게 조선을 다스리게 하니, 단군은 장당경으로 옮겼다가 뒤에 아사달에 돌아와 몸을 감추어 산신이 되었다.146)

이것은 물론 단군의 본풀이로 보아야 하지만, 이야기의 속살을 좀더 꼼꼼히 들여다보아야 하겠다. 보다시피 이 이야기는 위아래 세로로 놓인 세 사람(?)을 뼈대로 삼아서 짰다. 그리고 가운데 자리잡은 '환웅'의 이야기가 가장 두드러지기 때문에 가장 밑에 있는 단군의 본풀이로 볼 수 있는가 하는 물음이 일어날 수 있다. 그래서 우선 이들 세 분의 성격을 살피는 것이 차례일 듯하다.

먼저 환인이다. 일연은 이 분을 제석이라 했는데, 이승휴는 석제라고도 하고 상제라고도 했다. 말할 나위도 없이 '제석'과 '석제'는 다 같이 불교에서 쓰는 말로 부처님이라는 뜻이고, '상제'는 유교에서 쓰는 말로 하느님이라는 뜻이다. 가장 거룩하고 높은 분이라는 뜻을 자신들 믿던 바에 따라 부른 것일 따름이다. 그러나 '환인'은 틀림없이 배달말을 한자로써 빌려 적은 것일 터이고, '하느님'이라는 뜻일 것이다. '환'은 배달말 '한' 곧 크고 오직 하나라는 말의 소리를 적은 것이고, '인'은 배달말 '말미' 곧 바탕과 원인이라는 말의 뜻을 한자로 나타낸 것임에 틀림없다. 그러니 굳이 우리 배달말로 하자면 '큰 말미'가 되고, 이것은 그리스도교에서 '야훼'라 하고 이슬람교에서 '알라'라 하는 바로 그런 존재를 뜻한다.

환인은 높은 하늘에 머물러 있으면서 움직이지 않고 간섭받지 않는다. 가장 높고 홀로 큰 존재로 마냥 한결같이 있을 따름이다. 그렇다고 그저 있기만 하는 것은 아니다. 생각하고[147] 판단하고[148] 행동하며[149] 지시한다.[150] 생각으로만 있는 관념도 아니고, 논리로만 있는 철학도 아니고, 사물로서만 있는 자연도 아니고, 사람으로 모습을 갖춘 인격으로 존재한다. 인격이므로 성에서 벗어날 수 없었고, 보다시피 남성 곧 아버지로 나타나 있다.

다음은 환웅이다. 일연과 이승휴가 모두 그를 환인의 서자라고 했다. 왜 적자일 수 없는가? 그것은 아버지의 곁을 떠나 땅위로 내려오는 운명 때문이라고 볼 수 있겠다. 그는 아버지인 하느님의 뜻을 받아 천부인 세 개와 무리 삼천[151]을 거느리고 하늘에서 태백산 마루의 서낭나무(신단수)[152] 아래로 내려왔다. 그의 무리 가운데는 바람

---

146) 《삼국유사》 권1, 기이 제1, 고조선 왕검조선.
147) "아버지가 아들의 뜻을 알았다(父知子意)" 하는 대목이 바로 그것을 나타낸다.
148) "아래로 삼위태백을 내려다보고 '널리 사람들을 이롭게 할 만하다'고 했다(下視三危太伯 可以弘益人間)" 하는 대목이 그것을 드러낸다.
149) "이에 천부인 세 개를 '주었다'(乃授天符印三箇)" 하는 대목이 그것이다.
150) "가서 다스리라고 '보냈다'(遺往理之)" 하는 대목이 그것이다.
151) 이승휴는 이 무리를 바로 대놓고 '귀'라고 했다(率鬼三千而降).
152) 이 나무가 하늘과 땅을 잇는 '우주의 나무'라는 사실은 말할 나위도 없다.

과 비와 구름, 곧 자연변화를 섭리하는 직능신도 있어서 곡식, 목숨, 질병, 형벌, 선악 같은 인간만사를 주관하면서 세상을 다스렸다[153]고 한다. 무엇보다도 그는 곰[154]이 탈바꿈하여 된 여인과 결혼하여 아들을 낳았다. 그만큼 그는 모자람 없이 인격을 갖춘 남성이다. 그러나 그는 결코 사람은 아니고, 서낭으로 있으며 일했을 뿐이다.[155] 그래서 웅녀에게 단군을 배게 한 다음에는 그의 모습이 이야기에서 사라지고 말았다.[156]

끝으로 단군이다. 단군은 태어나기까지의 일이 그처럼 소상한 것과는 달리 그 생애가 너무나 단조롭다. 평양성에 도읍하여 나라를 세우고,[157] 백악산 아사달로 도읍을 옮기고,[158] 1,500년을 다스린 다음, 기자 때문에 다시 도읍을 장당경으로 옮겼다가,[159] 뒤에 다시 아사달에 들어가 뫼서낭(산신)이 되었다[160]는 것이 모두다. 나라를 세워 도읍을 세 번 옮겼다는 일밖에 그의 사람됨은 말할 것도 없고 나라를 다스리면서 겪는 일들도 거의 드러나지 않았다. 이야기하려는 속뜻이 그가 호국의 산신이 되었다는 사실[161]에 맞추어져 있는 까닭임이 틀림없지만, 애초에 단군을 두고 이야기하

---

153) "바람서낭 비서낭 구름서낭을 거느리고, 곡식이며 목숨이며 질병이며 형벌이며 선악을 맡으니 무릇 사람 사이에 삼백예순 나마 가지 일을 맡아서 세상을 다스렸다.(將風伯雨師雲師 而主穀主命主病主刑主善惡 凡主人間三百六十餘事 在世理化)" 여기서 인간 만사를 '삼백육십여사(三百六十餘事)'라고 말한 것은 한 해를 두고 날마다 새로운 일들이 한 가지씩 일어난다는 뜻을 담은 것으로 보인다

154) '곰'이란 환웅과 결합하려고 범 겨레와 다툼을 벌였던 어느 겨레의 토템이라는 사실은 널리 인정받는다. 그러나 곰을 토템으로 모시고 살다가 환웅의 겨레와 결합하여 단군을 낳고 고조선을 지배한 겨레가 과연 어디에 살던 어떤 동아리인지는 아직 모른다. 곰(고마, 구마)이라는 땅이름이 옛 백제 터에 많이 남은 것으로 보아 뒷날 백제의 바탕이 되었던 마한 겨레가 아닐까 싶기도 하다. 한편, 곰에게 밀려나서 고조선의 지배계층으로 올라서지 못한 범 겨레는 범을 서낭으로 모셨던 예가 아닐까 싶다. 예에서는 범을 사당에다 모시고 굿을 바쳤다고 하기 때문이다.(《후한서》 동이전 예 ; 《삼국지》 동이전 예)

155) 일연의 문맥에서도 '신웅' 또는 '신'이라 부르고, 이승휴도 '단수신'이라고 불러서 그가 한결같이 사람이 아니라 서낭(신)임을 뚜렷이 한다. 더구나 일연은 환웅이 웅녀와 결혼할 때에도 잠깐 사람으로 변했을 뿐(雄乃假化而婚之)이라고 했다.

156) 이 점에서 환웅이야기는 불완전하다고 할 만하다. 세상을 다스리던 일을 단군에게 넘겨주었다는 조짐도 찾을 수 없고 하늘로 다시 올라갔다는 흔적도 없어서 인간세상의 삶이 마무리되지 못한 채 자취가 사라진 것이다. 단군의 출생에 초점을 맞추려는 뜻 때문에 빚어진 결과로 이해할 수는 있지만, 그의 일생이 불완전하게 끝나고 만 사실은 이 이야기를 제대로 알자면 풀어보아야 할 숙제의 하나다.

157) 평양성, 요즘 서경에 도읍하고 처음으로 조선이라 불렀다(都平壤城今西京 始稱朝鮮).

158) 백악산 아사달 또는 궁또는 방홀산 또는 금미달로 도읍을 옮기고(移都於白岳山阿斯達 又名弓一作方忽山 又今彌達).

159) 나라를 일천오백 년 다스리고 주나라 무왕이 즉위한 기묘년에 기자를 조선에 봉하자 단군은 장당경으로 옮겼다(御國一千五百年 周虎王卽位己卯 封箕子於朝鮮 檀君乃移於藏唐京).

160) 뒤에 아사달로 되돌아가 숨어 뫼서낭이 되었다(後還隱於阿斯達 爲山神).

161) 단군이 아사달의 산신이 되었다는 사실은 이승휴의 기록에서 더욱 강조해 놓았다. "석제의 손자로 이름이 단군이라(釋帝之孫名檀君)" 하는 시구의 주석에서도 《단군본기》를 끌어다 "아사달에 들어가

472

던 바가 적었던 탓이 아닐까 하는 의문도 없지 않다.

그뿐 아니라 서낭의 몫을 받는 것도 환인이나 환웅으로부터 받는 것이 아니라 스스로 산신이 되어서[162] 아주 색다르다. 이것은 단군이 시련을 극복하는 과정을 거쳐 능력을 검증받을 필요 없이 스스로 산신이 되어 자리잡고 다스릴 힘이 있었다는 뜻이겠다. 말하자면 단군은 처음부터 가장 높은 서낭으로 신격을 지녔다는 뜻이다. 그러나 단군 하나만 보아서는 그런 최고신의 신격을 어디서도 찾을 수 없다. 단군과 환웅과 환인을 하나로 묶어 삼신을 공동체로 볼 때에만 비로소 드러나는 것이다. 하늘에 가만히 머물면서 최고의 절대권을 뜻대로 누리는 초월신 '환인'과 그의 뜻에 따라 하늘과 땅의 세계를 오가며 활동하는 중개신 '환웅'과 어우러져 하나를 이룰 적에 비로소 '단군'도 최고신의 권능을 누릴 수 있다. 지나친 비약인지 모르지만, 그처럼 세 서낭이 하나를 이루는 모습은 이스라엘 겨레의 신관, 곧 기독교의 삼위일체 신격과 아주 닮아 있다는 느낌마저 받는다.[163] 그러나 이것이 우리 겨레가 고조선시대에 지녔던 신관을 얼마나 담고 있는 것인지는 당장 잘라 말하기 어렵다. 초월신으로서의 권능과 위세를 잃어버린 채 신앙에서 밀려나 여러 곳에 흩어져 있으나 명맥은 아직 끊어지지 않은 삼신신앙을 앞으로 제대로 밝혀내면 그 사정이 얼마간 드러날 수 있을 듯하다.

다음으로, 우리가 고조선의 나라조상굿이야기에서 짚어보지 않을 수 없는 것은 나라조상인 단군이 하늘에서 내려온 환웅과 땅에서 살던 웅녀 사이에서 태어났다는 사실이다. 하늘에서 내려온 환웅은 바람과 비와 구름의 서낭을 거느리고, 인생 삼백 예순 가지 일들을 다스리며, 곰을 사람이 되게도 한다. 사람이 된 곰네(웅녀)에게 단군을 잉태시킬 적에도 거짓으로 잠시 사람이 되어서 그랬다고 한다. 그러니까 환웅은 사람보다는 훨씬 높고 뛰어난 능력을 지녔다. 웅녀는 땅속 굴에 살던 곰이었으나, 사람이 되고 싶어 서낭인 환웅(신웅)에게 빌어서, 그의 가르침을 지킨 다음에야 사람이 되었다. 사람이 사는 땅 위보다 낮은 굴속에 살았고, 사람이 부러워 사람으로 바뀌고자 했고, 하늘에서 내려온 환웅의 가르침을 충실하게 지키고야 사람이 되었으니, 웅녀는 사람보다 못한 존재에서 사람으로 탈바꿈한 셈이다. 환웅은 높은 하늘에서 내려

서낭이 되고 죽지 않은 까닭이다(入阿斯達山爲神 不死故也)"했는데, 다시 본문의 시구에다 "아사달에 들어가 서낭이 되었다(入阿斯達山爲神)" 해서 두 차례나 되풀이해 놓았다.

162) 다 같은 북방의 나라 세운 조상굿서낭이야기이면서도 주몽이야기의 짜임새와 속살은 무교의 서낭 굿이야기의 그것과 아주 비슷하여 단군이야기와 사뭇 다르다.

163) 이런 눈으로 보면 아직도 여러 곳에 자취를 남기고 있는 삼신 신앙을 좀더 새로운 마음으로 살펴보아야 한다는 생각이 든다.

오고 사람보다 뛰어난 능력을 지녔으며, 웅녀는 낮은 땅속 굴에서 올라오고 사람보다 못한 처지에서 사람이 되었다. 단군은 이렇게 하늘에서 내려온 아버지와 땅속에서 올라온 어머니 사이에서 태어난 것이다. 이른바 천부지모의 핏줄을 받아 단군이 태어난 것이다.

요즘 우리는 단군이야기를 우리 겨레의 서낭이야기로 받아들이고, 단군을 겨레의 시조로 여기며 그가 고조선을 처음 세운 날이라 하여 '개천절'을 국경일로 지내고 있다. 그래서 단군을 우리 겨레의 시조로 여기지 않는 사람은 아마도 없을 듯하다. 일부에서는 단군숭모회와 같은 단체들을 만들어 흐트러진 민족정기를 바로 세우려고 그 분의 정신을 더욱 드높이자고 하고, 《삼일신고》라는 경전을 갖추어 대종교 또는 단군교라는 종교단체를 이루기도 한다.

그러나 고조선 이래로 줄곧 단군을 우리 겨레의 시조로 여기고 받든 것으로 보기는 어렵다. 겨레의 정신을 하나로 모아야 할 까닭이 절실해진 고려 후기에 와서 중도에 사라졌던(?) 단군을 새롭게 내세운 것은 아닐까. 고조선이 무너진 뒤에 새로 일어선 열국들에서는 저마다 나라조상서낭을 모시고 받드는 일에 바빠져[164] 지난날 고조선의 나라서낭인 단군을 모시고 받들 겨를이 없었던 것으로 보인다. 삼국이 하나같이 저들의 나라조상을 서낭으로 받드는 일에 급급했던 상황을 기록에서 뚜렷이 볼 수 있는데, 이로 미루어 열국들이 다투면서 삼국으로 자리잡아 간 일천 수백 년 동안에는 적어도 단군을 받들던 신앙은 빛이 바랬던 것으로 보인다.

단군을 우리 겨레의 시조로 다시 내세운 사람은 역시 일연(1206~1289)이 아니었던가 싶다.[165] 우선 그의 《삼국유사》는 안정복이 말한 바와 같이 불교가 들어온 흐름을 적은 것이지만, 글말과 입말로 내려오던 이야기들을 두루 모아 〈기이〉라는 이름 아래 맨 앞에 실었다. 그리고 그런 사적들의 첫머리에 단군이야기(고조선)를 자리잡게 했다. 우리 겨레의 모든 사적은 단군에서 비롯한다는 뜻을 드러내고자 한 까닭이다. 게다가 〈왕력〉에서는 고구려의 동명왕조차 단군의 아들이라고 끌어다 놓기까

---

164) 이런 시기의 열국들은 서로 불꽃 튀는 싸움을 벌인 만큼 안으로 국민들을 묶는 일이 무엇보다도 다급하게 떠올랐다. 초월신의 축복과 도움이 필요 없어졌다는 뜻이 아니라 동아리를 하나의 정신으로 묶는 일이 다급한 탓에 우선 순위에서 뒤로 밀려나게 되었을 듯하다. 그리고 씨족 동아리를 바탕으로 한 그때의 열국들이 구성원을 단결시키는 데에 조상신 숭배보다 더 효과적인 방도를 찾을 수는 없었을 것이다.

165) 1145년에 나온 《삼국사기》에서 김부식은 신라의 혁거세왕을 내세우려는 뜻을 뚜렷이 드러냈으며, 반 세기 뒤인 1194년에 나온 이규보의 《동명왕편》은 글자 그대로 고구려의 주몽왕을 내세우려고 했다. 이 두 기록은 그때 고려의 지배층 사회에 줄기차게 맞서 흐르던 두 가지 주체의식을 반영하는 것이다.

지166) 했다. 일연과 같은 때에 이승휴(1224~1300)도 꼭 같은 정신에서 단군을 내세웠다. 일연과는 전혀 다른 의식과 기법으로 겨레의 역사를 노래했으나 단군을 우리 겨레의 시조로 내세우는 점에서는 일연과 다름이 없었다. 일연이 단군을 내세울 때에는 드러내 놓고 또렷하게 설명하는 편이 아니었지만, 이승휴는 훨씬 똑똑하게 단군의 위치를 못박아 드러내고 있다.167)

일연과 이승휴가 비슷한 때에 이런 기록을 남긴 데는 물론 그럴 만한 까닭이 있었을 것이다. 아마도 그것은 몽고(원)의 침략에서 받은 충격이 아닐까 싶다. 강성한 외적의 침략에 짓밟히면서 안으로의 다짐이 절실하고, 안으로 뭉치려면 겨레의 자존심을 살릴 수 있는 구심점이 반드시 필요했을 것이다. 그런데 삼국의 전통을 두루 통합 계승한 고려로서 삼국 가운데 어느 하나의 조상서낭만으로는 만족한 결속을 이루어내기 어려웠을 듯하다. 그보다 앞서는 고조선에 눈을 돌리지 않을 수 없었던 까닭이 거기 있었을 듯하다.168)

일연과 이승휴 두 사람이 단군을 당대 고려 백성의 시조로 못박으려 한 흔적은 기록 자체에서도 눈치챌 수 있다. 환웅이 처음 내려왔다는 태백산을 일연은 고려 영토 안에 있는 묘향산이라고 했다든지,169) 단군이 처음 도읍한 곳을 평양성이라고 했다든지,170) 또 단군의 도읍지며 뒷날 그가 산신이 되어 들어갔다는 백악산 아사달을 개성 동쪽에 있는 백악궁이 바로 거기라고 한 것171)들이 그런 자취다. 이승휴도 그 아사달을 황해도 구월산이라고 못박고 거기에 사당이 아직 있다172)고까지 했다. 이런

---

166) 첫째 동명왕, 갑신년에 임금이 되어 열아홉 해를 다스렸다. 성은 고씨며 이름은 주몽 또는 추몽인데 단군의 아들이다(第一 東明王 甲申立 理十九年 姓高 名朱蒙 一作鄒蒙 壇君之子 :《삼국유사》왕력 제1).

167) 처음에 누가 바람과 구름을 거느리고 나라를 열었던가 석제의 손자로서 이름은 단군일세-그러므로 신라 고구려 남북옥저 동북부여 예와 맥이 모두 단군의 후손이다.(初誰開國啓風雲 釋帝之孫名檀君-故尸羅 高禮 南北沃猪 東北扶餘 穢與貊 皆檀君之壽也) :《제왕운기》권하, 동국군왕개국년대 병서/ ; 그 가운데 어느 것이 큰 나라인가 먼저 부여와 비루를 일컫고 다음에 신라와 고구려며 남북옥저와 예와 맥이 따르네 이들 모두가 누구의 후손인고 핏줄을 모두들 단군에서 이었네.(於中何者是大國 先以扶餘沸流稱 次有尸羅與高禮 南北沃猪穢貊膺 此諸君長問誰後 世系亦自檀君承 : 같은 책, 열국시대)

168) 고려 왕실이 몽고에 항거하여 서울을 강화도로 옮기고 그곳 마니산을 환웅이 내려온 땅이라 생각하여 그 꼭대기에 천제단을 두어 제사하고, 삼랑산의 산신이 단군이며 그 산성을 단군의 세 아들(삼랑)이 쌓았다고 하는 이야기를 만들어낸 것들이 모두 그때의 분위기를 느끼게 하는 전승들이다.

169) 환웅이 무리 삼천을 거느리고 태백산 마루곧 태백은 요즘 묘향산에 내려왔다.(雄率徒三千 降於太伯山頂卽太伯今妙香山)

170) 평양성 요즘 서경에 도읍했다.(都平壤城今西京)

171) 아사달에 도읍을 세웠다. 경전에는 무엽산 또는 백주지에 있는 백악이라 하고 또는 개성 동쪽 지금 백악궁이 그것이라 했다.(立都阿斯達經云無葉山亦云白岳在白州地或云在開城東今白岳宮是)

자취들은 모두가 당대의 역사적 상황이 요구하는 바에 따라 단군을 고려 백성들의 시조로 한결 뚜렷하게 인식시키려고 그의 행적에 관련한 땅들을 모두 고려의 영토 안으로 끌어당긴 것이 아니었던가 싶다.

열국들 가운데서 오래 남았다가 고려로 이어진 삼국의 나라조상굿에서는 고조선의 나라조상굿에서 모시던 단군을 받들지 않았음이 뚜렷하다. 먼저, 고구려는 건국 시초부터 하늘에 제사하는 국중대회가 있었다. 그것은 반드시 하느님(천제) 또는 해모수 서낭에게 바치는 것이었지 단군에게 바치는 것은 아니었다. 그리고 제3대 대무신왕 3년 봄에는 시조묘(동명왕묘)를 첫 도읍지였던 졸본에다 세웠는데, 이로부터 고구려의 나라서낭굿은 속살이 적잖이 달라졌다. 물론 가을걷이를 마치고 10월에 바치던 동맹은 그대로 하늘서낭인 수신에게 바치는 서낭굿이었다. 그러나 봄에는 하늘서낭인 해모수가 아니라, 유화부인과 시조 주몽에게 굿을 바쳤다. 유화부인은 부여서낭이라 하고 시조 주몽은 고등서낭이라 하면서 부여신묘 제사와 고등신묘 제사를 바친 것이다. 이 둘은 말할 나위도 없이 조상굿이었다. 이로써 고구려의 나라조상굿은 뚜렷하게 제자리를 잡았는데, 단군은 여기에 끼어들 자리가 없었다.

신라에서는 제2대 남해왕 3년 봄 정월에 시조 혁거세 사당을 세우고,[173] 네 철마다 제사를 올렸다. 그때 나라 조상 혁거세에게 굿을 바치는 무당(사제)은 혁거세의 누이 아노였다고 한다.[174] 제22대 지증왕이 시조의 탄생지인 나을에다 시조신궁을 지어 제사를 더욱 드높이고, 제36대 혜공왕이 그 제사를 오묘까지 넓히고 키웠다. 그러나 아무리 넓히고 키워도 어디까지나 혁거세를 중심으로 한 나라조상굿일 따름이었다. 어디에서도 단군을 신라 사람들이 나라조상으로 받들어 굿을 바친 자취를 찾을 수는 없다.

또한, 백제에서도 국조 온조왕이 직접 원년 여름 5월에 동명왕 사당을 세우고,[175] 17년 봄에는 국모를 위한 사당도 세워 제사했다[176] 한다. 그리고 온조왕은 20년과 38

---

172) 아사달에 들어가 뫼서낭이 되었다. 요즘은 구월산이다. 궁홀산 또는 삼위산이라고도 하는데 사당이 아직 있다.(入阿斯達山爲神今九月山也 一名弓忽 又名三危 祠堂猶在)
173) 《삼국사기》 권1, 신라본기 제1, 남해왕.
174) 《삼국사기》 권32, 잡지 제1, 제사.
175) 원년 여름 오월에 동명왕 사당을 세웠다(元年 夏五月 立東明王廟) : 《삼국사기》 권23, 백제본기 제1, 시조 ; 이것이 과연 동명왕 사당이었을지는 의문이 없지 않다. 온조는 주몽의 아들이 아니라 주몽의 고구려 건국에 큰 도움을 주었던 과부 소서노의 아들로서 그의 아버지는 우태라는 기록도 있기 때문이다(같은 곳의 풀이글). 그리고 《책부원구》에는 백제에서 '국성에 시조 구태묘를 세우고 한 해 네 번씩 제사한다(立其始祖仇台廟於國城 歲四祠之)'는 기록이 있다. 부여에서 찾아온 주몽의 아들 유리에게 고구려를 내어주고 남쪽으로 떠나와 새 나라를 세운 온조의 뿌리는 주몽이 아닐 가능성도 없지 않고, 그렇다면 그가 자신의 아버지(우태 또는 구태)를 나라조상서낭으로 모실 수도 있었을 듯하다.

476

년에도 큰 제단을 두어 하늘과 땅에 제사했다고[177] 한다. 가야에서도 수로왕이 세상을 떠나자 무덤 가에 수릉왕 사당을 지었다.[178] 그리고는 한 해에 다섯 차례씩이나 나라조상굿을 바쳤다[179]고 한다. 백제와 가야에서도 단군을 나라조상으로 받들어 나라굿을 바치지는 않았다. 단군은 고려에 와서, 그것도 몽고의 말발굽 아래 짓밟히는 부끄러움을 맛본 다음에, 겨레의 마음을 한데로 묶어야 한다는 깨달음에서 되살려낸 것으로 보인다.

그런데, 남쪽 신라와 가야 같은 남쪽 나라의 나라조상굿이야기는 그 뼈대가 북쪽 나라들의 그것과 사뭇 다르다. 백제도 남쪽 나라지만 고구려를 이어받아 세운 나라인지라 나라조상굿이야기도 그대로 고구려의 것을 이어받아 남쪽 나라의 모습을 찾아볼 수 없다.

전한 지절 원년 임자 삼월 초하루에 육부의 어른들이 저마다 자제들을 데리고 알천 언덕에 모여 의논하기를, "우리가 위로 백성을 다스릴 임금이 없어 백성들이 모두 제멋대로 하니 덕망 있는 사람을 찾아 임금으로 삼아 나라를 세우고 도읍을 정하지 않을 수 없다" 하였다. 이에 높은 곳에 올라 남쪽을 바라보니 양산 아래 나정 가에 이상한 기운이 번갯불 같이 땅에 비치더니 거기에 흰말 한 마리가 꿇어앉아 절하는 모습을 하고 있었다. 그 곳을 찾아가 보니 한 보라빛 알이 있는데, 말은 사람을 보고 길게 울다가 하늘로 올라가 버렸다. 그 알을 깨어보니 모습이 단정하고 아름다운 사내아이가 있었다. 놀랍게 여겨 그 아이를 동천에서 목욕시키니 몸에서 빛이 나고, 새와 짐승이 따라 춤추며, 하늘과 땅이 흔들리고, 해와 달이 환해졌다. 따라서 그를 혁거세왕이라 불렀다. ……

이날에 사량리 알영 우물(알영정) 가에 계룡이 나타나 왼쪽 갈비에서 계집아이를 낳으니, 모습과 얼굴은 남달리 고왔으나 입술이 닭의 부리와 같았다. 월성 북천에 가서 목욕시키니 그 부리가 빠지므로 그 내를 발천이라 하였다. 궁실을 남산 서쪽 언덕에 세워 두 아

---

176) 17년 여름 4월에 나라 어머니에게 제사하는 사당을 세웠다.(十七年 夏四月 立廟以祀國母). : 위와 같은 곳

177) 20년 봄 2월에 임금이 큰 단을 무고 몸소 하늘과 땅에 제사했다.(二十年 春二月 王設大壇 親祠天地 : 위와 같은 곳) ; 38년 겨울 10월에 임금이 큰 단을 쌓고 하늘과 땅에 제사했다.(三十八年冬十月 王築大壇 祠天地 : 같은 곳)

178) 마침내 대궐 동북쪽 평지에 높이 한 길 둘레 300걸음 되는 빈궁을 지어 장사지내고 이름을 '수릉왕묘'라 하였다.(遂於 闕之艮方 平地 造立殯宮 高一丈 周三百步而葬之 號首陵王廟也) : 《삼국유사》 권2, 기이 제2, 가락국기.

179) 그의 아들 거등왕에서 9대 손자 구형왕까지 이 집에서 받들었는데, 반드시 해마다 정월에 사흘과 이레, 오월에 닷새, 팔월에 닷새와 보름이면 넉넉하고 깨끗한 음식을 차려 바치기를 서로 이어 그치지 않았다.(自嗣子巨登王 至九代孫仇衡之享是廟 須以每歲 孟春三之日 七之日 仲夏五之日 仲秋初五之日 十五之日 豐潔之奠 相繼不絕 : 《삼국유사》 권2, 가락국기) 이 말을 믿는다면 해마다 다섯 차례씩이나 나라조상굿을 바친 것이다.

이를 받들어 기르니 사나이는 알에서 나왔는데 알은 박과 같았다. 사람들이 박을 박이라 하므로 성을 박이라 하였고, 계집아이는 그가 나온 우물로 이름을 삼았다. 두 사람의 나이 열세 살이 되자 오봉 원년 갑자에 사나이가 임금이 되어 여자를 왕후로 삼고 나라 이름을 서라벌 또는 서벌이라 하고 또는 사라 또는 사로라고도 하였다. -줄임-

나라를 다스린 지 예순두 해만에 임금이 하늘로 올라가더니 그 뒤 이레만에 몸이 흩어져 땅에 떨어지며 왕후도 따라 돌아갔다 한다. 백성들이 함께 묻으려고 하니까 큰 뱀이 쫓아와 막아서 흩어진 다섯 몸을 따로 장사지내어 오릉이라 하고 또한 사릉이라고도 한다.180)

보다시피 여기서는 나라조상인 혁거세임금의 아버지와 어머니를 쉽게 찾을 수가 없다. 뚜렷한 것은 '보라빛 알'뿐이다. 그것을 깨어보니 사내아이가 있었고, 그 사내아이가 곧 혁거세임금이다. 아버지와 어머니를 찾자면 그가 어디서 태어났는가를 알아야 하겠는데, 알은 나정 가에서 주웠을 따름이다. 그리고 알을 깨어서 태어난 아이를 동천에 씻기니 몸이 빛나고 새와 짐승들이 춤추며 하늘과 땅이 흔들리고 해와 달이 환해졌다. '우물'에서 알을 주워 '샘'에다 몸을 씻겼다는 것이니, 혁거세임금은 우묵한 땅의 물 고인 구멍에서 태어났다는 뜻이 아닌가. 그런데 이미 수많은 사람들181)이 '우물'이니 '샘'이니 하는 것은 여인의 자궁을 뜻하는 상징이라고 밝혔거니와, 땅을 여성으로 볼 적에 우물이나 샘은 땅의 자궁일 수밖에 없다. 그렇게 읽으면 혁거세임금을 태어나게 한 어머니는 땅이라는 사실을 짐작할 수 있다. 혁거세임금이 애초에 '알'이었던 까닭도 그가 땅에서 태어났기 때문인 셈이다. 땅에서 태어나는 것이란 무엇이나 처음에는 모자라게 마련이고 자라면서 탈바꿈하여 마침내 온전하게 된다. 사람도 땅에서 태어난다면 물론 그럴 수밖에 없을 것이고,182) 혁거세임금도 땅에서 태어났기에 우선 알이었다가 그것을 깨고서야 사람이 되었다. 이래서 혁거세임금의 어머니가 땅이라는 사실은 더욱 뚜렷해진 셈이다.

그럼 혁거세임금의 아버지는 누군가? 누구나 쉽게 '흰말'에 눈길을 돌릴 수 있을 것이다. 흰말은 혁거세임금이 된 '붉은 알' 앞에서 무릎을 꿇은 모습을 하고 있었는데,

---

180) 《삼국유사》 권1, 기이 제1, 신라시조 혁거세왕.

181) 지그문트 프로이트(장병길 역), 《꿈의 해석》, 을유문화사, 1967 ; 프레이저(김상일 역), 《황금의 가지》, 을유문화사, 1975.

182) 이 점은 이미 레비 스트로스가 다음과 같이 말한 바 있다. "신화학에 있어서 대지로부터 태어난 인간의 보편적 특징으로 그들이 깊은 곳에서 처음 출현하게 되는 순간에는 그들은 걷지 못하거나 또는 비틀거리며 서투르게 걷는다."(김진국 역, 〈구조주의 신화학〉, 《문학과 신화》, 도서출판 대람, 1981, 244~274쪽)

478

거기를 이상한 기운이 번갯불처럼 땅으로 드리워 비추고 있었다. 그리고 사람들이 나타나자 길게 울면서 하늘로 올라갔다. 이것은 흰말이 알을 하늘에서 가지고 내려왔다는 생각을 할 수 있게 한다. 그래서 '하늘' 또는 하늘에서 내려왔다 올라간 '흰말'이 혁거세임금의 아버지라고 생각할 수 있는 것이다.[183]

그러나 여기 나타나는 하늘의 모습은 북쪽 고조선이나 부여나 고구려 같은 나라들의 조상굿이야기에 나타나는 하늘과는 너무 다르다. 고조선의 환인과 환웅이라든지, 부여나 고구려의 천제와 해모수가 뚜렷한 사람의 모습으로 나타나는 것에 견주면 신라의 '흰말'이나 '이상한 기운'은 사람의 모습과는 너무도 다르다. 인격이라기보다는 추상이고, 실체라기보다는 상징에 지나지 않는다. 어떻게 보면 그것은 '알'이 있다는 사실을 알리려고 나타난 현상일 뿐이었다고 할 수도 있을 듯하다. 이만큼 신라의 나라조상굿이야기에는 하늘 곧 나라조상의 아버지가 어슴프레하다. 나라조상이 땅에서 솟아올랐다는 생각이 두드러지게 배어 있었던 때문이 아닐까 한다.

게다가 북쪽 나라들에서는 볼 수 없었던 아내[184]의 이야기가 뚜렷하게 나타나 있다. 혁거세임금의 아내인 알영도 '우물' 가에서 태어났다. 우물에 살았을 닭미리(계룡)의 왼쪽 갈비를 뚫고 태어났다. 그리고 '개울'에서 씻었고, 씻은 다음에 부리가 빠지고서야 온전한 사람이 되었다. 우물 가에서 나타나고, 개울에서 씻고, 물속에 사는 닭미리의 옆구리로 태어나고, 부리가 빠지고야 온전한 사람이 되었다는 이런 사실들이 모두 그를 땅에서 태어난 사람으로 매김하는 것이다. 그에게는 하늘의 요인이란 아예 보이지 않는다. 단군이 환웅과 환인과 어우러져 삼신으로 서면서 하늘사람의 능력을 온전하게 드러내듯이, 혁거세도 알영과 더불어 하나로 어우러지면서 땅사람이라는 속살이 한결 뚜렷하게 드러나는 것으로 보아야 하겠다.[185]

나라조상굿이야기는 고려와 조선으로도 끊어지지 않고 이어져 내려왔다. 고려의 나라조상굿이야기는 적어도 김관의(의종 때 사람)의 《편년통록》, 민지(1248~1326)의 《편년강목》 같은 책에 적혀 있었다. 그러나 이제 그런 책들은 모두 사라지고 고려의 나라조상굿이야기는 《고려사》의 〈고려 세계〉,[186] 《세종실록》의 〈지리지〉, 《동국여지승람》 같은 책에 조각난 채로 흩어져 적혀 있을 뿐이다. 그러니 고려

---

183) 이제까지 수많은 학자들이 그렇게 보았다.
184) 아내는 어머니와 마찬가지로 여성으로서 땅이다. 그러므로, 땅서낭의 상징일 수 있다.
185) 같은 남쪽 나라인 가야의 나라조상굿이야기를 곰곰이 들여다보면 신라의 나라조상굿이야기에 들어 있는 땅서낭의 정신을 더욱 뚜렷하게 붙잡을 수 있다.
186) 《고려사》는 김관의의 책에서 그대로 끌어와 〈고려 세계〉를 채우고, 끝에 이제현의 의견을 덧붙여 놓았다.

의 나라조상굿이야기는 《고려사》, 《세종실록》, 《동국여지승람》에 흩어져 있는 조각들을 모아서 짜집기를 해보는 수밖에 없다.

옛날 스스로 성골장군이라는 이가 백두산으로부터 내려와 개성의 부소산(송악)에 이르러 한 아들을 얻으니 곧 강충이다. 강충은 풍수의 말을 듣고 자기 자손에서 임금이 나게 하려고 송악에 많은 소나무를 심었다. 강충의 아들이 보육인데, 지리산에 들어가서 수도한 거사였다. 하루는 곡령에 올라가 남쪽을 바라보고 오줌을 누었더니 삼한의 산천이 하얀 바다로 바뀌는 꿈을 꾸었다. 이 꿈 이야기를 형님인 이제건에게 했더니 이제건은 반드시 하늘을 떠받치는 기둥을 낳을 것이라 하여 자기 딸 덕주를 아내로 삼게 했다.

보육에게는 두 딸이 있었는데, 맏딸이 또 오관산에 올라가서 오줌을 누었더니 천하가 모두 오줌에 잠기는 꿈을 꾸었다. 이 꿈 이야기를 들은 둘째 딸 진의는 비단 치마를 주고 그 꿈을 샀다. 마침 당나라 숙종 황제[187]가 왕자 시절에 동쪽으로 다니다가 송악군에 이르러 보육의 집에 머물렀다. 이때 옷을 깁는다는 핑계로 진의와 동침하여 아들을 낳았는데, 이 이가 작제건이다.

작제건은 육예를 겸비했으나 특히 활의 명수였다. 아버지가 표지로 남기고 간 활을 어머니에게서 받고 아버지를 찾으러 당나라로 갔다. 가다가 바다에서 풍랑을 만나 표류했는데 문득 한 늙은이가 나타났다. 자기는 서해의 용왕인데 날마다 여래의 모습으로 가장한 늙은 여우가 괴롭혀서 못 견디겠으니 이를 좀 물리쳐 달라고 간청했다. 작제건은 말대로 요괴를 물리쳐주었더니 늙은이는 기뻐하며 그를 용궁으로 데려 갔다. 용궁에서 용왕은 앞으로 당나라로 꼭 갈 것인지 아니면 자기가 주는 칠보를 가지고 고향으로 돌아가서 어머니에게 효도하겠는지 물었다. 이에 작제건은 고향으로 가서 임금이 되고자 한다고 했다. 그러자 용왕은 임금은 그대의 자손에게서 나올 것이고 아직은 때가 아니라고 했다. 이 말을 듣고 작제건이 머뭇거리며 대답을 못하고 있자, 한 늙은 아낙이 나타나서 용왕의 딸을 아내로 달라고 청하라고 했다. 작제건은 말대로 청혼하여 용왕의 맏딸을 아내로 맞이하고 그 위에 칠보의 상을 받았다. 장차 떠나려 하자 신부는 작제건에게 버드나무 지팡이와 돼지가 칠보보다 나으니 바꿔달라고 청하라 했다. 작제건이 그대로 청하자 용왕은 칠보에다 돼지만 보태 주었다. 곧 배를 타고 창릉굴 앞 강가에 닿았다. 백성들은 크게 기뻐하며 궁실을 지었는데 그것이 영안성이다. 처음 작제건과 용녀는 개주 동북쪽 산등성이에 살고 있었는데, 뒤에 돼지의 안내로 송악산 등성이에 있는 강충의 옛집으로 옮겨 살았다. 여기서 아내인 용녀는 남편이 약속을 어기자 그만 용으로 둔갑하여 사라져 버렸다.

작제건에게는 네 아들이 있었는데 맏이는 용건으로 뒤에 이름을 융이라 바꾸었으니 바로 세조다. 세조는 꿈에 본 미녀를 현실에서 만나 결혼했는데, 꿈에 만난 아내라 해서 몽부인이라 하는 한씨다. 융은 송악 남쪽에 새 집을 세웠는데 만월대의 연경궁 봉원전이 바로 그 유적이라 한다. 어느 날 풍수 도선이 융이 새로 지은 집을 보고 "맵쌀 심을 땅에다

---

187) 민지의 《편년강목》에는 선종이라 했다는 사실도 달아 놓았다.

480

어찌 삼을 심었을고" 하면서 여기서 임금이 나오리라는 예언을 했다. 이런 도선의 예언에
맞추듯이 여기서 왕건이 태어나고 비로소 삼한의 주인이 되었다.[188]

고려의 나라조상굿이야기에는 초월세계의 서낭 모습이 거의 사라지고 사람들이
경험하는 역사의 힘이 당대의 사고방식에 맞추어 자리잡아서 이루어졌다. 강충은 풍
수의 말을 믿고 송악에 소나무를 많이 심고, 보육은 지리산에 들어가 수도를 하고, 진
의는 비단치마를 주고 언니의 꿈을 사고, 작제건은 육예를 갖추어 활솜씨가 뛰어났
고, 용건은 명당에다 집을 지어서 왕건을 태어나게 했다. 슬기와 힘을 갖춘 사람들이
이야기의 뼈대를 이루었으니 서낭이야기[신화]라기보다는 영웅이야기[전설]라 해야
마땅하다.

그러나 보다시피 사람의 성격과 사건의 흐름에 서낭이야기의 그림자가 곳곳에
적잖이 드리워져 있는 것도 알아볼 수 있다. 그런 알갱이(모티프)로서 우선 강충이 백
두산에서 내려왔다는 것, 보육과 그의 맏딸이 산에 올라 오줌을 누었더니 산천이 바
다로 바뀌었다는 것, 진의가 비단치마로 언니의 꿈을 샀다는 것, 용건이 꿈에 본 미녀
를 깨어서 만났다는 것, 이런 것들이 모두 서낭이야기에 두루 나타나는 알갱이들이다.

그런데 서낭이야기의 알갱이는 무엇보다도 작제건에게서 두드러진다. 그가 태어
난 말미로서 부모의 결합과 그의 출생이 우선 그렇다. 어머니인 진의는 슬기로운 처
녀로 집안에 있었는데, 당나라 황태자가 찾아와 속임수를 써서 동침하고는 표적을 맡
기고 떠난 뒤에 그가 태어났다. 그리고 그의 재주며 과부의 아들로 아버지를 찾으려
는 의욕도 그렇다. 그는 자라면서 활솜씨가 뛰어났으나 아버지가 없었고 마침내 어머
니가 간직한 표적을 지니고 아버지를 찾아 당나라로 떠났다. 널리 알려진 바와 같이
이런 알갱이는 〈제석본풀이〉로 대표되는 우리네 서낭굿이야기에서 그대로 말미암은
것이고, 고구려의 나라조상굿이야기에도 그대로 들어와 있는 것이다.

사실, 고려의 나라조상굿이야기에서 새로운 모습은 작제건이 아내를 맞이하는
이야기에서 찾아야 할는지 모른다. 작제건이 아버지를 찾아 집을 떠난 데까지는 〈제
석본풀이〉의 틀이었다. 그러나 길에서 이야기가 다른 쪽으로 틀어지면서 새로운 고
려의 나라조상굿이야기가 이어졌다. 곤경에 처한 용왕을 만나 작제건이 요괴를 물리
치고, 용녀를 아내로 맞이하고, 칠보와 돼지를 얻어 돌아와서, 돼지의 도움으로 집을
명당으로 옮겨, 왕건이 태어날 터전을 마련한 것이다. 이전에 볼 수 없던 바다의 세계,

---

188) 장덕순, 〈고려 국조 신화〉,《한국설화문학연구》, 서울대학교출판부, 1970, 58~59쪽.(따오면서 글쓴
    이가 낱말과 문장을 조금씩 손질했다)

용왕과 용녀와 칠보와 돼지 같은 용궁의 세계가 고려의 나라조상굿이야기에 커다란 자리를 차지한 것이다. 백제, 가야, 신라가 바다를 삶의 터전으로 누비며 나라의 힘을 떨치는 사이에 이런 용궁세계가 떠오르게 되었으며,[189] 이처럼 고려의 나라조상굿이야기에까지 들어온 것으로 보인다. 그리고 이것은 이전부터 내려오던 우리 겨레의 용신 사상을 더욱 부채질하는 말미가 되었던 것으로 보인다.[190]

끝으로 고려의 나라조상굿이야기를 보면서 한 마디 빼놓을 수 없는 것이 있으니 바로 작제건의 아버지다. 보다시피 왕건이 삼한을 통일하여 고려를 세운 일의 터전을 가장 크게 닦은 사람이 바로 그의 할아버지 작제건인데, 그의 아버지가 우리 나라로 유람 나온 중국 황태자였고, 뒷날 황제가 되었다는 것이다. 이런 일을 두고는 이미 이제현(1287~1367)의 의견과 《고려사》 편찬자의 논평에서도 이치에 어긋난다고 한 바 있다.[191] 하지만 그런 논리와는 달리 우리로서는 고려 왕실을 당나라 황실과 핏줄로 이으려고 한 사람들의 정신을 짚어두지 않을 수 없다. 적어도 12세기 중엽(의종 시대)의 김관의 같은 이들이 그런 이야기를 글로 적은 사실은 숨길 수 없는 일이기 때문이다. 이것은 신라가 당나라를 끌어들여 고구려와 백제를 무너뜨리고, 국학을 세워 중국 경전만 공부해서 벼슬길로 나아가게 하고, 당나라에 유학하고 온 사람이라야 큰소리 치면서 살 수 있게 한 신라 후기의 풍토 안에서 자라난 정신의 모습이다. 고려가 신라를 이어받았다는 사실을 내세우려는 뜻은 이미 여러 가지로 이야기가 이루어졌지만, 왕족의 핏줄을 마침내 당나라 왕실에다 끌어다 붙이고 싶어한 정신은 참으로 부끄러운 것이 아닐 수 없다. 겨레의 얼이 이만큼 시들어진 것이다.

조선의 나라조상굿이야기는 세종 임금에게 와서 온전하게 마련된 듯하다. 그런데 그것이 이야기로 마련되지 않고 노래로 마련되었으니, 곧 저 유명한 〈용비어천가〉다.[192] 〈용비어천가〉는 틀림없이 노래이지만, 둘째 도막(제2장)에서[193] 백아홉째 도막(제109장)까지는 사실을 알리는 이야기고, 백열째 도막(제110장)에서 백스물넷째 도막(제124장)까지는 당부를 내리는 이야기다. 이들 도막은 태조 이성계(1335~1408)를 중심으로 조선왕조를 세운 건국 본풀이라 할 수 있다. 이성계가 나타나서 조선을

---

189) 이런 이야기가 일찍이 퍼져 있었음은 '거타지 이야기'(《삼국유사》 권2, 기이 제2, 진성여대왕 거타지)에서도 확인할 수 있다.(장덕순, 앞의 책, 65쪽)

190) 이에 영향을 받아 가장 두드러지게 나타난 것으로 조선의 나라조상굿이야기라 할 수 있는 〈용비어천가〉를 꼽을 수 있다.

191) 《고려사》〈고려 세계〉의 마무리에 있는 '이제현이 말하기를[이제현왈]'과 '논평으로 말하기를[논왈]'.

192) 앞의 '셋-가-2-가'를 보시오.

193) 사실 둘째 도막은 이야기로 들어가려는 들머리이고, 정작 이야기는 셋째 도막부터 시작한다.

세울 수 있도록 맨 처음 터전을 닦은 목조 이안사(?~1274)가 함경도 경흥에 자리잡은
일에서부터 나라를 튼튼히 하여 세종에게 넘겨준 태종 이방원(1367~1422)이 왕자의
싸움을 안정시킨 데까지의 이야기를 담고 있기 때문이다. 이런 속살로 말미암아 학자
들은 〈용비어천가〉를 서양의 뿌리깊은 갈래와 마찬가지로 '서사시(에픽)'라고 서슴없
이 말하고들 있다.194)

주국 대왕이 빈곡애 사르샤 제업을 여르시니
우리 시조ㅣ 경흥에 사르샤 왕업을 여르시니 (제3장)

봉천토죄실싼ㅣ 사방제후ㅣ 몯더니 성화ㅣ 오라샤 서이 쏘 모드니
창의반사ㅣ 실씬 천리인민이 몯더니 성화ㅣ 기프샤 북적이 쏘 모드니 (제9장)

두 형제 쬐 하건마른 약이 하늘 계우니 아바님 지흥신 일훔 엇더흐시니
두 버디 비 배얀마른 브르미 하늘 계우니 어마님 드르신 말 엇더흐시니 (제90장)

이것들은 사실을 이야기하는 노래다. 맨 처음 것은 시조(목조)의 이야기인데, 제8
장까지는 이른바 네 선조(목조, 익조, 도조, 환조)의 이야기다. 가운데 노래는 태조(이
성계)의 이야기인데, 제9장에서 제89장까지 모두가 그의 이야기다. 마지막 노래는 태
종(이방원)의 이야기인데, 제90장에서 제109장까지가 그의 이야기다.

사조ㅣ 편안히 몯 겨샤 현 고돌 올마시뇨 몃간드 지븨 사르시리잇고
구중에 드르샤 태평을 누리싫제 이 뜨들 닛디 마르쇼셔 (제110장)

왕사롤 위커시니 행진올 조추샤 불해갑이 현나리신들 알리
망룡의 곤룡포에 보옥대 씌샤 이 뜨들 닛디 마르쇼셔 (제112장)

참구ㅣ 만흐야 죄 흐마 일리러니 공신올 살아 구흐시니
공교흔 하리 심흐야 패금을 일우려커든 이 뜨들 닛디 마르쇼셔 (제123장)

이것들은 당부를 이야기하는 노래다. 맨 처음 것은 네 선조의 이야기를 들어서
당부하는 것으로 제111장도 같은 것이다. 가운데 노래는 태조의 이야기를 들어서 당
부하는 것으로 제122장까지 모두 그렇다. 마지막 노래는 태종의 이야기를 들어서 당

---

194) 장덕순, 《〈용비어천가〉의 서사시적 고찰》, 《도남조윤제박사화갑기념논문집》, 1964 ; 성기옥, 《〈용비
어천가〉의 서사적 짜임》, 《백영정병욱선생환갑기념논문집》, 1982 ; 조동일, 〈왕조서사시 〈용비어천
가〉〉, 《한국문학통사 2》, 지식산업사, 1994, 284~291쪽.

부하는 것으로 제124장도 마찬가지다.

이처럼 조선의 나라조상굿이야기는 노래로 마련했기 때문에 아주 색다를 뿐 아
니라 이야기라 하기도 어렵다. 그러나 속살로 보아 나라조상굿이야기라야 마땅한 것
을 굳이 노래로 마련한 세종 임금의 뜻을 헤아린다면 그대로 다룰 수도 있겠다. 말하
자면 세종 임금은 나라를 세운 조상들의 이야기를 이야기로만 적어두려 하지 않았다.
그보다는 노래로 만들어 춤추고 노래할 수 있어야 훨씬 빠르고 깊숙하게 사람들의
마음에 자리잡는다고 보았던 것이다. 상층의 사대부들에게는 한시를 즐기게 하고, 아
녀자와 백성들에게는 우리 말 노래를 즐기게 하여, 두루 나라조상들의 거룩함을 마음
에 새기도록 하고 싶었기에 이야기를 노래로 마련했다는 말이다.

그런데, 여기서도 굳이 짚어야 할 것이 있다. 다름 아니라 조상들이 나라를 세우
는 사실을 이야기한 대목인 제3장에서 제109장까지의 노래는 중국의 사실과 짝을 지
어서 마련했다는 그것이다. 노래에서 가장 값진 알맹이 대목들을 모조리 중국의 나라
조상들에게 일어났던 일을 먼저 앞세우고 이어서 조선의 나라조상들에게 일어난 일
을 노래하도록 마련한 것이다. 말하자면 조선을 세우지 않을 수 없도록 하늘이 도왔
다고 하면서, 그런 일이 이미 중국에도 있었다는 사실을 내세운 것이다. 중국에도 그
랬으니 우리가 그랬던 일이 하늘의 뜻이었다는 사실을 의심하지 말아달라 하는 뜻이
다. 중국에 기대지 않고는 홀로 서지 못한다는 얼빠진 생각에서 빚어진 노릇이다. 알
다시피 이런 정신은 이미 이승휴(1224~1300)가 《제왕운기》를 지을 적에 나타난 것이
다. 13세기 후반에서 비롯하여 조선을 세우는 일을 이끌었던 이른바 신흥 사대부들의
정신이 그대로 드러난 것이다. 먼 고조선까지 올라갈 것도 없이 신라가 당나라를 끌
어들여 고구려와 백제를 무너뜨리기 이전에는 꿈도 꿀 수 없었던 정신이다. 나라 임
금의 핏줄이 중국 황제에 닿았다던 고려보다 훨씬 더 얼빠진 정신으로 나라조상굿이
야기를 노래하는 세월이 되었다. 이런 정신에 흠뻑 젖은 사람들이 나라를 다스렸으니
역사의 흐름을 용솟음치게 끌지 못하는 것은 괴이할 것도 없다.

이들 나라조상굿이야기말꽃들은 그대로 집안조상굿이야기말꽃과 하나일 수밖에
없다. 흔히 '집이 바뀌어 나라가 되었다[화가위국]'고 하듯이 나라를 세운 사람도 본디
한 집안을 이루는 사람일 수밖에 없기 때문이다. 그래서 조선의 나라조상굿이야기에
서 주인이었던 여섯 분(6용)들은 그대로 전주 이씨의 집안조상서낭으로 받들어지고,
고려의 나라조상굿이야기에서 주인이었던 태조 왕건은 개성 왕씨의 집안조상서낭으
로 받들어지게 마련이다. 가야의 나라조상굿이야기에서 주인이었던 수로왕은 김해
김씨와 김해 허씨와 인천 이씨의 집안조상서낭으로, 백제의 나라조상굿이야기에서

484

주인(?)이었던 온조왕은 백제 부여씨의 집안조상서낭으로, 신라의 나라조상굿이야기의 주인이었던 혁거세왕은 수많이 갈라진 여러 박씨들의 집안조상서낭으로, 고구려의 나라조상굿이야기의 주인이었던 동명왕은 수많이 갈라진 여러 고씨들의 먼 집안조상서낭으로 모셔지고 있는 것이다.

그러나 나라를 세워서 나라조상굿으로 모셔진 집안조상은 열 손가락 안에도 차지 않는다. 한 왕조가 짧아야 500년에서 길게는 천 년을 버틴 우리 겨레의 역사에서는 더욱 나라조상굿으로 모셔진 사람들이 적을 수밖에 없다. 따라서 나라조상으로 높이 떠받들려지지는 않았지만 집안에서 후손들에게는 거기 못지않은 사랑과 우러름을 받으며 서낭으로 떠받들어질 수 있다. 이래서 집안조상굿이야기말꽃이라 할 만한 이야기말꽃들도 없지 않은 것이다.

> 한 처음에는 사람도 만물도 없었다. 그런데 갑자기 서낭사람 셋이 땅에서 솟아올랐다. 진산 북쪽 언덕에 가면 모흥이라는 굴이 있다.195)

이것은 아주 짧지만 제주의 3성이라고 하는 고씨, 양씨, 부씨의 집안조상이 된 서낭사람(신인)의 본풀이다. 보다시피 세 분은 '갑자기' '땅에서 솟아올랐다'고 한다. 이런 이야기는 말할 나위도 없이 아득히 먼 옛날에 만들어진 것이다. 사람들이 남자와 여자가 한몸을 이루어 새로운 사람을 태어나게 한다는 사실을 제대로 알기에 앞서 만들어진 이야기임에 틀림없다. 남녀가 한몸을 이루고 서너 달이나 지나야 여자의 뱃속에 새로운 사람이 태어나 자리잡았다는 사실을 비로소 알게 된다. 그러니 그것이 남녀의 결합에서 얻어진 것임을 아는 일은 제법 머리가 깨어난 뒷날의 이야기다. 그런 줄을 제대로 모를 적에는 여자의 몸 안에 아기를 배어서 태어나게 하는 일을 어떻게 생각했을까. 제주도뿐만 아니라 따뜻한 곳에서는 땅에서 어떤 기운이 솟아올라 그렇게 만들었다고 생각하기 일쑤였다. 땅에서 온갖 푸나무들이 '솟아올라 오는 것'을 늘 보았기 때문에 목숨 있는 모든 것들은 땅에서 솟아오르는 것이라 생각한 것이다. 그리고 땅 밑에는 그런 목숨을 솟아오르게 하는 어떤 분이 계시리라고 믿었던 것이다. 이것이 이른바 지신사상이다. 이런 지신사상은 앞에서도 몇 차례 이야기한 바와 같이 뭍으로 올라와 남쪽에는 두루 퍼졌으나 북쪽 사람들은 또 다른 천신사상을 일찍이 지녔기 때문에 서로 부딪히며 얽히게 마련이었다. 이렇게 얽혀지면서 하늘은 아

---

195) 太初無人物也 忽有三神人 從地湧出, 鎭山北麓有穴曰 毛興(《영주지》, 규장각 ; 《고려사》 지리지 : 이들 두 기록은 모두 〈고기〉에서 따왔다고 한다).

버지며 땅은 어머니라고 여기며, 서로 어우러져 새로운 목숨을 태어나게 한다는 이른
바 천부지모사상으로 자라난 것이다.

영평 삼년 경신 팔월 초나흗날 호공이 밤에 월성 서쪽 마을을 지나다가 시림(또는 구
림) 가운데서 큰 불빛이 나는 것을 보았다. 붉은 구름이 하늘에서 땅으로 드리워져 있고
구름 가운데 황금 궤가 나무 가지에 걸려 있었다. 빛은 궤에서 나오고 또 흰 닭이 나무
아래에서 울었다. 이것을 임금에게 아뢰니 임금이 그 숲에 가서 궤를 열어 보았는데 그
속에 어린 사내아이가 누워 있다가 일어났다. 마치 혁거세의 고사와 같으므로 그 말에 말
미암아 알지라 이름하니 알지는 곧 우리 말에 어린 아이를 뜻한다. 아이를 안고 궁궐로
돌아오니 새와 짐승들이 서로 따르며 기뻐해서 모두 뛰놀았다. 임금이 좋은 날을 골라 태
자를 삼았으나 뒷날 파사에게 넘겨주고 임금자리에 나아가지 않았다. 금궤에서 나왔기 때
문에 성을 김씨라 하였다. 알지는 열한을 낳고, 한은 아도를 낳고, 도는 수류를 낳고, 류는
욱부를 낳고, 부는 구도를 낳고, 도는 미추를 낳았다. 추가 왕위에 오르니 신라의 김씨는
알지에서 비롯한 것이다.196)

이것은 보다시피 신라 김씨의 집안조상굿이야기말꽃이다. 신라 김씨는 이제 수
많은 갈래로 나뉘어 본관을 다르게 쓰지만 뿌리는 모두 이 집안조상굿이야기에 닿고
만다. 이야기의 주인 알지는 금궤에서 나왔는데, 그 금궤는 나뭇가지에 걸려 있었다.
나무는 물론 땅속으로 뿌리를 내려서 목숨을 키우지만 위로 하늘을 바라고 가지를
뻗친다. 땅과 하늘을 잇고 있는 것이다. 게다가 금궤는 하늘에서 땅으로 드리워져 있
는 붉은 구름 가운데 싸여 있다. 하늘에서 땅으로 이어지는 힘을 받아 나뭇가지에 걸
려 있다는 말이다. 그리고 흰 닭이 나무 아래, 그러니까 땅 위에 서서 울고 있었는데,
그러나 닭이란 날개를 지닌 새짐승인지라 하늘로 날아오를 수 있는 것이다. 알지는
하나부터 열까지 하늘과 땅이 어우러져 세상에 태어날 수 있었다는 뜻을 담은 이야
기다. 이런 집안조상굿이야기말꽃은 나라조상굿이야기말꽃과 짜임새나 속살에서 다
를 바가 거의 없다. 그러나, 아래와 같은 것은 훨씬 더 여느 사람들에게 가깝고 낯익
은 이야기 모습을 한 집안조상굿이야기말꽃이다.

옛날 어느 산골 처녀가 뒷산으로 나물과 약초를 캐러 갔다가 갑자기 거센 소나기를 만
났다. 앞이 보이지 않아 헤매며 피할 곳을 찾다가 바위 아래 동굴이 있어 바로 들어가 비
를 피했다. 굴 안에는 따뜻한 기운과 향기로운 냄새가 나고 머지 않아 비가 멎으려 했다.

---

196)《삼국유사》권1, 기이 제1, 김알지 탈해왕대.

비가 멎고 날이 맑자 갑자기 봉새 한 마리가 날아가는 바람에 놀랐다. 그리고 어디서 울음 소리가 들려서 찾아가 보니 어린 아기가 새 둥지 안에서 울고 있었다. 처녀가 아기를 가슴에 품고 집으로 돌아오니 부모와 형제들이 놀랐다. 일이 벌어진 앞 뒤 사정 이야기를 듣고서야 부모는 기뻐했다. 그리고 아버지는 아기를 안은 딸을 데리고 관아로 가서 사실대로 말씀을 드리니 원님은 "이 아이는 여느 아기가 아니다. 아마도 하늘이 봉새를 시켜 키울 사람에게 맡기고 간 것이다. 부녀가 정성껏 키워라." 했다. 그러나 성을 새로 지어야 했는데, "봉새란 오동나무에 살면서 대나무 열매를 먹고 단 샘물을 마시며 붉은 난새와 벗하고 날 적에는 온갖 새들의 호위를 받으니 상서로운 새라 함부로 성으로 쓰지 못한다. 그러니 봉의 옛 글자인 '귁'자로 성을 삼아라." 하였다.197)

이런 집안조상굿이야기는 가끔 다른 사람들의 입으로 옮겨 퍼지면서 탈바꿈을 하기도 한다. 집안의 후손들이 아니면 남의 조상굿이야기를 섬기고 우러를 까닭이 없다. 그래서 흔히 엉뚱하게 재미만을 불어넣어 탈바꿈시키게 마련이다.

어떤 소금 장수가 길을 가다가 소나기를 만났다. 비를 피하기 위해 근처에 있는 물방앗간으로 들어갔다. 그곳에서 한참 비를 피하고 있었는데 비가 그치지 않았다. 불을 피우고 옷을 말리고 있었다. 어떤 중년 부인이 또 비를 피하기 위해 그곳으로 들어왔다. 같이 불을 쬐며 옷을 말리다가 이심전심으로 일이 이루어졌다. 이런 일이 있은 후 여인은 태기가 있어 아들을 낳았다. 과부가 아이를 낳으니 아들은 성이 문제가 된 것이다. 아들에게 성을 찾아주려고 그 지방의 사또를 찾아가서 아들의 성을 찾아달라고 했다. 사또는 물방앗간의 사건을 자세히 듣고는 말하기를 "남자의 성도 모르고, 어디에 있는 줄도 모르니 딱한 일이요. 헌데 무엇이든 좋으니 그때에 듣고, 보고, 느낀 것이 있으면 이야기하시오." 라고 했다. 그 때 그 여인이 "물방앗간에서 나오는데 하늘에서 새가 '귁 귁' 하고 울던데요." 하니 사또는 "그럼 하늘 천자 밑에 새 조 자의 귁씨로 하자." 이래서 귁씨가 생겼다는 이야기다.198)

이쯤 되면 이것은 조상굿이야기말꽃이라 하기 어려울 만큼 여느 삶의 이야기로 바뀌었다. 게다가 웃음을 자아내도록 우스개 이야기로 만들어 버렸다. 허물없는 사이끼리라면 놀리느라고 이처럼 거룩한 남의 조상을 이야깃감으로 삼는 수가 없지 않다. 윤리로 보면 바람직하지 않으나 재미와 즐거움으로 보면 곱절이나 커질 수 있는 것이기 때문이다.

---

197) 《청주귁씨세보》(이수봉, 〈청주귁씨가문신화의 변증고〉, 《설화문학연구(하)》, 단국대학교출판부, 1998, 197쪽).
198) 장덕순, 《한국문학의 연원과 현장》, 1995, 206쪽 ; 이수봉, 앞의 글, 195쪽.

나. 삶이야기말꽃

삶이야기말꽃도 삶놀이말꽃이나 삶노래말꽃이 그랬던 것처럼 일이야기말꽃과 놀음이야기말꽃으로 갈라진다. 삶이 일과 놀음으로 갈라지는 이치가 이야기말꽃이라고 해서 달라질 까닭이 없기 때문이다. 그러나 이야기라는 것이 놀이나 노래와는 사뭇 다른 속살을 지니고 있어서 일이야기말꽃이 일놀이말꽃이나 일노래말꽃과 같을 수 없으며 놀음이야기말꽃도 놀음놀이말꽃이나 놀음노래말꽃과 같을 수 없다. 무엇보다도 이야기는 놀이나 노래처럼 몸을 놀려 일을 하면서 함께 하기 어렵다. 일하면서 놀이하고 놀이하면서 일하거나, 일하면서 노래하고 노래하면서 일하거나, 이러기는 좀더 쉽지만 일하면서 이야기하고 이야기하면서 일하기는 훨씬 어렵다. 그래서 일이야기말꽃의 속살도 일놀이말꽃이나 일노래말꽃의 속살과는 적잖이 다를 수밖에 없다.

1. 일이야기말꽃

일이야기는 '이야기말꽃'에 싸잡힌다고 여기기도 어려울 지경이다. '이야기'에 싸잡히는가 하는 물음에 앞서 '말꽃'에 싸잡힐 수 있는가 하는 물음과도 부딪히게 마련이다. 그래서 여러 학자들이 말꽃을 갈래지으려고 나설 적이면 이들 일이야기 때문에 골머리를 많이 썩였다. 그러나 그런 것들이 말꽃임이 틀림없다면,[199] 그것은 이야기말꽃일 수밖에 없다. 우선 무엇보다도, 그것들이 자기를 떠난 사람들이 말을 주고받는 '놀이'일 수가 없고, 자기의 목소리로 말을 가락에 얹어 부르는 '노래'일 수도 없기 때문이다. 그러나 일이야기는 일하면서 들려주는 이야기거나 일을 돕자고 하는 이야기거나 일과 더불어 하는 이야기가 아니다. 일을, 그것도 이미 현실 안에 있었던 일을 풀어내고 담아내는 이야기를 뜻한다.

---

199) 일이야기에 싸잡히는 갈래들은 언제나 말꽃일 수도 있고 아닐 수도 있는 어름에 자리잡고 있다. 그래서 놀이말꽃과 노래말꽃에는 좋은 작품과 나쁜 작품이 있을 따름이고, 이야기말꽃 안에서도 놀음이야기말꽃마저도 그렇지만 일이야기에는 말꽃이 되는 작품과 말꽃이 되지 못하는 작품이 있게 마련이다. '일기'에도 말꽃이 되는 일기와 되지 않는 일기가 있고, '편지'나 '평론'이나 '전기'나 '비평'에도 마찬가지다. 말꽃이 되는 것이란 사실을 알리는 몫을 넘어서 새로운 뜻을 느끼고 깨닫게 하는 뜻겹침의 몫을 이루어낼 수 있어야 하는 것이다. 이래서 나는 지난날 이것들을 말꽃과 말꽃 아닌 것의 어름에 있다고 하여 '어름문학'이라는 이름으로 갈래를 세워 보았던 것이다. (김수업, 《배달문학의 길잡이》, 금화출판사, 1978 ; 김수업, 《배달문학의 갈래와 흐름》, 현암사, 1992)

실제로 자연스럽게 벌어진 이야기판에 더러 어울려 본 적이 있는 사람이면 거기에는 이미 있었던 일을 풀이하는 이야기와 아예 있었던 일과는 닿지도 않게 꾸며낸 이야기가 함께 어우러져 뒤섞이게 마련이라는 사실을 겪어 보았을 터이다. 스스로 보고 겪은 일, 이웃들이 살아온 일, 이렇게 현실로 있었던 일이야기를 주고받는 시간을 얼마간 보낸 다음이라야 꾸며낸 놀음이야기가 나타나면서 판이 어우러지게 마련이다. 꾸며낸 이야기로 넘어가면서도 언제나 있음에서 꾸밈으로 넘어가며 다투는 이야기, 곧 전설이 먼저 나타나기 일쑤다. 마침내 이야기판이 꾸며낸 놀음이야기로 넘어가면 좀처럼 있었던 일이야기로 다시 되돌아오지는 않는다. 자유로운 상상의 나래를 펴고 노니는 꾸며낸 놀음이야기의 맛이 있었던 일이야기의 딱딱함에 견줄 수 없이 달콤하기 때문이다. 삶에서 없을 수 없고 현실로 있었던 일이야기는 본디 딱딱하고 따분한 것인 데다가 입담 없는 사람들이 다투어 맡는다. 그러나 이야기판이 조금씩 달아오르면서 차차 재미나게 꾸며낸 놀음이야기로 넘어가면 말없이 구경만 하던 이야기꾼들이 타고난 입담으로 슬슬 판을 주름잡는다. 그처럼 있었던 일이야기는 이야기의 속살로나 이야기꾼의 입담으로나 사람들을 사로잡지는 못하지만 꾸며낸 놀음이야기와 본살에서 다르다고는 하기 어려운 '이야기말꽃'임이 틀림없는 것으로 보인다.

일이야기말꽃을 굳이 더 작은 갈래로 나누어 살펴보아야 하는가 싶기도 하다. 이야기말꽃의 본살에서 보아 일이야기말꽃은 그처럼 알뜰하게 들여다볼 값어치가 없다는 마음도 들기 때문이다. 그러나 이미 일이야기말꽃의 갈래에 싸잡아야 할 이야기들이 만만치 않다는 사실을 아무도 아니라고 할 수는 없을 듯하다. 그래서 일이야기말꽃을 다시 겪은일이야기말꽃과 느낀일이야기말꽃으로 갈래를 나누어 살펴보기로 한다.

가) 겪은일이야기말꽃

1) 일 기

예술로 살아 있어서 뜻겹침이 일어나는 짜임새를 갖춘 말꽃이 되기도 하고 그런 짜임새와 속살을 지니지 못하여 말꽃이 되지 않기도 하는, 그래서 늘 말꽃인 것과 말꽃 아닌 것 사이에서 오락가락하는 이야기 가운데 우리의 배달말꽃으로 가장 역사가 깊은 갈래가 '일기'다. 일기는 17세기 초엽에 나타나기 비롯하여 19세기 말엽까지 우리 배달말꽃의 뚜렷한 갈래로 자리잡았던 이야기말꽃이다. 20세기에 들어와 사정이 달라지면서 말꽃이라는 생각은 희미해져 버리고 그저 겪은 일을 적어 놓은 글말로만 여기게 되었다.

몸소 겪은 일을 바탕으로 하여 보고, 듣고, 생각하고, 느낀 바를 날짜에 따라 줄글로 적는다는 점에서는 20세기의 일기나 지난날의 일기가 다를 것이 없다. 그러나 지난날의 일기는 '나날의 삶을 적는'(일기) 것이라 하더라도 언제나 비슷하게 되풀이하는 삶의 기록이 아니라 남다르고 값지고 잊어버리지 않아야 할 것을 송두리째 적으려 했다. 낯설고 남다르고 값진 일이기 때문에 적어서 잊지 말아야 할 만한 삶을 겪으면, 그것을 될 수 있는 대로 송두리째 밝혀서 적어 둔다는 뜻이다. 그러므로 일기는 처음과 끝이 뚜렷하고 짜임새가 갖추어져 있는 하나의 말꽃으로 되게 마련이었다.

지난날의 일기가 담으려고 하는 일이란 대체로 두 가지로 나타난다. 하나는 세상 살아가는 일(사회)로나 나라 다스리는 일(정치)로나 커다란 사건이 일어나서 거기에 휘말려 겪은 일을 담으려고 한다. 그러한 겪음을 속살로 하는 일기는 그 '사건'이 알맹이로 다루어지고, 그 사건이 시작하는 날에 일기도 시작하여 사건이 끝나는 날에 일기도 끝나게 마련이다. 물론 세상의 모든 사건은 말미와 까닭이 있고 맺어진 열매가 있는 것이므로 그런 사건의 일기도 그 말미와 열매까지 다루는 것이 예사다. 이를테면 〈산성일기〉(1650년대?)를 보더라도 이른바 병자호란을 말미와 열매까지 송두리째 다룬다. 병자년(1636) 섣달 초엿새에 청나라가 침입하여 왕실 일부는 강화도로 피난하고 미처 피하지 못한 임금과 정부가 남한산성에 들어와 버티다가 끝내 정축년(1637) 정월 그믐날에 항복하는 치욕을 겪고 청나라 군사가 돌아간 다음 그 욕된 땅 삼밧개(삼전도)에다 비석을 세우는 이야기까지를 적고 있다. 말하자면 '남한산성에서 겪은 병자호란'이라는 하나의 '역사 사건'을 다루고 있는데, 맨 처음 들머리에서는 청나라의 건국으로부터 조선과 청나라 사이에 빚어진 외교 다툼으로 병자호란이 일어나게 되는 말미를 가볍게 밝히고, 이어 침입한 뒤의 일을 하루하루 빠짐없이 적어서 그것으로 겪은 부끄러움과 아픔을 잊지 않게 하고는, 끝에 항복한 다음 뒤처리를 적어서 마무리하고 있다. 그러므로 이러한 '사건의 일기'는 사사로이 제 마음을 털어놓는 글이라기보다는 남들과 더불어 나눌 수 있도록 밝혀내려는 글이 된다. 따라서 빈틈없는 하나의 말꽃으로 짜임새를 갖추었을 뿐만 아니라, 사람들로 하여금 이런 일기를 읽어 마음을 가다듬고 다지게 하려는 뜻을 일으키도록 하는 마음이 드러나게 된다.

사건의 일기(록)로 현재 알려진 것들을 보이면, 임진왜란 뒤에 빠르게 바뀌는 중국(명나라의 쇠퇴와 청나라의 등장)과 조선(사회기강의 문란과 지배층의 분열)의 사정에 얽혀 빚어진 궁중의 애달픈 사건(인목대비의 유폐와 영창대군의 제거, 인조반정)을 희생자인 인목대비의 처지에서 그를 모시던 궁녀들이 적은 〈계축일기(서궁록)〉(1623?)

와 〈서궁일기〉, 류성룡의 셋째 아들인 류진(1582~1635)이 어려서 임진왜란을 겪고 늘어서 그 일을 되돌아보며 적은 〈임진록〉, 인조반정이라는 정치혁명을 인목대비의 본결 후손이 소상히 적은 것으로 보이는 〈계해반정록〉, 병자호란을 겪으면서 그때 남한산성에서 비참함을 몸으로 겪은 척화파의 누군가가 기록한 〈산성일기〉, 누군가가 이인좌 난에서 겪은 바를 적은 〈날리가〉(1728?), 왕세자가 뒤주에 갇혀 생매장으로 죽은 사건과 거기 얽힌 정치 문제들을 세자의 아내며 뒷날 임금의 어머니가 된 홍씨 (혜경궁으로 높여짐)가 손수 적은 〈한중록〉(1795~1805), 또 세자인 남편이 참혹한 죽음(1762)을 당한 뒤의 쓰라린 삶을 곁에서 모시던 나인들이 적은 것으로 보이는 〈혜빈궁일기〉(1764~1765), 이른바 병인양요의 참상을 겪은 민씨 가문의 며느리인 경주 김씨가 지은 〈병인양란록〉(1866) 같은 것들을 꼽을 수 있다.

지난날의 일기가 담으려고 한 둘째 것은 낯선 세상을 돌아다녀 살펴보고 알아낸 일이다. 옛날이나 요즘이나 여행은 사람에게 색다른 일을 겪게 하는 가장 좋은 길로서, 교통이 불편하여 조금만 떨어져도 그곳의 삶을 까맣게 모르던 지난날에는 여행에서 얻는 놀라움이 훨씬 컸을 것이다. 따라서 얼마 동안 세상을 돌아다녀 보거나 낯선 곳에서 살아보게 되는 수가 생기면 그 유별난 겪음을 날짜에 따라 적고 이를 '일기'라고 이름하였다. 이러한 '여행의 일기'도 여행이 시작하는 날에 시작하여 여행이 끝나는 날에 끝나게 마련이므로 자연스럽게 시작과 끝이 뚜렷한 하나의 말꽃이 된다. 여행에서 얻은 유별난 겪음, 그것을 간추려 적어 알리는 일에 마음을 두면 구태여 날짜를 따라 적지 않는 여행 일기도 흔히 있는 일이다. 이를테면, 류의양(1718~?)의 〈남해문견록〉(1771)은 2월 26일 아침나절에 노량 나루에 닿아서 남해를 눈앞에 두고 바라보는 데서 시작하여, 7월 13일에 귀양이 풀렸다는 기별을 듣고 이틀을 말미받아 떠나는 데서 끝맺고 있으나, 그 사이 다섯 달 동안의 일은 전혀 날짜에 따라 기록하지 않았다. 남해 섬의 땅 모습, 나는 물품, 살아가는 습관, 말씨, 믿음, 벗 사귐, 이렇게 마음이 끌리는 일들에 몸소 겪은 바를 곁들여 그려내려 했다. 그러나 이러한 '기행 일기'란 요즘 '기행'이라는 갈래로 자라서 따로 세우게 마련이므로 그쪽에서 다루도록 하는 것이 좋겠다.

지난날의 일기에는 앞에서 이야기한 것과 더불어 짚어야 할 성질이 또 한 가지 있다. 상류층의 사대부들, 무엇보다도 그런 사대부 집안의 아낙네들이 이런 일기를 거의 도맡았다는 사실이다. 여느 백성들은 아직 글말을 마음대로 부려쓰지 못할 때였고, 사대부 집안의 남정네들은 이 갈래를 처음 열었으나 여전히 여러 한문문학의 갈래들에 매달려 있었고, 양가의 아낙네들이 날카로운 느낌에다 갈고 닦은 글솜씨로 스스로의 삶에서 겪은 바를 적어 남기려고 한 것이다. 맨 첫 일기로 꼽히는 〈계축일기〉가 궁녀들이 지은 것임은 널리 알려진 일이고, 〈혜빈궁일기〉도 사도세자의 죽음이 있은 다음 그의 아내 홍씨를 모시던 나인들이 적은 것이며, 인조 때에 좌의정을 지낸 남이웅(1575~1648)의 부인 남평 조씨가 병자호란을 만나 피난길에 오르던 일로부터 거의 4년 동안의 삶을 꼼꼼하게 기록한 〈병자일기〉는 물론이고, 저 유명한 〈한중록〉을 지은 정조 임금의 어머니 혜경궁 홍씨(1735~1815), 〈의유당관북유람일기〉(1829)를 지은 함흥 판관 신대손의 부인 의령 남씨(1727~1823), 〈규한록〉을 지은 윤선도의 8세 종손인 윤광호의 부인 전주 이씨(1804~1863), 〈병인양난록〉을 지은 이름을 알 수 없는 민씨 가문의 며느리 경주 김씨가 모두 그런 사대부 집안의 아낙네들이다. 그리고 작품은 전하지 않으나 이름이 남아 있는 〈서궁일기〉도 아낙네의 작품일 것으로 보인다.

사대부 남정네들은 이미 배달말 노래말꽃인 가사와 시조를 즐기고 있었으며, 소설(귀족·정치소설)이 나타나서 상류층 아낙네들을 한글로 이루어진 글말꽃에 맛들이게 한 17세기인 만큼 이러한 일기를 양가의 아낙네들이 맡았던 것은 얼마든지 그럴 수 있었다. 그러나 이들 일기는 짤막한 단편들이 아니라 모두들 만만찮은 장편들이었다. 〈계축일기〉와 〈한중록〉이 모두 당당한 한 권의 책으로 볼 만하고, 〈혜빈궁일기〉는 열두 권이나 되는 분량이다. 분량으로만 이러한 것이 아니라 우리 말과 한글을 부려쓰는 솜씨가 거의 나무랄 데 없는 지경에 이르러 있다. 몇 도막만 보이기로 하겠다.

> 며집 내인 년갑이는 우히 업사온 내인의 다리를 붓드럿고 은덕이는 공쥬 업사온 쥬상궁 다리를 붓드러 옴겨 드대지 못하게 하고 대군 업사온 사람을 압흐로서 끄어내고 뒤흐로셔 밀텨 문밧긔 내고 우리만 다 미러 드리고 자비문짝을 다드니 그 망극하미 엇더하리오. 대군아기시만 문밧긔 업혀 나셔서 업은 사람의 등의 머리를 브듸쳐 우라시며 '마마 보새' 하다가 못하여 '누오님이나 보새' 하시고 하 애를 타 설워하시니 곡성이 내외에 텬디 진동하여 눈물이 따해 가닥하니 사람들이 눈이 어두워 길흘 모를러라. 아기시를 문밧긔 내여 호위하여 환도 화살 찬 군장이 위립하야 가니 그제야 울기를 긋치고 머리를 숙여 자 난드시 업혀 가시더라.[200]

> 삼십 일의 일광이 무광하다. 상이 세자로 더부러 쳥의를 닙으시고 셔문으로조차 나가실 새 셩의 가득한 사람이 통곡하여 보내오니 셩듕의 곡셩이 하날의 사맛더라. 한이 삼밧

---

200) 《계축일기》에서(강한영 교주, 《계축일기》, 청우출판사, 1958, 103~104쪽).

남녁해 구층단을 무오고 단 우해 댱막을 두르고 황냥산을 밧고 단 우해 농문셕을 깔고 농문셕 우해 금슈 교룡 뇨흘 펴고 그 우해 누란 비단 챠일을 놉히 치고 뜰해 황냥산 세흘 세우고 정병 수만을 킈 크고 건장하기 맛치 가타니로 빠 각각 금슈 갑옷을 다셧 벌식 겨 입혓더라. 한이 황금샹 샹의 거러안자 바야흐로 활을 타며 졔장을 활 쏘여 보더니 활쏘기를 맛고 뎐하로 하여곰 거러드러가게 하시니 백보는 거러드러가사 삼공 육경으로 더부러 뎡내 즌흙 우해 셔 배례하실새 군신이 돗 깔기를 청하온대 샹왈황뎨 젼의셔 엇디 감히 자존하리오 인하야 세 번 절하고 아홉 번 머리좃는 녜를 행하시니 인도하야 셤의 오라샤 셔향하야 졔왕 우해 안자시게 하고 한이는 남향하야 쥬찬을 배셜하고 군악을 움작이더니라.201)

내령내 용동궁 셔원 김셩경이 자식을 내인으로 드리고 빙곤한 거시 각각 치장을 잘 하야 쥬지 못하나 안해셔 하야 드리라 하난 거시나 하야 드리지 아냐 드린 후 일번 고문이 업사니 금수라도 자식 사랑할 줄 알거시어든 이거슨 무슨 인정이완대 어린 자식을 듕지의 드리고 치위와 더위의 념려가 업셔 하야 쥬문 가니와 궐내의셔만 하야 지어 드리라 하는 것도 즉시 시행하는 일이 업사니 비의오 무상한 일문이니 샹해 괘심이 녀기더니 즉금은 자식을 이믜 궐내의 드리고 나라흘 업수이 녀기더는 뜨지 무상하니 쟝 오십만 치죄 엄히 하되 무산 뜻으로 자구하야 자식을 드리고 형세 뎔박하니 티장을 만히는 못하야 쥰들 옷차를 하야 드리란 것도 하야 드리난 것 업고 셔답하라 나간 것도 하야 드리는 일 업사니 그난 무산 의사오. 이때난 내야 달라하니 오히려 졔 임의로 드리고 시브면 드리고 내여가고져 시브면 내여가니 이리 졀통하니 이졔도 자식의 티장을 때에 밋쳐 하야 쥬며 감히 달라 말을 할가. 됴권됴권 물어 고찰하야 임의 치죄하라.202)

보다시피 한문으로 적잖은 교육을 받은 힘을 바탕으로 말꽃을 만들어내는 솜씨가 상류층의 삶을 드러내고 있다. 이런 일기들이 우리 말과 우리 글의 쓰임새를 한결 갈고 다듬었다는 사실을 확인할 수 있을 것이다. 그러나 이러한 일기(록), 곧 일상 생활 안에서 놀랍고 값진 사건을 겪으면서 그것을 처음에서 끝까지 하나의 짜임새 있는 말꽃으로 만들어내는 일기 갈래의 전통은 제대로 이어지지 못하였다. 왕조가 무너져 내리고·나라가 위태로워진 19세기 말엽에 와서는 사람들에게 일상의 삶에서 값진 사건들을 조용히 음미하며 간직할 수 있게 하던 정신의 안정과 여유가 없어진 때문이었는지도 모르겠다. 게다가 20세기에 들어와서는 일본을 본뜨는 흐름에 떼밀려, 일기가 오로지 한 사람의 감추고 싶은 일을 남몰래 적는 것으로 잘못 알려진 것이 아닌가 싶다.

---

201) 〈산성일기〉에서(김광순 역주, 《산성일기》, 형설출판사, 1985, 225~228쪽).
202) 〈혜빈궁일기〉에서(이병기, 《국문학개론》, 일지사, 1965, 229~230쪽).

그러나 이렇게 일기를 보는 눈이 달라져, 처음과 끝이 있는 하나의 사건을 다루지 않고 나날이 되풀이하는 일상생활을 저만 혼자 적어 놓은 것이 된 다음에도, 날카로운 눈으로 삶을 들여다보고 깊이 있게 뜻을 되새기며 아름답게 그려내어서 발표하는 사람들이 전혀 없지는 않았다. 1920년대에 들어와 이광수(1892~?)를 비롯한 몇몇 글꾼(문인)들이 그런 일기를 때때로 발표하였다. 하지만 그것이 아직은 많은 사람들에게 하나의 말꽃 갈래로 인식되지 못한 듯하다.

모든 사람들에게는 나름대로 값지고 보람찬 삶이 있고, 그런 삶에는 언제나 뜻깊은 곡절들이 있게 마련이다. 누구나 쉬운 한글로 그런 삶의 곡절들을 붙들기에 버릇을 들이고, 그런 삶의 보람을 남들과 나누며 누리는 기쁨을 맛보는 것은 우리 모두에게 아름다운 일이다. 끊어진 지난날의 전통을 되살리고 새롭게 바뀌어진 길을 북돋우며 둘을 아우르면 일기는 배달말꽃의 보배로운 갈래로 다시 자라날 수 있을 것이다.

2) 기 행

'기행'은 처음에 하나의 말꽃 갈래로 여겨지기보다 앞에서 보았듯이 '일기' 또는 '록'이라는 이름으로 일기에 싸잡혀져 있었다. 이것이 하나의 갈래로 나타난 것은 1920년대라고 할 수 있는데,[203] 1930년대까지도 '수필'에 싸잡혀지기 일쑤였다.[204] 기행을 이렇게 보는 흐름은 아직까지도 온전히 가셔졌다고 보기 어려울 듯하다. 왜냐하면 수필의 뜻넓이가 또렷이 잡히지 않은 데다가 그것을 넓게 잡는 사람들이 아직도 기행을 수필 안에 싸잡아 넣기 때문이다. 그러나 기행은 속살이 너무 뚜렷하여 이제는 하나의 갈래로 온전히 서지 못할 까닭이 전혀 없다고 생각한다. 그렇다면 한시바삐 따로 갈래를 세워서 지난날의 전통을 이어받아 되살아나도록 가꾸는 일에 힘을 써야 하겠다.

지난날 '일기' 또는 '록'이라는 이름으로 기행의 경험을 적은 이야기로는, 우선 조즙(1568~1631)이 인조반정 뒤에 첫 동지 사은사로 서해를 건너서 북경을 다녀온 기행인 〈조천일승〉(1623~1624), 인조 2년(1624) 주청사로 서해를 건너 북경을 다녀온 부사 오숙(1592~1634)을 모신 이가 적은 〈됴텬녹〉, 이때에 서장관으로 함께 다녀온 홍익한(1586~1637)이 보고 듣고 겪은 바를 적은 〈수로조천록〉, 김창업(1658~1721)이 그의 형 창집을 따라 서장관으로서 청나라에 다녀오면서 보고 듣고 느낀 바를 적은 〈연행

---

203) 《창조》와 《백조》 같은 잡지에 '기행'을 하나의 갈래로 잡아 목차에 따로 세운 것이 그것이다.
204) 이를테면 1938년 《조선일보》에서 펴낸 《한국현대문학전집》 같은 데서도 《수필기행집》이라 하여 수필과 기행을 하나로 묶었고, 그것은 그때까지 퍼져 있던 생각을 그대로 받아들인 것이었다.

일기〉(1712~1713), 앞에서 이미 이야기한 류의양의 〈남해문견록〉과 그가 이듬해 사헌부 집의에서 다시 함경도 종성으로 유배되어 그 경험을 기록한 〈북관로정록〉(1773), 남편 신대손이 함흥 판관이 되어 관북 지방으로 가자 그곳에 따라가 동해의 해뜨는 광경을 구경하고 그것을 치밀하고 여실한 필치로 적어낸 의령 남씨의 〈동명일기〉(1773),205) 박성원(1711~1797)이 흑산도로 귀양 갔을 적에 그를 모시고 따라간 손자 박창수가 가고 오며 보고 들은 바를 적은 〈남정일기〉(1775), 혜경궁 홍씨의 환갑잔치를 사도세자의 무덤이 있는 수원(화성)에서 베풀 때에 초대받아 갔다가 겪은 바를 적은 이희평의 〈화성일기〉(1795), 동지사의 서장관으로 청나라에 다녀오면서 보고 듣고 느낀 바를 가다듬은 글솜씨로 적은 서유문(1762~?)의 〈무오연행록〉(1798), 순조의 아내 순원왕후의 본곁 오빠인 김원근(1786~1832)이 당숙인 김명순의 함경도 관찰사 도임에 따라갔다가 금강산 구경까지 하고 돌아와서 누이에게 보이고자 지은 〈자경지 함흥일기〉(1810), 글꾼으로 기질을 기르고자 두 달 동안 금강산을 구경하고 돌아와 지었다는 진사 조병균(1855~?)의 〈금강록〉, 이세보가 1860년에서 4년 동안 남해의 외로운 섬(신도)에서 귀양살이하며 겪은 바를 적은 〈신도일기〉,206) 지은이와 지은 때는 아직 알 수 없으나 벼슬아치로서 임금의 허락을 받아서 금강산을 구경하고 돌아와 그것을 적은 〈동유기〉 같은 것은 모두 여행에서 겪은 바를 적은 이른바 기행 일기들이다.

　이처럼 지난날 우리 배달말꽃의 기행은 얕잡아볼 수 없을 만큼 넉넉한 유산으로 내려오고 있다. 그러나 그것들이 하나의 갈래로 여겨진 것이 아니라 일기 안에 싸잡혀 들어가 있었던 것이다. 그렇다고 모두가 '일기'로만 불리던 것도 아니고, 그냥 '기'로 부르기도 하고(〈동유기〉 따위), 또는 '록'으로 부르기도 하였다(〈금강록〉 따위). 뿐만 아니라, 조선왕조가 무너지고 일제가 침략통치를 하기 시작한 1910년부터 기미년 광복투쟁이 이어지고 있던 1920년까지 중국, 노령을 거쳐 동남아시아까지 헤매면서 갖가지 일들을 겪으며 독립운동을 벌이고 삶을 꾸려간 경험을 적은 정원택(1890~1971)의 기행은 〈지산해외일지〉라고 이름하여 '지'라 부르기도 하였다.

　이렇게 하나의 말꽃 갈래로 뚜렷이 대접받지도 못하고 이름조차 한결같이 쓰이지도 못했으나 교통이 불편하고 생활터전이 닫혀 있던 지난날의 현실에서 여행은 더욱 값진 것이었다. 그리고 이런 여행의 값어치를 깊이 깨달아 선인들은 그것을 알뜰

---

205) 이는 의유당의 《관북유람일기》 가운데 한 부분이다.
206) 여기에는 느낀 바를 담아낸 시조가 아흔다섯 마리나 싸잡혀 있어 눈길을 끈다.

히 적어 남기려고 애를 썼음이 뚜렷이 드러난다. 따라서 그것들의 속살도 매우 알차고 분량들도 만만치 않은 장편들이 많다. 모두 보일 수 없으니 몇 가지에서 한 대목씩만 보기로 하겠다.

이월 이십이 일 정오에 눈 오다.

영평부서 힝흐야 비음포 가 됴반흐고 육관 가 자다. 미상의 삼힝이 다 발힝훈 후 나는 환도를 사려흐고 쩌러지니 어제 김창하와 언약흐미라. 밍가를 추자가니 그 집이 거리 셔편 길가에 이시니 어제 지나온 곳이러라. 김역이 발셔 몬져 와 문 밧긔 셔시더 날이 일어 문을 아니 연다 흐고 문을 두드리며 열나 흐니 비로소 열거늘 바로 킥당으로 드러가니 당이 극히 너르더라. 교의에 안잣더니 늙은 오랑키 자던 눈을 쏫고 안흐로셔 나오니 어제 그림 가지고 왓던 재러라. 제 주인이못미쳐 씻다 흐거늘 온 쓰즐 니르니 드러가더니 환도룰 가지고 나왓거늘 드듸여 흔 가지로 듸문 밧그로 나와 시험흐야 쇠를 치라 흐니 마즌 편 푸즈의 가 쇠도치 흐나흘 비러다가 환도로 치니 쇠 죠곰 감기거늘 션홍으로 사오라 흐고 몬져 가더니 이윽고 션홍이 따라와 닐오듸 그 칼 갑술 셕냥에 결가흐엿더니 붉은듸 지시 보니 칼날히 접히인 곳이 잇기 도로 주고 왓노라 흐더라.[207)]

이십구 일 오늘은 곳 졔애라.

어느날 집 싱각이 업스리오마는 오늘 니르러 젼의 형제 친척이 서로 더브러 달낙흐던 일을 싱각흐고 쏘 이소쳔니 해도 가신을 망연히 못듯고 노조부를 뫼셔 타향의셔 과세할 일을 싱각흐니 젼젼흐여 줌을 못 일울너라.[208)]

무오팔월초구일 경스의 샤은겸 동지스 셔편관을 슈망으로 낙뎜흐신지라 이역의 멀리 쩌나기를 당흐니 견마의 미셩이 지극 경셜흘 쑨 아니라 쏘흔 냥친이 년셰 노프시고 주당 병환이 주즈시니 인주의 스졍이 엇지 졀박지 아니리오마는 강히 스스롤 닐치 못흐믄 고인의 니론 배오 왕스미고는 인신의 직분이라 흐믈며 연경은 텬주의 도읍이니 문물이 비록 다르나 산쳔은 의구흐고 관이 비록 변흐여시나 인물은 고금이 업느니 엇지 흔번 몸을 니르려 텬하의 크믈 보지 아니며 내 나히 졀멋고 다힝이 태평무스시롤 당흐야 흔번 먼니 놀미 쏘흔 남으의 쾌시 아니리오.[209)]

이십육 일 평명의 발행하야 관음현 너머 대셩진의 니르러 챵벽 아래 배를 타고 쟉일 백노쥬를 건널 때와 갓치 하니 셕벽의 단풍이 물의 빗치여 홍녹을 닷토난 듯 완연이 일폭 화도을 펼쳐시니 금츄의 단풍은 에 와서야 처음 보니 혀아리건대 금강의 니르면 반드시 금보쟝이 사람을 영접하리로다. 통구챵의셔 중화하고 단발영으로 행하니 이는 금강산 드는 문이라 동학이 깁고 널부며 봉만이 졈졈 긔이하더라. 마을 집들이 혹 청셕으로도 덥고

---

207) 〈연행일기〉에서(이병기, 앞의 책, 240~241쪽).

208) 〈남정일기〉에서(이병기, 앞의 책, 236쪽).

209) 〈무오연행록〉에서(이병기·백철, 《국문학전사》 제1분책, 신구문화사, 1957, 157쪽).

혹 목판으로 덥허시며 화전의 곡식이 바야흐로 닉엇고 산과도 다 맷쳐시니 지나는 자의 마음이 또한 깃브거든 하믈며 그곳 사람의 자미야 일너 무엇하리.210)

하나의 갈래로 알려지지는 않았다 하더라도 기행은 1910년대부터 적잖이 나타났다. 1914년에 처음 낸 잡지 《청춘》에는 〈상해에서〉(1~2호), 〈해삼위로서〉(6호), 〈동경 가는 길〉(한샘, 7호), 〈동경에서 경성까지〉(춘원, 9호) 같은 기행이 실려 있다. 그리고 1919년 2월에 동경에서 낸 동인지 《창조》에도 〈고향의 길〉(백악, 2호), 〈동도의 길〉(흰뫼, 3호), 〈에도에서 동정호까지〉(김엽, 1~4호) 같은 기행들이 실려 있다. 모두들 새 시대의 물결을 타고 일본과 중국을 여행한 기록들인데, 지난날의 기행에 견주어 생각의 깊이가 훨씬 떨어질 뿐 아니라 일본 사람들의 기행문을 본뜨고 말씨도 일본 말씨에 적잖이 물든 것들이었다.

이러한 흐름이 1920년대로 이어지면서 기행은 눈에 띄게 많이 나타났다. 1920년 잡지 《개벽》 9월호에 천우라는 이가 쓴 〈상해부터 한성까지〉라든지, 그해 12월호의 같은 잡지에 역시 강남매화랑이라는 이가 쓴 〈상해부터 금릉까지〉라든지, 그 이듬해 같은 잡지 7월호에 실린 성관호의 〈나의 본 일본 서울〉 같은 것은 비록 그 제목들이 일본말을 그대로 본뜬 것이지만 적어도 '일기'라는 갈래와는 온전히 갈라진 기행문들이다. 그 뒤로 1920년대의 기행은 거의 이른바 계몽주의 정신에서 쓰였는데 눈을 넓게 뜨고 뜻을 높게 지니라는 뜻으로 쓴 노정일의 〈세계일주, 산넘고 물건너〉(1922)와 박승철의 〈독일 가는 길에〉(1922), 만주로 넘어간 동포들의 괴로운 삶과 독립운동의 어려움을 알려 항일정신을 깨우려는 뜻으로 쓴 박봄의 〈국경을 넘어서서〉(1924)와 박노철의 〈장백산 줄기를 밟으며〉(1927) 같은 것이 발표되었다. 그리고 이즈음 조국을 잃은 슬픔을 달래고 빼앗긴 국토의 자연을 사랑하는 마음과 겨레의 뿌리를 지키려는 마음을 드러내느라 국토 기행이 유행하였다. 최남선의 〈심춘순례〉(1926), 〈금강예찬〉(1928), 〈백두산근참기〉(1927) 같은 기행문들이 그런 유행에 발맞추어 책으로 나왔다. 그러나 가르치겠다는 뜻과 선구자라는 자존이 지나치게 앞선 나머지 자랑에 빠져 알맹이가 없거나 일제의 검열로 삭제되어 뜻한 바를 제대로 이루지는 못하였다.

1930년대에 들어오면 기행도 한결 차분한 마음에서 겪은 바를 그려내고, 겉만 핥는 여행담보다는 더욱 알차게 속속들이 들여다보는 기행들이 나타나 말꽃으로 한결 자라났다. 단군의 자취를 살피는 데에 초점을 맞춘 현진건의 〈단군성적순례〉(1932)라

---

210) 지은이를 모르는 〈동유기〉에서.

든지, 열여섯 살의 소년으로 집을 나와 아무런 보장도 없이 홀로 만주와 시베리아를 헤매며 온갖 고초를 겪고 다시 중국을 거쳐 유럽과 모스크바를 돌아 독일에서 대학을 마쳐 학위를 받고 미국을 돌아서 스무 해 만에 귀국하는 길고도 험난한 모험을 기록한 이극로의 〈수륙 2만리 두루 돌아 방랑 20년 간 수난 반생기〉(1936)라든지, 아일랜드를 돌아보면서 그곳의 말꽃이며 모국어교육 같은 문단의 관심사에 초점을 맞춘 정인섭의 〈애란문학방문기〉(1938) 같은 것들이 이때의 기행이 어느 만큼 자라났는지를 보여준다.

이 뒤로 기행은 끊임없이 지은이도 늘어나고 읽는 이들의 관심도 높아지면서 뿌리깊은 역사에 걸맞게 잘 자라오고 있다. 그러나 아직도 말꽃의 갈래로서 제자리를 잡지 못하고 수필에 곁들여서 한 갈래로 싸잡혀지는 수가 많은 듯하다. 그것은 아마도 1938년 조선일보사에서 《한국현대문학전집》을 엮을 때에 《수필기행집》으로 묶은 것이 기행을 수필과 가를 수 없는 갈래로 여기게 만든 빌미가 되었던 듯하다. 그래서 1939년 인문사에서 펴낸 《조선문예연감》에도 안회남이 '수필기행계'의 활동을 살핀 글이 들어 있다. 게다가 우리 배달말꽃에서 '수필'이라는 갈래가 제자리를 또렷하게 가늠하지 못하는 탓으로 그런 헷갈림이 바로잡히지 않는 듯하다. 그러나 기행은 오래전부터 우리 배달말꽃에 뿌리내려온 전통을 지니고 있으며, 그 속살 또한 뚜렷하기 때문에 하나의 갈래로서 모자랄 것이 없다.

3) 편 지

'편지'가 말꽃일 수도 있고 아닐 수도 있다는 사실은 동·서양을 막론하고 예부터 알려진 일이다. 무엇보다도 동양 여러 나라의 한문문학에서는 편지를 아주 소중한 말꽃의 갈래로 오래도록 여겨 왔다. 우리도 지난날 선비들이 남긴 한문 문집은 한결같이 맨 먼저 시와 서를 싣고 그것들로 속살을 거의 채우고 있다. 시가 노래말꽃의 대표라면 서는 이야기말꽃의 대표임은 말할 나위도 없고, 그 서가 다름 아닌 편지다.

그러나 편지가 말꽃이려면 의사소통이나 정보교환에만 머물러서는 안 된다. 가다듬은 말이나 담겨진 뜻에서 예술의 본질인 뜻겹침이 일어나야 한다. 거짓 없는 인격의 표현이거나 진지한 삶의 철학이거나 그런 속살들이 가다듬어진 말씨와 어우러져 읽는 사람의 마음을 움직이는 뜻겹침을 일으켜야 한다. 우리의 한문문학에서는 그러한 조건을 충분히 갖춘 편지들이 얼마든지 있었고 실제로 지난날 '서'라는 갈래가 그러한 말꽃에 올라서려고 애쓴 것들이었다.[211] 한문문학에서 자라난 편지(서)의 이 같은 전통에 말미암아, 우리 배달말 편지도 일찍부터 예사롭지 않게 쓰여지고 있었다. 맨 처음에는 배달말 편지가 상층의 귀족(왕실과 사대부 계층)들로부터 싹터 자랐기 때문이다. 그래서 적어도 16세기 말엽 이전에 상당한 한글 편지가 나타나 있었을 것으로 보이고,[212] 그러한 편지를 그저 실용의 용건을 전달하는 기록만으로 여기지는 않았던 듯하다. 평생 동안에 받은 편지들을 고이 간직하며 거듭 꺼내 다시 읽곤 하다가 죽을 때에는 그것을 무덤으로까지 지니고 갈 정도였던 것이다. 명종 때 사람 채무이(1537~1594)의 아내 순천 김씨의 무덤에서 1977년에 나타난 일백아흔두 마리의 편지가 그런 사실을 증명해 준다.

편지 자료는 지금도 잇달아 나타나고 있는 까닭에 아직은 그 모두를 알기 어렵다. 그러나 이제까지 학계에 알려진 것만으로도 지난날 한글 편지가 수량으로나 내용으로나 만만하지 않았다는 것을 짐작하기에 모자람이 없다. 17세기 중엽부터 한 세기 반 사이 정도동과 그의 후손 4대에 걸쳐 주고받은 한글 편지 일흔남은 마리며, 18세기 중엽 이봉환이 일본통신사 홍계희의 수행원으로서 일본을 가고 오는 동안 그의 어머니에게 보낸 편지와 서북지방을 여행하면서 아내에게 보낸 편지들 스물다섯 마리와, 19세기 중엽 어름에 순원왕후 김씨가 본곁 식구들과 부마와 공주들에게 보낸 쉰남은 마리의 편지 같은 것들이 유명하다. 이제 그 가운데 두어 마리만 보기로 들어 보자.

네 주재라 하압시는 성현네 겨압셔 서라 친하온 부인네끠 권당 아니와도 편지하압시던 일이 계압시더니 죄인이 그 례를 의거하와 한 적 편지를 알외압고져 하오대 이제 시절의 업사온 일이오매 자져하압더니 엇그제 한가지로 죄 닙사온 사람의 네편네 죄인의게 덕어 뭇자왓삽거날 헤오매 이제도 이 일이 해롭디 아니하압도다 하와 천만 황공하압다가 덕사와 알외압나이다.

젼일 혼사난 내 집이 천만 그랏하온 거살 내 집 허믈 내압디 말고져 하압셔 흔적업게 하압시니 후하압신 덕이 깁사오실사록 내 집 참괴하압기난 더욱 깁사오며 디하의 가와도 네 사람달알 어내 낫차로 보오려뇨 하오며 노체 잇사온 제 마암의 매일 편티 몯하와 하압다니 죽사온 후도 일뎡 닛디 몯하오링이다. 뎡쳔이 자식낫삽기랄 시작하엿삽고 내 집도

---

211) 한문문학에서 편지(서)를 얼마나 값진 것으로 여겼는지는 이황(1501~1570)의 〈자성록〉을 보면 알 만하다. 그는 지난날 써 보낸 편지를 뒷날에 하나씩 다시 꺼내 고치고 다듬어서 〈자성록〉이라 이름 하였다. 그것은 그가 애초에 편지를 받는 사람에게 용건을 전하려고만 쓰지 않았음을 드러낸다. 편지를 그냥 실용으로만 쓰지 않았기 때문에 세월이 지난 다음에도 다시 읽으며 고쳐야 했던 것이다. 편지가 스스로의 인격이었기 때문에 그것을 고치고 다듬으며 자신의 사람됨을 바로잡는[자성] 일이 되었던 것이다.

212) 이제까지 학계에 알려진 자료로는 정철의 어머니 안씨가 1571년(선조 4)에 시묘하는 두 아들에게 보낸 편지가 가장 옛 것이다.

증손 남녀 여러히오니 젼의 일을 닛자오시고 년가랄 하려 하오시면 내 집이 젼의 일을 져그나 갑사올가 하압나이다. 죄인이 됴셕의 죽게 되오매 자식달다려 유언을 하압나이다. 또 산소 일은 셔울셔 봉홰 극히 머오매 뎡쳔이 졔사 단니압다가 굿기압난 일이 잇사올가 하와 데쳔 곧 쓰오면 새 새텬 장하오매 그리로 권하오나 봉홰랄 어루신네 극히 듕히 녜기압시던 대오니 이졔라도 단단이 슈습하와 자손이나 쓰압게 하압시고 남이 사려 하와도 허티 마압시면 죄인이 져그나 쇽죄하올가 하압나이다. 또 분묘애 녀나 셕물은 부허하압거니와 표셕 지셕은 브대 업디 몯하올 거시오니 급급히 하압시게 하압쇼셔. 이 밧근 뎡쳔이랄 시시로 글 닑삷기와 행실 닷글 일을 니라압시고 쇠동생님네 집 말삼을 일졀 몯하압게 하압쇼셔.

　노병 하와 계유 쓰오매 셩자랄 몯하오며 말삼이 차셰 업사오니 더옥 황공하오이다.

　　　　긔미 이월 초오일 안티 죄인 송 시열.

이것은 그때 온 나라에 이름이 자자하던 사대부 송시열(1607~1689)이 장기에 귀양 가 있으면서 정철의 증손이며 자신의 제자였던 정보연의 미망인 여흥 민씨에게 보낸 편지다. 1679년(숙종 5)에 쓴 것임을 알겠다. 지난날 사대부들이 쓴 한글 편지의 모습을 알 만하고, 편지 쓰는 이의 몸가짐과 마음가짐을 짐작할 만하다.

　창황한 시절을 당하여 하회를 아뢰려 하오나 다할 길이 업사오나 친필로 수항을 아뢰어 사년이회를 올립니다. 비록 식이 죽는 지경에 이르러도 과도히 상심하다가 특특한 은명을 배반치 마옵시고 안심 순명하옵소서. 다행히 버리지 않으시는 은혜를 받잡거든 감사 주은하옵소서.

　나의 세상에 살았음이 진실로 떳떳치 못한 자식이옵니다. 쓸 데 없는 자식이지만 특총으로 결실하는 날이면 어머님도 가히 자식을 두었다 할 것이오 떳떳한 자식이 될 것입니다. 적고 쓸 데 업는 자식을 진실되고 보배로운 자식으로 만들으심이니 천만번 바라건대 과히 상훼치 마옵시고 관회 억제하옵소서.

　차세를 꿈같이 여기시고 영세를 본향으로 알아 조심조심하여 순명하시다가 출이차세하신 후에 비약한 자식이 영복의 면류관을 받잡고 즐거운 영복을 띠고 손을 붙들어 영접하여 영복하리이다. 들자오니 오라버니가 고복하였다 하니 이 진실로 어떠하신 총우이신고. 우러러 감사함이 겨를 업고 어머님의 복을 찬송하나이다.

　경이 형제와 형님 형제를 의탁하시고 우리 남매를 생각치 말으소서. 충주댁을 아무쪼록 쉬 데려다가 함께 지내옵소서. 모녀 상리 사년에 이 지경이 되어 사 년 간의 회포를 폐하지 못하오니 망극한 정이야 오죽 하리오마는 모두가 명입니다. 우리를 주심도 명이요 앗으심도 명이니 관념하는 것이 도리어 우스운 일이오니이다. 만번 복망 복망하옵나니 관회 억제하옵소서. 영세에 모녀의 정을 다시 이어 온전케 하옵소서.

　형님, 너무 서러워 마옵소서. 오라버니가 비록 죽더라도 진실로 가부를 두었다 하리니

형님이 치명자의 아내 되심을 만만 하례합니다. 잠세에는 부부가 되고 영세에는 반열이 되어 모자 형제 남매 부부가 영세에 즐기면 어떨가 싶습니다. 내가 죽은 후라도 전주에 소식을 끈치 말고 내가 있던 때와 같이 하옵소서. 여식이 이리 온 후 평일에 근심하던 일을 얻어 구월과 시월에 양인이 발원 맹세하여 사 년을 지내면서 사실상 남매 같더니 중간에 유감을 입어 근 십여 차를 입어 거의 하릴 업더니 성혈공로를 힘입어 능히 유감을 면하엿습니다. 나의 일을 답답히 여기실가 이렇게 아뢰오니 이 수지로써 나의 생명을 삼아 반기실지어다.

결실지전에 이같이 필지어서함이 진실로 경이하오나 모친의 수회를 풀고 반기시게 하리니 이로써 위로를 삼으실지어다. 야고버가 계실 때에 우리 풍파를 자세히 기록하여 두라 하시기에 이리 온 후 요한 편에 공지을 보내엇는데 어찌 하엿나이까.

만 번 만 번 바라옵나니 관회 억제하옵소서. 차세는 헛되고 거짓된 줄을 생각하옵소서. 말씀이 첩첩 무궁하오나 필지로 아뢰올 길이 업사오니 대강만 알리옵나이다.

신유년 구월 이십칠일 여식 재배 상서.

이는 신유교난[213]으로 그 해 12월 28일에 전주 숲정이에서 동정 부부로서 순교한 이순이가 순교를 예감하면서 그의 친정 어머니에게 보낸 편지다. 1801년 9월 27일에 쓴 것임을 알겠다. 이 세상을 꿈같이 여기고 저 세상의 영생을 본향으로 알아 고통을 참고 견디자고 격려하는 것으로 죽음을 각오한 신앙인의 마음이 절실하다. 전주로 시집와서 네 해 동안 부부가 동정을 약속하고 지낸 내력과 남은 가족들의 뒷일을 걱정하여 적고 있다. 이 밖에도 그때 천주교 순교자들의 유언과 같은 편지와 더불어 프랑스인 신부와 주교가 신자들에게 보낸 배달말 사목 편지들이 적잖이 남아 있다.

그런데 오히려 20세기에 들어와 편지의 값어치가 갑자기 떨어져 버렸다. 일제의 그릇된 학교교육과 일본에 유학하여 일본인들의 편지투를 본받은 사람들 때문에 편지는 용건만을 전달하는 실용문의 하나로 떨어졌다. 더러는 알맹이 없는 신변의 사소한 관심거리를 가지고 말만 번드르르하게 꾸며서 말꽃의 깊은 맛을 지니지 못하엿다. 그러면서도 편지가 가끔 잡지에 실려 사람들 앞에 나타나는 수가 있었는데, 그것은 용건을 주고받는 실용의 목적을 떠나 쓰는 사람의 마음을 털어놓는 표현의 말꽃으로 여겨진 것이었다. 〈K형에게〉(배달자, 《청춘》 15호)라든지 〈K·S 양형에게〉(남성, 《학지광》 18호) 같은 편지들이 1910년대에 나타났으며, 〈H군에게〉(춘원, 《창조》 7호)를 비롯한 〈K형에게〉(김찬영, 《폐허》 창간호) 같은 것들이 1920년대에도 잇달아 잡지에 나타났다. 그러나 이런 편지들이 모두 그 속살의 깊이와 짜임새의 멋에서 지

---

213) 조선 조정에서 천주교를 없애려고 1801년(신유)에 전국의 천주교 신자들을 찾아내어 죽이던 사건.

난날의 배달말 편지들에 미치지 못하는 것으로, 알맹이 없는 글장난에서 벗어나지 못한 것들이 많았다.

1930년대에 들어와 이광수의 《춘원서간문범》(1939)이라든지 노자영의 《문예미문서간집》(1939) 같은 책들이 새로운 편지 쓰기를 가르치려고 나타났다. 그러나 신식 젊은이들에게 맞추려고 알뜰한 뜻과 올바른 정신으로 자신과 시대의 삶을 가다듬어 적어내는 길로 이끄는 것이 아니었다. 그저 아무 알맹이도 없는 일을 가지고 하소연하거나 공감을 호소하는 편지를 퍼뜨렸다. 그런 편지에 알맞은 감으로 흔히 연애편지가 안성맞춤으로 꼽혔고, 그것으로 삶의 아픔을 잊어버린 젊은이들의 호기심을 끄는 편지글을 모범으로 내보였다. 본디 실용의 삶을 돕는 일로서만 쓰인 편지가 어느덧 삶의 깊이를 건드리는 뜻겹침을 일으켜 말꽃으로도 몫을 다하도록 이끌지 못했다. 실용의 용건을 똑똑하고 멋있게 전달하는 목적을 이루면서 거기에 사람과 삶과 세상을 심상치 않게 드러내어 읽는 이에게 깊은 감동을 주는 편지의 길을 열어주지 못한 것이다. 편지가 실용의 일을 해내면서 예술의 몫까지 더부르게 해야 지난날의 전통을 이어받는데, 그렇지 못했다.

편지의 전통에는 또 다른 구석도 있었다. 지난날 흔히 있던 임금(또는 대비)의 한글 전교라든지, 유언과 유훈 같은 것들이 그것이다. 이것들도 넓은 뜻으로 보면 틀림없이 편지 갈래에 넣어야 하는 것들이다. 이를테면 임진왜란 때에 왜병에게 포로로 잡혀가는 백성들에게 선조 임금이 내린 〈백셩의게 니라는 글이라〉(1593. 9.) 같은 것이 하나의 보기가 되겠다.

ᄇᆡᆨ셩의게 니ᄅᆞᄂᆞᆫ 글이라

님금이 니ᄅᆞ샤ᄃᆡ 너희 처엄의 예손ᄃᆡ 후리여서 인ᄒᆞ여 ᄃᆞ니기ᄂᆞᆫ 네 본 ᄆᆞ음이 아니라 나오다가 예손ᄃᆡ 들려 주글가도 너기며 도ᄅᆞ혀 의심호ᄃᆡ 예손ᄃᆡ 드럿던 거시니 나라히 주길가도 두려 이제드리 나오디 아니ᄒᆞ니 이제란 너희 그런 으심을 먹디 말오 서ᄅᆞ 권ᄒᆞ여 다 나오면 너희를 각별이 죄주디 아닐 ᄲᅮᆫ니 아니라 그 듕에 예ᄅᆞᆯ 자바 나오거나 예 ᄒᆞᄂᆞᆫ 이ᄅᆞᆯ 자셰 아라 나오거나 후리인 사ᄅᆞᆷ올 만히 더브러 나오거나 아ᄆᆞ란 공 이시면 냥쳔을 론ᄒᆞ여 벼슬도 ᄒᆞ일 거시니 너희 ᄉᆡᆼ심도 젼의 먹던 ᄆᆞ음을 먹디 말오 ᄲᆞᆯ리 나오라 이 ᄠᅳ들 각쳐 쟝슈의손ᄃᆡ 다 알외여시니 ᄉᆡᆼ심도 의심 말고 모다 나오라 너희 듕의 혈마 다 어버이 쳐ᄌᆞ 업ᄉᆞᆫ 사ᄅᆞᆷ일다 네 사던 ᄃᆡ 도라와 네대로 도로 살면 우연ᄒᆞ랴 이제 곧 아니 나오면 예게도 주글 거시오 나라히 평뎡한 휘면 너흰ᄃᆞᆯ 아니 뉘오ᄎᆞ랴. ᄒᆞ물며 당병이 황ᄒᆡ도와 평안도애 ᄀᆞ독ᄒᆞ엿고 경샹 젼라도애 ᄀᆞᄃᆞ기 이셔 예 곧 과글리 제 ᄯᅡ희 곧 아니 건너가면 요ᄉᆞ이 합병ᄒᆞ여 부산 동ᄂᆡ 인ᄂᆞᆫ 예ᄃᆞᆯᄒᆞᆯ 다 틸 ᄲᅮᆫ이 아니라 강남ᄇᆡ와 우리 나라 ᄇᆡ를 합ᄒᆞ여 바ᄅᆞ 예나라희 드러가 다 분탕ᄒᆞᆯ 거시니 그 저기면 너희조차 ᄲᅳ러 주글 거시

니 너희 서르 닐러 그 젼으로 수이 나오라

만력 이십일련 구월　일

또 익산의 소씨 집안에 시집 와서 자녀를 두지 못한 채 남편을 중년에 객사로 여의고, 양자를 두고자 하였으나 그도 뜻대로 되지 못하여 절통한 원한만 쌓인 삶을 살다가, 임종에 즈음하여 그 조카에게 써준 연안 김씨의 〈유언〉 같은 것도 있다.

　　소씨댁의 드러와 자손 하나를 두지 못하니 일구월심 한이 되고 침식이 불평하더니 죄양이 극중하야 무인년 오월 이십일 텬변을 만나시니 오호통재라. 쳘리 객관의 진신하도 못하고 내 손으로 미음 한 그릇도 밧드지 못하고 쳔만 뜻밧 상고를 당하니 쳘쳔 유한이 하늘이 합벽하고 따이 꺼지난 듯 쳔지두지 아모란 줄 모랄 적의 이 목숨이 쥭지 못하고 산 일은 한낫 슬하를 다시 보고 속말이나 하고 곳 딸을가 하여 이날 져날 짓체하고 목숨이 진하지 못하고 이제까지 사라 해 밧구며 명년 봄이 도라오니 물색은 의구하고 슬프다 세상 사람 뉘 한 번 죽지 아니리오마는 이 양반은 고고 쵹쳐의 몃쳔가지 유한으로 부모 동생 쳐자의게 끼치고 세상을 하직하고 일졈 혈육을 두지 못하고 구쳔의 도라가신 일 생각할사록 뼈가 녹을 듯 그만 인심 후덕으로 엇지 생남 생녀를 두지 못할진대 쳔도를 원망치 아니리오.……
　　부탁하리난 나 죽은 후 세간사리 잘 거두어 네 사촌 삼기거든 가도를 정하여 우애를 일치 말고 잘 살어 너의 삼촌 혼령을 위로하여라. 불상 불상하다. 나의 죄로 자식을 두지 못하여시니 더욱 절통 절통하다. 나는 너만 밋고 죽는 따로 가난 거시니 부대 부대 범연이 듯지 말라. 잘 가라쳐 사람 되게 하여 집을 빗내여 영화로이 살면 지하의 잇난 마음이 즐기고 세상의 짝이 잇고 넨들 오직 든든하리오. 할 말 무궁하나 하여도 쓸 대 업다. 네 깁픈 속으로 궁량하여 보면 내 속을 삼분지 일이나 짐작하리라.

얼른 보면 질서와 조리도 없이 한 말을 또 하고 또 한 것 같으나 자세히 보면 지극한 통한의 정을 솔직하면서도 간절하게 드러내고 있다. 19세기 후반에 배달말과 한글 쓰임이 어느 정도로 여느 백성들의 생활 안에 뿌리내려 있었던가를 가늠할 수 있으며, 이런 글들도 넓은 뜻의 편지 갈래에 넣어 가꾸어볼 만하다 하겠다.

4) 전 기

한문문학에서 '전'이라는 갈래는 아주 역사가 깊은 말꽃이다. 그것은 중국 사람 사마천(기원전 145~86)의 《사기》〈열전〉에서 하나의 틀을 이루어 우뚝한 갈래가 되었다. 덕을 숨기고 조용히 파묻혀 살면서도 사람들에게 바른 삶의 길잡이가 될 만한 이, 시끄럽게 남들 위에 올라서 잘난 듯이 살았으나 알고 보니 세상을 어지럽힌 이,

어떻게든 삶의 거울이 될 만한 이가 있으면 그런 사람들의 삶을 적어서 세상에 알리면서 '전'이라 했다. 우리 나라에서도 일찍이 덕이 높은 불교 스님들의 삶을 기려 적은 《고승전》과 같은 책들이 널리 퍼졌고, 《삼국사기》에서도 〈열전〉은 매우 돋보이는 대목이다. 뿐만 아니라 고려 중엽으로 넘어오면서 사물을 사람으로 빗대어 지은 이른바 '가전'이 유행을 하더니, 조선에 들어온 다음으로는 남달리 산 사람들의 전기가 하나의 엄연한 말꽃 갈래로 한문문학에 자리잡고 내려오는 전통을 이루었다.

한문문학 쪽의 이러한 흐름은 한글을 만들고 배달말꽃이 자라면서 그 쪽으로도 흘러 들어오게 마련이었다. 그리하여 적어도 17세기 초엽에 들어오면 이미 소설로 넘어간 전이 저 유명한 〈홍길동전〉을 비롯하여 커다란 흐름을 만들었다. 그리고 실제로 살았던 사람의 삶을 사실대로 적는 전기도 이와 비슷한 때에 더불어 나타나고 있었다. 알려진 바로는 맨 처음의 배달말(한글) 전기[214]가 당시(1649) 좌의정 이경석(1595~1671)이 한문으로 지은 인조임금의 행장을, 효종임금이 배달말로 뒤치고, 효종의 아내 인선왕후 장씨가 한글로 쓴 〈션됴행장〉이다. 배달말꽃의 전기라는 갈래가 한문 행장이라는 뿌리에서 자라났음을 드러내 주는 보기이다. 그리고는 인조 때에 형조판서를 거쳐 우찬성을 지낸 이덕형(1566~1645)의 행적을 '님희 허생'이라는 이가 적은 〈듁쳔일긔〉가 배달말로 씌어진 맨 처음의 전기로 나타났다. 그 뒤로 병자호란 때에 남한산성에서 공을 세운 바 있는 나만갑의 부인인 정경부인 초계 정씨(1590~1652)의 전기(행장)가 있다. 이것은 애초부터 배달말로 짓고 한글로 쓴 전기로서 부인이 얼마나 훌륭한 현모양처였던가를 잘 말해 주고 있으나 아깝게도 지은이를 알 수가 없다. 또 충청도 관찰사를 지낸 김경여(1596~1653)의 한글 행장인 〈증고조가장초〉가 비슷한 시기에 지어져 전하는데, 이것도 애초에는 그의 아들 김진수가 한문으로 지은 것을 그의 여든네 살 난 어머니 송씨가 배달말로 뒤치고 한글로 쓴 것이다. 배달말로 뒤친 송씨가 행장의 끝에 덧붙인 말에서 한문 행장을 배달말로 옮기게 된 연유를 알 수 있다. 한글로 말미암아 여성들의 관심이 인생사에 두루 넓어지고 있었음을 잘 드러내는 보기일 수도 있어서 그 대목만 보이기로 하겠다.

---

214) 오늘날 '전기'라는 말이 갈래의 이름으로 쓰이는 것은 엄연한 현실인데, 17세기에는 흔히 '행장'이라 하였고, 또 더러는 '일기'와 '록'이라는 이름으로도 쓰였다. 한문문학에서는 '전'이라면 작가의 상상에 따른 허구를 곁들여 말꽃으로 여겼지만 '행장'이라면 실제 사실의 정리에 머문 역사라는 구별이 훨씬 뚜렷했다. 따라서 이때에 배달말의 전기 작가들은 '행장'이라는 이름을 씀으로써 그것이 충실한 사실의 기록임을 주장하려 했음을 알 수 있다.

　이제 손자 진쉬 제 아비랄 여희고 하 셜워 가장을 긔록하나 빠진 말이 만컨마난 니로
다 못하여시나 훗 자손 겨집아희들이나 알게 그 대강 번역하야 미망인 팔십사세 노인 송
시난 친히 셔하노라

　배달말 행장으로 가장 손꼽을 만한 것은 역시 김만중(1637~1692)이 지은 〈졍경
부인해평윤씨행장〉이다. 배달말과 한글에 남다른 깨달음이 있었을 뿐 아니라 스스
로 〈구운몽〉과 〈사씨남정기〉라는 소설을 지어 우리 소설사에 한 봉우리를 이루었
던 김만중은 유복자로 태어나 어머니의 사랑을 듬뿍 받았다. 그런 어머니의 가르침
을 따르고자 하다보니 사사로운 효도를 포기하고 귀양에 떨어져 임종조차 못하였다.
이런 아픔을 참고 지었기에 간절함이 유다른 데다 소설가로서 문장력이 행장(전기)
을 살아 있게 만들었다. 이것을 보고 본받아 그 집안에서는 김춘택(1670~1717)이 그
의 어머니 이씨의 행장(전기)인 〈졍경부인니씨행록〉을 짓기도 하고, 김만중의 형인
김만기의 부인 청주 한씨의 전기(행장) 〈서원부부인행장〉을 그 손자 김양택(1712~
1777)이 짓기도 하였다. 그 밖에도 지은이를 알 수 없으나 집안의 아낙 어느 분이 지
었을 것으로 보이는 이숙(1662~1723)의 전기 〈옥동이선생행록〉이며, 정약용의 서누
이인 나주 정씨(1776~?)가 그의 시아버지인 채제공(1720~1799)의 생애를 그린 〈샹
덕총녹〉(현재까지는 둘째권 한 책만 전함)이며, 의유당 의령 남씨가 친가 이질부인 연
안 이씨(1738~1785)의 삶을 적은 〈이딜부슉부인이씨행녹〉 같은 전기(행장)가 알려진
것들이다.
　이렇게 배달말꽃의 전기(행장)는 적어도 17세기 중엽부터 나타나 19세기까지 꾸
준히 자라왔는데, 19세기에 와서 천주교에 박해가 일어나 순교자들이 잇따르자 그들
의 전기가 남몰래 적혔는데 이는 소재나 내용이 색다르다. 순교자들의 개인 전기도
적지 않으나 현종 5년(1839, 기해)의 박해에 순교한 일흔여덟 사람을 중심으로 모두 아
흔한 사람의 믿음과 삶을 적은 〈기해일긔〉가 손꼽힌다. 이것은 그때 조선교구장 범세
형(앵베르) 주교의 부탁을 받은 현석문(1799~1846)이 지었다고 하니 적어도 그가 순교
한 1846년보다 앞서 씌어진 것이다. 그리고 천주교가 우리 나라에 들어오던 초기 그
믿음을 앞장서 일으킨 이벽(1754~1786)의 삶을 다룬 〈니벽전〉과 그의 부인 안동 권
씨의 부덕과 모범을 적은 〈유한당언행실록〉은 천주교 신자의 전기로서 매우 특이한
것이다. 〈니벽전〉은 〈니벽선생몽회록〉이라고 한 이름에서도 알 수 있듯이 정학술이
라는 이의 몽유록 형식으로 되어 있다. 이벽이 그의 꿈에 나타나서 이야기하고 가르쳐
준 바들을 적었다는 것이다. 〈유한당언행실록〉은 부인의 현숙함을 유교 덕행록의 전

통을 빌려 천주교 신자에게 적용하고 있는 작품이다. 이들 두 작품은 모두 정약종 (1760~1801)이 지었다[215]고 밝혀 놓은 연구도 있으나 과연 그런지는 아직 모른다.

남다르게 살다가 간 사람들에게 마음이 끌리고 그들의 삶으로부터 올바르고 값지게 사는 길을 배우려는 뜻이 전기를 만드는 바탕이고, 이것은 언제나 어디서나 사라지지 않고 이어질 것이다. 그런 전기 가운데서도 일생의 사실을 낱낱이 늘어놓는 것이 아니라 거기서 남다른 대목을 찾아 지은이의 철학으로 보아내고 말꽃으로 만들어내는 전기가 19세기의 배달말꽃에서 나타나고 있어서 흥미롭다. 의유당 의령 남씨의 《의유당관북유람일기》 안에 담긴 〈춘일소흥〉이 바로 그런 보기이다. 제목이 말해 주듯이 한가한 봄날 일어나는 흥취를 가라앉히며 읽을 수 있도록 짧으면서도 재미있게 쓴 열 사람의 전을 모아 놓았다. 김득신(1604~1684), 남용익(1628~1692) 같은 역사의 실제 인물이면서도 지은이와 다른 시대에 살았던 사람들을 골라 틀에 박힌 행장 따위와는 사뭇 다르게 적어 놓았다. 생애 가운데서 눈에 띄는 사건을 하나씩 골라잡아 자유스러운 풀이를 하고 웃음 섞인 논평까지 곁들여서 훨씬 말꽃답다. 그러나 그것은 꾸며낸 이야기말꽃의 전기소설과는 달리 지극히 단편적인 면모만을 다루면서 일이야기 갈래의 특질을 잘 지키고 있는데, 아쉽게도 이러한 작품들이 잇달아 나타나지 못했다.

그리고는 나라가 외세에 침략으로 위태로운 지경에 이르자 나라를 지키려는 정신의 방편으로 전기가 새롭게 떠올랐다. 나라가 위태로울 때에 떨쳐 일어나 위험을 물리치고 나라를 건지던 위인들의 전기가 활발하게 나타난 것이다. 그것은 먼저 중국에서 번역한 서양 여러 나라의 위인 전기를 우리 말로 다시 뒤쳐 펴내는 것으로부터 비롯하였다. 글자를 한글로만 하면 여인들과 백성들만 읽을 것이라고 양반 사대부 계층의 지식인 청년들을 겨냥하여 한문에 토를 다는 이른바 '한문 현토식'으로 적었다. 박은식(1859~1926)이 뒤친 〈서사건국지〉(1907), 황윤덕이 뒤친 〈비사맥전〉(1907), 신채호(1880~1936)의 〈이태리건국삼걸전〉(1907), 김연창의 〈피득대제〉(1907) 같은 것은 모두 그런 작품들이다.

그러나 외국 위인들의 전기를 뒤쳐 소개하는 것으로는 만족할 수 없었다. 우리 겨레에도 지난날 나라가 위기에 빠졌을 때 떨쳐 일어나 큰 일을 이룬 위인들이 수없이 많았고, 빛나는 그 분들의 위업을 되돌아보는 것이 멀리 남의 나라 위인들을 이야기하기보다는 훨씬 나은 효과를 거둘 것으로 보았기 때문이다. 그리하여 맨 먼저 나

---

215) 〈니벽전〉은 1777년(정조 1)에, 〈유한당언행실록〉은 1780년(정조 4)에 정약종이 지었다고 한다.

타난 것이 신채호의 〈을지문덕〉(1908)이며, 곧 이어 우기선의 〈강감찬전〉(1908)이 나왔다. 신채호는 잇달아 〈이순신전〉(1909)과 〈동국거걸최도통전〉(1909) 같은 것을 써서 《대한매일신보》에 실었다. 안종화도 《국조인물지》(1909)를 내놓았으나 이때에는 이미 나라가 일제의 손아귀에 완전히 들어가고 말았으므로 구국의 영웅을 기다리던 소망도 물거품이 되고 하릴없는 지경에 이르렀다.

1920년이 되자 상해의 임시정부 기관지로 나오던 《독립신문》(4월 27일에서 5월27일까지)에 '뒤바보'라는 사람이 〈의병전〉을 연달아 실었는데, 거기에는 민비 시해사건에서 조선 군대 해산까지 이르는 동안의 항일의병투쟁을 세 단계로 나누어 다루고 있다. 그리고 같은 해 그 《독립신문》 6월 10일자부터는 박은식의 〈안중근전〉[216]을 뒤쳐 연재했다. 그리고 국내에서는 구국의 영웅전이 발간되기 어려웠으나, 1921년 5월호 《개벽》의 부록으로 김기전이 엮은 〈조선지위인〉이 나왔는데, 이것은 이듬해에 개벽사 출판부에서 단행본으로 펴내었다. 같은 해에 장도빈이 《동명왕실기》, 김재홍이 《홍무왕삼한전》[217]을 내놓았는데, 일찍이 《위인 원효》(1917)를 낸 바도 있는 장도빈은 《개소문》(1925), 《을지문덕전》(1925), 《강감찬전》(1926) 같은 위인 전기를 펴내는 한편 지난날의 여인들 열 사람의 전기를 묶어 《조선명부전》(1925)을 펴내기도 하였다. 1926년에는 이시완이 《월남이상재》를 펴내고, 이듬해에는 다시 그를 추모하여 김회동이 《월남이선생실기》를 펴냈다. 이것은 지난날의 위인이 아니라 함께 살고 있는 사람의 삶을 전기로 삼은 것이기에 이때로서는 색다른 것이었다.

1930년대에 들어오면 전기를 짓는 일이 거의 자취를 감추었다. 그런 상태는 광복이 되는 1945년까지 이어졌으니 그때 우리 겨레들이 견뎌야 하던 삶의 고달픔이 위인의 일생을 되새기며 앞날을 내다보기조차 어려웠다는 것을 드러낸다고 하겠다. 이런 동안에는 조선일보 출판부에서 펴낸 《조선명인전》(1939)과 안확이 지은 《조선무사영웅전》(1940) 정도가 고작이었다. 그러나 광복이 되면 다시 전기는 활발하게 나타나, 안중근, 이봉창, 김구, 윤봉길, 최홍식, 유관순 같은 항일의사들의 전기를 엮은 엄항섭의 《도왜실기》(1946)를 비롯하여, 항일 애국지사 열여섯 분의 전기를 엮은 이석훈의 《순국혁명가열전》(1947) 같은 항일 광복투사들의 전기가 쏟아져 나왔다.

---

216) 박은식은 신채호, 장지연 같은 이들과 함께 무너지는 조국을 건지려면 젊은 청년들을 분발시켜야 한다는 생각을 지니고 전기에 깊은 관심을 보였다. 스스로 〈천개소문전〉, 〈김유신전〉 같은 우리 역사에서 위대한 영웅의 전기 스무 마리를 《서북학회월보》에 발표한 바 있다. 그러나 한문을 읽을 수 있는 사람들로만 독자를 한정한 까닭에 완전히 지난날의 한문 전의 형식에 의지하는 데에 머물러 있었다.

217) 이것은 곧 〈김유신전〉이다.

1946년에는 이윤재의 《성웅이순신》과 이은상의 《이충무공일대기》가 나왔으며, 1947년 한 해에만도 《애국자민충정공》(조용만), 《의사라석주전》(정시우), 《김구선생혈투사》(엄항섭), 《백범일지》(김구), 《도산안창호》(도산선생기념사업회) 같은 항일지사들의 전기에다 장도빈이 광개토대왕, 을지문덕, 발해 태조, 원효, 고려 태조, 강감찬, 세종, 이순신, 이렇게 여덟 위인의 전기를 묶은 《대한위인전》까지 나왔으며, 1940년에 펴냈던 안확의 《조선무사영웅전》이 다시 나오기도 하였다. 잃었던 나라를 찾은 기쁨과 더불어 새 나라를 훌륭하게 가꾸어 가야겠다는 의욕들이 애국 위인들의 전기를 이렇게 불러낸 것이라 하겠다.

그러나, 조국이 둘로 갈라지고 남북전쟁으로 분단의 원한이 쌓이면서 이념의 단색화로 치닫던 1950년대에는 전기의 창작이 눈에 띄게 사라지고 말았다. 해군본부 정훈감실에서 펴낸 《한국위인열전》(김건, 1954)과 국방부 정훈국에서 펴낸 《한국역대명장전》(김종문, 1955)이 남북전쟁의 산물로 기억될 수 있겠고, 오재식이 《항일순국의열사전》(1958), 《한국근세위인전》(1958), 《민족대표33인전》(1959) 같은 전기를 펴내면서 홀로 애를 썼다. 이렇게 전기가 사라진 1950년대의 작품으로 김석영의 《신익희선생일대기》(1956)와 신문학회의 《신익희》(1956)는 당대 인물의 전기로 유다른 것이었다. 민족을 배반하고 부패로 떨어진 이승만 정권에 항거하여 선거로 대통령을 바꾸는 것에 기대를 걸었던 수많은 국민들을 저버리고 호남선 열차 안에서 느닷없이 세상을 떠난 신익희를 추모하는 전기가 나타난 것이다. 전기란 다가오는 날에 희망을 걸고 지난날의 훌륭한 삶을 본받으려는 뜻에서 나타나는 것이기에 좌절과 절망으로 휩싸인 때에는 자취를 감춘다는 사실을 1950년대에 와서 다시 확인할 수 있었다.

1960년대에 들어와 전기는 다시 활기를 띠고 나타나기 시작했다. 안학식의 《안중근의사전기》(1963)와 같이 여전히 구국의 위인들의 전기가 큰 흐름을 이루지만 김영삼의 《소월정전》(1961), 김구정의 《성웅김대건전》(1961), 이은상의 《사임당의 생애와 예술》(1962) 같이 여러 길의 사람들이 전기에 올라 세상이 달라지는 것을 느끼게 했다. 그리고 1960년대를 넘어 1970년대와 1980년대에 오면서 전기는 더욱 활발해지고 온갖 사람들을 다루었다. 그러나 전기를 읽는 사람들은 눈에 띄게 청소년 층으로 좁혀지는 것이었다. 전기가 지닌 본질이 청소년들에게 더욱 마음을 쓰게 되는 것이기는 하지만 어른들에게도 거룩한 삶의 빛과 뜻을 감동 있게 주어야 하는데 그러지 못한 것이다. 전기가 말꽃의 갈래로 자라나려면 어른들의 마음도 사로잡을 수 있는 솜씨를 기르는 일에 새로운 힘을 쏟아야 할 듯하다.

나) 느낀일이야기말꽃

1) 제 문(추도사)

일기는 제 스스로와 나누는 대화요, 편지는 살아 있는 남과 나누는 대화라면, '제 문'은 죽은 이와 나누는 대화라 할 수 있다. 언제 어디서나 사람이 살아서 겪는 일 가운데 죽음으로 말미암아 헤어지는 일만큼 참담한 일도 없다. 그래서 방법은 비록 다르다 하더라도 죽은 이를 떠나보내는 상례는 언제나 어디에서나 더없이 진지하고 엄숙하게 치러지는 법이다. 그런 비통한 상례 가운데서 우리는 산 이가 글말에다 마음을 담아 죽은 이에게 건네며 비록 몸은 갈라지나 마음은 함께 있음을 믿으면서 기나긴 작별을 받아들이는 절차를 치르게 하였다. 그런 글을 제문이라 했는데, 물론 사대부들이 먼저 한문으로 지어 길을 내었으나 그것은 알아듣는 사람들이 많지 않아 감동을 일으키지 못하는 형식에 떨어지기 일쑤였다. 한글의 쓰임이 퍼지면서 죽은 이가 아낙네이거나 제를 올리는 이가 여인네일 때에 제문을 한글로 지어 읽기를 비롯했고, 그것은 곧바로 거기 모인 모든 사람들에게 슬픔과 아픔을 함께 나눌 수 있게 하였다. 감동을 주는 제문일 적에는 제례에 모인 사람들을 울음바다로 몰아넣기도 했다. 따라서 한글 제문은 크게 유행하였고, 한글 제문을 잘 짓는 아낙네는 단박에 문중뿐만 아니라 이웃 마을에까지 이름이 드러나게 되었다.

그러나 일찍이 제문을 눈여겨보지 못한 탓에 지난날의 것들이 제대로 갈무리되지 않아 학계에 알려진 한글 제문은 그리 많지 않다. 16세기 사람인 이언적(1491~1553)이 어머니를 여의고 지은 〈제선비손부인문〉이 한글로 뒤쳐져 내려오고 있는데, 이는 아낙네들이 본으로 삼으려고 뒤친 것으로 보인다. 그리고 바로 한글로 지은 제문으로서 가장 옛날 것으로는 16세기 사람 안민학(1542~1601)이 자기 아내를 여의면서 지은 것을 꼽을 수 있다. 이것은 제문의 주인인 곽씨의 주검에 덮여 무덤에 묻혔던 것인데, 1978년 후손이 이장하면서 발굴하였다. 또한 윤숙(1733~1779)이 귀양살이할 적에 아내가 세상을 버려 그 안타깝고 슬픈 마음을 제문으로 지은 〈정경부인이씨제문〉이 알려져 있다.

제문은 아직 제대로 관심을 가지고 모으지 않아 자료를 거의 정리하지 못한 채로 있고, 따라서 학술연구도 제대로 이루어지지 않은 형편이다. 하지만 곳에 따라서는 아직도 상례 때에 한글 제문을 읽기도 하거니와, 19세기 초엽(순조 때)에 유씨 부인이 지었다는 〈제침문〉을 보아도 지난날 제문이 얼마나 널리 퍼져 있었던가는 짐작할 수 있다. 일찍이 남편을 여의고 자녀도 없이 규중에서 바느질에 낙을 붙이고 살아가던 부인이 쓰던 바늘이 부러져서 바늘 제문을 지은 것이다. 동지사로 북경을 다녀온 시숙부로부터 여러 쌈의 바늘을 선물로 받아서 쓰다가 마지막 것을 부러뜨리고 그것에다 제문 형식을 빌려 스스로의 삶을 드러내는 것이다. 그때 아낙네들에게 제문이라는 갈래가 그만큼 자신들의 슬픔과 아픔을 드러내기에 알맞은 것으로 여겨졌던 것이다. 근래에도 일제로부터 빼앗긴 조국을 찾으려고 온 가문을 던져 광복에 동분서주하다가 결국은 왜경에 잡혀 고문으로 순절한 이회영(1866~1932)의 부인 이은숙이 남편의 상례에 부친 애절한 제문은 지난날의 그런 전통을 잘 이어받은 것이었다.

유세차 임신(1932) 십이월 초엿새 정묘에 실인 이영구는 가군 우당 이회영 궤연에 첩첩이 쌓인 유한 극통을 대강 고하나이다.

오호 통재라. 천장 연분이 지중하던지 우리 종조 해관장의 중매로 무신(1908) 시월 이십일에 가군과 결혼하여 천지에 맹세하고 백년 언약을 태산 반석 같이 굳게 맺고 지내고자 할 제 처는 방년 이십세라. 우리 부모의 무남 독녀로 매사에 우매하여 가군의 온후하신 미덕으로 처의 언어 동정을 일일이 교훈하여 번창한 동기간에 큰 과실이 없게 화목을 지키고 지냈으며 자녀에게도 혹시나 틈이 있을까 하여 염려하던 심절한 경계의 정화와 지극한 인애의 의향을 어찌 다 받으리오. 처는 다만 가군을 대하기를 하늘같이 우러러 보고 스승같이 섬기고 지냈던 것입니다. 처가 시댁에 오니 동기 지친이 만당하나 다 각각 분거하시니 연소한 저 마음에 의뢰함은 가군 뿐이라. 잠시만 가군이 아니 계셔도 아디다 의탁할 줄 몰랐지요.

시운이 불길하여 경술년 국치 뒤에 만주로 이사하여 여러 동기가 일실에 모여 지내며 육칠십 명 권솔이 송구 산란하건마는 가군이 시시로 설유하시되 역경을 당할 때에는 만사를 잘 참고 지내라고 말씀하신 것이 지금 와서 다 몽중사가 되고 말았으니 어찌 비감치 아니하리오. 암매 무지한 처 생각에는 만주만 가서 생활하면 권구가 단취하여 지낼 줄 알았더니 가군께서는 노령으로 조선 계실 때보다 십 배나 더 분주하게 봉천으로 왕래하시니 처의 몸을 완악한 만족 총굴에 던져두고 일일 일시도 가정에 계시지 않으셨지요.

계축(1913) 정월 회초일에 가군이 홀연히 조선으로 가시면서 내가 속히 돌아올테니 그리 알라 하시더니 다섯 해가 되어도 오시지 아니하셨지요. 옛말에 대인난이라 하더니 처와 같은 대인난이 다시 어디 있으리오. 만주 되놈들과 이웃하여 젊은 여자가 고적히 오년 성상을 지내니 얼마나 쓸쓸하며 얼마나 답답하였겠습니까. 처가 참고 참다 못하여 정사(1917) 사월에 유아 남매를 대동하고 가군을 조선으로 찾아와서 여관살림살이 설산하고 지내다가 기미운동에 미쳐서 가군은 북경으로 먼저 가시며 처더러 말씀하시기를 추후 오라 하셨지요. 삼월 경에 박돈서와 동반해서 북경에 도착하니 가군은 상해로 가시고 아니 계시기에 처가 여관 살림을 하면서 상해만 멀리 바라보고 고독히 또 지내더니 오동 추월은 명랑하고 옥류 금풍은 미량한데 기쁜 소식이 들렸지요. 가군이 북경으로 돌아와서 삼천리 타향에서 부부 상봉하고 인해서 살림을 시작하게 되니 든든하고 반갑기가 세상에 저한 사람인 듯하였지요. 연약한 체질에 피로도 돌아보지 않고 사랑에 계시는 가군 동지 수 삼 십 명의 조석 식사를 날마다 접대하는데 혹시나 결례가 있어서 빈객들의 마음이 불안할까 가군에게 불명예를 불러올가 조심하고 지낸 것이 가군만 위할 뿐 아니라 가군의 동지들도 위한 것이올시다. 슬프다 시운이 못됐던지 생활이 곤란하여 조석을 절화하여 조석으로 상대하던 동지들이 차차로 희소하니 인간을 못 만나면 만사 손해로다. 기개가 결결하시고 자선심이 만만하신 가군은 염량 세태를 오직이나 홀로 개탄하셨으리오. 소위 동지 일로 공사간 허다 풍화 허다 곤란을 당하신 것을 대강이라도 진술코자 하나 흉격이 막혀 붓을 들 수가 없습니다.

오호 통재라. 당시 기아 남루 곤궁 환란의 생활고가 홍수같이 닥쳤으나 어느 누가 이해할까. 경제도 마련 없이 근근 부지하다 못하여 부부 의논하고 혹시나 몇 동지 도움을 얻어볼까 하고 을축년(1925) 칠월에 조선으로 향하였더니 이날이 만고 영결이 되었군요. 영결이 될 줄 알았다면 죽으면 같이 죽지 이 길을 택했으리요. 생각하면 뼈가 녹게 극통하외다. 처 다시 생각하여 보오니 북경을 떠나려고 양차를 문밖에 놓고 나올 적에 현아가 칠세라 가군이 현아를 데리시고 너의 어머니가 석달이면 갔다올 제 과자도 많이 사고 옷감 많이 사가지고 온다 하시며 훌훌히 떠나는 것을 보기 싫어 그러신지 문 안으로 들어가시던 것이 지금도 눈에 삼삼 성음이 귀에 쟁쟁하니 억색하고 극통할 뿐입니다. 또 처 포태 사삭에 조선 와서 낳은 아이를 가군이 들으시고 규식이라 이름지어 편지를 처에게 부치실 제 부자는 천생 지친이라 얼마나 보고싶어 생각하셨겠습니까. 석아가 칠세가 되도록 처가 가지 못하여서 부자가 이내 상면치 못하고 가군이 별세하시게 되어 석아로 하여금 궁천 지통을 가슴속에 품게 했으니 처의 원통한 눈물이 어찌 마를 수가 있아오리까.

임신(1932) 추구월 가군이 편지하시고 내가 상해를 떠나 다른 지방으로 가니 상해로 편지 말라 하셨기에 편지를 가지고 우관, 의당께 가 뵈니 의당선생 말이 복건성으로 우당선생이 분명히 가셨을 것입니다. 복건성은 안전 지대이고 기후가 따뜻한 지방이니 부인은 안심하소서 하기에 처가 의당선생 말을 듣고 역시 안심되어 가군의 회보만 고대하였지요. 새벽이면 일어나서 가군의 귀체 강령하시고 만사 형통을 심축하고 이틀을 보냈지요. 시월 이십 일 밤에 몽사에 가군이 오색 비단을 입으시고 문에 들어오는데 청아한 풍채가 신선이오 속인은 아닌지라 처가 반겨 일어나서 영접하고 제가 당신을 따라가겠다 하니 가군께서 말씀이 아직은 나 있는 곳에 못 온다 하시고 막연히 가시는지라 처가 놀라 깨니 남가 일몽이라.

오호 통재라. 그날 밤에 가군이 불측한 화를 당하시고 억울히 별세에 드시어 영백이 원한을 말씀코자 오신 것을 처가 업장 놓지 못하고 완명하여 알지 못하였나이다. 천추에 용납 못할 죄인이 칠팔 년 간을 시시로 그리워하다가 지금은 이같이 붕성 지통을 당하고서 하종을 못하고 있사오니 어찌 부부간 참 정이 있다 하오리까.

그러나 처의 구구한 사정에 쌓인 비애올시다. 가군이 일생의 몸을 광복 운동에 바치시고 사람이 닿지 못하는 만고 풍상을 무릅쓰고 다만 일편 단심으로 우리 조국 우리 민족 하시고 지내시다가 반도 강산의 무궁화 꽃 속에 새 나라를 건설치 못하시고 중도에서 원통 억색히 운명이 되시니 오호 통재라.

그러나 요즘에 들어 상례가 간소하게 치러지고 제문도 사라져가는 듯하다. 그러면서 간간이 추도사라는 이름으로 이름난 분들의 장례 때에 읽혀지는 것을 볼 수 있다. 그러나, 아직은 마음을 울리는 말꽃이 되기보다는 의례에 맞추어 겉으로만 얽매인 것에 지나지 못한 것들이 많다. 지난날의 제문이 거의 가까운 핏줄을 나눈 사람들이거나 남다른 인연을 맺었던 사람이 억누를 수 없는 슬픔을 털어놓는 것과는 크게 달라졌다. 오늘날의 추도사는 읽는 사람이 죽은 사람에게 마음 깊은 곳에서 솟아오르는 슬픔을 나누는 것이 아니라 절차를 따르려고 건성으로 이야기하는 듯하다. 그러나 참으로 감동적인 추도사가 아주 없는 것도 아니므로 새로운 시대에 맞추어 죽은 이들과의 대화인 이 갈래가 말꽃으로 다시 살아나기를 바랄 수는 있다고 하겠다.

2) 수 필

요즘 우리네 말꽃에서 가장 널리 알려진 갈래를 꼽자 하면 시, 소설, 희곡, 수필, 이렇게 들기 일쑤다. 그러면서도 수필만 다루는 전문 잡지가 있다거나 종합 잡지들도 수필에게는 꼬박꼬박 자리를 내준다거나 하는 면에서 희곡보다 오히려 앞서는 갈래가 아닐까 한다. 수필은 그만큼 많은 사람들의 관심과 사랑을 받는 말꽃이다. 그러나 수필의 참다운 모습이 무엇인지는 제대로 밝혀지지 않았다. 그것은 그럴 만한 까닭이 수필에게 있는 것이겠지만, 언제까지나 그러고 있는 것도 바람직하지는 못하므로 까닭을 밝혀보는 것이 마땅하다.

우선 '수필'이라는 이름을 잠시 살펴보아야 하겠다. 왜냐하면 이 갈래의 말꽃을 이름하는 것이 늘 수필이지는 않았기 때문이다. 같은 모습의 글들을 두고 여러 가지 이름들이 다투어 쓰이다가 수필이 다른 이름들을 물리치고 갈래의 이름으로 자리를 차지했다. 그렇게 된 것도 기껏 1920년대 후반기를 지나면서였다. 1910년대에도 《청춘》이라든지 《학지광》 같은 잡지에 〈거울과 마주 앉아〉(외배, 《청춘》 7호)니 〈나와 글방〉(KS생, 《학지광》 4호)이니 하는 이름으로 수필 갈래에 드는 글들이 더러 나타났다. 글들의 솜씨야 어떠하든 수필 갈래의 글들이 1910년대 중엽부터 나타나기 비롯한 것은 사실이다. 그러나 그때에는 아직 그런 글들을 묶는 갈래의 이름은 없었다.

그러다가 1919년에 비롯한 문학동인지 《창조》의 차례에 소설, 시, 평론, 희곡, 기행과 더불어 '감상'이라는 갈래 이름이 나타났다. 이것은 물론 일본의 문학잡지에서 본뜬 것이겠지만, 어쨌거나 그 '감상'이 오늘날의 수필을 뜻하는 말이었다. 이로부터 1920년대에는 감상, 상화, 단상, 만필, 산화, 산필, 수상, 수제 따위와 더불어 수필도 섞여 쓰였다.

그럴 즈음에 수필이 글의 제목으로 맨 처음 나타나기는 1920년 9월 《개벽》 4호에 실린 소파의 〈추창수필〉이 아닌가 한다. 1925년 1월부터 《개벽》(55호)에는 차례에 창작, 평론과 더불어 수필이라는 자리를 마련했다. 이로부터 수필은 하나의 갈래로서 알려진 듯 두루 나타나고 있다. 그 해에 박영희의 〈화염 속에 있는 서간철〉(《개벽》 63호)과 이상화의 〈방백〉(《개벽》 63호)이 작품 제목 아래 '수필'이라는 갈래 표시를 달고 나타났으며, 김기진의 〈정복자의 꿈〉(《조선문단》 12호)도 수필이라는 이름표를 달고 세상에 나왔다.

이렇게 해서 1919년부터 여러 가지 이름으로 생겨난 수필의 글들이 1925년 어름에서 차차 뚜렷한 하나의 갈래로 자리잡고, 그 갈래의 이름도 수필로 굳어져 간 것이다. 그 뒤로 1930년대에 들어와 이 갈래를 이론으로 매김하려는 일들이 일어났는데, 그런 논의들에서는 거의 예외 없이 수필이라는 이름만을 써서 그것이 갈래의 이름임을 말해 주었다. 이를테면, 김기림의 〈수필을 위하여〉(1933, 《신동아》), 현동염의 〈수필문학에 관한 각서〉(1933, 《조선일보》), 김광섭의 〈수필문학고〉(1934, 《문학》), 한광세의 〈수필문학론〉(1934, 《조선중앙일보》), 임화의 〈수필론〉(1938), 김진섭의 〈수필의 문학적 영역〉(1939, 《동아일보》) 따위가 그런 것들이다.

그런데 보았다시피 처음에 쓰이던 여러 이름들에는 '상' 자가 많이 들어 있었는데, 이것들은 모두 일본에서 본떠온 것들이었다. 그리고 또 많이 쓰인 '필' 자와 '수' 자는 지난날 우리네 한문문학에서 쓰던 것들이다. 그러니까 이 갈래의 이름이 '수필'로 굳어진 데에는 우리의 한문문학이 힘을 보탠 것이라는 말이다. 한문문학에서 '수필'이라는 낱말은 유명한 박지원(1737~1805)의 《열하일기》 안에 〈일신수필〉이라는 도막에서 뚜렷이 보인다. 그러나 그 속살이 오늘날의 수필과 같은 것은 아니었다. '달리는 수레 위에 앉아서 붓 가는 대로 썼다'는 뜻이니 정성을 들이지 못한 글이라는 뜻이었다. 우리네 한문문학에는 배달말꽃의 수필과 비슷한 글들이 굉장히 많은데, 그 이름들도 역시 갖가지였다.218) 옛날의 선비들이 쓴 이런 이름들은 그 한자가 지닌 뜻을 아주 맞추어 쓰기 때문에 이들 낱말이 지닌 뜻넓이를 따로 설명해 볼 필요가 없는데, 전통이 깊은 한문문학의 줄글 갈래219)에 들어가기 어려운 글들에게 나름대로의 이름을 지어 붙여본 것들이다. 이처럼 온갖 이름의 한문문학에 담기던 정신이 배달말꽃의 수필에도 이름과 더불어 얼마간 영향을 끼쳤을 것임은 말할 필요조차 없다.

---

218) '소설', '패설', '파한', '보한', '어수', '파수', '어면', '만필', '만록', '수필', '수록', '잡기', '잡록' 같은 여러 가지 이름들을 썼다.

219) 기, 록, 서, 발, 논, 책, 표, 전, 주, 의 따위.

그러나 앞에서 말한 1930년대의 수필론들은 그런 한문문학의 전통에 관심을 두기보다는 일본을 징검다리로 삼은 서양의 '에세이'에서 수필의 참 모습과 속살을 찾으려고 애썼다. 우리네 삶의 바탕과 정신의 뿌리는 어쩔 수 없이 전통문화에 박혀 있는데도 머리는 자꾸 서양의 문화에 매달리고 있었던 것이 이때 지식인들의 정신이었다. 그래서 수필이 실제로 오늘날 우리의 말꽃 갈래로 크게 자리잡고 있는데도 아직까지 갈래의 본질과 성격을 두고는 온갖 논란들을 되풀이하는 것이다. 그나마 서양의 에세이가 참으로 어떠한 바탕 위에서 애초에 생겨났던가를 제대로 알아보기보다, 늘 사전에 적힌 뜻풀이나 일본인들의 풀이에 기대기 일쑤인지라 고를 풀지 못하고 논란만 거듭하는 것이 아닌가 한다.

오늘날 우리의 수필은 대체로 '신변의 사소한 사건이나 사물에 대하여 일어나는 갖가지 느낌이나 생각을 부드럽게 다듬은 문장으로 드러내는 글'이라는 정도로 알려졌다. 글감이나 짜임새에는 물론 어떠한 틀도 있을 수 없다는 점이 늘 강조되고, 누구라도 쓸 수 있는 글이라는 점을 커다란 특성으로 내세우고 있다. 그래서 실로 온갖 잡동사니의 글들이 수필이라는 이름으로 판을 치게 되었다. 이것은 말할 필요도 없이 그 동안 수필의 성격을 밝히려고 이론을 펼친 이들이 가르쳐준 것임이 틀림없다. 그래서 우리의 수필이 이렇다 할 알맹이는 없으면서 얄팍한 감각이나 더듬고 있는 감상문으로 기울어졌다. 우리의 한문 수필에서 자라난 전통과 서양 에세이의 참된 뜻에서 목숨과 얼을 찾으려 하지는 않았기 때문이다. 그런 뜻에서 우리의 한문 수필과 서양 에세이를 잠시 돌이켜보는 것이 어떨까 한다.

우리의 지난날 한문 수필(잡기, 잡록, 패설, 파한, 어수, 만필, 수록, 따위)에서 그것의 얼을 찾아보자. 우선 그것들은 엄격하게 짜여진 틀의 글(기, 녹, 서, 발, 논, 책, 표, 전, 주, 의, 따위)을 마다하고, 제 나름대로 훨훨 날갯짓할 수 있는 자유스러움을 찾아나섰다는 점에 눈을 떠야 한다. 이미 마련되어 있는 형식과 전통을 용감하게 버리고, 새롭고 자유스러운 가치를 찾아 얽매이지 않고 마음껏 펼칠 수 있는 길을 가려고 했다. 이른바 개성의 표현이 한문수필이 지닌 첫째 의도라 할 것이다. 다음으로는 스스로 제 글에 이름을 붙이면서 '보잘것없는(잡=잡스럽다, 패=쓸데없다, 파한 · 어수=심심풀이다, 만 · 수=정성들이지 않았다) 것'이라고 했던 점을 놓치지 말아야 한다. 지난날 사람들의 겸양 표현을 제대로 모르면 엉뚱하게 빗나갈 수 있다. 점잖은 이들이 한껏 겸양하여 한 말을 그대로 알아듣고 '아무렇게나 쓴 글'이라고 하면, 그것은 저들의 말법을 모르는 오해에 지나지 않는다. 오히려 저들은 인생과 자연 안에서 글로 적어 남기지 않을 수 없는 '값진 무엇'을 찾아 놓고, 그것을 따분한 기성의 틀 안에 담고 싶지 않아서 새로운 자유를 찾았던 것이고, 그러면서도 그런 자존과 자부를 다시없는 겸양 속에 감추느라고 이름을 그렇게들 붙였을 뿐이다. 그것은 그런 이름의 글들 안에 이름처럼 실제로 보잘것없는 것들이 있었던가를 따져보면 넉넉히 알 수 있다.

서양의 에세이에서 그 말꽃의 성격과 정신을 찾는다 하더라도 사정은 별로 다를 것이 없다. 애초에 몽테뉴(1533~1592)가 '시험해 본다'는 뜻으로 《에세》라는 말로 책 이름을 삼은 것에도 만만찮은 철학과 신념이 있었기 때문이다. 그때까지만 해도 문화를 독점하고 있던 귀족들은 제 겨레의 토박이말(불어)을 업신여기고 어려운 라틴말로써만 학문과 예술을 하고 있었다. 그러나 몽테뉴는 그가 애써 알아내고 깨달은 값진 문화와 지식을 가난한 백성들에게도 알려주고 싶었다. 그래서 백성들도 읽을 수 있는 토박이말(불어)로 써서 보이려고 했다. 그런 바람과 뜻이 이루어지도록 토박이말이 그것을 담아낼 수 있을지 어떨지 '시험삼아 한 번 해 보겠다'고 책이름을 《에세》라 했던 것이다. 깊고 그윽한 앎과 깨달음을 라틴말이 아니고 하잘것없는 불어로 제대로 적어낼 수 있을까 '시험해 보겠다'는 뜻이었다. 그래서 할 수 있으면 가장 보잘것없는 사람들까지도 보배로운 문화와 정신을 알 수 있게 하고 싶어서 '파리의 시장 바닥에서 쓰이는 말들을 애써 찾아 쓰려 했다'고 그는 말한다. 몽테뉴의 《에세》(제1·2권은 1580년, 제3권은 1588년에 출간)를 읽고 감동과 자극을 받은 영국의 베이컨(1561~1626)도 또한 깨달은 바 삶의 모든 지혜와 지식들을 라틴어를 읽지 못하는 영국의 백성들에게 알려야겠다는 생각에서 쉽고 간결한 영어로 써서 《에세이》(1596, 1612, 1625)라는 이름의 책으로 세상에 내놓았다. 이렇게 시작한 서양의 에세이는 언제나 많이 배우지 못한 사람이라도 누구나 알아들을 수 있도록 쉽고 재미나게 쓰면서도 거기에는 그들에게 꼭 알려주어야 할 값진 무엇이 들어 있어야 한다는 정신을 잊어버리지 않았다.

그러므로 수필이란, 우리의 한문문학 전통에서 보거나 서양의 에세이에 담긴 정신에서 보거나, 아무 알맹이도 없어 읽으나마나한 그런 신변 잡담을 문장이나 다듬어 내놓는 글일 수는 없다. 세속의 물결에 휩쓸려 살아가는 사람들로서는 쉽게 찾거나 깨달을 수 없는 삶의 값진 알맹이를 담으면서도 딱딱한 격식에 얽매이지 않고 배우지 못한 사람들까지도 쉽고 재미나게 읽을 수 있도록 쓴 글이라야 하는 것이다. 그러한 글을 쓸 수 있는 사람은 어느 특정한 신분이나 직업에 한정되는 것이 아니고, 어느 길을 걸으며 살아가더라도 늘 사색하면서 진지하게 진리를 실천하는 사람이라야 한다. 그러한 삶의 체험으로 얻은 값진 지혜를 정직하고도 쉽고 재미있게 글로 써낼 수 있는 사람이라야 한다. '수필은 누구라도 쓸 수 있는 갈래다' 하는 말은 그런 뜻으로 알아들어야 한다. 그래서 우리 배달말꽃의 참다운 수필이라면 마땅히 지난날 한문문학의 수필이 지녔던 깊이를 이어받으면서 서양의 에세이가 바라던 정신과 표현을 받아들일 수 있어야 한다는 말이다.

이제 우리 배달말꽃의 수필이 걸어온 길을 잠시 더듬어 살펴보기로 하자. 지난날 한문 수필의 전통이 그처럼 풍부하였으나 배달말꽃의 수필은 19세기 이전에는 거의 나타나지 못하였다. 배달말꽃의 일이야기말꽃에서 일기, 기행, 편지, 제문 같은 것은 제법 일찍부터 나타났는데도 수필은 그런 갈래들보다 훨씬 뒤늦었다. 그것은 그럴 수밖에 없었다고 생각한다. 앞의 갈래들은 모두 말꽃이기에 앞서 실용으로 쓰인 글에서 비롯하였기에 일찍이 나타날 수 있었다. 그러나 수필은 그런 실용의 몫을 지니지 않은 글이기 때문에 일찍이 나타나기 어려웠던 것이다. 처음부터 일상의 실용을 떠나 사색과 체험으로 얻은 삶의 지혜를 드러냄으로써 자기 표현의 기쁨을 맛보려 하기 때문에 일이야기말꽃의 다른 갈래들보다 뒤늦게 나타날 수밖에 없었다는 말이다.

그러나, 19세기까지는 그런 배달말꽃의 수필이 전혀 나타나지 않았느냐 하면 그렇지는 않다. 서울에 살던 양반 사대부로서 천주교에 들어가 20년을 부지런히 믿었으나 신유박해(1801)에 잡혀 배교하고 그해 5월 10일 경상도 흥해로 귀양 가 거기서 죽은 최해두가 귀양살이에서 쓴 〈자책〉은 우리 나라에서 보기 드문 뉘우침의 수필이다. "두루 심란 답답하여 두어 줄 글을 기록하노니 슬프고 슬프도다" 하는 말로 시작하는 글의 한 대목을 보기로 하자.

그런 고로 고성들이 항상 고공으로 극기하사 혹 채로 쳐 몸을 경계하며 엄한 재를 지키어 육정을 누르며 괴로운 일을 하여 기운을 꺾어 다만 영혼만 알고 육신은 모르니 육신이 안일하면 영혼이 매멸하는 것이라. 이러므로 성현의 선공하신 일을 보건대 혹 늙은 부모와 고운 아내와 사랑하는 자식과 허다한 노복과 풍후한 가산 고량과 진미를 일절 버리고 도망하여 산중에 숨어 괴로히 닦으실 새 거적을 깔고 돌을 베고추한 옷과 나물만으로 겨우 생명만 붙였으니 어찌 이것만 원이리오마는 부득이한 바이오. 집에 안거하여 가내를 권면하며 어린이를 훈도하여 규구 같지 아니 함은 각각 터가 다름이라. 그러나 자기 육신은 다 원수로이 하고 영혼 구하기만 편케 하심이니 이제 나는 자기 덕으로 한 것이 아니라 주명으로 각색 범죄할 끝을 다버리고 천회원 토옥 중에 들었으니 터는 좋건만도 이 중에도 죄과 첩첩하니 무엇을 아껴하며 무엇을 못잊어 이러하고 도무지 육신을 원수 같이 대접치 아니하니 육정을 방종케 맡겨둠이로다. 이곳 사람들이 매양 이르되 우리들을 '천주학 죄인, 천주학 죄인'하니 어찌 천지만물 대주재를 봉사함으로야죄인 될 일이 있으리오마는 헛이름만 가지고 실이 없어 성교만 욕되게 하니 짐짓 천주학의 죄인이 되리로다. 어찌 슬프지 아니하리오.

사람이란 짐승처럼 몸으로만 살지 못하는 존재이기 때문에 더욱 드높은 가치를 좇으면서 살고 그 값어치가 목숨보다도 높다면 기꺼이 목숨을 버리고 그것을 차지하려고 하는 것이다. 그런데 목숨이 아까워 그것을 포기한 사람의 삶이 얼마나 비참한 것인가를 체험하면서 스스로를 더없이 책망하고 있는 글이다. 그리고 또, 지은이와 지은 때는 밝혀지지 않았으나 널리 알려진 〈규중칠우쟁론기〉도 있다. 맞춤법과 말씨로 보아 19세기 말엽의 것으로 보이는 이것은 안방에서 바느질하는 아낙네가 선비들의 문방사우에다 규중칠우(바늘·자·가위·인두·다리미·실·골무)를 견주어 이들을 사람으로 여겨[의인화] 무료한 삶을 우의로 나타내 보고 있다. 보잘것없는 일곱 가지 사물을 벗으로 여기면서 저마다 자랑을 하게 하여 그 소중함을 드러내 보이고 있다. 그것들과 견주어 사람은 너무도 무심하고 홀로 뽐낸다는 사실을 꼬집으며 재치 있게 엮어내는 솜씨가 훌륭하다. 대화와 묘사도 적절하여 짤막하지만 우화소설에 육박한다고 할 수 있을 지경이다. 이 밖에도, 송시열(1607~1689)이 시집가는 맏딸에게 아낙으로 살아갈 규범을 써서 준 〈우암선생계녀서〉를 비롯하여, 지은이와 지은 때를 알 수 없는 〈여잠〉, 〈녀자슈지〉, 〈녀자행실록〉 같은 것들도 여인들에게 삶의 도리를 깨우치려고 한 수필로 꼽을 수 있다.

그러나 이처럼 실제 삶에서 진지하게 사색하며 번민하는 수필의 전통은 20세기로 잘 이어지지 못했다. 그것은 앞에서도 말했듯이 1910년대에 《청춘》이라든지 《학지광》 같은 잡지에 실린 수필(?)을 쓴 사람들은 지난날의 유산에 관심이 없거나 반발한 나머지 일본에서 유행하던 글들을 본뜨는 일에 힘썼기 때문이다. 《청춘》 6호에 실린 소성의 〈옛사람으로 새사람에게〉라든지 9호에 실린 우보의 〈화단에 서서〉, 그리고 《학지광》 4호에 실린 소성의 〈생각나는 대로〉라든지, 12호에 실린 정월의 〈잡감〉과 추호의 〈나의 단편〉 따위는 모두 일본에서 유행하던 감상을 본받아 쓴 것들이었다.

1920년대로 넘어오면 수필에 싸잡힐 수밖에 없는 일이야기말꽃들이 눈에 띄게 불어났다. 우선, 삶의 지혜를 담아내기보다는 지은이들이 선구자로서 소명의식에 들떠 교훈과 계몽을 앞세우는 논설들이 많아지고, 아니면 하찮은 개인의 감상과 낭만에 젖은 탄식이 두드러졌다. 계몽의 논설은 스스로 사회운동가로 자처하는 언론인들과 문인들이 민중의 각성을 깨우치려고 하면서 수필 갈래로 들어온 것이다. 그것들은 저절로 젊은이들에게 초점을 맞추어, 한용운의 〈조선청년에게〉, 이광수의 〈청년에게 고함〉, 민태원의 〈청춘예찬〉, 이런 글들이 손꼽힐 수 있다. 또 한편으로는 빼앗긴 조국에 대한 사랑을 깨우치려는 뜻에서 국토순례의 기행이 유행하였던 것과 발맞추어 조국의 정신과 문화를 일깨우려는 수필들을 정인보, 홍명희, 안재홍, 문일평, 양주동 같은 이들이 다투어 썼다. 설의식의 〈헐려짓는 광화문〉 같은 글은 그런 쪽이면서 한결 수필다운 맛을 담은 것이라 하겠다. 개인의 감상을 다루는 수필은 박종화, 김기진, 홍사용, 김억 같은 문인들이 소설이나 시를 쓰는 틈틈이 몸풀기를 하듯이 했는데, 노자영이 누구보다도 많이 썼다. 그는 소설, 기행, 시, 시극, 일기, 평론 따위 여러 가지의 갈래들을 섞어 한 권의 책으로 펴내어 한때 인기를 모으기도 했다. 거기에 감상, 상화, 수상, 수필 같은 이름을 붙여서 통속과 낭만의 감상수필을 많이 실었다. 그가 펴낸 그런 책들의 이름만 들어본다면 《청춘의 광야》(1924, 청조사), 《황야에서 우는 소조》(1927, 청조사), 《영원의 무정》(1929, 창문당서점), 《표박의 비탄》(1929, 창문당서점) 같은 것이 그런 것들이다.

　　1930년대의 수필은 한결 말꽃다운 모습을 갖추려고 했다. 무엇보다도 계몽하는 논설투를 벗어버리고 삶에서 겪고 얻은 바를 남다른 문체로 드러내려고 애썼다. 가르치고 주장하기보다는 속내를 밝혀내고 마음의 움직임을 적어보려고 애쓰면서 수필을 더욱 말꽃다운 갈래로 만들어 보려고 했던 것이다. 알기 어려운 문체로 개성을 세운 김진섭, 선명하고 단정할 뿐만 아니라 정확한 문체를 세우려 한 이양하와 피천득 같은 이들이 수필을 말꽃답게 만들려고 애쓴 사람들이다. 그리고 외과의사 김성진과 화가 김용준 같은 이들이 수필을 말꽃 바깥으로 끌어내어 터전을 넓혔다. 이들이 기울인 노력에 힘입어 수필이 한결 말꽃다운 모습을 갖춘 것은 사실이나 한편 지나치게 자잘한 일상사의 세세한 사실들에 머물면서 문장이나 다듬는 일에 얽매여 소용돌이치는 삶의 현실을 돌아보지 않는 잘못에 떨어졌다. 어설픈 계몽주의에 빠져 말꽃으로는 보잘것이 없었지만 1920년대의 수필들은 겨레의 현실을 다루고자 했는데, 1930년대에는 더욱 어려워진 현실을 외면하고 시시한 것들로 글놀음에 빠졌던 것이다. 이런 형편에서 이상의 수필, 무엇보다도 그의 〈권태〉는 울음이 웃음에 겹쳐지도록 하는 말씨와 이야기로 겨레의 아픔을 뼈저리게 드러내고 있어서 손뼉칠 만하다.

　　어쨌거나 1938년 10월에는 오로지 수필만을 다루는 월간 잡지 《박문》이 나타나고, 1939년 1월에 창간한 말꽃 잡지 《문장》에는 시, 소설, 희곡, 평론과 더불어 수필도 하나의 갈래로 자리를 잡고 작품을 싣기 시작함으로써 우리의 수필은 새로운 시대에 들어섰다. 그리고 이 잡지는 말꽃의 바탕을 우리 말의 세련이라고 믿은 이태준, 정지용 같은 이들이 깨끗하게 다듬은 문장으로 수필의 새로운 터전을 닦으려 하자 그런 일이 커다란 호응을 받았다. 그러나 알다시피 곧 이어 일제의 마지막 탄압으로 우리의 배달말 살이가 송두리째 캄캄한 어둠 속에 파묻히고 다른 갈래의 말꽃과 마찬가지로 수필도 잠시나마 목숨이 끊어지는 듯했다.

광복은 수필에도 새로운 활기를 불어넣었다. 여러 가지 잡지들에 감격과 각오, 흥분과 걱정이 뒤섞이는 수필들이 쏟아져 나왔으며, 지난날 발표했던 수필들을 모아 수필집을 잇달아 펴내었다. 이를테면, 김진섭의 《인생예찬》과 이양하의 《이양하수필집》이 1947년에, 이광수의 《돌벼개》와 노천명의 《산딸기》와 마해송의 《편편상》과 김진섭의 《생활인의 철학》 따위가 1948년에 나왔다. 광복은 확실히 수필의 자리를 갑자기 드높여 주고 그것을 즐기는 사람들을 순식간에 불어나게 해주었다. 19세기 말에 이미 법령으로 나타난 인간평등이 이제야 현실 안에 실현되고 문화의 민주주의가 사실로 드러나면서 만인의 말꽃인 수필이 제때를 만난 것이다. 그러한 흐름은 남북전쟁을 겪으면서 더욱 깊어지고 넓어져서 수필을 즐기는 사람들이 이제는 교수, 의사, 예술인, 종교인, 법조인 그리고 각계의 여성들로 늘어났다. 온갖 사람들이 저만의 목소리를 수필에 담아 세상에 내놓는 시대가 열린 것이다.

그리고 1960년대에 들어와 그런 수필은 대중들로부터 더욱 손뼉을 받고 다른 갈래의 말꽃보다도 훨씬 자주 이른바 '베스트셀러'의 목록에 오르는 시대가 되었다. 이때에 와서 수필이 대중의 인기를 끌도록 만드는 데에 도움을 준 사람들은 대체로 청소년에게 삶의 경험과 충고를 내놓은 김태길, 안병욱, 김형석, 유달영 같은 사람들이며, 기발한 비유와 호기심을 일으키는 신선한 주제로 한때의 감수성을 자극한 이어령을 빼놓을 수 없다. 그 밖에도 시대의 예언자로 나서서 젊은이들의 추앙을 받은 함석헌과 지식을 상식으로 만드는 데에 뛰어난 김동길, 불교의 신앙으로 무상한 이승의 번뇌를 이야기하는 청담과 법정 같은 스님, 여성다운 감각으로 유다른 삶의 세계를 보이는 전혜린, 조경희, 전숙희, 천경자 같은 이들을 손꼽을 수 있다. 이러한 사람들이 1960년대의 수필을 대중에게 펼치면서 지난날에 빠져 있던 사소한 사적 세계에서 얼마간 크고 공적인 주제로 눈을 돌리게 하였다. 그리고 이들과 더불어 갖가지 직업으로 살아가는 사람들도 자신들의 삶을 수필로 표현하려는 마음들을 다져 나갔다. 그래서 1980년대로 넘어서면 확실히 한층 더 여러 계층의 사람들이 더욱 진지하게 수필로 눈을 돌려 즐기게 되었다.

수필이야말로 가장 대중에 가까운 말꽃 갈래이기 때문에 이른바 민중의 시대라 할 수 있는 1980년대를 지나면서 매우 활기 있게 퍼져 나갔다. 대중이 문화를 맡아 나가는 것과 수필이 자라나는 것은 어김없이 발맞추어 나아갈 것이다. 그러나 들뜨고 혼잡한 현실에 고요와 사색을 불러들이고, 혼란과 갈등이 소용돌이치는 삶의 현장에 질서와 가치의 빛을 비추는 수필이 제대로 뿌리내리려면 얼마간의 시간이 필요하다.

그래서 우리는 수필의 바람직한 내일을 생각하면서 무엇보다도 참다운 수필 이론을 세우는 일에 힘을 기울여야 한다. 더욱 진지하게 우리 수필의 지난날 역사를 밝히고 앞날을 내다보는 이론을 바로 세워 수필을 활발하게 비평할 수 있도록 해야 하겠다. 이리하여 좋은 수필과 나쁜 수필이 가려지는 시장의 원리가 살아 있게 해야 한다. 그래야 있어도 그만 없어도 그만인 신변잡기의 수필이 아니라 삶의 현상과 본질을 깊고 넓게 밝혀내는 수필이 일어날 수 있다. 수필이야말로 우리 사회의 문화수준을 그대로 보여주는 거울 노릇을 하는 것이다. 어쨌거나 오늘날 수필은 일이야기말꽃 안에서 가장 손꼽히는 갈래로 인정받고 있을 뿐 아니라, 여느 사람들과 가깝고 전문지식이 아닌 삶의 슬기를 담아내는 성질로 해서 모든 말꽃 가운데서도 가장 폭넓은 자리를 차지하게 되었다. 어쩌면 우리가 앞으로 나아가고자 하는 대중문화의 민주주의 시대로 갈수록 수필은 더욱 빠르게 넓고 깊이 퍼져 나갈 것이다.

3) 비 평

비평이란 '무엇'을 도마에 올려놓고 좋은지 나쁜지, 옳은지 그른지를 말로써 따져보고 가려내는 일이다. 따지고 가려내는 말의 쓰임새가 뜻겹침을 해내면 말꽃이 되는 것이고, 뜻겹침이 일어나지 않으면 말로서 그친다.[220] 무엇보다도 말꽃을 맛보고 거기서 좋은 것과 나쁜 것, 옳은 것과 그른 것을 따지고 가리는 말꽃 비평은 다른 비평들[221]보다 말꽃에 훨씬 가깝다. 그걸 빌미로 잡고 여기서는 말꽃 비평만을 놓고 이야기해 보기로 하자.

말꽃 비평이 가장 어리고 깨끗한 그대로 남아 있을 적에는 그것이 말꽃에 반응한 표현일 뿐 다른 목적이 끼어들지 않는다고 말할 수 있다. 이미 있는 말꽃의 속내를 맛보고 거기서 깨닫고 얻은 바를 억누를 수 없는 느낌으로 표현할 뿐이다. 그러나 비평이 본디 지닌 정신, 곧 옳은 것과 그른 것, 참된 것과 거짓된 것, 좋은 것과 나쁜

---

220) 일이야기말꽃의 갈래가 모두 그렇듯이 비평 또한 말꽃이냐 아니냐 하는 물음에 시달릴 수밖에 없다. 말꽃의 터전을 두루 다루려고 할 때에 거기에는 학문으로 다루는 연구와 이론까지도 싸잡혀질 수밖에 없어서 더욱 그렇다. 흔히 말꽃으로 여기는 비평과 학문으로 여기는 연구 사이의 갈림길이란 것이 들여다볼수록 흐릿해지게 마련이다. 뿐만 아니라 말꽃으로 여기는 비평이라는 것들 안에도 이것을 말꽃으로 보겠느냐 말겠느냐 하는 물음은 도무지 막을 수가 없다. 그것은 일이야기 갈래에 싸잡히는 모든 말꽃이 지닌 속살 때문이라 어쩔 수가 없는 것이고, 뜻겹침이라는 가늠자로 가늠하며 시달리는 수밖에 없다고 본다.

221) 세상만사는 어느 것이나 도마에 올려서 비평할 수 있다. 정치 비평, 경제 비평, 사회 비평, 행정 비평, 교육 비평, 문화 비평, 예술 비평, 연극 비평, 요리 비평……, 구석구석에서 이런 비평들이 살아 있으면 세상은 훨씬 맑아지고 밝아지며 싱싱하게 살아 있을 수 있다.

520

것을 가리려는 비평 정신은 늘 그 밑에 자리잡고 있다. 이러한 비평의 정신이란 거짓된 것을 물리치고 참된 것을 키워가려는 윤리 의식이기에 이것을 우리는 비평의 목적이라고 할 수도 있다. 그리고 이런 윤리 목적이란 애초에 말꽃을 만들어내는 쪽과 말꽃을 맛보려는 쪽으로 내다보고 있는 것이다. 말꽃을 만들어내는 사람 쪽을 보고는 앞으로 더 좋은 것을 만들어내도록 부추기며 거기에 도움이 될 일들을 가르쳐 주려는 것이고, 말꽃을 맛보려는 사람 쪽을 보고는 앞으로 더 좋은 맛보기를 할 수 있도록 도움을 주려는 것이다. 이들 두 쪽의 목적은 늘 함께 어우러져 나타나기 일쑤이지만, 때로는 어느 한쪽의 목적에 치우치는 수도 있게 마련이다.

더욱 나은 말꽃을 만들게 하겠다는 뜻으로 짓는 사람 쪽을 바라보는 비평은 이른바 창작방법론으로서 흔히 '입법 비평'이라 부르는 것이고, 말꽃을 더욱 잘 맛보게 하겠다는 뜻으로 맛보는 사람 쪽을 바라보는 비평은 이른바 수용방법론으로서 흔히 '해설 비평'이라고 부르는 것이다.222) 서양에서는 말꽃 비평이 하나의 말꽃 갈래로 처음 비롯하던 때는 만들어내는 사람 쪽을 바라보는 입법 비평이 앞장섰다. 만들어내는 사람들이 길을 몰라서 솜씨가 서투르다는 생각이 퍼져 있었기 때문이다. 그런 세월이 흐르면서 뒤로 내려올수록 차차 맛보는 사람 쪽을 바라보는 해설 비평으로 기울어졌다. 맛보는 사람들을 도와서 눈을 뜨게 해야 말꽃의 세상이 더욱 바람직해지고 아름다워지겠다는 생각이 퍼졌기 때문이다.

말꽃 비평에서 우리가 잊지 말아야 할 성질은 사람들이 말꽃을 즐기기 비롯한 그때부터 입말꽃으로 이미 싹터 있었다는 점이다. 이 점은 다른 일이야기말꽃들이 거의 글말꽃으로 싹이 트고 자라난 것과 견주어 남다른 것이라 할 수 있다. 말꽃 비평이 말꽃을 맛보고 반응하는 표현이라고 할 때, 그리고 그것이 말꽃 활동을 어떻게든 더 나은 것으로 고쳐 가려는 목적을 지닌다고 할 때, 입말꽃으로 입말꽃을 비평하던 것이야말로 가장 살아 있는 비평이었다. 입말꽃은 말꽃이 입에서 입으로 흘러 다니는 동안 끊임없는 비평의 바람을 맞으며 씻겨진다. 말꽃을 드러내는 사람이나 받아들이는 사람이 서로 가려지지도 않으면서 언제나 서로에게 오고가는 비평의 소리를 듣는다. 입 바깥으로 나오는 비평과 마음 안에 자리잡은 비평이 함께 어우러져 말꽃을 가다듬는 바람에 입말꽃은 쉬지 않고 고쳐져 나갈 수밖에 없었다. 입말꽃이 겨레의 삶을 가장 뿌리깊게 드러내면서 말꽃과 예술의 높은 자리에 올라 오랜 목숨을 누리는 힘이 여기서 나오는 것이다. 그리고 입말의 말꽃 비평이야말로 어쩌면 가장 바람직한

---

222) George Watson, *The Literary Criticism*, Penguin Books Ltd., 1962, 9~18쪽.

비평의 모습이다. 말꽃에 반응하는 표현이라는 면과 만드는 사람들이나 맛보는 사람들에게 교훈을 주려는 면이 어우러져서 바람직하게 몫을 다한다 할 수도 있다.

글말로써 이루어지는 배달말꽃의 말꽃 비평은 1920년대로부터 이루어졌다. 그러나 그것도 물론 갑자기 튀어 나온 것은 아니고 일찍이 그 싹이 터 자라온 결과였다. 멀리는 한문문학의 비평이 고려 적에 이미 '소설'과 '시화' 같은 이름으로 이루어졌으며, '시화'는 조선조로 이어져 커다란 갈래를 이루었던 것이다. 배달말로 적힌 말꽃 비평도 일찍이 소혜왕후 한씨(1437~1504)의 〈내훈서〉와 같은 이른바 서·발문으로 된 글들이 있었다. 이들 서문과 발문들은 이야기나 노래나 책을 지은이들이 스스로 읽는 이들에게 길잡이를 하려는 것으로 비평의 싹이라 할 수 있다. 왕조사회가 무너지려던 시기에 들어오면 사회 변혁의 물결에 휩쓸려 어수선하지만 훨씬 여러 모습으로 이어졌다. 《텬로역정》, 《라란부인전》, 《서사건국지》 같은 번역물에 붙은 서문을 비롯하여 신채호의 〈을지문덕〉이라든지 이해조의 〈자유종〉, 〈화의 혈〉, 〈탄금대〉와 같은 소설들에도 서와 발이라 할 만한 글들이 비평의 속살을 담고 실려 있다. 이것들은 읽는 이들에게는 소설을 제대로 알려서 올바로 읽을 수 있게 하고, 스스로는 소설을 만들어내는 일의 값어치를 짚어보려 하였다. 이해조가 〈화의 혈〉 서문과 발문에서 말한 것을 잠시 살펴보면 저들이 뜻한 바를 헤아릴 수 있을 것이다.

　　무릇 소설은 제재가 여러 가지라 -줄임- 상쾌하고 악착하고 슬프고 즐겁고 위태하고 우스운 것이 모두 다 좋은 재료가 되어 기자의 붓끝을 따라 재미가 진진 소설이 되나 그러나 그 자료가 매양 옛 사람의 지나간 자취거나 가탁의 형질 없는 것이 열이면 팔구는 되되 -줄임- 이제 또 그와 같은 현금 사람의 실적으로 〈花의 血〉이라 하는 소설을 새로 저술할 새 허언낭설은 한 구절도 기록지 아니하고 정녕히 있는 일동 일정을 일호 차착 없이 편집하노니 기자의 재주가 민첩치 못하므로 문장의 광채는 황홀치 못할지언정 사실은 적확하여 눈으로 그 사람을 보고 귀로 그 사정을 듣는 듯하여 선악간 족히 밝은 거울이 될 만할가 하노라.(맞춤법은 쓴 이가 요즘 것으로 고침)

　　기자왈, 소설이라 하는 것은 매양 빙공착영으로 인정에 맞도록 편집하여 풍속을 교정하고 사회를 경성하는 것이 제일 목적인 중 그와 방불한 사실이 있고 보면 애독하시는 열위 부인 신사의 진진한 재미가 일층 더 생길 것이오 그 사람이 회개하고 그 사실을경계하는 좋은 영향도없지 아니 할지라. 고로 본 기자는 이 소설을 기록함에 스스로 그 재미와 영향이 있음을 바라고 또 바라노라.(위와 같음)

서발 비평을 비롯하여 이때에는 새로 나타난 신문과 잡지에 힘입어 지난날이면 입말로 있다가 사라졌을 것들도 글말의 말꽃 비평으로 나타나게 되었다. 1906년 3월

522

8일 《대한매일신보》에 실린 〈협률사 비판〉과 1909년 3월 《대한흥학보》에 실린 이광수의 〈문학의 가치〉 같은 글이 그런 것이다. 신문과 잡지에 우리 말꽃을 두루 싸잡은 비평의 글들이 제법 자유롭게 나타나면서 1920년대에 제법 모습을 갖춘 말꽃 비평의 터전을 닦았던 셈이다. 말꽃을 두루 싸잡은 것으로는 앞에 보인 이광수의 〈문학의 가치〉 밖에도 최두선의 〈문학의 의의에 관하여〉(1914. 12, 《학지광》), 이광수의 〈문학이란 하오〉(1916. 11, 《매일신보》) 같은 것이 있었다. 시만 다룬 것으로는 신채호의 〈천희당시화〉(1909. 11. 9~12. 4, 《대한매일신보》)[223]가 유명하며, 소설을 다룬 것으로는 신채호의 〈근금국문소설저자의 주의〉(1908. 7. 8, 《대한매일신보》)와 〈소설가의 추세〉(1909. 12. 2, 《대한매일신보》)가 있고, 연극에 관한 것으로는 금혜라는 이의 〈가곡 개량의 의견〉(1908. 4. 10, 《대한매일신보》)을 비롯하여 1908년 7월 12일 《대한매일신보》의 논설 〈극계개량론〉 같은 것들이 나타났다. 그 밖에도 뒤친 말꽃을 다룬 것으로 1909년 9월 1일 《대한매일신보》에 〈글을 번역하는 사람에게 경고함〉 같은 것이 있고, 글말꽃의 바탕이 되는 글자, 곧 한글로만 쓸 것인가 한자를 섞어 쓸 것인가 하는 것을 두고 여러 사람들이 심각하게 의견들을 내놓았다.

말하자면, 서·발문을 내세운 비평을 벗어나 신문과 잡지라는 새로운 터전으로 자라난 말꽃 비평의 싹은 1900년대부터 나타났으나 아직은 너무 어려서 비평이라 하기조차 어려운 것들이었다. 그래서 이때에 일어난 이른바 '글자 논쟁'을 아직도 마무리하지 못한 것과 같이, 우리의 말꽃 비평 또한 이때에 일으킨 물음들을 여태 마무리하지 못했다. '말꽃이란 무엇인가', '말꽃을 왜 즐기는가', '말꽃을 어떻게 해야 하는가', 이런 물음은 아직도 그냥 그대로 남아 있다. '시와 소설과 희곡 같은 말꽃은 어떻게 만들고 즐겨야 하는가' 하는 물음으로 들어가면 더욱 그대로다. 그것은 새 문화를 여는 개척자로 나서서 뛰어난 글재주로 청소년들에게 우러름을 받던 이광수가 〈문학이란 하오〉 같은 마땅한 물음을 던지고 내놓은 풀이에서 까닭을 짐작할 수 있다. 우리 겨레의 지난날 말꽃에 눈을 돌려 스스로 답을 찾으려 애쓰지 못하고 일본에 들어와서 얼간이 든 서양 이론을 끌어다 제 말인 양 내놓았다. 전통이라는 땅에 뿌리를 내리고 거기서 자라나는 푸나무에게 남의 이론을 거름으로 뿌릴 때에만 푸나무를 자라게 하는 데에 도움이 되는 법인데, 이광수는 뿌리내려 있는 푸나무를 못 쓰는 것이라 넘겨짚고 모조리 뽑아버리고자 했다. 그리고 거기에다 서양에서 가져와 일본에서

---

223) 《천희당시화》를 지은 사람이 누구인지 또렷하지 않다. 윤상현이라는 이가 호를 천희당으로 썼다는 사실이 드러났으나, 거기 쓰인 글들의 주장이나 문체로 보아 신채호를 지은이로 보는 사람들이 많기 때문이다.

키운 것을 옮겨 심으려 한 것이다. 이러한 이광수의 마음가짐은 우리의 말꽃 비평에 줄기차게 이어져 21세기에 들어선 오늘까지도 커다란 흐름으로 살아있다.

1920년대에 들어오면 어쨌거나 말꽃 비평도 눈에 띄게 자라났다. 작품의 수량이 갑자기 많아지는 것은 말할 나위도 없거니와 한결 전문 지식을 갖춘 서양 이론의 뒷받침을 받아 논리가 뚜렷하고 글이 날카로워졌다. 이광수가 여전히 어른으로 처신하면서 〈예술과 인생〉(1922. 1, 《개벽》), 〈문사와 수양〉(1922. 1,《창조》), 〈문학강화〉(1924. 10~1925. 2,《조선문단》) 따위로 훈계와 계몽을 그치지 않았다. 그런 한편에서는 전에 없던 논란들이 일어나고 있었으니, 현진건의 소설 〈희생화〉를 놓고 황석우가 내놓은 비평을 현철이 〈비평을 알고 비평을 써라〉(1920. 12,《개벽》) 하는 가르침을 주었다. 그러자 황석우는 〈주문치 아니한 시 정의를 알려주겠다는 현철군에게〉(1921. 1,《개벽》)로써 맞서 받았다. 또, 박종화는 김억의 시 〈대동강〉과 그 밖의 여섯 마리를 놓고 〈문단의 일년을 추억하야 — 현상과 작품을 개평하노라〉(1923. 1,《개벽》)에서 비평했는데, 김억이 이를 받아 〈무책임한 비평 — 〈문단의 일년을 회고하야〉의 평자에게 항의〉(1923. 2,《개벽》)로서 맞서 받았다. 다시 박종화가 〈항의 같지 않은 항의자에게〉로 되받자 양주동이 〈김억 대 월탄 논쟁을 보고〉(1926. 6,《개벽》)로 끼어들기도 했다. 그런 다툼 가운데서도 김환의 소설 〈자연의 자각〉을 두고 염상섭이 혹독한 비평을 내놓자, 이것을 말미로 삼아 염상섭과 김동인이 이른바 '비평 논쟁'이라는 커다란 다툼을 벌였다.

일찍이 〈소설에 대한 조선 사람의 사상을〉(1919,《학지광》)이라는 비평에서 '참 문학적 소설'을 내세우며 커다란 자부심을 보인 김동인이 〈제월씨의 평자적 가치〉(1920. 5,《창조》)와 〈비평에 대하여〉(1921. 5,《창조》)로써 염상섭을 나무라며, 비평은 활동사진의 변사처럼 읽는 이에게 해설하는 것일 뿐이라 했다. 이러자 염상섭은 〈여의 평자적 가치를 논함에 답함〉(1920. 5. 31~6. 2,《동아일보》)과 〈저수하에서〉(1921. 1,《폐허》)로써 비평가는 말꽃에 선고권을 가진 판사와 같은 자리에 있다고 맞섰다. 물론 이들의 다툼은 조용하고도 진지하게 논리를 세워 따져 나가기보다 뽐내는 마음가짐으로 상대를 내리누르며 가르치려고만 들어서 비평이 지녀야 할 말꽃의 효과를 살릴 수 없었다. 그러나 이들의 논쟁에는 소설을 짓는 원칙과 방법에서 눈에 띌 만한 것들도 들어 있었고, 비평의 뜻과 몫에도 마땅히 따져야 할 것들을 따지기도 했던 셈이다. 그런데 김유방이 〈작품에 대한 평자적 가치〉(1921. 5,《창조》)로 끼어들어서 이들의 다툼을 서양 비평의 역사에다 끌어다 붙여버림으로써 값어치를 흩어버리고 말았다.

1920년대의 말꽃 비평에서 가장 손꼽아야 할 일은 이른바 '프로문학'으로 말미암아 일어난 다툼들이다. 기미년에 불붙은 광복 투쟁을 앞뒤로 사회 곳곳에는 여러 가지 운동들이 벌어지면서 말꽃하는 사람들도 겨레의 현실에 자각을 드높이고 외세의 침략을 물리치는 데 보탬이 되어야 한다는 여론이 일어났다. 이러한 흐름에 맞추어 때마침 일본에 들어와 기세를 올리던 마르크스주의 이론을 끌어들여서 1920년에는 '노동공제회', '조선청년연합회', '무산자동지회', '신사상연구회' 같은 것들을 잇달아 나타났다. 그리고 1922년 9월에는 이적효, 송영 같은 예술인들이 '해방문화의 연구와 운동'이라는 깃발을 내걸고 '염군사'를 만들고, 이듬해에는 《백조》에 들어갔다가 그것을 부수고 뛰쳐나온 김기진, 박영희가 비슷한 깃발로 '파스큘라'를 만들었으며, 또 그 이듬해인 1924년에는 최승일, 박용대가 '프롤레타리아예술동맹'을 만들었다. 이러한 흐름 위에서 1923년부터는 말꽃살이에 하나의 뚜렷한 물길이 드러났는데, 이를 뒷날 박영희는 '신경향파'라고 불렀다. 이러한 신경향파의 말꽃 운동에서 실제로 비평을 해낸 사람은 김기진(1903~1985)과 박영희였다. 김기진은 앞장서서 〈클라르테운동의 세계화〉(1923. 9~10, 《개벽》), 〈금일의 문학, 명일의 문학〉(1924. 2, 《개벽》), 〈지식계급의 임무와 신흥 문학의 사명〉(1924. 12. 14, 《매일신보》)을 내놓으면서 삶의 현실을 떠나서는 말꽃이 이루어질 수 없다는 이른바 '생활문학론'을 주장하였다.

신경향파의 세력이 커졌을 뿐 아니라 사회운동 쪽에서 여러 조직을 하나로 묶는 것에 발맞추어 염군사와 파스큘라가 하나되고, 거기에 이기영, 조명희, 박팔양 같은 이들이 모여서 1925년 8월에는 '조선프로레타리아예술동맹'224)을 만들었다. 이제 이 모임으로 이들은 '프로문학'이라는 깃발을 하나로 내걸고 운동을 짜임새 있게 벌여나갈 발판을 마련하였다. 말꽃 비평의 활동도 한결 뚜렷하고 날카로워져야 할 때를 맞았는데, 이런 사정에서 빚어진 뜻깊은 사건이 김기진과 박영희 사이에 벌어진 이른바 '내용-형식 논쟁'이었다. 김기진은 박영희가 내놓은 단편소설 〈철야〉, 〈지옥 순례〉를 예술의 짜임새를 갖추지 못했다면서 다음과 같이 비평했던 것이다.

> 이 일편은 소설이 아니오 계급의식, 계급투쟁의 개념에 대한 추상적 설명에 시종하고 말았다. 일언 일구가 이것을 설명하기 위하여서만 사용되었다. 소설이란 한 개의 건축이다. 기둥도 없이 석가래도 없이 붉은 지붕만 입히어 놓은 건축이 있는가.225)

---

224) 에스페란토어의 첫글자를 따서 '카프'라 불렀다. 1925년 10월에 만들어진 일본의 '나프'보다 두 달 앞서는 것이었다.

225) 김기진, 〈문예시평〉, 《조선지광》 1926년 12월호.

이런 비평을 박영희는 받아들이지 않고 〈투쟁기에 있는 문예비평가의 태도―동무 김기진 군의 평론을 읽고〉(1927. 1, 《조선지광》)로써 맞섰다. 사회주의 계급투쟁 단계에서는 예술성이란 뒤로 밀쳐둘 수밖에 없으며 그것은 계급투쟁을 하자는 문화의 전체성 안에서 하나의 "석가래"도 될 수 있으며 기둥도 될 수 있으며 "개와짱"도 될 수 있다'고 주장한 것이다. 이 다툼은 마침내 카프의 중앙집행위원회에서 토의를 벌인 끝에 박영희 쪽을 따르기로 결판을 내리면서 예술인 말꽃보다는 혁명을 돕는 길을 가도록 강요하였다. 그것으로 쉽게 불씨가 꺼질 수 없는 노릇이었으나, 이로써 1927년 초부터 카프 안에는 무산계급문예운동으로서 모든 예술활동을 정치투쟁의 무기로 쓰도록 해야 한다는 이른바 방향전환론이 일어났다. 이에 따라 조직을 키워서 지부를 세우고 기관지(《예술운동》)를 펴내는 따위로 계급투쟁의 말꽃으로 줄곧 치달려 나갔다. 이런 방향전환론으로 이들이 부닥친 고민은 말꽃운동의 실천방안으로서 현실의 바탕인 민중들과 손잡는 문제와 말꽃을 만들어내는 기술과 방법의 문제였다. 앞의 문제를 두고 김기진은 〈통속소설소고〉(1928. 11. 9~20, 《조선일보》)와 〈프로시가의 대중화〉(1929. 6, 《문예공론》)로써 그 길을 열었으나 전통의 입말꽃에는 눈뜨지 못하고 너절한 장삿속의 통속 말꽃들을 내세웠기 때문에 얻은 바가 없었다. 뒤의 문제는 임화와 안막이 일본에서 다듬은 마르크스주의 철학과 투쟁 의식을 뒷받침한 사회주의 리얼리즘을 부르짖었다. 이것은 자본주의 사회의 모든 현상을 사실주의가 마련한 객관적 태도로 받아들이되 그것을 마르크스주의로 싸잡도록 속속들이 알아서 프롤레타리아 길잡이의 눈으로 보아야 한다는 것이다. 이를 김기진은 '변증적 사실주의'(1929. 2. 25~3. 7, 《동아일보》)로 말하였으나, 임화는 이를 비판하면서 '사회적 사실주의'(1929. 8, 《조선지광》)라 이름하고, 안막은 '프롤레타리아 리얼리즘'(1930. 6, 《조선지광》)이라 이름하면서 나름대로 다툼을 끌어올렸다.

1930년대에 들어와 카프에서는 예술운동의 볼세비키화, 곧 '당의 과제를 과제로 한다'는 당파성을 세우자는 주장들이 일어났다. 이런 주장은 일본의 카프 지부, 곧 '무산자사파'의 일원들인 임화, 안막, 권환, 김남천 같은 이들이 일으켰다. 임화는 〈프로예술운동의 당면한 구체적 임무〉(1930. 6. 7, 《중외일보》)로써, 안막은 〈조선 프로예술가의 당면의 긴급한 임무〉(1930. 8. 2, 《중외일보》)로써, 권환은 〈조선 예술운동의 당면한 구체적 과정〉(1930. 9. 3, 《중외일보》)으로써 그들의 예술운동을 더욱 힘차게 만들려고 했다.

그러나 공산주의 예술을 드높여 세우자는 다툼을 지나치게 내세운 나머지 맞서는 사람들을 묶어주는 결과를 불렀다. 게다가 이때(1930년대)에 와서 일본 침략자들이

526

대륙을 넘보면서 전쟁을 키우기로 작정한 나머지 식민지의 진보세력들을 결코 그냥
둘 수 없다고 판단하였다. 그래서 1931년과 1934년 두 차례에 걸쳐 꼬투리를 잡고 이
들을 무더기로 붙들어 감옥에 처넣었다. 첫검거에서는 일흔남은 사람들이 붙들렸다
가 불기소로 풀려났으나, 둘째에서는 여든남은 구속되어 조사를 받은 다음 박영희,
이기영, 한설야와 더불어 스물세 사람이 유죄 판결을 받고 1935년 겨울에야 집행유예
로 풀려났다. 그러한 소용돌이 속에서 박영희는 〈최근 문예이론의 신전개와 그 경
향〉(1934. 1. 2~11, 《동아일보》)을 써서 무산계급운동의 포기를 선언하며 돌아섰다.
그러자 카프는 허물어질 수밖에 없는 형편에 빠져 김기진, 임화, 김남천 같은 이들이
모여서 1935년 5월에는 해산계를 내고야 말았다.

　　그러나 이러한 소용돌이에 맞추어 살아남으려고 이들은 지난날 흐지부지하게 덮
어 놓았던 창작방법을 다시 들고나와 부산하게 다투었다. 이러한 논란은 안막이 추백
이라는 필명으로 1933년 11월 29일부터 12월 6일까지 《동아일보》에 연재한 〈창작방
법 문제의 재토의를 위하여〉로써 비롯했다. 이것은 알고 보면 1932년 소련에서 일으
킨 사회주의 리얼리즘을 우리네 말꽃 만드는 데도 가져와 쓸 수 있느냐 하는 물음이
었다. 이들이 다툰 중심 꼬투리는 조선에서 사회주의 리얼리즘을 적용할 수 있는가,
유물 변증법적 창작방법이라는 것과 사회주의 리얼리즘이라는 것에는 어떤 관련이
있는가, 세계를 보는 눈과 예술을 창작하는 방법은 어떻게 관계되는가, 혁명적 로맨
티시즘이란 무엇인가, 이런 것들이었다. 찬성과 반대로 갈라서서 1936년까지 여러 논
의가 이어졌는데 한효, 권환, 박승극, 이동규 같은 이들이 찬성하고, 김남천, 안함광,
김두용 같은 이들이 반대하였다. 그러나 일단 카프가 허물어진 뒤에 있었던 이들 프
로문학의 비평은 일제의 무자비한 탄압에서 얻은 패배감을 잊어보려는 마지막 몸부
림으로 보아야 마땅하다.

　　광복을 맞이하자 짓밟히며 억눌려 있던 프로문학 운동가들은 재빨리 움직였다.
그들에게는 광복을 맞아 마음을 정리할 부담이 적었기 때문에 바로 뛰어나올 수 있
었다. 8월 16일에 카프해소파인 임화, 김남천 같은 이들이 '조선문학건설본부'(이른바
'문건')의 간판을 걸고 기관지 《문화전선》을 펴내면서 문단의 주도권을 잡았다. 그러
자 지난날 강경하게 맞서자던 카프비해소파들은 9월 17일 이기영을 중심으로 '조선프
롤레타리아문학동맹'을 만들고 이어서 '조선프롤레타리아예술동맹'(이른바 '예맹')을
만들어 기관지 《예술운동》을 펴내었다. 그러던 사이 임화 일파는 공산당의 재가를
얻어 '예맹'을 끌어안고 12월 13일에 '문학가동맹'(이른바 '문맹')으로 탈바꿈하여 좌익
문단의 통합을 이루어 이듬해 2월 8~9일에 유명한 전국문학자대회를 열면서 기세를

올렸다.

이 무렵 이들의 비평으로는 임화의 〈현하의 정세와 문화운동의 당면임무〉(1945. 11, 《문화전선》), 김남천의 〈문학의 교육적 임무〉(1945. 11, 《문화전선》), 한효의 〈예술운동의 전망〉(1945. 12, 《예술운동》), 권환의 〈현정세와 예술운동〉(1945. 12, 《예술운동》) 같은 것들을 꼽을 수 있다. 그들은 나름대로 새로운 조국의 말꽃과 예술을 일으켜 세우려면 지난날을 어떻게 청산하며 앞으로 무엇을 해야 하는가에 올바른 길을 찾으려 하였다. 그리고 앞에서 말한 전국문학자대회의 회의록 형식으로 그 자리에서 발표한 논문들을 모아 '문맹'의 이름으로 펴낸 《건설기의 조선문학》(1946. 6)도 여기에 포함해야 할 것이다. 그러나 이즈음 남북분단의 조짐들이 드러나자 예맹파들이 먼저 월북하여 '북조선예술총동맹'(1946. 3)을 만들고, 이어 문건파의 임화, 이태준, 이원조 같은 이들도 월북하면서 남쪽의 좌익문단은 눈에 띄게 시들었다. 이래서 말꽃과 예술을 놓고 좌·우익의 다툼이 벌어지는 때를 맞은 것이다.

우리 배달말꽃의 비평이 싹터 자라던 1920년대 초에서 비롯하여 조국의 분단이 굳어지던 1940년대 말까지 줄기차게 이어졌던 프로문학 쪽의 흐름을 거칠게 살펴보았다. 하나의 이념으로 굳어진 말꽃 의식이 안으로 다투고 싸우면서 이처럼 오래도록 이어진 보기를 찾기는 쉽지 않다. 게다가 겨레가 둘로 갈라진 뒤로 남쪽에서도 그런 정신은 겉모습을 바꾸었을 뿐 사라지지 않고 흘러내려왔다. 예술이냐 삶이냐, 순수냐 참여냐, 이런 말들로 거듭 나타났던 논란들은 바로 그런 정신이 세상 흐름에 따라 때때로 드러난 것에 지나지 않았다.

이처럼 줄기찬 프로문학의 주장에 반발과 거부의 뜻을 펴는 비평도 처음부터 일어났다. 우선, 중국에 망명하여 항일투쟁을 하던 신채호가 〈낭객의 신년만필〉(1925. 1. 2, 《동아일보》)에서 프로문학이 계급투쟁이라는 이념의 세계주의에 빠져 겨레의 주체의식을 잊어버리는 것을 나무랐다. 이런 나무람은 신채호의 뜻과는 달리 최남선, 이광수, 염상섭, 이병기 같은 이들이 내세운 민족주의 말꽃226)의 지팡이로 쓰였다. 최남선이 〈조선 국민문학으로서의 시조〉(1926. 5, 《조선문단》)를 내어놓자 '조선심'을 찾고 시조를 일으켜 민족문학(국민문학)을 되살려보자는 주장들이 잇따라 나왔다. 이광수는 민요에 대한 관심을 드높이고 민요를 이어받아 민족문학으로 튼튼하게 자리 잡게 하자는 주장(〈민요소고〉, 1924. 12, 《조선문단》)을 펴기도 하고, 일상 생활을 평범하게 드러내는 말꽃이 필요하다는 주장(〈중용과 철저〉, 1926. 1. 2~3, 《동아일보》)

---

226) 그때에는 흔히 '국민문학'이라고 불렸다.

528

을 하면서 프로문학에 반대하였다. 그러나 이들의 주장에는 눈앞에 벌어지는 현실의 문제인 민족해방을 찾아갈 길을 내놓지 못했다. 옛 것을 되살려 일으키자면서 지난날의 정신에 얽매이는 약점을 지니고 있어서 프로문학 쪽의 비판에 힘있는 대답을 내놓지 못하였다.

김억은 예술의 독립성을 내세워 프로문학이 예술을 계급투쟁의 수단으로 쓰려는 것에 반대한다는 주장(〈예술의 독립적 가치〉, 1926. 1. 1, 《동아일보》)과 더불어 예술의 순수성과 영원성을 내세워 프로문학의 주장들은 공리적인 생각으로 예술을 모독하는 것(〈프로문학에 대한 항의〉, 1926. 2. 5~6, 《동아일보》)이라고 비판하였다. 이러한 주장은 무정부주의 쪽에서 편 반론과 가까운 것으로, 무정부주의 쪽에서 김화산은 〈계급예술론의 신전개〉(1927. 3, 《조선문단》)에서 프로문학이 새로운 예술로서 마땅히 갖추어야 할 표현형식을 갖추지 못하고 조잡하게 급조된 선전도구에 떨어져 있다고 비판하면서 예술성을 얻으라고 나무랐다. 그리고 〈뇌동성 문학론의 극복〉(1927. 6, 《현대평론》)에서는 프로문학의 주장들이 개인의 인격과 인간의 자유를 무시하는 점에 대하여도 비판하였다.

이처럼 프로문학과 민족문학, 프로문학과 무정부주의(아나키즘)의 논쟁들이 거세지자 이들의 논점을 아울러 보려는 시도 또한 나타나지 않을 수 없었다. 그것은 프로문학 쪽의 선두 논객이면서 덜 골수인 김기진의 논의들과 민족문학을 지지하면서도 프로문학의 주장을 받아들이고자 하던 염상섭의 논의들에서 찾을 수 있다. 그러나 중도 통합이라는 깃발을 들고 나와 힘껏 주장을 편 사람은 양주동이었다. 〈정묘 평론단 총관 — 국민문학과 무산문학의 제문제를 비판 검토함〉(1928. 1. 1~18, 《동아일보》)이라든지 〈문예상의 내용과 형식 문제〉(1929. 6, 《문예공론》) 같은 것은 그의 그런 주장을 잘 보이는 것들이다. 그리고 정로풍의 〈조선문학 건설의 이론적 기초〉(1929. 10. 23~11. 30, 《조선일보》)도 프로문학과 민족문학의 주장들을 통합할 수 있다는 가능성을 여러 가지에서 논의하면서 말꽃이 내용과 형식의 통합에 힘써야 한다고 하였다. 이러한 통합론들은 1927년 2월에 좌우합작을 목표로 만들어 1931년 5월에 해산된 '신간회'의 활동과 같은 시대의 요청에 따른 것이지만 기대하였던 말꽃으로 성과를 거두기는 어려웠다. 그리하여 결국 염상섭이 '각각 제 길을 밟을 수밖에' 없다는 자탄(〈각각 제 길을 밟을 밖에〉, 1932. 1. 2, 《동아일보》)을 하게 만들고 말았다.

이즈음 프로문학에 또 하나의 걸림돌은 해외문학파라고 불리던 사람들이었다. 이들은 1926년 가을 동경에서 해외문학연구회라는 모임을 만들고 1927년 1월 서울에서 《해외문학》이라는 기관지를 펴내면서 나타났다. 이 잡지를 펴내면서 내세운 목표가 '첫째로 우리 문학의 건설, 둘째로 세계문학의 상호범위를 넓히는' 것이라 함으로써 이들은 그저 외국 말꽃을 연구하려는 것이 아니라는 사실을 또렷이 밝히고 있다. 이들이 걷어붙이고 비평 활동을 벌인 것은 학교를 마치고 고국으로 돌아온 다음인 1931년부터 몇몇 신문과 잡지에서 편집인 또는 기자(《동아일보》에 서항석, 《중앙일보》에 이하윤, 《조선일보》에 이헌구 따위)로 일하면서였다. 무엇보다도 프로문학과의 논쟁은 정인섭이 〈한국 문단에 호소함〉(1931. 1. 3, 《조선일보》)에서 문을 열었다. 매우 긴 이 글에서 그는 '예술파와 민족파에게'라는 대목과 '프로문학파에게'라는 대목을 두어 맞서 있던 문단의 두 세력을 함께 비판하면서 '너무나 공부가 들어있지 않는 글'을 쓰고 '너무나 평범한 감각'에 머물러 있다고 나무랐다. 그러나 물론 프로문학파에 대한 비판이 훨씬 가혹하였기 때문에 임화와 송영들로부터 곧바로 반박을 받았다. 이들의 다툼은 이헌구의 〈조선에 있어서의 해외문학인의 임무와 장래〉(1932. 1. 1, 《조선일보》) 같은 것으로 이어졌으나 어느 쪽이든 이론의 근거가 외국의 기성품을 변조한 것이라는 한계가 뚜렷했다. 그때 우리 눈앞의 남다른 현실을 살피지 못했다는 점에서는 해외문학파 또한 '호적없는 무국적자'(최재서, 〈호적없는 외국문학연구가〉, 1936. 4. 26, 《조선일보》)라는 비판을 만날 수밖에 없었다.

　해외문학파의 비평가로서 김환태(1909~1944)를 꼽아볼 수 있다고 본다. 영문학을 전공한 그는 〈문예비평가의 태도에 대하여〉(1934. 4. 21~22, 《조선일보》), 〈비평문학의 확립을 위하여〉(1936. 4. 12~23, 《조선중앙일보》) 같은 것으로 말꽃 비평을 말꽃다운 갈래로 세워보려고 애썼다. 이른바 인상 비평을 바탕으로 하여 이태준과 박태원의 소설이며 정지용의 시를 놓고 비평으로 스스로를 표현하려 애쓰면서 그것이 엄연한 말꽃이라는 사실을 확인시키려 했다. 그 밖에도 김기림, 최재서(1908~1964), 김문집(1909~?) 같은 이들이 외국의 비평가들에 기대어 멀리 떨어진 외국에서 나름대로 생겨난 이론들을 환경이 다른 이 땅에 수입하며 마치 위대한 선구자인 양 행세하였다. 결국 최재서는 1939년 〈건설과 문학〉(《인문평론》 창간호)으로 일제의 앞잡이로 나서고 머지않아 모국어조차 버리고 저들의 주구로 떨어졌다. 김문집도 〈조선민족의 발전적 해소론 서설〉(1939. 9, 《조광》)이라는 어처구니없는 글을 발표한 뒤로 침략자들의 앞잡이로 날뛰다가 일본으로 건너가 끝내 일본 사람이 되고 말았다. 말꽃을 삶으로 삼는다는 사람들에게 두고두고 뼈아픈 거울이 아닐 수 없다.227)

---

227) 요즘 들어 소설을 쓴다는 복거일이 앞장서 우리 말을 버리고 영어를 공용어로 하자고 영미 제국주의 앞잡이처럼 떠드는 것을 보면서, 말이 무엇인지를 몰라서 이어지는 얼의 골병이 되풀이되는 글꾼들의 짓거리가 겨레의 삶에 적잖은 걸림돌이 된다는 사실을 다시 깨닫는다.

530

  광복한 바로 다음 문단의 좌우 대립은 1920년대로부터 이어진 프로문학과 반프로문학의 오랜 대결에서 말미암은 자연스런 귀결이었다. 그것이 일제가 조종하던 억압의 틀을 벗어난 상태에서 얼마간의 시간을 두고 자유스럽게 이어질 수 있었으면 우리 배달말꽃의 현대사는 참으로 행복했을지 모른다. 그러나 현실은 그렇지 못하여 분단이 차차로 굳어지기 시작하자 '문맹' 쪽의 강경파들은 재빨리 월북하여 평양으로 모이고, 우익은 서울에서 박종화, 이헌구 같은 이들이 앞장서 '전국문필가협회'(1946. 3. 13)를, 정태용, 조연현, 김동리, 서정주 같은 이들이 모여 '청년문학가협회'(1946. 4. 4)를 만들었다. 이들은 1947년 2월 12일 '전국문화단체총연합회'로 통합하고, 바로 다음날 '문화옹호 남조선 문화예술가 총궐기대회'를 열면서 좌익에 맞설 전열을 가다듬었다. 이로부터 겨레가 서로 물고 뜯는 남북 전쟁이 터진 1950년 6월까지 남쪽에서는 좌·우익 사이의 말꽃 다툼이 거세었지만 정권의 지원 아래 차차 우익의 세상으로 기울어졌다.

  우선 1930년대 말엽에 불붙었던 이른바 '순수논쟁'[228]이 다시 일어나면서, 김남천이 〈순수문학의 제태〉(1946. 6. 30, 《서울신문》)로 일부 문인들의 순수문학론을 비판하자 김동리는 곧바로 〈순수문학의 정의〉(1946. 7. 11~12, 《민주일보》)와 〈순수문학의 진의〉(1946. 9. 14, 《서울신문》)로 반박하고 나섰다. 다툼이 이어지면서 다시 김동석이 〈순수의 정체 ― 김동리론〉(1947. 11~12, 《신천지》)을 썼고, 이에 맞서 조연현이 〈무식의 폭로 ― 김동석의 '김동리론'을 박함〉(1948. 1, 《구국》)을 썼다. 보다시피 이러한 다툼들은 우선 어떤 개인의 태도를 놓고 벌인 논쟁이었다. 그러나 이것은 곧바로 무리로 맞서는 모습으로 바뀌었는데, 김영석이 〈민족문학론〉(1947. 4, 《문학평론》)으로 1920년대부터 프로문학을 반대하던 사람들의 핵심주장이었던 '민족문학'을 들고 나와 새롭게 공격하였다. 그리고 박찬모가 〈인민의 생활과 문학의 과제 ― 리얼리즘의 확립을 위하여〉(1947. 4, 《문학평론》)로 당시 남북의 말꽃을 견주며 좌익 말꽃의 이론을 밝히고 나섰다. 이러자 김동리는 〈문학운동의 2대 방향〉(1947. 5, 《대조》)으로, 조지훈은 〈정치주의 문학의 정체 ― 그 허망에 대하여〉(1948. 4, 《백민》)로써 좌익 말꽃의 모순을 지적하며 맞섰다.

  이처럼 무리로 맞서 논쟁하는 틈에 가운데서 둘을 모으는 길을 찾자는 논의도

---

228) 유진오가 〈순수에의 지향 ― 특히 신인작가에 관련하여〉(1939. 6. 《문장》)를 내놓자 김동리가 〈순수이의―유씨의 왜곡된 견해에 대하여〉(1939. 8. 《문장》)로 이를 반박하면서 논쟁이 벌어졌다. 이것은 임화와 김오성 같은 이들이 구세대로 가담하고, 오장환과 계용묵 같은 이들이 신세대에 가세하여 당시 20대와 30대 사이에 세대논쟁의 성격으로 번져갔다.

여전히 또 나타났다. 홍효민의 〈신세대의 문학 — 조선문학의 나갈 길〉(1947. 11,《백민》)이라든지 백철의 〈신윤리 문학의 제창 — 건국과정과 문학정신〉(1948. 3,《백민》) 같은 것이 그런 주장들이다. 그러나 1948년에 들어 남쪽과 북쪽은 저마다 정부를 따로 세워 분단을 고착시켜 버리자 좌익 문인들은 거의 북으로 올라가고 남은 사람들은 전향하여 우익으로 싸잡혀 남북이 모두 단색 논리 안에 갇히고 말았다.

그 뒤로 남쪽에서 이루어진 말꽃 비평은 다른 갈래의 말꽃과 마찬가지로 꾸준히 자라났으나, 남북 분단으로 마무리하지 못한 논쟁의 알맹이 '예술이냐 삶이냐' 하는 것을 거듭 맴돌고 있는 듯하다. 1950년대에는 분단이 굳어지고 남북 전쟁으로 얼이 빠져 비평 정신이 가라앉아 있었고, 1960년대에 들어와 다시 '참여냐 순수냐'를 놓고 논란을 벌이다가, 1970년대에는 '리얼리즘'이 다시 떠오르더니, 1980년대에 들어와서는 '민중이냐 민족이냐' 하는 물음이 떠올랐다. 그러나 그때마다 이렇다 할 길을 밝혀 놓지도 못한 채로 슬그머니 다른 문제를 끄집어내어 넘어가는 것을 되풀이하였다. 그런 다툼이 깊어지면 언제나 분단으로 갇혀 사는 현실에 부딪혀 말문이 막히게 마련이다. 아마도 조국의 통일이 이루어져야 이러한 사태를 벗어나 우리 삶의 뿌리까지 파고들어가서 옳고 그른 것을 가려낼 수 있을 것이 아닌가 싶다.

돌이켜보건대 우리의 말꽃 비평은 '말꽃을 왜 하는가' 하는 문제와 '말꽃을 어떻게 할 것인가' 하는 문제의 두 가지에 매달려 반 세기 이상 논의를 거듭해 온 셈이다. 온 겨레가 모두 나서서 입말과 글말, 나아가 전자말의 말꽃을 마음껏 누리는 참다운 배달말꽃의 세상으로 처음 들어섰으니 그럴 수밖에 없다고 본다. 그러면서도 그 많은 논의들이 거의 외국에서 빌려온 이론에 기대어 이루어졌다는 점은 깊이 뉘우쳐야 할 것이다. 삶을 앞세우는 편에서나 예술을 앞세우는 쪽에서나 논의의 바탕과 논리와 자료를 우리 배달말꽃의 유산과 전통으로부터 끌어내지 못하면 언젠가 길은 드러나지 않을 것이다. 외래의 방법이 아무 보탬이 되지 않는다는 말은 아니다. 우리가 지난 2천 년 동안 중국에 기대어 헤매다가 끝내 우리 길을 찾지 못했던 문화사를 되돌아보아야 한다는 말이다.

이제 배달말과 한글이 우리 겨레의 표현 수단으로 자리잡은 오늘에 와서조차 사대주의의 정신이 말꽃 비평을 짓누르고 있다는 사실은 가볍게 보지 않아야 한다. 뿐만 아니라 외국의 이론에 얼을 빼앗겨 그들의 새로운 이론들을 좇아가느라 스스로를 표현하는 참된 비평의 몫을 팽개치지 말아야 한다. 제 삶에 뿌리 박혀 살아 있는 정신으로 거짓이 진리로 위장하여 판치지 못하게 소금의 몫을 다하는 비평을 가꾸어가야 하겠다. 우리의 말꽃 비평은 으레 외국이론의 소개나 하는 것으로 여기는 관습을 깨뜨려야 한다. 참된 말꽃을 가꾸어 값진 삶을 지키는 파수꾼의 본분을 잊어버리지 않아야 하겠다.

2. 놀음이야기말꽃

놀음이야기말꽃이야말로 가장 이야기말꽃다운 이야기말꽃이다. 이야기말꽃답다는 말은 무슨 뜻인가? 말할 나위도 없이 다른 아무 것도 끼어들지 않고 오직 이야기로서만 오롯하다는 뜻이다. 다 같이 삶이야기말꽃이지만 바로 앞에서 살핀 일이야기말꽃에는 이야기에 목적이 있는 일들이 끼어들어 있었다. 그리고 굿이야기말꽃에 싸잡힌 서낭굿이야기말꽃이나 조상굿이야기말꽃들에는 모두 서낭이나 조상을 우러르려는 뜻이 끼어들어 있었다. 그래서 이들 서낭굿이야기말꽃이나 조상굿이야기말꽃, 또는 일이야기말꽃은 아무런 거리낌도 없이 그저 이야기를 기쁘고 즐겁게 누리기만을 할 수가 없는 것이다. 그런데 이제 놀음이야기말꽃은 그런 끼어듦에서 온전히 벗어나 오로지 기쁨과 즐거움만을 맛보며 누리려고 있는 것이다. 이래서 이제까지 거의 모든 사람들이 이런 놀음이야기말꽃만을 뽑아서 이야기말꽃(서사문학)이라고 여겼던 것이다.

가) 입말놀음이야기말꽃

1) 전 설

입말놀음이야기말꽃의 안방 구들목은 전설과 민담이라는 두 아들이 차지하고 있다. 그만큼 전설과 민담, 민담과 전설은 입말놀음이야기말꽃의 노른자위다. 그러나 이들 두 아들을 우리 겨레는 일찍이 둘로 보지 않고 하나로 보았다. 그래서 그저 이야기(이바구, 이약)라고 하나로만 불렀다. 그런데 그것을 곰곰이 들여다보면 또렷이 둘로 갈라져 있으므로 일찍이 서양 사람들이 갈라놓은 대로, 그리고 일본 사람들이 서양말을 뒤쳐서 쓴 이름 그대로 전설과 민담으로 갈라 부르기로 한다.

전설은 '있는 것'에 말미암아 생겨난 이야기다. 아리스토텔레스의 말을 빌리면 '역사'에 말미암아 생겨난 이야기라 할 수 있다. 그러나 여기서 '있는 것' 또는 '역사'라는 말은 아주 넓은 뜻으로 써야 한다. 벌어진 일이나 일어난 사태를 뜻할 뿐만 아니라 나무 한 그루, 바위 하나, 연못 귀퉁이, 고개 마루, 이런 자연물일 수도 있고, 집 한 채, 칼 한 자루, 성곽이나 다리 같은 인공물일 수도 있다. 이런 온갖 있는 것들을 그루터기로 삼아 생겨난 입말놀음이야기말꽃이 전설이다. 있는 것을 그루터기로 삼아 생겨났기 때문에 전설은 언제나 그것에 매여 살아간다. 그루터기를 떠나서는 결코 살아갈 수 없는 이야기말꽃이다.

그러니까 전설은 사람들이 눈에 보이지 않는 서낭에 의지하기보다는 눈에 보이는 것들과 자기 자신에게 더 크게 의지하던 때에 태어난 것으로 보인다. 눈에 보이는 것들을 유심히 꿰뚫어보면서 거기 감추어진 힘을 알아보게 된 사람들이 만들어낸 이야기다. 그러나 물론 눈에 보이는 것을 넘어서 거기에 덧붙여 있지 않았으며 있을 수도 없는 이야기를 상상으로 꾸며낸 것임은 말할 것도 없다. 이처럼 있음과 꾸밈이 겯고트면서 어우러져 만들어내는 이야기말꽃이기에 전설은 늘 다툼을 불러일으킬 수 있다. 이야기판에서는 이야기하는 사람과 듣는 사람 사이에 다툼이 일어나고, 연구하는 사람들 사이에서는 역사인가 말꽃인가 하는 문제로 다툼이 벌어지기 일쑤다. 있는 것이기도 하고 없는 것이기도 하며, 역사이기도 하면서 말꽃이기도 한 것이 전설의 본살이지만, 우리가 전설을 다루는 까닭은 말할 나위도 없이 그것이 상상으로 꾸며낸 놀음이야기말꽃이라는 데에 있다.

상상으로 이야기를 꾸며내는 말미는 사람이나 사물에 거룩한 뜻과 힘(서낭이야기의 정신)을 담으려는 것이기 때문에 많은 전설이 서낭이야기와 뗄 수 없이 가깝다. 물론 전설은 서낭이야기와 이미 멀리 떨어져 있어서 겨레 모든 사람들이 우러러보는 초월세계를 이야기하지 않는다. 훨씬 좁은 곳 안에서만 겨우 뜻을 지니는 사람이나 사물에다 서낭이야기의 거룩함(신성성)을 담으려고 하는 것이다. 따라서, 전설은 누구나 받드는 높은 뜻을 드러내기보다는 가까운 사람들끼리 알아줄 수 있는 삶의 아픔과 바람을 이야기하게 마련이다. 그것은 전설이 서낭이 다스리던 때를 지나고 새롭게 펼쳐지는 사람과 사물이 다스리는 때로 넘어와서 생겨났음을 드러내는 자취다.

우리 배달겨레의 역사 시대를 언제부터라고 볼 것인가도 아직 부러지게 말할 수 없는 실정이다. 그러나 기원전 2500년 어름에 시작하는 고조선을 역사 시대의 첫걸음으로 보는 것이 두루 받아들여지고 있는 듯하다. 단군이야기는 그때에 새로 떠올라서 고조선을 세운 조선족의 우두머리에게 서낭이야기다운 거룩함을 담아서 이루어진 전설이다. 게다가 고조선이 갈수록 넓어지면서 널리 흩어져 살던 사람들을 두루 다스리는 힘으로 자리잡게 되어 더욱 높고 거룩한 서낭이야기마저 끌어들이고 덧붙인 듯하다. 이러면서 태어난 단군이야기 전설은 수없이 많은 여러 겨레들을 하나의 배달겨레로 묶어 싸잡는 몫을 이루었다. 여기서 비롯한 우리 배달겨레의 전설은 삶의 터전과 핏줄로 묶여 있는 여러 작은 동아리들에게 기쁨과 즐거움을 주는 놀음이야기말꽃의

534

한 갈래로 기나긴 세월을 흘러오게 되었다. 오늘날까지도 아직 그것들은 살아 남아서 바뀌는 세월에 발맞추어 겉모습만 달라진 채로 사람들의 삶을 떠받쳐주고 있다. 요즘도 인기를 누리며 이어지고 있는 '전설의 고향' 같은 라디오나 텔레비전의 프로그램이 그런 사실을 말해 준다.

전설은 서낭굿이야기보다는 훨씬 뒷날에 태어난 이야기말꽃이고 오늘의 우리에게까지 살아서 내려온 것들이 많다고 하지만, 지난날의 전설로서 글자로 적혀 오늘까지 살아 남은 것은 아홉 마리 소에서 한 낱의 터럭을 건진 것에 지나지 않는다. 제대로 적을 수 있는 글자를 너무 늦게 만든 탓임은 두말할 나위조차 없다. 《삼국사기》, 《삼국유사》를 비롯하여 《동국여지승람》, 《세종실록》의 〈지리지〉, 수많은 군지와 읍지 따위 한문으로 적힌 기록들에서 수많은 전설을 찾아볼 수 있다. 한문으로 적힌 전설은 물론 배달말꽃의 본디 모습을 그대로 지닌 것은 아니다. 그러나 놀이말꽃이나 노래말꽃과는 달리 이야기말꽃에서는 벌어진 일의 줄거리만 겨우 살아 있는 한문 기록으로도 본디 모습을 적잖이 가늠할 수 있어서 고맙게 다루지 않을 수 없다. 전설은 흘러 내려오는 곳(전승 장소), 생겨난 까닭(발생 동기), 이야깃감(설화 대상) 같은 것에 따라 여러 가지로 갈래지을 수 있다. 이 가운데서 이야깃감에 따라 사람을 이야기하는 전설과 사물을 이야기하는 전설로 나누고 몇 가지 눈에 띄는 모습과 더불어 살펴보기로 하자.

사람을 이야기하는 전설은 살아 있었거나 살아 있었다고 믿는 사람에 말미암아 꾸며낸 이야기말꽃이다. 꾸며낸 이야기말꽃이므로 있었던 사실과는 많든 적든 어긋나게 마련이고, 더러는 온전히 상상의 날개에 맡겨 만들어낸 이야기일 수도 있다. 따라서 거기에는 이야기를 만들고 즐긴 사람들이 상상하는 삶의 값어치와 이루고자 하는 바람과 세상을 바라보는 눈길이 고스란히 들어 있음은 두말할 나위가 없다.

㉮ 일찍이 북부여의 왕 해부루가 동부여 땅으로 도망 와서 드디어 죽고 금와가 왕의 자리를 이었다. 이때 금와왕이 태백산 남쪽 우발수에서 한 여자를 만나 누구냐고 물으니 여인이 말하기를 '나는 가람서낭(하백)의 딸로 이름이 유화인데, 여러 동생과 더불어 놀러 나왔다가 스스로 하느님의 아들 해모수라는 한 남자를 만났습니다. 그가 나를 웅신산 아래 압록 가의 집 속으로 꾀어 정을 통하고는 가서 오지 않으니 어버이는 나를 중매도 없이 혼인하였다고 꾸중하고 드디어 여기에다 귀양을 보냈습니다.' 하였다. 금와왕이 이상히 여겨 데려다가 방안에 가두어 두었는데, 햇빛이 비치게 되니까 몸을 숨기는데 햇빛이 따라가서 비추었다. 그로 말미암아 배가 부르더니 한 알을 낳았는데 크기가 닷 되나 되었다. 금와왕이 그것을 버리어 개와 도야지에게 주었더니 모두 먹지 않고,

또 길에 버리니까 마소가 피하고 들에다 버리니까 새와 짐승이 덮어 주었다. 왕이 그 알을 깨뜨리려고 해 보아도 깰 수가 없어서 어미(유화)에게 돌려주었다. 어미가 물건으로 싸서 따뜻한 곳에 두었는데 한 아이가 껍질을 깨고 거기서 나왔다. 뼈대와 생김새가 예사스럽지 않았다. 나이 겨우 일곱 살에 남달리 크게 자라 제 손으로 활과 살을 만들어 백 번 쏘면 백 번 다 맞추었다. 그 나라에서는 활을 잘 쏘면 '주몽'이라 불렀기 때문에 그게 이름이 되었다. 금와왕에게는 아들 일곱이 있었는데 늘 주몽과 함께 놀았지만 재주가 모자랐다. 맏아들 대소가 금와왕에게 '주몽은 사람의 자식이 아니므로 미리 처치하여 버리지 않으면 뒷 탈이 있을 듯합니다.' 하고 말했으나 왕은 그 말을 듣지 않고 주몽에게 말 기르는 일을 시켰다. 주몽은 잘 달리는 말에게 일부러 먹이를 적게 주어 여위게 하고 느린 말은 잘 먹여 살지게 하였더니 왕이 살진 말을 자기가 타고 여윈 말은 주몽에게 주었다. 왕의 여러 아들과 신하들이 주몽을 해치려 하므로 주몽의 어미가 그걸 알고 주몽에게 '이 나라 사람들이 너를 해치려 하니 너는 그만한 재주로 어디 간들 못 살겠느냐. 빨리 달아나도록 하라.' 하고 일러주었다. 이에 주몽은 오이와 다른 세 사람을 벗하여 엄수에 이르러 강물에게 이르기를 '나는 하느님의 아들이요 가람서낭의 손자로서 오늘 도망을 하는데 쫓는 무리들이 거의 닥치게 되었으니 어찌하면 좋으냐?' 하였다. 이에 물고기와 자라들이 물위로 떠올라 다리를 만들어 주어 건너고 나니 다리는 없어지고 쫓아왔던 무리들은 건널 수가 없었다. 졸본주(현토군 지경)에 이르러 도읍을 정하였다. 궁궐을 지을 틈이 없어 다만 비류수 위에 띠집을 짓고 살면서 나라 이름을 고구려라 하고 그에 따라 성을 고씨로 하였다. 이때는 그의 나이 열 두 살이었고 중국 한나라 효원 황제의 건소 이년 갑신 해였는데 즉위하여 임금이라고 일컬었다.229)

㉮ 서울(경주) 만선 북쪽 마을에 과부가 살았는데 남편도 없이 아이를 배어서 낳았다. 아이가 열두 살이 되어도 말을 못하고 일어나지도 못해서 사동 또는 사복(뱀아이)이라 불렀다. 어느 날 어미가 죽었다. 그때 원효가 고선사에 머무르다가 아이를 보고 맞이하는 인사를 했더니 인사를 받지도 않고 이렇게 말했다. "그대와 내가 지난날 경전을 실렸던 암소가 이제 죽었다. 나와 함께 장사를 지내는 것이 어떤가?" 원효가 "좋습니다." 했다. 마침내 함께 집에 와서, 원효에게 포살수계를 하게 했더니, 주검 앞에서 이렇게 빌었다. "나지 말지어다. 그 죽음이 괴롭도다. 죽지 말지어다. 그 삶이 괴롭도다." 사복이 "말이 너무 많다." 하면서 고쳐 이르기를 "죽고 사는 것이 괴롭다." 했다. 두 사람이 주검을 메고 활리산 동쪽 등성이로 갔다. 원효가 "슬기의 범을 슬기의 수풀에 묻으니 또한 마땅하지 않습니까!" 하니까, 사복이 이렇게 노래를 지었다. "지난날 석가모니 부처님이 사라 나무 사이에서 열반에 들었으니, 이제 여기 또 그런 사람이 있어 연꽃 가득한 그곳에 들어가려 하노라." 말을 마치고, 새풀 뿌리를 뽑으니 그 아래에 밝고 맑고 텅빈 세계가 있었는데, 칠보로 꾸민 난간에 누각이 장엄하여 사람 세상이 전혀 아니었다. 사복이 주검을 짊어지고 함께 그리로 들어가니 땅이 곧바로 아물어졌고, 원효는 되돌아갔

---

229) 《삼국유사》 권1, 기이 제1, 고구려.

536

다.230)

㉮는 우리 겨레의 사람을 이야기하는 전설 가운데 가장 손꼽히는 것이다. 이른바 '영웅의 일생'이라는 틀로 간추릴 수 있는 이것은 ① 고귀한 혈통을 지니고 ② 비정상적으로 태어나 ③ 비범한 자질을 지녔으나 ④ 버림과 고난 등을 겪으며 ⑤ 구출 또는 양육자를 만나 살아나고 ⑥ 다시 위기를 극복하여 ⑦ 승리와 영광을 차지하는 것으로 이루어진다.231) 이러한 '영웅 전설'의 뼈대는 우리 겨레의 이야기말꽃에 끊임없이 이어져 옛 소설뿐만 아니라 오늘날의 소설에도 그 틀은 거듭 탈바꿈하여 되풀이하여 나타나고 있다.

㉯는 겉으로 얼핏 보면 깨달음이 높은 불교 스님의 이야기 같다. 이름도 없고 보잘것도 없이 숨어살던 과부와 열두 살이 되어도 말도 못하고 일어서지도 못하던 아들이 함께 땅속의 빛나고 아름다운 세계로 돌아갔다는 이야기다. 그들이 그렇게 돌아가던 자리에 세상 사람들이 떠르르하게 모두 알던 원효대사가 심부름꾼처럼 지켜보고 있었다는 것이다.

그러나 이것은 아무래도 뒷날 불교의 옷을 덮어 입은 것으로 보인다. 본디는 우리 겨레의 무교 또는 선교, 최치원이 '풍류'라고 말하던 '그윽한 길[현묘지도]'에서 내려오던 전설이었을 듯하다. 원효가 머무르던 절의 이름부터 고선사라 했으니, 한자 그대로 풀이하면 '높은 신선의 집'이다. 그리고 과부가 남편 없이 아이를 낳는다는 이야기 꼬투리는 일찍이 우리 겨레 남쪽에 널리 퍼져 있던 것이다. 그것은 물론 땅에서 온갖 푸나무들이 움터 나는 것을 보면서, 여자가 홀로 아이를 낳는 것으로 믿던 땅서낭(지신) 사상에 말미암은 것이다. 또한, 사복이 열두 살 때까지 말도 못하고 일어서지도 못했다는 것도 뿌리가 깊은 우리 겨레의 이야기 꼬투리로서 물론 땅서낭 사상에서 비롯한 것이다.232)

㉮와 같은 세속 영웅의 이야기는 혁거세, 탈해, 수로, 궁예, 작제건, 이성계 같은 건국시조들에게로 널리 퍼뜨려졌고, 호동 왕자, 온달 장군, 김유신, 무령왕, 최영, 사명대사, 임경업 같은 호국 영웅들에게도 널리 퍼뜨려져 있다. 크게는 나라가 작게는 지역이 어려움을 맞았을 때에 백성들과 더불어 어려움을 뚫고 나가는 길에 이바지했던 이름 없는 사람들의 이야기도 적지 않다. 그 밖에 집안에서만 내려오는 조상들의

---

230) 《삼국유사》 권4, 의해 제5, 사복불어.
231) 조동일, 〈영웅의 일생, 그 문학사적 전개〉, 《동아문화》 10, 서울대학교 동아문화연구소, 1971.
232) 김수업, 〈아기장수이야기 연구〉, 경북대 박사논문, 1994, 172~212쪽.

전설들도 없지 않아서 그들로써 집안의 영예와 존엄을 드높이려 한 마음을 얼마든지 찾아볼 수 있다.

㉯와 같은 신앙 영웅 이야기는 불교 쪽에 가장 풍요롭게 전해지고 있다. 이름난 스님들의 전기(승전)가 거듭 엮어졌으며,[233] 최치원(857~?)이 엮었던 《신라수이전》에는 틀림없이 무교, 선교, 불교의 신앙 영웅 이야기들이 싸잡혀 있었을 것이다. 일연의 《삼국유사》는 우리가 보다시피 불교 스님들의 전설을 모은 책이라 해도 지나친 말이 아닐 지경이다. 이렇게 나타난 기록으로 보면 불교의 신앙 영웅 이야기가 두드러지게 많지만 그것은 불교 쪽에서 마음을 써서 글로 적어 놓았기 때문이다. 입말로 흘러온 전설이라면 선교(도교)로 신선이 되고 도술을 부리는 사람들의 이야기, 무교의 신령으로 영험을 받아 사악을 물리치고 세상의 모순을 깨부수어 새남을 얻은 사람들의 이야기가 적지 않았을 터이다.

사물을 이야기하는 전설은 다시 조물주가 만든 자연의 사물을 이야기하는 전설과 사람이 만든 인공의 사물을 이야기하는 전설로 나누어 생각할 수 있다. 산, 바위, 샘, 연못, 마을, 들판, 섬, 나무 따위의 자연 사물에 얽혀 꾸며진 이야기와 집, 무덤, 둑, 탑, 절 따위와 같이 사람들이 만들어 놓은 사물에 얽혀서 만들어진 이야기로 나눌 수 있다. 그러나 이야기가 얽혀 있는 증거가 어느 것이든 거기에 얽힌 전설은 사물 그것을 이야기하려는 것이 아니라 반드시 그것을 빌미로 삼아 사람의 삶을 이야기를 하려는 것이다. 그야말로 사물을 이야기하는 전설에서 사물(증거물)이란 사람의 이야기를 하는 데 끌려온 빌미에 지나지 않는다. 증거물을 빌미로 잡고 사람을 이야기함으로써 말꽃의 터전이며 목숨줄인 삶의 속내를 더듬고자 하는 것이다.

사물을 이야기하는 전설은 사람을 이야기하는 전설보다 훨씬 끈질겨 사라지지 않는다. 사람을 이야기하는 전설은 소설 갈래로, 무엇보다도 전기 갈래로 몫을 넘기고 사라질 수 있는 것이다. 그러나 사물을 이야기하는 전설은 증거물이 사라지지 않고 남아 있는 동안에는 끈질기게 살아 있을 수 있다. 물론 증거물 그것보다는 거기 얽힌 전설 그것이 삶의 속내를 깊이 드러내고 이야기의 재미를 넉넉히 담아내야 그러하다. 사물을 이야기하는 전설의 또 다른 성질은 증거물이 한 자리에 붙박혀 있기 때문에 넓지 않은 삶의 터전 안에 갇혀 있게 마련이다. 물론 증거물의 명성에 따라서 전설이 퍼져 나간 넓이도 달라진다.

---

233) 신라 때에는 김대문이 지은 〈고승전〉, 고려 때에는 각훈이 지은 〈해동고승전〉을 꼽을 수 있는데, 신라 때의 것은 일찍이 잃어버려서 아쉽다.

이를테면, 봉덕사의 에밀레종이라든지 불국사의 석가탑에 얽힌 전설 같은 것들은 거의 온 겨레에 두루 퍼져 나갔다. 그러나 그러한 보기는 흔하지 않고, 사물을 이야기하는 거의 모든 전설은 증거물이 자리한 곳에서 알려질 만한 데까지만 퍼져 있다. 그만큼 삶의 터전에 깊이 뿌리내려 있다는 말이기도 하다.

신라의 진골 스물한 번째 임금인 신문왕 시절에 재상 충원공이 장산국의 온천에 목욕을 갔다가 서울(경주)로 돌아오는 길이었다. 굴정역의 동지들에 이르러 잠시 쉬게 되었다. 때마침 어떤 사람이 매를 놓아서 꿩을 잡으려고 쫓게 했는데, 꿩이 날아서 금악을 넘어가고는 갑자기 보이지 않았다. 매의 방울 소리를 듣고 찾아 가다가 굴정현의 관청 북쪽 샘 가에 이르니 매가 나무 위에 앉아 있고 꿩은 그 우물 안에 있었다. 샘물은 핏빛으로 물들었고 꿩은 두 날개를 펴서 두 마리의 어린 새끼를 품고 있었다. 매도 또한 측은해 하는 모습으로 그 꿩을 잡지 못하는 것이었다. 충원공이 이것을 보고 가련한 생각과 함께 감동되는 바가 있어서 그 샘이 있는 자리를 점을 쳐보게 하였더니 절을 세우면 좋은 곳이라는 것이었다. 서울로 돌아와서 사실을 임금께 아뢰어 굴정현의 관청을 딴 자리로 옮기고 거기에다 절을 세웠다. 그리고 절 이름을 영취사라 하였다.[234]

이것은 사람이 만든 절을 이야기하는 전설이다. 《삼국유사》에는 절이나 탑, 부처나 미륵 또는 부처 그림 같은 불교의 인공물을 이야기하는 전설이 많이 실려 있다. 그리고 불교가 들어온 뒤로 온 나라 곳곳에 세워진 수많은 절에는 거의 모두 이와 비슷한 전설이 있게 마련이다. 이른바 연기설화라 부르는 이런 전설은 불교가 일어나서 우리에게 오기까지 인도와 중국에서부터 그렇게 수없이 만들어낸 이야기들이다.

입말놀음이야기말꽃은 모두 그렇지만 사물을 이야기하는 전설에도 눈여겨보아야 할 속내가 한 가지 있다. 하나의 사물에 하나의 이야기만 얽혀 있는 것이 아니라, 온 나라 여기저기에 비슷한 사물마다 비슷한 이야기가 얽혀 있다는 사실이다. 그래서 전설이란 커다란 이야기의 무리를 이루고 있는 것이다. 무리의 크기는 이야기에 따라 한결같을 수 없지만, 하나의 무리를 이루고 있는 이야기들이 드러내는 속살은 서로 비슷하다. 서로 비슷한 속살을 드러내면서 비슷한 사물에 얽혀 온 나라 곳곳에 두루 흩어진 전설로 가장 손꼽을 만한 것이 이른바 〈아기장수이야기〉다. 〈아기장수이야기〉는 거의 바위나 연못을 증거물로 삼아 얽혀 있는데, 이야기의 속살에 겨레의 마음을 크게 울리는 뜻이 담겨 있기 때문에 온 나라 곳곳에 널리 퍼뜨려졌을 것이다.

---

234) 《삼국유사》 권3, 탑상 제4, 영취사.

때는 세조 이년, 의성 사곡 땅에 늙은 두 부부가 살고 있었다. 이들의 살림살이는 넉넉하여 아무 부러울 것이 없었으나 다만 한 가지 큰 걱정은 뒤를 이을 자식이 없는 것이었다. 이들은 자나깨나 큰 걱정으로 생각하고 있던 중, 하루는 한 늙은 길손이 하룻밤을 묵고 가면서 이 딱한 사정을 듣고서는, 깊은 산중에 들어가서 큰 고목 나무를 신주로 받들고 기도를 드리면 소원을 성취하리라고 하였다. 그 후 이 부부는 길손이 시키는 대로 백일기도를 드린 보람이 있어 기적적으로 옥동자를 얻었다. 그러나, 이 아이는 비범하여 생후 사흘째부터 말을 하고 아장아장 걷기 시작하였다. 이들은 금이야 옥이야 하고 화락한 나날을 보내고 있었다. 어느덧 일년이 지나고 모내기에 바쁜 때, 두 부부가 아기를 논둑에 내려놓고 모내기를 하고 있었다. 이 때 난데없이 한 장군이 말을 타고 칼을 휘두르며 달려와서 다짜고짜로 이들에게 '지금까지 심은 모포기 수를 알아내라. 만약 모른다면 이 칼로 세 사람의 목을 베일 것이다.' 하고 위협하였다. 늙은 부부가 겁을 먹고 부들부들 떨고 있는데 이 아기는 태연히 장군의 말 앞으로 나아가서 말하기를 '내 질문을 장군이 알아맞춘다면 나도 장군의 질문에 답하겠다'고 하니 장군이 승낙함에 아이가 말하기를 '장군이 이제까지 온 말 발굽의 수를 알아 맞추시오' 라고 하였다. 장군은 별안간 안색이 변하면서 '두고 보자'란 한 마디를 남기고 사라졌다.

그 후 며칠 안 가서 갑자기 부친이 작고했다. 며칠 후 아기는 '어머니, 콩 백 개만 꼭 볶아 주시오. 만약 한 개라도 부족하면 큰일납니다.' 하고 청하매 어머니는 시키는 대로 콩을 볶았으나 도중에 무심코 한 개를 먹고 말았다. 그러니, 아기는 '어머니, 나는 오늘 죽을 운입니다. 내가 죽거든 내 목을 잘라서 명주 수건에 싸서 남쪽으로 가다가 첫째 못에 버리십시오. 버리고 돌아서면 지난번 장군이 내 목을 찾을 터이니 절대로 가르쳐 주지 마십시오.' 하고 신신 당부를 하면서 방문을 여니 난데없는 화살이 날아 왔다. 콩을 던져 막고 막기를 아흔아홉 번, 백 번째에는 막을 콩이 없어 맞아 죽었다. 어머니는 자기 때문에 자식이 죽었음을 한탄하면서 사후의 소원이나 풀어주려고 아들이 시키는 대로 목을 싸가지고 남쪽 못에다가 버리고 돌아서니 갑자기 저번 장군이 나타나서 칼을 뽑으며 아들의 머리를 내어놓으라고 협박하므로 어머니는 겁이 나서 그만 사실대로 가르쳐 주고야 말았다. 그러니까 장군은 못 둑에 있는 수양버들 잎을 세 번 훑어서 못에 던지니 못물이 갈라지면서 못 가운데에서 갑옷을 입은 장군이 일어서려고 꿈틀거리고 있었다. 이것을 본 장군은 달려가서 목을 잘라 죽여 버리고 그 어머니마저 한 칼로 처치해 버렸다.

지금은 옛날의 고목 나무도 못 둑의 수양버들도 없으나 못만은 아직 남아 옛날을 말하는 듯, 이 못을 일컬어 '신주못'이라고 전해 오고 있다. 여기에서 여자 때문에 나라가 망한다는 말이 나왔다는 전설의 한 토막이다.[235]

보다시피 이것은 경상북도 의성군 사곡면에 있는 '신주못'에 얽힌 〈아기장수이야기〉다. 그런데 이런 이야기는 온 나라에 두루 흩어져 내려오고 있다.[236] 그것들을

---

235) 유증선, 《영남의 전설》, 형설출판사, 1971, 295쪽.

540

모두 한데 모아 놓고 살펴보면 마치 하늘에 흩어져 있는 별이나 바다 속에 헤엄쳐 다
니는 물고기처럼 무리를 이루고 있다는 것을 알 수 있다. 그리고 그것들은 아주 흐트
러짐 없는 질서를 뼈대로 삼아 무리를 이루고, 그런 무리가 이야기하고자 하는 바를
하나로 드러내고 있다. 이를테면, 〈아기장수이야기〉 전설이라는 하나의 무리는 다시
두 무리로 갈라지는데, 그것들은 '날개 계열'과 '불구 계열'이라 부를 수 있는 질서를
속에 감추고 있다. 이들 두 계열을 다시 흐트러짐 없는 질서로 작은 부류들로 갈라져
있다. 날개 계열은 초월부류, 희생부류, 수난부류, 생존부류, 단혈부류, 이렇게 다섯
무리로 갈라지고, 불구 계열은 파멸부류, 잠적부류, 승리부류, 산신부류, 이렇게 네 무
리로 갈라진다.[237] 그러니까 모두 아홉 개의 작은 무리가 두 개의 큰 무리를 이루어서
마침내 〈아기장수이야기〉라는 하나의 무리로 싸잡히는 것이다. 무리의 짜임은 언제
나 속살이 가장 뚜렷한 이야기를 한가운데 자리잡게 하고 무리의 속살이 흐릿할수록
무리의 가장자리에 자리잡게 마련이다. 제 무리의 속살을 흐릿하게 지닌 것들은 곧
이웃한 무리의 속살을 함께 지닌 것들이기 때문에 이웃한 무리의 가장자리 이야기들
과 쉽사리 넘나들 수 있다. 그래서 마침내, 맨 가장자리의 부류에서도 가장 가장자리
에 자리잡은 이야기들은 〈아기장수이야기〉를 뛰어넘어 이웃한 다른 전설의 이야기
와 넘나들면서 더욱 큰 이야기 무리를 이루는 것이다.

　　〈아기장수이야기〉란 어떤 전설인가? 이런 물음에 제대로 대답하기는 쉽지가 않
다. 〈아기장수이야기〉를 이루는 무리가 엄청나게 크기 때문이다. 그러나 두 계열에
서 가장 속살이 뚜렷한 부류에서 이야기를 들여다보면 얼마쯤은 대답할 수 있다. 날
개 계열의 수난부류와 불구 계열의 파멸부류를 간추린 틀로서 살펴보기로 하자.

　　① 살림이 곤란한 집에서 아기를 낳았다
　　② 칠일 전인데 방아품을 팔고 오니 아기가 없어졌다
　　③ 찾아보니 날개가 나서 천장에 붙어 있었다
　　④ 부인이 가장에게 말하니 부모가 욕당한다고 죽이기로 했다
　　⑤ 기름틀에 넣고 돌을 실은 다음 나락 석 섬을 얹어서 겨우 죽였다
　　⑥ 용바우가 갈라지면서 용마가 나와 공중을 울며 돌다가 바탕소에 빠져 죽었다

<hr>

236) 김수업의 연구에서는 온 나라에 흩어져 내려오다가 글말로 적혀 세상에 알려진 〈아기장수이야기〉
　　213마리를 모아서 살폈다.(김수업, 앞의 글, 85~86쪽) 그러나 이것은 그때까지 글말로 적혀서 알려진
　　것에 지나지 않고, 그로부터 쉬지 않고 글말로 적힌 것들이 불어났을 수 있다. 그뿐 아니라 글말로
　　적히지 않고 입말로만 떠돌아다니는 것은 헤아릴 수가 없다.
237) 김수업, 위의 글, 49~111쪽.

⑦ 지금도 비가 올라 하면 바우에 벌건 피 흔적이 살아난다[238]

① 옛날 한 사람이 아기를 낳았다
② 나이 열 살이 되도록 걷지도 말도 못하고 몸이 가벼워 어머니가 늘 업고 일했다
③ 모를 심는데 세 사람이 나타나 '종일 심은 모가 몇 포기냐'고 물었으나 아무도 대답을 못했는데 등에 업힌 아기가 대답을 알려 주었다
④ 그들이 자기를 다시 잡으러 올 터이므로 앞산 바위 밑에 숨을 터이니 곡식 낱알을 준비해주고 절대로 발설하지 말라고 어머니에게 당부하고 잠적했다
⑤ 저들이 다시 찾아와서 죽이려 하자 어머니가 실토하고 말았다
⑥ 바위를 들고 샛대를 베고 들어가니 곡식 낱알들이 말과 군사가 되고 아기는 장수가 되어 말을 타고 나오려는 순간인데 안개처럼 잦아져 버렸다
⑦ 여자란 방정스러워 못쓴다[239]

세상을 바로잡을 책임을 맡고 뛰어난 능력을 받아서 태어난 영웅(장수)이 있었으나 세상이 용납하지 않고 부모가 못나서 안타깝게도 죽고 말았다는 이야기다. 하늘이 그런 책임을 맡기고 능력을 주어서 태어났음은 겨드랑이 밑의 날개와 용마의 죽음(날개 계열)으로, 사람의 눈에 띄지 않는 불구자(불구 계열)로서 알 수 있다.

그리고, 이들 이야기는 연못, 바위, 산봉우리, 고개, 언덕, 성터 따위 온갖 하찮은 증거물에 얽혀서 내려온다. 바로 이처럼 하찮은 자연물과 더불어 살아온 우리 백성들의 삶에 그처럼 뼈아픈 좌절이 쌓여 있다는 사실을 이야기하는 것이다. 끊임없이 빼앗기고 쉴새없이 짓밟히기만 하는 백성들에게는 뛰어난 힘을 지니고 태어나도 쓸모가 없으며, 오히려 그것이 더욱 큰 아픔과 슬픔의 빌미만 되고 만다는 것이다. 그러니까 이러한 전설이란 다름 아닌 백성들 스스로의 뼈아프고 눈물겨운 삶을 되씹는 것이다.

이것은 말할 나위도 없이, 이처럼 눈물겨운 삶을 억지로 덮어 씌우는 세상의 제도와 체제, 백성들을 이렇게 짓밟고 누르면서 다스린다는 사람들을 겨냥하여 던지는 화살이다. 뛰어난 재주와 힘을 지닌 아이를 낳아 놓고도 그 아이를 내 손으로 참혹하게 죽여야 하는 어머니와 어버이의 서러움을 이야기하면서, 그러지 않을 수 없게 만드는 '칼을 차고 말을 탄 장군'에게 마음의 창을 찌르는 것이다. 그러므로 이런 이야기는 절대로 낯선 사람들 앞에서 꺼내 놓지 않았다. 정말 거리낌없는 사람들, 삶과 죽

---

238) 〈아기장수와 용바위〉(경남 밀양군 산내면 설화 20),《한국구비문학대계》8-8, 553쪽.(김수업, 위의 글, 67쪽)
239) 〈아기장수〉(경남 김해군 이북면 설화 28),《한국구비문학대계》8-9, 716쪽.(김수업, 위의 글, 92쪽)

542

음을 함께 나누는 사람들, 나날이 이야기의 증거물과 더불어 살아가는 사람들끼리만 남몰래 주고받으며 뼈아프고 눈물겨운 삶의 아픔을 어루만지는 것이다.[240] 백성들에게 이런 이야기를 이렇게 주고받으며 살도록 한 세상이 어떻게 임진왜란이며 병자호란 같은 부끄러움을 겪지 않을 수 있었겠는가.

그러면서 또 한편, 이런 전설로 괴로운 삶을 달래며 살던 백성들은 다스리는 사람들에게만 화살과 창날을 겨냥한 것이 아니었다. 스스로에게 그처럼 못 견딜 삶을 덮어 씌우는 것은 다스리는 사람들뿐만 아니라 오히려 자신들이라는 사실을 숨기지 않고 되씹어 새긴 것이다. 제 목숨이 아까워 그렇게 뛰어난 아이를 제 손으로 죽이고 마는 어버이와 집안 사람들, 제 한 목숨 죽는 것이 두려워 그처럼 말하지 말라고 당부한 아들의 비밀을 말하고야 마는 어머니, 바로 백성들 스스로의 어리석음과 나약함을 겨냥하여 화살을 쏘고 창날을 던지는 것이다. 씩씩하고 힘차게 깨어나서 스스로 잘못된 세상을 바로잡으려 하지는 못하고, 하늘이 내려준 그 좋은 때를 헛되이 놓쳐 버리고 마는 어리석음을 가슴 아프게 되씹고 있는 것이다. 그리고 말할 나위도 없이, 이렇게 되씹는 마음에는 앞으로 또 이런 때를 하늘이 내린다면 그때는 반드시 놓치지 말아야 한다는 다짐이 깔려 있었던 것이다. 이것이 바로 우리 겨레를 오늘처럼 열린 세상으로 이끌어낸 백성들의 힘이었다.

끝으로 우리는 지난날, 배달말꽃에는 아픔과 슬픔을 바로 맞서는 이른바 '비극'이 없다고 보았다. 그러나 보다시피 입말놀음이야기말꽃의 하나인 전설에는 아픔과 슬픔을 바로 맞서 바라보는 이야기말꽃들이 얼마든지 있다는 것을 알았다. 글말을 즐긴 상류층 사람들은 아예 삶의 아픔과 슬픔을 비껴 서서 복된 삶을 누리려 하고, 백성들이라 하더라도 눈물겹고 서러운 삶을 뒤집어 웃음과 즐거움으로 바꾸려 하지만 그것만은 아니었다. 슬픔을 슬픔으로 맞이하고, 아픔을 아픔으로 끌어안는 이야기말꽃이 전설 안에는 적잖이 있음을 알았다. 입말놀음이야기말꽃으로 배달말꽃의 터전이 얼마나 넓은지를 깨달은 것이다.

채워도 채워도 채워지지 않는 끝없는 바람을 지닌 사람은 꿈과 예술로 그 바람을 채우고야 만다. 그럴 때에는 저절로 채워지지 않는 삶을 그대로 붙들어 잡아보는 길과 삶을 에두르고 넘어서서 짐짓 채워 보는 길이 있을 뿐이다. 앞의 것을 사실의 길(사실주의, 리얼리즘)이라고 하고 뒤의 것을 낭만의 길(낭만주의, 로맨티시즘)이라고

---

240) 1990년대에 경남 지역에서 〈아기장수이야기〉를 찾아다니며 들을 적에도 으레 "이런 이야기는 본디 낯선 사람들 앞에서는 하는 것이 아닌데……" 하는 말을 한 마디씩 하고서야 이야기를 시작했다.

한다면, 우리의 전설은 다름 아닌 사실의 길로 삶을 붙드는 것이라 할 수 있다.

2) 민 담

‘민담’은 서낭이나 영웅이 아니라 어디서나 만날 수 있는 여느 사람이거나 그보다도 못난 사람들을 다루는 입말놀음이야기말꽃이다. 거룩하다고 여기지도 않고, 증거물에 얽혀 있지도 않아서 매우 자유롭고 걷잡을 수 없을 만큼 갖가지 속살을 싸잡아 담고 있다. 우리 겨레는 이 갈래를 이야기말꽃에서 가장 알짜로 여겼던지 이야기(이바구, 이약)라고 하면 곧바로 민담을 뜻하는 것이었다. ‘있을 수 있는 세계’를 만들어 즐기는 것이 말꽃이라면 민담이야말로 가장 온전하게 꾸며낸 ‘있을 수 있는 세계’이기에 차라리 이야기라 부르는 것이 마땅한 듯하다. 그러니 짜임새와 모습에서나 거기 담긴 속뜻에서나 걷잡을 수 없을 만큼 갖가지라 손쉽게 뜻매김할 수 없는 것도 어쩔 수 없는 노릇이다.

> 옛날 옛날 아주 옛날에 애기가 때기를 짊어지고 일백육십 리를 가니까 날이 훤히 새더라.[241]

이처럼 짤막하게 끝나고 마는 것이 있는가 하면,

옛날 한 사람의 한량(무사)이 과거를 보려고 서울로 향하였다. 도중에서 그는 어떤 큰 부자가 어떤 대적에게 딸을 잃어버리고 비탄하고 있다는 말을 들었다. 딸을 찾아오는 사람에게는 내 재산의 반과 딸을 주리라 하는 방을 팔도에 붙인 것이었다. 한량은 그 여자를 구하여 보리라고 결심하였다. 그러나, 그 대적이 어디 있는지도 알 수 없었다. 향방도 없이 찾아다니던 중, 어떤 날 그는 도중에서 세 사람의 초립 동이를 만나 그들과 결의형제를 하였다. 네 사람의 한량은 대적의 집을 찾으려 출발하였다. 도중에서 그들은 다리 부러진 한 마리의 까치를 만났다. 그들은 까치의 다리를 헝겊으로 매어 주었다. 그 까치는 독수리에게 집과 알을 잃어버리고—독수리는 종종 까치의 집을 빼앗는 일이 있다—다리까지도 부러뜨린 것이었다. 까치는 무사들을 향하여 ‘당신들은 아마도 대적의 집을 찾으시겠지요. 여기서 저쪽에 보이는 산을 넘어 가면 거기에는 큰 바위가 있고 그 바위 밑에는 흰 조개껍질이 있습니다. 그것을 들어내고 보면 조개껍질 밑에 바늘귀 만한 구멍이 있을 것입니다. 그 곳이 대적이 사는 곳입니다’ 하였다. 그들은 까치와 작별하고 산을 넘고 바위를 발견하여 그 밑에 있는 흰 조개껍질을 들어보았다. 정말 거기에는 조그마한

---

241) 한상수, 《한국민담선》, 정음문고, 19쪽.

544

구멍이 있었다. 그 구멍을 파내려 감에 따라 점점 크게 되어 그 저부에는 넓은 별세계가 보였다.

그러나 그 구멍은 매우 깊었으므로 내려갈 수는 없었다. 그들은 풀과 칡을 구하여서 기다란 줄을 만들었다. 그리고 제일 나이가 젊은 한량에게 먼저 내려가 보라고 하였다. 내려가는 도중에 무슨 위험이 있을 때에는 줄을 흔들기만 하면 위에 있는 사람들이 곧 그 줄을 끌어올리기로 약속하였다. 제일 젊은 한량은 조금 내려간 곳에서 무서운 생각이 났으므로 흔들었다. 다음 자는 반이나 내려갔을 때에 줄을 흔들었다. 또 그 다음 자는 삼분의 일이나 내려갔을 때에 무서워 줄을 흔들었다. 최후에는 제일 형 되는 한량이 내려가게 되었다. 그는 동생들에게 말하였다. '너희들은 아직 나이 어려서 못쓰겠다. 내가 내려가서 대적을 죽이고 돌아올 때까지 여기서 기다려라. 그 때에도 줄을 흔들 터이니 너희들은 줄을 당겨 올려야 할 것이다' 그는 구멍 끝나는 곳까지 내려갔다. 넓은 지하국에 훌륭한 집도 많이 있었다. 그는 대적의 집인 듯한 그 나라에서는 가장 큰 집 옆에 있는 우물가에 선 버드나무 위에 몸을 감추고 대적의 동정을 살피고 있었다. 조금 있으니 한 사람의 예쁜 여자가 물을 긷고자 우물까지 왔다. 그 여자는 물동이에 가득 물을 길어 가지고 그것을 들려고 하였다. 그 때에 한량은 버들잎을 한 줌 훑어서 물동이 위에 뿌렸다. '아이고 바람도 몹서라' 하면서 여자는 길었던 물을 버리고 다시 물을 길었다. 여자가 다시 물동이를 들려고 할 적에 한량은 다시 버들잎을 내려뜨렸다. '바람도 얄궂어라!' 하면서 여자는 다시 물을 길었다. 세 번만에 여자는 나무 위를 쳐다보았다. 그래서 한 사람의 "이 세상 사람"을 발견하였으므로 놀라서 물었다. '당신은 어떻게 해서 이런 곳에 들어 왔습니까?' 한량은 그가 온 이유를 말하였다. 여자는 다시 놀라면서 '당신이 찾으시는 사람은 곧 나입니다. 그러나 대적은 무서운 장수이므로 죽이기는 어렵습니다. 그러나, 나를 따라 오십시오' 하고 한량을 컴컴한 도장 속에 감추고, 커다란 철판을 가지고 와서 그것을 한량 앞에 놓으면서, '당신의 힘이 얼마나 되는지 이것을 들어보십시오' 하였다. 그는 겨우 그 철판을 들어올렸다. '그래서는 도저히 대적을 당할 수 없습니다' 그렇게 말하고 여자는 도적의 집에 있는 동삼수를 매일 몇 병씩 가져다주었다. 그는 그 동삼수를 날마다 먹었다. 그래서 필경은 대철추들을 양손에 쥐고 자유로 사용하게 되었다. 어떤 날 여자는 큰 칼을 가지고 와서, '이것은 대적이 쓰는 것입니다. 대적은 지금 잠자는 중입니다. 그 놈은 한 번 자기 시작하면 석달 열흘씩 자고 도적질을 시작하여도 석달 열흘 동안 하며, 먹기도 석달 열흘 동안씩 먹습니다. 지금은 자기 시작한 뒤로 꼭 열흘이 되었습니다. 이 칼로써 그 놈의 목을 베시오' 하였다. 한량은 좋아라고 여자를 따라 대적의 침실로 들어갔다. 대적은 무서운 눈을 뜬 채 자고 있었다. 한량은 대적의 목을 힘껏 쳤다. 도적의 목은 끊어진 채 뛰어서 천정에 붙었다가 도로 목에 붙고자 하였다. 여자는 예비하여 두었던 매운 재를 끊어진 목의 절단부에 뿌렸다. 그러니까 목은 다시 붙지 못하고 대적은 필경 죽어 버렸다.

한량과 여자는 대적의 창고를 검사하여 보았다. 한 곳간을 열어 보니 금은보화가 가득 쌓여 있었다. 또 한 곳간에는 쌀이 가득 쌓여 있었다. 또 한 곳간에는 소와 말이 차 있었다. 또 한 곳간에는 사람의 해골이 가득 쌓여 있었다. 또 한 곳간을 열고 보니 거기는 반생반사된 남녀가 가득 있었다. 한량과 여자는 급히 미음을 쑤어서 불쌍한 사람들을 구하여

주었다. 그리고 대적의 금은 보화와 쌀, 소, 말 등을 그 사람들에게 나누어주었다. 한량과 여자는 몸에 지닐 수 있는 한의 보화를 가지고 또 여자와 마찬가지로 대적에게 잡혀 온 다른 세 사람의 예쁜 여자와 함께 내려왔던 구멍 밑에까지 왔다. 그래서 줄을 흔들었다. 지상에서 기다리고 있던 세 사람의 초립동이 한량들은 형이 너무 오래 돌아오지 않으므로 벌써 대적의 손에 죽은 것이라고 단념하고 돌아가자고 하였을 때 마침 줄이 흔들리므로 좋아라고 줄을 당겨 올렸다. 한량과 네 사람의 여자들도 일일이 끌어올렸다. 네 사람의 한량은 네 사람의 여인을 구해 가지고 각각 그들의 부모에게 데려다 주었다. 여자의 양친들은 한없이 좋아하며 그들의 딸을 각각 한량들에게 주고 그 위에 그들의 재산도 많이 나누어주었다. 큰 부자 집 딸을 제일 형 되는 한량이 얻었을 것은 물론이다.

부자의 딸은 남편에게 이렇게 말하였다. '나는 대적놈에게 붙들려 가던 그날 밤부터 대적에게 몸을 바치라는 강요를 당했습니다. 그러나 나는 몸에 병이 있다고 하고 속인 뒤에 가만히 나의 허벅다리에 살을 베어서 헐미를 내어 그것을 대적에게 보였습니다. 대적은 나의 상처를 치료하고자 약을 써서 나의 상처는 수일 내로 낫게 되었습니다. 그러나 상처가 나을 때마다 나는 다시 살을 베어서 헐미를 만들었습니다. 그래서 지금까지 정조를 지켜 왔습니다. 이것을 보아주십시오' 하고 그는 상처를 내어놓았다. 정말 큰 헐미가 있었다. 한량은 약속과 같이 처녀와 부자 집 재산의 반을 얻어서 잘 먹고 잘 살았다고 한다.[242]

이처럼 긴 줄거리로 이루어진 민담들도 있다. 민담은 그 길이와 모습에서도 그렇게 갖가지지만 거기 담기는 속내와 속살도 너무나 여러 가지라 종잡을 수가 없다. 실제로 얼마나 많은 민담이 우리 겨레와 더불어 삶을 누리며 생겨나고 없어지고 하였는지를 가늠해 볼 길조차 없다. 우리 겨레의 상상력이 모두 나서서 만들어 낼 수 있는 놀음이야기말꽃을 모두 만들어낸 것이 민담이라 해도 지나친 말이 아닐 것이다.

그러나 그렇게 푸짐하고 넉넉한 민담이기에 그 속내를 제대로 밝혀내려면 아직 많은 힘을 더 기울여야 한다. 지난 1970년대에 비롯하여 여러 사람들이 민담의 수풀을 헤치며 부지런히 밝혀내고 있지만, 그것은 넓고 깊은 수풀에 견주어 첫걸음마에 지나지 않는다. 무엇보다도 지난날 왕조사회의 지식인들은 민담의 값어치를 깨달을 수 없었기 때문에 글말로 붙들어두는 일에 인색하였다. 한문으로 찾아 적은 민담들도 적지 않다 하겠지만[243] 그 또한 실제로 살아 있었던 민담에 견주면 열에 하나도 되지 못한다. 왕조사회가 끝나고 누구나 한글을 마음대로 부려쓸 수 있는 때가 열려서 민담도 얼마든지 글말로 적혀서 살펴볼 수 있는 때가 왔다. 그러나 알다시피, 우

---

242) 손진태, 《한국 민족설화의 연구》, 을유문화사, 1947, 106~110쪽.
243) 《어우야담》, 《천예록》 같은 것을 비롯하여 《청구야담》, 《동야휘집》 같은 이른바 문헌설화라고 하는 야담집들이 적잖이 있고, 이것들 안에는 민담들도 더러 실려 있다.

리는 곧바로 외세에 짓밟히며 싸우느라 광복할 때까지 이렇다 할 마음을 기울일 수가 없었다.

그런 탓으로 우리의 민담에 처음으로 눈길을 준 사람은 19세기 말엽 우리 나라에 왔던 서양의 선교사들이었다.[244] 그러고는 일제 침략자들이 나서서 침략의 터전을 굳히고 이것을 끝까지 지켜보겠다고 우리의 온갖 것들을 속속들이 파헤치고 들여다보면서 민담도 찾아 모아 책으로 펴내면서 저들 뜻대로 풀이하기도 했다.[245] 일제 침략자들과 싸우던 때에도 우리 겨레의 손으로 민담을 찾아 모으는 일이 없지는 않았으니, 심의린의 《조선동화대집》[246]과 한충의 《우리 동무》[247]가 그것이다.[248] 그러나 광복을 하자 민담에 마음을 두는 사람들이 갈수록 늘어나면서 부지런히 모으고 연구하는 흐름이 일어났다. 따라서 이때에 와서는 민담이 입말꽃으로 즐겨지던 지난날과는 달리 눈으로 읽으며 즐기는 글말꽃으로 탈바꿈되어 가는 것들도 많아졌다. 그리고 그처럼 글말꽃으로 탈바꿈한 민담을 읽고 즐기는 사람들이 지난날 입말꽃일 때보다 한결 더 어린이들에게로 기울어졌다. 심의린이 1926년에 처음으로 펴낸 민담 책의 이름을 《조선동화대집》이라 한 것부터 '어린이 이야기'라 하여 '동화'로 불렀던 것이다. 그래서 요즘에도 '민담'이라는 이름보다는 '전래동화'라는 이름[249]을 더 널리 쓰는 듯하다.

이러한 민담은 거기 나오는 사람의 사람됨이나 사건의 줄거리에 되풀이와 맞섬이라는 뚜렷한 틀이 밑받침이 되어 처음과 끝을 눈에 띄게 마련한다. 민담의 짜임새에 이처럼 되풀이와 맞섬 같이 뚜렷한 틀을 밑받침으로 삼는 것은 다름 아니라 머릿속에 외워서 주고받아야 하는 입말꽃의 본살 때문이다. 그리고, 얽히고 설킨 삶의 곡절들에 시달리지 않는 어린이들이 즐기며 좋아하게 되는 까닭도 거기 있다. 그러면서도 민담의 속살과 겉모습은 너무 여러 가지라 몇몇 갈래를 나누고 살펴보기는 어렵다. 그래서 우선 민담이 다른 이야기말꽃과 눈에 띄게 다르다고 할 수 있는 몇 가지

---

244) 1889년 알렌이 《조선의 이야기》라는 책을 미국 뉴욕의 출판사(Horace Newton)에서 펴낸 뒤로 1920년 이전에 이미 여섯 책의 민담집을 선교사들이 만들어 펴낸 것으로 밝혀졌다.

245) 총독 통치가 시작되던 바로 1910년에 다카하시가 《조선의 물화집》이라는 300쪽이 넘는 민담집을 일한서방에서 펴낸 뒤로 1920년에는 야마자키가, 1923년에는 조선총독부가, 1926년에는 나카무라가, 1944년에는 모리가와가 모두들 우리의 민담을 모아 책으로 펴냈다.

246) 한성도서주식회사, 1926.

247) 예향서관, 1927.

248) 이 밖에도 우리 민담을 모아 책으로 펴낸 것이 더러 있지만 모두 일본말로 적은 것들이었다.

249) 어린이들에게 읽히려고 지어내는 이야기(동화)를 '창작동화'라 하여 이것과 달리 예로부터 내려오는 이야기라는 뜻으로 만들어 쓰는 이름이다.

성질을 이야기해 보는 수밖에 없겠다.

민담은 우선 사건으로 재미를 만들어내고 다른 요소들에는 이렇다 할 마음을 쓰지 않는다. 사건이 일어나는 곳이나 때라든지 사건을 만들어낼 사람(등장인물) 같은 것에 크게 마음을 두지 않는다는 말이다. 때는 흔히 '옛날 옛적에, 갓날 갓적에'로 해서 어름어름하고, 곳은 흔히 '어느 한 곳에'라고만 해서 또한 흐릿하다. 사건을 만들어낼 사람도 '어느 한 사람이' 또는 '어느 한 총각이', '어떤 가난한 부부가', '어머니와 한 아들이'……, 이런 투로 또렷하지 않아서 사실은 그들이 누구라도 상관이 없는 것이다. 이것은 민담이 오랜 세월을 두고 널리 여러 곳으로 떠돌아다녔다는 사실을 말해 주기도 하고, 그렇게 떠돌아다닐 수 있게 한 말미이기도 하다. 한없이 떠돌아다니며 거의 모든 사람들과 어우러져 살아 남은 것이기에 곳과 때를 뚜렷이 드러내는 모들이 모두 닳아버린 것이다. 그러면서 비슷한 속뜻과 줄거리를 가진 이야기가 종족과 문화의 울타리를 넘어 세계 곳곳까지 흩어져 떠돌기도 하는 것이다. 그렇다고 해서 비슷한 줄거리의 민담이 반드시 하나의 뿌리에서 나와 떠돌며 흩어진 것이라고 보는 것도 이제는 믿을 수 없는 주장이 되었다. 하지만, 오랫동안 널리 떠돌아다니면서 남다른 모서리는 닳아버리고 누구나 고개를 끄덕일 만한 속살과 모습으로 다듬어진 것만은 틀림없다. 이것이 서낭굿이야기나 조상굿이야기나 전설과는 눈에 띄게 다른 점이다.

민담의 또 다른 성질은 흥미에 마음을 쓰는 것이다. 민담은 한 마디로 재미만 있으면 그만이라 해도 지나친 말이 아니다. 재미가 말씨에서 오거나, 사건에서 오거나, 속뜻에서 오거나 가릴 것도 없이, 어쨌거나 재미가 있어야 한다. 그럴 듯하거나 말거나[사실], 이치에 닿거나 말거나[합리], 쓸 데 있거나 없거나[교훈], 이런 것들은 모두 흥미에 뒤따라오는 관심거리에 지나지 않는다. 그래서, 민담에는 어떠한 멍에나 굴레도 없이 온전히 자유로운 상상의 힘이 마음껏 나래를 펼 수 있다. 엄청난 기적과 터무니없는 우연이 얼마든지 일어나서 '말이 되지도 않는 거짓말'이 멋대로 춤추는 것이다.[250] 아무런 멍에도 없이 훨훨 춤추는 자유스러운 상상의 세계, 그리고 거기서 오는 조건 없는 재미, 이것이야말로 언어와 인종과 문화와 기후 풍토를 넘어서 사람이면

---

250) 민담의 재미가 거짓말과 떨어질 수 없는 것임을 임재해는 안동군 풍산면 서미2리(목현마을)에서 이야기를 조사한 다음 이렇게 말했다. "황병극씨는 이야기의 요령만 터득하고 있는 것이 아니라 이야기의 재미가 어디 있는가, 이야기란 무엇인가 하는 것도 자기 나름대로 분명하게 포착하고 있다. 이야기는 으레 꾸며낸 것이므로 거짓이라는 사실을 잘 알고 있다. 따라서 거짓 이야기라야 이야기답게 재미가 있다고 한다."(안동대학교 민속학연구소, 〈까치구멍집 많고 도둑 없는 목현마을〉, 《한국학술정보》, 2002, 419쪽)

누구나 좋아하지 않을 수 없는 세계가 아닌가? 이래서 민담은 흥미를 바탕으로 삼고 있는 특성을 지닌다.

끝으로, 민담에는 인생살이를 오래 겪고서야 얻을 수 있는 단순하지만 올바른 윤리가 무시할 수 없는 힘을 지니고 깔려 있다. 그것은 곧 참됨[진리]과 착함[선]을 무엇보다도 굳게 믿는 윤리다. 어떠한 민담에도 거짓[허위]과 나쁨[사악]이 참됨과 착함을 이기도록 내버려두지 않는다. 사람들이 어우러져 살아가는 세상에는 너무나 자주 거짓이 참을 이기고 나쁨이 착함을 짓밟는 일들이 벌어진다. 그러나 민담에서는 결코 그런 일을 받아들이지 않는다. 나쁘고 거짓된 사람이 한때는 이길 수 있지만 반드시 착하고 참된 사람이 그것을 뒤집어 이기고 만다는 것을 줄기차게 이야기한다. 사람은 누구나 거짓과 나쁨을 벗어 던지고 참되고 착한 세계로 나오도록 양심 안에서 부름을 받고 있는지도 모른다. 그것은 어쩌면 조물주가 사람들에게 박아준 마음의 윤리인지라 아무도 마다할 수 없는 것인지도 모른다. 그래서 사람은 현실 안에서 쉽사리 이루어지지 못하는 그것을 예술 안에서 이루려고 안간힘을 쓰는 것일 수 있다. 현실에서 이루기 어려운 양심의 윤리를 민담은 가장 쉽고 솔직한 모습으로 이야기하는가 싶다. 언제나 어디서나 힘을 잃지 않을 인류 공통의 윤리를 민담은 은밀히 그러나 한결같이 깔고 있다는 말이다.

이런 민담은 서낭이야기나 전설처럼 한문에 매달리던 지배층 사람들에게는 사랑을 받지 못했다. 현실의 삶에서 온갖 고통과 죄악을 넌더리가 나도록 겪으며 얼이 비꼬여 있는 어른들에게도 민담의 단순하고 순진한 이야기는 제대로 먹혀 들지 않았다. 인간 세상의 헝클어진 윤리에 물들지 않고 영혼이 깨끗한 어린이들은 민담을 온 몸으로 받아들이며 즐겼다. 어른들은 겨우 자신들이 어렸을 적에 감동 받고 기억해둔 민담을 끄집어내어 어린이들에게 들려주는 것으로 한몫을 다할 뿐이다. 그러나 온 몸으로 즐기는 어린이들과 이들에게 들려주는 것으로 보람을 찾는 보잘것없는 어른들의 맞장구에 힘입어 민담은 인류의 역사와 함께 끊임없이 이어지고 있다.

3) 판소리

'판소리'는 말 그대로 '소리(음악)'다. '소리'니 이야기말꽃보다는 차라리 노래말꽃에 좀더 가까울 수 있다. 그러나 '소리'는 그릇일 뿐이고, 거기 담긴 속살은 이야기말꽃이다. 이야기말꽃이 소리에 실려서 판소리가 되는데, 소리가 이야기를 싣고 가자니 바라지를 받지 않을 수 없다. 그래서 북잽이(고수)의 바라지를 소리꾼(명창)의 소리보다 오히려 높이 쳐서 '일 고수, 이 명창'이라는 말[251]까지 나왔다. 그런데, 이야기를 소리에 담아내지만 판소리는 여느 이야기하듯이 늘어놓기만 하는 것도 아니고, 여느 소리하듯이 마음을 건네려고만 하지도 않는다. 소리꾼이 혼자 하면서도 꼭 놀이하듯이 짓거리를 섞어[252] 주거니 받거니 한다. 그래서 눈을 감고 소리에 실려오는 이야기를 귀로 듣기만 하면, 마치 여럿이서 주고받는 놀이인 줄로 여길 만하다. 이래서 판소리는 이야기이면서, 소리이기도 하고, 또 놀이이기도 하다고 할 만하다. 그런 까닭에 '판소리는 판소리다' 하는 우스개 같은 대답[253]이 가장 올바른 판단이 되었다. 그러나 또한 뭐니뭐니해도 판소리는 그것의 속살이며 뼈대인 이야기말꽃 안에 싸잡히지 않을 수도 없는 것이다.[254]

판소리는 이야기말꽃을 처음부터 끝까지 모두 소리로 들려주는 것이 아니다. 판소리를 하는 놀이판에는 애초부터 그럴 만한 시간이 나오지 않았다. 그래서 판소리는 이야기말꽃에서 어느 대목을 한 도막 끊어서 들려준다.[255] 무슨 이야기말꽃에서 어느 대목을 들려줄 것인가는 소리꾼의 마음에 달렸지만, 들으려고 모인 사람들이 누구인가에 따라 맞추어 고르는 것은 두말할 나위도 없다. 그뿐 아니라, 들려주는 한 도막이라도 그것을 온전히 소리로만 하는 것이 아니고 여느 말로 하는 것과 섞는다. 말로 하는 것을 '아니리'라 하는데, 아니리는 이야기에서 가볍게 지나가야 할 곳을 건너가는 것이기도 하지만 소리꾼이 한 숨을 돌리며 목을 쉬도록 시간을 버는 것이기도 하다.

판소리가 언제 어떻게 비롯했는지는 아직 제대로 모른다. 대체로 18세기에 들어서면서 비롯하고, 무당의 굿이야기에서 말미암았으리라는 짐작을 하고 있다. 판소리가 18세기에 비롯했으리라는 짐작은 우선 1754년에 적힌 이른바 만화본 〈춘향가〉[256]가 있기 때문이다.[257] 그것이 비록 한시의 모습으로 적혀 있으나, 판소리를 귀로 듣고

---

251) 춤이나 소리 같은 예술은 반드시 악기의 바라지를 받아서야 일어날 수 있다. 바라지가 뛰어나면 춤이나 소리는 한결 북돋아지지만, 바라지가 시시하면 춤이나 소리는 그냥 내려앉고 만다. 그래서 19세기에 판소리를 이끌었던 신재효(1812~1884)도 판소리에서는 소리꾼보다 북잡이가 먼저라는 뜻으로 '일 고수, 이 명창'이라고 했다.

252) 판소리하는 소리꾼은 부채를 손에 들고 온 몸으로 짓거리를 그럴 듯하게 한다. 짓거리를 소리내는 것에만 돕는 것으로 좁게 쓰면 '발림'이라 하고, 소리판의 모든 분위기를 돋우는 것으로 넓게 쓰면 '너름새'라 한다. 그만큼 짓거리가 차지하는 자리를 가볍게 여기지 않는다는 뜻이다.

253) 강한영, 〈판소리는 판소리다〉(〈판소리의 장르 문제〉, 《동아문화》 6, 서울대학교 동아문화연구소, 1966, 206~214쪽).

254) 조동일, 〈판소리의 장르 규정〉, 《어문논집》 1, 계명대학 국어국문학회, 1966.

255) 요즘은 세상이 달라져서 판소리만을 들으며 몇 시간씩 버틸 사람들이 모인 자리를 만들어 이야기말꽃 한 마리를 처음부터 끝까지 판소리로 들려주는 일이 생겼다. 그러나, 이른바 '완창'이라는 이것도 그럴 수 있다는 것일 뿐이고, 그런 완창으로 즐기는 판소리는 거의 없다.

256) 유진한(1711~1791)이 쓴 한시 〈춘향가〉를 말한다.

550

느낌을 받아서 적은 것으로 보이니 판소리는 이보다 더 일찍부터 있었다고 볼 만하다. 그리고 이즈음에 하한담(또는 하은담), 최선달, 우춘대 같은 명창들이 있었다는 말이 소리꾼들에게서 내려오기도 했으니258) 판소리가 18세기로 들어서는 즈음에 비롯했으리라는 짐작은 크게 무리하지 않다.

판소리가 무당 굿이야기에서 비롯했으리라는 짐작도 뼈대로 말하면 얼마든지 그럴 만하다. '뼈대로 말하면'이란 무슨 말이냐 하면, 판소리가 이야기를 소리로 노래부르는 것일진대 무당의 굿이야기도 이야기를 소리로 노래부르는 것이라는 점에서 크게 다를 것이 없다는 말이다. 그뿐 아니라 판소리와 무당의 굿이야기는 소리의 가락과 장단이 서로 비슷하다는 점259)과 호남 쪽 세습 무당의 '사니(남자 잽이)'가 손쉽게 판소리 광대로 탈바꿈할 수 있으리라는 짐작을 하기도 했다.260) 게다가 실제로 동해안 별신굿 같은 무당굿에는 장님의 눈을 뜨게 하려는 〈심청굿〉을 바치기도 해서 판소리 〈심청가〉와 아주 가까울 수 있을 만하다.

그러나 무당의 굿이야기는 아득히 먼 옛날부터 있었는데, 어째서 판소리는 18세기에 와서야 생겼느냐 하는 물음은 아직 제대로 풀리지 않았다. 조선 후기에 와서 백성들의 정신이 깨어나고 상업이 일어나니까 판소리 광대가 무당에게서 떨어져 나와 살아갈 수 있게 되었으며, 백성들이 해학과 풍자로 현실을 담아내는 예술로 판소리를 좋아하게 되었다는 풀이261)가 있기는 하다. 그러나 과연 우리 겨레의 백성들도 서유럽 사람들처럼 18세기에 와서야 정신이 깨어났느냐 하는 물음도 먼저 일으켜보아야 하겠지만, 그런 물음을 우선 접어두더라도 그것으로 물음이 속 시원히 풀리지는 않는다. 상업이 일어나는 것과 판소리 광대가 생겨나는 것과 서로 어떻게 연결되는지도 좀더 꼼꼼하게 밝혀보아야 할 일들이 많을 듯하다.

여기서 우리는 17세기부터 일어난 '소설'과 18세기에 생겨난 '판소리'의 관계를 생각해 보지 않을 수 없다. 판소리란 바로 소설을 소리로 노래부르는 예술이기 때문이다. 처음부터 글말로 만든 소설뿐만 아니라 입말로 흘러온 이야기말꽃들이 글말로 적히면서 모습을 드러낸 '자란소설'까지 싸잡아, 17세기에 소설이 눈에 띄게 나타난 것과 18세기에 판소리가 나타난 것 사이에는 뗄 수 없는 관련이 있다는 생각이다. 백

---

257) 김동욱, 《춘향전연구》, 연세대학교출판부, 1965, 77쪽.
258) 정노식, 《조선창극사》, 조선일보사출판부, 1940.
259) 이혜구, 〈송만재의 관우희〉, 《중앙대 개교30주년 기념논문집》, 1955, 116~117쪽.
260) 정노식, 앞의 책 ; 서대석, 〈판소리 형성의 삽의〉, 《우리문화》 3, 우리문화연구회, 1969.
261) 조동일, 〈판소리의 전반적 성격〉, 《판소리의 이해》, 창작과비평사, 1978, 17쪽.

성들이 예로부터 즐기던 입말놀음이야기말꽃이 17세기를 넘어서면서 더욱 드세게 일어났는데 때마침 사대부들의 글말놀음이야기말꽃까지 일어나니까 뚜렷하게 새로운 이야기말꽃의 시대가 열린 것이다.

이렇게 일어난 18세기의 새로운 이야기말꽃은 입말이야기말꽃이든 글말이야기말꽃이든 장터와 거리로 나와 이야기꾼들의 입으로 수많은 백성들까지 즐길 수 있게 되었다. 이처럼 이야기말꽃을 즐기려는 백성들이 갑자기 불어나면서 거리와 장터의 이야기꾼과 예로부터 무당의 굿에서 백성들에게 굿이야기말꽃을 즐기게 하던 전통이 저절로 손잡을 수 있게 되지 않았을까. 판소리가 일찍이 이야기책을 많이 찍어내던 전주 지역에서 비롯하여 섬진강을 따라 아래로 내려가면서 동쪽과 서쪽으로 퍼져 동편제와 서편제로 갈라진 내력이라든지, 판소리 중고제가 이야기책을 많이 찍어내던 서울과 안성을 중심으로 퍼지면서 책을 읽는 듯한 소리를 뼈대로 이루어진다든가 하는 것들도 그런 생각을 부채질한다.

판소리는 작품을 '마당'이라 부르는데, 기록에 남은 것에만 따르면 본디 열두 마당이 있었던 것으로 보인다.262) 〈춘향가〉, 〈화용도타령〉, 〈박타령〉, 〈강릉매화타령〉, 〈변강쇠타령〉, 〈왈자타령(무숙이타령)〉, 〈심청가〉, 〈배비장타령〉, 〈옹고집타령〉, 〈가짜신선타령(숙영낭자전)〉, 〈토끼타령〉, 〈장끼타령〉, 이렇게 열두 마당이 그것들이다.263) 그런데 19세기 후반에 와서 판소리 발전에 커다란 자취를 남긴 신재효(1812~1884)는 이것을 절반으로 줄여서 여섯 마당의 사설만을 가다듬었다. 〈춘향가(동창·남창)〉, 〈심청가〉, 〈박타령〉, 〈토별가〉, 〈적벽가〉, 〈변강쇠가〉, 이렇게 여섯 마당이다.264) 그런데 20세기에 들어와서 진주의 소리꾼 이선유(1873~1939)는 우리 나라에서 처음으로 인쇄하여 펴낸 판소리 창본인 《오가전집》265)에다 다섯 마당의 사설만을 실었다. 소설처럼 마련한 신재효의 사설집과는 달리 아니리와 장단을 세밀하게 나타낸 이 전집에는 〈춘향가〉, 〈심청가〉, 〈박타령〉, 〈수궁가〉, 〈화용도〉만 담았

---

262) '기록에 남은 것에만 따르면'이라는 말은 실제로 입으로 노래 불려진 판소리는 이보다 더 많았을는지도 모른다는 뜻이다. 첫기록이 19세기 초엽에 적힌 것(1810년에 적힌 송만재의 〈관우희〉)인지라 처음 18세기의 판소리가 열두 마당뿐이었을지는 매우 의심스럽기 때문이다. 이를테면, 〈두껍전〉, 〈옥단춘전〉, 〈괴똥전〉도 판소리로 노래부르던 것이며(김동욱, 〈판소리는 열두 마당뿐인가〉, 《낙산어문》 2, 서울대학교 국어국문학회, 1970), 〈배뱅이굿〉도 판소리로 보아야 하지 않느냐는 물음(김동욱, 《한국가요의 연구》, 을유문화사, 1961, 322쪽)도 있다.

263) 19세기 초에 적힌 송만재의 〈관우희〉에 적힌 것인데, 괄호 안에 적힌 것은 정노식의 《조선창극사》 (조선일보사출판부, 1940)에 적힌 것이다.

264) 강한영 교주, 《신재효 판소리 사설집(전)》, 민중서관, 1971.

265) 이선유, 《오가전집》, 대동인쇄소, 1933.

는데, 오늘날에도 이들 다섯 마당만 남아서 사랑을 받는다.

19세기 초엽에 열두 마당이었던 판소리가 이제 다섯 마당만 남았으니 그 사이 사라진 일곱 마당은 지금 어찌 되었는가. 우선 〈변강쇠가〉는 신재효가 정리한 사설로만 남았지만, 몇 가지 이본들이 있어서 〈가루지기타령〉, 〈횡부가〉, 〈변강쇠전〉, 〈변강쇠타령〉 같은 이름으로 적혔다. 다음 〈배비장타령〉, 〈옹고집타령〉, 〈장끼타령〉, 〈가짜신선타령〉은 모두 〈배비장전〉, 〈옹고집전〉, 〈장끼전〉, 〈숙영낭자전〉이라는 소설들로만 남아 있다. 그래서 〈왈자타령〉과 〈강릉매화타령〉만 사라진 셈이었는데, 얼마 전(1992)에 전주에서 〈강릉매화타령〉의 사설로 보이는 〈매화가〉라는 필사본을 찾았다.266) 1872년에 적은 정현석의 《교방가요》에도 〈매화타령〉이라는 판소리의 이름이 있어서 19세기 후반에 지방 관아의 교방에도 〈강릉매화타령〉이 있었던 것으로 보인다. 결국 〈왈자타령〉만 온전히 사라진 셈이지만, 그것도 〈게우사〉라는 이름의 사설이 그것으로 보인다는 주장이 있다.

여기서, 일찍이 판소리가, 입말로 흘러오던 이야기(근원설화)를 소설로 자리잡게 하는 징검다리 노릇을 했다는 이론을 잠시 살펴보고 싶다. '근원설화 → 판소리 → 소설'이라는 주장은 김삼불267)에게서 비롯하여, 김동욱이 《한국가요의 연구》268)와 《춘향전연구》269)에서 흔들릴 수 없도록 했다. 그러나, 우선 〈화용도〉는 이른바 근원설화에서 판소리로 건너가지 않고 오히려 소설에서 판소리로 넘어간 것임이 틀림없다. 중국소설 〈삼국지연의〉가 우리 말로 뒤쳐져서 널리 읽혀진 다음에 판소리에 얹혀서 소리로 노래 불려진 것으로 볼 수밖에 없기 때문이다. 그 밖의 판소리 다섯 마당들도 판소리에서 소설로 넘어온 완판본들보다 본디 소설로 읽히기만 하던 경판본이 앞서는 것으로 볼 수 있는 근거들도 적잖이 널려 있다.270) 게다가 판소리 열두 마당에서 오늘날 판소리로 살아 남지 못한 일곱 마당 가운데 네 마당이나 소설로 엄연히 살아 남아 있다. 이것은 이들 판소리가 본디 소설이었는데, 판소리로 노래 불러 보았지만 판소리로 인기를 얻지 못하자 다시 본디의 소설로 남아 있는 것이 아닐까. 이런 생각을 하면, 역시 조수삼(1762~1847)의 다음 기록이 눈길을 끌 만하다.

---

266) 김헌선, 〈강릉매화전〉, 《제154차 한국고전문학연구회 논문발표회》, 1992. 10. 24.

267) 김삼불, 〈춘향전 해제〉(발표하지 못한 원고) ; 김삼불, 〈신오위장 연구〉(발표하지 못한 원고).

268) 김동욱, 《한국가요의 연구》, 을유문화사, 1961.

269) 김동욱, 《춘향전연구》, 연세대출판부, 1965(증보판 1976).

270) 사재동, 〈심청전연구서설〉, 《어문연구》 7, 충남대, 1971.

늙은이는 동대문 밖에 살았다. 그는 우리 말 소설들을 입으로 들려주었는데, 숙향전, 소대성전, 심청전, 설인귀전 같은 전기들이었다. 초하룻날에는 첫째 다리 밑에 앉고, 이튿날에는 둘째 다리 밑에 앉고, 사흗날에는 배오개에 앉고, 나흗날에는 교동 들머리에 앉고, 닷샛날에는 대사동 들머리에 앉고, 엿샛날에는 종각 앞에 앉고, 이렛날부터는 도로 거슬러 올라온다. 내려왔다가 올라가고, 올라왔다가 내려가고, 이러면서 한 달을 보낸다. 달이 바뀌면 또 이렇게 하는데, 원체 책을 잘 읽기 때문에 구경꾼들이 겹겹이 담을 쌓는다. 읽어가다가 가장 간절하여 몹시 듣고 싶어하는 대목에 이르면 문득 입을 다물고 말이 없다. 사람들은 다음 이야기를 듣고 싶어서 다투어 돈을 던지는데, 마침내 이를 요전법이라 했다. 아이와 아낙들 마음 상해 눈물 절로 흘리고 / 영웅의 지고 이김 칼로서도 못 가리네 / 말하다가 잠간 쉬면 돈 던지는 법 / 듣고 싶은 사람 마음 묘하기도 하네.271)

17세기에 소설이 나타나자 이런 이야기꾼들이 더러 나타나고, 이들이 들려주는 이야기가 인기를 끌자 연기와 노래 솜씨가 있는 이야기꾼은 노래를 부를 수도 있었을 것이다. 처음에는 책을 읽었겠지만 뛰어난 이야기꾼이면 얼마든지 외어서 몸짓과 소리에 담아 판소리의 싹을 틔울 수 있었을 것이다.272) 이렇게 자라난 이야기꾼의 싹이 굿하는 무당이나 놀이패의 소리꾼에게 이끌리면 마침내 판소리와 같은 예술의 갈래로 넘어갈 수 있지 않을까. 그러니까 '근원설화 → 판소리 → 소설'로 이어졌다기보다는 오히려 '근원설화 → 소설 → 판소리'로 이어지지 않았느냐는 것이다. 이렇게 보면, 판소리를 입말놀음이야기말꽃으로 갈래지우기도 어렵다. 이미 입말이야기말꽃인 '근원설화'에서 글말이야기말꽃인 '소설'로 넘어온 뒤에 다시 입말로 소리하는 것이기 때문이다. 어쨌거나 판소리가 비롯한 말미를 제대로 밝히려면 아직도 따져보아야 할 일들이 적잖이 남아 있다.

[아니리] 조조가 듣고 탄식허다 히히 하하 대소허니 제장이 여짜오되, "근근도생 창황중으 슬픈 근심 생각잖고 무삼 일로 웃나니까?", "내 웃는 배 다름이 아니라, 주유는 꾀가 없고 공명이 실기 없으니 내 아니 웃을소냐? 아, 이 병목 같은 좁은 곳에 복병하여 두었으면 우리를 쥐 잡듯 아니하겠느냐?"
[엇몰이] 말이 맞지 못하야, 오림 산곡 양봉에서 고성 화광이 충천, 한 장수 나온다, 한 장수 나와, 얼골은 형산 백옥 같고 눈은 소상강 물결이라. 인어 허리, 곰의 팔으 장창을 비껴 들고, 우레 같이 큰 소리 벽력 같이 뒤질러, "너 이놈, 조조야. 상산의 조자룡을 아는다 모르는다? 목 늘여 칼 받아라!" 번개같이 달려들어, 동을 얼러 서를 치고, 남을 얼러 북을

---

271) 조수삼, 《추재집》 권7, 기이, 전기수.
272) 임형택, 〈18 · 9세기 이야기꾼과 소설의 발달〉, 《한국학논집》 2, 계명대학교 한국학연구소, 1974.

쳐, 여 가 번듯허면 제 가 쨍그렁 비고, 저 가 번듯허면 예 와 쟁그렁 베고, 좌우로 충돌허며, 어르파 어르파 어르파, 백송골이 꿩 차듯, 두꺼비 파리 잡듯, 은장도 칼 빼듯, 여름날에 번개 치듯, 홍앵애앵 쳐들어갈 제, 장졸의 머리가 추풍낙엽이로구나. 피흘러 냇이 되고 주검이 여산이라. 서황, 장합 쌍적하야 게우게우 방어허고 호로곡으로 도망을 허는구나.

[진양] 바람이 우루루루루루 쐐 지둥치듯 불고 궂인 비는 퍼붓난듸, 갑옷 젖고 기계 잃고 어디로 가잔 말이냐? 조조 군사 굶었으되, 행중으 양식 없어 말도 잡어 군사를 구급허고, 젖은 옷 쇄풍허며 한곳을 바라보니, 한수 여울 내린 물은 이릉으로 닿었난듸, 적적산곡 청계상으 쌍쌍 백구는 흘러 떴다. "우후청강 좋은 흥이, 묻노라, 저 백구야, 홍요월색이 어느 곳고? 어적 수성이 적막헌듸, 뉘 기약을 기다리고 범피창파 흘리 떠 오락가락 승유허고, 나는 어이 무삼 죄로 천리 전장으 나왔다가 만군진을 몰살을 허고, 풍파여상 곤한 신세 반생반사 고양난이로구나."

[아니리] 이러고 자탄 끝에 또 대소허니, 정욱이 어이없어 군사다려 이르기를, "우리 모두 다 죽는다. 정신들 차려라. 승상님이 웃으셨다." 조조 얕은 속에 화를 내여, "고얀 놈들, 내가 웃으면 복병이 꼭 난단 말이냐? 내 우리 집에 있을 때 아무리 웃어도 복병커녕 뱃병도 안 나더라."

[잦은몰이] 말이 맞지 못하야 호초 함성이 천지가 천지가 뒤덮는다. 정욱이 혼이 없어, "여보시오, 승상님, 어서 한없이 웃음이나 웃으시오. 죽어도 원이나 없게 웃으시오." 조조 묻는 말이, "오는 장수 거 뉘기냐?" "무서운 장비요." 조조 웃음 간데 없고 두 눈이 휘둥그러지며 방황헐 제, 표독한 저 기상에, 낯빛은 검푸르고, 고리눈, 따박수염, 사모장창 비껴 들고, 불꽃 같은 급헌 성정, 맹호같이 쑥 나서며, "네 이놈, 조조야, 내 장창 받어라. 팔랑개비라 비상천허며 두더쥐라 땅을 딀까. 우레 같은 큰 소리 벽력같이 뒤지르니, 나는 새도 떨어지고 길짐생도 못 닫는다. 조조 정신 없어, "여봐라, 정욱아. 내 갑옷 입고 여기 잠깐만 서 있거라. 나 똥 좀 누고 오마." "그런 얕은 꾀 쓰지 마오." 조조, 정신 혼미하야 갑옷 벗어 후리치고, 군사와 한데 섞어 자빠지며 엎더지며 화룡도로 도망을 허는구나.[273]

보다시피 판소리 사설은 호남 쪽 사투리라야 제맛이 난다고들 하는데, 장단과 곡조를 사건에 따라 변화무쌍하게 활용하는 '소리(창)'와 '아니리'의 조화도 긴요하다. 소리의 바탕인 장단과 곡조는 엄청나게 복잡하여 명창들마다 저마다 새로운 경지를 개척할 수 있는 자유로움이 열려 있다. 그러나 물론 기본과 원리는 엄연한데, 느낌을 불러일으키는 바탕인 곡조는 우선 우조, 평조, 석화제, 강산제, 계면조, 평계면조, 경드름, 추천목, 설렁제, 메나리조 같은 것들이 있다. 그것을 조금 크게 묶으면 우조, 평조, 석화제, 강산제는 우평조로, 계면조, 평계면조는 계면조로 함께 다룰 수 있다.[274]

---

273) 〈판소리 적벽가〉, 《판소리 다섯 마당》, 한국브리태니커회사, 1982, 217~218쪽.
274) 이보형, 〈판소리 사설의 극적 상황에 따른 장단조의 구성〉, 《예술논문집》 14, 예술원, 1975.

장단은 더욱 복잡하니 늘어지는 쪽에서 서두르는 쪽으로 가보면 우선 느진진양, 평진양, 세마치(자진진양), 느진중모리, 평중모리, 자진중모리, 느진중중모리, 평중중모리, 휘중모리(단중모리), 느진자진모리, 평자진모리, 자진자진모리, 휘모리, 닷모리, 느진엇모리, 자진엇모리, 엇중모리가 쓰인다. 그것은 다시, 느진진양·평진양·세마치는 진양으로, 느진중모리·평중모리·자진중모리는 중모리로, 느진중중모리·평중중모리·휘중모리는 중중모리로, 느진자진모리·평자진모리·자진자진모리는 자진모리로, 휘모리·단모리는 휘모리로, 느진엇모리·자진엇모리는 엇모리로 묶을 수 있다.[275]

판소리는 이처럼 꾀까다로운 곡조와 장단을 서로 어우러서 만들어내지만 게다가 소리꾼이 타고난 목청의 결에 따라 자아내는 소리의 느낌은 얼마든지 달라진다. 우선 목소리의 높낮이(고저)에 따라 최상성, 중상성, 상성, 평성, 하성, 중하성, 최하성이라는 일곱 가지 소리(7성)로 가른다. 다음은 목소리의 소리결(음색)에 따라 통성, 철성, 수리성, 세성, 항성, 비성, 파성, 발발성, 천구성, 화성, 귀곡성, 아귀성 같은 것들로 나눈다. 그리고, 목소리의 흔들림(변화)에 따라 생목, 속목, 겉목, 푸는목, 감는목, 찍는목, 떼는목, 마는목, 미는목, 방울목…… 이렇게 수십 가지를 갈라서 이야기한다.[276]

이처럼 갖가지 곡조와 장단과 목으로 이루어내는 판소리를 신재효는 〈광대가〉라는 판소리 사설에서 우선 인물, 사설, 득음, 너름새 이렇게 네 가지로 다음과 같이 그려내고 있다.

> 거려천지 우리힝낙 광디힝셰 죠흘씨고 그러ᄒ나 광디힝셰 어렵고 쏘어렵다. 광디라 ᄒ
> 는거시 제일은 인물치례 둘지는 ᄉ셜치례 그직츠 득음이요 그직츠 너름시라. 너름시라 ᄒ
> 는거시 귀셩씨고 밉시잇고 경각의 쳔틱만샹 위션위귀 쳔변만화 좌숭의 풍유호걸 귀경ᄒ
> 는 노쇼남녀 울게ᄒ고 웃게ᄒ는 이귀셩 이밉시가 엇지아니 어려우며, 득음이라 ᄒ난거슨
> 오음을 분별ᄒ고 육율을 변화ᄒ야 오중에셔 나는쇼리 농낙ᄒ여 ᄌ아닐졔 그도쏘ᄒ 어렵
> 구나. ᄉ셜이라 ᄒ는거신 져금미옥 죠흔말노 분명ᄒ고 완연ᄒ게 식식이 금승쳠화 칠보단
> 중 미부인이 병풍뒤의 나셔난듯 삼오야 발근달이 구름박긔 나오난듯 시눈쓰고 웃게ᄒ기
> 티단니 어렵구나. 인물은 천성이라 변통홀슈 업건이와 원원ᄒ 이쇽판니 쇼리ᄒ는 법예로
> 다.[277]

<hr>

275) 이보형, 앞의 글.
276) 박헌봉, 〈창악의 음조와 발성〉,《창악대강》, 국악예술학교출판부, 1967.
277) 신재효, 〈광대가〉,《신재효 판소리 사설집(전)》, 보성문화사, 1978, 669쪽.

그런 다음에 이어서 판소리에서 광대들이 부려쓰는 갖가지 소리의 목을 이렇게 아주 기막히게 풀이하고 있다.

영순쵸중 다슬음이 은은한 쳥계슈가 어름밋틱 흐르난듯 쯔을러 닉는목이 슌풍에 비노는듯 차차로 돌니는목 봉회노젼 기이ㅎ다. 도도와 올니는목 만중봉이 쇽구난듯 툭툭굴너 닉리는목 폭포슈가 쏫치난듯 즁단고져 변화무궁 이리농낙 져리농낙 안일리 쓰는마리 아릿다온 졔비말과 공교로온 잉무쇼리 즁머리 즁허리며 허셩이며 진양죠를 다릭두고 노와두고 걸니다가 들치다가 쳥쳥ㅎ게 도는목이 단순의 봉의우름 쳥원하게 쓰는목이 쳥젼에 학으우름 이원셩 흐르는목 황영의 비파쇼리 무슈이 농락변화 불시에 튀는목이 벽역이 부듯난듯 음아질타 호령쇼리 틱숀이 흔드난듯 어닉덧 변화ㅎ여 낙목한쳔 찬바람이 쇼실케 부는쇼리 왕쇼군의 츌시곡과 쳑부인의 황곡가라 좌숭이 실식ㅎ고 귀경군이 낭누ㅎ니 이러한 광딕노릇 그안이 어려운야.[278]

그러고는 이어서 이처럼 신비하고 어려운 판소리를 기막히게 잘 부르는 당시의 명창 광대 아홉을 다음과 같이 대문장가들에 견주어 소개하고 있다. 그런 이런 명창들이라도 모두 저마다 장기를 타고난 그대로 드러낼 뿐 그 모든 장기를 한몸에 지닌 광대는 찾아볼 수 없다고 했다.

우리 나라 명충광딕 즈고로 만컨이와 긔왕은 물론ㅎ고 근릭명창 누기누기 명셩이 즈즈하야 스람마닥 칭찬하니 니러ㅎ 명충덜을 문쟝으로 비길진딕 숑션달 홍녹이난 타셩쥬옥 박약무인 화란츈셩 만화방충 시즁쳔즈 니틱빅. 모동지 홍갑이는 관산월식 쵸목츙싱 쳥쳔말니 학으우름 시즁셩인 두즈미. 권싱원 스인씨난 쳔칭졀벽 불끈쇼스 만즁폭포 월렁쏠쐴 문긔팔딕 한퇴지. 신션달 만엽이난 구쳔은하 썰러진다 명월빅노 말근기운 취과양쥬 두목지. 황동지 희쳥이난 젹막공손 발근달에 다졍하게 웅챵쟈화 두우졔월 밍동야. 고동지 슈관이난 동아부즈 염피남묘 은근문답 ㅎ는거동 권과농샹 빅낙쳔. 김션달 계쳘리난 담탐한 순형영기 명낭한 손하영즈 쳔운영월 구양수. 숑낭쳥 광녹이난 망망한 쟝쳔벽희 걸일쯰가 업쎳스니. 말니풍범 왕마힐. 쥬낭쳥 덕기난 둔갑중신 무슈변화 녹낙ㅎ는 그슈단니 신츌귀몰 쇼동파. 이러한 광딕더리 다각기 쇼장으로 쳔명을 ㅎ엿시나 각식구비 명충광딕 어듸가 어더보리.[279]

송선달 홍록, 모동지 홍갑, 권생원 사인, 신선달 만엽, 황동지 해청, 고동지 수관,

---

278) 위와 같음.
279) 위와 같음.

김선달 계철, 송낭청 광록, 주낭청 덕기, 이렇게 아홉 사람의 근래 명창을 하나하나 꼽았다. 선달, 동지, 생원, 낭청 같은 벼슬 이름까지 쓰면서 양반의 흉내를 내고, 굳이 중국 역사에서 이름난 시인과 문장가에 비겨 놓은 것은 자못 우습다. 그러나 한편, 참으로 오랜만에 제 것의 값을 스스로 내세우며 자랑스러워하는 정신을 만나 웃어넘기며 지나치기 어려운 바가 있다.

나) 글말놀음이야기말꽃

말할 나위도 없지만, 글말놀음이야기말꽃은 한글을 만든 다음에야 비로소 생겨날 수 있는 것이다. 이미 한문으로 적힌 이야기말꽃들이 있어서 이미 적잖이 다루었지만, 그것들은 모두 입말로 흘러오던 입말이야기말꽃을 붙들어 적은 것이었을 따름이다.[280] 한글을 만들기에 앞서 향찰이라는 우리 글자로 노래말꽃을 지었지만, 그것으로 이야기말꽃을 만들지는 못했다. 그러므로 우리의 글말놀음이야기말꽃은 한글에 힘입어 비로소 나타날 수 있었다.

한글에 힘입어 글말로 이루어낸 놀음이야기말꽃을 우리는 '소설'이라 부른다.[281] 그런데 소설처럼 애초부터 글말로 지어내면 그것은 오직 한 사람의 손에서 이루어진다. 입말처럼 여러 사람들이 어우러져서는 글말로 이야기말꽃을 만들어내기 어렵기 때문이다. 오직 한 사람이 글말로 이루어낸다는 이것이 바로 소설이라는 갈래의 남다른 속살이다. 그런데 우리의 글말놀음이야기말꽃에는 소설만 있는 것이 아니다. 애초부터 오직 한 사람이 글말로써 지어낸 소설에 싸잡힐 수 없는 또 다른 소설이 있어서 그것을 '자란소설'이라 부르고자 한다. 그리고 20세기에 들어와 이야기를 그림으로 드러내는 길이 생겼다. 그림에다 주고받는 말을 곁들여서 이야기를 만들어내는 이것을 '만화'라 부른다. 그러니까 우리의 글말놀음이야기말꽃에는 자란소설, 소설, 만화, 이런 세 갈래가 싸잡혀질 수 있는 셈이다.

---

280) 여기서 읽는 이들이 잠시나마 헷갈릴까 싶어 쓸데없는 말을 한 마디 덧붙인다. 물론 애초에 한문으로 지은 이야기말꽃이 있다. 그러나 한문은 우리 글말이 아니라 중국 글말이기 때문에 배달말꽃에 싸잡힐 수 없어서 다루지 않는다.

281) 알다시피 '소설'은 우리 토박이말이 아니고 한자말이다. 그런데 같은 한자말 '소설'이라도 우리 겨레가 써온 길을 돌아보면 중국서 들어온 소설과 일본에서 들어온 소설이 다르다. 중국 쪽에서 들어온 소설은 13세기 초엽의 이규보가 〈백운소설〉이라고 쓰면서 비롯하는데, 글자 그대로 '시시한 이야기들' 또는 '보잘것없는 이야기들'이라는 뜻이었다. 조선왕조가 무너질 때까지는 거의 이런 뜻을 뼈대로 삼아서 썼다. 일본 쪽에서 들어온 소설은 조선왕조가 무너질 즈음인 20세기 들머리에 '신소설'이라는 일본 소설을 본뜨면서 비롯했는데, 그것은 서양말 '픽션' 또는 '노벨' 같은 것을 뒤쳐서 쓰던 것이다. 오늘 우리는 이런 두 뿌리에서 나온 말을 꼼꼼히 따지지 않고 쓰는 편이지만, 일본에서 들어온 서양말 쪽으로 기울어져 쓰고 있다.

1) 자란소설

임진왜란과 병자호란이라는 두 전란을 치르고 사람들은 세상과 삶을 바라보는 눈이 부쩍 달라졌다. 그러면서 여느 백성들도 한글로 적힌 글말을 가까이하려는 마음이 부쩍 자라났다. 그런 흐름을 타고 한글로 지은 소설이 생겨나고, 입말로만 내려오던 이야기말꽃을 한글로 적어서 즐기는 길을 열었다. 입말로 흘러오던 이야기말꽃(전설이나 민담)을 한글로 적어서 소설로 탈바꿈시켜간 이것을 자란소설이라 부르려는 것이다.

그러니까, 자란소설은 글말이야기말꽃이라기보다 입말이야기말꽃에서 글말이야기말꽃으로 넘어가는 이야기말꽃이라고 해야 마땅하다. 그래서 입말이야기말꽃으로 보아야 하는 구석들과 글말이야기말꽃으로 보아야 하는 구석들이 뒤섞여 있게 마련이다. 오직 한 사람이 만들어낸 이야기말꽃이 아니라 수많은 사람들의 입말로 흘러오면서 고쳐지고 다듬어진 입말이야기말꽃인데, 어느 날 한 사람의 손에서 글말로 적혔다. 입말을 그냥 글말로 옮겨 적기만 한 것이 아니라 적으면서 글말의 숨결에 맞추어 고치고 가다듬었다. 게다가 한 차례 고치고 가다듬어 적으면 그대로 글말이야기말꽃처럼 내려오는 것이 아니라 또 다른 사람이 나름대로 다시 고치고 가다듬어 적었다. 이렇게 고치고 가다듬어 적기를 거듭 되풀이하여 마침내 글말이야기말꽃인 소설과 비슷한 모습에까지 다다른 것이다. 마침내 소설에 가까운 모습으로 탈바꿈하도록 자라났기 때문에 '자란소설'[282]이라는 이름으로 글말놀음이야기말꽃의 갈래로 세우지 않을 수 없다고 보았다.

자란소설을 넓은 뜻으로 보면, 우리 옛소설에서 아주 많은 것들이 싸잡힐 수 있다. 왜냐하면 우리의 옛소설들은 애초부터 지은이가 나서서 스스로 만들어낸 이야기말꽃을 남이 건드리지 못하게 하지 않았다. 거의 모든 지은이들은 스스로를 숨기고 나타나지 않았으며, 지어 놓은 이야기말꽃도 남들이 얼마든지 고치고 손질할 수 있도록 내던져 놓았기 때문이다. 그래서 우리의 옛소설들은 아무나 베껴서 읽었으며, 수많은 사람들이 베긴 것을 수많은 사람들에게 돌려 읽힐 수 있었다. 심지어는 흙판(토

---

282) 흔히들 '판소리계 소설'이라는 이름으로 여느 소설 안에서 작은 갈래를 세우는 것들과 '자란소설'이 같은 것이 아니냐고 할는지 모르겠다. 물론 판소리로 노래 불린 소설들은 거의가 자란소설에 싸잡히는 것들이다. 그러나, 이를테면 〈적성의전〉과 같이 판소리로 노래 불리지 않은 자란소설들도 적잖이 있고, 판소리 〈적벽가〉로 노래 불리지만 〈삼국지연의〉라는 글말의 소설도 있다. 그러니까 판소리계 소설이라는 것과 자란소설은 같은 것일 수 없다.

판)이나 나무판(목판)으로 한꺼번에 꼭 같은 것들을 찍어서 널리 퍼뜨릴 수도 있었다. 이런 실정을 헤아리면 우리네 옛소설들은 거의가 자란소설의 속살을 얼마간은 지녔다 하지 않을 수 없다.

그러나 여기서 자란소설이라고 갈래를 세운 것은 그처럼 넓은 뜻이 아니다. 애초에는 틀림없이 소설이 아니라 입말이야기말꽃으로서 흘러오다가, 17세기로 넘어와 소설이라는 갈래가 나타나자 글말로 적히면서 소설로 자라난 것들만을 뜻한다. 그러니까 소설 속에 입말이야기의 알갱이(모티프)가 있으나 그것이 이야기를 돕는 구실에 머문다든지(이를테면, 〈배비장전〉에는 '이빨 뽑는 이야기[발치설화]'와 '쌀뒤주 이야기[미궤설화]'라는 두 알갱이가 들어 있어서 이야기를 풀어가는 구실을 돕는다), 어떤 쓸모가 있어서 입말이야기를 어디서 끌어온다든지(이를테면, 〈옹고집전〉에는 옹고집이 도승의 술법에 놀라 뉘우치고 어머니께 효도하며 불도를 받들게 된다는 짜임새를 인도의 '구두쇠 이리이샤' 이야기에서 끌어왔다) 하는 것들을 자란소설로 보지 않는다.

자란소설은 한 사람이 지어낸 소설과는 다른 몇 가지 증표가 있다. 첫째는, 무엇보다도 뿌리가 깊은 입말이야기말꽃(근원설화)이 뚜렷이 드러나 있다는 것이다. 이때 뿌리가 깊은 입말이야기말꽃이라는 것은 지난날의 역사 사건이나 실제 사람으로서 소설을 만드는 말미나 자료가 되었다는 뜻이 아니라 서낭이야기와 전설과 민담 같은 입말이야기말꽃을 바로 뜻하는 것이다. 입말이야기말꽃으로 오래도록 흘러오는 사이에 이야기말꽃의 틀이 그대로 자라나 글말이야기말꽃인 소설로 자리잡은 것을 이른다. 지난날에 살았던 사람이나 역사 사건을 말미와 자료로 삼아 만들어낸 소설을 우리는 '역사소설'이라거나 '전기소설'이라 하여 어엿한 소설로 여기는 데에 아무런 거리낌이 없다.

둘째는, 백성들의 눈으로 세상을 보고 백성들의 삶으로 만든 백성들의 이야기말꽃이라는 점이다. 이야기가 벌어지는 터전이 백성들이 어우러져 살아가는 그곳이며, 서로 맞서 겨루며 이야기를 일으키는 힘이 백성들의 가난하고 보잘것없는 삶과 지배층의 으리으리하고 무서운 힘을 지닌 삶 사이에서 이루어진다. 그러나 이야기의 끝은 언제나 가난하지만 바르고 착한 백성들의 삶이 무서운 힘을 휘두르는 지배층 사람들의 삶보다 값지다는 것을 드러내고야 마는 것이다. 자란소설의 주인공은 한결같이 착하고 부드럽고 슬기롭지만 결코 신분이 높은 상류층 사람들은 아니다. 애초에는 보잘것없는 사람이었으나 마지막에 얻은 보람을 딛고 드디어 높고 거룩한 자리를 차지하게 되는 사람들이다.

셋째는, 이야기가 흘러가는 줄거리나 사람들의 삶이 뒤집어지는 말미가 엄청난 우연이나 꿈 같은 비현실로 이루어지더라도 아무런 거리낌이 없다는 점이다. 이러한 흐름은 입말이야기말꽃(서낭이야기, 전설과 민담)에서 백성들이 오래도록 즐겨온 바이기에 조금도 낯설지 않은 것이다. 오히려 그처럼 놀라운 우연과 꿈 같은 환상으로 맛보는 재미가 마냥 속시원하고 후련할 따름이다. 민담이 그러했듯이 백성들이 두루 바라는 바를 담은 자란소설은 그들의 바람을 이루려는 뜻에 매달려 소설이 내세우는 논리와 현실 같은 것을 가볍게 무시할 수 있는 듯하다. 그리하여 현실이니 필연이니 하는 것들을 뛰어넘어 마음껏 상상하며 소박하면서도 환상에 찬 이야기들을 거리낌 없이 만들어낼 수 있는 것이다.

마지막으로, 자란소설은 담아내는 세상과 삶의 속뜻이 소설보다 훨씬 두텁다. 우선 그것이 드러내는 속뜻을 하나로 잘라 말하기 어렵다. 이것을 말하는 것인가 했는데 다시 보면 또 저것을 말하는 것인가 싶기도 하다. 그래서 더러 '주제의 양면성'283)이니 '표면주제와 이면주제'284)니 하는 말들로 이것을 짚으려고 했다. 속뜻뿐만 아니라 사람들의 신분이나 사람됨도 한 마디로 부러지게 매김할 수 없도록 마련하기 일쑤다. 〈흥부전〉에서는 흥부가 양반이기도 하고 중인 같기도 하고 상놈 같기도 하다. 〈심청전〉에서는 심봉사와 심청이가 그렇고, 〈춘향전〉에서는 춘향이도 마찬가지다. 심지어는 주인공의 이름조차 들쭉날쭉하고, 그들의 사람됨까지 착한 사람과 나쁜 사람을 왔다갔다한다. 서로 어긋나는 값어치를 더불어 지니고 있다는 이것은 말할 나위도 없이 거듭 고쳐지면서 자라난 때문이다. 자란소설이 다른 입말이야기말꽃들(서낭이야기, 전설, 민담)보다도 그런 모습이 더욱 두드러지는 것은 아마도 자라나면서 거듭 고쳐지기를 되풀이한 때문일 듯하다.

자란소설로 우리가 쉽게 손꼽을 만한 것으로는 〈흥부전〉, 〈심청전〉, 〈장화홍련전〉, 그리고 〈춘향전〉 같은 이야기말꽃들이다. 민담의 한 갈래인 짐승이야기에서 자라난 〈토끼전(별주부전)〉, 〈장끼전〉, 〈쥐전(서동지전)〉, 〈두껍전〉 같은 이야기말꽃들도 자란소설들이다. 그리고 앞에서 불교의 끼리서낭굿이야기말꽃으로 이미 살펴본 〈안락국전〉, 〈나복전〉, 〈적성의전〉, 〈금송아지전〉도 자란소설임이 틀림없다.

이들 자란소설은 소설로 탈바꿈하여 자리잡기에 앞서 오래도록 입말이야기말꽃으로 자라왔을 뿐 아니라, 소설로 자리잡고 난 다음에도 자라나는 길을 거듭하여 멈추지 않았다. 소설로 자리잡은 뒤로 자라난 길은 우선 판소리로 노래 불리는 길이 하

---

283) 조동일, 〈흥부전의 양면성〉, 《계명논총》 5, 계명대학, 1968.
284) 조동일, 〈갈등에서 본 춘향전의 주제〉, 《계명논총》 6, 계명대학, 1969.

나다. 이른바 판소리계 소설이라는 것들은 모두 이 길을 걸으며 자라난 것이다. 그리고 또 하나, 책으로 읽히는 길을 걸으면서도 잇달아 고쳐지면서 자라났다. 읽는 이들에게 사랑을 받자 글로 베끼는 사람들마다 나름대로 보태거나 빼거나 다듬고 손질하기를 쉬지 않았다. 19세기에 들어와 소설을 돈주고 사서 읽는 사람들이 생기자 판으로 찍어 파는 사람들이 나타났다. 이들은 더욱 많은 사람들에게 팔려는 마음에서 어떻게든 재미나는 소설로 고치는 일에 더욱 힘을 쏟았다. 이리하여 자란소설은 다른 갈래들보다 이본이 두드러지게 많아진 것이다. 이를테면 〈춘향전〉은 입말이야기말꽃으로 흘러온 세월은 그렇게 길지 않아서 소설에 가까운 작품이지만, 자란소설로 탈바꿈한 뒤로 20세기에 넘어온 다음에도 쉬지 않고 자라나서 이제는 겨레의 글말놀음 이야기말꽃으로 첫손 꼽히는 작품으로 떠올랐다.

그럼 이제, 자란소설 한 마리를 가지고 그것이 어떻게 자라서 오늘의 작품에 이르렀을 것인지 헤아려 보기로 하자. 〈토끼전(별주부전, 토별가)〉을 보기로 들어본다면 우선, 줄거리를 다음과 같이 간추려볼 수 있다.[285]

⑦ 수궁의 용왕이 병이 든다.
⑭ 용왕은 토끼 간을 먹어야 산다.
⑮ 별주부가 토끼 간을 구하러 간다.
⑯ 별주부가 토끼를 유인하여 수궁으로 데려온다.
⑰ 용왕이 별주부에게 속아 풀어준다.
⑱ 토끼가 육지로 도망간다.
⑲ 용왕은 죽거나 소생한다.

〈토끼전〉은 붓으로 적은 것[필사본]과 나무판에 찍은 것[목판본]과 활자로 찍은 것[활자본]을 통틀어 모두 모으면 일백스무 가지를 넘는 이본들이 있다고 한다.[286] 그런데 그것들을 살펴보면 모두들 19세기를 넘어선 다음에야 글말로 적힌 것들뿐이다.[287] 그만큼 〈토끼전〉이 글말에 얹혀 소설로 자라난 세월은 길지 않을 듯하다는 뜻이다. 그러나 지금 찾아낸 이본들만으로 글말에 적혀 소설로 자라난 세월의 길이를 부러지게 이야기하기는 어렵다. 아직은 찾아지지 않은 이본들도 있을지 모를 뿐 아니라, 붓으로 적어서 떠돌던 이본들은 쉽사리 사라져버릴 수도 있는 일이기 때문이다.

---

285) 최광석, 《〈토끼전〉 이본 계열의 구조와 근대지향 의식》, 경북대 박사논문, 2001.
286) 김동권, 〈토끼전 연구〉, 경희대 박사논문, 2001.
287) 최광석, 앞의 글, 11~76쪽.

　어쨌거나, 〈토끼전〉은 아주 오랫동안 우리 겨레의 입말놀음이야기말꽃으로 흘러온 것이었다. 이것이 글말에 적혀서 맨 처음 나타나는 것은 김부식의 《삼국사기》에서다.[288] 그런데 거기 적힌 속살을 보면 이야기는 벌써 7세기 이전부터 고구려와 신라에 두루 퍼져 있었음을 알 수 있다. 신라 선덕왕 11년(642)에 김춘추는 백제를 치려고 고구려에 군사를 빌리러 갔는데, 뜻밖에도 보장왕은 고구려의 땅(마목현과 죽령)을 되돌려 달라면서 잡아 가두어버렸다. 그는 보장왕의 사랑을 받는 신하 선도해에게 뇌물을 주어 어떻게든 빠져 나오려고 안간힘을 다했다. 어느날 도해가 술을 차려 와서 함께 마시며 〈거북과 토끼 이야기[구토지설]〉를 듣지 못했느냐고 하면서 넌지시 살아날 길을 가르쳐 주었다는 것이다.

㉮ 옛날 동해 용녀의 마음에 병이 났는데 의원이 토끼의 간을 구해서 약과 함께 먹으면 나을 것이라 했다.

㉯ 바다에 토끼가 없으니 어쩌나 하고 있는데, 한 거북이 용왕에게 토끼를 구해오겠다고 했다.

㉰ 육지에 올라와 토끼를 만난 거북은 바다 가운데 한 섬이 있는데 맑은 샘, 하얀 돌, 무성한 수풀, 맛있는 과일에 춥지도 덥지도 않고 매와 송골매도 없어서 가기만 하면 걱정 없이 편히 살 수 있다고 했다.

㉱ 토끼를 등에 태우고 이삼 리 가량 헤엄쳐 오다가 거북은 토끼를 돌아보면서 사실은 용왕의 딸이 병이 났는데 토끼의 간이 약이 된다 하여 이렇게 힘들여 너를 업고 가는 참이라고 했다.

㉲ 토끼는 거북에게 자기는 태어나면서부터 오장을 꺼내어서 씻고 다시 넣을 수 있었는데, 요즈음 마음이 약간 번거로워 간을 꺼내 씻어서는 바위 아래 두었다가 너의 감언을 듣고 그냥 와서 간이 그 자리에 있으니, 돌아가서 가지고 와야 네가 간을 얻을 수 있고 나는 간 없이도 살 수 있으니 서로 좋지 않겠느냐고 했다.

㉳ 거북은 그 말을 믿고 되돌아 와서 언덕에 올랐다.

㉴ 토끼는 수풀 속으로 달아나면서 거북에게 이 어리석은 녀석아 간 없이 사는 놈이 어디 있겠느냐 하니 거북은 부끄러워 말도 못하고 물러갔다.

　길지 않아 거의 본디 그대로 뒤쳐서 〈토끼전〉의 줄거리 단락에 맞추어 끊어본 것이다. 이야기를 이루는 뼈대가 얼마나 비슷한가를 넉넉히 짐작할 수 있을 것이다. 이것은 김부식이 《고기》에 전하는 것을 적었다고 하였지만, 김부식이 책을 쓴 때(1145년 즈음)에 떠돌던 이야기의 모습일지 김춘추가 일을 겪던 때(642년 즈음)에 떠돌

---

288) 《삼국사기》 권41, 열전 제1, 김유신 상.

던 이야기의 모습일지는 가늠하기 어렵다. 어쨌거나 7세기 즈음에 이미 우리 나라에 이런 입말놀음이야기말꽃이 널리 퍼져 있던 것은 틀림없다 하겠다. 고구려 사람 선도해가 신라 사람 김춘추에게 "그대도 또한 일찍이 거북과 토끼의 이야기를 듣지 않았더냐"[289] 하고 말했기 때문이다. 신라 사람인 김춘추도 '또한' '일찍이' 들을 수 있었던 이야기라고 고구려 사람인 선도해가 말했으니, 그런 이야기는 벌써 널리 퍼져 있는 이야기가 아닐 수 없는 것이다.

불교의 경전[290]에도 자라가 원숭이의 간을 얻으려고 꼬여 오다가 간을 나무에 걸어두었다는 원숭이의 말에 다시 속아 허탕을 친다는 이야기가 있는데, 우리의 〈구토지설〉이 어쩌면 인도의 이들 불교 이야기에서 왔을지도 모르겠다. 이러한 불교 경전들이 늦어도 280년 즈음까지는 중국에서 한문으로 뒤쳐졌고, 고구려에는 불교가 372년에 들어왔다면, 김춘추가 고구려에 갔던 642년에는 그것이 널리 퍼져 우리의 이야기로 바뀌어 자랄 수 있는 시간은 넉넉하다. 인도의 이야기와 우리의 것을 견주어 보면 우선 '자라' 또는 '악어'가 '거북이'로 바뀌고, '원숭이'도 '토끼'로 바뀌었다. 원숭이는 우리 나라에 살지 않는 짐승이므로 힘이 없으면서도 재치 있어 보이는 토끼로 바뀐 것으로 볼 수 있다. 그리고 자라(악어)의 아내가 병이 나거나 임신을 한 것이 용왕의 딸이 병이 난 것으로 바뀌니까, 용왕은 깊은 바다에 있으므로 민물에 사는 자라보다는 거북이라야 더욱 마땅하다. 원숭이의 간을 먹고자 하는 것이지만 우리는 원숭이를 볼 수 없으니 토끼로 바뀐 것으로 보겠다. 무엇보다도, 자라나 악어의 아내라면 그저 재미나는 놀음이야기로 그칠 것이지만 용왕의 딸로 바뀌면 이야기의 속뜻이 예사롭지 않은 것으로 바꾸어진다. 농사를 짓는 우리 겨레가 구름과 비를 맡는다고 믿고 있었던 용왕은 더없이 높고 거룩한 분이다. 그런 용왕에게 그만한 걱정거리가 생겼다면 그것은 우리 겨레 모두의 삶에서 결코 무시할 수 없는 것이다. 그래서 이야기는 모든 사람들의 마음을 사로잡으면서 널리 퍼질 수 있었을 것이다.

그러나 이런 정도라면 이야기의 속뜻은 매우 가볍다. '어려움에 빠졌을 적에는 거짓말이라도 재치 있게 하면 벗어날 길이 있다' 하는 가르침을 주자는 것이거나, 토끼를 꼬여내는 거북이의 말솜씨와 거북이를 속여내는 토끼의 슬기를 견주면서 삶의 지혜를 터득하라는 것일는지도 모른다. 그러나 우리의 〈토끼전〉은 그런 정도가 아니다. 거북은 우리 겨레가 아주 거룩하게 여긴[291] 탓에 한결 가까운 자라로 바뀌었

---

289) 子亦嘗聞 龜兎之說乎(앞의 곳).
290) 육도집경, 생경, 불본행집경.
291) 좌 청룡, 우 백호, 남 주작, 북 현무, 이렇게 사방을 지키는 서낭에서 북녘을 지키는 '현무'를 흔히

다. 사건의 말미도 용왕의 딸이 아니라 용왕이 스스로 앓아서 죽게 되었다고 하는 이본들도 있다. 용왕이 사는 용궁 세상에서 보면 이보다 더 큰 일이란 있을 수 없다는 말이다. 그뿐 아니라 말꽃 전체가 엄청나게 자라나서 짜임새나 속살이나 두루 푸짐하고 넉넉해졌다. 우선, 용왕의 세상인 바다 속의 용궁이 놀라울 만큼 으리으리하게 바뀌었다. 거기에는 15세기 중엽(세종 때)에 들어온 명나라 구우의 《전등신화》 안에 있는 〈수궁경회록〉이니 〈용당영회록〉이니 하는 한문 소설들이 끼친 바가 있을지도 모른다. 그리고 용궁에는 온갖 물고기들로서 식견과 국량을 갖추어 늠름하고 당당한 만조 백관 벼슬아치들이 그득하다. 사랑하는 딸이 앓아서 근심하는 용왕을 보아서, 또는 용왕이 스스로 앓아 누운 것을 보아서, 만조 백관들은 어찌할 바를 모르다가 토끼의 간을 먹이면 낫는다는 처방이 나오자 모두들 기뻐한다. 바다 속에 사는 저들이 육지에 사는 토끼의 간을 얻어오는 일이란 더없이 어렵지만 그것을 다투어 맡으려 하고 있다. 충성심을 보이려는 마음에 사로잡혀 현실을 올바로 보지 못하는 것이다. 뜨거운 충성심 다툼에서 자라가 뽑혀 만조 백관들의 부러움을 받으며 모험의 길을 나선다. 이렇게 소설이 용궁의 세계와 자라에게 초점을 맞출 적이면 이름부터 〈별주부전〉이 되면서 속뜻 또한 상층 사회에서 가장 값진 덕목으로 꼽던 '충'이라 할 수 있다. 따라서 이런 쪽 대목이 크게 자라난 데에는 상류층 사람들이 많이 끼여들었을 터이다.

그러나, 이 소설은 그것이 모두일 수 없다. 자라가 육지에 올라와 토끼를 찾으러 산으로 가는 대목에서부터 토끼가 온갖 짐승들과 어우러져 아름답기 짝이 없는 자연 속에 사는 모습을 드러낸다. 갖가지 꽃들과 풀들을 맛보면서 이리 뛰고 저리 뛰는 토끼의 자유와 행복이 넘치도록 그려져 있다. 이런 토끼의 세상은 용왕의 세상에 견주어 조금도 모자람이 없다. 두 세상은 서로 다른 복됨을 저마다 가진 것임을 보여준다. 결코 어느 쪽이 더 낫고 어느 쪽이 더 못하고 그럴 수 없다는 사실을 말하고 있다. 토끼의 세상인 산천은 용궁처럼 위아래로 신분이 나뉘어 있지도 않고, 몫과 계급이 일정하게 주어져 있는 세상도 아니다. 서로 다른 모습과 서로 다른 능력을 지닌 온갖 짐승들이지만 그저 제 본분에 따라 자유스럽게 살아가고 있어서 토끼의 세상은 용왕의 세상과 아주 다르다. 이런 토끼 세상의 자유로움과 넉넉함은 결코 상류층 사람들이 가꾸고 키워서 자라나게 하지 않았을 것이다. 따라서 토기의 세상은 용왕의 세상보다 훨씬 뒤늦게 자라났을 것으로 짐작할 수 있다. 어쨌거나 토끼의 세상[산천]은 용

거북으로 여긴다.

왕의 세계[용궁]와 서로 맞서면서 꿀리지 않는 값어치를 거침없이 내세우고 있다.

이런 바탕 위에서 두 세상의 대표(?)라 할 수 있는 자라와 토끼가 다툼을 벌이는 것이 소설의 알맹이며 속살이다. 그러나 이야기의 앞쪽에서는 용왕의 세계[자라]가 힘들일 것도 없이 이기게 마련이다. 이것은 지극히 당연한 귀결이다. 왜냐하면 용궁의 세계는 다툼을 미리 짜고 시작하였으나 토끼의 세상에서는 아무런 영문도 모른 채 느닷없는 함정에 빠졌기 때문이다. 이제 저 자유롭고 즐거웠던 산천으로부터 홀로 외로이 떨어져 나와 깊은 바다 속에 갇힌 토끼와 그를 죽여 간을 꺼내려는 어마어마한 용궁의 조직과 체제를 견주어 보면 승패는 아무도 뒤집을 수 없는 것이다. 그러나 결코 그렇게 끝나지는 않는다. 더없이 작고 부드러운 토끼지만 그의 머리에는 그렇게 고귀하고 유식한 용궁 세계의 만조 백관들 모두를 이길 수 있는 슬기가 감추어져 있었다. 그래서 이제는 토끼가 계획하고 준비하여 새로운 다툼을 일으키고, 마침내 아슬아슬한 승리를 거두면서 죽음의 골짜기를 벗어나 제 산천의 자유에게로 되돌아오는 것이다. 앞쪽 다툼에서 진 것이 억울하고 기막혔던 것만큼 뒤쪽 다툼에서 이긴 것이 더욱 자랑스럽고 시원한 것임은 두말할 나위도 없다. 이렇게 소설의 초점이 산천의 세계와 토끼에게 놓일 때는 이름부터 〈토끼전〉이 되면서 속뜻 또한 기막힌 뜻겹침(우의, 알레고리)을 바탕으로 바뀌고 마는 것이다.

산천은 백성들의 세상이요 용궁(수부)은 다스리는 사람들의 세계임이 뚜렷하다. 그리고 다스리는 사람들은 저들에게 쓸모가 있다면 무슨 수를 쓰더라도 그것을 차지하려고 하고, 그러는 틈바구니에서 백성들이 겪는 아픔과 슬픔은 아랑곳하지 않는다는 것을 보여준다. 용왕이 앓는 일은 용궁의 논리에서 더없이 심각한 것일 수도 있으나 그렇다고 하여 죄 없는 토끼의 목숨을 빼앗아 바칠 수 없는 것임을 주장한다. 늙으면 병들어 죽는 것은 하늘의 이치요 자연의 가르침이기 때문에 왕에게나 백성에게나 공평하며, 누구나 거기에 따르며 받아들이는 것이 마땅하다는 것이다. 아무런 얽힘도 없는 남의 목숨을 빼앗아 제 목숨을 늘리려고 꾀하는 것은 옳지 않다는 논리가 펼쳐진다. 그래서 뭍으로 올라온 토끼는 제가 눈 똥을 자라에게 주면서 용왕에게 먹이라고까지 하는 이본조차 있다. 저들의 삶을 그냥 내세우는 것에 그치는 것이 아니라, 한 걸음 더 나아가서 산천에 파묻혀 온갖 족속들이 어우러진 채로 자연과 더불어 살아가는 백성들의 눈금을 잣대로, 구중 궁궐을 중심으로 살아가는 높고도 높으신 분들에게 삶의 올바른 길을 가르치고 있는 것이다.

이처럼 자란소설은 모두들 속내가 얽히고 설켜서 갖가지 것들을 싸잡고 있는지라 또 다른 눈으로 소설의 속뜻을 찾아낼 수도 있을 것이다. 여러 가지 이본들을 꼼꼼히 뜯어보면 그것들에는 저마다 나름대로의 다른 속뜻을 드러내려고 고친 낌새를 눈치챌 수 있다. 다스리는 사람들 쪽에서는 자라의 충성을 더욱 돋보이게 하려고 여러 가지를 북돋운 이본들이 많다. 백성들 쪽에서는 토끼의 승리와 산천의 세계를 두드러지게 하려고 애써 고친 이본들도 많다. 무엇보다도, 수부(용궁) 사람들에게 삶의 올바른 길을 가르치려는 백성들의 뜻을 담으면서도 한편으로 토끼에게 따끔한 교훈을 주려는 이본들도 적지 않다. 토끼가 자라의 속임수에 넘어가 죽음의 구렁으로 빠졌던 것은 토끼에게 커다란 잘못이 있었다는 것이다. 토끼에게는 애초에 경망한 성품과 헛된 욕심이 있었기에 죽음의 문턱에 끌려갔다는 것을 드러낸다. 그가 좀더 묵직하게 생각을 깊이 하고 헛된 욕심 없이 착실한 삶을 살았더라면 자라의 속임수에 넘어가지 않았을 것이라는 사실을 강조한다. 말하자면, 백성들이 어려움에 빠지고 다스리는 사람들에게 빼앗기는 데에는 스스로의 잘못도 없지 않다는 자기 비판을 잊지 않았다는 말이다. 결국, 토끼와 자라의 어느 한쪽으로 치우치지 않고 양쪽에 무게를 가지런히 두는 이본들은 작품 이름조차 〈토별가〉라야 마땅하다 할 것이다.

애초에는 보잘것없고 단순하고 길이도 짧았던 입말놀음이야기말꽃이 오래도록 입으로 흘러오다가, 18세기에 이르러 글말의 소설로 적히면서 눈에 띄게 자라나 이처럼 푸짐한 속살과 넉넉한 짜임새를 갖춘 소설, 곧 자란소설로 떠오르며 자리잡게 되었다. 그런 입말이야기말꽃들은 백성들의 삶에 새로운 힘을 불어넣었기 때문에 스스로 소중하게 여기면서 쉽게 부려 쓸 수 있는 한글로 적어 자란소설로 만들어간 것이다. 적으면서 다시 고치고 되풀이하며 보태고 늘려서 여러 가지의 이본이 생겨나고 자라면서 이루어지는 이들 자란소설은 한 사람이 혼자 한꺼번에 지어내는 소설과는 본질에서 달라 따로 갈래를 세우는 것이다.

조금 지나치게 말하면, 소설을 짓고 읽는 것이 자유롭고 떳떳해진 20세기에 들어서기까지 300년 동안에 우리가 즐긴 소설은 모조리 자란소설이었다고 보아야 할지도 모른다. 300년 동안에 우리 겨레가 즐긴 소설들은 거의 글말꽃으로 떳떳한 '소설'이기보다 입말꽃으로 살아온 '이야기'의 모습과 속살을 너무나 많이 지니고 있었기 때문이다. 그것들은 우선 지은이가 뚜렷하지 않았다. 한 사람의 지은이가 글말로 써서 움직일 수 없도록 지키면서 임자 노릇을 한 작품들이 아니고 언제나 임자 없는 이야기처럼 떠돌았다. 애초에 누가 지은 것인지 알 수가 없어서 읽는 사람이 누구나 제 것처럼 고치고 다듬어도 따질 사람이 없었고, 허균이나 김만중 같은 이들이 지었다는 소설들조차 읽는 사람들이 고치고 다듬어서 다시 쓰거나 찍어내는 것이 자유로웠다.

따라서 이들 소설은 바탕글(텍스트)이 갖춘 모습으로 못박히지 않고, 읽는 사람들의 비판과 입맛에 맞추어 언제든지 새롭게 바뀔 수 있도록 움직이며 열려 있었다. 붓으로 쓴 필사본이든, 흙이나 나무판에 새겨 찍어내는 방각본이든, 심지어 활자로 판을 짜서 인쇄하는 활자본이든 읽는 사람들의 입맛에 맞춘 여러 가지 이본이 입말이야기말꽃의 각편(버전)처럼 가지가지다. 많은 작품들이 여러 가지의 이본으로 고쳐지고 보태지면서 자라난 것이라는 사실이 드러나 있다. 게다가 이들 소설은 거의가 글말로서 눈으로 읽는 것이 아니라 입말로서 귀로 듣는 것이었다. 소설을 즐기는 사람들이 글말꽃의 '독자'라기보다는 입말꽃의 '청자'였다. 궁궐 안에서는 궁녀나 나인 가운데 목청 좋고 재주 있는 사람이, 지체 높은 집안에서는 딸이나 며느리 또는 몸종 가운데 소질 있는 사람이, 서울 거리에서는 전기수나 강담사라는 직업인이, 시골의 사랑방에서는 입담 있고 목청 좋은 사람이 홀로 독자일 뿐이었다. 그 한 사람의 독자를 에워싸고 수많은 '청중'들이 모여서 그의 목소리로 들려오는 이야기를 들으면서 즐기는 것이었다. '판소리'는 이런 터전에서 나타난 자란소설의 한 가지 길에서 바뀌어 나간 것이 아닐까 한다.

이처럼 우리네 옛 소설들은 글말꽃과 입말꽃이 어우러진 어름에서 살았다. 어떤 구석에서 보면 글말꽃보다는 입말꽃의 속살 쪽으로 더 기울어져 있었다. 이런 사실을 그대로 받아들여 자란소설이라는 갈래를 따로 세우는 것이 바람직하다는 생각을 한 것이다. 그러나, 앞으로 좀더 꼼꼼하게 따져보아야 할 구석이 많이 남아 있다는 사실을 덧붙이지 않을 수 없겠다.

2) 소 설

소설은 글말놀음이야기말꽃의 노른자위다. 소설은 작가라고 부르는 한 사람이 애초부터 글말로 만들어낸 놀음이야기말꽃이다. 한 사람이 혼자 만들어낸 이야기이므로 여럿이 더불어 만들어낸 입말이야기말꽃보다는 훨씬 줄거리의 씨와 날이 촘촘하고 짜임새가 튼튼하고 속뜻이 날카로울 수 있다. 오늘날 우리는 이야기말꽃이라 하면 으레 소설을 이르는 것으로 여길 만큼 소설의 자리는 이야기말꽃 안에서 크고도 넓다.

많은 학자들이 우리 겨레의 소설을 세월의 흐름에 따라 아주 달라진다고 보아, 고대소설(고전소설, 고소설)이니 신소설이니 현대소설이니 하여 마치 다른 갈래인 듯이 다루었다. 그러나 그것은 바람직하지 않은 듯하다. 왜냐하면 소설이란 삶을 드러내는 말꽃인지라 세월의 흐름에 따라 삶이 달라지니 소설도 따라 달라지지만, 그것이 갈래를 따로 세워야 할 만큼 속살까지 달라지는 것은 아니기 때문이다. 지은이가 남의 이야기를 다만 들려주기만 할 뿐인 듯이 한다든지, 사람(동물이나 식물일지라도 사람의 성질을 지니고 사람처럼 되어 있다)'들'이 나와서 서로 다투며 일(사건)을 벌인다든지, 벌어지는 일이 시작과 중간과 끝이 있는 줄거리로 이루어진다든지, 줄글로 풀이하듯이 쓴다든지 하는 소설의 속살은 어느 때에나 한결같이 다름이 없기 때문이다.

그러나 소설을 하나의 갈래로 잡고 살피는 것도 바람직한 일이라 할 수 없다. 그보다는 서양에서 하는 바를 따라 단편소설과 장편소설로 짜임새와 모습이 다른 갈래들을 나누어 놓고 살피는 것이 마땅할 것이다. 그러나 아직 나에게는 그럴 만한 힘과 시간이 없다. 다른 학자들이 이루어낸 업적도 그런 쪽에는 너무 모자란다. 앞으로는 19세기에 두드러진 이른바 대하소설(낙선재소설) 연구가 갈래론까지 나아가고, 20세기에 와서 크게 일어난 단편소설의 갈래론도 장편소설의 이론에 말미암아 올바로 서게 될 터이다. 그렇게 되면 우리의 소설이 흘러온 역사도 그런 작은 갈래들에 따라 제대로 살펴볼 수 있을 것이다. 그러나 이제로서는 아쉬운 마음을 안고 소설 모두를 하나의 갈래로 보면서 세월의 흐름에 따라 그 모습과 속살이 어떻게 달라져 왔던가를 살펴보는 것으로 마음을 달랠 수밖에 없다.

(가) 첫째 걸음 : 정치소설

우리 배달말꽃에서 한 사람이 처음부터 글말로 지은 글말놀음이야기말꽃인 소설이 처음 나타난 때는 17세기 즈음으로 보고들 있다.[292] 그것은 이때에 임진왜란과 병자호란이라는 두 참혹한 전란을 치르면서 세상이 크게 흔들리고 무엇보다도 백성들이 삶의 참뜻을 생각하며 고민하게 된 것과 깊은 관련이 있다. 말하자면 이제까지 잠자고 있던 백성들이 깨어나 스스로의 삶을 상상의 세계 안에서 새롭게 체험해 보는 소설을 기다리며 나타났다는 말이다. 그리고 더욱 가까이는 이들 전란을 지난 뒤로 한글이 널리 퍼지면서 한글로 삶의 여러 가지 체험들을 쉽게 적고,[293] 그런 한글을

---

292) 이보다 한 세기를 앞서는 16세기 초엽(1507~1511)에 지었다가 사대부들의 비판에 부딪혀 불태워지고 만 채수(1449~1515)의 한문소설 〈설공찬전〉은 처음부터 한글로 뒤쳐져 읽혔을 수도 있다. "채수가 지은 설공찬전은 모두가 윤회화복하는 이야기이므로 매우 요망한 것인데, 안팎에서 믿음에 빠져 한문으로 베끼고 <u>한글로 뒤쳐 퍼져 나가서</u> 사람들을 어지럽힙니다"(《중종실록》 중종 6년 9월 2일) 하는 기록에서 그런 짐작을 한다. 그런데 몇 해 전에 한글로 적힌 〈셜공찬이〉가 나타났다. 비록 뒤쪽을 끝까지 베끼지 못하여 절름발이지만 소설의 모습이 어떠했을지 미루어볼 만하다. 이로써 한문소설 〈설공찬전〉과 더불어 일찍이 한글로 뒤친 〈셜공찬이〉가 있었음이 뚜렷이 드러난 셈이다.(이복규, 〈최고 한글표기소설 〈설공찬전〉 국문본의 해제와 원문〉, 《사학연구》 53, 한국사학회, 1997, 223~262쪽)

293) 이를테면 〈계축일기〉 같이 소설과 아주 비슷한 한글 기록들이 적어도 1620년대에는 나타났다.

읽는 것이 뜻깊은 일임을 깨친 백성들이 많아진 세상이 열렸다. 이러한 세상 형편이 한글로 지은 소설을 나타날 수 있게 하는 터전으로 모자람이 없었던 것이다.

　뿐만 아니라, 상류의 지식인 사대부들은 이미 한 세기 넘는 세월에 걸쳐 한문소설을 적잖이 즐기면서[294] 소설이 무엇이며 어떻게 만들고 즐겨야 하는지 잘 알고 있었다. 또한 소설의 값어치와 쓸모도 좋은 쪽으로 보려는 이들이 제법 있어서 그들에게는 소설을 손수 지어보고 싶다는 마음이 자라나 있었다. 이리하여 적어도 17세기 초엽에는 우리 한글로 지은 소설이 상층 사대부들의 손에서 그 모습을 드러내고 이로써 소설의 역사가 시작될 수 있었다.[295] 그런데 17세기 초엽에 나타난 한글소설은 18세기 중엽 어름에 와서 그 성질이 뚜렷이 달라진다. 그래서 우리 소설이 나타난 17세기 초엽에서 18세기 중엽까지의 한 세기 반을 소설의 흐름에서 하나의 걸음으로 볼 수 있을 듯하기에 이를 첫째 걸음으로 잡는다.

　첫째 걸음의 소설은 한마디로 상류층 사람들이 무엇보다도 먼저 마음에 담고 있었던 정치를 다룬다. 지은이를 알고 있는 첫째 걸음의 한글소설 〈홍길동전〉, 〈구운몽〉, 〈사씨남정기〉, 〈요로원야화기〉는 모두가 정치를 다룬 소설들이다. 그것들을 지은 허균(1569~1618), 김만중(1637~1692), 박두세(1654~?) 같은 이들이 모두 상류층 사대부들임은 말할 나위도 없다. 그 밖에도 첫째 걸음의 소설은 지은이가 상류층 사람들[296]일 것이라는 점은 여러 가지로 짐작할 수 있다. 그리고 이들 소설의 속살은 한결같이 그때 그런 상류층 귀족들이 안고 있던 가장 큰 걱정거리, 곧 나라의 정치 현실이

---

294) 알다시피, 김시습(1435~1493)의 〈만복사저포기〉를 비롯한 다섯 마리 한문소설이 15세기 중엽(1465~1470)에 나타나고, 채수(1449~1515)의 〈설공찬전〉이 16세기 초엽(1511)에 나타나고, 신광한(1484~1555)의 〈기재기이〉가 16세기 중엽(1553)에 나타났다. 첫한글소설로 꼽히는 〈홍길동전〉을 지은 허균(1569~1618)도 〈남궁선생전〉, 〈장생전〉, 〈엄처사전〉, 〈손곡산인전〉, 〈장산인전〉 같은 한문소설을 16세기 말엽에 지었다는 사실은 누구나 아는 바다.

295) 아직도 읽으면서 헷갈리는 이들이 있을까봐 거듭 밝혀 두고자 한다. 다름 아니라, 앞에서 입말의 이야기말꽃을 다룰 적에는 한문으로 적힌 여러 작품들을 싸잡았는데, 이제 소설을 이야기하면서는 한문으로 쓰인 소설을 왜 다루지 않느냐는 것이다. 이를테면 가전과 열전, 한문단편과 몽유록 따위를 어째서 다루지 않느냐는 물음이 생길 수 있다. 그러나, 전과 가전, 한문 단편과 몽유록 같은 것은 애초에 지은이들이 중국 글말인 한문으로 지었기에 그것들은 한문문학이 되었다. 그러나 앞에서 다룬 입말의 이야기말꽃들(서낭이야기, 전설, 민담)은 애초에 배달말로 이루어져 있던 배달말꽃을 뒷날 한문으로 뒤쳐 적었다. 이미 배달말로 이루어져 있던 작품을 한문으로 옮겨 적은 것과 애초부터 한문으로 만들어내는 것과는 아예 본살이 다르다. 물론, 입말꽃을 한문으로 옮겨 적으면 말씨가 달라지고 짜임새와 속살조차도 적잖이 달라지는 것이기에 온전한 배달말꽃이라고 보기는 어려운 것이지만, 이야기말꽃의 뼈대인 사람들의 됨됨이, 이야기 줄거리의 흐름, 사건의 맺고 풀림 같은 것들은 한문으로 옮겨 적어도 크게 다치지 않는다. 그래서 처음부터 한문으로 지은 것과는 달리 배달말꽃으로 다루어 볼 만하다.

296) 정치에서도 이미 밀려나고 경제에서조차 가난에 떨어졌을지라도 신분으로는 아직 엄연한 양반 사대부들로서 도덕과 이상을 결코 포기하지 않은 사람들이었으리라고 본다.

었다.

　임진왜란의 7년 소용돌이로 온 나라가 쑥대밭처럼 망가진 데다가, 광해군 시절에는 이이첨(1560~1623)을 중심으로 한 집권층이 전란 뒤의 혼란을 제대로 감당하지 못하여 상층 사회가 더욱 어수선하였다. 잇따른 인조반정과 병자호란의 씻지 못할 상처, 효종 때의 턱도 없이 속 좁은 명분주의자들의 북벌정책, 어둡고 어리석은 숙종 시절의 갈팡질팡한 궁중 혼란, 이런 세월을 노리고 끊임없이 엎치락뒤치락한 사대부들의 당파 싸움, 이것들이 17세기 우리 나라 상류층의 정치 현실이었다. 이러한 상류층의 정치 현실은 실제로 유교의 이상을 이 땅에 실현해 보겠다고 혁명을 일으킨 사람들의 이념을 지키려는 이상주의자들에게 견딜 수 없는 노릇이었다. 그뿐만 아니라 어둡고 답답한 현실과 싸우다 밀려나고 쫓겨난 사대부들에게는 더욱 견디기 어려운 것이었다. 이러한 정치 현실을 견딜 수 없어 괴로워한 사람들이 바로 소설로써 끓어오르는 마음을 달래려 했다.

　따라서 이 걸음의 소설은 다음과 같은 몇 가지 성질을 지니게 되었다. 첫째로, 거의가 당대의 정치 문제에 눈길을 모아 놓고 있다. 왕실(천자)을 중심으로 하여 몇몇 최상층 집권자들 사이에 벌어지는 정치 문제를 이야기의 알맹이(주제)로 삼는다. 왕(천자)이 나이가 어리고 능력이 모자라기 때문에 나쁜 마음을 품은 신하들이 세력을 쥐었다든지, 사리 사욕에 눈이 어두운 간신들의 모함으로 올바른 충신이 쫓겨나고 죽임을 당하였다든지, 이런 잘못된 정치 현실을 바로잡는 이야기들이 첫째 걸음의 소설들이다. 이처럼 참담한 정치 현실을 뜯어고치고자 영웅이 나타나고, 위험에 빠진 왕실을 건져서 나라를 바로 세우려고 하늘이 새로운 사람을 태어나게 한다. 바른 길에서 벗어나 답답하게 얽히기만 하는 정치 현실, 슬기롭고 힘찬 모습을 잃고 어둠에서 허덕이는 왕실, 이러한 주제야말로 17세기 우리 나라의 사대부들에게 더없이 다급한 발등의 불이었다.

　둘째로, 이 걸음의 소설은 눈앞의 삶을 한결같이 그릇된 것으로 보고 그것을 뜯어고쳐 바로잡으려고 한다. 소설 안의 현실은 하나같이 잘못되어 있는 현실로서, 정직하고 올바른 사람[충신]은 괴로움을 당하고 귀양을 가고 억울하게 죽임을 당한다. 한편, 탐욕스럽고 비뚤어진 사람[간신]은 출세를 하고 권력을 휘두르며 부귀영화를 누린다. 정의를 세우고 진리를 지켜야 할 힘[왕권]은 너무나 보잘것없고, 불의를 퍼뜨리고 거짓을 일삼는 힘[반역자]은 더없이 굳세다. 현실은 이처럼 굳센 불의와 거짓에 사로잡혀 있다는 것이다. 그러나, 이러한 현실은 결코 영원할 수 없고 반드시 괴로움을 뚫고 일어선 충신의 후예가 나서서 바로잡고야 만다. 엄청난 악의 힘에 짓눌려 전혀 회복할 수 없을 듯하던 정의와 진리가 온갖 수난과 고통을 물리치고 나타난 한 사람의 영웅에 힘입어 온전히 되살아난다. 마침내 사악한 세력은 부서져 내리고 평화로운 현실은 제자리로 돌아간다. 이것이 이 걸음의 소설을 지은 사람들이 지닌 현실의 식이고 그들의 이상이며 바람이었다.

셋째로, 이 걸음의 소설에 나오는 사람들은 모두가 왕(황)실 언저리에서 나라의 정치를 주무르는 최고의 지배층이다. 부당한 고난을 받고 억울한 고초를 겪으면서도 드디어는 원수를 갚고 나라를 건지는 영웅들만 보더라도, 물망이 조야에 으뜸인 이조판서의 아들(〈홍길동전〉), 외적을 물리치고 나라를 위기에서 건진 좌승상의 아들(〈조웅전〉), 정직 충효로 이름이 난 정언주부의 아들(〈유충렬전〉), 전직 병부상서의 아들(〈소대성전〉), 전직 이부시랑의 아들(〈장풍운전〉), 이부상서의 아들(〈이대봉전〉)처럼 모조리 최고의 지배층 사람들뿐이다. 애초에 신분이 보잘것없어 흙이나 파서 먹고사는 백성이라든지 양반의 신분이었다고 하더라도 일찍이 벼슬길이 끊기고 시골에 묻혀서 백성이나 진배없이 살아가고 있는 사람들은 소설 안에 전혀 얼씬거리지도 않는다.

이 걸음의 소설이 지닌 이러한 몇 가지 성질들은 이것들을 짓고 즐긴 사람들이 당대의 양반 사대부들이었음을 드러낸다. 따라서 우리 한글소설은 먼저 양반 사대부들 손에서 비롯했다는 것을 의심할 수 없다. 이런 뜻에서 첫째 걸음의 소설을 '귀족소설' 또는 '정치소설'297)이라고 이름해야 마땅하다. 그래서, 첫째 걸음의 소설은 대강의 줄거리가 다음과 같이 비슷하게 이루어져 있다.

㉠ 훌륭한 충신이 있었는데 나쁜 간신의 모함으로 박해를 받아 파멸한다.
㉡ 간신들이 천자(왕)를 업신여기고 나라를 어지럽힌다.
㉢ 충신의 아들이 뛰어난 능력을 타고 태어나 있었다.
㉣ 충신의 아들도 간신배들의 박해로 죽을 뻔하였으나 하늘(도사, 은인)의 도움으로 간신히 살아난다.
㉤ 충신의 아들은 위인(도사)을 만나 그의 도움으로 특별한 능력을 익힌다.
㉥ 간신배들의 횡포와 외적의 침입으로 나라가 위태롭게 되었을 때, 충신의 아들은 세상에 나와 외적을 물리치고 간신배와 싸워서 이기고, 마침내 개인의 원수를 갚고 나라를 바로잡는다.

---

297) 이들 첫째 걸음의 소설들을 '영웅소설' 또는 '군담소설'이라 부르는 것이 학계의 관행이다. 그러나, 그런 이름은 이 소설이 생겨나고 유행한 터전과 바탕을 제대로 드러내기 어렵다고 보아서 이렇게 부르고자 한다. 첫째 걸음의 소설을 어떻게 불러야 마땅할지도 앞으로 더 논의를 해보아야겠다.

ⓢ 천자(왕)를 받들고 최고의 부귀 영화를 누리며, 자손 대대로 잘 살게 된다.

이것이 첫째 걸음 소설의 가장 흔한 뼈대다. 이러한 짜임새를 지닌 소설을 학계에서는 흔히 '영웅소설'이라 하고, '군담소설'이라고도 한다. 영웅소설이란 주인공이 '고귀한 신분과 뛰어난 능력을 타고 태어났을' 뿐만 아니라 '도사나 위인을 만나서 특이한 능력을 익히고' 드디어는 '외적과 간신배들을 물리쳐 나라를 바로잡는 영웅의 업적을 이루기' 때문에 붙은 이름이다. 군담소설이란 주인공과 간신배 사이에, 그리고 간신배를 돕고자 쳐들어온 외적과 이를 물리치고 나라를 건지려는 영웅 사이에 군사 전쟁이 일어나기 때문에 붙은 것이다. 한편, 이들 소설 가운데 더러는 주인공이 애초 하늘에 살았으나 거기서 어떤 잘못을 저질러 땅위로 내쫓김을 받아 태어난다. 남달리 뛰어난 힘을 지닌 사람으로 마련하는 장치로 입말이야기말꽃에서도 보이던 수단이다. 이런 장치를 빌미로 첫째 걸음 소설을 '적강소설'이라 부르기도 한다.

그러나, '군담' 또는 '적강'이 소설의 소중한 알갱이(모티프)임에 틀림없지만, 이것들이 첫째 걸음의 모든 소설에 나타나는 것은 아니다. 그것에 견주면 '영웅소설'은 소설에 담긴 속살을 훨씬 싸잡아 나타내는 이름이라 하겠다. 그리고 이런 소설의 짜임새가 앞에서 살핀 서낭이야기나 전설에서 말미암은 이른바 '영웅의 일생'이라는 틀에도 어울려서 뜻이 깊다. 그러나, 그것이 이들 소설이 드러내고자 하는 속뜻을 밝힌다는 쪽에서 '정치소설'이라는 이름에 뒤진다. 남달리 뛰어난 힘을 지닌 '영웅'이 하늘로부터 내려와서[적강] 안팎의 전쟁을 치러서 이기고[군담], 마침내 그릇된 세상을 바로잡고 위태롭던 나라를 건지는[정치] 이야기들이다. 그러니 '영웅'은 인물을, '적강'은 인물의 태어남을, '군담'은 사건을 뜻하지만 '정치'는 속뜻(주제)을 뜻하는 말이다. 당대의 지배층 사람들에게 더없이 긴요한 현실 문제를 다루었던 첫째 걸음의 정치소설들로는 〈유충렬전〉을 비롯하여 〈조웅전〉, 〈김방울전〉, 〈장풍운전〉, 〈소대성전〉, 〈이대봉전〉, 〈현수문전〉 따위가 널리 읽힌 작품들이다.

그런데, 17세기 말엽에 오면 첫째 걸음의 소설에 매우 뜻깊은 변화의 조짐이 나타난다. 그런 변화의 조짐을 가장 또렷하게 이야기할 수 있는 근거를 내놓는 사람이 바로 김만중(1637~1692)이다. 그는 앞에서 이미 이야기한 바와 같이 우리 말과 우리 글에 당시의 사대부로서는 남다른 깨침을 가진 사람이었다. 그런 깨우침을 실천이라도 하듯이 만년에 〈사씨남정기〉와 〈구운몽〉이라는 두 마리의 소설을 지었는데, 이들 작품이 바로 새로운 변화의 조짐을 담고 있는 것들이다. 〈사씨남정기〉는 예로부터 여러 사람들이 숙종 임금의 잘못을 깨우치려고 지었다고 말했다. 인현왕후와 장희

빈 사이에서 그릇된 처신을 한 숙종 임금을 풍자하는 우의의 뜻으로 지은 작품이라고 하였다. 그것은 이 작품을 여전히 사대부들의 정치 문제 안에서 읽고 있음을 뜻하는 것이고, 어쩌면 지은이 김만중의 뜻도 바로 그러하였을지도 모른다. 그러나 이 작품을 정직하게 읽어보면 거창한 정치 문제는 훨씬 뒤로 밀려나고 한 가정의 가족 문제를 앞에다 내세워 다루고 있는 것이다. 말하자면 이 작품은 여전히 당대 귀족사회의 정치소설이기는 하지만 이제까지 첫째 걸음에서 주류를 이루었던 정치소설과는 적잖이 달라졌다는 말이다. 그것들과는 속내가 적잖이 달라진 이른바 '가정소설'이라고298) 부를 만한 것으로 바뀌었다.

가정소설은 우선 터전이 남성들의 세상인 사회니 국가니 조정이니 하는 '집밖'이 아니라 내외법299)에 따라 여성들에게 주권이 맡겨지고 여성들이 주름잡으며 사는 '집안'이다. 그리고, 정치소설이 한 사람의 영웅을 주인공으로 하여 사건이 일어나고 문제가 풀어지는 영웅주의 또는 개인주의에 바탕을 두고 있는 것이라면, 가정소설은 가족이라는 모둠 안에서 사건이 일어나고 그런 모둠을 이루는 사람들 사이에서 문제가 풀어지는 집단주의에 바탕을 두고 있다. 따라서 다루는 주제의 초점도 가정을 유지하고 번영시키는 일상의 생활 요소들에 놓인다. 정치소설이 소수의 최상층 양반들에게나 심각한 관심사일 수밖에 없는 거창한 국가의 문제나 엄숙한 이념의 문제를 주제로 삼은 것이라면, 가정소설은 모든 계층의 여느 사람들에게도 마음이 쓰일 수 있는 더욱 일상의 생활 중심 문제, 곧 가정을 유지하고 번영시키는 문제를 다루게 되었다는 말이다.

그러니까 17세기 말엽에 와서 우리의 소설 역사에는 〈사씨남정기〉가 나타나는 것을 말미로 새로운 탈바꿈이 일어났다는 말이다. 그것은 소설을 짓고 즐기는 사람들이 새로운 세계로 눈을 돌리기 비롯했다는 것을 뜻하고, 나아가서 모든 사람들의 생각과 생활이 바뀌면서 새로운 세상이 다가오고 있음을 나타내는 조짐이었던 것이다. 상층의 몇몇 사대부들에서 하층의 다수 백성들에게로, 집 밖의 남성세계로부터 집 안의 여성세계로, 어마어마한 국가사회의 문제로부터 자잘한 일상 생활의 문제로 사람

---

298) 최시한, 《가정소설연구》, 민음사, 1993.

299) 내외법이란 조선을 다스리던 사대부들이 유교에 기대어 내놓았던 남녀 사이의 법도였다. 집 밖에서는 남자를 따르고, 집 안에서는 여자를 따른다는 것이다. 집 안에서 이루어지는 살림살이는 여자에게 맡기고, 집 밖에서 이루어지는 세상살이는 남자에게 맡기는 것이다. 따라서 집 안에서는 남자가 입을 다물고, 집 밖에서는 여자가 입을 다물어야 한다고 했다. 보기에 따라서는 아주 공평하게 몫을 갈라서 맡았다고 하겠다. 그러나 여자가 맡은 집 안은 너무 좁고 남자가 맡았던 집 밖은 너무 넓어서, 남녀 불평등의 빌미가 되었던 것이다.

574

들의 눈과 마음이 옮겨지고 있음을 드러낸 것이다. 그리하여 이것은 '가정소설'이라는 하나의 작은 갈래를 이루어 다음 마당으로 우리 소설의 흐름에 무시할 수 없는 줄기를 이루기도 한다.300)

〈구운몽〉은 17세기 말엽에 나타나서 또 하나의 새로운 세상을 내다본 작품이었다. 일찍이 사람들은 이 작품을 김만중이 유교에서 바라는 입신 출세에 실패하자 실망에 빠진 어머니를 위로해 드리려고 하룻밤 사이에 지었다고 하였다.301) 말하자면 유교에서 바라는 입신 출세와 부귀영화라는 것이 실상은 헛된 뜬구름과 같은 것이므로 그것을 얻지 못하였다고 조금도 실망할 필요가 없다는 철학을 소설로 만들어 어머니에게 드리고자 했다는 것이다.302) 그러한 이야기들의 진실 여부를 따질 것도 없이 〈구운몽〉은 또 17세기 내도록 소설의 주류를 이루어온 정치소설의 출세주의에 심각한 반성을 일으킨다는 점에서 눈길을 끈다. 그리하여 이른바 '몽환소설'이라는 새로운 갈래를 비롯하는 말미가 되었고, 그 뒤로 오늘에 이르기까지 꿈의 세계를 빌려 현실의 장벽을 뛰어넘어 보려는 작품들이 잇달아 나타나 하나의 작은 갈래를 이루고 있는 것이다.

'꿈(몽환)소설'의 짜임새는 거의 ㉠ 초월세계에서 세속의 삶에 마음을 빼앗겨 유혹에 빠졌던 주인공이, ㉡ 꿈속에서 세속에 태어나 현세의 욕망을 마음껏 채우는 생애를 누리고, ㉢ 다시 꿈을 깨어 세속의 유혹을 벗고 초월세계의 영원한 가치를 찾게 된다는 세 마당으로 이루어진다. 이러한 짜임새는 물론 《태평광기》에 실려 있는 당나라의 〈침중기〉, 〈남가태수전〉, 〈앵도청의〉 같은 꿈소설(몽환소설)들과, 앞에서 살핀 바 있는 신라의 불교 전설 〈조신 이야기〉에서 뿌리를 찾을 수 있다. 그러나, 부귀공명을 찾는 유교의 현세 영웅주의가 참다운 삶의 높은 값어치일 수 있느냐 하는 물음을 내놓는 것이다. 그리고 이런 물음이 이때(17세기 말엽)에 일어난 마음의 소리를 제대로 담아내었다는 점에서 뜻이 있다. 작품의 분량으로 보면 꿈속(환몽)에서 그려진 세속 삶의 이야기가 거의 모두고 그것은 앞서 살핀 정치소설이 다루던 그것이다.

---

300) 최시한, 〈가정소설의 구조와 전개 ― 〈사씨남정기〉〈치악산〉〈삼대〉를 중심으로〉, 서강대 박사논문, 1989 ; 이원수, 〈가정소설 작품세계의 시대적 변모〉, 경북대 박사논문, 1991 ; 최시한, 앞의 책.

301) "세상에 내려오는 말로는 서포가 귀양살이할 적에 어머니의 시름을 풀어드리려고 하룻밤에 지었다고 한다."(이규경, 〈소설변증설〉, 《오주연문장전산고》)

302) "부군이 귀양할 곳(평북. 선천)에 닿자 윤부인(어머니)의 생일을 맞아 시를 지었으니, '어머니께서 자식 생각에 흘리실 눈물을 멀리서 생각하니, 죽어 이별이 절반이요 살아 이별이 절반이로다.' 또 책을 지어 소일거리 삼으시라고 부처 보냈으니, 그 뜻은 모든 부귀 영화란 도무지 꿈일 뿐이라는 것이다. 또한 그 뜻을 넓혀서 제 슬픔을 달래고자 했던 것이다."(일본 천리대 금서룡문고, 《서포연보》: 김병국, 〈구운몽의 저작시기 변증〉, 《한국학보》 51, 일지사, 1988)

그러나 이를 둘러싼 앞뒤의 초월세계가 소설의 속뜻을 움켜쥐고 있어서 작품의 주제는 정치소설과 사뭇 다르게 드러난다. 유교의 잣대와 현세의 가치 기준으로 볼 때에는 참으로 보잘것없는 삶으로 여기지만 실상은 그보다 훨씬 드높은 가치를 지니는 삶이 있다는 것이다. 이것은 또 다른 삶이 있음을 보임으로써 갖가지 인생살이에 새로운 눈을 열어 주게 되었다. 이 점이 바로 또 하나의 새로운 세상이 다가왔다는 예고가 되는 것이다.

(나) 둘째 걸음 : 사회소설

첫째 걸음의 소설이 17세기 말엽에 와서 이미 뜻깊은 탈바꿈의 조짐을 드러내었다. 그러나, 실제로 언제 첫째 걸음의 소설은 끝나고 둘째 걸음의 소설이 나타났는지를 꼬집어 말하기는 어렵다. 왜냐하면 우리의 옛소설들은 그때까지도 지은이를 숨기고 있어서 누가 언제 지은 것인지를 알 수 없기 때문이다. 그러나 우리는 소설이 시대 현실을 담고 있다는 상식에 기대어 적어도 18세기에 들어와서, 늦어도 그 중엽이면 틀림없이 둘째 걸음으로 넘어섰으리라는 추측을 해볼 만하다.

18세기에 들어오면 무엇보다도 신분제도로 억눌려 살아온 중인 아래 백성들이 저들의 삶을 드러내면서 역사의 표면에 나타나기 시작한다. 신앙303)으로나 사상304)으로나 경제305)로나 예술306)로 새로운 세상이 가까웠음을 뚜렷이 보여주고 있기 때문이다. 이처럼 사회 곳곳에서 속마음과 겉모습이 달라진 18세기 초·중엽에는 소설도 어쩔 수 없이 시대를 담아낼 수 있도록 바뀌지 않을 수 없었다. 그리고 이로부터 조선 왕조가 끝나는 19세기 말엽까지는 다른 모든 문화의 환경이 하나의 걸음으로 묶어진다. 마찬가지로 소설의 흐름에서도 하나의 걸음으로 싸잡히지 않을 수 없어 여기서 둘째 걸음으로 잡아보는 것이다.

우선, 둘째 걸음에서 좀더 이야기해 두어야 할 것은 소설에 따른 사회 상황이 달라졌다는 것이다. 18세기에 들어서면 소설은 천천히 돈과 떨어질 수 없는 하나의 상

---

303) 사람이면 누구나 하느님 앞에서 평등하다는 가르침을 바탕으로 하는 천주교 신앙을 그때에 스스로 찾아와서 믿었다.

304) 삶에서 동떨어진 이기철학보다는 눈앞에 벌어지는 삶의 문제에 초점을 맞추고 씨름해야 한다는 실학사상이 그때 일어났다.

305) 양반이 되어 벼슬을 하지 않아도 돈과 재산만 넉넉하면 양반 부럽지 않게 잘 살 수 있다는 사실을 깨달은 평민들이 이때 부쩍 나라 안 장사와 나라 밖 무역에 뛰어들었다.

306) 그림꾼들은 눈앞에 펼쳐진 우리네 자연과 여느 사람들의 삶에 눈길을 보내고, 소리꾼들도 하찮게 여기던 스스로의 소리를 자랑스럽게 여기며 아끼려는 마음이 이때부터 부쩍 일어났다.

품으로 여겨지기 시작한다. 그것은 소설을 짓고 읽는 일이 그저 개인의 욕구나 취미에 딸린 것이 아니라 뚜렷한 사회 현상으로 퍼져 있었다는 말이다. 그만큼 소설을 읽는 사람들이 많아지고, 찾는 사람이 갑자기 늘어나니까 소설을 지어내는 일이 하나의 돈벌이로 떠오른 것이다. 이래서 소설을 보는 눈과 생각하는 마음이 크게 달라지게 되었다. 소설을 읽는 사람들이 불어났다는 말은 이때에 역사의 표면으로 떠오르기 시작한 사람들, 곧 중인 아래의 백성들도 소설을 즐기는 세상이 열려가고 있었다는 뜻이다.

구수훈(18세기 중엽 사람)의 《이순록》에는 18세기 초엽에 여장을 한 상민이 양반 부녀자들에게 방물장수 노릇을 하면서 소설(패설)도 읽어 주다가 간음을 하기까지 한 일이 있었다는 기록이 있다. 상류층 양반 집안의 부녀자들이 소설의 독자로서 등장한 것은 이미 첫째 걸음의 일이었다. 그것은 김만중이 〈구운몽〉을 그의 어머니에게 읽히려고 지었다는 이야기로도 충분히 증명할 수 있다. 이제 그보다도 18세기 초엽에 방물장수인 평민이 소설을 팔면서 퍼뜨리고 있을 뿐만 아니라, 돈을 받고 읽어주기도 했다는 사실이 눈길을 끈다. 이덕무(1741~1793)가 소설을 비난하려고 쓴 〈영처잡고〉라는 글 가운데는 몇몇 시골 훈장들이 소설을 지어 찍어(판각)서는 가게에 팔았다는 기록도 있다. 여기서는 소설을 짓는다는 것이 시골 훈장에게 돈벌이를 시키는 일이었음을 확인할 수 있다. 소설이 하나의 상품으로 판각(인쇄)되어 퍼뜨려지고, 책가게에서 팔리는 상품이 되었다는 것이다.

아직은 한글소설이 언제부터 상품으로 판각되어 팔리기 비롯했는지를 정확히 알 수 없다. 한문으로 적힌 〈구운몽〉이 18세기 초엽에는 판각되었음이 확인되고 있으므로,[307] 한글소설의 판각이 18세기 초·중엽에 이루어질 수 없다는 논리는 성립되지 않는다.[308] 사람들이 소설책을 찍어내는 일터를 차렸던 곳으로서 서울, 전주(완산), 안성, 태인, 나주 따위가 유명하였다. 무엇보다도 서울과 전주와 안성은 19세기 말엽까지도 소설책 찍어내는 일이 잘 되었다는 사실이 드러나 있다. 또 '가게에 팔았다'고

---

307) 정규복, 《구운몽 원전의 연구》, 일지사, 1977.
308) 김만중이 〈구운몽〉을 애초에 한글로 지었느냐 한문으로 지었느냐 하는 것은 아직도 시원하게 풀리지 않았다. 일찍이 조선시대 사람들은 김만중이 어머니를 위로하느라 한글로 지었다고 했던 것인데, 평생을 〈구운몽〉 연구에 거의 매달린 정규복이 한문으로 지었다고 주장하기 때문이다. 정규복은 우리가 지금 손에 넣을 수 있는 자료를 가지고 견주어 보니까 한문으로 적은 것이 가장 앞선다는 것이다. 그러나 가장 앞선다는 그것도 김만중이 세상을 떠나고 한 세대를 넘긴 뒤에 적힌 것이라 애초에 한문으로 지었다는 증거는 못 된다. 그러니까, 김만중이 애초에 한글과 한자 두 가지로 적었으리라는 연구(설성경, 〈구운몽의 구조적 연구—표기문자론〉, 《원우론집》 2, 연세대, 1974)도 나온 바 있다.

했는데, 소설책을 팔거나 빌려주는 책가게는 일찍부터 있었다. 그래서, 18세기 초엽의 방물장수들이 소설을 양반 집안 부녀자들에게 팔기도 하고 읽어주기도 할 수 있었다. 19세기 말엽(1890~1892)에 잠시 우리 나라에 머물렀던 모리스 쿠랑의 《한국 서지》 서설에도 책 빌려주는 집[세책가]에 대한 기록이 있다. 한글로 된 소설들이 이런 세책가에 많이 갖추어져 있었으며 서울에는 꽤 많은 세책가가 있었다 하고, 이런 장사가 예전엔 아주 많았으나 이제는 훨씬 적어졌다고 한국 사람들이 말하더라고 했다. 앞에서 이미 본 바와 같이 조수삼(1762~1849)의 《추재기이》에도 소설을 읽어주고 돈을 벌어 먹고사는 쟁이의 이야기가 있었다.

이처럼 소설을 읽는 직업이 생긴 까닭은 소설을 손에 넣기가 어렵거나 글자를 몰라서 읽을 수는 없으면서 소설을 즐기려는 사람들이 많아진 것이다. 소설 안에서 삶의 뜻을 깨닫고 괴로움을 달래려는 사람들이 불어나면서 저절로 나타난 사회 현상이라 하겠다. 18세기에는 중인 아래의 백성들까지 소설을 즐기고자 하여 소설을 짓고, 인쇄(판각)를 하고, 보급(세책, 낭독)을 하는 일들이 빠르게 퍼졌다. 그런 일들이 갈수록 전문으로, 직업으로 바뀌었고, 이러한 사회 여건의 바뀜에 따라 소설의 속살과 모습도 바뀌지 않을 수 없게 되었다.

둘째 걸음에서 먼저 살펴야 할 것은 이른바 '역사군담소설'이라 불리는 소설들이다. 〈임진록〉, 〈임경업전〉, 〈박씨전〉 같은 것들을 꼽을 수 있다. 이런 소설들은 빼어난 능력을 지닌 영웅들이 전쟁에서 뛰어난 힘을 보여준다는 점에서 첫째 걸음의 정치소설과 닮았다. 문체라든지 사건을 일으키는 방식에도 비슷한 점이 적지 않다. 그러나, 이것들은 첫째 걸음의 정치 소설에서 볼 수 없었던 새로운 모습을 뚜렷이 보여준다. 무엇보다도, 이들 소설은 눈앞에 벌어지는 일에서 이야기의 말미를 잡는다. 첫째 걸음의 정치소설들은 무대를 거의 중국으로 잡고, 없었던 시대를 거짓으로 가져와 머리로만 생각하는 이념을 주제로 다루었다. 전쟁 또한 꾸며낸 가상의 것이었을 뿐이다. 그러나 이제 '역사군담소설'들은 임진왜란과 병자호란이라는 실제 전란을 바탕과 배경으로 삼아 역사 안에 살았던 사람들을 등장시킨다. 그리고 우리 나라를 지키고[구국] 우리 백성을 건지는[제민] 당면 현실을 주제로 다루고 있다.

그보다 더욱 큰 변화는 이것들이 다루는 소재가 역사 사실이라 하더라도 그것은 사실을 그대로 이야기하지 않는다는 점이다. 두 차례의 참혹한 전란을 겪으며 지배층의 무기력에 실망하고 그래서 맛본 패배에 분노를 느낀 백성들이 꾸미고 키워 온 입말이야기말꽃을 그대로 끌어들인다는 점이다. 말하자면, 두 전란 뒤로 한 세기 가까이 백성들의 입에서 자라온 전설과 민담을 소설로 탈바꿈시켜 내었다는 것이다. 그래

578

서 첫째 걸음의 정치소설 주인공들이 가문의 영예와 개인의 부귀공명을 추구하는 인물이었다면, 이제 역사군담소설의 주인공들은 잔악한 외적과 간교한 지배층 모두에 맞서서 용감하게 싸워 이긴 민중영웅으로 그려진다는 것이다.

다음으로 둘째 걸음에 나타난 새로운 특징으로 이야기해야 할 바는 여인을 주인공으로 한 작품이 많아졌다는 점이다. 이미 첫째 걸음의 후반에 나타난 가정소설 〈사씨남정기〉에서도 아낙네가 주인공으로 나타났던 것이고, 이러한 가정소설이 둘째 걸음에 들어와 더욱 불어난 것은 말할 나위도 없다. 그러면서 이제는 가정의 문벌이 최상의 계층에서 차츰 아래 계층으로 내려왔다. 〈김인향전〉과 같은 작품을 거쳐 드디어 〈장화홍련전〉과 같이 여느 백성의 가정까지 내려오게 되었다. 그 밖에도 여인들에게 감추어져 있는 능력과 재주가 남성들의 그것을 능가한다는 사실을 드러내 보인다. 〈박씨전〉이나 〈홍계월전〉, 〈정수정전〉, 〈장국진전〉, 〈황운전〉, 〈정비전〉, 〈이대봉전〉 같은 여러 작품들이 그렇다. 여인들이야말로 목숨을 바쳐서라도 정절과 사랑을 지키고 올바른 삶을 살아서 마침내 행복에 이르고야 만다는 〈춘향전〉과 〈숙향전〉, 그리고 〈숙영낭자전〉과 같은 작품들이 여인을 주인공으로 등장시키고 있다. 이러한 흐름은 물론 소설이 상품으로 팔리던 때에 와서 가장 중요한 수요 계층이 양가의 아낙네들이었기에 그랬을 터이다. 그러나 그것은 결국 그처럼 닫혀 있던 사회에서도 이제 여성을 보는 눈이 그만큼 바뀌었다는 사실을 말해 주고 있는 것이다.

끝으로, 둘째 걸음에서 반드시 짚어야 할 것의 하나는 '가정(가문)소설'이 크게 달라졌다는 사실이다.[309] 〈사씨남정기〉에서 비롯된 가정소설은 둘째 걸음에 들어오면서 이미 더욱 일상으로, 더욱 평민에게로 다가갔다. 그것은 커다란 소설의 흐름에 발맞추어 나타난 현상으로서, 다른 모든 19세기 이전의 소설들과 마찬가지로 주인공의 일대기 형식에 머무른 것이었다. 그러나 이제 둘째 걸음에서 새롭게 나타난 가정소설들은 주인공의 일대기에서 벗어나려 한다. 여러 대를 걸치고 여러 집안이 얽혀서 복잡한 갈등을 일으키고 올라서고 떨어지는 삶의 모습이 단순하지 않다. 얽히고 설키는 사건을 다루자니 무엇보다도 이야기가 엄청나게 불어났다. 이런 소설들은 1960년대에 경복궁의 재실(낙선재)을 정리하다가 찾아내고 학계에 알려졌다. 그래서 흔히 '낙선재 소설'이라 부르고, 엄청난 길이 때문에 '대하소설'이라 부르기도 한다. 〈천수석〉, 〈낙천등운〉, 〈명주보월빙〉, 〈보은기우록〉, 〈현씨양웅쌍린기〉, 〈윤하정삼문취록〉 같은 작품들이 먼저 학계에 소개되었다. 워낙 작품의 분량이 길어서 30, 40책을 넘는 것들

---

309) 이원수, 〈가정소설 작품세계의 시대적 변모〉, 경북대 박사논문, 1991.

이 흔하고, 〈명주보월빙〉 같은 작품은 세 묶음으로 짜여서 무려 235책에 이른다.

　이처럼 엄청나게 긴 소설들은 서울의 세책가를 거쳐 궁중의 여인들에게로 들어가 읽혔고, 가끔은 왕실에 핏줄이 닿는 집안의 아낙네들에게로 흘러가 읽혔던 것으로 보인다. 이런 소설들은 거의 18세기 말엽이나 19세기 초엽부터 생겨났을 듯한데, 그런 시절에 우리 겨레가 부딪힌 눈앞의 삶과는 거리가 먼 이야기들을 담고 있다. 모두들 생판 가본 적도 없는 중국을 무대로 삼아 상류층 집안끼리 맺혀진 원한과 대립을 구경하며 즐긴 셈이다. 그런 틈바구니에서 끝없이 펼쳐지는 사랑과 미움에 울고 웃으면서 눈앞에 벌어지는 현실의 괴로움을 잊어보려 했을까. 대궐 안에 갇혀서 오늘에 뛰어들지도 앞날을 내다보지도 못한 채 기나긴 세월을 보내야 하던 궁중의 여인들에게 소일거리로 안성맞춤이었던가 싶다. 그래서 이들 소설에 나오는 사람들은 거의 권력과 재산과 애정을 찾아 세속에서 허덕인다. 신분은 귀족이면서도 진지한 이념에 헌신하는 선비거나 남다른 능력을 발휘하여 세상을 바로잡는 영웅과는 이미 거리가 먼 사람들이다. 하나의 가치 체계가 무너지던 시대를 사는 여느 사람들에 지나지 않는다.

(다) 셋째 걸음 : 계몽소설

　둘째 걸음의 소설이 19세기로 내려와서는 18세기에서 이룩하던 현실의 삶을 제대로 담아내지 못했다. 사회의 현실은 나라 안팎으로 더없이 들끓고 있었으나 그것들을 제대로 간추리고 가늠하는 힘을 다해내지 못했다. 소설이 그처럼 소용돌이치는 현실을 제대로 담아내지 못한 것은 어쩌면 당연한 일일지도 모른다. 그러나 그것은 긴장과 혼란이 지나친 사회 현실에만 책임이 있는 것이 아니라 소설이라는 갈래에도 까닭이 숨어 있을 듯하다. 무슨 말이냐 하면, 우리의 글말놀음이야기말꽃은 언제나 '지나간 옛날의 일인 듯이 꾸미는 것'을 기법의 원칙으로 삼아 왔다는 것이다. 이런 원칙은 입말이야기말꽃에서 비롯하여 둘째 걸음의 소설에 이르기까지 거의 바뀌지 않고 지켜 내려온 것이다. 물론, 시간의 흐름과 더불어 이야기에 담기는 삶이 차차로 눈앞의 현실에 가까워져 온 것은 사실이다. '옛날 옛적에, 갓날 갓적에'(입말놀음이야기말꽃) 하던 것이 '대송 문황데 즉위 니십삼 년의'(첫째 걸음의 〈조웅전〉)로 내려오고, 다시 '숙종 대왕 즉위 초의'(둘째 걸음의 〈춘향전〉)로까지 가까워진 것이다. 그것은 사람들이 차차로 눈앞의 현실을 바로보듯이 이야기하는 것을 갈수록 좋아하게 되었다는 뜻이다. 말하자면 소설이 현실성(리얼리티)을 담아내는 쪽으로 꾸준히 자라왔다는 것이다. 그러나 둘째 걸음까지는 모든 소설의 문장이 아직 '～하더라' 하는 과거형으로 끝나는 것에서 벗어나지 않았다.

우리 소설의 이러한 전통이 눈앞에 꿈틀거리는 현실을 곧바로 붙들어 작품으로 만드는 데에 커다란 걸림돌이 되었을 듯하다. 그러나 이제 새로운 세상을 맞아 이런 전통을 깨뜨리면서 셋째 걸음의 소설이 나타났다. 할 일이 없어 찾는 소일거리가 아니라 눈앞의 현실을 부릅뜬 눈으로 맞서 보려고 쓰는 소설, 느긋하고 여유 있는 과거형이 아니라 다급하고 긴장된 현재형으로 말하려는 소설이 나타난 것이다. 그러나, 이런 전통이 모두 깨뜨려진 다음 온전히 눈앞의 현실을 도려내거나 나아가 앞날에 열릴 세상을 보이기까지 하는 기법에 이르면 우리의 소설 역사는 또 다른 걸음(넷째 걸음)으로 들어간다. 따라서 이제, 셋째 걸음은 그 사이를 건너가는 하나의 징검다리라 해야 할 것이다. 시간으로 말하면, 셋째 걸음은 20세기의 첫머리 20년 남짓에 지나지 않는다.

이처럼 징검다리인 셋째 걸음 소설의 특징으로 손꼽아야 할 것은 우선 계몽하려는 마음이다. 무엇보다도, 눈앞의 세상과 나라 현실이 더없이 위급하다는 인식에서 셋째 걸음의 소설은 나타났다. 그러므로 소설은 그런 현실을 바로잡는 데 값지게 쓰일 도구로 뽑힌 것이었다. 이것은 안으로 썩고 무너져 겨레의 얼과 삶을 지킬 수 없게 만든 현실 상황에서 말미암은 것이기도 하지만, 밖으로 서양의 제국주의 야욕을 감추고 들어온 근대 문물에서 말미암은 것이기도 하다. 따라서, 스스로 선구자로 나서는 소설가들은 세상을 보는 눈과 철학에서 서로 다른 두 가지 처지에 서지 않을 수 없다. 하나는, 밀려오는 근대 문명에 감추어진 제국주의 야욕을 막아내는 일에 무게를 두어서 수구에 계몽의 초점을 두는 처지고, 다른 하나는 안으로 안고 있는 봉건의 폐단과 불의를 없애고 들어오는 문명을 받아들이는 데에 무게를 두어 개화에 계몽의 초점을 두는 처지다. 이들 가운데 어느 처지에서든지 그것은 작가에게 주어지는 사상의 자유라 하더라도, 이러한 계몽의 정신으로 말미암아 이 걸음의 소설은 겉모습보다는 속살에 기대는 목적소설이라 할 수 있다.

수구에 계몽의 초점을 두는 소설을 '우국의 계몽소설'이라 불러보자. 이런 소설들은 지금이 나라가 망하고 있는 때라고 판단하고 이러한 현실에서 나라를 건지려면 뛰어난 영웅이 나타나야 한다고 보았다. 한시라도 바삐 나라와 겨레를 건질 수 있는 영웅이 나타나기를 바라는 뜻에서, 지난날 다른 나라에서 조국을 건져낸 위인들에게 눈을 돌리고, 지난날 우리 겨레를 외적의 침략에서 건져낸 영웅들을 되돌아본다. 이런 영웅들을 주인공으로 삼아 그들이 나라와 겨레를 건진 일을 되새기고 찬양하였다. 말하자면, 우리든 남이든 지난날 제 나라에 닥친 위험을 이겨낼 수 있게 이끈 사람들의 삶을 다루는 소설(전기소설)들이 우국의 계몽을 겨냥하여 갑자기 다투어 나타나게 되었다.

우국 계몽의 전기소설은 먼저 중국에서 뒤쳐진 서양의 전기소설을 우리 말로 다시 뒤치는 것으로 출발했다. 1907년에 대한매일신보사에서 뒤쳐 펴낸 《라란부인전》, 숭양산인(장지연)이 뒤치고 광학서포에서 펴낸 《애국부인전》이 그런 작품이다. 그리고 이듬해(1908) 현공렴이 편찬하고 발행한 《까뛰일트전》도 그런 전기소설이다. 이러한 전기소설들은 같은 때에 뒤쳐 소개하던 서양 위인들의 '전기'들과 헷갈리기 십상이다. 이를테면, 신채호가 뒤치고 장지연이 살핀 《이태리건국삼걸전》(1907), 김연창이 뒤치고 신채호가 살핀 《피득대제》(1908) 같은 전기들도 다같이 우국 계몽의 정신 아래 중국을 거쳐 뒤친 것들이기 때문이다. 그러나 이들 전기는 꾸며서 그려낸 예술이 아니라 역사 사실에 충실한 기록에 치우쳐 소설이 아니다. 계몽하려는 뜻을 담았다는 쪽에서 비슷하지만 전기와 전기소설은 갈래가 서로 다르다.[310] 그래서, 영국과 프랑스 사이에 벌어진 백년전쟁에서 프랑스의 위기를 건진 성녀 잔 다르크의 일대기를 그린 《애국부인전》을 표지에다 《신소설 애국부인젼》이라고 했던 것이다.

그러나 이러한 전기소설들은 외국 위인들을 뒤쳐서 알리는 일에 오래 머무를 수 없었다. 우리도 지난날 첫째 걸음이나 둘째 걸음에서 이미 전기소설의 바탕이 쌓여 있었기 때문이다. 무엇보다도, 둘째 걸음에서 유행했던 이른바 역사군담소설들은 실존의 애국 위인들을 기리려던 것으로 전기소설과 비슷했다. 그러한 바탕에 힘입어 셋째 걸음에서는 지난날 우리에게 어려움이 닥쳤을 때에 스스로 목숨을 바쳐 나라를 지킨 충신과 열사와 영웅들의 일대기를 소설화한 작품들이 많이 나타났다. 지금 나라가 외적의 침략으로 망했으니 지난날의 충신 열사들과 같은 사람들이 빨리 많이 나와서 외적을 물리치고 나라를 건져야 하지 않느냐는 우국과 계몽의 정신이 이러한 전기소설들을 불러낸 것이다. 이들 모두가 이때에 비로소 만들어진 작품들인지를 확인하기는 어렵고, 더러는 둘째 걸음에서 필사로 내려오다가 인쇄되어 나타난 것일지도 모른다. 강감찬(《고려강시중전》, 조선서관, 1913), 전우치(《뎐우치젼》, 신문관, 1914), 박태보(《박태보실기》, 덕흥서림, 1916), 임경업(《임경업실기》, 광명서포, 1916), 홍경래(《홍경래실기》, 신문관, 1918), 홍윤성(《홍장군전》, 오거서창, 1918), 김덕령(《충용장군 김덕령전》, 덕흥서림, 1926), 남이(《남이장군실기》, 덕흥서림, 1926), 이성계(《조선태조대왕전》, 덕흥서림, 1926), 김유신(《김유신전》, 영창서관, 1926) 같은 장군들

---

310) 물론 그러니까 '전기'는 이미 앞에서 '일이야기말꽃'으로 다루었던 것이다.

이 이때에 다시 전기소설의 주인공으로 나타났다. 그 밖에도 간기가 없어 펴낸 때를 알 수 없는 작품으로 이순신(〈이순신전〉, 회동서관), 김응서(〈임진명장 김응서실기〉, 세창서관), 원두표(〈원두표실기〉, 세창서관), 서산대사와 사명당(〈서산대사와 사명당〉, 세창서관) 같은 여러 사람들을 소설의 감으로 삼았다.

이들 우국의 계몽소설은 그 정신의 바탕이 옛 것을 지키는 데에 있었으므로 소설을 만든 솜씨 또한 지난날의 솜씨와 크게 다르지 않았다. 이를테면, 둘째 걸음의 역사군담소설들과 본질에서 다른 것이 없다고 볼 수 있다. 그러나 이들은 훨씬 더 역사사실에 충실하려고 하는 쪽으로 기울어져 있어서 작품의 이름도 '～실기'로 된 것이 많다. 이른바 실증과 과학에 바탕을 두어야 한다는 생각이 그렇게 했다고 하겠다. 재미있게 한다거나 분하고 쓰라린 마음을 달랜다거나 하기보다는 현실의 구국에 몸바칠 청년들이 나타나기를 간절히 바라는 계몽의 뜻이 뚜렷하기 때문에 진실에 바탕을 두어야 했다고 보겠다. 따라서 독자층도 신식세계에 눈뜬 도시의 지식인들보다는 전통을 지키는 삶에 값어치를 느끼며 사는 시골의 백성들이었다.

한편, 낡은 인습을 벗어버리고 새로운 문물을 받아들이는 것이 어려움을 헤쳐 가는 길이라고 믿는 자리에서 쓴 소설을 '개화의 계몽소설'이라고 부르자. 이것은 그때의 작가들과 출판인들이 스스로 새로운 소설임을 선전하려는 상술에서 '신소설'이라 부르던 소설들이다. 이른바 개화를 겨냥하여 겨레를 계몽하려고 소설을 지어 '신소설'이라 자랑한 작가들은 이야기꾼의 솜씨로 볼 때에 우국의 계몽소설을 지은 사람들보다 뛰어나다. 우선 배달말을 훨씬 자연스럽게 부려쓰고, 이야기를 재미있게 꾸미고, 눈앞에서 일어나는 현실을 감으로 가져오고, 젊은이들의 호기심을 건드릴 만한 연애와 신지식을 끌어들이고, 이런 솜씨로 그때 사람들(젊은이들)에게 놀라울 만큼 읽히는 소설을 만들어냈다.

이들 개화 계몽소설 가운데 첫작품으로는 흔히 1906년 《만세보》에 연재된 이인직(1862～1916)의 〈혈의 누〉를 꼽는다. 그러나 그보다 앞선 1905년 11～12월과 1906년 2월에 《대한매일신보》에 연재되었던 풍자 단편(소화) 〈소경과 안즌방이 문답〉과 〈거부오해〉를 이런 소설의 첫걸음으로 보아야 마땅할 듯하다. 그리고 1906년 이인직의 〈귀의 성〉, 1907년 이해조(1869～1927)의 〈고목화〉를 비롯하여 1908년에 들어오면 이인직의 〈치악산(상)〉과 〈은세계〉, 안국선(1854～1928)의 〈금수회의록〉, 육정수의 〈송뢰금 상〉, 그리고 이해조가 뒤친 소설 〈철세계〉와 지은 소설 〈홍도화〉, 〈빈상설〉, 〈구마검〉 같은 작품들이 많이 쏟아져 나왔다.

잘 알려진 바와 같이, 이들 소설이 내세운 계몽의 알맹이는 ㉮ 신교육의 필요성,

㉯ 사랑의 자유, ㉰ 올바른 정치, ㉱ 합리적인 생활(미신 타파), ㉲ 남녀의 평등 같은 것이라고 보겠다. 그러니까 이들 개화의 계몽소설은 거의가 문명 개화를 이루어서 당대의 어려운 현실을 이겨내 보자는 것이다. 그리고 그렇게 하면 이겨낼 수 있다고 현실의 어려움을 가볍게 보고 있었다. 그래서 외래 풍습과 지식과 문물은 곧 새롭고 희망찬 앞날을 약속하며, 그러한 것들의 원천인 바깥 세상(주로 일본과 미국 및 서양)은 부러울 만큼 좋은 것으로 보았다. 따라서, 주인공들은 흔히 일본 사람이나 서양 사람의 도움을 받기도 하고, 희망에 부푼 마음을 안고 일본이나 미국으로 유학길에 오르기 일쑤다. 이처럼 안이하고 소박한 낙관주의로 말미암아 개화의 계몽소설들은 새로운 삶을 찾으려는 마음에서 비롯하였음에도 마침내 가볍고 알맹이 없는 개화의 외길로 빠진 것이었다. 겨레의 운명이 부딪히고 있는 안팎의 역사 상황과 세계의 조류가 얼마나 위험하고 무서운 것인가에는 눈이 어두운 채로 얕은 생각의 현실 개선에만 열을 올리고 있었다. 따라서 친일 환상에 빠졌던 이인직 같은 이가 매국노의 시녀노릇을 하느라고 이런 소설을 이용하기조차 했던 것이다.

셋째 걸음의 소설이 나타나기 비롯한 20세기 초엽에는 소설이 놀랍게 퍼뜨려질 수 있었다. 19세기 말엽의 계몽기를 거치면서 한글을 읽는 독서층이 무섭게 늘어났고, 서양의 인쇄 기술을 들여와 신문과 잡지를 펴내면서 소설이 손쉽게 퍼뜨려졌다. 게다가 인쇄술에 힘입어 기업의 성격을 띤 출판사가 나타나[311] 소설을 상품으로 선전하며 팔았기 때문이다. 따라서 지난날의 세책가라든지 전기수 따위는 사라져가고, 판소리는 온전히 소리의 예술로 자리잡혀 갔으며, 소설은 오늘날과 같이 글말의 읽을거리로 굳어져 갔다. 이렇게 세상이 바뀌는 것에 발맞추어 셋째 걸음의 소설은 갖가지 새로운 모습을 갖추어 나갔다.

우선, 책 읽는 사람들이 불어나고 책 찍는 출판사가 기업으로 되면서 지난날 첫째 걸음과 둘째 걸음의 소설들까지 새로운 상품으로 불려 나왔다. 소설을 상품으로 여기는 상인(출판인)들이 지난날의 소설에는 '고소설' '구소설' '고담' 같은 이름을 붙이고, 셋째 걸음의 소설에는 '신소설'이라는 이름을 붙여 손님(독자)의 입맛에 맞추며 선전을 해댔다. 팔릴 만한 작품들을 활자로 찍어서 한 책에 모조리 6전씩 값을 매긴 딱지를 붙여서 온 나라의 장터에서 팔았다. 이른바 '육전소설'이니 '딱지본'이니 하는 말이 이래서 생겨났다. 울긋불긋한 표지의 이 딱지본(육전소설)은 20세기 중엽, 그러니까 6·25 남북전쟁 때까지 전국 시골 장터에서 쉽게 볼 수 있는 상품으로 남아 있

---

311) 1910년대에 이미 서른 개에 가까운 출판사가 소설을 펴냈다는 조사가 있다.

584

었다.

　그리고, 셋째 걸음에서부터 소설을 쓰는 작가들의 마음이 예전과 크게 달라졌다. 이제는 소설을 쓴다는 것이 자랑스러운 일로 바뀌었으므로 작가들이 떳떳하게 이름을 밝히고 작품을 펴내었다. 지난날에는 지식인으로서 학문(도학)을 하거나 벼슬에 나가는 일을 우러러보고, 소설을 쓴다는 것은 감추어야 할 일이었다. 소설을 써서 세책가나 방각소에 팔아 입에 풀칠을 하는 것조차 부끄러워하는 일이었다. 그러나 이제 도학은 세상을 건질 수 없는 낡은 유물로 떨어지고, 벼슬은 매국이나 침략에 협력하는 길이 되고 말았으므로, 지식인이 소설을 써서 백성을 깨우친다는 것을 명분 있는 일로 여기는 때가 된 것이다. 따라서 좋은 소설을 써서 많은 독자를 얻으면 유명인이 되고 돈을 모아 잘살 수 있게 되었다. 재능 있는 사람들이 다투어 소설을 쓰려고 하는 세상이 열린 것이다.

(라) 넷째 걸음 : 현대소설

　소설을 쓰는 일이 나라를 건지고 백성을 깨우치는 일이며 따라서 소설가는 시대의 선구자거나 예언자와 다름없다는 생각이 일어난 셋째 걸음의 계몽소설은 1910년 일제가 나라를 빼앗고 식민통치에 들어가자 벽에 부딪혔다. 무엇보다도, 일본을 거쳐 서양 문물을 받아들여 지난날의 폐습에서 벗어나자던 개화의 계몽소설들은 그런 주제를 내세우는 것이 친일과 매국에 도움이 되었다는 사실을 뒤늦게 깨닫고 당황하지 않을 수 없었다. 그리하여 작가의 열의와 독자의 인기가 함께 떨어져 셋째 걸음의 계몽소설들은 차차 빛을 잃어갔다. 현실의 호소력도 떨어지고 주제의식도 흐려지면서 시시한 소일거리로 물러나고 말았다. 나라가 망하고 삶을 뿌리째 뒤흔드는 현실의 변화가 셋째 걸음의 소설가들이 알았던 것보다 훨씬 심각하고 복잡한 힘으로 이루어지고 있었으므로, 그들이 다루었던 주제는 그런 현실을 올바로 진단하고 내놓는 대답이 되지 못한다는 것을 스스로 깨닫지 않을 수 없었다. 이래서 나라를 빼앗긴 뒤로 셋째 걸음의 소설들이 알맹이 없는 오락물로 떨어질 때에 넷째 걸음이 열리게 마련이었다. 지난날에 이룩한 소설의 흐름을 바탕으로 삼으면서 서양의 바람을 더욱 힘써 받아들여 눈앞에서 겪는 삶의 괴로움과 아픔을 눈으로 보듯이 그려내려는 소설들이 나타나게 되었다.

　그것은 이미 1910년에 〈어린 희생〉(《소년》 3권 2-5호), 〈무정〉(《대한흥학보》 11-12호) 같은 습작을 발표하고, 1917년부터 많은 소설을 쓴 이광수(1892~1950)와 1914년에 〈한의 일생〉(《청춘》 2호), 〈박명〉(《청춘》 3호)을 비롯하여 1917년까지 여섯 마리의 단편소설을 쓴 현상윤(1893~?)이 문을 열었다. 이들은 동경에 유학하여 서양 소설들을 많이 읽고 영향을 받았으나 글말의 말씨, 이야기의 짜임새, 인물의 사람됨을 만들기에서 아직 모자라는 데가 많았다. 삶의 경험이 적은 탓으로 인생살이가 무엇인지를 꿰뚫어 볼 수가 없어 단편소설을 썼지만 셋째 마당의 소설에서 크게 벗어날 수 없었다. 그러나 셋째 걸음의 소설들이 삶을 수박 겉 핥기로 계몽에 매달리고 값싼 흥미에 떨어져 있을 때에 이들은 시대의 고민을 붙들어 보려고 애썼다. 철저한 현재형 시제로서 눈앞에 벌어지는 삶을 담으려 했던 점은 확실히 새로운 모습이었다.

그리고, 이광수는 총독부의 기관지 노릇을 하던 《매일신보》에 〈무정〉(1917. 1. 1~6. 14)과 〈개척자〉(1917.11. 10~1918. 3. 15)를 연재하여 넷째 걸음의 새로운 장편소설로 손꼽히고 있다. 우리는 이런 작품으로 당대 풍속도의 일면을 읽을 수 있고, 낡은 정신과 새로운 문물이 만나면서 빚어지는 갈등과 고민을 한결 뚜렷하게 바라볼 수도 있다. 그러나, 이들 작품은 아직도 지난날의 말씨를 그대로 쓰면서 이야기를 끌어가는 고비마다 뜻밖에 일을 만들어 억지를 부리는 서투름을 버리지 못했다. 속뜻에서도 나라를 빼앗겼다는 알맹이를 놓치고 엉뚱하게 시시한 일들에 매달려 눈앞의 아픔을 벗어나 있었다. 현실의 삶을 당당하게 맞서기보다는 섣부른 눈으로 세상을 바라보며 사건을 무리하게 처리하고 주제를 엉뚱하게 드러내어 또 하나의 계몽으로 떨어졌다.

기미년 광복운동 즈음에 접어들어 소설은 젊은 동경유학생들에게서 새로운 모습으로 나타났다. 전영택(1896~1967), 염상섭(1897~1963), 현진건(1900~1941), 김동인(1900~1951), 나도향(1902~1926) 같은 사람들이 동인지와 잡지에다 새로운 이론을 내세우며 많은 소설을 내놓았다. 〈약한 자의 슬픔〉(김동인, 1919), 〈표본실의 청개구리〉(염상섭, 1920), 〈빈처〉(현진건, 1921), 〈천치? 천재?〉(전영택, 1921), 〈젊은이의 시절〉(나도향, 1922) 같은 것이 그것들인데, 어둠에 쌓인 세상과 힘없는 사람의 괴로움을 다루고자 하였다. 비록 삶을 폭넓게 바라보지 못하고 좁은 구석의 삶만을 드러내는 단편소설에 머무르고 있으나, 말하듯이 살아있게 하는 말씨에다 현재형 시제를 굳게 지켜 줄글(산문)의 힘을 살려내려고 해서 자못 새롭다. 뜻밖의 일을 만들어 이야기를 이어가려는 속임수를 줄이고 그럴 수밖에 없는 사건에 따라 줄거리를 짜려고 했다. 섣부른 계몽정신을 깨끗이 버리고 삶의 참모습을 정직하게 드러내 보려고 하는 이런 점들이 소설이 새로운 걸음에 들어섰음을 보여주었다. 그러나 소설이 삶의 모습을 드러내어 확인하려는 노력이라는 점에서 이들이 보여주는 가난과 고민은 아직 그것의 속내를 올바로 꿰뚫어보지 못한 것이었다고 말할 수밖에 없다.

1920년대 중엽에 나타난 이른바 신경향파와 프로문학파는 현실의 모순과 가난을 새로운 눈으로 보고, 그것에 맞서 싸우며 바로잡아야 한다는 생각을 드러내었다. 주요섭(1902~1972)의 〈인력거꾼〉(1925), 최학송(1901~1931)의 〈탈출기〉(1925) 같은 작품에서는 식민지 아래의 가난과 모순이 또렷이 드러나 새로운 마당에 이르렀다. 뿌리를 알 수 없이 누구에게나 닥치는 가난과 고통이 아니라 서로 맞서 싸우는 두 계층이 있음을 알고, 거기서 가난과 설움을 안고 사는 하층에 마음을 두려고 했다. 그리고 이들 하층 사람들이 막다른 골목까지 내몰린 나머지 살인하고 불지르는 짓거리에 이르게 되는 길을 다루어 보고자 했다. 이러한 정신은 자칫하면 과녁에 맞춘 틀 때문에 소설을 망가뜨리기도 하지만, 소설로 하여금 세상살이의 얽히고 설킨 속내를 한 걸음 가까이 들여다보게 한 뜻이 있었다. 무엇보다도, 일제의 가혹한 수탈로 말미암아 비참하게 뿌리뽑혀 가고 있던 농촌과 농민의 아픔과 쓰라림을 이기영(1896~1985)의 〈농부 정도룡〉(1924), 이무영(1908~1960)의 〈달순의 출가〉(1926), 심훈(1901~1936)의 〈탈출〉(1926), 조명희(1895~1938)의 〈낙동강〉(1927) 같은 작품들이 드러내었다. 더러는 지나치게 계급의식을 강조하고 성급한 행동을 선동하려는 뜻을 드러낸 흠이 있었으나 눈앞의 현실에서 눈돌리지 않고 다루어 우리 소설의 터전을 넓혔다.

1930년대는 우리의 소설이 기막히게 알차지고 여러 갈래로 자라난 때였다. 사실, 일제는 1931년에 이른바 만주사변을 일으키고, 1937년에는 중일전쟁을 도발하여 아시아를 움켜쥐려고 서두르면서 식민지 조선을 더욱 옭아매었다. 1931년 카프회원들을 잡아들이고, 모든 출판물의 검열을 강화하고, 작품을 빼앗고 고치고 잘라버리는 일을 외고패고 해댔다. 이러한 상황이 1930년대의 소설을 일제에 고분거리고 겨레정신을 누그러뜨리게 한 것은 사실이지만, 한편 암시하고 비유하는 노릇을 갈고 닦게 만들어 기법을 세련시켰다. 이래서 소설을 만드는 솜씨가 놀라울 만큼 자라게 되었던 것은 커다란 수확이라 해야 할 것이다. 무엇보다도, 이때의 작가들은 소설이 눈앞의 삶을, 작가의 삶뿐만 아니라 사회 전체의 삶을 정확하게 드러내고 확인하자는 노릇임을 제대로 알게 되었다. 그리하여 저마다 다른 눈으로 세상을 보고, 저마다 다른 기법으로 삶을 붙들어 작품을 만들려고 애썼고, 나름대로 뜻을 이루었다.

〈실락원 이야기〉(1932)와 〈복덕방〉(1937)을 지은 이태준(1904~?)은 고통스런 삶을 구석구석 찾아서 따뜻한 눈길로 어루만지며 예술로 끌어올렸다. 그의 침착하고 노련한 문장과 치밀하고 자연스러운 이야기 짜임새는 단편소설로 드러낼 수 있는 삶의 진수를 모자람 없이 밝혀내었다. 〈소설가 구보씨의 일일〉(1934)과 〈천변풍경〉(1936)으로 유명한 박태원(1909~1986)은 참혹한 고통에서도 절망하지 않고 살아가는 서민들의 삶을 진지하면서도 담담하게 그려냄으로써 사실주의를 깊고 넓게 이루었다

는 말을 들었다. 〈지주회시〉(1932)와 〈날개〉(1935)를 지은 이상(본명 김해경, 1910〜
1937)은 시대의 아픔을 이기지 못하여 속으로 자기 분열에 빠진 지식인의 정신 풍경
을 신심리주의 기법으로 그려내어 충격을 주기도 하였고, 〈동백꽃〉(1936)과 〈봄·
봄〉(1936) 같은 작품을 지은 김유정(1908〜1937)은 이 참혹한 삶이 어디로부터 온 것인
지 그 곡절조차 모르고 살아가는 불쌍한 사람들의 삶을 절묘한 우스개 말투로 그려
내어 지난날 탈춤과 판소리 따위에서 하던 바를 되살려 전통의 맥을 이어 놓기도 했
다. 강경애(1907〜1943)는 〈어머니와 딸〉(1931), 〈인간문제〉(1933) 같은 작품으로 여성
답지 않은 정신의 꿋꿋함을 지니고 눈앞의 슬픈 현실과 그런 현실이 망가뜨리고 있
는 사람의 심성을 정면으로 드러내었다. 1930년대 말엽에 이르면 김동리(1913〜1995),
황순원(1915〜2000) 같은 신진들이 나타나 더욱 섬세한 관찰과 잘 가다듬은 솜씨를 보
이기도 하고, 김정한(1908〜1996)의 〈사하촌〉(1936)과 〈항진기〉(1937) 같이 다시 억눌
린 사람들의 삶으로 현실을 비판하며 그려내는 일을 해냈다.

　　1930년대에서 빼놓을 수 없는 것은 훌륭한 장편소설이 나타난 일이다. 거기에는
발표 때부터 환호와 비판이 엇갈려 인기를 모았던 이기영의 〈고향〉(1933〜1934)과 심
훈의 〈상록수〉(1935)와 같은 농촌소설이 있었으며, 염상섭의 〈삼대〉(1931)와 채만식
의 〈탁류〉(1937)며 〈천하태평춘〉(1938, 뒤에 〈태평천하〉로 바꿈) 같은 가족사의 변모
를 중심으로 식민지 아래 나타난 삶의 썩은 모습을 펼쳐 보인 가정소설도 있었다. 홍
명희(1888〜1968)의 〈임꺽정〉(1928〜1940), 김동인의 〈운현궁의 봄〉(1933〜1934), 박종
화의 〈금삼의 피〉(1936〜1939), 김기진의 〈청년 김옥균〉(1934), 현진건의 〈무영탑〉
(1938〜1939) 같이 지나간 일에다 오늘의 삶을 담아내려는 역사소설도 있었다.

　　무엇보다도, 1928년 12월 21일부터 1939년 7월 4일까지 중단을 거듭하며 네 차례
에 걸쳐《조선일보》에 연재하다가 그것이 폐간당하자 다시 잡지《조광》1940년 10
월호에 한 차례 실리고는 끝나 버린 홍명희의 〈임꺽정〉은 빼어난 작품이다. 첫째 걸
음의 영웅소설에서 빌려온 뼈대에다 그때에 유행하던 세태소설의 기법을 살려서 일
구어낸 명작이다. 지은이 스스로 자신감을 가지고 이야기한 '조선 정조에 일관된 작
품'312)으로 성공하여 길이와 속살뿐만 아니라, 온갖 계층에서 쓰는 배달말을 속속들

---

312) 홍명희는 스스로 이렇게 말했다. "그것은 조선 문학이라 하면 예전 것은 거지반 지나문학의 영향을
　　만히 밧어서 사건이나 담기어진 정조들이 우리와 유리된 점이 만헛고, 그러고 최근의 문학은 또 구
　　미문학의 영향을 만히 밧어서 양취가 잇는 터인데 임거정만은 사건이나 인물이나 묘사로나 정조로
　　나 모다 남에게서는 옷한벌 빌어 입지 안코 순조선거로 만들려고 하엿습니다. '조선정조에 일관된 작
　　품' 이것이 나의 목표엿습니다."(홍명희, 〈임거정전을 쓰면서〉,《삼천리》9, 1933. 9)

588

이 살려내어 '약동하는 조선어의 대수해'313)를 이루어냈다. 주인공 임꺽정이 관군에게 무찔려 죽는 데까지 다루지를 않고 끝내 버리는 솜씨도 예사롭지 않다. 세상 사람들은 그런 속뜻도 읽지 못하고 마무리하지 못한 작품이라 오해하면서 논란을 벌이지만 그것은 작품의 속뜻을 가장 잘 드러내는 기법에 지나지 않는 것이다.

1930년대의 소설이 이처럼 기법에서나 관심에서나 수준 높게 무르익었으나 일제의 발악이 치솟은 말엽에는 모두 움츠러들 수밖에 없었다. 이러한 암흑의 문턱에서 끝까지 버텨보려고 한 작가들이 결국 어떻게 한계에 부딪히고 있는가를 보여주는 작품으로 김남천(1911~1953)의 〈대하〉(1939)와 한설야(1902~1963)의 〈탑〉(1940~1941)을 꼽을 수 있다. 두 작품이 모두 김남천이 주장하던 바의 '연대기를 가족사의 가운데 현현시킨다'는 원칙에 따랐다고 하겠으나, 일제 침략의 초창기를 무대로 잡아 시대의 고난이 비롯한 근원을 드러내려고 했음에도 성과는 신통하지 못했다. 그들의 마음 안에 여전히 꺼지지 않고 있는 계급의식이며 현실 고발의 뜻이 제대로 살아나지 못하고 문제의 날카로움마저 드러내지 못하였다. 그러나 이때로서는 이만한 작품도 쉽지 않았으니 일제의 발악이 어느 정도였을지를 짐작하게 한다. 1940년대에 들어서면서 모든 잡지들은 폐간당하고, 우리 글말과 더불어 입말조차 쓰지 못하는 세상이 되었다. 꾀이고 억누르는 힘에 못 이긴 사람들이 무릎을 꿇고 일본어로 작품을 쓰는 세월이 되었을 때에 많은 사람들은 붓을 꺾고 몸을 숨기지 않을 수 없었다. 그리하여 광복이 오기까지 잠시 동안이나마 우리의 소설도 어둠 속에 파묻혀 나타나지 않았다.314)

광복이 되자 억눌렸던 감정들이 폭발하듯이 소설 작품들도 여러 모습으로 되살아났다. 발표 기회가 넉넉하지 못한 어려움 속에서도 1949년까지 370여 마리의 소설이 발표되었다는 조사가 보고된 바 있다. 비록 예술 성취는 1930년대의 수준에서 자란 바가 없다 하더라도 흥분되었던 당시의 상황을 생각하면 소설은 시대와 삶을 드러내고 확인하고 성찰하는 제몫에 한껏 충실하였음을 알 만하다. 이때의 소설에서는 무엇보다도 이념의 문제가 두드러졌는데, 김남천, 김영철, 김학철, 안회남, 이기영, 이태준, 전홍준 같은 이들이 계급의식을 깨우고 무산계급의 혁명을 부채질하는 소설들을 발

---

313)《조선일보》(1939. 12. 31). 이 밖에도 그가 그토록 배달말을 잘 부려쓴 것에는 다음과 같은 찬사들이 잇따랐다. "조선 어휘의 대언해(이효석)", "조선어의 풍부한 보고(김상용)", "조선어와 생명을 가치할 천하의 기서(이광수)", "양양한 바다가튼 어휘(박종화)".(임형택·강영주,《벽초 홍명희《임거정》의 재조명》, 사계절, 1988, 191~193쪽)

314) 이때 그나마 만주 벌판에서는 가물거리는 등잔불처럼 친일 신문《만선일보》를 터전으로 삼아 이른바 '개척소설'이라는 이름으로 엄동 설한에 고개를 내민 들꽃 같은 소설들이 몇 마리 나타났다.(김동민,〈1940년대 전반기 '개척소설' 연구〉, 경상대 박사논문, 2002)

표하였으나 부채질을 서두르는 바람에 감동을 주는 작품을 만들어내지 못했다. 한편, 현실보다는 영원의 가치를 찾는다고 순수의 세계로 파고든 사람들도 있었는데, 김동리, 황순원, 허윤석, 최태응 같은 이들이 그런 작품들을 썼다. 그러나 이들 또한 냉정한 눈으로 현실을 바라보며 삶의 문제를 밝혀 보려는 작품들만 눈길을 끌었다. 광복이라고는 하나 일제가 할퀴고 간 상처로 시달리는 삶을 밝혀주는 김동리의 〈혈거부족〉(1947), 사회의 가치가 뒤바뀌는 세상에서 생기는 정신의 갈등을 차분하게 살핀 이태준의 〈해방전후〉(1946), 갑자기 바뀐 세상에서 인간의 갖가지 본능이 추악하게 드러나는 실태를 밝히고 고발하는 채만식의 〈맹순사〉(1946)와 이무영의 〈굉장소전〉(1946) 따위가 그런 작품들이었다. 그리고, 이때에 시대의 산물로 빼놓을 수 없는 것은 일제에 빌붙었던 지식인들의 뉘우침과 괴로움, 나아가 속죄를 다룬 김동인의 〈반역자〉(1946)와 〈망국인기〉(1947), 채만식의 〈민족의 죄인〉(1948)을 들어야겠다.

　1950년대는 참혹한 전란으로 문을 열어, 휴전과 함께 남과 북은 서로 높은 담을 쌓고 갈라섰다. 반공 이념과 독재 정치만을 강화하는 남쪽에서는, 아수라장과 같았던 전쟁의 경험과 후유증을 더듬는 것이 소설의 일이었다. 전쟁을 겪으면서 가족관계가 파괴되고 사회의 전통과 신분의 구조가 변화를 겪는 과정,[315] 전쟁이 어떻게 사람의 몸과 마음에 견딜 수 없는 생채기를 입히는가 하는 것,[316] 전쟁과 그로 말미암은 사정들이 목숨의 근원(흔히 여성의 순결이나 자궁으로 드러나는)을 어떻게 짓밟고 부수는가 하는 것[317]들이 주제로 다루어졌다. 무엇보다도, 이처럼 참혹한 전쟁의 상처로 나타난 병자와 불구자와 의욕상실자들이 함께 어우러져 살아야 하는 세상의 참모습을 밝히려 했다. 그래서 삶의 정신과 터전이 무너져 내린 세상을 그려내는 일에 매달렸던 〈비오는 날〉(1953)과 〈혈서〉(1955)의 손창섭을 기억해야겠다. 그리고, 그처럼 전쟁이 할퀴고 지나간 상황 아래 인간을 살리고 인간성을 지키려는 작품들도 적잖이 나타났다. 황순원의 〈학〉(1956), 선우휘의 〈불꽃〉(1957), 송병수의 〈인간신뢰〉(1959) 같은 것을 꼽을 수 있겠다.

　1960년대는 불의와 독재를 허물어뜨리는 4·19 학생혁명으로 희망차게 시작하였으나 곧이어 닢진 5·16 군사 쿠데타로 좌절과 길등으로 바뀌었다. 그리한 시대 상횡은 소설의 세계에도 그대로 반영되었다. 1960년이 저물 무렵에 나타난 최인훈의 〈광장〉(11월, 《새벽》)은 4·19혁명만큼이나 충격을 주었다. 분단 뒤로 줄곧 입다물고 있었

---

315) 안수길의 〈제삼인간형〉(1953), 정한숙의 〈고가〉(1956)를 꼽을 수 있다.
316) 오상원의 〈백지의 기록〉(1957), 하근찬의 〈수난이대〉(1957) 같은 작품을 들 수 있다.
317) 정연희의 〈파류상〉(1957), 이범선의 〈오발탄〉(1959) 같은 것을 꼽을 수 있다.

던 남북의 이념 문제를 정면으로 드러내면서 대립과 갈등으로 빚어지는 지성인의 괴로움을 대담하게 다루었기 때문이다. 전쟁을 치르고, 독재와 부패를 겪고, 4·19의 희망은 좌절되고, 다시 산업화로 인간성이 파괴되어 가는 현실을 응시하면서 작가들은 갖가지 눈으로 자신과 시대의 삶을 진지하게 드러내었다. 30년 동안의 침묵을 깨고 나온 김정한의 〈모래톱 이야기〉(1964)는 그릇된 권력에 짓밟히는 서민들의 삶과 싸움을 그려내고, 남정현의 〈분지〉(1965)는 미군의 주둔으로 부서지는 가족의 삶을 다루어 금기로 여기던 외세의 문제를 민족의 문제로 드러내려 했다. 억지와 거짓, 돈의 종으로 떨어지는 산업 사회의 문제들을 비판하는 이호철의 〈서울은 만원이다〉(1967), 야전병원에서 후송되는 병사가 죽어가는 모습을 따라 우리 사회의 무자비한 조직이 어떻게 사람의 목숨을 짓밟는지를 보여주는 신상웅의 〈히포크라테스의 흉상〉(1968) 같은 것이 그런 작품들이다.

이러한 흐름들이 현실의 삶을 눈여겨보는 것과는 달리 날카로운 감수성을 바탕으로 솜씨와 짜임새를 새롭게 가다듬으려는 노력도 주목할 만하였다. 세상을 겪어내는 감성의 날카로움이며 그것을 그려내는 솜씨의 나긋한 느낌이 돋보이는 〈무진기행〉(1964), 〈서울, 1964년 겨울〉(1965)의 김승옥이며, 〈퇴원〉(1965), 〈병신과 머저리〉(1967) 따위로 방향 감각을 잃은 젊은이의 소외의식과 윤리를 서구의 지성으로 안아 보려 한 이청준이 이런 새바람에 앞장선 사람들이다.

1960년대의 작가들은 시대의 아픔을 뿌리깊이 파헤쳐 보겠다는 뜻으로 일제침략기와 남북 전쟁을 역사의 눈으로 새롭게 다루고자 했다. 그것은 담아보려는 삶의 크기 때문에 장편으로 넘어가지 않을 수 없었다. 안수길의 〈북간도〉(1961~1963)와 유주현의 〈조선총독부〉(1964~1967)가 일제침략기를 다룬 소설로 손꼽힌다면, 황순원의 〈나무들 비탈에 서다〉(1960)와 박경리의 〈시장과 전장〉(1964)과 이호철의 〈소시민〉(1964~1965)은 남북 전쟁을 그린 소설로 손꼽힌다 하겠다. 이때에 와서야 우리의 소설은 비로소 1930년대의 성과를 천천히 넘어서면서 삶을 두루 싸잡아 밝혀내는 일에 자신감을 가져 장편소설을 한결 느긋하게 다루게 되었다. 그것은 앞으로 다가올 우리 소설사에 기대를 걸어보게 하는 터전이 이제야 마련되었다는 말이다.

1970년대는 이른바 근대화니 산업화니 하는 열기로부터 경제 성장의 고속화에 따른 대중 문화가 빠르게 부풀어오르면서 세속화 현상이 구석구석에 파고들었다. 유신이라는 정치의 독재화로 말미암아 현실의 문제들이 갖가지로 불거지면서 소설이 달려들 만한 거리를 얼마든지 내놓는 세상이 되었다. 그리하여 세태소설, 역사소설, 이념소설, 전쟁소설, 종교소설 따위 온갖 삶을 담은 소설들이 쏟아져 나왔다. 전에 없이 많은 사람들이 소설을 읽음으로써 이른바 '소설의 시대'를 이루게 되었다.

그리고 1980년대에 들어오면, 끝나지 않는 정치의 흙탕물과는 달리 사회 전반에 걸쳐 민주화와 조국통일의 염원이라는 새로운 바람이 불어닥쳤다. 여기에 발맞추어 소설에서도 대중화와 민주화, 조국통일에 얽힌 세상의 모습이 그대로 담겨서 나타났다. 그리하여 가난한 노동자들과 농민들의 삶으로 눈을 돌릴 뿐 아니라 노동에 몸을 맡기는 사람들이 손수 작품을 쓰기도 하게 되었다. 조국통일을 염원하면서 분단의 문제를 정면으로 폭넓고 과감하게 다루는 작품들이며, 1970년대까지만 하여도 입다물어야 했던 좌익운동과 빨치산운동을 다루는 소설들까지 쏟아져 나왔다. 그러나 1970년대를 넘어서 나온 소설들은 아직도 지은이들이 부지런히 활동하고 있어서 이야기를 삼가는 것이 좋겠다.

3) 이야기그림

이야기그림(만화)도 말꽃이냐 하는 물음은 마땅한 것이다. 그러나, 이제는 그것이 비좁은 생각에 사로잡힌 철부지의 물음에 지나지 않는다. 그것이 마땅한 물음이었던 것은 이름 그대로[318] 그림으로 이루어지는 예술임에 틀림없기 때문이다. 그런데도 그것이 철부지의 물음이 되고 만 것은 그림이면서도 말로 이루어진 이야기라는 사실 또한 틀림없기 때문이다. 지난날 우리는 만화를 만들어내는 데에 쓰인 그림은 아주 크게 보면서 더불어 쓰인 말은 대수롭지 않게 보았던 것이다. 그러나 이제는 그림과 말, 말과 그림을 모두 소중하게 여기게 되었다. 게다가 그림과 말보다 그것들이 어우러져서 만들어내는 '이야기'를 더욱 값진 것으로 알아보게 되었다. 그림과 말이 더불어 자료로 쓰여서 이야기말꽃을 만들어내는 것으로 만화의 모습을 제대로 알아본 셈이다.

이렇게 보면, 만화에 쓰이는 그림은 그림이기만 하고 마는 것이 아니라 말이기도 하다고 할 수 있다. 말의 뜻넓이를 소리에 뜻을 담은 것으로만 보지 않고, 그림에 뜻을 담은 것까지도 싸잡아볼 수 있기 때문이다. 알다시피 사람들은 입말을 글말로 붙들어 놓을 수 있기까지 기나긴 세월에 길처 그림에 뜻을 담는 노릇을 되풀이해 왔다. 그런 그림에서 글자로 넘어오고, 그런 글자로 글말살이를 하면서 사람들은 그림이 말

---

318) 만화란 낱말은 물론 우리 토박이말이 아니다. 일본 한자말로서 '대수롭지 않게 그린 그림'이라는 뜻이다. 말할 나위도 없이 영어 '코믹 픽처' 또는 '퍼니 픽처', 곧 '우습게 그린 그림'이라는 낱말을 일본 사람들이 그렇게 뒤친 것이다. 그러니까 영어든 일본말이든 이것은 '그림'이라는 뜻을 담고 있는 낱말임에 틀림이 없다.

이었다는 사실을 잊어버렸던 셈이다. 그런데 이제 다시 그림이 글말과 더불어 이야기를 만들어내면서 말 안으로 되돌아온 것, 이것을 '이야기그림'이라 부른다.[319]

글말놀음이야기말꽃의 하나로 이야기그림을 여기서 자리잡게 하고 있지만, 아직 이것은 우리에게 날카롭게 부딪히는 '문명 충돌'의 마당이다. 아이들은 누구나 이야기그림을 더없이 좋아한다. 글말을 모르는 코흘리개부터 이제는 어른이 다 된 젊은이들까지 이야기그림을 좋아하지 않는 사람은 거의 없다. 그런데 결혼을 하고 아이를 낳아 기르면서 아이가 자라나 학교에 들어가면 사람들은 이야기그림을 갑자기 떠난다. 지난날 어린 시절에 이야기그림에 빠졌던 사람일수록 아들딸들이 거기 빠지는 것을 두려워하는 사람들이 많다. 이것이 한 사람 안에서 일어나는 문명 충돌의 모습이다. 이런 부딪힘은 곧바로 밖으로 나타나서 부모와 자녀 사이에서도 문명 충돌이 빚어진다. 어떻게든지 어버이의 눈길을 벗어나 이야기그림을 즐기려는 아들딸들과 어떻게든지 아들딸들을 이야기그림에서 떨어지게 하려는 어버이 사이에서 불꽃 튀는 충돌이 밤낮 없이 벌어진다. 이런 부딪힘은 학교에서 이야기그림을 즐기려는 학생들과 그것을 막으려는 교사들 사이에서 더욱 뚜렷하게 모습을 드러낸다.[320]

이런 부딪힘은 이야기그림 안에 그럴 만한 까닭이 들어 있기 때문이다. 까닭이란 바로 이야기그림이 지니고 있는 두 얼굴이다. 담고 있는 속살로 보면, 아름답고 깨끗한 사랑과 지저분하고 낯뜨거운 정사, 환히 밝고 아늑한 희망과 어두컴컴하고 소름끼치는 절망, 서로 돕고 아껴주는 평화와 서로 죽이고 빼앗으며 싸우는 폭력, 이렇게 밝음과 어둠이라 할 두 얼굴을 이야기그림은 뒤섞어 싸잡고 있다. 드러나는 그림의 솜씨로 보아도, 사람의 감각과 마음을 서늘하게 해주는 예술이 있는가 하면, 차마 들여다보기조차 괴로운 쓰레기도 있다. 통틀어 말하자면 이야기그림은 좋은 것과 나쁜 것, 보물과 쓰레기가 어우러지는 이른바 '잡식성' 또는 '열린 눈'의 말꽃이다. 이것이 이야기그림을 바라보는 사람들 사이에 충돌을 일으키도록 하는 까닭이다.

어쨌거나 이제 우리의 이야기그림은 누가 뭐래도 글말놀음이야기말꽃의 하나로 자리매김해 주지 않을 수 없게 되었다. 이런저런 문명 충돌을 일으키면서도 이제는 이야기그림이 어린이들로부터 지식인들에게까지 널리 사랑을 받는 예술로 뚜렷이 떠

---

319) 만화(퍼니 픽쳐)는 여기서 다루는 '이야기그림'만을 뜻하지 않는다. 이야기를 이루지 않는 한 장의 만화는 말할 나위도 없고, 신문, 잡지, 텔레비전 같은 데에 지천으로 나타나는 광고며 캐릭터라는 이름의 온갖 만화들이 있기 때문이다.

320) "만화를 학교에 가져와 돌려 읽다가 선생님들에게 압수 당하는 풍경도 여전하다. 학생부 선생님 책상에는 수십 권의 만화책이 쌓여 있다."(박주란, 〈아이들에게 만화를!〉, 《함께 여는 국어교육》 22, 전국국어교사모임, 1994, 180쪽)

올랐기 때문이다. 우리 겨레의 글말이야기말꽃에서 웬만큼 이름난 것으로 이야기그림으로 탈바꿈하지 않은 것이 거의 없고, 현대소설 가운데서도 손꼽히는 것들은 거의가 이야기그림으로 다시 태어났다. 오세영 같은 사람들이 우리 나라 현대소설에서 빼어난 작품들을 만화로 되살려 인기를 끌면서 그런 흐름을 일으켰다. 그뿐 아니라 다른 어떤 갈래의 말꽃에 못지않은 재미와 아름다움과 삶의 깊이를 담아내는 이야기그림을 새롭게 만들어내는 사람들도 없지 않다. 〈공포의 외인구단〉, 〈아마게돈〉, 〈블루 엔젤〉, 〈남벌〉 같은 작품으로 수많은 젊은이들에게 이름을 얻은 이현세는 그런 사람들 가운데 하나다.

이야기그림은 엄청나게 열린 눈으로 세상을 받아들이기 때문에 바깥 나라의 것들도 서슴없이 끌어들인다. 중국 소설을 우리 말로 뒤쳐서 우리에게도 두루 읽힌 〈삼국지연의〉를 이야기그림으로 탈바꿈시킨 지는 이미 오래되었다. 그리고, 이런 흐름을 타고 어떤 출판사에서는 20세기 걸작으로 손꼽히는 프랑스의 만화 〈잃어버린 시간을 찾아서〉를 우리 말로 뒤쳐서 펴내어 인기를 끌기도 했다. 마르셀 프루스트의 소설이 스테판 외에의 손으로 이야기그림으로 되살아나자 이것을 우리 말로 뒤쳐서 펴낸 것이다. 이것을 두고 홍승호는 "방대한 구조의 〈잃어버린 시간을 찾아서〉를 최소한의 줄기만 지문 형태로 발라내고 나머지는 아름다운 그림으로 바꾼 만화가 외에의 노력은 이전의 스크린 플레이나 영화 등 다른 분야에서의 시도와는 달리 성공적인 것이다." 하는 평가를 내렸다.[321] 이제는 이야기그림을 두고 이야기말꽃을 연구하는 학자들조차 이렇게 값매김하는 세상이 된 것이다.

다) 전자말놀음이야기말꽃

놀이말꽃이나 노래말꽃과 마찬가지로 전자말 시대에 들어서서 사람들은 컴퓨터 누리그물의 텅빈 세상에서 놀음이야기말꽃을 새로운 모습으로 가꾸며 즐기는 길로 이미 들어섰다. 누리그물 속에 텅빈 세상은 나날이 넓어지고 깊어지면서 모든 사람들이 너나없이 드나드는 마당이 되고, 거기서 벌어지는 이야기판도 갈수록 재미가 넘치는 꽃밭이 될 것임에 틀림없다. 몇몇 타고났다는 사람들만 만들어내고 다른 사람들은 맛보기나 하던 글말이야기말꽃들과는 아주 다르게 모든 사람들이 함께 만들고 더불어 맛보며 즐기는 이야기말꽃, 곧 입말이야기말꽃의 모습으로 되돌아가는 것으로 보인다. 이런 컴퓨터 누리그물의 텅빈 세상에서 이루어지는 놀음이야기말꽃들을 전자

---

321) 홍승호(서울대 불문과 명예교수), 《한겨레신문》 2002년 5월 31일(금요일) 33면.

말놀음이야기말꽃이라는 이름으로 갈래짓는다. 물론 이런 전자말놀음이야기말꽃도 이제 막 움이 트고 싹이 나 첫걸음마를 떼려는 것이다. 그래서 그런 움들 가운데서 눈에 띄는 대로 세 가지만 살펴보자.

1) 이어 쓰는 소설

이른바 '릴레이 소설'이라고 부르는 것이다. 한 사람이 먼저 마무리를 하지 않은 짤막한 이야기말꽃을 누리그물에다 올리면, 다른 사람들이 올린 이야기말꽃을 읽으며 즐기고, 마음 내키는 사람이 이어질 이야기를 만들어, 앞에서 올려놓은 이야기말꽃에다 이어지게 올려놓는 것이다. 그러면 잇달아 수많은 사람들이 읽으며 즐기고, 또 다시 마음 내키는 사람들이 이어질 이야기를 만들어서, 이어질 수 있도록 올려놓고, 이렇게 이어 써서 한 마리의 놀음이야기말꽃을 완결시켜 마무리하는 소설이다. 한 사람이 올려놓으면 그것을 이어서 다음 사람이 이야기말꽃을 만들기 비롯한다는 점에서, 여럿이 함께 더불어 만드는 이른바 '공동집필'과는 다르다.

누리그물 집(사이트)마다 이어 쓰는 길을 달리할 수 있지만 아직은 거의가 회원제를 만들어 회원으로 들어온 사람들끼리 이어 쓰는 길을 간다. 물론, 집을 지키고 관리하는 사람이 있어서 회원들이 쓰는 이야기말꽃을 관리한다. 그런 보기를 꼽아보자면, '해피메일'의 '릴레이 소설'을 들 수 있다. 여기서는 가장 먼저 어떤 회원이든지 이야기로 풀어가고 싶은 소설의 일회 몫을 써서 보내고, 그렇게 보내서 들어온 이야기들을 모아서 심의를 거치고, 심의에서 뽑히면 새로운 소설로 올라간다. 올라가는 데도 뜨레를 두어서 먼저 회원의 글이 심의에 뽑히면 '다음회 후보작'으로 올라가게 되고, 그것을 읽은 다른 회원들이 추천을 하여 가장 많은 추천을 받은 이야기말꽃이 당선되어 '지금까지의 이야기'에 올라오게 되는 것이다. 이렇게 한 이야기말꽃이 당선이 되면 회원들은 당선된 그것에 맞추어 다음 회를 써서 같은 절차를 거치며 이어지게 되는 것이다. 이렇게 이어지던 이야기말꽃은 관리자의 판단에 따라 그치고 마무리한다. 여기서 그치면 가장 좋은 소설이 되겠다는 판단을 관리자가 하면, 그것을 미리 알려 놓은 다음에 마무리를 하는 것이다.

'이어 쓰는 소설'의 보기[322]

[1회] 작성자 daisy (날짜 2001-05-04 오후 9:46)

---

322) http://www.happymail.co.kr/bbs/novel/

소제목 : 문간방 학생과 할머니

쪽진 머리에 누런 틀니를 가진 할머니가 조용한 한옥에 혼자 살고 계신다.

그 집에는 문간방에 세들어 사는 학생이 있다.

금테 안경을 쓴 문간방 학생은 항상 늦은 시간에 들어온다.

할머니는 마루에서 졸고 계시다가도 학생이 들어오는 것을 보시고는...

"이제와? 저녁은 먹었어?"라고 물으신다.

학생은 말없이 꾸벅 인사를 하고 방으로 들어간다.

학생은 방으로 들어오면서 항상 시골에 계신 어머니 생각을 한다.

어머니…….

어린 나이에 시집오셔서 시골에서 농사를 지으며,

술주정 심한 아버지를 모시고 자식 셋을 키워 내신 어머니

[2회] 작성자 greenangel17 (날짜 2001-05-07 오후 9:39)

소제목 : 어머니 생각

그렇게 힘들게 사신 어머니를 보면 눈물이 절로 나온다.

할머니는 저녁 늦게 들어오신 학생에게 항상 옥수수나 군고구마 등을 갖다준다.

할머니는 혼자 사신다.

아들이 셋이 있는데, 하나는 어렸을 때 폐렴으로 죽었고 둘째는 지금 서울에서 사업에 뛰어들었다가 거의 살림을 꾸려나가기가 어려운 형편에 있어 할머니를 만날 수조차 없다.

셋째 아들은 학교 선생이다.

그러나 도무지 할머니를 찾아오질 않는다.

학생은 그런 할머니가 안쓰럽다.

하지만 항상 피곤에 젖어 돌아오는 학생에게는 아무도 반갑게 보이질 않는다.

그저 누워서 잠만 실컷 자는 것이 학생의 바램이다.

학생은 수험생이다.

나이는 스물인데 재수를 해서 지금은 고생하신 어머니 때문이라도 악을 써서 공부를 한다.

그렇게 항상 똑같고 평범한 하루하루를 사는 할머니와 학생은 언제나 서로를 잘 알고 있다. 다만 말로 형언할 수 없는 것이 안타까울 뿐이다.

그러던 어느 날이었다.

이상하게 아침부터 까치형제가 마당을 맴돌면서 지저귀어 대었다.

그러고 점심시간 방안에 혼자 앉아서 바느질을 하시는 할머니에게 다가오는 발자국소리가 들려왔다.

바로 둘째 아들이었다.

[3회] 작성자 chaldea (날짜 2001-05-14 오후 7:00)

소제목 : 반가운 아들.

"어머니……."

아들은 어머니를 외치면서 들어왔다.... 할머니는 너무 놀라서 바늘을 놓쳐버렸다.

얼마 만에 보는 아들인고……. 아들의 얼굴을 찬찬히 살피는 할머니의 얼굴엔 눈물이 글썽글썽대고 있었다.

아들은 할머니에게 이런저런 이야기를 시작했다.

서울로 가서 사업을 시작하던 이야기, 고비 때 어떻게 넘겼는지 이야기, 그리고 지금의 자기 모습과 가족이야기.

"어머니, 꼭 성공해서 모시고 싶었습니다. 이를 악물고 열심히 노력했어요. 지금은 처자식들 굶기진 않고 살 수 있게 되었습니다. 어머니를 꼭 모셔가고 싶어요."

할머니는 이게 꿈인지 생신지…… 하며 눈물을 흘렸다.

얼마 만에 본 얼굴인데, 이렇게 좋은 소식이…….

오랫만에 만난 두 모자가 두런두런 이야기를 나누다보니 어느새 저녁때가 되었고, 끼니때가 지난 것도 모르고 둘은 계속 대화를 하고 있었다.

어느새 학생이 들어왔다.

"할머니, 저 들어왔습니다."

학생은 남자신발이 놓여 있어서 의아하게 생각하면서 큰 소리로 할머니를 불렀다.

"그래 자네 왔는가.……잠깐 들어오소."

할머니는 때마침 들어온 학생을 잠시 부르는데…….

[4회] 작성자 cys841005 (날짜 2001-05-20 오후 9:53)

소제목 : 아들이란 것은……

그동안 말로만 꺼내던 아들을 나에게 소개시켜주는 것이었다.

아들의 얼굴은 그야말로 세련된 인상이며 좋은 옷에 좋은 차를 타고 왔다

할머니는 쉬지 않고 아들자랑을 하셨지만 마음한구석에 비춰는 아들에 대한 미안한 감정이 표정에 그대로 묻어 났다.

시간이 지나고 달이 너무나도 밝게 내리비치는 밤이다.

아들은 다시 올라갈 준비를 하고 할머니께 말한다.

"어머니. 제가 어머니를 모시고 싶습니다. 아니 모시러 왔어요. 그러니 저랑 같이 가세요."

아들이 할머니를 모시고 싶다고 할머니를 설득시키려 하지만…….

할머니는 좋은 마음을 뒤로 돌리고 아들의 말을 거절한다.

"아냐…… 싫어……. 거기 가면 친구도 없고…… 답답해서 싫어."

여느 어머니와 다를 바 없는 아들에 대한 걱정에 또다시 짐이 될까봐 할머니는 쉽게 결정을 내리지 못한다. 아니 이미 결정이 났다.

너무나도 답답한 아들은……

뜨거운 눈시울을 보이며 말을 해보지만 할머니는…… 웃으며 거절한다.

것으론 웃고 계시지만 곧 떠나야 하는 아들에 대한 섭섭함에 아들을 언제 또 다시 볼지 모르는 불안감에 눈을 바로 쳐다보시지 못하고.애써 딴청을 피우시며 거절하신다.

언제 다시 올지 모를 아들과의 만남을 기약한 채…… 아들을 떠나보낸다.

아들의 뒷모습을 쓸쓸히 바라본다.
할머니는 학생이 모르게 하늘을 보며 눈물을 흘리신다.
……

2) 본뜬 소설

이른바 '팬픽'이라 부르는 것으로, 팬픽은 영어 '팬 픽션'의 준말이다. 소설을 읽고 좋아서 마음을 빼앗긴 '팬'이 읽은 소설을 본떠서 쓴 소설이라는 소리다. 본디 소설(원작)의 줄거리는 그대로 살리면서 쓰는 사람의 상상을 마음껏 살려 새로운 이야기를 만들어 나가는 것이다.

본디 있던 소설을 본뜨더라도 그 줄거리를 되풀이하는 것이 아니라 새롭게 벌어지는 일들을 만들어내기 십상이므로 마치 뒤따르는 속편을 쓰는 것으로 가게 마련이다. 〈엑스 파일〉, 〈슬레이어즈〉, 〈봉신연의〉 같은 영화나 만화는 물론이고, 〈드래곤 라자〉, 〈퇴마록〉, 〈묵향〉 같은 환상(판타지) 소설도 만만찮은 '팬픽'의 꾼들을 거느리고 있다. 본뜬 소설로 많이 쓰이는 작품들은 우선 길이가 길고 나오는 사람들이 많다는 것이 눈에 띄는 특징이다.

일본이나 미국 같은 나라에서는 1970년대에 벌써 본뜬 소설(팬픽)이 나타났다고 한다. 그래서 1990년대 중반을 넘어서며 나타난 우리 나라와는 다르게 일본이나 미국에서는 이미 널리 알려지고, 수준도 꽤 높아졌다. 우리 나라에서는 거의 10대와 20대 젊은이들이 이것을 즐기지만 미국이나 일본에서는 청소년은 물론이고 노년층까지 본뜬 소설을 즐긴다고 한다. 그만큼 전자말놀음이야기말꽃으로 자리를 잡은 갈래로 자라났다는 말이다.

우리 나라의 본뜬 소설은 5년 남짓한 기간에 발전을 했지만 아직은 걸음마하는 터수라 걱정거리도 적지 않은 듯하다. 새로운 세기를 넘어오면서 갑자기 늘어난 본뜬 소설이 지난해부터는 누리그물과 컴퓨터 통신을 휩쓰는 듯하다. 그것들이 다름 아닌 에이치오티(H.O.T)나 신화, 젝스키스 같은 미소년들의 인기 밴드들을 감으로 삼는 것들이다. 이른바 '스타 팬픽', '아이돌 팬픽'으로 불리며 동성애를 그린다고 해서 말썽을 일으키기도 했다.

본뜬 소설은 청소년들의 어쩔 수 없는 삶터인 '학원' 이야기, 무서움을 자아내는 이른바 '공포'와 '엽기' 이야기, 무서움에 머리 쓰기를 곁들이는 이른바 '추리' 이야기, 청소년들이 누구나 마음을 빼앗기는 이른바 '연예' 이야기 같은 것들로 속살은 더없이 갖가지다. 그런데, 요즘에는 동성애 이야기가 많이 나와서 여러 사람들의 걱정을

598

불러일으키고 있다. 그러나 모든 전자말꽃이 그렇듯이 본뜬 소설도 엄청나게 빨리 바뀌고 달라진다. 그러므로 동성애 이야기도 머지않아 새로운 이야기들에 밀려 물러나고 말 것이다.

요즘 본뜬 소설을 쓰는 사람들 가운데는 책으로 펴내는 소설에 못지않을 만큼 탄탄한 솜씨를 갖춘 사람들도 없지 않다. 머지 않아 우리의 본뜬 소설도 배달말꽃의 새로운 갈래로 어엿하게 자라날 수 있을 것이다. 조금만 더 시간을 가지고 눈여겨보아야 하겠고, 어린 사람들끼리 즐기도록 그냥 두기보다 나이든 어른들도 함께 즐기는 흐름을 일으키는 것이 바람직할 듯하다. 아직은 본뜬 소설을 즐기는 사람들이 얼마 되지 않으나 어른들도 더불어 즐기면서 모든 사람들의 놀음이야기말꽃으로 자라나야 하겠다.

3) 뛰어 읽는 소설

이것은 이른바 '하이퍼 픽션'이라는 것이다. 전자말 세상을 다시 새롭게 만든 디지털의 힘 — 누리그물에 쓰이는 에이치티엠엘 방식을 마음껏 부려서 만들어내는 소설이다. '뛰어 읽는 시'가 그랬던 것과 마찬가지로 읽는 이가 마음 내키는 대로 골라잡아 이야기를 읽어 나가는 것이다. 한 마디의 이야기가 끝나면, 여러 갈래의 이야기로 이어지는 문들이 나타나고, 읽는 이는 그것들에서 마음대로 하나의 문을 골라서 열고 들어갈 수 있는 것이다.

이제까지의 글말이야기들은 왼쪽에서 오른쪽으로, 위에서 아래로, 다 읽고 나면 다음 장으로 넘어가는 길밖에 다른 길은 없었다. 작가가 만들어 놓은 길을 따라 끝가지 가보거나 아니면 어디쯤에서 그만두는 길밖에는 스스로의 뜻을 끼워 넣을 수가 없었다. 그런데 이제 뛰어 읽는 소설에서는, 적어도 읽고 싶은 쪽으로 찾아 들어가며 읽을 수가 있게 된 것이다. 〈슬라이딩 도어스〉라는 영화는 이런 기법을 아주 단순하게 부려본 것이었다. 여자 주인공이 지하철을 탔을 때와 놓쳤을 때로 나누어 이야기를 이끌어 나간 것이다. 그러나 뛰어 읽는 소설은 거기서 골라잡을 수 있는 길이 둘이 아니라 여럿이다. 그만큼 읽는 이들이 이야기를 골라잡아 만들어내는 듯한 재미를 맛볼 수 있게 하는 것이다.

뛰어 읽는 소설은 들어가고 싶은 문을 마음대로 열고 들어갈 수 있는 골라잡기의 열림, 읽게 하려고 주는 사람과 받아서 읽어 나가는 사람이 서로 어우러진다는 사귐, 그밖에도 소리, 빛깔, 그림, 글씨 같은 여러 요인들이 손쉽게 뒤섞이며 어우러지는 속살을 지니고 있다. 다시 말해서, 글말의 책보다 훨씬 자연스럽게 그림과 소리,

빛깔과 글자가 어우러질 수 있게 한다. 이래서 뛰어 읽는 소설은 일찍부터 이런 속살들을 뒤섞어 부리면서 이야기를 더욱 넉넉하고 푸짐하게 만들어냈다. 글말이야기말꽃에서도 이른바 삽화라는 그림을 곁들일 수 있지만, 소리를 넣을 수 없는 것은 말할나위도 없고 글자 따로 그림 따로 들어가기 때문에 그것들의 어울림이라는 것이 보잘것없었다.

어떤 사람들은 전자말 세상에서 벌어지는 온갖 요소들의 어우러짐을 걱정하기도한다. 몇천 년 동안 한 줄로 이어지는 글말문화가 이루어 온 생각과 논리의 방식을이것들이 흩어 놓는다는 것이다. 글말로 받아들이는 세상은 읽는 사람의 상상과 논리를 곱게 끌어올려주지만 요즘처럼 영상으로 세상을 바로 받아들이면 논리와 상상이힘을 못 쓰고 말초의 감각과 느낌에 내맡긴다는 것이다.

그러나 그렇게만 보면 나쁜 쪽만 보는 것이다. 어쩌면 글말 세상에 길들여진 사람들이 지나간 그것에 매달려 지키려고 하는 마음에서 나온 판단일지 모른다. 사람들은 지난날에도 입말에서 그림으로, 그림에서 글자로, 글자에서 글말로, 글말에서 아날로그 전자말로, 아날로그 전자말에서 디지털 전자말로 쉬지 않고 건너왔다. 그리고그런 건넘의 고비에서는 언제나 새로움에 낯이 설어 두려워하는 망설임들이 일어나게 마련이었다.

‘뛰어 읽는 소설’의 보기[323]

[디지털 구보 2001]

이 소설은 구보(여자 주인공), 이상(남자 주인공), 구보의 어머니, 이렇게 셋이서 벌이는 하루의 삶이다. 하루라는 시간 안에서 세 사람의 지난날과 오늘, 마음의 끊임없는 흐름, 느닷없이 벌어지는 갖가지 일들, 이런 것들을 묶고 풀고 펼치면서 여자란 무엇인가를밝혀보려는 이야기말꽃이라 할 수 있다. 이야기를 비롯하는 세 마리의 짤막한 바탕글에는그럴 듯한 말미와 빌미들이 언뜻언뜻 고개를 내밀며 감추어져 있다. 게다가 소리, 글자,노래, 그림, 이런 것들로 일 천을 넘는 문으로 이끌어서 커다란 이야기의 수풀 속으로 들어가게 한다. 읽는 이들은 나오는 사람들을 따라서, 흘러가는 시간을 따라서, 달라지는 공간을 따라서 마음대로 골라잡아 이야기를 쫓아갈 수 있다. 들어서는 문에 따라서는 아주뜻밖의 세상으로 빠져 들어갈 수도 물론 있다.

이를테면, 아침 여덟 시에 ‘구보’의 이야기를 보다가 바로 그 시간에 ‘이상’이 무엇을 하고 있었는지 보려면 아무 걱정 없이 바로 그 문을 열고 들어가면 된다. 또한, ‘이상’의 이야기 속에 나오는 그림, 음악, 상표, 같은 갖가지 인상에 끌려서 그것을 열면 곧바로 그

---

323) http://www.imbc.com

문안에서 벌어지는 이야기의 세상과 만날 수 있다. 그러니까, 그냥 이야기로만 즐기는 소설이 아니라 온갖 문화의 감으로 보여주는 속살을 싸잡은 소설을 읽는 이들의 마음대로 맛볼 수 있는 것이다. 이래서 소설을 올려놓은 아이엠비시 사장은 이러한 뛰어 읽는 소설은 이제 이를 즐기는 사람을 그저 '읽는 사람'이 아니라 스스로 텅빈 세상의 새로운 이야기말꽃을 '만드는 사람'으로 이끌어 갈 것으로 내다본다고 했다.

찾아보기

1. 사 람

ㄱ

각훈 457
간진 340
강감찬 507, 581
강경애 587
강복중 309
강석연 328, 331
강윤석 331
강이천 131
강일순 41, 239
강진옥 38
강충 479, 480
강태홍 315
강희안 248
경덕왕 199, 203, 222, 230, 342, 455
경문왕 94
경애왕 245
경주 김씨 491
경허 236
고복수 330
고응척 309
고정옥 287, 288
고종 210, 255, 315, 348, 457
골리앗 466
공민왕 354
공자 10
곽리자고 274
곽우종 57
광개토대왕 507
광덕 223, 224
광종 115

광해군 570
구도 485
구보 599
구수훈 576
굴원 359
궁예 536
권구현 382
권덕규 30
권섭 360, 378
권영빈 56
권용득 397
권제 232, 248
권호문 352
권환 396, 525, 526, 527
귀석 131
균여 227
금와 534
금의 350
금혜 522
기성 236
기자 469
기화 352
김건 507
김경여 503
김관의 478, 481
김광균 394, 396, 397
김광섭 396, 512
김교성 333
김구 352, 506, 507
김구정 507
김기 343
김기동 36
김기림 394, 396, 397, 512, 529
김기전 506
김기진 512, 524, 525, 526, 528,

587
김남천 525, 526, 527, 530, 588
김능인 332, 333
김대문 457
김대숙 38
김덕령 581
김동길 518
김동리 530, 587, 589
김동석 530
김동욱 383, 552
김동원 165
김동인 523, 585, 587, 589
김동환 157
김두용 526
김득신 505
김락 345
김만기 504
김만중 359, 504, 566, 569, 572, 573, 576
김면균 333
김명순 494
김문집 529
김복희 332, 333
김봉혁 333
김부식 275, 562
김사엽 55
김삼불 552
김상옥 383
김상용 375, 376
김서정 328
김석영 507
김성기 367
김세레나 333
김성경 492
김소월 392

602

김소희 332
김송 161
김송규 333
김수업 13, 32
김수온 233
김수장 379
김승옥 590
김안서 333
김양택 504
김억 389, 397, 517, 523, 528
김역 495
김연수 144
김연실 328
김연월 332
김연창 505, 581
김엽 496
김영랑 393
김영보 156
김영삼 507
김영석 530
김영수 161, 165
김영철 588
김영파 333
김영팔 157, 174
김용준 517
김우진 156, 157, 326
김운선 332
김원근 494
김원상 302, 306
김유방 523
김유신 536, 581
김유영 174
김유정 320, 587
김윤식 37
김응서 582
김인겸 360
김인숙 332.
김재홍 506
김정문 315
김정식 392
김정진 157
김정한 587, 590
김종문 507
김준영 36
김진섭 512, 517, 518
김진수 165, 503
김진형 360

김찬영 500
김창룡 315
김창업 493
김창하 495
김천택 307, 308, 309, 370, 378
김춘광 161
김춘수 383
김춘추 562, 563
김춘택 504
김춘홍 332
김치경 153
김태곤 49
김태길 518
김택규 40
김학철 588
김항 41
김해경 587
김헌 240
김헌선 41
김형석 518
김화산 528
김환 523
김환태 529
김회동 506
김흔 455
김홍규 25

ㄴ

나도향 585
나만갑 503
나옹 354
나옹화상 231, 354, 355
나운규 174
나웅 165
나주 정씨 504
나철 41, 239, 240
남용익 505
남이 581
남이웅 491
남정현 590
남해왕 111, 475
노자 238, 447
노자영 501, 517
노정일 496
노천명 518
능준대사 225

ㄷ

다윗 465, 466, 467
단군 110, 115, 116, 238, 240, 469,
    471, 472, 473, 474, 475, 476,
    478, 496
대구화상 250
대무신왕 111, 475
대소 535
도선 479, 480
도조 482
도해 562
동구리 256
동명왕 115, 473, 475, 484
동성왕 276, 277
동해수부 154
득오실(곡) 339, 340

ㄹ

로스 463
로제 카이와 56
류의양 490, 494
류인목 360
류인석 366
류진 490
류홍석 366

ㅁ

마르셀 프루스트 593
마해송 518
막금 257
맹만식 175
명종 114, 498
모리스 쿠랑 577
무강 276
무강왕 277
무령왕 277, 536
무왕 276, 469
문무왕 222
문익환 463
문일평 517
문호월 331, 332, 333
미스코리아 332
미추 485
미추왕 111
민사평 251, 301, 302
민장 455
민지 478

민태원 516

ㅂ
박경리 590
박경수 38
박경신 40
박광용 17
박권 360
박기홍 315
박노철 496
박두세 569
박두진 396, 397
박록주 144
박목월 396, 397
박봄 496
박부용 331, 332
박성건 352
박성원 494
박세영 396, 397
박순우 360
박순임 38
박승극 526
박승철 496
박승희 157
박아지 396, 397
박연 251
박영호 161, 333
박영희 512, 524, 525, 526
박용대 524
박용철 393
박은식 505, 506
박인로 357, 375
박재란 333
박정양 157
박종화 523, 530, 587
박중빈 41, 237
박지원 512
박진 161, 175
박찬모 530
박창수 494
박초월 332
박태보 581
박태원 529, 586
박팔괘 315
박팔양 524
박팽년 248
발해 태조 507

배달자 500
백결선생 254
백석 395
백실 72
백철 531
백홍준 463
범세형(앵베르) 504
법정 518
베이컨 514
변안렬 308, 371
보개 455
보동 202
보왈로 46
보우 461
보육 479, 480
보장왕 562
복혜숙 175, 330
부견 222
불거누 244
불구내 244
빌러 44

ㅅ
사도세자 491, 494
사동 535
사마천 502
사명대사 536, 582
사복 535, 536
사소 238
사울 466
사재동 277
사중 72
산예 150
서대석 38, 41
서산대사 232
서유문 494
서정주 396, 530
서항석 529
석가모니 108
석천경 302
석천보 302, 306
선덕왕 94, 562
선도해 562, 563
선우일선 332, 333
선우휘 589
선조 501
설의식 517

설정식 397
성관호 496
성덕왕 197, 278, 457
성삼문 248
성종 289, 292, 346
성현 130, 211
세조 256, 289, 479
세종 211, 215, 232, 233, 248, 251,
     289, 346, 458, 481, 482, 483,
     507, 564
션홍 495
셰익스피어 46
소대성전 553
소성 516
소수림왕 221
소지왕 111, 244, 277
소헌왕후 233
소현세자 241
소혜왕후 521
손득렬 330
손목인 333
손안드레 330
손창섭 589
송곡 370
송만갑 144, 315
송병수 589
송시열 499, 516
송영 161, 165, 524, 529
송홍록 315
숑낭쳥 광녹이 556
숑션달 홍녹이 556
수로부인 197, 278, 279
수로왕 112, 221, 278, 279, 476,
     483
수잔 랭거 57
숙종 231, 479, 570, 572, 573
순원왕후 494, 498
순정공 197, 278
순조 315
순천 김씨 498
스테판 외에 593
신경준 30
신대손 491, 494
신돈 354
신득청 354
신명순 170
신문왕 538

신불출 331
신상옥 590
신석정 393, 397
신석초 395, 397
신션달 만엽 556
신숙주 248
신숭겸 345
신영손 248
신익희 507
신재효 551, 552, 555
신채호 505, 506, 521, 522, 527, 581
신충 341
신태식 366
심상건 315
심의린 546
심훈 586, 587

ㅎ

아노 111, 475
아도 485
아리스토텔레스 10, 52, 59
아인슈타인 45
안국선 582
안막 525, 526
안명국 332
안민영 379
안민학 508
안병욱 518
안석영 174
안수길 590
안재홍 517
안정복 115, 473
안조원 360
안종화 174, 506
안중근 366, 506
안지 232, 248
안학식 507
안함광 526
안확 382, 506, 507
안회남 497, 588
알영 238, 478
알지 485
야콥슨 44
양덕수 367
양주동 223, 255, 517, 523, 528
언더우드 243

엄장 223
엄항섭 506, 507
여상현 397
여옥 274
여와 429
여홍 민씨 499
연안 김씨 502
연안 이씨 504
열한 485
염상섭 523, 527, 528, 585, 587
염흥방 130
영등굿 100
영류왕 238
영재 342, 344
영제 273
영창대군 489
예종 95, 114, 239, 345
오세영 593
오숙 493
오영진 165
오잠 302, 306
오장환 396, 397
오재식 507
오태석 170, 315
온달 장군 536
온조왕 112, 475, 484
왕건 94, 95, 115, 346, 480, 481, 483
왕수복 332
왕평 329
용건 479, 480
용암 236
우기선 506
우보 516
우왕 210
우춘대 550
욱부 485
웅녀 469, 471, 472, 473
원두표 582
원성대왕 344
원성왕 344
원측법사 340
원효 223, 276, 507, 535, 536
원효대사 223, 536
월명사 199, 200, 201, 204, 225, 230
월터 J. 옹 33

위홍 250
유관순 506
유광우 257
유달영 518
유도순 333
유동식 39, 41
유득공 131
유리왕 198, 200, 253, 275
유몽인 131
유암 389
유주현 590
유치진 158, 161, 165, 175
유치환 395, 397
유화부인 111, 475, 534, 535
육정수 582
윤광호 491
윤동주 395, 397
윤백남 153, 156
윤봉길 506
윤선도 373, 375, 491
윤숙 508
윤심덕 326
윤치호 387, 389
윤희순 366
융 479
융천사 202, 204
을지문덕 507
의령 남씨 491, 494, 504, 505
의종 305, 457, 478, 481
이개 248
이경석 503
이고범 333
이광래 161, 165
이광수 382, 493, 501, 516, 518, 522, 523, 527, 584, 585
이규보 130
이규송 331
이규환 174
이극로 497
이근삼 165
이기세 153, 156
이기영 524, 526, 586, 587, 588
이난영 330, 332
이능우 36
이능화 41
이덕무 131, 576
이덕형 503

이동규 526
이동백 144, 327
이맥 453
이면상 333
이명우 174
이무영 161, 586, 589
이미자 336
이방원 308, 371, 482
이벽 241, 504
이병기 36, 55, 382, 383, 527
이복규 38
이봉창 506
이상 394, 517, 587, 599
이상률 56
이상석 11
이상화 391, 512
이색 210
이서구 161
이서향 161
이석훈 175, 506
이선유 551
이성계 308, 481, 482, 536, 581
이성림 130
이세보 494
이수정 463
이숙 504
이순신 507, 582
이순이 500
이승휴 115, 116, 470, 474, 483
이시완 506
이안사 482
이암 30
이애리수 329
이양하 517, 518
이어녕 518
이언적 508
이용악 395, 396, 397
이원조 527
이육사 395, 397
이윤재 507
이은상 382, 507
이은숙 509
이은파 332, 333
이응찬 463
이이 373
이이첨 570
이인좌 490

이인직 582, 583
이인형 354
이장 309
이재현 170
이재호 333
이적효 524
이정보 379
이정숙 328
이제건 479
이제현 251, 256, 481
이종명 174
이종철 49
이청준 590
이태준 517, 527, 529, 586, 588, 589
이하윤 529
이해랑 165
이해조 521, 582
이헌구 529, 530
이현로 248
이현보 370, 373
이현세 593
이호우 383
이호철 590
이화자 332, 333
이황 357, 370, 373
이회영 509
이후백 373
이희평 494
익조 482
인목대비 489, 490
인선왕후 503
인조 491, 493
인종 108
인현왕후 572
일연 115, 116, 190, 200, 250, 254, 276, 277, 278, 338, 341, 345, 470, 473, 474, 537
임경업 536, 581
임꺽정 588
임방울 315
임서방 333
임선규 161
임성구 153
임재해 41
임화 396, 397, 512, 525, 526, 527, 529

임희재 165

ㅈ

자비왕 254
자장법사 223
작제건 479, 480, 481, 536
장덕순 37
장도빈 506, 507
장을진 257
장자 238, 447
장정룡 49
장지연 581
장춘 455
장희빈 573
전기현 333
전수린 329
전숙희 518
전영택 585
전우치 581
전주 이씨 491
전혜린 518
전홍준 588
정극인 354
정도동 498
정도전 209
정로풍 528
정몽주 308, 371
정병욱 383
정보연 499
정시우 507
정약용 131, 504
정약종 505
정원택 494
정월 516
정인보 382, 383, 517
정인섭 497, 529
정인지 232, 248
정정렬 315
정조 236, 355, 360, 491
정지용 393, 396, 397, 517, 529
정철 309, 357, 358, 499
정춘풍 315
정태용 530
정학술 504
정학유 360
정현석 552
정훈 357, 373

조경희 518
조동일 37, 38, 39, 48
조명희 156, 524, 586
조벽암 396
조병균 494
조소옥 332
조수삼 552, 577
조신 455, 456, 457
조연현 530
조용만 507
조우인 358
조운 383
조위 354
조윤제 37
조준 118
조중환 153
조즙 493
조지훈 199, 396, 397, 530
조진실 332
조홍윤 39, 40, 49
주몽 111, 475, 535
주세붕 352, 375
주영섭 161
주요섭 586
주자 110, 118, 119
죽지랑 339, 340
지언 352
지증왕 475
지형 236, 237
진성여왕 250
진의 479, 480
진평왕 201, 339
진흥왕 94

ㅊ
차범석 165
창집 493
채규엽 328
채동원 328
채만식 161, 587, 589
채무이 498
채옹 273
채제공 504
천경자 518
천우 496
철종 315, 360
청담 518

초계 정씨 503
최길성 40
최남선 382, 496, 527
최두선 522
최 리처드 330
최민순 463
최선달 550
최숙자 333
최승구 389
최승일 524
최양업 241, 242, 243
최영 536
최인훈 589
최재서 52, 529
최제우 41, 239
최치원 40, 130, 150, 536, 537
최태응 589
최표 273
최학송 586
최항 248
최해두 515
최행귀 22
최흥식 506
추백 526
추호 516
충담사 203, 204, 342, 343
충렬왕 302, 306, 461
충숙왕 457
충원공 538
충혜왕 210
침굉 236

ㅌ
탈해 536
태종(이방원) 216, 482
테이아르 45
텐느 43

ㅍ
편월 333
표훈 453
피천득 517
필립보 467

ㅎ
하우저 55, 56
하유상 165

하은담 550
하한담 550
학명 236
한광세 512
한산거사 317
한설야 526, 588
한성기 315
한용운 392, 516
한정옥 332
한충 546
한치윤 274
한하운 397
한효 526, 527
함석헌 518
함세덕 161
해모수 475, 478, 534
해부루 534
허균 241, 566, 569
허윤석 589
헌강왕 217, 218, 219, 230
헌종 317
헐버트 30
헤로데 467
헤로디아 467
혁거세 111, 238, 244, 475, 476,
    477, 478, 484, 485, 536
현동염 512
현상윤 389, 585
현석문 504
현종 108, 504
현진건 496, 523, 585, 587
현철 157, 523
형석기 333
혜경궁 홍씨 490, 491, 494
혜공왕 111, 475
혜근 231
혜제 273
홍경래 581
홍난파 156
홍명희 517, 587
홍사용 157, 517
홍순학 360
홍윤성 581
홍익한 493
홍효민 531
환웅 116, 426, 469, 470, 472, 474,
    478

환인   469, 470, 472, 478
환조   482
황금심   333
황석우   523
황순원   587, 589, 590
황윤덕   505
황조선   332
효성왕   341
효소왕   339
효종   570
휴정   232, 236
희명   226

2. 작 품(논문 포함)

ㄱ

〈가곡 개량의 의견〉   522
〈가루지기타령〉   552
〈가면인잡희〉   147
〈가무잡희〉   147
〈가성덕〉   352
〈가슴에 궁글 둥그러케〉   308
〈가죽 버선〉   161
〈가짜신선타령[숙영낭자전]〉   551
〈가짜신선타령〉   552
〈각각 제 길을 밟을 밖에〉   528
〈간도행〉   162
〈갈방아노래〉   266, 267
〈갑민가〉   360
〈강 건너 천리 길〉   333
〈강감찬전〉   506
〈강강술래〉   286
〈강남 제비〉   328
〈강릉매화타령〉   551, 552
〈개고리타령〉   321
〈개척자〉   585
〈거부오해〉   582
〈거북과 토끼 이야기
    [구토지설]〉   562
〈거사가〉   360
〈거울과 마주 앉아〉   511
〈거창가〉   360
〈건설과 문학〉   529
〈검결〉   239
〈게우사〉   552

〈견우의 노래〉   396
〈경기체노래〉   350
〈경복궁타령〉   322, 325
〈경찬새나노래〉   231
〈경축가〉   237
〈계급예술론의 신전개〉   528
〈계축일기[서궁록]〉   489, 491
〈계해반정록〉   490
〈고고천변〉   316
〈고려 세계〉   478
〈고목화〉   582
〈고병정가사〉   366
〈고사리꺾기〉   285
〈고산구곡가〉   373
〈고적〉   332
〈고조선〉   469
〈고향〉   587
〈고향의 길〉   496
〈공덕노래[풍요]〉   201, 254, 255,
    276
〈공포의 외인구단〉   593
〈공후인〉   274, 275
〈과부가〉   360
〈관동별곡〉   350
〈관서 천리〉   333
〈관음찬〉   210
〈광대가〉   555
〈광수공덕가〉   227
〈광장〉   589
〈괴뢰세계〉   365
〈굉장소전〉   589
〈교훈가〉   239
〈구겨진 청춘〉   330
〈구나행〉   210
〈구마검〉   582
〈구슬노래〉   297, 301
〈구운몽〉   504, 569, 572, 574, 576
〈구월산별곡〉   352
〈구토지설〉   563
〈국경을 넘어서서〉   496
〈국민가〉   389
〈국풍 사수〉   382
〈권도가〉   237
〈권선곡〉   237
〈권선피악가〉   242
〈권태〉   517
〈권학가〉   239

〈귀의 성〉   582
〈귀희〉   147
〈규수상사곡〉   360
〈규중칠우쟁론기〉   516
〈규한록〉   491
〈그네뛰기노래〉   288
〈그대 그림자〉   330
〈그리운 죽지랑 노래[모죽지랑
    가]〉   339
〈그림자인형놀이〉   142
〈극계개량론〉   522
〈근금 국문소설 저자의 주의〉
    522
〈글을 번역하는 사람에게 경고
    함〉   522
〈금강록〉   494
〈금강별곡〉   360
〈금강예찬〉   496
〈금삼의 피〉   587
〈금성별곡〉   352
〈금송아지전〉   458, 560
〈금수회의록〉   582
〈금우태자전〉   458, 460
〈금일의 문학, 명일의 문학〉
    524
〈금환〉   149
〈기악백희〉   147
〈기와밟기〉   287
〈기우목동가〉   352
〈기적 불 때〉   157
〈기파랑 기리는 새나노래
    [찬기파랑사뇌가]〉   204, 342
〈기해일기〉   504
〈김매기노래〉   259
〈김방울전〉   572
〈김억 대 월탄 논쟁을 보고〉
    523
〈김영일의 사〉   156
〈김인향전〉   578
〈꼭두각시놀음을 보고 지음
    [관롱환유작]〉   130
〈꽃바침노래[헌화가]〉   201, 278
〈꽃을 잡고〉   333

ㄴ

〈나그네〉   396
〈나례가〉   97

〈나무꾼과 선녀〉 448
〈나무들 비탈에 서다〉 590
〈나복전〉 458, 560
〈나와 글방〉 511
〈나의 단편〉 516
〈나의 본 일본 서울〉 496
〈나의 사랑하는 나라〉 396
〈나포리 처녀〉 330
〈나희〉 147
〈낙도가〉 231
〈낙동강〉 586
〈낙천등운〉 578
〈낙화유수〉 328
〈난봉가〉 321
〈난중일기〉 178
〈날개〉 587
〈날리가〉 490
〈남가태수전〉 574
〈남벌〉 593
〈남성에서 놀이를 보고
     [남성관희자]〉 131
〈남정일기〉 494
〈남조선 뱃노래〉 241
〈남해문견록〉 490, 494
〈납씨가〉 209
〈낭객의 신년만필〉 527
〈내지〉 195
〈내훈서〉 521
〈널뛰기노래〉 288
〈녀자슈지〉 516
〈녀자행실록〉 516
〈노들강〉 396
〈노들강변〉 321, 331, 332
〈노인가〉 360
〈노처녀가〉 360
〈녹의자탄가〉 360
〈놀령〉 321
〈놀이를 구경하고[관극시]〉 130
〈놋다리밟기〉 287
〈농가월령가〉 360
〈농민가〉 396
〈농부 정도룡〉 586
〈농부가〉 257, 361
〈뇌동성문학론의 극복〉 528
〈느낌말 새나[차사사뇌]〉 281
〈닐늬리야〉 321
〈니벽선생몽회록〉 504

〈니벽전〉 504

ㄷ

〈다리뽑기노래〉 283, 284
〈다살노래[두솔가]〉 199, 200,
     201, 204
〈다섯 놀이[오기]〉 130
〈단곡 오십편〉 382
〈단군〉 473
〈단군성적순례〉 496
〈단군의 땅〉 180
〈단심가〉 308
〈단장사〉 360
〈달거리〉 321
〈달구소리〉 272
〈달려라 호돌이〉 177
〈달맞이노래〉 285
〈달순의 출가〉 586
〈당랑의 전설〉 162
〈당인희〉 147
〈대관강산〉 315
〈대동강〉 296, 297, 523
〈대동강노래〉 297, 301, 302
〈대면〉 149
〈대성악〉 117
〈대추나무〉 161
〈대하〉 588
〈대한 팔경〉 333
〈덕사내〉 195
〈덜미(꼭두각시놀음)〉 131
〈덧뵈기(탈놀음)〉 131
〈덧뵈기〉 132
〈덩덕궁 타령〉 333
〈뎨셩가〉 243
〈도덕가〉 239
〈도동곡〉 352
〈도둑 만난 노래[우적가]〉 342,
     345
〈도라지〉 331
〈도라지타령〉 322
〈도리화가〉 360
〈도산육곡〉 370, 373
〈도수사〉 239
〈도이장희〉 147
〈도화타령〉 322
〈독락팔곡〉 352
〈독일 가는 길에〉 496

〈돌아온 홍길동 95〉 178
〈동경 가는 길〉 496
〈동경에서 경성까지〉 496
〈동국거걸 최도통전〉 506
〈동도의 길〉 496
〈동동노래[동동사]〉 292,   293,
     294, 295
〈동명일기〉 494
〈동백 아가씨〉 336
〈동백꽃〉 587
〈동유기〉 494
〈동포〉 154
〈묘텬녹〉 493
〈두 장군 기리는 노래〉 33
〈두 장수 놀이〉 95
〈두껍전〉 560
〈두솔가〉 200
〈두장군놀이[도이장희]〉 147
〈둘리의 얼음별 대모험〉 178
〈뒷산타령〉 321
〈듁쳔일긔〉 503
〈드래곤 라자〉 597
〈들쥐〉 174
〈디옥가〉 243
〈딩돌노래[정석가]〉 205, 208,
     296, 301
〈떠돌이 까치〉 177

ㄹ

〈라 팔로마〉 330
〈락도가〉 354
〈레지던트 이블〉 185
〈로보트 태권 브이〉 177
〈룸펜 인텔리〉 175
〈리니지〉 180

ㅁ

〈마의태자〉 144
〈만복사저포기〉 107
〈만분가〉 354
〈만언사〉 360
〈만전춘별사〉 303, 304, 305, 306,
     352, 372
〈만학천봉가〉 315
〈말놀이노래〉 284
〈말박기노래〉 265
〈망국인기〉 589

〈망깨다지기〉 122
〈망석중놀이〉 142
〈매창월가〉 354, 355
〈매화가라〉 552
〈매화타령〉 552
〈맷돌노래〉 261
〈맹순사〉 589
〈먹중잡이〉 132
〈메나리[어사용-]〉 323
〈메나리〉 323
〈메달 오브 아너〉 185
〈메랑코리〉 330
〈메리 위도우 왈츠〉 330
〈메밀노래〉 261
〈명당가〉 361
〈명주보월빙〉 578, 579
〈모는 자 쫓기는 자〉 161
〈모래톱 이야기〉 590
〈모심기(모내기)노래〉 257
〈목도소리(노래)〉 265
〈목도놀이〉 122
〈목련전〉 458, 459
〈목장의 노래〉 330
〈목주〉 291, 292
〈목포의 눈물〉 330
〈목화따기노래〉 262
〈몽중노소문답가〉 239
〈무가의 역사〉 40
〈무격희〉 147
〈무고〉 280, 282
〈무당 덕담〉 318
〈무등산〉 281
〈무림 이야기〉 182
〈무속에서 본 서양문화의 충격과
　수용〉 40
〈무식의 폭로 ― 김동석의 ‘김
　동리론’을 박함〉 530
〈무신앙과 한국인의 삶〉 39
〈무영탑〉 587
〈무오연행록〉 494
〈무이구곡〉 375
〈무정〉 584, 585
〈무진기행〉 590
〈무책임한 비평 ― 〈문단의 일
　년을 회고하야〉의 평자에게
　항의〉 523
〈묵향〉 597

〈문단의 일년을 추억하야― 현상
　과 작품을 개평하노라〉 523
〈문사와 수양〉 523
〈문예비평가의 태도에 대하여〉
　529
〈문예상의 내용과 형식 문제〉
　528
〈문학강화〉 523
〈문학운동의 2대 방향〉 530
〈문학의 가치〉 522
〈문학의 교육적 임무〉 527
〈문학의 의의에 관하여〉 522
〈문학이란 하오〉 522
〈물레노래〉 263
〈미쳐 가는 처녀〉 157
〈미타경찬〉 352
〈미타찬〉 210, 352
〈민요소고〉 527
〈민족문학론〉 530
〈민족의 죄인〉 589

ㅂ
〈바느질노래〉 264
〈바다노래[해가]〉 197
〈바람의 나라〉 180
〈바람이 낫네〉 333
〈바지저고리〉 157
〈박넝쿨[호목]〉 255
〈박명〉 584
〈박씨전〉 577, 578
〈박타령〉 257, 551
〈반역자〉 589
〈발탈〉 142
〈방등산〉 281
〈방백〉 512
〈방생도송〉 236
〈방아노래〉 261
〈방아소리[대악]〉 254, 255
〈방아타령〉 321
〈밭을 갈아〉 400
〈배따라기〉 322
〈배비장전〉 145, 552
〈배비장타령〉 551, 552
〈배천곡〉 352
〈백두산근참기〉 496
〈백성 다스리는 노래[안민가]〉
　203, 342

〈백실〉 195
〈뱀의 집념〉 153
〈버나(대접돌리기)〉 131
〈베짜기노래〉 264
〈베틀노래〉 264, 323
〈변강쇠가〉 551, 552
〈변강쇠전〉 552
〈변강쇠타령〉 551, 552
〈별주부전〉 564
〈별창권락곡〉 236
〈별회심곡〉 232
〈병신과 머저리〉 590
〈병인양란록〉 490, 491
〈병자삼인〉 153
〈병자일기〉 491
〈보개회향가〉 227
〈보리타작노래〉 260
〈보은기우록〉 578
〈보현십종원왕가〉 33
〈보현행원품소〉 227
〈복덕방〉 586
〈본사찬〉 210
〈봄 강〉 332
〈봄 노래 부르자〉 328
〈봄 봄〉 320, 587
〈봉신연의〉 597
〈봉황음〉 210
〈부설전〉 457
〈부음〉 157
〈부정 물림〉 438
〈부촌〉 162
〈북간도〉 590
〈북관로정록〉 494
〈북전〉 210
〈북진대〉 161
〈북천가〉 360
〈북행가〉 360
〈분지〉 590
〈불굴가〉 308
〈불꽃〉 589
〈불무노래〉 266
〈불사조〉 332
〈불우헌곡〉 352
〈불효천벌〉 153
〈붉은 매〉 178
〈붉은 산〉 396
〈블루 엔젤〉 593

610

〈블루시겔〉 177
〈비사맥전〉 505
〈비오는 날〉 589
〈비평문학의 확립을 위하여〉
   529
〈비평에 대하여〉 523
〈비평을 알고 비평을 써라〉 523
〈빈부〉 144
〈빈상설〉 582
〈빈처〉 585
〈빼앗긴 들에도 봄은 오는가〉
   391

ㅅ
〈사랑을 찾아서〉 174
〈사룡〉 309
〈사리화〉 256
〈사모곡〉 290
〈사씨남정기〉 504, 569, 572, 573,
   578
〈사의 찬미〉 326
〈사중〉 195
〈사창화류〉 316
〈사하촌〉 587
〈산넘불〉 322
〈산돼지〉 157
〈산성일기〉 490
〈산예〉 149
〈산천에 묻노라〉 396
〈산타령〉 323
〈산화가〉 200
〈살판(땅재주)〉 131
〈삼국지연의〉 552, 593
〈삼대〉 587
〈삼삼기노래〉 263
〈삼세대의〉 242
〈삼신풀이〉 269
〈삼장노래〉 301, 302, 306
〈삼장사노래〉 301
〈삼진작〉 210, 347
〈삼태자풀이〉 194, 437, 438,
   439, 442
〈상대별곡〉 352
〈상록수〉 587
〈상수불학가〉 227
〈상여소리〉 232, 272
〈상저가〉 256

〈상춘곡〉 354, 355
〈상해부터 금릉까지〉 496
〈상해부터 한성까지〉 496
〈상해에서〉 496
〈새나노래[사뇌가]〉 244, 245
〈새타령〉 323
〈생각나는 대로〉 516
〈생신축하노래〉 271
〈샹덕총녹〉 504
〈서경〉 296, 297
〈서경노래〉 297, 301
〈서경별곡〉 294, 295, 296, 297,
   301, 302
〈서궁일기〉 490, 491
〈서낭당 신앙〉 49
〈서동노래[서동요]〉 201, 276,
   345
〈서방가〉 352
〈서사건국지〉 505
〈서산대사와 사명당〉 582
〈서양종교와 한국종교의 만남〉
   40
〈서왕가〉 231, 354
〈서울, 1964년 겨울〉 590
〈서울은 만원이다〉 590
〈서원부부인행장〉 504
〈서정별곡〉 360
〈석가보〉 233
〈석남사내〉 195
〈선우태자전〉 458, 459
〈선운산〉 281
〈성교요지〉 241
〈성주풀이〉 318
〈세경놀이〉 99
〈세계에서 제일 큰 연극〉 154
〈세계일주, 산넘고 물건너〉
   496
〈세 동무〉 328
〈세상 배포〉 438
〈션됴행장〉 503
〈소〉 158
〈소경과 안즌방이 문답〉 582
〈소대성전〉 571, 572
〈소상팔경〉 315, 373
〈소설가 구보씨의 일일〉 586
〈소설가의 추세〉 522
〈소설에 대한 조선 사람의 사상

〈을〉 523
〈소시민〉 590
〈소악부〉 251, 301, 302
〈속독〉 149
〈속미인곡〉 358
〈속이고 속기·바르고 그르기의
   분류체계〉 38
〈속회심곡〉 232
〈손뼉치기노래〉 284
〈송뢰금 상〉 582
〈송인희〉 147
〈수궁가〉 551
〈수궁경회록〉 564
〈수로조천록〉 493
〈수륙 2만리 두루 돌아 방랑 20
   년 간 수난 반생기〉 497
〈수선곡〉 237
〈수심가〉 322
〈수필론〉 512
〈수필문학고〉 512
〈수필문학론〉 512
〈수필문학에 관한 각서〉 512
〈수필을 위하여〉 512
〈수필의 문학적 영역〉 512
〈수희공덕가〉 227
〈숙영낭자전〉 552, 578
〈숙향전〉 578
〈순수문학의 정의〉 530
〈순수문학의 제태〉 530
〈순수문학의 진의〉 530
〈순수시의 지향〉 396
〈순수의 정체 — 김동리론〉 530
〈술집노래〉 301, 302
〈숲 사이 물레방아〉 333
〈슈퍼 마리오〉 185
〈스트리트 파이터〉 185
〈슬라이딩 도어스〉 598
〈슬레이어즈〉 597
〈승무〉 148
〈승원가〉 231, 354
〈시굴사람의 노래〉 396
〈시장과 전장〉 590
〈시조부흥비판〉 383
〈시조부흥에 대한 고찰〉 383
〈시조형태고〉 383
〈신도일기〉 494
〈신라상대의 토착신앙과 종교

〈신불습합〉 40
〈신라와 고대일본의 신불습합에 대하여〉 40
〈신세대의 문학 — 조선문학의 나갈 길〉 531
〈신윤리 문학의 제창 — 건국과정과 문학정신〉 531
〈실락원 이야기〉 586
〈심우가〉 231, 354
〈심청가〉 143, 550, 551
〈심청굿〉 550
〈심청이〉 32
〈심청전〉 560
〈심춘순례〉 496
〈십계가〉 243
〈십오분 간〉 157
〈亽향가〉 242
〈쌍화점〉 297, 301, 303
〈쌍화점노래〉 301, 302

ㅇ

〈아귀도송〉 236
〈아기장수이야기〉 538, 539, 540
〈아리랑〉 174, 325, 328, 331
〈아리랑타령〉 322
〈아마게(겟)돈〉 178, 593
〈아소노래[회소곡]〉 254, 255
〈악지〉 71, 246, 291, 293, 296, 301, 302, 309, 346
〈안락국전〉 458, 560
〈안락국태자전〉 458
〈안사람 의병노래〉 366
〈안심가〉 239
〈안양찬〉 352
〈안중근전〉 506
〈암로〉 328
〈압록강 뱃노래〉 333
〈앞 강물 흘러 흘러〉 333
〈앞산타령〉 321
〈애국가〉 387, 389
〈애닯은 노래〉 366
〈애란문학방문기〉 497
〈애원성〉 322, 325
〈애의 광〉 330
〈앵도청의〉 574
〈약한 자의 슬픔〉 585
〈양류가〉 321

〈양산도〉 321, 322, 330, 331
〈양신화답가〉 360
〈어둠의 전설〉 180
〈어랑가〉 322
〈어랑타령[신고산타령]〉 325
〈어린 희생〉 584
〈어머니와 딸〉 587
〈어부단가〉 370, 373
〈어부사〉 359
〈어부사시사〉 373
〈어사용〉 262
〈엄연곡〉 352
〈엇노리〉 290, 292
〈에도에서 동정호까지〉 496
〈엑스 파일〉 597
〈여민락〉 247
〈여악잡희〉 147
〈여의 평자적 가치를 논함에 답함〉 523
〈여자의 마음〉 330
〈여잠〉 516
〈역대전리가〉 354
〈연가〉 174
〈연행가〉 360
〈연행일기〉 494
〈연형제곡〉 352
〈연화대놀이〉 97
〈열전〉 301, 302, 502, 503
〈염〉 174
〈엽기토끼〉 178
〈영감놀이〉 99
〈영변가〉 322
〈영산회상〉 210
〈영삼별곡〉 360
〈영웅문〉 180
〈영처잡고〉 576
〈예경제불가〉 227, 228
〈예불가〉 238
〈예술과 인생〉 523
〈예술운동의 전망〉 527
〈예술의 독립적 가치〉 528
〈예지〉 114
〈옛사람으로 새사람에게〉 516
〈오대강 타령〉 332
〈오돌또기〉 332
〈오동나무〉 331
〈오류가〉 352, 375

〈오섬가〉 360
〈옥동이선생행록〉 504
〈옹고집전〉 552
〈옹고집타령〉 551, 552
〈완화삼〉 396
〈왈자타령[무숙이타령]〉 551, 552
〈왕랑반혼전〉 461
〈왕력〉 115
〈왕생을 바라는 노래[원왕생가]〉 222, 223
〈요 핑계 조 핑게〉 333
〈요로원야화기〉 569
〈요한묵시록〉 463
〈용가〉 361
〈용담가〉 239
〈용당영회록〉 564
〈용부가〉 360
〈용비어천가〉 232, 233, 235, 247, 248, 250, 355, 481, 482
〈용비어천가발〉 248
〈용비어천가서〉 248
〈우물노래〉 301, 302
〈우부가〉 360
〈우비소년〉 178
〈우암선생계녀서〉 516
〈운현궁의 봄〉 587
〈울티마 온라인〉 180
〈움직이고 멈추기·오고 가기의 분류체계〉 38
〈원두표실기〉 582
〈원망노래[원가]〉 341
〈원왕가〉 227
〈원포 귀범〉 333
〈월곡답가〉 373
〈월명사의 두솔노래〉 92, 427
〈월인천강지곡〉 232, 233, 355
〈월전〉 149
〈유랑〉 174
〈유산가〉 321
〈유언〉 502
〈유충렬전〉 144, 571, 572
〈유한당언행실록〉 504
〈육가〉 370
〈육자배기〉 323, 332
〈육현곡〉 352
〈육혈포강도〉 153

〈윤하정삼문취록〉 578
〈용천사의 혜성노래〉 92, 427
〈윷놀이노래〉 288
〈은세계〉 144, 582
〈은수저〉 396
〈은하에 흐르는 정열〉 174
〈을지문덕〉 506, 521
〈의거가〉 366
〈의병전〉 506
〈의유당관북유람일기〉 491
〈의적 임꺽정〉 178
〈이기고 지기·알고 모르기의 분류체계〉 38
〈이대봉전〉 571, 572
〈이대봉전〉 578
〈이딜부 숙부인 이씨행녹〉 504
〈이별곡〉 360
〈이세가〉 240
〈이순신전〉 506, 582
〈이영녀〉 157
〈이춘풍전〉 145
〈이태리건국 삼걸전〉 505
〈인간문제〉 587
〈인간신뢰〉 589
〈인도송〉 236
〈인디애나 존스〉 185
〈인력거꾼〉 586
〈인민의 생활과 문학의 과제 — 리얼리즘의 확립을 위하여〉 530
〈인테리와 빈대떡〉 162
〈일동장유가〉 360
〈일신수필〉 512
〈잃어버린 시간을 찾아서〉 593
〈임경업전〉 577
〈임금맞이[영대왕]〉 427
〈임금맞이노래〉 197
〈임꺽정〉 587
〈임자없는 나룻배〉 174
〈임진록〉 490, 577
〈임진명장 김응서실기〉 582

ㅈ
〈자경지 함흥일기〉 494
〈자연의 자각〉 523
〈자유종〉 521
〈자책〉 515

〈작품에 대한 평자적 가치〉 523
〈잘되고 못되기·잇고 자르기의 분류체계〉 38
〈잡감〉 516
〈잡귀잡신 연구〉 49
〈잡색놀이〉 126
〈장국진전〉 578
〈장끼전〉 552, 560
〈장끼타령〉 551, 552
〈장난감인형놀이〉 142
〈장백산 줄기를 밟으며〉 496
〈장부한〉 315
〈장풍운전〉 571, 572
〈장화와 홍련〉 32
〈장화홍련전〉 144, 560, 578
〈재봉춘〉 144
〈저수하에서〉 523
〈적벽가〉 318, 327, 551
〈적벽부〉 315
〈적성의전〉 458, 560
〈전상놀이(삼공맞이)〉 99
〈전설인과곡〉 236
〈젊은이의 시절〉 585
〈정경부인 이씨제문〉 508
〈정과정〉 305
〈정동방곡〉 209
〈정묘 평론단 총관 — 국민문학과 무산문학의 제문제를 비판 검토함〉 528
〈정복자의 꿈〉 512
〈정비전〉 578
〈정수정전〉 578
〈정읍〉 210, 281
〈정읍노래[정읍사]〉 279, 281, 282, 292
〈정치주의 문학의 정체 —그 허망에 대하여〉 530
〈제석본풀이〉 438, 480
〈제석 빌기〉 438
〈제선비손부인문〉 508
〈제월씨의 평자적 가치〉 523
〈제침문〉 508
〈제향날〉 162
〈정경부인 니씨행록〉 504
〈정경부인 해평윤씨행장〉 504
〈조선 국민문학으로서의 시조〉 527

〈조선 예술운동의 당면한 구체적 과정〉 525
〈조선 팔경〉 333
〈조선 팔경가〉 333
〈조선 프로예술가의 당면의 긴급한 임무〉 525
〈조선문학 건설의 이론적 기초〉 528
〈조선민족의 발전적 해소론 서설〉 529
〈조선아 잘 잇거라〉 330
〈조선에 있어서의 해외문학인의 임무와 장래〉 529
〈조선지위인〉 506
〈조선청년에게〉 516
〈조선총독부〉 590
〈조성왕조 초기의 무〉 40
〈조신 이야기〉 574
〈조에 접〉 389
〈조웅전〉 571, 572, 579
〈조천일승〉 493
〈졸라맨〉 178, 179
〈종로 행진곡〉 330
〈종묘제례〉 117
〈좌수영 어방 놀이〉 122
〈주릿대 치마〉 333
〈주문치 아니한 시 정의를 알려 주겠다는 현철군에게〉 523
〈주유희〉 147
〈죽계별곡〉 350
〈죽은 누이 제사 노래 [제망매가]〉 222
〈줄넘기노래〉 284
〈중광가〉 241
〈중광대놀이〉 101
〈중용과 철저〉 527
〈쥐전[서동지전]〉 560
〈쥬라기 공원〉 180
〈증고조가장초〉 503
〈지리산〉 281
〈지리지〉 478, 534
〈지산해외일지〉 494
〈지식계급의 임무와 신흥 문학의 사명〉 524
〈지옥 순례〉 524
〈지옥도송〉 236
〈지주회시〉 587

〈진국명산〉 315
〈진달래꽃〉 399

ㅊ

〈찬란한 문〉 156
〈찬불가〉 238
〈찬송가〉 243
〈참선곡〉 237
〈참회업장가〉 227
〈창부가〉 322
〈창세기〉 463
〈창우희〉 147
〈창의가〉 366
〈창작방법 문제의 재토의를
　　위하여〉 526
〈채란새〉 333
〈채붕백희〉 147
〈처용〉 210
〈처용가무〉 148
〈처용굿〉 97
〈처용노래〉 209, 210, 215, 216,
　　217, 220
〈처용놀이[처용희]〉 147
〈처용랑과 망해사〉 92, 427
〈천도송〉 236
〈천변풍경〉 586
〈천사〉 453
〈천수대비 기도 노래[도천수대
　　비가]〉 222, 225
〈천수석〉 578
〈천안 삼거리〉 331
〈천주공경가〉 241
〈천치? 천재?〉 585
〈천하태평춘〉 587
〈천희당시화〉 522
〈철세계〉 582
〈철야〉 524
〈첫사랑 푸념〉 333
〈청년 김옥균〉 587
〈청년에게 고함〉 516
〈청불주세가〉 227
〈청전법륜가〉 227
〈청춘과부곡〉 360
〈청춘예찬〉 516
〈초당에 봄 꿈〉 241
〈총결무진가〉 227, 228
〈최근 문예이론의 신전개와

그 경향〉 526
〈최병도타령(은세계)〉 144, 153
〈최후의 악수〉 157
〈추창수필〉 512
〈축배의 노래〉 330
〈축성수〉 352
〈춘일소흥〉 505
〈춘향가(동창·남창)〉 551
〈춘향가〉 257, 318, 549, 551
〈춘향전〉 143, 174, 560, 561, 578,
　　579
〈취풍향〉 247
〈치산가〉 361
〈치악산(상)〉 582
〈치화평〉 247
〈칠성사가〉 243
〈칠성새남〉 99
〈침중기〉 574
〈칭찬여래가〉 227

ㅋ

〈코로라도의 달〉 330
〈쾌지나칭칭나네〉 289
〈클라르테운동의 세계화〉 524

ㅌ

〈타향살이〉 330
〈탁류〉 587
〈탄금대〉 521
〈탄식가〉 237
〈탈출〉 586
〈탈출기〉 586
〈탑〉 588
〈태평곡〉 352
〈태평천하〉 587
〈텬당이라〉 243
〈토끼와 자라〉 32
〈토별가[별주부전]〉 560, 561
〈토끼전〉 561, 562, 563, 565
〈토끼타령〉 551
〈토막〉 158
〈토별가〉 551, 566
〈통속소설소고〉 525
〈퇴마록〉 597
〈퇴원〉 590
〈투쟁기에 있는 문예비평가의
　　태도―동무 김기진 군의 평

론을 읽고〉 525
〈특별회심곡〉 232

ㅍ

〈파랑새노래〉 325
〈판소리의 장르 규정〉 37
〈표본실의 청개구리〉 585
〈풀베기노래〉 262
〈풍물〉 131
〈풍요〉 255
〈풍운아〉 174
〈프로 시가의 대중화〉 525
〈프로문학에 대한 항의〉 528
〈프로예술운동의 당면한 구체적
　　임무〉 525
〈피득대제〉 505
〈피스톨 강도 청수정길〉 153

ㅎ

〈하공진희〉 147
〈하여가〉 308
〈학〉 589
〈학병 도라가라〉 396
〈학연화대처용무합설〉 209, 347
〈학춤〉 97
〈한강수타령〉 321
〈한국 무가의 역사적 전개〉 40
〈한국 문단에 호소함〉 529
〈한국무가의 연구〉 41
〈한림별곡〉 348, 349, 351
〈한양가〉 317
〈한의 일생〉 584
〈한중록〉 490, 491
〈할미꽃〉 157
〈합강정가〉 360
〈합동찬송가〉 243
〈항순중생가〉 227
〈항의 같지 않은 항의자에게〉
　　523
〈항장무〉 148
〈항진기〉 587
〈해〉 396
〈해리 포터〉 185
〈해방전후〉 589
〈해삼위로서〉 496
〈해와 달이 된 오누이〉 430
〈향산별곡〉 360

〈향주삼덕가〉 243
〈헐려짓는 광화문〉 517
〈헝그리 베스트 파이브〉 178
〈현수문전〉 572
〈현씨양웅쌍린기〉 578
〈현정세와 예술운동〉 527
〈현하의 정세와 문화운동의
　　당면임무〉 527
〈혈거부족〉 589
〈혈서〉 589
〈혈의 누〉 582
〈혈죽가〉 381
〈협률사 비판〉 522
〈혜빈궁일기〉 490, 491
〈혜성노래(혜성가)〉 201, 204,
　　245, 339
〈호남가〉 315
〈호적없는 외국문학 연구가〉
　　529
〈홀맨〉 178
〈홍계월전〉 578
〈홍길동〉 177
〈홍길동전〉 503, 569, 571
〈홍도화〉 582
〈홍문연〉 315
〈화단에 서서〉 516
〈화산별곡〉 352
〈화성일기〉 494
〈화염 속에 있는 서간철〉 512
〈화용도〉 551, 552
〈화용도타령〉 551
〈화의 혈〉 521
〈화전별곡〉 352
〈환희의 날〉 396
〈황성 옛터〉 329
〈황운전〉 578
〈황조가〉 275
〈황진이〉 144
〈황창무〉 148
〈회심곡〉 232
〈횡부가〉 552
〈훈계자손가〉 376
〈훈민가〉 375
〈훈요십조〉 94
〈흑룡강〉 161
〈흥보(부)가〉 257, 318
〈흥부와 놀부〉 32

〈흥부전〉 131, 560
〈흥비가〉 239
〈흥타령〉 321
〈희생화〉 523
〈히포크라테스의 흉상〉 590

3. 책

ㄱ

《가곡선》 382
《가락국기》 197, 427
《가람시조집》 383
《가례》 110, 118, 119
《가사 상》 290
《가사》 32
《강감찬전》 506
《개벽》 390, 496, 506, 512
《개소문》 506
《건설기의 조선문학》 527
《경도잡지》 131
《경향신문》 366, 386
《고금가곡》 369
《고금주》 273
《고기》 110, 562
《고려강시중전》 581
《고려사》 114, 115, 118, 130,
　　147, 210, 239, 246, 281, 291,
　　292, 293, 296, 301, 302, 309,
　　346, 478, 479, 481
《고려사절요》 130, 147, 301, 302
《고승전》 457, 503
《공동번역 성서》 463
《공립신보》 388, 389
《교방가요》 148, 552
《구비문학연구》 5　40
《구약성서》 463, 465
《구약전서》 463
《국문학개론》 36
《국문학사》 55
《국문학전사》 55
《국조인물지》 506
《궁원집》 461
《권념요록》 461
《금오신화》 107
《금조》 273
《급암선생시고》 251

《기항지》 397
《김구선생혈투사》 507
《김유신전》 581
《까퓌일트전》 581

ㄴ

《남이장군실기》 581
《남훈티평가》 317
《논어》 11
《놀이와 인간》 56
《놀이하는 인간》 56
《누가복음》 463
《님의 침묵》 392

ㄷ

《담원시조집》 383
《대한매일신보》 365, 366, 381,
　　386, 506, 522, 582
《대한위인전》 507
《대한유학생회보》 382
《대한학회월보》 382
《대한흥학보》 382, 389, 522, 584
《뎐우치전》 581
《뎨국신문》 366
《도산안창호》 507
《도왜실기》 506
《독닙신문》 365, 366, 386
《독립신문》 506
《돌벼개》 518
《동국여지승람》 478, 479, 534
《동명왕실기》 506
《동문선》 108
《동아일보》 330, 512, 525, 526,
　　528, 529

ㄹ

《라란부인전》 521, 581

ㅁ

《마가복음》 463
《만세보》 582
《매일신보》 153, 585
《매헌선생실기》 355
《먼동이 틀 제》 397
《목민심서》 131
《무와 민족문화》 39, 40
《문예공론》 525, 528

《문예미문서간집》 501
《문장》 517
《문학》 512
《문학과 예술의 사회사 — 고대 · 중세편》 55
《문학의 이론》 11
《문학평론》 530
《문화전선》 526, 527
《민족대표 33인전》 507
《민족신화와 건국영웅들》 41
《민주일보》 530

ㅂ

《바다와 나비》 397
《박문》 517
《박태보실기》 581
《백민》 530, 531
《백범일지》 507
《백조》 390, 524
《백팔번뇌》 382
《병든 서울》 397
《불설아미타경》 461

ㅅ

《사기》 502
《사사성경》 463
《사소절》 131
《사임당의 생애와 예술》 507
《산딸기》 518
《삼국사》 276
《삼국사기》 40, 41, 71, 91, 146, 195, 198, 245, 275, 426, 503, 534, 562
《삼국유사》 32, 33, 41, 91, 92, 107, 110, 115, 146, 190, 198, 199, 201, 217, 222, 223, 225, 226, 245, 250, 254, 255, 276, 278, 279, 338, 339, 341, 342, 344, 345, 427, 454, 455, 457, 469, 473, 534, 537, 538
《삼대목》 32, 33, 222, 245, 250, 251, 276, 338, 345
《삼일신고》 473
《새벽》 589
《생명의 서》 397
《생활인의 철학》 518
《서낭당》 49

《서사건국지》 521
《서울신문》 530
《석가여래십지수행기》 457, 461
《석가여리응화시현팔상성경명힝녹》 460
《석보상절》 233, 458, 461
《석초시집》 397
《성경》 41
《성경전서 개역 한글판》 463
《성경전서》 463
《성경직해》 462
《성경직해광익》 463
《성년광익》 462
《성벽》 397
《성웅김대건전》 507
《성웅이순신》 507
《세종실록》 478, 479, 534
《소년》 382, 389, 584
《소월정전》 507
《속악가사》 32
《송사》 117
《수필기행집》 497
《순국혁명가열전》 506
《슬픈 목가》 397
《시문학》 393
《시용향악보》 32, 68, 97, 216, 221, 256, 290
《시조문학사전》 386
《시조유취》 382
《시천교월보》 382
《신동아》 512
《신라종교의 신연구》 40
《신라수이전》 537
《신문계》 382, 389
《신소설 애국부인젼》 581
《신약성서》 463, 465
《신약전서》 463
《신유행창가》 326
《신익희》 507
《신익희선생일대기》 507
《신한민보》 154, 389
《심화》 397

ㅇ

《아속가사》 32
《악장가사》 32
《악학궤범》 32, 68, 96, 208, 211, 220, 279, 282, 289, 292, 293, 346, 347, 367, 443
《악학습령》 369
《안중근의사전기》 507
《애국부인전》 581
《애국자민충정공》 507
《양금신보》 367
《어문논집》 1 37
《어우야담》 131
《어은유보》 367
《에세이》 514
《에세》 514
《여자계》 389
《역대시조전서》 386
《열하일기》 512
《염불보권문》 231, 232
《영원의 무정》 517
《예수성교전서》 463
《예술운동》 525, 526, 527
《예술이란 무엇인가》 57
《오가전집》 551
《오랑캐꽃》 397
《요람》 397
《용담유사》 239
《우리 동무》 546
《월남이상재》 506
《월남이선생실기》 506
《월인석보》 233, 458
《월인천강지곡 상》 233
《월인천강지곡 중》 233
《월인천강지곡 하》 233
《위인 원효》 506
《유심》 389
《육사시집》 397
《을지문덕전》 506
《의사라석주전》 507
《의유당관북유람일기》 505
《이순록》 576
《이양하수필집》 518
《이충무공일대기》 507
《이태리건국삼걸전》 581
《익재난고》 251
《인문평론》 529
《인생예찬》 518
《임경업실기》 581
《임진록》 31
《입문을 위한 국문학개론》 36

616

ㅈ

《장미촌》 390
《전등신화》 564
《전통문화와 서양문화》 40
《제왕운기》 483
《조광》 529, 587
《조선동화대집》 546
《조선명부전》 506
《조선명인전》 506
《조선무사영웅전》 506, 507
《조선무속고》 41
《조선문단》 512
《조선문예연감》 497
《조선불교월보》 382
《조선중앙일보》 512, 529
《조선지광》 174, 525
《조선태조대왕전》 581
《조운시조집》 383
《종》 397
《종교신학연구》 49
《종도행전》 463
《주례》 117
《증보 문학원론》 52
《지용시선》 397
《진달래 꽃》 392

ㅊ

《찬가》 397
《창조》 390, 496, 500, 511, 523
《청구영언》 31, 307, 309, 369, 370, 378, 379
《청록집》 397
《청춘》 382, 389, 496, 500, 511, 516, 584

《청춘의 광야》 517
《초적》 383
《추재기이》 577
《춘산채지가》 241
《춘원서간문범》 501
《춘향전연구》 552
《충용장군 김덕령전》 581
《칠면조》 397

ㅌ

《태서문예신보》 389
《태평광기》 350, 574
《텬로역정》 521

ㅍ

《팔상명힝녹》 460, 461
《편년강목》 478
《편년통록》 478
《편편상》 518
《폐허》 390, 500, 523
《표박의 비탄》 517
《피득대제》 581

ㅎ

《하늘과 바람과 별과 시》 397
《학우》 389
《학지광》 389, 500, 511, 516, 523
《한국 무교의 역사와 구조》 41
《한국가요의 연구》 552
《한국구비문학대계》 32, 37
《한국구비문학대계 별책부록 (1)》 37
《한국구비문학대계 별책부록 (3)》 38

《한국근세위인전》 507
《한국무교의 역사와 구조》 39
《한국문학연구입문》 25
《한국문학의 갈래 이론》 37
《한국민간신앙연구》 49
《한국민속사입문》 40
《한국민속연구사》 41
《한국민속학》 22 49
《한국 서지》 577
《한국소설의 이론》 39
《한국시조대사전》 386
《한국역대명장전》 507
《한국위인열전》 507
《한국의 무》 39
《한국의 창세신화》 41
《한국현대문학전집》 497
《한일고대문화교섭사》 40
《한하운시초》 397
《항일순국의열사전》 507
《해동가요》 31, 369
《해동고승전》 457
《해동역사》 274
《해외문학》 528
《현토한한신약성서》 463
《홍경래실기》 581
《홍장군전》 581
《화엄경》 227
《황성신문》 252, 366
《황야에서 우는 소조》 517
《황야에서》 156
《횃불》 397
《흑방의 선물》 382
《흥무왕삼한전》 506
《흥부전》 31